BOUQUINS

Collection fondée par Guy Schoeller
et dirigée par Jean-Luc Barré

À DÉCOUVRIR AUSSI
DANS LA MÊME COLLECTION

Alphonse Allais, *Œuvres anthumes* ; *Œuvres posthumes (1877-1905)*
Maurice Barrès, *Romans et voyages* (2 vol.)
Emmanuel Berl, *Le Temps, les idées et les hommes*
Colette, *Romans, récits, souvenirs* (3 vol.)
Léon Daudet, *Souvenirs et polémiques*
Paul Éluard, *La Poésie du passé*
Edmond et Jules de Goncourt, *Journal. Mémoires de la vie littéraire* (3 vol.) ; *Les Hommes de lettres et autres romans*
Gustave Kobbé, *Tout l'opéra*
Pierre Loti, *Voyages (1872-1913)*
François Mauriac, *Journal* ; *Le Bloc-notes* (2 vol.) ; *Correspondance intime*
Octave Mirbeau, *Le Jardin des supplices et autres romans*
Friedrich Nietzsche, *Œuvres* (2 vol.)
Marcel Proust, *À la recherche du temps perdu* (3 vol.)
Marcel Proust et John Ruskin, *La Bible d'Amiens. Sésame et les lys. Autres textes*
Jules Renard, *Journal (1887-1910)*
Arthur Rimbaud, *Œuvres complètes et correspondance*
Jules Romains, *Les Hommes de bonne volonté* (4 vol.)
Victor Segalen, *Œuvres complètes* (2 vol.)
Andre Suarès, *Idées et Visions. 1897-1923* ; *Valeurs. 1923-1948*
Paul Verlaine, *Œuvres poétiques complètes*
Alexandre Vialatte, *Chroniques de La Montagne* (2 vol.) ; *Résumons-nous*

JACQUES RIVIÈRE

CRITIQUE ET CRÉATION

Littérature, peinture, musique, politique, œuvres d'imagination

ÉDITION ÉTABLIE SOUS LA DIRECTION DE ROBERT KOPP, AVEC LA COLLABORATION D'ARIANE CHARTON

ET D'OLIVIER BELLAMY, PAOLA CODAZZI, STÉPHANE GUÉGAN, JEAN-MARC QUARANTA ET JÜRGEN RITTE

PRÉFACE DE JEAN-YVES TADIÉ
POSTFACE D'AGATHE RIVIÈRE

BOUQUINS *la collection* | MOLLAT

ISBN : 978-2-38292-620-8
Dépôt légal : janvier 2025 – N° d'éditeur : 67581/01
Bouquins éditions – 92, avenue de France – 75013 Paris
serviceclients@lisez.com

Ce volume contient :

PRÉFACE
de Jean-Yves Tadié

NOTE SUR LA PRÉSENTE ÉDITION
de Robert Kopp

CHRONOLOGIE DE LA VIE DE JACQUES RIVIÈRE
d'Ariane Charton

LITTÉRATURE

GRANDS ÉCRIVAINS
présentation d'Ariane Charton

THÉORIE ET VIE LITTÉRAIRE
présentation de Paola Codazzi

PEINTURE
présentation de Stéphane Guégan

MUSIQUE
présentation d'Olivier Bellamy

POLITIQUE
présentation de Jürgen Ritte

ŒUVRES D'IMAGINATION
présentation de Jean-Marc Quaranta

POSTFACE
d'Agathe Rivière

BIBLIOGRAPHIE
d'Ariane Charton et Robert Kopp

PRÉFACE

de Jean-Yves Tadié

Deux volumes de la collection blanche, recouverts de ce papier cristal entièrement transparent qu'on ne trouve plus de nos jours, *Études* et *Nouvelles Études* de Jacques Rivière. Sans doute les deux premiers livres de critique littéraire que j'ai acquis, à quinze ans, en classe de 1re. Le professeur de français nous avait donné un cours sur la critique littéraire, classée par genres, et Jacques Rivière y figurait, dans la critique que le Pr Fernet qualifiait d'impressionniste. Ce mot, loin d'être une condamnation, me parut, à cause de son origine picturale, prometteur : le Monet de la critique, pourquoi pas ? J'y adjoignis deux volumes de celui qui nous semblait alors, en 1952, le plus grand écrivain français du siècle, André Gide, *Incidences* et *Prétextes*, le cœur de *La NRF* en somme. Je dois avouer que les essais de critique littéraire que j'aimais n'étaient pas écrits par des professeurs : ceux de Valéry, Cocteau, Breton, Thierry Maulnier même…

Je les lus passionnément, ces deux livres, dans mon lit, le soir, les travaux scolaires terminés, comme d'autres des bandes dessinées. Rivière me faisait connaître tout ce dont je rêvais, les grandes œuvres contemporaines, et il dominait tous les arts, que je ne séparais pas des textes imprimés, peinture, musique (« cette grande remueuse de l'inconscient »), ballet. Il le faisait, non par exposé dogmatique, mais en leur donnant par son style un équivalent sensible. Il n'était pas non plus historien : à une époque où l'enseignement du français était encore fondé sur l'histoire littéraire (qui, de nos jours, au contraire, dans son déroulement chronologique, manque tellement à l'école et à l'université), chaque article isolait un créateur sorti de nulle part, nul enchaînement de temps, de mouvement littéraire, nulle relation de cause à effet : il y avait dans cette insularité quelque chose de reposant.

Tout ce qu'il aimait, je l'aimais. Tout ce en quoi il croyait, j'y croyais aussi. On devient peintre en aimant d'autres peintres, compositeur en aimant d'autres musiciens. On les imite, on s'en détache et on devient soi-même. Peut-être est-ce grâce à Jacques Rivière que je suis devenu critique littéraire.

Jacques Rivière n'était ni professeur ni journaliste, il était écrivain. Il ne proposait ni un système organisé, hiérarchisé, daté, aseptisé, ni l'impression, le jugement du moment, conforme à l'attente d'un certain public, ni même aucune méthode. En somme, un parfait amateur, sans étiquette, sans fil à la patte, amateur, mais au sens de celui qui aime, non de celui qui n'est qu'un fumiste. Moi aussi, je souhaitais parler de littérature sans contrainte, et devenir écrivain en parlant de littérature : je commençais à m'apercevoir que je ne pourrais être ni romancier ni poète.

De quoi me parlait Jacques Rivière ? Pour nous en tenir à la littérature, il m'apparaissait comme un défenseur de l'avant-garde, par les écrivains dont il traitait (Gide, Claudel, Proust, Dada) autant que par ceux qu'il ne mentionnait pas (Bourget, France, Barrès, dont il ne parle qu'une fois, pour défendre *Un jardin sur l'Oronte* contre les catholiques de droite, alors que dans sa correspondance avec Alain-Fournier il en paraît imprégné). Aucun écrivain à la grandeur encore à découvrir, et parmi lesquels Rimbaud, ne lui a échappé, à lui, aucun futur démodé ne l'a retenu. Que l'on reprenne le sommaire des *Études* (1911) et des *Nouvelles Études*, il incarnait à la perfection les « bonnes manières » littéraires, celles qui se caractérisent par ce qui ne se dit pas, ce qui ne se fait pas et qui mettent en valeur les autres aux dépens de soi-même. Les *Études* de 1911 portent, sur leur couverture au logo *NRF* encore malhabile, dessiné par Jean Schlumberger, les noms « Baudelaire, Paul Claudel, André Gide, Rameau, Bach, Franck, Wagner, Debussy, Ingres, Cézanne, Gauguin », trois écrivains, cinq musiciens, trois peintres. À ce propos, il est émouvant de lire que le tirage de tête du volume chez Gallimard, sur vélin d'Arches, n'a été que de quinze exemplaires : on n'attendait donc que quinze bibliophiles ; *Du côté de chez Swann*, de même chez Grasset, aura un tirage de tête limité à dix-sept exemplaires, cinq Japon et douze Hollande.

Je pensais que la jeunesse devait s'intéresser à tout, se passionner pour tout, que c'était même ce qui la caractérisait. Or Rivière aura été critique littéraire et critique d'art, essayiste, moraliste, diariste, romancier, épistolier, sociologue (*L'Allemand*), politique, comme le montre le recueil posthume et tardif de ses essais européens, et presque théologien, en tout cas descendant de Fénelon, dans *À la Trace de Dieu*. Avait été ? Il l'était encore, lui qui, en 1952, lorsque je le lisais, aurait dû être vivant, n'aurait eu que soixante-cinq ans. Après tout, j'aurais pu, imprudent, connaître Gide, j'avais vu Claudel, parlé à Jean Cocteau, qui m'avait fait un dessin. On n'écrit plus de *Dialogues des morts* ; on écrit encore un dialogue avec les morts. C'est bien ainsi que Rivière ouvre la première de ses études, sur Baudelaire : « Il est au milieu de nous[1]. » Ou, en décembre 1922 : « Un malheur affreux vient de nous frapper, frapper les lettres françaises : Marcel Proust est mort[2]. » Et nous le ressentons comme si cela venait de nous arriver, à nous aussi. Montrer que le grand écrivain doit toujours rester au milieu de nous, comme le Christ avec les disciples d'Emmaüs, telle est la première tâche du critique.

Il s'agissait d'une critique deux fois littéraire : parce qu'elle parlait de littérature, certes, mais surtout parce qu'elle était littérature. Elle voulait retrouver d'autres consciences par les sensations et par les mots. Elle parlait de l'âme comme Baudelaire ou un romancier catholique : Mauriac ne s'y est pas trompé. Elle était fondamentalement sérieuse, c'est pourquoi elle plaisait à la jeunesse, qui prend tout au tragique. Rivière n'était pas un plaisantin. L'ironie pour lui exprime le doute, non le désir de rire. Pas un auteur comique dans son panthéon : Wagner mais pas Offenbach, David mais pas Daumier, Debussy mais pas Reynaldo Hahn, Claudel mais pas Feydeau. Mozart même est absent. Il est vrai que, sur ses photographies, le premier comité de *La NRF*, Gide ayant renoncé à la veine de *Paludes,* n'a pas l'air de s'amuser.

Jacques Rivière était très jeune, lui aussi. C'est pourquoi les *Études* gardent un peu du style ondoyant et fleuri du symbolisme qu'il avait aimé, un côté Art nouveau, et qu'il retrouve chez Debussy. Ces traits de style confirment le caractère littéraire de l'œuvre : dès le début, Rivière est un écrivain, et parfois presque trop, comme si son style interférait entre nous et l'objet dont

1. Jacques Rivière, *Études*, éditions de la Nouvelle Revue française, 1911, p. 9.
2. Jacques Rivière, *Nouvelles Études*, Gallimard, 1947, p. 200.

il traite, comme si, par désir de donner un équivalent littéraire de l'œuvre dont il parle, il écrivait un poème en prose. Ce n'est pas, contrairement à la réputation que l'on fait aux journalistes, un écrivain facile. Il demande concentration et relecture. Proust lui-même l'a ressenti, qui, en mai 1914, lui écrit, en des termes qui ne lui sont pas habituels : « J'ai lu et relu avec une grande concentration de pensée votre article sur *Parsifal* que j'ai admiré. » C'est sans doute aussi pourquoi Proust fera en avril 1919, des réserves plus sérieuses sur le style de Rivière : « Ne tenez pas trop aux mots. Il n'y a pas qu'une sorte de préciosité. Et il y a un précieux tranchant, péremptoire, qui croit mépriser les mots et dérive pourtant d'un certain fétichisme pour eux. »

Le long article sur « Le Roman d'aventure » me séduisit comme un appel : en 1913, Rivière ne pouvait pas connaître l'essor du genre dans les années 1920 et 1930, grâce à Cendrars, Mac Orlan, Chadourne, Kessel, Malraux. Il méconnaissait les grands noms du XIXe siècle français : Dumas, Jules Verne. Malheureusement, au contraire de Gide, il ne parle pas des Anglais, Kipling, Conrad (qui ne sera traduit à *La NRF* qu'après la guerre ; c'est le Mercure de France qui a publié, outre Kipling, *L'Agent secret* en 1912). C'était un manifeste, une doctrine préalable. Il fallait rompre avec la tradition psychologique du roman d'analyse, celui même dont il ferait pourtant l'éloge à propos de Proust. Dans une splendide formule, encore, une formule que nous aimerions bien pouvoir reprendre aujourd'hui dans notre monde fermé et menacé, il s'exclame : « L'espace et l'avenir s'offrent à nous. »

De *Pelléas* à *Parsifal*. Autrefois, j'aurais voulu être de ces jeunes gens qui allaient tous les soirs entendre *Pelléas* à l'Opéra-Comique avec Périer et Mary Garden (et Rivière, en plein concours de l'École normale supérieure). Et j'écoutais Wagner l'oreille collée à un vieux poste de radio, pour ne pas déranger la maisonnée. Les sujets d'enthousiasme n'avaient pas changé depuis 1900. Debussy, Wagner, toujours nouveaux…

Et puis, Stravinski vint, auquel Rivière a consacré plusieurs articles retentissants. Je les lisais alors que le Festival de l'œuvre du XXe siècle faisait donner *Le Sacre du printemps*, au théâtre des Champs-Élysées, dirigé par Pierre Monteux comme à la création, en 1913. C'est le moment où le critique semble renoncer à l'impressionnisme et à Debussy. Il leur préfère Stravinski (et bien avant Cocteau dans *Le Coq et l'Arlequin*). Rivière nous rendait l'atmosphère même de la création du *Sacre*, Nijinski, son chorégraphe et danseur étoile battant la mesure avec son pied en criant aux danseurs : « C'est mou ! C'est mou ! », pendant que le public mondain, descendant de celui qui avait fait échouer *Tannhäuser*, sifflait et hurlait sa désapprobation.

Il commence ses articles sur Stravinski par un reportage et finit par un poème en prose. Bien que Rivière ne manque pas d'idées, il substitue souvent à l'ordre des raisons la juxtaposition des images. Il préfère une équivalence à une combinaison, et alors, il est intarissable : au lieu d'en choisir une, il les donne toutes, un peu comme Péguy, comme si le sens profond ne pouvait s'approcher que par petites touches. En cela, il est très différent d'Albert Thibaudet, critique d'idées, qui s'exprime, également dans *La NRF* (où il n'est d'ailleurs pas très bien vu) en énonçant des principes à l'emporte-pièce.

Et pourtant, Rivière recherche souvent, comme disait Rimbaud sur lequel il écrira, l'un des premiers, la *formule*. Ainsi écrit-il que *Le Sacre du printemps*, c'est le « renoncement à la "sauce" ». La peinture de Félix Vallotton, c'est le respect de la forme et du dessin. Le piano de Bach doit être entendu comme une accusation. Wagner est le musicien du récit, qui a voulu être tout seul avec ses thèmes, et non un musicien dramatique. Il reproche à la musique de *Pénélope*, de Fauré, sa « continuelle insuffisance ». Paul Valéry est « une grande intelligence inappliquée ». C'est autour de cette affirmation centrale que Rivière organise ses impressions, ses analyses, ses raisonnements. Il a un jour écrit à Alain-Fournier, s'attribuant à lui-même une formule clé : « Je suis quelqu'un qui sent sa pensée », ou encore : « Je suis quelqu'un qui sent le général », sans aucun sens du concret, du détail. Là est sans doute la clé de sa critique littéraire. En même temps, il a une conscience secrète de « l'insécurité universelle », c'est pourquoi il n'assène jamais aucune vérité. On sent un tremblement dans sa voix.

Rivière s'adapte merveilleusement à tous les créateurs dont il parle. Mais il souffre de cette plasticité, en laquelle Alain-Fournier voyait la marque de son intelligence, il craint qu'elle ne l'empêche de « penser de façon neuve ». Tout critique pourrait redire : « Je m'assimile trop facilement toute chose, pour pouvoir trouver quelque chose », comme il l'écrivait à Alain-Fournier le 13 janvier 1906. Il se trompait : de cette assimilation totale le peintre comme le modèle ressortent transformés, elle n'est que la première étape d'un processus dialectique. Après l'assimilation vient la séparation, que réalise l'écriture. Dans *Parsifal*, il a montré comment une « imagination indéfinie », pleine de rêves, est servie par une « force indomptable », qui s'incarne dans un « noyau obscur », « mystérieux résidu de la déflagration du génie ». En définitive, il n'y a que le mystère qui intéresse Rivière. D'où sa passion pour Claudel, si proche de Wagner.

Pour l'étudier, il va au plus ingrat : la comparaison entre les deux versions de *Tête d'or* et de *La Ville*. Et là, il va au plus difficile, qui est non pas la signification, mais l'image, sa naissance et son développement. Ce qui fera la gloire de la « nouvelle critique », de Jean Rousset, de Jean-Pierre Richard, est déjà là, dans un article de 1911, dans le parallèle entre quelques versets, dans la genèse de quelques métaphores. Rivière suit le poète jusqu'au moment où il ne peut aller plus loin.

Cette analyse cherche-t-elle toujours la logique d'une œuvre, comme dans le roman français, qui ne « donne jamais le vertige de l'âme humaine » ? Prétendant parler « de Dostoïevski et de l'insondable », il reconnaît que le romancier russe, dans l'âme de ses personnages, produit de l'obscurité là où le roman d'analyse français produit de la clarté. Dans chacun de ses personnages, des instincts contradictoires cohabitent et leur créateur ne s'intéresse qu'aux abîmes. Mais, au lieu de se contenter de cette constatation, Rivière est repris par le démon de la clarté (qui a peut-être contribué à étouffer son art romanesque). Le mystère peut être expliqué, l'être humain n'échappe jamais à une certaine logique : « La véritable profondeur, c'est celle qu'on explore » et nous serons plus forts que Dostoïevski.

Et puis, il y eut Marcel Proust, qui fut pour Jacques Rivière une révélation. Après avoir lu *Du côté de chez Swann* (personne ne semble avoir découvert Proust grâce à ses articles du *Figaro*, pourtant remarquables, au moins depuis 1907), il écrit une lettre à l'écrivain, qui ne nous est pas parvenue. En retour, Proust loue Rivière d'avoir parlé de son ouvrage « dogmatique » et de sa « construction ». Il n'est pas sûr que celui-ci ait vraiment compris le compliment, lui qui s'acharnera à nous parler de psychologie !

Il n'est pas sûr que leur amitié si vantée ne repose pas sur un malentendu. Ou plutôt, si l'admiration de Rivière pour Proust n'est pas discutable et lui a été droit au cœur de celui-ci, il n'est pas certain qu'elle repose sur des raisons aussi originales que l'œuvre elle-même, faute, bien sûr, d'avoir pu connaître *Le Temps retrouvé*, paru deux ans après la mort de Rivière, faute surtout d'avoir assez médité les indications de Proust sur l'architecture de son œuvre. Le romancier parle en effet sans cesse d'architecture là où le critique parle de psychologie. Sans doute ne verra-t-il jamais plus en Proust que le plus admirable des psychologues.

En effet, dans son article de février 1920 sur « Marcel Proust et la tradition classique », Rivière explique que Proust « voit toutes choses sous l'angle où il se voit lui-même », renouant ainsi avec « la grande tradition classique ». Racine, dit-il, ne fait pas autre chose. Proust « retrouve en tout le chemin de l'intérieur ». Rivière parle en rescapé du réalisme et du symbolisme, il ne s'agit plus de décrire l'extérieur et de suggérer l'intérieur, mais de comprendre quelque chose sur nous-mêmes, notre vérité intime, nos passions. D'où son intérêt pour Freud, chez qui il retient, dans une conférence d'une touchante bonne volonté, comme une peinture du dimanche, trois concepts : l'inconscient, le refoulement, la sexualité. Ce n'est pas la meilleure part de l'œuvre de Rivière, tant la concurrence est forte !

Un écrivain, fût-il un génie, a besoin d'admirateurs. C'est pourquoi Proust pardonne à Rivière de l'aimer sinon pour de mauvaises raisons, pour des raisons insuffisantes. Il lui en veut pourtant, comme le montre une étrange page de *La Prisonnière*, qui passe souvent inaperçue, où la « petite bande » des jeunes filles est comparée à l'état-major des éditions de *La Nouvelle Revue française* :

> La petite bande avait la solidité impénétrable de certaines maisons de commerce, de librairie ou de presse par exemple, où le malheureux auteur n'arrivera jamais, malgré la diversité des personnalités composantes, à savoir s'il est ou non floué. Le directeur du journal ou de la revue ment avec une attitude de sincérité d'autant plus solennelle qu'il a besoin de dissimuler, en mainte occasion, qu'il fait exactement la même chose et se livre aux mêmes pratiques mercantiles que celles qu'il a flétries chez les autres directeurs de journaux ou de théâtres, chez les autres éditeurs, quand il a pris pour bannière, levé contre eux l'étendard de la Sincérité. Avoir proclamé (comme chef d'un parti politique, comme n'importe quoi) qu'il est atroce de mentir, oblige le plus souvent à mentir plus que les

autres, sans quitter pour cela le masque solennel, sans déposer la tiare auguste de la sincérité. L'associé de l'« homme sincère » ment autrement et de façon plus ingénue. Il trompe son auteur comme il trompe sa femme, avec des trucs de vaudeville. Le secrétaire de la rédaction, honnête homme et grossier, ment tout simplement, comme un architecte qui vous promet que votre maison sera prête à une époque où elle ne sera pas commencée. Le rédacteur en chef, âme angélique, voltige au milieu des trois autres, et sans savoir de quoi il s'agit, leur porte, par scrupule fraternel et tendre solidarité, le secours précieux d'une parole insoupçonnable. Ces quatre personnes vivent dans une perpétuelle dissension, que l'arrivée de l'auteur fait cesser. Par-dessus les querelles particulières, chacun se rappelle le grand devoir militaire de venir en aide au « corps » menacé. Sans m'en rendre compte, j'avais depuis longtemps joué le rôle de cet auteur vis-à-vis de la « petite bande ».

On a reconnu successivement André Gide, champion de la sincérité, Gaston Gallimard, Gustave Tronche, et « l'âme angélique », Jacques Rivière. Il est vrai que Rivière persécutait Proust, déjà très malade, pour publier des extraits de ses œuvres inédites dont le choix et la correction le détournaient de la rédaction de son œuvre. Il passait un temps précieux à les choisir, à les corriger, à les « monter ».

C'est qu'ils ont besoin l'un de l'autre, pour faire connaître la revue, pour faire connaître le roman. Rivière admire et aime Proust, et ce dernier aime Rivière, mais, comme l'a noté Reynaldo Hahn dans son *Journal*, personne ne trouve grâce à ses yeux.

Sur quoi portent leurs conflits ? Sur le versement des droits d'auteur, sur la diffusion de l'œuvre en librairie, sur la qualité des corrections et de l'impression, sur les réactions de la presse. Il est vrai que les éditions successives de la collection blanche, jusqu'à l'édition de la Bibliothèque de la Pléiade due à Clarac et Ferré, en 1954, regorgeaient de fautes. Et que Proust s'est dépensé, a dépensé ses forces et son précieux temps, en interventions auprès de la presse, qui auraient pu revenir à ses éditeurs, assez inertes. Ce n'est donc pas au critique littéraire que Proust se heurte, c'est à l'éditeur, c'est au directeur de revue. C'est pourtant grâce à cette revue même que Rivière, six semaines après la mort de Proust, avec la collaboration de toute l'élite intellectuelle européenne, qu'il a su recueillir en un temps record, a édifié un somptueux monument, *L'Hommage à Marcel Proust*.

Rivière aurait sans doute souhaité être romancier, comme Proust. Tous les critiques littéraires ont d'abord voulu être romanciers, et certains (tous, disait Gaëtan Picon) ont gardé un roman dans leurs tiroirs. Il faudrait expliquer pourquoi ils ne sont pas parvenus à le mener à terme. La raison la plus plausible est qu'à force d'analyser, ils ont tué l'élan spontané de la création, la naïveté nécessaire et instinctive de l'invention. On ne dissèque pas le vivant. Si Proust avait persisté dans la voie de *Contre Sainte-Beuve*, il se serait stérilisé lui-même. Lorsque Rivière lui propose, un peu naïvement, un peu égoïstement, de rendre compte de la littérature contemporaine dans *La NRF*, il méconnaît ce danger. Une intelligence entraînée à être abstraite ne laisse plus place à l'imagination. Ainsi ont été paralysées *Aimée* et *Florence*.

Jacques Rivière a défendu avant la Première Guerre mondiale les seuls écrivains qui allaient lui survivre, elle qui, de Bourget à Anna de Noailles, a tué symboliquement tant de gloires maintenant oubliées. Et après la guerre, il a salué, de Dada à Aragon, de Cocteau à Proust, à Stravinski, les étoiles nouvelles, toujours avec le même talent. Il les analysait et il les publiait, et aucun directeur de revue n'a pu l'égaler. Tous les numéros de *La NRF* portent sa marque et il l'a orientée dans un sens moderne et vers les sommets. Il pouvait tout faire et s'effaçait derrière ceux qui le faisaient pour lui, parfois moins bien que lui. C'est pourquoi son œuvre est considérable, non pas quelques centaines, mais des milliers de pages se proposent ainsi à l'histoire littéraire ; quand on évoque le nom de Jacques Rivière, elles portent la trace de sa signature, le souvenir de son regard et l'ombre de sa voix.

NOTE SUR LA PRÉSENTE ÉDITION

de Robert Kopp

De tous les membres du groupe de *La Nouvelle Revue française* – André Gide, Jean Schlumberger, Jacques Copeau –, Jacques Rivière est celui que l'on connaît le moins. Il est le plus jeune du groupe, d'une quinzaine d'années, mais il meurt le premier, à trente-huit ans, en 1925. De son vivant, il n'a publié que de rares volumes, *Études*, en 1911, réunissant quelques-uns de ses articles de *La NRF*, ses souvenirs de prisonnier de guerre, en 1918, un roman, en 1922. La plupart de ses textes sont restés enfouis dans des périodiques – principalement *La NRF* – ou sont restés inédits. Sans parler de ses très nombreuses et très volumineuses correspondances. *Membra disjecta*, auxquels, depuis 1975, le *Bulletin des Amis de Jacques Rivière et d'Alain-Fournier* ajoute numéro après numéro de nouveaux textes. Il fallait donc proposer au public une vue d'ensemble et réunir en un seul volume, non pas des œuvres complètes, mais un choix d'œuvres représentatives dans les principaux domaines – ils sont au nombre de cinq – dans lesquels Rivière a été actif : la critique littéraire, la critique d'art, la critique musicale, la réflexion politique, la fiction. Donner enfin à lire un large éventail de textes, faire entendre la voix de celui de qui Jean Lacouture a dressé un portrait en pied dans une biographie publiée il y a trente ans. Si Rivière, de tous ses amis et compagnons de route, est celui qui prend le moins la lumière, il n'en est pas moins la cheville ouvrière d'une des entreprises littéraires les plus importantes du XXe siècle. Et ceci dans un moment de crise et de désorientation.

Dès avant la Première Guerre mondiale, la civilisation française et européenne est en proie au doute et à des remises en question profondes. En littérature, en musique, en art, des principes qui avaient eu cours pendant cinq siècles sont jetés par-dessus bord. On veut faire de la musique sans mélodie, et on invente le dodécaphonisme, avec Berg et Schönberg, qui mèneront à Boulez. On veut faire de la peinture en se passant du sujet et de la perspective, et on invente le cubisme, qui construit son propre sujet et invente de nouvelles perspectives. On veut faire de la littérature en se passant de la syntaxe, en alignant les mots selon le hasard, et on invente le futurisme et un peu plus tard le dadaïsme.

Au milieu de ce tohu-bohu d'-ismes en tout genre, un groupe de jeunes auteurs bien nés décident de revenir à un certain ordre, sans pour autant perdre les apports des tendances nouvelles qui se manifestent un peu partout. Et ils fondent trois institutions, qui sont liées entre elles : une revue, un comptoir d'édition, un théâtre. Ce seront *La Nouvelle Revue française*, la future maison Gallimard, le théâtre du Vieux Colombier. À elles trois, elles ont profondément renouvelé le paysage des lettres françaises et européennes. Elles ont toutes les trois fait l'objet de nombreuses études, la revue par Auguste Anglès et Alban Cerisier, la maison d'édition par l'équipe qui, sous la direction d'Alban Cerisier et Pascal Fouché, a préparé l'exposition du Centenaire, le théâtre par Marie-Françoise Christout et Danièle Pauly.

Or, la revue, de ces trois institutions, était première. Elle servait en quelque sorte de boussole. Lieu de rencontre des écrivains, carrefour de toutes les nouveautés, elle fonctionnait comme une table d'orientation. Et au cœur du dispositif se tenait Jacques Rivière, un critique de génie, capable de faire le tri, de reconnaître ce qui était porteur d'avenir et ce qui n'était que gesticulation vaine. Il avait le don – à un degré rare – de pouvoir s'ouvrir aux autres. « Tu souris un peu – écrit-il à son ami Alain-Fournier, en 1907, de me voir subir ainsi presque dans ma vie et dans ma chair les influences. Toi, de tous ceux que tu admires, vite tu extrais ce qui t'est essentiel, ce qu'ils t'apportent de nouveau ; car tu as ton œuvre à faire, et qui t'occupe trop pour te laisser voir ailleurs dans le monde autre chose que des matériaux. Mais moi, mais moi qui n'ai rien à faire que de comprendre, moi qui m'offre vide à toute invasion. Il faut que je subisse, que je me fasse d'abord la chair et l'âme de celui que j'accueille, afin de le comprendre, afin de le posséder. Et ensuite il faut que je me débarrasse de lui, pour accueillir encore. »

C'est ce génie de la critique qui a permis à Rivière d'être un des explorateurs les plus avisés de ce qu'il y avait de vraiment nouveau en littérature, en peinture, en musique. Il a ainsi montré que les jeux de Dada ne pouvaient que conduire dans une impasse, alors que les interrogations d'Artaud posaient fondamentalement le problème de l'impouvoir du langage. Appelant de ses vœux un nouveau « Roman d'aventure », il pressentait Proust avant de l'avoir lu. En peinture, il préférait Gauguin et Cézanne aux futuristes et mit en avant son goût – partagé avec Gide – pour Poussin. En musique, il a été parmi les grands amateurs de Debussy, tout en reconnaissant un des premiers le génie de Stravinski. En littérature, en peinture, en musique, Rivière est à la recherche de nouvelles valeurs. « *La NRF*, dira-t-il dans une conférence prononcée à Genève en 1919, en réaction si heureuse contre la facilité et le dévergondage littéraire du boulevard, a tout de même mérité dans une certaine mesure le reproche que quelques jeunes, au cœur impatient, lui ont adressé : le reproche d'être un peu froide et compassée, de craindre trop l'aventure et le génie, le déménagement et l'entreprise, et de n'avoir jamais, comme Jeanne d'Arc, entendu de voix. Je dirais simplement qu'à mes yeux ce défaut reste bien préférable à celui de vaticiner au hasard et de se montrer sans cesse dans le désordre de la pythie, ivre de vapeurs et sur un trépied vacillant. »

Ouvert comme nul autre à la nouveauté, respectueux de la tradition qui doit la nourrir, Rivière est aussi celui qui, au lendemain de la « Grande Guerre », alors que lui fut confiée la direction de la revue, a compris qu'il était urgent de rendre celle-ci à la littérature et aux arts et que ceux-ci étaient universels, n'appartenaient à aucune nation en particulier. Des rapports apaisés entre la France et l'Allemagne, sinon une réconciliation pleine et entière, lui paraissaient donc primordiaux. C'est ce qu'il explique dans ses articles donnés à la *Luxemburger Zeitung*, qui paraissent ici pour la première fois dans leur intégralité.

La cinquième section est réservée à ses tentatives romanesques. Nous y avons donné une série de documents qui éclairent la genèse d'*Aimée* et permettent d'observer le romancier au travail.

Ainsi, à l'exception de ses correspondances, tous les aspects de l'œuvre de Rivière sont représentés, chacun selon son importance. Nous espérons donner à cet auteur encore trop méconnu sa vraie place, une des toutes premières au milieu des Gide, Schlumberger, Copeau, Claudel, Valéry, Ghéon et Larbaud.

CHRONOLOGIE DE LA VIE DE JACQUES RIVIÈRE

d'Ariane Charton

1886. *15 juillet* : Naissance à Bordeaux de Jacques Rivière. Son père Maurice Rivière est médecin, professeur d'obstétrique. Jacques Rivière est l'aîné d'une fratrie de quatre enfants : deux frères, Pierre et Marc, et une sœur, Jeanne.

1897. *9 mars* : Mort à Cenon dans la villa Dumune de Reine Rivière née Fermaud, sa mère. Les enfants sont confiés à leur tante maternelle Marcelle Feur (« tante Michelle »). Les enfants vivront cinq ans dans le domaine de Saint-Victor à Cenon où Jacques Rivière retournera régulièrement tout au long de sa vie.

1900-1903 : Jacques Rivière fonde et dirige *L'Avenir* un petit journal familial polycopié en cinq exemplaires.

1902. *Juillet* : Maurice Rivière se remarie avec Marie-Thérèse Mermillaud. Il vend la villa Dumune. Ses enfants retournent vivre avec lui à Bordeaux.

1903. *Juillet* : Jacques Rivière obtient son baccalauréat de philosophie.

1903. *Octobre* : Jacques Rivière entre en khâgne au lycée Lakanal de Sceaux pour préparer l'entrée à l'École normale supérieure. Il écrit chaque semaine à sa tante Michelle et à ses grands-tantes maternelles, tante Toutou et Émilie.

1903. *Autour du 22 décembre* : Francisque Vial lit à la classe de khâgne des poèmes extraits du recueil *Tel qu'en songe*, d'Henri de Régnier. Jacques Rivière et Henri Fournier, son condisciple, sont bouleversés par cette lecture et se lient d'amitié peu après.

1904. *17 janvier* : Jacques Rivière assiste à une représentation de *Pelléas et Mélisande* de Debussy à l'Opéra-Comique. Il en ressort émerveillé et reverra plusieurs fois l'opéra.

1905. *Juin* : Jacques Rivière se présente au concours d'entrée à l'École normale supérieure rue d'Ulm. Il est admissible à l'écrit mais échoue à l'oral. Il obtient une bourse de licence en philosophie à Bordeaux.

1906. *1er mai* : Publication de son premier article intitulé « La musique à Bordeaux » dans *Le Mercure musical*.

1906. *26 mai* : Jacques Rivière devance l'appel afin de faire seulement un an de service militaire. Il est incorporé au 53e régiment d'infanterie à Tarbes.

1906. *2 juillet* : Jacques Rivière obtient sa licence de philosophie.

1906. *7 juillet* : Jacques Rivière est incorporé au 144e régiment d'infanterie à Bordeaux.

1906. *15 décembre* : Rencontre avec Gabriel Frizeau à Bordeaux. C'est chez ce collectionneur, ami de Claudel, qu'il fait la connaissance du peintre André Lhote et d'Alexis Léger, le futur Saint-John Perse.

1907. *23 janvier* : Première lettre à Paul Claudel, en poste en Chine. Rivière recevra une réponse le 4 avril.

1907. *Fin avril* : Jacques Rivière est libéré du service militaire. Il rejoint Henri Fournier à Paris pour quelques jours.

1907. *Juillet* : Parution de « Méditation sur l'Extrême-Occident » dans la revue *L'Occident*.

1907. *Août-septembre* : Rivière et Fournier passent une partie de leurs vacances ensemble à Cenon puis à La Chapelle-d'Angillon chez les Fournier.

1907. *Octobre* : Installation à Paris. Rivière prépare l'agrégation de philosophie et son mémoire de DES sur *La Théodicée* de Fénelon. Pour vivre, il enseigne le latin et la philosophie à Saint-Joseph des Tuileries.

1907. *Octobre-décembre* : Publication de la longue étude « Paul Claudel poète chrétien » dans *L'Occident.*

1907. *2 décembre* : Jacques Rivière et Isabelle Fournier se fiancent secrètement à Paris.

1908. *26 février* : Jacques et Isabelle annoncent leurs fiançailles. Maurice Rivière désapprouve l'union de son fils avec une fille d'instituteurs.

1908. *2 mai* : Jacques Rivière assiste à une représentation de *Boris Godounov* de Moussorgski qui l'enchante.

1908. *20 juin* : Obtention de son DES. Il publiera son mémoire sur *La Théodicée* de Fénelon dans les *Annales de philosophie chrétienne* entre novembre 1908 et mars 1909.

1908. *15 décembre* : Rivière rencontre André Gide à Paris à l'occasion d'une exposition d'André Lhote. Les deux hommes se revoient quelques semaines plus tard.

1909. *1er avril* : Parution du premier article de Rivière dans *La NRF* sur *Bouclier du zodiaque* d'André Suarès.

1909. *30 juillet* : Rivière échoue à l'agrégation de philosophie.

1909. *24 août* : Mariage de Jacques Rivière avec Isabelle Fournier à Paris à l'église Saint-Germain-des-Prés.

1909. *Octobre* : Jacques Rivière commence à donner des cours de philosophie au collège Stanislas pour faire vivre son ménage.

Il touche aussi 50 francs par mois de la part de *La NRF* pour ses articles.

1909. *18 décembre* : À l'occasion d'un banquet de *La NRF* Jacques Rivière est présenté officiellement par Gide à l'ensemble des collaborateurs de la revue.

1910. *3-23 juillet* : Jacques et Isabelle Rivière séjournent chez Gide à Cuverville en Normandie puis ils gagnent La Chapelle-d'Angillon pour passer le reste des vacances chez les Fournier.

1910. *Début octobre* : Le couple Rivière qui vivait rue Cassini avec Henri Fournier et ses parents emménagent 15 rue Froidevaux en face du cimetière Montparnasse.

1910. *Novembre* : Parution dans *La NRF* du texte « Les Beaux Jours » qui devait être initialement un roman.

1911. *30 juillet* : Deuxième échec à l'agrégation de philosophie.

1911. *23 août* : Naissance difficile de Jacqueline Rivière.

1911. *Août* : Parution aux éditions de la NRF d'un ensemble de textes et articles de Rivière rassemblé sous le titre *Études*.

1911. *Octobre-novembre* : Publication d'une étude sur André Gide dans *La Grande Revue* en deux livraisons.

1911. *7 décembre* : Jacques Rivière est nommé officiellement secrétaire de *La NRF*. Il entre en fonction le 15 et abandonne ses cours de philosophie à Stanislas.

1912. *Janvier* : Parution de *De la sincérité envers soi-même* aux éditions de la NRF.

1912. *8 janvier* : Première lettre de Rivière à Aline Mayrisch. Après la guerre, il se rendra plusieurs fois au château de Colpach, au Luxembourg, à l'invitation des Mayrisch.

1912. *Novembre-décembre* : Parution de *De la foi* aux éditions la NRF.

1912. *17 décembre* : Mariage de Gaston Gallimard avec Yvonne Redelsperger.

1913. *29 mai* : Première du *Sacre du printemps* de Stravinski au théâtre des Champs-Élysées.

1913. *Mai-juillet* : Parution de l'essai de Rivière « Le Roman d'aventure » dans *La NRF*.

1913. *12 juillet-2 août* : Les Rivière séjournent chez les Gallimard à Benerville-sur-Mer en Normandie puis se rendent à La Chapelle-d'Angillon chez les Fournier.

1913. *4 août* : Rivière adresse une lettre (perdue) à Yvonne Gallimard. Il écrit le lendemain à Gaston « tout confus de la lettre […] absolument folle et déplacée » envoyée la veille.

1913. *Juillet-novembre* : Parution du *Grand Meaulnes* dans *La NRF* avant la publication en volume chez Émile-Paul frères.

1913. *Novembre* : Parution dans *La NRF* de l'étude sur *Le Sacre du printemps*.

1913. *Décembre* : Jacques Rivière commence à donner des conférences dans le cadre des matinées littéraires du Vieux-Colombier organisées par Jacques Copeau.

1914. *5 janvier* : Après avoir passé les fêtes à Cenon, Jacques Rivière revient à Paris en train et commence à lire *Du côté de chez Swann*.

1914. *15 février* : Rivière « tombe en esclavage » en parlant de son amour pour Yvonne Gallimard.

1914. *1er juillet* : Rivière suspend sa relation avec Yvonne Gallimard. Début de la publication en deux livraisons de son essai sur Rimbaud dans *La NRF*. Jacques Rivière rejoint Isabelle et Jacqueline parties à Lacanau depuis le 8 juin.

1914. *20 juillet* : Madame Simone et Alain-Fournier retrouvent les Rivière à Bordeaux et déjeunent ensemble. Jacques et Isabelle Rivière ne reverront plus Alain-Fournier qui meurt au combat le 22 septembre à Saint-Remy-la-Calonne.

1914. *1er août* : Jacques Rivière rejoint son unité à Marmande à la suite de la mobilisation générale.

1914. *24 août* : Jacques Rivière est fait prisonnier par les Allemands. Il passera une grande partie de sa captivité à Koenigsbrück en Saxe, près de Dresde, où il arrive le 9 septembre.

1915. *20 juillet* : Rivière arrive dans le camp de Hülseberg, au nord de Brême. Quelques jours plus tard, il tente de s'évader. Il est arrêté quatre jours plus tard. Le 9 septembre, il réintègre le camp de Koenigsbrück.

1917. *16 juin* : Transfert à Engelberg en Suisse comme prisonnier de guerre interné. Isabelle et Jacqueline arrivent le 8 juillet.

1917. *Septembre* : La famille Rivière s'installe à Genève.

1918. *Février* : Rivière donne avec succès plusieurs conférences sur la jeune littérature française avant 1914.

1918. *17 juillet* : Les Rivière rentrent en France. Jacques Rivière après un mois de permission passé à Cenon est affecté à Toulouse. Il termine et fait paraître aux éditions de la NRF *L'Allemand. Souvenirs et réflexions d'un prisonnier de guerre.*

1919. *21 mars* : Jacques Rivière est démobilisé.

1919. *1er juin* : *La NRF* reparaît sous la direction de Jacques Rivière.

1919. *10 décembre* : Marcel Proust obtient le prix Goncourt pour *À l'ombre des jeunes filles en fleurs.*

1919. *Décembre* : Rivière obtient le premier prix Blumenthal grâce notamment au soutien de Proust, membre du jury. Ce prix, qui a existé jusqu'en 1959, a été fondé par la philanthrope Florence Blumenthal. Il récompensait écrivains, peintres, sculpteurs ou encore musiciens.

1920. *11 mars* : Naissance d'Alain Rivière.

1920. *Décembre* : Publication dans *La Revue de Genève* de la première traduction en français du livre de Freud, *Cinq leçons sur la psychanalyse.*

1921. *Janvier* : Les Rivière quittent la rue Froidevaux pour le 38 bis rue Boulard toujours dans le 14e arrondissement de Paris. Ils logent dans un ancien atelier de sculpteur et ont pour voisins André et Marguerite Lhote.

1922. *1er novembre* : Parution du seul roman achevé de Rivière, *Aimée* aux éditions de la NRF. Il est dédié à Proust qui meurt le 18 novembre. Jacques Rivière publie son premier article politique dans la *Luxemburger Zeitung* à la demande d'Émile Mayrisch, propriétaire du journal.

1923. *1er janvier* : Parution du numéro spécial de *La NRF* en hommage à Proust.

1923. *Janvier* : Au cours de ses conférences sur Freud et Proust prononcées au théâtre du Vieux-Colombier, Rivière fait la connaissance d'une admiratrice, Antoinette Morin-Pons.

1923. *Printemps* : Début de la liaison entre Rivière et Antoinette Morin-Pons qu'il surnomme « Belone ». Elle sera l'un des modèles de Florence, le personnage principal du roman inachevé et éponyme de Rivière. Il entame aussi une correspondance avec Maggie Horneffer, épouse du médecin qui l'avait examiné à son arrivée en Suisse en 1917 et dont il est amoureux sans être payé de retour. Elle est un autre modèle de Florence.

1924. *Mars* : Parution de *Miracles* d'Alain-Fournier aux éditions de la NRF avec une préface de Jacques Rivière.

1924. *15 octobre* : Parution du premier *Manifeste du surréalisme* par André Breton.

1924. *24 décembre* : Dernier article pour la *Luxemburger Zeitung.*

1925. *14 février* : Jacques Rivière meurt à Paris de la fièvre typhoïde.

1925. *1er avril* : Parution d'un numéro spécial de *La NRF* en hommage à Jacques Rivière.

LITTÉRATURE

GRANDS ÉCRIVAINS : UNE CLAIRVOYANCE DOUBLÉE DE PASSION

d'Ariane Charton

Lorsqu'il part à la guerre en août 1914, Jacques Rivière est secrétaire de *La NRF* depuis décembre 1911. Même s'il compte déjà dans le groupe *NRF*, ses revenus sont modestes (il a abandonné depuis quelque temps les cours de philosophie qu'il donnait au collège Stanislas) et il n'a à son actif que quelques articles et études remarqués, dont une partie a été réunie dans *Études* en 1911.

Après sa captivité en Allemagne du 25 août 1914 jusqu'en juin 1917, son séjour comme interné sanitaire en Suisse et sa démobilisation au printemps 1919, Rivière devient le directeur de *La NRF* jusqu'à sa mort prématurée le 14 février 1925. En un peu plus de quatre ans, il réussit à imposer sa personnalité avant d'être peu à peu éclipsé au fil des décennies par Jean Paulhan qu'il avait formé et qui travailla pendant près de cinquante ans, jusqu'à sa mort en 1968, pour *La NRF* comme secrétaire, rédacteur en chef puis directeur. L'importance de Rivière dans l'histoire de *La NRF* dès 1909, quand Gide commence à en faire un collaborateur de la revue, devrait cependant être réévaluée.

Outre son rôle au sein de *La NRF*, Rivière laisse aussi une œuvre qui mérite d'être redécouverte et dans laquelle la littérature occupe la plus grande place. Elle est avant tout celle d'un lecteur et d'un critique qui s'est attaché à penser la littérature avec une certaine rigueur mais sans éclipser l'émotion, son émotion. Un lecteur, mais pas n'importe lequel. Cette déclaration de Paul Claudel adressée à un Rivière de vingt-cinq ans seulement montre bien le génie particulier du jeune homme : « Vous êtes ce lecteur idéal auquel pense involontairement tout auteur quand il écrit[1]. »

Rivière définit très tôt sa « méthode » de lecture qui reflète sa façon d'être naturelle. Il épouse d'abord l'autre, avec une « effroyable plasticité[2] », comme il le dit lui-même, pour ensuite prendre de la distance et mieux l'aborder. C'est peut-être aussi le secret de l'éditeur idéal, capable « d'être l'écrivain » pour mieux ensuite en être le lecteur. « Dès que je trouve une pensée, qui ressemble à la mienne, je m'abandonne à elle. Je prends tous les contours qu'elle m'impose. Je suis délicieusement inerte. Et quand je me regarde, je me demande pourtant avec effroi si j'ai quelque chose d'original tant je *deviens* avec facilité. Je crois que ma pensée passera par toutes les formes que peut prendre une pensée. Mais s'arrêtera-t-elle jamais[3] ? » Sa critique scrupuleuse mêle rationalité et subjectivité, désir de comprendre, d'analyser mais aussi de s'abandonner.

Durant les premières années, il se montre souvent insatisfait de ses études une fois parues, parce que sa pensée, sans cesse en mouvement, a trouvé depuis d'autres sources à exploiter qui lui semblent plus intéressantes. Ensuite, après la guerre, avec la maturité, son intelligence des textes est plus stable et il parvient mieux à affirmer son art de lecteur. C'est particulièrement visible dans ses échanges avec Artaud. C'est également ce qu'il explique à Mauriac, dans la dernière lettre qu'il lui envoie le 5 janvier 1925 : « Moi de qui le métier, et peut-être le don, est de voir directement dans l'esprit des créateurs, je vois très bien tout ce qu'il y a de vous là-dedans[4]... »

La vie de Jacques Rivière est jalonnée de lectures et de rencontres capitales. Rencontres avec des écrivains, des artistes, des intellectuels qui ont donné naissance à des correspondances dont une grande partie a été publiée, d'autres restant à paraître comme celles avec Jacques Copeau, Jean Paulhan[5] ou André Breton. Porté par sa passion pour la littérature, le beau, l'intelligence,

1. Claudel à Rivière, 11 octobre 1911, *Correspondance Claudel-Rivière*, Cahiers Paul Claudel, Gallimard, 1984, p. 188.
2. Rivière à Fournier, 12 octobre 1905, *Correspondance Alain Fournier-Jacques Rivière* (*AF/JR* par la suite), revue et annotée par Pierre de Gaulmyn et Alain Rivière, Gallimard., t. 1, 1991, p. 181.
3. *Ibid.*
4. *Bulletin de l'association des amis de Jacques Rivière et d'Alain-Fournier* (*BAJRAF*), 2e trimestre, 1988, p. 57. Ce bulletin rassemble toute la correspondance entre Rivière et Mauriac.
5. À paraître aux éditions Claire Paulhan.

Rivière n'est jamais un épistolier négligent. Il saisit au contraire toutes les occasions de laisser parler son esprit et son âme et d'entretenir un dialogue avec ses correspondants.

Nous avons cependant renoncé à publier une sélection de lettres, en dehors de la correspondance avec Artaud qui a un statut particulier, au profit d'articles, d'essais, de romans et de textes variés. Sans représenter les œuvres complètes de Rivière, ce large choix permet déjà de bien saisir sa personnalité, son style et de comprendre la place qu'il a occupée dans le monde intellectuel de son temps.

Pour cette partie consacrée à des figures d'écrivains, nous avons retenu les textes qui nous semblaient les plus importants ou les plus accessibles aujourd'hui, sur les auteurs qui ont compté dans la vie de Rivière. Nous avons repris des articles publiés entre 1909 et 1924, ainsi que les textes de conférences données en 1913, 1914, 1918 et 1923. Un certain nombre de textes, notamment parus dans *La NRF*, ont été repris dans *Études* (1911) et dans *Nouvelles Études*, publiées après sa mort en 1947. Le mot « études » convient bien pour qualifier la plupart des textes. Certains, par leur longueur, sont même de vrais essais dans lesquels Rivière se livre à des commentaires approfondis. Ces études sont complétées par des conférences qui n'avaient jamais été publiées en volume, à l'exception de celle sur Gide[1].

Ces conférences, que Rivière prenait soin de rédiger entièrement, s'adressaient à un public cultivé mais qui n'avait pas forcément lu intégralement les auteurs dont il était question. Elles constituent encore aujourd'hui une bonne porte d'entrée vers ces écrivains.

Claudel, par exemple, s'il est un auteur reconnu dans le monde littéraire quand Rivière publie sa première étude en 1908, n'a pas encore la célébrité qui sera la sienne quelques années plus tard. De la même façon, Gide n'a pas encore la gloire qu'il mérite selon Rivière quand celui-ci se penche sur lui en 1911. Quant à Proust et Freud, dont Rivière parle en 1923, ils sont connus, lus mais Rivière contribue à les faire entrer pleinement dans l'histoire de la psychologie et à faire de Proust déjà un classique.

Dans ses conférences, Rivière sait aussi faire passer la passion, l'enthousiasme qui a été le sien (il dit souvent « je ») tout en offrant au public une vision analytique et pédagogique. Ces causeries, comme on les appelait à l'époque, nous font entendre une voix de Jacques Rivière peu connue mais qui a gardé une forme de fraîcheur.

1. Les conférences n'ont été publiées que dans des bulletins de l'association des amis de Jacques Rivière et d'Alain-Fournier.

« Pourquoi ce besoin d'avoir un délire littéraire à chaque instant de ta vie ? [...] Les livres ne sont que du papier[1] », écrit un peu cruellement Fournier à Rivière, alors en plein « délire » sur Rimbaud. N'avait-il pas compris ou avait-il oublié que son ami ne se nourrissait que de passion et d'émotion intellectuelles, esthétiques, qu'il avait besoin ensuite de fixer dans son esprit et sur le papier ? La littérature était pour Rivière un moyen de saisir les richesses de la réalité qu'il voulait sans bornes. Peut-être n'a-t-il jamais fait assez confiance en ses propres capacités de vivre par lui-même ? Peut-être ses désirs de comprendre, de sentir l'écrasaient-ils autant qu'ils le portaient ? Lecteur intelligent, Rivière était en tout cas assez sensible également pour marquer de son empreinte les visions offertes par les écrivains qu'il aimait. Il faut donc aussi lire ces textes critiques comme des portraits de Jacques Rivière par lui-même.

Alain-Fournier

Alain-Fournier occupe une place particulière dans la vie de Rivière, non seulement parce qu'il fut son ami le plus proche puis son beau-frère à partir de 1909[2], mais aussi parce que, peut-être plus que tous les autres écrivains aimés, il a participé à l'évolution intellectuelle de Rivière. En effet, c'est avec celui qui n'est pas encore Alain-Fournier mais simplement Henri Fournier, son condisciple de khâgne au lycée Lakanal, que Rivière va exercer son art de la lecture et son sens critique. Avec les textes qu'Henri Fournier lui soumet mais également à travers les lectures qu'ils partagent et commentent au fil de leurs lettres pendant près de dix ans et qui ont contribué à les façonner l'un et l'autre, Fournier, qui croit rapidement en son destin d'écrivain, sent qu'il a besoin de Rivière comme lecteur miroir.

La correspondance entre Rivière et Fournier qui compte trois cent quatre-vingt-neuf lettres est assurément l'une des plus belles et des plus denses de la littérature française. Elle saisit ces deux jeunes gens pendant leurs années de formation qui sont souvent sinon les plus fécondes, du moins les plus passionnantes à suivre parce qu'elles révèlent un individu en pleine construction. Une

1. Alain-Fournier à Jacques Rivière, 25 mars 1913, *Correspondance AF/JR*, *op. cit.*, t. 2, 1991, p. 486. « Les livres ne sont que du papier » est une citation de Claudel dans *Tête d'or*.
2. Jacques Rivière épousa Isabelle Fournier le 24 août 1909.

construction qui chez Fournier comme chez Rivière prend des allures de véritable aventure intellectuelle et spirituelle. Une sorte de roman d'aventure intérieure avec des enthousiasmes, des déceptions, des espoirs, des interrogations, des hésitations, des regrets.

Ces lettres ont été bien souvent un soutien moral essentiel lorsque les deux jeunes gens étaient confrontés à des épreuves qu'ils vivaient comme des absurdités : les cours en khâgne, les préparations aux concours, le service militaire. « Quelle lettre d'amour vaut notre correspondance[1] ? » griffonne Rivière pendant une corvée de lavage à la caserne. « J'attends tes lettres comme la manne. Ne crains pas de m'éreinter et de m'avouer tout ce qu'il y a de déplaisant et d'ennuyeux dans cette lettre », écrit Fournier, au bout de huit pages rédigées à Lakanal alors que sa place de thème latin « est encore exécrable[2] ».

Leur amitié naît en décembre 1903, à la veille des vacances de Noël[3]. Leur professeur de français, Francisque Vial[4], leur fait la lecture de poèmes d'Henri de Régnier extraits du recueil *Tel qu'en songe*, paru en 1892. « Je regardais Fournier sur son banc ; il écoutait profondément ; plusieurs fois nous échangeâmes des regards brillants d'émotion. À la fin de la classe, nous nous précipitâmes l'un vers l'autre[5]. » Peu après, les deux jeunes gens assistent à une représentation de *Pelléas et Mélisande*[6] de Debussy qui les subjugue.

Fournier et Rivière partagent la même sensibilité, ils ont des passions communes (Debussy, Claudel, Maurice Denis, l'automobile...) mais très rapidement, on comprend que leur amour pour la littérature n'a pas le même but. Fournier se nourrit des écrivains pour prendre ce qui peut enrichir son œuvre et son monde particulier. « Toi de tous ceux que tu admires, vite tu extrais ce qui t'est essentiel, ce qu'ils t'apportent de nouveau ; car tu as ton œuvre à faire, et qui t'occupe trop pour te laisser voir ailleurs dans le monde autre chose que des matériaux. [...] Tu es créateur ; alors

1. Brouillon d'une lettre à Henri Fournier, 30 août 1906, *Correspondance AF/JR, op. cit.*, t. 1, note 1, p. 493.

2. Henri Fournier à Jacques Rivière, 19 février 1906, *Correspondance AF/JR, op. cit.*, p. 293.

3. Sur cette amitié, voir Ariane Charton, *Alain-Fournier*, Gallimard, 2014, notamment p. 41-60.

4. Francisque Vial (1869-1940), enseignant dans différents lycées dont Lakanal, devient après la Grande Guerre chef de cabinet du ministre de l'Instruction et enfin directeur de l'enseignement secondaire de 1924 à 1936. Il était l'oncle de Pierre Brossolette.

5. Alain-Fournier, renvoi p. 56, préface à *Miracles*.

6. Voir article Rivière p. 655.

les autres ne sont là que pour te renseigner sur tes forces, pour t'aider à les découvrir[1] », lui écrit très justement Rivière. Quant à Rivière, il se nourrit des autres pour se comprendre et tenter d'y découvrir des vérités. Avec un certain désespoir, car Rivière regrette de ne pas sentir en lui cette capacité de créer, il avoue ainsi à Fournier : « Tu souris un peu de me voir subir presque dans ma vie et dans ma chair les influences [...]. En un sens tu ne *comprends* rien. Mais moi, mais moi qui n'ai rien à faire que de comprendre, mais moi qui m'offre vide à toute invasion, il faut que je subisse, que je me fasse d'abord la chair et l'âme de celui que j'accueille, afin de le *comprendre*, afin de le posséder. Et ensuite, il faut que je me débarrasse de lui pour accueillir encore. Et plus la compréhension a été parfaite, plus le détachement est laborieux et cruel. Il y a des fibres qui se rompent[2]. »

Même s'il semble parfois souffrir de cette hypersensibilité à l'autre, Rivière décrit bien le mécanisme qui fait de lui ce lecteur si pertinent. Sa finesse est telle que ses analyses sont parfois une révélation pour l'écrivain. Claudel lui-même, après avoir lu le premier long article que lui consacre Rivière en 1908, confie à Francis Jammes : « L'étude que Jacques Rivière poursuit sur moi commence à m'effrayer. Ce jeune homme est remarquablement pénétrant et intelligent ; il faut l'être pour avoir introduit autant de méthode et de clarté dans mes galimatias[3]. » Fournier, dans le même sens, lui écrit : « Je voudrais [...] te parler de ton art merveilleux de formuler et quelquefois même de pressentir ce qui est moi[4]. »

Dès le mois d'avril 1904, la moindre séparation est l'occasion pour Fournier et Rivière de s'écrire de longues lettres que l'on peut lire comme des sortes de journaux intimes où s'affrontent et se comprennent deux jeunes personnalités. Ils ne craignent ni de s'éreinter, ni de se faire des reproches, parce qu'ils savent leur amitié solide et qu'ils tiennent l'un comme l'autre à la sincérité. La dernière année de leur vie commune – le terme n'est pas excessif, tant leur proximité a été grande – les verra s'éloigner un peu, Fournier tout occupé à sa passion avec l'actrice Madame Simone, et Rivière par sa vie de famille et *La NRF*. Mais sans remettre en cause leur profond attachement.

---

1. Rivière à Fournier, 5 juillet 1907, *Correspondance AF/JR, op. cit.*, t. 2, p. 56.
2. *Ibid.*
3. Paul Claudel à Francis Jammes, 1er février 1908, cité dans *Correspondance Claudel-Rivière, op. cit.*, p. 106.
4. Fournier à Rivière, 9 novembre 1906, *Correspondance AF/JR, op. cit.*, t. 1, p. 561.

Le long texte que Rivière écrit à la fin de l'année 1922 sur Alain-Fournier est assurément l'un des plus beaux portraits qu'on puisse écrire sur un ami et l'une des plus belles réussites de Rivière. Alors que la mort les a séparés depuis huit ans, Rivière nous fait sentir la présence d'Alain-Fournier comme s'il était près de nous. Il oublie son goût pour les idées, afin de toucher à la simple vérité d'un être. Cela ne signifie pas que ce texte, sobrement intitulé « Alain-Fournier », nie la dimension littéraire et la complexité de Fournier. Au contraire, Rivière nous le montre à l'œuvre depuis ses débuts, ses tâtonnements, jusqu'à ses ébauches inachevées après la publication du *Grand Meaulnes* et revient sur « leurs années symbolistes ». Rivière explique également quels auteurs ont compté dans la vie d'Alain-Fournier évoquant Thomas Hardy, Rimbaud, Laforgue, Péguy et Marguerite Audoux avec *Marie-Claire*. Autant de souvenirs de lectures souvent partagées, débattues furieusement ou louées à l'unisson.

Il nous dit aussi comment Henri Fournier est devenu au fil des années Alain-Fournier. Il analyse les textes qui ont précédé *Le Grand Meaulnes* afin de montrer que ce roman, bien que publié par un jeune homme de vingt-six ans, a été longuement mûri. Pour illustrer ses propos, Rivière cite plusieurs passages des lettres que Fournier lui a écrites.

Rivière nous fait sentir toute l'affection qu'il portait à son ami. Mais son « Alain-Fournier » n'est en rien un panégyrique. C'est un témoignage de premier ordre et une fine analyse. C'est de la même façon qu'il agira avec Claudel, Gide ou Proust. Il ne cache pas son affection mais jamais celle-ci ne l'aveugle parce qu'il sait mettre une certaine distance presque scientifique dans ses propos.

La mort de Fournier, qu'il imagine à la fin de son texte, mêle descriptions presque romanesques si nous ne savions pas qu'il s'agit de la Grande Guerre et réflexions spirituelles. Rivière ne peut jamais rien laisser sans explication ou sans croyance, pas même la mort.

Le Grand Meaulnes, Rivière l'a vu naître au fil des années. Dans leur correspondance, on peut en suivre l'écriture depuis que Fournier en conçoit l'idée en août 1905 jusqu'à son achèvement[1].

1. C'est dans sa très longue lettre du 13 août 1905 que Fournier lâche le « gros mot », en parlant de ses projets de romancier. C'est dans cette même lettre, alors qu'il est à Londres, qu'il raconte à Rivière ses vacances d'enfant à Nancay, dans le Cher, et le magasin de son oncle Florent. Le passage sera repris presque à l'identique dans *Le Grand Meaulnes*. Lettre de Fournier à Rivière, 13 août 1905, *Correspondance AF/JR, op. cit.*, t. 1, p. 92-93.

Attaché à ce roman pour des raisons personnelles, *Le Grand Meaulnes* correspondait aussi à ces œuvres que Rivière appelait de ses vœux en 1913 dans son long article « Le Roman d'aventure[1] ». Il accepte donc de lui consacrer une causerie lorsque, en 1918, les parents d'élèves de l'école de Genève dans laquelle il donne des cours de français lui en font la demande. La conférence est essentiellement centrée sur *Le Grand Meaulnes*, avec une partie dans laquelle Rivière en fait un résumé assez précis suivi d'une étude psychologique des personnages. La conférence complète ainsi le long portrait de 1922. Il est possible aussi qu'en février 1918 Rivière ait préféré par une sorte de superstition ne pas s'étendre sur la biographie de son beau-frère, qu'il voulait croire encore vivant. C'est aussi sans doute par un souci de discrétion à son égard qu'on peut expliquer qu'il ne fasse pas mention de la rencontre capitale avec Yvonne de Quiévrecourt à partir de laquelle Fournier décida d'écrire son roman. Rencontre que Rivière évoque plus directement en 1922.

Dans sa conférence, Rivière aborde brièvement l'enfance de l'écrivain en évoquant les paysages berrichons qui pouvaient sembler un peu exotiques au public genevois. Il revient sur les influences subies par l'auteur, s'attarde, outre le symbolisme, sur les livres qui ont marqué son ami : les livres de prix[2] et les romans d'aventures, comme ceux de Stevenson. Ces ouvrages, pour certains bien oubliés, ont aidé le jeune homme à comprendre dans quelle direction il devait aller pour aboutir à ce mélange de réalisme et de merveilleux qui caractérise *Le Grand Meaulnes*. Dès 1909, alors que Fournier fait encore son service militaire et ne peut se consacrer à son roman, Rivière résume ce qui fait déjà sa particularité : « Comme dans ton livre, dans ta vie et dans ce que tu nous en dis, tu passes sans cesse des faits à leur prolongement idéal. [...] Je ne sais plus où tu m'as jeté, ni ce qui est réel, ni s'il y a du réel, ni si tout par hasard ne serait pas réel. [...] Il faudra que dans ton livre on ait souvent la tentation de t'en vouloir un peu, il faudra même qu'on t'en veuille. C'est là le trouble que tu dois donner[3]. » Sans Jacques Rivière, Fournier aurait-il vu aussi clair en lui ? Lecteur, Rivière a été aussi un

1. Renvoi p. 392.

2. Isabelle Rivière lui a sans doute parlé des livres de prix, qu'elle et son frère lisaient dans le grenier de la maison d'Épineuil-le-Fleuriel. Elle reviendra sur cette influence dans *Images d'Alain-Fournier par sa sœur Isabelle*, Émile-Paul Frères, 1938.

3. Rivière à Fournier, 14 septembre 1909, *Correspondance AF/JR*, *op. cit.*, t. 2, p. 334.

révélateur pour Alain-Fournier, non pas une fois l'œuvre finie, comme il l'a été parfois avec ses aînés mais bien avant, quand le roman n'était encore qu'un songe...

Maurice Barrès

S'il fallait établir une chronologie des lectures marquantes de Rivière, Maurice Barrès serait le premier à figurer. C'est bien avec l'auteur du *Jardin de Bérénice* que Rivière applique en premier sa « méthode ». Il constate ainsi : « C'est ma sensibilité intellectuelle ou mon intelligence sensible que Barrès m'a appris à cultiver[1]. »

Rivière découvre Barrès à dix-neuf ans durant l'été 1905. « Je ne pense que dans et par Barrès[2]. » Le maître vient à sa rencontre au moment où il en a besoin pour se construire. Philippe, le héros du *Culte du moi*[3], agit comme une sorte de frère aîné pour Rivière, qui le conseille pour devenir lui-même, pour lui et pour les autres. Dès l'automne, Rivière lui consacre des pages entières dans ses lettres à Fournier, essayant de convaincre ce dernier de son importance. Mais Fournier ne se laisse pas séduire. Peut-être parce que Barrès vient trop tard dans sa vie à lui. Plus sûrement parce que Fournier et Rivière n'ont pas le même tempérament et les mêmes attentes. L'un le lit comme un écrivain, l'autre comme un maître, l'un s'occupe du style, l'autre de la pensée. Fournier met d'ailleurs en garde son ami contre son influence trop grande.

En attendant, Rivière lit Barrès. Le verbe lire est même trop faible. Il s'en imprègne, il s'abandonne à lui. « Barrès que je lis avec une joie incomparable. C'est sûrement une grande révélation. Et je prévois mal encore l'influence énorme qu'il aura sur moi[4] », avoue-t-il à Fournier. C'est le Barrès du *Culte du moi* qu'il admire et qui le guide. Il trouve dans les analyses de Philippe, le narrateur de la trilogie, cette exploration du moi sensuel, psychologique mais aussi éthique – quand l'expression de la sensibilité devient une forme de morale de vie et de métaphysique – dont il a besoin.

À Fournier qui l'interroge sur l'aspect politique, Rivière est bien obligé déjà de faire des réserves sur ce « second Barrès », le nationaliste qu'il ne peut suivre. Mais la passion Barrès a été

1. Rivière à Fournier, 2 février 1906, *ibid.*, t. 1, p. 272.
2. Rivière à Fournier, 12 octobre 1905, *ibid.*, t. 1, p. 181.
3. *Le Culte du Moi* regroupe trois romans de jeunesse de Barrès (1862-1923) : *Sous l'œil des barbares*, *Un homme libre* et *Le Jardin de Bérénice*, publiés en 1888, 1889 et 1891.
4. Rivière à Fournier, 7 septembre 1905, *ibid.*, t. 1, p. 128.

intense, à l'image de l'ardeur dont est capable la jeunesse. D'abord heureux d'être absorbé par Barrès, il prend conscience au fil des mois qu'il se perd lui-même. Le 2 février 1906, il écrit à Fournier : « Lui qui a si fort prêché la culture du moi et de la personnalité n'était pas responsable des imitations trop étroites, où m'incitait mon amour passionné. Barrès m'avait proposé une méthode, non des exemples, mais quand on aime trop, on en vient toujours à copier. » À cette époque, Rivière écrit « un recueil de petits plagiats » de Barrès, appelés « tentatives[1] », qu'il envoie à Fournier un an plus tard. La passion a été brève, mais Rivière se déprend en conservant le meilleur de sa lecture. « Quant à savoir ce que je deviendrai, quand réellement Barrès s'en ira, je ne me le demande pas [...]. Il est probable que je garderai toujours cette clairvoyance doublée de passion, qui va si bien à ma vraie nature – je crois[2]. »

De Barrès, après 1906, il ne sera plus question que ponctuellement. Le 15 mai 1908, il avoue à Fournier qu'il a relu un peu de Barrès : « C'est prestigieux et grossier, c'est fabriqué avec un parti pris d'affectation dilettantiste. On ne le distingue pas d'abord tant c'est affecté. Et c'est pour ça qu'on est séduit[3]. » Rivière éprouvera même l'envie de tuer ce premier père. En septembre 1911, il déclare ainsi à Fournier : « Je songe à mon éreintement de Barrès[4]. » Projet qui ne verra pas le jour mais qui traduit sa volonté de prendre encore plus de distance. On imagine que l'éreintement d'un critique de vingt-cinq ans aurait été à la mesure de la passion du jeune homme de dix-neuf ans. Reste que Barrès aura compté.

Les longues analyses auxquelles Rivière se livre en septembre et octobre 1905 devaient servir à une étude future, qui sera vite abandonnée. Finalement, Rivière ne puisera dans les lettres à son ami qu'à la mort du maître, en décembre 1923, pour son court article nécrologique paru dans *Les Nouvelles littéraires.* Dans ce numéro spécial, des critiques, des écrivains de la même génération que Barrès ainsi que des auteurs plus jeunes – Rivière, Montherlant, Cocteau et Drieu La Rochelle – voisinent avec quelques hommes politiques. Un an auparavant, en novembre 1922, Rivière avait déjà écrit sur Barrès dans

1. Renvoi p. 899.
2. Rivière à Fournier, 2 février 1906, *Correspondance AF/JR*, *op. cit.*, t. 1, p. 272.
3. Rivière à Fournier, *ibid.*, t. 2, p. 180.
4. Rivière à Fournier, 5 septembre 1911, *ibid.*, t. 2, p. 447.

La NRF[1]. Mais l'article portait moins sur l'écrivain que sur les attaques violentes dont l'auteur était l'objet par des tenants de la critique catholique, suite à la parution d'*Un jardin sur l'Oronte*.

L'article de 1923, repris ici, est plus personnel puisque Rivière emploie le « je » et le « nous ». Son témoignage illustre très bien le poids qu'un écrivain peut avoir sur la jeunesse. « Il nous aura permis de grandir », c'est « l'homme de qui l'écriture a produit les plus grands effets[2] ». Et c'est cette importance, même si elle se teinte de malentendu, même s'il émet des réserves, que Rivière célèbre dans « Barrès et la sensibilité moderne ».

Paul Claudel

Ce détachement naturel à l'égard de Barrès s'accélère d'autant plus avec la découverte de Claudel. Rivière passe d'un maître à un autre. Dès mars 1906, il écrit à Fournier : « Claudel est venu pour moi à propos, juste au moment où je me détachais de Barrès, sans bien savoir pourquoi. [...] Claudel est venu et m'a enseigné que la passion sous toutes ses formes était le véritable acquiescement, la véritable participation à la nature. Admirable coïncidence, qui soudain me tire des hésitations où je m'endormais. Car j'allais me perdre sans l'intervention de Claudel[3]. » Mais cette fois, Fournier aussi est enthousiaste. Il est d'ailleurs le premier à confier dès janvier 1906 son admiration pour *Tête d'or*, *L'Échange*, *La Jeune Fille Violaine*. Rivière lui répond longuement fin février. Les deux jeunes gens vont lire Claudel progressivement, parfois bouleversés, parfois désarçonnés, incertains d'avoir tout compris devant cet écrivain qu'ils peinent à qualifier. Claudel incite Rivière à s'interroger sur sa foi même si ce dernier ne comprend pas au début que Claudel est profondément catholique. Il voit en lui plutôt d'abord une sorte de génie panthéiste, célébrant la puissance de la vie totale. Lorsque débuteront leurs échanges épistolaires, en 1907, Claudel, en poste en Chine, tentera de convertir Rivière, mais ce qui semblait simple et lumineux à l'auteur de *L'Annonce faite à Marie* est complexe et obscur pour Rivière. Rivière, comme un amoureux, est tourmenté à l'idée de décevoir le maître, mais préfère toutefois la déception au mensonge.

1. « Maurice Barrès et la critique catholique », in *Études*, *op. cit.*, p. 107-111.
2. Renvoi p. 104.
3. Rivière à Fournier, 19 mars 1906, *Correspondance AF/JR*, *op. cit.*, t. 1, p. 319.

Claudel est un cas à part pour Rivière car il apparaît moins à ses yeux comme un écrivain admirable dont il veut se nourrir qu'un maître qui pourrait aussi et surtout répondre à ses angoisses existentielles. Dans son étude, « Paul Claudel, poète chrétien », il déclare même que Claudel est « un missionnaire et un apôtre[1] ». Un temps, la foi profonde, inébranlable et prosélyte de Claudel lui fait entrevoir la possibilité de devenir comme lui. Mais c'était sans compter sur la complexité de Rivière qui ne peut se résoudre à penser qu'il n'y a qu'une vérité et qui ne trouvera jamais de réponses définitives à ses angoisses. Et pourtant, ce n'est pas faute de désirer croire. La lecture de Claudel a d'emblée été affaire de passion mystique. Rivière dans ses lettres à Fournier emploie tout un vocabulaire amoureux et même sensuel. Il vit la littérature au plus profond de son âme et avec Claudel, plus que jamais.

Le contexte dans lequel il médite son premier texte n'est pas sans importance. À partir d'août 1906, devançant l'appel, il est un banal soldat du 53e RI. Il écrit sur Claudel au milieu de la crasse, de la grossièreté et de l'épuisement de la vie de caserne d'un caporal. La « dure vie basse », pour reprendre une expression de Fournier. Fin 1906, la révélation du catholicisme de Claudel par leur ami commun Gabriel Frizeau[2] bouleverse Rivière et le pousse à écrire au maître dès le début de l'année suivante. Ce sont d'abord des lettres très exaltées, parfois mystiques, il en adresse parfois deux successivement, sachant que la réponse prendra près de trois mois à arriver. Rivière veut éprouver la puissance du maître et pourquoi pas y céder. Claudel, en poste à Tientsin, tente de convertir Rivière en usant de sa rhétorique et lui commande de se confesser, de communier. Mais celui-ci résiste, parfois avec une forme d'agressivité, avec des arguments philosophiques et en brandissant la liberté de son âme et son orgueil.

Ces échanges épistolaires très denses, le catholicisme revendiqué de Claudel, obligent Rivière à revoir ce qui deviendra « Paul Claudel, poète chrétien », qu'il avait déjà soumis à Fournier et qu'il hésitait à publier – en dépit de l'incitation enthousiaste de son ami. Dans cette étude, on perçoit toute la passion qui a présidé à la lecture. Mais l'analyse est celle d'un homme davantage fasciné que (devenu) croyant. Quand il termine l'article, à la fin

1. Repris dans *Études*, *op. cit.*, p. 415-444.
2. Gabriel Frizeau (1870-1938), amateur d'art bordelais. Il réunit aussi autour de lui des intellectuels et des artistes dont Francis Jammes, Rivière, Claudel ou encore le futur Saint-John Perse. C'est chez lui que Rivière fit la connaissance d'André Lhote.

de l'été 1907, libéré du service militaire, fiancé à Isabelle Fournier, Rivière a réussi à prendre assez de distance avec l'auteur de *L'Échange.* Il n'est plus l'enfant qui à genoux demandait au divin Claudel de le violenter pour mieux le sauver de lui-même et lui montrer la voie. Rivière n'a toujours pas de réponses et il sait que Claudel ne les détient pas. « Paul Claudel, poète chrétien » offre donc une lecture fine, riche, subjective mais aussi plus distanciée. L'étude paraît d'octobre à décembre 1907 dans la revue *L'Occident.* Claudel, bien que discutant certains passages, se montrera admiratif et touché par l'intelligence déployée par Rivière. « C'est un bonheur profond de se sentir aimé et surtout compris. [...] Pour l'auteur c'est une chose pleine de renseignements que de la voir ainsi objectivée, et de se regarder dans une paire de prunelles attentives[1]. »

Au bout de près d'un an d'échange épistolaire, Claudel a compris que Rivière lui avait échappé et il ne souhaite plus poursuivre des discussions théologiques et philosophiques pour lesquelles il dit n'être pas fait. Leurs lettres deviennent plus celles qu'on peut attendre de deux hommes de lettres, causant presque à égalité de leurs lectures, de leurs projets, d'esthétique même si la question religieuse revient parfois, notamment lorsque Rivière publie *De la foi*, en 1912.

De retour à Paris à l'automne 1909, Claudel rend visite de façon impromptue à Rivière. Isabelle et Henri Fournier sont aussi présents. Rivière est bouleversé par cette rencontre : « Il est aussi terrible que ses livres[2] », dit-il à Lhote. On sent Rivière prêt à replonger mais la rencontre, aussi saisissante soit-elle, apparaît aussi comme le chant du cygne de la passion. Entre-temps, Rivière s'est marié, il a dû trouver un emploi. Il donne des cours de philosophie au collège Stanislas, grâce à la recommandation de Claudel, et surtout commence à travailler pour *La NRF* tout en écrivant pour diverses revues.

Dans le numéro de *L'Art libre* de juillet-septembre 1910, consacré à Claudel, paraît un nouvel article, assez court, de Rivière sur *Hymnes* et les *Cinq Grandes Odes*[3]. Le texte, qui porte davantage sur le style dont Rivière souligne à nouveau la sensualité et la

1. Claudel à Rivière, 28 janvier 1908, *Correspondance Claudel-Rivière, op. cit.*, p. 104.
2. Rivière à Lhote, 6 octobre 1909, Correspondance Alain-Fournier-Jacques Rivière-André Lhote, *La Peinture, le cœur et l'esprit. Correspondance inédite (1907-1924)*, texte établi et présenté par Alain Rivière, Jean-Georges Morgenthaler et Françoise Garcia, William Blake and Co, 1986.
3. « Les œuvres lyriques de Claudel », repris dans *Études, op. cit.*, p. 54-65.

cruauté, plaît à Claudel qui remercie chaleureusement son jeune ami dans sa lettre du 25 août.

En octobre 1911, Rivière écrira pour *La NRF* – qui publie et soutient Claudel – un plus court article, « Théâtre (première série) », également repris dans *Études*. Le jeune homme se livre là à un travail d'analyse entre deux versions d'un même texte, *Tête d'or* et *La Ville* pour rappeler que la poésie, comme toute forme d'expression artistique, requiert travail et patience. Claudel s'attellera d'ailleurs à retravailler d'autres textes : *La Jeune Fille Violaine* devenant après deux versions, *L'Annonce faite à Marie* et sans oublier les deux versions de *L'Échange* écrites à près de soixante ans d'écart.

Enfin, Rivière consacrera deux conférences à l'écrivain, en 1914 puis 1918, qui ont pour but, plus encore que les articles, d'expliquer Claudel, notamment son théâtre qui à l'époque a été encore peu représenté.

André Gide

Durant cette période claudélienne, Rivière n'était pas seul. Outre Henri Fournier, le compagnon de toujours, André Gide jouait aussi un rôle important. Rivière commence en effet à lire Gide à la même époque, avec la passion qu'il met dans toute chose qu'il sent susceptible de le bousculer, de l'élever, de l'interroger. Gide va marquer Rivière et Fournier même si ce dernier restera davantage du côté de Claudel.

Par rapport à l'auteur de *Tête d'or*, qui est parfois le sujet principal de lettres entières, Gide occupe beaucoup moins de place dans la correspondance entre Fournier et Rivière même si on perçoit bien l'importance de cette lecture pour les deux jeunes gens. Comme pour Claudel, Rivière emploie des mots forts, des mots d'amour. Gide, « être adorable et qui ne passera pas sans influence sur moi. Être adorable. [...] André Gide. Être délicieux, balbutieur exquis et passionné. [...] Ô Ménalque, qui te dépouilles de tous tes biens pour aller par le monde à la recherche de sensations neuves, de parfums encore irrespirés[1] ».

Gide et Claudel se placeront par la suite comme deux rivaux auprès de Rivière. Mais pour un jeune esprit ardent comme Rivière, ces lectures ne s'opposent pas, au contraire elles nourrissent sa

1. Rivière à Fournier, 7 août 1906, *Correspondance AF/JR*, *op. cit.*, t. 1, p. 468-469.

soif de réflexions, d'idées, de réponses, de vérités. Il explique même que « toute l'œuvre de Gide est une introduction presque nécessaire à celle de Claudel. [...] Gide crie : "J'ai passionnément cherché : je n'ai rien trouvé." [...] Et Claudel répond : "J'ai trouvé." Ainsi j'accorde, en mon amour, leurs deux voix[1] ».

Après sa lecture de *Paludes*, en décembre 1906, Rivière note : « Gide, esprit subtil, impalpable et somptueux, violent, sensuel et idéologue, abstrait et ironique si doucement, si doucement, comme sachant bien qu'il ne vaut pas la peine d'en souffrir. [...] Claudel est tout, une âme et un corps, et joints ensemble[2]. »

Rivière les relit en même temps comme s'il avait besoin de ces deux maîtres conjointement : « D'un seul trait aujourd'hui j'ai relu presque toutes *Les Nourritures terrestres.* Que c'est beau ! C'est ce que je connais de plus beau dans Gide », et : « J'ai relu aussi presque tout *Connaissance de l'Est.* Je ne sais qu'en dire à qui ne le connaît pas. Par moments, c'est d'une solidité qui donne l'impression de surnaturel. Lire cela, c'est une possession ; comme une satisfaction de tout l'être à la fois[3]. »

Après avoir tenté d'approcher ce grand tout qu'est Claudel, Gide semble plus atteignable. « Il me semble qu'arrivé à un sommet insupérable, je doive alimenter mon adoration, chercher un peu au-dessous[4] », avoue Rivière. Et surtout Gide aborde le désir, la sensualité, les décrit, en explore la complexité, avec une force directe qui fascine Rivière, lui qui se sent un être gouverné par le désir, comme il le « confesse » à Claudel.

Saisi par la lecture de *L'Immoraliste*, il déclare à Fournier : « Cette âme de Gide est près de la mienne. Même apprêt, même souci de méthode, contrariés par de terribles désirs sensuels et un évanouissement passionné en toutes choses. [...] Claudel est encore trop haut pour moi comme pour Gide. Peut-être n'arriverons-nous jamais à lui[5]. »

La proximité morale plus grande avec Gide rend son engouement moins paroxystique mais aussi plus constant que pour Claudel. Ajoutons que Rivière n'a pas été tenté d'écrire à Gide au moment de ses premières lectures, en 1906-1907, alors qu'il a cherché à se confronter à Claudel. Rivière rencontre Gide le 15 décembre 1908 à l'occasion d'une exposition que son ami

1. Rivière à Fournier, 13 janvier 1907, *ibid.*, t. 1, p. 632-633.
2. Rivière à Fournier, 25 décembre 1906, *ibid.*, t. 1, p. 613.
3. Rivière à Fournier, 15-18 janvier 1907, *ibid.*, t. 1, p. 635.
4. Rivière à Fournier, 20 septembre 1906, *ibid.*, t. 1, p. 516.
5. Rivière à Fournier, 11 juin 1907, *ibid.*, t. 2, p. 22.

André Lhote présente dans l'atelier de Suzanne Schlumberger[1]. Rivière sait par avance que Gide va venir et l'attend avec émotion. L'auteur de *L'Immoraliste* se montrera « charmant, familier et causeur[2] », comme il le rapporte à Fournier. Plus accessible que Claudel. Gide est en train de relancer *La NRF* après un premier numéro manqué. Lors de leur nouvelle rencontre, en janvier 1909, Gide voit dans le « jeune Sorbonnien » un collaborateur intéressant. Peu après, Rivière écrira un compte rendu sur *Bouclier du zodiaque* de Suarès et publiera « Introduction à une métaphysique du rêve[3] », texte étonnant que *La Grande Revue* et le *Mercure de France* avaient refusé. Gide lui propose assez vite un petit salaire mensuel de 50 francs contre ses articles avant de lui offrir, en décembre 1911, le poste de secrétaire de *La NRF.* Poste qui donne à Rivière plus de responsabilités que n'en avait eues son prédécesseur, Pierre de Lanux.

L'amitié avec Gide naît avec l'entrée de Rivière à *La NRF.* Cette amitié ne sera pas sans nuages idéologiques : le timide Rivière, notamment après 1919, voudra imposer sa personnalité au sein de *La NRF* ; et Gide ne se gênera pas pour critiquer dans les pages mêmes de la revue le contenu proposé par son directeur, ce qui peinera profondément Rivière[4]. Gide donne son avis, discute, conseille, comme le montre leur correspondance. Leurs lettres, après la guerre, sont souvent plus courtes, plus techniques, liées au quotidien de la revue et de la maison d'édition. Mais ils s'écrivent aussi parfois pour se parler à cœur ouvert et révéler leurs divergences. Divergences auxquelles l'un comme l'autre tenaient, comme un ciment de leur amitié[5].

Rivière a écrit une longue étude sur Gide qui parut dans *La Grande Revue* en deux livraisons, les 25 octobre et 10 novembre 1911[6]. Il étudie toutes les œuvres que Gide a publiées jusque-là

---

1. Suzanne Weyher Schlumberger (1878-1924), épouse de Jean Schlumberger, fut aussi l'élève du peintre belge Théo Van Rysselberghe. La fille de celui-ci et de Maria (la « petite dame ») Élisabeth, sera la mère de Catherine Gide.

2. Rivière à Fournier, *Correspondance AF/JR, op. cit.*, p. 250.

3. Renvoi p. 918.

4. À ce sujet, voir Jean Lacouture, *Une adolescence du siècle, Jacques Rivière et la NRF*, Le Seuil, 1994, p. 657-678.

5. « Nous étions résolus et résignés à rester, de toute la force de notre amitié, des adversaires. De là l'inestimable profit que l'un et l'autre nous trouvions à chacune de nos conjonctions », écrivit Gide dans son hommage à Jacques Rivière, *La NRF*, avril 1925 repris dans *Essais critiques*, Pierre Masson (éd.), Gallimard, coll. « Bibliothèque de la Pléiade », 1999, p. 979.

6. « André Gide », repris dans *Études, op. cit.*, p. 470-528.

d'un point de vue du style, de la psychologie, pour finir par un éloge de l'écrivain. Gide en est ravi et admiratif. « Ô mon ami ! Je [...] ne sais comment raconter la grave et violente joie qui m'enivre[1]. » Cette étude tenait à cœur au jeune Rivière, mais il n'était pas possible pour lui de la faire paraître dans *La NRF* car celle-ci avait comme principe de ne pas publier d'article sur les membres de la rédaction et les collaborateurs. Gide de son côté et Fournier de l'autre aidèrent Rivière à faire accepter cette étude à Jacques Rouché qui réclama tout de même quelques coupes pour ne pas dépasser les bornes de sa revue. Rivière, comme souvent, à peine son travail achevé, s'en montra insatisfait. « Pourquoi n'ai-je pas exprimé mieux tout ce que je sentais d'admiration et d'enthousiasme ? Mais insensiblement je ne sais quoi m'entraînait ce vieux sale besoin d'expliquer en systématisant[2]. »

Ensuite, Rivière consacrera à Gide une conférence en Suisse en février 1918, remaniée et un peu augmentée en 1923. Rivière distingue deux périodes chez l'écrivain : celle du symboliste et celle ensuite du roman, en s'arrêtant à *La Symphonie pastorale* (1919), dernier roman publié alors par Gide. Rivière mourra juste avant la parution des *Faux-monnayeurs*. À la différence du jeune homme de 1911, Rivière, en 1923, a une vue plus large de l'œuvre gidienne et s'autorise à des critiques, notamment à l'égard d'*Isabelle* et des *Caves du Vatican*. Gide lui-même estimait qu'*Isabelle* était raté[3]. *L'Immoraliste* est toujours à ses yeux son ouvrage le plus remarquable, le chef-d'œuvre d'une production déjà riche. Il évoque aussi le « pendant naturel » de ce roman, *La Porte étroite* en soulignant les points communs entre Michel et Alissa, aussi paradoxal que cela puisse sembler de prime abord. Pour lui, les deux personnages sont portés par une forme d'« instinct d'indépendance à tout prix ». Ce besoin de ne pas être « enrôlés », « encadrés », n'est-ce pas aussi celui de Rivière qui n'est ni le disciple de Claudel, ni celui de Gide, qui ne s'est pas laissé prendre par l'université et qui dans cette vie

1. Gide à Rivière, 26 juillet 1911, *Correspondance Gide-Rivière*, Gallimard, 1998, p. 242. Rivière envoie à Gide le manuscrit de son étude avant de l'adresser à *La Grande Revue*.

2. Rivière à Gide, 28 juillet 1911, *ibid.*

3. « J'estime avoir complètement manqué mon Isabelle [...]. Si vous eussiez été mon aîné – ou même sans cela : simplement si vous m'eussiez dit : renoncez pour ce livre, à cette sorte d'affabulation indirecte qui flatte trop d'anciennes manies et vous oblige à vous interposer encore, vous écarte de la réalité... » Gide à Rivière, 29 juillet 1911, *ibid.*, p. 247.

plus précaire de critique et directeur de revue garde une forme de liberté malgré tout, la liberté d'être lui-même et toujours changeant et multiple ?

Rivière achève sa conférence par un portrait de l'esprit de Gide qui a aussi des allures d'autoportrait, soulignant leurs points communs : « Ce n'est pas sans raison que Gide a écrit une apologie de l'influence, où il prétend que ce sont les esprits les plus vigoureux qui subissent le plus et qui craignent le moins de subir. Outre sa vérité générale, cette thèse a une vérité individuelle : elle traduit à merveille le tempérament de son auteur[1]... » Qui, peut-être plus que Gide, n'a pas désiré les influences comme moyen de se construire si ce n'est Jacques Rivière ?

Arthur Rimbaud

Quelques mois avant le début de la guerre, Rivière s'attelle à une étude sur Rimbaud.

Le poète ne fait pas non plus l'objet de longues lettres entre Fournier et Rivière. Mais plus encore que devant Claudel et Gide, on saisit combien les deux amis n'attendent pas la même chose de leur lecture. Fournier fait son miel de Rimbaud pour son futur roman. Rimbaud lui ouvre une voie dans laquelle il a envie de s'engager. En 1922, Rivière établira d'ailleurs une série de rapprochements entre les deux écrivains, en brossant son portrait d'Alain-Fournier.

Face à Rimbaud, au contraire, Rivière exprime tout à la fois une fascination et une sorte d'incompréhension. « En écrivant ses hallucinations, il risquait ou d'être sublime ou d'être incompréhensible (je parle pour moi[2]). » Évoquant *Une saison en enfer* : « Ces visions sont des transformations de la réalité par un cerveau fiévreux. [...] On sent derrière les formes hallucinatoires les formes réelles qui en sont le principe, on sent la transfiguration du monde vrai en rêves[3]. » Il reconnaît cependant que certains poèmes lui restent « irrévocablement fermés[4] ».

En fait, Rimbaud vient tourmenter son esprit plus rigoureux que celui de Fournier tout en flattant ses désirs les plus profonds.

---

1. Renvoi p. 177.
2. Lettre à Henri Fournier, 13 avril 1906, *Correspondance AF/JR, op. cit.*, t. 1, p. 365.
3. *Ibid.*
4. Lettre à Henri Fournier, 13 mai 1906, *ibid.*, p. 403.

À l'impression d'étrangeté que lui procure Rimbaud, Rivière va répondre par son texte sans doute le plus inattendu « Introduction à une métaphysique du rêve », dédié à la mémoire du poète. Il aurait pu en rester là. Mais la passion de Claudel pour le poète, l'article que ce dernier lui consacre dans *La NRF* en 1912, va inciter Rivière à se replonger dans l'œuvre rimbaldienne. La vision mystique, métaphysique de Claudel transparaît d'ailleurs par moments dans l'étude de Rivière[1]. Car Claudel, qui avoue à Rivière que Rimbaud « a été l'influence capitale[2] », encourage son jeune correspondant à relire l'auteur des *Illuminations* et même à se laisser porter, comme lui. Évoquant d'ailleurs son illumination rimbaldienne à l'âge de dix-huit ans, Claudel écrit à Rivière : « J'avais la révélation du surnaturel. Le génie se montre là sous sa forme la plus sublime et la plus pure, comme une inspiration réellement venue d'on ne sait où[3]. »

Rivière rédige une note de lecture sur *Jean-Arthur Rimbaud, le poète* de Paterne Berrichon en février 1913, dans laquelle il évite de parler du livre en préférant évoquer le monde surnaturel perçu par Rimbaud[4]. Quelques mois plus tard, le 6 décembre, dans le cadre des matinées littéraires du Vieux-Colombier, il donne une conférence sur Rimbaud et Laforgue[5]. Il consacre l'essentiel de sa conférence à Rimbaud et reprendra même certains passages pour son étude. Il évoque déjà le caractère particulier de Rimbaud et développe ce qui fait la spécificité du poète. Selon lui, il n'écrit pas pour nous. Ses poèmes révèlent une réalité parallèle, surnaturelle qu'on peut approcher par nos rêves. Même si l'ensemble est plus succinct, Rivière ne changera pas d'approche quelques mois plus tard.

---

1. Claudel, qui lit le manuscrit en juin 1914, sera enthousiasmé par l'étude de Rivière... « C'est de l'or pur, mon cher garçon, de l'or en barre ! » (*Correspondance Claudel-Rivière, op. cit.*, 6 juin 1914, p. 234) sans se départir de son obsession de la pureté qu'il rattache à Rimbaud.
2. Claudel à Rivière, 12 mars 1908, *ibid.*, p. 112.
3. *Ibid.*
4. Livre qui suscita des polémiques, Paterne Berrichon, soutenu par sa femme Isabelle, sœur de Rimbaud, cherchant à faire de l'écrivain un saint et récusant les accusations d'homosexualité. Des critiques et amis du poète s'étaient insurgés contre cette manière de déformer la réalité. Claudel soutenait en privé Berrichon et brosse dans sa lettre à Rivière du 20 février 1914 un portrait vertueux de Rimbaud. Il voulait dissuader Rivière de revenir sur la polémique, ce que Rivière n'avait de toute façon pas l'intention de faire. Dans une lettre à Fournier qui lui a prêté le livre de Berrichon, Rivière déclare à propos de ce dernier : « ça dépasse tout en ridicule » (20 mars 1913, *Correspondance AF/JR, op. cit.*, t. 2, p. 485).
5. Conférence publiée dans le *BAJRAF* du 1er octobre 2000.

Dans son étude parue dans *La NRF* en juillet et août 1914, Rivière prend très peu en compte la vie de Rimbaud. Verlaine n'est même pas cité, pas plus qu'il n'est question de ses relations avec sa famille ou de sa mort. Pour Rivière, Rimbaud est justement un être à part, sorti de nulle part et qui n'attend rien de la vie et du monde des hommes. « L'idée d'innocence explique toute l'œuvre de Rimbaud[1] », note-t-il tout en en faisant une sorte de messager du surnaturel. Mais dans le texte de 1914, pas plus que dans sa conférence, Rivière ne relie Rimbaud au catholicisme. La révolte de Rimbaud est métaphysique et sa pureté appartient à un autre monde qu'il ne nomme pas.

Ce qui intéresse Rivière, comme chez les autres écrivains, c'est l'œuvre et la façon dont l'auteur traduit sa pensée ou ici ses visions. Comme pour la poésie et le théâtre de Claudel, ou même la phrase gidienne, Rivière se livre dans son étude à des analyses stylistiques de poèmes de Rimbaud. Il établit un lien étroit entre la forme et le fond, montrant par là le travail de l'écrivain en s'appuyant même sur des comparaisons entre les ébauches et le texte final. Et sa poésie, loin d'être le produit d'un esprit surmené ou génialement dérangé, apparaît comme un moyen d'être au monde et de communiquer. Rivière, toujours rigoureux dans ses commentaires, prudent dans ses affirmations, tant il se méfie des vérités toutes faites, n'est jamais un critique absent de son objet. La fin de son étude reprend ce qu'il avouait à Fournier : Rimbaud est génial mais effrayant.

Rivière avait aussi ajouté une conclusion, écrite à la main, mais non publiée qui révèle bien ses hésitations face à Rimbaud, cet « accident prodigieux survenu à l'humanité » tout en montrant encore le poids de Claudel et de ses propres questionnements religieux. Il avait écrit à la main : « Je n'accepte pas de laisser sans guérison la blessure qu'il a portée dans mon intelligence. Je la ressens avec application, je la médite, et peut-être ne pourra-t-elle être fermée que par des dogmes catholiques. » Cette phrase figure, avec d'autres passages supprimés, dans l'édition de 1930 de l'étude qu'Isabelle Rivière publia aux éditions Kra en reprenant toutes les notes manuscrites laissées par son mari. Ce court passage fit polémique en 1930, entre ceux qui voyaient dans Rivière un croyant, en premier lieu Isabelle, et ceux qui réfutaient cette affirmation, parmi eux, des membres de *La NRF* comme Gide.

1. Renvoi p. 207.

La guerre va changer le regard de Rivière sur l'existence, sur la littérature et sa lecture de Rimbaud. Il abandonne l'idée que quelque chose est venu à Rimbaud. La découverte de Freud, de Proust, l'émergence de Dada et du surréalisme qui ouvrent d'autres voies à la psychologie et à l'écriture lui donnent à penser que les visions de Rimbaud relèvent plus de son inconscient que d'un signe extérieur[1]. C'est avec le même recul qu'il avouera à Gide : « Rimbaud reste pour moi un monstre incomparable. Mais moins que jamais aujourd'hui je lui consens une lignée. Il faut sortir de là. Il faut retrouver les proportions de l'humanité ; il faut s'arracher à l'étrange quelque reste de douceur qu'il puisse avoir encore pour nous[2]. »

Rivière n'a pas eu le temps ni surtout l'envie de reprendre son étude sur Rimbaud après la guerre. Le poète avait été une étape pour lui mais une étape passée[3]. L'étude de 1914 n'en reste pas moins intéressante aujourd'hui, non seulement pour suivre l'évolution intellectuelle de Rivière, mais aussi pour servir l'histoire de la critique littéraire et de la lecture du mythe Rimbaud[4].

Marcel Proust

Après la guerre et sa démobilisation en 1919, l'écrivain qui va occuper Rivière pendant presque toutes les années qu'il lui reste à vivre est Marcel Proust.

Proust est la lecture de maturité de Rivière. L'œuvre qu'il va lire seul, sans échange avec Fournier à qui, curieusement, il ne semble pas en avoir parlé en 1914. Du moins, n'en avons-nous aucune trace écrite. Peut-être a-t-il trouvé dans *La Recherche* le grand livre qui sans pouvoir le combler totalement – quelle tristesse si tel avait été le cas – répondait à ses aspirations les plus profondes. Comme un reflet du roman parfait qu'il avait envie de lire et qu'il aurait voulu écrire…

1. Jacques Rivière, *Rimbaud. Dossier 1905-1925*, présenté, établi et annoté par Roger Lefèvre, Gallimard, 1977, p. 206.

2. Rivière à Gide, 28 février 1919, *Correspondance Gide-Rivière, op. cit.*, p. 532.

3. Le 10 décembre 1923 il écrivait à Ernst-Robert Curtius, désireux de lire la suite de son étude qu'il avait appréciée : « Je vous dirai entre nous que je suis arrivé à douter de l'interprétation des *Illuminations* que j'avais d'abord échafaudée : leur caractère mystique a cessé de me frapper. C'est pourquoi j'ai laissé mon article inachevé », cité par Roger Lefèvre, *in* Jacques Rivière, *Rimbaud. Dossier 1905-1925, op. cit.*, p. 19.

4. L'essai de Rivière est commenté dans René Étiemble, *Le Mythe de Rimbaud. Genèse du mythe (1869-1949)*, Gallimard, 1954.

Rivière a peut-être été au courant des tentatives de Proust pour paraître en 1913 aux éditions de *La NRF* mais à l'époque, il n'avait guère de pouvoir et en tout cas pas celui d'imposer un texte et n'a pas eu en main le manuscrit[1]. Il ne lira donc *Du côté de chez Swann* paru chez Grasset qu'à partir du 5 janvier 1914, dans un train qui le ramène de Cenon à Paris après les fêtes. Au moment même où *La NRF* de janvier publie l'article qu'Henri Ghéon a consacré à « cette œuvre de loisir » !

D'emblée ce fut « l'émerveillement, l'émotion profonde », comme il le racontera dans son hommage à Proust. « Je ne sais pas si je retrouverai jamais dans ma vie une émotion aussi intense que celle dont me submergea la lecture de *Swann* quand je la fis pour la première fois en 1914[2] », déclare-t-il dans sa conférence du 17 janvier 1923 au Vieux-Colombier.

La première lettre de Rivière à Proust est perdue mais la réponse chaleureuse que Proust lui envoie le 6 février 1914 montre avec quelle sensibilité et quelle intelligence Rivière l'avait lu et « deviné ». La lettre montre aussi que Proust lisait assez attentivement *La NRF* pour avoir déjà remarqué et apprécié les articles de Rivière. Dès le printemps de 1914, Rivière devient l'interlocuteur privilégié de Proust pour la revue alors qu'il n'en est encore que le secrétaire. Des extraits du second volume paraissent au mois de juin et les deux hommes commencent à entretenir une correspondance à partir de mai. La Première Guerre mondiale interrompt leur relation, sans qu'ils aient pu se rencontrer mais un « amical attachement[3] » les lie déjà. Proust confie ainsi à Gide, en 1916 : « Je me fais de [la] grande action [de Rivière], de sa douloureuse vie, un si intime et journalier entretien, que je m'étonne parfois de ne pouvoir imaginer le visage de celui que, de ma part du moins, je pourrais appeler un ami, car si je ne l'ai jamais vu, je ressens pour lui tout ce qui peut entrer de meilleur dans l'amitié[4]. »

Les échanges reprennent le 19 avril 1919 alors que Rivière lit *À l'ombre des jeunes filles en fleurs* et souhaite pour le premier numéro de *La NRF* après la guerre que Proust figure au sommaire. « Je ne vois rien qui puisse nous permettre une meilleure

1. Au sujet du manuscrit de Proust, voir Jean-Marc Quaranta (éd.), *Le Temps perdu*, coll. « Bouquins », 2021.
2. Renvoi p. 261.
3. Proust à Rivière, début juillet 1914, Marcel Proust et Jacques Rivière, *Correspondance de Proust*, Plon, t. 13, p. 258.
4. Proust à Gide, 28 septembre 1916, *ibid.*, t. 15, p. 309.

"rentrée[1]". » Dès lors, quasiment toutes leurs lettres seront consacrées de près ou de loin à la cathédrale proustienne.

Tout entier à sa passion qu'il retrouve intacte après la guerre, Rivière voudrait écrire sur Proust mais les charges de *La NRF*, ses accès de fatigue l'en empêchent. « Je lis avec curiosité et inquiétude tout ce qu'on écrit sur vous. Mon égoïsme à chaque instant me fait craindre de rencontrer sous une plume étrangère les mots que je roule infructueusement depuis si longtemps déjà dans ma pensée et je voudrais tant être le premier à écrire, parce que – naturellement – je crois que ce sont les seuls qui soient justes[2]. »

L'admiration de Rivière, touché par l'attention que le grand homme lui porte, s'accompagne aussi d'un vrai sentiment amical pour Proust. Ce dernier s'inquiète ainsi de savoir si Rivière a de quoi vivre – il le sait mal payé par *La NRF*. Il lui proposera de lui prêter de l'argent et fera de nombreuses démarches en 1919 pour lui faire obtenir, avec succès, le prix Blumenthal qui vient d'être créé.

Bien sûr, avec un homme aussi complexe et hypersensible que l'était Proust, aucune amitié ne saurait être sans nuages. Rivière, qui reste toujours intègre, refuse quelquefois des manuscrits d'amis de Proust, essuie des reproches déguisés de ce dernier, des critiques sur le contenu de la revue, des accès de jalousie, des soupçons. Il est aussi obligé de composer avec les impératifs matériels d'une revue et les souhaits de Proust, ce qui ne va pas sans mal. Chaque fois que Proust publie des extraits d'un volume à paraître, Rivière en est heureux mais il sait qu'il sera question, par lettres interposées, pendant des jours, voire des semaines du choix des extraits, des coupes, des innombrables corrections que Proust voudra apporter jusqu'au dernier moment. Rivière ne perd jamais patience, soutient l'écrivain mais au prix de combien de complications pour lui qui chaque mois doit boucler un nouveau numéro de *La NRF*. Quant à Proust, il apprécie d'être publié dans la revue mais chaque extrait paru, qui lui réclame du temps, se fait au détriment de l'œuvre finale.

Rivière, qui ne ménage pourtant pas ses efforts, doit aussi constamment rassurer Proust sur « l'importance, non pas considérable (c'est un mot vide), mais incommensurable, au sens propre,

1. Rivière à Proust, 19 avril 1919, *ibid.*, t. 18, p. 169.
2. Rivière à Proust, 14 janvier 1920, *ibid.*, t. 19, p. 65. Voir aussi « Proust sous le regard de Jacques Rivière », d'Eleonora Sparvoli, in « La loupe du lecteur. Proust et les enjeux de la lecture », *Studi Francesi*, n° 197, 2022.

qu'[il] attribue à [ses] livres[1] », sur l'importance que Gaston Gallimard accorde aussi à ses volumes quand il s'agit d'en faire la promotion. Soucieux de ne pas blesser son « cher Marcel », Rivière s'attache aussi à ne pas perdre son autorité de directeur de *La NRF* souvent mise à mal par des collaborateurs et des concurrents de la revue.

Mais leur amicale affection tiendra toujours bon, soutenue par une admiration et une sollicitude réciproques. Rivière sait aussi qu'il peut trouver chez Proust une oreille attentive à ses fatigues et ses lassitudes, qu'il peut être sincère, comme il l'est avec Gide.

Leur relation, surtout épistolaire, ne connaîtra pas d'interruption jusqu'en novembre 1922.

Entre 1919 et 1922, ils se rencontreront tout de même de temps en temps. Isabelle Rivière racontera à Philip Kolb qu'Odilon venait parfois sonner chez eux à minuit pour dire que « Monsieur serait tellement heureux si Monsieur pouvait venir passer un moment avec Monsieur ». Rivière se rhabillait et partait avec Odilon. « Parfois Rivière était seul avec Proust, parfois il y avait quelque autre ami. Et Proust faisait venir de l'hôtel *Ritz* un fin souper, que Céleste servait [...]. Deux ou trois heures plus tard, Odilon ramenait l'invité chez lui.[2] » Quelquefois Rivière invite Proust à un thé chez lui, à un dîner, à une réunion à *La NRF*, rue de Grenelle, sans succès.

La guerre a empêché Rivière de se lancer dans une étude sur Proust mais il rattrapera le « temps perdu » ensuite et il n'aura de cesse, jusqu'au superbe numéro hommage de *La NRF* de janvier 1923 monté en un temps record, de louer et d'analyser l'œuvre proustienne en train de naître[3].

Si jamais Rivière a cherché un maître en littérature, c'est bien finalement à Proust qu'est revenu le rôle. Non pas tant un maître à penser, à croire, mais un maître à écrire, à décrire même si Rivière a bien conscience qu'il n'égalera jamais Proust. Il lui dédie *Aimée*. « À Marcel Proust, grand peintre de l'amour cette indigne esquisse est dédiée par son ami. » Ses propos ne sont en rien une fausse modestie. Rivière porte un regard sévère sur son roman sans être capable cependant de l'abandonner. Proust

1. Rivière à Proust, 13 juillet 1920, *Correspondance de Proust, op. cit.*, t. 19, p. 359.

2. Marcel Proust et Jacques Rivière, *Correspondance (1914-1922)*, présenté et annoté par Philip Kolb, Plon, 1955, p. 2.

3. L'ensemble des textes, notes et brouillons de Rivière consacrés à Proust ont été réunis par Thierry Laget et publié dans *Cahiers Marcel Proust*, n° 13, Gallimard, 1985.

l'encouragera d'ailleurs à publier *Aimée* dont il a lu le manuscrit avec plaisir. Il mourra au moment de sa parution en volume.

Sans attendre la fin de la guerre, Rivière retrouve d'abord Proust en Suisse, dans la conférence prononcée à Genève sur « Les nouvelles tendances du roman[1] », même s'il est davantage question de Larbaud. Sans cacher certains défauts du romancier, il montre toute la richesse du seul volume paru alors, *Du côté de chez Swann*.

Il consacre ensuite, en janvier 1920, un court article dans *La NRF* pour défendre *À l'ombre des jeunes filles en fleurs*[2] qui vient d'obtenir le Goncourt au détriment de l'ancien combattant Roland Dorgelès. Il prendra aussi la défense de l'écrivain, non sans humour, contre les attaques de Pierre Lasserre, critique de *La Revue universelle*, dans *La NRF* de septembre 1920[3]. La même année, en février, il consacre un premier article plus long « Marcel Proust et la tradition classique ». Enfin, le 1er janvier 1923, Rivière parvient à sortir un numéro spécial de *La NRF* en hommage à Proust, décédé le 18 novembre 1922. Il réunit un ensemble de près de soixante articles, en contactant collaborateurs de la revue, amis de Proust, critiques et écrivains étrangers pour élever un véritable tombeau de trois cent quarante pages à son « cher Marcel ». Dans ce numéro, il publie lui-même « Proust et l'esprit positif ». Ce même mois de janvier, il donne également quatre conférences sur Freud et surtout sur Proust au Vieux-Colombier, réunies posthumement sous le titre « Quelques progrès dans l'étude du cœur humain » dans lesquelles il développe largement les idées contenues dans son article hommage.

Dans la première conférence consacrée seulement à Freud, Rivière fait le point sur les théories du psychanalyste en montrant ce qui est nouveau, important pour la compréhension de la psyché, et de quelle façon elles nous permettent d'appréhender la vie[4]. La France a longtemps été réfractaire à Freud. Au début des années 1920, en revanche, un engouement, décrit notamment par Jules Romains, transforme la psychanalyse en une sorte de passe-temps mondain[5]. Rivière, contre ces deux tendances, et très attaché au caractère individuel, unique, de chacun, se méfie

1. Renvoi p. 456.
2. « Le prix Goncourt », *in* Jacques Rivière, *Études*, *op. cit.*
3. « M. Pierre Lasserre contre Marcel Proust », *ibid.*
4. La conférence du 10 janvier 1923 a été publiée en 1924 dans la revue belge *Le Disque vert*, dans son numéro spécial « Freud et la psychanalyse ».
5. Jules Romains, « Aperçu de la psychanalyse » paru dans *La NRF* du 1er janvier 1922, repris dans *Problèmes d'aujourd'hui*, éditions Kra, 1931.

de certaines généralités émises par Freud. Mais il souligne aussi que la « nouvelle attitude introspective » proposée par Freud, basée sur des faits, des signes, à interpréter en descendant au plus profond de l'individu, fait la part belle à l'intelligence. Une approche qui ne peut que séduire Rivière si avide de comprendre tout, de toucher aux vérités et aux complexités les plus cachées de chacun (et à commencer par les siennes). La seconde conférence, « Marcel Proust, l'inconscient dans son œuvre », montre de quelle façon, sans connaître les théories de Freud, Proust a fait aussi des découvertes psychologiques, non pas pour en tirer des généralités, mais au contraire pour enrichir l'individualité de chacun de ses personnages et la description de leurs sentiments, jusqu'à « leur essence fugitive ». En s'appuyant sur de longues citations, Rivière montre également le cheminement intérieur de Proust : la déception qui naît lorsqu'il confronte ses propres projections avec celles des autres ou celles que lui offrent la réalité et la façon ensuite dont il va faire de ses perceptions, de ses sentiments intériorisés, l'objet de son œuvre. Son objectif étant de faire remonter à la conscience souvenirs et sensations enfouies ou oubliées. La démarche est proche de celle que Freud cherche à opérer avec ses patients. Mais ce qui importe pour Rivière ce n'est pas tant la découverte personnelle faite par Proust, mais la manière dont il arrive à faire de sa découverte la nôtre et provoquer ainsi en nous un flot d'émotions et de pensées comparables aux siennes. Dans la troisième conférence, Rivière reprend des idées développées dans son article paru dans l'hommage à Proust de *La NRF* mais dans lequel il n'évoquait pas le traitement de l'amour par Proust ni la façon dont on pouvait le rapprocher de Freud[1]. Prononcée le 24 janvier, « Marcel Proust et l'esprit positif : ses idées sur l'amour » explicite la « méthode » de Proust qui concilie son souci d'approcher une forme de vérité quasi scientifique et son subjectivisme. Rivière, toujours à l'aide de longues citations, montre comment Proust analyse les situations en partant des faits – en esprit positif – mais sans oublier la part d'inconscient, bien réel, qui s'attache à chaque acte, chaque parole. Enfin, Rivière souligne combien l'amour chez Proust est non seulement nourri par l'inquiétude, l'angoisse et une forme d'absurdité, mais qu'il est même la conséquence de ces derniers. Qu'ils disparaissent, et l'amour meurt. Et Rivière de saluer

1. « Marcel Proust et l'esprit positif », *in* Jacques Rivière, *Études*, *op. cit.*, p. 610-617.

le courage de Proust s'attaquant à cette illusion merveilleuse qu'est l'amour. La dernière conférence « Conclusions, une nouvelle orientation de la psychologie », revient sur le scepticisme de Proust concernant l'amour. Rivière émet quelques doutes, même si c'est peut-être pour préserver un peu l'illusion de l'amour. Pour lui, la qualité morale et physique de l'être aimé entre aussi dans l'amour qu'on peut lui porter. Selon lui, il manque aussi dans l'amour décrit par Proust « le besoin de se donner au sens fort » et celui « de captiver au sens fort ». Mais n'est-ce pas parce que Proust et Rivière n'ont pas connu les mêmes expériences et n'attendent pas la même chose de l'amour ? Rivière, qui a tant besoin de se complaire en un autre, réfute l'idée que chaque être soit irrémédiablement seul. Enfin, reprochant à Proust un manque de volonté chez ses personnages, une « certaine dislocation de l'activité de ses personnages », Rivière montre comment l'art du romancier peut être rapproché du cubisme, parenté qu'il avait déjà évoquée dans une lettre à l'écrivain[1].

On comprend que Rivière ait trouvé dans Proust l'écrivain qu'il rêvait de lire tant il partage son obsession de la vérité, de la sincérité tapie même dans les mensonges, sa passion pour l'exploration profonde des sentiments, particulièrement de l'amour. Rivière, qui avait bien perçu la grandeur de l'œuvre proustienne, en donne peut-être une image plus réduite en se focalisant sur le Proust psychologue et surtout psychologue de l'amour. Mais ses projets d'articles sur Proust montrent qu'il avait perçu aussi les aspects sociologiques, politiques et même humoristiques de l'œuvre[2]. Les aurait-il abordés s'il avait vécu ? Son intérêt, en 1923, était peut-être aussi gouverné par ses préoccupations personnelles et ses désirs d'explorer l'amour. En un mot, de le vivre pleinement pour en saisir mieux les subtilités conscientes et inconscientes et la dimension charnelle.

Proust est la dernière grande admiration de Rivière qui meurt avant la parution du *Temps retrouvé*. Mais cette admiration, que certains de ses amis lui ont reproché à demi-mot, cet amour littéraire n'allait pas sans esprit critique. Il s'est nourri de Proust sans en être le laudateur aveugle. Il en a été aussi l'éditeur en revue, établissant avec lui une relation qu'il n'a pas eue avec un Claudel ou un Gide.

---

1. Il rejoint en cela l'opinion de Claudel telle que celui-ci la confiera à Rivière dans sa lettre du 23 février 1923 (*Correspondance Claudel-Rivière*, *op. cit.*, p. 271).
2. Voir *Cahiers Marcel Proust*, n° 13, *op. cit.*, p. 12.

Dada

Durant les mois précédant le début de la Grande Guerre, Rivière fut surtout préoccupé de Proust, qu'il découvrait, et de Rimbaud, qu'il relisait pour sa grande étude. D'août 1914 à la fin de l'année 1918, il n'a de lien avec la vie littéraire qu'à travers les correspondances échangées avec ses amis. Ce long temps de captivité a été l'occasion d'un repli sur lui-même, d'une méditation sur les souvenirs et les lectures d'hier, d'où sortira un Jacques Rivière plus assuré dans ses positions personnelles, ses convictions, que son poste de directeur de *La NRF* ne fera que renforcer.

Entre-temps, le mouvement Dada est né en 1916, et avec lui diverses publications et événements qui suscitent l'intérêt de *La NRF.* Gide consacre ainsi un article à Dada dans la revue en avril 1920. Rivière apporte sa part au débat en août. Lui qui se faisait une fierté de ne jamais céder à la moindre mode ne cesse cependant d'être à l'affût de ce que produit la jeune littérature. Dans « Reconnaissance à Dada », il se lance dans une analyse critique du mouvement. Il émet des réserves mais souhaite aussi nouer un dialogue avec les dadaïstes, pressentant que certains d'entre eux ont une œuvre en eux, comme Breton et Aragon. Il cherche surtout à montrer que Dada, qui fait du doute, du chaos, de l'absence de contraintes et de limites, la base de son expression ne sort pas de nulle part, qu'il n'est pas seulement une réaction au désastre de la guerre. Il établit ainsi une généalogie pour montrer que le mouvement est l'aboutissement de près de cent ans de littérature, mais aussi cent ans d'une civilisation en pleine mutation, qui a vu ses fondements renversés par la guerre et l'écrivain s'éloigner de la réalité pour ne prendre plus que pour objet son propre moi. Dada apparaît donc comme la dernière étape vers cette « impasse ». Les Dadas « démontrent [...] qu'il est impossible en se réalisant de réaliser quelque chose et que la pure extériorisation de soi-même finit pour l'écrivain par équivaloir à une entière abdication ».

Rivière, sans parler de Dada, reviendra sur cette question dans « La crise du concept de littérature[1] », l'un de ses derniers grands articles, paru dans *La NRF* de février 1924. Il répondra alors au jeune Marcel Arland qui, dans le même numéro, a mené une

1. *Études, op. cit.*, p. 392.

enquête auprès des jeunes écrivains en les interrogeant sur les raisons pour lesquelles ils écrivaient[1].

Rivière s'intéresse particulièrement à l'usage que Dada fait du langage. « Les Dadas ne considèrent plus les mots que comme des accidents : ils les laissent se produire. [...] Il faut laisser les phrases se construire toutes seules ; elles auront toujours forcément un sens, quand ce ne serait que celui de l'esprit qui les profère. » Rivière annonce ce que sera le surréalisme avec l'écriture automatique. Il utilise le mot « surréaliste » employé par Apollinaire et que Breton reprendra trois ans plus tard.

Mais Rivière ne se laisse pas séduire par une poésie qui n'aurait pour objet qu'elle-même. Il ne voit dans la plupart des productions dadaïstes que des élucubrations incompréhensibles pour le lecteur. Il devine pourtant, chez Breton notamment, des possibilités mais qui n'ont pas encore abouti, et entame un dialogue avec lui, comme il le fera avec Artaud trois ans plus tard. Mais leurs personnalités sont différentes. Breton a des certitudes, une détermination de chef... on ne plaisante pas avec la provocation. Ce qui conduira rapidement à une rupture de Breton avec Tzara, beaucoup plus radical, mais aussi avec Rivière, en 1923. Dans le numéro d'avril, Rivière consacrera une note aux *Aventures de Télémaque*[2]. Tout en soulignant les mérites d'Aragon, il montre que l'écrivain qui se pose en être absolument libre fait de ce principe un système. Il ajoute aussi qu'Aragon « n'a pas réussi à se déprendre de Barrès[3] ». Aragon sera furieux et Breton à sa suite. La brouille de Rivière avec les futurs « surréalistes » sera définitive. Sans changer de point de vue, Rivière évoquera une dernière fois Dada dans son interview avec Frédéric Lefèvre dans *Les Nouvelles littéraires* du 1er décembre 1923[4].

1. Marcel Arland (1899-1986) fonde avec René Crevel notamment une éphémère revue *Aventure*, inspirée de Dada en 1921. Il s'éloignera assez vite des surréalistes. L'article-enquête de février 1924 s'intitule « Sur un nouveau mal du siècle » et s'oppose au surréalisme naissant en déclarant qu'il n'y a pas de littérature sans éthique. Il illustrera son propos dans son roman *L'Ordre* (prix Goncourt 1929). Il collaborera longtemps à *La NRF* et sera un grand ami de Malraux.

2. *Études, op. cit.*, p. 111.

3. *Ibid.*, p. 114.

4. Disponible sur Gallica. https:/vu.fr/tCxaK

Antonin Artaud

Un an et demi avant sa mort, Rivière rencontre Antonin Artaud. La personnalité de celui-ci et leur position respective rendent cette relation bien particulière. Au printemps 1923, Rivière reçoit quelques poèmes signés Antonin Artaud. De dix ans son cadet, ce jeune homme n'a alors publié que de rares poèmes et articles de façon assez confidentielle. Il est aussi comédien dans la troupe de Charles Dullin, fondateur du théâtre de l'Atelier. Il fréquente également quelques-uns des futurs surréalistes, en particulier Breton. Mais surtout, Artaud, depuis son enfance, souffre de troubles physiques et psychiques, qui l'ont déjà conduit dans différentes maisons de santé et l'ont rendu dépendant au laudanum.

Dans sa réponse du 1er mai 1923, Rivière juge que les poèmes d'Artaud ne sont pas publiables mais s'intéresse à leur auteur. Un mois plus tard, Artaud rencontre Rivière dans les bureaux de *La NRF.* Il s'ensuit, pendant un an, un échange de dix lettres, qui prennent la forme d'un essai dialogué et mettent en valeur les angoisses, les capacités et incapacités d'Artaud, tout autant que la sensibilité de Rivière, « la pénétration presque maladive de [son] esprit[1] », comme le dit Artaud. Ce dernier explique ses difficultés à écrire. Ce n'est pas un banal manque d'inspiration mais une incapacité totale à penser et écrire, « une véritable déperdition ». À ses yeux, les poèmes envoyés à Rivière, même imparfaits, sont de précieux « lambeaux » car il a réussi à les sauver du néant.

On est frappé par la lucidité d'Artaud. Rivière ne manque pas de lui faire remarquer « le contraste entre l'extraordinaire précision de votre diagnostic sur vous-même et le vague, ou, tout du moins, l'informité des réalisations que vous tentez ». Lucidité sur les troubles de la pensée, la façon dont ils viennent détruire sa pensée, mais aussi sur le mécanisme créatif, sur le lien entre soi et le produit de son esprit. Comment peut-il envisager que le problème d'Artaud ne soit pas un problème purement littéraire ? Il lui dit d'être patient, de travailler, que l'œuvre viendra en son temps. Difficile de dire jusqu'où Rivière a eu conscience des troubles psychiatriques d'Artaud dont le diagnostic était compliqué. Il est certain que sa lecture de Freud, son intérêt pour Dada et le surréalisme l'ont finalement aidé à mieux le comprendre, comme

1. Renvoi volume p. 360.

en témoigne sa dernière lettre : « J'ai voulu vous rassurer, vous guérir. Cela vient sans doute de l'espèce de rage avec laquelle je réagis toujours, pour mon compte, dans le sens de la vie. [...] je reste en suspens devant les maux que je ne puis qu'entrevoir. »

Artaud établit un lien entre lui et les écrivains surréalistes, suggérant que c'est toute l'époque qui souffre de faiblesses pareilles aux siennes. Mais ce qui est pour Breton une expérimentation intellectuelle est pour Artaud une torture constante du corps et de l'âme.

À travers leurs correspondances, Rivière donne à Artaud la possibilité d'exister et lui procure peut-être un apaisement moins nocif que l'opium. Il l'incite à se livrer et à écrire non de la poésie mais une sorte de poétique de la création. Grâce à Rivière, qui croit en lui, Artaud ne livre pas son esprit si malade au hasard mais à quelqu'un qui lui donne le droit d'exister littérairement.

Dans sa dernière lettre, Rivière va même plus loin en expliquant que le trouble qu'Artaud ressent, celui de ne plus être maître à bord de lui-même, d'être moins que soi, ne lui est pas étranger non plus, quoique à un degré différent. Ce sont bien ces sentiments, ces impressions qui l'envahissent lorsqu'il évoque dans ses lettres à Proust ou Gide sa grande lassitude, son incapacité à se concentrer sur un livre, cette sensation que les mots, les pensées ne se fixent pas et qu'il n'est qu'abrutissement[1]. Nous ne sommes pas toujours entièrement en nous-mêmes. Une part de nous s'échappe, nous fait défaut. Rivière incite Artaud à garder espoir. Puisqu'il désire se retrouver pleinement, il n'y a pas de raison que cela n'arrive pas un jour, à moins de « prendre le goût de mourir ».

En mai 1924, Rivière propose à Artaud de publier leurs lettres avec quelques poèmes ou fragments de son essai sur Uccello[2]. Artaud accepte avec joie une idée à laquelle il avait lui-même songé. Cette initiative, que Gide applaudira (« tu inventes un

---

1. Par l'intermédiaire de Proust, Rivière consultera le Dr Gustave Roussy (1874-1948) et s'en montrera satisfait. Voir lettres de Rivière à Proust des 1er et 6 avril, 29 mai 1920 (*Correspondance de Proust, op cit.*, t. 20). Le Dr Roussy, neurologue et cancérologue, s'était occupé pendant la guerre de soldats traumatisés qu'il traitait à l'électrothérapie dans le but de pouvoir les renvoyer au front rapidement. Rivière a lui-même fait des séances d'électricité avec Roussy. « Il est le seul qui ait vu clair dans mon état et qui m'ait ordonné des remèdes d'une efficacité au moins relative », écrit-il à Proust. Jamais Rivière ne retrouvera un état de santé normal.

2. Artaud publiera deux textes sur Uccello : « Paul les oiseaux » et « Uccello, le poil ».

genre[1] »), n'apparaît pas seulement comme une manière de faire exister Artaud à travers l'explication de son impossibilité d'écrire, elle est aussi un miroir tendu devant eux et une affirmation du pouvoir de l'esprit.

Cette conférence sur Le Grand Meaulnes *a été prononcée le 15 février 1918 à Genève à la demande de parents d'élèves de l'école dans laquelle Rivière enseignait. Elle fait partie des huit causeries sur la jeune littérature française que donna Rivière avec succès. À l'époque, le lieutenant Fournier n'était que porté disparu. Rivière, comme le reste de sa famille, avait l'espoir qu'il soit encore vivant et fait prisonnier par les Allemands tant les circonstances de sa disparition restaient confuses. Cette conférence, précise dans son analyse mais au ton très personnel, était aussi une façon pour Rivière de maintenir en vie son ami et beau-frère.*

Le Grand Meaulnes

Ce n'est pas sans une profonde émotion que j'entreprends de vous parler aujourd'hui du *Grand Meaulnes*. J'ai même tellement redouté cette émotion que j'ai un certain temps hésité à accepter la proposition qui m'était faite de vous présenter ce livre. Je ne m'y serais même sans doute jamais décidé, si je n'avais cru sentir comme un devoir secret me pousser silencieusement.

Comme je vous l'ai dit la dernière fois, l'auteur du *Grand Meaulnes*, Alain-Fournier, qui fut mon meilleur ami et avec qui m'unissaient même des liens d'étroite parenté, a disparu, au début de cette épouvantable guerre, le 22 septembre 1914, entre Saint-Rémy et Vaux-lès-Palameix, sur les Hauts de Meuse, non loin des Éparges, de si sanglante mémoire. Depuis ce jour, tous les efforts de sa famille pour obtenir de ses nouvelles sont restés vains. Un ensemble de témoignages, qu'il serait trop long et trop compliqué de vous rapporter, ont permis d'établir qu'il a dû être relevé

1. Gide à Rivière, 10 septembre 1924, *Correspondance Gide-Rivière, op. cit.*, p. 763.

blessé par l'ennemi ; et comme son nom n'a été trouvé nulle part sur les registres de décès des ambulances allemandes, même si notre affection ne nous y poussait pas, les strictes règles de la logique nous obligeraient à conserver quelque espoir qu'il n'est pas parmi les morts. Je vous parlais tout à l'heure d'un devoir : il me semble en effet que le meilleur moyen de l'aider à vivre est de vous entretenir de lui, de réfléchir avec vous sur son œuvre ; je ne puis résister à l'impression que la vie dont elle est pleine refluera jusqu'à lui, qui l'a créée, et l'aidera à sortir de l'épouvantable épreuve qui cherche à l'écraser. Impression sans doute un peu mystique, mais la mystique n'est-elle pas souvent plus près de la vérité que la froide raison ?

Henri Fournier – son prénom d'Alain est une sorte de demi-pseudonyme – est né le 3 octobre 1886 à La Chapelle-d'Angillon, petit chef-lieu de canton du Cher situé à une trentaine de kilomètres au nord de Bourges, sur les confins de la Sologne et des collines du Sancerrois, en plein centre de la France. C'est un pays sans aucun pittoresque, avec de grands vallonnements réguliers, couvert de bois et de champs, traversé de petits ruisseaux. Il m'a toujours représenté la campagne française dans ce qu'elle a de plus simple, de plus discret et de plus majestueux. Quand je l'ai connu, je venais du midi. Jamais je n'aurais imaginé tant de silence, tant de quiétude, une terre aussi forte et aussi sainement mélancolique. Mais elle n'a inspiré Alain-Fournier dans *Le Grand Meaulnes* que pour moitié seulement. Car ce fut dans une autre région du Berry, dans l'arrondissement de Saint-Amand, sur les confins du Cher et de l'Allier, à Épineuil-le-Fleuriel, qu'il passa la plus grande partie de son enfance. Ses parents y étaient instituteurs ; ils y demeuraient par conséquent presque toute l'année, et c'étaient les vacances seulement qu'ils passaient à La Chapelle, leur pays d'origine. D'Épineuil je ne peux malheureusement rien vous dire, car je n'y ai jamais été et n'en ai jamais connu que les descriptions que, bien avant d'écrire *Le Grand Meaulnes* Alain-Fournier m'en faisait avec une émotion et un amour extraordinaires. Les paysages du *Grand Meaulnes*, si parfaite en soit l'unité, sont cependant le résultat d'une fusion que le souvenir de l'auteur opéra entre les deux régions où s'était écoulée son enfance. Si vous tenez à faire le partage entre elles dans le livre, je vous dirai, que grossièrement tout ce qui est de Sainte-Agathe doit être rapporté à Épineuil, tandis que le domaine des Sablonnières et ses environs ont leur origine dans certains aspects de la campagne de Sologne, à l'ouest de La Chapelle.

Alain-Fournier vint d'ailleurs très tôt à Paris. Il entra à douze ans au lycée Voltaire et y poursuivit ses études avec succès jusqu'au premier baccalauréat[1]. Puis, bien que ses goûts fussent déjà nettement orientés vers la littérature, par un étrange caprice où l'on peut voir d'ailleurs le premier effet de son imagination romanesque, séduite par la vie aventureuse des marins, il se décida à préparer le Borda. Mais un an d'études à Brest le dégoûta des mathématiques et le persuada qu'il avait fait fausse route. Il revint à Bourges pour terminer son baccalauréat. Frantz de Galais personnifie certainement ses rêves de cette période de sa jeunesse et représente un aspect sous lequel il s'était un instant complu à s'imaginer lui-même.

Après Bourges, Alain-Fournier revint à Paris et, choisissant cette fois délibérément la carrière des lettres, entra au lycée Lakanal pour y préparer l'École Normale Supérieure. J'y étais moi-même venu la même année (1903) avec la même intention, et c'est là que nous nous connûmes. Tout de suite nous fûmes liés par une grande amitié. C'est ensemble que nous découvrîmes les symbolistes et l'éblouissement que nous en éprouvâmes fut si intense qu'il nous fit un instant oublier la tâche plus aride de la préparation au concours. Pendant toute notre première année de rhétorique supérieure, nous restâmes plongés dans la lecture de Maeterlinck, d'Henri de Régnier, d'André Gide, de Francis Viélé-Griffin, et aussi de Jules Laforgue, dont Alain-Fournier s'éprit particulièrement. Bien entendu, aucun de ces auteurs n'étant au programme, la connaissance que nous en avions prise et l'enthousiasme dont nous nous sentions animés pour eux ne nous servirent que fort peu à l'examen. Mais la seconde année même où nous avions fait plus d'efforts ne nous fut pas plus favorable : ni l'un ni l'autre, nous ne réussîmes à entrer à l'École Normale.

Alain-Fournier s'y entêta d'ailleurs un peu plus longtemps que moi, et nous nous trouvâmes ainsi séparés pendant deux ans ! Mais il ne fut pas plus heureux tout seul qu'avec moi ; enfin il comprit que les dons qu'il sentait vivre déjà en lui étaient d'essence trop

---

1. Fournier n'a pas passé le premier baccalauréat au lycée Voltaire. Il le quitte à la fin de sa quatrième. Il prépare, à Brest, le Borda à partir de septembre 1901 en classe de 2de, après avoir sauté la troisième. Il abandonnera le Borda aux vacances de Noël 1902 et effectuera sa terminale au lycée de Bourges.

capricieuse pour trouver jamais leur emploi dans aucune carrière déterminée et que c'était par une sorte de justice immanente que l'accès de toutes celles qu'il avait ambitionnées lui restait aussi obstinément fermé. Le service militaire vint d'ailleurs le distraire pendant deux ans de tout projet. Quand il en revint, il résolut de chercher dans le journalisme les ressources qui lui permettraient d'écrire son œuvre personnelle. Il entra à *Paris-Journal*, qui sous la direction de Gérault-Richard[1] semblait vouloir se tenir au courant des choses de l'esprit et du goût avec un peu plus de vigilance que la moyenne des quotidiens. Il y rédigea un « Courrier littéraire » qui fut fort apprécié dans le monde des jeunes écrivains. Mais ce n'était là que la façade de son activité ; il travaillait en même temps à de petits essais, à des poèmes en prose et même à des nouvelles : il donna dans la *Grande Revue* un essai sur « Le Corps de la Femme[2] », où il prenait à partie, au nom de la tradition française et paysanne, Pierre Louys et son apologie de l'impudeur antique ; puis une étrange nouvelle « Le Miracle des trois dames de village[3] », où l'on voyait apparaître pour la première fois ce goût du merveilleux, cette faculté de faire naître l'extraordinaire du sein même de la réalité la plus banale, qui allait trouver un peu plus tard sa pleine expression dans *Le Grand Meaulnes*. Mais la meilleure peut-être de ces premières esquisses d'Alain-Fournier est celle qui parut dans *La NRF* sous le simple titre de « Portrait ». Alain-Fournier y avait fixé quelques souvenirs sur un de ses anciens camarades, dont les journaux lui avaient appris le suicide à la suite d'un désespoir d'amour : ce n'étaient que quelques indications, mais déjà d'un pathétique, d'un romanesque infiniment touchants.

Et déjà nous arrivons au *Grand Meaulnes*. Mais avant d'en aborder l'étude directe, je voudrais vous dire un mot des principales influences subies par son auteur et des différents aspects que l'œuvre revêtit dans son esprit avant même qu'il entreprît

1. Alfred-Léon Gérault-Richard (1860-1911), journaliste et député socialiste, il travailla un temps avec Jean Jaurès.

2. Premier texte important signé Alain-Fournier, il est paru dans *La Grande Revue* le 25 décembre 1907. Peu de temps auparavant *La Grande Revue*, dirigée par un homme d'affaires, Jacques Rouché, avait refusé la grande étude de Rivière sur Claudel, la jugeant trop compliquée.

3. « Le Miracle des trois dames de village » est paru le 10 août 1910 dans *La Grande Revue*. « Le Portrait » dans *La NRF* de septembre 1911.

de l'écrire. Car il la porta longtemps et elle ne parvint que très lentement à sa maturité.

La première catégorie d'influences subie par Alain-Fournier est évidemment celle des livres de prix. Dès son enfance il fut un grand liseur. Mais la bibliothèque de l'école, en dehors des livres de classe, ne contenait pas grand-chose. C'était donc seulement aux approches de la distribution des prix que le futur auteur du *Grand Meaulnes* trouvait nourriture à sa faim. Un mois avant la fin des classes, ses parents faisaient venir la caisse de livres qui devait récompenser la bonne volonté des petits villageois. On la montait au grenier. Là, Alain-Fournier s'enfermait avec sa sœur pendant des journées entières, et tous deux ils dévoraient jusqu'au bout la précieuse pâture que la Providence mettait à leur disposition. Ils commençaient par les plus gros bouquins, ceux qui ont une belle couverture rouge, avec le titre en or, et ce n'était que quand ils en avaient épuisé les mystères, qu'ils se rabattaient, avec un sentiment de croissante mélancolie, sur les plus petits ouvrages, pour finir par les livrets de quelques pages à 4 sous. On ne saurait, je crois, souligner avec assez de force l'importance qu'ont eue ces lectures sur la vocation d'Alain-Fournier. Il ne les a jamais désavouées, reniées, et je me souviens même que plus tard il essayait de m'en faire comprendre le prix. Elles ont contribué, je crois, pour une grande part, à lui faire cette âme romanesque, et un peu chimérique, dont il a tant souffert mais dont aussi son talent fut alimenté. Entre l'existence modeste, monotone et un peu casanière qu'il menait et les grandes aventures dont il s'enchantait, il y avait un contraste trop profond pour ne pas conduire à un certain déséquilibre de l'esprit et du cœur ; et c'est, je crois, dans ce déséquilibre, dans cette inquiétude fondamentale, dans cet appétit d'autre chose que ce qu'il voyait et touchait, que sa vocation de romancier a pris sa source.

Le symbolisme fut, comme je vous l'ai déjà raconté la deuxième grande rencontre que fit Alain-Fournier. Vous sentez, n'est-ce pas ? combien cette littérature toute de rêve et d'émotion pure, devait plaire à un esprit comme le sien. Ces paysages sans nom qu'évoquaient les Symbolistes, ce mystère qu'ils s'entendaient si bien à faire jaillir du milieu même du monde, cette sorte de refuge dans l'imaginaire qu'ils offraient à l'âme étaient faits pour le ravir. En même temps cette façon qu'ils avaient de parler directement au cœur, de le toucher comme avec une main, ne pouvait manquer son effet sur une sensibilité aussi raffinée que la sienne. Alain-Fournier aima particulièrement d'une part le théâtre de Maeterlinck, les *Poèmes Anciens et Romanesques* et *Tel qu'en Songe* d'Henri de Régnier, certains contes d'Edgar Poe, comme « Ligeia » et « Bérénice », et d'autre part Jules Laforgue[1], dont le dégoût passionné pour cette vie et l'ironie cruellement désenchantée s'accordaient avec le côté d'avance déçu et comme répudié par le monde de son âme.

C'est pendant qu'il était sous l'influence du symbolisme que lui vint la première idée du *Grand Meaulnes*. Mais comme elle était informe encore et d'aboutissement difficile ! Elle le tourmentait tout autant qu'elle le ravissait. Il m'en parlait souvent, mais toujours avec un embarras et une obscurité extraordinaires de la part de quelqu'un qui devait donner plus tard tant de preuves de force et de clarté. À ce moment, *Le Grand Meaulnes* devait s'appeler « le Pays sans nom », et il apparaissait à son auteur comme une évocation directe et inexpliquée du domaine mystérieux et de la Fête étrange. Il y a dans *Le Grand Meaulnes* un passage qui peut aider à comprendre ce qu'imaginait à ce moment Alain-Fournier. Le voici. C'est au moment où Meaulnes perdu a trouvé cette bergerie déserte où il va dormir :

> Aussi s'efforça-t-il de penser à autre chose. Glacé jusqu'aux moelles, il se rappela un rêve – une vision plutôt, qu'il avait eue tout enfant, et dont il n'avait jamais parlé à personne : un matin, au lieu de s'éveiller dans sa chambre où pendaient ses culottes et ses paletots, il s'était trouvé dans une longue pièce verte, aux tentures pareilles à des feuillages. En ce lieu coulait une lumière si douce qu'on eût cru pouvoir la goûter. Près de la première fenêtre, une jeune fille cousait, le dos tourné, semblant attendre son réveil… Il n'avait pas eu la force de se glisser hors de son lit pour marcher dans cette demeure enchantée. Il s'était rendormi… Mais la prochaine fois, il jurait bien de se lever. Demain matin, peut-être[2] !

1. Rivière n'aimait guère Laforgue et s'est quelquefois moqué du goût de Fournier pour le poète. « Je ne te donne aucunement le droit de m'expliquer mon amour pour Laforgue, amour dont tu ne connais ni la nature ni la genèse. Ce que j'ai cherché tout de suite – avec passion – chez Laforgue et ce que j'ai trouvé, ce sont, par instants, comment dire ? des vers, des bribes de phrase qui étaient l'expression parfaite et poignante de quelque chose. Une vision. Une impression sentie qui m'allait droit au cœur, en retrouver une autre à moi. » Fournier à Rivière, 23 janvier 1906, *Correspondance AF/JR*, *op. cit.*, t. 1, p. 254.

2. *Le Grand Meaulnes*, chap. x, « La Bergerie », Gallimard, coll. « Folio », 2009, p. 62.

La première intention d'Alain-Fournier était de réveiller son lecteur directement au milieu de cette chambre verte, de l'introduire d'emblée et pour ainsi dire de plain-pied dans « cette demeure enchantée », de l'admettre sans préliminaires à la contemplation de la réalité seconde, du règne surnaturel. Car il faut bien remarquer un mot du passage que je viens de vous lire : « il se rappela un rêve – une vision plutôt… » Pour Alain-Fournier le pays sans nom n'était pas une pure invention de son imagination ; il existait, il prétendait même y avoir été ; c'était dans son souvenir qu'il le revoyait, et non pas dans sa fantaisie. Il était persuadé que le monde de l'enfance, avec sa profondeur et ses mystères insondables, avec ses bouleversantes aventures, était tout autre chose qu'une fantasmagorie ; il ne pouvait se décider à s'en détacher comme d'un rêve, qu'on laisse sur le rivage de la nuit, en se réveillant, comme une épave dérisoire ; il continuait de se sentir venu de là et se fut tenu pour déshonoré s'il eût renié son origine. Tout ce qu'il avait vu à travers ses livres de prix, toutes les déformations extraordinaires qu'il avait fait subir aux histoires et aux descriptions banales qu'il y avait trouvées, il en maintenait la réalité intégrale et absolue. Et maintenant c'était ce pays sublime et monstrueux de son enfance qu'il voulait évoquer directement.

Le symbolisme offrait à Alain-Fournier des moyens tout à fait appropriés pour cette évocation, et l'on comprend parfaitement que ce soit sous son influence qu'il ait senti pour la première fois la possibilité de l'entreprendre. Car à ce moment-là, telle qu'elle se présentait à son esprit, son œuvre avait un caractère nettement poétique. Avec des différences de couleur, elle se présentait à lui tout à fait sur le même plan que les *Illuminations* de Rimbaud, par exemple. Les mêmes procédés dont Rimbaud s'était servi devaient donc, réserve faite de la différence de vision, pouvoir lui servir. Et en effet il fit d'assez nombreuses tentatives dans ce sens. Sous forme de poèmes en prose, il s'efforça de saisir et d'exprimer quelques aspects du pays inconnu, du pays sans nom. Il me montrait ses essais au fur et à mesure, mais, malgré le désir que m'inspirait mon amitié de les trouver bons et malgré les qualités certaines du style, je ne pouvais m'empêcher de constater à chaque fois un écart entre le dessein qu'il m'avouait et la réalisation qu'il en donnait ; il y avait comme une faiblesse générale dans toutes ces esquisses, une sorte d'anémie poétique. Alain-Fournier qui n'était pas sans le sentir, se désespérait de voir que je le remarquais aussi ; et c'est un de mes remords de n'avoir pas su le soutenir dans ces instants par une foi assez robuste, de n'avoir pas su lui épargner ces crises de doute que tout véritable créateur doit traverser et qui sont une des plus cruelles misères du métier d'écrivain.

La vérité, que nous ne pouvions pas deviner au moment où nous étions imprégnés jusqu'à la moelle de la littérature la plus purement poétique qui soit, la vérité est qu'Alain-Fournier n'était pas principalement, premièrement un poète. Il n'avait pas ce don des images, cette aptitude à rendre directement visible l'invisible, cette façon de prendre à partie, d'interpeller, pour ainsi dire, avec des mots, l'imagination du lecteur qui sont indispensables à toute véritable création poétique. Ses dons étaient d'une tout autre espèce, et d'une espèce beaucoup plus rare à l'époque où il écrivait. Il s'en aperçut, il commença de les comprendre, quand il entra sous l'influence de la troisième catégorie de livres qui ait modelé son inspiration, celle des romans d'aventures. Déjà parmi les livres de prix dont il s'était nourri dans son enfance, figurait en bonne place *Robinson Crusoé* ; on en trouve d'ailleurs une trace dans le titre du troisième chapitre : « Je fréquentais la Boutique d'un vannier » ; d'autres romans d'aventures, *Les Neveux du Capitaine Francoeur*[1], *Les Naufragés du Chancellor*[2] l'avaient également dès cet instant impressionné. Mais ils vinrent le frapper comme une deuxième fois, au sortir de sa période symboliste ; ce sont les romans d'aventures qui l'aidèrent à se dégager de l'emprise poétique qui le paralysait et qui lui indiquèrent définitivement sa voie. Bien entendu ce ne furent pas tout à fait les mêmes que jadis dont il s'éprit. *Robinson Crusoé* cependant revint l'émouvoir profondément et il avait coutume de dire que c'était un des plus grands livres de la littérature universelle. Kipling le travailla aussi fortement. De Wells il aimait *La Guerre des Mondes*, nous allons voir tout à l'heure pour quelles raisons très précises. Enfin et surtout il fut éclairé sur sa propre vocation par la découverte de Stevenson. Stevenson est un auteur charmant et trop peu connu en France. On raconte que Gladstone le ministre anglais, ayant

1. *Les Neveux du capitaine Francoeur : Voyage autour du monde*, roman signé Raymond (pseudonyme de Clarisse Juranville et Pauline Berger) paru en 1893. Il s'agissait d'un livre de lecture courante pour les classes de niveaux moyen et supérieur publié par Larousse.
2. *Le Chancellor*, roman de Jules Verne paru en 1874.

jeté un soir les yeux sur *L'Île au Trésor*, qu'un de ses enfants avait laissée sur une table, passa la nuit tout entière à la lire et ne put s'en détacher qu'il ne l'eût finie. Cette même *Île au Trésor* fit une forte impression sur Alain-Fournier, et surtout peut-être la suite si intéressante formée par *Enlevé* (en anglais *Kidnapped*) et *Catriona*.

Peut-être lirez-vous ces livres et peut-être n'en verrez-vous pas le rapport avec *Le Grand Meaulnes*. Ils furent pourtant l'étincelle qui mit le feu au talent d'Alain-Fournier et le débarrassa en un instant des broussailles qui l'encombraient. Voici en effet ce qu'ils lui firent comprendre : le pays merveilleux ne serait jamais émouvant, pour d'autres que pour lui, aussi longtemps qu'il s'obstinerait à le présenter tout seul en dehors du cadre où il lui était apparu. Le lecteur ne s'y transporterait jamais réellement, corps et âme, aussi longtemps que lui, l'auteur voudrait l'y faire entrer de force, à coups d'allusions et d'images. Il fallait l'y conduire, il fallait marquer toutes les étapes du chemin miraculeux, il fallait construire les fondations de l'aventure, en un mot, il fallait la raconter au lieu de la suggérer. C'était le seul moyen d'avoir le lecteur avec soi, d'écrire une œuvre véritablement émouvante. Et ainsi cette œuvre devenait-elle insensiblement, de poétique qu'elle avait été jusque-là, romanesque. Elle prenait peu à peu la forme d'un roman d'aventures.

J'aurais beaucoup de choses à dire sur cette période de la gestation du *Grand Meaulnes*. Alain-Fournier n'était pas aussi incapable de réflexion critique que le sont d'habitude les véritables créateurs : il voyait fort clairement dans les questions de métier. Nous eûmes ensemble, dans les environs de 1910, sur les inconvénients du symbolisme et sur la technique du roman, de nombreuses discussions au cours desquelles il prit conscience avec une netteté croissante de la forme qu'il devait donner à son œuvre. Je me rappelle avec quelle subtilité et quelle intelligence il insistait sur le caractère qui à son avis devait en faire l'originalité : à savoir sur l'union aussi indémêlée que possible du naturel et du surnaturel. Il considérait comme une des sublimités de l'Évangile le voisinage étroit où y demeurent les événements divins avec les détails les plus humbles de la vie ordinaire ; il voyait dans ce jaillissement du miracle au sein même de la réalité quotidienne la source d'émotion la plus forte qui puisse être trouvée. Les visions de la Passion de la sœur

Catherine Emmerich[1] l'impressionnèrent aussi par leur caractère détaillé, fouillé, minutieux, plein de réalisme dans le récit même du plus grand mystère de tous les temps. Et si j'ose risquer une assimilation aussi hardie, qu'Alain-Fournier ne faisait pas d'ailleurs sans avoir conscience de la formidable disproportion des termes qu'il rapprochait, c'est pour les mêmes raisons que *La Guerre des Mondes* de Wells l'intéressait ; il y reconnaissait notre monde sous son aspect le plus habituel, mais devenu bouleversant de par le prodige monstrueux dont il était visité. Toutes proportions gardées, c'était ce qu'il voulait faire dans *Le Grand Meaulnes*, et c'était à ce passage de l'ordinaire à l'étrange qu'il voulait donner tous ses soins. Vous savez avec quelle adresse et quelle perfection il est arrivé à le marquer dans son livre et combien avant dans le mystérieux il a su conduire le vraisemblable.

En effet, dès qu'Alain-Fournier eut compris, à la lumière des romans d'aventures, ce qu'il avait à faire, une simplicité subite et comme un déblaiement général se produisirent en lui et il ne sentit plus de difficultés de principe s'opposer à son œuvre. Il commença de l'écrire non pas couramment – ses manuscrits sont très raturés, – mais avec joie. Dans un récit romanesque, il trouvait en effet l'emploi de ses facultés de conteur, que j'avais déjà remarquées chez lui bien avant. Mais à une époque où nous avions l'un et l'autre tant de dédain pour le roman que je n'avais pas su en comprendre ni lui en faire sentir le prix. Il construisit peu à peu sa fable avec une minutie, un souci des moindres détails, dont on n'a peut-être aucune idée ; il cherchait patiemment l'économie la meilleure des événements, leur emboîtement le plus simple et le plus heureux. On le voyait quelquefois pendant plusieurs jours soucieux et taciturne ; puis tout à coup déridé, il nous racontait qu'il avait trouvé le moyen de perdre Meaulnes plus complètement encore, ou qu'il savait enfin à qui confier le soin de dénoncer les Bohémiens à la gendarmerie. Il laissait ses souvenirs et son imagination peu à peu se tasser et s'agencer suivant l'ordre le plus naturel, jusqu'à ce qu'il obtînt cet ensemble si harmonieux et si

---

1. Anne Catherine Emmerich (1774-1824) était une religieuse et mystique allemande. Elle accomplit des miracles et eut des visions relatives à des scènes du Nouveau Testament et de la vie de Marie. Le poète allemand Clément Brentano alla la voir à la fin de sa vie et prit des notes sur ses visions pour en faire un livre, *La Douloureuse Passion de Jésus-Christ* (1833).

étroitement combiné de péripéties, qui rend aujourd'hui la lecture du *Grand Meaulnes* si continûment palpitante et d'une progression pathétique si remarquable.

*

Mais j'ai parlé jusqu'ici comme si vous aviez tous lu le livre. Bien que le succès en ait été grand, on est encore fort excusable aujourd'hui de ne pas le connaître. On le serait moins de ne pas le lire, après en avoir entendu parler. Pour vous rendre la chose tout à fait impossible, je voudrais vous en résumer la donnée et vous en faire comme goûter le parfum à l'aide de quelques lectures :

La scène se passe dans le petit village de Sainte-Agathe dans le Berry. Les parents de François Seurel y sont instituteurs ; son père dirige même un Cours Supérieur où l'on prépare l'École Normale. François est un enfant maladif et d'humeur un peu solitaire. Mais sa vie est brusquement changée par l'arrivée au cours d'un grand élève, entreprenant et résolu, peu bavard mais plein de goût pour l'action et pour l'aventure. C'est le grand Meaulnes. François se lie presque tout de suite d'amitié avec lui. Le village est assez éloigné du chemin de fer. Aux environs de Noël, François est chargé par son père d'aller chercher à la plus prochaine gare dans une voiture à âne ses grands-parents qui viennent passer quelques jours à Sainte-Agathe. Cependant le grand Meaulnes apprend par hasard qu'on pourrait gagner du temps en allant avec la carriole d'un fermier voisin jusqu'à Vierzon, où le train arrive bien plus tôt. Sans rien dire à personne, il se décide à tenter l'entreprise. Voici le récit de son départ ; ou plutôt de son évasion, car c'est le titre du chapitre[1] :

C'est ici que commence l'aventure. De Meaulnes on ne sait plus rien pendant 3 jours. La voiture dans laquelle il est parti a été ramenée par un paysan, qui l'a trouvée vide et errante au gré de son cheval. Meaulnes rentre enfin, au bout de trois jours, harassé, fripé, sali ; farouche, il ne répond à aucune question.

Cependant Seurel finit par lui arracher son secret. Meaulnes s'est endormi dans la voiture et s'est perdu. Après une nuit passée dans une bergerie abandonnée et une journée où il a marché à travers champs sans rencontrer personne, il est arrivé dans un domaine à

1. Jacques Rivière a dû lire directement sur son exemplaire du *Grand Meaulnes* une partie du chapitre « L'évasion », chap. IV, première partie.

demi ruiné, où se donnait juste à ce moment une fête étrange. Les enfants y faisaient la loi ; dans l'attente des fiancés en l'honneur de qui elle se donnait, ils avaient organisé mille jeux pleins de fantaisie et toute une mascarade démodée. Dans la chambre où il s'était glissé par la fenêtre pour dormir, Meaulnes a trouvé tout ce qu'il lui fallait pour se déguiser en jeune élégant de 1830. Sous ce costume il a pu se mêler à la fête et au cours d'une promenade en bateau sur l'étang, il a rencontré une jeune fille merveilleusement belle, dont il s'est épris. Il a pu échanger quelques mots avec elle. Mais comme si le charme en avait été mystérieusement rompu, voici que la fête tout à coup s'est débandée. Les fiancés n'arrivant pas, les invités, pris d'une sorte de panique, ont commencé à s'en aller. Le hasard met Meaulnes brusquement en présence d'un jeune homme. C'est le fiancé ; il est rentré en cachette tout seul, la jeune fille qu'il aimait n'ayant pas voulu croire en lui ni le suivre vers cette fête qu'elle a prétendue impossible. Il ne fait que passer par le domaine ; Meaulnes seul l'y aura revu, car il s'enfuit. Devant cette débâcle, il ne reste à Meaulnes qu'à partir lui aussi. Une voiture le ramène à travers la nuit jusqu'aux environs de Sainte-Agathe. Mais comme il s'y est endormi de fatigue, quand elle le dépose, il ne sait pas plus qu'à l'aller par quel chemin il a passé.

Désormais tout l'intérêt du roman va consister dans la recherche de ce chemin perdu. Meaulnes et Seurel, unis par leur secret, mettent en œuvre toute leur ingéniosité pour le retrouver. Un instant la fortune semble vouloir les favoriser et leur rendre la piste. Des bohémiens sont venus à Sainte-Agathe. L'un d'eux est un étrange garçon qui révolutionne tout le bourg. Il organise avec l'aide des gamins du pays contre Meaulnes et François une sorte de guerre. Un soir avec ses troupes il donne à la maison d'école un simulacre d'assaut que la venue d'un paysan le force d'interrompre. Mais François et Meaulnes sortis pour poursuivre les assaillants tombent dans une embuscade. Je vais vous lire ce passage[1] :

Mais la paix ne tarde pas à se faire entre Meaulnes et le bohémien. C'est qu'il y a entre eux des liens secrets qu'ils découvrent. Le bohémien a été lui aussi dans le domaine merveilleux et il donne à son nouvel ami quelques indications – d'ailleurs encore insuffisantes sur la route qui y conduit. Meaulnes pourtant ne

1. Il s'agit d'une partie du chapitre « Nous tombons dans une embuscade », chap. II, deuxième partie.

le reconnaît que trop tard, qu'au moment où sans en rien dire à personne, il s'apprête à s'enfuir. C'était Frantz de Galais, le jeune fiancé de la fête, avec qui Meaulnes s'était rencontré le soir de la débandade. Hélas ! il a décampé trop tôt ; Meaulnes n'aura appris de lui que l'adresse à Paris de la jeune fille dont il est amoureux.

Muni de ce seul renseignement, Meaulnes laisse François et part pour Paris. Mais à l'adresse indiquée il n'y a personne : la maison est vide. Meaulnes reste dans la grande ville, oisif et désespéré, à la merci de toutes les tentations. Et c'est François que le hasard, longtemps après, met tout à coup sur la piste du domaine merveilleux. Il le retrouve sans aucune difficulté ; la jeune fille y est toujours ; il la voit ; il comprend qu'elle n'a cessé de penser à Meaulnes. Le rêve de toute leur adolescence se résout ainsi en éléments tout ordinaires, tous prochains, tous faciles à saisir. Il semble qu'il n'y ait plus qu'à aller chercher Meaulnes et que l'aventure soit finie. Mais Meaulnes, que Seurel en effet ramène, est étrangement nerveux et rebelle ; il manque même de détruire par son humeur inexplicable le bonheur que son ami lui a préparé et qu'il n'a plus qu'à cueillir. Pourtant il se marie ; son cœur sauvage semble dompté.

Hélas ! la chimère veille, l'esprit d'aventure et de rêve le guettent encore. Pendant le séjour de Frantz à Sainte-Agathe, au moment où leur amitié se nouait, lui et Meaulnes se sont mutuellement et solennellement juré d'accourir au premier appel l'un de l'autre. Le soir des noces de Meaulnes et d'Yvonne de Galais, du bois qui borde la maison, retentit soudain l'appel de Frantz :

Plus tard j'ai su par le détail[1]…

Ils rentrent, mais le lendemain, Meaulnes, avec le consentement de sa femme, repart. C'est qu'à l'insu de François et d'ailleurs aussi d'Yvonne, sa dette envers Frantz s'est alourdie. Pendant son séjour à Paris, il lui a pris, sans savoir que c'était elle, sa fiancée, celle-là-même qui avait manqué au rendez-vous des noces et de la fête étrange. Et maintenant il faut qu'il répare sa faute, il faut qu'il la retrouve à tout prix, qu'il l'empêche de se perdre complètement. Voilà le secret de sa fuite.

1. Rivière a lu le début du chapitre « Les Gens heureux », chap. IX, troisième partie.

C'est François qui le découvre en ouvrant par hasard un Cahier qui est le journal de Meaulnes pendant son séjour à Paris. Mais hélas ! dans l'intervalle les événements ont marché. La jeune femme que Meaulnes a quittée est devenue mère. Mais, dans des conditions si difficiles qu'elle en est morte. Meaulnes en ramenant bien plus tard Frantz et sa fiancée, ne retrouvera plus que sa petite fille que François lui a gardée et qu'il a élevée pour lui[1] :

*

Cette fin qui est la fin classique de tous les romans d'aventures, et que je trouve pathétique et charmante, ne suffira point pourtant à nous faire prendre le change sur le véritable caractère du *Grand Meaulnes*. Oui, c'est un roman d'aventures et je n'ai pas l'intention de vous le présenter sous un autre jour que celui sous lequel son auteur lui-même a voulu le faire apparaître. Mais je sentirais quelque remords si je ne cherchais en finissant à compléter et à préciser cette définition, et à différencier *Le Grand Meaulnes* du commun des romans d'aventures.

Du roman d'aventures il a surtout la charpente, l'allure générale, la disposition matérielle. Mais à l'intérieur de cette carapace, comme gémit dans certains coquillages une voix inconnue, ce sont des sentiments uniques, dont on ne retrouve le ton nulle part, qui vibrent et se lamentent. Oh ! je ne peux pas dire combien la lecture du *Grand Meaulnes* est pour moi déchirante. C'est cette voix que j'y entends, c'est cette plainte d'une mélancolie puérile et atroce. En vérité nous voilà bien loin de la forte odeur de saumure et du vigoureux entrain à vivre des romans d'aventures anglais. Certes, ils ont ému Alain-Fournier, et il a senti vivement leur fantaisie pleine de belle humeur. Mais combien son pathétique à lui est de goût différent et d'essence plus profonde !

En réalité, Alain-Fournier a fait une œuvre beaucoup plus originale qu'il ne pensait faire. Et pour cela, il n'a eu qu'à lui donner son âme, son âme sans pendant et sans parenté, son âme douloureusement dépareillée. Toute la construction de son roman est calculée, voulue jusque dans le moindre détail. Mais ce qui en fait le prix incomparable, c'est justement ce qu'il n'a voulu ni calculé, ce qu'il y a mis sans le savoir, sans le soupçonner.

1. Rivière a dû lire la fin de l'épilogue du roman.

Parce qu'il écrivait un roman et qu'il voulait y rendre tout vraisemblable, tout explicable à la rigueur, Alain-Fournier s'est cru obligé de motiver la dernière fuite de Meaulnes, d'en produire les raisons concrètes et positives. Il a senti qu'on aurait le droit de lui en reprocher l'invraisemblance, s'il n'en donnait d'autre explication que la promesse faite jadis à Frantz.

> Ainsi, dis-je, par une promesse enfantine que tu lui as faite, tu es en train de détruire ton bonheur.
> — Ah ! si ce n'était que cette promesse », fit-il.
> Et ainsi je connus qu'autre chose liait les deux jeunes hommes, mais sans pouvoir deviner quoi[1].

Pour rendre compte de ce nouveau lien, il a inventé le Cahier de devoirs mensuels, ce journal de Meaulnes, où l'on apprend ses relations avec la fiancée de Frantz et par quoi l'on s'explique son besoin de réparer à tout prix le tort que le hasard lui a fait commettre envers son ami. J'y trouve de très beaux passages, les indications même par-ci par-là d'un tragique nouveau et assez différent auquel Alain-Fournier pourrait s'élever. Mais dans l'ensemble je ne puis m'empêcher de considérer tout ce passage comme un hors-d'œuvre et presque d'en souhaiter la suppression. Car dans le fond la fuite de Meaulnes n'a pas besoin d'être motivée ; dans le fond elle est suffisamment motivée, sans motifs. Rappelons-nous ce passage :

> Que se passa-t-il alors dans ce cœur obscur et sauvage ? Je me le suis souvent demandé et je ne l'ai su que lorsqu'il fut trop tard. Remords ignorés ? Regrets inexplicables ? Peur de voir s'évanouir bientôt entre ses mains ce bonheur inouï qu'il tenait si serré ? Et alors tentation terrible de jeter irrémédiablement à terre, tout de suite, cette merveille qu'il avait conquise[2] ?

C'est en effet par des questions plutôt que par des affirmations qu'il faut toucher à ce mystère, qui est le mystère le plus véritable et le plus pathétique du livre. Si Meaulnes s'enfuit, n'est-ce pas surtout parce qu'il est de ces âmes qui sont impuissantes à posséder ce qu'elles ont rêvé ? de ces âmes en qui le rêve est si fort,

1. « L'Appel de Frantz », chap. IX, « Les gens heureux ».
2. *Ibid.*

si réel, que la réalité ne peut que le gêner et le diminuer ? Tout le tragique du *Grand Meaulnes* n'est-il pas dans une certaine inaptitude de ses personnages à la vie et dans une préférence insensée de n'importe quelle chimère aux conditions qui leur sont faites par l'événement ? Oui, il y a des gens qui ne peuvent pas prendre ce qu'ils ont sous la main, qu'une force retient et empêche comme des hypnotisés, il y a des gens qui ne sont pas tout à fait de ce monde, et qui sentent que ce monde ne peut leur faire que du mal, même quand il leur tend le bonheur.

Pour moi, le plus profond intérêt du *Grand Meaulnes* commence au moment où François Seurel retrouve par hasard la trace du domaine inconnu. C'est là que commence vraiment le drame, au moment où la réalité revient, reflue sur le rêve et cherche à le remplacer. Il y a quelque chose de profondément tragique dans la facilité avec laquelle tout à coup tout se découvre, tout se dénoue, tout se rapproche et se donne pour ainsi dire à cueillir. Comme si c'était la même chose, comme si vraiment la vie pouvait prendre la même valeur, le même poids, la même réalité que nos imaginations ! Cette précipitation des événements à se mettre au service de Meaulnes, cette espèce de docilité subite qu'ils lui montrent, cette complaisance, cette indulgence à sa chimère ne font qu'accuser l'incapacité radicale où ils sont d'en devenir l'équivalent. Plus ils vont vite, plus ils vont loin et plus on sent ce qui leur manque pour satisfaire celui qu'ils encensent. Cette réussite, s'adressant à une âme comme la sienne, c'est un écroulement, c'est une catastrophe. C'est comme si le monde de l'imagination où il s'était réfugié, s'écroulait sous lui. C'est un naufrage sous les apparences d'un heureux atterrissage aux bords de la Terre Promise. C'est la fin d'une adolescence.

Oui si Alain-Fournier eût voulu donner un sous-titre à son roman, comme on en donne souvent aux romans d'aventures, il eût bien fait de l'appeler : *Le Grand Meaulnes* ou la fin de l'adolescence. Tel est bien le sujet le plus profond, le plus secret : la fin des rêves, la fin de ce monde prodigieux, infini, ravissant, monstrueux, où nous vivons jusqu'à quinze ans. Non, c'est plus compliqué encore. Il faut dire : c'est la fin de ce monde pour quelqu'un pour qui il ne peut pas finir ; Les rêves sont trop grands dans cette âme, ils ont pris trop de place et trop d'empire ; et quand le mystère qui les alimentait se tarit, ils entraînent leur victime n'importe où, quelque part où ils puissent reprendre et se survivre ; ils cherchent désespérément et au prix des plus grands sacrifices une atmosphère où de nouveau respirer et s'épanouir. Vous connaissez l'histoire de Peter Pan, le petit garçon qui ne voulait pas grandir. *Le Grand Meaulnes* c'est l'histoire de l'adolescent non seulement qui ne veut pas, mais qui ne peut pas devenir homme, de l'adolescent qui ne peut pas finir.

Il y a un endroit où Alain-Fournier a eu comme conscience de ce qui animait tout son roman et a compris qu'il reposait tout entier sur un certain tour d'esprit de ses personnages :

> « Tu sais, dit Jasmin, en regardant Boujardon, et en secouant la tête à petits coups, j'ai rudement bien fait de le dénoncer aux gendarmes. En voilà un qui a fait du mal au pays et qui en aurait fait encore !… »
>
> Me voici presque de leur avis ? Tout aurait sans doute autrement tourné si nous n'avions pas considéré l'affaire d'une façon si mystérieuse et si tragique. C'est l'influence de ce Frantz qui a tout perdu[1].

Oui, *Le Grand Meaulnes* n'était possible et n'existe que par « l'influence de Frantz », que par une certaine façon enfantine et tragique d'envisager la vie, que par une (*sic*) certain douloureux chimérisme qu'il y a chez son auteur. Alain-Fournier ne voit pas la vie des mêmes yeux que nous ; elle ne réussit pas à prendre pour lui cet air compact, cohérent et ennuyeux qu'elle a pour nous. Elle reste comme un tissu trop tendu, à travers lequel on voit le jour. « Je ne suis peut-être pas tout à fait un être réel » avait écrit Benjamin Constant[2]. Ce mot a profondément frappé Alain-Fournier. Il le répète souvent et s'en sert comme d'une excuse pour les inattentions, les étourderies qu'il lui arrive de commettre. Il ne veut pas dire par là qu'il est à part du monde et comme absorbé dans la contemplation mystique ; il ne se donne pas pour une espèce de Novalis[3]. (Et Benjamin Constant non plus d'ailleurs). Mais son idée est qu'il ne rentre pas dans la vie comme les autres, qu'il n'y mord pas, qu'il ne la joue pas pour

1. Rivière a lu ce passage du chapitre « Je trahis », chap. XI, deuxième partie, *op. cit.*, p. 155.

2. Benjamin Constant, *Journal*, 11 avril 1804. La citation exacte est : « Je ne suis pas tout à fait un être réel. »

3. Novalis (1772-1801), poète, philosophe et scientifique allemand, célèbre notamment pour le journal intime qu'il tint après la mort de Sophie, sa fiancée, et dans lequel il relate son expérience mystique.

de bon. Il a le mysticisme de l'action ; tous les événements qui lui arrivent, il les embellit spontanément, il les rend plus douloureux et plus profonds, il les agrandit selon des dimensions inconnues. Et quand il s'y jette, il agit délibérément comme s'ils avaient en effet toutes ces dimensions ; il tient compte d'un tas de choses invisibles qui en alourdissent et en compliquent le sens. Les êtres mêmes auxquels il a affaire dans la vie courante sont par lui intimement transformés, comme angélisés déjà. Il ne suit pas leurs intentions et leurs actes dans le plan où ils se produisent en fait, mais comme dans un plan plus pur et plus secret. Il attend d'eux des choses qui logiquement n'en peuvent pas venir. De là la plupart de ses tourments et le goût amer que l'existence prend pour lui. Mais le plus extraordinaire, c'est que souvent cette foi est récompensée et que les profondeurs qu'il a supposées chez les gens lui répondent en effet, et que la vie se met pour un instant au diapason de son rêve. J'en ai eu plusieurs exemples des plus curieux, que malheureusement je ne peux pas vous raconter. Mais vous me croirez sur parole n'est-ce pas ?

Ces furtives réussites n'empêchent pas tout de même le déséquilibre profond où il se trouve avec la réalité quotidienne et c'est dans ce déséquilibre qu'il faut chercher encore une fois l'origine véritable du *Grand Meaulnes*, l'origine à la fois des aventures qu'il raconte et de la musique qu'il rend, de la plainte dont il retentit.

Je crois pouvoir maintenant vous laisser seuls avec l'ouvrage ; tout ce que je pourrais ajouter ne ferait que diminuer le plaisir que vous y goûterez certainement. Je vous demanderai simplement en échange de ce plaisir, de penser de toute votre amitié à celui qui vous le donnera et de joindre vos vœux aux miens pour qu'il nous soit rendu.

Cette brève biographie d'Alain-Fournier est parue dans La NRF *entre décembre 1922 et février 1923, au moment où Jacques Rivière perdait l'un de ses autres amis, Marcel Proust. Ce texte très personnel a ensuite été publié chez Gallimard en 1924 comme préface au volume* Miracles, *qui rassemblait les poèmes et un choix de textes et d'articles d'Alain-Fournier.*

Alain-Fournier

Comment rattraper sur la route terrible où elle nous a fuis, au-delà du spécieux tournant de la mort, cette âme qui ne fut jamais tout entière avec nous, qui nous a passé entre les mains comme une ombre rêveuse et téméraire ?

« Je ne suis peut-être pas tout à fait un être réel » Cette confidence de Benjamin Constant[1], le jour où il la découvrit, Alain-Fournier fut profondément bouleversé ; tout de suite il s'appliqua la phrase à lui-même et il nous recommanda solennellement, je me rappelle, de ne jamais l'oublier, quand nous aurions, en son absence, à nous expliquer quelque chose de lui.

Je vois bien ce qui était dans sa pensée : « Il manque quelque chose à tout ce que je fais, pour être sérieux, évident, indiscutable. Mais aussi le plan sur lequel je circule n'est pas tout à fait le même que le vôtre ; il me permet peut-être de passer là où vous voyez un abîme : il n'y a peut-être pas pour moi la même discontinuité que pour vous entre ce monde et l'autre. »

Ses plus grands enthousiasmes littéraires allèrent toujours aux œuvres qui lui faisaient sentir l'idéalité de l'univers et de la vie elle-même.

Il faut savoir aussi combien il était sobre : matériellement d'abord (jamais il ne sembla prendre à la nourriture le moindre plaisir, il ne lui demandait que de l'entretenir en vie) ; mais surtout au spirituel : j'ai souvent admiré combien légèrement il goûtait à la réalité et c'était une surprise pour moi, à chaque fois, de voir de quelle impondérable mousse s'emplissait seulement la coupe qu'il y plongeait.

Il n'y avait pas là l'effet d'une constitution physique fragile, ni aucune intolérance par débilité. Au contraire Fournier fut toute sa vie robuste et bien portant. C'était son esprit tout seul dont l'aspiration était ainsi prudente et réservée, – comme s'il eût eu ailleurs d'autres sources où puiser, et une alimentation invisible.

Quand je la compare à la sienne, toute ma vie, qui pourtant fut occupée par beaucoup des mêmes événements, m'apparaît

1. Benjamin Constant, *Journal*, 11 avril 1804. La citation exacte est : « Je ne suis pas tout à fait un être réel. »

affreusement positive. J'ai saisi bien des choses qu'il laissa échapper ; mais c'est lui qui volait, moi qui reste…

Il serait vain de vouloir distinguer le merveilleux spontané, dans son histoire, et celui qu'il y ajouta lui-même par la simple tournure de son imagination. Elle reste, en tout cas, « à peine réelle », tissée des aventures les moins analysables ; des femmes y sont mêlées dont, du fait que son regard seulement les effleura, il devient impossible de savoir qui elles furent d'autre que les anges ou les démons qu'il vit.

Une biographie d'Alain-Fournier ? Écrite du dehors, puisée ailleurs que dans ses contes et dans *Le Grand Meaulnes,* ne sera-t-elle pas un continuel mensonge, le récit des faits qu'il n'a pas vécus ? Et comment oser, en particulier, reconstituer sa dernière rencontre ? Comment savoir le visage qu'eut pour lui, brusquement dévoilé dans la solitude, cette maîtresse terrible qu'il avait toujours attendue : la guerre ?

I

Pourtant je suis le seul à l'avoir vraiment connu. Nous nous étions liés au lycée Lakanal, où nous étions entrés tous les deux en octobre 1903 pour préparer l'École Normale Supérieure. Nous avions le même âge : dix-sept ans.

Notre amitié ne fut d'ailleurs pas immédiate, ni ne se noua sans péripéties ; nos différences de caractère se firent jour avant nos ressemblances. Fournier, animé de l'esprit d'indépendance qu'il devait attribuer plus tard à Meaulnes, avait entrepris d'ébranler la vénérable et stupide institution de la Cagne, c'est-à-dire l'organisation hiérarchique qui réglait les rapports des élèves de rhétorique supérieure et l'ensemble de rites et d'obligations humiliantes que les anciens imposaient aux « bizuths ». Il avait pris la tête d'une coterie de révoltés, avec laquelle je sympathisais secrètement, mais que ma timidité et mon désir d'éviter les distractions m'empêchèrent de rallier tout de suite.

J'observai longtemps une neutralité rigoureuse dans la bataille qui opposait mes camarades. La figure de Fournier m'intéressait pourtant déjà vivement. Parmi ces jeunes gens, dont plusieurs étaient comme lui fils d'instituteurs, mais que leurs dispositions universitaires rendaient déjà légèrement compassés, il surgissait libre, joueur, ivre de jeunesse. Ce que l'atmosphère où nous étions plongés avait d'un peu pédant et artificiel, il le faisait par instants drôlement fuser au-dehors et nous restituait le caprice dont nous avions besoin pour respirer.

Je le regardais combiner ses offensives contre le « Bureau », je lisais les pétitions révolutionnaires qu'il faisait circuler pendant l'étude. Je me sentais un peu scandalisé, un peu effrayé, fort séduit malgré tout par son personnage.

Je ne pensais pourtant pas à me rapprocher de lui. C'est lui qui me fit le premier des avances, d'ailleurs mêlées de taquineries et de moqueries, qui me furent, je l'avoue, très insupportables. De toute évidence je l'agaçais un peu, si je l'attirais aussi ; ma nature appliquée, scrupuleuse, méticuleuse lui donnait des impatiences. Il me jouait des tours que je ne prenais pas toujours très bien. Que de fois, en rentrant de récréation, je trouvai mon pupitre bouleversé, mes livres en désordre : Fournier avait passé par là. Je lui en voulais de tout mon cœur !

Mais il tenait à moi et peu à peu la sincérité de son attachement m'apparut, me convainquit, apaisa mes résistances. C'est aussi qu'à côté de son indiscipline, tout un autre aspect de son caractère se révélait à moi, lentement, que je ne pouvais qu'aimer. Sous ses dehors indomptés, je le découvrais tendre, naïf, tout gorgé d'une douce sève rêveuse, infiniment plus mal armé encore que moi, ce qui n'était pas peu dire, devant la vie.

Le parc de Lakanal, qui fut celui de la Duchesse du Maine et de la Cour des Sceaux, est un endroit merveilleux ; il dévale lentement vers Bourg-la-Reine. La grande allée vient aboutir à une grille qui donne sur un chemin peu fréquenté ; un banc la termine, où, parmi toute cette banlieue, on peut avoir l'illusion d'une relative solitude. C'est sur ce banc que chaque jour, pendant l'heure de récréation qui suivait le déjeuner, je venais m'asseoir avec Fournier.

Nous avions de grandes conversations. Il me parlait de son pays avec une sorte de passion. Il était né[1] à la Chapelle-d'Angillon, un petit chef-lieu de canton du Cher, à une trentaine de kilomètres au nord de Bourges, sur les confins de la Sologne et du Sancerrois, en plein centre de la France. Mais c'est surtout d'Épineuil-le-Fleuriel, un plus petit village encore, situé à l'autre extrémité du département, entre Saint-Amand et Montluçon, où ses parents avaient été longtemps instituteurs et où il avait passé toute sa première

1. Le 3 octobre 1886. (NdA)

enfance, qu'il me faisait des descriptions enthousiastes et presque amoureuses. Je reconstituais sa vie de petit paysan dans cette campagne sans pittoresque, lente, pure et copieuse et dont les aspects s'étaient comme incorporés à son âme : je me rendais compte de ce qu'avait été cette enfance alimentée par la précieuse ignorance de tout autre paysage au monde que celui qu'on pouvait découvrir des fenêtres de l'école. Quelle estacade que cette solitude pour les voyages de l'imagination !

En effet, entraîné aussi, il faut le dire, par la lecture effrénée des livres de prix que recevaient ses parents chaque année vers le début de juillet et dont, s'enfermant au grenier avec sa sœur, il consommait l'entière provision avant qu'ils ne fussent distribués, Fournier s'était mis très tôt à imaginer l'inconnu et à le chercher. Comme il était naturel, dans ce plein milieu des terres, devant son horizon immobile, il s'était particulièrement épris de l'océan. Au point qu'il avait décidé vers treize ans de se faire officier de marine. Après un séjour à Paris, au lycée Voltaire, il avait été à Brest pour préparer l'examen du Borda. Mais malgré les succès qu'il avait remportés en mathématiques, il ne s'était pas senti dans sa voie, et comme, par surcroît, le milieu lui déplaisait, au bout d'un an, laissant, le cœur gros, échapper, comme un infidèle oiseau, son premier rêve d'aventure, il était rentré dans son pays.

Il s'était tourné alors vers les lettres et était venu à Lakanal en faire l'apprentissage.

Il ne les choisissait donc à ce moment que comme un pis-aller. C'est qu'au fond il ne les avait pas encore, non plus que moi d'ailleurs, découvertes. Je date des environs de Noël 1903 la révélation qui nous en fut faite en même temps à l'un et à l'autre. Pour nous remercier du compliment traditionnel que nous lui avions adressé avant le départ en vacances, notre excellent professeur, M. Francisque Vial, à qui mon éternelle reconnaissance soit ici exprimée, nous fit une lecture du *Tel qu'en songe* d'Henri de Régnier :

J'ai cru voir ma Tristesse – dit-il – et je l'ai vue
— Dit-il plus bas
Elle était nue,
Assise dans la grotte la plus silencieuse
De mes plus intérieures pensées… etc.

Puis :

En allant vers la ville où l'on chante aux terrasses
Sous les arbres en fleurs comme des bouquets de fiancées…

Et :

Les grands vents venus d'outre-mer
Passent par la Ville, l'hiver,
Comme des étrangers amers…

Et ces deux vers enfin qui tombèrent en nous comme une lente pierre dans une eau troublée :

Pauvre âme,
Ombre de la tour morne aux murs d'obsidiane !

Nous nous étions déjà penchés sur des textes admirables ; nous y avions senti par instants palpiter quelque chose de tendre et d'exquis ; mais la gangue scolaire qui les entourait, emprisonnait aussi leur sortilège.

Et puis ni Racine, ni Rousseau, ni Chateaubriand, ni même Flaubert ne s'adressaient à nous, jeunes gens de 1903 ; ils parlaient à l'humanité universelle ; ils n'avaient pas cette voix comme à l'avance dirigée vers notre cœur, que tout à coup Henri de Régnier nous fit entendre.

Nous tombions, sans avoir même su qu'il en existât de tels, sur des mots choisis exprès pour nous et qui non seulement caressaient nommément notre sensibilité, mais encore nous révélaient à nous-mêmes. Quelque chose d'inconnu, en effet, était atteint dans nos âmes ; une harpe que nous ne soupçonnions pas en nous s'éveillait, répondait ; ses vibrations nous emplissaient. Nous n'écoutions plus le sens des phrases ; nous retentissions seulement, devenus tout entiers harmoniques.

Je regardais Fournier sur son banc ; il écoutait profondément ; plusieurs fois nous échangeâmes des regards brillants d'émotion. À la fin de la classe, nous nous précipitâmes l'un vers l'autre. Les forts en thème ricanaient autour de nous, parlaient avec dédain de « loufoqueries ». Mais nous, nous étions dans l'enchantement et bouleversés d'un enthousiasme si pareil que notre amitié en fut brusquement portée à son comble.

Dès la rentrée de janvier, délaissant les occupations dites sérieuses et la préparation de l'« École », nous achetâmes les œuvres d'Henri de Régnier, de Maeterlinck, de Vielé-Griffin[1] et nous les dévorâmes.

Je ne sais s'il est possible de faire comprendre ce qu'a été le symbolisme pour ceux qui l'ont *vécu*. Un climat spirituel, un lieu ravissant d'exil, ou de rapatriement plutôt, un paradis. Toutes ces images et ces allégories, qui pendent aujourd'hui, pour la plupart, flasques et défraîchies, elles nous parlaient, nous entouraient, nous assistaient ineffablement. Les « terrasses », nous nous y promenions, les « vasques », nous y plongions nos mains et l'automne perpétuel de cette poésie venait jaunir délicieusement les frondaisons mêmes de notre pensée.

Où le Griffon a-t-il enterré le Saphir ?

Nous y eussions conduit sans hésiter le premier de ces chevaliers masqués, surgis aux lisières ou près des sources apparus, qui nous eût demandé le chemin.

Nous ne connaissions encore ni Mallarmé, ni Verlaine, ni Rimbaud, ni Baudelaire. C'était dans le monde plus vague et plus artificiel construit par leurs disciples, que nous nous mouvions, sans soupçonner qu'il n'était qu'un décor qui nous cachait la vraie poésie.

*

Pourtant des différences non pas tant de goût que de prédilection ne tardèrent pas à apparaître entre Fournier et moi. Tandis que je mettais au premier plan Maeterlinck, pour la profondeur philosophique que je lui attribuais libéralement, et plus tard Barrès, dont l'idéologie me ravissait, Fournier élisait avec une affection farouche Jules Laforgue d'abord, ensuite Francis Jammes[2]. Ces deux admirations qui le prirent vers 1905, valent la peine d'être analysées, car elles sont révélatrices de certaines tendances très profondes de son esprit.

Que n'ai-je pas dit et surtout écrit à Fournier contre Laforgue ? Il m'agaçait ; je le trouvais pleurard et pédant ; je ne comprenais rien

1. Les poètes symbolistes Henri de Régnier (1864-1936), Maurice Maeterlinck (1862-1949), Francis Vielé-Griffin (1864-1937).
2. Jules Laforgue (1860-1887) et Francis Jammes (1868-1938).

à ses souffrances ; je ne m'en expliquais pas la cause. Fournier le défendait avec acharnement et je vois bien maintenant tout ce qu'il découvrait de lui-même dans le pauvre blessé des *Complaintes*.

« Blessé, mais amoureux, me répondit-il justement lui-même dans une des nombreuses apologies qu'il me fit de son héros[1], blessé mais orgueilleux. Blessé, mais d'une si grande douceur de cœur. Blessé, parce que tout cela ; et ironique parce que blessé et seulement pour cela. Il n'a jamais été que le jeune homme timide (à ne pas pouvoir passer devant une "dame" sans tomber), et qui a répété toute sa vie :

Oh ! qu'une, d'elle-même, un beau soir, sût venir,
Ne voyant que boire à mes lèvres et mourir[2].

Fournier était tout à fait exempt de cette timidité extérieure et physique qu'il attribue ici à Laforgue, mais il en avait une plus secrète, à base de tendresse et d'orgueil, qui ne le paralysait pas moins. Comme Laforgue, il avait un immense besoin de la Femme, mais avant tout comme d'un calmant pour sa susceptibilité frémissante ; il ne supportait pas l'idée d'être à découvert devant elle, en butte à ses flèches, déconcerté, malmené ; une pureté et une innocence parfaites en elle étaient indispensables à la formation de son amour.

Il lui fallait l'union des âmes avant celle des corps et un certain absolu d'affection où se plonger. Toutes les exigences de Laforgue, il les reconnaissait pour siennes.

Et aussi les déceptions, car il n'était pas sans se rendre compte confusément de ce que son rêve avait d'irréalisable. Il en éprouvait d'avance cette même irritation désolée qu'il voyait chez Laforgue se tourner en ironie. « Ironique parce que blessé et seulement pour cela. » Laforgue devait lui servir comme d'une vengeance anticipée contre cette étrange nation des femmes à laquelle il avait la plus étrange idée encore d'aller demander du bonheur. Il avait à ce moment-là des relations, tout à fait pures d'ailleurs, avec une petite étudiante, qu'il accompagnait chaque dimanche et tâchait de former suivant son idéal. Il ne cherchait pas trop à la transfigurer à mes yeux ; mais je sentais quelque chose en lui, dès ce

1. Lettre du 22 janvier 1906. (NdA)
2. Jules Laforgue, « Figurez-vous un peu », in *Des fleurs de bonne volonté*, Mercure de France, 1917.

moment, se débattre contre les bornes par trop précises qu'elle infligeait à son imagination ; il la lui fallait déjà plus sincère, plus candide surtout qu'elle ne pouvait être. Et de ses petitesses, de ses coquetteries il souffrait comme d'autant d'injustices qu'elle eût commises envers lui.

Pourtant il ne faudrait pas se représenter Fournier comme dominé par le scepticisme moral ou le dépit, ni comme dépourvu de tout réalisme ; à ses chanceuses aspirations le goût des choses concrètes formait dès ce moment contrepoids.

Déjà chez Laforgue il n'admirait pas seulement l'exilé en ce monde ni l'amant tyrannique et craintif. Voulant me le faire comprendre et aimer, c'est toute une série d'impressions de nature, choisies au hasard des pages, qu'il recopiait pour moi dans une de ses lettres :

Ô cloîtres blancs perdus…
— Soleils soufrés croulant dans les bois dépouillés…
… Paris ! ses vieux dimanches
Dans les quartiers tannés où regardent des branches
Par-dessus les murs des pensionnats[1]…

Dès ce moment il demandait à la poésie une certaine traduction, en langage clair et insaisissable, de la plus humble réalité. C'est pourquoi Jammes, que nous avions découvert dans *L'Angélus de l'aube*…, l'avait du premier coup enchanté.

Toute la campagne, non pas celle qu'on visite, mais celle où Fournier était né et dont il sentait l'imprégnation, revivait dans ces lignes un peu tremblantes, privées de toute architecture interne, que Jammes traçait, les unes au-dessous des autres, d'une main paisible et maladroite exprès. La façon dont les mots y venaient, à leur place physique plutôt que significative, et dont ils incarnaient les animaux, les arbres, les métairies, en suggérant simplement l'odeur, la couleur ou la forme ; la peinture de chaque heure du jour, avec son soleil propre et l'exacte déclivité des ombres ; ces vers si tangibles que certains pouvaient être tenus entre les mains comme une gaule, d'autres froissés dans les doigts comme une feuille de menthe, – toute cette poésie matérielle et pure l'enchantait.

1. Lettre du 22 janvier 1906. (NdA)

Nous ne séparerons pas la vie d'avec l'art[1].

Fournier s'empara tout de suite de ce vers faux, ou mal cadencé, et le fit marcher longtemps à cloche-pied, en avant-garde de son œuvre, comme un chemineau et comme un guide.

Ce fut appuyé sur Jammes qu'il commença à se révolter contre l'intelligence, c'est-à-dire, dans son esprit, contre la culture des idées, contre l'effort pour définir, contre le jugement qui exclut. Barrès, en qui je me complaisais à ce moment et qu'il fit effort pour aimer avec moi, dans le fond l'exaspérait : « Je t'ai dit une fois pour toutes que je trouvais parfaitement vain ce travail de mise en formules… Je préférerai, moi, toujours m'arrêter pour parler de la "mer méridionale éperdument bleue" – ou de la batteuse que j'entends ronfler dans les champs derrière moi comme pour me dire que c'est encore l'été – encore un peu de tout cet été que je n'ai pas vécu[2]. » Et plus tard : « Je me dégoûte d'écrire ainsi tant de petites théories, de petits jugements, de longues phrases qui ne riment à rien. Alors que lentement, longuement, silencieusement je devrais chercher en moi des mots brefs et légers qui disent le passé ou la vie[3]. »

Il avait commencé d'ailleurs, depuis assez longtemps déjà, à les chercher, « ces mots brefs et légers », dont il devait plus tard trouver une délicieuse et expressive foison. Peu de temps après notre découverte du Symbolisme, il s'était mis à écrire des vers. Rien de plus curieux que ces premiers essais d'Alain-Fournier. Je dois avouer à ma honte que je ne sus pas y reconnaître sa vocation.

C'est aussi qu'ils révélaient tout autre chose que le poète qu'on était porté naturellement à y chercher. Aucune image vraiment neuve, aucune transformation vraiment chimique du monde par les mots ; les objets n'y devenaient jamais autres et saisissants ; un doux courant les entraînait comme des fleurs intactes, – un courant facile et faible comme la rêverie[4].

---

1. Extrait du poème « Calendrier utile » du recueil *De l'Angelus de l'aube à l'Angelus du soir*. Le vers exact est : « Nous ne distinguerons pas la vie d'avec l'art. »
2. Lettre du 23 septembre 1905. (NdA)
3. Lettre du 22 janvier 1906. (NdA)
4. « Les premiers vers que j'ai faits, m'écrivait Fournier lui-même dans une lettre du 22 août 1906, étaient surtout la découverte extasiée de deux ou trois mots auxquels je ne pensais plus et de tout ce que leur son éveillait en moi : "Angelus… aubépine… après-midi… civière… ou voiture à chien". » (NdA)

Je recopie ici, à titre d'exemple, non pas le meilleur mais le plus important – je dirai en quoi tout à l'heure – de ces poèmes :

À TRAVERS LES ÉTÉS

(*À une jeune fille.*)

Attendue,
À travers les étés qui s'ennuient dans les cours en silence
Et qui pleurent d'ennui,
Sous le soleil ancien de mes après-midi
Lourds de silence
Solitaires et rêveurs d'amour
D'amours sous des glycines, à l'ombre, dans la cour
De quelque maison calme et perdue sous les branches,
À travers mes lointains, mes enfantins étés,
Ceux qui rêvaient d'amour
Et qui pleuraient d'enfance,

Vous êtes venue,
Une après-midi chaude dans les avenues,
Sous une ombrelle blanche,
Avec un air étonné, sérieux, un peu
Penché comme mon enfance.
Vous êtes venue sous une ombrelle blanche.

Avec toute la surprise
Inespérée d'être venue et d'être blonde,
De vous être soudain
Mise
Sur mon chemin,
Et soudain, d'apporter la fraîcheur de vos mains
Avec, dans vos cheveux, tous les étés du Monde.

Vous êtes venue :
Tout mon rêve au soleil
N'aurait jamais osé vous espérer si belle.
Et pourtant, tout de suite, je vous ai reconnue.
Tout de suite, près de vous, fière et très demoiselle
Et une vieille dame gaie à votre bras,
Il m'a semblé que vous me conduisiez, à pas,
Lents, un peu, n'est-ce pas, un peu sous votre ombrelle,
À la maison d'Été, à mon rêve d'enfant,

À quelque maison calme, avec des nids aux toits,
Et l'ombre des glycines, dans la cour, sur le pas

De la porte – Quelque maison à deux tourelles
Avec, peut-être, un nom comme les livres de prix
Qu'on lisait en juillet, quand on était petit.

Dites, vous m'emmeniez passer l'après-midi
Oh ! qui sait où !… à « La Maison des Tourterelles ».

Vous entriez, là-bas,
Dans tout le piaillement des moineaux sur le toit,
Dans l'ombre de la grille qui se ferme. – Cela
Fait s'effeuiller, du mur et des rosiers grimpants,
Les pétales légers, embaumés et brûlants,
Couleur de neige et couleur d'or, couleur de feu,
Sur les fleurs des parterres et sur le vert des bancs
Et dans l'allée comme un chemin de Fête-Dieu.

Je vais entrer, nous allons suivre, tous les deux
Avec la vieille dame, l'allée où, doucement,
Votre robe, ce soir, en la reconduisant,
Balaiera des parfums couleur de vos cheveux.

Puis recevoir, tous deux,
Dans l'ombre du salon,
Des visites où nous dirons
De jolis riens cérémonieux.

Ou bien lire avec vous, auprès du pigeonnier,
Sur un banc de jardin, et toute la soirée,
Aux roucoulements longs des colombes peureuses
Et cachées qui s'effarent de la page tournée,
Lire, avec vous, à l'ombre, sous le marronnier,
Un roman d'autrefois, ou « Clara d'Ellébeuse ».
Et rester là, jusqu'au dîner, jusqu'à la nuit,
À l'heure où l'on entend tirer de l'eau au puits
Et jouer les enfants rieurs dans les sentes fraîchies.

C'est Là… qu'auprès de vous, oh ma lointaine,
Je m'en allais,
Et vous n'alliez,
Avec mon rêve sur vos pas,
Qu'à mon rêve, là-bas,
À ce château dont vous étiez, douce et hautaine,
La châtelaine.
C'est Là – que nous allions, tous les deux, n'est-ce pas,
Ce dimanche, à Paris, dans l'avenue lointaine,

Qui s'était faite alors, pour plaire à notre rêve,
Plus silencieuse, et plus lointaine, et solitaire…
Puis, sur les quais déserts des berges de la Seine…
Et puis après, plus près de vous, sur le bateau,
Qui faisait un bruit calme de machine et d'eau…

Évidemment j'aurais dû comprendre ; j'aurais dû démêler ce que Fournier lui-même d'ailleurs n'apercevait pas encore à ce moment : que c'était là l'exercice d'un conteur, et non d'un poète.

Le vers libre y était adopté par Fournier sous l'influence sans doute des Symbolistes, mais surtout comme un moyen de suivre exactement les phases d'un récit. Il me semble qu'on le sent ici s'entraîner à conter. Il ne s'est pas encore arraché à ses impressions ; il cherche encore à nous les imposer telles quelles (et avouons franchement qu'il n'y réussit guère) ; mais déjà, malgré lui peut-être, elles s'analysent, elles perdent la densité poétique et prennent la forme d'une énumération. Des faits, des événements percent sans cesse au travers des spectacles ; un dynamisme se fait sentir sous l'enveloppe émotive ; des moments sont distingués ; le présent, le futur viennent tout naturellement remplacer le passé :

Je vais entrer, nous allons suivre, tous les deux
Avec la vieille dame l'allée, où doucement,
Votre robe, ce soir, en la reconduisant,
Balaiera des parfums couleur de vos cheveux.

D'ailleurs le thème du morceau n'est-il pas une « aventure » déjà ? Et cette aventure, ne la connaissons-nous pas ? N'est-ce pas, avant la lettre, la rencontre de Meaulnes et d'Yvonne de Galais ? Plusieurs détails du récit définitif figurent déjà dans le poème : la vieille dame dont la jeune fille est accompagnée, l'ombrelle de celle-ci, sa démarche, le titre de châtelaine qui lui est donné en passant ; même, le dernier vers se trouvera textuellement dans le chapitre de la *Promenade sur l'étang*[1].

Une seule différence importante : au lieu de se passer entièrement dans un « domaine mystérieux », la scène est d'abord située à Paris. Ce n'est que par l'imagination que le poète la transporte par instants à la campagne.

1. *Le Grand Meaulnes*, « La rencontre », chap. XV, première partie.

Ce point serait sans intérêt s'il ne nous permettait de remonter plus haut que le poème ici analysé, jusqu'à l'origine dans la réalité de l'aventure qui en fait les frais, jusqu'à l'événement de la vie d'Alain-Fournier qui a donné naissance au *Grand Meaulnes.*

Il est si délicat, si fragile que j'ose à peine le toucher avec des mots ; je crains de le briser en le racontant.

Pourtant ses répercussions sur toute la vie sentimentale et même intellectuelle de Fournier furent infinies.

J'ai dit combien il était exigeant, en pensée, à l'égard des femmes et quelle perfection il leur réclamait comme son dû. Il avait été bientôt las des trop pauvres satisfactions que pouvaient lui offrir celles qui étaient à sa portée.

Est-ce une exaspération de son attente qui la lui fit croire tout à coup comblée ? Ou bien alla-t-il instinctivement chercher un objet inaccessible qui ne pourrait le décevoir ? Ou bien la vie vint-elle réellement, comme il arrive, au-devant de son imagination et lui présenta-t-elle son rêve authentiquement incarné ?

Le fait est simplement qu'il rencontra un jour, dans Paris, au Cours-la-Reine, une jeune fille merveilleusement belle[1] qu'il suivit, dont il obtint par mille ruses le nom et l'adresse, qu'il retrouva et, bien qu'elle eût l'air extrêmement réservée, aborda[2]. Le miracle est qu'il obtint d'elle quelques mots de réponse qui purent lui donner à croire qu'il n'était pas dédaigné. Et il sentit que l'étrange apparition devait faire un effort sur elle-même pour briser l'entretien et lui dire : « Quittons-nous ! Nous avons fait une folie. »

Des années passèrent sur cette rencontre sans effacer l'impression que Fournier en avait reçue ; au contraire elle alla en s'approfondissant.

La jeune fille avait quitté Paris ; Fournier eut beaucoup de peine à retrouver sa trace ; et quand il y parvint, longtemps plus tard, ce fut pour apprendre, avec un immense désespoir, qu'elle était mariée[3].

---

1. Yvonne de Quiévrecourt, rencontrée en sortant d'une exposition de peinture au Grand Palais, le jeudi 1er juin 1905. C'était le jeudi de l'Ascension, Fournier n'avait pas cours à Lakanal.

2. Fournier suivit la jeune fille, accompagnée d'une grand-tante jusqu'au domicile de cette dernière, boulevard Saint-Germain. Il la guetta le dimanche 11 juin, pensant, à juste titre, qu'elle sortirait pour aller à la messe de Pentecôte. Ils se parlèrent à la sortie de l'église de Saint-Germain-des-Prés.

3. La jeune femme s'est mariée en octobre 1906.

Ayant suivi Alain-Fournier depuis son adolescence jusqu'à sa mort, je puis dire que cet événement si discret fut l'aventure capitale de sa vie et ce qui l'alimenta jusqu'au bout de ferveur, de tristesse et d'extase. Ses autres amours n'effacèrent jamais celui-là, ni même, je crois, n'intéressèrent jamais les mêmes parties de son âme. Il voyait toujours la parfaite jeune fille penchée sur lui ; il ne lui demandait pas de se caractériser ni de se révéler à lui dans sa différence ; il n'avait aucun besoin, dans le fond, de la connaître au sens complexe et dangereux du mot ; il lui suffisait qu'elle fût impossible comme la vie ; elle non plus, n'était « peut-être pas tout à fait un être réel » : c'est par quoi, en le comblant d'amertume, elle le consolait aussi.

II

J'avais quitté Lakanal au mois de juillet 1905, ayant obtenu une bourse de licence en province. Fournier était allé passer ses vacances en Angleterre, puis était rentré au lycée pour une troisième année de « cagne ». Nous restâmes séparés pendant deux ans.

Mais de cette séparation naquit une énorme correspondance, qui me permet aujourd'hui de suivre rétrospectivement le développement de mon ami pendant cette période.

Ce fut, à coup sûr, une de celles où sa pensée fut le plus active, celle où son talent se nourrit, se forma. Tout le poids dont l'accablait la « préparation de l'École », pour laquelle il n'était pas directement doué, et qui était pour lui, par instants, un véritable cauchemar, ne l'empêcha pas de lire, ni de pomper autour de lui tous les sucs dont il avait besoin.

Il s'assimila Claudel, Gide, Rimbaud, Ibsen, acheva de digérer Laforgue et Jammes. En Angleterre, il s'était épris des Préraphaélites. La peinture l'intéressait, mais par les côtés, il faut bien le dire, où elle touchait à la littérature. À Paris, il se mit à visiter les salons : Maurice Denis et Laprade lui donnèrent de grandes émotions. Il croyait découvrir dans leurs toiles les paysages purs et désespérés qu'habitait naturellement son âme, qu'il voulait à son tour évoquer.

En toutes ses admirations de cette époque, d'ailleurs, et même de toujours, on sent un fort coefficient subjectif : il se cherche au travers de ce qui l'enthousiasme ; il poursuit surtout des exemples, des permissions.

Un moment, il plie et s'effondre presque sous Claudel ; mais on le voit d'une lettre à l'autre se démener sous l'énorme avalanche, se rassembler, se saisir : « Claudel, s'écrie-t-il, apprends-moi à penser et à écrire selon moi, à moi qui sens selon moi[1]. » Et dans la lettre suivante, il note la leçon et l'encouragement qu'il croit avoir reçu du poète de *Tête d'Or* » : « Il m'a renforcé… dans cette conviction que j'ai toujours eue… que je ne serai pas moi tant que j'aurai dans la tête une phrase de livre, – ou, plus exactement, que tout cela, littérature classique ou moderne, n'a rien à voir avec ce que je suis et que j'ai été. Tout effort pour plier ma pensée à cela est vicieux. Peut-être faudra-t-il longtemps et de rudes efforts pour que profondément, sous les voiles littéraires ou philosophiques que je lui ai mis, je retrouve ma pensée à moi, et pour qu'alors à genoux, je me penche sur elle et je transcrive mot à mot[2]. »

Il est difficile, tant elles sont nombreuses et riches, de mettre en ordre toutes les découvertes que Fournier fit sur lui-même, ou plutôt sur son talent et sur les conditions de sa création, pendant ces deux ou trois années.

Les plus générales d'abord : il comprend, lui qui vient de s'épanouir, au milieu et par le moyen de la littérature la plus ésotérique, la plus aristocratique peut-être qui ait jamais été, – il comprend que ses sources d'inspiration sont d'ordre populaire, qu'il doit obéissance à son hérédité paysanne et que c'est du milieu dont il sort que monteront à son esprit les vrais thèmes de son œuvre future. Toutes ses lettres sont pleines de descriptions de son pays, de grands récits de promenades, de conversations avec des paysans qu'il me rapporte méticuleusement : « Il me répondait, dit-il de l'un d'eux, avec une grossièreté, et une lenteur, et une prudence qui me prenaient le cœur[3]. » Et plus loin : « Je voudrais dire avec le même amour les injures de celui qui veut qu'on ferme les barrières de ses prés, et qui n'est que haine déchaînée – et les paroles du braconnier que, revenant en retard, nous avons rencontré, poussé, le long de la haie, par l'orage menaçant et le vent rouge, vers la nuit d'août tombée, etc[4]. » Et dans la même lettre encore : « Je voudrais m'adresser à la campagne, comme les Goncourt à

1. Lettre du 7 mars 1906. (NdA)
2. Lettre du 21 mars 1906. (NdA)
3. Lettre du 3 septembre 1906. (NdA)
4. *Ibid.* (NdA)

Paris : « “Ô Paris…, tu possèdes…” Je veux au moins dire que si j’ai connu moins que les autres ces inquiétudes de jeunesse, ces angoisses sur mon moi, ce désarroi du déracinement, c’est que j’ai toujours été sûr de me retrouver avec ma jeunesse et ma vie, à la barrière – au coin d’un champ où l’on attelle deux chevaux à une herse… Et jamais plus que cette année de douloureuse sécheresse, je ne l’ai trouvée aussi compatissante, sympathisante… avec ses pardons pour ma fièvre, ses airs de connaître mon mal comme la lavande connaît les plaies, d’être accoutumée à moi comme je suis terrestrement accoutumé à sa compagnie[1]. »

Cette parenté avec les champs, que j’avais tout de suite sentie en lui, dont Jammes plus tard l’avait aidé à mieux prendre conscience, il commence à l’éprouver comme une incitation à créer. Elle prend un sens positif, actif ; elle veut se développer et se dire.

Aussi comme il est hostile à tout ce qui pourrait le séparer de sa terre et plus généralement du monde vivant, des êtres particuliers, de l’immense règne du concret ! J’ai déjà noté plus haut sa répugnance, sa résistance à tout effort critique et l’espèce de mauvaise humeur avec laquelle il repoussait mes tentatives pour emprisonner le réel dans des formules. Elles vont croissant.

Contre un ami à qui il s’était confié et qui avait cru lui faire plaisir en reconnaissant et en étiquetant chaque trait de lui-même qu’il lui révélait, Fournier se révolte : « C’est moi-même qu’il veut à toute force comprendre et même réfuter. Je suis loin, moi, d’avoir la même ambition à son égard[2]. »

Et en effet s’il écrit : « Le principal est évidemment mon horreur, ma frayeur d’être classé[3] », c’est vrai qu’il ne cherche jamais non plus à cerner, à classer, ni même à situer dans le plan intelligible, ni les autres, ni aucun aspect du monde : « J’ai le merveilleux pouvoir de sentir. Toutes choses ne m’ont été connues que par l’impression qu’elles laissaient sur mon cœur. Aussi ne les ai-je pas distinguées[4]. »

---

1. *Ibid.* La dernière phrase est une allusion à un passage des *Muses* de Claudel. (NdA)
2. Lettre du 17-19 février 1906. (NdA)
3. Même lettre. Et ailleurs : « Tous ceux qui ont voulu s’occuper de ma vie m’ont froissé. » (Lettre du 9 novembre 1906.) « Surtout il faut fuir ceux qui se prétendent vos amis, c’est-à-dire prétendent vous connaître et vous explorent brutalement. » (Même lettre.) « Qu’on me laisse ma cervelle à moi ! » (Lettre du 29 janvier 1906). (NdA)
4. Lettre du 9 novembre 1906. (NdA)

Fournier aperçoit un inconvénient grave pour lui dans toute opération de discernement ou même d'abstraction ; elle isole, elle brise un contact, pense-t-il. Et c'est de contact avec les choses, avec les gens, qu'il a d'abord besoin : « Puisque l'ignorance qui accepte est à mon avis plus près de la vérité que n'importe quoi, et puisque, selon toi, l'ignorance est la source des émotions infinies (je n'avais pu formuler que par erreur une telle opinion que toute ma nature démentait), je te demande : Pourquoi ne pas se laisser aller tout de suite à cette ignorance-là[1] ? » Et dans la même lettre : « Ne rien — même au fond — mépriser. S'y fondre, s'y confondre, s'y mêler. Y conformer sa pensée. Et la perdre ailleurs, le lendemain. Il n'y a d'atroce dans la vie que notre, nos façons de la voir — quand nous y tenons. »

Au fond, c'est sa vocation de romancier qui se révèle à Fournier, déjà, au travers de son goût pour l'ignorance. S'il se dérobe à toute perception et à toute énonciation du général, c'est parce qu'il entend s'établir sur le plan même de la vie et dans une sorte de commun niveau avec les êtres particuliers.

« Il n'y a d'art et de vérité que du particulier[2] » écrit-il. Et déjà, bien plus tôt : « Je ne crois qu'à la recherche longue des mots qui redonnent l'impression première et complète. » « J'ai toujours désiré quelque chose qui touche (dans le sens de toucher à l'épaule), qui arrête et qui évoque[3]. » Et ailleurs encore : « Je puis, des années, avoir conçu les idées les plus claires, elles ne me sont rien tant que je ne les ai pas senti passer de mon intellect à cette partie de moi où les choses sont plus obscures et impossibles à exprimer sinon par l'énoncé difficile, ému, surhumain de tout leur détail[4]. »

Il réclame le droit d'aller trouver chaque être, à sa place, sans aucune intention ni ambition préalables, et simplement pour l'y vivifier de son amour et de son imagination : « Je crois que toute vie vaut la peine d'être vécue. On les évalue, on méprise les unes, on glorifie les autres, parce que peut-être on en fait arbitrairement les parties d'un tout, d'une société, d'un monde idéal, qui n'a pas plus de raison d'être sous le soleil que tel ou tel autre[5]. »

---

1. Lettre du 19 février 1906. (NdA)
2. Lettre du 23 septembre 1905. (NdA)
3. Lettre du 15 août 1906. (NdA)
4. Lettre du 21 avril 1906. (NdA)
5. Lettre du 23 septembre 1905. (NdA)

Déjà l'on a vu comment il fait sortir et pour ainsi dire engendre au courant de la plume des personnages à la fois précis et mystérieux, que sa lettre m'apporte fragilement, comme enrobés encore de sa prédilection. Il y aurait de longs passages exquis à citer.

Toute rencontre l'émeut, toute vie entraperçue ; il la reconstruit aussitôt, dans son paysage, sous sa lumière, avec sa vibration ; il s'attendrit sur elle, il épanche sur elle le flot de son admiration, pour mon goût un peu trop compatissante et aveugle. Je lui reproche de temps en temps son excès de sensibilité, que j'appelle sans ménagement de la sensiblerie. Il se gendarme, comme si je voulais tarir une source en lui.

C'est vrai, pourtant, à cette époque, qu'il a l'émotion un peu facile devant tout ce qui se présente avec humilité ou insignifiance ; les profondeurs qu'il veut y voir, je n'y comprends rien. Je suis froissé par sa tendance à tout transfigurer ; je ne sais pas y reconnaître ce don prodigieux qui est en train de lui venir, de rendre à chaque objet sa dose latente de merveilleux.

Lui, pourtant (c'est la seconde des découvertes qu'il fait sur son talent), le sent déjà se former en lui et devine tout le parti qu'il pourra en tirer.

Ou plutôt il aperçoit, il sait que s'il lui faut rester en communion avec la vie particulière, ce n'est pas seulement pour bien l'observer et bien la décrire ; le naturalisme n'est pas son fait ; l'enthousiasme que lui a donné un moment *Germinie Lacerteux*[1], est sans lendemain[2].

Autant qu'à l'abstraction, il répugne à la reconstruction littérale et intégrale de ses modèles. En fin de compte ce n'est pas du tout l'épaisseur des objets, ni même le volume des âmes qu'il va tâcher d'exprimer. Il n'en prendra que la plus mince pellicule, et tout de suite il leur fournira une autre chair, comme immatérielle.

L'opération est si particulière et si étrange qu'il faut alléguer le plus de textes possible pour la faire bien comprendre : « Ce pouvoir

1. Roman des frères Goncourt paru en 1865.

2. « Ces jours-ci j'ai été amené à méditer sur le réalisme. Je vois que c'est encore une formule à travers laquelle on examine le monde. Un peu de science et le plus possible de "vérités" médiocres et courantes : on bâtit le monde là-dessus et le tour est joué. Le principe du réalisme, c'est ceci : se faire l'âme de tout le monde pour voir ce que voit tout le monde ; car ce que voit tout le monde est la seule réalité. Je me demande comment nous avons pu tous nous laisser prendre à une théorie aussi grossière. Il est vrai que c'était un échelon. » (Lettre du 2 avril 1907.) (NdA)

de ne sentir “des choses que la fleur” était devenu maladif, cette fin d’été douloureux, à force de subtilité. J’ai revu en rentrant ici le portrait idéal de la Beata Beatrix par Rossetti et l’impression idéalement exquise m’a immédiatement, inconsciemment et invinciblement suggéré les bords du Cher, que je n’ai pas vus depuis dix ans, avec leurs déserts de saules et de vase. Comment dire cela ? C’est vertigineusement particulier. Cette odeur sauvage et unique et brutalement réelle et le regard idéal de Beatrix c’était, c’est encore tout un pour moi, pour je ne sais quelle fibre de mon cœur. – Arriver à reconstruire ce monde particulier de mon cœur qui ne sera compréhensible que quand il sera complet – où toutes les réalités, à cause du cœur où elles sont passées, seront pures comme des idées[1]. »

Donc lien, par suite de perception simultanée, du particulier et de l’idéal, autrement dit : sublimation immédiate, sans le secours de l’intelligence, de l’objet concret. Le résultat sera une transposition comme automatique de tout le spectacle abordé par l’esprit du romancier dans un monde quasi-surnaturel :

« Pour le moment je voudrais plutôt [que de Dickens ou des Goncourt] procéder de Laforgue, mais en écrivant *un roman*. C’est contradictoire ; ça ne le serait plus si on ne faisait, de la vie avec ses personnages, que des rêves qui se rencontrent. J’emploie ce mot rêve parce qu’il est commode quoique agaçant et usé. J’entends par rêve : vision du passé, espoirs, une rêverie d’autrefois revenue qui rencontre une vision qui s’en va, un souvenir d’après-midi qui rencontre la blancheur d’une ombrelle et la fraîcheur d’une autre pensée. – Il y a des erreurs de rêve, de fausses pistes, des changements de direction, et c’est tout ça qui vit, qui s’agite, s’accroche, se lâche, se renverse. Le reste du personnage est plus ou moins de la mécanique – sociale ou animale – et n’est pas intéressant.

« Ce que je te dis là semble l’énoncé de vérités séculaires et banales sous une forme tant soit peu différente.

« Mon idéal c’est justement d’arriver à tendre cette forme, cette façon d’énoncer la vie tangible dans des romans, d’arriver à ce que ce trésor incommensurablement riche de vies accumulées qu’est ma simple vie, si jeune soit-elle, arrive à se produire au grand jour sous cette forme de “rêves” qui se promènent[2]. » Aussi

1. Lettre du 9 novembre 1906. (NdA)
2. Lettre du 13 août 1905. (NdA)

Fournier admire-t-il dans *Tess d'Urberville*[1] « ces trois filles de ferme amoureuses, si simplement irréelles malgré les mille délicieux détails précis[2]... »

Ailleurs : « Mon credo en art : l'enfance. Arriver à la rendre sans aucune puérilité (cf. J.-A. Rimbaud), avec sa profondeur qui touche les mystères. Mon livre futur sera peut-être un perpétuel va-et-vient insensible du rêve à la réalité : "Rêve", entendu comme l'immense et imprécise vie enfantine planant au-dessus de l'autre et sans cesse mise en rumeur par les échos de l'autre[3]. »

Fournier instinctivement se solidarise avec ses perceptions les plus intellectuelles, mais en même temps les plus constructives ; il veut conserver comme principal moyen de connaissance – et de création – ce regard de l'enfant qui prélève les plus impondérables éléments du monde et aussitôt les réagence, les combine merveilleusement, jusqu'à pouvoir loger dans le château qu'il en forme tout ce que l'âme petite et pesante, par-derrière, et souffre et désire.

Son irréalisme est foncier ; il en ferait presque un système déjà ; mais non ; c'est vraiment sa nature qui s'éveille et se trouve d'emblée tout occupée à l'illusion : « Je trouve que ce qui est difficile, c'est beaucoup plus de se donner partout l'illusion complète de la beauté, ou plus généralement l'illusion[4]. »

Il le trouve « difficile », mais au sens de « méritoire » seulement ; car au contraire c'est dans ce sens que fonctionne immédiatement, spontanément, couramment son esprit.

L'exposé que nous avait fait notre professeur de philosophie, M. Mélinand, de la théorie idéaliste du monde extérieur, avait profondément frappé Fournier ; mais non pas comme une révélation faite à son intelligence, comme une permission plutôt donnée à tout son être d'apercevoir le monde transparent, et modifiable par nos facultés.

Lui qui tout à l'heure marquait tant de respect pour les choses et semblait vouloir prosterner devant elles sa pensée, ou l'y laisser se perdre, c'est dans un mouvement plus sincère encore qu'il s'écrie tout à coup : « Je me jouais du monde avec la moindre de mes

1. Roman de Thomas Hardy, paru en 1891.
2. Lettre du 24 janvier 1906. (NdA)
3. Lettre du 22 août 1906. (NdA)
4. Cf : « Je n'aurai derrière moi qu'un peu de rêve très doux et très lointain, bien à moi, que je façonnerai comme je voudrai. » (Lettre du 13 août 1905.) (NdA)

pensées[1] », et qu'après l'avoir si religieusement adorée, il parle « d'une certaine âme de ces campagnes… que j'invente tous les jours un peu plus[2]. »

On sait l'importance qu'a le mot « changer » chez Rimbaud, et ce clin d'œil, qui a fait fortune, par lequel il communique à tout spectacle un aspect second. Il y a chez Fournier une disposition, analogue, non pas tout à fait des sens, mais de l'âme, si j'ose dire. Encore une fois il n'est pas directement poète, sa vision n'est pas assez subversive ; elle ne brouille pas assez les choses ; il n'entre pas assez de sens dessus dessous dans ce qu'il a regardé. Mais il a une façon propre d'ébranler les paysages et les êtres selon une certaine pulsation comme amoureuse de son cœur et de les mettre tranquillement en chemin, par ce seul moteur, sur toutes les pentes du rêve.

Avec Rimbaud (je ne fais pas ici de comparaison de valeur), on a la sensation que toute l'étrangeté du spectacle dépend d'un éclairage venant du dehors, fourni par le regard du poète. Fournier invente une manière de désorientation plus complète, plus sournoise, par la sympathie. Ce n'est pas en vain qu'il insiste, dans un des passages que j'ai cités, sur le rôle du « cœur » dans la transformation des choses en « idées ». Ce n'est pas par hasard qu'il débute par cet attendrissement devant toutes choses, à la Charles-Louis Philippe, qui me donna un peu sur les nerfs. « Ce qui importe, c'est mon émotion », écrit-il[3]. Parce qu'il y distingue un moyen créateur et presque métaphysique, une source de déplacement des objets et comme l'origine de la procession qui les transfigurera.

Se plaignant, un peu plus tard, d'une fausse interprétation d'un de ses poèmes en prose, « il est vrai, dira-t-il, que j'aime assez cette façon de se tromper sur moi et de comprendre fantastique là où j'ai voulu faire émouvant[4]. »

Oui, le fantastique, – mais qui n'est pour lui qu'une réalité plus grande, plus essentielle du monde perçu, – est bien la fin suprême, et le résultat dernier, de toute sa dévotion sentimentale. C'est à produire un certain détachement sur fond inconnu de la vie tout entière que tendent ses admirations et ses apitoiements.

---

1. Lettre du 9 décembre 1905. (NdA)
2. Lettre du 4 octobre 1905. (NdA)
3. Le 22 janvier 1906. (NdA)
4. Lettre du 31 décembre 1908. (NdA)

Aux personnages de *Solness le Constructeur*[1] il reproche une allure trop allégorique : « Je voudrais que la vie simple des personnages et celle des symboles fût plus mêlée. Je voudrais que leur vie fût un symbole et non pas eux… Je voudrais que la vie s'éclairât sans qu'on y pense, rien qu'à vivre avec eux[2]. »

Le don qu'il se découvre est ici défini dans sa simplicité même, sous la forme où il défie l'analyse. C'est le don d'illumination, au sens actif du mot, le don d'allumer au sein des êtres et des choses, sans en rien prendre de plus que « ce premier coup d'œil qui dit tout », une sorte d'absence d'eux-mêmes et de vacance sur l'infini – une clarté timide faite de leur subite aliénation. Tout dérive, tout s'en va sous son regard, tout se donne, en silence et sans drame, à l'abîme. « La vie s'éclaire sans qu'on y pense. » Sa ténuité laisse entrevoir de pâles foyers ravissants. Le monde est « joué » avec « une seule pensée. »

III

On peut se demander pourquoi Fournier qui semblait, ainsi, dès 1907, si bien au fait de ses tendances et de ses dons, dut attendre encore plusieurs années avant d'en trouver le véritable usage et avant d'entreprendre *Le Grand Meaulnes*.

C'est d'abord qu'il rencontra de nombreux empêchements matériels.

En octobre 1906, il s'était installé à Paris avec sa grand-mère et sa sœur et était entré, comme externe, en rhétorique supérieure à Louis-le-Grand. Et comme il voulait cette fois, à tout prix, réussir au concours de l'École Normale, il avait dû suspendre complètement son activité littéraire.

Ses incursions dans le domaine qu'il s'était défendu, se bornèrent, cette année-là, à une prise de contact avec le groupe de *Vers et Prose*, qui nous paraissait, à ce moment, résumer tout ce qu'il y avait de vivant en littérature. Fournier fut présenté un soir, au Vachette, par des amis, à Paul Fort, à Moréas, à Adolphe Retté[3].

1. Pièce de Henrik Ibsen publiée en 1892. Elle met en scène un vieil architecte qui ne construit plus que de maisons familiales depuis la mort de ses deux enfants dans l'incendie de leur maison. Un jour, il est confronté à l'arrivée de jeunes architectes et à une jeune fille qui lui rappellent une promesse ancienne.

2. Lettre du 17 février 1906. (NdA)

3. *Vers et Prose*, revue qui parut du printemps 1905 à 1914 à laquelle Fournier et Rivière furent abonnés. Paul Fort (1872-1960), fondateur de la revue, Jean

J'ai gardé et je publierai peut-être un jour le récit homérique de la nuit qu'il passa avec eux et dont il ne sortit pas sans quelques désillusions. Il devait pourtant nouer plus tard des relations amicales avec Paul Fort, qui a dédié à sa mémoire un admirable poème.

Malgré tous ses efforts, handicapé d'ailleurs par une fatigue cérébrale qui l'avait affligé au dernier moment, Fournier, admissible à l'écrit, ne put réussir à l'oral du concours. Ainsi lui fut fermée définitivement une porte qu'il était fou, quand j'y repense, de s'attendre à voir jamais s'ouvrir devant cet esprit trop sensible, trop imaginatif, et qui ne trouvait jamais faciles que les chemins inexplorés.

Le service militaire le guettait. Il ne put profiter du régime des « dispenses » qui venait d'être supprimé, et dut faire deux ans, avec préparation obligatoire du métier d'officier. Ce fut une nouvelle restriction à son essor d'écrivain : comme il n'avait jamais de loisirs qu'imprévus et fort courts, il ne put travailler pendant cette période qu'à des contes et à de brèves esquisses.

Pourtant, ce temps d'esclavage ne fut pas sans lui apporter de secrets enrichissements ; il l'employa à explorer la vie de cette façon étrange et délicate que j'ai tâché de définir, et à en extraire ce minerai subtil qu'elle recélait pour lui, dont lui seul savait repérer les filons.

Pour la première fois il entrait en contact intime, familier, avec les gens du peuple, et non plus seulement avec les paysans, avec les ouvriers aussi : il les aima, fermant les yeux à leurs défauts. Il sentit l'immense misère et le charme enivrant de la camaraderie militaire. Il traversa à pied, de la seule allure qui permette d'y adhérer vraiment, une foule de pays nouveaux ; il apprit la France, pas à pas ; les environs de Paris d'abord, puis la Brie, la Champagne, Mailly, puis la Touraine, puis la région de Laval, où il fut élève officier, enfin le Gers et les Pyrénées, – car il fut envoyé, pour ses six derniers mois, comme sous-lieutenant, à Mirande.

Mirande me paraît marquer un moment important du développement de Fournier : le moment — comment le bien définir ? — où sa nostalgie déborde. Jusque-là elle avait été quelque peu contenue et comme canalisée par ses admirations littéraires : la voici tout à coup qui jaillit droite, à l'état pur, du fond de son âme. Le souvenir de son amour, qui, à mon avis, dans son essence, comme je l'ai

---

Moréas (1856-1910), Adolphe Retté (1863-1930), tous les trois poètes symbolistes.

déjà d'ailleurs insinué, était la simple fixation d'un mal plus vague et plus profond dont il souffrait de naissance, revient à cet instant le traverser d'une manière tout particulièrement douloureuse. Le jour anniversaire de sa rencontre avec la jeune fille du Cours-la-Reine, il m'écrit : « Je reste tout ce jour enfermé dans ma chambre pour souffrir plus à l'aise. Depuis des semaines ceux qui me touchent la main savent que j'ai la fièvre. La fatigue même ne me fait plus dormir. La joie secrète de ces temps derniers est finie ; maintenant il faut lutter contre la douleur infernale. Comment traverserai-je tout seul cette fête à laquelle je ne suis pas convié ? De grand matin le soleil est entré dans l'appartement par toutes les fenêtres et m'a réveillé ; le serviteur a tout préparé durant la nuit, les haies de roses, la route brûlante…, pour quelque grand anniversaire mystérieux ; et au moment de révéler à tous le secret de sa joie, il trouve son maître seul et en larmes et abandonné[1]. »

Oserai-je entrer dans le vif d'un caractère ? Pour Fournier, – le moment de la plus complète privation est aussi celui de la plénitude intérieure. Il ne faut pas que sa souffrance, qui est réelle, nous fasse illusion. Fournier n'est lui-même et ne trouve toutes ses forces que dans l'instant où il se sent vide de tout ce dont il a pourtant besoin.

Il y a ici quelque chose d'infiniment subtil que peut-être je ne réussirai pas à faire comprendre. Tâchons seulement de le revoir dans cette petite ville méridionale dont la grand-route, en la traversant, forme la seule rue. Au loin, les Pyrénées aiguës sont encore blanches. Le printemps chauffe pourtant déjà les maisons basses et a fait sourdre dans tous les jardins de grandes nappes de fleurs. Il est dix heures ; Fournier revient de l'exercice, retrouve sa chambre au premier étage de la « Maison Hidalgo », sa table devant la fenêtre ouverte. Un seul livre est posé devant lui : *L'Idiot* de Dostoïevski : mais bientôt viendront s'y ajouter l'Évangile, la Bible et l'*Imitation* qu'il ira demander à l'aumônier de l'Hôpital.

Il a vingt-trois ans ; il n'a pas su encore « se faire une situation » ; il sent très bien, jusque dans ses mains, une sorte de maladresse à forcer la vie ; la dextérité, l'étude et la patience lui font irrémédiablement défaut. Il n'est pas sans aucun désir du bonheur ; mais il le voit si difficile !

1. Lettre datée du jeudi de l'Ascension 1909. (NdA)

Alors – c'est ici que son caractère devient complexe et singulier – il se sent pris à la fois de désespoir et d'audace ; au lieu de rien résigner, il demande tout. Sachant bien qu'il ne l'obtiendra pas, c'est un trésor qu'il exige, qui lui est dû.

Cela ne va pas sans larmes et sans abattements. Qui saurait arriver au bon moment et lui poserait sans rien dire la main sur le front, quels fiévreux sanglots ne déchaînerait-il pas[1] !

Mais cette âme est jeune encore et avide et il faut qu'elle se fasse grande de tout ce qui lui est refusé, de toutes ses déceptions, de toutes ses impuissances : ce qu'elle n'a pu saisir, ce qu'elle ne saisira pas, fleurit en elle tout à coup, irréel et présent.

Jamais peut-être homme ne rêva semblablement la vie ; son imagination comble au fur et à mesure toutes les lacunes que son exigence y détermine ; sur ce monde, qui ne se laisse approcher et goûter un peu que par la ruse, qu'il sent donc inassimilable, elle projette, comme vengeance, son immense et douloureux reflet.

Fournier, si doux, si tendre, si facile à toucher, avait en même temps une espèce de cruauté envers les êtres. Il se mettait de chacun à attendre un certain nombre de joies définies, mais se gardait bien d'en rien dire ; et si elles lui étaient refusées, c'est presque avec triomphe qu'il constatait le manquement et déclarait sa déception, – et ne pardonnait pas.

« Seules les femmes qui m'ont aimé peuvent savoir à quel point je suis cruel[2]. » Il les appelait, les invitait, mais aussitôt leur prescrivait mentalement un certain angle sous lequel elles avaient à entrer dans sa vie, un certain rôle qu'elles y devaient jouer. Et à la moindre faute qu'elles commettaient, au moindre lapsus, il les accablait de reproches, leur racontait méchamment, en détail, tout ce en quoi elles étaient défaillantes à son idéal.

Je ne veux pas du tout noircir ici mon ami. Il ne disconvenait pas lui-même, on le voit, de cette dureté. Je veux seulement aider à comprendre le caractère actif, presque agressif de sa nostalgie, – et cette violence qui était au fond.

---

1. Il écrivait un peu plus tard (le 13 septembre 1910) : « Pour la dixième fois peut-être j'organise ma vie comme certain soir de mon enfance. Ce soir-là, j'avais fait une tache sur une page longuement travaillée et je me disais : "Ma foi, j'aimerais autant que mon père déchire la page, et je la recommencerais" ; mais quand il est venu et qu'il l'a déchirée, ç'a été une crise de sanglots et de désespoir. Tel est en ce moment mon genre de satisfaction. » (NdA)

2. Lettre du 28 septembre 1910. (NdA)

Je veux aussi faire épouser le mouvement qui, pendant ce même séjour à Mirande, l'entraîna si fortement vers le catholicisme. L'origine en remonte d'ailleurs à 1907. Dès ce moment, Fournier s'était trouvé en butte à des sortes de tentations, qui venaient par accès :

> Désirs d'ascétisme et de mortifications : vieux désirs sourds.
> Désir de pureté. Besoin de pureté. Jalousie poignante et saignante.
> Vous vous seriez endormis et satisfaits dans le catholicisme.
> Insatisfaction éternelle de notre grande âme (Gide, Laforgue).
> Amours sans réponse pour tout ce qui est.
> Sympathies sans réponse avec tout ce qui souffre.
> Vide éternel de notre cœur, le catholicisme vous eût comblé.
> Ambitions jamais lasses, ambitions de conquérir la vie et ce qui est au-delà.
> Votre douleur se fut calmée et votre gloire exaltée à la promesse qu'on vous eût faite du Paradis de votre cœur et de ses paysages[1].

Mais à ce moment (il est sous l'influence de Gide) la religion ne lui apparaît qu'à la façon de ces oasis dont c'est toujours « la suivante » qui est « la plus belle ». Il la poursuit comme un lieu possible de repos, mais sans désir profond de l'atteindre.

À Mirande, la tentation a pris corps ; le catholicisme est présent, comme un ange multiple et voilé, à toutes les portes de son âme. Dans un poème en prose dont il trace à ce moment l'esquisse, il se représente sous les traits de « l'adolescent de la nuit, du veilleur aux colombes ».

> Et tandis que les autres ont connu le triomphe mystérieux dans le pays nouveau qui était comme l'expansion de leur cœur, lui, comme dans une tour, a senti monter vers lui ce paysage inconnu. Chaque jour cela gagne et cela déferle comme une énorme vague. Chaque jour sur un papier, comme un homme perdu, il décrit les progrès de l'inondation mortelle. Dans sa vie très simple, chaque fois quelque chose de monstrueux, tant cela est pur et désirable, se glisse comme une parole incompréhensible dans les discours de celui qui va devenir fou. Enfin une nuit, au plus haut de sa tourelle, alors qu'en bas et jusqu'à l'horizon fulgure la vie de la Joie inconnue, il comprend que la vraie joie n'est pas de ce monde, et que pourtant elle est là, qu'elle ouvre la porte.et qu'elle vient se pencher

1. Lettre du 26 janvier 1907. (NdA)

> contre son cœur. Alors il meurt, en écrivant quelque chose, un nom peut-être, qui n'est pas encore décidé – et sur chaque barrière des champs d'alentour (redevenus terrestres), un enfant est perché, en robe blanche, les pieds pendants, et souffle dans une flûte d'or, à intervalles réguliers[1].

Que cette métaphore n'aille pas faire croire que la crise se passe pour Fournier dans le plan purement littéraire. Il va à Lourdes et en rapporte une grande émotion ; il cherche à s'instruire du dogme ; il m'écrit : « Si tu as cru que mon amour était vain et inventé, si tu as cru que je passais un seul jour sans en souffrir, et si, cependant, tu n'as pas vu que depuis trois ans la question chrétienne ne cessait de me torturer – certes tu m'as méconnu – certes tu t'es beaucoup trompé. Si je puis entrer tout entier dans le catholicisme, je suis dès ce moment catholique[2]. »

Quand j'essaie d'imaginer ce que la religion pouvait représenter pour Fournier à cet instant : une force toute faite, me dis-je, pour le porter au-delà de ce qu'il ne pouvait maîtriser ; cette résistance qu'offre la vie quand on l'aborde avec de grands désirs et une insuffisante application d'esprit, il voyait, pour la vaincre, ce grand train de dogmes et de prières. Son émotion religieuse (« Il n'y a pas de mots pour ces larmes ») venait après « combien de démarches dans les ténèbres[3] ! »

On lui promettait l'effraction des trésors qu'il ne savait pas solliciter. C'est à un pillage magique du monde qu'il se sentait convié.

Ou, si l'on veut, la façon dont le monde, par le christianisme, « s'éclaire sans qu'on y pense » devait être pour lui d'une immense attraction. « Ce qui me séduit terriblement, écrira-t-il un peu plus tard, dans les livres sacrés, c'est la simplicité du mystère qu'ils révèlent. À chaque page, l'éclosion terrestre de l'événement merveilleux me trouve aussi passionnément crédule que l'épanouissement d'une fleur au cœur du pré de juin. Il n'y a pas moyen de ne pas croire tant cela est vrai et séduisant[4]. »

Une certaine immédiateté du prodige, la parenté du surnaturel avec l'humble vie quotidienne, sa ressemblance avec les événements de tous les jours : voilà ce qu'il reconnaît comme sien dans

1. Lettre du 26 juillet 1909. (NdA)
2. Lettre du 11 mai 1909. (NdA)
3. Lettre du 2 juin 1909. (NdA)
4. Lettre du 4 avril 1910. (NdA)

le christianisme et ce qui le transporte. Dans la même lettre il m'écrit encore parlant de l'Évangile : « C'est la perfection de mon art, le baiser de mon amour, la consolation de ma peine, l'exaltation de ma joie. Ce n'est pas, comme je l'ai cru…, le livre de la pureté, écrit pour les anges ; c'est une réponse inépuisable à toutes mes questions d'homme – c'est comme une auberge, dont parle Jammes, une auberge bleue où je me suis assis sale et fatigué ; et, sur le coup de midi, je m'aperçois qu'elle m'a porté au Paradis, où elle vient de s'envoler, les ailes repliées[1]. »

On voit dans *Madeleine*[2], qui est à mon avis la première réussite positive de Fournier, une expression de tout ce qu'il recevait à la fois et pêle-mêle, à ce moment, du christianisme. On sent son inquiétude, sa charité, son impatience (à une certaine façon de bousculer, de retourner les paysages), et la lueur que l'au-delà laisse filtrer jusqu'à lui. Il y a de la pitié, de la dureté, du désir, beaucoup d'enfantillage encore, dans ces pages, et pourtant une force de rêve, un besoin de s'arracher aux lois physiques qui atteignent presque au drame.

De même, dans les petits poèmes en prose qui suivent, et qui sont construits sur des impressions de grandes manœuvres[3]. On y respire déjà quelque chose de ce malaise si pur qui fera le charme incomparable du *Grand Meaulnes* ; il y veille une grande peine cachée, mais qui n'accable pas l'âme, qui la laisse active et vagabonde ; et sans cesse la même lampe s'allume au sein de la nuit, – la même promesse diaphane, le même visage limpide et sans péché.

Pourtant il ne faut pas nous dissimuler qu'il manque encore quelque chose à ces premiers essais en prose d'Alain-Fournier, non seulement pour qu'ils nous émeuvent profondément, mais même pour qu'ils ressemblent tout à fait à leur auteur et portent une marque indiscutablement originale.

Lui-même n'est pas sans le sentir, sans s'en inquiéter. J'ai dit que le service militaire l'avait empêché de s'attaquer, dès 1907, à une œuvre de longue haleine. Il faut corriger cette affirmation. Tous les obstacles qu'il rencontra, n'étaient pas extérieurs ; il luttait

1. *Ibid.* (NdA)
2. Texte en prose paru dans *La Grande Revue* en juin 1915. Proposé à la même revue en 1909, il avait été refusé par Jacques Rouché qui le trouvait « trop clérical ». L'œuvre a été reprise ensuite dans *Miracles* en 1924.
3. Il fit les manœuvres d'armée qui eurent lieu aux environs de Toulouse en septembre 1909 et fut libéré aussitôt ensuite. (NdA)

aussi contre une certaine faiblesse, ou erreur de son talent, qu'il n'arrivait pas à se bien définir.

Dans presque toutes ses lettres, depuis 1907, il me parlait du *Pays sans nom* ; tout ce qu'il écrivait s'y rapportait, devait en faire partie ; mais ce n'en étaient jamais que des morceaux, et sans lien, qu'il parvenait à réaliser ; l'œuvre ne « venait » pas dans son ensemble.

Le *Pays sans nom,* c'était le monde mystérieux dont il avait rêvé toute son enfance, c'était ce paradis sur terre, il ne savait trop où, qu'il avait vu, auquel il se voulait fidèle toute sa vie, dont il n'admettait pas qu'on pût avoir l'air de suspecter la réalité, qu'il sentait comme unique vocation de rappeler et de révéler.

Le *Pays sans nom,* c'était, à ce moment, dans son esprit, non pas le germe, mais la fleur trop épanouie, impossible à force d'extension et de fragilité, de ce qui plus tard, dans *Le Grand Meaulnes,* devait s'appeler : le Domaine mystérieux.

Il cherchait à l'évoquer directement, par les seuls prestiges de la poésie ; il voulait y transporter sans avertissement son lecteur, l'y faire s'éveiller comme Meaulnes enfant, un jour, s'éveilla dans la « Chambre verte ».

Aussi répudiait-il tout secours matériel, tout moyen épisodique et concevait-il sa tâche comme celle d'un pur enchanteur.

Mais justement c'est là qu'il trébuchait. Plus il serrait de près sa vision, plus il mettait à son service des phrases et des images qui l'avoisinaient, plus il voulait utiliser, pour l'exprimer, son émanation propre et le halo dont elle s'entourait, plus il cherchait, à son usage, de ces mouvements muets qui partent du cœur et glissent comme des anges, – et plus aussi il la sentait s'affaiblir, s'épuiser.

Son découragement, devant cette déception de ses efforts, eut, à certains moments, un caractère tragique. Il m'écrivait : « Peut-être que moi-même j'en suis déjà à la deuxième partie de l'*Esprit Souterrain*[1] – le moment où l'on aperçoit que peut-être on ne répondra pas au crédit qui vous fut accordé ; le moment de la banqueroute et du « lébédévisme. » C'est ici qu'il faudrait de l'aide. Mais à qui s'adresser[2] ? »

---

1. *L'Esprit souterrain* réunit en 1886 en traduction française chez Plon deux œuvres de Dostoïevski, *La Logeuse* et *Les Carnets du sous-sol*.

2. Lettre du 22 mars 1910. Cf. le 28 août : « Il y a plus de courage et de travail à dépenser pour écrire un premier livre qui soit un livre qu'il n'en faudrait à un homme ignorant pour construire tout seul une maison. » (NdA)

Heureusement cette fois je ne lui fis pas défaut.

Nous eûmes ensemble, pendant l'hiver qui suivit sa libération et qui nous trouva réunis à Paris, des conversations capitales, au cours desquelles je l'aidai à débrouiller les embarras qui paralysaient son talent. Lui-même d'ailleurs fit preuve dans cette enquête d'une extraordinaire intelligence technique et finit par saisir le problème avec tant de lucidité qu'il en força la solution. Car il avait beau mépriser l'abstraction et les formules : il savait admirablement raisonner sur son art et en découvrir les lois cachées.

Notre étude porta essentiellement sur la valeur du Symbolisme et nous conduisit à mettre en jugement, et même en accusation, ce qui avait été jusque-là l'objet de notre culte.

Un mot d'André Gide nous avait beaucoup frappés et travaillait depuis quelque temps déjà notre esprit : « Ce n'est plus le moment d'écrire des poèmes en prose », m'avait-il déclaré en me remettant un essai[1] de Fournier que je lui avais fait lire. Nous nous étions révoltés contre ce décret dont la sévérité nous paraissait affreuse ; mais en même temps nous avions réfléchi et le sens en avait pénétré profondément dans notre pensée et l'avait émue.

Nous distinguions maintenant, dans cette partie de nous-mêmes qui s'éprouvait créatrice, ce que Gide avait voulu dire : une impuissance, en effet, se trouvait correspondre en nous au genre qu'il avait condamné, – une impuissance qu'il nous fallait bien à la fin reconnaître.

Le poème en prose, tel que le symbolisme nous l'avait enseigné, était devenu, par la simple faute des années, un instrument entre nos mains complètement inefficace et ne pouvait plus nous permettre aucune prise sur la sensibilité d'autrui. Il avait quelque chose de trop tacite ; de tous les éléments qu'il ordonnait à son auteur de sous-entendre sous peine de grossièreté, il ne se pouvait pas qu'à la fin l'émotion du lecteur ne se trouvât pas diminuée ; il dispensait de trop de choses pour qu'en le lisant on ne se sentît pas dispensé aussi d'en être touché.

Et du même coup une lumière éclatante jaillissait, qui nous montrait le chemin. Fournier l'aperçut le premier et la suivit : il fallait rompre avec le symbolisme et avec tout l'arsenal trop « mental » qu'il proposait ; il fallait sortir de l'esprit et du cœur, saisir les choses, les faits, les amener entre le lecteur et l'émotion

1. Il s'agit des « Grandes manœuvres », trois textes inspirés par la vie militaire de Fournier à Mirande, publiés dans *Miracles*.

à laquelle on voulait le conduire : « Ce qu'il y a de plus ancien, de presque oublié, d'inconnu à nous-mêmes, – c'est de cela que j'avais voulu faire mon livre et c'était fou. C'était la folie du Symbolisme. Aujourd'hui cela tient dans mon livre la même place que dans ma vie : c'est une émotion défaillante, *à un tournant de route, à un bout de paragraphe*[1]... »

Fournier découvrait cette fois son aptitude et sa force véritables : il se comprenait romancier. Il échappait d'un seul coup à la rêverie, à cette vague intimité avec lui-même où il s'était si longtemps complu et dans laquelle son manque de lucidité intérieure lui interdisait de faire des progrès. Il replaçait la vie avec tous ses accidents devant ce songe qu'il avait vainement essayé de modeler directement et il ne comptait plus que sur des faits, que sur des gestes scrupuleusement décrits pour faire entrevoir celui-ci à son lecteur, « à un tournant de route, à un bout de paragraphe. »

« Je travaille, m'écrivait-il. J'ai parfois de grands désespoirs. Je renonce à beaucoup d'impossibilités. Je travaille simultanément à la partie imaginaire, fantastique de mon livre et à la partie simplement humaine. L'une me donne des forces pour l'autre. Mais sans doute faudra-t-il que je renonce à la première. La seconde va tellement mieux et il faut que le Jour des noces (titre qui avait succédé dans son esprit au Pays sans nom) soit avant peu terminé. »

Et peu de temps après : « Je travaille terriblement à mon livre… Pendant quinze jours je me suis efforcé de construire artificiellement ce livre comme j'avais commencé. Cela ne donnait pas grand-chose. À la fin j'ai tout plaqué et… j'ai trouvé *mon chemin de Damas* un beau soir. – Je me suis mis à écrire simplement, directement, comme une de mes lettres, par petits paragraphes serrés et voluptueux, une histoire simple qui pourrait être la mienne… Depuis, ça marche tout seul[2]. »

Écrire une histoire, combiner ce piège où la curiosité se prend ; faire agir sur le lecteur cet infaillible instrument d'intérêt qu'est l'événement ; au lieu d'allusions, de tentatives directes sur sa sensibilité, l'impliquer dans une suite organisée de péripéties, aussi naturelles que possible : tel est le programme que Fournier tout à coup se propose et à la réalisation duquel il sent que toutes ses forces vont enfin pouvoir harmonieusement s'employer.

1. Lettre du 28 septembre 1910. (NdA)
2. Lettre du 20 septembre 1910. (NdA)

Car si éloigné semble-t-il, à première vue, de celui qu'il avait d'abord envisagé, si modeste puisse-t-il paraître à côté de sa première ambition poétique, l'étonnant, et ce qui va l'émerveiller lui-même, c'est que, dans les premiers morceaux qu'il écrit en s'y conformant, « il y a *tout* quand même, *tout moi* et non pas seulement une de mes idées, abstraite et quintessenciée[1] ».

En somme nous voyons ici Meaulnes et Seurel, et l'école de Sainte-Agathe surgir du domaine des Sablonnières, s'en détacher à notre rencontre et venir nous prendre par la main pour nous y conduire plus sûrement. Je ne pense pas qu'on ait jamais assisté dans l'histoire des lettres à une pareille génération du concret par l'abstrait, du réel par l'imaginaire, d'êtres vus par des êtres rêvés, – ni à la fécondation en retour du plan originel par le plan engendré. Car c'est à partir du moment où il s'en écarte et où il nous en écarte, que le rêve de Fournier se met enfin à vivre. Il suffit qu'il nous repousse loin de lui pour que naisse la force qui nous attirera vers lui. Il suffit qu'il ne veuille plus de nous que comme de spectateurs relégués derrière une rampe, pour que tout ce qui se passait en lui et laissait notre attention languissante, prenne un mystère et un attrait imprévus : il n'exprimera plus rien de ce qu'il porte et de ce qui l'agite, mais les chemins qu'il » bâtit de nous à lui nous appelleront invinciblement et, nous amenant au bord de son âme, nous contraindront à jamais à la deviner de tout notre amour.

À cette transformation de son premier dessein Fournier fut assurément poussé par une nécessité intérieure, mais par certaines influences aussi, qu'il faut noter : les principales furent celles de Marguerite Audoux, de Stevenson, et, dans une certaine mesure, de Péguy.

Marie-Claire[2] avait déchaîné en lui un enthousiasme que l'exquise qualité du livre ne pouvait suffire à expliquer : il y voyait sans aucun doute briller de ces trésors que les créateurs seuls distinguent, parce qu'ils sont à moitié virtuels et n'existeront tout à fait qu'une fois repris par eux et exploités.

Fournier a essayé de dire lui-même quelle sorte de nouveauté et d'enseignement il apercevait dans *Marie-Claire* : « Tel est l'art

1. *Ibid.* (NdA)
2. Le roman de Marguerite Audoux publié en 1910 obtint le prix Vie heureuse (Femina). Alain-Fournier lui consacra un article paru dans *La NRF* de novembre 1910 et repris dans *Miracles*.

de Marguerite Audoux : l'âme, dans son livre, est un personnage toujours présent, mais qui demande le silence. Ce n'est plus l'Âme de la poésie symboliste, princesse mystérieuse, savante et métaphysicienne. Mais, simplement, voici sur la route deux paysans qui parlent en marchant : leurs gestes sont rares et jamais ils ne disent un mot de trop ; parfois, au contraire, la parole que l'on attendait n'est pas dite et c'est à la faveur de ce silence imprévu, plein d'émotion, que l'âme parle et se révèle[1]. »

En d'autres termes, Fournier admirait la façon dont Marguerite Audoux avait su insérer ses émotions dans un simple récit ; le renoncement au lyrisme pur, qu'il venait de consommer pour sa part, il le voyait ici produire tous les merveilleux effets qu'il en espérait : le silence lui-même, pourvu qu'il fût bien ménagé, et succédât à quelque geste bien noté, pouvait parler, pouvait chanter même. Il n'y avait donc, à se taire, ou plutôt à s'effacer derrière une histoire, que des avantages. L'Âme « métaphysicienne », inspiratrice du Symbolisme, devait céder la place à l'âme ignorante et sans voix, celle qui se raconte par les faits.

Le Miracle des Trois Dames de Village, au moment où la *Grande Revue* le publia (août 1910), apporta à Fournier une déception : « Mes dames de village sont parues hier, m'écrivait-il[2]. On n'a pas gardé les italiques qui enveloppaient plus doucement le texte et lui gardaient un air de poème. Écrit ainsi en romaine, il a l'air d'un mauvais conte et je ne le relis pas sans agacement. Moralité : Écrire des contes qui ne soient pas des poèmes. »

Et en effet *Le Miracle de la fermière,* qu'il composa tôt ensuite, est un conte bien caractérisé, mais où justement se marque très nettement l'influence de *Marie-Claire.* On y déchiffre à vue d'œil ce que Marguerite Audoux lui avait entretemps enseigné, ou plutôt ce qu'elle lui avait révélé de ses propres aptitudes, à l'exercice de quels dons elle l'avait encouragé.

Comparés à ceux des *Dames de Village*, les paysages du nouveau « miracle » se sont faits à la fois plus humains et plus insaisissables ; ils débordent à peine l'action ; ils en naissent plutôt et n'en forment, à la façon de la douce traînée des bolides, que le sillage : « Ce fut une belle promenade en voiture, par les chemins de traverse. Nous nous enfoncions, par instants, sous les branches

1. Note sur *Marie-Claire* dans *La Nouvelle Revue française* du 1er novembre 1910, p. 617. (NdA)
2. Lettre du 11 août 1910. (NdA)

des haies, et les roues grinçaient dans le sable fin des ornières. Françoise disait qu'il lui semblait, dans les allées d'un immense jardin, voyager sous les arbres[1]. »

On retrouve aussi cette façon discrète, pure et solennelle de faire parler les paysans, que Marguerite Audoux avait inventée, – et plus généralement le même sens que chez elle de la grandeur des mœurs paysannes.

Aussi ce choix exquis des détails qui permet de peindre sans adjectifs et de donner au lecteur des sensations comme immatérielles : « C'était Beaulande. Nous l'entendîmes, au bout du sillon, gourmander lentement son attelage et arrêter, derrière la haie, la charrue, qui fit un bruit de chaînes. »

Enfin les quelques rares effusions de l'auteur dans son récit sont pareillement amenées, et gardent la même retenue, ici et dans *Marie-Claire* : « Je connaissais ce grand chant du labour, dont on ne peut jamais dire s'il est plein de désespoir ou de joie, ce chant qui est comme la conversation sans fin de l'homme avec ses bêtes, l'hiver, dans la solitude. Mais jamais l'homme qui chantait, de cette voix lente et traînante comme le pas des bœufs, ne m'avait paru si désespéré d'être seul. »

Il y a pourtant, dans *Le Miracle de la fermière*, quelque chose de plus formé, de plus serré que dans *Marie-Claire.* Marguerite Audoux s'était contentée de juxtaposer ses souvenirs, d'émouvoir doucement, à petits coups, la cloche voilée de sa mémoire. Fournier, lui, cerne déjà un événement, le circonscrit, le cultive, lui fait produire tous les « effets » dont il est susceptible. Son récit est construit ; il crée une attente, une inquiétude, une surprise ; il se dénoue.

En d'autres termes (il faut se souvenir qu'il fut écrit parallèlement au début du *Grand Meaulnes*), c'est déjà le récit d'une aventure ; c'est un roman d'aventures en raccourci.

Et en effet l'évolution de Fournier se poursuit bien au-delà de Marguerite Audoux ; il a reçu d'elle une impulsion au passage, mais il la transforme, l'utilise pour des buts nouveaux ; maintenant qu'il s'est décidé à produire sous les yeux du lecteur une « action » proprement dite, il cherche à l'agencer avec toute la perfection, mécanique possible.

Il faut noter ici la grande impression que les commencements de l'aviation et les premiers vols au-dessus de Paris produisirent

1. « Miracle de la fermière », repris dans *Miracles*.

sur son esprit : « Samedi dernier, à 7 heures et demie, une clameur terrible – faite d'acclamations – est montée de la rue tandis que je terminais mon courrier à *Paris-Journal.* Un instant, avec Le Cardonnel[1] nous avons – comment dire – "supporté" cela sans vouloir y prendre garde. Puis nous sommes allés à la fenêtre. Un monoplan, en plein ciel, au-dessus de nous passait. Pour la seconde fois j'ai regardé *cela,* au-dessus de Paris, avec une émotion sans mots[2]. »

Et ce n'était pas l'émotion, simplement, de voir un homme voler ; il percevait, entre l'engin savant et diaphane qui traversait le ciel et le livre qu'il s'appliquait à construire, une ressemblance secrète. « Dans un cas, m'expliquait-il, le prodige, la révélation d'un monde nouveau se produit grâce à une combinaison de toiles tendues et de cordes ; dans l'autre, grâce à une « disposition » d'esprit, à une combinaison de sentiments divers, à un choc moral. – De plus en plus mon livre est un roman d'aventures et de découvertes[3]. »

Avec la minutie d'un ingénieur, Fournier se mit, vers cette époque, à façonner et à monter les pièces de l'appareil avec lequel il voulait enlever son lecteur et le transporter dans le domaine mystérieux. Il tendit des toiles, installa des commandes ; les chapitres se répondirent, s'enchevêtrèrent ; un long fuselage de menues circonstances étroitement charpentées s'échafauda, dans lequel le lecteur ne devait plus avoir qu'à s'asseoir, en simple passager.

Pour égarer Meaulnes valablement et le conduire sans à-coups jusqu'à l'allée de sapins des Sablonnières, d'innombrables idées vinrent à l'esprit de Fournier, entre lesquelles il choisissait, avec lenteur, avec complaisance et avec un infaillible discernement. Il nous fit participer, sa sœur et moi, à cette progressive élaboration d'un mystère, que nous sentions devant nous en même temps s'épaissir que se justifier.

Il n'était jamais satisfait sur les questions de vraisemblance. Cet ami du songe ne cherchait plus maintenant qu'à le rendre le plus naturel possible en en établissant toutes les causes et conditions.

---

1. Georges Le Cardonnel (1872-1941). Rédacteur à *Paris-Journal*, comme Fournier avec lequel il se lia d'amitié, il avait publié en 1905 avec Charles Vellay une grande enquête *La Littérature contemporaine. Opinions des écrivains de ce temps* (Mercure de France) qui lui avait permis de rencontrer beaucoup d'auteurs de l'époque.
2. Lettre du 11 août 1910. (NdA)
3. *Ibid.* (NdA)

Car, disait-il, « je n'aime la merveille que lorsqu'elle est étroitement insérée dans la réalité. Non pas quand elle la bouleverse ou la dépasse[1]. »

Dans ce nouvel effort il fut aidé surtout par Stevenson. Jacques Copeau nous avait révélé *L'Île au trésor*. J'avais lu avec enchantement ce gracieux chef-d'œuvre, mais Fournier avec émotion et reconnaissance : il y trouvait, comme dans *Marie-Claire,* un secours et une incitation.

Il absorba en quelques mois l'œuvre tout entier du délicieux anglais. *Enlevé*, *Catriona*, *Le Reflux* et aussi *Les Nouvelles Nuits arabes* le ravirent. Il s'imprégnait de l'art insaisissable avec lequel Stevenson dispose les événements pour notre meilleure surprise, sans jamais devenir rocambolesque ; il lui empruntait des plans subtils pour l'aménagement de son propre alérion.

Et sans doute aussi était-il séduit par une atmosphère, à coup sûr bien différente de celle de *Marie-Claire* et de celle qu'il s'appliquait lui-même à créer, mais pareillement limpide, pareillement exempte de lourdeur et de miasmes.

La poésie de l'action, c'est encore ce que Fournier distinguait et aimait chez Stevenson. Tous ces héros en mouvement, en aventure, et qu'entraînaient le seul goût du risque, le seul refus, tacite d'ailleurs et sans emphase, des conditions normales de la vie, plaisaient à son secret et discret romantisme, et venaient nourrir en lui la veine d'où allait sortir le personnage de Franz de Galais.

Mais Stevenson ne fut pas le seul encouragement que trouva Fournier à composer un roman d'aventures, une machine où son rêve apparût capté, – et nécessaire. Si bizarre que puisse paraître cette convergence, Péguy l'avait engagé, depuis quelque temps déjà, dans la même voie.

Il y aurait toute une étude, presque un roman, à écrire sur les relations de Fournier avec Péguy[2]. Ils firent connaissance au printemps de 1910. Fournier avait lu avec enthousiasme *Notre jeunesse* et avait rédigé pour *Paris-Journal,* où il venait d'ouvrir un courrier littéraire, un petit portrait de Péguy. Puis : « Je viens de lire le *Mystère de la Charité de Jeanne d'Arc,* m'écrivait-il en août. C'est décidément admirable. Je ne crains pas de le dire… J'aime cet effort, surtout dans le commentaire de la Passion, pour faire

1. À propos de Wells : lettre du 1er septembre 1911. (NdA)
2. Voir Alain-Fournier-Charles Péguy, *Correspondance. Paysages d'une amitié*, présentée et annotée par Yves Rey-Herme, Fayard, 1990.

prendre terre, pour qu'on voie *par terre,* pour qu'on touche *par terre,* l'aventure mystique. Cet effort qui implique un si grand amour. Il veut qu'on se pénètre de ce qu'il dit jusqu'à voir et à toucher[1]. »

Ainsi tout de suite c'est son application à incarner le mystère, c'est son immense matérialisme spirituel que Fournier admire chez Péguy. Il le compare très curieusement, dans cette première lettre, à Rabelais : « Cet homme est un Rabelais des idées » note-t-il.

Dès le mois d'octobre 1910, il se lie plus intimement avec lui. Pour la première fois peut-être parmi les écrivains contemporains, il reconnaît un ami. Comme Fournier, Péguy est du Centre, comme Fournier, il sort tout fraîchement du peuple. Ce sont de grandes affinités.

Commencent de longues promenades à travers Paris, Péguy tout à ses affaires, mais en faisant découler d'intarissables considérations générales sur la vie, la sainteté, l'honneur, la mort. Je sens Fournier séduit par tant d'intégrité farouche, par ce génie paysan, naïf, soupçonneux, enfantin, retors et, comme le sien, malgré tant de précision dans l'esprit, incurablement absent au monde.

Ils marchent l'un à côté de l'autre sur le boulevard Saint-Germain, et tous les dieux français les accompagnent, évoqués, captivés par leurs propos. Jeanne d'Arc renaît entre eux, pour eux, familière et protectrice. Et Joinville, et saint Louis, et tous les purs. Une assemblée vraiment divine et fraternelle.

Péguy, si fermé à tout ce qui ne lui ressemble pas, entend Fournier, le comprend, l'aime. C'est un repos pour lui, dans l'incessant combat contre les hommes d'affaires, contre les riches, que cette âme d'enfant près de lui, non pas sans ambition (tous deux en ont de grandes), mais inapte aux compromis, candide, agressive, absolue.

Quand paraît *Le Miracle de la fermière*, « c'est bien simple, déclare Péguy à Fournier, je vais vous dire une chose que je n'ai pas dite souvent, car j'ai plutôt l'habitude de repousser la copie que de l'appeler. Eh ! bien, quand vous aurez sept machins comme votre miracle, apportez-les moi, je les publie… Vous comprenez sept, parce que c'est un chiffre sacré. » Et un moment après, il reprend : « Quand j'ai été là-dedans, mon vieux, vos paysans si beaux[2] !… »

---

1. Lettre du 28 août 1910. (NdA)
2. Raconté par Fournier dans une lettre du 11 avril 1911. (NdA)

Le Portrait, que publie *La Nouvelle Revue française* de septembre, lui arrache le billet suivant : « Je viens de lire votre *Portrait.* Vous irez loin, Fournier. Vous vous rappellerez que c'est moi qui vous l'ai dit. Je suis votre affectueusement dévoué. Péguy. »

Cette confiance, dont il a un si grand besoin, et qui lui est, encore à ce moment, assez avarement marchandée, Fournier la goûte avec délices.

L'année 1912 s'ouvre par trois billets de Péguy. Le premier janvier : « Fournier, je vous souhaite une bonne année. » Puis le mercredi 3 : « Aujourd'hui sainte Geneviève, patronne de Paris ; samedi jour des Rois, cinq centième anniversaire de la naissance de Jeanne d'Arc. Je vous embrasse. Péguy. » Enfin, sous la même date, et par conséquent sous la même invocation : « Fournier, appelez-moi Péguy tout court, quand vous m'écrirez, je vous assure que je l'ai bien mérité. »

Quand Péguy commence à écrire des vers, il les montre à Fournier, les soumet avec humilité à son jugement dont il n'est pas sans deviner la précieuse finesse. Et Fournier sans doute se pose en critique, car Péguy lui envoie successivement plusieurs états du même poème, accompagnant le dernier de ces mots : « Être exigeant, voici un troisième état. Vous y verrez que je suis docile. »

Pour une grâce obtenue, Péguy va par deux fois à pied, en pèlerinage à Notre-Dame de Chartres. Fournier manifeste quelque regret de ne pas l'avoir suivi. Et voici la lettre profondément touchante qu'il reçoit :

> Mon petit, oui, il faut être plus que patient, il faut être abandonné.
>
> Comment ne pas voir que l'affaire du *Figaro* s'est fait le 15[1] et certainement le jour où je n'y pensais absolument pas.
>
> Et aussi cette impression que quand ces gens-là s'occupent aussi exactement de vous, tout est hermétiquement interdit…
>
> Mon enfant vous commencez à me déconcerter un peu avec ce regret persistant de ne point être venu à Chartres. J'y suis allé pour vous autant que pour moi, vous le savez. Mais pour vous comme pour moi j'y vais aveuglément. J'ai définitivement renoncé à rien demander de particulier à des gens qui savent mieux que nous.
>
> Comment vous dire. Je suis beaucoup moins sur le propos de votre vie que vous ne paraissez le penser. Pardonnez-le moi. Je suis un peu buté sur ma propre infortune et j'ai pris une horreur de tout

1. Le 15 août, fête de la Vierge. (NdA)

ce qui ressemblerait à de la direction. Mais je suis entièrement sur le propos de votre âme et de votre œuvre.

Quand je vois les précautions incroyables que j'avais prises pour ne pas en perdre d'autres, que j'ai perdus, j'ai une terreur panique de commettre avec vous une maladresse ou d'exercer un atome de gouvernement[1].

En réponse à ces témoignages, l'amitié et l'admiration de Fournier pour Péguy grandissent et prennent une allure presque passionnée : il m'écrit le 3 janvier 1913 : « De longues conversations avec Péguy sont les grands événements de ces jours passés… Je dis, sachant ce que je dis, qu'il n'y a pas eu sans doute, depuis Dostoïevski, un homme qui soit aussi clairement "Homme de Dieu." » Et un peu plus loin : « Cet homme-là sait tout, a pensé à tout ; et sa bonté est inépuisable comme sa sévérité. »

Fournier me reprocha de ne pas comprendre Péguy, de ne pas savoir me faire simple, pauvre et croyant à son image. Toute science et toute vertu lui semblaient infuses dans cette âme ferme, têtue et pourtant « abandonnée ». Ma résistance, d'ailleurs, je tiens à le dire, n'était conditionnée que par certains besoins intellectuels que Péguy m'aidait insuffisamment à satisfaire ; elle ne s'adressait en aucune façon ni à sa personne, ni à son talent.

Si complexe qu'ait été l'influence de Péguy sur Fournier, on en distingue du moins maintenant, j'espère, la direction principale. Au moment où Fournier venait de se décider à saisir son rêve par les ailes pour l'obliger à cette terre et le faire circuler captif parmi nous, Péguy, non seulement par ses écrits, mais par toute son attitude, le fortifiait dans la croyance que « les rêves se promènent », que l'Invisible est le vrai, ou plutôt qu'il n'y a d'Invisible que pour les âmes faibles et méfiantes. Il lui montrait le surnaturel immanent à la vie quotidienne, les saints nous protégeant, nous gouvernant, à leur tour de calendrier, Notre-Dame à la besogne dans nos moindres affaires. Et, en même temps, il l'aidait à se représenter Notre-Dame, et les Saints, tous « ces gens-là » à la ressemblance de nous-mêmes et profondément parents du monde où ils intervenaient, des hommes qu'ils venaient secourir.

Il corroborait ainsi chez Fournier la tendance à humaniser son merveilleux. Meaulnes et Mlle de Galais reçurent certainement de Péguy, par d'insensibles radiations, quelque chose, dans tous

1. Le 22 août 1913. (NdA)

leurs mouvements, dans toutes leurs paroles, de plus familier ; ils s'engagèrent plus solidement et plus humblement dans la nature, dans l'événement. Sous le climat créé par Péguy, ils achevèrent de naître à la vie concrète et, sans rien perdre de leur dignité d'anges, trouvèrent les gestes précis qui les approchèrent définitivement de nous.

Péguy délivra Fournier de cette idée de *mythe*, qui l'avait toujours scandalisé ; il lui apprit, il lui permit de croire, que tout ce qu'il imaginait *avait lieu,* au sens fort de l'expression. Et ainsi se trouva activée, excitée à son comble, cette faculté, chez Fournier, qui lui faisait voir mille petits incidents à décrire, une aventure à raconter à la place du grand « mystère » qui avait si longtemps possédé obscurément son esprit.

Le Grand Meaulnes fut terminé au début de 1913. Fournier le présenta d'abord à *L'Opinion* où Henri Massis chercha en vain à le faire accepter. Je lui avais d'ailleurs réclamé le premier son manuscrit pour *La Nouvelle Revue française,* alors dirigée par Jacques Copeau, et c'est finalement dans les pages de cette revue, exactement dans les numéros de juillet à novembre 1913, que l'œuvre vit pour la première fois le jour. Elle parut en volume au mois d'octobre, chez l'éditeur Émile Paul[1].

Dans la bataille pour le prix Goncourt, Fournier eut un moment les plus grandes chances. Lucien Descaves et Léon Daudet s'étaient épris de son livre et le poussèrent avec acharnement contre la *Maison Blanche* de Léon Werth, que soutenait Octave Mirbeau. Onze tours de scrutin n'ayant pas réussi à les départager, les Dix se rabattirent sur un outsider : Marc Elder[2].

Malgré cet échec, *Le Grand Meaulnes* fut accueilli par le public et par la presse avec faveur ; il trouva même tout de suite des admirateurs passionnés ; Fournier reçut de nombreuses lettres pleines de tendresse et d'enthousiasme. Au moment de la guerre, plusieurs éditions de l'ouvrage avaient été vendues.

Voici deux fois, dans ma vie, que j'assiste à ce spectacle, sur le moment incompréhensible, mais rétrospectivement pathétique, d'un écrivain qui cherche à éprouver et à évaluer sa gloire avant de

1. Sur le contexte de la publication du roman, voir Ariane Charton, *Alain-Fournier*, *op. cit.*, « La publication du *Grand Meaulnes* », p. 295-317.

2. Marc Elder (1884-1933) obtint le prix Goncourt pour *Le Peuple de la mer.* Parmi les concurrents, outre *Le Grand Meaulnes*, figurait *Barnabooth* de Valery Larbaud.

mourir. Qu'on n'aille pas imaginer que l'amour-propre seulement, ou la vanité, étaient en jeu chez Fournier, quand il recueillait si complaisamment tous les éloges qui montaient vers son livre et cet encens délicieux des premiers articles de journaux. Son avidité était à la mesure de son pressentiment. Depuis longtemps déjà il vivait persuadé que ce ne pouvait pas être pour longtemps ; et de loin en loin cette conviction, qu'aucune maladie, qu'aucune faiblesse ne justifiaient, affleurait dans ses paroles : « Je suis las et hanté par la crainte de voir finir ma jeunesse, m'écrivait-il déjà le 2 juin 1909. Je ne m'éparpille plus. Je suis devant le monde comme quelqu'un qui va s'en aller. » Et l'année suivante, traçant dans une lettre un premier crayon du grand Meaulnes : « Il est dans le monde, me répétait-il, comme quelqu'un qui va s'en aller. » Revenant à lui-même, il me découvrait une couche plus profonde encore de son désespoir : « Se retrouver jeté dans la vie sans savoir comment s'y tourner ni s'y placer. Avoir chaque soir le sentiment plus net que cela va être tout de suite fini. Ne pouvoir plus rien faire, ni même commencer, parce que cela ne vaut pas la peine, parce qu'on n'aura pas le temps. Après le premier cycle de la vie révolu, s'imaginer qu'elle est finie et ne plus savoir comment vivre… De tout cela, certes, je ne suis pas complètement guéri[1]. »

Au moment d'Agadir[2], comme nous parlions de la guerre possible : « Je sais, s'écria-t-il tout à coup avec une émotion extraordinaire, qu'elle est inévitable et que je n'en reviendrai pas. »

Et le 25 mars 1913, ayant appris la mort d'une jeune cousine : « Encore quelqu'un de notre âge, m'écrivait-il, qui est mort et pour qui, chaque jour, il faut dire les prières qu'il a oubliées, négligé de dire durant sa vie. Je m'étais imaginé qu'après Bichet, le prochain ce serait moi. »

Sur cette sourde, mais irritante sensation d'être privé d'avenir, Fournier avait évidemment besoin, quand il ne s'en repaissait

1. Lettre du 4 avril 1910. (NdA)

2. La crise d'Agadir eut lieu en juillet 1911. Elle s'inscrivait dans le contexte d'une rivalité entre pays européens pour le partage de l'Afrique. La marine allemande avait envoyé un navire dans la baie d'Agadir, alors que l'Allemagne de Guillaume II et la France convoitaient le Maroc. Le sultan avait demandé de l'aide à la France à la suite de mouvements de révolte et l'Allemagne avait vu d'un mauvais œil cette occupation. Pour éviter une guerre, les deux empires se mirent d'accord en 1912. Le Maroc devint protectorat français et la France cédait à l'Allemagne des territoires d'Afrique équatoriale.

pas, de pouvoir appliquer un calmant : c'est de quoi lui servit le succès du *Grand Meaulnes* : c'est pourquoi il chercha à percevoir complètement et jusqu'en ses plus légères manifestations, ce succès.

Pour la première fois la vie, cette vie qu'il avait sue si mal caresser, lui apportait quelque chose, lui répondait tendrement et par une promesse. Pour la première fois il avait l'impression d'une certaine victoire sur la destinée ; il sentait qu'il s'était enfin imposé, si frêlement que ce fût, au temps, à ce courant aride, par lequel il s'était vu jusque-là vainement traversé, qui jusque-là n'avait rien fait, croyait-il, qu'entraîner et dissiper ses forces.

Oh ! ce n'était point de l'ivresse, et il n'en résultait en lui aucun véritable contentement ; le monde ne lui apparaissait pas meilleur, ni plus facile à habiter. Mais autour de son âme inexperte et souffrante, cette aube d'immortalité rayonnait doucement, l'aidant à dégager plus utilement ses vertus.

Les projets qui avaient commencé de se faire jour dans l'esprit de Fournier dès avant l'achèvement du *Grand Meaulnes*, se précisèrent aussitôt et s'épanouirent. Il se mit à travailler à un nouveau roman qui devait s'appeler *Colombe Blanchet*[1].

Le sujet en était extrêmement compliqué. Ramené à l'essentiel, c'était l'histoire des amours d'un jeune instituteur, dans une petite ville de province déchirée par les rivalités politiques. Le héros, Jean-Gilles Autissier, s'éprenait d'abord d'une jeune fille, Laurence, qui devenait sa maîtresse, mais trop facilement et sans que se calmât la grande attente où il avait vécu d'un amour intact et parfait. C'est chez Colombe, à qui, malgré l'hostilité du vieux père Blanchet contre les instituteurs, il donnait des leçons, qu'il trouvait enfin l'être idéal dont il avait rêvé. Il finissait par s'enfuir avec elle à bicyclette ; ils voyageaient tous les deux pendant trois jours, couchant dans les vignes, comme des enfants perdus. Mais un ennemi les rattrapait, racontait à Colombe la liaison de Jean-Gilles avec Laurence, et ses aventures. Colombe, qui avait cru jusque-là son ami aussi pur qu'elle-même, le quittait brusquement et allait se noyer.

En épigraphe de cette histoire, qu'il est difficile de résumer sans l'endommager, Fournier voulait placer une phrase de l'*Imitation,*

1. *Colombe Blanchet* a été éditée en 1990 au Cherche Midi-Amor Fati par Gabriella Manca avec une préface d'Alain Rivière. Ce roman inachevé a été republié par Le Passeur éditeur en 2022.

qu'il avait recueillie plusieurs années auparavant et portée longtemps avec amour : « Je cherche un cœur pur et j'en fais le lieu de mon repos. »

Toute son âme tendait ainsi à nouveau à s'exprimer dans cette fiction, pourtant si minutieusement construite et beaucoup plus fournie encore de détails objectifs que ne l'était le Grand Meaulnes, – toute son âme avide d'innocence et de béatitude. Par la fuite de Meaulnes et par la mort d'Yvonne de Galais, par cette grande chasteté glissée au sein même de leur union, elle ne s'était pas encore déchargée de tout son besoin de pureté et de privation ; l'enfance la travaillait encore et cherchait encore à lui faire animer hors d'elle des personnages immaculés.

Mais où l'influence de la vie commençait à se trahir chez Fournier, c'était au poids qu'il faisait traîner à son héros. L'amour l'avait instruit et marqué ; les expériences charnelles qu'il avait faites, ç'avait pu être dans l'impatience, dans le dégoût ; il les sentait pourtant irrémédiables.

Ou du moins il eût fallu pour l'en guérir, le pardon et le baiser de Colombe ; il eût fallu ce « cœur pur » et qu'il pût « en faire le lieu de son repos ». Hélas ! – c'est ici que s'exprimait à nouveau dans toute sa force ce mysticisme latent qui avait inspiré déjà à Fournier son premier essai : sur le corps de la femme – il suffit d'avoir une fois cédé à la chair pour ne plus trouver de rémission ni d'asile ; la souillure est trop forte ; même au feu de Colombe elle ne sera pas effacée. C'est Colombe au contraire, qu'elle oblige, sitôt qu'elle lui est révélée, à se volatiliser.

Le moment où il méditait ce dénouement était celui où Fournier avait enfin réussi à revoir, mais mariée, mais plus inaccessible que jamais, l'ancienne jeune fille du Cours-la-Reine : « C'était vraiment, m'écrivait-il[1], c'est vraiment le seul être au monde qui eût pu me donner la paix et le repos. Il est probable maintenant que je n'aurai pas la paix dans ce monde. »

Comment expliquer les additions et les corrections que reçut ensuite, dans le courant de 1914, le scénario de *Colombe Blanchet* ? Un nouveau personnage, celui d'Émilie, la savante, la sœur aînée de Colombe, fit son apparition. Elle devait, dans cette nouvelle version, consoler Jean-Gilles de la fuite de Colombe, car Colombe ne se noyait plus, mais se retirait dans un couvent.

1. Le 4 septembre 1913. (NdA)

Beaucoup de raisons me font croire que cette transformation de son projet, si elle correspondit à quelque événement de la vie de Fournier[1], n'exprima point pourtant une évolution réelle et profonde de son âme. Pour se représenter dans son essence véritable l'œuvre qu'il laissa inachevée, il faut y penser, je crois, sous l'aspect où elle lui était d'abord apparue.

Une autre ébauche, mais beaucoup moins poussée, nous reste de cette dernière période de la vie de Fournier : celle d'une pièce intitulée : *La Maison dans la forêt*[2]. Un jeune homme, trahi par sa maîtresse, fuit Paris et vient s'installer dans une maison de garde-chasse, en pleine forêt. De son côté, une jeune fille romanesque s'est échappée de son couvent et s'est cloîtrée, avec sa suivante, dans une aile abandonnée du même pavillon. Le jeune homme ignore la présence de la jeune fille, qui ne se décèle peu à peu qu'à d'imperceptibles indices que, moitié par négligence et moitié par coquetterie, elle laisse filtrer. Il la découvre enfin, l'aime et l'épouse.

Thème enfantin, mais sur lequel Fournier certainement eût brodé avec grâce et mystère. « Je voudrais, nous disait-il, donner à peu près l'émotion que j'éprouvais en lisant autrefois l'histoire des petits ours qui, rentrant dans leur cabane, s'écrient : « Quelqu'un a mangé dans ma petite assiette ; quelqu'un s'est assis dans ma petite chaise, etc. ». L'œuvre reste, malheureusement, sauf une scène, à l'état de simple esquisse.

La dernière année que vécut Fournier est celle, hélas ! pendant laquelle je l'ai connu le moins. Quelle force nous arrachait l'un à l'autre ? Nous avions vingt-sept ans ; nous abordions en même temps à l'âge de l'originalité et de l'isolement. Il eût fallu que l'un de nous acceptât d'être vaincu, – d'être vaincu dans ses goûts, dans ses tendances, dans ses perversités. Ni lui, ni moi n'étions de force, ou plutôt de faiblesse, à subir cette diminution. Nous nous repoussions donc doucement comme deux êtres électriques qui ont besoin chacun de leur intégrité et savent qu'un peu de champ entre eux y est indispensable.

---

1. Jacques Rivière fait allusion à la liaison de Fournier avec l'actrice Madame Simone qui lui avait inspiré Émilie. Le couple Rivière n'aimait guère Simone et l'influence qu'elle pouvait avoir sur Alain-Fournier.

2. Cette ébauche théâtrale a été publiée dans le *BAJRAF* du 2e trimestre 1999. C'est pour Madame Simone que Fournier avait entrepris l'écriture de cette pièce.

Dure tâche que de s'accomplir ! Que de liens il faut briser ! Que de contacts il faut rompre ! Comme il est seul l'homme en qui bouge le pauvre et impérieux devoir de créer !

Et la mélancolie ici s'accroît de ce que le chemin où j'avais dû laisser mon ami, le conduisait vers une solitude tellement plus grande encore !

IV

« La voix sourde et merveilleuse qui appelle. »
Alain-Fournier, *Madeleine*

Car voici Fournier accompagné jusqu'au seuil terrible que, même par le plus grand effort d'amour, nous ne pouvons dépasser, qu'il franchit. Nous sommes en juillet 1914. Depuis le début du mois, je suis installé aux environs de Bordeaux. Il doit aller passer une partie de ses vacances à Cambo[1]. Le 18, si je me souviens bien, nous nous rencontrons pour la dernière fois à Bordeaux. Je vois encore tourner, brusque et calme, au coin de la rue Esprit-des-Lois, l'automobile qui l'emporta.

Quelques jours plus tard, « le péril de guerre » se déclare. Jours sombres et grands, en promontoire sur un avenir bouché ! Fournier, je l'ai dit, en avait eu le pressentiment le plus net.

Pourtant, il refuse maintenant l'évidence de la menace. Jusqu'au dernier moment il met en doute l'événement. Il n'arrive pas à croire que ce puisse être « déjà » ! Je ne sais rien de plus bouleversant que cette paresse du dernier moment qui le prit devant sa destinée.

Il part cependant. Comme moi, c'est le 4 août qu'il rejoint son corps, le 288e régiment d'infanterie, à Mirande. Par un hasard extraordinaire nous faisons partie de la même division, la 67e de réserve : des trains qui se suivent à quelques heures, par la même voie, vont nous promener, au pas de l'homme, pendant trois jours à travers toute la France. Nous passerons par les mêmes gares où les femmes viendront accrocher des médailles bénites à nos poitrines, entre les mêmes champs où les paysans se découvriront devant nous, comme si le train était notre convoi funèbre déjà ; nous entendrons gueuler, presque par les mêmes voix, la même

1. Cambo-les-Bains dans les Pyrénées-Atlantiques où Simone louait chaque été la villa Souberbielle, voisine de la maison d'Edmond Rostand.

Marseillaise assaisonnée d'ail puisque c'est avec des Gascons que nous marcherons tous deux.

Fournier descendit-il à la gare de Bourges, vit-il Sancerre sur son coteau, où moi je passai de nuit ? À Saint-Florentin, reçut-il, comme moi, un œuf dur lancé à la volée, du haut d'un wagon, à la foule des soldats, par une dame de la Croix-Rouge ? On crevait de faim.

En tout cas il dut voir comme moi cet aéroplane en miettes parmi des débris de wagons, près de la gare de Brienne-le-Château : un tamponnement simplement, le premier accident de la guerre, et qui nous fit rire tant nous espérions mieux pour bientôt.

À Suippes il dut arriver comme j'en partais traînant la patte, vanné déjà.

Et c'est peut-être le même jour que moi, qu'en pleine Argonne, dans la grande combe des Islettes, qui résonnait comme une église, sous le ciel sombre, entre les arbres noirs, il entendit pour la première fois le canon.

Verdun sous l'éclipse ; la Woëvre plate, peuplée de soldats, de canons, de voitures ; des espèces de grandes manœuvres sinistres, sous le soleil échancré, avec le gros bourrelet triste du canon en bordure de tout l'horizon. « Il doit y avoir déjà du rab de képis, là-bas », me dit un de mes hommes.

Nous sommes sans aucune nouvelle : simplement je remarque que la ligne qui va vers Étain est déserte, et les maisons de garde-barrière fermées.

Fournier rencontra-t-il comme moi, à l'entrée d'Étain, cette charrette à bâche, chargée de meubles et de gens, que nous prîmes pour une roulotte, que nous encadrâmes de cris et de plaisanteries, mais qui se turent, quand l'ayant croisée, nous découvrîmes derrière, accroupie entre un lit et une armoire, une jeune fille aux yeux complètement hagards.

Dans Étain, le flot des fugitifs encombrait la rue : « C'est épouvantable ! Ils tuent les femmes et les enfants. N'y allez pas ! » nous criait risiblement, du sein de la foule, une femme affolée.

À la sortie de la ville, – la nuit était tombée, – s'il y passa peu d'heures après moi, Fournier put voir tout l'horizon plein d'incendies tranquilles, chacun marquant un village : « Celui-là, nous disait un homme, c'est Audun-le-Roman, cet autre… » Et nous nous glissions dans une petite maison, où la famille, y compris un gros bébé rose et sale, était attablée en silence, et où l'on remplissait nos bidons d'un vin très cher et très mauvais.

Mais puis-je plus longtemps retracer par la mienne l'entrée de Fournier dans la guerre ? Y eut-il ressemblance entre la façon dont nous vécûmes chacun, si près l'un de l'autre pourtant, ces instants ? Je ne le saurai jamais. Le 24, notre division fut engagée pour la première fois à la lisière du Bassin de Briey. Mon bataillon était en première ligne, le sien en seconde. Et c'est sans doute tout près de lui, séparé seulement par la ligne de bivouacs des Allemands qui s'était refermée derrière nos positions, que je dus passer cette terrible nuit du 25[1].

Très endommagée dans cette première affaire, la division fut pourtant de tous les combats qui se livrèrent en fin d'août et pendant tout septembre autour de Verdun. Pendant la Marne, elle dut faire face de deux côtés en même temps : on la transporta plusieurs fois de Souilly sur la rive gauche de la Meuse, où elle servit à contenir le Kronprinz, aux Hauts-de-Meuse où elle s'opposa, vers les Éparges, à la poussée d'une autre armée allemande. C'est dans cette région, exactement au nord-est de Vaux-lès-Palameix, au Bois de Saint-Rémy, qu'elle se trouvait le 22 septembre, au moment où les efforts des deux partis s'étant neutralisés, la ligne de front tendait à se fixer.

Il y avait pourtant encore, surtout dans ces bois, une certaine marge entre les deux armées. Fournier était revenu le matin même à sa troupe, de l'état-major où il avait été détaché pendant quelques jours. Son capitaine qui faisait fonction de commandant, voulut entreprendre une reconnaissance avec deux compagnies ; Fournier commandait la 23e. Le parti atteignit la tranchée de Calonne que jalonnait la ligne des sentinelles et la franchit un peu à droite de la route de Vaux à Saint-Rémy ; il s'enfonça sous bois, en colonne par quatre. Cent mètres plus loin, un peu avant la lisière, les hommes virent une forme bondir de derrière un arbre, courir, sauter dans un trou. Le capitaine ne voulut pas y prendre garde, malgré les avertissements de ses lieutenants, prétend-on.

Tout à coup, d'une petite tranchée invisible, un feu nourri fut dirigé sur cette troupe imprudemment massée. Les taillis s'opposaient à tout déploiement. Le capitaine voulut entraîner ses hommes et se précipita sur la tranchée, revolver au poing ; mais il ne fut suivi que par les deux lieutenants et par un petit paquet, qui fut aussitôt décimé ; le reste s'enfuit.

---

1. Jacques Rivière fut fait prisonnier durant la nuit du 25 au 26 août 1914.

Fournier tomba, frappé au front, m'a affirmé un homme qui était près de lui. Longtemps le mystère régna sur cet engagement et les histoires tantôt les plus encourageantes, tantôt les plus horribles circulèrent dans la troupe sur le sort des disparus. On crut que Fournier avait été seulement blessé et recueilli par l'ennemi. La fin de la guerre a cruellement détruit ce dernier espoir.

J'ai refait à pied, en 1919, la dure dernière étape sur cette terre de mon ami. Pays affreux, sur lequel pesait, à ce moment, – je ne sais s'il s'est ranimé depuis – une solitude vraiment monstrueuse. De Ranzières, sans rencontrer une âme, j'ai gagné Vaux-lès-Palameix, rasé, enlevé par la guerre, comme on cueille un chardon avec un couteau, du vallon où il était tapi ; je me suis assis longtemps sur une pierre plate, près du ruisseau, seul murmure en ce désert. J'ai monté la longue côte qui longe le Bois Bouchot, entre les arbres décharnés, épointés, noircis. Mais plus loin, toute la végétation avait repris et couvrait déjà les petits cimetières allemands, pleins de grenades, où s'effaçaient des noms. « *Ein franzôsischer Krieger* », ou même : « *Ein franzôsischer Held* »[1], découvrais-je çà et là, mais pas une date qui fût antérieure à décembre 1914. Plus loin une ville de tôle ondulée, – les cadres de bois, à l'intérieur, qui servaient de lits, tout pourris et moussus déjà. Dans le talus même de la route, l'entrée de profonds abris, mais effondrés. Et tout seul, dans un taillis, par quel miracle échoué là ? tout à coup un vieux coupé de louage, épave dérisoire.

Plus loin encore, à la lisière des bois, au bord de la pente qui descend vers Saint-Rémy, dans les parages où Fournier a dû tomber, sur les anciennes positions allemandes, les Américains, en 18, avaient campé. Conserves et brochures, du linge abandonné : une voie de soixante sinuait entre les buissons sournoisement ; près d'un gros tas d'obus, un crâne de cheval tout blanchi ; des croix par-ci par-là au pied des arbres, d'autres sur le versant découvert de la colline, comme de petites barques en peine, traînant un lourd filet, mais qui peu à peu, dans la terre, s'allège. Une paix cependant, désolante, infinie... Le vent berçait les arbres ; une odeur de fraises me venait. Devant des baraques en bois, alignées droit comme dans un ranch, des chaises restaient debout en plein air. Je me suis assis.

Les autres endroits du front que j'ai visités depuis, – l'endroit même où j'ai été fait prisonnier, – n'ont su rien me redire. Mais là,

1. « Un guerrier français » et « Un héros français ».

tout à coup, à ce vague emplacement de mort, j'ai senti remonter en moi cette âme pénitente, saturée de tendresse et de larmes, comme agrandie de misère, et vraiment détachée de ce monde, vraiment saoule de renoncement, que la guerre un moment m'avait faite.

Est-ce celle dont fut habité Fournier au moment de mourir ? Un compagnon de ses derniers jours me l'affirme. Elle avait en tout cas plus d'affinités avec sa nature qu'avec la mienne.

Je ne pense pas qu'il aimerait que j'embellisse indûment ses dernières transes, lui qui m'écrivait en 1906, à propos de la catastrophe de Courrières[1], s'indignant de la façon dont les journaux déguisaient en héros les malheureux rescapés : « Comme si on avait de beaux gestes lorsque la mort et cent pieds d'obscurité vous séparent du monde civilisé. Ou plutôt comme si tous les gestes, quels qu'ils soient, n'étaient pas beaux, dans l'horreur et l'effroi de ce drame. »

Pourtant je songe combien plus que moi il était capable de foi et de courage. Son esprit n'avait pas de barrières critiques ; le flot, qui força les miennes, un moment, n'eut certainement, pour l'envahir, qu'un assaut bien moins fort à donner.

Et puis il était meilleur que moi, plus tendre, plus confiant, plus insouciant de sa perfection abstraite. Ce contre quoi je m'étais si longtemps révolté, en lui, son refus de s'étudier, sa façon de regarder au-dehors plus qu'en lui-même, son goût de l'action plus que de la connaissance, et même sa recherche de l'illusion, qu'il avouait lui être plus chère et plus parente qu'aucune réalité, durent hausser tout naturellement son âme au niveau de cette grande vague qui n'eut plus qu'à le prendre, à l'emporter.

On s'étonnera peut-être que je raisonne si longtemps sur les chances que mon ami ait éprouvé un sentiment qu'on considérera comme seul indiqué, seul admissible dans les circonstances où il se trouvait. Mais tout le monde ne sait peut-être pas qu'il est assez dur de s'avancer tout vivant, au comble de sa force, entre les bras de la mort. Tout le monde ne sait peut-être pas qu'il faut une certaine « grâce » pour renoncer, en pleine conscience,

1. Accident minier qui se produisit dans le Pas-de-Calais le 10 mars 1906 et fit 1 099 morts. La catastrophe fut mal gérée par la compagnie qui exploitait le terrain, préférant préserver le gisement plutôt que tenter de retrouver des survivants. Certains d'entre eux parvinrent à sortir de la mine par leurs propres moyens plus de vingt jours après la catastrophe. À la suite de l'accident, il y eut un mouvement de grève important qui aboutit à l'établissement d'un jour de repos hebdomadaire obligatoire.

non pas seulement au charme de la vie, à ceux qu'on aime, mais encore à tout ce que l'on sent en soi de capacités latentes et, pour tout dire d'un mot, à son œuvre quand on en porte une. Une forêt, que le vent caresse comme à l'habitude, vous rappelant la vie, mais où l'on devine la greffe secrète de mitrailleuses et de fusils, c'est un décor assez sinistre et pour que le pas d'un homme jeune et fort y reste calme et qu'une certaine joie l'y accompagne encore, il est besoin de lui supposer quelques encouragements intérieurs.

De tels encouragements, d'ailleurs, je le répète, tout m'indique que Fournier fut amplement gratifié. Il y avait cette âme en lui, que j'ai dite, si prompte à s'aliéner, et puis son profond amour de la France, et puis surtout sa facilité à prendre la vie comme un « grand jeu » (qu'il avait aimé cette expression de Kim[1] !), comme une aventure par où rejoindre quelque chose de mieux.

Je ne dis pas qu'il s'est séparé de nous sans tristesse ; mais cet ordre de son capitaine d'« aller chercher les Boches » (« Faut trouver les Boches », disait sans cesse ce malheureux, dont il semble que ce fut toute la pensée tactique), – cet ordre dut lui apparaître à peu près comme à Meaulnes l'appel de Frantz : vain et irrésistible. Ce fut l'invitation à quitter ce peu de bonheur qu'il avait conquis, pour une chance plus obscure, mais plus grande.

S'il acceptait de n'être pas ici-bas « tout à fait un être réel », n'était-ce pas dans le pressentiment qu'il le pouvait devenir ailleurs ?

Oui, je ne résiste pas, par instants, à cette impression que la mort fut pour lui, dans cette vaste et incertaine tempête de la guerre, comme une rame tout à coup pour s'aider vers plus de réalité et d'existence. Le son de cette voix qui l'appelait plus loin, si triste d'abord qu'il ait pu lui sembler, de quelque privation qu'il lui ait donné le signal, si déchirantes qu'en aient été, dans ce grand bois plaintif, les harmoniques, il dut bientôt y percevoir l'annonce aussi, quand il l'eut laissé pénétrer jusqu'au fond de son cœur, et la permission, d'un accomplissement jusque-là impraticable de lui-même.

Il marcha fidèlement jusqu'à cette lisière où sa trace se perd, où je reste, plutôt qu'à le pleurer, à l'imaginer ; il replia sans un mot sa frêle armure, ce corps dont il avait usé pour nous

1. Héros du roman éponyme de Kipling paru en 1901.

accompagner quelque temps, tant bien que mal, et nous parler, et souffrir avec nous ; mais elle était si délicate que nous n'en retrouvons plus rien.

Esprit timide et sans peur, il s'enfonça dans ce monde même qui avait toujours régné sur sa pensée et n'avait cessé d'en former l'horizon. D'un nouvel acte de foi, plus profond encore que celui qui avait donné naissance au *Grand Meaulnes,* il se l'ouvrit, j'en suis sûr, et de toute son âme, en un clin d'œil, le rejoignit. Il faut que nous pensions à lui, toujours, comme à quelqu'un de « sauvé ».

Cet article a été publié dans Les Nouvelles littéraires *le 8 décembre 1923, dans un numéro hommage à Maurice Barrès décédé quatre jours plus tôt. Jacques Rivière y résume l'importance que l'écrivain a eue quand il l'a découvert durant l'été 1905, à l'âge de dix-neuf ans (et non dix-huit comme il l'écrit). En peu de lignes, il montre ce que le Barrès du* Culte du moi *a pu lui apporter à lui et à sa génération et plus largement à l'histoire littéraire non sans faire des réserves sur cet héritage qu'il appelle à dépasser.*

Maurice Barrès et la sensibilité moderne

C'est à dix-huit ans que je découvris Barrès : « Accablé dans mon fauteuil et pénétré de la douleur de mon amie, je me sentais infiniment dégoûté de tous, sinon de ceux qui souffrent délicatement et composent, dans leur imagination enfiévrée, des bonheurs avec les fragments qu'ils ont entrevus[1]. » Comme je vibrais en accompagnant la petite fille Bérénice dans ces promenades où elle se sentait si seule ! « Sa mère, pour la coiffer, tirait de l'armoire un petit chapeau de velours rouge, qui emplissait l'enfant passionnée du sentiment de la beauté et brisait ses nerfs d'une douceur délicieuse, dont l'ébranlement retentit jusque dans sa chère agonie.

1. *Le Jardin de Bérénice*, chap. V, *in* Maurice Barrès, *Romans et Voyages*, t. 1, édition établie par Vital Rambaud, Robert Laffont, coll. « Bouquins », 1994, p. 209.

Mais elle se contraignait jusqu'à ce qu'elle fût sur la route, où sa mère s'écartait pour rire avec des jeunes gens. Alors, dans l'obscurité descendue, elle sanglotait, comprenant confusément que la vie des êtres sensibles est chose somptueuse et triste[1]. »

Que de fois je me suis répété, comme une annonce et comme une consolation de tout ce qu'il me serait donné de souffrir, cette dernière phrase d'une étoffe si subtile !

Barrès aura d'abord été, pour nous, un protecteur contre la vie ; il nous aura rendu ce premier immense service : il nous aura permis de grandir. Il faut voir dans le culte du moi une éthique bien plutôt qu'une psychologie. Jamais on n'inventa barrières plus fragiles et plus résistantes autour de la personnalité : elles n'étaient faites que de dédain, d'ironie, de petites sciences tues. Comme on était bien derrière le clayonnage de ce style délicat et insolent ! Que de jeunes gens furent vengés par lui, parfois avant même l'offense, et purent ainsi se former !

Il y avait un malentendu, naturellement ! (On ne profite jamais d'un écrivain que par malentendu.) La tension, de la vie, chez Barrès, dut être, dès le principe, un peu basse : « Nous n'avons jamais connu l'irréflexion des adolescents, leurs gambades, ni leurs déportements. La vie toujours chez nous rencontra des obstacles. Nous n'avons pas eu le sentiment de la force, cette énergie vitale qui pousse le jeune homme hors de lui-même[2]. » Aussi le royaume qu'il protégeait en lui-même resta-t-il toujours un peu dormant. (« Solitude, ton sein vigoureux est morne[3] ! ») Toute son œuvre (nationalisme compris) n'est-elle pas un effort pour s'arracher à lui-même des tempêtes ? « Je convoque tous les violents mouvements dont peuvent être énervés les hommes[4]. »

Ce qu'il faut dire, c'est qu'il a su porter l'art magique à sa perfection ; j'entends l'art de nous froisser les nerfs, de nous « les briser d'une douceur délicieuse[5] », comme faisait à Bérénice son chapeau de velours rouge. Nul n'a su user comme lui, pour une finale extase, d'un mécontentement créé dans nos fibres. Les grandes pages de Barrès sont construites sur l'étang d'un malaise auquel leur château nous enlève.

1. *Le Jardin de Bérénice*, chap. IV, *ibid.*, p. 203.
2. *Un homme libre*, « IV Examens de conscience », *ibid.*, t. 1, p. 115.
3. *Ibid*, p. 117.
4. *Un homme libre*, « III », *ibid.*, p. 112.
5. *Le Jardin de Bérénice*, chap. IV, *ibid.*, p. 203.

Il y a dans son style une constante pesanteur vaincue grâce à un sublime surmenage. C'est le plus grand écrivain que nous ayons connu, je veux dire l'homme de qui l'écriture a produit les plus grands effets.

« C'est une abeille, petite, mais qui vole avec un terrible aiguillon. »[1] Il faut s'agenouiller devant cette phrase du *Jardin sur l'Oronte*, si belle qu'elle touche au mystère.

D'ailleurs, par sa façon de toujours partir de l'immobilité et de la changer en violence, il peut nous impatienter parfois ; c'est pourtant ce qui fait de lui le peintre le plus vrai de la sensibilité moderne. Il l'a montrée dans son essence, comme une atonie secouée de crises. Peu importe les thèmes, abstraits et démodés aujourd'hui, sur lesquels il force la sienne à s'exalter. Le mouvement qu'il lui imprime, ces grandes escalades sur fond morne, ont une valeur générale. C'est bien ainsi que se comporte notre machine. Tout ce que nous pouvons faire est d'espérer que notre âge lui découvrira un fonctionnement plus harmonieux, plus continu, plus heureux, un ton moins spasmodique, une meilleure humeur !

Jacques Rivière a consacré deux conférences à Paul Claudel. Elles sont des guides, des clés pour accéder à l'œuvre de l'écrivain dont l'approche n'est pas toujours simple comme Rivière le reconnaît lui-même. La première a été donnée au théâtre du Vieux-Colombier le 28 mars 1914 dans le cadre des matinées poétiques organisées par Jacques Copeau et Henri Ghéon, deux piliers de La NRF*. Les extraits ont été lus par Ghéon, Copeau, Gide, et deux acteurs du Vieux-Colombier, Charles Dullin et Paul Oettly. Elle s'adresse à un public français qui connaît déjà plus ou moins Claudel. Rivière s'attache ici à défendre le dramaturge, en expliquant le lyrisme propre à son théâtre avec à l'appui de longues citations. Il montre ainsi que les pièces ne s'articulent pas autour d'une action – ce qui déstabilise les spectateurs – mais*

1. *Un jardin sur l'Oronte*, chap. IV, Maurice Barrès, *Romans et* voyages, *op. cit.*, t. 2, p. 756. La citation exacte est « C'est une abeille, petite et pleine de miel, qui vole avec un terrible aiguillon. »

qu'elles sont l'expression d'un « drame universel », d'un drame métaphysique. Chaque chose, chaque parole, chaque image n'est qu'un élément d'un grand tout, ce qui autorise Claudel à s'affranchir des règles de vraisemblance et d'unité d'action. Mais même dans les digressions, explique Rivière, il reste maître de son drame. Quant à sa poésie, Rivière montre combien Claudel est un poète entier qui oblige presque violemment son lecteur à le suivre.

La seconde conférence a été prononcée le 6 février 1918, à Genève à la salle de la Taconnerie. Il s'agit de la première des huit causeries qu'il donnera sur « la jeune littérature française avant 1914 ». Le succès des conférences genevoises fut tel que Rivière les proposa ensuite à Lausanne et Neuchâtel. Après plus de trois ans de captivité en Allemagne dont il peinait à se remettre, c'était pour lui une façon de revenir à la vie intellectuelle, de sortir de la léthargie et du découragement qu'il éprouvait alors. En introduction à sa conférence, il évoque à nouveau le choc qu'a été pour lui la lecture de Claudel et se propose d'« éclaircir mon émotion, pour éclaircir l'œuvre qui me la donne ». Il revient ensuite sur les grandes étapes de la vie de Claudel. Elle est écrite pour un public suisse, certes cultivé, mais qui n'a pas forcément lu l'écrivain. Cette conférence constitue une bonne porte d'entrée à la lecture de Claudel – tel est d'ailleurs le but de Rivière –, c'est pourquoi nous la plaçons ici en premier.

Conférence sur Paul Claudel prononcée le 6 février 1918 à Genève

Il y a une différence profonde, et dont la plupart du temps nous ne sommes pas suffisamment conscients, entre la façon dont nous lisons les classiques et celle dont nous lisons nos contemporains. Dans le premier cas, notre émotion est comme acquise à l'avance, nous en connaissons à l'avance tous les caractères, nous ne cherchons qu'à la retrouver. Surtout elle ne risque pas de troubler notre jugement, puisque au contraire c'est de ce jugement même qu'elle découle. Dans le second cas au contraire, nous allons à la rencontre de notre émotion ; nous ne savons pas où ni quand elle va surgir ; à chaque tournant du livre elle peut nous surprendre ; et dès qu'elle est là, plaisante ou désagréable, nous sommes réduits à l'impuissance ; sa nouveauté même nous désarme ; elle nous entoure comme d'un brouillard à travers lequel l'œuvre qui l'a produite en nous nous apparaît grandiose et insaisissable. Toutes sortes de désordres se déclarent en nous ; notre esprit saute, bondit, au lieu de suivre et de comprendre ; quelque chose d'excessif vient vicier tous ses jugements.

On peut même dire que plus une œuvre nous est proche, plus elle a de rapports avec notre sensibilité profonde, plus elle lui parle directement, moins est clair l'état où elle nous met. C'est comme si elle se mélangeait à nous et nous prenait notre indépendance. Et sans doute cette communion est la source de grandes joies et de véritables extases littéraires, que les œuvres classiques ne peuvent prétendre à nous donner. Mais elle a aussi des inconvénients.

Celui-ci par exemple : que nous ne pouvons nous justifier à nous-mêmes, si ce n'est par des exclamations, notre admiration. Cet autre, plus grave, que si nous entreprenons quand même de nous la justifier, et surtout de la justifier aux yeux des autres, nous risquons fort de tomber sur les raisons les moins décisives de toutes celles qui la fondent, et de faire porter l'accent, dans nos explications, sur les nouveautés les plus superficielles, quelquefois les moins acceptables de l'œuvre dont nous sommes épris. En mettant les choses au mieux, nous produirons dans un pêle-mêle touchant, mais aussi peu persuasif que possible, tous les motifs de notre enthousiasme et ferons valoir sur le même plan des beautés de qualité infiniment différente. Le résultat sera qu'au lieu d'emporter l'assentiment des réfractaires, nous ne ferons que les enfoncer dans la conviction où ils sont de notre folie et de l'absurdité de notre religion.

Le poète dont j'ai l'intention de vous parler aujourd'hui est, je crois, parmi ceux qu'il est le plus facile et même le plus tentant de mal défendre. Justement parce qu'il a sur notre sensibilité une forte prise, il trouble tout particulièrement notre raison et nous ôte ce gouvernement de notre goût, cette faculté de va-et-vient et comme de libre examen, sans lesquels nous ne pouvons songer à faire œuvre critique, ni surtout à entraîner et à convertir les esprits que la nouveauté effarouche.

Mon ambition serait, je vous l'avoue tout de suite sans modestie, de surmonter les vapeurs que sa trop forte sensibilité risque peut-être de faire monter à la tête, de dissiper ce brouillard où l'émotion même qu'il nous donne nous enveloppe, et de mettre au jour les raisons secrètes et véritables du pouvoir qu'il a pris sur nos cœurs. Si j'y devais réussir, j'écarterais par là même l'objection d'obscurité ou d'affectation qu'on lui entend encore communément adresser, et les embarras souvent sans consistance auxquels succombent dès l'abord certains lecteurs qui l'abordent avec la meilleure volonté. Éclaircir mon émotion, pour éclaircir l'œuvre qui me la donne : voilà quel est mon dessein en deux mots.

Mais ici vous êtes en droit de me demander mes papiers. D'où vous vient l'espoir, me direz-vous, de réussir mieux que le commun des mortels dans une mise au point si délicate ? Quels sont vos titres à entreprendre une explication, dont vous venez vous-même de souligner l'extrême difficulté ?

Ils sont si modestes, ces titres, que j'ose à peine les avouer. Si tout de même vous voulez bien admettre qu'une longue lecture et qu'une patiente fréquentation, presque depuis le moment où elles ont paru, des œuvres de Claudel, constituent un commencement d'avantage dont on puisse se prévaloir, je m'en prévaux. J'ajoute que j'ai le bonheur de bien connaître personnellement Paul Claudel et que je m'honore de son amitié. Ce sont ces considérations, et non point d'autres, qui font ma hardiesse actuelle. Je souhaite, sans trop oser l'espérer, qu'elles vous paraîtront suffisantes pour la justifier. Et même sans m'attarder davantage, puisque aussi bien le sort en est jeté, et que vous jugerez finalement beaucoup mieux de mes droits à l'usage que j'en aurai fait, j'aborde l'étude de notre écrivain (notre premier auteur) qui est Paul Claudel.

*

Il n'est pas sans intérêt de jeter d'abord un coup d'œil sur l'histoire de sa renommée. On y peut distinguer trois phases :

La première est celle de l'obscurité absolue. On peut dire que Claudel a parlé pendant dix ans dans le vide parfait. Pas une personne pour le comprendre. On le publiait sans doute, mais j'imagine que c'était plutôt par une sorte d'intimidation, et vaincu par la force étrange que l'on ne pouvait tout de même manquer de deviner en lui. De véritable intelligence de ce qu'il disait, il n'était pas question. Ses deux premiers drames avaient paru sans nom d'auteur. Pendant longtemps ils furent comme des monstres déposés par un flot mystérieux sur le rivage de la littérature. On osait à peine les entrouvrir. Je me rappelle pour ma part avec quel secret effroi je lisais et relisais chez mon libraire, sans jamais me décider à acheter le livre, ce début de *Tête d'Or* :

[Cébès] — Me voici,
Imbécile, ignorant
Homme nouveau devant les choses inconnues,

Je n'étais pas scandalisé. Je sentais bien que l'étrangeté de ces lignes n'avait rien de voulu, de calculé. Mais la sincérité même que j'y devinais ne me les rendait que plus redoutables.

Puis tout de même j'achetai le livre. Et d'autres l'achetèrent aussi de leur côté, quelques-uns un peu avant moi, d'autres un peu plus tard. Ce fut la deuxième phase de la renommée de Claudel. Nous nous trouvâmes vingt, puis cent, puis cinq cents à l'avoir lu. On commença de chuchoter à voix basse son nom. On n'osait pas encore s'avouer les uns aux autres l'impression qu'on avait d'avoir fait une formidable découverte. Pourtant certains hasardaient déjà le mot de *génie*, pour voir s'il serait relevé, s'il trouverait un écho. Et en effet il en trouva. Il y eut des revues qui citèrent Claudel à côté de Shakespeare, et sans s'expliquer davantage. Elles eussent été peut-être bien embarrassées de le faire. Mais après tout leur mérite à risquer cette assimilation n'en était que plus grand, car en somme elles devinaient avant de comprendre. Francis Jammes, qui était déjà l'ami de Claudel, prononça son nom avec éloge dans son *Triomphe de la Vie*. Charles-Louis Philippe s'écria que Claudel était plus grand que Dante. Déjà Rémy de Gourmont avait consacré l'un de ses *Masques* à l'auteur de *Tête d'Or*.

Et pourtant la véritable célébrité de Claudel est de date très récente. On peut la faire remonter à la représentation de *L'Annonce faite à Marie*, qui fut donnée au Théâtre de l'Œuvre le 23 décembre 1912. C'est le moment où son nom a brisé le cercle étroit du monde lettré où il était enfermé, pour atteindre le grand public. Aujourd'hui il est universellement connu.

Paul Claudel est né le 6 août 1868 à Villeneuve près de Fère-en-Tardenois, dans l'Aisne, c'est-à-dire tout près du front actuel. Il fit de brillantes études à Louis-le-Grand et remporta, je crois bien me souvenir, le prix d'honneur de philosophie. On raconte même qu'il fut couronné et embrassé par Renan, qui présidait cette année-là la distribution des prix. Mais je ne sais si la légende n'a pas inventé de toutes pièces cette petite anecdote, car quand on connaît les sentiments de Claudel pour Renan, elle apparaît trop pittoresque pour être vraie.

Au sortir du lycée, Claudel suivit les cours de l'École des Sciences Politiques pour se préparer à la carrière de consul. Ce fut pendant ces années d'études que se produisit sa conversion au catholicisme, qui fut l'événement capital de sa vie. Élevé par des parents à peu près indifférents, il avait perdu la foi depuis la première communion. Mais il était tourmenté, inquiet du vague des doctrines philosophiques, mal à l'aise au milieu de ce qu'il a appelé lui-même plus tard les idoles. Un jour[1], à Notre-Dame de Paris, il eut comme une révélation brusque et secrète de la vérité des dogmes chrétiens ; d'emblée il crut. Sa conduite d'ailleurs n'en fut pas tout de suite transformée ; il eut beaucoup de mal à mettre ses actes en accord avec sa conviction, pourtant déjà inébranlable ; il ne devint pratiquant qu'à force de patience et de volonté. Mais quand une fois il se fut mis en règle avec sa conscience, ce fut sans retour. J'ai rarement vu chez un homme une préoccupation aussi exclusive de sa religion, une fidélité aussi parfaite et aussi active au Dieu de son cœur, un besoin aussi ardent de lui gagner les autres âmes. Claudel est un missionnaire et un apôtre, avant même d'être un écrivain.

Je voudrais vous lire le début de son *Magnificat*[2], qui est plein d'allusions à sa conversion et où vous sentirez, je crois, sans qu'il soit besoin de commentaires, la force du sentiment qui s'est déclaré dans cette âme :

1. Pas n'importe quel jour… le 25 décembre 1886, alors que Claudel assistait aux vêpres. « Je commençais alors à écrire et il me semblait que dans les cérémonies catholiques, considérées avec un dilettantisme supérieur, je trouverais un excitant approprié et la matière de quelques exercices décadents. […] Les enfants de la maîtrise en robes blanches et les élèves du petit séminaire de Saint-Nicolas-du-Chardonnet qui les assistaient, étaient en train de chanter ce que je sus plus tard être le Magnificat. J'étais moi-même debout dans la foule, près du second pilier à l'entrée du chœur à droite du côté de la sacristie. Et c'est alors que se produisit l'événement qui domine toute ma vie. En un instant mon cœur fut touché et je crus. Je crus, d'une telle force d'adhésion, d'un tel soulèvement de tout mon être, d'une conviction si puissante, d'une telle certitude ne laissant place à aucune espèce de doute, que, depuis, tous les livres, tous les raisonnements, tous les hasards d'une vie agitée, n'ont pu ébranler ma foi, ni, à vrai dire, la toucher », écrit-il dans *Ma conversion*, publié le 13 octobre 1913 dans la *Revue de la jeunesse* repris dans « Contacts et circonstances », *Œuvres en prose*, Gallimard, coll. « Bibliothèque de la Pléiade », 1965, p. 1009-1010.

2. Poème publié dans *La NRF* en 1910 et qui appartient au recueil les *Cinq Grandes Odes*.

Mon âme magnifie le Seigneur.

Ô les longues rues amères autrefois et le temps où j'étais seul et un !

La marche dans Paris, cette longue rue qui descend vers Notre-Dame !

Alors comme le jeune athlète qui se dirige vers l'Ovale au milieu du groupe empressé de ses amis et de ses entraîneurs,

Et celui-ci lui parle à l'oreille, et, le bras qu'il abandonne, un autre rattache la bande qui lui serre les tendons,

Je marchais parmi les pieds précipités de mes dieux !

Moins de murmures dans la forêt à la Saint-Jean d'été,

Il est un moins nombreux ramage en Damas quand au récit des eaux qui descendent des monts en tumulte

S'unit le soupir du désert et l'agitation au soir des hauts platanes dans l'air ventilé,

Que de paroles dans ce jeune cœur comblé de désirs !

Ô mon Dieu, un jeune homme et le fils de la femme vous est plus agréable qu'un jeune taureau !

Et je fus devant vous comme un lutteur qui plie,

Non qu'il se croie faible, mais parce que l'autre est plus fort.

Vous m'avez appelé par mon nom

Comme quelqu'un qui le connaît, vous m'avez choisi entre tous ceux de mon âge.

Ô mon Dieu, vous savez combien le cœur des jeunes gens est plein d'affection et combien il ne tient pas à sa souillure et à sa vanité !

Et voici que vous êtes quelqu'un tout à coup !

Vous avez foudroyé Moïse de votre puissance, mais vous êtes à mon cœur ainsi qu'un être sans péché.

Ô que je suis bien le fils de la femme ! car voici que la raison, et la leçon des maîtres, et l'absurdité, tout cela ne tient pas un rien

Contre la violence de mon cœur et contre les mains tendues de ce petit enfant !

Ô larmes ! ô cœur trop faible ! ô mine des larmes qui saute !

Venez, fidèles, et adorons cet enfant nouveau-né.

Ne me croyez pas votre ennemi ! Je ne comprends point, et je ne vois point, et je ne sais point où vous êtes. Mais je tourne vers vous ce visage couvert de pleurs.

Qui n'aimerait celui qui nous aime ? Mon esprit a exulté dans mon Sauveur. Venez, fidèles, et adorons ce petit qui nous est né.

— Et maintenant je ne suis plus un nouveau venu, mais un homme dans le milieu de sa vie, sachant,

Qui s'arrête et qui se tient debout en grande force et patience et qui regarde de tous côtés.

Et de cet esprit et bruit que vous avez mis en moi,
Voici que j'ai fait beaucoup de paroles et d'histoires inventées, et personnes ensemble dans mon cœur avec leurs voix différentes.
Et maintenant, suspendu le long débat,
Voici que je m'entends vers vous tout seul un autre qui commence
À chanter avec la voix plurielle comme le violon que l'archet prend sur la double corde.
Puisque je n'ai rien pour séjour ici que ce pan de sable et la vue jamais interrompue sur les sept sphères de cristal superposées.
Vous êtes ici avec moi, et je m'en vais faire à loisir pour vous seul un beau cantique, comme un pasteur sur le Carmel qui regarde un petit nuage[1].

Voir aussi Cinquième Ode :

Ô mon Dieu, je me rappelle ces ténèbres où nous étions face à face tous les deux, ces sombres après-midi d'hiver à Notre-Dame,
Moi tout seul, tout en bas, éclairant la face du grand Christ de bronze avec un cierge de 25 centimes[2].

Dans la biographie de Claudel, l'événement de sa conversion dépasse en importance les événements d'ordre proprement littéraire. C'est pourquoi je l'ai mis au premier plan. Il faut, pourtant, signaler que notre poète fréquenta quelque temps chez Mallarmé, aux fameux mardis de la rue de Rome, où se réunissait alors l'élite de la jeune génération symboliste. Mais il n'y joua qu'un rôle effacé, et les intimes du maître ne se souviennent de lui que comme d'un jeune homme fort farouche, qui restait dans son coin, tout seul et sans dire un mot.

Il ne tarda pas d'ailleurs à quitter la France et fut progressivement vice-consul, puis consul à New York, Boston, Fou-Tchéou, Tien-Tsin. Puis il revint en Europe vers 1906 et occupa tour à tour les postes de Prague, de Francfort et de Hambourg, où il était encore au moment de la guerre. Il s'était marié vers 1904[3]

1. Paul Claudel, « Magnificat », *Cinq Grandes Odes*, in *Œuvre poétique*, introduction de Stanislas Fumet, texte établi et annoté par Jacques Petit, Gallimard, coll. « Bibliothèque de la Pléiade », 1967, p. 248.

2. « La Maison fermée », *Cinquième Ode*, in *Œuvre poétique*, *op. cit.*, p. 283.

3. Rivière n'est pas très précis dans les dates. Claudel s'est marié le 15 mars 1906. Quelques jours après, il partait en Chine comme premier secrétaire à la légation de Pékin puis à partir de juillet comme consul à Tien-Tsin. Il ne revint

avec Mlle [Reine Sainte-Marie Perrin] la fille de l'architecte de Notre-Dame de Fourvière.

On peut classer les œuvres de Claudel en trois groupes principaux : les œuvres dramatiques, les œuvres lyriques, les œuvres philosophiques, en prose. Dans le premier groupe, il faut placer d'abord *L'Arbre*, paru en 1901, et qui contient cinq drames : *Tête d'or*, *L'Échange*, *Le Repos du Septième Jour*, *La Ville*, *La Jeune Fille Violaine* ; *Tête d'Or* et *La Ville* sont ici présentés dans une deuxième version, assez différente de la forme sous laquelle ils avaient d'abord paru à la Librairie de L'Art indépendant. *Partage de Midi* a été publié en 1906 dans une édition hors commerce, aujourd'hui à peu près introuvable. *L'Otage*, *L'Annonce faite à Marie*, nouvelle version de *La Jeune Fille Violaine*, et le drame satyrique de *Protée*, tous publiés entre 1910 et 1914, complètent la liste des drames de Claudel. Le groupe des œuvres lyriques comprend d'abord les *Cinq Grandes Odes* etc., parmi lesquelles je signale surtout *les Muses*, qui avaient d'abord paru à part en 1905 et le *Magnificat*. Les nombreux hymnes et cantiques publiés par Claudel dans diverses revues ont été réunis sous le titre de *Corona benignitatis*, etc. À ce groupe il faut aussi rattacher la *Connaissance de l'Est*, parue en 1900, et qui contient des poèmes en prose sur la Chine, légèrement influencés de Mallarmé et sans autre correspondant dans l'œuvre de Claudel. Enfin les œuvres philosophiques sont à peu près toutes contenues dans le seul volume intitulé l'*Art Poétique*.

On prétend que Claudel est un auteur obscur. Et il est vrai en tout cas qu'il *a été* un auteur obscur. Mais mon avis est qu'il nous a livré aujourd'hui tout son secret et que nous avons entre les mains de quoi éclaircir son œuvre jusque dans ses racines, jusque dans son plus mystérieux commencement. C'est ce que je voudrais essayer de faire aujourd'hui avec vous. Sans prétention d'être complet, je voudrais simplement vous donner la clé avec laquelle vous pourrez ouvrir toutes les portes et pénétrer dans tous les recoins de son œuvre. Je voudrais non pas analyser un par un chacun de ses drames, mais vous donner le talisman qui vous permettra de les lire les uns après les autres avec une intelligence continue.

---

en France qu'en août 1909 pour ensuite occuper un poste de consul à Prague à partir de décembre 1909.

Personnellement, je n'ai jamais été très sensible à l'obscurité de Claudel. Et je vous prie de croire que je dis cela sans aucune affectation ni vanité. Dès que je me suis décidé à l'aborder, cette œuvre m'a été tout de suite sensible, et à tous les sens à la fois. Je l'ai absorbée, je l'ai bue plutôt que lue, pompée plutôt que comprise. Rien ne m'y a jamais arrêté. Mais je vois bien aujourd'hui que c'est l'effet de ma complexion particulière. Et je reconstitue fort bien les obstacles réels qu'elle présente, les étrangetés qui en rendent difficile une lecture courante.

Plutôt que ceux qui viennent de la pensée, je voudrais examiner les obstacles d'ordre technique. Il me semble que quand on les a écartés, l'essentiel est fait, et que l'on trouve la voie qui conduit à la pleine intelligence du texte.

Il en est un d'abord, auquel beaucoup de lecteurs s'achoppent du premier coup :

Tous les drames et tous les poèmes de Claudel sont écrits en vers. Mais ce ne sont ni des vers réguliers, ni même ce que les Symbolistes ont appelé des vers libres. Ils sont de longueur extrêmement variable. Les uns s'étendent sur plusieurs lignes, les autres ne se composent que de quelques mots. Pourquoi cette disposition étrange ?

Claudel lui-même nous l'a expliqué :

> Ô mon fils ! lorsque j'étais un poète entre les hommes,
> J'inventai ce vers qui n'avait ni rime ni mètre,
> Et je le définissais dans le secret de mon cœur cette fonction double et réciproque
> Par laquelle l'homme absorbe la vie et restitue, dans l'acte suprême de l'expiration,
> Une parole intelligible[1].

Ces vers sont calqués sur le rythme le plus naturel qui soit, le rythme respiratoire. Mais, me direz-vous, pourquoi sont-ils inégaux ? Chaque période respiratoire (aspiration et expiration) a à peu près la même durée. Oui, lorsque nous ne pensons à rien, lorsque nous ne sentons rien. Mais les sentiments qui passent en nous modifient sans cesse notre respiration, ils la précipitent ou

1. *La Ville* (2e version), acte III, *Théâtre*, texte établi et annoté par Jacques Madaule et Jacques Petit, Gallimard, coll. « Bibliothèque de la Pléiade », 1967, p. 488.

ils la ralentissent. Qui n'a remarqué que la peur, dans certains cas, nous rendait haletants ? Donc si les vers de Claudel changent sans cesse, c'est qu'ils suivent les alternatives de notre respiration, elles-mêmes modelées sur les alternatives de nos sentiments. Ils expriment donc à merveille tous les mouvements de l'âme. Tout ce qui survient dans le cœur du personnage se trahit immédiatement dans le rythme même de ses paroles et avec un peu de subtilité, on pourrait deviner ce qu'il ressent à la seule mesure du vers et sans même entendre les mots qu'il dit.

Après avoir écarté cette difficulté qui, se retrouvant dans toute l'œuvre de Claudel, pouvait fermer aussi bien l'accès des drames que celui des œuvres lyriques, je voudrais maintenant distinguer entre ces deux groupes d'ouvrages et travailler à faire disparaître tour à tour les obscurités de chacun.

*

Les difficultés des drames, notamment des plus anciens, tiennent, je crois, principalement au ton dans lequel ils sont écrits, au lyrisme que les personnages y dépensent. Dans le flot de leurs paroles, l'auditeur ne reconnaît qu'avec peine ce qu'ils veulent, ce qu'ils cherchent, ce qu'ils prétendent. Il est déconcerté par l'inutilité de leurs paroles pour l'action. Tandis que dans un drame ordinaire tout ce qui se dit a une portée, une intention, prépare une péripétie, chez Claudel on ne reconnaît d'abord aucune direction, aucune efficacité du dialogue : ce sont d'étonnantes expansions poétiques, de soudains départs de l'imagination, une sorte de vaste rêverie sur place. L'auditeur est obligé d'attendre, et de cueillir au passage les mots utiles, les mots qui font avancer le drame, tandis que dans le théâtre commun il est habitué à les trouver les uns à côté des autres, tout enfilés déjà et comme en brochette.

Si encore il n'avait besoin que de deviner et de choisir au milieu des autres ceux qui comptent, ceux qui renseignent. Mais il y a autre chose de plus grave : les images qui ne servent pas à l'action, ne se contentent pas de n'y pas servir, d'être indifférentes. Elles emportent l'esprit hors du drame, elles le ravissent à sa préoccupation, elles lui font entrevoir des spectacles autres et lointains. Il semble ainsi que l'auteur non seulement refuse d'orienter son spectateur, mais qu'il cherche même à le désorienter.

On a un bon exemple de ce que j'explique en ce moment dans le début de *L'Échange*. Je vais vous lire un passage où vous reconnaîtrez sans doute quelques-uns des embarras que vous avez sentis.

La raison profonde de ce lyrisme continu et qui gêne l'auditeur est facile à découvrir. Il faut la chercher tout simplement dans l'effroyable force poétique qui habite le poète et qui a besoin de se faire jour à tout prix. Claudel voit toutes choses en poète, et même l'action, il ne peut parler que sur ce ton ; les images, ce sont des mots ; les métaphores, ce sont des phrases. Et naturellement, quand il fait parler ses personnages, il leur attribue le langage qu'il emploierait spontanément à leur place.

Mais alors, dira-t-on, pourquoi écrit-il des drames ? Pourquoi ne s'exprime-t-il pas uniquement en odes ou en hymnes ? Tout simplement parce que la conception dramatique chez lui n'est ni moins forte, ni moins spontanée que la conception poétique. Qui oserait nier qu'il ne soit l'inventeur de péripéties, de conflits psychologiques, d'intrigues au même degré qu'inventeur d'images ? Pourquoi donc aurait-il été obligé de choisir entre ses deux vocations et de sacrifier l'une à l'autre ? De quel droit le condamner à cette mutilation ? S'il voyait, s'il imaginait à la fois dans les deux plans lyrique et dramatique, si ses pièces « venaient » ainsi spontanément avec ce double caractère, pourquoi et surtout comment eût-il essayé de réduire l'un à l'autre et d'obtenir par la force une simplification anti-naturelle ?

Et pourtant, dira-t-on, c'est un fait que dans tous les premiers drames de Claudel on se sent comme partagé entre deux directions, comme écartelé par deux mouvements simultanés et divergents. L'attention est divisée ; elle ne sait à quoi se donner, à ce qu'elle voit et imagine, ou à ce qu'elle soupçonne qui va se passer. Il en résulte qu'elle se rebute et cesse de s'intéresser à la fois au drame et à la poésie. Tout pour elle se ralentit, s'étire démesurément ; ne voyant pas la fin, elle perd toute envie de s'attacher à ce qui pourtant la prépare.

Voilà la difficulté qui s'oppose à la représentation, certains diront même à la lecture des premiers drames de Claudel. Je crois l'avoir mise aussi fortement que possible en lumière. Je n'en nierai pas l'existence ; je ne contesterai pas cette contradiction interne, contradiction de la richesse d'ailleurs, qui se cache au sein de *L'Échange*, de *La Jeune Fille Violaine* ; Claudel lui-même l'a reconnue implicitement puisqu'en somme dans ses drames les plus récents il a renoncé à son lyrisme, ou plutôt il l'a laissé se calmer. À mesure que l'âge atténuait les couleurs de son imagination, il laissait diminuer dans ses œuvres la part de l'expansion poétique ; il n'a rien fait pour la maintenir quand même. Et s'il y a eu effort de sa part, c'est bien plutôt en sens contraire. N'a-t-il pas refondu *La Jeune Fille Violaine* pour lui donner plus de vigueur, plus d'allant, plus de précipitation dramatique ? Et en effet il est ainsi parvenu dans *L'Otage*, dans *L'Annonce* à un équilibre beaucoup plus exact, beaucoup plus satisfaisant pour le spectateur, entre les exigences de l'action et les appels de son lyrisme.

Mais je prétends qu'on ne comprend pas Claudel, si l'on ne comprend pas ses premières œuvres, si on veut le faire débuter à *L'Otage* ou même à *Partage de Midi*. Je n'ose ici qu'à peine avouer mon véritable sentiment : ces premières pièces, bien que sensible à leur imperfection scénique, je crois bien pourtant que je les préfère à toutes les autres.

En tout cas elles forment le cœur de sa création ; on ne peut les sauter ou s'en débarrasser en les rangeant dédaigneusement sous l'étiquette d'œuvres de jeunesse. Il faut donc les expliquer, il faut montrer le sens, au point de vue dramatique, du lyrisme que leur auteur y a versé. Et d'abord, de ce lyrisme, il faut bien préciser la nature. Il n'est pas un simple effet de l'exaltation intérieure des personnages, il ne correspond pas seulement à la violence de leur tempérament et de leurs passions, il n'est le reflet ni de leur ardeur ni de leur mélancolie. Il ne consiste pas dans un langage fleuri d'images, mais plus exactement dans une abondance de métaphores, et le sens de ce mot grec est : qui transporte à côté, qui déplace latéralement la pensée. Nous avons déjà dit d'ailleurs que le dialogue de Claudel emportait sans cesse l'esprit hors du drame, le faisait dévier, dériver. Mais où l'emporte-t-il ? Vers quoi le fait-il dériver ? Vers l'univers, vers tout ce qui existe en même temps. Les métaphores marquent ainsi d'une manière continue la relation du personnage au monde qui l'entoure, elles le réunissent à la nature totale, à l'ensemble des êtres contemporains. Le lyrisme n'a rien de sentimental ; c'est un lyrisme métaphysique ou religieux. Et en effet nous rejoignons ici une idée proprement philosophique de Claudel, qu'il a exprimée dans un petit ouvrage, publié jadis en Chine sous le titre de *Connaissance du temps*, et reproduit dans l'*Art Poétique*. Cette idée, qu'il présente comme un article de la doctrine chrétienne, est celle-ci : il y a une union profonde entre la créature et la création ; nous ne vivons pas, nous n'agissons pas au milieu d'un monde inerte et, pour ainsi dire, purement minéral ; notre action n'est qu'un épisode d'une action immense, du drame universel. « Le temps passe, dit-on, oui : il se passe quelque chose, un drame infiniment complexe, aux acteurs entremêlés, que l'action introduit ou suscite […] J'y ai moi-même mon entrée et ma sortie ; mes répliques sont stipulées[1]. » Le lyrisme sert à transporter la pensée vers tous les partenaires vivants et inanimés du personnage qui parle, à le replonger sans cesse dans son milieu qui est l'ensemble des créatures : il sert à nous enlever l'illusion d'être seuls avec lui, à nous maintenir en communication continuelle avec le drame universel et à nous rendre sensible de cette façon la religion de tous les êtres, c'est-à-dire le lien qui ne cesse pas entre eux, leur communion, ce que Claudel dans le *Magnificat* appellera « La Toussaint de tous nos frères vivants[2]. »

Plus simplement, et pour considérer ce caractère du lyrisme sous un aspect plus proprement littéraire, la foison des métaphores reforme autour du drame une atmosphère de plein air, et rétablit la circulation du vent et de la lumière. Elle nous fait sortir de l'alcôve, du salon et du jardin d'hiver, où s'étiole le théâtre contemporain. Par elle nous nous sentons replacés au milieu du vaste monde et nous en respirons avec des sens rafraîchis la virginité. Je n'ai peut-être jamais éprouvé de sensation aussi pure, aussi salubre, je dirais presque aussi hygiénique qu'en lisant les premières œuvres de Claudel. Je me sens continuellement dans cet état d'aise profonde où nous trouvons Louis Laine au début de *L'Échange* :

J'étais empêtré dans le chaud, j'étais emmêlé dans les draps !
Et je suis sorti de la maison à demi rêvant, riant, bâillant,
Et je marchais tout nu, et des pins
Les gouttes d'eau me tombaient entre l'oreille et l'épaule.
Et d'un coup je me suis jeté, la tête en avant,
Dans la mer, telle que le lait nouvellement trait.
Et étant remonté j'ai rendu mon souffle et en même temps

1. *Connaissance du temps*, III, « De l'heure », in *Œuvre poétique*, *op. cit.*, p. 144.
2. La citation exacte est : « La Toussaint de tous ses frères vivants », « Magnificat », *ibid.*, p. 252.

J'ai vu que le soleil s'était levé, et de nouveau ayant respiré à plein corps,
Culbutant entre mes genoux, je me suis enfoncé en bas.
Comme une pierre qui disparaît
Je descends dans la profondeur de la mer.
Et tantôt je nageais, et tantôt, près du rivage, me tenant debout, je me passais les mains sur le corps du haut en bas,
Comme un homme qui se dépouille d'un vêtement[1].

Comme lui, il me semble que je viens de me plonger dans la mer, telle que « le lait nouvellement trait ».

Pas un instant je ne perds de vue l'énormité de l'existence autour de moi. Aucun passage, je crois, ne peut mieux donner l'impression de cette simultanéité de l'univers avec le drame, dont je parle, et par suite ne peut mieux éclairer le sens, l'utilité et la raison d'être du lyrisme de Claudel, que le passage suivant de *Tête d'Or*. Tête d'Or tient entre ses bras Cébès, son meilleur, son seul ami, qui va mourir, et voici :

CÉBÈS. — Le froid matin violet
Glisse sur les plaines éloignées, teignant chaque ornière de sa magie !
Et dans les fermes muettes les coqs crient :
Cocorico !
C'est l'heure où le voyageur blotti dans sa voiture
Se réveille et, regardant au dehors, tousse et soupire.
Et les âmes nouvellement nées le long des murs et des bois,
Poussant comme les petits oiseaux tout nus de faibles cris,
Refuient, guidées par les météores, vers les régions de l'obscurité.
Quelle heure est-il ?
TÊTE D'OR. — La nuit est finie.
CÉBÈS. — Elle est finie ! – Et le matin par qui la mer s'embrase et dont les feux immenses
Colorent les toits et les pylônes, renaît !
Je sens la fraîcheur du vent. Ouvre la fenêtre !
Tête d'Or l'ouvre. Silence prolongé.
TÊTE D'OR. — M'entends-tu ?
Pause. Cébès tourne les yeux vers lui et sourit faiblement.
Dis, m'entends-tu encore ?
— « *Mettez la table sous l'arbre, car nous mangerons dehors.* »
— Comme le soir est beau !

1. *L'Échange*, acte I, in *Théâtre*, *op. cit.*, p. 660.

Ô Cébès, tout se tait et il n'y a personne qui parle.
Et comme l'odeur de l'armoire au pain, et comme le souffle du four alors qu'on en ouvre la gueule,
C'est ainsi que, devant nous, s'étend la plénitude des champs.
Voici la nuit. Le pré est épais, et c'est à peine si au loin on entend
La faux dans l'herbe profonde.
Déjà ! les étoiles brillent en désordre.
Et l'oiseau des nuits qui chante par intervalles.
Alors qu'au-dessus de la terre commence l'ascension des cieux étoilés…
Il se tait. – Cébès est mort.
— Horreur !
Je suis seul. J'ai froid.
Qu'est-ce que cela me fait ?
En vérité peu m'importe qu'il soit mort.
Pourquoi nous lamenterions-nous ? Pourquoi serions-nous émus de quoi que ce soit ?
Quel homme de sens se prêterait à cette bouffonnerie ?
Cet être qui pouffe et dont les sanglots lui font hocher la tête
Va rugir de joie dans les mêmes plis. C'est ainsi qu'ils braient par leur embouchure. Pantins !
— Il est mort et je suis seul. –
Suis-je de pierre ? il me semble que les feuilles des arbres sont en toile, ou en tôle,
Et que tout l'air est un décor qu'on regarde ou non.
Et ce soleil dont les premiers rayons, comme s'ils touchaient, jadis me faisaient résonner
Comme une pierre lancée contre le bronze, il peut se lever,
Cela m'est aussi égal que de voir un poumon de vache flotter à la porte d'une boucherie !
Oui, et comme un tronc de corail insensible,
Je pourrais voir mes membres tomber.
Pourquoi vivre ? Il m'est indifférent de vivre ou d'être mort.
– Cela me fait mal[1] !

Cette relation de l'homme à la nature, ce n'est pas la première fois que dans la littérature on cherche à l'exprimer. Elle a été un des principaux objectifs des romantiques. Eux aussi, ils ont fait profession de replacer l'homme au milieu de l'univers et de faire de la nature une sorte d'accompagnement, de basse continue pour

1. *Tête d'or* (2e version), deuxième partie, in *Théâtre*, *op. cit.*, p. 227.

ses sentiments. Mais il y a une différence fondamentale entre leur propos et la façon dont Claudel comprend ce rapport. Les romantiques, obéissant à leur grand besoin d'antithèse, cherchent surtout à opposer l'homme et la nature ; ils soulignent le contraste entre la sensibilité de l'un et l'insensibilité de l'autre. C'est le thème sur lequel brode presque exclusivement Alfred de Vigny. On se rappelle les vers fameux :

> Elle me dit : Je suis l'impassible théâtre,
> Que ne peut émouvoir le pied de ses acteurs[1].

Hugo lui-même n'use de la nature que pour y perdre l'homme, que pour le noyer dans son infini, ou que pour nouer entre elle et lui des dialogues mélodramatiques.

Pour Claudel, la nature n'est pas l'infini. Il consacrera une de ses *Grandes Odes* à la faire apparaître au contraire comme bornée et proportionnée dans toutes ses parties. Elle ne s'oppose donc pas à l'homme, comme l'informe au défini ; elle lui correspond au contraire, elle l'imite, elle le préfigure ; elle joue avec lui la même pièce, le même drame. Et par suite son évocation n'a pas pour effet de creuser un trou, un abîme où les personnages soient engloutis, mais au contraire de les environner comme d'une assistance, de les soutenir, de les appuyer de toutes parts :

> Ô point de toutes parts autour de moi où s'ajustent les fins indivisibles ! univers indéchirable ! ô monde inépuisable et fermé[2] !

Je ne sais pas s'il ne faut pas voir la plus grande beauté du théâtre de Claudel dans cette espèce de continuité, de solidarité d'abord entre les personnages du drame, entre ceux-là mêmes qui s'opposent, se haïssent et se font la guerre, et ensuite entre le groupe des personnages pris en bloc et le décor où ils se meuvent. Tout est lié, au sens où l'on emploie ce mot en musique. Aucun effet n'est cherché dans le contraste, dans le blanc et le noir, dans l'opposition du clair et des ombres. Mais on passe, on suit, on retrouve, on est en face de la pièce « comme un peintre clignant des yeux devant l'œuvre d'un peintre, comme

1. *Les Destinées*, III, v. 274-275. Le deuxième vers est : « Que ne peut remuer le pied de ses acteurs. »
2. *Œuvre poétique*, *op. cit.*, p. 281.

un ingénieur devant le travail d'un castor[1] ». On constate une relation constante entre certains motifs, comme d'une fleur à sa tige, du bras avec la main.

Je ne connais rien de plus pathétique à ce point de vue que le dénouement, j'allais dire l'apothéose de *La Jeune Fille Violaine*. C'est comme une symphonie où tous les mouvements ont été soigneusement fixés par le musicien, où tout s'accorde et se répond avec une régularité admirable. Je parlais tout à l'heure d'une solidarité entre les personnages du drame et le décor. Mais décor n'est pas le mot juste. Non, il n'y a pas de décor ici, il n'y a rien de construit, de bâti derrière le dos des acteurs. Il faudrait même jouer cette scène, comme tout le théâtre de Claudel, dans des toiles sans la moindre peinture, sans le moindre accident pour les yeux (et cela pour ne pas ôter l'illusion). Car le drame psychologique qui se joue là devant nous se relie spontanément, sans que le metteur en scène ait à intervenir, à tout le monde visible et remonte même jusqu'à l'invisible ; ses effets, ses répercussions, ses ondes, ne cessent pas aux coulisses ; et de même il n'y a pas de coulisses qui creusent un fossé ni qui empêchent l'énormité de l'univers présent de descendre jusqu'à lui, de poser sur lui, de s'étayer sur lui. Si l'on se rappelle que religion veut dire d'abord *lien*, je dirais volontiers que le caractère religieux des drames de Claudel tient avant tout à cette continuité, à cette intimité de tous ses éléments et à la façon dont ils s'engrènent d'abord les uns dans les autres, et ensuite avec le reste de l'existence. C'est là la qualité la plus directement, la plus exactement opposée aux qualités que le romantisme a préconisées et cultivées. C'est là ce qui fait des premiers drames de Claudel, malgré leurs difficultés, des œuvres profondément apparentées à celles de nos classiques.

Claudel n'a d'ailleurs jamais cessé lui-même de marquer sa séparation d'avec le XIXe siècle tout entier, romantique, pessimiste et naturaliste. Il a en parfaite horreur la littérature désespérée ou froidement scientifique de l'âge précédent. Combien de fois ne m'a-t-il pas exprimé l'angoisse où il vivait avant sa conversion, dans le monde impitoyable et glacé où l'enfermaient les écrivains de son temps, Goncourt, Maupassant, Zola

1. *Connaissance du temps*, I, « De la cause », in *Œuvre poétique*, *op. cit.*, p. 127.

et Flaubert lui-même avant eux ; il m'a raconté souvent l'impression de prodigieuse délivrance que lui donna la lecture de Rimbaud et l'espèce d'explosion, par laquelle il sentit son cœur rejoindre tout à coup la création et s'y réunir. Il cessait d'être seul, il se retrouvait tout à coup au milieu d'un monde peuplé et dont le mystère même, au lieu d'une énigme mathématique, était quelque chose d'humain :

> Je ne vous crains point, ô grandes créatures célestes ! Je sais que c'est moi qui vous suis nécessaire et je me tiens comme un pilote dans vos feux entrecroisés,
> Et je vous ris aux yeux comme Adam aux bêtes familières[1].

Pour lui un âge nouveau commençait et il prétend qu'avec le XXe siècle un âge nouveau a commencé pour tout le monde, l'âge de la communauté, l'âge de l'universelle dépendance, l'âge, si j'ose dire, de la totalité pour chacun, ou, en prenant le mot dans son sens à la fois le plus strict et le plus large, l'âge de la catholicité :

> Salut, aurore de ce siècle qui commence ! Que d'autres te maudissent, mais moi je te consacre sans frayeur ce chant pareil à celui qu'Horace confia à des chœurs de jeunes garçons et de jeunes filles quand Auguste fonda Rome pour la seconde fois.
> À la place de tant de saintes églises qui tombent la face contre terre,
> (Ainsi jadis dans cette ville impie de la Bourgogne j'ai vu la statue abattue de Notre-Dame, gisante la face contre terre sous la neige, suppliante pour l'iniquité de son peuple),
> De tant d'asiles ouverts par la pioche qui ne sait ce qu'elle fait,
> Voici de nouveau pour nous une maison pour faire notre prière,
> Un temple nouveau dont la rage de Satan n'éteindra point les lampes ni ne sapera les voûtes adamantines.
> Pour la clôture de Solesmes et de Ligugé voici une autre clôture !
> Je vois devant moi l'Église catholique qui est de tout l'univers !
> Ô capture ! ô pêche miraculeuse ! ô million d'étoiles prises aux mailles de notre filet,
> Comme un grand butin de poissons à demi sorti de la mer dont les écailles vivent à la lueur de la torche !
> Nous avons conquis le monde et nous avons trouvé que Votre création est finie,
> Et que l'imparfait n'a point de place avec Vos œuvres finies, et que notre imagination ne peut pas ajouter

1. « La Maison fermée », *Cinquième Ode*, in *Œuvre poétique*, *op. cit.*, p. 283.

Un seul chiffre à ce Nombre en extase devant Votre Unité !
Comme jadis quand Colomb et Magellan eurent rejoint les deux parts de la terre,
Tous les monstres des vieilles cartes s'évanouirent,
Ainsi le ciel n'a plus pour nous de terreur, sachant que si loin qu'il s'étend
Votre mesure n'est pas absente. Votre bonté n'est pas absente.
Et nous considérons vos étoiles au ciel
Paisiblement comme des brebis pleines et comme des ouailles paissantes,
Aussi nombreuses que la postérité d'Abraham.
Comme on voit les petites araignées ou de certaines larves d'insectes comme des pierres précieuses bien cachées dans leur bourse d'ouate et de satin,
C'est ainsi que l'on m'a montré toute une nichée de soleils encore embarrassés aux froids plis de la nébuleuse,
C'est ainsi que je vous vois, tous mes frères, dans la boue et sous le déguisement pareils à des étoiles souffrantes[1] !

J'espère par ces quelques citations et par le commentaire dont je les ai accompagnées avoir réduit pour vous la difficulté principale qui s'oppose à la lecture des drames de Claudel et en même temps vous avoir rendu sensible un des aspects les plus frappants de son catholicisme, un de ceux en tout cas qui expliquent le plus de choses dans son œuvre.

*

Il me reste maintenant à écarter les difficultés qui peuvent subsister dans les œuvres proprement lyriques et à analyser leur mécanisme interne. Ces œuvres, j'entends parler principalement des *Cinq Grandes Odes* et de la *Cantate à trois voix*, ont en effet quelque chose de beaucoup plus dissolu encore que les drames. Le fil en est beaucoup plus secret, le désordre, qui pourtant là aussi n'est qu'apparence, beaucoup plus déconcertant. Dans les drames on était simplement distrait par les métaphores ; mais le mouvement qui vous emportait était tout de même simple et rectiligne ; il y avait une poussée dramatique qu'il était impossible de ne pas sentir, de ne pas subir. Ici, il n'y a plus que la poussée poétique et elle ne s'exerce pas dans un sens unique ; elle ne part pas d'une seule source vers

1. *Ibid.*, p. 288.

un seul point. Nous sommes en présence de mouvements complexes, à foyers multiples, et d'une sorte d'éruption polyforme. Il ne faut pas essayer de s'avancer à travers ces odes avec l'esprit, je veux dire simplement armé de sa seule raison : on ne passera pas. Les rapports entre les développements ne sont pas ceux de la raison ; elle ne peut donc pas les reconnaître. Tout ici n'est que crevasse pour elle, qu'infranchissable abîme. Il faut voler pour apercevoir l'unité de ces blocs prodigieux et l'harmonie de l'édifice qu'ils composent. Je voudrais vous indiquer dans quel état d'esprit, avec quelle âme il faut lire les *Odes* de Claudel pour s'y retrouver, pour s'y frayer un chemin et pour en ressentir la profonde beauté. Et dans ce but, bien que je vous en aie déjà donné plusieurs échantillons, je voudrais vous lire encore un passage des *Muses*, qui est particulièrement significatif, en ceci qu'il offre à la fois la théorie et l'une des applications les mieux réussies de la « poétique claudélienne » :

Ainsi subitement du milieu de la nuit que mon poème de tous côtés frappe comme l'éclat de la foudre trifourchue !
Et nul ne peut prévoir où soudain elle fera fumer le soleil,
Chêne, ou mât de navire, ou l'humble cheminée, liquéfiant le pot comme un astre !
Ô mon âme impatiente ! nous n'établirons aucun chantier ! nous ne pousserons, nous ne roulerons aucune trirème
Jusqu'à une grande Méditerranée de vers horizontaux,
Pleine d'îles, praticable aux marchands, entourée par les ports de tous les peuples !
Nous avons une affaire plus laborieuse à concerter
Que ton retour, patient Ulysse !
Toute route perdue ! sans relâche pourchassé et secouru
Par les dieux chauds sur la piste, sans que tu voies rien d'eux que parfois
La nuit un rayon d'or sur la Voile, et dans la splendeur du matin, un moment,
Une face radieuse aux yeux bleus, une tête couronnée de persil,
Jusqu'à ce jour que tu restas seul !
Quel combat soutenaient la mère et l'enfant, dans Ithaque là-bas,
Cependant que tu reprisais ton vêtement, cependant que tu interrogeais les Ombres,
Jusque la longue barque Phéacienne te ramenât, accablé d'un sommeil profond !
Et toi aussi, bien que ce soit amer,
Il me faut enfin délaisser les bords de ton poème, ô Énée, entre les deux mondes l'étendue de ses eaux pontificales !

Quel calme s'est fait dans le milieu des siècles, cependant qu'en arrière la patrie et Didon brûlent fabuleusement !
Tu succombes à la main ramifère ! tu tombes, Palinure, et ta main ne retient plus le gouvernail.
Et d'abord on ne voyait que leur miroir infini, mais soudain sous la propagation de l'immense sillage,
Elles s'animent et le monde entier se peint sur l'étoffe magique.
Car voici que par le grand clair de lune
Le Tibre entend venir la nef chargée de la fortune de Rome
Mais maintenant, quittant le niveau de la mer liquide,
Ô rimeur Florentin ! nous ne te suivrons point, pas après pas, dans ton investigation,
Descendant, montant jusqu'au ciel, descendant jusque dans l'Enfer,
Comme celui qui assurant un pied sur le sol logique avance l'autre en une ferme enjambée.
Et comme quand en automne on marche dans des flaques de petits oiseaux,
Les ombres et les images par tourbillons s'élèvent sous ton pas suscitateur !
Rien de tout cela ! toute route à suivre nous ennuie ! toute échelle à escalader !
Ô mon âme ! le poème n'est point fait de ces lettres que je plante comme des clous, mais du blanc qui reste sur le papier.
Ô mon âme, il ne faut concerter aucun plan ! ô mon âme sauvage, il faut nous tenir libres et prêts,
Comme les immenses bandes fragiles d'hirondelles quand sans voix retentit l'appel automnal !
Ô mon âme impatiente, pareille à l'aigle sans art ! comment ferions-nous pour ajuster aucun vers ? à l'aigle qui ne sait pas faire son nid même ?
Que mon vers ne soit rien d'esclave ! mais tel que l'aigle marin qui s'est jeté sur un grand poisson,
Et l'on ne voit rien qu'un éclatant tourbillon d'ailes et l'éclaboussement de l'écume !
Mais vous ne m'abandonnerez point, ô Muses modératrices[1].

Dans ce passage Claudel nous donne d'abord à entendre que nous ne devons chercher dans son poème ni commencement, ni milieu, ni fin. Il n'aura ni pente ni direction, il éclatera ici et là, comme les éclairs au milieu de la nuit, comme la foudre dont on ne peut savoir où elle va tomber. Sa parole s'élèvera brusquement

1. *Cinq Grandes Odes*, I, « Les Muses », in *Œuvre poétique*, *op. cit.*, p. 223.

et pour ainsi dire à la fois à tous les endroits où il y a quelque chose à dire, à évoquer, à rendre sensible, dans les coins de la pensée les plus saturés d'images. À proprement parler, ce poème, il ne faudrait pas le lire, mais plutôt le craindre, s'attendre à ses brusques explosions ; il faudra s'attendre à la « déflagration de l'Ode soudaine », comme le dit le poète lui-même à la ligne qui précède le passage que je vous ai lu.

En d'autres termes Claudel répudie toute intention d'entreprendre un récit poétique : « Ô mon âme impatiente, nous n'établirons aucun chantier ! » Il veut dire qu'à la différence d'Homère, de Virgile, et de Dante, il ne se proposera pas de construire un sujet déterminé et de le mettre à flot parmi « une grande Méditerranée de vers horizontaux », c'est-à-dire dans un poème épique écrit en hexamètres ou en alexandrins, où l'on pourrait circuler commodément et passer d'un port à l'autre sans accident : « pleine d'îles, praticable aux marchands, entourée par les ports de tous les peuples. »

Mais ce n'est pas seulement sa préférence de la poésie lyrique à la poésie épique que Claudel nous annonce ici. Il a conscience que dans le lyrisme lui-même il apporte quelque chose de nouveau. Il veut rendre sensible l'originalité de sa manière, comparée à celle de tous ses prédécesseurs, tout au moins de ses prédécesseurs français. Et en effet, ce qui fait à la fois la grandeur et la difficulté du lyrisme claudélien, c'est qu'il est sans correspondant dans la littérature française, c'est que peut-être il ne correspond pas tout à fait au génie français.

On connaît les efforts de Ronsard pour introduire Pindare dans notre langue et pour l'imiter. Je ne connais pas Pindare. Mais si j'en crois Faguet dans son *XVIe siècle*, Ronsard ne l'a pas du tout compris et il ne l'a pas imité du tout dans ce qu'il avait d'essentiel. Et en effet on sent bien que le désordre de Ronsard est appliqué, factice. Il ne correspond pas à l'enthousiasme poétique, à l'espèce de transport sacré du poète grec. C'est que toute son intelligence, ou plutôt à cause même de son intelligence, à cause de sa raison si française, de son goût modéré, de sa clarté tourangelle, Ronsard était aussi peu fait que possible pour éprouver sincèrement les égarements et les délires de ce devin (*vates*) qu'était le poète antique. Il est bien plutôt, dans notre poésie, l'inventeur de la ligne poétique, de ce dessin souple et continu qui saisit les mots, les groupe, les ordonne et leur communique une vertu expressive nouvelle par la propriété même de leur emplacement. Et après lui tous nos grands lyriques, Racine, Chénier, Baudelaire, ont aussi cherché à nous enlacer doucement, à nous entortiller pour ainsi dire dans une émotion, bien plutôt qu'à assiéger notre imagination de spectacles épars et qu'à la frapper de coups imprévus.

Claudel seul, Claudel le premier a réussi en français des poèmes proprement pindariques. Encore une fois je ne connais pas Pindare. Mais ce que j'en sais me permet assez facilement d'imaginer sa manière. Et je crois, avec toutes les différences de race, de temps et de milieu qui vont de soi, la retrouver chez Claudel. Claudel est vraiment un inspiré ; jamais peut-être chez nous les visions intérieures ne se sont élevées avec autant d'impétuosité dans un esprit ; jamais quelqu'un n'a contemplé sous ses paupières autant de choses que lui ; jamais personne ne s'est trouvé aussi spontanément dans l'état d'hallucination poétique. Claudel est le contraire d'un élégiaque ; il ne cultive pas sa sensibilité ; il ne l'entretient pas comme un jardin fragile, où les plus faibles plantes doivent être protégées comme les autres. Mais il est attaqué de l'intérieur par toute une foule d'images, qui veulent l'issue, l'existence et le grand jour, et qui les veulent à la fois.

Il est donc obligé de les satisfaire à la fois, de leur donner à la fois toute la place qu'elles exigent. De là le désordre apparent de son poème, de là son caractère simultané.

> Ô mon âme impatiente, pareille à l'aigle sans art ! Comment ferions-nous pour ajuster aucun vers ? À l'aigle qui ne sait pas faire son nid même.

Oui, il est pareil à l'aigle qui s'élève sur place, tout droit en l'air, sans avoir besoin de se faire conduire au vol par aucune pente. Il est malhabile à « faire son nid même », c'est-à-dire à combiner son poème comme un asile clos et parfait où l'âme du lecteur puisse entrer et se trouver réunie doucement à l'émotion.

Il cède simplement de toutes parts aux visions qui le travaillent, il se donne tout entier à chacune, il part tout entier avec chacune ; son rôle n'est pas de les fixer, mais d'éclater sous leur pression, de se laisser arracher par elles des lambeaux de son imagination : il les livre tels quels, avec les bords tout déchirés, sans aucun souci de les coudre ensemble par des progressions et des transitions. De là la première impression d'incohérence que le lecteur non initié ne manquera pas d'éprouver et qui est la source de tous ses embarras.

Mais cette impression est-elle juste ? Cette incohérence immédiate, évidente, et qui d'ailleurs a déjà un sens, comme nous venons de le voir, est-elle profonde ? N'y a-t-il dans ces odes aucun ordre secret ? Claudel, dans la deuxième édition qu'il en a donnée, les a fait précéder d'arguments, où il trace le dessin et l'enchaînement des idées qu'elles contiennent ; il est très curieux d'étudier de près cet enchaînement. C'est une distinction classique de la psychologie que celle de la liaison des idées et de l'association des idées. La liaison, c'est la façon dont elles tiennent logiquement les unes aux autres, c'est leur relation abstraite. L'association au contraire, c'est la façon dont elles s'évoquent les unes les autres, c'est l'ordre de leur apparition dans la conscience, et qui peut être déterminé par les causes les plus mécaniques. Dans les *Odes* de Claudel, le lien des images est tout simplement celui de l'association : chaque groupe de visions apparaît non pas parce qu'il dépend du précédent ou parce qu'il l'explique, mais parce que l'un quelconque de ses éléments s'est trouvé jadis ensemble dans la conscience avec un élément de l'autre.

Nous avons une affaire plus laborieuse à concerter
Que ton retour, patient Ulysse !
Toute route perdue ! sans relâche pourchassé et secouru
Par les dieux chauds sur la piste

Le poète exprime l'idée que son poème ne ressemblera pas à celui d'Homère. Mais le seul nom d'Ulysse, qu'il est ainsi conduit à prononcer, réveille au fond de sa mémoire tous ses souvenirs de l'*Odyssée* ; ils se lèvent en foule et remplacent brusquement toutes ses autres idées ; il semble qu'il ait tout oublié pour cette contemplation, jusqu'à ce que la proximité d'une autre image, qui depuis son enfance sans doute est associée à la première, celle de l'*Énéide*, produise une nouvelle évocation. Et de même l'*Énéide* amènera la vision de la *Divine Comédie*.

Mais, dira-t-on, affirmer que l'ordre de ces poèmes est celui de l'association des idées, c'est affirmer tout simplement qu'ils n'ont aucun ordre véritable, ou tout au moins aucune composition. En suivant simplement le fil de ses associations, le poète s'abandonne au hasard, il abdique tout gouvernement sur son œuvre, il la laisse courir comme un animal échappé, sans un sens quelconque, vers un but fortuit. Elle ne peut produire aucun effet, ayant perdu toute intention.

L'objection est juste. Aussi faut-il compléter ce que je disais à l'instant sur l'ordre suivi par Claudel dans ses *Odes*. Il faut se méfier des poètes : ils sont toujours un peu plus malins qu'on ne croit. Avec cet air qu'il a de s'abandonner à fond, celui-ci ne renonce pas à toute son autorité sur la matière lyrique qu'il déchaîne. Il la conduit encore, quand il semble n'être plus que son esclave. N'invoque-t-il pas sournoisement « les Muses modératrices » ?

Que mon vers ne soit rien d'esclave ! […]
Mais vous ne m'abandonnerez point, ô Muses modératrices[1].

Et plus loin :

Ô grammairien dans mes vers ! Ne cherche point le chemin, cherche le centre ! mesure, comprends l'espace compris entre ces deux solitaires !

Que je ne sache point ce que je dis ! que je sois une note en travail ! que je sois anéanti dans mon mouvement ! (rien que la petite pression de la main pour gouverner).

Que je maintienne mon poids comme une lourde étoile à travers l'hymne fourmillante[2] !

Oui, il y a « la petite pression de la main pour gouverner ». Il ne laisse pas fuir vraiment sa pensée, il ne permet pas à son imagination de se répandre au hasard ; il lui cède et il la retient, il lui donne toute la liberté qu'elle réclame, sauf celle de s'échapper définitivement. Par une insensible intervention, il la ramène, il la force de tourner un peu, de mettre sa divagation au service d'une préoccupation unique. Oui, voici ce qui fait l'harmonie, la composition des *Odes* claudéliennes : c'est la préoccupation du poète : une idée, un thème occupe fortement son esprit ; si vous voulez, il est inquiet de quelque chose. Aussi peut-il libérer toutes ses forces intérieures : quels qu'en soient l'élan, la fureur, elles tourneront, elles reviendront, elles se rappelleront à temps de quoi il est question, elles ne danseront leur ronde qu'autour d'un centre.

Quand on a compris le mécanisme du lyrisme de Claudel et la sorte de composition à laquelle il faut s'attendre avec lui, plus rien

1. *Ibid.*, p. 224.
2. *Ibid.*, p. 227.

ne doit empêcher d'éprouver le terrible et le délicieux transport que ces poèmes sont faits pour donner. Je n'ai pas peur de l'affirmer, *les Muses* par exemple resteront un des plus grands chefs-d'œuvre poétiques de la littérature française. Peut-être un peu solitaire, un peu en marge, sans doute à jamais un peu difficile et d'accès un peu réservé. Car l'esprit français moyen est trop articulé, trop analytique, trop réfléchi pour se livrer avec la confiance nécessaire à une embarcation aussi aventureuse. Mais justement ce sera la gloire de Claudel de nous avoir enrichis d'une poésie qui était à peine possible pour nous, d'avoir agrandi d'une province notre domaine poétique. Et ceux qui peut-être parfois sentaient avec un peu d'impatience la trop grande justesse, la rigueur un peu trop étroite, la perfection trop immédiatement sensible de nos lyriques, lui sauront gré de leur éviter la peine d'aller chercher chez les anciens ou chez les étrangers la satisfaction de leur secrète intempérance poétique.

*

Il pourra vous paraître étrange que j'aie trouvé moyen de vous parler pendant une heure de Claudel sans avoir donné un seul instant d'attention à ses œuvres les plus évidemment réussies : *Partage de Midi*, *L'Otage*, *L'Annonce faite à Marie*. Il semble en effet que ce soit une gageure. Mais croyez bien au contraire que je ne me suis nullement imposé de propos délibéré cette exclusion. Elle vient seulement de la façon dont j'ai pris mon sujet. J'ai voulu déblayer l'allée qui mène au grand temple claudélien de ses obstacles les plus immédiats et les plus encombrants. Je me suis donc attaqué aux œuvres qui en étaient le plus embarrassées. Si j'ai réussi dans mon projet, la voie maintenant doit se trouver libre pour vous vers celles où le poète a mis le plus clair et le plus mesuré de son génie. Plus rien ici ne peut effrayer ni rebuter. Et la preuve est déjà faite, par l'éclatant succès des représentations qui en ont été données, que *L'Annonce faite à Marie* par exemple est, en même temps qu'une des plus profondes créations dramatiques de notre âge, une œuvre de portée directe et dont la prise est instantanée sur tout public tant soit peu cultivé.

Là où j'ai conscience d'avoir été plus regrettablement incomplet, c'est en ce qui touche les idées et la doctrine de Claudel. Non pas que Claudel soit un penseur. Lui-même n'a nullement prétention à ce titre. Un si grand poète pourrait-il d'ailleurs sans monstruosité gouverner ainsi sa pensée dans les sentiers de l'abstraction ? Il y aurait là quelque chose d'anormal, et qui pourrait faire douter légitimement de la valeur en lui de l'une comme de l'autre faculté. Claudel pense, et surtout il fait reposer toute sa poétique sur une certaine conception de l'univers, dont mon regret actuel est de n'avoir pu qu'à peine effleurer l'exposé.

Heureusement cette conception peut se résumer d'un mot : c'est tout simplement le catholicisme. Comment Claudel retrouve à chaque instant la doctrine catholique, je ne le dirai pas ; comment il s'en inspire, mais comment chacune de ses pensées, chacune de ses images y aboutit, comment il débouche sans cesse spontanément en elle : voilà, si j'eusse disposé de plus de temps, ce que j'eusse aimé à vous montrer en détail. Mais encore une fois, je me rassure en pensant que cette doctrine forme un corps suffisamment cohérent et suffisamment connu, pour qu'une fois avertis de sa présence dans l'œuvre de Claudel, vous l'y reconnaissiez vous-mêmes sans difficulté, et au premier coup d'œil, malgré les parures poétiques dont elle y est revêtue, et pour que vous la sentiez comme le soutien et le lien de toutes ses parties.

Je vous laisse donc seuls avec notre poète, en m'excusant d'avoir trop longtemps différé, par mes réflexions un peu sèches, la sensation ravissante et le transport délicieux qu'il ne peut manquer de vous donner, à la seule condition que vous vous approchiez de lui avec confiance et amitié.

Conférence sur Paul Claudel prononcée le 28 mars 1914 au théâtre du Vieux-Colombier

Il fut un moment où, bien qu'il eût produit déjà la plupart de ses grandes œuvres, personne ne connaissait le nom de Paul Claudel. Le moment sera bientôt venu où l'on ne trouvera plus personne pour l'ignorer. Mais en attendant il y a pas mal de gens qu'incommode sa gloire chaque jour grandissante. Or ceux-là, qu'ont-ils inventé pour justifier leur mauvaise humeur et leur résistance ?

Quelle est l'objection qu'ils opposent invariablement aux admirateurs de Claudel ? Ils accordent que sans doute on se trouve en présence d'un poète, mais ils nient que ce poète soit un dramaturge. Ses drames, disent-ils, sont infestés d'un lyrisme absolument déplacé ; le mouvement en est sans cesse ralenti par l'abondance – et certains ajoutent : l'incohérence – des images. On est comme perdu au milieu d'une forêt vierge, on oublie les personnages, leurs intentions et leurs actes, sous la multitude des visions qu'évoquent leurs paroles. En un mot Claudel a pris le théâtre pour un tréteau où débiter des poèmes, beaucoup plutôt que comme le lieu d'une action. Nous verrons dans un instant ce qu'il faut penser de cette critique. En attendant tirons-en du moins cette conclusion, c'est que le lyrisme de Claudel est reconnu par tout le monde, qu'il est si évident, si important dans son œuvre que certains ne veulent pas y voir autre chose. Il est donc tout naturel de ranger Claudel dans la grande lignée de nos poètes lyriques et d'examiner quelles sont chez lui les lois de la création purement poétique.

Pourtant il me paraît indispensable, sous peine de reconnaître implicitement la justesse de l'objection présentée tout à l'heure, de faire une distinction entre le lyrisme des drames et le lyrisme pur des *Cinq Grandes Odes* par exemple, ou de la *Cantate*. Cette distinction formera le plan de notre causerie.

I

Lyrisme des drames. Bien entendu il n'entre pas dans notre esprit de le nier. Mais en en déterminant avec précision la nature, nous montrerons sa parfaite légitimité dramatique.

Si l'on admet – comme tout le monde, je crois, est disposé à le faire – que l'essence du lyrisme, c'est l'effusion, au sens propre du mot, c'est-à-dire l'acte de se répandre, de partir, de s'abandonner aux mouvements qui nous éloignent de nous-mêmes, voici en quoi les drames de Claudel sont lyriques. Ils ont une sorte de continuelle ouverture sur l'univers ; ils sont pleins de coupures, de blessures qui ne cessent pas de saigner ; de toutes parts ils se vident au-dehors. En général les dramaturges sont tournés vers leur action, ils tâchent d'enfermer le plus possible le spectateur avec elle, de le persuader qu'elle existe seule, de prévenir sa distraction ; tous les détails qu'ils inventent tendent à nous ramener vers le sujet, à fortifier sa solitude. De la conversation éparse et diverse qu'un homme tient dans la vie normale, ils ne retiennent que les traits qui peuvent éclairer son caractère ou l'action. Le reste est soigneusement supprimé pour éviter les dérivations de la pensée. Chez Claudel il n'en est pas ainsi. En effet les images dont il tisse son dialogue ont très précisément pour essence de faire dériver la pensée. La plupart du temps, ce ne sont pas de ces images explicatives qui viennent par l'analogie renforcer et préciser certains détails de l'objet ; ceux qui les qualifient d'incohérentes, c'est sans doute parce qu'ils ne retrouvent pas en elles ces points communs, cette espèce de symétrie analytique, de correspondance des membres qu'il y a d'habitude entre l'objet original et l'objet auquel on le compare. Les images de Claudel sont des *métaphores*, c'est-à-dire qu'elles nous transportent vers tout ce qui existe en même temps que l'objet ou l'événement raconté dont il s'agit. Elles tendent à nous faire quitter ce qui nous est raconté pour tout le reste. Elles veulent en un mot nous donner l'impression de l'énorme ensemble où le drame particulier qui se joue se trouve pris. Je vais vous en donner un exemple qui n'a que le défaut d'être un peu trop bon. En effet, il ne s'agit plus ici de la dérivation par une simple image, mais par tout un paragraphe ; le drame s'échappe tout à coup par une grosse trouée vers l'univers contemporain. Voici. C'est au moment de la mort de Cébès dans *Tête d'Or*. Je prends un peu au-dessus du passage significatif pour vous le laisser reconnaître :

CÉBÈS. — Le froid matin violet
Glisse sur les plaines éloignées, teignant chaque ornière de sa magie !
Et dans les fermes muettes les coqs crient :
Cocorico !
C'est l'heure où le voyageur blotti dans sa voiture
Se réveille et, regardant au dehors, tousse et soupire.
Et les âmes nouvellement nées le long des murs et des bois,
Poussant comme les petits oiseaux tout nus de faibles cris,
Refuient, guidées par les météores, vers les régions de l'obscurité.
Quelle heure est-il ?
TÊTE D'OR. — La nuit est finie.
CÉBÈS. — Elle est finie ! – Et le matin par qui la mer s'embrase et dont les feux immenses
Colorent les toits et les pylônes, renaît !
Je sens la fraîcheur du vent. Ouvre la fenêtre !
Tête d'Or l'ouvre. Silence prolongé.
TÊTE D'OR. — M'entends-tu ?

Pause. Cébès tourne les yeux vers lui et sourit faiblement.
Dis, m'entends-tu encore ?
— « *Mettez la table sous l'arbre, car nous mangerons dehors.* »
— Comme le soir est beau !
Ô Cébès, tout se tait et il n'y a personne qui parle.
Et comme l'odeur de l'armoire au pain, et comme le souffle du four alors qu'on en ouvre la gueule,
C'est ainsi que, devant nous, s'étend la plénitude des champs.
Voici la nuit. Le pré est épais, et c'est à peine si au loin on entend
La faux dans l'herbe profonde.
Déjà ! les étoiles brillent en désordre.
Et l'oiseau des nuits qui chante par intervalles.
Alors qu'au-dessus de la terre commence l'ascension des cieux étoilés…
Il se tait. – Cébès est mort.
— Horreur !
Je suis seul. J'ai froid.
Qu'est-ce que cela me fait ?
En vérité peu m'importe qu'il soit mort.
Pourquoi nous lamenterions-nous ? Pourquoi serions-nous émus de quoi que ce soit ?
Quel homme de sens se prêterait à cette bouffonnerie ?
Cet être qui pouffe et dont les sanglots lui font hocher la tête
Va rugir de joie dans les mêmes plis. C'est ainsi qu'ils braient par leur embouchure. Pantins !
— Il est mort et je suis seul. –
Suis-je de pierre ? il me semble que les feuilles des arbres sont en toile, ou en tôle,
Et que tout l'air est un décor qu'on regarde ou non.
Et ce soleil dont les premiers rayons, comme s'ils touchaient, jadis me faisaient résonner
Comme une pierre lancée contre le bronze, il peut se lever,
Cela m'est aussi égal que de voir un poumon de vache flotter à la porte d'une boucherie !
Oui, et comme un tronc de corail insensible,
Je pourrais voir mes membres tomber.
Pourquoi vivre ? Il m'est indifférent de vivre ou d'être mort. – Cela me fait mal[1] !

Vous sentez avec moi, je pense, très nettement le mouvement d'effusion qui se produit ici. Sur la tige du drame, c'est comme une large feuille plate qui prend naissance et s'écarte. C'est là le

1. *Tête d'or*, (2e version), deuxième partie, in *Théâtre*, *op. cit.*, p. 227.

lyrisme propre à Claudel dans ses drames. Comme vous voyez, il n'a rien de particulièrement sentimental. C'est plutôt un lyrisme métaphysique, ou plutôt religieux. Car en voici, selon moi, le sens profond : si les images de Claudel sans cesse travaillent à nous arracher aux personnages, à nous détromper de l'illusion d'être seuls avec eux, c'est pour nous empêcher d'oublier, fût-ce un instant, l'union de la créature avec la création. L'idée de Claudel est qu'elles ne bougent qu'ensemble, que notre action ne se déroule pas au milieu d'un monde inerte, mais qu'elle n'est qu'un fragment d'une action immense, du drame universel. Son lyrisme n'a d'autre fin que de nous reporter sans cesse vers ce drame universel, de nous maintenir en communication continuelle avec lui, et de nous rendre sensible de cette façon la religion de tous les êtres, c'est-à-dire le lien qui ne cesse pas entre eux, ce que Claudel dans le *Magnificat* appellera : « la Toussaint de tous nos frères vivants[1] ».

Mais ici nous retrouvons l'objection du début, à laquelle il nous faut maintenant répondre. Un tel lyrisme est absolument anti-dramatique. Le passage de *Tête d'Or* que nous avons cité tout à l'heure interrompt évidemment l'action, la laisse s'évanouir vainement, et pour en ressaisir le fil le poète aura besoin de brusquer les choses et de nous ramener par la violence. Son drame sera plein d'à-coups.

Commençons par une remarque générale sur la question si complexe et si vaste du lyrisme au théâtre. Ceux qui lui sont hostiles, au fond c'est parce qu'à leurs yeux il choque la vraisemblance. On sait bien que ce n'est pas comme ça qu'on parle dans la vie, diront-ils. Mais ils seraient moins exigeants sur la vraisemblance, s'ils réfléchissaient que dans les drames les plus réalistes, les moins ornés, cependant le dialogue ne reproduit pas du tout les paroles que les personnages auraient prononcées, si ç'avait été vrai. Il y a toujours une transposition, au moins dans les drames qui comptent. Je laisse de côté ceux qui ne sont qu'une plate photographie de la réalité quotidienne. Cette transposition, qui justement est indispensable à la vraisemblance scénique, nous ne l'apercevons pas, parce qu'elle n'intéresse que la substance des paroles et non leur forme. Je veux dire que les tournures de la conversation, la syntaxe

1. La citation exacte est : « La Toussaint de tous ses frères vivants », « Magnificat », in *Œuvre poétique*, *op. cit.*, p. 252. Il reprendra ce passage dans la conférence de 1918.

que nous employons dans le langage spontané, sont respectées. Cela a le même air, cela se présente de la même façon. Aussi croyons-nous entendre la même chose que si le drame se passait dans la réalité sous nos yeux et ne remarquons-nous pas la profonde transformation intérieure.

Mais si tout le langage dramatique est ainsi transposé, pourquoi ne pas admettre qu'il puisse parfois être transposé au second degré, c'est-à-dire transformé en langage lyrique. L'invraisemblance sera-t-elle beaucoup plus grande si les personnages renoncent à cette sorte de carapace syntaxique qui seule dissimule dans le premier cas l'écart entre leurs paroles et celles qu'ils eussent prononcées dans la réalité ? Certainement non. Et si ce langage, comme haussé d'un ton, peut permettre parfois d'exprimer plus de choses, il n'y aura aucune raison pour s'en priver.

Cette remarque pourtant ne suffit pas à nous débarrasser de l'objection qu'on adresse tout particulièrement au lyrisme de Claudel. En effet ce n'est pas de faire invraisemblance qu'on l'accuse, mais de distraire, d'arrêter le mouvement du drame. C'est pourquoi il est temps de revenir sur notre première affirmation et d'en introduire une seconde pour la compenser. Oui, les images de Claudel tendent à nous écarter de l'objet qu'elles accompagnent. Mais le poète ne les laisse pas aller jusqu'au bout de leur mouvement. Il y a, latente dans son œuvre, une poussée dramatique impossible à entraver. C'est elle qui mène tout, qui donne à l'ouvrage son sens et sa pente, qui retient la continuelle divagation ébauchée par les images. Là est le mouvement le plus fort, celui qui finalement reste vainqueur. Pour se représenter comment se combinent les forces qui animent les drames de Claudel, il faut penser à un caillou qu'on fait tourner au bout d'une ficelle. Sans cesse il voudrait s'échapper vers l'extérieur, mais la ficelle qui le fait mouvoir, qui en un sens est son moteur, en même temps le retient, l'oblige à une courbe régulière et suivie. C'est ainsi que dans les drames de Claudel la tendance est double, mais le mouvement simple, parce que la tendance dramatique ne cesse pas de triompher, sans l'anéantir, de la tendance expansive des images. Pour éclairer cette explication un peu abstraite, je crois que rien ne sera plus utile que le passage de *Tête d'Or* que M. Henri Ghéon va vous lire :

TÊTE D'OR. — Le temps qui meut et dispose tout
Se retire de nous comme la mer,

Et voici que sur la terre solide se tient debout
Pour la première fois un Roi.
(Il ramasse la couronne par terre.)
Évanouissez-vous comme de formes de fumée, rêves, prestige, passé, et vous
Qui me regardez, osez
Contempler avec des yeux nouveaux un temps nouveau !
Au nom de toutes les choses, et non pas
Des apparences que le rêve de l'usage promène,
Mais de toutes les choses telles qu'elles sont, et au nom même de la vérité et de la cause,
Je pose cette couronne sur ma tête.
(Il met la couronne sur sa tête.)
Allons ! voici que pour la première fois le Roi des hommes lève une tête ceinte d'or !
Oui, et l'éternité peut prendre une voix et se lamenter, elle n'ébranlera point mon cœur royal.
Car que peut le chaos même de la nuit de la création
Contre celui dont l'âme, dans la perfection des ténèbres, dans l'horreur même du silence, reste fixe,
Et qui ne craint point la douleur et la mort[1] ?

Dans le passage que vous venez d'entendre, il me semble qu'on sent très nettement à la fois le continuel départ des images et cet entrain formidable du mouvement dramatique, qui sans cesse empêche l'attention de fuir et qui nous emmène durement à sa suite comme les enfants qu'on voit frappés et entraînés par le passage d'une colonne d'infanterie. Non, Claudel n'a pas pris la scène pour un tréteau où débiter des vers. Ce poète est bien un dramaturge. Ce n'est pas parce que les petits génies sont obligés de choisir entre ces deux fonctions qu'il lui sera impossible de les exercer à la fois. Il est tout entier poète et tout entier dramaturge. Il y a dans l'*Orthodoxie* de Chesterton un passage qui est un des rares de cet auteur qui ne me soient pas insupportables. C'est celui où il donne comme l'essence du catholicisme l'union des vertus contraires à l'état pur. Le catholicisme est à la fois toute fierté et toute humilité, toute prudence et toute folie. Eh ! bien, si cette définition est vraie, le catholicisme de Claudel se manifeste jusque dans ses dons d'artiste. Il y a quelque chose de

1. L'extrait ne figure pas dans le manuscrit de la conférence mais il est indiqué dans le programme de la matinée. *Tête d'Or* (2e version), in *Théâtre*, *op. cit.*, p. 247.

pur, d'acide, de sincère au sens de non-mélangé dans son lyrisme d'une part et dans son dramatisme d'autre part. Il conserve tout le bénéfice de chacun et ce n'est par aucune diminution qu'il les fait entrer en composition. L'unité qu'il leur impose n'enlève rien à aucun des deux. Et la preuve la meilleure en est que sitôt que l'un cesse, l'autre se trouve prêt à réapparaître entier, intact, complet. Voici ce que je veux dire : vers la fin de chaque drame, il se produit toujours une sorte d'apaisement, de ralentissement de l'action. Presque tous les dénouements de Claudel s'opèrent dans le calme et dans la suspension de tout tragique particulier. La poussée dramatique ayant atteint son objet s'arrête. Eh ! bien, à ces moments-là, le lyrisme dont elle maintenait jusque-là la violence enchaînée, se délivre et réapparaît tout pur, avec toute sa richesse, comme une source qu'on laisse dégorger ou, pour emprunter une métaphore à Claudel lui-même,

> Comme au printemps les eaux surabondantes, immensément
> Arrivent vers les rizières préparées[1].

Cette citation est empruntée au *Repos du Septième Jour* et précède presque immédiatement le passage que MM. Dullin et Oettly vont vous lire, et qui vous donnera, je crois, un excellent exemple de ces inondations du lyrisme à la fin des drames de Claudel :

> *LE RÉCITANT*. — La Terre est nette et parée comme un temple, et je vois tout autour de moi
> Les Montagnes assises comme Cent Vieillards.
> Dans la grande salle de la plaine, tel que le bruit de la machine de la Vie, de toutes parts
> On entend le cri des travailleurs qui font monter l'eau dans les champs ;
> Hommes, femmes, enfants, par deux, par trois,
> Dansent sur la route ruisselante.
> Tout est paix. Le soleil se couche.
> Je me purifie dans l'air limpide ! Je me glorifie dans la lueur sacrificatoire !
> *L'EMPEREUR*. — Que la paix, la nourriture et la bénédiction soient au peuple qui travaille !

1. *Le Repos du septième jour*, acte III, *ibid*., p. 858.

Que la guérison soit donnée aux malades, la pluie et le soleil aux champs quand il le faut,

À la femme stérile un enfant mâle, aux enfants une tendre modestie, à l'homme vertueux une inscription honorifique !

Et à tous, avec la nuit qui s'étend sur eux, la réparation du sommeil.

LE RÉCITANT. — Le soleil a passé sur nous et déjà frappée de rayons plus courts

La porte de la Terre s'ouvre pour le recevoir.

C'est le moment de la solennelle Introduction !

Ce matin il a paru au-dessus de la Mer incirconscrite, et voici maintenant qu'à la fin de la journée, franchissant le seuil définitif,

Il s'avance sur l'autel !

Il descend ! il s'abaisse ! dans l'embrasement du sacrifice, il baisse !

Il a passé, et à l'instant qu'il disparaît il traverse tout le ciel d'un rayon noir.

Et c'est le moment où, se soulevant hors de son lit, la grande mer derrière lui

Arrive et avec un grondement vient heurter la terre de l'épaule.

L'EMPEREUR. — Surabondance de l'été sur la multitude !

Comme au Cinquième Mois, alors que par tous les chemins on marche jusqu'aux genoux dans la paille,

Les petits enfants nus courent partout comme des souris grasses.

Dans la fente même et l'ombre de la terre, passant,

Le voyageur voit deux têtes qui sortent seules de l'eau.

LE RÉCITANT. — Maintenant voici comme une mer sur une autre mer !

Comme la pâle huile qui brûle sur de l'eau,

C'est ainsi qu'au-dessus de l'ombre qui s'élève de la plaine, submergeant lentement les monts,

Une surface de lumière sépare le Ciel de la Terre.

Et dans la profondeur, une suprême fois montrés dans l'éclairage crépusculaire,

À gauche je vois les champs, les vastes eaux de deux fleuves, les collines couvertes de tombes,

À droite, dans l'enceinte colossale des monts,

Avec ses forteresses, ses pagodes et ses lieux hauts,

L'immensité de la ville où grouille le peuple d'or !

Tout s'éteint : un blanc couple d'aigrettes vers son nid revole par l'air sombre et bas ;

Au pied du rempart démesuré de la montagne, une petite lumière s'allume au ras de l'eau.

L'EMPEREUR. — Assouvissement comme de la nourriture ; satisfaction, comme la jonction de l'homme avec la femme !

Fécondité, comme une mère qui, dans ses deux bras, porte attachés à ses deux mamelles un fils et une fille !

LE RÉCITANT. — Tout s'éteint : le désir en moi meurt avec le rassasiement.

L'EMPEREUR. — Paix au peuple dans la bénédiction des eaux ! Paix à l'enfant de Dieu dans la communion de la flamme[1] !

Tout ce que nous avons dit jusqu'ici du lyrisme dramatique de Claudel s'applique surtout à ses premiers drames, ceux qui sont contenus dans L'Arbre. Il resterait à parler du lyrisme de Partage de Midi, de L'Otage, de L'Annonce faite à Marie. À vrai dire, il est beaucoup moins apparent, beaucoup moins établi. On dirait qu'il s'est contracté, qu'il est rentré à l'intérieur des mots. Le mouvement dramatique a non pas supprimé, mais absorbé et consommé les images. Leurs ailes ne dépassent plus. Elles mettent bien toujours à l'intérieur de la phrase cette puissance d'expansion que nous avons décrite, mais on la sent plus définitivement prisonnière ; sa pesée est uniquement intérieure ; elle ne fait qu'assurer cette plénitude comme matérielle de l'expression, qui est une des principales vertus de Claudel et à laquelle on ne peut pas croire qu'il renonce jamais. Dans le « Cantique de Mesa » de Partage de Midi que M. Jacques Copeau va vous lire, vous sentirez ce ramassement du lyrisme, la façon dont il s'incorpore à la parole même, dont il l'habite étroitement, la façon aussi dont il se met au service des sentiments et dont, plutôt qu'à nous faire dériver vers le monde extérieur, il travaille maintenant à nous faire éprouver les émotions du personnage dans toute leur force :

Me voici dans ma chapelle ardente !

Et de toutes parts, à droite, à gauche, je vois la forêt des flambeaux qui m'entoure !

Non point de cires allumées, mais de puissants astres, pareils à de grandes vierges flamboyantes

Devant la face de Dieu, telles que dans les saintes peintures on voit Marie qui se récuse !

Et moi, l'homme, l'Intelligent,

Me voici couché sur la Terre, prêt à mourir, comme sur un catafalque solennel,

1. *Ibid*, p. 859.

Au plus profond de l'univers et dans le milieu même de cette bulle d'étoiles et de l'essaim et du culte.

Je vois l'immense clergé de la Nuit avec ses Évêques et ses Patriarches.

Et j'ai au-dessus de moi le Pôle et à mes côtés la tranche, et l'Équateur des animaux fourmillants de l'étendue,

Cela que l'on appelle Voie lactée, pareil à une forte ceinture !

Salut, mes sœurs ! aucune de vous, brillantes !

Ne supporte l'esprit, mais seule au centre de tout, la Terre

A germé son homme, et vous, comme un million de blanches brebis,

Vous tournez la tête vers elle qui est comme le Pasteur et comme le Messie des Mondes !

Salut, étoiles ! Me voici seul ! Aucun prêtre entouré de la pieuse communauté

Ne viendra m'apporter le Viatique.

Mais déjà les portes du Ciel

Se rompent et l'armée de tous les Saints, portant des flambeaux dans leurs mains,

S'avancent à ma rencontre, entourant l'Agneau terrible !

Pourquoi ?

Pourquoi cette femme ? pourquoi la femme tout d'un coup sur ce bateau ?

Qu'est-ce qu'elle vient faire avec nous ? est-ce que nous avions besoin d'elle ? Vous seul !

Vous seul en moi tout d'un coup à la naissance de la Vie,

Vous avez été en moi la victoire et la visitation et le nombre et l'étonnement et la puissance et la merveille et le son !

Et cette autre, est-ce que nous croyions en elle ? et que le bonheur est entre ses bras ?

Et un jour j'avais inventé d'être à Vous et de me donner,

Et cela était pauvre. Mais ce que je pouvais,

Je l'ai fait, je me suis donné,

Et vous ne m'avez point accepté, et c'est l'autre qui nous a pris.

Et dans un petit moment je vais Vous voir et j'en ai effroi

Et peur dans l'Os de mes os !

Et Vous m'interrogerez. Et moi aussi je Vous interrogerai !

Est-ce que je ne suis pas un homme ? Pourquoi est-ce que Vous faites le Dieu avec moi ?

Non, non, mon Dieu ! Allez, je ne Vous demande rien !

Vous êtes là et c'est assez. Taisez-Vous seulement,

Mon Dieu, afin que votre créature entende ! Qui a goûté à votre silence,

Il n'a pas besoin d'explication.

Parce que je Vous ai aimé

Comme on aime l'or beau à voir ou un fruit, mais alors il faut se jeter dessus !

La gloire refuse les curieux, l'amour refuse les holocaustes mouillés. Mon Dieu, j'ai l'exécration de mon orgueil !

Sans doute je ne Vous aimais pas comme il faut, mais pour l'augmentation de ma science et de mon plaisir.

Et je me suis trouvé devant Vous comme quelqu'un qui s'aperçoit qu'il est seul.

Eh bien ! j'ai refait connaissance avec mon néant, j'ai regoûté à la matière dont je suis fait.

J'ai péché fortement.

Et maintenant, sauvez-moi, mon Dieu, parce que c'est assez !

C'est Vous de nouveau, c'est moi ! Et Vous êtes mon Dieu et je sais que Vous savez tout.

Et je baise votre main paternelle, et me voici entre vos mains comme une pauvre chose sanglante et broyée !

Comme la canne sous le cylindre, comme le marc sous le madrier.

Et parce que j'étais un égoïste, c'est ainsi que vous me punissez

Par l'amour épouvantable d'un autre !

Ah ! je sais maintenant

ce que c'est que l'amour ! et je sais ce que Vous avez enduré sur votre croix, dans ton Cœur,

Si vous avez aimé chacun de nous

Terriblement comme j'ai aimé cette femme, et le râle, et l'asphyxie, et l'étau !

Mais je l'aimais, ô mon Dieu, et elle m'a fait cela ! Je l'aimais et je n'ai point peur de Vous,

Et au-dessus de l'amour

Il n'y a rien, et pas Vous-même ! et Vous avez vu de quelle soif, ô Dieu, et grincement de dents,

Et sécheresse, et horreur et extraction,

Je m'étais saisi d'elle ! Et elle m'a fait cela !

Ah, Vous Vous y connaissez, Vous savez, Vous,

Ce que c'est que l'amour trahi ! Ah, je n'ai point peur de Vous !

Mon crime est grand et mon amour est plus grand, et votre mort seule, ô mon Père,

La mort que Vous m'accordez, la mort seule est à la mesure de tous deux !

Mourons donc et sortons de ce corps misérable !

Sortons, mon âme, et d'un seul coup éclatons cette détestable carcasse !
La voici déjà à demi rompue, habillée comme une viande au croc, par terre ainsi qu'un fruit entamé.
Est-ce que c'est moi ? Cela de cassé,
C'est l'œuvre de la femme, qu'elle le garde pour elle, et pour moi je m'en vais ailleurs.
Déjà elle m'avait détruit le monde et rien pour moi
N'existait qui ne fût pas elle et maintenant elle me détruit moi-même.
Et voici qu'elle me fait le chemin plus court.
Soyez témoin que je ne me plais pas à moi-même !
Vous voyez bien que ce n'est plus possible !
Et que je ne puis me passer d'amour, et à l'instant, et non pas demain, mais toujours, et qu'il me faut la vie même, et la source même,
Et la différence même, et que je ne puis plus,
Je ne puis plus supporter d'être sourd et mort !
Vous voyez bien qu'ici je ne suis bon à rien et que j'ennuie tout le monde
Et que pour tous je suis un scandale et une interrogation.
C'est pourquoi reprenez-moi et cachez-moi, ô Père, en votre giron[1] !

II

Il nous faut maintenant, laissant de côté les drames, aborder des œuvres purement lyriques de Claudel. Bien que nous ayons constaté tout à l'heure que dans ses drames il restait tout entier poète, cependant ce ne sont pas tout à fait les mêmes observations que nous aurons à faire lorsque nous le considérons là où il n'est que poète. Malgré tout, lorsque nous le retrouvons débarrassé de la discipline dramatique, les caractères de son lyrisme, sans devenir différents pourtant, prennent quelque chose de plus accentué, de plus frappant, qui nous permet de mieux les distinguer et de mieux les faire comprendre.

Le lyrisme, c'est l'effusion, avons-nous dit. Eh ! bien dans les *Cinq Grandes Odes*, par exemple, et surtout, nous nous trouvons en présence de l'effusion portée à son maximum ; je veux dire que le déchaînement poétique est complet ; chaque ode est faite d'une série de départs dans tous les sens, de transports divergents. Mais

1. *Partage de Midi*, acte III, « Cantique de Mesa », in *Théâtre*, *op. cit.*, p. 1049.

pour nous permettre une analyse plus précise et plus détaillée, M. André Gide nous lira un passage des *Muses*, la première des *Cinq Grandes Odes*, qui offre ceci de particulier qu'il présente à la fois la théorie et une des applications les mieux réussies de la poétique claudélienne :

Ainsi subitement du milieu de la nuit que mon poème de tous côtés frappe comme l'éclat de la foudre trifourchue !
Et nul ne peut prévoir où soudain elle fera fumer le soleil,
Chêne, ou mât de navire, ou l'humble cheminée, liquéfiant le pot comme un astre !
Ô mon âme impatiente ! nous n'établirons aucun chantier ! nous ne pousserons, nous ne roulerons aucune trirème
Jusqu'à une grande Méditerranée de vers horizontaux,
Pleine d'îles, praticable aux marchands, entourée par les ports de tous les peuples !
Nous avons une affaire plus laborieuse à concerter
Que ton retour, patient Ulysse !
Toute route perdue ! sans relâche pourchassé et secouru
Par les dieux chauds sur la piste, sans que tu voies rien d'eux que parfois
La nuit un rayon d'or sur la Voile, et dans la splendeur du matin, un moment,
Une face radieuse aux yeux bleus, une tête couronnée de persil,
Jusqu'à ce jour que tu restas seul !
Quel combat soutenaient la mère et l'enfant, dans Ithaque là-bas,
Cependant que tu reprisais ton vêtement, cependant que tu interrogeais les Ombres,
Jusque la longue barque Phéacienne te ramenât, accablé d'un sommeil profond !
Et toi aussi, bien que ce soit amer,
Il me faut enfin délaisser les bords de ton poème, ô Énée, entre les deux mondes l'étendue de ses eaux pontificales !
Quel calme s'est fait dans le milieu des siècles, cependant qu'en arrière la patrie et Didon brûlent fabuleusement !
Tu succombes à la main ramifère ! tu tombes, Palinure, et ta main ne retient plus le gouvernail.
Et d'abord on ne voyait que leur miroir infini, mais soudain sous la propagation de l'immense sillage,
Elles s'animent et le monde entier se peint sur l'étoffe magique.
Car voici que par le grand clair de lune
Le Tibre entend venir la nef chargée de la fortune de Rome
Mais maintenant, quittant le niveau de la mer liquide,

Ô rimeur Florentin ! nous ne te suivrons point, pas après pas, dans ton investigation,

Descendant, montant jusqu'au ciel, descendant jusque dans l'Enfer,

Comme celui qui assurant un pied sur le sol logique avance l'autre en une ferme enjambée.

Et comme quand en automne on marche dans des flaques de petits oiseaux,

Les ombres et les images par tourbillons s'élèvent sous ton pas suscitateur !

Rien de tout cela ! toute route à suivre nous ennuie ! toute échelle à escalader !

Ô mon âme ! le poème n'est point fait de ces lettres que je plante comme des clous, mais du blanc qui reste sur le papier.

Ô mon âme, il ne faut concerter aucun plan ! ô mon âme sauvage, il faut nous tenir libres et prêts,

Comme les immenses bandes fragiles d'hirondelles quand sans voix retentit l'appel automnal !

Ô mon âme impatiente, pareille à l'aigle sans art ! comment ferions-nous pour ajuster aucun vers ? à l'aigle qui ne sait pas faire son nid même ?

Que mon vers ne soit rien d'esclave ! mais tel que l'aigle marin qui s'est jeté sur un grand poisson,

Et l'on ne voit rien qu'un éclatant tourbillon d'ailes et l'éclaboussement de l'écume !

Mais vous ne m'abandonnerez point, ô Muses modératrices[1].

Pour bien pénétrer les lois du lyrisme de Claudel, nous n'avons qu'à reprendre et à commenter les principales phrases du passage qui vient de vous être lu.

Et d'abord que signifie le début : « Ainsi subitement du milieu de la nuit » ? Dans ce passage Claudel nous donne à entendre que le poème qu'il va écrire n'est pas de ceux qui ont un commencement, une suite et une fin. Il n'aura pas de pente, ni presque de direction. Il éclatera ici et là, comme les éclairs au milieu de la nuit, aux endroits les plus saturés d'images et d'évocations possibles. Il ne faudra pas à proprement parler le lire, mais, si j'ose dire, le craindre, s'attendre à ses brusques explosions, à « la déflagration de l'Ode soudaine », comme dit Claudel lui-même à la ligne qui précède. Claudel refuse d'entreprendre aucun récit poétique :

1. *Cinq Grandes Odes*, I, « Les Muses », in *Œuvre poétique*, *op. cit.*, p. 223. Rivière reprendra l'analyse suivante dans sa conférence de 1918.

« Ô mon âme impatiente ! nous n'établirons aucun chantier » Il veut dire qu'à la différence d'Homère, de Virgile et de Dante, il ne se proposera pas de construire un sujet déterminé, et de le mettre à flot « parmi une grande Méditerranée de vers horizontaux », c'est-à-dire dans un poème épique écrit en hexamètres ou en alexandrins, et qui mettrait tout au même niveau de façon qu'on y pût circuler commodément : « Pleine d'îles, praticable aux marchands, etc. »

Ce n'est pas seulement sa préférence de la poésie lyrique à la poésie épique qu'il déclare ici. Il affirme une technique nouvelle et veut nous donner à entendre que son poème est par essence rompu, que tout y est sur des plans différents, qu'il ne faut pas essayer d'y entrer, et d'y cheminer progressivement : « Rien de tout cela ! toute route à suivre nous ennuie ! toute échelle à escalader ! »

Nos grands lyriques, Ronsard, Chénier, Baudelaire, n'ont jamais abandonné le souci de la ligne poétique. Ils ont simplement cherché à nous amener à un certain état. Et leur effort a porté surtout sur la conduite, sur l'introduction du lecteur à cet état, introduction qu'ils ont tâché de rendre aussi douce, aussi progressive, aussi persuasive que possible. Au contraire Claudel est tout le temps comme quelqu'un qui s'envole sur place, et pour le suivre il faut se cramponner à ses vêtements. De là la comparaison de l'aigle, qui viendra vers la fin du passage : « Ô mon âme impatiente, pareille à l'aigle sans art » L'aigle est l'oiseau qui s'élève tout droit, sans avoir besoin de se faire conduire au vol par aucune pente. L'aigle « sans art » est pareil à l'âme de ce poète qui ne « sait ajuster aucun vers ». Il ne sait pas « faire son nid même » ; et de même ce poète ne sait pas disposer cet asile clos et parfait du poème où l'âme entrerait et se trouverait réunie à tel ou tel sentiment.

Au fond, le poème de Claudel consiste non pas à fixer des sentiments, mais à y céder. Il ne cherche pas à les rendre accessibles aux autres, mais simplement à leur obéir avec la plus grande promptitude et la plus grande perfection possible. C'est ce que veut dire la phrase que voici : « Ô mon âme, il ne faut concerter aucun plan ! ô mon âme sauvage, il faut nous tenir libres et prêts. »

Claudel ne pense qu'à partir tout entier avec chaque mouvement de son cœur et de son imagination ; il donnera tout le trésor de lui-même, à chaque fois qu'il lui sera demandé. Il ne s'agit pas d'un mol abandon à ses émotions, mais d'un don complet de toutes ses forces, de toutes ses ressources intrépides, à la moindre invitation, fût-elle aussi fragile, aussi imperceptible que l'appel sans voix de l'automne qu'entendent les hirondelles.

De là résultent trois caractères de cette poésie, qu'il nous faut maintenant reconnaître.

Le premier, c'est que tout y est en même temps. Il n'y a pas d'ordre logique, mais simplement tout un ensemble de groupes et de bataillons qui font face à la fois au lecteur, s'offrent à lui à la fois. Dans le début de *L'Esprit et l'Eau* qui vous sera lu tout à l'heure, il est une phrase qui illustre, je crois, très bien ce que nous disons en ce moment. C'est celle-ci :

> Voici l'Ode, voici que cette grande Ode nouvelle vous est présente,
> Non point comme une chose qui commence, mais peu à peu comme la mer qui était là,
> La mer de toutes les paroles humaines avec la surface en divers endroits[1].

Et notre situation, à nous lecteurs, par rapport au poème, ressemble à celle de Josué approchant de la Terre Promise :

> Et voici qu'il voit le soleil levant à la hauteur de son genou comme une tache rose dans le coton,
> Et que la vapeur s'amincit et que tout à coup
> Toute la Terre Promise lui apparaît dans une lumière éclatante[2].

Les différentes parties du poème montent vers nous, nombreuses, séparées et simultanées comme des îles qui larguent leurs amarres, comme des géants chargés d'outres.

Le deuxième caractère du poème de Claudel, qui résulte de la définition que nous en avons donnée, c'est que chacune de ses parties est absolue et intacte. Elle se développe pour elle-même ; elle a son centre autour duquel elle se dispose et se déploie sans s'inquiéter de ses voisines. Elle est aussi achevée et détaillée sur ses frontières qu'en son centre. En effet nous avons dit que Claudel se donnait tout entier à chacune de ses inspirations ; sitôt qu'il la reçoit, tout le reste est oublié. Il la développe comme s'il n'y avait eu qu'elle. Il la présente telle qu'elle s'est présentée à lui, sans essayer aucun arrangement, sans vouloir changer sa direction, sans essayer de la faire cadrer avec le reste.

---

1. *Cinq Grandes Odes*, II, « L'Esprit et l'Eau », in *Œuvre poétique*, *op. cit.*, p. 235.
2. *Cinq Grandes Odes*, III, « Magnificat », in *Œuvre poétique*, *op. cit.*, p. 260.

C'est pourquoi dans son poème il y a toujours comme des marches à monter ou à descendre. Pour passer d'une vision à une autre il faut changer d'étage ou de plan. Tout se fait accepter de Claudel tel quel, brut, simple, complet.

Enfin le troisième caractère, c'est l'indistinction du poète et de son œuvre. Il n'y a pas dans le poème de Claudel cette séparation entre le sujet et l'objet qui semble le fondement de toute littérature. Nous n'avons pas affaire à quelqu'un qui, assis devant son œuvre, la fait venir sous ses yeux, y ajoute tel ou tel détail, la retouche, la mène, la pousse. Mais il la produit en se débattant avec elle, en luttant contre ses sursauts et ses morsures. C'est ici qu'il nous faut rappeler la grande comparaison finale du fragment des *Muses* que nous commentons en ce moment :

> Que mon vers ne soit rien d'esclave ! mais tel que l'aigle marin qui s'est jeté sur un grand poisson,
> Et l'on ne voit rien qu'un éclatant tourbillon d'ailes et l'éclaboussement de l'écume !
> Mais vous ne m'abandonnerez point, ô Muses modératrices[1].

La difficulté que certains peuvent trouver à la lecture des poèmes lyriques de Claudel vient de ce qu'ils s'attendent trop à avoir le temps de regarder. Pour bien pénétrer ces odes il faut accompagner le poète, partir avec lui, s'embarquer. Les objets qu'il évoque ne prennent de sens que si l'on se trouve avec eux dans cette même situation où il est lui-même, que si on les tient comme une proie encore vivante et résistante. Alors tout naturellement on se trouve faire l'effort qu'il faut pour les saisir, pour les maintenir contre soi, pour les maîtriser.

J'ai dit, avant de commencer cette analyse, que le passage des *Muses* qui vous a été lu présentait, en même temps que la théorie du lyrisme claudélien, une de ses applications les plus claires. En effet nous y voyons cette composition séparée et par blocs, que nous venons de définir. Le poète pense que son poème ne ressemblera pas à celui d'Homère. Aussitôt, sans transition, sans préparation d'aucune sorte, l'image de l'*Odyssée* se déploie sous ses yeux et pendant un instant il emploie toutes ses ressources prodigieuses à la développer, à la construire entièrement. Le voilà

1. *Cinq Grandes Odes*, I, « Les Muses », in *Œuvre poétique*, *op. cit.*, p. 224.

tout entier dévoué à cette incidente. Et même, si bien dévoué qu'il n'emploie plus que des propositions principales. On dirait que l'objet de son poème est devenu tout à coup uniquement le récit de l'*Odyssée* : « Quel combat soutenaient la mère et l'enfant, dans Ithaque là-bas »

Puis brusquement c'est la vision de l'*Énéide* qui vient remplacer celle de l'*Odyssée* et se développe à son tour de la même manière tranquille, indépendante, solitaire.

Et tout à l'heure Dante fera à son tour une apparition brusque et complète comme celle d'Homère et de Virgile.

Voilà bien les îles qui larguent leurs amarres et montent. Voilà bien les grandes masses distinctes et simultanées dont nous avons dit que se composait le poème de Claudel.

Voilà bien cette intégrité, cet aspect brut et cette absence de ménagement et de conduite que nous avons notés tout à l'heure.

Voilà bien enfin ce mélange du poète à son œuvre, cette façon qu'il a de se laisser entraîner par elle à mesure qu'il la produit, ces alternatives de soumission et de victoire qu'il y a dans sa lutte avec la proie poétique.

Il reste encore un vers du passage des *Muses* que nous n'avons pas commenté. C'est le dernier :

Mais vous ne m'abandonnerez point ô Muses modératrices[1].

Quand nous avons passé de l'étude des drames à celle des Odes, nous avons remarqué que dans le lyrisme pur de Claudel manquait complètement cette discipline que le mouvement dramatique imposait aux images. Est-ce à dire que cette discipline dans les Odes ne soit remplacée par rien ? Nous avons peut-être un peu trop insisté sur le déchaînement, sur le côté abandonné, capricieux, dissolu, des œuvres lyriques. Oui, sans doute, Claudel y cède à tous les mouvements de son cœur. Mais, comme il le dit lui-même, dans un autre passage des *Muses*, « il y a la petite pression de la main pour gouverner ». Il y a l'influence des « Muses modératrices ». En quoi consiste-t-elle ? Elle est assez difficile à définir. Elle est comme intérieure au poème. Ce n'est pas, comme dans le drame, un mouvement surajouté aux images et les conduisant ; c'est simplement l'utilisation du poids de ces images, du lest qu'il y a en

1. *Ibid.*, p. 225.

chacune pour les maintenir toutes, malgré leurs divergences, au même niveau. Claudel lui-même l'explique en des termes dont il me paraît difficile de dépasser la précision : « Que je maintienne mon poids », s'écrie-t-il, « comme une lourde étoile à travers l'hymne fourmillante[1]. »

Voilà au fond ce qui assure, malgré tout, l'unité et la suite des *Grandes Odes* : le poids de l'âme qui produit toutes ces images. Elle tombe largement au travers ; c'est toujours elle qui va, c'est elle que nous accompagnons et tout s'explique pour nous, si nous savons être avec elle. Elle est le centre mobile de cette fulguration de visions ; tant que nous ne la lâchons pas, tout est clair, tout s'enchaîne, malgré les plus hardis caprices, puisque nous ne cessons pas d'être au centre du poème.

*

Je devrais en finissant indiquer en quoi le lyrisme des hymnes et celui de la *Cantate* se distinguent de celui des *Cinq Grandes Odes*. Mais je n'ai pas eu dans cette causerie le souci d'être complet. Il me suffira d'avoir mis quelque lien entre les différentes lectures que comportait le programme. Celles qui vous restent à entendre ne sont pas séparées par d'assez grandes distances pour qu'il soit besoin d'un commentaire pour les joindre. Je n'interromprai donc plus désormais la récitation et me contenterai d'écouter avec vous.

Jacques Rivière consacra une conférence à Gide le 13 février 1918 à Genève dans le cadre de ses causeries sur la jeune littérature française. Il reprendra son texte avec un certain nombre de corrections et d'ajouts en 1923 pour la série de conférences qu'il donnera en Hollande et en Belgique entre novembre 1923 et janvier 1924. Isabelle Rivière publiera la conférence aux Chroniques des Lettres françaises *en juillet 1926 avec un tirage de cent exemplaires. L'approche de Rivière sur Gide, en 1923, est alors plus mûrie, plus critique parce qu'il a pris des distances avec son engouement de jeunesse. Des ouvrages comme* Paludes, Les

1. *Ibid.*, p. 227.

Nourritures terrestres *lui semblent cependant toujours de très beaux livres. Curieux de suivre l'évolution de l'écrivain, il attend le Gide de demain que son décès prématuré ne lui permettra pas de connaître.*

Conférence sur André Gide

L'écrivain que j'entreprends d'étudier avec vous est mis en ce moment, par tout un ensemble de causes que je ne puis songer à analyser, au premier rang de l'actualité. Il subit, chez nous, des attaques furieuses, mais dont le principal résultat jusqu'ici n'a été que de sanctionner son importance. Peut-être avez-vous lu les articles que M. Henri Massis[1] lui a consacrés dans *La Revue Universelle*. Ils sont fort remarquables, mais écrits du point de vue du catholicisme le plus strict. Aussi n'ai-je aucune intention d'y répondre dans ce que je vais vous dire, ne pouvant me placer tout à fait sur le même terrain que ce critique, ne voulant pas non plus transformer ma conférence en plaidoirie.

J'aurais beaucoup plus de plaisir à vous parler de l'étude si subtile, si intelligente et si complète qu'un de vos compatriotes M. S. Braak[2] a consacrée à notre auteur. C'est avec une émotion profonde que je l'ai lue car il est presque troublant de trouver chez un étranger, fût-il un ami, une compréhension aussi aiguë de notre littérature et d'une œuvre qui chez nous encore est discutée. Cependant pour conserver à mes réflexions sur Gide l'unité sans laquelle je crois qu'elles perdraient tout leur intérêt, je serai obligé, à mon grand regret, de faire abstraction aussi de cet ouvrage. J'en fais ici mes excuses à l'auteur.

Mais enfin trois grands romans au moins sont déjà là, signés de lui, d'une formule si neuve et si rare qu'on ne voit absolument rien dans notre littérature à quoi les comparer, et si différents pourtant entre eux d'aspect, de texture et de contenu qu'ils impliquent chez leur auteur un empan de l'imagination dont beaucoup de romanciers classés auraient le droit de se montrer jaloux.

---

1. Henri Massis (1886-1970), critique littéraire, fonda en 1920 *La Revue universelle* ouvertement royaliste et catholique. Il s'opposa à Gide à travers plusieurs articles notamment « L'influence d'André Gide », *Revue universelle*, 15 novembre 1921.
2. Sybrandi Braak, *André Gide et l'âme moderne*, H J Paris, Amsterdam, 1923.

Gide est encore très loin d'occuper la place qu'il mérite. Parce qu'il est apparu en un point trop inattendu, les regards tardent à se porter vers lui. Mais plus on aura mis de temps à l'apercevoir, à le reconnaître, à l'embrasser, et plus solide sera l'admiration qu'il récoltera.

Dès maintenant, un signe très frappant est à noter. Haï ou adoré, il est le seul auteur de sa génération qui soit vivant pour les jeunes gens. Il est le seul de qui les jeunes gens continuent à attendre quelque chose. Nous ne ferons pas une mauvaise affaire, je crois, en nous décidant à partager avec eux cette espérance.

Je tiens en effet essentiellement à me dégager dans ce que je vais vous dire de toute considération autre que technique et à vous parler non pas des torts ou des raisons que peut avoir André Gide, mais tout simplement d'un grand écrivain.

*

« Né à Paris, d'un père uzétien et d'une mère normande, où voulez-vous, Monsieur Barrès, que je m'enracine ? » C'est ainsi que commence fort plaisamment l'article que Gide écrivit sur *Les Déracinés* et qu'il reproduit dans ses *Prétextes*. Nous trouvons dans ces deux lignes l'indication des origines de notre auteur. Il est à la fois méridional et normand et parisien par-dessus le marché. À ses deux premières patries, il n'est pas seulement rattaché par ses parents ; il y a vécu ; il a habité l'une et l'autre dès son enfance, il a gardé pour l'une et l'autre une amitié profonde et a même écrit à leur louange commune quelques pages fort émouvantes qu'on trouve également dans *Prétextes*. Presque tous ses livres nous conduisent au moins dans l'un ou l'autre de ses pays, quelquefois dans les deux. Mais si je suis autorisé à deviner la préférence secrète de Gide, je dirai que le midi est certainement celui qui l'attire le plus, et d'ailleurs ce midi, ce n'est plus seulement une province pour lui ; il s'étend, il gagne de proche en proche, il englobe l'Italie, la Grèce, il devient égal à toute la Méditerranée, il s'enfonce jusqu'en Algérie, presque jusqu'au désert. Le bassin de la Méditerranée, voilà le pays de prédilection de Gide, comme il avait été celui de Nietzsche. Et ce n'est pas un hasard ; on voit tout de suite quelles affinités le climat de ce plus ancien monde et le genre de vie qu'on y mène présentent avec le tempérament et la pensée de l'un et de l'autre écrivain : ils ont besoin de cette limpidité, de cette légèreté de l'air et de cette finesse des mœurs pour l'entretien de leur commune allégresse.

André Gide est né en 1869. Il était fils unique. Il perdit son père assez jeune et fut élevé par sa mère avec de grands soins et un peu en vase clos, détail qui est loin d'être sans importance, car il nous expliquera une certaine timidité, une certaine inexpérience de la vie que Gide est encore obligé de vaincre à coups d'audace et par des décisions brusques et gratuites. L'excès même d'indépendance chez Gide a très probablement sa source dans la maladresse aux choses communes qu'il a héritée de son enfance et dans l'espèce de détachement de la réalité où l'obligea d'abord à vivre une tendresse maternelle sans doute trop attentionnée et trop inquiète.

Gide eut d'ailleurs une enfance des plus studieuses. Si l'on veut s'en faire une image, on peut s'aider du récit de *La Porte étroite* qui est partiellement autobiographique :

> Nous nous étions procuré les Évangiles dans le texte de la Vulgate et en savions par cœur de longs passages. Sous prétexte d'aider son frère, Alissa avait appris avec moi le latin ; mais plutôt, je suppose, pour continuer de me suivre dans mes lectures.

Et surtout cet extrait d'une lettre d'Alissa :

> Ne crains pas toutefois que je tourne à l'ignorantisme ! J'ai beaucoup lu ces derniers temps ; quelques jours de pluie aidant, j'ai comme replié mon adoration dans les livres… Achevé Malebranche et tout aussitôt pris les *Lettres à Clarke* de Leibnitz. Puis, pour me reposer, ai lu *Les Cenci* de Shelley – sans plaisir ; lu *La Sensitive* aussi… Je vais peut-être t'indigner ; je donnerais presque tout Shelley, tout Byron, pour les quatre odes de Keats que nous lisions ensemble, l'été passé ; de même que je donnerais tout Hugo pour quelques sonnets de Baudelaire.

Ces quelques lignes vous donnent la note. Jérôme et Alissa connaissent à fond non seulement notre littérature, mais même l'antique, même les étrangères. Et dans le premier recueil de Gide, *Les Cahiers d'André Walter*, l'abondance et le naturel des citations et des allusions témoignent en effet d'une culture poussée déjà très loin et d'une enfance, au point de vue intellectuel, légèrement surchauffée.

Je regrette de ne pouvoir donner de renseignements très précis sur les débuts de Gide en littérature. C'est sans doute à la faveur des *Cahiers d'André Walter*, qui avaient paru en 1891, sans nom d'auteur, à la librairie de l'Art indépendant, que Gide noua des relations avec le monde des Symbolistes et fut introduit chez Mallarmé. Sur lui comme tous ceux qui l'approchèrent, le Maître de *L'Après-midi d'un faune* fit une profonde impression. Nous en trouvons la trace dans les quelques pages qu'il a écrites à sa mémoire :

> On entrait chez Mallarmé ; c'était le soir ; on trouvait là d'abord enfin un grand silence ; à la porte tous les bruits de la rue mouraient ; Mallarmé commençait à parler d'une voix douce, musicale, inoubliable, – hélas à jamais étouffée. Chose étrange : il pensait avant de parler !
>
> Et pour la première fois, près de lui, on sentait, on touchait la réalité de la pensée : ce que nous cherchions, ce que nous voulions, ce que nous adorions dans la vie existait ; un homme ici avait tout sacrifié à *cela*.
>
> Pour Mallarmé, la littérature était le but, oui, la fin même de la vie ; on la sentait ici authentique et réelle. Pour y sacrifier tout comme il y fit, il fallait bien y croire uniquement. Je ne pense pas qu'il y ait dans notre histoire littéraire exemple de plus intransigeante conviction.

Conviction qui ne fut pas sans influence sur Gide, ou plutôt qui se rencontra avec son penchant naturel et qu'il ne tarda pas à partager complètement. Cependant Gide mena jusqu'à vingt-cinq ans une vie toute remplie de distractions mondaines, et qui ne lui laissait que très peu de loisirs pour travailler. Nous trouvons dans *Paludes* l'expression de dégoût qu'elle ne tarda pas à lui donner et la moquerie, infiniment subtile, par laquelle il sut en secouer le joug. Elle avait d'ailleurs attaqué sa santé qui avait toujours été délicate, et ce furent, je crois, d'abord les médecins qui durent la lui déconseiller.

Au cours d'un voyage en Algérie, il tomba très gravement malade. Un major qui le visita le déclara même perdu. Ce fut par un miracle qu'il survécut, et grâce à des prodiges de volonté qu'il guérit. La convalescence fut pour lui une espèce de renaissance : son goût de la vie en fut non seulement augmenté, mais comme multiplié ; il apprit à la sentir de mille façons nouvelles et imprévues. Le livre des *Nourritures terrestres* en 1897 fut la première expression de ce renouveau sensuel.

Depuis ce moment la vie de Gide ne semble pas offrir d'accident bien caractérisé et on peut le peindre une fois pour toutes à l'aide de quelques traits qu'il ne faut que bien choisir. Gide, en effet, malgré toute son indépendance, obéit à des habitudes constantes, dont la première, la principale, est celle du voyage. C'est peu de dire qu'il a la passion du voyage. Il faudrait plutôt dire qu'il est condamné au voyage, condamné à une certaine instabilité intérieure, par une certaine légèreté de tout son être. Gide ne reste jamais trois mois sans se déplacer. Il s'échappe tout à coup ; et sa décision, le plus souvent, n'est annoncée ni préparée en rien ; elle est prise et exécutée en 24 heures, avant même que ses amis en aient pu rien savoir.

Entre ses absences, il aime à recevoir ses amis dans l'étrange et confortable maison qu'il s'est fait construire à Auteuil, ou dans la belle propriété qu'il possède en Normandie et qu'il a décrite sous le nom de Fongueusemare dans *La Porte étroite*. Rien ne peut donner une idée de l'agrément de ces réunions ni de l'extraordinaire activité d'esprit que Gide y déploie. Ce sont des conversations d'Auteuil qu'est née *La Nouvelle Revue française*.

J'ajoute à ces quelques indications autobiographiques, parce que c'est une question sur laquelle beaucoup de gens ne sont pas très exactement fixés, qu'André Gide est le neveu du célèbre économiste Charles Gide.

*

Nous ne faisons pas ici d'histoire littéraire d'après les principes de méthode scientifique, qui sont en si grand honneur depuis quelques années. Nous n'avons donc pas à nous poser le problème de la classification des œuvres d'André Gide, ni à examiner entre quels genres il convient de les distribuer. Il est cependant curieux de constater que ce problème a préoccupé l'auteur lui-même et qu'il s'en est lui-même proposé plusieurs solutions différentes. Quand parurent *L'Immoraliste* et *La Porte étroite*, il les sous-intitula sans hésiter « roman ». Mais plus tard, considérant sans doute qu'ils ne satisfaisaient pas à la nouvelle opinion qu'il s'était formée du genre et qu'ils manquaient en particulier de la complexité et de l'abondance qui sont à son avis le propre du vrai roman, il ne les appela plus que récits. Et c'est sous le titre de « récits » que nous les trouvons mentionnés dans la liste des œuvres complètes, dont il a fort curieusement fait précéder *Les Caves du Vatican*. Voici cette liste qui offre une vue, sinon très juste, du moins assez originale, sur l'œuvre d'André Gide.

Divers
André Walter
Le Voyage d'Urien
Les Nourritures terrestres
Amyntas
Le Retour de l'Enfant prodigue
(précédé de cinq autres traités)
Souvenirs de la Cour d'Assises

Critiques
Prétextes
Nouveaux Prétextes

Théâtre
Le Roi Candaule
Saül

Récits
L'Immoraliste
La Porte étroite

Soties
Paludes
Le Prométhée mal enchaîné
Les Caves du Vatican

Traduction
Rabindranath Tagore, *L'Offrande lyrique*

Mais je crois tout de même à la fois plus commode et plus exact de diviser simplement les œuvres de Gide en deux groupes : celui des œuvres symbolistes qui comprend *Les Cahiers et les Poésies d'André Walter*, *Le Voyage d'Urien*, *La Tentative amoureuse*, *El Hadj*, *Philoctète*, *Le Traité du Narcisse*, et surtout *Paludes*, *Le Prométhée mal enchaîné* et *Les Nourritures terrestres*, et celui des œuvres romanesques dont les cinq principales sont : *L'Immoraliste*, *La Porte étroite*, *Isabelle*, *Les Caves du Vatican* et *La Symphonie pastorale*. Sans doute quelques livres se trouvent flotter entre deux groupes, et leur caractère ne permet pas très facilement de les rattacher à l'un ou à l'autre. C'est le cas de *Prétextes*, d'*Amyntas* et de quelques autres. Mais la chronologie offre malgré tout le moyen de leur assigner sans trop d'arbitraire une place dans le premier ou dans le second.

Cette division en effet est chronologique ; elle correspond à deux phases successives de la production de Gide, à deux aspects successifs de son talent ; elle donne une idée de l'évolution de sa manière. Elle le fait apparaître soumis successivement à des influences non pas seulement différentes, mais presque diamétralement opposées. Nous allons examiner tour à tour les deux groupes d'ouvrages, les deux manières d'André Gide.

Quand on ouvre *Le Voyage d'Urien* ou l'un des « traités de morale » que Gide a réunis plus tard avec *Le Retour de l'Enfant prodigue*, quand on parcourt *Les Poésies d'André Walter*, on est sensible d'abord à l'extrême vanité – au sens d'inutilité, de vacuité – de ces pages. Comme vous allez voir, ce n'est pas forcément une critique que je formule en ce moment contre elles. Elles nous chantent Dieu sait quoi ? Elles nous bercent de Dieu sait quels sentiments insaisissables ?

> Nos livres n'auront pas été les récits véridiques de nous-mêmes, – mais plutôt nos plaintifs désirs, le souhait d'autres vies à jamais défendues, de tous les gestes impossibles. Ici j'écris un rêve qui dérangeait par trop ma pensée et réclamait une existence. Un désir de bonheur, ce printemps, m'a lassé ; j'ai souhaité de moi quelque éclosion plus parfaite. J'ai souhaité d'être heureux, comme si je n'avais rien d'autre à être ; comme si le passé pas toujours sur nous ne triomphe ; comme si la vie n'était pas faite de l'habitude de sa tristesse, et demain la suite d'hier, – comme si ne voici pas qu'aujourd'hui mon âme s'en retourne déjà vers ses études coutumières, sitôt délivrée de son rêve.
>
> Et chaque livre n'est plus qu'une tentation différée.

Cette page est la préface de *La Tentative amoureuse ou Traité du vain désir*. Elle exprime à merveille le ton et le contenu de tous les premiers livres de Gide. Car il ne faudrait pas que le mot de Traité de Morale vous induisît en erreur sur leur véritable nature. Il ne s'y agit d'aucune idée abstraite, d'aucune doctrine vraiment cohérente et suivie. Gide s'y amuse, y essaie de saisir au vol ses plus fugitives, ses plus aériennes, ses plus informes pensées. Il n'y décrit en somme qu'une certaine inquiétude vague et passionnée dont il est plein. Il serait naïf de vouloir préciser le sujet de chacun de ces petits traités. Mais il serait injuste aussi de dire qu'ils n'en ont point. Leur sujet, c'est l'âme même de leur auteur, cette âme faite pour goûter toutes les joies, mais remplie encore de sa seule inoccupation, comme vide de toute la vie, et qui ne sait ressentir d'autre plaisir que celui de ses propres mouvements. Appels, langueurs, soupirs, surprise de trouver comme absentes les choses qu'elle a cru désirer, refus de toutes les satisfactions, complaisante ignorance de la réalité, préférence de ses états d'âme à tout ce que le monde pourrait lui donner et cependant curiosité secrète de ce qu'il lui cache et lui réserve, dédain pour ce qu'il ne saurait cueillir et appétit en cachette de ce qu'il repousse en public, ardentes croyances à il ne sait trop quoi d'informe et de sublime : voilà les principaux motifs que Gide développe et combine, dans le style le plus musical qui se puisse rêver, au cours de tous ses premiers écrits.

Pour bien comprendre ce moment de son âme et surtout pour s'expliquer la forme à la fois fuyante et systématique sous laquelle il a voulu l'exprimer, il faut, je crois, se représenter le grand vide où l'évanouissement de sa croyance religieuse avait dû le laisser et tenir compte en même temps des habitudes qu'elle lui avait pour toujours inculquées. « Chère Angèle, écrira-t-il un peu plus tard, vous savez si je les aime, moi, les livres de morale ; si je ne me retenais, chère Angèle, j'en écrirais un tous les mois. » Je vois une influence très nette du protestantisme dans ce besoin de Gide de se formuler sa propre psychologie sous la forme, mettons sous l'apparence d'une morale, dans cette habitude à laquelle il cède déjà dans ses toutes premières œuvres de généraliser et de prêcher ses sentiments. Bien entendu, il fait semblant de les prêcher ; il n'entre pas dans son esprit de les imposer vraiment aux autres. Il écrira même dans le prélude des *Nourritures terrestres*, s'adressant au lecteur :

> Et quand tu m'auras lu, jette ce livre, – et sors […]. Oublie-moi. – Que mon livre t'enseigne à t'intéresser plus à toi qu'à lui-même, – puis à tout le reste plus qu'à toi.

N'empêche qu'il prend naturellement le ton de quelqu'un qui enseigne et que n'avoir rien à enseigner sinon qu'il ne faut rien enseigner, ne le décourage tout de même pas d'y prétendre. Rien, je crois, ne peut être aussi troublant pour un jeune homme – et pour ma part j'ai ressenti ce trouble fortement – que cette doctrine sans contenu et que ces voluptueuses et vaines recommandations dont Gide a rempli tous ses premiers livres. À un âge où l'âme se croit libre, parce qu'elle se sent capable de n'importe quoi, cette évangélisation dans le vide, soutenue par les moyens oratoires ou poétiques les plus délicats, est faite pour la ravir et, si j'ose dire, pour lui faire complètement perdre la tête. Voici un des passages où je trouvais à vingt ans le plus de charme et de douce angoisse :

> Lorsque le printemps vint cette année, je fus tourmenté par sa grâce ; et comme des désirs faisaient ma solitude douloureuse, je sortis au matin dans les champs. Tout le jour le soleil rayonna sur la plaine ; je marchai rêvant au bonheur. Certes, il est, pensai-je, d'autres terres que ces landes désenchantées où je menais paître mon âme. Quand pourrai-je, loin de mes moroses pensées, promener au soleil toute joie, et, dans l'oubli d'hier et de tant de religions inutiles, embrasser le bonheur qui viendra, fortement, sans scrupule et sans crainte ? Et je n'osais rentrer ce soir-là, sachant imaginer trop d'inquiétudes nouvelles.

Mais l'incertitude voluptueuse que révèlent ces lignes ne devait pas durer ou du moins elle devait prendre une forme beaucoup plus aiguë, beaucoup plus passionnée, beaucoup plus tragique. Au moment où il écrivait *La Tentative amoureuse*, Gide menait encore cette vie de salon, toute factice, toute désœuvrée sous les dehors d'une activité trépidante, qui n'était que le prolongement, sous une forme nouvelle, de son enfance un peu cloîtrée ; il ignorait tout du monde extérieur. Vint la maladie, et surtout vint la convalescence.

> Je tombai malade ; je voyageai, je rencontrai Ménalque, et ma convalescence délicieuse me fut une palingénésie. Je renaquis avec un être neuf, sous un ciel neuf et au milieu de choses complètement renouvelées.

Cette renaissance, Gide l'a contée deux fois : dans *Les Nourritures terrestres* d'abord, en 1898, puis dans *L'Immoraliste*, en 1902. Par le style, par la composition, par toutes les qualités techniques, la première de ces deux confessions s'apparente étroitement aux œuvres que nous sommes en train d'étudier, c'est-à-dire aux œuvres de facture symboliste. *Les Nourritures terrestres* sont un des plus beaux livres de Gide, un des plus étranges et des plus séduisants que connaisse notre littérature. Comment le définir ? Est-ce un hymne, un cantique ? Est-ce encore un traité de morale ? Est-ce un catalogue ? le catalogue de tous les plaisirs terrestres ? ou mieux, de toutes les impressions, plaisirs et douleurs confondus, qu'il est possible de goûter ici-bas ? L'incertitude où nous voici plongés pour en donner une idée simple et précise sans doute remplirait Gide de joie. Car il n'aime pas les œuvres trop définies et de n'agir sur ses lecteurs que dans un sens. Mais tout de même on peut définir *Les Nourritures terrestres* : de même que *La Tentative amoureuse* était « le traité du vain désir », de même, et en donnant au mot « traité » le même sens, elles sont « le traité du vrai désir », du désir qui a trouvé son objet. Et cet objet n'est rien de moins que le monde. *Les Nourritures terrestres*, c'est la découverte du monde par cette âme doucement tourmentée, pleine de langueurs et d'étirements, dont les premiers ouvrages nous racontaient les premières vagues tentatives. D'en avoir été longtemps privée, elle apprend à le goûter avec une intensité, une profondeur, ou plus exactement avec une multiplicité jamais encore atteinte. Elle sait reconnaître le plaisir partout ; chaque sensation le lui donne, chaque contact avec chaque objet.

> Mon bonheur est fait de ferveur. Je sais des jours où me répéter que deux et deux faisaient encore quatre suffisait à m'emplir d'une *certaine* béatitude – et la simple vue de *ma* main sur la table. À travers indistinctement toute chose, j'ai éperdument adoré.

Tous ses sens s'enchantent de leur usage retrouvé ; le simple jeu en est déjà un délice. C'est ce qu'il faut faire comprendre à tout prix. Par tous les moyens, par tous les mots qui lui tombent sous la main, à coups d'énumérations, d'allusions, de récits, de chants et de rondes, de préceptes et de recommandations, avec un apparent désordre qui ne fait que traduire son transport et l'hésitation de sa préférence entre des biens si divers, Gide nous raconte ses voluptés, nous les fait sentir, nous les propose, il cherche à nous entraîner dans cette débauche dont il ne saurait nommer l'objet tant il est multiple. Il invente un certain Ménalque, qui est comme un professeur de désir et d'universelle ferveur ; dépouillé de tout, mais riche par là même de tout ce qu'il rencontre, il va au hasard épousant toutes les joies de la terre, toutes les caresses que la nature et que l'homme ont mises partout en embuscade ; il ne s'arrête jamais, il ne cherche pas à rien retenir, la possession pour lui est sans aucun sens ; il ne veut être épris que de l'instant ; le souvenir attriste, importune et déçoit ; il faut oublier au fur et à mesure des satisfactions ; il faut mettre toute sa joie dans l'avenir et s'avancer vers lui les mains complètement vides.

Il serait pourtant dommage de quitter la première manière de Gide sans dire un mot des deux livres où il a mis le grain le plus subtil de son esprit : *Paludes* (1895) et *Le Prométhée mal enchaîné* (1899). Dans la liste de ses œuvres complètes que je vous ai lue, il les a plus tard intitulés : soties, et rattachés aux *Caves du Vatican*. Ce sont des satires. Mais ici, comme à propos des traités de morale, la question se pose de savoir quel est exactement l'objet de ces satires. En tête de *Paludes*, Gide a mis en dédicace : « Pour mon ami E.R.[1] j'écrivis cette satire de quoi. » Il faut répondre de tout ; de même que *Les Nourritures terrestres* sont l'exaltation de tout, de même *Paludes* et *Le Prométhée* sont la satire de tout. *Paludes* est la satire de ce qu'il y a dans la vie ordinaire, de vide, d'ennuyeux, de conventionnel, d'inefficace ; c'est la satire de notre impuissance à sortir d'un cercle d'occupations une fois pour toutes fixé, de notre inaptitude à faire du neuf. Et *Le Prométhée*, c'est la satire de notre impuissance à faire du gratuit, à entreprendre quelque chose qui n'ait pas pour cause étroitement déterminante notre mentalité, nos habitudes, nos convictions. Comme on le voit, ces livres sont en somme le contraire des *Nourritures terrestres*. Ils en sont un cliché négatif, comme on dit en photographie. Ils se moquent de tout ce dont *Les Nourritures* prétendent justement nous débarrasser, de tout ce qui empêche en nous l'exaltation que *Les Nourritures* veulent produire, c'est à savoir de l'ankylose de notre esprit, de l'engourdissement de notre sensualité, de la poussière que nous laissons se déposer sur nos sens.

On trouverait peut-être déjà chez Jules Laforgue une note qui ferait penser à *Paludes*. Le même dégoût de la vie ordinaire, le même sentiment de l'insupportable médiocrité où nous sommes enfermés, emprisonnés :

Dieu, que la vie est quotidienne !
Et du plus vrai qu'on se souvienne,
Comme on fut piètre et sans génie !

Mais le ton est différent. Malade, déjà condamné à mort, ayant moins de moyens de s'évader, Laforgue prend la chose beaucoup plus au tragique : il se désole, il se révolte. Dans Paludes au contraire règne une hilarité continue, une sorte de tranquillité

1. Eugène Rouart (1872-1936), un ami très proche de Gide, homme politique de gauche, très impliqué dans les questions agricoles.

dans la raillerie, de parfaite absence de colère et d'indignation, qui révèlent une âme infiniment plus forte et plus détachée de ce qu'elle ridiculise. Au moment même où il y était le plus enlisé, Gide sentait en effet en lui la faculté de sortir du marais ; il se connaissait des ailes que le pauvre Laforgue savait en lui déjà brisées. De là ce ton si paisible, si heureux malgré tout, si peu inquiet, si allègre même, et si impertinent.

*

Il est temps d'aborder l'étude de la deuxième manière de Gide, de sa manière romanesque. Et d'abord il faut chercher les raisons qui ont amené un changement de ton et d'écriture aussi profond que celui qu'on peut constater entre *Les Nourritures terrestres* et *L'Immoraliste*. Elles sont, je crois, de deux ordres assez différents.

D'abord Gide avec cette susceptibilité et ce tact merveilleux qui sont une de ses principales qualités, il a senti que le vent tournait. Mais non, l'expression est mauvaise, car elle semble indiquer chez lui un souci de suivre la mode, qu'on ne pourrait lui imputer qu'avec la plus grande injustice. Il ne s'agit pas ici des concessions faites au goût public. Mais il a compris tout de suite le mouvement de conversion que la littérature et l'art tout entier allaient exécuter. Il est un des premiers à en avoir eu le sentiment – conscient ou instinctif, peu importe. Il est un des premiers à s'être aperçu que le symbolisme était une forme morte et qu'aucun écrivain n'y pouvait plus mouler ses inventions sans leur ôter toute chance de vivre. Il venait de donner un livre, qui représentait une des réussites les plus complètes du symbolisme ; cependant, au lieu de se laisser entraîner comme tant d'autres par le succès à la répétition, il a tout de suite reconnu que cette réussite ne pouvait pas être renouvelée. En même temps, il discernait vers quelle forme nouvelle s'orientait spontanément la littérature et il en donnait un des premiers une réalisation remarquable.

Mais ce ne sont pas là les seules raisons qui ont déterminé l'évolution de Gide. Tout écrivain qui commence par une œuvre poétique se trouve à un moment donné en présence d'un grave problème : son inspiration a d'abord été alimentée par ses sens ; c'est leur fraîcheur qui faisait sa fraîcheur, c'est la vivacité avec laquelle ils lui peignaient le monde qui faisait la vivacité avec laquelle il évoquait et représentait celui-ci. Que va-t-il donc devenir au moment où l'âge atténuera cette vivacité, au moment où il n'aura plus que des perceptions assourdies, émoussées ? Il faut qu'il prenne un parti décisif, s'il ne veut pas se contenter de s'imiter lui-même et de multiplier indéfiniment les copies – d'ailleurs de plus en plus pâles – de ses premières œuvres. Gide, qui se trouvait exactement dans ce cas, a compris le problème ; il l'a franchement embrassé et résolu. « L'œuvre d'art, dit-il dans *Prétextes*, est œuvre volontaire, l'œuvre d'art est œuvre de raison ». Et encore : « Les *limites* ne sont qu'en l'artiste ; heureux celui qui les élargit en lui, les recule et qui, comme devrait vouloir chacun d'eux, *soumet le plus possible à lui, le plus possible de nature* ». Gide a pensé que l'artiste pouvait augmenter son domaine, s'annexer de nouveaux genres, une nouvelle manière, à condition de procéder avec bon sens, méthode et résolution. Nous le voyons ici apparaître sous un jour tout à fait nouveau. Ce n'est plus le jeune poète délicieusement tâtonnant de *La Tentative amoureuse*, ce n'est plus même, bien que déjà dans *Les Nourritures terrestres* il y ait plus de volonté qu'il ne paraît au premier abord (c'est un livre « d'une folie très méditée », dit Gide quelque part), ce n'est tout de même plus le chantre abandonné et trébuchant de l'universelle volupté. C'est un écrivain conscient et délibéré, qui aperçoit certaines possibilités et se propose de les réaliser.

Gide a donc décidé d'écrire désormais des romans. On se représente facilement quelle sorte d'effort cela exigeait de sa part. Il lui fallait renoncer à sa manière dispersée, il fallait faire du continu, du progressif. Il fallait inventer des péripéties, ou tout au moins, car ses deux premiers romans sont en grande partie autobiographiques, il fallait ordonner celles qu'il voulait mettre en œuvre, les présenter sous un jour calculé, remplir les parties neutres du récit. Pour le compagnon de Ménalque, qui ne s'entendait jusqu'ici qu'à butiner capricieusement son miel, l'entreprise n'était pas sans hardiesse. Nous allons voir comment il y a réussi.

Je n'hésite pas à dire qu'elle l'a conduit à son chef-d'œuvre : *L'Immoraliste*.

Quoi qu'il écrive plus tard, *L'Immoraliste* sera toujours le centre de l'œuvre de Gide. L'étudier, ce sera toujours se prendre à l'essentiel de cette œuvre ; bien mieux c'est par *L'Immoraliste* qu'on pénètre le plus profondément dans l'âme de Gide. Jusqu'ici nous n'étions renseignés sur elle qu'indirectement, que par tout un système d'allégories et de moralités. Mais dans *L'Immoraliste* l'auteur entreprend l'effort le plus important qu'il ait osé jusqu'ici de confession directe. Je dirai même que nous voici en présence d'une des tentatives de sincérité intégrale les plus hardies que connaisse la littérature. Je ne veux pas bien entendu insinuer qu'il faille assimiler complètement le cas de Michel avec celui de Gide, ni chercher avec une mesquine curiosité à retrouver dans les événements de *L'Immoraliste* le reflet exact de la vie de Gide. Mais il est bien évident qu'à aucun de ses personnages, il n'a autant fourni de lui-même qu'à Michel, que nulle part il ne s'est plus douloureusement, plus dangereusement mis en scène.

Oui, *L'Immoraliste* est un des livres les plus dangereux que je connaisse. Pour qu'il soit apprécié par tout le monde à sa valeur, il faudra que du temps ait passé, qu'on ne se sente plus trop près de lui, qu'on ait l'impression d'être hors de sa portée, à l'abri de sa contagion.

C'est l'histoire d'un homme qui, après l'avoir au-delà de ses vingt ans ignoré, apprend brusquement ce que c'est que la vie, ou plus exactement ce que c'est que de vivre. Ce Michel a grandi dans les livres ; c'est une sorte d'érudit. Sa santé a toujours été chancelante. Il se marie pourtant pour obéir à un vœu de son père mourant. Et voici que pendant son voyage de noces en Algérie, il est pris d'un crachement de sang. Il ne peut plus en douter : le voici condamné à mort. Cette constatation soudaine, au lieu de l'abattre, se change en lui en une volonté désespérée, féroce : celle de guérir. Il guérira, il prendra tous les moyens qu'il faudra pour y réussir. Il va s'installer à Biskra avec sa femme, et par la terrible application qu'il y met, en effet sa santé commence à s'améliorer ; il se sent peu à peu plus fort, plus capable de vivre. Mais il ne se contentera plus désormais de guérir. C'est jouir qu'il veut maintenant, jouir du monde, jouir de sa nouvelle santé, jouir de sa vie retrouvée. Enveloppé dans le délice de la convalescence, le délice de vivre se fait goûter de lui ; il le découvre avec cette nouveauté de sensation, avec cette virginité des sens que donne la maladie ; tous les instincts de l'homme primitif se réveillent sournoisement en lui ; il s'éprend de la violence, de la spontanéité brutale, de l'injustice naturelle ; la forte contrainte morale qu'il a subie pendant toute son enfance fait place au plus sauvage besoin d'indépendance et d'irrégularité. Il se plaît dans la compagnie des enfants, il aime leur adresse et leur perversité. Et peu à peu Michel devient impatient de tous les liens qui le retiennent encore. Sa femme, qu'il n'est pourtant pas sans aimer, ne lui apparaît plus que comme un obstacle à sa vie ; le sentiment qu'il a pour elle ne peut plus former contrepoids à la légèreté prodigieuse et impie dont il se sent plein. À son tour, Marceline tombe malade ; elle n'a que trop bien deviné l'impossibilité de saisir, de capter cette force indomptable qui s'est éveillée chez Michel, et cette conscience la tue. Il l'entraîne sans pitié, sous prétexte de la guérir, vers les lieux où lui-même a retrouvé la vie. Mais elle ne peut supporter l'horrible voyage et finit par mourir dans une auberge de Touggourt. Michel, au fond de son désespoir, ne peut s'empêcher de sentir une joie presque intolérable, une impression d'affreuse liberté et il reste dans cet extrême sud où il est maintenant tout seul, à rôder comme un vagabond, comme un homme perdu.

Nietzsche avait bien exprimé sans doute cet instinct immoraliste, ce besoin de vie complète et impitoyable, cet égoïsme tragique qui veillent dans certains cœurs, mais que notre civilisation empêche le plus souvent de se développer. Mais il y a un abîme entre une théorie et un récit. Le livre de Gide n'est qu'un récit ; il ne fait pas l'apologie du sentiment qu'il raconte, il ne cherche pas à le systématiser, à « l'ériger en loi universelle ». Mais par là même, il prend une portée à laquelle aucun ouvrage de Nietzsche à mon avis ne peut prétendre. L'affirmation peut paraître paradoxale. Mais, si l'on réfléchit, n'est-il pas infiniment plus émouvant, plus ébranlant d'assister directement au développement d'une passion, d'en suivre chez une personne vivante, ou comme vivante, l'éclosion, que d'en entendre parler avec enthousiasme par un professeur et de la voir recommandée en aphorismes, si profonds soient-ils, du haut d'une chaire ? L'exemple de Michel est plus terrible à mon sens, et, il faut même le dire, plus pernicieux que toute *La Volonté de puissance* augmentée de *Par-delà le Bien et le Mal* et du *Gai Savoir*.

Bien que *L'Immoraliste* soit peut-être l'ouvrage le plus significatif d'André Gide, je ne voudrais pas vous laisser sur l'impression qu'il a pu vous donner, ni vous permettre de croire que l'œuvre entier de Gide soit d'un caractère aussi redoutable que ce redoutable roman. Ce serait une espèce de trahison envers son auteur que de le laisser sans son pendant naturel, qui est *La Porte étroite*. Ces deux livres sont, au moins en apparence, aussi différents que possible l'un de l'autre. Mais ils se font équilibre, ils se rattrapent pour ainsi dire l'un l'autre, et l'on ne peut avoir une idée un peu complète de Gide qu'en les considérant l'un en face de l'autre. Je ne sais même pas s'il n'y a pas eu chez Gide une confuse intention de compenser l'un par l'autre. En tout cas, il a construit *La Porte étroite* comme délibérément, tout à fait sur les confins de lui-même ; *L'Immoraliste* était le centre naturel de son âme, formé par les pensées les plus profondes, les plus sincères ; il semble, dans *La Porte étroite*, avoir voulu créer un centre artificiel, qui fît équilibre au premier. Pour l'obtenir, il a rusé avec son âme, il l'a masquée, déguisée, camouflée ; ou pour employer une autre métaphore, il l'a filée comme du verre, aussi loin, aussi fin que possible, jusqu'à en faire quelque chose qu'on ne reconnût pas. *La Porte étroite* en effet c'est le drame de la sainteté. Si elle devait nous faire penser à quelque chose, ce serait à *Polyeucte*. C'est l'histoire de deux jeunes gens qui s'aiment depuis leur enfance, qui sont fiancés et que rien n'empêche de se marier, sinon le dessein qu'a conçu la jeune fille de sacrifier leur bonheur à quelque chose de secret et de sublime, à leur propre perfection ; pour mieux élever son ami vers Dieu, Alissa entreprend de le détacher d'elle ; et malgré sa résistance, elle y met tant de patience et de ruse, qu'elle finit par y réussir. Mais cet effort est si déchirant qu'elle en meurt. Et Jérôme apprend par le journal qu'elle a laissé, avec le secret de sa dissimulation, les angoisses qu'elle lui a coûtées et les doutes de son agonie.

Vous le voyez, ce sont des sentiments en apparence diamétralement opposés à ceux de *L'Immoraliste* que Gide a voulu analyser dans ce roman. Pourtant je crois y retrouver tout simplement une autre forme de cet instinct d'indépendance à tout prix, de dégagement et de solitude, qui était la passion principale de Michel. Michel et Alissa n'obéissent-ils pas l'un et l'autre à un certain besoin de n'être pas pris, de n'être pas enrôlés, qui est plus fort que leur devoir, plus fort que leur amour le plus évident ? Ils ne peuvent pas se laisser encadrer ; ils sont trop complets intérieurement pour accepter la place qui leur est faite. Ce sont tous les deux des monades, que leur propre secrète perfection, que leur achèvement même empêche de s'agencer avec le reste du monde.

Quoi qu'il en soit, même s'ils sont issus d'une même veine, les deux livres prouvent combien celle-ci est susceptible de diversité. Le talent de Gide est d'une plasticité presque infinie ; il peut le conduire, sans le rompre, dans des directions presque opposées, il peut en faire tout ce qu'il veut.

Ce serait peut-être même là le danger le plus grave auquel il soit exposé. Oui, Gide doit craindre sa souplesse ; car il ne lui vient aucune idée qui grâce à elle ne soit réalisable.

Celle de *La Porte étroite*, bien que déjà un peu excentrique, au sens propre, était bonne. Mais qu'arrivera-t-il, s'il lui en vient d'autres qui ne le soient pas ? En général, quand l'écrivain tombe sur une idée – je veux dire sur un sujet – qui ne mérite pas d'être traité, il en est bientôt averti par la résistance même de la matière entre ses doigts et par je ne sais quelle mauvaise humeur des mots sous sa plume. Mais Gide, ses possibilités sont si grandes, son écriture si heureuse, il s'amuse tellement en travaillant qu'il ne s'aperçoit pas des fausses directions qu'il a prises. C'est peut-être ce qui lui est arrivé avec *Isabelle* et *Les Caves du Vatican*. Cette conception de l'œuvre d'art – œuvre volontaire, que nous l'avons vu énoncer dans les *Prétextes* et qui lui a permis d'étendre sa manière, jusqu'à écrire *L'Immoraliste* et *La Porte étroite*, semble bien l'avoir égaré en le conduisant décidément hors de ses voies naturelles, hors de son inspiration spontanée. Il en est venu à croire qu'il pouvait fabriquer de toutes pièces un roman, en inventer non seulement l'intrigue et les personnages, mais la nécessité même. Il s'est imaginé que l'écrivain pouvait planter sa tente et commencer ses travaux où il jugeait bon, et qu'il n'était par rapport à la matière en général dans aucune espèce de dépendance. Il a oublié que pour faire une œuvre vivante et durable, il lui fallait toujours partir de lui-même et de ses bourgeons naturels dans sa pensée, de ses nébuleuses qui s'y forment de temps en temps suivant des lois mystérieuses, où sa volonté n'a point de part.

Certes ni *Isabelle* ni *Les Caves du Vatican* ne sont des œuvres indifférentes ; le talent qu'y dépense l'auteur est sans prix. Le style en particulier en est d'une saveur extraordinaire et que Gide n'avait pas encore obtenue. Beaucoup plus concret, beaucoup plus pittoresque, beaucoup plus pictural même, pour préciser, intimement imbu des vertus les plus anciennes et les plus drues de notre langue, il permet à Gide de tracer des portraits beaucoup plus sensibles, qui parlent beaucoup plus aux yeux que tous ceux qu'il avait esquissés auparavant. Mais quoi ? Toute cette richesse est perdue, parce que l'aventure autour de laquelle elle se déploie, n'est pas suffisamment intéressante, ou plus exactement parce qu'elle n'a pas suffisamment intéressé son auteur lui-même. Elle a excité son esprit, mais elle n'est pas née d'un besoin de son cœur, elle ne traduisait aucun sentiment qui fut en lui jusque-là demeuré comprimé, malheureux ; elle ne correspondait à aucune explosion de son tempérament. Aussi reste-t-elle froide pour nous et ne nous requiert-elle pas suffisamment.

Mais je m'en voudrais de trop insister sur ces deux œuvres moins réussies de Gide. Je sais d'ailleurs qu'il n'a pas été le dernier à s'apercevoir de leur infériorité, qu'avec son admirable intelligence il en a tout de suite reconnu les raisons, et qu'il ne se laissera pas reprendre à commettre la même erreur. Tous ses projets d'avenir tiennent compte, je le sais, de l'échec de ses deux derniers livres et sauront bien éviter qu'il ne se répète. De même qu'il a été capable de sortir de sa spontanéité, de même je suis sûr qu'il sera capable d'y rentrer.

Heureusement son bon sens est infini, et dans des entreprises aussi délicates que celles où il s'est récemment engagé, il est en général averti à temps du point où l'artifice risquerait de se substituer à l'imagination. Peut-être a-t-il tout de même franchi ce point dans *Isabelle*. Mais dans *Les Caves du Vatican* il observe une amusante et subtile économie dans l'usage de l'abracadabrant, de façon à ne jamais rompre tout à fait avec sa vérité intérieure, avec son inspiration. L'œuvre est évidemment très concertée, très voulue ; elle correspond à un vœu de l'esprit, encore plus hardi et plus inconditionnel que celui d'où était née *La Porte étroite*. On peut craindre même, par moments, de voir cesser son rapport avec cette sorte de nébuleuse spontanée qui, dans le cerveau de l'écrivain, doit toujours précéder chacune de ses créations et peut seule lui donner de la nécessité. Mais Gide s'arrange toujours au dernier moment pour fournir un peu de lui-même à son œuvre, il la nourrit ainsi à la becquée jusqu'au dernier moment et le miracle s'accomplit par lequel cette extraordinaire fantaisie, sans aucune réalité, sans contenu objectif d'aucune espèce, se met pourtant à vivre et prend figure de roman.

Il l'a bien montré dans *Les Caves du Vatican*. Il y a peu d'œuvres, je crois, dans notre littérature, qui soient nées d'un dessein aussi gratuit et dont les détails soient réglés avec un plus amusant arbitraire. Et cela pourrait être considéré comme un grave défaut, si le sujet n'en était justement l'apologie de la gratuité et de l'arbitraire. Ce n'est pas artificiellement que Gide a placé *Les Caves du Vatican* dans le prolongement de *Paludes* et du *Prométhée*. Avec une mise en scène d'apparence plus objective, elles disent la même chose que ces deux anciennes soties : savoir que l'homme peut ce qu'il veut, que les événements ne reçoivent jamais que de son caprice une tournure originale ; et elles caressent en secret un même idéal : celui de la parfaite liberté intérieure. Lafcadio ne recueille si visiblement les sympathies de l'auteur qu'à cause de cette distance où il sait se maintenir de tout servage, et même de toute passion.

L'originalité du livre est dans le fait que tout y est choix et décret de l'auteur ; une continuelle contingence le conduit. Et tout en gardant les dehors d'une œuvre objective et racontée, il n'avance en réalité qu'à coups d'ukases charmants et bizarres que l'auteur lance sur le possible.

Mais j'ai hâte d'arriver à *La Symphonie pastorale*, qui est le dernier roman que Gide ait publié en librairie. C'est l'histoire d'un pasteur du Jura qui recueille une enfant aveugle et quasi idiote, qui l'instruit, éveille l'intelligence merveilleuse qu'elle tenait cachée, et peu à peu s'éprend de l'être nouveau dont il favorise l'éclosion. La façon, dont pour protéger les chances de son amour, il évite instinctivement d'avertir Gertrude du mal et du péché, et toutes les cruelles et terribles conséquences qui en résultent, quand, sortant de sa cécité, la jeune fille sort en même temps de son ignorance, tout cela est indiqué avec une délicatesse de touche que je trouve incomparable. Et j'admire aussi beaucoup, je vous l'avoue, la façon dont Gide a su faire décrire par son personnage lui-même un sentiment dont il n'a nulle conscience claire ; il y a là un tour de force d'exposition psychologique qui me paraît extrêmement réussi.

La question se pose cependant pour nous de savoir quelle place peut bien occuper *La Symphonie pastorale* dans l'œuvre de Gide et ce qu'elle peut contenir de ses préoccupations et de son âme. J'ai entendu reprocher à Gide d'avoir voulu y faire une sorte de caricature du protestantisme ; et il faut bien avouer que les apparences vont dans ce sens.

Pourtant rien, – je le tiens de Gide lui-même – rien n'était plus loin de ses intentions. Il dit volontiers que *La Symphonie pastorale* s'est trouvée par une sorte de hasard exprimer presque exactement le contraire de ce que nourrissaient son esprit et son cœur. Et en effet quand on recueille, comme je peux faire, ses pensées habituelles sur l'Évangile, on constate qu'elles sont très voisines de celles que le Pasteur développe dans son journal et applique dans l'éducation de sa pupille. Il semble bien en effet que ce soit par accident que le dénouement de *La Symphonie pastorale* soit venu infirmer les principes de Gide et de son héros.

Qu'un tel accident soit possible dans l'œuvre d'un écrivain, qu'un livre, qui pourtant ne tient son existence que de lui, puisse arriver à vouloir dire le contraire de ce que son auteur pense, et à préconiser l'inverse de ce qu'il chérit, cela vous étonnera sans doute. Ce n'est pourtant pas étonnant quand il s'agit de Gide, tout au moins. En effet, les idées sont dans son cerveau à l'état pour ainsi dire instable : l'effort de la création artistique ou mieux romanesque peut communiquer tout à coup à certaines une réalité, un poids que lui-même ne prévoyait pas, ne sentait pas ; elles peuvent être soutenues tout à coup et, si j'ose dire promues par la logique des événements racontés, alors que la logique de l'esprit les eût condamnées et refoulées.

D'après Gide – c'est une idée qu'il a développée dans ses conférences sur Dostoïevski – le véritable romancier ne doit pas avoir de conceptions qui soient indépendantes des personnages qu'il charge de les manifester ; toutes naissent, vivent, et meurent avec le personnage auquel il les confie ; elles subissent toutes ses aventures et triomphent ou périssent avec lui. Il dirait volontiers, je crois, que si l'interprétation de l'Évangile que professe son pasteur sombre dans une aussi misérable catastrophe, c'est uniquement que son personnage n'était pas de taille à la faire triompher. Gide a voulu le peindre médiocre ; il est tout naturel que son succès reste médiocre, ou nul.

*

Par l'esquisse que je viens de vous tracer, l'évolution de Gide comme écrivain, comme romancier, se trouve, imparfaitement sans doute, mais tout de même, je voudrais l'espérer, assez nettement décrite et caractérisée. Mais à côté de l'écrivain, il y a aussi chez Gide un critique. Un critique, ou plutôt un amateur d'idées, infiniment délicat, et qui sait les palper, les apprécier, recommander les meilleures. Ses deux livres de critique : les *Prétextes* et les *Nouveaux Prétextes*, qu'un troisième intitulé *Incidences* va bientôt venir compléter, contiennent les réflexions les plus fines sur les sujets les plus divers de littérature, de morale et même de politique.

Nous ne pouvons pas nous engager, à la suite de Gide, dans tous les problèmes qu'il a abordés. Mais lui-même, dans son recueil de *Morceaux choisis*, que je me permets de vous recommander, si vous voulez vous faire une idée d'ensemble de son œuvre, lui-même a pris l'initiative d'un classement de ses articles sous deux ou trois titres généraux. « Nationalisme et Nationalité » est intitulée la première partie. « Art, morale et littérature » s'appelle la seconde. Et cette division correspond en effet à deux ordres de préoccupations essentielles chez lui.

Sur la question si grave, dont la gravité va toujours croissant, du nationalisme[1], Gide a pris une attitude extrêmement courageuse et malgré sa subtilité, d'une importance considérable pour l'édification des esprits que le mal nationaliste n'a pas complètement pervertis.

Dès la publication des *Déracinés* de Maurice Barrès, c'est-à-dire en décembre 1897, Gide protestait contre l'idée qu'une plante n'atteint à sa plus grande fécondité qu'en s'enracinant de plus en plus profondément au lieu même où elle a poussé. S'adressant à Barrès, il écrivait :

> Votre affirmation trop constante nous fait désirer contredire, désirer affirmer ceci : le déracinement peut être une école de vertu. C'est seulement lors d'un sensible apport de nouveauté extérieure qu'un organisme, pour en moins souffrir, est amené à inventer une modification propre permettant une adaptation plus sûre. Faute d'être appelées par *de l'étrange*, les plus rares vertus pourront rester latentes, irrévélées pour l'être même qui les possède, n'être pour lui que cause de vague inquiétude, germe d'anarchie.

Vous voyez, je pense, tout ce qui était impliqué dans ce passage. En face d'une doctrine qui tendait à enfermer l'individu dans les étroites limites de la race, qui voulait le contraindre à ne vivre, si j'ose dire, que « de sa terre et de ses morts », Gide affirmait au contraire la nécessité, pour son plein développement, d'une transplantation, d'un appel exercé par ses forces latentes, sur ses vertus inconscientes par « l'étrange », ou l'étranger.

1. Dans la version de février 1918, Rivière n'abordait pas la question du nationalisme et de l'enseignement de la guerre qui n'était pas alors terminée. Il rejoint Gide sur le refus du nationalisme intellectuel et développera cette pensée dans certains de ses articles politiques.

Vous savez, par ce que je vous ai raconté de sa vie, combien cette influence de l'étrange fut importante sur lui-même. Les terres, les peuples aussi bien que les littératures étrangères entrèrent en jeu, dès sa prime jeunesse, pour desserrer ce qu'il pouvait avoir de contracté dans son esprit ou dans son âme et pour le faire fleurir.

Mais ce qui est important, c'est la généralisation qu'il a faite de cette expérience, et la façon dont il nous en a fait profiter : toujours dans le même article que je citais tout à l'heure et toujours s'adressant à Barrès, il écrivait :

> J'ai pris le parti de voyager. En ayant éprouvé beaucoup d'agrément (pour employer une de vos exquises expressions de jadis) et surtout même, j'ose le croire, quelque profit, je me suis permis de conseiller aux autres le voyage ; j'ai fait plus : j'ai poussé, j'ai contraint d'autres au voyage ; il en est qui n'avaient jamais navigué et qui m'ont rejoint sur des terres assez lointaines ; il en est que j'ai mis en wagon ; il en est que j'ai accompagnés.

Gide est ainsi devenu, pour nous Français qui avons une si forte tendance à nous contenter de nous-mêmes et de notre fonds, un excitateur au dépaysement et au déplacement. Et j'emploie ici exprès des mots plus généraux que : voyage. Car ce que Gide nous a enseigné, ce n'est pas seulement à prendre le bateau ou le train, c'est à épouser d'autres points de vue que ceux qui nous sont naturels, à penser un moment avec la pensée de ceux qui sont le plus loin de nous.

Cet enseignement, si enseignement il y a, a pris une valeur toute particulière depuis la guerre. Il est certain que la guerre a renforcé toutes les nations, mais la France spécialement, dans une sorte de complaisance en soi, dans une vue partiale et simpliste de leur mission et de leur droit, qui représentent, pour la liberté de l'intelligence, un danger qu'on ne saurait exagérer. Cette complaisance en soi et cette partialité ont été combattues violemment, sans doute, dans tous les pays et aussi en France, par les pacifistes et par les internationalistes. Mais ceux-ci tombaient à leur tour dans une autre erreur qui était de n'admettre aucune différence entre les races et d'ignorer combien spécifiques sont les génies des divers peuples. Ils préconisaient ouvertement ou implicitement une « dénationalisation de l'intelligence ».

Gide a su avec un tact merveilleux maintenir l'équilibre entre ces deux tendances également néfastes. « L'étrange », dirons-nous, analysant sa pensée et reprenant son expression, doit rester l'étrange ; il n'y a aucun intérêt, aucun avantage à supprimer ou à masquer ce que les autres esprits, les autres peuples peuvent avoir pour nous de surprenant, de merveilleux, au sens propre, et même de déconcertant. Pourquoi vouloir enlever tout mystère au monde intellectuel ? Pourquoi vouloir imposer un uniforme à toutes les intelligences ? Pourquoi vouloir contraindre leurs mouvements spontanés, les plus essentiels, les plus profonds ?

Mais ce qu'il faut éviter à tout prix c'est de communiquer à sa propre originalité d'esprit une valeur mystique, c'est de croire qu'elle est la seule valable, la seule qui soit en accord avec la civilisation et l'humanité, c'est surtout de vouloir la définir irrémédiablement, de la systématiser, de s'en faire une idée définitive.

Car ce qu'il y a de curieux, c'est que le nationalisme intellectuel non seulement écarte avec impatience tous les apports étrangers, mais encore refuse les formes nouvelles, imprévues que peut prendre le génie national : Gide a combattu ce double exclusivisme, il a revendiqué sans cesse en faveur de « l'étrange » non seulement extérieur, mais intérieur aussi, j'entends intérieur à notre race. Je ne puis me retenir de vous lire ici une page, qu'il a écrite en 1905, et que je trouve rayonnante de bon sens. Gide se suppose en conversation avec un interviewer imaginaire, par lequel il se fait interrompre pour mieux préciser sa pensée. C'est Gide d'abord qui parle :

> Eh ! parbleu oui ! Tout était dit, depuis les sept mille ans qu'il y avait des hommes, « et qui pensent » – mais depuis les gouffres d'années qu'il y avait des brutes et *qui ne pensent pas* – qui n'avaient pas encore pensé, que de choses restaient à dire ! Car nous avions d'autres cousins : les Barbares, – qui s'efforçaient enfin vers la parole, qui commençaient à peine à parler. Quand on ne craignit plus de se salir, on leur tendit la main, à ces cousins germains. Pour l'oser, peut-être fallait-il ne pas avoir soi-même les mains trop propres. Les goujats du XVIIIe siècle s'entendirent fort bien à cela. Ce furent nos premières « mauvaises fréquentations » Depuis, nous en avons eu d'autres !
>
> — Qui, lentement, nous firent perdre le sens, si patiemment et si sagement élaboré, de la dignité, de la netteté, de la spécialité de notre race. C'est bien là ce que certains esprits perspicaces déplorent aujourd'hui.
>
> — Je ne puis le déplorer avec eux. Où vous vous obstinez à ne voir qu'une perte, je m'obstine à voir un acquis. Je ne suis

point ici pour vous apprendre que ce que vous appelez « notre race » est quelque chose d'assez mêlé. C'est là ce qui valut à l'esprit français sa souplesse, son aventure et sa curiosité ; il se sent, ce qu'était la France : un lieu de rendez-vous, un carrefour. Quoi d'étonnant si, des divers éléments qui nous composent, l'élément latin, le seul ayant déjà parlé, se reconnût d'abord, se ressaisît, prît d'abord conscience de soi et, à l'aide de ce qu'il avait déjà dit dans d'autres temps et d'autres lieux, put reprendre bientôt et presque aisément la parole. Les seules choses difficiles à dire sont celles qu'on n'a pas encore dites. Mais, pour l'amour de nous, ne limitez pas à ce qu'elle a déjà dit notre France ; pour être moins latin, ne croyez pas que ce qui lui reste à dire soit moins français.

À parler franc, monsieur, je crois le génie profond de notre race très différent de ce que divers critiques superficiels ont accoutumé d'appeler « l'esprit français », et qui n'est la plupart du temps qu'une manière de vernis lustrant de banales pensées. Tout au plus est-ce là l'esprit public. Si peu publics qu'aient été Laforgue, Rimbaud, Mallarmé, je les crois aussi parfaitement français qu'on prétend que le sont aujourd'hui Lavedan, Donnay et Rostand. L'apriorisme et le désintéressement, ou, si vous préférez, la gratuité des premiers, me paraissent être même des qualités plus essentiellement françaises encore que toutes autres, plus inimaginables en quelque autre pays que ce soit.

Prétendrons-nous moins français Maurice Barrès, pour présenter des qualités en apparence espagnoles ? Ces parfums, cette morbidesse, cet amour de l'amour avoisinant l'amour, ce rythme si rompu, cette allure un peu capitane, cette belle cambrure d'abord puis brusquement ces abandons, ce sourire seulement des lèvres, ces ombres à la Zurbaran, ces langueurs à la Murillo… Irons-nous l'aimer moins lorsqu'il parle de Tolède, de Venise ou de Vladikavkas, et trouve à les chanter ses plus mélodieux accents ? – Nous paraîtra-t-il soudain plus français lorsqu'il parle de la Lorraine ? – Il n'est pas malaisé de reconnaître pour français un Boylesve, un Régnier, un France ; mais il faut accepter que l'est aussi bien un Claudel, et d'une plus importante façon, parce que d'une façon plus nouvelle. Non, le génie français s'informe et s'enrichit et se précise chaque jour. Si nous pouvions dès aujourd'hui dire : voilà ce qu'il est, et pas plus, hélas ! ce serait dire du même coup : il a vécu.

*

Pour achever le tableau de la pensée de Gide, il faudrait que je puisse analyser maintenant ses idées sur les rapports de l'art et de la morale et sur le classicisme. Malheureusement le temps passe plus vite que je ne souhaiterais et me voici condamné à ne vous en offrir qu'un résumé très sommaire : Gide pense que l'art, loin d'être fonction de la sincérité est au contraire un certain vêtement harmonieux que l'artiste impose à son désordre intérieur. Il n'hésite pas à prononcer le mot d'hypocrisie, en lui retirant d'ailleurs son sens péjoratif et donc en le rapprochant de son sens grec : vous savez que chez les Grecs « hypocrite » voulait dire seulement « acteur ». Le classicisme, selon Gide, c'est essentiellement la modération que l'artiste impose par ses mots à ses sentiments :

> Il importe de considérer que la lutte entre classicisme et romantisme existe aussi bien à l'intérieur de chaque esprit. Et c'est de cette lutte même que doit naître l'œuvre : l'œuvre d'art classique raconte le triomphe de l'ordre et de la mesure sur le romantisme intérieur. L'œuvre est d'autant plus belle que la chose soumise était d'abord plus révoltée. Si la matière est soumise par avance, l'œuvre est froide et sans intérêt. Le véritable classicisme ne comporte rien de restrictif ni de suppressif ; il n'est point tant conservateur que créateur ; il se détourne de l'archaïsme et se refuse à croire que tout a déjà été dit.
>
> J'ajoute que ne devient pas classique qui veut ; et que les vrais classiques sont ceux qui le sont malgré eux, ceux qui le sont sans le savoir.

C'est là une idée très importante et qu'il faut avoir sans cesse devant les yeux pour bien comprendre l'œuvre même de Gide, pour bien sentir, sous l'élégance et le charme de son apparence, ses redoutables profondeurs.

Mais à peine ai-je prononcé ce mot de *profondeur* que je le sens impropre. Ce n'est pas que Gide ne soit descendu dans les secrets les plus intimes de l'âme humaine. Mais le mot ne convient pas à la forme de son esprit. Non, il est inexact de parler de la profondeur de cet esprit, parce que c'est lui supposer du même coup des racines, un attachement à certaines idées, une persistance dont il manque complètement.

Aussi bien est-il impossible de faire de Gide une étude vraiment complète, sans essayer de saisir, au-delà de son œuvre, le démon qui la lui a inspirée, sans essayer un portrait de justement cet étrange esprit. C'est ce que je vous demande de faire avant de nous séparer.

Ce qui rend Gide si difficile, si compliqué, c'est peut-être plutôt que sa profondeur, son extrême pondération. C'est à force qu'il est équilibré qu'il peut surprendre. Si j'ose dire, il pousse l'équilibre un peu trop loin. Je me rappelle l'avoir trouvé, un jour que j'allais lui rendre visite, dans un profond ravissement : « Savez-vous me dit-il, ce que m'écrit Claudel ? Il prétend que je suis un esprit sans pente. »

Cette définition semblait lui donner une joie infinie. Et en effet je dus convenir qu'elle était merveilleusement juste. Dans son esprit, toute idée qui se présente est d'abord sur le même plan que toutes les autres, elle ne trouve rien qui s'oppose à elle en principe, rien qui la diminue, qui la rabaisse ; elle pourra ensuite par la réflexion être mise à une place légèrement inférieure ; mais spontanément elle a la même place que toutes les autres. Aucune par suite n'est jamais capable de faire basculer les autres. Aucune ne creusera jamais de lit, où les autres soient précipitées à sa suite. Partant aucun relief ne se formera jamais dans cet esprit, où tout restera réglé par le principe d'une minutieuse équivalence.

Il en résulte qu'il est incapable non pas tout à fait de juger, mais en tout cas de trancher. Et d'ailleurs il n'aime pas à le faire, il sent très bien que ce n'est pas dans ses attributions. Il écrit dans la préface de *L'Immoraliste* :

> Je n'ai pas voulu faire en ce livre non plus acte d'accusation qu'apologie, et je me suis gardé de juger. Mais le public ne pardonne plus aujourd'hui que l'auteur, après l'action qu'il peint, ne se déclare pas pour ou contre ; bien plus, au cours même du drame on voudrait qu'il prît parti, qu'il se prononçât nettement, soit pour Alceste, soit pour Philinte, pour Hamlet ou pour Ophélie, pour Faust ou pour Marguerite, pour Adam ou pour Jéhovah. Je ne prétends pas, certes, que la neutralité (j'allais dire *l'indécision*) soit signe sûr d'un grand esprit ; mais je crois que maints grands esprits ont beaucoup répugné… à conclure – et que poser un problème n'est pas le supposer d'avance résolu.

Et dans *Prétextes* :

> Que l'artiste laisse à d'autres les « convictions ». Elles lui coûtent trop cher à lui et elles le déforment trop. L'artiste n'est ni d'un camp ni de l'autre ; il est à tout point de conflit.

En face des idées, il est comme un miroir infiniment sensible et pour ainsi dire actif ; il les attend, il les surprend dès qu'elles paraissent, il élucide en les recueillant leurs apports ; il organise leur complexité. Je ne connais pas d'esprit qui sache être fidèle à autant de choses à la fois. Il ne faut pas lui demander de faire un choix entre elles. C'est bien assez qu'il leur suffise. Ou en tout cas le choix qu'il fera sera tout proche, tout immédiat, aussi fragilement motivé que possible, et jamais n'impliquera le rejet formel de l'élément refusé. Il est le *témoin* le plus subtil et si l'on peut dire le plus nombreux qui ait jamais paru.

Cette égale susceptibilité de Gide à toutes les idées, si nous passons dans le domaine affectif, a son équivalent dans une sensibilité inouïe à toutes les influences. Et non pas sensibilité passive seulement. La matière de cet esprit est de fabrique si précieuse, qu'elle pompe spontanément tous les sucs. Rien ne vient en contact avec elle, qui ne soit tout de suite absorbé, sucé, digéré. Ce n'est pas sans raison que Gide a écrit une apologie de l'influence, où il prétend que ce sont les esprits les plus vigoureux qui subissent le plus et qui craignent le moins de subir. Outre sa vérité générale, cette thèse a une vérité individuelle : elle traduit à merveille le tempérament de son auteur, et cette faculté qu'a son cerveau de « pomper », si l'on peut dire, à distance, les idées, les sentiments où que ce soit manifesté, les sensations où que ce soit perceptible. Nulle part la perméabilité presque infinie de Gide ne s'exprime aussi éloquemment que dans *Les Nourritures terrestres*. Qu'est ce livre après tout sinon l'énumération de tout ce que le monde offre d'impressions possibles, sinon le menu écrit avec gourmandise de toutes les nourritures qu'on y peut goûter ? On y voit un esprit fait pour l'absorption, bien plus que pour la production, un esprit qui garde tout pour lui, et dont la fonction principale est d'être universellement accessible, un esprit organisé pour une sorte d'égoïsme transcendant.

Et cependant ce serait mal se le représenter que de le croire dans une communion profonde, essentielle, effective avec la nature. On aurait tort de l'imaginer tout perdu dans ce qu'il goûte, dissous entre ses sensations. C'est le contraire qui est vrai. Justement parce qu'il veut tout prendre de l'univers, il est obligé de n'en prendre rien. Pour suffire à tout, il faut ne donner à rien. Et en effet, en même temps qu'à sentir, Gide est occupé à se reprendre. Le mouvement de son esprit est double, et ce n'en est pas la seconde partie qui est la moins essentielle. Nous touchons même peut-être ici au trait fondamental de son caractère : son indépendance presque maladive, une impropriété absolue à faire partie de quoi que ce soit, une répugnance native à se laisser impliquer dans aucune affaire. Gide est dominé, si j'ose dire, par la peur de se laisser pincer. De tout ce qui peut lui arriver, il songe d'abord à se tirer. Ce qui lui importe avant tout, c'est d'en sortir bien intact et avec tous ses membres. La participation est pour lui la forme de vie la plus intolérable qui se puisse imaginer.

J'ai parlé tout à l'heure à propos de sa passion pour les voyages, de sa légèreté. Et en effet, voilà peut-être le dernier mot sur son caractère. Gide est léger ; je ne veux pas dire frivole, inconstant, capricieux ; je prends le mot dans son sens physique. Gide ne pèse pas. Il est à la surface de la vie comme du liège ; le plus impossible pour lui, c'est de plonger, c'est de se noyer ; jeter l'ancre, pousser des racines : voilà à quoi il ne saurait réussir jamais. Il faut chercher dans *L'Immoraliste* l'expression la plus tragique de cette terrible impuissance à s'immerger, à se fixer. Gide est trop intelligent, trop humain pour ne pas comprendre ce que la vie implique d'attachements ; il ressent même quelque chose de ceux qu'il doit avoir, mais il ne peut aller au bout d'aucun, il ne peut faire qu'aucun soit plus fort que lui, plus fort que son indomptable légèreté. Le véritable conflit dans *L'Immoraliste* est entre la parfaite compréhension qu'a Michel de la place que son amour lui assigne auprès de Marceline et l'impossibilité où il est d'y rester. Il a beau l'aimer, l'indiscipline qui monte des régions les plus secrètes de son cœur, l'emporte et le jette à la dérive. Il sait qu'elle meurt, et pourtant il s'en va. S'en aller : voilà la passion la plus forte qu'il connaisse, son plus irrésistible entraînement. Échapper, ne pas être là, ne pas en être : voilà les mobiles les plus puissants de sa conduite, ceux que par aucun effort il ne peut contraindre ni neutraliser.

Mais, me dira-t-on, c'est un fort détestable personnage que vous nous peignez là. En quoi un tel esprit peut-il être intéressant ? À quoi peut-il servir ? Quelle est donc son utilité ?

À parler franchement, je crois que si nous posions à Gide lui-même cette dernière question, il nous accueillerait avec sourire et se passerait assez gaiement d'être utile : « L'œuvre d'art doit trouver en soi sa suffisance, sa fin et sa raison parfaite », écrit-il. Il n'a jamais voulu *sérieusement* instruire personne L'envie de réformer est chez lui, je crois, au degré le plus faible où on puisse le rencontrer chez l'homme.

Mais prenant sa défense malgré lui, je dirai (entre autres choses, car il y en a beaucoup à dire ; et je n'aurais pas fini de longtemps si je voulais expliquer en détail toutes les raisons de mon admiration et même de ma reconnaissance pour Gide) je dirai :

Il est au contraire extrêmement important qu'il y ait ainsi dans une littérature, et plus généralement dans un milieu intellectuel donné, quelques esprits, ou même un esprit seulement, qui puisse se déplacer ; qui, parfaitement dégagé, puisse aller et venir, recueillir et comprendre, percevoir et assimiler, et qui pareil à une abeille sans ruche fasse son miel de toutes les fleurs à la fois. Il est extrêmement utile qu'il y ait ainsi un esprit inutile qu'aucune besogne déterminée n'absorbe ni ne déforme, et qui reste disponible pour établir les relations pour ainsi dire latérales entre les créateurs. Gide est un merveilleux agent de liaison ; s'il ne crée pas à proprement parler, il empêche par son inlassable activité que rien se perde ; il confond les germes ; il met dans la production de son temps ce trouble léger et savamment calculé qui est indispensable pour que les éléments s'en agrègent et que se produise une intégration véritable.

Et que dis-je, qu'il ne crée pas ! Ce n'est pas un Balzac, ce n'est pas un Dickens. Je ne crois pas qu'on voie jamais une procession de personnages sortir de son sein et se répandre sur les routes de la littérature universelle.

Mais il est un personnage au moins auquel il a donné naissance, qu'il a formé de sa propre substance, qu'on n'avait jamais vu paraître avant lui dans aucun livre, et qui vague maintenant dangereusement par le monde. Comment le définir, quand tous ses traits ne sont que fuite et quand son sourire n'est que le détour qui nous le dérobe ? Ne voyez-vous pas pourtant de *Paludes* à Ménalque, et de Michel à Lafcadio, une étrange figure, qui déborde chacun de ces individus, se dessiner ? La figure du solitaire qui rit, de l'homme qui n'a besoin de personne, à qui sa propre vie fournit tout l'aliment dont il a besoin. L'être « sans parent ni cour, plus noble que la fable », qui glisse à la surface de la société sans prendre même la peine d'exprimer toute l'indifférence qu'il sent pour elle. L'hédoniste impénitent sans autre occupation qu'une certaine hilarité.

Ou encore l'homme à qui il n'arrive pas malheur. Car ce qu'il y a peut-être de plus effrayant chez Gide, c'est sa chance, et de plus inquiétant dans son œuvre, c'est à quel point elle est privée de catastrophe. Rien n'y casse, tout y est aimanté par le bonheur. On peut s'accrocher à cet « hippogriffe puissant », se laisser emporter par lui avec la plus redoutable sécurité.

Gide est un grand inventeur ; il a trouvé la porte par où s'évader de l'humanité, par où rejoindre Dieu sait quoi « au-delà des conflits, au-delà du partage et de la dure angoisse à plusieurs » : tel pourrait être le sous-titre de tout son œuvre. « Veuille ne me pas toucher », semble-t-il dire, je ne te ferai ni bien ni mal ; je te comprends ; si tu souffres, toute ma sympathie ; mais comme compagnon, je ne te prendrai que si tu t'envoles…

Loin des remords, des crimes, des douleurs.

La fin de la carrière de Gide fait l'objet de ma plus sincère curiosité : « Il faut que je sache, s'il doit remonter à un ciel, que je vois un peu l'assomption de mon petit ami[1]. »

À l'été 1914, Jacques Rivière publia une longue étude sur Rimbaud dans La NRF. *Il avait cependant dû faire des coupes et avait hésité sur sa conclusion sans avoir le temps de vraiment y réfléchir. C'était à ses yeux une version provisoire qui devait, une fois terminée, servir de préface à un volume de lettres et d'ébauches inédites de Rimbaud publié par* La NRF. *Mais la guerre a ajourné le projet et le volume parut après la mort de Rivière sans son texte. Isabelle Rivière en 1930 publia aux éditions Kra une version augmentée en se basant sur le manuscrit laissé par son mari, mais on ne peut savoir ce que Rivière aurait conservé ou changé. Nous publions donc la version parue en juillet et août 1914 qui est la seule que Rivière a pu relire*[2].

1. Arthur Rimbaud, *Une saison en enfer*, « Délires I », « Vierge folle », « L'époux infernal ».

2. En 1977, Roger Lefèvre a publié et annoté *Rimbaud Dossier 1905-1925* (Gallimard) dans lequel il a rassemblé, par ordre chronologique, tous les écrits de Rivière dans lesquels il est question de près ou de loin à Rimbaud (extraits de lettres, d'articles et des *Carnets*, l'essai de 1914…).

Rimbaud

Première partie

« Apprécions sans vertige l'étendue de mon innocence. »
Arthur Rimbaud

I

Rimbaud commence par la colère et par l'injure. De son âme, c'est ce qui vient d'abord à notre rencontre. C'est ce qu'il nous faut essuyer d'abord, si nous voulons nous approcher de lui. Impossible de le comprendre si l'on hésite devant ce flot d'insultes, si l'on tâche de le tourner. Car, ainsi qu'un grand fleuve s'annonce jusqu'en pleine mer par de la boue, Rimbaud est naturellement précédé par cet immense salissement.

Rimbaud n'était pas seulement irritable ; il n'y avait pas seulement à craindre de lui donner quelque motif d'emportement. Il ne vous attendait pas ; il prenait les devants, il se ruait sur vous d'abord et sans daigner s'expliquer. L'injure lui venait si spontanément à la bouche qu'il ne savait pas résister à sa montée. Elle était comme une fonction en lui, avec sa volupté spécifique. Il en possédait toutes les ressources, tous les secrets ; il en avait le tour, les façons de commencer, les vocatifs ; elle était chez lui à l'état jaillissant. Bien que, pour ce qui touche à Rimbaud, l'autorité d'Edmond Lepelletier[1] soit des plus suspectes, nous pouvons cependant lui emprunter ici une anecdote. Il raconte qu'un jour, « pour faire plaisir à Verlaine », il invita Rimbaud chez lui : « D'abord il ne desserra pas les dents pendant toute la première partie du repas, n'ouvrant la bouche que pour demander du pain ou à boire, d'un ton sec, comme à une table d'hôte ; puis, à la fin, sous l'influence d'un bourgogne énergique, dont Verlaine lui versait largement, il devint agressif. Il lança des paradoxes provocateurs et émit des apophtegmes

1. Edmond Lepelletier (1846-1913), homme politique et journaliste, il est l'auteur de *Paul Verlaine*, paru au Mercure de France en 1907. L'anecdote est rapportée chapitre VIII (« La Rupture-Arthur Rimbaud »), p. 260-262.

destinés à appeler la contradiction. Il voulut notamment me plaisanter en m'appelant "salueur de morts", parce qu'il m'avait aperçu soulevant mon chapeau sur le passage d'un convoi. Comme je venais de perdre ma mère, deux mois auparavant, je lui imposai silence sur ce sujet, et le regardai de certaine façon qu'il prit en assez mauvaise part, car il voulut se lever et s'avancer, menaçant de mon côté. Il avait pris nerveusement et sottement sur la table un couteau à dessert, comme une arme sans doute. Je lui collai la main à l'épaule et le forçai à se rasseoir, en lui disant que je sortais de faire la guerre, etc. » Il est inutile de citer la suite de ce passage, où la dignité, la bravoure et le désintéressement de M. Lepelletier s'expriment de la façon la plus comique. Retenons-en simplement que plus tard Rimbaud ne parlait jamais de son hôte qu'en l'appelant : « salueur de morts, ancien troubade, pisseur de copie ».

Mais ce n'était là de sa part qu'amusement. Son inspiration injurieuse avait un fonds plus tragique. Les lettres qu'il écrivait à son ami Delahaye[1] nous laissent sentir de quelle profondeur en lui surgissaient les paroles ordurières, quel affreux plaisir il y goûtait, avec quelle plénitude, quelle dilection, quel profit il les crachait : « Ce qu'il y a de certain, c'est merde à Perrin. Et au Comptoir de l'Univers, qu'il soit en face du square ou non. » « N'oublie pas de chier sur *La Renaissance*, journal littéraire et artistique, si tu le rencontres. » Il y a davantage ici que la grossièreté de l'adolescence. Le ton est plus grave et plus furieux ; les mots tiennent plus fortement à l'être de celui qui les prononce ; ils le secouent davantage en s'échappant de lui. C'est presque le transport d'une satisfaction organique. Quelle anormale compétence dans la façon dont il encanaille les mots les plus bénins en leur forgeant des désinences incongrues ! On dirait qu'il leur rend la forme qu'ils doivent avoir pour lui, qu'il les rétablit dans leur indignité originelle. Jamais homme n'eut plus naturelle la faculté de travestir, de défigurer, de souiller.

Mais il n'est pas horrible seulement par ses paroles. Son âme se tient derrière ses injures, pareille à elles, plus effrayante encore, s'il est possible. Et d'abord, il est d'une insensibilité incroyable. C'est un monstre. Il est incapable d'éprouver aucun des sentiments normaux de l'humanité. Il ne reconnaît rien pour respectable ; il

1. Ernest Delahaye (1853-1930), ami et premier biographe de Rimbaud.

est absolument dépourvu d'égards, c'est-à-dire qu'il ne trouve rien vers quoi l'on ait quelque raison de se tourner. Toutes les habitudes sociales de notre cœur lui sont incompréhensibles. Point de tradition pour lui, point de liens forgés par les siècles. Son âme est seule dans le temps ; elle est traversée par le souffle désert de la totale liberté. À la place des innombrables ménagements qui emplissent la nôtre, il y a en elle comme un vide, mais un vide brûlant, féroce, une sorte de flamme négative. Il signe une de ses lettres : « ce sans-cœur de Rimbaud ». Même s'il l'a voulu ironique, il faut prendre le mot à la lettre. Il est privé de ce lieu intérieur où les sentiments naissent, fleurissent, s'entretiennent, se développent, de cette petite maison de la conscience avec ses habitants qui vont et viennent, entrent et sortent, font leur petit remue-ménage plein de mesure et de civilité. Pas de terrain moral dans cette âme ; les semences qui y tombent ne rencontrent rien qu'une dévorante absence par quoi tout de suite elles sont volatilisées.

Rimbaud parle de sa mère non pas grossièrement, mais avec une sécheresse brutale, avec une aridité impitoyable : « La *mother* m'a mis là dans un triste trou ». « La mère Rimb (*sic*) retournera à Charlestown, etc. » Elle ne lui est rien et son indifférence pour elle semble tranquille, complète, sans restrictions intimes, sans remords. Il refuse de tenir compte de ses volontés, et de cette insoumission il ne pense même pas à s'expliquer avec elle. C'est à un étranger qu'il écrit : « … J'ai fini par provoquer d'atroces résolutions d'une mère aussi inflexible que soixante-treize administrations à casquettes de plomb. – Elle a voulu m'imposer le travail perpétuel, à Charleville (Ardennes) ! Une place pour tel jour, dirait-elle, ou la porte. – Je refusai cette vie ; sans donner mes raisons : c'eût été pitoyable ».

Même indifférence à l'égard de la patrie : « Quelle horreur, que cette campagne française[1] ! » Au moment où les Allemands pénètrent en France, il se plaint, avec une amertume qu'il ne soupçonne nullement d'être déplacée, que Paris n'envoie plus de livres aux libraires de Charleville. Et voici sous quelles couleurs lui apparaît l'héroïsme de ses concitoyens :

1. Lettre à Delahaye de mai 1873. (NdA) Les lettres de Rimbaud ont été publiées dans *Œuvres complètes-correspondance*, édition établie et annotée par Louis Forestier, Robert Laffont, coll. « Bouquins », 2004. (NdE)

Charleville, 25 août 1870

Monsieur,

Vous êtes heureux, vous, de ne plus habiter Charleville ! – Ma ville natale est supérieurement idiote entre les petites villes de province. Sur cela, voyez-vous, je n'ai plus d'illusions. Parce qu'elle est à côté de Mézières – une ville qu'on ne trouve pas – parce qu'elle voit pérégriner dans ses rues deux ou trois cents de pioupious, cette benoîte population gesticule prudhommesquement spadassine, bien autrement que les assiégés de Metz et de Strasbourg ! C'est effrayant, les épiciers retraités qui revêtent l'uniforme ! C'est épatant comme ça a du chien, les notaires, les vitriers, les percepteurs, les menuisiers et tous les ventres, qui, chassepot au cœur, font du patrouillotisme aux portes de Mézières ; ma patrie se lève !… Moi, j'aime mieux la voir assise ; ne remuez pas les bottes ! c'est mon principe[1].

Il est visible qu'il ne comprend pas. Ce qui se passe sous ses yeux n'a pas de sens pour lui ; il ne perçoit pas le motif de cette agitation ; elle lui apparaît comme vidée du sentiment qui la provoque ; car de ce sentiment il ne peut se faire aucune image, son âme ne lui en fournissant pas d'équivalent. À la place des humbles mouvements du patriotisme, il ne trouve en lui qu'un affreux désintéressement plein de rire.

Bien mieux : de la haine. Il n'est pas seulement insensible : il y a en lui une véritable fureur, un profond besoin de vengeance. Il est tourné contre nous ; il nous abhorre de toutes ses forces, de tout son cœur : « La chaleur n'est pas très constante, mais de voir que le beau temps est dans les intérêts de chacun et que chacun est un porc, je hais l'été qui me tue quand il se manifeste un peu[2]. » Il considère tout être comme quelqu'un d'abord dont il faut se venger. Il s'approche, il met la main sur lui, il a un droit sur lui, il vient lui faire payer sa dette. Et comme il voit qu'on n'en peut rien tirer, il l'accable de sarcasmes et de malédictions.

Aucun moyen ne lui paraît trop bas pour satisfaire son grief. Il faut parler sans crainte de l'hypocrisie et de la lâcheté de Rimbaud. Sournois, oui, puisque cela peut être une arme. Darzens[3] raconte que, dans un dîner de littérateurs où Verlaine l'avait

1. Lettre à M. Izambard. (NdA)
2. Lettre à Delahaye de juin 1872. (NdA)
3. Rodolphe Darzens (1865-1938), journaliste, écrivain, poète symboliste. Il enquêta sur Rimbaud alors que celui-ci avait disparu de la vie littéraire.

introduit, Rimbaud, légèrement pris de vin, se mit à rythmer d'un mot malsonnant les vers que récitait un poète. Carjat[1], après une vive altercation, l'ayant mis à la porte, Rimbaud attendit la fin du repas et, lorsque son adversaire sortit, se précipita sur lui avec une canne à épée, dont il lui fit une blessure heureusement peu grave. Certains ont prétendu cette anecdote controuvée et il est important d'indiquer ici que Verlaine en tout cas en donne une version toute différente. Pourtant, telle que la rapporte Darzens, elle ne me paraît pas absolument invraisemblable. Quels scrupules pouvait-il y avoir pour une colère aussi fondamentale que celle de Rimbaud ? Les convenances, la mesure et l'espèce de dignité que nous avons l'habitude de garder jusque dans l'assouvissement de nos rancunes, c'est parce que celles-ci sont toujours particulières, limitées, définies : pour les satisfaire nous ne sortons qu'un instant de l'état de paix ; nous savons bien que nous y rentrerons tout à l'heure ; aussi essayons-nous d'en conserver le plus possible les grandes lignes, d'en respecter les exigences autant que nous le permet notre crime. Mais chez Rimbaud la haine est totale, absolue, infinie ; c'est elle qui pose toutes les lois, qui donne sa direction et sa forme à toute la conduite ; il n'y a pas d'autre voix que la sienne ; le seul devoir est de la contenter à tout prix ; ainsi toute lâcheté est permise, pourvu qu'elle soit efficace, pourvu qu'elle aide un peu à calmer cette immense soif.

Rimbaud est toujours en état de légitime offense. Tant pis pour nous si nous sommes en repos ! Lui est en guerre. Nous sommes ses ennemis, même si nous ne le voulons pas. Nous avons beau tourner vers lui le visage le plus bienveillant : il cherche pendant ce temps comment il pourra nous faire du mal. Si par hasard il nous trouve en proie à quelque tourment, c'est toujours autant de pris ! Il s'en félicite avec un transport cruel. Regardez-le qui exulte affreusement ! En pleine occupation allemande il écrit : « J'ai été avant-hier voir les Prussmans à Vouziers… Ça m'a ragaillardi[2] ». Et il ne pense pas à retenir ce cri épouvantable et sublime : « Je souhaite très fort que l'Ardenne soit occupée et pressurée de plus en plus immodérément[3] ». Sa haine a des ressorts d'acier. Il ne se fatigue pas de se lever contre nous. Il est

1. Le photographe Étienne Carjat (1828-1906), auteur de la photo la plus célèbre de Rimbaud.
2. Lettre à Delahaye de mai 1873. (NdA)
3. Lettre à Delahaye de juin 1872. (NdA)

toujours prêt à porter son accusation, avec la même grande joie impitoyable, toujours prêt à poursuivre et à condamner. D'autant plus d'occasions on lui en offre, d'autant plus il se réjouit. Inépuisablement en lui surgit le rire qui déteste. Encore ! s'écrie-t-il avec triomphe. Vous voyez, je suis toujours là ; vous pouvez y aller, je ne vous manquerai point.

Sa fureur est telle qu'elle le tient jusque dans le plaisir. Il faut entendre le son rageur, sifflant, ironique, indigné que prend le mot « délicieux » chez Rimbaud. Il semble dire : « Voilà ce que vous avez trouvé, c'est bien ! je le prends ; mais ne pensez pas que je vous pardonne davantage cette volupté que le reste. Toute ma colère y demeure contractée. Je vous ferai payer ça. »

Pour bien comprendre la haine de Rimbaud, il faut y noter un caractère singulier : c'est qu'elle ne s'occupe pas de son objet. Elle se complique d'une indifférence transcendante pour les êtres auxquels elle s'attaque : elle ne fait entre eux aucune distinction, elle ne les connaît pas ; elle ne sait rien que se précipiter.

> Ses strophes bondiront : Voilà, voilà, bandits[1] !

Rimbaud se rue au hasard, il frappe à tort et à travers, sûr que ses coups, où qu'ils portent, seront toujours mérités. Dans « Paris se repeuple », le voici parti pour une sorte d'apologie de la Commune et de furieuse diatribe contre les Versaillais. Mais au bout de la première strophe, il ne voit plus de différences, il ne sait plus à qui il en a ; c'est à tout le monde ; sa haine saute en lui dans tous les sens, elle est comme une boussole affolée. L'esprit de vengeance chez lui, c'est en même temps l'esprit de vertige. Dès qu'il entre dans sa colère, tout se met à chanceler et à tournoyer autour de lui :

> Qu'est-ce pour nous, mon cœur, que ces nappes de sang
> Et de braise, et mille meurtres, et les longs cris
> De rage, sanglots de tout enfer renversant
> Tout ordre ; et l'Aquilon encor sur les débris ;
>
> Et toute vengeance ? – Rien !… Mais si, toute encore,
> Nous la voulons ! Industriels, princes, sénats :

1. « Paris se repeuple ». (NdA)

Périssez ! Puissance, justice, histoire : à bas !
Ça nous est dû. Le sang ! le sang ! la flamme d'or !

Tout à la guerre, à la vengeance, à la terreur.
Mon esprit ! tournons dans la morsure : Ah ! passez,
Républiques de ce monde ! Des empereurs,
Des régiments, des colons, des peuples : assez[1] !

Cette impartialité de la fureur, cette égalité de la rage trahissent l'étrange détachement où est Rimbaud des objets qu'il harcèle avec le plus d'acharnement. Il les déteste, il les attaque, mais en même temps il les maintient à distance, il leur impose un espace d'avec lui où viennent s'égaliser toutes leurs petites différences, se perdre les nuances et les degrés de leur ignominie. Il nous poursuit, il s'attache à chacun de nous, mais en même temps il recule, il se sépare de nous tous, il se tient à l'écart dans un étonnement scandalisé. Il y a je ne sais quel silence et quel retranchement au fond de ses injures. Nous n'avons même pas l'idée de nous justifier devant lui, tellement nous sentons que « ce n'est pas pour ça » qu'il nous en veut. Au fond il n'a rien à débrouiller avec nous. Nous ne sommes là que pour recevoir sa haine. Il ne sait pas qui nous sommes ; qui croirait l'avoir offensé lui donnerait à rire. Il a toujours l'air de ne vouloir s'expliquer qu'avec quelqu'un que nous ne voyons pas. C'est vers ce spectateur invisible qu'il se tourne sans cesse ; il nous montre à lui simplement, il nous présente et ça suffit.

L'ironie de Rimbaud n'a rien à faire avec l'esprit. C'est une certaine façon pleine d'arrière-pensée de nommer les choses, le choix indifférent de l'une d'entre elles pour l'énoncer, un air de dire : « Voyez-moi ça, hein ! », un silence sur un mot, une façon d'en appeler aux dieux, de les prendre à témoin en se taisant sur quelque chose. Comme le plus parfait éloge est quelquefois de ne rien dire, ainsi la moquerie de Rimbaud est de cueillir au hasard n'importe quoi et de l'entourer de sa réticence. Le ton de sa voix indique assez tout le scandale qu'il trouve dans l'objet choisi : s'il vous plaît de regarder, vous verrez du joli ; mais ça serait la même chose, si nous avions pris à côté ; on ne comprend vraiment pas pourquoi l'on se plaindrait, puisque tout est de la même qualité que ça, voyez donc ! « Je n'ai rien de plus à te dire,

1. *Illuminations*, « Vertige ». (NdA)

la contemplostate de la nature m'absorculant tout entier : je suis à toi, ô Nature, ô ma mère[1] ! »

Nous apercevons maintenant quelle est la véritable essence de la haine de Rimbaud. C'est une révolte non pas d'ordre social, mais d'ordre métaphysique.

Il faut se garder de prendre Rimbaud pour un bohème ; il ne faut pas le croire lorsqu'il se peint lui-même dans ses premiers vers « *débraillé comme un étudiant*[2] » ; il est bien autre chose qu'un voyou. Le visage ébouriffé et désordonné que lui prête Fantin-Latour, s'il n'est pas sans vraisemblance, cependant risque de suggérer une fausse interprétation de sa révolte. La bohème est une protestation contre la société et ses usages, contre la hiérarchie des classes, contre l'organisation que les hommes se sont eux-mêmes imposée ; elle prétend renverser tout ce qu'il y a d'artificiel dans la vie, tout ce qui est surajouté à la simple nature. Mais elle accepte certains commencements, les fondations de l'édifice et tout au moins l'existence ici-bas. Rimbaud refuse tout en bloc : c'est contre la condition humaine qu'il s'élève, bien mieux contre la condition physique et astronomique de l'Univers. Là est l'insupportable : dans tout. Être vivant : voilà l'horreur ! Être là, subir, admettre, durer : voilà ce qui ne se peut faire sans honte, sans exécration, sans vengeance ! Il y a quelque chose qui vous tient à la gorge, qui vous étouffe. Il y a une impossibilité positive et comme agressive à « *être au monde*[3] ». La colère de Rimbaud, c'est une intolérance, au sens médical du mot. Il ne peut rien « *garder* », tout son organisme est en défense et dans un état de malaise et de rejet primitif, fondamental, permanent. Il suffoque, il se tourne et se retourne indéfiniment ; en vain toujours. Ses fugues continuelles sont les sursauts de cette intolérance métaphysique. L'endroit où il se trouve a pour lui quelque chose de brûlant, la place qu'il occupe le chasse comme avec une main ; il n'a pas besoin, pour n'y pouvoir rester, de la méchanceté des hommes ; le seul fait d'y être situé, la simple station en ce point sont en eux-mêmes assez épouvantables pour l'obliger à fuir.

D'un bout à l'autre de cette lettre à Delahaye dont nous avons déjà cité plusieurs passages, on sent bien l'espèce de folie que la

1. Lettre à Delahaye de mai 1873. (NdA)
2. « À la musique ». (NdA)
3. « Nous ne sommes pas au monde », *Une saison en enfer*, « Délires I », « Vierge folle ». (NdA)

présence en un lieu donne à Rimbaud, on sent peser cette masse invisible qui, partout où il se tient, l'écrase, contre laquelle il n'a pas trop de toute sa fureur : « Mais ce lieu-ci ; distillation, composition, tout étroitesses[1]... » « En ce moment j'ai une chambre jolie sur une cour sans fond, mais de trois mètres carrés. – La rue Victor Cousin fait coin sur la place de la Sorbonne par le Café du Bas-Rhin et donne sur la rue Soufflot à l'autre extrémité. – Là, je bois de l'eau toute la nuit, je ne vois pas le matin, je ne dors pas, j'étouffe. Et voilà[2]. » Le monde est sur lui comme sur sa chambre l'énormité des étages supérieurs. Il est occupé à le subir. Voyez-le attelé à son mal comme à une besogne. Il est là dans sa chambre à ne rien faire, à peiner, à écouler silencieusement sa haine. Courbé, grimaçant, abruti, il crache, il dit non, il boude monstrueusement.

Ce n'est encore qu'un enfant, mais un grand martyre lui a été confié : « J'ai avalé une fameuse gorgée de poison. – Trois fois béni soit le conseil qui m'est arrivé ! – Les entrailles me brûlent. La violence du venin tord mes membres, me rend difforme, me terrasse. Je meurs de soif, j'étouffe, je ne puis crier[3]. » C'est maintenant que nous entendons bien le ton de sa voix : non pas seulement rauque et crapuleux, mais le soulèvement de tout son être y a passé ; c'est quelqu'un de travaillé jusque dans ses profondeurs qui parle ; et par une souffrance absolument unique et solitaire. Ses cris n'ont aucun rapport avec la plainte et la revendication. « Toujours même geinte, quoi[4] ! » s'écrie-t-il sans doute. Mais en même temps il ne songe qu'à s'aliéner tous ceux qui pourraient être tentés de lui porter secours. Il les chasse, il les bafoue, il se fait aussi repoussant que possible pour que leur pitié n'aille pas s'égarer vers lui. Il veut être seul : « Peut-être que tu aurais raison de beaucoup marcher et lire. Raison en tout cas de ne pas te confiner dans les bureaux et maisons de famille. Les abrutissements doivent s'exécuter loin de ces lieux-là[5] ». Il s'établit délibérément hors de toute consolation, de toute sympathie humaine. Car – et voici que nous touchons au secret de Rimbaud – le mal dont il souffre, ce n'est pas une injustice dont il puisse souhaiter la

1. Lettre à Delahaye de juin 1872. (NdA)
2. *Ibid.* (NdA)
3. *Une saison en enfer*, « Nuit de l'enfer ». (NdA)
4. Lettre à Delahaye. (NdA)
5. *Ibid.* (NdA)

réparation ; c'est un tourment personnel, réservé, qui lui a été donné en partage comme un mystérieux privilège.

II

Pour bien comprendre la nature de ce privilège, il nous faut considérer cette âme de plus près, il faut la débrouiller plus profondément que nous n'avons su faire jusqu'ici. Tâchons d'atteindre en elle le caractère qui nous donnera la clef de ses humeurs et de son génie.

Et d'abord remarquons un second visage de Rimbaud, que le premier ne doit pas nous cacher. Ce n'est pas seulement ce sale gamin. Il y a aussi l'enfant irréprochable. Il y a le beau visage derrière la figure chiffonnée. Cela n'apparaît que si l'on fait attention, que si l'on fait prendre patience quelques instants. On dirait une de ces gravures qui découvrent un second aspect pour peu que le regard veuille y mettre quelque insistance. Oui, à seconde vue, Rimbaud se révèle d'une beauté extraordinaire : ses traits, lorsqu'ils ne sont pas plissés par la haine, ont une harmonie, une justesse et une netteté incomparables. On trouve rarement une aussi pure, aussi pleine et inflexible adolescence.

Ne négligeons aucune des apparences revêtues par cet être étrange. Il y a le mendiant qui, de la mansarde que lui avait offerte Théodore de Banville, lançait par la fenêtre dans la cour ses haillons pleins de vermine. Mais il y a aussi, et *en même temps*, le bon élève, le lycéen bien noté, honneur du collège de Charleville. C'est Rimbaud qui conquiert le prix de vers latins au concours académique de 1869. Et nous voyons, à cette occasion, le principal du collège le traiter avec cette faveur à la fois paternelle et légèrement intimidée que les maîtres témoignent aux élèves de premier ordre. Au reste Rimbaud était en excellents termes avec ses professeurs : ils lui prêtaient des livres et lui se plaisait en leur compagnie. Il ne semble pas avoir jamais appartenu à l'espèce des « chahuteurs ». Il avait même le léger brin de pédantisme, si caractéristique du bon élève : un certain penchant à la citation, une prédilection pour les mots savants[1]. Ses jugements littéraires, même les moins perspicaces, ont un ton d'assurance un peu

1. Il emploie sans cesse « carolopolitain » pour « habitant de Charleville ». (NdA)

doctorale ; il écrit, parlant de Louisa Siefert : « J'ai là une pièce très émue et fort belle : Marguerite ». Et l'ayant citée (hélas !), il ajoute : « C'est aussi beau que les plaintes d'Antigone *ἀνυμφη* dans *Sophocle*[1] ».

Je le vois, au milieu de ses camarades, vêtu sans élégance, mais soigneusement, avec une veste confortable et un petit col blanc, – l'un de ceux qui portent au collège l'odeur de la maison. Il y a, malgré tout, en lui quelque chose de l'enfant sage. Dans une lettre à M. Izambard, Madame Rimbaud écrira : « Est-il possible de comprendre la sottise de cet enfant, lui si sage et si tranquille ordinairement ? » On ne voit pas qu'il ait jamais été bruyant. Il était de ceux qui disparaissent avec un livre pour toute la journée et dont les parents se demandent tout à coup : « Mais où est-il donc ? » On pourrait presque dire qu'il était timide.

Même dans ses effusions les plus ordurières, je crois reconnaître l'enfant bien élevé qui dit des « gros mots » par insatisfaction. Sa crapule, si réelle, si profonde soit-elle, n'est que l'expression au-dehors de sa hauteur et de sa distinction. Il est l'élève le plus mal embouché de tout le collège, mais c'est parce qu'il est le meilleur, le plus complet, le plus hardi, celui dont les sentiments ont le plus d'élan, de liberté, d'exigence. Derrière l'enfant courbé de colère et d'injure, il faut voir l'enfant droit, vierge, inentamé, « n'ayant jamais aimé de femmes –, quoique plein de sang[2] ».

La virginité de Rimbaud. Peu nous importe après tout le problème de sa chasteté physique ! L'âme en tout cas qui vivait dans ce corps était vierge. Mais en accueillant ce mot, gardons-nous de le laisser évoquer, comme il en a l'habitude, des images tendres et fragiles ; il faut au contraire lui donner son sens le plus dur, le plus terrible. L'âme de Rimbaud, c'est une âme qui n'a pas subi l'humiliation de l'étreinte, qui n'est alourdie, ralentie par aucun souvenir honteux, forte de toutes ses forces, violente, injurieuse, armée. La virginité en elle est pareille à la guerre. « Apprécions sans vertige l'étendue de mon innocence[3] ! » Rimbaud, c'est l'être innocent entre ceux à qui on peut faire reproche : « Je n'ai point fait le mal. Les jours vont m'être légers. Le repentir me sera

1. Lettre à M. Izambard du 25 août 1870. (NdA)
2. « Les Déserts de l'amour ». (NdA)
3. *Une saison en enfer*, « Mauvais Sang ». (NdA)

épargné[1] ». Osez donc venir témoigner contre lui. Mais c'est lui au contraire qui s'avance sur vous. Il porte sur son visage l'éclat de son privilège ; son regard tombe ici et là, étincelant, sauvage. Monstre de pureté et de perfection ! Son épouvantable jeunesse, cette enfance prodige ne sont point un accident en lui, un moment, un passage, mais son âme même. Il a été construit pour demeurer un enfant à travers la vie, – un enfant avec son cœur intact et méchant, avec son innocence et sa tyrannie.

On peut le dire presque sans métaphore : Rimbaud c'est l'être exempt du péché originel. Dieu l'a laissé s'échapper de ses mains sans l'avoir fléchi, faussé, blessé, sans l'avoir préparé par les mutilations nécessaires aux conditions de la vie terrestre ; il a oublié de lui ôter quelque chose dans l'âme. Rimbaud est venu entier, parfait, c'est-à-dire fait complètement, de tous les côtés, sur toutes les faces, – parfait, non pas dans l'ordre du bien, mais dans celui de l'être. L'ange l'emporte sur l'homme par autre chose que la pureté et la sagesse : il contient une dose plus forte de réalité, une plus grande quantité d'existence. À cet égard Rimbaud est un ange. Un ange furieux. Il n'a pas été touché, il porte intacte la ressemblance de Dieu, il conserve toute la dépense que Dieu a faite en lui. Quelque chose de débordant, encore que d'invisible, émane de tout son être. Il y a dans son apparition ce je-ne-sais-quoi de flamboyant et de saturé qui décèle les personnes surnaturelles. Il est le messager terrible qui descend dans l'éclair, tout debout, l'exécuteur d'une parole inflexible, le porte-glaive.

Si l'on consent à reconnaître ici l'image véritable de Rimbaud, tout devient clair dans son attitude. Et d'abord son intolérance, l'impossibilité à « être au monde » dont il souffre. Car il n'est pas fait pour demeurer ici-bas ; il n'est pas au niveau de notre vie ; il n'est pas disposé pour ses questions, il ne les entend pas et celles qu'il pose n'ont pas de réponses en elles. – N'allons pas nous le représenter comme un incompris, que froisse la grossièreté d'ici-bas et qui rêve d'un paradis où sa délicatesse serait respectée ; mais au contraire il ne peut s'accoutumer à la bénignité de nos mœurs terrestres. Il ne s'en va pas de la poitrine ; il n'est pas au-dessous de la vie ; mais au contraire il la déborde, il ne peut s'y réduire, y rentrer, s'y tasser. Ça ne s'arrange pas : les deux pièces n'ont pas été faites l'une pour l'autre : « Je suis dépaysé,

1. *Ibid.* (NdA)

malade, furieux, bête, renversé[1] ». Il se débat à la renverse dans ce cloaque où s'il pouvait du moins disparaître ! Mais non ! il surnage irrémédiablement, il n'arrive pas à enfoncer.

Et comme elle fait son tourment, sa merveilleuse innocence fait aussi son indifférence pour l'humanité entière, sa colère et sa haine. En effet, comment cet être intact et despotique ne serait-il pas mortellement dégoûté par notre aptitude à la misère, par notre amitié avec la douleur, par cette sorte de basse aisance à vivre, d'acceptation à l'avance de cela même qui va nous désoler ? Joie ou malheur, nous sommes ceux pour qui ça fonctionne bien. Le bonheur, après tout, n'est pour nous que supplémentaire[2] ; ce n'est que par acquit de conscience que nous nous plaignons de ne le pas obtenir ; la proportion si infime pour laquelle il entre dans la vie au fond est justement calculée. En d'autres termes, nous sommes dans une harmonie profonde avec cette vie ; nous nous arrangeons toujours avec elle, quelque tour qu'elle nous joue ; nous lui sommes complices. Voilà ce que Rimbaud exècre en nous, lui qui de tout son être est en malaise avec elle, lui qui, du fait même qu'il respire, la condamne et la rejette, lui pour qui – joie ou malheur – elle est toujours offensante. Du même mouvement dont il repousse la vie, il est tourné contre nous qui l'acceptons. Nous faisons partie de ce vaste système du tant bien que mal où il est pris, nous sommes le peuple des « infâmes infirmes[3] ». Il nous hait sans mesure, il a pour nous la férocité distante et impitoyable d'un être d'une autre race, voué à des vertus et à des exigences différentes. Quelle excuse pourrait-il accepter ? Il ne peut pas entrer avec nous dans des considérations. Tant pis pour nous ! Il ne fallait pas fléchir. Il ne nous connaît pas. Tout a été décidé dans le principe. Qu'est-ce que ça peut lui faire, maintenant, ce qui nous arrive ? – Il est séparé de nous d'une manière constitutionnelle. Vraiment, de lui à nous, il n'y a que la haine qui puisse passer. Comment échangerait-il normalement ses sentiments avec les nôtres ? Ce n'est pas la même monnaie. Nous

1. Lettre à M. Izambard, du 25 août 1870. (NdA)

2. « Je vis que tous les êtres ont une fatalité de bonheur », dira Rimbaud dans *Une saison en enfer* (« Délires II », « Alchimie du verbe ») ; « c'est-à-dire : je vis que les hommes sont toujours heureux, et *quoi qu'il leur arrive*, d'une sorte de bonheur médiocre, fixe, constant, qui n'a pas besoin d'aliment. Autrement dit : ils ne tiennent pas au vrai bonheur, à celui qui leur serait apporté du dehors comme un message, une récompense, une vérité. » (NdA)

3. Poème liminaire d'*Une saison en enfer.* (NdA)

avons la reconnaissance, la pitié, l'amour, tout ce qui se partage, tout ce qu'on éprouve dans une ignoble communauté. Mais lui, il a l'innocence avec ce qu'elle a d'acide, de brûlant et de privé ; elle le divise d'avec nous ; elle entretient sa colère, comme une flamme qui ne dépense pas, dans une constante intensité ; elle nourrit cette prodigieuse solitude, d'où sans trêve il lance sur nous les éclairs de son insulte.

III

Nous tenons maintenant le secret de Rimbaud et du même coup la clef de sa poésie. Il ne nous reste qu'à nous en servir, c'est-à-dire à poursuivre et à reconnaître dans toutes les parties de son œuvre l'idée d'innocence.

Mais disons d'abord, pour éviter toute méprise, sous quelle forme nous devons nous attendre à trouver cette idée exprimée, de quelle façon il importe d'interroger, d'ausculter l'œuvre qui la contient et à quelle sorte de confession il faut l'amener. – Rimbaud n'a rien d'un philosophe ; il est absolument impropre à la réflexion abstraite ; il ne sait pas isoler ses pensées les unes des autres, ni les exposer dans l'ordre où elles s'enchaînent véritablement : « Moi je ne puis pas plus m'expliquer que le mendiant avec ses continuels *Pater* et *Ave Maria*. Je ne sais plus parler[1] ! »

Rien de ce qu'il pense n'aboutit à la distinction ; pas de développement, d'épanouissement, d'explication ; tout reste non pas vague, mais immédiat et enveloppé. Lorsque Rimbaud entreprend d'exposer ses théories esthétiques[2], il ne peut le faire que par des déclarations subites et entières, que par une série d'explosions idéologiques ; il attend qu'une certaine quantité de pensée se soit accumulée en lui, pour la lâcher d'un seul coup ; ses formules ne résument pas, elles chassent, elles produisent ; au lieu de servir au rassemblement de la pensée, c'est à sa projection. Il ne faut donc pas demander aux poèmes de Rimbaud de nous livrer un système philosophique, tout abouti et avoué, ni même une description abstraite de l'idée d'innocence. Cette idée n'est pas dans l'œuvre, si on l'y cherche, si on veut l'en extraire. Mais il faut la sentir simplement, la toucher comme un vaste corps présent ;

1. *Une saison en enfer*, « Matin ». (NdA)
2. Voir lettre du 15 mai 1871. (NdA) Lettre à Paul Demeny (1844-1918), poète proche de Rimbaud. (NdE)

ses membres se confondent avec ceux de l'œuvre elle-même ; ou plutôt l'œuvre tout entière n'est que son incarnation.

Au fond ce que dit Rimbaud n'a pas de sens ; je veux dire : de sens vers nous. Son but est prochain, immédiat, égoïste. En écrivant il ne travaille qu'à se débarrasser de son innocence. Elle l'étouffe ; l'imperfection de ce monde la maintenant en lui comprimée, elle pèse contre les parois de son âme. Pour échapper au supplice de ce continuel effort intérieur, il tâche de la dégager, de lui trouver une issue, de lui rendre de l'espace, au moins en imagination. Son œuvre est ainsi comme une région plus vaste qu'il ouvre à sa propre innocence, comme une habitation à sa taille qu'il lui construit, comme un corps glorieux qu'il lui fournit. Elle n'a pas d'autre raison d'être que d'offrir une matière à son âme irréprochable, que de la recevoir, de la revêtir et de la soutenir. Tout y est calculé, non pas pour satisfaire le plus complètement possible l'intelligence du lecteur, mais pour arrêter, fixer, absorber le plus possible de cette innombrable perfection qui emplit le cœur du poète.

Il est clair qu'une telle œuvre ne peut ni ne doit être étudiée suivant les méthodes habituelles de la critique. Il convient non pas de l'analyser, mais de la palper, de la constater pour ainsi dire dans toutes ses parties. Pas d'opération à lui faire subir, pas d'extraction à tenter. Tâchons seulement d'y reconnaître partout l'innocence. – Elle est composée de motifs semblables à des thèmes musicaux, de groupes d'images qui reviennent de temps en temps et se chassent les uns les autres. Essayons seulement en regardant chacun d'eux tour à tour avec une attention un peu insistante, de le faire apparaître comme un des visages de cette innocence immanente à l'œuvre entière.

À vrai dire ce procédé tout modeste et respectueux ne pourra convenir jusqu'au bout à notre étude qu'en s'enhardissant un peu vers la fin. Car d'une représentation toute poétique et figurative, nous verrons Rimbaud passer peu à peu à une expression de plus en plus précise et textuelle de son innocence, et les derniers poèmes de *Une Saison en enfer* nous obligeront à une analyse détaillée et abstraite.

*

Il est un motif qui revient sans cesse dans l'œuvre de Rimbaud ; c'est le motif de l'être solitaire, d'une autre race, sans parenté, sans fonction, sans aucune attache avec l'humanité : « À vendre les corps sans prix, hors de toute race, de tout monde, de tout sexe, de toute descendance[1] ! »

Dans l'« Avertissement des Déserts de l'Amour », Rimbaud déjà se présentait lui-même comme un être absolument retranché et absent de notre vie : « Ces écritures-ci sont d'un jeune, tout jeune homme, dont la vie s'est développée n'importe où ; sans mère, sans pays, insoucieux de tout ce qu'on connaît, fuyant toute force morale[2]… »

Les étranges habitants qui peuplent les *Illuminations* ne sont assignés à aucune patrie, ne sont astreints à aucun lieu ni à aucun temps. Il faut noter le perpétuel emploi du mot tout dans ces poèmes. C'est l'adjectif indéfini ; il indique la complète absence de bornes, de restrictions, de détermination : « Enfant, certains ciels ont affiné mon optique ; tous les caractères nuancèrent ma physionomie[3]… » « Toutes les possibilités harmoniques et architecturales s'émouvront autour de ton siège[4]… » Le poète, sans cesse, nous apparaît placé en un point mystérieux où il est au niveau à la fois de tout ce qui existe, où son âme devient égale à toutes les époques, à tous les mondes et circule, avec une prodigieuse aisance, à travers les civilisations : « Exilé ici, j'ai eu une scène où jouer les chefs-d'œuvre dramatiques de toutes les littératures[5] ». « Dans un grenier où je fus enfermé à douze ans, j'ai connu le monde, j'ai illustré la comédie humaine. Dans un cellier j'ai appris l'histoire. À quelque fête de nuit, dans une cité du Nord, j'ai rencontré toutes les femmes des anciens peintres[6]. » Il est en tout, parce qu'il n'est en rien ; il ne s'épanouit qu'en dehors de nos limites : « J'ai horreur de la patrie[7]. »

Dans la *Saison en enfer*, le thème de la solitude entre les hommes reprend une force nouvelle ; il devient le motif du païen et du nègre : « Si j'avais des antécédents à un point quelconque de l'histoire de France ! – Mais non, rien. – Il m'est bien évident que j'ai toujours été de race inférieure[8] ». « Je n'en finirais pas de

1. *Illuminations*, « Solde ». (NdA)
2. « Les Déserts de l'amour : Avertissement ». (NdA)
3. *Illuminations*, « Jeunesse ». (NdA)
4. *Ibid.*, « Veillées ». (NdA)
5. *Ibid.*, « Vin ». (NdA)
6. *Ibid.* (NdA)
7. *Une saison en enfer*, « Mauvais Sang ». (NdA)
8. *Ibid.* (NdA)

me revoir dans ce passé. Mais toujours seul ; sans famille ; même, quelle langue parlais-je[1] ? » « Le sang païen revient[2]. » « Oui, j'ai les yeux fermés à votre lumière. Je suis une bête, un nègre[3]. »

Par tant d'insistance sur son isolement, qu'est-ce donc enfin que Rimbaud prétend insinuer ? – Qu'il est séparé de nous d'une façon constitutionnelle, qu'il n'est pas construit sur le même modèle que nous. Sous une forme plus claire, plus avouée que dans tous les thèmes précédents, c'est la perpétuelle idée de son innocence que nous voyons ici reparaître, une fois de plus. Païen, c'est-à-dire antérieur à la rédemption[4], c'est-à-dire encore antérieur au péché. Il veut dire qu'il n'a pas subi cette déchéance que nous passons notre vie à essayer de rattraper. L'abîme entre lui et nous, c'est qu'il n'a pas besoin d'être racheté ; le baptême n'a pas de sens avec lui ; il l'a reçu quand même ; on le lui a imposé sans comprendre que c'était un poison pour lui : « Je suis esclave de mon baptême. Parents, vous avez fait mon malheur et vous avez fait le vôtre. Pauvre innocent[5] » – Même ainsi enrôlé de force, il ne peut pas suivre notre sort. Il demeure indifférent à nos inquiétudes et à nos occupations. S'adressant à cette innocence qu'il porte en lui comme une personne différente de sa personne humaine, il lui dit : « Ma camarade, mendiante, enfant monstre ! comme ça t'est égal, ces malheureuses et ces manœuvres, et mes embarras[6] ». Dans toutes nos démarches il trouve quelque chose d'empêtré et d'infirme : « Et l'embarras des pauvres et des faibles sur ces plans stupides[7] ! » Il passe auprès de nous, seul, distrait, railleur, plein d'un épouvantable loisir : « Mais qui a fait ma langue perfide tellement qu'elle ait guidé et sauvegardé jusqu'ici ma paresse ? Sans me servir pour vivre même de mon corps, et plus oisif que le crapaud, j'ai vécu partout[8] ». Il nous regarde, courbés sur la besogne, en proie au travail, qui justement est la punition du péché originel et dont, ainsi, de par son exemption merveilleuse, il se trouve dispensé ; il nous regarde et il rit : « J'ai horreur de tous

1. *Ibid.* (NdA)
2. *Ibid.* (NdA)
3. *Une saison en enfer*, « Mauvais Sang ». (NdA)
4. C'est le sens du : « Je n'ai jamais été chrétien », que nous trouverons plus loin. (NdA)
5. *Une saison en enfer*, « Nuit de l'enfer ». (NdA)
6. *Illuminations*, « Phrases ». (NdA)
7. *Ibid.*, « Soir historique ». (NdA)
8. *Une saison en enfer*, « Mauvais Sang ». (NdA)

les métiers. Maîtres et ouvriers, tous paysans, ignobles. La main à plume vaut la main à charrue. – Quel siècle à mains ! – Je n'aurai jamais ma main[1] ». Il rit : « Jamais je ne travaillerai[2] ». Et tout à coup il nous aperçoit mieux ; il nous découvre rangés en cercle autour de lui, et il a peur : il est pris ; que lui veulent tous ces visages incompréhensibles ? « Prêtres, professeurs, maîtres, vous vous trompez en me livrant à la justice. Je n'ai jamais été de ce peuple-ci ; je n'ai jamais été chrétien ; je suis de la race qui chantait dans le supplice ; je ne comprends pas les lois ; je n'ai pas le sens moral, je suis une brute : vous vous trompez[3] ». Il recule avec son regard flamboyant ; soudain transfiguré, il est l'ange aux abois ; il refuse, il se retranche, il interdit qu'on s'approche. Comment s'expliquerait-il ? Il ne peut rien plaider ; il n'a rien à montrer que sa forme intacte ; il est devant nous sans armes et scandaleux.

Nous voilà maintenant presque au corps à corps avec l'innocence de Rimbaud. Dans *Une Saison en enfer*, elle ne prend plus de symboles pour se manifester. Elle se montre elle-même, elle s'explique suivant une logique capricieuse, mais parfaitement définie, et qu'il nous faut essayer de déchiffrer.

Comment ne pas la reconnaître d'abord dans le motif de l'Enfer ? Une saison en enfer : c'est-à-dire le temps que l'être sans péché demeure avec nous. L'enfer de Rimbaud n'est pas ailleurs qu'ici-bas. « J'avais entrevu la conversion au bien et au bonheur, le salut… Et c'est encore la vie[4] ! » « Je me crois en enfer, donc j'y suis[5]. » « Ciel ! sommes-nous assez de damnés ici-bas[6] ! » « La théologie est sérieuse, l'enfer est certainement en bas[7]. » L'enfer est simplement d'être maintenu en ce monde par la pesanteur, d'être engagé au milieu de nous. Il est immédiat, présent, tangible. Pas besoin de voyage pour s'y trouver ; il n'est pas le lieu de la punition du péché, mais au contraire l'horreur d'être plongé innocent au sein du péché : « Et dire que je tiens la vérité, que je vois la justice ; j'ai un jugement sain et arrêté, je suis

1. *Ibid.* (NdA)
2. *Ibid.*, « Délires I », « Vierge folle ». Cf. même poème : « Il ne travaillera jamais », et dans les *Illuminations* : « Vertige » : « Jamais nous ne travaillerons. » (NdA)
3. *Ibid.*, « Mauvais Sang ». (NdA)
4. *Ibid.*, « Nuit de l'enfer ». (NdA)
5. *Ibid.* (NdA)
6. *Ibid.*, « L'impossible ». (NdA)
7. *Une saison en enfer*, « Nuit de l'enfer ». (NdA)

prêt pour la perfection[1]. » Voilà justement la source du supplice qu'endure Rimbaud : il la porte avec lui ; elle est sur place. Une chose d'ailleurs prouve que cet enfer se confond avec la vie, c'est qu'il n'est pas définitif ; on peut en sortir, comme jadis sortirent des limbes les âmes délivrées par Jésus : « Pourtant aujourd'hui, je crois avoir fini la relation de mon enfer. C'était bien l'enfer ; l'ancien, celui dont le fils de l'homme ouvrit les portes[2] ».

De plus, la nature même des souffrances qu'on y subit nous indique quel il est et où il le faut situer. D'un bout à l'autre la *Saison en enfer* est le poème du malaise et de l'intolérance. Cela ne paraît pas seulement à ce qui s'y trouve exprimé. La seule disposition des phrases, leur allure entrecoupée, leur interrogation dans tous les sens, la variété des tournures qu'elles essaient, et leur piétinement, leur perpétuel faux départ, tout en elles évoque les tâtonnements de quelqu'un qui cherche une attitude où se reposer et ne la trouve pas. L'être parfait tâche à se faire une place, à se caser au milieu de nous ; il s'adresse partout et partout il se sent repoussé : « À qui me louer ? Quelle bête faut-il adorer ? Quelle sainte image attaque-t-on ? Quels cœurs briserai-je ? Quel mensonge dois-je tenir ? – Dans quel sang marcher[3] ? » « Bah ! faisons toutes les grimaces imaginables[4] ». Il a beau s'offrir à tout, se jeter dans tous les sens ; il ne peut pas ; il ne sait pas ; et d'ailleurs on n'a pas besoin de lui ; il se retrouve vacant et brisé, seul avec son mal, qui est d'être intact : « Ah ! je suis tellement délaissé que j'offre à n'importe quelle divine image des élans vers la perfection[5] ». Pour ne pas souffrir il faudrait qu'il pût se tenir un peu au-dessus de la vie, dans un état d'imperceptible légèreté. Mais mystérieusement toujours quelque chose vient le renforcer. Il a beau vouloir s'évader : « On ne part pas[6] ». De nouveau il est en proie aux mille morsures de l'imperfection, aux cruelles atteintes de la médiocrité terrestre : « C'est l'enfer, l'éternelle peine[7] ! » Et de nouveau la brûlure du contact avec la vie le réveille, le fait sursauter : « C'est le feu qui se relève avec son damné[8] ! »

1. *Ibid.* (NdA)
2. *Ibid.*, « Matin ». (NdA)
3. *Ibid.*, « Mauvais Sang ». (NdA)
4. *Ibid.*, « Nuit de l'enfer ». (NdA)
5. *Ibid.*, « Mauvais Sang ». (NdA)
6. *Une saison en enfer*, « Mauvais Sang ». (NdA)
7. *Ibid.*, « Nuit de l'enfer ». (NdA)
8. *Ibid.* (NdA)

Si nous demandons par quoi la vie est ainsi corrosive pour cette âme, voici la réponse : comment sa dureté « intraitable[1] » ne sentirait-elle pas comme du feu la rencontre avec ce monde fléchi, entamé, plein d'usure et d'ancienneté ? La flamme qui la brûle, c'est la facilité, l'arrangement, le tant bien que mal de toutes choses : « Pour le corps et pour l'âme – le viatique – on a la médecine et la philosophie, – les remèdes de bonne femme et les chansons populaires arrangées[2] ». Tout ici-bas est coutume et institution. L'institution est un compromis avec l'imparfait, une réparation à l'édifice croulant du monde au moyen d'habitudes accumulées. Elle pousse sur des ruines et ne se soutient que par sa complication infinie. Il ne faut pas y aller trop fort avec elle ; il faut prendre sa pente, épouser sa rampe glissante et polie, se laisser conduire à son antiquité. Voilà les ménagements dont l'obligation saisit Rimbaud d'impatience et de folie : « Les blancs débarquent. Le canon ! Il faut se soumettre au baptême, s'habiller, travailler[3] ». Tout ce qui nous donne aisance et douceur, tout ce qui nous facilite la vie, c'est là justement le poison qui l'attaque et le dévore : « Quant au bonheur établi, domestique ou non… Non, je ne peux pas[4] ». En tout ce qu'il touche, il trouve je ne sais quoi de bénin et de malade qui le fait hurler : « Nous mangeons la fièvre avec nos légumes aqueux. Et l'ivrognerie ! et le tabac ! et l'ignorance ! et les dévouements[5] ! » « Ce peuple est inspiré par la fièvre et le cancer. Infirmes et vieillards sont tellement respectables qu'ils demandent à être bouillis[6]. » De là ce perpétuel effort pour s'échapper de la civilisation, pour quitter l'Europe : « Me voici sur la plage armoricaine. Que les villes s'allument dans le soir. Ma journée est faite ; je quitte l'Europe. L'air marin brûlera mes poumons ; les climats perdus me tanneront. Nager, broyer l'herbe, chasser, fumer surtout ; boire des liqueurs fortes comme du métal bouillant, – comme faisaient ces chers ancêtres autour des feux[7] ». Cette imagination, c'est une issue à l'enfer ; elle

1. Cf. « Encore tout enfant, j'admirais le forçat intraitable sur qui se referme toujours le bagne » (*Ibid.* : « Mauvais Sang »). (NdA)
2. *Ibid.* (NdA)
3. *Ibid.* (NdA)
4. *Ibid.* (NdA)
5. *Une saison en enfer*, « L'Impossible ». (NdA)
6. *Ibid.*, « Mauvais Sang ». (NdA)
7. *Ibid.* (NdA)

s'élève devant les yeux du poète comme un moyen de calmer son âme en refaisant autour d'elle le climat inflexible dont elle a besoin.

Mais Rimbaud va nous montrer maintenant d'une façon plus précise et plus complète la délivrance de l'être intact, ou plutôt, d'abord, sa légèreté parmi nous, l'espèce de détachement comme métaphysique de toutes ses démarches. Tandis que tout à l'heure il nous le présentait dans son contact intolérable avec le monde, il nous le fait entrevoir à présent qui surnage à la surface de la vie, qui ne s'y laisse pas réduire, ni tasser : « La vie fleurit par le travail, vieille vérité : moi, ma vie n'est pas assez pesante, elle s'envole et flotte loin au-dessus de l'action, ce cher point du monde[1] ». Dans le poème intitulé « Vierge Folle », c'est l'innocent qui reparaît sous les traits de cet être savant, cruel, inemployé, qui erre comme une ombre et comme un démon, avec ses reproches, ses promesses, ses confidences incompréhensibles, trop élastique pour cette vie, retenu en elle par à peine on ne sait quel monstrueux petit oubli. On le voit passer sans bruit ; il a repris son mystérieux volume et ce développement que notre voisinage lui rendait impossible ; il tient à peine à nous ; il ne peut rester une minute en repos ; on dirait qu'il n'y a plus de place pour lui en ce monde qu'à la condition qu'il ne demeure pas un instant au même endroit. Il se cache, il bondit, il disparaît : « Les nuits, souvent, ivre, il se poste dans les rues ou dans des maisons, pour m'épouvanter mortellement[2] ». Son génie intérieur le chasse de partout. Il a cette intolérance du lieu que nous avons remarquée chez Rimbaud. Même, il a communiqué à sa compagne un peu de son absence d'ici-bas : « Quelle vie ! la vraie vie est absente. Nous ne sommes pas au monde[3] ». « Avec ses baisers et ses étreintes amies, c'était bien un ciel, un sombre ciel où j'entrais[4]… » S'il ne nous a pas encore quittés complètement, c'est qu'il a une mission. Celle qui s'est égarée avec lui se demande : « Seules, sa bonté et sa charité lui donneraient-elles droit dans le monde réel[5] ? » Et lui : « Il faut que j'en aide d'autres : c'est mon devoir. Quoique ce ne soit guère ragoûtant,

1. *Ibid.* (NdA)
2. *Une saison en enfer*, « Délires I », « Vierge folle ». (NdA)
3. *Ibid.* (NdA)
4. *Ibid.* (NdA)
5. *Ibid.* (NdA)

chère âme[1] ». Cette charité dont il parle si souvent[2], cette espèce de sollicitude maternelle qui se mêle à sa cruauté[3], elles sont d'une espèce étrange, sans rien de moral, toutes métaphysiques. Sa mission est purement de désorientation. Le secours qu'il vient nous apporter, c'est de nous rendre le séjour ici-bas impossible. Il a été envoyé simplement pour se montrer à nous, pour passer au milieu de nous avec sa perfection insoutenable, pour nous faire sentir notre abjection et nous la reprocher sans paroles, par sa seule présence : « Et que me voulait-il avec mon existence terne et lâche ? Il ne me rendait pas meilleure, s'il ne me faisait pas mourir[4] ». Il est venu priver de sens et de vertu tout ce qui nous entoure, restituer aux perfections de ce monde leur originelle infirmité : « Il m'attaque, il passe des heures à me faire honte de tout ce qui m'a pu toucher au monde, et s'indigne si je pleure[5] ». Il n'explique pas ses violences, ses paroles jamais ne découvrent les raisons de ses insultes ; mais il est là, il vit à côté de nous, il palpite différemment comme un être chu d'une autre planète. Nous assistons à son tourment énigmatique et sacré ; il souffre sous nos yeux de la maladie sans nom qui s'attaque aux prodiges : et nous recevons les éclaboussures de son martyre. C'est là tout l'avertissement qu'il nous donne ; c'est là le seul présent de sa charité. En effet, devant cette angoisse solitaire et méprisante qui l'agite, une interrogation peu à peu se forme en nous qui est le commencement de l'impossibilité au monde : « À côté de son cher corps endormi, que d'heures des nuits j'ai veillé, cherchant pourquoi il voulait tant s'évader de la réalité[6] ». Cela ne s'apaisera plus. Le sentiment de quelque chose de perdu s'est mêlé à notre sang : « Ce poison va rester dans toutes nos veines[7] ». Et en pleine obscurité, au plus profond de la plus épaisse ignorance, voici que nous ne pensons plus qu'à

1. *Ibid.* (NdA)
2. « C'est notre sort, à nous, cœurs charitables. » (*Ibid.*, « Délires I », « Vierge folle ».) Cf. « Ô mon abnégation, ô ma charité merveilleuse ! ici-bas, pourtant ! » (*Ibid.*, « Mauvais Sang ».) (NdA)
3. « Ses délicatesses mystérieuses m'avaient séduite. » (« Vierge folle ».) « Il avait la pitié d'une *mère méchante pour les petits enfants*. » (*Ibid.*) « Ses manières de jeune mère, de sœur aînée. » (*Ibid.*) (NdA)
4. *Ibid.*, « Délires I », « Vierge folle ». (NdA)
5. *Ibid.* (NdA)
6. *Une saison en enfer*, « Délires I », « Vierge folle ». (NdA)
7. *Illuminations*, « Matinée d'ivresse ». (NdA)

une chose, qui serait d'en être délivrés : « Un jour peut-être il disparaîtra merveilleusement ; mais il faut que je sache s'il doit remonter à un ciel, que je vois un peu l'assomption de mon petit ami[1] ! »

L'étrange messager n'aura pas tiré en vain sur les faibles liens qui l'attachent encore parmi nous, il finira bien par retrouver complète cette indépendance qu'il a abdiquée à moitié pour nous venir en aide. Ainsi apparaît l'idée de la restitution à un état primitif, du retour à l'innocence.

Elle se montre déjà dans les *Illuminations*, mais encore enveloppée et symbolique ; elle n'est encore que l'idée d'un rétablissement d'ordre social, d'un bouleversement des mœurs. Il y a pour l'humanité une espèce de lueur en avant, un avenir, quelque chose qui s'ouvrira un jour, non pas un plus grand bonheur, mais un plus grand espace, un élargissement de l'existence : « Le travail humain ! c'est l'explosion qui éclaire mon abîme de temps en temps[2] ». « Ô monde ! et le chant clair des malheurs nouveaux[3] ». Un moment plus vaste, plus limpide, plus aigre montera sur l'horizon de l'histoire ; une révolution changera les conditions de la vie : « Il a peut-être des secrets pour changer la vie[4] ? » – Mais déjà Rimbaud nous indique le sens secret de ces évocations confuses ; nous le voyons se demander : « Se peut-il… que les accidents de féerie scientifique et des mouvements de fraternité humaine soient chéris comme restitution progressive de la franchise première[5] ? » Et tout naturellement, dans Royauté, à l'image d'une de ces transformations de la vie sociale, il mêle des sensations claires, pures, rafraîchissantes, une sorte de candeur physique qui trahissent l'objet dont obscurément est préoccupé son esprit et qu'il tâche à signifier : l'avènement de l'innocence :

« Un beau matin, chez un peuple fort doux, un homme et une femme superbes criaient sur la place publique : "Mes amis, je veux

1. *Une saison en enfer*, « Délires I », « Vierge folle ». (NdA)
2. *Ibid.*, « L'Éclair ». (NdA)
3. *Illuminations*, « Génie ». (NdA)
4. *Une saison en enfer*, « Délires I », « Vierge folle ». Bien que l'atmosphère en soit toute différente, il faut rapprocher cette vision : « Et, une heure, je suis descendu dans le mouvement d'un boulevard de Bagdad où des compagnies ont chanté la joie du travail nouveau, sous une brise épaisse, circulant sans pouvoir éluder les fabuleux fantômes des monts où l'on a dû se retrouver. » (*Illuminations*, « Villes I ».) (NdA)
5. *Ibid.*, « Angoisse ». (NdA)

qu'elle soit reine !" "Je veux être reine !" Elle riait et tremblait. Il parlait aux amis de révélation, d'épreuve terminée. Ils se pâmaient l'un contre l'autre.

Et en effet ils furent rois toute une matinée, où les tentures carminées se relevèrent sur les maisons, et tout l'après-midi où ils s'avancèrent du côté des jardins de palmes[1] ».

À la fin, dans les *Illuminations* mêmes, le motif de la restitution se précise, se rapproche de son sens textuel : « J'avais en effet, en toute sincérité d'esprit, pris l'engagement de le rendre à son état primitif de fils du Soleil, – et nous errions, nourris du vin des cavernes et du biscuit de la route, moi pressé de trouver le lieu et la formule[2] ».

Mais il n'éclate sous sa forme vraiment explicite que dans la *Saison en enfer*. On le voit se développer à mesure qu'on avance dans le poème. Il se dégage du motif de l'enfer, il passe au travers de l'oppressante atmosphère du début et peu à peu, en grandissant, il la dissipe. La composition de l'ouvrage est essentiellement dramatique ; il s'y passe quelque chose en effet ; il y a une action, qui est la recherche par l'âme d'un état où l'innocence soit de nouveau possible. La façon dont l'image de cet état peu à peu se détermine, se fixe, impose sa véritable nature : voilà ce qu'il nous faut maintenant raconter.

Elle est devant les yeux de Rimbaud au moment même où il étouffe le plus sérieusement. Il ne sait pas d'abord si c'est l'image d'une réalité, ou seulement un fantôme consolateur. Simplement il la voit et il y trouve apaisement.

Mais il ne peut s'empêcher de la presser, de vouloir la comprendre. Et sa première erreur (« L'Impossible ») est de croire qu'elle n'est que le souvenir d'un état passé, d'une sagesse oubliée : « Je vois que mes malaises viennent de ne m'être pas figuré assez tôt que nous sommes à l'occident[3] ». « Je retournais à l'Orient et à la sagesse première et éternelle[4]. » Mais tout de suite il s'aperçoit que sa vision est de quelque chose de plus ancien que l'histoire, de plus profond que l'Orient, de plus éternel que le passé : « C'est vrai ; c'est à l'Éden que je songeais ! Qu'est-ce que c'est pour mon rêve, cette pureté des

1. *Ibid.*, « Royauté ». (NdA)
2. *Illuminations*, « Vagabonds ». (NdA)
3. *Une saison en enfer*, « L'Impossible ». (NdA)
4. *Ibid.* (NdA)

races antiques[1] ! » Et déjà il ne peut plus admettre, comme les philosophes le lui suggèrent, que sa vision n'est qu'une idée confortable et sans réalité. Il en sent au contraire maintenant l'objet tout prochain et qui dure encore. Un petit effort suffirait – lui semble-t-il – pour l'amener en contact avec ce règne de l'innocence qu'il a cru un moment perdu au fond des siècles. Un peu plus de vivacité dans l'esprit, un regard plus lucide…

« — Mais je m'aperçois que mon esprit dort. S'il était bien éveillé toujours à partir de ce moment, nous serions bientôt à la vérité, qui peut-être nous entoure avec ses anges pleurant[2] !… »

À la fin, son attention, pendant quelques secondes, semble récompensée :

« Ô pureté ! pureté !

C'est cette minute d'éveil qui m'a donné la vision de la pureté[3] ! »

Une chose du moins, à la fin de ce poème, est acquise pour l'âme : c'est qu'une demeure pour l'innocence existe encore quelque part.

Dans « L'Éclair » Rimbaud l'entrevoit à nouveau ; mais il pense ne pas pouvoir l'atteindre : « Ah ! vite, vite un peu ; là-bas, par-delà la nuit, ces récompenses futures, éternelles… les échapperons-nous[4] ?… » Quelque chose lui manque ; les moyens sont trop simples ou trop difficiles ; il a gâché ses forces : « Ma vie est usée[5] ». Il ne saura plus s'en servir que pour s'amuser, que pour « quereller les apparences du monde[6] ».

« Alors, – oh ! – chère pauvre âme, l'éternité serait-elle pas perdue pour nous[7] ! »

Pourtant il se rassure (« Matin »). Car de nouveau la vision vient se placer devant lui, dans l'avenir. Bien qu'il ne puisse pas évaluer avec exactitude à quelle distance, il sait du moins qu'il n'y a besoin que d'avancer pour la rencontrer, pour s'emparer du bonheur qu'elle promet. Il la voit enfin se fixer et l'attendre :

« Du même désert, à la même nuit toujours mes yeux las se réveillent à l'étoile d'argent, toujours, sans que s'émeuvent les Rois de la vie, les trois mages, le cœur, l'âme, l'esprit. Quand

1. *Ibid.* (NdA)
2. *Ibid.* (NdA)
3. *Une saison en enfer*, « L'Impossible ». (NdA)
4. *Ibid.*, « L'Éclair ». (NdA)
5. *Ibid.* (NdA)
6. *Ibid.* (NdA)
7. *Ibid.* (NdA)

irons-nous, par-delà les grèves et les monts, saluer la naissance du travail nouveau, la sagesse nouvelle, la fuite des tyrans et des démons, la fin de la superstition, adorer – les premiers ! – Noël sur la terre ?

Le chant des cieux, la marche des peuples ! Esclaves, ne maudissons pas la vie[1] ».

La certitude du poète désormais est parfaite. Il sait que l'image qui le hantait est celle d'une réalité future.

Il faut pourtant que cette image subisse une dernière purification, achève de se dépouiller de tout élément symbolique. La vision du retour à l'innocence, telle que nous venons de la considérer, est encore mélangée avec l'idée d'une transformation sociale ; le mouvement qui nous rapproche de notre délivrance est le même que « *la marche des peuples* ». Dans l'« Adieu » qui ferme la *Saison en enfer*, Rimbaud comprend enfin que l'objet où tend son âme ne peut être atteint par aucun progrès terrestre, que l'état de pureté auquel il aspire comme à une dignité perdue, c'est tout simplement l'état de paradis, et ce qui l'en sépare, simplement ce qui lui reste à vivre :

« L'automne déjà ! – Mais pourquoi regretter un éternel soleil, si nous sommes engagés à la découverte de la clarté divine, – loin des gens qui meurent sur les saisons[2] ».

C'est maintenant tout droit dans le Paradis qu'aux moments de lucidité pénètre son regard :

« — Quelquefois je vois au ciel des plages sans fin couvertes de blanches nations en joie. Un grand vaisseau d'or, au-dessus de moi, agite ses pavillons multicolores sous les brises du matin[3] ».

En même temps que la réalité de ce qu'il a si longtemps imaginé, et sous des formes si diverses, lui apparaît enfin évidente, inévitable et paisible, le poète prend conscience de la vanité de ses inventions : « J'ai essayé d'inventer de nouvelles fleurs, de nouveaux astres, de nouvelles chairs, de nouvelles langues[4] ». Tout cela n'était qu'en attendant, que comme substitut. Ou plutôt tout cela n'était que la plus stricte réalité ; rien de poétique, c'est-à-dire de créé, dans toutes ces images ; voici qu'elles se confondent tout à coup avec ce paradis enfin contemplé face à

1. *Ibid.*, « Matin ». (NdA)
2. *Une saison en enfer*, « Adieu ». (NdA)
3. *Ibid.* (NdA)
4. *Ibid.* (NdA)

face : « J'ai cru acquérir des pouvoirs surnaturels. Eh bien ! je dois enterrer mon imagination et mes souvenirs ! Une belle gloire d'artiste et de conteur emportée[1] ! » Il ne reste plus qu'une chose à faire : vivre, suivre le même chemin que tout le monde, mener son devoir jusqu'au bout, passer dans le travail ce temps encore qu'il y a jusqu'à mourir : « Moi ! moi qui me suis dit mage ou ange, dispensé de toute morale, je suis rendu au sol, avec un devoir à chercher et la réalité rugueuse à étreindre ! Paysan[2] ! »

D'ailleurs la certitude de la vision que Rimbaud contemple suffit maintenant à apaiser le martyre qu'il souffrait ici-bas. Puisqu'il sait que son innocence trouvera sans faute un jour le climat dont elle a besoin, il cesse de sentir la violence qui lui est faite en ce monde : « Les grincements de dents, les sifflements de feu, les soupirs empestés se modèrent. Tous les souvenirs immondes s'effacent[3]. » Dès maintenant, après le terrible « combat spirituel[4] », il est en communication directe avec son bonheur futur et le souffle déjà en parvient par instants jusqu'à lui : « Cependant, c'est la veille. Recevons tous les influx de vigueur et de tendresse réelle. Et, à l'aurore, armés d'une ardente patience, nous entrerons aux splendides villes[5]. » L'être innocent connaît maintenant son avenir ; la patience descend en lui et l'endurcit ; il renferme soigneusement ses cris et ses sursauts ; il a assez de savoir. Son occupation désormais, c'est uniquement d'attendre « son jour[6] » – le jour où il pourra reprendre toute la place dont il a besoin, où, pour contenir son âme intacte, un corps intact et glorieux lui sera donné : « Et il me sera loisible de posséder la vérité dans une âme et un corps[7]. » C'est sur l'apaisement de « cette promesse surhumaine faite à son corps et à son âme créés[8] » que se termine la *Saison en enfer*.

L'idée d'innocence explique, comme nous venons de le voir, toute l'œuvre de Rimbaud. Elle explique même davantage : le renoncement de Rimbaud à poursuivre cette œuvre, son étrange et soudaine mort poétique. Il y a dans le brusque silence de ce

1. *Ibid.* (NdA)
2. *Une saison en enfer*, « Adieu ». (NdA)
3. *Ibid.* (NdA)
4. *Ibid.* (NdA)
5. *Ibid.* (NdA)
6. *Illuminations*, « Génie ». (NdA)
7. *Une saison en enfer*, « Adieu ». (NdA)
8. *Illuminations*, « Matinée d'ivresse ». (NdA)

génie de dix-neuf ans un mystère qu'on a tenté d'éclaircir par les hypothèses les plus diverses. Je ne pense pas qu'on puisse en venir à bout par la seule considération de la biographie du poète. C'est dans la nature même de son œuvre qu'il faut chercher les raisons pour quoi il ne l'a point continuée. Écrire ne fut jamais pour lui qu'un moyen – le moyen de se débarrasser de son âme, de projeter hors de lui le mal merveilleux dont il était atteint. Les *Illuminations* le fixèrent à la façon dont certains corps fixent les gaz, en s'en imprégnant. Dans la *Saison en Enfer*, Rimbaud voulut le fixer en un autre sens, ainsi qu'un médecin fait pour une maladie : par l'exploration ; il comptait bien découvrir, en même temps que sa véritable essence, le remède qui l'en guérirait à jamais. Nous avons vu qu'il y réussit ; nous avons vu naître et se développer sous son regard la vision du paradis. Lorsqu'il l'eut enfin conquise dans toute son évidence, il ne lui resta plus qu'à en attendre l'accomplissement. Auprès de cette formidable, espérance, quel sens pouvait garder à ses yeux la littérature ? Sitôt la *Saison en Enfer* publiée, il en détruisit l'édition, comme on jette un instrument dont on ne se servira plus. Et qu'avait-il besoin qu'elle fût lue ? Il lui suffisait de l'avoir écrite. Par elle, il savait maintenant tout ce qu'il avait voulu savoir. Par elle, il avait saisi en figure, le bien que toute son âme désirait. Cette promesse contre son visage[1], c'était assez désormais pour lui. Tant il l'avait bien comprise, il pouvait même l'oublier. Elle avait passé dans son sang ; il n'avait plus que faire des phrases et des mots qui l'avaient découverte et portée jusqu'en lui.

*

Si cette explication d'un silence si extraordinaire paraît insuffisante qu'on veuille bien prendre patience. Nous tâcherons de la compléter à la fin de cette étude. La certitude de sa délivrance future n'est assurément pas la seule raison du renoncement poétique de Rimbaud, parce que l'idée d'innocence n'est pas le seul contenu de ses poèmes. Son œuvre est tout de même autre chose que le réceptacle de son intraitable perfection, autre chose qu'un corps pour son âme. Si nous nous sommes bornés jusqu'ici à

1. Comparez : « La douceur fleurie des étoiles, et du ciel, et du reste descend en face du talus, comme un panier, contre notre face, et fait l'abîme fleurant et bleu là-dessous. » (*Illuminations*, « Mystique ».) (NdA)

cette façon de la considérer, c'était pour éviter toute distraction dans notre analyse. Il convient maintenant de reprendre l'étude de Rimbaud à un nouveau point de vue. Nous avons examiné ce qui de lui-même avait passé dans son œuvre ; il faut voir maintenant ce que celle-ci contient du monde, ce qu'elle a, si l'on peut dire, avalé non plus du sujet, mais de l'objet. – C'est en même temps changer d'attitude à son égard : au lieu de nous dévouer à l'éclaircir à en rendre compte ; à faire apparaître son unité, nous allons y chercher notre bien, l'exploiter à notre usage, la mettre en coupe. Devenons résolument égoïstes : ce n'est plus à servir Rimbaud que nous nous engageons maintenant, mais à le rançonner.

Deuxième partie. Fragments

« Ce ne peut être que la fin du monde en avançant. »
Arthur Rimbaud, *Illuminations*

Il convient d'abord de nous familiariser avec l'aspect objectif que nous venons de découvrir à l'œuvre de Rimbaud. Jusqu'ici elle nous est apparue comme le produit immédiat de son âme, comme une sorte de dépôt psychologique. Mais il suffit de la regarder sous un angle un peu différent pour y voir un recueil d'expériences, un document sur le monde extérieur.

Et même un document brut, uniquement orienté vers l'objet. Elle ne s'occupe pas de nous, elle nous tourne nettement le dos. De même que son auteur, elle est complètement dépourvue d'égards, c'est-à-dire qu'en aucun point elle ne s'incline, elle ne se dérange vers nous. Aucun effort pour faire passer dans notre esprit les spectacles qu'elle représente, aucune relation avec nous ; ces poèmes sont écrits au mépris de toute sociabilité ; ils sont le contraire même de la conversation. Ce n'est pas seulement parce que Rimbaud, comme nous l'avons déjà remarqué, poursuit en eux des fins égoïstes. C'est surtout parce qu'ils regardent vers un objet difficile et ne s'occupent qu'à l'imiter aussi textuellement que possible. On y sent quelque chose de fidèle à on ne sait quoi. Ce sont des témoins. Ils sont disposés comme des bornes qui auraient servi à quelque repérage astronomique. Il faut prendre le petit livre des *Illuminations* comme un carnet qu'un savant aurait laissé tomber de sa poche et qu'on trouverait plein de notations mystérieuses sur un ordre de phénomènes inconnu. Nous n'étions pas là. Nous passons par hasard. Nous ramassons ces reliques inestimables qui ne nous étaient pas destinées.

Et comment Rimbaud songerait-il à s'adresser à nous alors qu'il ne sait pas ce qu'il dit ? On croirait par instants qu'il raconte n'importe quoi. Ses mots défilent devant nous dans une espèce de hasard ; on ne reconnaît nulle part cette intention bien méditée, cette volonté d'écrire ceci et non point cela, qui paraissent dans tous les ouvrages de l'esprit, même dans les plus médiocres. À cet égard la *Saison en enfer* peut, à première vue, être considérée comme un insignifiant et insupportable bavardage : les phrases y semblent naître les unes à côté des autres suivant les prétextes les plus fortuits, selon le caprice le plus vain. – La vérité est non pas que Rimbaud ne sait ce qu'il dit, mais qu'il ne sait ce que c'est qu'il dit. L'incohérence de son langage n'est que le reflet de l'ignorance où il est de quelle est l'espèce de chose dont il parle. Il lui est impossible de nous viser, de préparer pour nous ce qu'il va dire, parce qu'il ne le tient pas à l'avance, parce qu'il ne l'apprend qu'au moment où il le profère. Ses paroles naissent trop près de son esprit pour qu'il puisse les entendre avant de les avoir prononcées. Il assiste à ce qu'il exprime ; il le voit apparaître devant lui, mais pas plus que nous, il ne reconnaît d'où cela vient, ni ce que c'est : « Car Je est *un autre* ; si le cuivre s'éveille clairon, il n'y a rien de sa faute. Cela m'est évident : j'assiste à l'éclosion de ma pensée ; je la regarde, je l'écoute ; je lance un coup d'archet : la symphonie fait son remuement dans les profondeurs, on vient d'un bond sur la scène[1] ». Il est au bord de ce qu'il lui faut exprimer, non pas au centre : il le touche, il le tente, il le provoque. Et cela répond par des sursauts imprévisibles, par des révélations spontanées.

Rimbaud ne possède pas son objet, ne l'entoure pas, mais simplement l'interroge : « Tout notre embrassement n'est qu'une question[2] ».

Il l'a si peu en main qu'il n'a d'autre moyen de le trouver que de l'attendre : « Quels bons bras, quelle belle heure me rendront cette région d'où viennent mes sommeils et mes moindres mouvements[3] ? » C'est au fond qu'il est par rapport à ce qu'il

1. Lettre du 15 mai 1871. (NdA)
2. « Les Sœurs de charité ». (NdA)
3. *Illuminations*, « Villes I ». (NdA)

voit justement en état de sommeil. Le grand ange échappé sans défauts des mains de Dieu, sa chute ici-bas pourtant l'a stupéfié. Cet « esprit » lumineux, en prenant un corps, s'est émoussé et assombri ; il est entré dans une demi-surdité, dans le bourdonnement étouffé et impuissant du rêve : « Je m'aperçois que mon esprit dort… S'il avait été éveillé jusqu'à ce moment-ci, c'est que je n'aurais pas cédé aux instincts délétères, à une époque immémoriale[1] ». Il est pareil à l'« aveugle irréveillée aux immenses prunelles[2] ».

« Il eut son âme et son cœur, toute sa force, élevés en des erreurs étranges et tristes… Se rappellera-t-on le sommeil continu des Mahométans légendaires, – braves pourtant et circoncis[3] ! » Sa mémoire a été frappée ; on dirait qu'elle a été privée d'un de ses hémisphères ; le contact avec la matière lui a fait perdre non pas ses images, mais la conscience du monde auquel elles appartiennent : « N'eus-je pas une fois une jeunesse aimable, héroïque, fabuleuse, à écrire sur des feuilles d'or, trop de chance ! Par quel crime, par quelle erreur ai-je mérité ma faiblesse actuelle ? Vous qui prétendez que des bêtes poussent des sanglots de chagrin, que des malades désespèrent, que des morts rêvent mal, tâchez de raconter ma chute et mon sommeil[4] ».

Il a lâché prise et maintenant il ne retrouve plus qu'à travers je ne sais quel engourdissement le royaume d'où il a été divisé. Des spectacles qu'il lui arrive encore de contempler, il n'est pas plus maître que d'une chose qui se passerait à distance. Souvent, en même temps qu'il les note, il indique l'intervalle qui les sépare de lui : « Il y a une troupe de petits comédiens en costume, aperçus sur la route à travers la lisière du bois[5] ». Ses visions sont pour lui comme un événement latéral : « Je baisse les feux du lustre, je me jette sur le lit, et, tourné du côté de l'ombre, je vous vois, mes filles ! mes reines[6] ! » Elles sont au bout de son atteinte. Couché sur le flanc, de ses deux bras tendus, il parvient tout juste à les toucher. C'est un reflet qui passe et que rien n'empêchera de s'évanouir : « Dans les villes la boue m'apparaissait soudainement

---

1. *Une saison en enfer*, « L'Impossible ». (NdA)
2. « Les Sœurs de charité ». (NdA)
3. « Les Déserts de l'amour : Avertissement ». (NdA)
4. *Une saison en enfer*, « Matin ». (NdA)
5. *Illuminations*, « Enfance ». (NdA)
6. *Ibid.*, « Phrases ». (NdA)

rouge et noire, comme une glace quand la lampe circule dans la chambre voisine[1] ». Ce manque de prise et d'embrassement n'est nulle part mieux exprimé que dans le poème intitulé « Aube ». On y voit, d'une façon sensible, fuir l'objet sans nom dont le poète tâche de s'emparer. Poursuite vertigineuse et vaine, effort, sans cesse déçu, pour contourner l'insaisissable, et qui ne s'achève que par cette demi-réussite : « En haut de la route, près d'un bois de lauriers, je l'ai entourée avec ses voiles amassés, et j'ai senti un peu son immense corps[2] ».

Nous apercevons maintenant, d'une façon bien claire, à la fois que l'œuvre de Rimbaud contient quelque chose de différent de son âme, un élément extérieur, et que nous ne devons pas compter sur Rimbaud pour nous expliquer ce que c'est. Il ne peut l'exprimer que tel quel et tout juste ; il le possède d'une façon trop précaire pour pouvoir y ajouter des renseignements. C'est déjà bien beau qu'il le retienne pour nous, qu'il l'empêche de passer. – À nous donc de déchiffrer le document ! Voici qu'il nous est remis tout brut entre les mains. Regardons-le, scrutons-le sur toutes ses faces. Il y a là-dedans quelque chose, dont, à force de patience et d'adresse, il nous sera peut-être loisible de prendre connaissance. Il y a ici un message obscur dont il faut tâcher de nous emparer. Plus simplement essayons de déterminer, puisque Rimbaud ne le sait pas lui-même, ce que c'est qu'il voit et qu'il nous montre.

II

Il faut saisir les plus minces indications.

« À gauche, le terreau de l'arête est piétiné par tous les homicides et toutes les batailles… Derrière l'arête de droite, la ligne des orients, des progrès[3]. » On trouve souvent, dans les Illuminations, ce souci de diviser le spectacle, de le distribuer, de le démembrer[4]. Et en effet tout ce qui nous est présenté ici est à

1. *Une saison en enfer*, « Mauvais Sang ». Comparez : « La lampe de la famille rougissait l'une après l'autre les chambres voisines. » (« Les Déserts de l'amour »). (NdA)

2. *Illuminations*, « Aube ». (NdA)

3. *Illuminations*, « Mystique ». (NdA)

4. Comparez : « L'ancienne Comédie poursuit ses accords et divise ses idylles. » (*Illuminations*, « Scènes ») « L'opéra-comique se divise sur notre scène à l'arête d'intersection de dix cloisons dressées de la galerie aux feux. » (*Ibid.*) « À droite l'aube d'été. » (*Illuminations*, « Ornières ».) (NdA)

l'état rompu et dans un commencement de dissociation ; ce sont les débris de quelque chose que voici devant nous : « Sont-ce des airs populaires, des bouts de concerts seigneuriaux, des restants d'hymnes publics[1] ? »

Quand les objets apparaissent encore dans leur ordre naturel, les uns à côté des autres, cependant déjà ils ne se regardent plus ; ils nous sont montrés au moment où ils perdent contact, où chacun, sans avoir bougé, rentre en solitude : « Assez connu. Les arrêts de la vie. – Ô Rumeurs et Visions[2] ! »

Plus souvent encore nous les apercevons déplacés et, si j'ose dire, déménagés. Ils ne sont plus à leurs niveaux respectifs ; on les a changés d'étagère : « Des fêtes amoureuses sonnent sur les canaux pendus derrière les chalets[3]. » « Au-dessus du niveau des plus hautes crêtes, une mer troublée par la naissance éternelle de Vénus[4]… » Rimbaud est hanté par l'idée des différences de hauteur : « Qu'on me loue enfin ce tombeau, blanchi à la chaux, avec les lignes du ciment en relief, – très loin sous terre… À une distance énorme au-dessus de mon salon souterrain, les maisons s'implantent, les brumes s'assemblent… Moins haut sont des égouts. Aux côtés rien que l'épaisseur du globe[5] ». « Sur quelques points des passerelles de cuivre, des plates-formes, des escaliers qui contournent les halles et les piliers, j'ai cru pouvoir juger la profondeur de la ville ! C'est le prodige dont je n'ai pu me rendre compte : Quels sont les niveaux des autres quartiers sur ou sous l'acropole[6] ? » Les étages se multiplient et toute correspondance cesse. La dislocation en hauteur du paysage fait que ses éléments ne s'abouchent plus ensemble : « *Là encore, les maisons ne se suivent pas*[7]. »

Un hiatus se forme, un vide mystérieux et sournois coule entre les choses et vient les détromper d'être ensemble. Il y a dans Rimbaud un motif qu'on pourrait appeler de la lézarde ou de la brèche.

1. *Ibid.*, poème sans titre. (NdA)
2. *Ibid.*, « Départ ». (NdA)
3. *Ibid.*, « Villes I ». (NdA)
4. *Illuminations*, « Villes I ». (NdA)
5. *Ibid.*, « Enfance ». (NdA)
6. *Ibid.*, « Villes II ». Comparez : « Et leurs railways flanquent, creusent, surplombent les dispositions de cet hôtel… » (*Illuminations*, « Promontoire ».) « À sa vision esclave, l'Allemagne s'échafaude vers des lunes » (*Ibid.*, « Soir historique »). (NdA)
7. *Ibid.* (NdA)

Dans un coin du tableau tout à coup il se produit quelque chose qui attente à sa solidité, une infraction imperceptible qui rampe, descend et s'agrandit, une déchirure qui s'ouvre et se propage. C'est toujours par en haut que l'image est envahie : « Pourquoi une apparence de soupirail blêmirait-elle au coin de la voûte[1] ? » Déjà, dans ses premiers poèmes, Rimbaud aimait à noter la pénétration de l'air ou du jour dans l'épaisseur des choses : « Sous un golfe de jour pendant du toit[2]. » « Vers la chandelle, aux trous du toit coulait l'air blanc[3]. »

Dans les *Illuminations*, « l'inévitable descente du ciel[4] » devient plus fréquente encore. « Je sais que c'est Toi qui dans ces lierres/ Mêles ton bleu presque de Sahara[5]. »

On trouve sans cesse dans la vision et, la plupart du temps, vers le sommet, un bras de mer ou quelque gouffre d'espace : « Le haut quartier a des parties inexplicables : un bras de mer sans bateaux roule sa nappe de grésil bleu entre des quais chargés de candélabres géants[6] ». « Peut-être des gouffres d'azur, des puits de feu[7] ? » Ces abîmes d'en haut, ce sont les manifestations du vide dont souffre le spectacle, dont il est secrètement atteint, – et qui finira par le dévorer ; car cet étrange mal ne reste pas inactif : il travaille au contraire à désorganiser toute la région où il s'est pris : « Un souffle ouvre des brèches opéradiques dans les cloisons, – brouille le pivotement des toits rongés, – disperse les limites des foyers, – éclipse les croisées[8] ». Et les objets qui tout à l'heure nous semblaient si bien tenir ensemble se détachent, se désagrègent : « La muraille en face du veilleur est une succession psychologique de coupes, de frises, de bandes atmosphériques et d'accidents géologiques[9] ». Si nous pouvions attendre jusqu'au bout, de tout ce monde familier qui nous entoure, il ne resterait plus rien : « Un rayon blanc, tombant du haut du ciel, anéantit cette comédie[10] ».

1. *Ibid.*, « L'Enfance ». (NdA)
2. « Les Poètes de sept ans ». (NdA)
3. « Les Premières Communions ». (NdA)
4. *Illuminations*, « Jeunesse ». (NdA)
5. *Ibid.*, « Bruxelles ». (NdA)
6. *Ibid.*, « Villes II ». Comparez : « L'eau est grise et bleue, large comme un bras de mer. » (*Illuminations*, poème sans titre.) (NdA)
7. *Ibid.*, « Enfance ». (NdA)
8. *Ibid.*, « Nocturne vulgaire ». (NdA)
9. *Ibid.*, « Veillées ». (NdA)
10. *Ibid.*, poème sans titre. (NdA)

Dispersion, désagrégation, chaos mystérieux. Pourtant les morceaux de ce quelque chose qui nous est montré brisé, nous les reconnaissons : « C'est, certes, la même campagne. La même maison rustique de mes parents : la salle même où les dessus-de-porte sont des bergeries roussies avec des armes et des lions[1] ». Tout ce qui passe sous nos yeux nous l'avons déjà vu, nous pouvons le nommer. D'où vient donc l'étrange désordre où nous le retrouvons et quel est le spectacle enfin dont les *Illuminations* nous ouvrent l'accès ? Quel est l'objet que nous montre Rimbaud ?

Non pas un autre monde, mais celui-ci en tant que l'autre le désorganise. Non pas une contrée inconnue, mais nos alentours les plus immédiats, saisis d'incohérence par le voisinage formidable de l'au-delà. Les meubles d'une chambre, les arbres que l'on aperçoit par la fenêtre : mais ils nous apparaissent un peu plus loin que nous n'avons l'habitude de les voir, pris déjà dans la zone d'attraction du surnaturel. Comme une comète, en entrant dans les parages d'un grand astre, se raréfie, se lézarde, se déchire et rend au néant, les éléments dont elle est faite, c'est ainsi que les *Illuminations* surprennent notre monde en train de céder à l'autre ; c'est à sa panique, à sa débâcle qu'elles nous font assister. Les précautions que nous avions prises pour boucher tous les interstices brusquement se révèlent inutiles. Le foyer s'est approché par-derrière ; la resplendissante face invisible est là tout près, qui laisse filtrer ses rayons. Tout chancelle et faiblit. Nous n'avons pas bougé, mais l'irrésistible gravitation fait son œuvre autour de nous.

Mille citations pourraient être alléguées ici, attestant que cet évanouissement du monde naturel devant l'autre est bien le drame que nous dépeignent les *Illuminations*.

Sans cesse le paysage ordinaire, celui où nous étions enfermés, comme miné par quelque immense flot souterrain, doucement s'effrite, s'effondre, passe à autre chose : « Puis, ô désespoir, la cloison devint vaguement l'ombre des arbres, et je me suis abîmé sous la tristesse amoureuse de la nuit[2] ». On s'aperçoit tout à coup que là où on allait mettre le pied, il y a quelque chose qui bouge et clapote, une transparence indéfinie :

> Eh ! l'humide carreau tend ses bouillons limpides !
> L'eau meuble d'or pâle et sans fond les couches prêtes.

1. « Les Déserts de l'amour », *Œuvres.* (NdA)
2. *Ibid.* (NdA)

Les robes vertes et déteintes des fillettes
Font les saules, d'où sautent les oiseaux sans brides[1].

Tout endroit devient un lieu pour autre chose.

Boulevard sans mouvement ni commerce,
Muet, tout drame et toute comédie,
Réunion des scènes infinies[2].

Se placer en un point, c'est au bout d'un moment ne plus y être, « puisqu'il a fait la maison ouverte à l'hiver écumeux et à la rumeur de l'été[3] ». Regarder un objet, c'est le voir s'ouvrir, se creuser, disparaître devant ce qu'il cachait : « La plaque du foyer noir, de réels soleils des grèves : ah ! puits des magies ; seule vue d'aurore cette fois[4] ».

À vrai dire, nous ne sortons pas tout à fait ; nous n'allons pas réellement jusqu'à l'autre monde. Mais nous quittons le premier état des choses : « Quant au monde, quand tu sortiras, que sera-t-il devenu ? En tout cas rien des apparences actuelles[5] ». Nous faisons un pas et, au lieu de tomber sur la suite, quelque chose s'est mis là dont ce n'était pas la place, quelque chose avec quoi la transition est à la fois facile et absurde : « Le long de la vigne, m'étant appuyé du pied à une gargouille, – je suis descendu dans ce carrosse dont l'époque est assez indiquée par les glaces convexes, les panneaux bombés et les sofas contournés[6] ». En somme, des objets habituels, par je ne sais quelle mystérieuse déception, nous glissons sans cesse à leur désordre.

Ce désordre, on le voit se ranimer, derrière le voile de la réalité immédiate, comme s'il était quelque chose de plus ancien et de plus vrai que ses éléments : « C'est elle, la petite morte, derrière les rosiers. – La jeune maman trépassée descend le perron. – La calèche du cousin crie sur le sable. – Le petit frère (il est aux Indes !) là, devant le couchant, sur le pré d'œillets. – Les vieux

1. *Illuminations*, « Mémoire ». (NdA)
2. *Ibid.*, « Bruxelles ». (NdA)
3. *Ibid.*, « Génie ». (NdA)
4. *Ibid.*, « Veillées ». (NdA)
5. *Ibid.* (NdA)
6. *Ibid.*, « Nocturne vulgaire ». Comparez : « Un pont conduit à une poterne immédiatement sous le dôme de la Sainte-Chapelle. » (*Ibid.*, « Villes II »). (NdA)

qu'on a enterrés tout droits dans le rempart aux giroflées[1] ». Cela remonte tout seul, comme se dressent « les vieux qu'on a enterrés ». Le monde retrouve sa vieille incohérence fondamentale ; il échappe aux catégories ; les choses ne sont plus tout à fait astreintes à elles-mêmes ; elles renaissent à l'énormité confuse de la pure existence, celle que l'esprit n'a point encore distinguée ni construite. Je ne sais quoi de double se fait jour en elles : « Les lampes et les tapis de la veillée font le bruit des vagues, la nuit, le long de la coque et autour du steerage[2] ». Elles reprennent d'étranges coutumes qu'il y avait entre elles et qui n'étaient pas faites pour être regardées par nous. Elles s'accouplent selon des modes parfaitement gratuits :

Les chars d'argent et de cuivre,
Les proues d'acier et d'argent
Battent l'écume,
Soulèvent les souches des ronces[3].

Elles reparaissent avec toutes les franchises monstrueuses dont elles jouissaient du temps de leur inutilité. Cessant d'être déterminées à telle ou telle fin, elles reviennent toutes mélangées de possibles qui leur font comme une seconde et inexplicable nature : « À chaque être plusieurs autres vies me semblaient dues. Ce Monsieur ne sait ce qu'il fait : il est un ange. Cette famille est une nichée de chiens[4] ».

Le retour au chaos. Nulle part mieux que dans « Enfance » n'en sont exprimées les approches et, si l'on peut dire, les affres. Nulle part on n'assiste d'une façon plus saisissante à la crise de notre monde sous l'appel de l'autre. On le voit pris de malaise et comme de pauvreté ; il se vide, il devient désert :

« On suit la route rouge pour arriver à l'auberge vide. Le château est à vendre ; les persiennes sont détachées. – Le curé aura emporté la clef de l'église. – Autour du parc, les loges des gardes sont inhabitées. Les palissades sont si hautes qu'on ne voit que les cimes bruissantes. D'ailleurs, il n'y a rien à voir là-dedans.

1. *Illuminations*, « Enfance ». (NdA)
2. *Ibid.*, « Veillées ». (NdA)
3. *Ibid.*, « Marine ». (NdA)
4. *Une saison en enfer*, « Délires II », « Alchimie du verbe ». (NdA)

Les prés remontent aux hameaux sans coqs, sans enclumes. L'écluse est levée. Ô les calvaires et les moulins du désert, les îles et les meules[1] ! »

Une sorte de silence se fait autour de nous, à la fois pesant et vide ; tout se recueille sur place ; tout se sépare de la vie et de ses rumeurs. Nous voici « bien après les jours et les saisons, et les êtres et les pays[2] ». Une attente plane, une aspiration surnaturelle absorbe tous les bruits. Le paysage devient ingrat, et si maigre, si diaphane qu'on le sent tout prêt à être distribué ; il est en proie à l'extrémité[3] : « Les sentiers sont âpres. Les monticules se couvrent de genêts. L'air est immobile. Que les oiseaux et les sources sont loin ! Ce ne peut être que la fin du monde en avançant[4] ».

« La fin du monde, en avançant » : tel est bien l'objet mystérieux sur lequel portent les observations de Rimbaud et que fixent et retiennent les notes de son carnet. Tel est bien le spectacle que, sous mille formes diverses, nous trouvons représenté dans les *Illuminations*.

III

[Cependant, on peut contester qu'il y ait vraiment, contenu dans les Illuminations, un objet réel, extérieur. – Interprétation subjectiviste de l'œuvre de Rimbaud : les visions du poète ne sont que des produits artificiels, obtenus par un surmenage méthodique de son cerveau. – Textes sur lesquels s'appuie cette interprétation. – Discussion de ces textes. – Ils témoignent au contraire en faveur de l'objectivité des visions.]

IV

[Preuves directes de l'objectivité des visions. – Première preuve : Nous les reconnaissons. – Deuxième preuve : Le style de Rimbaud est orienté vers un objet, suppose un terme, une réalité extérieure.]

---

1. *Illuminations*, « Enfance ». (NdA)
2. *Ibid.*, « Barbare ». (NdA)
3. L'idée d'extrémité ou de confins se retrouve sans cesse dans Rimbaud : « Ces derniers potagers… » (*Ibid.*, « Métropolitain ».) « Ces parfums pourpres du soleil des pôles. » (*Ibid.*) « Par une route de dangers, ma faiblesse me menait aux confins du monde et de la Cimmérie, patrie de l'ombre et des tourbillons. » (*Une saison en enfer*, « Délires II », « Alchimie du verbe ».) (NdA)
4. *Illuminations*, « Enfance ». (NdA)

Ce n'est pas seulement le style tout fait qui témoigne de la réalité des visions de Rimbaud ; c'est encore, c'est surtout le style en travail, l'opération par laquelle il se forme et se détermine. Par une heureuse chance, les brouillons de deux des principaux chapitres de la *Saison en Enfer* nous ont été conservés. On les trouvera à la suite de cette étude. En les comparant au texte définitif que nous avons eu soin de placer en face, on en comprendra du premier regard, et sans presque avoir besoin de les lire, la leçon. Les blancs dont la page de droite est parsemée ne se trouvent pas en réalité dans l'édition des *Œuvres* ; nous avons dû les introduire pour maintenir la correspondance des deux versions. C'est dire combien, sous sa forme dernière, le texte de Rimbaud est plus serré, plus étroit, plus condensé ; pour aboutir à sa perfection, il se dépouille presque d'une phrase sur deux. Et à l'intérieur de chaque phrase le même travail de réduction se poursuit.

En voici quelques exemples :

ÉBAUCHE	TEXTE DÉFINITIF
« Général, roi, disais-je, si tu as encore un vieux canon sur tes remparts qui dégringolent, bombarde les hommes avec des morceaux de terre sèche… »	« Général, s'il reste un vieux canon sur tes remparts en ruines, bombarde-nous avec des blocs de terre sèche. »
« Je réfléchis au bonheur des bêtes ; les chenilles étaient les foules sans nom, les petits corps blancs des limbes… [Deux lignes sans équivalent dans le texte définitif.] Heureuse la taupe, sommeil de toute la virginité. »	« J'enviais la félicité des bêtes, – les chenilles qui représentent l'innocence des limbes, les taupes, le sommeil de la virginité. »
« … M'avertissait avec le chant du coq. »	« … M'avertissait au chant du coq. »
« Tais-toi, c'est l'orgueil ! à présent. »	« Orgueil. »
« Ah ! mon Dieu ! Mon Dieu. J'ai peur, pitié. »	« Pitié ! Seigneur, j'ai peur. »

Mais il ne faut pas considérer ces transformations de la phrase au seul point de vue de la quantité. Dans le texte définitif il n'y a pas seulement moins de mots que dans l'ébauche ; il y a aussi une allure nouvelle de ces mots, une rigueur, qui jusque-là n'était pas sensible, de leur groupement. – Nous avons trop insisté sur l'absence de toute cadence lyrique dans la période de Rimbaud pour qu'il ne soit pas nécessaire de revenir maintenant sur cette remarque et de la corriger. Il est vrai que son style ignore l'amplitude poétique, le déroulement verbal à longue échéance. Mais gardons-nous d'en conclure qu'il est amorphe. De même que sa musicalité est intérieure aux mots et comme prise dans leurs syllabes, de même la phrase, si courte soit-elle, est possédée par un rythme qui la tient et la commande comme un démon secret. C'est un de ces « rythmes instinctifs », avec lesquels Rimbaud se flattait de parler à tous nos sens et que la comparaison du brouillon au texte définitif met en pleine lumière. En passant de l'un à l'autre en effet, nous les voyons naître, s'accuser peu à peu et partout à la fois. Au sein de la masse verbale, vague et lentement tournoyante, que nous présentent les ébauches, une mesure entreprend de se faire sentir, une démarche brève s'empare des phrases sans direction : une vivacité immédiate, une sorte de nécessité sur place :

« L'action n'était qu'une façon démonstrative de gâcher une activité de vie : seulement, moi, je laissais en tâchant, au hasard sinistre et doux, un énervement, déviation erreur. »	« L'action n'est pas la vie, mais une façon de gâcher quelque force, un énervement. »

Non seulement l'amas des mots s'est réduit, mais en même temps il s'est organisé, articulé, mis en forme, et, si l'on peut dire, mis en train. Au désordre et à la dispersion succèdent non pas le balancement incantatoire de la poésie lyrique, mais une cadence nette et bien formée, quelque chose d'extraordinairement réveillé. La définition et l'activité ont pénétré jusqu'au cœur de la phrase et elles l'imprègnent si bien que parfois le rythme s'en présente à notre mémoire bien avant que nous ne retrouvions les mots qui la composent. C'est de cette façon du moins que, pour ma part, je subis l'obsession de Rimbaud. Le début d'« Enfance », à chaque fois qu'il revient me tenter et m'appeler, c'est sous la forme d'un mystérieux ensemble de syllabes comptées, comme une modification complexe, mais bien déterminée, du temps : « Cette idole, yeux noirs et crin jaune, sans parents ni cour, plus noble que la fable, mexicaine et flamande ; son domaine azur et verdure insolents, court sur des plages nommées, par des vagues sans vaisseaux, de noms férocement grecs, slaves, celtiques[1] ».

Faut-il voir dans l'évolution du style de Rimbaud vers la brièveté une simple mise au point technique ? N'est-ce que pour rendre sa phrase plus harmonieuse que le poète s'est appliqué à la resserrer ? Je pense que c'est pour la rendre plus vraie. Oui, l'espèce d'élaboration qu'il lui fait subir nous le montre aux prises avec un objet qu'il veut saisir, dont il se rapproche peu à peu. D'autres écrivains ont procédé par condensation ; mais non pas d'une façon continue ; tantôt ils ramassaient, mais tantôt aussi ils développaient les données premières de leur inspiration. Rimbaud, pas une seule fois, n'ajoute une ligne à ses ébauches. Son mouvement est toujours le même : il revient, il regagne le plus de terrain possible sur ce qu'il a d'abord énoncé. C'est qu'il cherche, c'est qu'il y a quelque chose, là, au milieu même de toutes ces paroles émises, qu'il veut *trouver*.

S'il avait forgé ses visions de toutes pièces, il eût recouru certainement à l'amplification ; nous l'aurions surpris en train d'étendre et d'enrichir ses « idées » ; nous aurions assisté à ses trucs de production ; ses brouillons nous seraient apparus comme en deçà du texte définitif, ils en auraient indiqué les linéaments, ils en auraient formé le squelette. Mais au contraire, tels que les voici sous nos yeux, leur pauvreté – d'ailleurs incontestable – consiste bien plutôt que dans leur maigreur, dans leur abondance, dans le surcroît et la foison des phrases ; il y a en eux comme une faiblesse d'ensemble ; on sent que quelque chose est dissous dans tous ces mots, qu'il va falloir faire cristalliser.

Plus précisément, le travail du poète, tel que nous le découvrons ici, n'est pas pour faire naître quoi que ce soit, mais pour empêcher quelque chose de passer. Cette masse confuse des brouillons, cette dépense de phrases soudaine et désordonnée, c'est le réseau qu'il jette tout de suite sur l'objet entraperçu pour l'entraver n'importe comment et d'abord le retenir. Mais une fois qu'il a créé autour de lui une région d'embarras et qu'il l'a mis ainsi en réserve, à l'abri de la fuite, son effort n'est plus que pour le rejoindre. L'approche commence, – une approche de partout à la fois, une précision croissante sur tous les points, une marche de concentration, un appel à distance des mots les uns par les autres, une détermination réciproque et convergente des éléments les plus éloignés de la

1. *Illuminations*, « Enfance ». (NdA)

phrase. C'est alors que nous voyons tomber toutes les propositions qui n'intéressent pas véritablement l'objet. Nous sentons celui-ci au bout de toutes les économies qui s'accomplissent presque automatiquement sous nos yeux ; son pouvoir immobile s'exerce sur les mots qui l'assiègent ; il les décime sans bouger. Et ceux qui succombent témoignent de sa présence avec la même évidence que ceux qui restent.

L'apparition du rythme dans la phrase coïncide avec l'instant où elle touche l'objet. Nous avons remarqué que le rythme, chez Rimbaud, se faisait jour intérieurement ; au lieu de s'élancer d'un jet comme une plante folle et de chercher au-dehors les mots qui le soutiendront, nous le voyons sourdre par places entre les mots déjà assemblés ; il n'est rien qu'une sorte de disposition immédiate que prend la phrase et qui manifeste au-dehors l'état profond où elle entre au même moment. Cette allure morcelée, ces accents si nettement, si strictement marqués, ce jeu si serré des temps forts et des temps faibles, ne sont-ils pas dans une secrète, mais évidente correspondance avec les accidents et, si l'on peut dire, le relief d'un objet ? Le rythme est ici la répercussion au-dehors du choc intérieur des mots heurtant enfin la chose qu'ils enveloppaient. Il remonte avertir le lecteur que la rencontre vient de se produire, que la phrase vient d'obtenir sa vérité.

V

[Nouvelle explication du renoncement poétique de Rimbaud : il était soumis à l'instabilité de la connaissance directe, de l'intuition pure ; de même qu'il était abordé sans avertissement par ses visions, de même il en pouvait être abandonné.]

Cette union foudroyante et fortuite avec les choses, qui à certains égards est une infériorité puisqu'elle le met dans la dépendance de l'extérieur, est pourtant la raison de l'éminente dignité de Rimbaud. C'est par là qu'il est un prodige sans équivalent dans l'histoire des littératures ; ou plutôt par là qu'il est hors de toute littérature. Avec lui, pour la première fois, on est sorti des mots, pour la première fois on a dépassé les constructions de la pensée. Lui-même, avec une lucidité parfaite, a su définir la nouveauté de son intervention. « L'intelligence universelle a toujours jeté ses idées naturellement ; les hommes ramassaient une partie de ces fruits du cerveau : on agissait par, on en écrivait des livres : telle allait la marche, l'homme ne se travaillant pas, n'étant pas encore éveillé, ou pas encore dans la plénitude du grand songe. Des fonctionnaires, des écrivains. Auteur, créateur, poète, cet homme n'a jamais existé[1] ». Il y a d'un côté les « fruits du cerveau », les « livres », auxquels aboutit le fonctionnement autonome de l'esprit. La littérature est un ensemble de résultats naturels, obtenus par une bonne surveillance de notre intelligence. Pour « en faire », il suffit d'observer la correction dans les passages et les enchaînements auxquels nous inclinons spontanément, qui sont en nous comme formés à l'avance. Ainsi nous élevons-nous peu à peu à une *œuvre*, et qui peut être très haute. – Mais en face de ces travaux et de ces réussites, tout seul de son côté, il y a Rimbaud : « auteur, créateur, poète », cet homme a existé. Quelqu'un nous a menés hors de l'esprit, nous a fait faire quelques pas menacés au-delà de nos abris naturels. Que m'importe après tout la beauté de ce livre ! Que m'importe ce qu'on y peut trouver à louer ou à reprendre ! Pour moi, il n'est qu'un événement, un accident prodigieux survenu à l'humanité. Je ne le choisis pas dans ma bibliothèque pour passer le temps, ni pour m'émouvoir, ni pour ranimer de chères heures oubliées. Mais je vais le chercher comme un péril dont j'ai pris l'habitude, je le connais, à sa place, comme une porte basse et sournoise, par où m'échapper dangereusement. À chaque fois je m'aventure en lui un peu plus loin ; je n'y rencontre point d'obstacle, en effet, qui, quelque jour, tout à coup, silencieusement, ne cède et ne se délie. Et s'ouvre alors un horizon nouveau. J'ai dépassé l'impossible. Si bien que parfois la peur me vient de m'en aller par là.

C'est en février 1920, dans La NRF, *que Jacques Rivière publia « Marcel Proust et la tradition classique », son premier long article sur Proust. Il prolongeait la note parue le mois précédent consacrée à l'obtention du prix Goncourt pour* À l'ombre des jeunes filles en fleurs.

Alors qu'une partie de la critique traite Proust de réactionnaire, Rivière s'attache ici à montrer que le romancier renoue avec la

1. Lettre du 15 mai 1871. (NdA)

tradition psychologique française abandonnée à tort depuis le milieu du XIXe siècle. Il explique aussi que les descriptions de Proust apportent un nouvel éclairage sur la psychologie humaine. En partant de lui-même, Proust parvient à décrire minutieusement le monde qui l'entoure dans toute sa complexité et sa mouvance. Rivière développera cette idée trois ans plus tard en s'appuyant sur ses lectures de Freud.

Marcel Proust et la tradition classique

Quand j'écrivais les quelques lignes qu'on a pu lire dans notre dernier numéro sur le prix Goncourt[1], je n'avais encore qu'une idée très imparfaite de la tempête qu'allait soulever la distinction accordée au livre de Marcel Proust. Le choix des Dix me paraissait si naturel, si heureux, que je ne pouvais, malgré tout ce que je savais, m'attendre à un débordement si furieux de protestations[2].

Pourtant, en y réfléchissant, ces protestations, je vois bien maintenant qu'elles pouvaient être prévues. Dans le fond elles sont parfaitement normales. Ce sont celles qui toujours saluent la première tentative pour mettre à sa place une grande œuvre. Elles représentent la punition rituelle de quiconque s'efforce, dans le domaine des choses de l'esprit, à un acte de simple et élémentaire justice.

Si j'eusse conservé quelque doute sur l'importance d'*À la recherche du temps perdu*, il m'eût été enlevé par la petite émeute à laquelle nous venons d'assister. Seuls les chefs-d'œuvre ont le privilège de se concilier du premier coup un chœur aussi consonant d'ennemis. Les sots jamais ne se mettent en révolution sans qu'il leur ait été fait quelque positive et vraiment cruelle injure.

*

1. « Le Prix Goncourt », in Jacques Rivière, *Études* (1909-1924), Gallimard, coll. « Les Cahiers de *La NRF* », 1999, p. 90.

2. L'aventure de ce prix, les réactions qu'il a suscitées ont été étudiés par Thierry Laget dans *Proust, prix Goncourt. Une émeute littéraire*, Gallimard, coll. « Blanche », 2019.

J'aurais beaucoup aimé à n'écrire sur Proust qu'à la façon dont il écrit lui-même, c'est-à-dire avec lenteur, complaisance et détail. J'avais commencé, il y a six mois, sur son roman, une étude où je voulais mettre, à défaut d'autres qualités, toute ma patience. Pressé par l'actualité, je ne vais pouvoir en donner aujourd'hui qu'un extrait, quitte à corriger plus tard par d'autres considérations ce que celles qu'on va lire ont peut-être de trop exclusivement technique.

*

Je ne puis prendre pour un simple hasard le fait que Proust a vu se coaliser principalement contre lui tous les tenants de « l'art révolutionnaire », tous ceux-là qui, confondant vaguement politique et littérature, s'imaginent que la hardiesse est toujours de même sens dans les deux domaines, que dans le second comme dans le premier il n'y a d'initiative qu'*en avant*, que l'inventeur est toujours celui qui va plus loin que les autres, – tous ceux-là qui se représentent l'innovation littéraire comme une émancipation et qui saluent comme un pas de plus vers la Beauté chaque abandon d'une règle jusque-là respectée, chaque nouvelle entrave qui tombe, chaque précision de moins qu'on apporte. L'un d'eux, non sans candeur, a traité Proust d'écrivain « *réactionnaire* ». Et comment eût-il compris qu'en littérature il peut y avoir des révolutions *en arrière*, des révolutions qui consistent à faire moins gros, moins grand, moins libre, moins sublime, moins pathétique, moins sommaire, moins « génial » qu'on n'a fait jusque-là ? Comment eût-il compris que c'est d'une révolution de ce genre que nous avons aujourd'hui avant tout besoin, et que cette révolution, le « réactionnaire » Proust vient justement en donner le signal ?

Je tâcherai quelque jour d'analyser en détail les raisons qui ont fait de notre XIXe siècle une période de grave langueur pour toute la littérature psychologique. Je ne prends aujourd'hui que le fait qui me paraît incontestable. À partir de Stendhal, il se produit une dégradation continue de notre faculté, pourtant si ancienne, si invétérée, de comprendre et de traduire le sentiment. Flaubert représente le moment où le mal devient sensible et alarmant. Je ne veux pas dire que *Madame Bovary* et *L'Éducation sentimentale* n'impliquent aucune connaissance du cœur humain ; mais ni l'un ni l'autre ouvrage ne contient la moindre vue *directe* sur sa complexité : ni l'un ni l'autre ouvrage ne nous fait avancer en lui, ne nous en découvre *de face* de nouveaux aspects. Il y a chez l'auteur une certaine pesanteur de l'intelligence au regard de la sensibilité ; elle la suit mal ; elle ne la débrouille plus ; elle ne sait plus l'atteindre dans son caprice et dans sa nuance. De là, je crois, l'impression de piétinement que nous donnent ces livres, pourtant si fortement « en marche », et dont le style, comme le remarquait si justement ici même Marcel Proust, fait penser à un « *trottoir roulant* ».

Un stade plus avancé de la maladie dont a souffert au XIXe siècle notre sens psychologique peut être avantageusement étudié dans les premières œuvres de Barrès. Grande entreprise d'un écrivain sur lui-même ; nombreuses et précises dispositions pour procéder à une investigation aussi subtile et pénétrante que possible de ses émotions : résultat rigoureusement nul. Il n'y a pas, dans les trois ou quatre volumes du *Culte du Moi*, le plus petit embryon de découverte psychologique ; c'est vraiment le « *Dieu inconnu* » qui, d'un bout à l'autre, s'y trouve encensé. Malgré toute sa bonne volonté, malgré tout l'appareil dont il s'entoure, Barrès n'arrive pas à vaincre l'hermétique nuit intérieure dont il est affligé.

Partout d'ailleurs autour de lui, à cette époque, l'intelligence de soi est en baisse. Jamais on n'a tant parlé d'intuition, et jamais on n'en a été plus incapable ; du moins en ce qui regarde les objets intérieurs. Le symbolisme apprend non pas seulement aux poètes, aux romanciers aussi, une certaine manière délicieuse de ne s'aborder soi-même qu'en songe. Il s'agit avant tout d'être aveugle. L'effort à faire, s'il y en a un, est exactement au rebours de la clairvoyance : pour mieux faire vibrer le lecteur, on ne touchera que du dehors et avec une sorte de circonspection enivrée aux émotions dont on veut le ravir ; il faut les presser, les étreindre, leur faire donner toute leur liqueur ; mais ne surtout pas les pénétrer, les attaquer, les dissoudre. L'écrivain, quel qu'il soit, s'exerce avant tout à être global ; il n'est content que lorsqu'il réussit à restituer d'ensemble, par la suggestion, par la caresse, un moment de son âme ; il n'a le sentiment d'avoir fait sa tâche que lorsqu'il est parvenu à se subir lui-même, tel quel et en toute ignorance, pendant un instant.

Le roman psychologique s'imprègne de lyrisme ; il n'est plus une branche de l'étude des passions ; il ne sert plus à dessiner des caractères ; à de très rares exceptions près, il n'est plus conçu que comme un recueil d'« *impressions* » sur l'âme, de « *paysages introspectifs* ».

Au premier abord, Proust peut sembler n'avoir rien fait d'autre que porter ce genre à sa perfection. N'est-il pas un prodigieux « évocateur » de sensations et de sentiments ? À quoi s'attache-t-il, sinon à faire revivre sous les yeux du lecteur tout son passé intérieur ?

— Sans doute ; mais il y a la manière. Il ne compte pour cela sur aucune baguette magique. Il ne va pas faire « *surgir* » devant nous « *du fond des eaux* » son âme comme une île entière et tout équipée. *À la recherche du temps perdu* : ce titre dit tout ; il implique une certaine peine, de l'application, de la méthode, de l'entreprise ; il signifie une certaine distance entre l'auteur et son objet, une distance qu'il aura sans cesse à franchir par la mémoire, par la réflexion, par l'intelligence ; il sous-entend un besoin de connaissance ; il annonce une conquête discursive de la réalité poursuivie.

Et en effet, Proust laisse tomber dès l'abord tous les moyens littéraires qui participent le moins du monde de l'enchantement. Il se prive, avec quelque sévérité même, de la musique ; on voit qu'il ne veut pas suggérer, mais retrouver.

Il s'attaque aux sentiments, aux caractères, par le détail ; il n'abdique pas toute prétention à en montrer le contour et la silhouette ; mais il sait que cela ne doit, ne peut venir qu'à la longue. Grignoter d'abord. C'est un rongeur : il fera beaucoup de débris, avant que l'on puisse comprendre que ça n'en est pas, que ce sont les matériaux d'une vaste et magnifique construction[1].

Je ne puis dire assez combien je trouve émouvant son renoncement à émouvoir, sa patience, sa diligence, son amour de la vérité. Il prend sa plume du bon bout ; il dessine d'abord un petit morceau et le reste vient tout seul peu à peu. Il me fait penser aussi à ces machines qui avalent si mathématiquement la pièce d'étoffe, la feuille de papier dont on ne leur a pourtant livré que la frange.

Il ne fait rien apparaître que par le dedans ; du Temps perdu, il ne pense pas à redire l'écho ; il tâche seulement de lui rendre peu

1. Dès sa lecture de *Du côté de chez Swann,* Rivière avait pressenti que l'œuvre de Proust serait une construction longue. À la première lettre de Rivière perdue, Proust répond ainsi : « Enfin, je trouve un lecteur qui *devine* que mon livre est un ouvrage dogmatique et une construction. » (Proust à Rivière, 6 février 1914, *Correspondance de Proust*, *op. cit.*, t. 13, p. 98.)

à peu tout son contenu. Et de même en particulier pour chaque émotion qu'il a éprouvée, pour chaque personnage qu'il revoit. Il cherche tout de suite leurs nuances, leur intime diversité ; ce n'est qu'à force d'y découvrir de la différence qu'il espère les rappeler à la vie.

M. Jacques Boulenger a très finement remarqué dans *L'Opinion*[1] que Proust ne peignait les autres qu'« *en retraçant le reflet qu'ils laissaient en lui* », et qu'il allait ainsi chercher leur image comme au fond d'un miroir intérieur. Il faut comprendre toute la signification de ce procédé. On a beau faire, il n'y a de description vraiment profonde des caractères qu'appuyée sur une étroite et solide compréhension de soi-même. Avant de se tourner vers le dehors avec quelque chance de succès, il faut que l'analyse ait fortement mordu au-dedans. Du moins, est-ce la loi chez nous, en France. Ce qui a manqué à Flaubert et à tous les romanciers de son école, c'est d'avoir su se saisir d'abord eux-mêmes. Pour avoir voulu être d'emblée et directement objectifs, ils se sont condamnés à poser simplement devant eux des *objets*, mais sans les animer, sans les diversifier, sans les éclairer intérieurement.

Proust voit toutes choses, et même les extérieures, sous l'angle où il se voit lui-même. Et comme il a pris en lui-même l'habitude de la réfraction, son regard d'emblée décompose, spécifie. Il parvient ainsi, en ne séparant jamais aucun être de son détail, à nous le montrer toujours entièrement concret, aussi nourri au-dedans qu'au-dehors, à la fois étonnant et connu.

C'est la grande tradition classique qu'il renoue ainsi. Racine fait-il autre chose que d'aller chercher autrui en lui-même ? Ayant mis un jour son intelligence aux trousses de sa sensibilité, peu à peu, par tout ce que l'une gagne sur l'autre, il devient créateur. Et de cette façon seulement. Rien par lui n'est suscité d'emblée. C'est par la compréhension, c'est par l'analyse, c'est par la connaissance, qu'il fait naître peu à peu des êtres différents. Et ces êtres eux-mêmes, s'ils se dessinent aux yeux du lecteur, ou du spectateur, c'est grâce à la continuation en eux de ce progrès de l'intelligence. Le poète du premier coup a tourné le dos à leur totalité, il a refusé l'aspect qu'ils eussent pu prendre ; il n'a voulu que les mieux voir, qu'entrer dans leur âme comme il était entré d'abord dans la sienne, c'est-à-dire tout armé d'attention. Hermione, Néron,

1. *L'Opinion*, 20 décembre 1919.

Phèdre, d'où sortent-ils peu à peu pour nous, sinon du sein des sentiments entre lesquels on nous les fait voir partagés ? Il n'y a pas ici de *création* à proprement parler, mais de l'*invention* seulement, c'est-à-dire quelque chose de *trouvé*, d'aperçu, de démêlé, une constatation et, si l'on peut dire, de la conscience d'autrui.

Proust, en plus grand, en plus lent, en plus minutieux, en moins dramatique, reprend cette méthode. Il retrouve, en tout, le chemin de l'intérieur. Et non pas, suivant le mode bergsonien, par un effort de concentration et de sommeil, mais au contraire par un déploiement paisible de lucidité et de discernement. Aussi naturellement qu'un poète projette devant lui des images, oublieux de soi, – Proust, plongeant en lui-même, interroge, explore, devine, reconnaît et peu à peu s'explique les choses et les gens ; son esprit mange tout doucement ce qu'ils comportent d'obscur ou d'opaque, détruit en eux tout ce qui ne se laisse pas voir, tout ce qui tendrait à faire seulement impression ; il les *invente* ainsi, rien qu'en en faisant *l'inventaire,* par la seule calme perpétuité de la considération qu'il leur accorde. Pour les produire il les démontre. Sur la page où il écrit, c'est leur évidence qu'il tente et, par dix mille mots, va chercher. Il n'admet pas leurs ombres : elles aussi doivent être pleines de traits qu'on peut, qu'il faut saisir : faute de mieux il les peuplera de ses hypothèses.

Il travaille ainsi à contresens de tout le romantisme, qui a sans cesse consisté à faire croire à des choses sans les montrer. On peut attendre de son intervention, pour notre littérature, un immense dégonflement. Il va devenir, d'ici quelque temps, impossible d'intéresser en bloc, de toucher directement l'imagination : l'écrivain ne pourra plus demander cette foi des sens, à laquelle il a été fait un appel de plus en plus tyrannique. Il faudra s'expliquer, il faudra mettre cartes sur table. Et l'on verra bien alors que les grandes choses sont celles où il y a le plus de petites, que la profondeur est en raison inverse de l'énormité et que le génie n'est peut-être pas si différent qu'on en est venu à le croire du jugement et de la précision.

En nous débarrassant de l'indivision des idées et des sentiments, Proust nous débarrasse de l'énigmatique et de l'incontrôlable. Il rend de l'eau au moulin de notre raison et fait travailler en nous de nouveau la faculté réfléchissante. Grâce à lui, nous échappons à cette espèce de complicité sensuelle ou de conversation mystique, qui tendait à devenir la seule relation où nous pussions nous trouver engagés avec un écrivain. Nous reprenons goût à comprendre ; notre plaisir est de nouveau d'apprendre quelque chose sur nous-mêmes, de nous sentir pénétrés par la définition, de nous reconnaître plus avant formulables que nous n'avions cru l'être.

Le grand et modeste cheminement à travers le cœur humain que les classiques avaient amorcé recommence. « L'étude des sentiments » fait de nouveau des progrès. Nos yeux se rouvrent à la vérité intérieure. Notre littérature, un moment suffoquée par l'ineffable, redevient ouvertement ce qu'elle a toujours été, dans son essence : un « *discours sur les passions* ».

Tout en dirigeant le numéro spécial de La NRF *en hommage à Marcel Proust qui parut en janvier 1923, Rivière donna au Vieux-Colombier les 10, 17, 24 et 31 janvier de la même année quatre conférences sur Freud et Proust, réunies sous le titre « Quelques progrès dans l'étude du cœur humain » et publiées en 1927 dans* Les Cahiers de l'Occident. *Elles témoignent de la lecture attentive de Rivière des ouvrages de Freud récemment traduits en France,* Cinq Leçons sur la psychanalyse, Introduction à la psychanalyse *et* Trois Théories sur la sexualité. *Elles montrent aussi bien sûr sa connaissance étroite de l'œuvre proustienne dont il a suivi l'élaboration à partir de 1919.*

Quelques progrès dans l'étude du cœur humain

Les trois grandes thèses de la psychanalyse

Chaque fois que j'entreprends des causeries, je fais le vœu formel d'écarter toutes précautions oratoires. Ce vœu, je l'ai fait cette fois-ci encore. Et pourtant, je ne peux me décider à aborder directement mon sujet sans quelques mots d'apologie, et surtout sans vous dire au préalable ce que j'en pense, de ce sujet.

Je vous avouerai naïvement que je le trouve à la fois d'un prodigieux intérêt et très délicat. Il a, à la fois pour lui et contre lui, d'être, du moins sous l'angle où je veux l'aborder, à peu près complètement inexploré.

Il y a, sur Freud, surtout en langue étrangère, une immense littérature – que d'ailleurs je ne connais pas. La mort si déplorable de Marcel Proust a déjà fait éclore de nombreux articles ; *La Nouvelle Revue française* du 1er janvier en contient à elle seule une cinquantaine.

Malgré cela, mon sujet, tel que je l'entends, continue à m'apparaître tout à fait inexploré, et si cela m'encourage, cela m'intimide aussi.

Cela m'intimide parce que je ne sais pas très bien où je vais, parce que je sens que je n'ai aucune chance d'arriver à des constatations définitives.

Je vois des quantités d'idées à soulever, à étudier, à suivre, mais un peu comme un ingénieur au centre d'une mine et qui se demande quels sont les filons qui vont donner, quelles galeries sont à percer, lesquelles le maintiendront le plus longtemps sur la veine. Je ne suis sûr que d'une chose, c'est que je m'engagerai dans des impasses, c'est qu'il me faudra par moments rebrousser chemin, c'est que peut-être je ne ferai qu'effleurer le principal, tandis que je m'empêtrerai dans l'accessoire. Il m'arrivera certainement de vous dire des choses qui m'apparaîtront moins vraies aussitôt que je les aurai dites et qu'il me faudra, ou retirer, ou transformer.

Excusez-moi, je vous prie. Ces mésaventures auxquelles je vous expose d'un cœur que vous pourrez trouver bien léger, elles sont la rançon de l'extrême importance, de l'extrême richesse et de l'extrême nouveauté du sujet que nous abordons. Si Proust a démontré quelque chose, c'est que rien ne pouvait suppléer le temps. En matière d'idées, moins qu'en toute autre matière. Celles que nous allons remuer n'ont pas reçu encore cette influence des années, qui, comme un lent soleil, peut seule les mûrir. Il n'y a pas là de ma faute. Je mets donc en fait, d'une façon peut-être un peu présomptueuse, mais il me semble, tout de même, justifiée, que les hésitations et peut-être les piétinements de l'étude que nous entreprenons en commun sont inévitables et ne devront pas m'être imputés à crime.

Mais ce sujet si nouveau, si admirable, et qui doit me mériter votre indulgence, il est temps de le définir, au moins en gros.

Je n'ai pas, comme vous pouvez bien penser, l'intention d'épuiser ce qu'on peut dire sur Freud et sur Proust. Non, c'est sous un angle très déterminé que j'entends les étudier. Grossièrement je voudrais étudier ce qu'ils apportent de nouveau en psychologie, je voudrais fixer les progrès qu'ils peuvent nous faire accomplir dans la connaissance de ce qu'on appelait, à l'âge classique, le cœur humain (et je vous prie de laisser ici à cœur son sens le plus vague).

Ces progrès peuvent être de deux ordres : ils peuvent consister dans la conquête de nouveaux sentiments, de nouvelles sensations, de nouvelles couches de la conscience, ou dans l'invention de nouvelles méthodes pour explorer celle-ci, dans l'invention d'une nouvelle manière d'attaquer les sentiments et les sensations. Nous distinguerons ces deux ordres de progrès, mais sans trop de rigueur pour ne pas nous interdire les points de vue qui se présenteraient et qui excluraient cette différence.

Une remarque encore. Notre étude ne sera pas un simple exposé. Il ne faudra pas vous attendre à sortir de ces causeries avec la connaissance du système de Freud et du système de Proust, comme on peut sortir d'un cours de la Sorbonne avec la connaissance du système de Platon. Je ne chercherai qu'à extraire du système de nos deux auteurs – si tant est qu'ils aient tous les deux un système – ce qui pourra être mis en rapport avec notre expérience intime et ce qui recevra de celle-ci une lumière.

Abordons maintenant l'étude de Freud.

On a reproché à Freud, Jules Romains entre autres, une certaine légèreté scientifique, c'est-à-dire une certaine tendance à transformer ses hypothèses en lois sans avoir accumulé la quantité d'expériences et de constatations objectives qui l'y autoriseraient.

« Entre deux idées de savant, dit Jules Romains, il n'hésite pas à jeter une de ces "vues brillantes" qui témoignent, à coup sûr, d'une grande activité de pensée, qu'on a envie de déclarer "géniales", mais qu'on ne range pas ensuite dans le même coin de l'esprit que la bonne monnaie scientifique. Ce sont valeurs fiduciaires, liées au sort de la banque d'émission[1]. »

En beaucoup de passages pourtant, Freud fait preuve d'une prudence tout à fait remarquable et prend même la peine d'indiquer lui-même les lacunes de sa doctrine, et les points où l'expérience ne l'a pas encore confirmée. « La réponse à cette question, écrit-il

---

1. Jules Romains, « Aperçu de la psychanalyse » paru dans *La NRF* du 1er janvier 1922, repris dans *Problèmes d'aujourd'hui*, *op. cit. Introduction à la psychanalyse* est traduit en français par le Dr Samuel Jankélévitch, en 1922 chez Payot.

dans l'*Introduction à la Psychanalyse*, ne me paraît pas urgente et, surtout, elle n'est pas assez sûre pour qu'on se hasarde à la formuler. Laissons se poursuivre le progrès du travail scientifique et attendons patiemment. » Au seuil d'une généralisation tentante d'une idée qu'il vient d'émettre, il remarque : « L'explication psychanalytique des névroses n'a cependant que faire des considérations d'une aussi vaste portée. »

Il examine toujours avec beaucoup de soin les objections qu'on lui présente. On trouve par exemple au dernier chapitre de l'*Introduction à la Psychanalyse* une discussion remarquable de l'idée que toutes les découvertes de la Psychanalyse pourraient n'être qu'un produit de la suggestion exercée sur les malades. Quand on songe à la gravité de cette objection et quand on voit la façon magistrale dont Freud y répond, on ressent une impression de confiance à la fois pour l'honnêteté et pour la force de son esprit.

Cependant il faut l'avouer : quelque chose subsiste de la critique de Jules Romains et il y a certains défauts de méthode chez Freud dont il faut absolument que nous soyons avertis et que nous tenions compte avant de nous engager à sa suite.

Il est évident que nous avons affaire à une imagination extrêmement vive et allante et qui réagit parfois un peu trop vite aux premières indications de l'expérience. On est frappé, en lisant Freud, de la rapidité de certaines de ses conclusions. Très souvent on le voit, d'un seul fait qu'il rapporte, faire sortir une affirmation immédiatement générale ; très souvent aussi il lui suffit de *pouvoir* interpréter un fait dans le sens de sa théorie pour que toute autre interprétation lui paraisse exclue.

D'autre part la victoire incontestable sur les énigmes de la nature que représente son idée maîtresse lui donne une espèce d'ivresse qui le conduit à l'impérialisme. Je veux dire qu'il cherche à annexer trop de phénomènes à son explication. En particulier son interprétation des rêves et des lapsus, qui est pleine de remarques profondes, me semble tout de même, dans l'ensemble, beaucoup plus factice et beaucoup moins convaincante que sa théorie des névroses. Et quand j'apprends que, historiquement, c'est par une explication des symptômes névrotiques qu'il a commencé, je me demande si toute sa théorie des rêves et des lapsus n'est pas une extension un peu arbitraire, ou du moins trop systématique, d'une idée juste à un domaine qui ne pouvait pas la recevoir, tout au moins sous sa forme textuelle.

En d'autres termes, je me demande si l'ordre d'exposition de sa doctrine que Freud a choisi dans son *Introduction à la Psychanalyse* et qui est, comme on sait, le suivant : Actes manqués, Rêves, Névroses, n'est pas extrêmement spécieux et s'il ne risque pas de tromper sur la démarche véritable de son esprit, au cours de ses découvertes et sur la valeur même de ses découvertes. Même s'il semble logique de montrer d'abord l'inconscient à l'œuvre dans les actes les plus élémentaires de la vie quotidienne normale, cela devient une erreur de méthode si l'on ne peut pas le révéler avec autant d'évidence dans ces actes que dans les actes pathologiques, si son intervention y est plus contestable et si en fait ce n'est pas d'abord dans ces actes qu'il a été décelé.

J'ai beau faire : la théorie des lapsus et la théorie des rêves m'apparaissent comme une sorte de double portique qui a été construit après coup par Freud devant le monument qu'il avait élevé. Il croit que cela peut former un accès plus agréable et plus convaincant à ce monument ; mais à mon avis il se trompe parce qu'on n'a pas, dans cette première partie, assez fortement l'impression d'être en contact avec une expérience irréfutable, invincible, avec celle qui a imposé la théorie. On sent la subtilité de l'auteur, mais pas assez son bon droit.

C'est pourquoi je crois qu'il faut avoir sans cesse principalement en vue sa théorie des névroses si l'on veut saisir sa pensée en son point d'intention maximum et si l'on veut se rendre compte de toutes les conséquences qu'elle implique, de toutes les généralisations qu'elle est susceptible de recevoir, de sa plus grande portée, ou, si l'on préfère, de sa plus grande force explosive.

Je voudrais, dans ce qui va suivre, non pas analyser en détail la doctrine freudienne, mais au contraire, la supposant connue de mes lecteurs, faire apparaître, si l'on peut dire, ses virtualités. Je voudrais présenter les trois grandes découvertes psychologiques dont il me semble que nous sommes redevables à Freud et montrer quelle lumière prodigieuse elles peuvent infuser dans l'étude des faits intérieurs et en particulier des sentiments. Je voudrais surtout faire sentir combien elles sont extensibles, quelle forme plus souple et, si l'on peut dire, plus généreuse encore que celle que Freud leur a donnée, elles peuvent revêtir.

*

Dans l'exposé des faits qui lui ont suggéré la première idée de sa théorie et qui sont, comme on sait, l'ensemble des manifestations de l'hystérie, Freud insiste avec une force particulière sur la complète ignorance où se trouvaient ses patients des causes et des fins des actes qu'ils accomplissaient : « Pendant qu'elle exécutait l'action obsessionnelle, écrit-il, le "sens" en était inconnu à la malade aussi bien en ce qui concerne l'origine de l'action que son but. Des processus psychiques agissaient donc en elle, processus dont l'action obsessionnelle était le produit. Elle percevait bien ce produit par son organisation psychique normale, mais aucune de ses conditions psychiques n'était parvenue à sa connaissance consciente… C'est à des situations de ce genre que nous pensons lorsque nous parlons de *processus psychiques inconscients.* » Et Freud conclut : « Dans ces symptômes de la névrose obsessionnelle, dans ces représentations et impulsions qui surgissent on ne sait d'où, qui se montrent si réfractaires à toutes les influences de la vie normale et qui apparaissent au malade lui-même *comme des hôtes tout-puissants venant d'un monde étranger, comme des immortels venant se mêler au tumulte de la vie des mortels*, comment ne pas reconnaître l'indice d'une région psychique particulière, isolée de tout le reste, de toutes les autres activités et manifestations de la vie intérieure ? Ces symptômes, représentations et impulsions nous amènent infailliblement à la conviction de l'existence de l'inconscient psychique. »

Il ne semble pas, au premier abord, qu'il y ait, dans ces passages, une nouveauté bien extraordinaire et l'on pourra trouver paradoxal que nous y voulions apercevoir une des sublimités de la théorie freudienne. L'inconscient n'est pas une découverte de Freud. On citera tout de suite des noms qui semblent réduire aux plus minces proportions son originalité sur ce point : celui de Leibniz déjà, ceux de Schopenhauer, de Hartmann, de Bergson, de bien d'autres.

Pourtant je réponds :

1° qu'il y a une différence considérable entre une conception métaphysique et une conception psychologique de l'inconscient, qu'admettre l'inconscient comme un principe, comme une force, comme une entité, c'est tout autre chose que de l'admettre comme un ensemble de faits, comme un groupe de phénomènes ;

2° qu'en réalité beaucoup de psychologues contemporains refusent encore d'admettre un inconscient psychologique ;

3° enfin qu'en admettant que l'inconscient psychologique soit reconnu de tout le monde en tant que royaume, en tant que domaine, Freud est le premier à le concevoir :

A. Comme un domaine, ou un royaume déterminé, qui a une géographie arrêtée, ou, sans métaphore : qui contient des tendances, des velléités extrêmement précises, dirigées vers des buts particuliers,

B. Comme un domaine, ou un royaume qui peut être exploré, en partant du conscient, et même qui doit l'être si l'on veut comprendre le conscient.

Ici, je retrouve confiance pour affirmer que la nouveauté me paraît entière, et d'une importance formidable. Il faut songer que jusqu'ici on a conçu le conscient comme une chambre close, où les objets, en nombre défini, étaient comme inscrits sur un inventaire et ne soutenaient de rapports qu'entre eux, et que, pour tel incident de notre vie psychique, si on voulait l'expliquer, on ne pouvait aller chercher qu'un fait dont nous nous fussions précédemment aperçus. Il faut songer que toute la psychologie se limitait à une explication logique de nos déterminations. Il faut songer au pauvre matériel causal dont elle disposait et imaginer ce qu'elle peut devenir au moment où Freud lui ouvre l'immense réservoir des causes immergées.

Lui-même d'ailleurs a conscience de la révolution que cette seule proclamation de la réalité déterminée de l'inconscient peut produire dans l'histoire des idées et il ne se défend pas d'un mouvement d'orgueil : « C'est en attribuant une importance pareille à l'inconscient dans la vie psychique, s'écrie-t-il, que nous avons dressé contre la psychanalyse les plus méchants esprits de la critique… » Et pourtant « un démenti sera infligé à la mégalomanie humaine par la recherche psychologique de nos jours qui se propose de montrer au *moi* qu'il n'est seulement pas maître dans sa propre maison, qu'il en est réduit à se contenter de renseignements rares et fragmentaires sur ce qui se passe, en dehors de sa conscience, dans sa vie psychique. Les psychanalystes ne sont ni les premiers ni les seuls qui aient lancé cet appel à la modestie et au recueillement, mais c'est à eux que semble échoir la mission de défendre cette manière de voir avec le plus d'ardeur et de produire à son appui des matériaux empruntés à l'expérience et accessibles à tous ».

Réfléchissons. Appuyons, si j'ose dire, contre nous ce principe de l'inconscient comme siège de tendances déterminées qui viennent modifier le conscient ; rapprochons-le de notre expérience. Autrement dit : *Songeons à tout ce que nous ne savons pas que nous voulons*.

Est-ce que notre vie n'est pas la recherche constante de biens, de plaisirs, de satisfactions non seulement que nous n'oserions pas avouer désirer, mais que nous ne savons même pas que nous désirons, que nous cherchons ? Est-ce que ce n'est pas presque toujours *a posteriori* et au moment seulement où nous l'accomplissons que nous nous rendons compte du long travail psychique et de toute la chaîne de sentiments latents qui nous a conduits vers un acte ?

Et encore : à quel moment l'inspection directe de notre conscience nous renseigne-t-elle exactement sur tout ce que nous éprouvons et sur tout ce dont nous sommes capables ? Est-ce que nous ne sommes pas dans une constante ignorance du degré, et même de l'existence de nos sentiments ? Est-ce que, jusque dans la passion, il n'y a pas des moments où nous ne retrouvons absolument plus rien de cette passion, où elle nous paraît une pure construction de notre esprit ? Et est-ce qu'elle n'existe pas, pourtant, d'une façon, si j'ose dire, infiniment précise, à ce même moment, cette passion, puisque le plus petit accident qui survient pour en encombrer la carrière, ou rendre son but plus lointain, peut provoquer instantanément un bouleversement complet de tout notre être, qui se traduira jusque dans notre attitude physique et influera jusque sur la circulation de notre sang ?

Est-ce qu'en amour, par exemple, un amoureux sincère n'en est pas constamment réduit à recourir à des expériences et presque à des trucs pour ausculter son sentiment et savoir s'il existe encore ? Et cela dans le moment même où, si on venait lui annoncer qu'il doit renoncer à ses espoirs ou qu'il est trompé, il se découvrirait peut-être tout près du crime.

Donc une première grande découverte (qu'on pourra peut-être présenter comme négative, mais les découvertes négatives ne sont pas moins importantes que les autres) doit être inscrite au crédit de Freud : c'est celle qu'une considérable partie de notre vie psychique se passe, si l'on peut dire, en dehors de nous et ne peut être décelée et connue que par un travail patient et compliqué d'inférence. Autrement dit : Nous ne sommes jamais tout entiers disponibles pour notre esprit, tout entiers objets de conscience.

*

Cette première analyse doit faire comprendre dans quel esprit j'ai abordé l'étude de Freud et de quelle façon j'entends la poursuivre. Je ne prétends nullement accompagner pas à pas toutes les démarches de sa pensée ; je recherche simplement et je saisis les uns après les autres, sans me soucier de marquer comment ils se rattachent, les points de sa doctrine qui me paraissent pouvoir être agrandis en vérités psychologiques d'intérêt général. Je suis un profane qui pille égoïstement un trésor et qui l'emporte loin du temple. On peut méjuger sévèrement au point de vue moral ; mais en tout cas on ne doit pas me considérer comme obligé à cette allure lente et processionnelle qui s'impose aux prêtres de la psychanalyse.

Qu'on veuille donc sauter avec moi à l'examen d'une autre idée de Freud, qui me paraît être d'une importance considérable ; je veux parler de l'idée du refoulement, à laquelle il faut rattacher celle d'une censure des rêves.

On sait quelle en est l'essence : en se fondant sur son expérience de praticien, Freud croit constater qu'il y a chez tout sujet qu'on analyse ou même simplement qu'on interroge, une résistance instinctive à toute question, à tout effort pour pénétrer dans l'arrière-plan de sa pensée. Cette résistance est soumise d'ailleurs à des variations d'intensité. Le malade est plus ou moins hostile, plus ou moins critique, suivant que la chose que le médecin cherche à amener au jour lui est plus ou moins désagréable.

La résistance semble donc être l'effet d'une force, de nature proprement affective, et qui s'oppose à l'apparition dans la conscience claire, à l'illumination de certains éléments psychiques qu'elle considère comme incongrus, comme impossibles à regarder en face.

Cette force qu'on rencontre lorsqu'on veut travailler à la guérison du patient, est celle-là même qui a d'abord produit la maladie en refoulant un processus psychique qui de l'inconscient tendait vers le conscient ; la tendance ainsi entravée s'est en effet transformée, déguisée, pour aller tout de même un peu plus loin, en un acte mécanique, sans signification apparente, mais qui s'impose invinciblement au sujet : c'est le symptôme : « Le symptôme vient se substituer à ce qui n'a pas été achevé. »

Freud met donc en lumière la présence dans la conscience d'une activité réductrice ou déformatrice de notre spontanéité obscure. Il la montre également à l'œuvre dans nos rêves et l'appelle alors *censure*. Exactement comme la censure, pendant la guerre, ou bien mutilait les articles de journaux, ou bien forçait leurs auteurs à ne présenter leur pensée que sous une forme approximative ou voilée, de même une force secrète modifie et travestit nos pensées inconscientes et ne leur permet d'aborder notre esprit que sous les espèces énigmatiques du rêve.

« Les tendances exerçant la censure sont celles que le rêveur, dans son jugement de l'état de veille, reconnaît comme étant siennes, avec lesquelles il se sent d'accord… Les tendances contre lesquelles est dirigée la censure des rêves… sont des tendances répréhensibles, indécentes au point de vue éthique, esthétique et social… sont des choses auxquelles on n'ose pas penser ou auxquelles on ne pense qu'avec horreur. »

Les symptômes névrotiques sont « des effets de compromis, résultant de l'interférence de deux tendances opposées, et ils expriment aussi bien ce qui a été refoulé que ce qui a été la cause du refoulement et a ainsi contribué à leur production. La substitution peut se faire plus au profit de l'une de ces tendances que de l'autre ; elle se fait rarement au profit exclusif d'une seule ».

Le rêve de même est une sorte de composé ou plutôt de compromis entre les tendances refoulées, à qui le sommeil rend de la force, et les tendances représentant véritablement le moi, qui continuent à s'exercer par le moyen de la censure déformatrice.

Autrement dit symptômes névrotiques et rêves correspondent à un effort de nos diverses sincérités pour se manifester à la fois.

L'ensemble de cette conception me paraît d'une importance et d'une nouveauté extraordinaires. Peut-être Freud n'a-t-il pas aperçu lui-même toute la généralité qu'elle était susceptible de recevoir.

La découverte en nous d'un principe trompeur, d'une activité menteresse, peut cependant fournir une vue absolument nouvelle de toute la vie consciente.

Je vais tout de suite exagérer mon idée : tous nos sentiments sont des rêves, toutes nos opinions sont le strict équivalent des symptômes névrotiques.

Il y a en nous, constante, obstinée, jamais à court d'invention, une tendance qui nous pousse à nous camoufler nous-mêmes. À tout prix, en toutes circonstances, nous nous voulons, nous nous construisons autres que nous ne sommes. Naturellement le sens dans lequel s'exerce cette déformation et son degré varient extraordinairement suivant les natures. Mais en toutes le même principe de ruse et d'embellissement est à l'œuvre.

Partir dans l'étude du cœur humain sans être informé de son existence et de son activité, et sans s'équiper contre ses subterfuges, c'est vouloir établir la nature des fonds marins sans sonde et en se laissant guider au seul visage des eaux. Ou mieux, comme dit Jules Romains, c'est faire comme l'analyse traditionnelle qui « lors même qu'elle cherche les dessous se laisse diriger par les indications voyantes de la surface. Elle ne soupçonne un gisement de fer que si les roches du dessus sont toutes rouillées, un de charbon, que si l'on piétine une poussière noire ».

Qui de nous ne connaît ce démon que Freud appelle censure et qui fait sans cesse si subtilement notre toilette morale ? À chaque instant le tout de ce que nous sommes, j'entends la masse confuse et grouillante de nos appétits, est pris en main et attifé par lui. Il glisse dans nos plus bas instincts ce qu'il faut de noblesse pour que nous puissions ne plus les reconnaître. Il nous fournit en abondance ces prétextes, ces couleurs dont nous avons besoin de couvrir les petites turpitudes qu'il nous faut accomplir pour vivre. C'est lui qui nous pourvoit de ce que nous appelons nos « bonnes raisons ». C'est lui qui nous maintient avec nous-mêmes dans cet état d'amitié et d'alliance sans lequel nous ne pouvons pas vivre et qui est pourtant si complètement dépourvu de justification qu'on ne comprend pas comment il peut naître.

Mais je sens que je m'éloigne beaucoup de l'idée de Freud. Le principe qui préside au refoulement et à la censure, loin de travailler au triomphe de nos appétits, est, dans son esprit, ce qui les combat, ce qui les arrête. Il est le représentant des idées morales, ou tout au moins de la convenance, loin d'aider à la tourner.

Oui, mais il y a des cas où il est vaincu, partiellement tout au moins : le symptôme névrotique, le rêve, le lapsus correspondent à des succès relatifs sur lui de la partie basse de nous-mêmes. Et s'il n'est pas directement agent d'hypocrisie, il le devient dans la mesure où il ne triomphe pas.

Quand je prétends que tous nos sentiments, toutes nos opinions sont des rêves ou des actes obsessionnels, je veux dire que ce sont des états impurs, masqués, hypocrites ; je veux dire une chose enfin qu'il faut bien voir en face : c'est que l'hypocrisie est inhérente à la conscience.

Poussant à bout l'idée de Freud, je dirai qu'avoir conscience, c'est être hypocrite. Un sentiment, un désir n'entrent dans la conscience qu'en forçant une résistance dont ils gardent l'empreinte et qui les déforme. Un sentiment, un désir n'entrent dans la conscience qu'à la condition de ne pas paraître ce qu'ils sont.

À ce point de vue, le chapitre que Freud consacre aux procédés qu'emploie la censure pour déformer le contenu latent du rêve et pour le rendre méconnaissable, mériterait de recevoir une extension considérable. Plusieurs de ces procédés sont utilisés certainement par nous à l'état de veille, pour nous aider à nous représenter nos sentiments sous une forme acceptable. Je n'en retiens qu'un exemple : le déplacement, le transport de l'accent sur un aspect de ce que nous ressentons, – ou avons besoin de ressentir en paix – qui n'est pas *l'essentiel*. Autrement dit : la rupture par l'imagination du centre de gravité de nos complexes sentimentaux.

Soit dit en passant, si j'ai une tendance à me montrer sévère pour la théorie freudienne du rêve, c'est beaucoup parce que je regrette de voir Freud appliquer trop minutieusement à un phénomène particulier une idée qui me paraît d'une portée infinie. Son analyse du symbolisme des rêves va beaucoup trop loin ; elle réintroduit dans cette conscience dont il nous a montré la souplesse et l'extrême convertibilité quelque chose de fixe qui ne me paraît pas pouvoir y trouver place. Il faut garder à la pensée de Freud sinon un certain vague, du moins une certaine généralité pour bien en comprendre toute la valeur.

Avant de quitter cette idée de la censure, il faut encore en bien saisir un aspect qui est d'une importance considérable.

Quand je dis que l'hypocrisie est inhérente à la conscience, je dis trop ou trop peu. La censure, la force qui préside au refoulement, ce sont en partie des apports extérieurs ; elles sont créées principalement par l'éducation ; elles représentent l'influence de la société sur l'individu. Tout de même elles ne sont pas entièrement adventices, ni postiches ; elles finissent par former corps avec le moi. Freud les représente même comme les tendances constitutives du moi.

Et en effet ce serait simplifier beaucoup les choses que de représenter nos seuls instincts inférieurs comme vraiment constitutifs de notre personnalité. Ce qui les réprime fait partie de nous aussi.

Mais alors une conclusion s'impose. C'est qu'en tant que personnes morales, et même en tant que personnes tout simplement, nous sommes condamnés à l'hypocrisie. Si l'on a des objections contre : hypocrisie, nous ne pouvons pas du moins éviter un autre mot ; c'est ; impureté. Vivre, agir, si ce doit être dans un seul sens et avec méthode et de façon à tracer de nous sur la rétine d'autrui une image, c'est être composite et impur, c'est être un compromis.

Sincère vient d'un mot latin qui veut dire : pur, en parlant du vin. On peut dire qu'il n'y a pas de sincérité, pour l'homme, dans l'intégrité. Il ne redevient sincère qu'en se décomposant. La sincérité est donc le contraire exactement de la vie. Il faut choisir entre les deux.

*

Le troisième point de la doctrine de Freud, qu'il me semble que nous pouvons, bien que dans de moindres proportions peut-être, *agrandir*, c'est la théorie de la sexualité.

On se rappelle quelle en est la ligne générale.

S'interrogeant sur la nature des tendances qu'arrête le refoulement et qui s'expriment par *substitution* dans les symptômes et dans les rêves, Freud, on le sait, croit constater qu'elles sont toutes de nature sexuelle.

Plusieurs nuances sont ici à noter. Freud ne dit pas, et même se défend d'avoir dit que tout ce qui paraît dans nos rêves est d'origine sexuelle. N'est d'origine sexuelle que ce qui apparaît camouflé.

D'autre part, Freud ne dit pas et se défend d'avoir dit (par exemple dans la lettre que le professeur Claparède[1] a publiée en appendice de la brochure : *La Psychanalyse*[2]) que tout notre être se réduit aux tendances sexuelles, même que « l'instinct sexuel est le mobile fondamental de toutes les manifestations de l'activité psychique ». Au contraire : « La psychanalyse n'a jamais oublié qu'il existe des tendances non sexuelles, elle a élevé tout son édifice sur le principe de la séparation nette et tranchée entre tendances sexuelles et tendances se rapportant au *moi*, et elle a

1. Édouard Claparède (1873-1940), médecin, neurologue et psychologue suisse, il s'est beaucoup intéressé à la psychologie des enfants et à la pédagogie et a participé dès 1908 au premier Congrès international de psychanalyse.

2. Sigmund Freud, *Cinq Leçons sur la psychanalyse*, traduction française par Yves Le Lay avec une introduction par Édouard Claparède, Payot, 1921.

affirmé, sans attendre les objections, que les névroses sont des produits, non de la sexualité, mais du conflit entre le *moi* et la sexualité. »

Cependant il reste certain que l'ensemble des tendances spontanées et inconscientes de l'être lui apparaît comme identique dans son fond à l'instinct sexuel.

Il prend soin d'ailleurs, cet instinct, de le définir d'une manière très large, en le distinguant de l'instinct de procréation et même de l'activité proprement génitale. Pour bien marquer son caractère général, il l'appelle *Libido*.

Le concept de la *libido* n'est évidemment pas absolument clair. Il prend, par moments, une valeur quasi métaphysique pour revenir l'instant d'après à signifier simplement l'appétit sexuel, le désir proprement dit.

Mais je me demande si au lieu de reprocher à Freud cette ambiguïté, si au lieu de vouloir le forcer à accrocher ce mot de *libido* à une tendance absolument particulière et bornée, on ne ferait pas mieux, au contraire, de lui savoir gré du vague où il le laisse et du battement qu'il lui permet. Je me demande si sa principale découverte, dans le domaine qui nous occupe, n'est pas celle justement d'une seule tendance transformable, qui formerait tout le fond de notre vie psychique spontanée.

En d'autres termes, l'idée que le désir est le moteur de toute notre activité, du moins de notre activité expansive, me paraît d'une nouveauté et d'une vérité admirables. Ou mieux encore l'idée que nous ne sommes créateurs, producteurs qu'en tant que nous allons dans le sens du désir.

Mais il faut se garder de trahir par trop de précipitation l'idée même de Freud, sa conception de la sublimation. Je reprends donc :

Freud, par une longue analyse, fortement appuyée de remarques expérimentales, qui remplit toute la petite brochure intitulée : *Trois essais sur la théorie de la sexualité*[1] établit que l'instinct sexuel n'a d'emblée ni l'objet ni le but que nous lui connaissons. Il le montre d'abord immanent pour ainsi dire au corps de l'enfant et ne cherchant, ni ne soupçonnant même aucune satisfaction extérieure. C'est la période qu'il appelle d'autoérotisme.

1. Ouvrage de Freud paru aux éditions de la Nouvelle Revue française, collection « Documents bleus » en janvier 1923 dans une traduction du Dr Blanche Reverchon-Jouve et que Rivière avait pu lire pour préparer ses conférences.

Il le montre en même temps s'irradiant confusément et impartialement dans tous les organes et recevant des satisfactions presque indifféremment de tous.

Puis, l'expérience, qui peut être précédée d'ailleurs par des interventions étrangères, enseigne à la *libido* à s'extérioriser. Mais même après ce bond qu'elle fait, elle reste hésitante entre plusieurs satisfactions possibles et ne se met exclusivement au service de l'acte génital qu'au moment de la puberté et par une sorte d'opération synthétique fort complexe et sujette à une foule d'accidents.

Ce désir, qui à la fois est au-dessous de son objet et l'excède ou même le transcende, est une conception d'une hardiesse et d'une profondeur magnifiques.

On comprend tout ce qu'elle permet à Freud d'expliquer. Que la *libido* soit refoulée : de deux choses l'une : ou elle reviendra à un mode de satisfaction comme il dit prégénital, et on aura une perversion, par *fixation*. Ou elle produira un malaise qui engendrera la névrose.

Mais, d'autre part, le fait justement qu'elle n'est pas liée d'une manière constitutionnelle avec l'acte génital, lui permettra aussi de le dépasser et de se mettre au service de l'activité intellectuelle, d'irriguer pour ainsi dire nos facultés spirituelles. La sublimation consistera dans cette dérivation de la *libido* au profit de l'intelligence ou même de la moralité.

Voici comment on pourrait présenter les réflexions qu'inspire cette partie de la théorie freudienne :

1° Il est d'une importance considérable, au point de vue de la psychologie de la création, d'avoir établi les sources, si l'on peut dire, charnelles, de toute création spirituelle. Cela est important non pas pour rabaisser celle-ci, mais pour faire comprendre l'unité de notre vie psychique et pour faire apparaître que nous ne disposons en somme que d'une espèce d'énergie dont toute notre liberté se borne à diriger l'emploi.

Cela est important pour expliquer l'émotion esthétique en face d'une grande œuvre et pour expliquer ce qu'elle a toujours, quand elle est sincère, quel que soit l'objet représenté, de sensuel.

Cela est important même au point de vue de la critique esthétique, en enseignant à rechercher dans l'œuvre, non pas, comme le font avec trop de précision à mon sens ceux qui ont appliqué jusqu'ici la psychanalyse à l'art, la petite histoire rentrée qui peut être à l'origine chez l'auteur, mais le courant de désir, l'entraînement d'où elle est née. Et une sorte de critérium esthétique pourrait être établi, qui permettrait de distinguer les œuvres nées d'un penchant, de celles qu'a fabriquées un vouloir – la qualité esthétique restant réservée aux premières.

2° En analysant d'une part tout ce que la *libido* construit dans l'inconscient à l'abri du refoulement, et d'autre part tout ce que peut produire le refoulement de la *libido* dans la vie consciente, Freud ouvre à la psychologie un domaine prodigieux.

Je ne crois pas que l'analyse des rêves, pratiquée suivant l'orthodoxie freudienne, puisse mener à des constatations bien intéressantes. À cause surtout de cet étrange code préalable de signaux qui emprisonne l'interprétation.

Mais songez à ce que peut découvrir un psychologue sans prévention (ni freudienne ni anti freudienne) et qui simplement est résolu à ne pas ignorer ce que je voudrais appeler la situation sexuelle des êtres qu'il étudie. Songez à cet abîme si mal exploré encore des attirances, et peut-être surtout des haines sexuelles. Songez quel accès au caractère individuel, quelle clef de toute une conduite peut donner la connaissance des expériences sexuelles faites par un être donné, et surtout des contrecoups provoqués par ces expériences.

Un romancier, jusqu'ici, même s'il ne les notait pas, prenait soin de réaliser pour son compte par la pensée la situation sociale, les conditions d'existence, la profession, les ascendances de chacun de ses héros. Il me semble impossible, après Freud, qu'il puisse se passer d'imaginer pareillement à l'avance, même s'il ne doit pas en dire un mot au cours de son récit (son récit peut même avoir pour but seulement de la suggérer) la situation sexuelle de chacun et sa relation – on comprend que j'emploie le mot dans son sens le plus général – au point de vue sexuel, avec les autres.

3° En détachant la *libido* de son objet, Freud se range implicitement à une conception subjectiviste de l'amour. Il est évident que ce désir mobile, déplaçable qu'il décrit, n'aura besoin de rien recevoir de l'objet qu'il choisira, ne pourra même rien en recevoir et que c'est de sa propre ressource toute seule que sera formée dans l'esprit de l'amoureux l'image de l'objet aimé.

Il parle quelque part de la « surestimation de l'objet sexuel », et sans doute il l'entend d'abord dans le sens physique, mais il est bien dans son esprit aussi que toutes les beautés morales dont l'amoureux pare l'objet aimé correspondent à une projection sur lui de la *libido*. Il admet donc que tout amour est hallucinatoire et ne cherche dans les êtres étrangers qu'un prétexte à se fixer. Il n'admet donc pas l'appel, l'attraction d'un être sur un autre, ni que l'amour puisse jamais naître d'affinités réelles et objectives.

*

Il nous faut maintenant essayer d'envelopper d'un regard l'ensemble de la doctrine de Freud et de l'apprécier.

Freud nous apporte deux choses : un nouveau monde de faits, une « nouvelle famille de faits » (là-dessus je me sens d'un avis tout à fait différent de Jules Romains qui lui conteste cette sorte de découverte), et sinon une nouvelle « loi » de ces faits, du moins une nouvelle méthode pour les explorer, ou plus vaguement une nouvelle attitude à prendre à leur égard.

Le nouveau monde, c'est le monde de l'inconscient pour la première fois conçu et montré comme un système de faits déterminés, de même nature, de même étoffe que ceux qui paraissent dans la conscience et en constante relation, en constant *échange* avec les faits conscients.

Parmi ces faits inconscients, Freud décèle la prodigieuse flore des tendances et des complexes sexuels. Même s'il les décrit avec trop de précision (c'est toujours un peu son défaut) et s'il les typifie par trop, c'est une nouveauté admirable que de seulement les dévoiler.

D'autres pourront entrer à sa suite avec plus de légèreté et un sens plus aigu de l'individuel dans cet étrange jardin.

Mais déjà il indique à ces autres – et c'est son deuxième apport qui est également sans prix – l'attitude à prendre pour y faire de bonnes observations. Il nous avertit de la force qui est à l'œuvre en nous pour nous tromper sur nous-mêmes ; il nous enseigne ses ruses et les moyens de les déjouer.

Plus généralement, il esquisse une nouvelle attitude introspective qui peut être l'origine de toute une nouvelle orientation des recherches psychologiques. Cette attitude consiste à ne vouloir se connaître, si j'ose dire, que par les signes. Au lieu d'écouter le sentiment lui-même ou la sensation elle-même, Freud va les chercher dans leurs effets seulement, dans leurs symptômes.

Sans doute on avait essayé bien avant lui de saisir les phénomènes psychiques pour plus de sûreté indirectement, en particulier dans leurs conditions. Toute la psychophysiologie fut un effort pour s'instruire de la conscience en partant de l'extérieur, de quelque chose qui n'en était pas, mais qui avait l'avantage qu'on pouvait le toucher, le mesurer, le faire varier. Mais elle commettait l'erreur, qu'a bien soulignée Bergson, de passer outre à la différence de qualité des phénomènes.

L'erreur de Bergson à son tour fut peut-être (je ne l'indique ici que de la manière la plus prudente et la plus hypothétique) de se plonger avec trop de confiance dans le pur flot psychologique et d'attendre trop naïvement la connaissance de son seul décours épousé. Peut-on relever le tracé d'un fleuve en y nageant ?

Freud échappe à l'erreur des psychophysiologistes en n'acceptant comme renseignements sur la vie psychique que des faits psychiques. Il construit une psychologie indépendante, autonome. Et c'est une des raisons de la résistance qu'il a rencontrée.

Mais d'autre part, ces faits psychiques, il n'y croit pas ; je veux dire qu'il n'accepte pas leur visage. Il les regarde *a priori* à la fois comme menteurs et comme explicables. Il s'en sert comme de signes pour remonter inductivement à une réalité psychique plus profonde et plus masquée. Il s'arc-boute à contresens du courant vital.

Et ainsi il rend à l'intelligence ce rôle actif, ce rôle de défiance et de pénétration qui, dans tous les ordres, a toujours été le seul qui permît et favorisât la connaissance. Il y aurait beaucoup à dire sur la foi complète au déterminisme psychologique. Mais comme méthode, dont il faut se servir le plus longtemps qu'on peut, le déterminisme est inattaquable. C'est en s'y rangeant seulement qu'on peut espérer remonter, avec quelque discernement et profit pour la pensée, dans le chaos que notre âme envoie à notre rencontre.

Marcel Proust, l'inconscient dans son œuvre

Au moment d'aborder l'étude non pas de l'œuvre de Marcel Proust en général, bien entendu, mais de cette œuvre en tant que source d'une nouvelle orientation de la psychologie, je me sens de nouveau obligé à un certain nombre de précautions oratoires qu'il faut que vous me pardonniez, parce qu'elles sont vraiment indispensables.

Je suis gêné en effet, je vous l'avoue, de ce parallélisme que j'ai institué d'autorité entre Freud et Proust. Je suis gêné non pas parce que je le crois faux dans son fond, mais parce que pour le conserver vrai, il faut à tout prix ne pas le forcer, ne pas le rendre trop complet. Mon titre et le train de réflexions dans lequel nous sommes entrés tendent peut-être, en rapprochant Freud et Proust, à les écraser un peu l'un contre l'autre, à leur faire perdre leur volume et leurs contours respectifs. Il faut éviter cela ; il faut ici d'abord nous rendre compte de tout ce qui les sépare et de tout ce qui les différencie.

Il y a d'abord l'ignorance où ils ont vécu l'un de l'autre. Même si Freud à l'heure actuelle, ce que je ne sais pas, a lu Proust, il est bien évident qu'il n'a pu être influencé en rien par lui dans ses découvertes. D'autre part je sais que Proust ne connaissait de Freud que le nom, et peut-être le sens général de sa doctrine. Mais il n'avait été informé de l'un comme de l'autre que tout récemment, et je peux affirmer qu'aucune influence n'en était résultée sur son œuvre.

En second lieu nous avons affaire à deux esprits, sinon d'essence, du moins de classe extrêmement différentes. L'un est un savant ou un philosophe, dont la seule préoccupation est de comprendre et d'expliquer les phénomènes en les groupant dans un ordre intelligible ; l'autre est, – faut-il dire : avant tout, je ne crois pas, mais en tout cas : principalement un écrivain, un poète au sens large, je veux dire au sens grec de *créateur*, un fabricant de fictions.

N'insistons pas trop sur cette différence qui a besoin d'être notée, mais qui, comme nous verrons, n'est juste qu'en gros. Pensons plutôt à cette différence entre eux plus profonde et d'ailleurs en relation avec la précédente, qui consiste en ce que l'un s'occupe de la conscience humaine en général, en tant qu'elle est passible de lois générales, tandis que l'autre s'attache à peindre des individus, à tracer des caractères, à bien marquer les nuances et les moindres aspects de chaque vie. Il semble même que, sous ce rapport, les deux auteurs que nous comparons soient tournés vers des tâches radicalement antithétiques, Freud s'efforçant d'isoler le mécanisme pur de la conscience, avec le moins de référence possible à l'individualité, Proust n'ayant jamais assez de tons sur sa palette pour fixer la précarité des choses et des êtres, leur essence fugitive, la couleur qu'ils reçoivent de chaque moment du temps.

Ne renonçons pas pourtant à notre parallèle. Tenons simplement sans cesse dans un coin de notre pensée les restrictions que ces différences fondamentales entre nos deux auteurs, que nous venons d'analyser, doivent imposer à toute ressemblance entre eux que nous apercevrons. Et comme premier effet de cette précaution, tâchons de trouver un plan pour exposer les découvertes psychologiques de Proust, qui tienne compte de sa qualité de romancier ou, si vous voulez, de poète, qui ne soit pas trop systématique, qui ne fasse pas artificiellement pendant à celui que nous avons adopté pour l'étude de Freud.

Il est difficile d'ailleurs de commencer l'étude de Proust autrement qu'en considérant le point de vue qu'implique son titre général : *À la recherche du temps perdu*, point de vue qu'il a lui-même fort nettement défini dans des pages qui sont en passe de devenir célèbres, mais qui sont si belles que vous m'excuserez sans doute de vous les relire ici :

> Je trouve très raisonnable la croyance celtique que les âmes de ceux que nous avons perdus sont captives dans quelque être inférieur, dans une bête, un végétal, une chose inanimée, perdues en effet pour nous jusqu'au jour, qui pour beaucoup ne vient jamais, où nous nous trouvons passer près de l'arbre, entrer en possession de l'objet qui est leur prison. Alors elles tressaillent, nous appellent, et sitôt que nous les avons reconnues, l'enchantement est brisé. Délivrées par nous, elles ont vaincu la mort et reviennent vivre avec nous.
>
> Il en est ainsi de notre passé. C'est peine perdue que nous cherchions à l'évoquer, tous les efforts de notre intelligence sont inutiles. Il est caché hors de son domaine et de sa portée, en quelque objet matériel (en la sensation que nous donnerait cet objet matériel), que nous ne soupçonnons pas. Cet objet, il dépend du hasard que nous le rencontrions avant de mourir, ou que nous ne le rencontrions pas.
>
> Il y avait déjà bien des années que, de Combray, tout ce qui n'était pas le théâtre et le drame de mon coucher, n'existait plus pour moi, quand un jour d'hiver, comme je rentrais à la maison, ma mère, voyant que j'avais froid, me proposa de me faire prendre, contre mon habitude, un peu de thé. Je refusai d'abord et, je ne sais pourquoi, me ravisai. Elle envoya chercher un de ces gâteaux courts et dodus appelés Petites Madeleines qui semblent avoir été moulés dans la valve rainurée d'une coquille de Saint-Jacques. Et bientôt, machinalement, accablé par la morne journée et la perspective d'un triste lendemain, je portai à mes lèvres une cuillerée du thé où j'avais laissé s'amollir un morceau de madeleine. Mais à l'instant même où la gorgée mêlée des miettes du gâteau toucha mon palais, je tressaillis, attentif à ce qui se passait d'extraordinaire en moi. Un

plaisir délicieux m'avait envahi, isolé, sans la notion de sa cause. Il m'avait aussitôt rendu les vicissitudes de la vie indifférentes, ses désastres inoffensifs, sa brièveté illusoire, de la même façon qu'opère l'amour, en me remplissant d'une essence précieuse ou plutôt cette essence n'était pas en moi, elle était moi. J'avais cessé de me sentir médiocre, contingent, mortel. D'où avait pu me venir cette puissante joie ? Je sentais qu'elle était liée au goût du thé et du gâteau, mais qu'elle le dépassait infiniment, ne devait pas être de même nature. D'où venait-elle ? Que signifiait-elle ? Où l'appréhender ? Je bois une seconde gorgée où je ne trouve rien de plus que dans la première, une troisième qui m'apporte un peu moins que la seconde. Il est temps que je m'arrête, la vertu du breuvage semble diminuer. Il est clair que la vérité que je cherche n'est pas en lui, mais en moi. Il l'y a éveillée, mais ne la connaît pas, et ne peut que répéter indéfiniment, avec de moins en moins de force, ce même témoignage que je ne sais pas interpréter et que je veux au moins pouvoir lui redemander et retrouver intact, à ma disposition, tout à l'heure, pour un éclaircissement décisif. Je pose la tasse et me tourne vers mon esprit. C'est à lui de trouver la vérité. Mais comment ? Grave incertitude, toutes les fois que l'esprit se sent dépassé par lui-même ; quand lui, le chercheur, est tout ensemble le pays obscur où il doit chercher et où tout son bagage ne lui sera de rien. Chercher ? pas seulement : créer. Il est en face de quelque chose qui n'est pas encore et que seul il peut réaliser, puis faire entrer dans sa lumière.

Et je recommence à me demander quel pouvait être cet état inconnu, qui n'apportait aucune preuve logique, mais l'évidence de sa félicité, de sa réalité devant laquelle les autres s'évanouissaient. Je veux essayer de le faire réapparaître. Je rétrograde par la pensée au moment où je pris la première cuillerée de thé. Je retrouve le même état, sans une clarté nouvelle. Je demande à mon esprit un effort de plus, de ramener encore une fois la sensation qui s'enfuit. Et pour que rien ne brise l'élan dont il va tâcher de la ressaisir, j'écarte tout obstacle, toute idée étrangère, j'abrite mes oreilles et mon attention contre les bruits de la chambre voisine. Mais sentant mon esprit qui se fatigue sans réussir, je le force au contraire à prendre cette distraction que je lui refusais, à penser à autre chose, à se refaire avant une tentative suprême. Puis une deuxième fois, je fais le vide devant lui, je remets en face de lui la saveur encore récente de cette première gorgée et je sens tressaillir en moi quelque chose qui se déplace, voudrait s'élever, quelque chose qu'on aurait désancré, à une grande profondeur ; je ne sais ce que c'est, mais cela monte lentement ; j'éprouve la résistance et j'entends la rumeur des distances traversées.

Certes, ce qui palpite ainsi au fond de moi, ce doit être l'image, le souvenir visuel, qui, lié à cette saveur, tente de la suivre jusqu'à moi. Mais il se débat trop loin, trop confusément ; à peine si je perçois le reflet neutre où se confond l'insaisissable tourbillon de couleurs remuées ; mais je ne peux distinguer la forme, lui demander, comme au seul interprète possible, de me traduire le témoignage de sa contemporaine, de son inséparable compagne, la saveur, lui demander de m'apprendre de quelle circonstance particulière, de quelle époque du passé il s'agit.

Arrivera-t-il jusqu'à la surface de ma claire conscience, ce souvenir, l'instant ancien que l'attraction d'un instant identique est venue de si loin solliciter, émouvoir, soulever tout au fond de moi ? Je ne sais. Maintenant je ne sens plus rien, il est arrêté, redescendu peut-être ; qui sait s'il remontera jamais de sa nuit ? Dix fois il me faut recommencer, me pencher vers lui. Et chaque fois la lâcheté qui nous détourne de toute tâche difficile, de toute œuvre importante, m'a conseillé de laisser cela, de boire mon thé en pensant simplement à mes ennuis d'aujourd'hui, à mes désirs de demain qui se laissent remâcher sans peine.

Et tout d'un coup le souvenir m'est apparu. Ce goût c'était celui du petit morceau de madeleine que le dimanche matin à Combray (parce que ce jour-là je ne sortais pas avant l'heure de la messe), quand j'allais lui dire bonjour dans sa chambre, ma tante Léonie m'offrait après l'avoir trempé dans son infusion de thé ou de tilleul. La vue de la petite madeleine ne m'avait rien rappelé avant que je n'y eusse goûté ; peut-être parce que, en ayant souvent aperçu depuis, sans en manger, sur les tablettes des pâtissiers, leur image avait quitté ces jours de Combray pour se lier à d'autres plus récents ; peut-être parce que de ces souvenirs abandonnés si longtemps hors de la mémoire, rien ne survivait, tout s'était désagrégé ; les formes, – et celle aussi du petit coquillage de pâtisserie, si grassement sensuel, sous son plissage sévère et dévot – s'étaient abolies, ou, ensommeillées, avaient perdu la force d'expansion qui leur eût permis de rejoindre la conscience. Mais, quand d'un passé ancien rien ne subsiste, après la mort des êtres, après la destruction des choses, seules, plus frêles mais plus vivaces, plus immatérielles, plus persistantes, plus fidèles, l'odeur et la saveur restent encore longtemps, comme des âmes, à se rappeler, à attendre, à espérer, sur la ruine de tout le reste, à porter sans fléchir, sur leur gouttelette presque impalpable, l'édifice immense du souvenir.

Et dès que j'eus reconnu le goût du morceau de madeleine trempé dans le tilleul que me donnait ma tante (quoique je ne susse pas encore et dusse remettre à bien plus tard de découvrir pourquoi ce souvenir me rendait si heureux), aussitôt la vieille maison grise sur la rue, où était sa chambre, vint comme un décor de théâtre s'appliquer au petit pavillon donnant sur le jardin, qu'on avait construit pour mes parents sur ses derrières (ce pan tronqué que seul j'avais revu jusque-là) ; et avec la maison, la ville, depuis le matin jusqu'au soir et par tous les temps, la Place où on m'envoyait avant déjeuner, les rues où j'allais faire des courses, les chemins qu'on prenait si le temps était beau. Et comme dans ce jeu où les Japonais s'amusent à tremper dans un bol de porcelaine rempli d'eau, de petits morceaux de papier jusque-là indistincts qui, à peine y sont-ils plongés s'étirent, se contournent, se colorent, se différencient, deviennent des fleurs, des maisons, des personnages consistants et reconnaissables, de même maintenant toutes les fleurs de notre jardin et celles du parc de M. Swann, et les nymphéas de la Vivonne, et les bonnes gens du village et leurs petits logis et l'église et tout Combray et ses environs, tout cela qui prend forme et solidité, est sorti, ville et jardins, de ma tasse de thé[1].

Ces pages sont capitales pour bien comprendre de quelle sorte de travail l'œuvre de Proust est issue. On y trouve des phrases très importantes. Par exemple, au cours de sa recherche du souvenir récalcitrant : « Il est temps que je m'arrête, la vertu du breuvage semble diminuer. Il est clair que la vérité que je cherche n'est pas en lui, mais en moi. » Et plus haut déjà : « Un plaisir délicieux m'avait envahi, isolé, sans la notion de sa cause. Il m'avait aussitôt rendu les vicissitudes de la vie indifférentes, ses désastres inoffensifs, sa brièveté illusoire, de la même façon qu'opère l'amour, en me remplissant d'une essence précieuse : ou plutôt cette essence n'était pas en moi, elle était moi. » Et encore ceci : « Arrivera-t-il jusqu'à la surface de ma claire conscience, ce souvenir, l'instant ancien que l'attraction d'un instant identique est venue de si loin solliciter, émouvoir, soulever tout au fond de moi ? »

Mais non, laissons ce passage pour le moment. (Vous vous rappelez que je cherche avec vous.) Il nous faut remonter plus haut dans l'esprit de notre auteur, tâcher de saisir son exigence, son effort sous une forme plus élémentaire encore ; il nous faut déterminer de quoi il a le plus anciennement besoin.

Eh bien ! sans sortir de *Combray*, cette première partie de Swann, qui est, en même temps qu'un des plus merveilleux poèmes que je connaisse, une sorte de *Discours de la méthode*,

1. Marcel Proust, *Du côté de chez Swann*, *À la recherche du temps perdu*, Gallimard, coll. « Bibliothèque de la Pléiade », 4 vol., t. I, p. 43-47.

– j'entends de la méthode que Proust se fabrique à son usage, – sans sortir de Combray, nous trouvons un autre passage dont notre ami Charles Du Bos a été le premier, dans sa remarquable étude sur Marcel Proust[1], à souligner l'importance. Ce passage, quittant momentanément le premier filon que nous avions saisi, je vais vous le lire :

> Combien depuis ce jour, dans mes promenades du côté de Guermantes, il me parut plus affligeant encore qu'auparavant de n'avoir pas de dispositions pour les lettres, et de devoir renoncer à être jamais un écrivain célèbre. Les regrets que j'en éprouvais, tandis que je restais seul à rêver un peu à l'écart, me faisaient tant souffrir, que pour ne plus les ressentir, de lui-même par une sorte d'inhibition devant la douleur, mon esprit s'arrêtait entièrement de penser aux vers, aux romans, à un avenir poétique sur lequel mon manque de talent m'interdisait de compter. Alors, bien en dehors de toutes ces préoccupations littéraires et ne s'y rattachant en rien, tout d'un coup un toit, un reflet de soleil sur une pierre, l'odeur d'un chemin me faisaient arrêter par un plaisir particulier qu'ils me donnaient, et aussi parce qu'ils avaient l'air de cacher au-delà de ce que je voyais, quelque chose qu'ils invitaient à venir prendre et que malgré mes efforts je n'arrivais pas à découvrir. Comme je sentais que cela se trouvait en eux, je restais là, immobile, à regarder, à respirer, à tâcher d'aller avec ma pensée au-delà de l'image et de l'odeur. Et s'il me fallait rattraper mon grand-père, poursuivre ma route, je cherchais à les retrouver, en fermant les yeux ; je m'attachais à me rappeler exactement la ligne du toit, la nuance de la pierre qui, sans que je pusse comprendre pourquoi, m'avaient semblé pleines, prêtes à s'entrouvrir, à me livrer ce dont elles n'étaient qu'un couvercle[2].

Proust, à ce moment-là, est imprégné d'une certaine foi *réaliste*, au sens métaphysique du mot, qui est d'autant plus importante à mettre en lumière qu'elle ne disparaîtra jamais complètement de son esprit et que même toute la vie de cet esprit consistera jusqu'au bout dans une lutte de la tendance subjectiviste et sceptique contre le penchant réaliste. On peut même dire qu'il y a un drame immanent à l'intelligence de Proust et que c'est celui-là. Son œuvre est le résultat d'un effort de connaissance objective du

1. Charles du Bos, *Approximations*, série 1, Plon, 1922, p. 58-116. Le critique Charles du Bos (1882-1939) reste célèbre pour son *Journal*. Il a participé aussi au numéro hommage à Proust dans *La NRF*, en janvier 1923.
2. *À la recherche du temps perdu*, *Du côté de chez Swann*, I, p. 176.

monde sans cesse altéré par le souvenir, par la persuasion renaissante qu'il n'y a d'autre monde que le monde psychique, dont il est une monade sans communication avec les autres monades. Et ce souvenir, cette persuasion vont en se fortifiant en lui à mesure qu'il réussit à se donner à lui-même l'objectivité littéraire, à se changer en une œuvre, comme si d'être assuré au moins de cette réalité, ressemblante mais extérieure à lui-même, lui donnait de plus en plus de force pour regarder en face la grande illusion que sont êtres et gens.

Je m'excuse d'indiquer ici aussi sèchement une idée qui aurait besoin peut-être d'être lentement dégagée par une analyse détaillée et par de nombreuses lectures. Je m'excuse de l'exprimer en termes aussi philosophiques.

Mais nous allons la reprendre. Et pour ce qui est des termes philosophiques que j'ai employés, j'ai une excuse. Remarquez-vous (les précautions que nous avons prises tout à l'heure nous permettent maintenant d'insister sur ce point), remarquez-vous combien crûment philosophique est le propos que Proust avoue dans le passage que je viens de vous lire ? « Je restais là, immobile, à regarder, à respirer, à tâcher d'aller avec ma pensée au-delà de l'image et de l'odeur. » Et dans vingt autres passages, c'est ce même effort pour dépasser l'apparence avec l'esprit, pour conquérir l'absolu, qui est décrit comme celui qui lui est le plus naturel, qui s'impose le plus invinciblement à lui : « Ce qu'il y avait d'abord en moi de plus intime, la poignée sans cesse en mouvement qui gouvernait le reste, c'était ma croyance en la richesse philosophique, en la beauté du livre que je lisais, et mon désir de me les approprier quel que fût ce livre[1]. » Un peu plus loin il parle « du secret de la vérité et de la beauté à demi pressenties, à demi incompréhensibles dont la connaissance était le but vague, mais permanent de ma pensée[2]. » Et encore, Bloch lui ayant dit que Racine et Musset « ont fait chacun dans leur vie un vers assez bien rythmé et qui a pour lui… de ne signifier absolument rien », il s'avoue profondément troublé, lui qui des « beaux vers » « n'attendait rien moins que la révélation de la vérité[3]. » Et encore : « Je m'arrêtais, *croyant acquérir une notion précise*, car il me semblait avoir sous les yeux un fragment de cette région fluviatile que je

1. *Ibid.*, p. 83.
2. *Ibid.*
3. *Ibid.*, p. 90.

désirais tant connaître depuis que je l'avais vue décrite par un de mes écrivains préférés[1]. »

Proust cherche avant tout la vérité et son premier mouvement, le plus naïf sans doute, mais le plus profond, est de la croire logée sous les spectacles que lui offrent ses sens. Tout l'art littéraire ne lui paraît qu'un moyen de l'en extraire. Tel est vraiment le premier temps de son esprit, quand il s'exerce.

Il y a quelque chose en lui de platonicien, une croyance à la présence d'Idées derrière les choses, d'Idées qui seraient plus réelles qu'elles et qui en rendraient compte. Et si, tout de suite, il se veut écrivain c'est pour isoler ces Idées, pour leur communiquer une solidité. Tant qu'il n'y réussit pas, la sensation de ses dons lui fait défaut. Il a beau chercher : il ne trouve aucun autre sujet que cette fixation des Idées, et n'y arrivant pas, il se sent stérile, malgré l'espoir qui le traverse par instants que son père peut-être, grâce à ses hautes relations, pourra le faire devenir grand écrivain.

Mais voici que nous arrivons, ou que nous revenons au deuxième temps de l'opération intellectuelle qui est à la base de la *Recherche du temps perdu* et que je m'excuse de vous avoir par erreur proposé comme le premier.

Dans son premier effort pour atteindre directement la vérité hors de lui, Proust éprouve une déception. « Si on a la sensation d'être toujours entouré de son âme, ce n'est pas comme d'une prison immobile : plutôt on est comme emporté avec elle dans un perpétuel élan pour la dépasser, pour atteindre à l'extérieur, avec une sorte de découragement, entendant toujours autour de soi cette sonorité identique qui n'est pas écho du dehors mais retentissement d'une vibration interne. On cherche à retrouver dans les choses, devenues par là précieuses, le reflet que notre âme a projeté sur elles, on est déçu en constatant qu'elles semblent dépourvues dans la nature, du charme qu'elles devaient, dans notre pensée, au voisinage de certaines idées ; parfois on convertit toutes les forces de cette âme en habileté, en splendeur pour agir sur des êtres dont nous sentons bien qu'ils sont situés en dehors de nous et que nous ne les atteindrons jamais[2]. » Voilà bien décrits, rendus bien sensibles à la fois le mouvement qui l'emporte vers le non-moi et l'impossibilité qu'il sent de dépasser son moi. Partout maintenant

1. *Ibid.*, p. 170.
2. *Ibid.*, p. 85-86.

il va se heurter à une sorte de différence entre ses perceptions et leur objet, entre ses émotions et celles des autres êtres.

Vous vous rappelez comment la vraie Duchesse de Guermantes vient se substituer à celle qu'il s'aperçoit qu'il avait construite par l'imagination et qui avait un visage en tapisserie.

En proie à l'enthousiasme que vient de lui donner un paysage contemplé « c'est à ce moment-là encore, – grâce à un paysan qui passait, l'air déjà d'être d'assez mauvaise humeur, qui le fut davantage quand il faillit recevoir mon parapluie dans la figure, et qui répondit sans chaleur à mes "beau temps, n'est-ce pas, il fait bon marcher", – que j'appris que les mêmes émotions ne se produisent pas simultanément, dans un ordre préétabli, chez tous les hommes. Plus tard chaque fois qu'une lecture un peu longue m'avait mis en humeur de causer, le camarade à qui je brûlais d'adresser la parole venait justement de se livrer au plaisir de la conversation et désirait maintenant qu'on le laissât lire tranquille. Si je venais de penser à mes parents avec tendresse et de prendre les décisions les plus sages et les plus propres à leur faire plaisir ils avaient employé le même temps à apprendre une peccadille que j'avais oubliée et qu'ils me reprochaient sévèrement au moment où je m'élançais vers eux pour les embrasser[1] »

Et dans la campagne, entre Roussainville et Saint-André-des-Champs, pour mieux conquérir le paysage, comme il appelle de toutes ses forces une femme qui veuille bien lui en résumer et lui en concrétiser la saveur, et comme elle ne paraît pas : « Je cessais de croire partagés par d'autres êtres, de croire vrais en dehors de moi les désirs que je formais pendant ces promenades et qui ne se réalisaient pas. Ils ne m'apparaissaient plus que comme les créations purement subjectives, impuissantes, illusoires, de mon tempérament. Ils n'avaient plus de lien avec la nature, avec la réalité qui dès lors perdait tout charme et toute signification et n'était plus à ma vie qu'un cadre conventionnel comme l'est à la fiction d'un roman le wagon sur la banquette duquel le voyageur le lit pour tuer le temps[2]. »

Mais cette expression découragée ne répond pas tout à fait au parti définitif qu'il va adopter. La déception de son effort objectif ne sera pas purement et simplement paralysante. Son esprit, pour sortir de cette situation si cruelle, pour échapper à ce contraste

1. *Ibid.*, p. 153-154.
2. *Ibid.*, p. 156-157.

trop fort entre ses besoins et les possibilités de la connaissance va trouver un joint, – excusez ce mot familier, il est tout à fait en place – un joint extraordinaire.

Vous vous rappelez le passage que je vous ai lu tout à l'heure. N'ayant pu forcer le paysage à livrer son secret, pris de lassitude et d'ailleurs rappelé par ses parents : « Je sentais, dit Proust, que je n'avais pas présentement la tranquillité nécessaire pour poursuivre utilement ma recherche, et qu'il valait mieux n'y plus penser jusqu'à ce que je fusse rentré, et ne pas me fatiguer d'avance sans résultat. Alors je ne m'occupais plus de cette chose inconnue qui s'enveloppait d'une forme ou d'un parfum, bien tranquille puisque je la ramenais à la maison, protégée par le revêtement d'images sous lesquelles je la trouverais vivante, comme les poissons que les jours où on m'avait laissé aller à la pêche, je rapportais dans mon panier, couverts par une couche d'herbe qui préservait leur fraîcheur. Une fois à la maison je songeais à autre chose et ainsi s'entassaient dans mon esprit (comme dans ma chambre les fleurs que j'avais cueillies dans mes promenades ou les objets qu'on m'avait donnés) une pierre où jouait un reflet, un toit, un son de cloche, une odeur de feuilles, bien des images différentes sous lesquelles il y a longtemps qu'est morte la réalité pressentie que je n'ai pas eu assez de volonté pour arriver à découvrir[1]. »

Autrement dit ce qu'il n'a pu saisir hors de lui, il va attendre jusqu'à pouvoir le saisir en lui. Et peu à peu sa recherche va prendre ainsi une orientation intérieure. Son besoin de vérité, de vérité absolue, que les choses ont déçu, va se tourner vers leur reflet en lui-même. Et c'est lui-même, en tant que système de perceptions, d'affections et d'idées qu'il va se proposer comme objet d'étude.

Autrement dit son effort sur l'espace va se changer en un effort sur le temps. Il ne cherchera plus à faire sortir l'espace que du temps parfaitement reconstitué.

Ceci explique, soit dit en passant, le retard de sa vocation, ou plutôt l'écart entre le moment où elle se fait sentir à lui et le moment où elle trouve enfin un objet. Il fallait d'abord que l'objet se constituât. Avec un besoin de certitude comme celui dont Proust était doué, il ne pouvait trouver d'objet à sa taille,

1. *Ibid.*, p. 177.

si j'ose dire, qu'immédiat, c'est-à-dire qu'intérieur, c'est-à-dire encore que tardif.

Ce qui le ramène vers lui-même, ouvre ainsi la voie à sa recherche, c'est la qualité affective de ses contemplations :

> Puis je revenais devant les aubépines comme devant ces chefs-d'œuvre dont on croit qu'on saura mieux les voir quand on a cessé un moment de les regarder, mais j'avais beau me faire un écran de mes mains pour n'avoir qu'elles sous les yeux, le sentiment qu'elles éveillaient en moi restait obscur et vague, cherchant en vain à se dégager, à venir adhérer à leurs fleurs[1].

Il sent bien que tout se passe principalement en lui-même, puisqu'il est ému avant de comprendre (« … je ne savais pas réduire en ses éléments objectifs une impression forte[2] ») et nous revenons ainsi aux passages que je citais trop tôt tout à l'heure et que cette erreur de plan me force à vous relire.

> Il est temps que je m'arrête, la vertu du breuvage semble diminuer. Il est clair que la vérité que je cherche n'est pas en lui, mais en moi… Un plaisir délicieux m'avait envahi, isolé, sans la notion de sa cause. Il m'avait aussitôt rendu les vicissitudes de la vie indifférentes, ses désastres inoffensifs, sa brièveté illusoire, de la même façon qu'opère l'amour, en me remplissant d'une essence précieuse : ou plutôt cette essence n'était pas en moi, elle était moi… Arrivera-t-il jusqu'à la surface de ma claire conscience, ce souvenir, l'instant ancien que l'attraction d'un instant identique est venue de si loin solliciter, émouvoir, soulever tout au fond de moi ?

Les trois phrases se terminent également par : moi. Et l'on sent bien dans tout ce passage que Proust ne considère plus qu'il y ait pour lui rien d'autre, ni à atteindre ni d'accessible que ce moi qu'il a laissé s'imprégner lentement à travers les années de tant de richesses dont il vaut mieux, par sagesse et parce que le problème est insoluble, ignorer à jamais la véritable nature, ni si elles eurent jamais une existence distincte de cette conscience à laquelle elles se sont incorporées.

Le problème littéraire devient ainsi pour Proust étonnamment voisin de ce qu'est le problème psychologique pour Freud : il

---

1. *Ibid.*, p. 137.
2. *Ibid.*, p. 139.

devient celui de reconstituer l'intégrité d'une vie psychique, de « combler les lacunes de la mémoire », de rendre l'existence aux petites perceptions frappées d'oubli.

Ici, je crois que nous tenons une ressemblance vraiment profonde entre nos deux auteurs, une ressemblance que nous n'avons vraiment rien faite pour produire, une ressemblance qui est du dedans et que nous pouvons explorer sans crainte d'en être les artisans. Nous le ferons d'autant plus librement que nous marquerons tout à l'heure le point où elle cesse et rendrons à chacun, au moment où elle s'imposera à nouveau, son originalité.

De même que Freud devant un malade s'efforce avant tout de supprimer ses amnésies, de « combler », comme il dit lui-même, « les lacunes de sa mémoire », de lui faire retrouver les événements de sa vie que l'inconscient a engloutis, de lui refaire une personnalité psychologique complète, afin que ses forces spirituelles circulent de nouveau normalement dans tout son être et retrouvent tous les passages auxquels elles ont droit, de même Proust, sans intention thérapeutique précise, – mais quel est l'écrivain qui dans le fond, comme Freud le remarque, ne cherche pas en écrivant avant tout à se guérir ? – de même Proust se place en face de ce monde immergé qu'il se sent être, de toute cette foule de perceptions éteintes, disparues dont il se sent pourtant encore actuellement constitué, et il les appelle, et il les invoque, et il les force à remonter : « Je sens tressaillir en moi quelque chose qui se déplace, voudrait s'élever, quelque chose qu'on aurait désancré, à une grande profondeur ; je ne sais ce que c'est, mais cela monte lentement ; j'éprouve la résistance et j'entends la rumeur des distances traversées[1]. »

Et comment Proust procède-t-il pour obtenir ce rappel, cette résurrection ? Exactement de la façon que Freud préconise : par l'association des idées. À vrai dire, tandis que Freud, qui est extérieur à son malade, essaie de provoquer en lui des associations, le tente, le travaille (Je ne vous ai pas décrit la méthode analytique de traitement, mais elle commence à être bien connue, au moins dans son principe), – Proust, qui opère sur lui-même, est obligé d'attendre passivement la chance d'une association féconde. C'est le pur hasard qui peut seul l'en gratifier : « Il y a beaucoup de hasard en tout ceci, et un second hasard, celui de notre mort,

1. *Ibid.*, p. 45.

souvent ne nous permet pas d'attendre longtemps les faveurs du premier[1]. »

Jamais peut-être il n'eût ressuscité Combray, sans l'excitation tout extérieure qu'est venue lui apporter la madeleine trempée dans le thé.

Mais une fois le hasard obtenu, l'effort de contention qu'il fait pour l'exploiter et lui faire rendre tout ce qu'il contient est tout à fait voisin de la pression qu'exerce Freud sur son malade et de ce constant appel qu'il fait à sa mémoire.

*

Ressemblance de méthode. Mais c'est parce qu'il y a une ressemblance de conception de la vie psychique, chez nos deux auteurs, et c'est celle-là surtout qui nous intéresse.

Proust, comme Freud, croit à l'inconscient, et, comme Freud encore, à un inconscient déterminé, actuel, si j'ose dire, à quelque chose d'à la fois invisible et défini, à quelque chose que nous ne sentons pas, qu'il faut un certain nombre de chances pour arriver à sentir, mais qui n'en est pas moins présent, qui n'en est pas moins actif même, et qui, dans une certaine mesure (j'emploie cette formule restrictive, parce que là est tout de même comme nous verrons tout à l'heure le point de divergence intéressant entre nos deux auteurs), qui, dans une certaine mesure, modifie notre activité consciente.

Que Proust croie à l'inconscient, cela nous serait bien égal, s'il s'en était fait un dogme qu'il cherche à nous imposer de l'extérieur, par le raisonnement, par la démonstration. Mais c'est bien plus qu'un dogme qu'il nous apporte, bien plus qu'un principe. Cet inconscient, il nous le fait voir, il nous met constamment en contact avec lui.

L'autre jour, avec Freud, bien que l'inconscient soit chez lui aussi une constatation avant de devenir un principe, nous avons été tout de même obligés de mettre nous-mêmes cette constatation en rapport avec notre expérience.

Aucune opération de ce genre ne nous est demandée avec Proust. Il nous décrit simplement son expérience, avec une particularité tellement géniale que nous y retrouvons aussitôt la nôtre, et il

1. *Ibid.*, p. 43.

nous décèle dans cette expérience les constantes manifestations de l'inconscient. Il fait cela sans y toucher, avec un naturel, avec un tact et une infaillibilité si extraordinaires qu'ils arrachent des cris d'admiration.

Je ne sais pas si je retrouverai jamais dans ma vie une émotion aussi intense que celle dont me submergea la lecture de *Swann* quand je la fis pour la première fois en 1914.

Et si j'en cherche maintenant les raisons, de cette émotion, il me semble qu'une des principales est que j'avais la sensation de me trouver en face d'une œuvre douée d'une dimension de plus que toutes celles que j'avais rencontrées jusque-là. Elle intéressait – au sens où l'on dit qu'une douleur intéresse un organe – toute la masse de mon être ; elle m'encombrait totalement, dans tous les sens ; elle reproduisait, si j'ose dire, le gâteau tout entier de mes sensations.

Mais une fois de plus je vais trop vite. Pour mieux m'expliquer, je vais vous demander la permission de vous lire quelques passages de ce prodigieux *Amour de Swann*, qui, comme l'a remarqué Edmond Jaloux[1] est un des plus beaux romans de passion de toute la littérature, et dans lequel il faut voir peut-être, sous réserve de ce qui reste encore à paraître, la plus prodigieuse réussite de Proust.

Ceci d'abord :

Swann a pris l'habitude de voir tous les soirs Odette chez les Verdurin.

> Rien qu'en approchant de chez les Verdurin quand il apercevait éclairées par des lampes, les grandes fenêtres dont on ne fermait jamais les volets, il s'attendrissait en pensant à l'être charmant qu'il allait voir épanoui dans leur lumière d'or. Parfois les ombres des invités se détachaient minces et noires, en écran, devant les lampes, comme ces petites gravures qu'on intercale de place en place dans un abat-jour translucide dont les autres feuillets ne sont que clarté. Il cherchait à distinguer la silhouette d'Odette. Puis, dès qu'il était arrivé, sans qu'il s'en rendît compte, ses yeux brillaient d'une telle joie que M. Verdurin disait au peintre : « Je crois que ça chauffe. » Et la présence d'Odette ajoutait en effet pour Swann à cette maison ce dont n'était pourvue aucune de celles où il était reçu : une sorte

1. Edmond Jaloux, « Sur la psychologie de Marcel Proust », numéro hommage à Proust, *La NRF*, janvier 1923, p. 151-161. Edmond Jaloux (1878-1949), romancier et critique littéraire, est aussi l'auteur d'un essai *Avec Marcel Proust*, publié à titre posthume en 1953, aux éditions Palatine.

d'appareil sensitif, de réseau nerveux qui se ramifiait dans toutes les pièces et apportait des excitations constantes à son cœur.

Ainsi le simple fonctionnement de cet organisme social qu'était le petit « clan », prenait automatiquement pour Swann des rendez-vous quotidiens avec Odette et lui permettait de feindre une indifférence à la voir, ou même un désir de ne plus la voir, qui ne lui faisait pas courir de grands risques, puisque, quoi qu'il lui eût écrit dans la journée, il la verrait forcément le soir et la ramènerait chez elle.

Mais une fois qu'ayant songé avec maussaderie à cet inévitable retour ensemble, il avait emmené jusqu'au Bois sa jeune ouvrière pour retarder le moment d'aller chez les Verdurin, il arriva chez eux si tard qu'Odette, croyant qu'il ne viendrait plus, était partie. En voyant qu'elle n'était plus dans le salon, Swann ressentit une souffrance au cœur ; il tremblait d'être privé d'un plaisir qu'il mesurait pour la première fois, ayant eu jusque-là cette certitude de le trouver quand il le voulait, qui pour tous les plaisirs nous diminue ou même nous empêche d'apercevoir aucunement leur grandeur[1].

« Swann ressentit une souffrance au cœur. » C'est l'inconscient qui touché, tout à coup, affleure.

De même quand Swann cherche Odette dans tout Paris et qu'il a envoyé son cocher visiter les restaurants où elle peut être encore :

Le cocher revint lui dire qu'il ne l'avait trouvée nulle part, et ajouta son avis, en vieux serviteur :

« Je crois que Monsieur n'a plus qu'à rentrer. »

Mais l'indifférence que Swann jouait facilement quand Rémi ne pouvait plus rien changer à la réponse qu'il apportait tomba, quand il le vit essayer de le faire renoncer à son espoir et à sa recherche :

« Mais pas du tout, s'écria-t-il, il faut que nous trouvions cette dame ; c'est de la plus haute importance[2]… »

« Son indifférence tomba… » Voilà le mot à noter.

Plus loin, quand Swann commence à être jaloux, après la scène où il a cru surprendre Odette avec Forcheville, et où il s'est aperçu qu'il se trompait de fenêtre et avait pris pour une conversation entre les deux amants, celle, toute paisible, que menaient deux innocents vieux messieurs :

1. *À la recherche du temps perdu, Du côté de chez Swann*, I, p. 222-223.
2. *Ibid.*, p. 226-227.

Il ne lui parla pas de cette mésaventure, écrit Proust, lui-même n'y songeait plus. Mais par moments, un mouvement de sa pensée venait en rencontrer le souvenir qu'elle n'avait pas aperçu, le heurtait, l'enfonçait plus avant et Swann avait ressenti une douleur brusque et profonde[1].

L'image, ici latente, du récif reparaît en d'autres endroits de l'œuvre, par exemple dans *La Prisonnière*, sous une forme explicite.

Ma pensée qui jusqu'ici avait navigué en souriant sur ces eaux bienheureuses éclatait soudain, comme si elle eût heurté une mine invisible et dangereuse, insidieusement posée à ce point de sa mémoire[2].

Il y a des récifs en nous, des formations sous-marines que la pensée consciente, comme un navire mal piloté, rencontre tout à coup et auxquels elle se déchire. Il y a un monde immergé sur lequel nous ne pouvons avoir que des renseignements rares et accidentels.

Et je ne sais pas si on peut décrire d'une manière plus saisissante ces sortes de collisions qui se produisent de temps en temps entre le conscient et l'inconscient, que ne l'a fait Proust par exemple dans le passage suivant : C'est pendant la soirée chez Mme de Saint-Euverte. Et je vous rappelle que le thème de l'Andante de la Sonate de Vinteuil auquel il va être fait allusion a servi comme de devise à l'amour de Swann et d'Odette pendant toute la période où cet amour fut réciproque et heureux.

Mais le concert recommença et Swann comprit qu'il ne pourrait pas s'en aller avant la fin de ce nouveau numéro du programme. Il souffrait de rester enfermé au milieu de ces gens dont la bêtise et les ridicules le frappaient d'autant plus douloureusement qu'ignorant son amour, incapables, s'ils l'avaient connu, de s'y intéresser et de faire autre chose que d'en sourire comme d'un enfantillage ou de le déplorer comme une folie, ils le lui faisaient apparaître sous l'aspect d'un état subjectif qui n'existait que pour lui, dont rien d'extérieur ne lui affirmait la réalité ; il souffrait surtout, et au point que même le son des instruments lui donnait envie de crier, de prolonger son

1. *Ibid.*, p. 271.
2. *À la recherche du temps perdu*, *La Prisonnière*, III, p. 592.

exil dans ce lieu où Odette ne viendrait jamais, où personne, où rien ne la connaissait, d'où elle était entièrement absente.

Mais tout à coup ce fut comme si elle était entrée, et cette apparition lui fut une si déchirante souffrance qu'il dut porter la main à son cœur. C'est que le violon était monté à des notes hautes où il restait comme pour une attente, une attente qui se prolongeait sans qu'il cessât de les tenir, dans l'exaltation où il était d'apercevoir déjà l'objet de son attente qui s'approchait, et avec un effort désespéré pour tâcher de durer jusqu'à son arrivée, de l'accueillir avant d'expirer, de lui maintenir encore un moment de toutes ses dernières forces le chemin ouvert pour qu'il pût passer, comme on soutient une porte qui sans cela retomberait. Et avant que Swann eût eu le temps de comprendre, et de se dire : « C'est la petite phrase de la sonate de Vinteuil, n'écoutons pas ! » tous ses souvenirs du temps où Odette était éprise de lui, et qu'il avait réussi jusqu'à ce jour à maintenir invisibles dans les profondeurs de son être, trompés par ce brusque rayon du temps d'amour qu'ils crurent revenu, s'étaient réveillés, et à tire d'aile, étaient remontés lui chanter éperdument, sans pitié pour son infortune présente, les refrains oubliés du bonheur.

Au lieu des expressions abstraites « temps où j'étais heureux », « temps où j'étais aimé », qu'il avait souvent prononcées jusque-là et sans trop souffrir, car son intelligence n'y avait enfermé du passé que de prétendus extraits qui n'en conservaient rien, il retrouva tout ce qui de ce bonheur perdu avait fixé à jamais la spécifique et volatile essence ; il revit tout, les pétales neigeux et frisés du chrysanthème qu'elle lui avait jeté dans sa voiture, qu'il avait gardé contre ses lèvres – l'adresse en relief de la « Maison Dorée » sur la lettre où il avait lu : « Ma main tremble si fort en vous écrivant » – le rapprochement de ses sourcils quand elle lui avait dit d'un air suppliant : « Ce n'est pas dans trop longtemps que vous me ferez signe ? » il sentit l'odeur du fer du coiffeur par lequel il se faisait relever sa « brosse » pendant que Lorédan allait chercher la petite ouvrière, les pluies d'orage qui tombèrent si souvent ce printemps-là, le retour glacial dans sa victoria, au clair de lune, toutes les mailles d'habitudes mentales, d'impressions saisonnières, de réactions cutanées, qui avaient étendu sur une suite de semaines un réseau uniforme dans lequel son corps se trouvait repris. À ce moment-là, il satisfaisait une curiosité voluptueuse en connaissant les plaisirs des gens qui vivent par l'amour. Il avait cru qu'il pourrait s'en tenir là, qu'il ne serait pas obligé d'en apprendre les douleurs ; comme maintenant le charme d'Odette lui était peu de chose auprès de cette formidable terreur qui le prolongeait comme un double halo, cette immense angoisse de ne pas savoir à tous moments ce qu'elle avait fait, de ne pas la posséder partout et toujours ! Hélas, il se rappela l'accent dont elle s'était écriée : « Mais je pourrai toujours vous voir, je suis toujours libre ! » elle qui ne l'était plus jamais ! l'intérêt, la curiosité qu'elle avait eus pour sa vie à lui, le désir passionné qu'il lui fît la faveur – redoutée au contraire par lui en ce temps-là comme une cause d'ennuyeux dérangements – de l'y laisser pénétrer ; comme elle avait été obligée de le prier pour qu'il se laissât mener chez les Verdurin ; et, quand il la faisait venir chez lui une fois par mois, comme il avait fallu, avant qu'il se laissât fléchir, qu'elle lui répétât le délice que serait cette habitude de se voir tous les jours dont elle rêvait alors qu'elle ne lui semblait à lui qu'un fastidieux tracas, puis qu'elle avait prise en dégoût et définitivement rompue, pendant qu'elle était devenue pour lui un si invincible et si douloureux besoin. Il ne savait pas dire si vrai quand, à la troisième fois qu'il l'avait vue, comme elle lui répétait : « Mais pourquoi ne me laissez-vous pas venir plus souvent », il lui avait dit en riant, avec galanterie : « par peur de souffrir ». Maintenant, hélas ! il arrivait encore parfois qu'elle lui écrivît d'un restaurant ou d'un hôtel sur du papier qui en portait le nom imprimé ; mais c'était comme des lettres de feu qui le brûlaient. « C'est écrit de l'hôtel Vouillemont ? Qu'y peut-elle être allée faire ! avec qui ? que s'y est-il passé ? » Il se rappela les becs de gaz qu'on éteignait boulevard des Italiens quand il l'avait rencontrée contre tout espoir parmi les ombres errantes dans cette nuit qui lui avait semblé presque surnaturelle et qui en effet – nuit d'un temps où il n'avait même pas à se demander s'il ne la contrarierait pas en la cherchant, en la retrouvant, tant il était sûr qu'elle n'avait pas de plus grande joie que de le voir et de rentrer avec lui, – appartenait bien à un monde mystérieux où on ne peut jamais revenir quand les portes s'en sont refermées. Et Swann aperçut, immobile en face de ce bonheur revécu, un malheureux qui lui fit pitié parce qu'il ne le reconnut pas tout de suite, si bien qu'il dut baisser les yeux pour qu'on ne vît pas qu'ils étaient pleins de larmes. C'était lui-même[1].

Je ne peux pas pousser plus loin l'analyse sans vous faire remarquer tout ce qu'un passage de cet ordre et de cette qualité apporte de nouveauté dans l'art psychologique, dans l'art de peindre les sentiments. Tout apparaît artificiel et simpliste auprès de cette description. C'est la première fois que les différents étages de la conscience sont représentés à nos yeux d'une manière sensible, la première fois qu'on nous montre à nous-mêmes que nous ne vivons

1. *À la recherche du temps perdu*, *Du côté de chez Swann*, I, p. 339-341.

pas sur un seul plan, la première fois qu'on nous fait comprendre que chacun de nous est plusieurs.

Toute la psychologie romanesque apparaît, à côté d'un tel passage, comme une sorte d'élégante simplification de l'âme, comme une mise au net, et, si j'ose dire, au simple, de sa multiplicité originelle, de ce qu'elle a d'essentiellement *polymorphe* (je reprends ici un mot de Freud dans sa définition de la disposition sexuelle des enfants).

Sans doute il y a Dostoïevski et les Russes, dont l'originalité à ce point de vue particulier est géante. Mais la complexité, ou la polymorphie des personnages de Dostoïevski est d'un ordre très spécial ; elle est surtout morale ; c'est le mélange en eux du bien et du mal, des tendances moralement antithétiques, qui fait leur complexité ; et c'est l'alternance en eux du bien et du mal comme principes de conduite qui les rend divers et complexes.

Dostoïevski ne s'est pas occupé de rendre sensible toute cette mécanique, de nature plutôt intellectuelle, par laquelle nos moi différents se commandent les uns les autres et se remplacent. Proust est vraiment le premier à avoir rendu à l'homme son hétérogénéité naturelle, à l'avoir montré non plus moralement, mais, en prenant le mot dans son sens le plus général, physiquement complexe.

Révélation de l'inconscient, de son immanence à toute la vie normale. Représentation merveilleuse du mécanisme par lequel il affleure de temps en temps dans la conscience. Nous sommes en plein Freud, si j'ose dire, et jusqu'ici la ressemblance entre nos deux auteurs, sous les réserves posées au début de cette causerie, est parfaite. Mais voici le point où chacun reprend son originalité.

Freud dit bien, dans un passage que je n'ai pas eu le temps de vous lire l'autre jour, de son commentaire de l'observation de Breuer[1] :

1. La citation de Rivière manque sur le manuscrit. Thierry Laget, dans son édition (*Cahiers Marcel Proust*, *op. cit.*), propose cet extrait des *Cinq Leçons sur la psychanalyse.* « L'étude des phénomènes hypnotiques nous a habitués à cette conception d'abord étrange que, dans un seul et même individu, il peut y avoir plusieurs groupements psychiques, assez indépendants pour qu'ils ne sachent rien les uns des autres. Des cas de ce genre, que l'on appelle "double conscience", peuvent, à l'occasion, se présenter spontanément à l'observation. Si, dans un tel dédoublement de la personnalité, la conscience reste constamment liée à l'un des deux états, on nomme cet état : l'état psychique conscient, et l'on appelle inconscient celui qui en est séparé. » Médecin autrichien, Josef Breuer (1842-1925) soigna une patiente atteinte d'hystérie grâce à des séances d'hypnose durant lesquelles il l'aidait à réveiller en elle le souvenir de ses traumatismes. Sa « méthode cathartique » a beaucoup influencé Freud. Ils publieront ensemble *Études sur l'hystérie* en 1895.

Et plus loin :

> Pour nous la dissociation psychique ne vient pas d'une inaptitude innée de l'appareil mental à la synthèse ; nous l'expliquons dynamiquement par le conflit de deux forces psychiques ; nous voyons en elle le résultat d'une révolte active des deux constellations psychiques, le conscient et l'inconscient[1].

Il y a dans ces deux passages des mots très forts pour exprimer l'indépendance mutuelle du conscient et de l'inconscient. On voit très bien ces deux constellations psychiques entrant en « révolte active » l'une contre l'autre.

Mais justement c'est le mot révolte qui va nous permettre de saisir une grande différence entre Freud et Proust. Le premier conçoit les deux systèmes dans une sorte de conflit et de lutte réciproques. Si autonomes qu'il les représente, il ne les fait se servir de leur autonomie que pour se combattre ; et c'est les ramener d'une autre façon en dépendance l'un de l'autre, c'est leur reformer une solidarité, c'est tendre à reconstituer l'unité de la conscience ou plutôt de l'être psychologique.

Il y a dans Proust beaucoup de passages qui peuvent donner l'impression qu'il conçoit de la même façon que Freud les rapports du conscient et de l'inconscient. Cette phrase par exemple : « Voici que comme un caoutchouc tendu qu'on lâche ou comme l'air dans une machine pneumatique qu'on entrouvre, l'idée de la revoir, des lointains où elle était maintenue, revenait d'un bond dans le champ du présent et des possibilités immédiates. » Et un peu plus bas : « Cette idée de la retrouver…, par un retour si brusque, au moment où il la croyait si loin, était de nouveau près de lui, dans sa plus proche conscience. C'est qu'elle ne trouvait plus pour lui faire obstacle le désir de chercher… à lui résister… etc[2]. » C'est exactement le schème freudien qui est adopté ici par Proust.

Proust nous montre même ailleurs un de ces composés de conscient et d'inconscient, un de ces résultats synthétiques du conflit des deux forces que Freud appelle des « fantaisies » et qui consistent dans un courant de réflexions, de rêveries absolument insincères parce qu'elles reflètent à la fois deux tendances inconciliables. Le passage est si beau, si profond qu'il faut encore que je

1. Freud, *Cinq Leçons sur la psychanalyse*, *op. cit*, p. 27.
2. *À la recherche du temps perdu*, *Du côté de chez Swann*, I, p. 302.

vous le lise. C'est au moment où Swann se rend compte que les Verdurin cherchent à le séparer d'Odette et favorisent le flirt de celle-ci avec Forcheville :

En somme la vie qu'on menait chez les Verdurin et qu'il avait appelée si souvent « la vraie vie lui semblait la pire de toutes, et leur petit noyau le dernier des milieux. » « C'est vraiment, disait-il, ce qu'il y a de plus bas dans l'échelle sociale, le dernier cercle de Dante. Nul doute que le texte auguste ne se réfère aux Verdurin ! Au fond, comme les gens du monde dont on peut médire, mais qui tout de même sont autre chose que ces bandes de voyous, montrent leur profonde sagesse en refusant de les connaître, d'y salir même le bout de leurs doigts. Quelle divination dans ce *Noli me tangere* du faubourg Saint-Germain ! » Il avait quitté depuis bien longtemps les allées du Bois, il était presque arrivé chez lui, que, pas encore dégrisé de sa douleur et de la verve d'insincérité dont les intonations menteuses, la sonorité artificielle de sa propre voix lui versaient d'instant en instant plus abondamment l'ivresse, il continuait encore à pérorer tout haut dans le silence de la nuit : « Les gens du monde ont leurs défauts que personne ne reconnaît mieux que moi, mais enfin ce sont tout de même des gens avec qui certaines choses sont impossibles. Telle femme élégante que j'ai connue était loin d'être parfaite, mais enfin il y avait tout de même chez elle un fond de délicatesse, une loyauté dans les procédés qui l'auraient rendue, quoi qu'il arrivât, incapable d'une félonie et qui suffisent à mettre des abîmes entre elle et une mégère comme la Verdurin. Verdurin ! quel nom ! Ah ! on peut dire qu'ils sont complets, qu'ils sont beaux dans leur genre ! Dieu merci, il n'était que temps de ne plus condescendre à la promiscuité avec cette infamie, avec ces ordures. »

Mais, comme les vertus qu'il attribuait tantôt encore aux Verdurin, n'auraient pas suffi, même s'ils les avaient vraiment possédées, mais s'ils n'avaient pas favorisé et protégé son amour, à provoquer chez Swann cette ivresse où il s'attendrissait sur leur magnanimité et qui, même propagée à travers d'autres personnes, ne pouvait lui venir que d'Odette, – de même l'immoralité, eût-elle été réelle, qu'il trouvait aujourd'hui aux Verdurin aurait été impuissante, s'ils n'avaient pas invité Odette avec Forcheville et sans lui, à déchaîner son indignation et à lui faire flétrir leur infamie. Et sans doute la voix de Swann était plus clairvoyante que lui-même, quand elle se refusait à prononcer ces mots pleins de dégoûts pour le milieu Verdurin et de la joie d'en avoir fini avec lui, autrement que sur un ton factice et comme s'ils étaient choisis plutôt pour assouvir sa colère que pour exprimer sa pensée. Celle-ci, en effet, pendant qu'il se livrait à ces invectives, était probablement, sans qu'il s'en aperçût, occupée d'un objet tout à fait différent, car une fois arrivé chez lui, à peine eut-il refermé la porte cochère, que brusquement il se frappa le front, et, la faisant rouvrir, ressortit en s'écriant d'une voix naturelle cette fois : « Je crois que j'ai trouvé le moyen de me faire inviter demain au dîner de Chatou[1] ! »

L'analogie de ces déclamations de Swann avec les fantaisies de la jeune fille de Breuer, et plus généralement avec les rêves et avec tous les symptômes névrotiques est frappante ; elle semble impliquer, encore une fois, une conception dynamique des rapports du conscient et de l'inconscient.

Eh bien ! si l'on prend l'œuvre de Proust dans son ensemble, il faut le dire : ce n'est pas une conception dynamique de ces rapports qui y est latente. Et c'est la grande différence de notre auteur avec Freud, c'est sa grande, sa terrible originalité, c'est peut-être en quoi il est le plus dangereusement initiateur, que cette conception qu'il a d'une parfaite articulation – ou d'une parfaite étanchéité – réciproque des différents systèmes psychiques.

À la place de la conception freudienne du refoulement, il y a chez Proust la conception des intermittences du cœur. Vous connaissez l'admirable passage que nous avons publié, sous ce titre, l'an dernier, dans *La NRF*. Il fait partie de *Sodome et Gomorrhe*. Permettez-moi, je vous prie, de vous le relire : Le héros du livre revient à Balbec pour la première fois depuis la mort de sa grand-mère ; le directeur de l'hôtel vient de l'installer dans sa chambre :

Bouleversement de toute ma personne. Dès la première nuit, comme je souffrais d'une crise de fatigue cardiaque, tâchant de dompter ma souffrance, je me baissai avec lenteur et prudence pour me déchausser. Mais à peine eus-je touché le premier bouton de ma bottine, ma poitrine s'enfla, remplie d'une présence inconnue, divine, des sanglots me secouèrent, des larmes ruisselèrent de mes yeux. L'être qui venait à mon secours, qui me sauvait de la sécheresse de l'âme, c'était celui qui, plusieurs années auparavant, dans un moment de détresse et de solitude identiques, dans un moment où je n'avais plus rien de moi, était entré, et qui m'avait rendu à moi-même, car il était moi et plus que moi (le contenant qui est plus que le contenu et me l'apportait). Je venais d'apercevoir, dans ma mémoire, penché sur ma fatigue, le visage tendre, préoccupé et déçu de ma grand-mère, telle qu'elle avait été ce premier soir

1. *Ibid.*, p. 283-284.

d'arrivée ; le visage de ma grand-mère, non pas de celle que je m'étais étonné et reproché de si peu regretter et qui n'avait d'elle que le nom, mais de ma grand-mère véritable dont, pour la première fois depuis les Champs-Élysées où elle avait eu son attaque, je retrouvais dans un souvenir involontaire et complet la réalité vivante. Cette réalité n'existe pas pour nous tant qu'elle n'a pas été recréée par notre pensée (sans cela les hommes qui ont été mêlés à un combat gigantesque seraient tous de grands poètes épiques) ; et ainsi, dans un désir fou de me précipiter dans ses bras, ce n'était qu'à l'instant – plus d'une année après son enterrement, à cause de cet anachronisme qui empêche si souvent le calendrier des faits de coïncider avec celui des sentiments – que je venais d'apprendre qu'elle était morte. J'avais souvent parlé d'elle depuis ce moment-là et aussi pensé à elle, mais sous mes paroles et mes pensées de jeune homme ingrat, égoïste et cruel, il n'y avait jamais rien eu qui ressemblât à ma grand-mère parce que dans ma légèreté, mon amour du plaisir, mon accoutumance à la voir malade, je ne contenais en moi, qu'à l'état virtuel, le souvenir de ce qu'elle avait été. À n'importe quel moment que nous la considérions, notre âme totale n'a qu'une valeur presque fictive, malgré le nombreux bilan de ses richesses, car tantôt les unes, tantôt les autres sont indisponibles, qu'il s'agisse d'ailleurs de richesses effectives aussi bien que de celles de l'imagination, et pour moi par exemple tout autant que de l'ancien nom de Guermantes, de celles combien plus graves, du souvenir vrai de ma grand-mère. Car aux troubles de la mémoire sont liées les intermittences du cœur. C'est sans doute l'existence de notre corps, semblable pour nous à un vase où notre spiritualité serait enclose, qui nous induit à supposer que tous nos biens intérieurs, nos joies passées, toutes nos douleurs sont perpétuellement en notre possession. Peut-être est-il aussi inexact de croire qu'elles s'échappent ou reviennent. En tout cas si elles restent en nous c'est la plupart du temps dans un domaine inconnu où elles ne sont de nul service pour nous, et où même les plus usuelles sont refoulées par des souvenirs d'ordre différent et qui excluent toute simultanéité avec elles dans la conscience. Mais si le cadre de sensations où elles sont conservées est ressaisi, elles ont à leur tour ce même pouvoir d'expulser tout ce qui leur est incompatible, d'installer seul en nous, le moi qui les vécut. Or comme celui que je venais subitement de redevenir n'avait pas existé depuis ce soir lointain où ma grand-mère m'avait déshabillé à mon arrivée à Balbec, ce fut tout naturellement, non pas après la journée actuelle que ce moi ignorait, mais – comme s'il y avait dans le temps des séries différentes et parallèles – sans solution de continuité, tout de suite après le premier soir d'autrefois, que j'adhérai à la minute où ma grand-mère s'était penchée vers moi. Le moi que j'étais alors et qui avait disparu si longtemps, était de nouveau si près de moi qu'il me semblait encore entendre les paroles qui avaient immédiatement précédé et qui n'étaient pourtant plus qu'un songe, comme un homme mal éveillé croit percevoir tout près de lui les bruits de son rêve qui s'enfuit[1].

On peut rapprocher de ce passage celui que je vous ai lu tout à l'heure, où Swann, par la vertu de la petite phrase, se trouve remis brusquement en possession de son moi ancien, de son moi heureux, et le passage d'*Une matinée au Trocadéro*, ce fragment de *La Prisonnière* qu'a publié le numéro spécial de *La NRF*, ce passage où par la lecture du *Figaro* le moi jaloux vient brusquement remplacer, chez le narrateur, le moi paisible et confiant. Ce sont là des cas différents, mais symétriques, d'intermittences du cœur. Mais le cas type reste celui de la résurrection de la grand-mère dans le cœur de Proust, et d'autant plus qu'il est accompagné d'une véritable théorie psychologique.

Cette théorie s'exprime dans les phrases suivantes : « Bouleversement de toute ma personne. »

« À n'importe quel moment que nous la considérions, notre âme totale n'a qu'une valeur presque fictive. »

« Si [nos biens intérieurs, nos joies passées, toutes nos douleurs] restent en nous, c'est la plupart du temps dans un domaine inconnu où elles ne sont de nul service pour nous. » Et encore ceci :

« Ce fut tout naturellement, non pas après la journée actuelle que ce moi ignorait, mais – comme s'il y avait dans le temps des séries différentes et parallèles – sans solution de continuité, tout de suite après le premier soir d'autrefois, que j'adhérai à la minute où ma grand-mère s'était penchée vers moi. »

Il est difficile d'imaginer des termes plus forts pour exprimer l'idée que si les différents systèmes d'idées et d'affections qui sont en nous, si nos différents complexes sentimentaux peuvent se remplacer sous la lumière, sous le projecteur de la conscience, ils ne peuvent ni se pénétrer ni se modifier à distance les uns les autres. Toute contamination des uns par les autres apparaît à Proust comme impossible.

Et il en arrive à cette idée d'une hardiesse admirable que nous sommes composés « de séries différentes et parallèles », que la

1. *À la recherche du temps perdu*, *Sodome et Gomorrhe*, III, p. 152-154.

durée psychique se déroule sur plusieurs plans qui n'ont pas de contact, alors même qu'ils se coupent, que l'unité seule de notre corps peut nous donner l'impression que nous sommes un être unique, qu'en réalité il y a plusieurs moi qui vivent en symbiose, comme on dit en biologie, du fait qu'ils ne disposent à eux tous que d'une seule conscience, dont il leur faut, pour se connaître, emprunter tour à tour la lumière.

Autrement dit, Proust introduisit le dédoublement de la personnalité dans la vie normale.

Autrement dit encore, il dissocie l'individu, cette « fiction légale » comme dit si bien M. Paul Desjardins[1] dans son remarquable article du numéro spécial, et qui est un produit par contrecoup de la Société.

Il y a là une conception psychologique qui bien entendu, dans l'esprit de Proust, n'a jamais pris une forme absolument systématique, mais qui née de l'observation et commandée par elle, a tout de même atteint un certain degré d'abstraction et a revêtu des prétentions à la généralité d'une loi.

Je la trouve bouleversante. Car vous voyez bien, je pense, comme moi, toutes les conséquences qu'elle comporte ou, si vous voulez, tous les principes qu'elle implique. Proust s'appuie tacitement, et sans bien s'en rendre compte peut-être, sur une vision purement phénoméniste de l'âme. Tout principe agglomérant, toute substance à ses passions sont exclus par lui. C'est le résultat sans doute de la formidable attention qu'il est de sa vocation de prêter au détail psychologique.

Mais justement nous retrouvons ici une nouvelle fois cette antinomie que nous avions observée, sous l'inspiration de Freud, – et remarquez que nous y arrivons par un nouveau chemin – entre connaissance et unité, entre sincérité et cohérence.

Nous ne l'examinerons pourtant pas encore en face cette fois-ci, ni ne nous demanderons si elle est vraiment irréductible, car certaines réflexions nous manquent encore pour en décider.

Il nous faudra, au préalable, et c'est ce que nous ferons la prochaine fois, déterminer dans quel esprit Proust a abordé l'étude des sentiments et montrer qu'il est le premier écrivain

1. Paul Desjardins, « Dissolution de l'individu dans l'œuvre de Proust », dans le numéro hommage à Proust, *La NRF*, janvier 1923. Paul Desjardins (1859-1940), normalien et critique, il créa en 1910 les « Décades de Pontigny », des réunions annuelles d'intellectuels auxquelles Rivière assista quelquefois.

ou romancier à l'avoir fait d'une façon résolument positive. Pour le prouver nous analyserons sa conception de l'amour, qui porte des marques particulièrement frappantes de la mentalité si nouvelle qu'il apporte dans l'approfondissement des choses intérieures.

Marcel Proust et l'esprit positif : ses idées sur l'amour

Après l'avoir regretté, je me demande si je ne vais pas bénir le manque de temps qui m'a empêché la dernière fois de conclure et de porter avec vous un jugement sur cette conception si frappante que nous avons trouvée chez Proust, des Intermittences du cœur. Peut-être ce jugement, auquel j'allais m'efforcer pour en faire ma conclusion, eût-il été hâtif. Peut-être faut-il considérer comme une chance l'obligation où nous nous sommes trouvés de l'ajourner. Et peut-être vaut-il mieux que nous l'ajournions plus longtemps encore, jusqu'au moment où nous aurons examiné plus complètement et plus à fond les innovations psychologiques de Proust.

Je voudrais aujourd'hui remonter aux principes que nous avons posés l'autre jour en commençant pour en tirer de nouvelles conséquences. Ou plutôt, je voudrais reprendre l'étude de ce contraste si étonnant, dans l'esprit de Proust, de la passion de la vérité et du scepticisme, de l'instinct réaliste et du subjectivisme, et montrer en quelle force simple il finit par se résoudre.

Nous ne saurions assez insister, je crois, sur l'ancienneté, sur l'antériorité à tout autre, chez Proust, du besoin de savoir, du besoin de connaître la vérité. J'ai dit que *Combray*, la première partie de *Swann*, était l'endroit où ce besoin s'exprimait le plus nettement, le plus fortement. Mais sa trace se retrouve à travers toute l'œuvre. J'ouvre maintenant les *Jeunes filles en fleurs* et voici ce que je lis dès les premières pages :

> Mais – de même qu'au voyage à Balbec, au voyage à Venise que j'avais tant désirés – ce que je demandais à cette matinée, c'était tout autre chose qu'un plaisir : des vérités appartenant à un monde plus réel que celui où je vivais, et desquelles l'acquisition une fois faite ne pourrait pas m'être enlevée par des incidents insignifiants, fussent-ils douloureux à mon corps, de mon oiseuse existence. Tout au plus, le plaisir que j'aurais pendant le

spectacle, m'apparaissait-il comme la forme peut-être nécessaire de la perception de ces vérités[1].

Un peu plus loin :

> Fixant mon attention tout entière sur mes impressions si confuses, et ne songeant nullement à me faire admirer de M. de Norpois, mais à obtenir de lui la vérité souhaitée[2]…

Un peu plus loin, recevant une lettre de Gilberte qu'il n'avait jamais osé espérer, croyez-vous que son premier mouvement soit la joie ? Nullement, mais une anxieuse interrogation sur la réalité de ce qu'il perçoit.

> Un jour, à l'heure du courrier, ma mère posa sur mon lit une lettre. Je l'ouvris distraitement puisqu'elle ne pouvait pas porter la seule signature qui m'eût rendu heureux, celle de Gilberte avec qui je n'avais pas de relations en dehors des Champs-Élysées. Or, au bas du papier, […] ce fut justement la signature de Gilberte que je vis. Mais parce que je la savais impossible dans une lettre adressée à moi, cette vue, non accompagnée de croyance ne me causa pas de joie. Pendant un instant elle ne fit que frapper d'irréalité tout ce qui m'entourait. Avec une vitesse vertigineuse, cette signature sans vraisemblance jouait aux quatre coins avec mon lit, ma cheminée, mon mur. Je voyais tout vaciller comme quelqu'un qui tombe de cheval et je me demandais s'il n'y avait pas une existence toute différente de celle que je connaissais, en contradiction avec elle, mais qui serait la vraie, et qui m'étant montrée tout d'un coup me remplissait de cette hésitation que les sculpteurs dépeignant le Jugement dernier ont donnée aux morts réveillés qui se trouvent au seuil de l'autre Monde[3].

Je pourrais multiplier indéfiniment les citations de ce genre. Et ce serait peut-être indispensable pour vous faire éprouver la sorte de pression constante, infatigable, impossible à déjouer qu'exerce l'esprit de Proust sur toute donnée qui lui est soumise, sur le monde en général. Vous sentiriez à la longue comme physiquement l'exigence incroyable de cet esprit, son caractère despotique, inflexible

1. *À la recherche du temps perdu*, *À l'ombre des jeunes filles en fleurs*, I, p. 434.
2. *Ibid.*, p. 448.
3. *Ibid.*, p. 490-491.

et en même temps le tact respectueux qui le fait s'arrêter devant ce qu'il sent être vraiment irréductible, l'espèce de modestie qui le saisit devant le réel, devant le vrai.

L'esprit de Proust veut un objet, mais il le veut si fort, il lui faut l'embrasser d'une étreinte si serrée, qu'il s'aperçoit bien vite qu'aucun de ceux qui lui apparaissent hors de lui ne pourra la supporter. Il se tourne donc vers le dedans, vers ce royaume des sensations et des sentiments qui du moins peuvent être appréhendés directement et semblent ne pouvoir jamais tromper sur leur essence.

Toute l'originalité de Proust, et la source de toutes ses découvertes en psychologie, doivent être cherchées dans un formidable appétit scientifique que sa force même a fait dévier sur lui-même.

Et cela est essentiel à comprendre pour bien se représenter son attitude en face de lui-même, ou mieux encore la façon dont il se regarde lui-même, dont il se considère lui-même. C'est comme une chose. Son moi pensant et sentant, Proust le regarde, le considère exactement de la même façon que, quand il était petit, les clochers de Martinville. Il sait s'y rendre, en tant que contemplateur, aussi étranger qu'il se sentait étranger aux paysages et aux églises. Rien de ce qui surviendra en lui ne lui apparaîtra jamais autrement que comme un phénomène physique.

Ce n'est peut-être pas la première fois dans l'histoire des sciences ou de la philosophie qu'un homme adopte une attitude aussi détachée à l'égard des phénomènes dont il est le sujet. Mais c'est certainement la première fois dans l'histoire de la littérature. Et même je crois que c'est la première fois dans l'histoire de toutes les disciplines humaines qu'elle est adoptée, à l'égard des phénomènes de la conscience, avec une aussi complète et tranquille rigueur.

C'est pourquoi j'ai pu comparer Proust dans les quelques mots de douleur que sa mort m'a arrachés, à Képler, à Claude Bernard et à Auguste Comte[1]. Ce rapprochement a pu faire sourire, ou indigner. Tant pis ! Je n'y renonce pas.

1. Dans son article annonçant la mort de Proust dans *La NRF* de décembre 1922, Rivière avait écrit : « Les découvertes qu'il a faites dans l'esprit et dans le cœur humains seront considérées un jour comme aussi capitales et du même ordre que celles de Kepler en astronomie, de Claude Bernard en physiologie ou d'Auguste Comte dans l'interprétation des sciences. » Dans sa lettre écrite entre le 9 et le 13 décembre 1922, Gide critiqua ce rapprochement qu'il jugea emphatique. En réponse, le 14 décembre, Rivière lui dit : « Mon article [Marcel Proust et l'esprit positif] dans le numéro spécial donnera un commentaire à cette comparaison, qui

Je reste persuadé que nous sommes en face d'un esprit de même trempe que ces grands savants et qui est venu accomplir dans la psychologie des sentiments une révolution du même ordre et de la même ampleur que celles qu'ils ont accomplies en astronomie, en biologie ou en méthodologie.

Naturellement il ne faut pas forcer l'analogie au point d'attendre de Proust tout un système de lois fondées sur l'expérimentation et qui permettraient à la limite la prévision mathématique des phénomènes psychologiques. C'est surtout l'esprit dans lequel Proust attaque ces phénomènes qui l'apparente aux grands noms que je viens de citer.

Je ne sais comment le définir cet esprit, tant il est d'essence particulière, tant on le trouve rarement même dans la vie commune, même chez les gens qui n'écrivent pas.

Il y a ce qu'on appelle la sincérité. Mais c'est une attitude morale. Et qui tout de suite, en tant qu'attitude morale, comporte, au point de vue de la recherche de la vérité, mille et un inconvénients. L'homme sincère tout de suite mêle de la religion à l'examen qu'il entreprend de lui-même ; tout de suite il s'accuse, ce qui revient à dire qu'il se voit sous le jour de la perfectibilité ; tout naturellement il prolonge ses sentiments ; s'ils sont bas il leur trace une sorte d'avenir où ils se purifieront ; il entrevoit une sorte de rachat, ou de réfection de lui-même qui font contrepoids à sa vilenie ou à son abjection actuelles.

En d'autres termes il peuple instinctivement de forces cachées le règne qu'il étudie ; il croit que la conscience est traversée, est dirigée par des courants moraux ; les voies où l'engage son caractère, il croit y être poussé par d'invisibles puissances, extérieures sinon à lui-même, du moins à sa nature, émanant de sa volonté.

Autrement dit, je ne sais si vous avez en mémoire en ce moment la théorie d'Auguste Comte sur les trois états successifs de l'esprit humain[1], – autrement dit l'homme sincère est animé, dans l'étude de lui-même, par l'esprit métaphysique.

---

en fera apparaître, j'espère la justesse » (*Correspondance Gide-Rivière*, *op. cit.*, p. 710). Cette conférence éclaire aussi ses propos.

1. Auguste Comte (1798-1857), philosophe et sociologue, est le fondateur du positivisme. Pour Comte, nos connaissances, l'évolution de l'humanité en général, passent par trois états successifs : théologique, métaphysique et positiviste. L'avènement des sciences au XIXe siècle rend caducs les deux précédents états. Selon Comte, cet état s'applique aussi à chaque individu tout au long de sa vie, la maturité correspondant à l'état positiviste après l'enfance et l'adolescence.

Proust, le premier, commet cette formidable impiété, qui me révolte, qui me ravit, de s'aborder lui-même dans un esprit positif. Au cas où vous ne vous la rappelleriez pas, je vais vous relire l'immortelle définition qu'a donnée Auguste Comte de l'esprit positif :

> De tels exercices préparatoires ayant spontanément constaté l'inanité radicale des explications vagues et arbitraires propres à la philosophie initiale, soit théologique, soit métaphysique, l'esprit humain renonce désormais aux recherches absolues qui ne convenaient qu'à son enfance, et circonscrit ses efforts dans le domaine, dès lors rapidement progressif, de la véritable observation, seule base possible des connaissances vraiment accessibles, sagement adaptées à nos besoins réels. La logique spéculative avait jusqu'alors consisté à raisonner, d'une manière plus ou moins subtile, d'après des principes confus, qui, ne comportant aucune preuve suffisante, suscitaient toujours des débats sans issue. Elle reconnaît désormais, comme *règle fondamentale*, que toute proposition qui n'est pas strictement réductible à la simple énonciation d'un fait, ou particulier ou général, ne peut offrir aucun sens réel et intelligible. Les principes qu'elle emploie ne sont plus eux-mêmes que de véritables faits, seulement plus généraux et plus abstraits que ceux dont ils doivent former le lien. Quel que soit d'ailleurs le mode, rationnel ou expérimental, de procéder à leur découverte, c'est toujours de leur conformité, directe ou indirecte, avec les phénomènes observés que résulte exclusivement leur efficacité scientifique[1].

« Elle reconnaît désormais comme règle fondamentale, que toute proposition qui n'est pas strictement réductible à la simple énonciation d'un fait, ou particulier ou général, ne peut offrir aucun sens réel et intelligible. »

Phrase formidable, la plus formidable peut-être qu'un cerveau humain ait jamais osé produire, et qui le devient davantage encore, quand on en suppose la règle appliquée à ce domaine si proche de nous-mêmes que nous avions instinctivement espéré jusqu'ici pouvoir le dérober à son emprise !

Il ne faut pas que le charme de l'œuvre de Proust, ni la poésie dont elle regorge nous fassent illusion. Ce qui est au fond, ce qui la fait naître et ce qui l'alimente prodigieusement jusqu'au bout (car l'abondance est toujours la récompense d'un pareil dessein)

---

1. *Discours sur l'esprit positif*, Société positiviste internationale, 1908, p. 18-19.

c'est le pur et simple dessein d'énoncer des faits, ou particuliers ou généraux, c'est le pur et simple dessein de *décrire*, en brisant la ligne, là où elle cesse dans l'objet, en réservant la place de tout ce qui ne se laisse pas voir, en subordonnant strictement l'explication à l'observation.

Avant de rechercher comment ce dessein se poursuit à travers toute l'œuvre de Proust, sans fatigue, sans émoi, sans espoir, je voudrais analyser avec vous rapidement de quels traits de son caractère il peut bien provenir.

Ici, je dois me munir de la même intrépidité dont il n'a cessé de faire preuve. J'aimais Proust tendrement ; je crois qu'il avait de l'affection pour moi ; mais ni chez lui ni chez moi l'amitié n'entraîna jamais l'illusion, ni ne nous fit jamais un devoir de nous imaginer l'un l'autre autrement que nous n'étions. Je ne vois donc aucune raison de ne pas dire comment il était.

Proust avait horreur d'une certaine sincérité. Il détestait le mot : authentique. « À *La NRF*, me disait-il souvent, vous n'avez que ce mot à la bouche ; il est affreux ; il ne veut rien dire. » Il détestait cette sincérité qui aboutit à se rendre ce témoignage que vos actes sont en accord avec vos pensées, que vous formez un tout, un bloc, que vous êtes un homme, que « vous vous posez un peu là ».

Il savait qu'il n'en est jamais ainsi. Lui-même n'était pas sincère dans ce sens-là, et il le savait bien. « Quelle chose plus usuelle que [le mensonge], – écrit-il dans la partie de son œuvre qui est encore inédite, – qu'il s'agisse de masquer par exemple les faiblesses quotidiennes d'une santé qu'on veut faire croire forte, de dissimuler un vice, ou d'aller sans froisser autrui à la chose que l'on préfère. Il est l'instrument de conservation le plus nécessaire et le plus employé[1]. »

> Sans doute, comme il le disait à Odette, il aimait la sincérité, mais il l'aimait comme une proxénète pouvant le tenir au courant de la vie de sa maîtresse. Aussi son amour de la sincérité n'étant pas désintéressé, ne l'avait pas rendu meilleur. La vérité qu'il chérissait c'était celle que lui dirait Odette ; mais lui-même, pour obtenir cette vérité, ne craignait pas de recourir au mensonge, le mensonge qu'il ne cessait de peindre à Odette comme conduisant à la dégradation toute créature humaine[2].

1. *À la recherche du temps perdu*, *La Prisonnière*, III, p. 676.
2. *À la recherche du temps perdu*, *Du côté de chez Swann*, I, p. 353-354.

Proust ne cherchait jamais à arriver à ses fins, à obtenir ce qu'il désirait que par une politique extrêmement compliquée, que par tout un système d'invitations, de rétractations et de ruses qu'il jetait sur le réel comme un filet pour le ramener à lui.

M. Paul Desjardins, dans l'article auquel je faisais allusion la dernière fois[1] et qui a paru dans le numéro spécial de *La NRF*, a bien vu cet aspect de son caractère, ou plus exactement les conditions psychologiques qui ont rendu possible, qui seules pouvaient rendre possible son extraordinaire pénétration.

J'aime le portrait qu'il trace, en quelques touches, de Proust enfant, et que voici :

> L'enfant que Marcel Proust était en 1888 (et qui a subsisté, je crois, peu changé jusqu'à sa fin), ce jeune prince persan aux grands yeux de gazelle, aux paupières alanguies ; respectueux, onduleux, caressant, inquiet ; quêteur de délices, pour qui rien n'était fade ; irrité des entraves que la nature met aux tentatives de l'homme, – surtout de l'homme qu'il était, si frêle ; – s'efforçant à convertir en quelque chose d'actif le passif qui semblait son lot ; tendu vers le *plus*, le *trop*, jusque dans sa bonté charmante : cet enfant romantique, je le dessinerais volontiers, de mémoire[2].

Et plus loin :

> Proust lui-même, débile et retiré, ne trouve en soi rien de l'athlète. C'est en vain qu'il s'entraîne à rêver le courage militaire, en ruminant la guerre des Boers. Sa muse étant la Sympathie, d'où viendrait à ces fictions la pugnacité ? Il y a bien la formidable algarade de M. de Charlus ; mais c'est un monologue ; l'interlocuteur (qui est l'auteur) s'est évanoui dans une brume. Le « Je » de Proust ne s'oppose jamais. Il n'a donc, à proprement dire, point d'*individualité* ; il n'en saurait créer.
>
> Cependant ce qui le rend incapable, par essence, de représenter des personnes solides comme des choses, ce n'est pas quelque impuissance, c'est une puissance. Il a celle de descendre dans l'âme humaine assez avant pour ne s'arrêter pas à ce que feignent les dramaturges : qu'une personne vivante serait un petit système autonome[3].

1. Paul Desjardins, « Dissolution de l'individu dans l'œuvre de Proust », art. cit.
2. *Ibid.*
3. *Ibid.*

Oui, en renversant les termes de cette remarque, il faut dire que la condition, chez Proust, de la façon si nouvelle, si prodigieusement féconde dont il a pu aborder la conscience et y descendre, était une certaine faiblesse, un certain renoncement non pas à vaincre, mais à prétendre, à affronter.

Il n'y a pas d'autres moyens de voir clair que de ne pas vouloir. Il n'y a pas d'autre instrument de vérité que cette sinuosité dont Proust était animé. Il n'y a rien d'autre qui permette de passer derrière les apparences du sentir.

Qui veut, qui se rassemble, qui s'oppose, qui s'affirme, il ne voit plus rien.

Autrement dit, la sincérité, pour devenir efficiente et génératrice de vérité au point où elle l'était chez Proust, il ne faut plus que ce soit une vertu, à laquelle on s'efforce, il faut que ce soit un vice, auquel on s'abandonne.

J'ai presque regret maintenant d'avoir insisté sur le côté héroïque de l'esprit positif, et d'avoir comme implicitement supposé une sorte de sursaut par lequel Proust se serait porté à la hauteur de sa tâche d'explorer scientifiquement la conscience humaine. Nous sommes toujours tentés d'introduire un élément dramatique dans notre vie ou dans celle des gens que nous aimons. Très souvent ce n'est là qu'une façon de nous, ou de les, magnifier… Très souvent il n'y a rien de tel.

En tout cas, chez Proust, il n'y a rien d'athlétique, pour reprendre le mot de M. Desjardins, ni de militaire ; il ne reçoit de lui-même aucune consigne. Même si pendant sa dernière nuit, il a tâché de corriger encore certains traits de la Mort de Bergotte, soyez sûr que ce n'est pas sous l'empire d'un devoir positif, d'une obligation active dictée par sa conscience ; c'est seulement la force de son esprit qui tendait encore spontanément à se manifester.

Et sans doute je ne peux pas ignorer une phrase poignante qui se trouve dans ce fragment de *La Prisonnière* que vient de publier *La NRF* : « Le chagrin pénètre en nous et nous force par la curiosité douloureuse à pénétrer. D'où des vérités que nous ne nous sentons pas le droit de cacher, si bien qu'un athée moribond qui les a découvertes, assuré du néant, insoucieux de la gloire, use pourtant ses dernières heures à tâcher de les faire connaître[1]. » Mais vous

1. Dans le numéro hommage à Proust, *op. cit. À la recherche du temps perdu*, *La Prisonnière*, III, p. 652.

remarquez déjà vous-même la modestie de l'expression : « des vérités que nous ne nous sentons pas le droit de cacher ». Il ne les a pas voulues, si j'ose dire, ces vérités. C'est son esprit tout seul qui a été jusqu'à elles. Et maintenant, simplement, c'est le seul hommage qu'il consente à la morale – « il ne se sent pas le droit de les cacher ».

Si nous voulons nous représenter proprement et sous son vrai jour l'esprit dont Proust est animé et qui lui permet d'introduire dans les phénomènes intérieurs une véritable positivité, il faut nous le représenter sous les espèces d'un « immense soupçon ». Cela sortait de lui, allait devant lui, se répandait hors de lui sans cesse, inlassablement, comme un acide qui rongeait toutes choses au hasard, ne laissant s'attacher la croyance qu'à celles qui avaient longuement résisté.

Ou mieux, Proust est habité par ce qu'il appelle lui-même « le sens des possibles ». Au point de vue pratique, c'est une maladie, mais au point de vue de la connaissance, c'est une arme extraordinaire. « Il n'avait jamais eu aucun soupçon des actions inconnues des êtres, de celles qui sont sans lien visible avec leurs propos », dit-il de Swann. Et c'est justement une des grandes et d'ailleurs des rares différences entre l'esprit de Swann et le sien, que cette paresse à supposer qu'il attribue au premier.

Proust lui n'est jamais las de supposer. La force de son interrogation et son besoin de certitude, après l'avoir détourné des objets extérieurs qu'il sentait ne pouvoir saisir dans leur fond, le contraignent à dépasser le donné psychologique, à ne prendre les faits de conscience à leur tour que comme des apparences. Aucune apparence psychologique ne l'arrête, ne fût-ce qu'un instant, à elle-même, ne se présente à lui comme opaque et suffisante. À aucun instant il ne songe à s'arrêter à ce qu'on lui dit, à ce qu'il dit lui-même, comme à l'expression de la vérité, mais tout de suite il aperçoit, – et spécifiées, distinctes, se présentant en balance au choix de son intuition, – tout ce qu'on peut avoir pensé, tout ce qu'il peut avoir pensé lui-même, sous ces mots, d'autre que ce qu'ils veulent dire. Et pour le pénétrer il se sert de tout ce qui peut les avoir accompagnés, ces mots, comme signes involontaires. Je vais vous lire un passage capital où se décèlent merveilleusement l'opération habituelle à Proust et cette espèce de tranquille et cruelle inférence à laquelle il se livrait instinctivement et dans tous les cas : C'est dans la partie encore inédite de l'ouvrage, à la page 150 de la dactylographie de *La Prisonnière* :

N'importe, j'étais bien heureux, l'après-midi finissant, que ne tardât pas l'heure où j'allais pouvoir demander à la présence d'Albertine l'apaisement dont j'avais besoin. Malheureusement, la soirée qui vint fut une de celles où cet apaisement ne m'était pas apporté, où le baiser qu'Albertine me donnerait en me quittant, bien différent du baiser habituel, ne me calmerait pas plus qu'autrefois celui de ma mère les jours où elle était fâchée et où je n'osais pas la rappeler, mais où je sentais que je ne pourrais pas m'endormir. Ces soirées-là c'étaient maintenant celles où Albertine avait formé pour le lendemain quelque projet qu'elle ne voulait pas que je connusse. Si elle me l'avait confié, j'aurais mis à assurer sa réalisation une ardeur que personne autant qu'Albertine n'eût pu m'inspirer. Mais elle ne me disait rien et n'avait d'ailleurs besoin de ne rien dire ; dès qu'elle était rentrée, sur la porte même de ma chambre, comme elle avait encore son chapeau ou sa toque sur la tête, j'avais déjà vu le désir inconnu, rétif, acharné, indomptable. Or c'était souvent les soirs où j'avais attendu son retour avec les plus tendres pensées, où je comptais lui sauter au cou avec le plus de tendresse. Hélas, ces mésententes comme j'en avais eu souvent avec mes parents que je trouvais froids ou irrités au moment où j'accourais près d'eux débordant de tendresse, elles ne sont rien auprès de celles qui se produisent entre deux amants. La souffrance ici est bien moins superficielle, est bien plus difficile à supporter, elle a pour siège une couche plus profonde du cœur. Ce soir-là, le projet qu'Albertine avait formé, elle fut pourtant obligée de m'en dire un mot ; je compris tout de suite qu'elle voulait aller le lendemain faire à Mme Verdurin une visite qui, en elle-même, ne m'eût en rien contrarié. Mais certainement, c'était pour y faire quelque rencontre, pour y préparer quelque plaisir. Sans cela elle n'eût pas tellement tenu à cette visite. Je veux dire, elle ne m'eût pas répété qu'elle n'y tenait pas. J'avais suivi dans mon existence une marche inverse de celle des peuples qui ne se servent de l'écriture phonétique qu'après n'avoir considéré les caractères comme une suite de symboles ; moi qui pendant tant d'années n'avais cherché la vie et la pensée réelle des gens que dans l'énoncé direct qu'ils m'en fournissaient volontairement, par leur faute j'en étais arrivé à ne plus attacher au contraire d'importance qu'aux témoignages qui ne sont pas une expression rationnelle et analytique de la vérité ; les paroles elles-mêmes ne me renseignaient qu'à la condition d'être interprétées à la façon d'un afflux de sang à la figure d'une personne qui se trouble, à la façon encore d'un silence subit. Tel adverbe (par exemple employé par M. de Cambremer quand il croyait que j'étais « écrivain » et que ne m'ayant pas encore parlé, racontant une visite qu'il avait faite aux Verdurin, il s'était tourné vers moi en disant : Il y avait *justement* de Borelli) jailli dans une conflagration par le rapprochement involontaire, parfois périlleux, de deux idées que l'interlocuteur n'exprimait pas, et duquel par telles méthodes d'analyse ou d'électrolyse appropriées, je pouvais les extraire, m'en disait plus qu'un discours. Albertine laissait parfois traîner dans ses propos tel ou tel de ces précieux amalgames que je me hâtais de « traiter » pour les transformer en idées claires.

Je pense que vous êtes frappés comme moi de la nouvelle subite ressemblance que ces passages font éclater entre Proust et Freud. Cet effort, non, ce besoin de démasquer à tout prix le sentiment en n'en accueillant que les expressions involontaires, et principalement les expressions physiques, c'est quelque chose d'exactement correspondant à la méthode analytique, qui bien plus qu'aux déclarations délibérées du sujet, entend se fier à ses lapsus, à ses oublis, au ton de sa voix, à l'émotion dont ces déclarations sont accompagnées.

Il y a chez Proust – malgré sa conception différente des rapports entre l'inconscient et le conscient – une croyance implicite à la censure, et sous la forme généralisée où nous l'avons décrite dans notre première causerie. On peut même dire que cette idée d'une activité mensongère continuellement à l'œuvre en nous, et qu'il faut avant tout dépister, déjouer si l'on veut savoir la vérité sur la conscience, est celle qui l'a le plus constamment, le plus cruellement hanté.

Vous verrez, quand aura paru *La Prisonnière*, jusqu'à quel degré elle a pu le poursuivre ; vous verrez qu'elle s'approchait par moments, en lui, de la folie, qu'elle fut même certainement, pour lui, un facteur d'isolement et de mort.

Mais comme principe d'étude, comme guide dans l'analyse, on la retrouve partout dans son œuvre ; et c'est elle qui en conditionne la profondeur, qui donne à toutes ses constatations cette qualité stricte, modeste et définitive, qui fait leur inimitable, leur inégalable vérité.

Je pourrais vous citer cent exemples de cette lecture indirecte de pensée, que Proust pratique vis-à-vis des êtres. J'en choisirai un seul, qui est très frappant, bien que le héros en soit ce Swann dont la pensée nous est peinte comme si paresseuse.

Quand il voulut dire adieu à Odette pour rentrer, elle lui demanda de rester encore et le retint même vivement, en lui prenant le bras, au moment où il allait ouvrir la porte pour sortir. Mais il n'y prit pas garde, car, dans la multitude des gestes, des propos, des petits incidents qui remplissent une conversation, il est inévitable que nous passions sans y rien remarquer qui éveille notre attention près de ceux qui cachent une vérité que nos soupçons cherchent au hasard, et que nous nous arrêtions au contraire à ceux sous lesquels il n'y a rien. Elle lui redisait tout le temps : « Quel malheur que toi, qui ne viens jamais l'après-midi, pour une fois que cela t'arrive, je ne t'aie pas vu. » Il savait bien qu'elle n'était pas assez amoureuse de lui pour avoir un regret si vif d'avoir manqué sa visite, mais comme elle était bonne, désireuse de lui faire plaisir, et souvent triste quand elle l'avait contrarié, il trouva tout naturel qu'elle le fût cette fois de l'avoir privé de ce plaisir de passer une heure ensemble qui était très grand, non pour elle, mais pour lui. C'était pourtant une chose assez peu importante pour que l'air douloureux qu'elle continuait d'avoir finît par l'étonner. Elle rappelait ainsi plus encore qu'il ne le trouvait d'habitude, les figures de femmes du peintre de la Primavera. Elle avait en ce moment leur visage abattu et navré qui semble succomber sous le poids d'une douleur trop lourde pour elles, simplement quand elles laissent l'enfant Jésus jouer avec une grenade ou regardent Moïse verser de l'eau dans une auge. Il lui avait déjà vu une fois une telle tristesse, mais ne savait plus quand. Et tout d'un coup, il se rappela : c'était quand Odette avait menti en parlant à Mme Verdurin le lendemain de ce dîner où elle n'était pas venue sous prétexte qu'elle était malade et en réalité pour rester avec Swann. Certes, eût-elle été la plus scrupuleuse des femmes qu'elle n'aurait pu avoir de remords d'un mensonge aussi innocent. Mais ceux que faisait couramment Odette l'étaient moins et servaient à empêcher des découvertes qui auraient pu lui créer avec les uns ou avec les autres, de terribles difficultés. Aussi quand elle mentait, prise de peur, se sentant peu armée pour se défendre, incertaine du succès, elle avait envie de pleurer, par fatigue, comme certains enfants qui n'ont pas dormi. Puis elle savait que son mensonge lésait d'ordinaire gravement l'homme à qui elle le faisait, et à la merci duquel elle allait peut-être tomber si elle mentait mal. Alors elle se sentait à la fois humble et coupable devant lui. Et quand elle avait à faire un mensonge insignifiant et mondain, par association de sensations et de souvenirs, elle éprouvait le malaise d'un surmenage et le regret d'une méchanceté.

Quel mensonge déprimant était-elle en train de faire à Swann pour qu'elle eût ce regard douloureux, cette voix plaintive qui semblaient fléchir sous l'effort qu'elle s'imposait, et demander grâce ? Il eut l'idée que ce n'était pas seulement la vérité sur l'incident de l'après-midi qu'elle s'efforçait de lui cacher, mais quelque chose de plus actuel, peut-être de non encore survenu et de tout prochain, et qui pourrait l'éclairer sur cette vérité. À ce moment il entendit un coup de sonnette. Odette ne cessa plus de parler, mais ses paroles n'étaient qu'un gémissement : son regret de ne pas avoir vu Swann dans l'après-midi, de ne pas lui avoir ouvert, était devenu un véritable désespoir.

On entendit la porte d'entrée se refermer et le bruit d'une voiture, comme si repartait une personne – celle probablement que Swann ne devait pas rencontrer – à qui on avait dit qu'Odette était sortie. Alors en songeant que rien qu'en venant à une heure où il n'en avait pas l'habitude, il s'était trouvé déranger tant de choses qu'elle ne voulait pas qu'il sût, il éprouva un sentiment de découragement, presque de détresse. Mais comme il aimait Odette, comme il avait l'habitude de tourner vers elle toutes ses pensées, la pitié qu'il eût pu s'inspirer à lui-même ce fut pour elle qu'il la ressentit, et il murmura : « Pauvre Chérie[1] ! »

On sent bien ici le travail instinctif d'induction auquel l'esprit de Proust, qui anime Swann à cet instant, se livre. Rapprochement par association d'impressions reçues à des moments divers du temps, analyse de leurs éléments communs, bond subit de la pensée qui franchit l'obstacle dressé par la censure du sujet et trouve ce qu'il y a derrière, ce qui se cache dans sa pensée, ce qui produit tous ces symptômes si mal en place, si peu congruents avec la situation affichée et reconnue.

Plus loin Swann procède de la même façon, suivant la même méthode, que Proust compare lui-même à la méthode historique et à la critique des textes, pour découvrir – bien tardivement, il est vrai – les goûts pervers d'Odette.

Mais à ce moment, par une de ces inspirations de jaloux, analogue à celle qui apporte au poète ou au savant, qui n'a encore qu'une rime ou qu'une observation, l'idée ou la loi qui leur donnera toute leur puissance, Swann se rappela pour la première fois une phrase qu'Odette lui avait dite il y avait déjà deux ans : « Oh ! Mme Verdurin, en ce moment, il n'y en a que pour moi, je suis un amour, elle m'embrasse, elle veut que je fasse des courses avec elle, elle veut que je la tutoie. » Loin de voir alors dans cette phrase un

1. *À la recherche du temps perdu*, *Du côté de chez Swann*, I, p. 275-277.

rapport quelconque avec les absurdes propos destinés à simuler le vice que lui avait racontés Odette, il l'avait accueillie comme la preuve d'une chaleureuse amitié. Maintenant voilà que le souvenir de cette tendresse de Mme Verdurin était venu brusquement rejoindre le souvenir de cette conversation de mauvais goût. Il ne pouvait plus les séparer dans son esprit, et les vit mêlées aussi dans la réalité, la tendresse donnant quelque chose de sérieux et d'important à ces plaisanteries qui en retour lui faisaient perdre de son innocence[1].

Et quand il s'est décidé à formuler son soupçon :

Elle secoua la tête en fronçant la bouche, signe fréquemment employé par les gens pour répondre qu'ils n'iront pas, que cela les ennuie à quelqu'un qui leur a demandé : « Viendrez-vous voir passer la cavalcade, assisterez-vous à la Revue ? » Mais ce hochement de tête affecté ainsi d'habitude à un événement à venir, mêle à cause de cela de quelque incertitude la dénégation d'un événement passé ! De plus il n'évoque que des raisons de convenance personnelle plutôt que la réprobation, qu'une impossibilité morale. En voyant Odette lui faire ainsi le signe que c'était faux, Swann comprit que c'était peut-être vrai[2].

Vous m'objecterez que cet esprit d'inquisition n'est engendré chez Swann que par la jalousie et qu'il disparaît avec elle. Oui, mais chez Proust, il ne disparaît jamais, et malgré le renforcement qu'il peut recevoir de ses affections, il reste essentiellement un besoin de l'intelligence, la forme même de son intelligence. Ne prend-il pas lui-même le soin, dans un des passages que je viens de vous lire, de marquer la parenté de la jalousie avec le génie poétique ou scientifique : « À ce moment par une de ces inspirations de jaloux, analogue à celle qui apporte au poète ou au savant, qui n'a encore qu'une rime ou qu'une observation, l'idée ou la loi qui leur donnera toute leur puissance[3]. »

Et plus tôt déjà, quand Swann se croit sur le point de surprendre Odette et Forcheville ensemble : « Et peut-être, observe Proust, ce qu'il ressentait en ce moment de presque agréable, c'était autre chose aussi que l'apaisement d'un doute et d'une douleur : un plaisir de l'intelligence. »

1. *Ibid.*, p. 355.
2. *Ibid.*, p. 356.
3. *Ibid.*, p. 355.

D'autre part, la pénétration de Proust n'est si forte, si irrésistible, que parce qu'elle est constamment sous-tendue et conditionnée, comme nous l'avons observé déjà l'autre jour, par des affections. Vous vous rappelez la phrase que je citais tout à l'heure : « Le chagrin pénètre en nous et nous force par la curiosité douloureuse à pénétrer[1]. » Il faut y joindre celle-ci qui la précède immédiatement : « Ces contes mensongers… nous font souffrir dans une personne que nous aimons, et à cause de cela nous permettent d'entrer un peu plus avant dans la connaissance de la nature humaine au lieu de nous contenter de nous jouer à sa surface. »

Et encore ceci :

« On n'arrive pas à être heureux mais on fait des remarques sur les raisons qui empêchent de l'être et qui nous fussent restées invisibles sans ces brusques percées de la déception[2]. »

Oui, il y a, chez Proust, – pour nous résumer sur ce point – un immense mouvement de la pensée, entraîné et secondé, tandis que d'habitude il est troublé, par le désir, par la tristesse, par la douleur, – un immense mouvement de la pensée vers les faits tout purs. Et ce qui fait le prix incomparable de son œuvre, c'est justement que ce mouvement n'est jamais arrêté, ni modifié par aucune considération accessoire, ni par le souci de faire plus beau, ni par celui de faire plus consolant, ni même – car c'est un souci auquel cèdent souvent ceux qui justement se gendarment contre la censure et s'appliquent à lui jouer des tours – ni même par le souci de faire plus atroce.

Si bien qu'on peut appliquer à son travail sur la réalité psychologique ce qu'il dit de Vinteuil, saisissant et modelant cette réalité plus mystérieuse encore qu'est une idée musicale :

> Swann sentait que le compositeur s'était contenté, avec ses instruments de musique, de la dévoiler, de la rendre visible, d'en suivre et d'en respecter le dessin d'une main si tendre, si prudente, si délicate et si sûre que le son s'altérait à tout moment, s'estompant pour indiquer une ombre, revivifié quand il fallait suivre à la piste un plus hardi contour. Et une preuve que Swann ne se trompait pas quand il croyait à l'existence réelle de cette phrase, c'est que tout amateur un peu fin se fût tout de suite aperçu de l'imposture, si Vinteuil ayant eu moins de puissance pour en voir et en rendre les

---

1. Dans le numéro hommage à Proust, *op. cit.*, p. 308. *À la recherche du temps perdu*, *La Prisonnière*, III, p. 652.
2. *À la recherche du temps perdu*, *La Prisonnière*, III, p. 688.

formes, avait cherché à dissimuler, en ajoutant çà et là des traits de son cru, les lacunes de sa vision ou les défaillances de sa main[1].

*

Mais il est temps d'en venir à l'examen des vérités que cette inspiration positive, que cette méfiance, que ce respect infini du réel ont permis à Proust de dégager et d'énoncer. Il est temps d'examiner les découvertes qu'il a faites dans l'ordre du sentiment, d'examiner les traits essentiels de cette psychologie positive dont nous le considérons comme le fondateur.

Ici il faut que je vous fasse remarquer une faute de plan que je pressentais au début de ces causeries et qui a été la raison plus ou moins consciente des précautions oratoires que j'ai cru devoir prendre.

Il eût été plus naturel de commencer notre étude de Proust par la définition, que nous venons seulement de donner, de l'esprit qu'il a apporté dans ses recherches, qui lui a permis ses découvertes. Et c'est maintenant seulement que devraient venir les réflexions, que nous avons faites la dernière fois, sur l'inconscient. La découverte, la dénonciation de l'inconscient, et sa mise en lumière et en évidence, sont le premier résultat de l'application à la vie psychique de cet esprit soupçonneux et profond que nous avons reconnu à Proust. Il n'est pas sans utilité de replacer mentalement ici cette partie de notre exposé, car il faut bien comprendre – et c'est le seul moyen – que l'inconscient n'est pas pour Proust une supposition commode, une hypothèse paresseuse, mais au contraire un fait que dégage son esprit dans son mouvement vers le réel, et le produit immédiat de ce doute qu'il élève sur les aspects spontanés de la conscience.

J'ai été égaré, malgré les précautions que j'avais prises à l'encontre, par le souci de reproduire le plan que j'avais suivi dans l'étude de Freud. Excusez-moi, je vous prie, et veuillez rétablir l'ordre normal des idées que nous analysons.

La découverte et la description de l'inconscient sont un premier résultat de la méthode qu'applique Proust à la réalité psychologique. Mais c'est un résultat en quelque sorte général. Proust dénonce de l'inconscient derrière toutes sortes de sensations et de

1. *À la recherche du temps perdu*, *Du côté de chez Swann*, I, p. 345.

sentiments très divers. Il y a dans son œuvre des analyses de rêves, d'impressions de nature, d'émotions d'art et enfin de sentiments proprement dits, parmi lesquels l'amour occupe tout naturellement la place à laquelle il a droit, et qui est la première.

Je voudrais spécifier maintenant notre étude et me borner à mettre en lumière la conception que Proust se fait et cherche à nous imposer, de l'amour. Ce sujet a été abordé et excellemment esquissé dans le numéro spécial de *La NRF* par plusieurs auteurs, en particulier par Edmond Jaloux et par Mme Emma Cabire[1], qui a donné une sorte de résumé fort clair et fort exact, que le manque de place m'a forcé malheureusement à abréger un peu, des idées de Proust sur ce point. Je vous y renvoie.

Comme préface à cette étude, il faut nous rappeler un autre aspect de la définition que donne Auguste Comte de l'esprit positif :

> Non seulement nos recherches positives doivent essentiellement se réduire, en tous genres, à l'appréciation systématique de ce qui est, en renonçant à en découvrir la première origine et la destination finale ; mais il importe, en outre, de sentir que cette étude des phénomènes, au lieu de pouvoir devenir aucunement absolue, doit toujours rester *relative* à notre organisation et à notre situation[2].

Évidemment Comte veut dire ici que toute connaissance entreprise dans un esprit positif, doit être considérée comme relative à l'organisation intellectuelle dont nous disposons, et que par exemple nous ne pouvons pas affirmer que les phénomènes que nous percevons sont tous les phénomènes perceptibles, ni même que l'ordre où nous les rangeons est autre chose qu'une convenance de notre esprit.

Mais on peut déduire aussi de ce texte que l'application de l'esprit positif aux phénomènes de conscience aboutira forcément à constater leur relativité à cette conscience, si j'ose dire ; nous montrera les émotions, les idées, les volontés d'un individu donné comme relatives à son organisation, comme n'ayant aucun objet hors de lui, comme purement subjectives. (Je m'excuse d'employer

---

1. Edmond Jaloux, « Sur la psychologie de Marcel Proust », art. cit. Emma Cabire, « La Conception subjectiviste de l'amour chez Marcel Proust », hommage à Proust, *op. cit.* Emma Cabire (1886-1967), traductrice de l'allemand et critique à *La NRF*.

2. Auguste Comte, *Discours sur l'esprit positif*, *op. cit.*, p. 20.

encore ici ce qu'on appelle le jargon philosophique ; mais c'est indispensable, et en somme on n'a pas encore trouvé mieux pour s'expliquer clairement.)

Eh ! bien, la formidable originalité de Proust dans son analyse de l'amour est, comme l'a remarqué très justement, le premier, Edmond Jaloux, d'avoir conçu ce sentiment comme purement subjectif : « Faire entrer le relatif dans la conception de l'amour, observe Jaloux, et l'affranchir de ce mythe de l'absolu dont elle dépendait jusqu'ici aura été un des résultats essentiels obtenus par Proust[1]. »

Et il montre excellemment comment Proust s'y est pris pour souligner la véritable intériorité de tout ce que l'amour veut nous faire prendre pour des réalités hors de nous. Son analyse et les citations sur lesquelles il l'appuie sont trop justes pour que je puisse faire autre chose que vous y renvoyer.

Je me contenterai de compléter ici ses indications par quelques textes et quelques remarques.

Repensons à l'amour de Swann. Comme un thème constant, et comme un abîme que côtoie sa pensée sans oser jamais le regarder en face, l'idée que tout ce qu'il éprouve de si puissant, de si vraiment dionysiaque n'a peut-être aucune espèce d'objet hors de lui hante d'un bout à l'autre le cerveau de Swann.

Je cite :

> Certes il se doutait bien par moments qu'en elles-mêmes les actions quotidiennes d'Odette n'étaient pas passionnément intéressantes, et que les relations qu'elle pouvait avoir avec d'autres hommes n'exhalaient pas naturellement d'une façon universelle et pour tout être pensant, une tristesse morbide, capable de donner la fièvre du suicide. Il se rendait compte alors que cet intérêt, cette tristesse n'existaient qu'en lui comme une maladie, et que quand celle-ci serait guérie, les actes d'Odette, les baisers qu'elle aurait pu donner redeviendraient inoffensifs comme ceux de tant d'autres femmes[2]. »

Et plus loin, dans un passage que nous avons déjà lu :

> Il souffrait de rester enfermé au milieu de ces gens dont la bêtise et les ridicules le frappaient d'autant plus douloureusement

1. Edmond Jaloux, « Sur la psychologie de Marcel Proust », art. cit.
2. *À la recherche du temps perdu*, *Du côté de chez Swann*, I, p. 274.

qu'ignorant son amour, incapables, s'ils l'avaient connu, de s'y intéresser et de faire autre chose que d'en sourire comme d'un enfantillage ou de le déplorer comme une folie, ils le lui faisaient apparaître sous l'aspect d'un état subjectif qui n'existait que pour lui, dont rien d'extérieur ne lui affirmait la réalité[1].

Et ceci encore :

Il sentait bien que cet amour c'était quelque chose qui ne correspondait à rien d'extérieur.

Sans cesse à travers toute l'œuvre le thème revient de la parfaite subjectivité de tout ce que l'amour nous fait éprouver. On sent Proust lutter sans cesse contre la tentation, qui est la tentation normale, d'attribuer à l'objet aimé, à ses qualités, à ses vertus, à sa beauté une part efficiente dans le sentiment qui s'est attaché à lui.

La dissemblance entre ce sentiment et son objet n'est nulle part mieux marquée que dans ce passage : « La personne d'Odette ne tenait plus une grande place dans son amour. Quand du regard il rencontrait sur sa table la photographie d'Odette, ou quand elle venait le voir, il avait peine à identifier la figure de chair ou de bristol avec le trouble douloureux et constant qui habitait en lui. Il se disait presque avec étonnement : "C'est elle" comme si tout d'un coup on nous montrait extériorisée devant nous une de nos maladies et que nous ne la trouvions pas ressemblante à ce que nous souffrons[2]. » Non seulement Proust insiste perpétuellement sur le fait que rien d'extraordinaire ne doit être supposé dans l'objet aimé pour expliquer ce qui se passe d'extraordinaire dans l'âme aimante, mais encore il montre que souvent c'est le manque de correspondance du premier avec les besoins, les désirs, les exigences physiques du second qui détermine l'amour. Vous savez qu'Odette par exemple est représentée comme n'étant absolument pas le type de beauté que Swann a toujours recherché instinctivement et vous vous rappelez la phrase d'une profondeur admirable par laquelle se termine *Un Amour de Swann* : « Dire que j'ai gâché des années de ma vie, que j'ai voulu mourir, que j'ai eu mon

1. *Ibid.*, p. 339.
2. *Ibid.*, p. 303.

plus grand amour pour une femme qui ne me plaisait pas, qui n'était pas mon genre[1]. »

Ce dernier aspect sous lequel Proust se représente l'amour nous amène à cet autre sur lequel je voudrais insister davantage, parce que Jaloux ne l'a pas aussi fortement souligné que les autres : il s'agit de la dépendance, de la solidarité de l'amour et de la douleur, du désir et de l'angoisse.

C'est ici le centre, je crois, de la pensée de Proust sur l'amour, et en même temps le point où cette pensée atteint, si j'ose dire, le comble de la relativité. Inlassablement Proust revient sur ce thème (on sent même que le thème s'exaspère à mesure que l'œuvre avance, que Proust le creuse avec une complaisance de plus en plus cruelle), – sur ce thème que l'amour est déterminé par une certaine angoisse, et n'est entretenu que par l'inquiétude et par la douleur, qu'il est, comme il le dit lui-même dans *La Prisonnière*, « fonction de notre tristesse[2]. »

Déjà dans *Swann*, vous vous rappelez que ce qui déclenche l'amour de Swann pour Odette c'est le fait qu'il ne l'a pas trouvée chez les Verdurin, qu'il ne sait pas où elle est.

À cette occasion, Proust s'écrie admirablement :

> De tous les modes de production de l'amour, de tous les agents de dissémination du mal sacré, il est bien l'un des plus efficaces, ce grand souffle d'agitation qui parfois passe sur nous. Alors l'être avec qui nous nous plaisons à ce moment-là, le sort en est jeté, c'est lui que nous aimerons. Il n'est même pas besoin qu'il nous plût jusque-là plus ou même autant que d'autres. Ce qu'il fallait c'est que notre goût pour lui devînt exclusif. Et cette condition-là est réalisée quand, – à ce moment où il nous a fait défaut – à la recherche des plaisirs que son agrément nous donnait, s'est brusquement substitué en nous un besoin anxieux, qui a pour objet cet être même, un besoin absurde, que les lois de ce monde rendent impossible à satisfaire et difficile à guérir – le besoin insensé et douloureux de le posséder[3].

Vous vous rappelez aussi certainement comment c'est la brusque révélation qu'Albertine connaît l'amie de Mlle Vinteuil et par conséquent qu'elle peut être pour lui la source de craintes

1. *Ibid.*, p. 375.
2. *À la recherche du temps perdu*, *La Prisonnière*, III, p. 600.
3. *À la recherche du temps perdu*, *Du côté de chez Swann*, I, p. 227.

infinies, qui déclenche ou plutôt qui fixe l'amour du narrateur pour elle : « Les mots : ''Cette amie, c'est Mme Vinteuil'' avaient été le Sésame, que j'eusse été incapable de trouver moi-même, qui avait fait entrer Albertine dans la profondeur de mon cœur déchiré. Et la porte qui s'était refermée sur elle, j'aurais pu chercher pendant cent ans, sans savoir comment on pourrait la rouvrir[1]. »

Ainsi Proust arrive à ce renversement des apparences et de la conception habituelle que la douleur est la cause de l'amour dont elle semble découler, que c'est non pas la désharmonie qui se révèle, au cours d'un amour, entre les aspirations de l'amant et la nature de l'objet aimé qui entraîne la souffrance du premier, mais que c'est la souffrance que crée cette désharmonie qui, étant donné l'impénétrabilité mutuelle des êtres (« Chaque être est bien seul »), est première, est originelle, que c'est cette souffrance qui est la cause, le ferment et le levain de l'amour.

Je pourrais apporter ici d'innombrables textes où cette idée est exprimée avec une force variable, mais avec un entêtement significatif.

Tout ce que l'amour donne de plaisir ou de bonheur, Proust n'en voit la cause que dans une suspension provisoire, que dans un apaisement, par quelque geste fortuit de l'objet aimé, de la souffrance latente qui le constitue.

> En réalité dans l'amour il y a une souffrance permanente, que la joie neutralise, rend virtuelle, ajourne, mais qui peut à tout moment devenir, ce qu'elle serait depuis longtemps si l'on n'avait pas obtenu ce qu'on souhaitait, atroce[2].

Que l'angoisse diminue, qu'une certitude sur les faits et gestes de l'être aimé s'établisse dans l'esprit, et l'amour s'en ira : « Sa douleur aurait fini par s'apaiser et peut-être son amour par s'éteindre[3]. » Et plus loin : « Le sentiment qu'il éprouvait […] n'étant plus mêlé de douleur, n'était plus guère de l'amour[4]. »

Dans *La Prisonnière* cette conception pessimiste de l'amour atteint une intensité effroyable. L'on y trouve des cris comme

1. *À la recherche du temps perdu*, *Sodome et Gomorrhe*, III, p. 512.
2. *À la recherche du temps perdu*, *À l'ombre des jeunes filles en fleurs*, I, p. 571.
3. *À la recherche du temps perdu*, *Du côté de chez Swann*, I, p. 349.
4. *Ibid.*, p. 370.

celui-ci : « J'appelle ici amour une torture réciproque[1]. » Et ceci qui touche au désespoir : « Comment a-t-on le courage de souhaiter vivre, comment peut-on faire un mouvement pour se préserver de la mort, dans un monde où l'amour n'est provoqué que par le mensonge et consiste seulement dans notre besoin de voir nos souffrances apaisées par l'être qui nous a fait souffrir[2] ? »

Si j'insiste si longuement sur l'étroitesse des rapports que Proust dénonce entre l'amour et la douleur (il aurait fallu aussi montrer l'autre aspect de la même idée : la jalousie conçue comme cause, et non comme effet de l'amour), c'est parce que rien ne peut mieux montrer le caractère subjectif qu'il attribue à ce sentiment. C'est parce que rien ne peut nous servir à mieux souligner le genre de résultats, la sorte de constatations auxquels il parvient en appliquant son merveilleux et cruel soupçon aux sentiments.

Il faut se rendre compte de la hardiesse qu'il y avait à aborder l'amour dans cet esprit. E. Jaloux l'a bien marqué : « Il semble que les romanciers aient toujours menti sur ce point, comme s'ils n'osaient pas dire la vérité, comme s'ils poursuivaient, dans le roman, la recherche de ces illusions qui plaisent aux femmes et par lesquelles ils ont personnellement l'habitude de leur plaire[3]. »

Mais ce n'est pas tout à fait par simple faiblesse, à mon avis, que les romanciers ont recherché jusqu'ici ces illusions. Il faut tenir compte de la force intrinsèque de ces illusions. L'amour est tout naturellement producteur d'absolu ; il a besoin d'absolu ; c'est une puissance si grande qu'elle prend spontanément une sorte de vertu métaphysique et qu'elle transpose le sujet qui l'éprouve dans une autre réalité, plus grande, plus profonde et dont il lui est naturellement impossible de douter qu'elle lui soit extérieure.

Pour vaincre une illusion si forte (est-ce une illusion ?) et si nécessaire à la continuation de la vie sur terre, il fallait une indépendance d'esprit que certains trouveront peut-être diabolique, qui m'apparaît parfois comme telle, mais parfois aussi comme le don le plus extraordinaire dont ait été jamais doué un être humain, comme une des manifestations les plus belles, les plus puissantes du génie humain.

Dénoncer l'amour, le traduire devant le tribunal de l'intelligence et le renvoyer à la fois démasqué, compris et absous, – Proust était

1. *À la recherche du temps perdu*, *La Prisonnière*, III, p. 617.
2. *Ibid.*, p. 602.
3. Edmond Jaloux, « Sur la psychologie de Marcel Proust », art. cit.

un être faible et en qui d'aucuns déploreront le manque de volonté ; mais en faisant cela, il a témoigné d'une force et d'une intrépidité intellectuelles qui n'ont jamais été atteintes jusqu'à ce jour.

Conclusions : une nouvelle orientation de la psychologie

Avant d'en venir aux réflexions générales que je me propose de faire sur l'ensemble de la psychologie de Proust et de Freud, je voudrais appeler votre attention sur une dernière analogie entre nos deux auteurs que le manque de temps ne m'a pas permis de vous signaler la dernière fois.

Cette conception subjectiviste de l'amour que nous avons extraite de l'œuvre de Proust et sommairement caractérisée, ne vous rappelez-vous pas que le fondement, je n'ose pas dire scientifique, mais au moins théorique, nous en était apparu d'abord chez Freud. La *libido*, détachée de tout objet précis, tellement détachée qu'au début, chez l'enfant, elle semble ne pas savoir qu'elle puisse s'appliquer jamais à autre chose qu'au corps qu'elle habite, cette *libido* pour ainsi dire flottante et inaffectée, qu'est-elle, dans son fond, de différent de la vague tendance à aimer que Proust nous représente comme le propre du sujet, comme un simple état de sa conscience, ou plutôt comme une simple velléité de son inconscient ? Il y a chez nos deux auteurs, de toute évidence, l'idée commune que l'amour existe tout entier à l'avance chez le sujet et que l'attribution qui en est faite à telle ou telle personne n'est provoquée que par le hasard. Chez nos deux auteurs il y a une insistance pareille sur les *accidents* qui peuvent déterminer la fixation du désir ; tous deux soulignent avec insistance le fait que ce ne sont jamais que des accidents, même si après coup les particularités de l'objet aimé s'étant imposées au sujet, peuvent lui faire croire que ce sont elles qui ont nécessité son choix et qu'aucun autre n'était possible.

En d'autres termes Freud comme Proust, Freud implicitement et Proust explicitement, se posent en adversaires décidés de la théorie des *Wahlverwandschaften*[1]. Et comme Jaloux l'a remarqué[2], ils

1. Théorie développée par Goethe dans son roman *Les Affinités électives* (1809).
2. Edmond Jaloux, « Sur la psychologie de Marcel Proust », art. cit. « L'idée toute faite à laquelle [Proust] se heurtait, c'était celle du coup de foudre de la prédestination. »

répondent par un scepticisme radical à l'idée qu'il peut y avoir des « coups de foudre » vraiment sincères.

Un autre point – mais au fond c'est le même – sur lequel nos deux auteurs se trouvent en accord secret, c'est celui des relations entre l'amour et la douleur, entre le désir et l'angoisse. Je ne fais pas allusion ici spécialement à la façon dont Freud ne cesse de souligner d'un bout à l'autre de son œuvre les rapports entre l'instinct sexuel et la cruauté, conçue tantôt comme cruauté envers soi-même, masochisme, tantôt comme cruauté envers autrui, sadisme. C'est un domaine qu'il n'est pas le premier à explorer, mais dans lequel il a introduit des lumières nouvelles et frappantes. Et chez Proust aussi on trouverait sur cette obscure et poignante question bien des réflexions profondes.

Mais en ce moment c'est à autre chose que je pense : je pense au merveilleux chapitre de Freud sur l'Angoisse[1]. Je pense à cette idée qu'il développe si ingénieusement que l'angoisse névrotique, c'est-à-dire sans objet, et même l'angoisse avec objet absurde, c'est-à-dire la phobie, ne sont que des substituts de la *libido*, et naissent quand la *libido* ne trouve pas son emploi naturel.

Que peut-il y avoir de plus voisin de l'idée que se fait Proust de l'inquiétude comme origine principale (et non comme effet) de l'amour ? Vous vous rappelez le passage que je vous citais la dernière fois : « De tous les modes de production de l'amour, de tous les agents de dissémination du mal sacré, il est bien l'un des plus efficaces, ce grand souffle d'agitation qui parfois passe sur nous[2]. » Ce qui est dans la pensée de Proust, c'est évidemment que l'amour à l'état non fixé est essentiellement anxiété et qu'au moment où cette anxiété est augmentée par une cause extérieure et fortuite, devenant à ce degré intolérable, elle se résout brusquement en amour, qui se trouve alors porter sur l'être que le hasard à ce moment-là place à notre portée. La symétrie des deux conceptions ici encore m'apparaît complète.

Il y aurait une symétrie à signaler encore entre l'idée de l'ambivalence chez Freud et certains passages de Proust : « Dans la mélancolie, comme dans les autres affections narcissiques, écrit Freud, se manifeste d'une manière très prononcée un trait de la vie affective auquel nous donnons généralement, depuis

1. *Introduction à la psychanalyse*, *op. cit.*, chap. XXV.
2. *À la recherche du temps perdu*, *Du côté de chez Swann*, I, p. 227.

Breuler[1], le nom d'*ambivalence*. C'est l'existence, chez une même personne, de sentiments opposés, amicaux et hostiles, à l'égard d'une autre personne[2]. » Autrement dit, Freud nous montre qu'il n'y a rien de plus proche d'un sentiment et de plus facilement échangeable avec lui, que son contraire. On lit d'autre part chez Proust : « Ces moments brefs, mais inévitables, où l'on déteste quelqu'un qu'on aime[3]. »

Rien de plus profond que cette conception non seulement d'une parenté, mais encore d'une dépendance et d'un conditionnement mutuel de la haine et de l'amour ; rien de plus profond que cette façon de les représenter sur le même plan dans l'âme et comme les manifestations alternatives d'un sentiment peut-être plus général, bien que plus caché.

Il n'y a là d'ailleurs qu'une forme particulière de cette idée, latente chez Freud comme chez Proust, de la transmutabilité des sentiments et du caractère précaire et comme factice de leurs spécifications.

*

Mais il faut enfin nous arrêter dans cette analyse des ressemblances entre Freud et Proust. Non pas que je la considère comme épuisée. Mais il est temps que nous prenions un peu de hauteur et que nous nous appliquions à considérer, à apprécier et à critiquer l'ensemble de leurs découvertes.

Le meilleur moyen de parvenir à un jugement général me paraît être d'ailleurs de réfléchir d'abord sur leur conception de l'amour, plus spécialement sur celle que Proust nous en propose.

Vous vous rappelez que nous l'avons considérée comme le résultat le plus typique d'une application de l'esprit positif aux faits psychologiques, et que c'est pour cette raison que nous avons choisi de l'examiner. Et en effet la relativité que Proust introduit dans ce domaine jusqu'ici encombré de conceptions absolues, elle s'étend à tout ce qu'il a abordé, étudié. Elle est le produit naturel de sa considération, où qu'il la promène.

1. Eugen Bleuler (1857-1939), psychiatre suisse, il a décrit les troubles liés à la schizophrénie et à l'autisme.

2. *Introduction à la psychanalyse*, troisième partie, « La théorie de la libido et le "narcissisme" », *op. cit.*, p. 404.

3. *À la recherche du temps perdu*, *La Prisonnière*, III, p. 617.

Edmond Jaloux a bien marqué le rapport entre la conception subjectiviste de l'amour chez Proust, et la conception plus générale qu'il se fait du Temps ou plutôt des effets du Temps sur les êtres :

> Chez les écrivains qui ont précédé Proust, cette mesure du temps s'exprimait par des raccourcis, par des scènes qui indiquaient le travail ait sur l'individu et laissaient prévoir celui qui restait à faire. C'étaient des vues prises obliquement à différentes périodes d'une existence. Avec Proust, il en va tout autrement, et c'est en cela que sa psychologie est si neuve. Il nous démontre en quoi consiste ce travail.
>
> Cette naissance, cette poussée incessante de nouvelles cellules morales, affaiblissant, chassant, remplaçant les anciennes, les modifications inconscientes d'abord, puis peu à peu révélées qui en résultent, la demi-irresponsabilité de l'être humain en face de ces métamorphoses qui ont lieu à son insu et qu'il ne peut que constater et qu'analyser quand elles se présentent à sa conscience, tel est l'énorme et unique sujet qui remplit les vastes volumes du *Temps Perdu*[1].

Si vous apercevez bien ce rapport, si vous comprenez bien que la seconde thèse est en germe dans la première, vous m'ôterez un grand remords, qui est de ne pas avoir pu analyser directement cette grande idée de la relativité des sentiments et même de toute la vie psychique au Temps, qui est le sujet sinon unique, du moins essentiel du *Temps Perdu*. N'oubliez pas, je vous prie, ce lien qui vous permettra d'étendre les remarques que nous allons faire sur la théorie de l'amour à l'ensemble des découvertes psychologiques de Proust.

Un des premiers indices de la profondeur et de l'importance des innovations de Proust, nous le trouvons dans la conversation même que nous tenons en ce moment, dans la possibilité qu'il crée pour nous de nous entretenir ainsi calmement, objectivement, de l'amour, sans nous laisser entraîner à aucune des déclamations habituelles que ce sujet inspire. Il est vrai qu'un tel calme, une telle objectivité peuvent vous paraître encore maintenant sacrilèges. Et je ne nie pas absolument qu'il n'y ait, en effet, quelque chose de sacrilège dans le regard dont Proust nous a doués pour contempler et analyser un sentiment si proche de notre âme, si

1. Edmond Jaloux, « Sur la psychologie de Marcel Proust », art. cit.

mélangé à nos aspirations vers l'absolu, si religieux, à certains égards, dans son fond.

Mais enfin la question n'est pas là. La question est de savoir si ce que Proust dit de l'amour est vrai ou non. Comme dit Freud quelque part : que vous trouviez une chose abominable, ce n'est pas ça qui peut l'empêcher d'exister.

Eh bien, si nous nous demandons en toute objectivité ce que vaut la clef que Proust nous propose pour étudier et comprendre les phénomènes de l'amour, nous sommes obligés de répondre qu'elle est *d'or*, et que jamais tant d'apparences et si spécieuses n'ont été tournées par un esprit et ne se sont effondrées devant plus de réalités, et plus incontestables.

Devant le monstre qu'est l'amour, si nous faisons preuve de cette « virilité mentale[1] » qu'Auguste Comte signale comme le trait essentiel de l'esprit positif, nous le voyons aussitôt s'évanouir ou se changer en ce monstre tout intérieur, tout solitaire, si j'ose dire, que Proust a décrit.

Si vous vous replacez en face de votre propre expérience en faisant table rase de tous vos préjugés, de tout ce que vous avez besoin de croire pour vivre, comment pourriez-vous nier la part formidable de hasard qui fut à la naissance de vos plus grands sentiments, comment pourriez-vous nier que l'appétit de l'amour, que l'amour virtuel ait précédé chacun de vos amours pour les êtres à qui vous vous êtes enchaînés, comment pourriez-vous nier qu'une méprise sur leur caractère ait été à la racine de la valeur qu'ils ont prise pour vous, comment pourriez-vous nier que vous ayez été rivés à votre chaîne par chaque déception qu'ils vous ont donnée et que le malentendu entre eux et vous ait été la véritable cause de la persistance de votre attachement ? Comment pourrions-nous nier que les êtres que nous aimons sont, comme le dit Proust, véritablement « fourvoyés dans notre cœur » ?

N'est-il pas évident que c'est la douleur qui fait l'amour et qu'il n'y a pas d'amour partagé ? N'est-il pas évident que « chaque être est absolument seul » ?

N'est-il pas évident que lorsque vous réussissez par hasard à entraîner l'autre être dans votre amour, il évolue d'une façon absolument étrangère à la vôtre, ou plutôt n'est-il pas évident que son évolution se trouvant décalée d'avec la vôtre, il n'y a à

1. Auguste Comte, *Discours sur l'esprit positif*, *op. cit.*, p. 12.

aucun moment correspondance ni symétrie entre ses besoins et les vôtres ? N'est-il pas évident que le plus grand bonheur que puisse apporter l'amour est ou bien une exaltation solitaire, dont l'autre être est le prétexte et non pas la cause, ou bien simplement un apaisement momentané, par suite d'une phrase mal comprise, de quelque douleur en nous trop aiguë ?

N'est-il pas évident encore (c'est ce qui d'ailleurs doit nous faire pardonner à l'adversaire) que si nous rentrons en nous-mêmes, nous nous apercevrons qu'à aucun moment de notre amour, et même lorsqu'il était le plus grand, nous n'avons été absolument sincères ? Les mots que nous avons dits, les tendresses que nous avons risquées n'étaient-ils pas toujours différents, en plus ou en moins, de ce que nous ressentions véritablement ? N'avons-nous pas senti sans cesse cet intervalle, dont nous avons pu nous désespérer, mais sans l'abolir, qu'il y avait entre notre sentiment et nous-mêmes ? Ne nous sommes-nous pas sans cesse sentis inertes en regard de la légèreté, de la vitesse de notre sentiment ? Est-ce qu'il n'a pas été obligé de nous traîner après lui ?

Pensez un peu au nombre d'idées étrangères à votre sentiment, non seulement adventices, mais dérivantes qui n'ont cessé de le traverser. Pensez aux moments où vous n'éprouviez absolument rien et qui, la plupart du temps, devaient être ceux où l'autre par hasard éprouvait quelque chose. Pensez à tout ce que vous avez fait, dans le temps où vous aimiez, qui n'avait aucun rapport avec la préoccupation exclusive dont vous étiez censé être habité, qui ne semblait aucunement pouvoir émaner de l'être pour lequel vous vouliez vous faire passer, lorsque vous vous décriviez à l'objet aimé.

Et encore, si nous prenons maintenant les deux partenaires de l'amour ensemble, n'est-il pas vrai que les moments d'accord profond entre eux, d'enthousiasme commun, de reconnaissance intime de l'un par l'autre, de véritable mutuelle possession, s'il y en eut jamais de tels, n'ont été dus, dans tous les cas, qu'à une phrase que l'un des deux avait délibéré de dire et où il ne s'était pas mis du tout d'abord, qu'à un accident de la conversation, qu'à une erreur, qu'à une parole insincère ? Ne croyez-vous pas qu'entre les deux mondes que portent deux amants il puisse jamais y avoir interférence autrement que par l'effet d'une illusion d'optique ?

Tout ceci qui n'a jamais été sinon vu, du moins analysé avant Proust me paraît d'une évidence cruelle, mais ineffaçable.

Et pourtant je dois avouer, si mon opinion a quelque intérêt, que je ne vais pas tout à fait aussi loin que Proust dans le pessimisme, qu'il y a des moments tout au moins où sa conception de l'amour me paraît un peu partiale, ou plutôt inégale à son objet, et où certains éléments de l'amour me paraissent avoir été négligés par lui.

Je suis intimidé sans doute dans cette résistance à son scepticisme, parce que je me dis que je suis peut-être simplement repris par les illusions qu'il a combattues et qui sont si fortes. Mais je me dis aussi que son caractère n'était pas fait pour lui permettre certaines expériences, qui peuvent lui avoir manqué. C'est ainsi que je me rassure sur la valeur des quelques doutes que j'ose élever sur une aussi grande pensée.

Il y a deux points sur lesquels la conception que Proust se fait de l'amour me semble pouvoir et devoir être corrigée ou complétée. Le premier est celui-ci : même du point de vue le plus objectif, il ne me paraît pas possible d'admettre que la nature propre d'un être, que sa qualité (je ne dis pas ses qualités, ce serait tout autre chose, et Proust a certainement complètement raison de prétendre que la valeur morale n'entre pour rien dans l'amour qu'il déclenche) – mais il ne me paraît pas possible d'admettre que sa qualité physique et morale n'ait aucune influence sur le choix que nous faisons de lui pour l'aimer, et que l'amour qu'il récolte soit déterminé uniquement par des circonstances extérieures, par l'inquiétude qu'il nous donne, par son absence au moment où nous avons besoin de lui, etc. Qu'il y ait une influence spécifique des êtres les uns sur les autres, cela ne me paraît pas pouvoir être nié. Cela peut même se prouver à l'aide de certains cas négatifs. Combien de fois n'arrive-t-il pas qu'on désire aimer un être sans y réussir ? Combien de fois, et dans des instants où vraiment on a à sa disposition toute la quantité de désir nécessaire, combien de fois ne cherche-t-on pas à en faire l'application à un être donné et combien de fois, malgré toutes circonstances favorables, le sentiment ne refuse-t-il pas de se faire jour et de s'attacher à l'objet qu'on lui propose. S'il y a des échecs, dans cet ordre de tentatives, c'est donc que les réussites ne sont pas entièrement déterminées par le hasard, c'est donc que lorsqu'on aime un être, c'est bien au moins en partie à cause de quelque chose qui est en lui.

Ce qu'il y a de juste et de profond dans les vues de Proust sur ce point, c'est que ce quelque chose n'a pas besoin du tout, pour déterminer l'amour, d'être une promesse de bonheur, ni même de constituer une ressemblance positive avec nous-mêmes. Ce peut être, comme Proust l'a très bien vu, la promesse d'une certaine souffrance dont nous avons besoin.

Mais enfin je pense qu'il faut qu'il y ait quelque chose dans l'autre être qui s'annonce à notre cœur et le prévienne, je pense même que l'amour ne peut atteindre une certaine intensité et prendre la forme de la passion que s'il y a une prédestination relative des deux êtres, – prédestination sur la nature de laquelle il faut se garder de nourrir les illusions que le romantisme a propagées, et qui peut n'avoir absolument rien de métaphysique.

Quoi qu'il en soit de ses causes, l'amour-passion est un fait. Et c'est ce fait – voici mon second reproche – que Proust ne me semble avoir ni connu, ni analysé suffisamment. Sans doute il est bien hardi de prétendre que l'Amour de Swann pour Odette n'était pas une passion. Et je ne le prétends pas non plus. Mais il me semble qu'il y manquait tout de même un élément important de la passion : le besoin de se donner au sens fort, la préférence de l'autre être à soi-même. Il est évident que c'est un sentiment si sublime qu'il est ridicule, et je comprends que Proust n'ait pas osé en reconnaître la réalité. Je crois pourtant à sa réalité, dans certains cas, dans certaines circonstances données, et j'y crois non pas d'une façon vague et mystique, ni pour avoir cru l'éprouver, mais pour avoir constaté dans l'expérience certains actes qui ne pouvaient pas s'expliquer autrement que par lui.

C'est un hôte de la conscience extrêmement rare et fugitif, mais il existe. Il existe plus souvent, je pense, chez la femme que chez l'homme. Mais justement aucune des femmes que Proust a connues et décrites, ne peut être un instant supposée avoir éprouvé ce mouvement, cette tentation du don de soi. Il faut songer que d'aucune il ne semble moralement avoir jamais rien eu. Cette privation soit dit en passant a été certainement pour lui extrêmement cruelle, et l'origine d'une nostalgie si violente que par pudeur il ne l'a jamais exprimée, sauf une fois dans *La Prisonnière* où il joue la comédie à Françoise pour lui faire croire qu'Albertine est très gentille pour lui et où il s'écrie : « Il m'était si doux d'avoir l'air d'être aimé[1]. »

Pour revenir à Swann, – pratiquement il est prêt à tout donner pour Odette, pour peu qu'elle songe à le lui demander, mais pas

1. *À la recherche du temps perdu*, *La Prisonnière*, III, p. 660.

lui-même, pas son bonheur, pas sa vie, pas la satisfaction de son amour.

Proust dit de lui : « En somme il mentait autant qu'Odette parce que plus malheureux qu'elle, il n'était pas moins égoïste[1]. » Quand l'égoïsme survit à l'amour, on ne peut pas dire qu'il y ait passion.

Ou alors il faut qu'il prenne la forme de l'instinct de conquête.

Or, pas plus qu'il n'est prêt à se donner, Swann n'est véritablement enclin à prendre. Et c'est là encore un autre élément de l'amour que Proust semble avoir négligé, ou voulu ignorer : le besoin de saisir, de captiver au sens fort. Sans doute Swann fait tout ce qu'il peut pour s'approcher d'Odette, pour la retenir, pour lui créer des raisons extérieures d'être à lui. Mais justement il semble ne penser jamais qu'à des raisons extérieures. C'est en lui envoyant de l'argent, c'est en l'entourant de mille soins, c'est en tissant autour d'elle un réseau d'obligations qu'il espère la conserver à sa portée.

Il ne cherche pas réellement à entrer dans ses pensées, à les modifier, à les tourner vers lui. Tous les mensonges dont il use pour savoir ce qu'elle fait, la force qui les lui dicte, il ne songe pas qu'il pourrait s'en servir pour la transformer et créer en elle un sentiment qui l'empêcherait de faire ces choses. À aucun moment il ne semble ressentir cette inspiration qui permet de pénétrer dans une âme et de se l'asservir. Il ne sait pas peindre ces paysages qu'un vrai désir suggère à l'amant ; il ne sait pas violer la volonté adverse ; aller la chercher dans son réduit et la tourner vers soi ; il ne sait pas *séduire*.

Cela aussi pourtant fait partie de l'amour, sinon toujours, du moins dans beaucoup de cas. Dire que Don Juan n'a pas connu l'amour serait vraiment un peu paradoxal. Et cela seulement il faut bien le dire, cette agression de l'esprit et du cœur convoités, par tous les moyens imaginables, cela seulement peut permettre, par modification, au moins provisoire, à notre image de l'âme adverse, une possession un peu tranquille de cette âme, une union véritable, une liaison au sens fort du mot entre elle et nous.

*

Nous touchons ici – je vous avais bien prévenu que notre critique de sa conception de l'amour nous permettrait de nous élever

1. *À la recherche du temps perdu*, *Du côté de chez Swann*, I, p. 354.

graduellement à un point de vue général sur l'œuvre de Proust, – nous touchons ici à une lacune, ou à une insuffisance de la psychologie de Proust, qu'on ne peut même pas songer un instant à lui reprocher, tant il était important qu'il l'acceptât pour atteindre tout ce qu'il a atteint, et qui n'était accessible qu'à ce prix, mais qu'il faut néanmoins que nous reconnaissions et que nous explorions avant d'en arriver à un jugement définitif sur son apport.

Le thème : « Chaque être est bien seul » (c'est un mot, vous vous le rappelez, qui lui est arraché par la solitude et la privation de sympathie où se trouve sa grand-mère au moment de son attaque), – le thème : « Chaque être est bien seul », sur lequel Proust revient sans cesse, est hélas ! d'une profondeur et d'une vérité effroyables.

Mais il y a chez lui une tendance à le pousser trop loin. Ce que nous venons de remarquer des lacunes de sa conception de l'amour pourrait se résumer ainsi : Proust nie, ou méconnaît tout contact entre les êtres, tout transfert de l'un en l'autre, tout don et toute prise.

Eh ! bien, plus généralement, dans toute sa conception psychologique il y a une tendance à considérer comme séparés absolument, comme sans influence les uns sur les autres, tous les objets que son intelligence peut distinguer. Cela vaut aussi bien pour les individus, qu'il caractérise si fortement qu'ensuite il ne voit plus comment ils pourraient s'impressionner mutuellement, – que pour les groupes de faits psychiques qu'il réussit à distinguer à l'intérieur d'un même individu. Et nous rattrapons ici, vous vous en rendez compte, l'observation que nous avions faite, avec M. Desjardins, à la fin de notre deuxième causerie, sur la tendance de Proust à dissocier l'individu.

Il y aurait ici un monde de réflexions à présenter. Bornons-nous à l'essentiel.

Il est bien évident que c'est une tendance de Proust (une tendance seulement, car il analyse merveilleusement dans bien des cas l'influence exercée par un être sur un autre), une tendance pourtant réelle de Proust, que de supprimer les interactions psychiques de toute sorte, que de rendre la vie en général, et la vie de chaque être en particulier, complètement *acatène*.

Il élimine de la vie psychique tout facteur dynamique : la passion d'abord, qui dans l'ordre du sentiment, peut être considérée comme l'équivalent de ce qu'est la volonté dans l'ordre de l'action, – et la volonté ensuite, qui n'apparaît nulle part dans son œuvre, même pas comme fait, comme objet d'étude ; ce qui tout de même est une lacune assez grave, au point de vue de la pure observation des faits de conscience.

M. Ortega y Gasset, de l'Université de Madrid, qui a donné dans notre numéro spécial un fort remarquable article[1], insiste longuement, et à mon avis, jusqu'à l'injustice, sur la totale absence de dynamisme dans l'œuvre de Proust et sur les conséquences énervantes que cela peut avoir sur le lecteur. Je crois qu'il exagère beaucoup cette sorte d'inconvénients, mais il met tout de même le doigt sur une des lacunes de la psychologie de Proust.

On pourrait dire encore que Proust élimine de la vie et de la conscience l'élément dramatique. J'ai dit l'autre jour, et je le pense encore, que cet élément était souvent surajouté par nous et constituait un de ces embellissements de notre vie intime, à laquelle la censure nous incite. Souvent en effet, mais pas toujours. Il y a tout de même en nous des tendances, tout un système d'appétitions confuses, mais inflexibles qui forment le caractère et qui peuvent entrer en conflit soit entre elles, soit avec la volonté. Il y a une virtualité de drame en chacun de nous. C'est ce que Freud a beaucoup mieux vu que Proust, et qui d'ailleurs comme principe général n'est pas une découverte nouvelle.

Il y a autre chose en nous que ce remplacement de nos *moi* les uns par les autres, que ce jeu de bascule que Proust a décrit. Cela existe, cela se produit souvent. Mais sans préjuger en aucune façon de la nature de l'âme, du fond dernier de notre conscience, sans sortir du phénoménisme, on peut dire qu'il y a aussi une constante du moi, qui le pousse à fournir en réponse à des événements différents une réaction toujours la même. Il y a un caractère (ce que Proust d'ailleurs n'a pas méconnu, mais laisse seulement parfois s'obscurcir un peu).

Il y a un caractère et il y a une volonté, dont la force est variable suivant les êtres, mais qui existe toujours plus ou moins, et qui vient se ranger aux ordres de ce caractère, qui le soutient, qui l'affirme, qui l'aide à s'imposer pratiquement.

La psychologie de Proust tend à méconnaître trop complètement la ligne de nos actes, et comme l'a très fortement marqué M. Desjardins, notre *conduite*, qui est, au moins en partie le produit

1. José Ortega y Gasset, « Le temps, la distance et la forme chez Marcel Proust », hommage à Proust, *op. cit.* José Ortega y Gasset (1883-1955), philosophe et homme politique espagnol.

de notre volonté, au profit de tout ce qui a entouré ces actes en nous, de tout ce qui les a accompagnés, sans les déterminer.

Je reviens à l'article d'Ortega y Gasset. Il faut absolument que je vous en lise un passage :

> Quand Proust nous dit que la sonnette du jardin de Combray tinte et que, dans l'obscurité, on entend la voix de Swann qui arrive, notre attention se pose sur ce fait et se repliant sur elle-même s'apprête à sauter sur un autre fait qui, sans doute, va suivre et dont celui-ci est la préparation. Nous ne nous installons pas, inertes, dans le premier fait ; mais une fois que nous l'avons connu sommairement, nous nous sentons lancés vers un autre à venir, parce que dans la vie, croyons-nous, chaque fait est l'annonce et la transition à un autre et ainsi de suite jusqu'à ce qu'une trajectoire ait été formée, de la même manière qu'à chaque point mathématique succède un autre point pour former une ligne. Mais Proust martyrise ce caractère dynamique de notre être, en nous obligeant, sans rémission, à demeurer dans le premier fait, parfois pendant cent pages et plus. Après l'arrivée de Swann, rien ne vient ; au point ne s'ajoute pas un autre point ; au contraire, l'arrivée de Swann au jardin, ce simple fait momentané, ce point de réalité se dilate sans progrès, s'élargit sans se changer en un autre, grossit de volume et ce sont alors des pages et des pages, pendant lesquelles nous ne bougeons pas, et nous le voyons seulement croître, élastique, se charger de nouveaux détails et de nouveaux sens, grandir comme une bulle de savon et, comme elle, se parer d'irisations et de reflets.
>
> Nous éprouvons donc une espèce de supplice en lisant Proust. Son art agit sur notre dynamisme, sur notre appétit d'action, de mouvement, de progrès, à la manière d'un frein continu qui nous retient, nous souffrons comme la caille qui en sautant dans sa cage, se heurte à la petite voûte de fil de fer, où finit sa prison.

Encore une fois je ne partage pas le genre de martyre que M. Ortega éprouve à lire Proust et dont il note d'ailleurs lui-même la haute qualité. Mais je ne peux m'empêcher de reconnaître qu'il touche à quelque chose d'important quand il signale le fait que, chez Proust, les actes des personnages et même les événements sont décrits non dans leur enchaînement, mais si j'ose dire dans leur gonflement. Chacun est séparé du suivant par tout ce qui s'est passé en même temps que lui dans la conscience et dans l'inconscient soit du personnage, soit de Proust lui-même. Chacun porte son entière charge de psychologique et succombe sous elle avant que le suivant ait eu le temps de commencer. Chacun est représenté non seulement avec toutes ses racines, mais avec la motte de terre que ces racines retiennent et dont elles s'augmentent.

Ortega y Gasset voit dans ce procédé, qui n'est d'ailleurs pas un procédé, mais la façon dont fonctionne naturellement le génie de Proust, quelque chose d'analogue au procédé impressionniste. J'avoue ne pas être très sensible à cette analogie. J'en vois une au contraire, et très frappante, entre la manière de Proust et le cubisme[1]. Le cubisme a cherché à représenter chaque face de chaque objet dans sa totalité, même si on ne pouvait pas logiquement la voir ; ou plutôt il a ajouté à l'objet, et il en a retranché tout ce qu'il comportait de plus, ou de moins psychologiquement que ce qu'on pouvait voir. Il a peint, ou voulu peindre (car peut-être son dessein était-il irréalisable, ou impliquait-il pour l'être un génie qui ne s'est pas trouvé parmi ses représentants), il a donc voulu peindre l'objet tel que le démembre la conscience affective ; il a peint l'objet dans la conscience, mais non plus seulement tel qu'il s'y trouve au moment où il tombe (comme le peignait l'impressionnisme), il l'a peint tel qu'il devient après y avoir séjourné, au moment où on se le rappelle, c'est-à-dire avec tous les prolongements, tous les vantaux, tous les pavillons affectifs qui se sont greffés sur lui et ont dissocié sa forme.

Oui, c'est bien quelque chose d'analogue que nous trouvons chez Proust ; l'analogie serait à pousser et à mettre au point ; j'en vois encore un aspect que je vous indique en courant : dans le cubisme mélange d'éléments idéaux ou psychologiques de l'objet avec des éléments au maximum concrets ; je fais allusion aux fameux trompe-l'œil, bouts de carton collés sur la toile, lettres de journaux, etc. ; chez Proust constant mélange, dans la description, d'un élément intérieur, émotif, d'ailleurs construit comme s'il faisait partie des choses, et d'un élément photographique (conversations, gestes, attitudes reproduites avec une fidélité absolue, presque servile). Mais je vous indique seulement l'idée, n'ayant pas le temps de la mettre au point.

Et je reviens à constater une dernière fois ceci que peut-être on n'est pas sans aucun droit de reprocher à Proust une certaine dislocation de l'activité de ses personnages, une certaine répartition un peu déroutante de leurs actes entre leurs faits de conscience,

1. Jacques Rivière fait déjà allusion à ce rapprochement dans une lettre à Proust, le 22 juillet 1922, *Correspondance de Marcel Proust*, *op. cit.*, t. 21, p. 375.

dont l'ordre et l'enchaînement sont préférés. Le résultat est un évanouissement de l'être volontaire dans l'être percevant et pensant.

Mais ce qu'il faut dire, ce qu'il faut à nouveau fortement appréhender ici, c'est que ce défaut de la psychologie proustienne, s'il est réel, était inévitable, et qu'il est la rançon, bien modique, bien bénigne de l'approfondissement colossal qu'elle fait subir à notre connaissance du cœur humain.

Il n'y a le choix qu'entre deux alternatives ; c'est un dilemme qui se pose : ou suivre la vie, ou entrer dans la conscience. Et Proust n'a même pas eu à choisir ; il s'est trouvé sinon de naissance, du moins de fatalité, si j'ose dire, et à cause de la forme même de son intelligence, tourné face à la conscience ; et il n'a pas conçu d'autre mouvement possible que de s'y enfoncer, tournant le dos à l'action. La vie de la conscience (et j'emploie le mot ici dans son sens le plus général, en y faisant entrer l'inconscient), la vie de l'âme, si vous voulez, est quelque chose en soi, quelque chose d'infiniment différent de ses produits pratiques, des actes qu'elle dépose de loin en loin dans le monde extérieur ; elle transcende infiniment ces produits, pour employer encore une expression philosophique. Elle ne peut donc pas être étudiée en partant de ces produits seulement ; pour être connue dans son fond, elle demande, elle exige une exploration directe. Dès qu'on tient compte de la volonté, ou des facteurs actifs, on lâche le fil qui peut conduire dans ce grand labyrinthe ou, comme dit Proust, « dans cette grande nuit impénétrée et décourageante de notre âme que nous prenons pour du vide et pour du néant[1]. »

Il fallait un Thésée qui se dévouât à cette exploration, à ce grand voyage de la psychologie pure. Et il fallait une Ariane aussi qui lui tînt la main et le guidât. Cette Ariane, je la vois dans cette muse secrète dont Proust fut dès son enfance habité, dans cet élément féminin de son caractère, qui lui conseilla sans cesse la nonchalance et le détour, qui l'empêcha de se cristalliser jamais, qui le rendit fluide toujours assez, et persistant malgré tout, et infatigable à sentir et à comprendre.

Un de mes amis me disait, après notre dernière causerie : « Je vois bien maintenant les acquisitions supplémentaires que Proust nous apporte au point de vue de la connaissance intérieure ; je ne vois pas encore assez, malgré vos efforts pour le montrer, qu'il les

1. *À la recherche du temps perdu, Du côté de chez Swann*, I, p. 344.

ait obtenus par une méthode nouvelle, ni même par une attitude nouvelle en face de la conscience. Je vois bien l'approfondissement, je ne vois pas la révolution. »

J'ai réfléchi à cette objection : Eh ! bien, si, je maintiens mon affirmation ; je maintiens que ce que Proust nous a montré de nouveau, il ne pouvait pas le découvrir à moins d'une révolution totale, au sens propre du mot, c'est-à-dire à moins de tourner complètement le fauteuil dans lequel le psychologue jusqu'ici s'asseyait. Je maintiens par conséquent que son œuvre a non seulement une extraordinaire valeur en soi, mais qu'elle ouvre, comme celle de Freud d'ailleurs (dont c'est peut-être, il faut le dire, en même temps que le principal, le seul mérite), qu'elle ouvre une voie nouvelle, une direction nouvelle à la psychologie, j'entends à la psychologie romanesque et littéraire. (Je ne m'occupe pas ici de la psychologie expérimentale.)

Elle correspond à une attitude nouvelle ; elle peut déterminer un changement d'orientation. Et voici, il me semble, en quoi.

Le psychique a été conçu jusqu'ici, à peu près sans exception, tout au moins en France, sous le signe du volontaire. Je veux dire que la pleine réalité psychique n'était attribuée qu'aux faits intérieurs qui ou bien aboutissaient à une décision, ou bien s'y opposaient ; les autres n'étaient pas inconnus, mais formaient autour des premiers une « aura », un halo considéré comme négligeable, ou qu'en mettant tout au mieux, l'écrivain se contentait de suggérer.

Cette attitude venait de ce que presque tous ceux qui s'adonnaient à l'étude du cœur humain gardaient eux-mêmes des attaches avec la volonté, lui laissaient sur leur conscience une certaine suprématie, acceptaient implicitement une hiérarchie, d'origine sociale, qui la plaçait au sommet des forces psychologiques. Ils étaient bridés par suite dans leur observation, par les brides qu'ils acceptaient pour eux-mêmes. D'où une observation, si l'on peut dire, parallèle à la volonté, qui allait dans le sens qu'elle impose normalement à la vie psychique. Stendhal, à cet égard, est très frappant : tout ce qu'il observe, si nouveau que ce soit, et si objectivement aperçu, ce n'est jamais pourtant que ce qui est parallèle à l'action : les motifs, parfois capricieux, parfois entièrement gratuits, souvent de ceux qu'on n'ose pas reconnaître, mais les motifs tout de même, les causes déterminantes de l'action. Ou quand ce sont les émotions, ce sont celles que favorisent un mouvement, qui éclosent pour ainsi dire dans son sillage. Aucun retournement face à soi-même ; aucun regard vers la « grande nuit impénétrée et décourageante de notre âme ».

Il ne faut pas croire pourtant qu'entre-temps l'inconscient dans l'être humain, toute la masse psychologique profonde, chômait. Vous pensez bien qu'il n'a pas commencé à exister du jour seulement où on l'a découvert. Il avait donné déjà une assez forte secousse avec Racine, dont il aurait peut-être brisé la frêle et sensuelle organisation, s'il n'y avait pas eu près de lui Boileau et Louis XIV. Comme un instrument où passerait tout à coup un souffle trop fort si le constructeur n'en avait été justement encore plus fort et ne l'avait fait à l'avance résistant à toute épreuve.

Mais la grande explosion de l'inconscient dans la littérature, c'est avec Rousseau et le Romantisme qu'elle se produit. L'inconscient parle tout à coup. Il parle, c'est-à-dire qu'il s'exprime, c'est-à-dire qu'il se vide pour ainsi dire de lui-même.

Cela signifie que les gens se mettent à faire des tas de choses dont ils ne donnent pas l'explication, dont ils ne savent pas eux-mêmes pourquoi ils les font. Tout le Romantisme consiste à montrer des personnages qui ne comprennent absolument rien à eux-mêmes et qui se dépensent en gestes et en émotions et en sanglots qui leur paraissent d'autant plus beaux qu'ils peuvent moins en rendre compte.

La gratuité apparaît comme valeur psychologique. C'est un commencement de révolte contre le joug de la volonté, mais on subit toujours sa direction. L'absurdité de notre conduite est soulignée avec une insistance croissante. Je cite des noms qu'il peut sembler bizarre de rapprocher, mais qui forment jalons sur cette route : Flaubert, Jarry, André Breton.

Au terme en effet nous avons Dada, qui fait systématiquement profession d'absurdité et qui d'autre part, très logiquement, se dévoue à recueillir passivement, c'est-à-dire dans le sens où on agit, les murmures de l'Inconscient.

Mais justement c'est le moment où il s'est trop dit, cet Inconscient, pour avoir gardé aucune fécondité. On ne lui a opposé aucune barrière, aucune fermeture ; il en a profité pour fuir.

Alors tout à coup Proust est là qui tout simplement se retourne et le regarde. Proust, et Freud à sa place, qu'il ne faut pas faire trop grande, mais qu'il y aurait de l'injustice à faire trop petite.

Tous deux rompent avec la censure comme barrière (ce qu'avaient déjà fait le Romantisme et Dada), mais ils rompent aussi avec elle comme direction intellectuelle. C'est-à-dire qu'ils abandonnent définitivement ce parallélisme au moi que le psychologue avait jusque-là observé. Tout ce que les écrivains se sont habitués à subir, tout à coup simplement ils le regardent ; ils se servent pour le déchiffrer de toutes ces traces, de tous ces signes qu'il dépose sur les visages ou dans les paroles, de tous ces résidus inexploités, et au lieu de les reproduire, ils les interprètent.

Ou plus simplement encore : une idée cesse en eux ; ils cessent de penser que « cette grande nuit impénétrée et décourageante de notre âme » puisse être ce pour quoi nous la prenions : « du vide et du néant ». Ils pensent que c'est quelque chose et ils cherchent quoi.

Quoi qu'en pense mon ami – je ne sais si j'arriverai cette fois à le convaincre – il y a là une révolution ; il y a là tout au moins une réforme intellectuelle, dont on peut à peine encore soupçonner la fécondité.

Pour l'exprimer en termes très généraux, car son originalité même et son importance excluent la trop grande précision, c'est une révolution classique, c'est un retour offensif que fait l'esprit classique sur l'énorme masse psychologique dégagée et vaguement dégorgée par le Romantisme. C'est l'introduction d'un instrument fixe et bien forgé dans une matière en fusion. C'est un ensemble de dispositions tactiques prises pour faire face à une grande et d'ailleurs magnifique débâcle. C'est un effort de l'esprit, de l'intelligence sur l'informe qui s'agite en nous et c'est une victoire de cet esprit, une victoire de cette intelligence.

Mais pourquoi perdrais-je mon temps à la décrire, cette victoire, alors que Proust en a donné une si magnifique description lui-même. Car ce qu'il a fait, ce qu'il a conquis sur l'inconscient, n'est-ce pas exactement la même chose que ce que Vinteuil lui a arraché par son génie, dans un passage de Swann sur lequel je vous demanderai la permission de finir ces causeries :

> Comme si les instrumentistes, beaucoup moins jouaient la petite phrase qu'ils n'exécutaient les rites exigés d'elle pour qu'elle apparût, et procédaient aux incantations nécessaires pour obtenir et prolonger quelques instants le prodige de son évocation, Swann, qui ne pouvait pas plus la voir que si elle avait appartenu à un monde ultra-violet, et qui goûtait comme le rafraîchissement d'une métamorphose dans la cécité momentanée dont il était frappé en approchant d'elle, Swann la sentait présente, comme une déesse

protectrice et confidente de son amour, et qui pour pouvoir arriver jusqu'à lui devant la foule et l'emmener à l'écart pour lui parler, avait revêtu le déguisement de cette apparence sonore. Et tandis qu'elle passait, légère, apaisante et murmurée comme un parfum, lui disant ce qu'elle avait à lui dire et dont il scrutait tous les mots, regrettant de les voir s'envoler si vite, il faisait involontairement avec ses lèvres le mouvement de baiser au passage le corps harmonieux et fuyant. Il ne se sentait plus exilé et seul puisque, elle, qui s'adressait à lui, lui parlait à mi-voix d'Odette. Car il n'avait plus comme autrefois l'impression qu'Odette et lui n'étaient pas connus de la petite phrase.

C'est que si souvent elle avait été témoin de leurs joies ! Il est vrai que souvent aussi elle l'avait averti de leur fragilité. Et même, alors que dans ce temps-là il devinait de la souffrance dans son sourire, dans son intonation limpide et désenchantée, aujourd'hui il y trouvait plutôt la grâce d'une résignation presque gaie. De ces chagrins dont elle lui parlait autrefois et qu'il la voyait, sans qu'il fût atteint par eux, entraîner en souriant dans son cours sinueux et rapide, de ces chagrins qui maintenant étaient devenus les siens sans qu'il eût l'espérance d'en être jamais délivré, elle semblait lui dire comme jadis de son bonheur : « Qu'est-ce que cela ? tout cela n'est rien. » Et la pensée de Swann se porta pour la première fois dans un élan de pitié et de tendresse vers ce Vinteuil, vers ce frère inconnu et sublime qui lui aussi avait dû tant souffrir ; qu'avait pu être sa vie ? au fond de quelles douleurs avait-il puisé cette force de dieu, cette puissance illimitée de créer ? Quand c'était la petite phrase qui lui parlait de la vanité de ses souffrances, Swann trouvait de la douceur à cette même sagesse qui tout à l'heure pourtant lui avait paru intolérable quand il croyait la lire dans les visages des indifférents qui considéraient son amour comme une divagation sans importance.

C'est que la petite phrase au contraire, quelque opinion qu'elle pût avoir sur la brève durée de ces états de l'âme, y voyait quelque chose, non pas comme faisaient tous ces gens, de moins sérieux que la vie positive, mais au contraire de si supérieur à elle que seul il valait la peine d'être exprimé. Ces charmes d'une tristesse intime, c'était eux qu'elle essayait d'imiter, de recréer, et jusqu'à leur essence qui est pourtant d'être incommunicables et de sembler frivoles à tout autre qu'à celui qui les éprouve, la petite phrase l'avait captée, rendue visible. Si bien qu'elle faisait confesser leur prix et goûter leur douceur divine, par tous ces mêmes assistants – si seulement ils étaient un peu musiciens – qui ensuite les méconnaîtraient dans la vie, en chaque amour particulier qu'ils verraient naître près d'eux. Sans doute la forme sous laquelle elle les avait codifiés ne pouvait pas se résoudre en raisonnements. Mais depuis plus d'une année que, lui révélant à lui-même bien des richesses de son âme, l'amour de la musique était pour quelque temps au moins né en lui, Swann tenait les motifs musicaux pour de véritables idées, d'un autre monde, d'un autre ordre, idées voilées de ténèbres, inconnues, impénétrables à l'intelligence, mais qui n'en sont pas moins parfaitement distinctes les unes des autres, inégales entre elles de valeur et de signification. Quand après la soirée Verdurin, se faisant rejouer la petite phrase, il avait cherché à démêler comment à la façon d'un parfum, d'une caresse, elle le circonvenait, elle l'enveloppait, il s'était rendu compte que c'était au faible écart entre les cinq notes qui la composaient et au rappel constant de deux d'entre elles qu'était due cette impression de douceur rétractée et frileuse ; mais en réalité il savait qu'il raisonnait ainsi non sur la phrase elle-même mais sur de simples valeurs substituées pour la commodité de son intelligence à la mystérieuse entité qu'il avait perçue, avant de connaître les Verdurin, à cette soirée où il avait entendu pour la première fois la sonate. Il savait que le souvenir même du piano faussait encore le plan dans lequel il voyait les choses de la musique, que le champ ouvert au musicien n'est pas un clavier mesquin de sept notes, mais un clavier incommensurable, encore presque tout entier inconnu, où seulement çà et là, séparées par d'épaisses ténèbres inexplorées, quelques-unes des millions de touches de tendresse, de passion, de courage, de sérénité, qui le composent, chacune aussi différente des autres qu'un univers d'un autre univers, ont été découvertes par quelques grands artistes qui nous rendent le service, en éveillant en nous le correspondant du thème qu'ils ont trouvé, de nous montrer quelle richesse, quelle variété, cache à notre insu cette grande nuit impénétrée et décourageante de notre âme que nous prenons pour du vide et pour du néant. Vinteuil avait été l'un de ces musiciens. En sa petite phrase, quoiqu'elle présentât à la raison une surface obscure, on sentait un contenu si consistant, si explicite, auquel elle donnait une force si nouvelle, si originale, que ceux qui l'avaient entendue la conservaient en eux de plain-pied avec les idées de l'intelligence. Swann s'y reportait comme à une conception de l'amour et du bonheur dont immédiatement il savait aussi bien en quoi elle était particulière, qu'il le savait pour la *Princesse de Clèves*, ou pour *René*, quand leur nom se présentait à sa mémoire. Même quand il ne pensait pas à la petite phrase, elle existait latente dans son esprit au même titre que certaines autres notions sans équivalent, comme les notions de la lumière, du son, du relief, de la volupté physique, qui sont les riches possessions dont se diversifie et se pare notre domaine intérieur. Peut-être les perdrons-nous, peut-être s'effaceront-elles, si nous retournons au néant. Mais tant que nous vivons nous ne pouvons pas plus faire que nous ne les ayons connues que nous ne le pouvons pour quelque objet réel, que nous ne pouvons, par exemple, douter de la lumière de la lampe qu'on allume devant les objets métamorphosés de notre chambre d'où s'est échappé jusqu'au souvenir de l'obscurité. Par là, la phrase de Vinteuil avait, comme tel thème de *Tristan* par exemple, qui nous représente aussi une certaine acquisition sentimentale, épousé notre condition mortelle, pris quelque chose d'humain qui était assez touchant. Son sort était lié à l'avenir, à la réalité de notre âme dont elle était un des ornements les plus particuliers, les mieux différenciés. Peut-être est-ce le néant qui est le vrai et tout notre rêve est-il inexistant, mais alors nous sentons qu'il faudra que ces phrases musicales, ces notions qui existent par rapport à lui, ne soient rien non plus. Nous périrons mais nous avons pour otages ces captives divines qui suivront notre chance. Et la mort avec elles a quelque chose de moins amer, de moins inglorieux, peut-être de moins probable[1].

Rivière n'a pas eu le temps de transformer les quatre conférences du Vieux-Colombier en ouvrage, comme il l'envisageait. Lors de leur publication posthume, une cinquième conférence a été ajoutée. Elle a été prononcée le 1er mars 1924 à Monaco à la demande de la Société de conférences instituée sous le haut patronage de S.A.S. le prince Pierre de Monaco. L'idée de cette conférence venait de Proust lui-même en mars 1920[2] car l'écrivain était ami avec Pierre de Polignac[3], qui avait épousé Charlotte de Grimaldi. Cette conférence est un portrait moral de Proust à partir de souvenirs de Rivière et de témoignages d'amis de l'écrivain, mais aussi une présentation de l'œuvre à partir notamment de la personnalité exceptionnelle de Proust. Rivière résume aussi certaines idées qu'il a développées dans ses précédentes conférences pour souligner les qualités et la modernité de l'œuvre

1. *Ibid.*, p. 342-345.
2. Rivière y fait allusion dans sa lettre à Marcel Proust du 23 mars 1920 (*Correspondance de Marcel Proust*, *op. cit.*, t. 19, p. 165).
3. Sur cette amitié, voir *Lettres au duc de Valentinois* de Marcel Proust, réunies et annotées par Jean-Marc Quaranta, préfacées par Jean-Yves Tadié, Gallimard, 2016.

mais aussi comment Proust s'inscrit dans la lignée des grands écrivains et moralistes classiques.

Conférence sur Marcel Proust

Je ne saurais assez m'excuser de l'audace, – on dit souvent qu'il n'y a que les timides pour se montrer audacieux, – qui me fait m'attaquer aujourd'hui devant vous au sujet le plus difficile, le plus délicat, le plus périlleux qui puisse être traité en conférence. Il est peut-être possible déjà d'écrire sur Marcel Proust sans tomber dans trop de sottises ; la plume admet le temps de la réflexion et si l'on se sent sur le bord d'une idée fausse ou seulement imprécise, on peut toujours la garder suspendue, attendre que l'esprit ait achevé son travail. Mais la parole ! C'est une terrible mécanique, à qui les pannes sont interdites. Quel conférencier ne se croirait pas déshonoré s'il laissait une phrase sans la terminer et même sans lui donner cette sorte de *coda* qu'implique la cadence oratoire ?

Or, Proust est le génie de la réflexion. Or, Proust ne pense qu'à serrer sur un plateau, par tout un système de petites vis réglables et qu'il modifie sans cesse, un objet défini et toujours modique d'observation. C'est l'écrivain le plus minutieux, le plus attentif aux degrés de la vérité qui ait jamais paru. L'étudier par le discours, c'est-à-dire en obéissant aux lois grossissantes de l'éloquence, en cherchant à frapper ses auditeurs, à leur « enfoncer bien ça dans la tête », comme dit la réclame, à les convaincre, à les séduire (car parler, on n'y peut rien, c'est vouloir séduire), – une telle entreprise apparaît donc comme le comble du paradoxe et risque d'aboutir à l'écrasement, ou à une complète déformation de l'œuvre que l'on voudrait faire comprendre et aimer.

Je m'y lance néanmoins, dans cette entreprise, mais avec l'intention de résister aux exigences de l'éloquence et en vous demandant pardon si ma causerie vous apparaît par trop dépourvue de ces ornements, de ces grâces, de ces bons mots, et de ces tirades aussi, qu'un véritable conférencier se doit de prodiguer à son public. Songez que toute fusée que je manquerai à lancer se soldera peut-être à la fin pour vous par une compréhension plus exacte, plus prochaine d'un auteur qui, en définitive (bien peu de gens le contestent encore et bien peu de temps se passera avant qu'il cesse de se trouver quelqu'un pour le contester), est le plus important de notre époque.

I

J'aimerais vous conduire à l'œuvre de Proust en vous faisant d'abord l'histoire de ma rencontre avec elle, puis avec son auteur, en vous montrant par quels états d'esprit et d'âme j'ai passé successivement à leur double égard.

C'est vers le printemps de 1914 que je lus pour la première fois *Du côté de chez Swann*, qui avait paru en novembre de l'année précédente, aux frais de l'auteur, à la librairie Bernard Grasset. Je n'oublierai jamais l'émerveillement, l'émotion profonde où je fus tout de suite plongé. C'est la deuxième partie de l'ouvrage : *Un amour de Swann*, qui me bouleversa d'abord le plus fortement. J'entrais dans un nouveau monde. J'avais la sensation de voir s'ouvrir sur l'amour une porte que jamais personne n'avait remarquée et qui donnait accès sous un ciel sombre et magnifique, peuplé d'une multitude de douloureuses petites étoiles.

Je parle par métaphore ; mais mon émotion était surtout de voir un sentiment et des êtres peints à la fois avec poésie et sans aucune déformation, dans un esprit de sympathie sans doute, mais de sympathie presque scientifique. Jamais encore on n'avait osé être abstrait à ce point dans l'étude des passions et jamais pourtant peut-être livre n'avait distillé pour moi plus de sensations concrètes, n'avait garni mes yeux, tous mes sens, de plus d'images singulières.

Je cherche à vous rendre mon impression dans ce qu'elle avait encore d'obscur et d'incohérent. C'était en tout cas, du premier coup, l'impression d'une sorte de miracle devant moi soudain réalisé.

Je dois vous avouer pourtant que mes habitudes symbolistes, que mon goût de la phrase glissante, toute chargée de mélodie, comme une barque, étaient légèrement froissés par le style de Proust, par ses phrases toutes dépliées, comme attachées par des épingles à tous les coins de la page, si visibles au-dedans, si actualisées qu'on pouvait s'y promener sans plus de surprise que dans du Descartes. Je sentais dans cette façon d'écrire une nouveauté d'une importance considérable, mais qui rebroussait encore mes tendances profondes à la musique.

Dans les derniers mois qui précédèrent la guerre, j'avais noué quelques relations par lettre avec Proust, qui se montra pour moi du premier coup de la plus exquise gentillesse.

La guerre survint avant que j'aie pu le voir ; car, dès ce moment, il menait une vie très retirée et ne recevait plus guère que ses anciens amis.

Je perdis contact avec lui et avec son œuvre ; frappé par tout ce que je voyais autour de moi d'énorme et d'horrible, je sentis une sorte de scrupule se mélanger à ce moment à mon admiration. Je me demandai si vraiment il était permis de peindre la vie dans ce qu'elle avait de plus immobile, quand elle était susceptible d'aussi affreuses catastrophes que celle à laquelle je me trouvais mêlé ; je me demandai, plus généralement, s'il était permis d'adopter à son égard (quel qu'en fût le fond) une attitude aussi tranquille, aussi objective, aussi purement historique que celle que Proust avait choisie.

Je vous livre tous ces doutes pour vous faire bien sentir que mon admiration actuelle pour notre auteur est loin d'être fondée sur un coup de foudre imbécile.

Pourtant quelque chose me rassurait. Au fond de l'Allemagne, où les hasards de la guerre m'avaient relégué, je relisais Racine et Molière et une parenté m'apparaissait entre leurs propos, tout au moins, mais même quelquefois entre leurs procédés, et ceux de Proust. Un même esprit, à voir les choses en gros, me semblait avoir donné naissance à Célimène et à Odette. Je sentais dès ce moment chez Proust l'héritier direct de nos grands peintres de caractères.

Enfin la guerre passa. Mais l'œuvre de Proust ne passa pas. Je la relus dès mon retour ; et j'eus l'impression que sa jeunesse avait augmenté, qu'elle était rayonnante de grâces et de forces qui m'avaient d'abord échappé. Je compris tout de suite que c'était la grande œuvre de notre époque et que son influence, son succès allaient être immenses.

Je ne tardai pas à faire la connaissance de Proust[1]. Il faut que vous me pardonniez. Je n'ai pas le don pittoresque. Je ne saurai pas vous faire son portrait physique, ni vous décrire son apparence.

Vous trouverez d'ailleurs dans le numéro spécial que *La Nouvelle Revue française* lui a consacré après sa mort, une foule de renseignements, qui vous aideront à vous imaginer sa tournure, son vêtement et ses moindres tics. Je vous mets simplement en

1. La rencontre eut lieu en 1919, peut-être pas avant le 10 décembre, jour où Rivière, Gaston Gallimard et Gustave Tronche se rendirent chez Proust pour lui annoncer qu'il avait obtenu le prix Goncourt.

garde contre les photographies, qui sont presque toutes d'une époque bien antérieure à celle où naquit vraiment Proust l'écrivain, et qui donnent de lui une image beaucoup trop mièvre. Il y avait dans sa figure quelque chose de beaucoup plus net et accusé, en même temps que dans son regard une flamme beaucoup plus chaude et lumineuse qu'on ne l'imaginerait d'après ces portraits de jeunesse.

C'est de Proust au moral, tel que je l'ai connu ou tel que j'ai cru le voir, que je voudrais vous tracer maintenant une esquisse. Mais d'abord je voudrais vous lire quelques lignes de M. Paul Desjardins, qui vous l'évoqueront adolescent :

> L'enfant que Marcel Proust était en 1888 (et qui a subsisté, je crois, peu changé jusqu'à sa fin), ce jeune prince persan aux grands yeux de gazelle, aux paupières alanguies ; respectueux, onduleux, caressant, inquiet ; quêteur de délices, pour qui rien n'était fade ; irrité des entraves que la nature met aux tentatives de l'homme, – surtout de l'homme qu'il était, si frêle ; – s'efforçant à convertir en quelque chose d'actif le passif qui semblait son lot ; tendu vers le *plus*, le *trop*, jusque dans sa bonté charmante : cet enfant romantique, je le dessinerais volontiers, de mémoire[1].

Je retiens principalement de ce portrait en abrégé les mots : « respectueux et onduleux », et cette remarque : « s'efforçant à convertir en quelque chose d'actif le passif qui semblait son lot ».

Oui, il y avait chez Proust, je ne veux pas dire une faiblesse, mais, pour emprunter encore un mot à M. Desjardins, un manque de « pugnacité », une répugnance à serrer les poings, à se faire un chemin par la force, à déranger à son profit l'ordre du monde, ou, si vous voulez, à agir, qui doivent être soulignés avant tout autre trait.

Il était pourtant aux antipodes de la lâcheté et de la timidité. Il s'était battu en duel avec Jean Lorrain et je le revois, voulant entrer de force en pleine nuit chez un de ses amis et abrutissant la porte, et la concierge derrière la porte, de coups de poing impératifs.

Mais, en général, il avait quelque chose d'exposé, de livré, de démantelé. Son organisme moral n'était pas fait pour la concentration, l'affirmation et la conquête. Les moindres choses, les plus

1. Paul Desjardins, « Dissolution de l'individu dans l'œuvre de Proust », art. cit.

petits accidents de la vie prenaient sur lui de l'ascendant ; ils n'étaient jamais prévus par lui, ni parés.

Il faut d'abord vous faire l'idée de quelqu'un d'extrêmement inégal à la vie, d'absolument incapable de répondre à ses provocations. Tout cet aspect de son caractère se résume pour moi dans l'anecdote suivante : je sortais un soir de son appartement avec lui, vers minuit. (C'était l'heure où il allait faire ses visites.) Céleste, qui était à la fois sa gouvernante, sa bonne et sa secrétaire, nous accompagnait. L'escalier avait été fraîchement repeint. Du premier coup Proust posa la main sur la peinture et en enduisit complètement son gant. Aussitôt il se mit à diriger de doux et compliqués reproches vers Céleste, qui aurait dû le prévenir, qui savait pourtant bien que l'escalier était repeint, etc. Il semblait admettre que l'écran seul de Céleste eût pu le protéger de cette peinture ; il n'avait pas l'idée qu'il pût se défendre des choses, ni d'ailleurs non plus d'agir sur elles, *par ses propres moyens*.

Mais ceci étant bien noté, il faut maintenant nous rendre attentifs à un autre aspect très différent de son caractère, et qui n'est pas moins important. « Onduleux », dit M. Desjardins, et « s'efforçant à convertir en quelque chose d'actif le passif qui semblait son lot ». Il y a là une indication très précieuse et qu'il nous faut développer.

Proust était exposé, démuni, mais exigeant. Tenons-nous-en pour l'instant au simple domaine pratique. Il y avait des tas de choses que Proust désirait, voulait et même s'entendait à obtenir. Il avait pour les obtenir une méthode extraordinaire, d'ailleurs purement instinctive. C'était plutôt une ligne brisée qu'il suivait, et qui lui permettait de passer entre tous les obstacles.

Ici encore prenons un exemple. Son dévouement pour ses amis, sa générosité étaient admirables ; il avait toujours à chacun quelque chose à demander pour un autre. À moi, c'était le plus souvent une insertion de manuscrit dans *La Nouvelle Revue française*. (Je ne parle pas des innombrables services qu'il m'a rendus et qui dépassent infiniment tous ceux, non seulement que j'ai pu lui rendre, mais même qu'il a pu jamais me demander.)

Eh ! bien, pour parvenir à ses fins, il déployait une énergie et une ruse formidables. Il laissait la conversation suivre tous les méandres de l'association des idées, et pourtant le nom de la personne qu'il voulait me recommander y revenait vingt fois, accompagné de tous les commentaires les plus propres, étant donné mes goûts et mon caractère qu'il connaissait mieux que moi, à me la rendre sympathique. Si le talent de cette personne manquait d'évidence, Proust ne cherchait pas à me le démontrer de force ; il en parlait même, pour me désarmer, avec une liberté un peu dédaigneuse ; mais il me citait tous les auteurs que j'avais publiés, qui, à son avis, en avaient moins que son protégé. Dès qu'il me sentait résistant ou gendarmé, il cédait et passait à des considérations générales ; mais il ne tardait pas, par tout un système de tranchées défilées à mes vues, à rallier ses arguments et à reprendre son offensive.

Si, par malheur je restais inflexible, il ne se résignait pas, et dans chacune de nos conversations ultérieures il me reprochait régulièrement le refus que je lui avais opposé. Son grief revenait indéfiniment, comme une vague d'ailleurs amicale, battre ma position. Il trouvait même, dans mes choix et mes décisions concernant la revue, de quoi souligner ce qu'il y avait eu de scandaleux dans ma résistance à ses vœux.

D'ailleurs, dans sa prodigieuse mémoire, rien jamais ne se perdait et il était capable de vous répéter, à des années de distance, une phrase que vous lui aviez dite et dont aucun souvenir ne vous était resté.

Il faut même noter ici, bien que cela nous fasse sortir de la description de son caractère pour entrer dans celle de son intelligence, qu'il souffrait d'une sorte de monstruosité, qui était de ne pouvoir parvenir au présent qu'en parcourant à nouveau toute une partie de son passé. Il ne débouchait dans le présent que par le lacis, complexe et distinct, des mille canaux de sa vie antérieure. Il ne se produisait chez lui presque aucun allégement du souvenir et c'est, de toute évidence, ce qui le handicapait si fort dans la vie pratique, car agir c'est d'abord avoir oublié.

Mais laissons ce point pour l'instant. Je tiens surtout à vous faire sentir ce quelque chose dans son caractère, à côté de sa passivité, que j'ai appelé de l'exigence, cet effort constant, comme a si bien dit M. Desjardins, « pour convertir en quelque chose d'actif le passif qui semblait son lot ».

On ne peut comprendre Proust et son œuvre que si l'on se représente à la fois son impéritie, son immense maladresse, sa complète infirmité pratique et en même temps son appétit, cette direction de tout son être vers les choses, vers les gens, vers la vie, sa continuelle application à leur dérober quelque chose, à les exproprier de quelque chose.

II

En effet, le premier caractère qui doit frapper, me semble-t-il, quiconque aborde son œuvre sans prévention, c'est sa densité. Et je vous vois sourire. Car c'est cette densité qui arrête aussi tant de gens et les fait s'écrier à l'ennui, avant même qu'ils aient lu trois pages.

Pourtant je n'hésite pas à en faire la première, sinon la plus importante qualité de l'œuvre de Proust. C'est aussi qu'il faut bien voir la nature de cette densité. C'est celle même du concret. Ce sont des sensations, des impressions, des émotions massées en quantités incalculables sur chaque centimètre carré de la page, qui la produisent. Jamais peut-être la réalité n'avait été perçue d'une façon aussi fine et aussi touffue.

Écoutez plutôt ce passage de Combray :

L'appartement particulier de ma tante Léonie donnait sur la rue Saint-Jacques, qui aboutissait beaucoup plus loin au Grand-Pré (par opposition au Petit-Pré, verdoyant au milieu de la ville, entre trois rues), et qui, unie, grisâtre, avec les trois hautes marches de grès presque devant chaque porte, semblait comme un défilé pratiqué par un tailleur d'images gothiques à même la pierre où il eût sculpté une crèche ou un calvaire. Ma tante n'habitait plus effectivement que deux chambres contiguës, restant l'après-midi dans l'une pendant qu'on aérait l'autre. C'étaient de ces chambres de province qui, – de même qu'en certains pays des parties entières de l'air ou de la mer sont illuminées ou parfumées par des myriades de protozoaires que nous ne voyons pas, – nous enchantent des mille odeurs qu'y dégagent les vertus, la sagesse, les habitudes, toute une vie secrète, invisible, surabondante et morale, que l'atmosphère y tient en suspens ; odeurs naturelles encore, certes, et couleur du temps comme celles de la campagne voisine, mais déjà casanières, humaines et renfermées, gelée exquise, industrieuse et limpide, de tous les fruits de l'année qui ont quitté le verger pour l'armoire, saisonnières, mais mobilières et domestiques, corrigeant le piquant de la gelée blanche par la douceur du pain chaud, oisives et ponctuelles comme une horloge de village, flâneuses et rangées, insoucieuses et prévoyantes, lingères, matinales, dévotes, heureuses d'une paix qui n'apporte qu'un surcroît d'anxiété et d'un prosaïsme qui sert de grand réservoir de poésie à celui qui la traverse sans y avoir vécu. L'air y était saturé de la fine fleur d'un silence si nourricier, si succulent, que je ne m'y avançais qu'avec une sorte de gourmandise, surtout par ces premiers matins encore froids de la semaine de Pâques où je le goûtais mieux parce que je venais seulement d'arriver à Combray : avant que j'entrasse souhaiter le bonjour à ma tante, on me faisait attendre un instant dans la première pièce, où le soleil, d'hiver encore, était venu se mettre au chaud devant le feu, déjà allumé entre les deux briques et qui badigeonnait toute la chambre d'une odeur de suie, en faisait comme un de ces grands « devants de four » de campagne, ou de ces manteaux de cheminée de châteaux, sous lesquels on souhaite que se déclarent dehors la pluie, la neige, même quelque catastrophe diluvienne, pour ajouter au confort de la réclusion la poésie de l'hivernage ; je faisais quelques pas du prie-Dieu aux fauteuils en velours frappé, toujours revêtus d'un appuie-tête au crochet ; et le feu cuisant comme une pâte les appétissantes odeurs dont l'air de la chambre était tout grumeleux et qu'avait déjà fait travailler et « lever » la fraîcheur humide et ensoleillée du matin, il les feuilletait, les dorait, les godait, les boursouflait, en faisant un invisible et palpable gâteau provincial, un immense « chausson », où, à peine goûtés les arômes plus croustillants, plus fins, plus réputés, mais plus secs aussi du placard, de la commode, du papier à ramages, je revenais toujours avec une convoitise inavouée m'engluer dans l'odeur médiane, poisseuse, fade, indigeste et fruitée du couvre-lit à fleurs[1].

Je vous lis ce passage pour vous faire sentir ce que Barrés, dans la lettre que nous avons publiée dans le numéro d'hommage, a appelé « l'incroyable surabondance des enregistrements[2] » de Proust.

Et cet autre passage, que je vais vous lire, vous fera sentir d'une autre manière la quantité, non plus de sensations, mais de sentiments que Proust est capable de faire tenir dans une simple demi-page décrivant un espace de temps de quelques secondes. C'est au moment où Odette conquise s'abandonne dans les bras de Swann :

Il élevait son autre main le long de la joue d'Odette ; elle le regarda fixement, de l'air languissant et grave qu'ont les femmes du maître florentin avec lesquelles il lui avait trouvé de la ressemblance ; amenés au bord des paupières, ses yeux brillants, larges et minces comme les leurs, semblaient prêts à se détacher ainsi que deux larmes. Elle fléchissait le cou comme on leur voit faire à toutes,

1. *À la recherche du temps perdu*, *Du côté de chez Swann*, I, p. 48-50.
2. Maurice Barrès, « Hommage » [à Marcel Proust], *La NRF*, 1er janvier 1923.

dans les scènes païennes comme dans les tableaux religieux. Et, en une attitude, qui sans doute lui était habituelle, qu'elle savait convenable à ces moments-là et qu'elle faisait attention à ne pas oublier de prendre, elle semblait avoir besoin de toute sa force pour retenir son visage, comme si une force invisible l'eût attiré vers Swann. Et ce fut Swann, qui, avant qu'elle le laissât tomber, comme malgré elle, sur ses lèvres, le retint un instant, à quelque distance, entre ses deux mains. Il avait voulu laisser à sa pensée le temps d'accourir, de reconnaître le rêve qu'elle avait si longtemps caressé et d'assister à sa réalisation, comme une parente qu'on appelle pour prendre sa part du succès d'un enfant qu'elle a beaucoup aimé. Peut-être aussi Swann attachait-il sur ce visage d'Odette non encore possédée, ni même encore embrassée par lui, qu'il voyait pour la dernière fois, ce regard avec lequel, un jour de départ, on voudrait emporter un paysage qu'on va quitter pour toujours[1].

Je cherche encore une fois à vous faire sentir l'extraordinaire bourrage du livre, que la disposition typographique (j'entends celle des premiers volumes) ne faisait que reproduire et matérialiser.

Chaque page est, si j'ose dire, au psychologique, ce qu'elle est au typographique : une myriade de perceptions et d'émotions diverses et simultanées y sont tassées, en étroit contact, en étroite liaison mutuelle, et pourtant dans un état de distinction parfaite. On voit, on touche, on respire le tout d'un spectacle, le tout d'un sentiment, d'une pensée. C'est un véritable gâteau, pour reprendre sa métaphore, un véritable gâteau d'impressions que Proust offre à la faim de notre esprit.

Et je tiens à vous faire observer que ce que nous constatons ici n'est que le résultat positif, la rançon esthétique de cette maladresse, de cette lâcheté, au sens physique du mot, de ce manque de tension et d'adaptation nerveuses, de cette exposition à toutes choses, que nous avons signalés tout à l'heure comme le premier trait du caractère de Proust.

Si vous me permettez de me citer moi-même, je vous lirai ici une page de l'article que j'ai donné dans le numéro d'hommage :

Proust trempe d'abord entièrement, profondément dans la sensation, dans le sentiment. Dès son enfance *éprouver* lui prend toutes ses forces, sauf une : l'intelligence. On le voit captif de ses propres émotions, enseveli sous leur multitude, accablé, opprimé déjà ; il

1. *À la recherche du temps perdu, Du côté de chez Swann*, I, p. 229-230.

> n'y a que son esprit qui vole et le transcende, mais sans se proposer d'autre tâche que l'inspection.
>
> Le moment où l'enfant réfléchit sur ses sensations, refuse certaines pour pouvoir utiliser les autres, ne vient pas pour lui. Aucun effort d'ajustement ni d'économie ; il ne se prépare à aucun moment à vaincre la nature ; le Robinson ne fait pas son apparition en lui. Dans l'épaisse forêt de ses jours et de ses nuits il ne taille aucune planche ni ne cherche à se construire aucune maison. Il restera pauvre d'abri jusqu'à son dernier jour, jusqu'à ce lit de fer dans cet appartement meublé où il mourra, face encore à ses sensations[1].

Vous voyez de quelle façon on peut, et, je crois qu'on doit mettre en relation le manque d'industrie de Proust et l'épaisseur magnifique de son livre.

Cette épaisseur est un miracle qui ne pouvait se produire que par le moyen, ou par la médiation d'un organisme moral complètement privé de défense. C'est parce qu'il ne s'est jamais disputé avec la vie que Proust a pu en recevoir l'empreinte avec cette prodigieuse minutie. C'est parce qu'il n'a rien voulu d'abord qu'il a tant recueilli.

Oui, décidément, cette descente de son escalier, que je vous racontais tout à l'heure, m'apparaît de plus en plus symbolique. La peinture *devait* venir se coller à son gant et il n'y avait qu'un autre être s'interposant, le protégeant, qui pût empêcher cette adhésion du monde extérieur sur lui.

Si vous voulez mesurer d'une première façon l'importance et l'originalité de l'œuvre de Proust, songez que c'est l'œuvre de quelqu'un qui n'a rien évité. Cette danse à laquelle nous nous livrons instinctivement dès l'enfance et qui nous permet de tourner certains obstacles, d'éluder certains encombrements, de nous rapprocher de certains objets, de nous éloigner de certains autres, de fournir une carrière, au sens propre du mot, Proust n'en a jamais été capable. Et par là même, par cette impuissance première, il a pu recueillir tout ce que nous secouons, enregistrer tout ce que nous dépassons, s'alourdir de tout ce que nous écartons.

Son œuvre nous apparaît donc en ceci d'abord prodigieuse, qu'elle représente la totalité d'une expérience spirituelle, la somme de tout ce qui assaille notre conscience et ne réussit en général à y pénétrer que partiellement.

1. *Études*, *op. cit.*

On y trouve par exemple des descriptions infiniment détaillées de rêves que nous reconnaissons avec une sorte de coup au cœur, mais dont jamais nous n'avions été capables de ressaisir en nous-mêmes le souvenir, une fois éveillés.

On y trouve une peinture des dessous de l'amour, si j'ose dire, j'entends par là de tout ce que nous éprouvons réellement dans cet état mystérieux qu'un mot sert à simplifier, mais qui est fait de mille mouvements profonds et absurdes, de mille petites pensées que nous ne prenons même pas la peine de nous traduire à nous-mêmes, et qui sont comme les molécules obscures de notre sentiment.

À travers tout cet *Amour de Swann*, qui forme la deuxième partie de *Du côté de chez Swann* et qui, comme l'a remarqué Edmond Jaloux, est à lui tout seul un des plus beaux romans de passion de toute la littérature française, les sentiments du héros sont constamment figurés, si j'ose dire, sur plusieurs étages. On voit ce qui se passe à la surface de sa conscience, tout ce qu'il appréhende immédiatement, et en même temps des vues nous sont ouvertes brusquement sur le courant secret qui la parcourt.

Je vous donne quelques exemples.

Swann a pris l'habitude de voir tous les soirs Odette chez les Verdurin.

Rien qu'en approchant de chez les Verdurin, quand il apercevait, éclairées par des lampes, les grandes fenêtres dont on ne fermait jamais les volets, il s'attendrissait en pensant à l'être charmant qu'il allait voir épanoui dans leur lumière d'or. Parfois les ombres des invités se détachaient minces et noires, en écran, devant les lampes, comme ces petites gravures qu'on intercale de place en place dans un abat-jour translucide dont les autres feuillets ne sont que clarté. Il cherchait à distinguer la silhouette d'Odette. Puis, dès qu'il était arrivé, sans qu'il s'en rendît compte, ses yeux brillaient d'une telle joie que M. Verdurin disait au peintre : « Je crois que ça chauffe. » Et la présence d'Odette ajoutait en effet pour Swann à cette maison ce dont n'était pourvue aucune de celles où il était reçu : une sorte d'appareil sensitif, de réseau nerveux, qui se ramifiait dans toutes les pièces et apportait des excitations constantes à son cœur.

Ainsi le simple fonctionnement de cet organisme social qu'était le petit « clan », prenait automatiquement pour Swann des rendez-vous quotidiens avec Odette et lui permettait de feindre une indifférence à la voir, ou même un désir de ne plus la voir, qui ne lui faisait pas courir de grands risques, puisque, quoi qu'il lui eût écrit dans la journée, il la verrait forcément le soir et la ramènerait chez elle.

Mais une fois qu'ayant songé avec maussaderie à cet inévitable retour ensemble, il avait emmené jusqu'au Bois sa jeune ouvrière pour retarder le moment d'aller chez les Verdurin, il arriva chez eux si tard qu'Odette, croyant qu'il ne viendrait plus, était partie. En voyant qu'elle n'était plus dans le salon, Swann ressentit une souffrance au cœur ; il tremblait d'être privé d'un plaisir qu'il mesurait pour la première fois, ayant eu jusque-là cette certitude de le trouver quand il voulait, qui pour tous les plaisirs nous diminue ou même nous empêche d'apercevoir aucunement leur grandeur[1].

« Swann ressentit une souffrance au cœur. » C'est l'inconscient qui se révèle tout à coup. Tout à coup, et en même temps que lui, nous sentons dans cet être quelque chose de plus qu'il ne sentait, nous le voyons constitué d'un élément de plus que nous ne savions, et qu'il ne savait.

Un peu plus tard, quand Swann cherche Odette dans tout Paris et qu'il a envoyé son cocher visiter les restaurants où elle peut être encore :

Le cocher revint lui dire qu'il ne l'avait trouvée nulle part, et ajouta son avis, en vieux serviteur :

« Je crois que Monsieur n'a plus qu'à rentrer.

— Mais l'indifférence que Swann jouait facilement quand Rémi ne pouvait plus rien changer à la réponse qu'il apportait, tomba, quand il le vit essayer de le faire renoncer à son espoir et à sa recherche[2]. »

« Son indifférence […] tomba. » C'est ici le mot à noter. Il est d'une simplicité absolue ; mais il nous montre dans toute sa force le procédé de Proust, cette façon qu'il a de toujours nous présenter les autres êtres et lui-même dans leur profondeur, avec ce qui se passe en eux de supplémentaire, si je puis dire, avec la totalité de leurs impressions, dans tout leur volume psychologique.

Bien que ce soit une qualité d'ordre plus pittoresque, il nous faut noter ici, – car il provient également de « l'incroyable surabondance de ses enregistrements », – l'art qu'a Proust de reproduire

1. *À la recherche du temps perdu*, *Du côté de chez Swann*, I, p. 222-223.
2. *Ibid.*, p. 226-227.

presque sténographiquement les paroles de ses personnages. Là encore il embrasse le tout de ce qu'on pourrait appeler leur être verbal, comme ailleurs le tout de leurs sentiments. Il disparaît vraiment, comme auteur, sous le flot de leurs paroles ; il ne lui impose aucune limite, ni aucune direction. On peut en ressentir parfois de l'agacement ; mais le personnage s'impose ainsi à nous avec une réalité, une abondance, une variété qu'aucun portrait délibéré ne pourrait produire.

Rien ne peut être plus exaspérant que les propos de M. de Norpois, l'ambassadeur en visite chez les parents de Proust, au début des *Jeunes filles en fleurs*. Écoutez plutôt (je ne puis vous donner qu'un tout petit échantillon) :

> Une des choses qui contribuent certainement au succès de Mme Berma, dit M. de Norpois en se tournant avec application vers ma mère pour ne pas la laisser en dehors de la conversation et afin de remplir consciencieusement son devoir de politesse envers une maîtresse de maison, c'est le goût parfait qu'elle apporte dans le choix de ses rôles et qui lui vaut toujours un franc succès, et de bon aloi. Elle joue rarement des médiocrités. Voyez, elle s'est attaquée au rôle de Phèdre. D'ailleurs, ce goût elle l'apporte dans ses toilettes, dans son jeu. Bien qu'elle ait fait de fréquentes et fructueuses tournées en Angleterre et en Amérique, la vulgarité, je ne dirai pas de John Bull, ce qui serait injuste, au moins pour l'Angleterre de l'ère Victorienne, mais de l'oncle Sam, n'a pas déteint sur elle. Jamais de couleurs trop voyantes, de cris exagérés. Et puis cette voix admirable qui la sert si bien et dont elle joue à ravir, je serais presque tenté de dire en musicienne[1].

Tous les poncifs, toute la vétusté d'expression, toute la timidité devant l'exactitude des mots d'un vieux diplomate de carrière, apparaissent dans ce court passage et là encore nous avons, il me semble, cette même impression d'intégrité, de parfaite prépondérance de la réalité sur les goûts, le choix, les réactions possibles de l'auteur, que nous éprouvions tout à l'heure quand Proust nous décrivait les odeurs de Combray ou nous montrait Swann perdant tout à coup son indifférence. Quelque chose s'installe devant nous, sur nous, qui peut nous gêner, mais que nous ne pouvons ni récuser, ni écarter.

---

1. *À la recherche du temps perdu*, *À l'ombre des jeunes filles en fleurs*, I, p. 449.

J'aimerais à vous donner encore des échantillons de cette magnifique habitation par le concret de l'œuvre de Proust.

Mais je dois m'arrêter, content si j'ai pu vous faire soupeser l'extraordinaire richesse de cette œuvre, son caractère volumineux et, pour reprendre une expression que Proust applique aux imaginations de Swann amoureux, « cette sorte de douceur surabondante et de densité mystérieuse », qui en font le premier charme.

Je serai content aussi si vous avez bien compris qu'une telle œuvre ne pouvait naître que de l'être exposé et immobile que je vous décrivais en commençant, que de « ce navire démoli et condamné à un éternel mouillage » que fut Proust dès son enfance.

III

Pourtant, de même que nous avons reconnu, à côté de sa passivité et de son impressionnabilité radicales, un trait positif dans le caractère de Proust, de même nous devons rechercher, ou nous devons nous attendre à voir apparaître un second aspect de son œuvre, une autre originalité de sa manière.

Il y a la tache de peinture sur le gant ; mais il y a aussi l'entêtement de Proust, son art de demander et d'obtenir, cet appétit, cette exigence, cet effort « pour convertir en quelque chose d'actif le passif qui semblait son lot », et plus généralement encore, dans le plan intellectuel, sa défiance des apparences, son besoin de saisir quelque chose de plus solide que ce qui s'offre d'abord à ses sens, sa passion de la vérité.

Écoutez ce passage de Combray. Il va vous faire sentir l'attitude que Proust prenait instinctivement en face de ses sensations et vous montrera par quelle inspiration vraiment philosophique sa merveilleuse réceptivité se prolongeait :

> Combien depuis ce jour, dans mes promenades du côté de Guermantes, il me parut plus affligeant encore qu'auparavant de n'avoir pas de dispositions pour les lettres, et de devoir renoncer à être jamais un écrivain célèbre ! Les regrets que j'en éprouvais, tandis que je restais seul à rêver un peu à l'écart, me faisaient tant souffrir, que pour ne plus les ressentir, de lui-même, par une sorte d'inhibition devant la douleur, mon esprit s'arrêtait entièrement de penser aux vers, aux romans, à un avenir poétique sur lequel mon manque de talent m'interdisait de compter. Alors, bien en dehors de toutes ces préoccupations littéraires et ne s'y rattachant en rien, tout d'un

coup un toit, un reflet de soleil sur une pierre, l'odeur d'un chemin me faisaient arrêter par un plaisir particulier qu'ils me donnaient, et aussi parce qu'ils avaient l'air de cacher au-delà de ce que je voyais quelque chose qu'ils invitaient à venir prendre et que malgré mes efforts je n'arrivais pas à découvrir. Comme je sentais que cela se trouvait en eux, je restais là immobile, à regarder, à respirer, à tâcher d'aller avec ma pensée au-delà de l'image ou de l'odeur. Et s'il me fallait rattraper mon grand-père, poursuivre ma route, je cherchais à les retrouver, en fermant les yeux ; je m'attachais à me rappeler exactement la ligne du toit, la nuance de la pierre qui, sans que je pusse comprendre pourquoi, m'avaient semblé pleines, prêtes à s'entrouvrir, à me livrer ce dont elles n'étaient qu'un couvercle[1].

Ainsi, dès l'enfance, en même temps qu'il recevait le monde en lui comme une envahissante merveille, Proust sentait un « devoir de conscience ardu » – c'est sa propre expression – qui le poussait à le comprendre, à lui arracher quelque chose de plus que lui-même, à découvrir la réalité (matérielle ou idéale, il ne savait encore) cachée « sous le revêtement des images ».

Reynaldo Hahn, dans le numéro d'hommage, a raconté une anecdote très significative qui montre combien, dans la pratique, il était fidèle à ce devoir :

Le jour de mon arrivée, nous allâmes ensemble nous promener dans le jardin. Nous passions devant une bordure de rosiers du Bengale, quand soudain il se tut et s'arrêta. Je m'arrêtai aussi, mais il se remit alors à marcher, et je fis de même. Bientôt il s'arrêta de nouveau et me dit avec cette douceur enfantine et un peu triste qu'il conserva toujours dans le ton et dans la voix : « Est-ce que ça vous fâcherait que je reste un peu en arrière ? Je voudrais revoir ces petits rosiers. » Je le quittai. Au tournant de l'allée, je regardai derrière moi. Marcel avait rebroussé chemin jusqu'aux rosiers. Ayant fait le tour du château, je le retrouvai à la même place, regardant fixement les roses. La tête penchée, le visage grave, il clignait des yeux, les sourcils légèrement froncés comme par un effort d'attention passionnée, et de sa main gauche il poussait obstinément entre ses lèvres le bout de sa petite moustache noire, qu'il mordillait. Je sentais qu'il m'entendait venir, qu'il me voyait, mais qu'il ne voulait ni parler ni bouger. Je passai donc sans prononcer un mot. Une minute s'écoula, puis j'entendis Marcel qui m'appelait. Je me retournai ; il courait vers moi. Il me rejoignit et me demanda si « je n'étais

1. *À la recherche du temps perdu*, *Du côté de chez Swann*, I, p. 176.

pas fâché ». Je le rassurai en riant et nous reprîmes notre conversation interrompue. Je ne lui adressai pas de question sur l'épisode des rosiers ; je ne fis aucun commentaire, aucune plaisanterie : je comprenais obscurément qu'il ne fallait pas[1]…

C'est dans la même hypnose consciente, et qui était plutôt un effort passionné d'application aux choses sensibles pour leur dérober leur secret, que Proust lui-même se représente à plusieurs reprises au cours de son livre.

Devant les aubépines d'abord :

Mais j'avais beau rester devant les aubépines à respirer, à porter devant ma pensée qui ne savait ce qu'elle devait en faire, à perdre, à retrouver leur invisible et fixe odeur, à m'unir au rythme qui jetait leurs fleurs, ici et là, avec une allégresse juvénile et à des intervalles inattendus comme certains intervalles musicaux, elles m'offraient indéfiniment le même charme avec une profusion inépuisable, mais sans me laisser approfondir davantage, comme ces mélodies qu'on rejoue cent fois de suite sans descendre plus avant dans leur secret[2].

Et ailleurs :

Au tournant d'un chemin j'éprouvai tout à coup ce plaisir spécial qui ne ressemblait à aucun autre, à apercevoir les deux clochers de Martinville, sur lesquels donnait le soleil couchant et que le mouvement de notre voiture et les lacets du chemin avaient l'air de faire changer de place, puis celui de Vieuxvicq, qui, séparé d'eux par une colline et une vallée, et situé sur un plateau plus élevé dans le lointain, semblait pourtant tout voisin d'eux.

En constatant, en notant la forme de leur flèche, le déplacement de leurs lignes, l'ensoleillement de leur surface, je sentais que je n'allais pas au bout de mon impression, que quelque chose était derrière ce mouvement, derrière cette clarté, quelque chose qu'ils semblaient contenir et dérober à la fois[3].

Tout ce qui le frappe, tout ce qui émeut ses sens lui semble ainsi à la fois « contenir et lui dérober » quelque chose. Et le premier mouvement de son génie est de poursuivre ce quelque chose, de

---

1. Reynaldo Hahn, « Promenade », hommage à Proust, *La NRF*, 1er janvier 1923.
2. *À la recherche du temps perdu*, *Du côté de chez Swann*, I, p. 136.
3. *Ibid.*, p. 177-178.

tâcher de le reprendre, de l'extorquer au paysage ou à l'être vivant qui se proposent à lui.

> De même qu'au voyage à Balbec, au voyage à Venise, que j'avais tant désirés, – ce que je demandais à cette matinée, c'était tout autre chose qu'un plaisir : des vérités appartenant à un monde plus réel que celui où je vivais, et desquelles l'acquisition une fois faite ne pourrait pas m'être enlevée par des incidents insignifiants, fussent-ils douloureux à mon corps, de mon oiseuse existence. Tout au plus, le plaisir que j'aurais pendant le spectacle, m'apparaissait-il comme la forme peut-être nécessaire de la perception de ces vérités[1].

Un auteur anglais a pu écrire tout un article sur le platonisme de Proust[2]. Ce sont en effet comme des idées du monde sensible, comme des archétypes de chaque objet ou de chaque être que Proust au début semble vouloir à tout prix découvrir. Il a une véritable faim de vérité, et de réalité immuable, soustraite au temps, donc autre que celle que ses sens lui présentent.

Je crois qu'on ne saurait assez insister sur ce point, ni assez montrer que toute la *recherche du temps perdu* est née du besoin de saisir, de posséder l'insaisissable et de l'éterniser en le ramenant à quelque chose de l'ordre de la vérité.

Nous n'y comprendrons rien si nous ne nous rappelons sans cesse la phrase : « Je restais là immobile, à regarder, à respirer, à tâcher d'aller avec ma pensée au-delà de l'image et de l'odeur », si nous ne nous représentons pas sans cesse cet esprit qui cherche, qui désire…

(D'ailleurs, Proust, au début, ne concevait la possibilité pour lui d'écrire une grande œuvre littéraire que s'il réussissait à trouver un sujet philosophique. Et c'est parce qu'il n'en trouvait pas qu'il se croyait dépourvu de talent…)

Pourtant ce qu'il cherche, ce qu'il désire, Proust perd assez vite l'idée que ce puisse être quelque chose de vraiment extérieur, quelque chose comme une statue idéale qui serait logée derrière les spectacles qu'il contemple et qu'il n'aurait qu'à dévoiler.

---

1. *À la recherche du temps perdu*, *À l'ombre des jeunes filles en fleurs*, I, p. 434.
2. Logan Pearsall Smith, « The "Little" Proust », *The New Statesman*, 24 février 1923. Logan Pearsall Smith (1865-1946) fut un proche du Bloomsbury Group, notamment de Virginia Woolf.

Son appétit se transforme et sans devenir moins intense, se fait plus modeste. Son besoin réaliste se change en le simple besoin de savoir la vérité, et ce qu'il cherche désormais à arracher à ses impressions, à tout ce qui vient ébranler ses sens, ce n'est plus qu'une formule où soit décelé ce qu'ils peuvent avoir de général, de perceptible par tous les esprits.

Vous voyez le double mouvement de son esprit. La force d'abord en est si grande qu'il va frapper la réalité sensible comme un mur et qu'il cherche à la faire écrouler pour voir ce qu'il peut y avoir derrière. C'est exactement le pendant de ses coups de poing dans la porte pour réveiller la concierge.

Mais la porte, mais le mur résistent. Et l'esprit de Proust alors, sans rien perdre de son entêtement objectif, s'assoupit, devient « onduleux » si vous voulez, et ne cherche plus, de cette réalité sensible, qui, après tout, il s'en aperçoit, lui est intérieure, qu'à extraire la généralité, ou qu'à exprimer les lois.

En d'autres termes, sa tendance métaphysique se transforme en une tendance positive, en un effort pour découvrir au sein de cette masse énorme de sensations et d'émotions dont il est encombré les éléments reconnaissables par tous les hommes, les éléments humains.

Et je crois que nous sommes munis maintenant pour comprendre tout ce que j'ai appelé le deuxième aspect de l'œuvre de Proust, ce qui fait, non plus seulement son charme, mais sa grandeur, ce qui lui donne un caractère classique.

Nous ne manquons pas de livres d'évocation, de livres de souvenirs. Combien de gens nous ont raconté leur enfance, ont travaillé à nous émouvoir par le récit de leurs émotions passées, ou par des descriptions détaillées du milieu où ils ont grandi ! Vous sentez bien pourtant que ce que nous donne Proust est non seulement d'une beaucoup plus grande perfection sous ce rapport, d'un beaucoup plus grand achèvement, mais en même temps d'un autre ordre.

Oui, je n'hésite pas à le dire, cet acharnement à comprendre, à dépasser l'apparence avec l'esprit, que je vous ai fait saisir, a fini par transformer un livre de pure réminiscence en une extraordinaire peinture de l'homme, des hommes, en une peinture aussi vraie, aussi puissante, aussi approfondissante de nos abîmes, si j'ose dire, que les grandes œuvres classiques. Le livre de Proust est aussi satisfaisant pour notre intelligence que pour toutes nos autres facultés. Il ne nous caresse pas seulement, il ne nous envoie pas seulement des bouffées de parfum vers les narines ; il ne nous fait pas seulement entrevoir, comme un étang souterrain qui luirait dans l'ombre la complexité et la bizarrerie de notre moi ; il nous enseigne, il nous explique la nature humaine ; il nous en découvre de nouveaux rouages ; il lui arrache tout un tas de petites lois ; il la porte, il l'élève lentement, même dans ce qu'elle a de plus obscur, jusqu'au niveau de notre raison.

Je voudrais vous faire sentir maintenant par des lectures jusqu'à quel degré cette masse formidable de sensibilité que nous avons soupesée au début et dont nous avons admiré la densité, est imprégnée en même temps de vérité et rayonne pour l'esprit. Je vais prendre d'abord un passage pittoresque, un passage comique, mais dont vous ne manquerez pas d'apercevoir la valeur d'humanité, où vous distinguerez cette sorte de lumière explicative de notre nature qui illumine par exemple les pièces de Molière :

> Mme Verdurin était assise sur un haut siège suédois en sapin ciré, qu'un violoniste de ce pays lui avait donné et qu'elle conservait, quoiqu'il rappelât la forme d'un escabeau et jurât avec les beaux meubles anciens qu'elle avait, mais elle tenait à garder en évidence les cadeaux que les fidèles avaient l'habitude de lui faire de temps en temps, afin que les donateurs eussent le plaisir de les reconnaître quand ils venaient. Aussi tâchait-elle de persuader qu'on s'en tînt aux fleurs et aux bonbons, qui du moins se détruisent ; mais elle n'y réussissait pas et c'était chez elle une collection de chauffe-pieds, de coussins, de pendules, de paravents, de baromètres, de potiches, dans une accumulation de redites et un disparate d'étrennes.
>
> De ce poste élevé elle participait avec entrain à la conversation des fidèles et s'égayait de leurs « fumisteries » mais depuis l'accident qui était arrivé à sa mâchoire, elle avait renoncé à prendre la peine de pouffer effectivement et se livrait à la place à une mimique conventionnelle qui signifiait, sans fatigue ni risques pour elle, qu'elle riait aux larmes. Au moindre mot que lâchait un habitué contre un ennuyeux ou contre un ancien habitué rejeté au camp des ennuyeux, – et, pour le plus grand désespoir de M. Verdurin, qui avait eu longtemps la prétention d'être aussi aimable que sa femme, mais qui riant pour de bon s'essoufflait vite et avait été distancé et vaincu par cette ruse d'une incessante et fictive hilarité, – elle poussait un petit cri, fermait entièrement ses yeux d'oiseau qu'une taie commençait à voiler, et brusquement, comme si elle n'eût eu que le temps de cacher un spectacle indécent ou de parer à un accès mortel, plongeant sa figure dans ses mains qui la recouvraient et n'en

laissaient plus rien voir, elle avait l'air de s'efforcer de réprimer, d'anéantir un rire qui, si elle s'y fût abandonnée, l'eût conduite à l'évanouissement. Telle, étourdie par la gaîté des fidèles, ivre de camaraderie, de médisance et d'assentiment, Mme Verdurin, juchée sur son perchoir, pareille à un oiseau dont on eût trempé le colifichet dans du vin chaud, sanglotait d'amabilité[1].

En apparence rien qu'une description admirablement amusante ; mais ne sentez-vous pas la pénétration qu'implique ce petit tableau, et le profond effort de l'esprit qui a été chercher ce trait si juste, à la fois si particulier et si général : « Ivre de camaraderie, de médisance et d'assentiment. » Vraiment, c'est bien de la même pression que l'esprit de Proust exerçait sur les clochers de Martinville, qu'il est né. La nature humaine a été sollicitée par lui dans sa profondeur et amenée au grand jour, exprimée, fixée.

Voyons maintenant un passage où l'intelligence de Proust a appuyé, comme on dit d'un crayon qu'il appuie, un peu davantage. Il s'agit encore d'émotions infiniment particulières, en l'espèce des émotions de Swann, trahi, abandonné par Odette, et à qui, dans un concert chez Mme de Saint-Euverte, où il se sent seul et misérable, la petite phrase de la sonate de Vinteuil vient brusquement apporter le souvenir du temps où son amour était partagé et heureux :

> Le concert recommença et Swann comprit qu'il ne pourrait pas s'en aller avant la fin de ce nouveau numéro du programme. Il souffrait de rester enfermé au milieu de ces gens dont la bêtise et les ridicules le frappaient d'autant plus douloureusement qu'ignorant son amour, incapables, s'ils l'avaient connu, de s'y intéresser et de faire autre chose que d'en sourire comme d'un enfantillage ou de le déplorer comme une folie, ils le lui faisaient apparaître sous l'aspect d'un état subjectif qui n'existait que pour lui, dont rien d'extérieur ne lui affirmait la réalité ; il souffrait surtout, et au point que même le son des instruments lui donnait envie de crier, de prolonger son exil dans ce lieu où Odette ne viendrait jamais, où personne, où rien ne la connaissait, d'où elle était entièrement absente.
>
> Mais, tout à coup, ce fut comme si elle était entrée, et cette apparition lui fut une si déchirante souffrance qu'il dut porter la main à son cœur. C'est que le violon était monté à des notes hautes où il restait comme pour une attente, une attente qui se prolongeait sans qu'il cessât de les tenir, dans l'exaltation où il était d'apercevoir déjà

1. *À la recherche du temps perdu*, *Du côté de chez Swann*, I, p. 202.

l'objet de son attente qui s'approchait, et avec un effort désespéré pour tâcher de durer jusqu'à son arrivée, de l'accueillir avant d'expirer, de lui maintenir encore un moment de toutes ses dernières forces le chemin ouvert pour qu'il pût passer, comme on soutient une porte qui sans cela retomberait. Et avant que Swann eût eu le temps de comprendre, et de se dire : « C'est la petite phrase de la sonate de Vinteuil, n'écoutons pas ! » tous ses souvenirs du temps où Odette était éprise de lui, et qu'il avait réussi jusqu'à ce jour à maintenir invisibles dans les profondeurs de son être, trompés par ce brusque rayon du temps d'amour qu'ils crurent revenu, s'étaient réveillés, et à tire-d'aile, étaient remontés lui chanter éperdument, sans pitié pour son infortune présente, les refrains oubliés du bonheur.

Au lieu des expressions abstraites « temps où j'étais heureux », « temps où j'étais aimé », qu'il avait souvent prononcées jusque-là et sans trop souffrir, car son intelligence n'y avait enfermé du passé que de prétendus extraits qui n'en conservaient rien, il retrouva tout ce qui de ce bonheur perdu avait fixé à jamais la spécifique et volatile essence ; il revit tout, les pétales neigeux et frisés du chrysanthème qu'elle lui avait jeté dans sa voiture, qu'il avait gardée contre ses lèvres – l'adresse en relief de la « Maison Dorée » sur la lettre où il avait lu : « Ma main tremble si fort en vous écrivant » – le rapprochement de ses sourcils quand elle lui avait dit d'un air suppliant : « Ce n'est pas dans trop longtemps que vous me ferez signe ? », il sentit l'odeur du fer du coiffeur par lequel il se faisait relever sa « brosse » pendant que Lorédan allait chercher la petite ouvrière, les pluies d'orage qui tombèrent si souvent ce printemps-là, le retour glacial dans sa victoria, au clair de lune, toutes les mailles d'habitudes mentales, d'impressions saisonnières, de réactions cutanées, qui avaient étendu sur une suite de semaines un réseau uniforme dans lequel son corps se trouvait repris. À ce moment-là, il satisfaisait une curiosité voluptueuse en connaissant les plaisirs des gens qui vivent par l'amour. Il avait cru qu'il pourrait s'en tenir là, qu'il ne serait pas obligé d'en apprendre les douleurs ; comme maintenant le charme d'Odette lui était peu de chose auprès de cette formidable terreur qui le prolongeait comme un trouble halo, cette immense angoisse de ne pas savoir à tous moments ce qu'elle avait fait, de ne pas la posséder partout et toujours ! Hélas, il se rappela l'accent dont elle s'était écriée : « Mais je pourrai toujours vous voir, je suis toujours libre ! » elle qui ne l'était plus jamais ! l'intérêt, la curiosité qu'elle avait eus pour sa vie à lui, le désir passionné qu'il lui fît la faveur – redoutée au contraire par lui en ce temps-là comme une cause d'ennuyeux dérangements – de l'y laisser pénétrer ; comme elle avait été obligée de le prier pour qu'il se laissât mener chez les Verdurin ; et, quand il la faisait venir chez lui une fois par mois, comme il avait fallu, avant qu'il se laissât fléchir, qu'elle lui répétât le délice que serait cette habitude de se voir tous les jours dont elle rêvait alors qu'elle ne lui semblait à lui qu'un fastidieux tracas, puis qu'elle avait prise en dégoût et définitivement rompue, pendant qu'elle était devenue pour lui un si invincible et si douloureux besoin. Il ne savait pas dire si vrai quand, à la troisième fois qu'il l'avait vue, comme elle lui répétait : « Mais pourquoi ne me laissez-vous pas venir plus souvent ? », il lui avait dit en riant, avec galanterie : « par peur de souffrir maintenant, hélas ! » il arrivait encore parfois qu'elle lui écrivît d'un restaurant ou d'un hôtel sur du papier qui en portait le nom imprimé ; mais c'était comme des lettres de feu qui le brûlaient. « C'est écrit de l'hôtel Vouillemont ? Qu'y peut-elle être allée faire ! avec qui ? que s'y est-il passé ? » Il se rappela les becs de gaz qu'on éteignait boulevard des Italiens quand il l'avait rencontrée contre tout espoir parmi les ombres errantes dans cette nuit qui lui avait semblé presque surnaturelle et qui en effet – nuit d'un temps où il n'avait même pas à se demander s'il ne la contrarierait pas en la cherchant, en la retrouvant, tant il était sûr qu'elle n'avait pas de plus grande joie que de le voir et de rentrer avec lui, – appartenait bien à un monde mystérieux où on ne peut jamais revenir quand les portes s'en sont refermées. Et Swann aperçut, immobile en face de ce bonheur revécu, un malheureux qui lui fit pitié parce qu'il ne le reconnut pas tout de suite, si bien qu'il dut baisser les yeux pour qu'on ne vît pas qu'ils étaient pleins de larmes. C'était lui-même[1].

Je ne veux pas pousser plus loin sans vous faire remarquer tout ce qu'un passage de cet ordre et de cette qualité apporte de nouveau dans l'art psychologique, dans l'art de peindre les sentiments. Que peut-il y avoir de plus confus, de plus organique et informe, que la réminiscence du bonheur au sein du malheur ? Ou plutôt ces vagues embaumées du souvenir qui viennent battre un esprit souffrant, à quoi semblaient-elles pouvoir prêter en littérature sinon à quelque thrène harmonieux et obscur où l'écrivain eût tâché de faire passer toutes ses puissances de poésie ? Imaginez-vous ce qu'un Barrés par exemple eût écrit, d'ailleurs d'admirable, sur ce thème ?

Chez Proust, il y a la poésie ; mais, il y a quelque chose de plus. De cette tempête sentimentale, son intelligence arrive à fixer les moindres contours. Les alternatives de souvenir et de conscience

1. *Ibid.*, p. 339-341.

actuelle, les comparaisons détaillées que fait l'esprit de Swann entre le passé et le présent, la rencontre et l'enchevêtrement de ses états d'âme nous sont montrés avec une distinction extraordinaire, sont cristallisés pour nous sur la page. Et ils prennent ainsi une sorte de vérité qui les dépasse ; ils deviennent un moment de l'âme humaine, une forme générale du sentiment. Si bien, – je pense que vous l'aurez remarqué, – qu'au moment où Proust écrit : « Il se rappela les becs de gaz qu'on éteignait boulevard des Italiens, quand il l'avait rencontrée contre tout espoir parmi les ombres errantes dans cette nuit qui lui avait semblé presque surnaturelle… », il continue tout naturellement : « et qui, en effet, appartenait bien à un monde mystérieux où *on* ne peut jamais revenir quand les portes s'en sont refermées ». Le *on* remplace insensiblement le *il*, et le mouvement de généralisation est si profond, si intime, se confond si bien avec la phrase qu'à ce moment-là, en effet, nous ne pensons plus seulement à Swann, mais nous faisons instinctivement l'application à nous-mêmes de tout ce que Proust nous raconte qui se passe en lui.

Et quand Swann nous est montré face à lui-même et ne se reconnaissant plus, c'est nous-mêmes aussitôt que nous revoyons dans cette même attitude de profond partage intime où le retour du passé parfois vient nous induire.

Une vérité a donc été extraite, sans effort, sans système, d'un complexe de sentiments décrits comme appartenant à un personnage déterminé. Je dis que c'est là le grand art classique. Et je dis que Proust, de par son besoin de solidité, de par son appétit de quelque chose de plus réel que les impressions qu'il subit, nous en donne sans cesse des exemples.

Nous pourrions suivre plus loin son effort vers la vérité, sa recherche des lois. À mesure que le livre avance, on trouve ces lois du cœur humain exprimées sous une forme de plus en plus abstraite, et même de plus en plus didactique.

Celle, par exemple, qui est latente dans le passage que je viens de vous lire et qu'on pourrait formuler à peu près ainsi : « Nos états de conscience passés ne subsistent en nous habituellement que sous une forme virtuelle, et nous ne pouvons les ressentir vraiment à nouveau que si le hasard nous fait retrouver une sensation qui leur était associée », cette loi implicite se transforme dans *Sodome et Gomorrhe* en une loi formelle, dont Proust nous donne, à l'occasion de la reviviscence en lui du souvenir de sa grand-mère, l'exposé détaillé, et qu'il baptise même du titre d'« Intermittences du Cœur ».

Mais nous ne pouvons pas l'accompagner jusqu'au bout de son effort pour schématiser son expérience. Il me suffit de vous avoir marqué et fait sentir, d'une part, sa tendance à extraire de ses impressions quelque chose qui les transcende, et d'autre part le résultat de cette tendance : à savoir le caractère d'admirable généralité que revêtent toutes ses peintures soit du monde et des autres êtres, soit de sa propre âme.

Certes, nous nous en rendons compte maintenant, s'il fut « onduleux », « respectueux », s'il commença par subir la forme et tous les angles des choses, s'il céda de toute sa sensibilité sous le sceau de la vie, s'il en reproduisit la confuse empreinte avec une fidélité presque révoltante, il sut tout de même, par la seule puissance de l'intelligence, par la grande et inflexible exigence de son esprit, « changer en quelque chose d'actif le passif qui semblait son lot ». Quand on y réfléchit, quelqu'un de si susceptible, quelqu'un que la réalité extérieure et intérieure opprima, dès l'enfance, si prodigieusement, si cruellement parfois, quelqu'un sur les chemins nerveux de qui tant de blocs bruts de sensations voyageaient et faisaient obstruction, n'aurait pas dû pouvoir écrire, en tout cas n'aurait pas dû pouvoir dépasser le plus désordonné des impressionnismes. D'ailleurs, dans un passage que je vous ai lu tout à l'heure, vous avez dû remarquer quels malaises sa vocation dut traverser avant de se déterminer : les éléments en étaient pour ainsi dire épars. D'un côté, il cherchait un beau sujet philosophique et n'en trouvait pas ; de l'autre, il éprouvait des sensations, mais si particulières et si vives qu'il ne voyait pas ce qu'il pourrait jamais en faire.

Il fallut en effet d'abord qu'elles disparussent, qu'il fût débarrassé de leur intensité pour que son esprit pût mordre sur elles et les traduire et les dominer. Mais comme il les a dominées ! Comme il a bien su entraîner vers la plus délicate abstraction tous ces impédiments sensibles dont son organisme moral était tout encombré.

Il s'est produit chez Proust un phénomène, ou mieux un miracle, qui compense, à mon avis, l'absence complète de valeur morale qu'on peut reprocher à son œuvre. Vous vous rappelez que le dessein explicite de la tragédie classique était de « purger les passions », en les représentant avec toute la force possible et dans leurs effets les plus déplorables. Eh ! bien, Proust, d'une façon un peu différente, sans ce vigoureux effort de synthèse que nous admirons chez Racine ou chez Corneille, avec une patience plus lente, mais non pas avec une moindre volonté d'éclaircissement, par l'attention, par la curiosité inflexible de l'esprit, par un constant cheminement vers l'évidence, Proust « purge » lui aussi sa sensibilité, et dans la mesure où il a intéressé la nôtre, la nôtre aussi. Il procède à une sublimation, d'ordre purement intellectuel, c'est vrai, mais qui peut finir par avoir des effets moraux, de tout ce qu'il y a en lui de l'ordre du θυμός et de l'ἐπιθυμία, de tout ce qui occupe sa poitrine et pèse sur ses nerfs.

Et si nous jetons maintenant, pour finir, un coup d'œil d'ensemble sur son œuvre, je crois que ce que nous y admirerons surtout, c'est quelque chose d'assez voisin de ce que Swann admirait dans la sonate de Vinteuil, et particulièrement dans la petite phrase :

> Quand après la soirée Verdurin, se faisant rejouer la petite phrase, il avait cherché à démêler comment à la façon d'un parfum, d'une caresse, elle le circonvenait, elle l'enveloppait, il s'était rendu compte que c'était au faible écart entre les cinq notes qui la composaient et au rappel constant de deux d'entre elles qu'était due cette impression de douceur rétractée et frileuse ; mais en réalité il savait qu'il raisonnait ainsi non sur la phrase elle-même mais sur de simples valeurs substituées pour la commodité de son intelligence à la mystérieuse entité qu'il avait perçue, avant de connaître les Verdurin, à cette soirée où il avait entendu pour la première fois la sonate. Il savait que le souvenir même du piano faussait encore le plan dans lequel il voyait les choses de la musique, que le champ ouvert au musicien n'est pas un clavier mesquin de sept notes, mais un clavier incommensurable, encore presque tout entier inconnu, où seulement çà et là, séparées par d'épaisses ténèbres inexplorées, quelques-unes des millions de touches de tendresse, de passion, de courage, de sérénité, qui le composent, chacune aussi différente des autres qu'un univers d'un autre univers, ont été découvertes par quelques grands artistes qui nous rendent le service, en éveillant en nous le correspondant du thème qu'ils ont trouvé, de nous montrer quelle richesse, quelle variété, cache à notre insu cette grande nuit impénétrée et décourageante de notre âme que nous prenons pour du vide et pour du néant. Vinteuil avait été l'un de ces musiciens. En sa petite phrase, quoiqu'elle présentât à la raison une surface obscure, on sentait un contenu si consistant, si explicite, auquel elle donnait une force si nouvelle, si originale, que ceux qui l'avaient entendue la conservaient en eux de plain-pied avec les idées de l'intelligence.

> Swann s'y reportait comme à une conception de l'amour et du bonheur dont immédiatement il savait aussi bien en quoi elle était particulière, qu'il le savait pour la *Princesse de Clèves* ou pour *René*, quand leur nom se présentait à sa mémoire. Même quand il ne pensait pas à la petite phrase, elle existait latente dans son esprit au même titre que certaines autres notions sans équivalent, comme les notions de la lumière, du son, du relief, de la volupté physique, qui sont les riches possessions dont se diversifie et se pare notre domaine intérieur. Peut-être les perdrons-nous, peut-être s'effaceront-elles, si nous retournons au néant. Mais tant que nous vivons nous ne pouvons pas plus faire que nous ne les ayons connues que nous ne le pouvons pour quelque objet réel, que nous ne pouvons, par exemple, douter de la lumière de la lampe qu'on allume devant les objets métamorphosés de notre chambre d'où s'est échappé jusqu'au souvenir de l'obscurité. Par là, la phrase de Vinteuil avait, comme tel thème de *Tristan* par exemple, qui nous représente aussi une certaine acquisition sentimentale, épousé notre condition mortelle, pris quelque chose d'humain qui était assez touchant. Son sort était lié à l'avenir, à la réalité de notre âme dont elle était un des ornements les plus particuliers, les mieux différenciés. Peut-être est-ce le néant qui est le vrai et tout notre rêve est-il inexistant, mais alors nous sentons qu'il faudra que ces phrases musicales, ces notions qui existent par rapport à lui, ne soient rien non plus. Nous périrons mais nous avons pour otages ces captives divines qui suivront notre chance. Et la mort avec elles a quelque chose de moins amer, de moins inglorieux, peut-être de moins probable[1].

Sans doute c'est ici du miracle musical qu'il est question. Et une assimilation systématique de l'œuvre de Proust à celle d'un grand musicien, nous conduirait à la déformer bien plus qu'à l'éclairer. Pourtant c'est aussi le mérite essentiel de Proust, comme aux yeux de Swann c'était celui de Vinteuil, d'avoir frappé sur « quelques-unes des millions de touches de tendresse, de passion, de courage, de sérénité, séparées par d'épaisses ténèbres inexplorées, chacune aussi différente des autres qu'un univers d'un autre univers », qui composent le clavier obscur de notre inconscient. C'est aussi le mérite de Proust d'avoir frappé sur ces touches d'un doigt constamment infaillible et de leur avoir fait rendre toujours un son parfaitement pur. C'est son mérite de nous « avoir montré quelle richesse, quelle variété cache à notre insu cette grande nuit

1. *Ibid.*, p. 343-344.

impénétrée et décourageante de notre âme que nous prenons pour du vide et pour du néant ».

Mais, d'autre part, dans chacune de ses phrases, comme dans la petite phrase de Vinteuil, « quoiqu'elle présente parfois à la raison une surface obscure », on sent « un contenu si consistant, si explicite, auquel elle donne une force si nouvelle, si originale, que ceux qui l'ont entendue la conservent en eux de plain-pied avec les idées de l'intelligence ».

Voilà peut-être le dernier mot, – nous le trouvons dans Proust lui-même, – sur le génie de Proust et sur l'essentielle nouveauté et l'essentielle beauté de son œuvre. Alors que toute la littérature depuis le Romantisme a tendu vers l'expression aussi directe que possible, sans doute, mais par là même aussi informe, aussi inassimilable que possible aux idées, de nos émotions et de nos perceptions inconscientes, Proust au contraire, sans d'ailleurs vouloir en faire une révolution, sans menacer personne, sans lancer aucun manifeste, – Proust a travaillé à une fixation, et non plus à une simple expression, de tout ce qui s'ébat d'obscur dans l'homme, jusqu'à lui communiquer « une force si nouvelle, si originale » que nous pouvons le « conserver de plain-pied en nous avec les idées de l'intelligence ».

Son premier rêve, celui qui le hantait dans ses promenades du côté de Roussainville et de Montjouvain, est donc pleinement réalisé. Sa sensibilité a pris une valeur éternelle. Elle échappe au temps. Et tout un monde avec elle, qui y était pris. Le grand malade, le grand désarmé qu'était Proust, du fond de son lit, grâce à ce doux et inflexible entêtement que je vous décrivais, a fini par remporter la plus difficile des victoires : il s'est imposé tout entier à la mort, et elle reflue intimidée devant sa forme morale intégralement conservée.

L'année 1920 est riche pour Dada en France. Soutenu par la revue Littérature, *fondée par Breton, Aragon et Soupault, en 1919, le mouvement propose une seconde manifestation Dada au Grand Palais. Il voit aussi la naissance d'autres revues comme* Proverbe, Z *et* Cannibale, *d'un festival Dada salle Gaveau, ou encore d'expositions notamment de Picabia. L'article que Rivière publie dans* La NRF, *le 1er août 1920, est suivi quelques pages plus loin du « Pour Dada » d'André Breton. Ce dernier travaille alors pour* La NRF, *notamment en aidant Proust dans la relecture de ses épreuves. La « Reconnaissance à Dada » que signe Rivière est tout autant une main tendue vers ce mouvement qu'une occasion de réfléchir à ce qui se cache derrière ses élans provocateurs et nihilistes. À partir de là, Rivière ouvre des perspectives pour l'avenir de la littérature.*

Reconnaissance à Dada

On a déjà beaucoup parlé de Dada. Certains trouvent qu'on en a trop parlé et s'étonnent de l'indulgence dont *La Nouvelle Revue française* fait montre à son endroit. Personnellement il ne pourrait rien m'arriver de plus désagréable que d'être soupçonné de faiblesse envers une mode ou de ce consentement par timidité qu'arrache aux esprits pusillanimes toute innovation, si abracadabrante soit-elle. Aussi ne crois-je pas inutile d'indiquer ici brièvement les quelques traits par où Dada m'est sympathique et fait, si j'ose dire, mon affaire.

I

Mais d'abord étonnons-nous qu'il se soit trouvé des gens pour se fâcher de ses gentillesses. Il faut avoir vraiment bien mauvais caractère. Quand bien même son intention de nous exaspérer serait patente, quel meilleur moyen de la déjouer que le sourire et la complaisance ? André Gide du premier coup a trouvé l'humeur qu'il fallait montrer. Si j'osais lui reprocher quelque chose, ce serait seulement de ne pas l'avoir eue assez inaltérable et de n'avoir pas poussé la patience assez loin.

Et bien entendu la mienne ne va pas jusqu'à me faire lire ou écouter tout au long les litanies ahurissantes de MM. Tzara ou Picabia. Je ne suis pas vertueux à ce point. Je crois d'ailleurs que ce n'est point là l'effort qui m'est demandé. La plupart des poèmes Dada sont non pas seulement indéchiffrables, mais proprement illisibles et il n'y a pas lieu de leur consacrer plus d'attention que leurs auteurs, dans le fond, ne leur attribuent d'importance.

Ce sont les idées, les principes, si l'on veut les axiomes d'où ils découlent qui doivent nous intéresser. Celui-ci d'abord dont je trouve l'expression parfaitement nette dans la note d'André Breton sur *Les Chants de Maldoror* que nous avons publiée ici même (numéro du 1er juin, p. 919) : « L'idée de la contradiction, qui demeure à l'ordre du jour, m'apparaît comme un non-sens. De l'unité de corps on s'est beaucoup trop pressé de conclure à l'unité d'âme, alors que nous abritons peut-être plusieurs consciences et que le vote de celles-ci est fort capable de mettre chez nous deux idées opposées en ballottage ». Autrement dit, la contradiction n'est pas *possible*. L'être du sujet est la raison suffisante de tout ce qu'il exprime. Du moment qu'ils viennent de moi, une parole, un geste, ont leur nécessité, leur explication, leur justice : l'un ne peut pas entrer en conflit avec l'autre. Sur quel terrain, sous l'invocation de quelle catégorie se heurteraient-ils ? Même si leur contiguïté violente la logique, c'est tant pis. Ou plutôt toute logique doit se subordonner à celle qui leur a permis d'exister ensemble. C'est de celle-là seule qu'il importe de tenir compte. C'est celle-là seule qu'il importe, dans tous les cas, de retrouver, d'écouter, de traduire. Saisir l'être avant qu'il n'ait cédé à la compatibilité ; l'atteindre dans son incohérence, ou mieux dans sa cohérence primitive, avant que l'idée de contradiction ne soit apparue et ne l'ait forcé à se réduire, à se construire ; substituer à son unité logique, forcément acquise, son unité absurde, seule originelle : tel est le but que poursuivent tous les Dadas en écrivant, tel est le sens de toutes leurs élucubrations.

Qu'on ne les croie pas si sots que de ne pas comprendre à quoi par là ils se condamnent. Ils savent comme tout le monde qu'*art* est synonyme de moyen et donc de truc, d'artifice, et donc encore de suppression, de combinaison, d'ajustement. Ils aperçoivent très bien qu'on ne peut donner naissance à une œuvre d'art qu'en s'utilisant et en se manœuvrant soi-même de façon méthodique et arbitraire. En choisissant comme première et préférable à tout leur propre intégrité, les Dadas renoncent, très consciemment, à faire des œuvres : « Il faudrait remplacer œuvre par expression, ou par quelque chose de ce genre », me confiait l'un d'eux. Délibérément – c'est là leur véritable hardiesse, leur coup de génie – les Dadas sortent de l'art, débouchent dans une région indéfinissable, dont tout ce qu'on peut dire, c'est qu'y cesse la qualité esthétique. « Au-dessus des règlements du Beau et de son contrôle », s'est écrié Tzara dans une *Proclamation sans prétention*[1].

L'équivoque qui continue de régner sur l'entreprise des Dadas s'évanouirait en un moment si l'on voulait bien comprendre que ces jeunes gens ne se donnent pas pour des écrivains ni pour des artistes, qu'ils ne cherchent absolument rien sinon d'échapper aux valeurs, de quelque ordre qu'elles soient.

Ils tentent en commun, et avec la collaboration involontaire et ridiculement bénévole du public, une expérience aussi folle et aussi logique que celles dont les laboratoires sont chaque jour le théâtre : l'expérience de la réalité psychologique absolue. Ils se dévouent à actualiser sans choix, sans distinction sans prédilection d'aucune sorte, toutes les parties de l'esprit. En d'autres termes ils délivrent cette omni-équivalence qui est en puissance au fond de chacun de nous et qui pratiquement n'est vaincue que par la réflexion et par la volonté. Ils refusent de voir, d'enregistrer la très petite différence qui seule sépare ce que nous croyons de ce que nous ne croyons pas, ce que nous faisons de ce que nous ne faisons pas. Ils se font un devoir de prévenir en eux toute élection et d'y maintenir, comme le dit si bien André Breton, le *« ballottage »* originel.

Louis Aragon a trouvé une formule charmante : « Rien, dit-il ne peut compromettre l'intégrité de l'esprit ». C'est-à-dire le seul dommage qui pourrait au monde se produire, pour peu qu'on le veuille bien, est impossible. Il suffit de faire toujours très exactement tout ce qui vous passe par la tête : cela ne peut avoir jamais aucun danger ; le seul danger serait de ne pas le faire, car l'esprit en serait diminué d'autant. Mais une suite de mots abandonnés de la syntaxe, un cri, le geste de porter la main à sa tête ou de se moucher sur la scène ont autant de sens, de porter, que les plus sublimes effusions de la poésie, *dès lors que l'idée nous en est venue.* Il est impossible à l'homme de dire quelque chose qui n'ait point de sens ; *Le Serin muet, L'Aventure céleste de M. Antipyrine*[2] sont des témoignages aussi précieux, aussi irrem-

1. Cette proclamation fait partie des sept manifestes rédigés par Tristan Tzara. Celui-ci a été écrit en avril 1919 à Zurich pour la huitième soirée Dada, mais l'auteur n'a pu le lire.

2. *Le Serin muet*, pièce en un acte de Georges Ribemont-Dessaignes, peintre et écrivain dada. La pièce fut jouée par Breton et Soupault. *La Première Aventure céleste de M. Antipyrine* longue pièce dialoguée de Tzara, première œuvre publiée à Zurich en 1916.

plaçables que *Le Mystère de Jésus* ou que *Mon cœur mis à nu*[1]. C'est moins beau peut-être, mais ce n'est pas moins essentiel. En tout cas cela ne correspond pas à une démarche, de la part de l'esprit, plus *compromettante.*

Est-ce à dire que la folie n'existe pas ? – Si : elle apparaîtrait nettement dans le cas d'un homme qui réussirait à s'empêcher de penser ou de sentir quelque chose, de commettre un acte envisagé, ou qui simplement – par quel miracle, on ne peut le concevoir – deviendrait capable de cette absurdité idéale : *un paradoxe.*

*

Le corollaire immédiat de ces principes est que le langage n'a aucune valeur fixe et définitive : « Avant tout, écrit André Breton, nous nous attaquons au langage qui est la pire convention. On peut très bien connaître le mot "Bonjour" et dire "Adieu" à la femme qu'on retrouve après un an d'absence[2]. » C'est une superstition que de croire chaque mot à chaque idée pour toujours enchaîner et recevant d'elle seule son pouvoir. Un mot peut très bien surgir d'un état d'esprit auquel son sens abstrait ne correspond en aucune façon : l'exprimera-t-il moins, cet état d'esprit, pour ne le signifier pas ? La véritable exactitude, pour l'écrivain, ne sera-t-elle pas de le recueillir, de l'inscrire à la place où il est venu, d'accepter sa valeur fortuite, de s'emparer de son témoignage sans s'inquiéter de l'aberration qu'il contient : « Lautréamont eut si nettement conscience de l'infidélité des moyens d'expression qu'il ne cessa de les traiter de haut : il ne leur passa rien, et, chaque fois qu'il était nécessaire, leur fit honte. Il rendit ainsi en quelque sorte leur trahison impossible[3]. »

Les Dadas ne considèrent plus les mots que comme des accidents : ils les laissent se produire. Ils se comportent à leur égard comme des employés de chemin de fer qui se désintéresseraient des signaux.

---

1. Ouvrages de Pascal et de Baudelaire.
2. « Patinage Dada » paru dans *Littérature*, n° 13 « Vingt-trois manifestes Dada », mai 1920, p. 9-10. Repris dans *Œuvres complètes* d'André Breton, Gallimard, coll. « Bibliothèque de la Pléiade », t. 1, 1988.
3. André Breton, « Les Pas perdus », repris dans *Œuvres complètes*, *op. cit.*, p. 235.

Surtout que rien ne s'arrange ! Que rien jamais n'aille « se dénouer par l'artifice grammatical[1] ! » Il faut laisser les phrases se construire toutes seules : elles auront toujours forcément un sens, quand ce ne serait que celui de l'esprit qui les profère. Elles formeront toujours quelque chose. On viendra voir après. Il y a des chances pour que ce produit naturel de la pensée ait plus de réalité que tout ce que la logique ou le goût nous eussent aidés à combiner.

Le langage pour les Dadas n'est plus un moyen : il est un être. Le scepticisme en matière de syntaxe se double ici d'une sorte de mysticisme. Même quand ils n'osent pas franchement l'avouer, les Dadas continuent de tendre à ce *surréalisme,* qui fut l'ambition d'Apollinaire. Ils pensent que l'esprit est avant tout un lieu de passage et qu'en le désencombrant avec soin, des choses – il est impossible de dire lesquelles – portées par des mots doivent spontanément le traverser, qu'aucune recherche ni aucune formule n'eussent permis de découvrir ni de fixer. « Essayons, c'est difficile, écrit Paul Éluard, de rester absolument pur. Nous nous apercevrons alors de tout ce qui nous lie[2]. » Privons le langage de toute utilité ; assurons-lui une vacance parfaite, et nous verrons aussitôt l'inconnu le choisir, le gagner, le mettre à profit. Pour peu que nous ayons bien exactement cassé tous les liens préalables entre les mots, d'autres vont se former qui enfin nous apprendront quelque chose, – tant pis si nous ne pouvons dire quoi.

Sans doute c'est là dénier à la littérature tout caractère social. Car comment le lecteur pourra-t-il jamais savoir si ce que sa pensée rencontre est bien la même chose que ce que le coup de dé du poète a amené. Mais une telle certitude est-elle nécessaire ? « Il y a, dit André Breton, toute une série de malentendus acceptables », qui font qu'un poète ne restera jamais absolument solitaire. Presque fatalement, on se retrouvera plusieurs à « veiller auprès du cher corps endormi[3] », chacun bien persuadé qu'il entend respirer et palpiter son enfant.

Plaire, émouvoir, caresser : autant de fins ridicules et qu'il suffit de descendre à envisager pour cesser d'être un poète. Écrire est

1. *Ibid.*, p. 235.
2. Préface de « Les Animaux et leurs hommes, les hommes et leurs animaux », recueil de poèmes avec cinq dessins d'André Lhote. Repris dans *Œuvres complètes*, Gallimard, coll. « Bibliothèque de la Pléiade », t. 1, 1968, p. 37.
3. Allusion au poème de Rimbaud « Vierge folle » d'*Une saison en enfer*.

un acte essentiellement privé. Tout au plus a-t-on le droit d'espérer tromper les autres, les induire en quelque mirage. Encore faudra-t-il que cela arrive sans qu'on n'y ait formellement pensé et par le seul miroitement, par la seule féconde fausseté des mots qui se seront fait jour.

II

On peut aimer une doctrine pour d'autres raisons que pour la satisfaction qu'elle vous apporte et sans éprouver la moindre envie de lui donner son assentiment. Ce qui me plaît en celle-ci, – outre le secours provisoire qu'elle aura prêté à de jeunes talents que je m'attends à voir s'élever très haut, – c'est sa franchise, et c'est la netteté avec laquelle elle permet de caractériser sa situation littéraire actuelle.

Jusqu'aux Dadas on a vécu dans la réticence. Tout ce que disent et prétendent les Dadas, il y a longtemps que toute une lignée d'écrivain s'appuie dessus ; mais aucun n'avait encore osé le déclarer, le produire comme un axiome, ni en envisager de face toutes les conséquences. C'est la première fois que l'on prend conscience des dogmes essentiels que toute la littérature des cent dernières années implique et désigne ; c'est la première fois aussi que l'on se décide à une pratique vraiment scrupuleuse, vraiment religieuse et systématique de ces dogmes. Et l'on peut voir enfin où cela mène.

Il y a longtemps déjà que cette idée est infuse dans l'esprit d'un grand nombre d'écrivains, que la littérature se ramène à une extériorisation pure et simple d'eux-mêmes. Marquer le moment exact où elle les a envahis ne va pas naturellement sans quelque difficulté. Mais on peut au moins apercevoir une époque où ils n'en étaient pas du tout pénétrés, où ils se faisaient de leur fonction une image toute différente.

Il est bien évident qu'aux yeux d'aucun des grands écrivains de l'âge classique le germe, le plasma intelligible, dont ils sentaient leur cerveau tapissé et en quoi ils reconnaissaient la substance de leur œuvre, n'apparaissaient comme des choses qu'ils eussent simplement à chasser, à expulser telles quelles devant eux. Comme un objet plutôt, qu'il leur fallait explorer, pénétrer, conquérir. Ils se concevaient spontanément dans un certain rapport avec une réalité qui, alors même qu'elle leur était intérieure, restait distincte de leur faculté inventive et réclamait simplement son emploi. Même dans la plus folle fantaisie, ils se considéraient comme en bride ; ils se voyaient parti d'un système sur les éléments étrangers duquel ils ne s'accordaient qu'un pouvoir restreint. Ils étaient auteurs dans la mesure seulement où ils poussaient à l'évidence certaines données confuses qu'ils n'avaient nulle conscience d'avoir eux-mêmes engendrées.

Tous les classiques étaient implicitement positivistes : ils acceptaient le fait d'un monde, aussi bien intérieur qu'extérieur, et l'obligation de l'apprendre. Peu leur importait le degré de sa réalité, et s'il était par hasard une simple fulguration de leur moi. Ils recevaient en toute simplicité sa borne. Même s'ils se fussent attribué un certain pouvoir métaphysique d'émanation, ils eussent pris grand soin d'en maintenir distinct leur don d'écrivain et leur capacité créatrice. Jamais ils n'eussent songé à employer ceux-ci à autre chose qu'à éclaircir, et, si l'on veut (car l'effort de mise au point n'exclut pas l'imagination), à transfigurer la réalité qui était sous les yeux de chacun.

Il faudra tâcher un jour de décrire en détail, et avec illustration à l'appui, la lente modification qui s'est produite au cours du XIXe siècle dans l'attitude mentale de l'écrivain. En gros, elle a consisté dans un progressif affaiblissement de l'instinct objectif, dans une foi de plus en plus grêle à l'importance des modèles extérieurs, dans un détachement croissant de la réalité, et, conjointement, dans une identification de plus en plus étroite du sujet avec lui-même, dans un effort de plus en plus profond de sa part pour recueillir à l'état pur sa propre efficace, pour épouser son propre jaillissement et pour faire de l'œuvre d'art la simple incarnation de ces velléités et de ses rêves.

On pourrait dire qu'à partir du romantisme l'écrivain sent sa puissance prendre le pas sur sa perception ; elle est là qui le tracasse, qui le dérange, qui le talonne ; le plus urgent lui paraît être de la dépenser ; la création, et la création immédiate, continuelle et intégrale, devient pour lui le seul recours, le seul devoir. Il prend Dieu désormais directement pour modèle et s'applique à copier d'aussi près que possible son opération ; il recommence à tout coup la Genèse ; à tout coup il lui faut aboutir à quelque chose d'aussi premier qu'Adam et Ève.

Flaubert est bien curieux qui tout en se donnant l'air de peindre et de reproduire trait pour trait la plus plate, la plus inerte, et donc la plus extérieure réalité, au fond ne fait que poursuivre au travers d'elle les fantômes informes qui ont pris possession de son imagination. Jamais on ne vit réaliste plus sceptique sur l'existence des choses qu'il s'applique à décrire, plus indifférent dans le fond à leur structure véritable. À aucun moment leur complexité intrinsèque ne l'attire ; il est étonnamment dépourvu du besoin de la débrouiller ; il n'y a point là pour lui de problème, ni de tentation ; la nature est pour lui aussi peu sirène, aussi peu *Lorelei* qu'on puisse de rêver. La soumission qu'il lui déclare ne s'accompagne en lui et n'est l'effet d'aucun véritable amour. L'observation ne lui sert nullement à l'explorer, à l'approfondir, à gagner ses régions intimes. Rien de moins entrant que son regard. Il ne voit rien et ne cherche à rien voir au-delà de ce dont il a besoin. S'il se courbe sur la nature, poussif, geignard, obstiné comme un mineur sur la veine qu'il débite, c'est qu'il lui faut en extraire son bien, c'est qu'il veut lui arracher les matériaux nécessaires à son édifice. De la pierre, de la planche, de l'ardoise ou des tuiles : voilà tout ce que l'observation est chargée de lui obtenir, voilà la seule utilité qu'il lui connaisse.

Dans le fond il ne tient à rien qu'à trouver une matière pour une espèce d'image indéfinissable et précise, d'ordre dirait-on poétique, ou même plastique, que couvre son cerveau. Albert Thibaudet a eu mille fois raison de le faire apparaître « comme le type le plus saisissant chez nous du romancier qui pense par thèmes[1] », – mille fois raison de souligner l'importance de sa fameuse boutade : « Dans *Salammbô* j'ai voulu donner l'impression de la couleur jaune. Dans *Madame Bovary* j'ai voulu faire quelque chose qui fût de la couleur de ces moisissures des coins où il y a des cloportes. Quant au reste, le plan, les personnages, cela m'est bien égal ». Oui, si l'on y regarde de près, Flaubert en somme n'écrit que pour donner un corps à certaines lubies dont il est hanté : le formidable troupeau de détails concrets qu'il met en branle et pousse devant lui, c'est simplement dans l'espoir que le débarrasseront en s'y précipitant les démons qui le travaillent[2]. Il est un des premiers chez qui la prédominance

1. Voir *La Nouvelle Revue française* du 1er octobre 1919, p. 780-781. (NdA)
2. « Les accidents du monde », a-t-il écrit lui-même dans sa Préface aux *Chansons* de Louis Bouilhet (citée par Brunetière dans *Le Roman naturaliste*, p. 150), « dès qu'ils sont perçus, vous apparaissent comme transposés pour l'emploi d'une illusion à décrire, tellement que toutes les choses, y compris votre existence, ne

du moi créateur sur l'objet, chez qui l'effort pour soumettre le monde à l'esprit, pour forcer les choses à servir de substance à l'imagination, pour engager la nature dans le train des songes, deviennent flagrants.

Mais c'est avec le symbolisme surtout que la résolution s'affirme, chez un grand nombre d'écrivains, de se délivrer de tout modèle et de ne plus faire de l'art qu'une sorte de substitut de la personnalité. Laissons de côté Mallarmé, pourtant si instructif, tout occupé qu'il est à « fixer » sa sensibilité en minutieux cristaux poétiques, à se déposer lui-même, par petits paquets, dans les mots. L'importance croissante qu'a prise Rimbaud et l'extraordinaire valeur exemplaire que lui attribuent aujourd'hui les jeunes gens ne tiennent-elles pas essentiellement à l'intrépidité avec laquelle il a d'emblée rompu avec toute entité étrangère, au dédain parfait qu'il a tout de suite affiché pour toute espèce de représentation, au ridicule qu'il a sans hésitation jeté sur l'idée qu'une œuvre d'art pouvait avoir à ressembler à quelque chose, à la tranquillité avec laquelle il s'est mis non pas du tout à se peindre, mais à descendre lui-même, chair et âme, dans son poème. L'œuvre de Rimbaud n'est qu'un corps qu'il s'est donné. Avec la vitesse et l'immédiateté du génie, il a conjuré pour son usage et, si j'ose dire, pour sa décharge personnelle une de ces grandes « créatures » prodigieuses comme on en voit circuler dans les *Illuminations*.

Rimbaud fut de naissance un émigrant : « Le long de la vigne, m'étant appuyé du pied à une gargouille, – je suis descendu dans ce carrosse dont l'époque est assez indiquée par les glaces convexes, les panneaux bombés et les sofas contournés[1]. » Il n'a jamais cherché qu'une chose : s'en aller ; la littérature ne fut rien pour lui qu'un premier exil ; il s'y jeta poussé par le même mépris de toute la société, par le même frénétique besoin de n'appartenir à personne qui devait plus tard le conduire au Harrar. On cherche pourquoi il a cessé brusquement d'écrire ; mais on s'éviterait ce problème si l'on voulait bien remarquer qu'en fait il n'a jamais *écrit*, au sens jusqu'à lui donné à ce mot. Il s'est simplement

---

vous semblent pas avoir d'autre utilité. » Jamais peut-être on n'a exprimé avec autant de lourdeur, de force et de naïveté un plus complet dédain pour le donné, une plus sereine irréligion de la réalité, une conception plus purement poétique du roman, une plus entière volonté de « fiction ». (NdA)

1. *Illuminations*, « Nocturne vulgaire ». (NdA)

manifesté. Qu'il ait un moment employé des mots à cette fin, le hasard peut-être tout seul en a décidé ainsi. Et peut-être, *de son point de vue,* fût-ce une faute que d'avoir consenti à ce mode d'expression. N'est-ce pas peut-être ce qu'il voulait faire comprendre à sa sœur quand sur son lit de mort, parlant de ses premiers essais, il lui confiait : « C'était mal » ?

Si j'avais plus de temps, plus de place, je montrerais ici comment le cubisme tout entier, et en particulier le cubisme littéraire, n'est rien de plus dans le fond qu'un raffinement du Symbolisme, c'est-à-dire de l'art de s'engendrer soi-même. L'exemple de Mallarmé et de Rimbaud plane constamment sur lui. Si les cubistes parlent si souvent de construction[1], ils pensent seulement à la construction au-dehors, à l'édification poétique de leur personnalité. Les lois qu'ils s'imposent ne cessent pas d'être subjectives ; elles n'ont d'autre sens que d'assurer une certaine cohésion esthétique entre les éléments de leur sensibilité. Mais ils produisent cette harmonie avec tout le reste, elle sort d'eux-mêmes comme tout le reste. Il continue de s'agir uniquement pour eux d'auto-expulsion. L'idée de repères extérieurs à observer ne les effleure même pas. Ils ne voient de mesure pour leur génie que dans l'intensité de la force qu'ils sentent les fuir au cours de la création, ou que dans l'étrangeté au sens propre, dans l'écart par rapport au réel, des images, des spectacles, des mouvements psychologiques, des pensées qu'ils mettent au jour.

Tout le charme d'Apollinaire n'est-il pas dans une certaine *excentricité* qu'il arrive à se procurer à lui-même ? – Où le prendre ? dites-vous. Comment le reconnaître ? – Justement il ne cherche pas du tout à se faire reconnaître. Son seul effort est pour douer, pour animer, pour émettre les parties de lui-même qui n'ont aucun rapport avec vous. Son poème est une plante qui a poussé dans son cœur, une colombe qui s'envole de son sein. Il ne lui confie point son image : c'est de son pouvoir, de sa vertu, de son essence, qu'il espère le voir porter témoignage. Une goutte de sa meilleure âme tremble au bec du bel oiseau.

Et Max Jacob : « Le style et la volonté de s'extérioriser par des moyens choisis[2] » Ou bien : « Surprendre est peu de chose, il faut

1. Max Jacob, « Le poème est un objet construit », préface du *Cornet à dés.* (NdA)

2. *Ibid.* (NdA)

transplanter[1] ». Et pour cela d'abord évidemment se transplanter soi-même. Qui lit avec un peu d'étonnement l'innombrable et savoureux bavardage du poète, se demandant à quoi il se réfère, doit comprendre que ce n'est à rien du tout et que toute la valeur de tant de ragots et d'effusions mélangés n'est que de communiquer une figure poétique à une âme qui reste, ou qui devient par là même masquée.

*

Je n'ai appris que récemment à goûter, mais je doute fortement dans ce qu'elles ont de réussi les œuvres de Max Jacob et surtout d'Apollinaire. J'ai d'autre part pour Rimbaud une admiration qui ne peut pas être dépassée et je ne ferais pas grande difficulté, par moments, à le révérer comme le plus grand poète qui ait jamais existé. Je suis né dans le symbolisme et c'est chez Baudelaire, chez Verlaine, chez Mallarmé que j'ai trouvé mes premières véritables émotions littéraires. Il ne peut donc être question, en ce qui me concerne, d'une méconnaissance de la littérature que je viens d'analyser, ni d'une insensibilité à ses charmes.

Mais tout en l'admirant profondément, j'avais conçu, depuis assez longtemps déjà, des inquiétudes sur ses possibilités ; un gouffre me semblait peu à peu se creuser sous elle ; ou plutôt j'avais l'impression qu'elle allait vers une impasse. Le grand mérite à mes yeux de Dada, le service immense qu'il me rend et ce qui lui vaut ma reconnaissance, c'est qu'il me découvre d'un seul coup cette impasse, c'est qu'il atteint dans un sursaut de logique au point de paralysie complète et d'auto-anéantissement d'un art dont je soupçonnais déjà fragiles les chances de vie.

Que démontrent en effet les Dadas si ce n'est qu'il est impossible en se réalisant de réaliser quelque chose et que la pure extériorisation de soi-même finit pour l'écrivain par équivaloir à une entière abdication ? Chercher le passage, l'issue, travailler à son propre avènement, c'est fatalement abandonner de plus en plus le souci de l'art, la volonté de fondation esthétique. Le mot de Max Jacob : « s'extérioriser par des moyens choisis[2] », les Dadas nous font voir qu'il implique une contradiction formelle.

1. *Ibid.* (NdA)
2. *Ibid.* (NdA)

Choisir ses moyens, ce n'est plus s'extérioriser qu'imparfaitement, c'est se déformer, c'est mentir à soi-même. L'œuvre d'art, ce « bijou » qu'évoque Jacob et à la concrétion duquel il prétend donner tous ses soins, est forcément restrictive de la personnalité. Pour qui donc prit une fois comme idéal sa propre parfaite expansion, le moment doit venir où l'œuvre d'art, ou l'œuvre simplement, apparaît inacceptable, intolérable, à fuir. Exprimée en termes physiques la proposition gagne encore en évidence : une littérature centrifuge, comme fut la nôtre presque tout entière depuis cent ans, a nécessairement son point d'aboutissement en dehors de la littérature. Dada, dans ce qu'il a d'informe, de négatif, d'extérieur à l'art représente d'une façon achevée ce qui fut le rêve implicite de plusieurs générations d'écrivains.

Tout ce que contenait la tendance subjective, il le développe sans pitié. Avec quelle force ne montre-t-il pas que vouloir se recueillir soi-même tout entier, c'est en somme cesser d'accorder la moindre importance à aucun de ses états de conscience ! Les représentations Dadas, en dépit peut-être de leurs organisateurs, avaient un sens très clair. Elles voulaient dire : « Du moment que vous, public, comme nous, acteur, avons décidé de nous considérer comme de purs jets d'eau, où prendrions-nous le droit de choisir entre les gouttes ? Pourquoi celle-ci nous apparaîtrait-elle délicate et brillante, cette autre trouble et vile ? Puisque nous sommes d'accord pour ne rien faire d'autre que laisser jaillir notre esprit, nous devons l'être aussi, nécessairement, pour ne remarquer aucune différence entre ses divers épanchements. C'est vous, public, vous, nos aînés, qui avez commencé. Il ne fallait pas vous rapprocher ainsi de vous-même, il ne fallait pas vouloir vous confondre avec votre âme, ni surtout vouloir confondre avec elle l'univers. Par votre faute maintenant tout est pareil. Nous vous défions de retrouver le moindre critérium, de prononcer sans inconséquence le moindre jugement sur les produits de votre cerveau ou de votre volonté. Bon gré mal gré il faut que vous fassiez le plongeon avec nous, il faut que vous vous lanciez avec nous à la nage dans l'immense océan de l'indifférence. Grâce à vous la psychologie n'est plus qu'une vieille histoire. À force de s'être écouté, on a perdu tout moyen de se comprendre. Plus nous voici fidèles à nous-mêmes, et moins ce que nous en recevons a d'intérêts. Plus nous essayons de laisser parler en nous la profondeur, et plus c'est la surface qui s'exprime. L'inconscient nous a floués. Après nous avoir privés de tout notre discernement, il se moque de nous et ne nous envoie plus que ses émissaires les plus ridicules. Mais encore une fois, essayez donc de protester pour voir ! Et surtout dites-nous au nom de quoi ».

Et encore au nom de quoi protesterions-nous, quand Dada tranquillement entreprend de désaffecter le langage ? Que fait-il de plus, là encore, que de tirer les conséquences extrêmes des principes sur lesquels le symbolisme puis le cubisme se sont fondés ? C'est avec Mallarmé, c'est chez Rimbaud (on pourrait même remonter plus haut et sur ce point aussi Flaubert n'est pas sans responsabilité) que les mots ont commencé à se débaucher. Et sans doute, je tiens pour une très géniale et très importante découverte celle de cette vertu secrète en eux, distincte de celle qu'ils ont de signifier, et qui leur permet d'absorber un peu de la sensibilité de l'écrivain et de l'emmener, à l'état de simple semence, dans un autre monde où elle refleurira. Nul plus que moi n'admire la façon dont chez Mallarmé ils se dégagent tout doucement de leur sens individuel, puis de leur solidarité logique, pour simplement finir, s'étant rejoints ailleurs, par éclore, par naître à plusieurs. Mais enfin, dans cette acceptation, ils cessent d'être des signes ; la valeur qu'ils reçoivent est d'un ordre post-intellectuel. Ce qui détermine leur apparition, c'est désormais uniquement leur parenté intérieure avec tel ou tel aspect du sujet. Ils ne viennent plus que sur son injonction, que sous sa poussée, et pour lui composer une figure nouvelle, étrangère[1]. Le danger est immense. Car la ressemblance de l'un ou de l'autre avec le sujet ne pouvant être appréciée que par celui-ci, rien n'empêche qu'elle soit reconnue dans tous les cas. Et en effet, au fond, elle existe dans tous les cas. Même si on ne l'aperçoit pas. Tout mot, puisqu'il est venu à la pensée, l'exprime, car rien d'autre ne peut l'y avoir amené que son aptitude précisément, même si elle reste incompréhensible, à l'exprimer. Tout mot donc est justifiable, et expressif, arrivant après n'importe quel autre, présenté sous n'importe quel jour, révélant n'importe quoi.

1. Ils deviennent de simples effets. Il faut voir avec quelle promptitude ils suivent, il ne faut pas dire la pensée, mais la personne de Rimbaud, par exemple. L'obéissance est tout ce que le poète leur demande. Des lignes se dessinent dans l'espace, des chemins insaisissables se déclarent où ils n'ont qu'à se précipiter ; ils recueillent dans l'instant mille directions ; ils sont précis et inutiles comme l'éclair. (NdA)

Ici encore Dada a vu juste des profonds. Ici encore il a raison en concluant au néant linguistique, comme il avait conclu déjà au néant psychologique. Sa démonstration est parfaite. Il peut encore ici nous défier, du moment que nous avons accepté que l'écrivain s'adonne à son seul accomplissement, de mettre en avant quelque principe que ce soit qui interdise le complet bouleversement du vocabulaire et les incohérentes processions de mots auxquels il s'amuse.

*

Que l'on veuille bien ne pas me supposer, en présence de tous les ravages de Dada, dans un état d'indignation ni de fureur que je cacherais. Quelques mots que j'ai dits tout à l'heure ont fait croire peut-être que la cause de l'art m'était sacrée, comme on dit, et que j'allais, pour finir, me déclarer son champion, brandir un glaive d'archange. Ce n'est pas tout à fait cela. L'Art et la Beauté ne sont pas pour moi des divinités et je n'éprouve aucune révolte contre leurs iconoclastes. Avouerai-je même que je prends plus de plaisir à les voir méprisés qu'encensés, et que rien ne m'agace autant que les majuscules dont on les décore ?

Je suis au contraire assez sensible à cette extrême modestie, à cette incompréhension de toute grandeur humaine André Breton souligne, à la fin de son article, comme une des vertus de Dada. Je les préfère en tout cas infiniment à la suffisance sacerdotale de tant de littérateurs manqués. Je me sens très près du sentiment délicat et tragique, de la pudeur désespérée qui poussent le même André Breton à s'écrier : « Il est inadmissible qu'un homme laisse une trace de son passage sur la terre[1]. »

Et comment serais-je scandalisé par tout ce nihilisme, alors que je suis bien obligé de constater qu'il n'est qu'un héritage et que ce ne sont pas ceux-là qui le professent qui en sont responsables ? – Au reste, après tout ce que ces dernières années nous ont permis de voir, est-il aujourd'hui si déplacé ?

Mais l'expérience est là ; je ne puis l'ignorer. L'art m'apparaît comme un fait humain, comme une fatalité de notre nature : nous y retomberons toujours. On peut me démontrer tant qu'on voudra qu'il est impossible : il est, il a toujours été, donc il sera. Et j'avoue bien volontiers que c'est là toute sa raison d'être.

1. André Breton, « Les Pas perdus », *op. cit.*, p. 230.

Persuadé qu'il sera, je me demande à quel prix. Et c'est ici que la démonstration des Dadas me devient si précieuse. Les conséquences qu'ils ont tirées des principes régnants me paraissent inéluctables. Il faut donc que ces principes soient changés. Il faut que nous renoncions au subjectivisme, à l'effusion, à la création pure, à la transmigration du moi, et à cette constante prétérition de l'objet qui nous a précipités dans le vide. Il faut qu'un mouvement subtil de notre esprit l'amène à se dédoubler à nouveau ; il faut qu'il reprenne foi en une réalité distincte de sa puissance, qu'il arrive à distinguer à nouveau en lui un instrument et une matière. Il importe surtout que l'esprit critique cesse de nous apparaître comme essentiellement stérile et que nous sachions redécouvrir sa vertu créatrice, son pouvoir de transformation. Nous ne pourrons nous renouveler que si l'acte de l'écrivain se rapproche franchement de l'effort pour comprendre. C'est non pas en imitant le savant, mais en s'apparentant de nouveau à lui que l'écrivain verra la fécondité lui revenir. Et sans doute il restera toujours, à la différence du savant, un inventeur, un trompeur. Mais il faudra qu'il n'en ait plus l'air et qu'il ne se sache plus tel. Mais il faudra que le monde irréel qu'il a pour mission de susciter naisse seulement de son application à reproduire le réel et que le mensonge artistique ne soit plus engendré que par la passion de la vérité.

La correspondance entre Antonin Artaud et Jacques Rivière est d'abord parue dans La NRF *de septembre 1924 sous le titre « Une correspondance ». Le nom d'Artaud était indiqué à l'intérieur du volume ainsi que les initiales JR. Artaud tenait à ce que cet échange ne prenne pas des « apparences de fiction*[1] *». Il a été republié en 1927, aux éditions de la NRF dans la collection « Une œuvre, un portrait » et figure depuis en introduction à* L'Ombilic des Limbes *suivi de* Le Pèse-nerfs et autres textes[2].

1. Renvoi dans le volume p. 368.
2. Ensemble de textes et de poèmes publiés à *La NRF* en 1925 et très influencés par le surréalisme.

Correspondance Jacques Rivière-Antonin Artaud

Jacques Rivière à Antonin Artaud

Le 1er mai 1923

Monsieur,

Je regrette de ne pouvoir publier vos poèmes dans *La Nouvelle Revue française.* Mais j'y ai pris assez d'intérêt pour désirer faire la connaissance de leur auteur. S'il vous était possible de passer à la revue un vendredi, entre quatre et six heures, je serais heureux de vous voir.

Recevez, je vous prie, Monsieur, l'assurance de mes sentiments les plus sympathiques.

Antonin Artaud à Jacques Rivière

Le 5 juin 1923

Monsieur,

Voulez-vous, au risque de vous importuner, me permettre de revenir sur quelques termes de notre conversation de cet après-midi.

C'est que la question de la recevabilité de ces poèmes est un problème qui vous intéresse autant que moi. Je parle, bien entendu, de leur recevabilité absolue, de leur existence littéraire.

Je souffre d'une effroyable maladie de l'esprit. Ma pensée m'abandonne à tous les degrés. Depuis le fait simple de la pensée jusqu'au fait extérieur de sa matérialisation dans les mots. Mots, formes de phrases, directions intérieures de la pensée, réactions simples de l'esprit, je suis à la poursuite constante de mon être intellectuel. Lors donc que *je peux saisir une forme,* si imparfaite soit-elle, je la fixe, dans la crainte de perdre toute la pensée. Je suis au-dessous de moi-même, je le sais, j'en souffre, mais j'y consens dans la peur de ne pas mourir tout à fait.

Tout ceci qui est très mal dit risque d'introduire une redoutable équivoque dans votre jugement sur moi.

C'est pourquoi par égard pour le sentiment central qui me dicte mes poèmes et pour les images ou tournures fortes que j'ai pu trouver, je propose malgré tout ces poèmes à l'existence. Ces tournures, ces expressions mal venues que vous me reprochez, je les ai senties et acceptées. Rappelez-vous : je ne les ai pas contestées. Elles proviennent de l'incertitude profonde de ma pensée. Bien heureux quand cette incertitude n'est pas remplacée par l'inexistence absolue dont je souffre quelquefois.

Ici encore je crains l'équivoque. Je voudrais que vous compreniez bien qu'il ne s'agit pas de ce plus ou moins d'existence qui ressortit à ce que l'on est convenu d'appeler l'inspiration, mais d'une absence totale, d'une véritable déperdition.

Voilà encore pourquoi je vous ai dit que je n'avais rien, nulle œuvre en suspens, les quelques choses que je vous ai présentées constituant les lambeaux que j'ai pu regagner sur le néant complet.

Il m'importe beaucoup que les quelques manifestations d'existence *spirituelle* que j'ai pu me donner à moi-même ne soient pas considérées comme inexistantes par la faute des taches et des expressions mal venues qui les constellent. Il me semblait, en vous les présentant, que leurs défauts, leurs inégalités n'étaient pas assez criantes pour détruire l'impression d'ensemble de chaque poème.

Croyez bien, Monsieur, que je n'ai en vue aucun but immédiat ni mesquin, je ne veux que vider un problème palpitant.

Car je ne puis pas espérer que le temps ou le travail remédieront à ces obscurités ou à ces défaillances, voilà pourquoi je réclame avec tant d'insistance et d'inquiétude, cette existence même avortée. Et la question à laquelle je voudrais avoir réponse est celle-ci : Pensez-vous qu'on puisse reconnaître moins d'authenticité littéraire et de pouvoir d'action à un poème défectueux mais semé de beautés fortes qu'à un poème parfait mais sans grand retentissement intérieur ? J'admets qu'une revue comme *La Nouvelle Revue française* exige un certain niveau formel et une grande pureté de matière, mais ceci enlevé, la substance de ma pensée est-elle donc si mêlée et sa beauté générale est-elle rendue si peu active par les impuretés et les indécisions qui la parsèment, qu'elle ne parvienne pas *littérairement* à exister ? C'est tout le problème de ma pensée qui est en jeu. Il ne s'agit pour moi de rien moins que de savoir si j'ai ou non le droit de continuer à penser, en vers ou en prose.

Je me permettrai un de ces prochains vendredis de vous faire hommage de la petite plaquette de poèmes que M. Kahnweiler vient de publier et qui a nom : *Tric Trac du Ciel*[1], ainsi que du petit volume des Contemporains : *les Douze Chansons*[2]. Vous pourrez alors me communiquer votre appréciation *définitive* sur mes poèmes.

Jacques Rivière à Antonin Artaud

Le 23 juin 1923

Cher Monsieur,

J'ai lu attentivement ce que vous avez bien voulu soumettre à mon jugement et c'est en toute sincérité que je crois pouvoir vous rassurer sur les inquiétudes que trahissait votre lettre et dont j'étais si touché que vous me choisissiez pour confident. Il y a dans vos poèmes, je vous l'ai dit du premier coup, des maladresses et surtout des étrangetés déconcertantes. Mais elles me paraissent correspondre à une certaine recherche de votre part plutôt qu'à un manque de commandement sur vos pensées.

Évidemment (c'est ce qui m'empêche pour le moment de publier dans *La Nouvelle Revue française* aucun de vos poèmes) vous n'arrivez pas en général à une unité suffisante d'impression. Mais j'ai assez l'habitude de lire les manuscrits pour entrevoir que cette concentration de vos moyens vers un objet poétique simple ne vous est pas du tout interdite par votre tempérament et qu'avec un peu de patience, même si ce ne doit être que par la simple élimination des images ou des traits divergents, vous arriverez à écrire des poèmes parfaitement cohérents et harmonieux.

Je serai toujours ravi de vous voir, de causer avec vous et de lire ce qu'il vous plaira de me soumettre. Dois-je vous renvoyer l'exemplaire que vous m'avez apporté ?

Je vous prie, cher Monsieur, d'agréer l'assurance de mes sentiments les plus sympathiques.

1. Plaquette parue en mai 1923 ornée de quatre bois originaux par Élie Lascaux dont un portrait d'Artaud. Elle a été publiée par la galerie Simon. Celle-ci appartenait au marchand d'art Daniel-Henry Kahnweiler. Élie Lascaux (1888-1968), peintre figuratif découvert par Max Jacob qu'on peut rapprocher de l'art naïf et du surréalisme par son inspiration onirique.

2. Il s'agit d'un volume de Maurice Maeterlinck avec une préface d'Artaud publié chez Stock en 1923 dans la collection « Les Contemporains ».

Antonin Artaud à Jacques Rivière

Le 29 janvier 1924

Monsieur,

Vous êtes en droit de m'avoir oublié. Je vous avais fait dans le courant de mai dernier une petite confession mentale. Et je vous avais posé une question. Cette confession, voulez-vous me permettre de la compléter aujourd'hui, de la reprendre, d'aller jusqu'au bout de moi-même. Je ne cherche pas à me justifier à vos yeux, il m'importe peu d'avoir l'air d'exister en face de qui que ce soit. J'ai pour me guérir du jugement des autres toute la distance qui me sépare de moi. Ne voyez dans ceci, je vous prie, nulle insolence, mais l'aveu très fidèle, l'exposition pénible d'un douloureux état de pensée.

De votre réponse, je vous en ai voulu pendant longtemps. Je m'étais donné à vous comme un cas mental, une véritable anomalie psychique, et vous me répondiez par un jugement littéraire sur des poèmes auxquels je ne tenais pas, auxquels je ne pouvais pas tenir. Je me flattais de n'avoir pas été compris de vous. Je m'aperçois aujourd'hui que je n'avais peut-être pas été assez explicite, et cela encore pardonnez-le-moi.

Je m'étais imaginé vous retenir sinon par le précieux de mes vers, du moins par la rareté de certains phénomènes d'ordre intellectuel, qui faisaient que justement ces vers n'étaient pas, ne pouvaient pas être autres, alors que j'avais en moi justement de quoi les amener à l'extrême bout de la perfection. Affirmation vaniteuse, j'exagère, mais à dessein.

Ma question était peut-être en effet spécieuse, mais c'est à vous que je la posais, à vous et à nul autre, à cause de la sensibilité extrême, de la pénétration presque maladive de votre esprit. Je me flattais de vous apporter un cas, un cas mental caractérisé, et, curieux comme je vous pensais de toute déformation mentale, de tous les obstacles destructeurs de la pensée, je pensais du même coup attirer votre attention sur la valeur réelle, la valeur initiale de ma pensée, et des productions de ma pensée.

Cet éparpillement de mes poèmes, ces vices de forme, ce fléchissement constant de ma pensée, il faut l'attribuer non pas à un manque d'exercice, de possession de l'instrument que je maniais, de *développement intellectuel* ; mais à un effondrement central de l'âme, à une espèce d'érosion, essentielle à la fois et fugace, de la pensée, à la non-possession passagère des bénéfices matériels de mon développement, à la séparation anormale des éléments de la pensée (l'impulsion à penser, à chacune des stratifications terminales de la pensée, en passant par tous les états, toutes les bifurcations de la pensée et de la forme).

Il y a donc un quelque chose qui détruit ma pensée ; un quelque chose qui ne m'empêche pas d'être ce que je pourrais être, mais qui me laisse, si je puis dire, en suspens. Un quelque chose de furtif qui m'enlève les mots *que j'ai trouvés,* qui diminue ma tension mentale, qui détruit au fur et à mesure dans sa substance la masse de ma pensée, qui m'enlève jusqu'à la mémoire des tours par lesquels on s'exprime et qui traduisent avec exactitude les modulations les plus inséparables, les plus localisées, les plus existantes de la pensée. Je n'insiste pas. Je n'ai pas à décrire mon état.

J'en voudrais dire seulement assez pour être enfin compris et cru de vous.

Et donc faites-moi crédit. Admettez, je vous prie, la réalité de ces phénomènes, admettez leur furtivité, leur répétition éternelle, admettez que cette lettre je l'eusse écrite avant aujourd'hui si je n'avais été dans cet état. Et voici donc encore une fois ma question : Vous connaissez la subtilité, la fragilité de l'esprit ? Ne vous en ai-je pas dit assez pour vous prouver que j'ai un esprit qui *littérairement* existe, comme T. existe, ou E., ou S., ou M. Restituez à mon esprit le rassemblement de ses forces, la cohésion qui lui manque, la constance de sa tension, la consistance de sa propre substance. (Et tout cela objectivement est si peu.) Et dites-moi si ce qui manque à mes poèmes (anciens) ne leur serait pas restitué d'un seul coup ?

Croyez-vous que dans un esprit bien constitué le saisissement marche avec l'extrême faiblesse, et qu'on peut à la fois étonner et décevoir ? Enfin, si je juge très bien mon esprit, je ne peux juger les productions de mon esprit que dans la mesure où elles se confondent avec lui dans une espèce d'inconscience bienheureuse. Ce sera là mon critérium.

Je vous envoie donc pour terminer, je vous présente la dernière production de mon esprit. Relativement à moi elle ne vaut que peu de chose, quoique mieux tout de même que le néant. C'est un pis-aller. Mais la question pour moi est de savoir s'il vaut mieux écrire cela ou ne rien écrire du tout.

La réponse à cela, c'est vous qui la ferez en acceptant ou en refusant ce petit essai. Vous le jugerez, vous, du point de vue de l'absolu. Mais je vous dirai que ce me serait une bien belle consolation de penser que, bien que n'étant pas tout moi-même, aussi haut, aussi dense, aussi large que moi, je peux encore être quelque chose. C'est pourquoi, Monsieur, soyez vraiment absolu. Jugez cette prose en dehors de toute question de tendance, de principes, de goût personnel, jugez-la avec la charité de votre âme, la lucidité essentielle de votre esprit, repensez-la avec votre cœur.

Elle indique probablement un cerveau, une âme qui existent, à qui une certaine place revient. En faveur de l'irradiation palpable de cette âme, ne l'écartez que si votre conscience de toutes ses forces proteste, mais si vous avez un doute, qu'il se résolve en ma faveur.

Je m'en remets à votre jugement.

P.S. : Vous me direz : pour donner un avis sur des questions semblables, il faudrait une autre cohésion mentale et une autre pénétration. Eh bien ! c'est ma faiblesse à moi et mon *absurdité* de vouloir écrire à tout prix, et m'exprimer.

Je suis un homme qui a beaucoup souffert de l'esprit, et à ce titre j'ai le *droit* de parler. Je sais comment ça se trafique là-dedans. J'ai accepté une fois pour toutes de me soumettre à mon infériorité. Et cependant je ne suis pas bête. Je sais qu'il y aurait à penser plus loin que je ne pense, et peut-être autrement. J'attends, moi, seulement que change mon cerveau, que s'en ouvrent les tiroirs supérieurs. Dans une heure et demain peut-être j'aurai changé de pensée, mais cette pensée présente existe, je ne laisserai pas se perdre ma pensée.

CRI

Le petit poète céleste
Ouvre les volets de son cœur.
Les cieux s'entrechoquent. L'oubli
Déracine la symphonie.

Palefrenier la maison folle
Qui te donne à garder des loups
Ne soupçonne pas les courroux
Qui couvent sous la grande alcôve
De la voûte qui pend sur nous.

Par conséquent silence et nuit
Muselez toute impureté
Le ciel à grandes enjambées
S'avance au carrefour des bruits.

L'étoile mange. Le ciel oblique
Ouvre son vol vers les sommets
La nuit balaye les déchets
Du repas qui nous contentait.

Sur terre marche une limace
Que saluent dix mille mains blanches
Une limace rampe à la place
Où la terre s'est dissipée.

Or des anges rentraient en paix
Que nulle obscénité n'appelle
Quand s'éleva la voix réelle
De l'esprit qui les appelait.

Le soleil plus bas que le jour
Vaporisait toute la mer.
Un rêve étrange et pourtant clair
Naquit sur la terre en déroute.

Le petit poète perdu
Quitte sa position céleste
Avec une idée d'outre-terre
Serrée sur son cœur chevelu.

Deux traditions se sont rencontrées.
Mais nos pensées cadenassées
N'avaient pas la place qu'il faut,
Expérience à recommencer.

Antonin Artaud à Jacques Rivière

Le 22 mars 1924

Ma lettre méritait au moins une réponse. Renvoyez, Monsieur, lettres et manuscrits.

J'aurais voulu trouver quelque chose d'intelligent à vous dire, pour bien marquer ce qui nous sépare, mais inutile. Je suis un esprit pas encore formé, un imbécile : pensez de moi ce que vous voudrez.

Jacques Rivière à Antonin Artaud

Le 25 mars 1924

Cher Monsieur,

Mais oui, je suis bien de votre avis, vos lettres méritaient une réponse ; je n'ai pas pu encore vous la donner : voilà tout. Excusez-moi, je vous prie.

Une chose me frappe : le contraste entre l'extraordinaire précision de votre diagnostic sur vous-même et le vague, ou, tout au moins, l'informité des réalisations que vous tentez.

J'ai eu tort sans doute, dans ma lettre de l'an dernier, de vouloir vous rassurer à tout prix : j'ai fait comme ces médecins qui prétendent guérir leurs patients en refusant de les croire, en niant l'étrangeté de leur cas, en les replaçant de force dans la normale. C'est une mauvaise méthode. Je m'en repens.

Même si je n'en avais pas d'autre témoignage, votre écriture tourmentée, chancelante, croulante, comme absorbée çà et là par de secrets tourbillons, suffirait à me garantir la réalité des phénomènes d'« érosion » mentale dont vous vous plaignez.

Mais comment y échappez-vous si bien quand vous tentez de définir votre mal ? Faut-il croire que l'angoisse vous donne cette force et cette lucidité qui vous manquent quand vous n'êtes pas vous-même en cause ? Ou bien est-ce la proximité de l'objet que vous travaillez à saisir qui vous permet tout à coup une prise si bien assurée ? En tout cas, vous arrivez, dans l'analyse de votre propre esprit, à des réussites complètes, remarquables, et qui doivent vous rendre confiance dans cet esprit même, puisque aussi bien l'instrument qui vous les procure c'est encore lui.

D'autres considérations peuvent aussi vous aider non pas peut-être à espérer la guérison, mais à prendre tout au moins votre mal en patience. Elles sont d'ordre général. Vous parlez en un endroit de votre lettre de la « fragilité de l'esprit ». Elle est surabondamment prouvée par les détraquements mentaux que la psychiatrie étudie et catalogue. Mais on n'a peut-être pas encore assez montré combien la pensée dite normale est le produit de mécanismes aventureux.

Que l'esprit existe par lui-même, qu'il ait une tendance à vivre de sa propre substance, qu'il se développe sur la personne avec une sorte d'égoïsme et sans s'inquiéter de la maintenir en accord avec le monde, c'est ce qui ne peut plus être, semble-t-il, de nos jours, contesté. Paul Valéry a mis en scène d'une façon merveilleuse cette autonomie, en nous, de la fonction pensante, dans sa fameuse *Soirée avec M. Teste*[1]. Pris en lui-même, l'esprit est une sorte de chancre ; il se propage, il avance constamment dans tous les sens ; vous notez vous-même comme un de vos tourments « l'impulsion à penser, à chacune des stratifications terminales de la pensée » ; les débouchés de l'esprit sont en nombre illimité ; aucune idée ne le bloque ; aucune idée ne lui apporte fatigue et satisfaction ; même ces apaisements temporaires que trouvent par l'exercice nos fonctions physiques, lui sont inconnus. L'homme qui pense se dépense à fond. Romantisme à part, il n'y a pas d'autre issue à la pensée pure que la mort.

Il y a toute une littérature, – je sais qu'elle vous préoccupe autant qu'elle m'intéresse, – qui est le produit du fonctionnement immédiat et, si je puis dire, animal de l'esprit. Elle a l'aspect d'un vaste champ de ruines ; les colonnes qui s'y tiennent debout ne sont soutenues que par le hasard. Le hasard y règne, et une sorte de multitude morne. On peut dire qu'elle est l'expression la plus exacte et la plus directe de ce monstre que tout homme porte en lui, mais cherche d'habitude instinctivement à entraver dans les liens des faits et de l'expérience.

Mais, me direz-vous, est-ce bien là ce qu'il faut appeler la « fragilité de l'esprit » ? Tandis que je me plains d'une faiblesse, vous me peignez une autre maladie qui viendrait d'un excès de force, d'un trop-plein de puissance.

Voici ma pensée serrée d'un peu plus près : l'esprit est fragile en ceci qu'il a besoin d'obstacles, – d'obstacles adventices. Seul, il se perd, il se détruit. Il me semble que cette « érosion » mentale, que ces larcins intérieurs, que cette « destruction » de la pensée « dans sa substance » qui affligent le vôtre, n'ont d'autre cause que la trop grande liberté que vous lui laissez. C'est l'absolu qui le détraque. Pour se tendre, l'esprit a besoin d'une borne et que vienne sur son chemin la bienheureuse opacité de l'expérience. Le seul remède à la folie, c'est l'innocence des faits.

Dès que vous acceptez le plan mental, vous acceptez tous les troubles et surtout tous les relâchements de l'esprit. Si par pensée

1. Essai-récit de Paul Valéry paru en 1896, *La Soirée avec monsieur Teste* met en scène un personnage porté par son seul intellect. L'ouvrage influença beaucoup André Breton.

on entend *création,* comme vous semblez faire la plupart du temps, il faut à tout prix qu'elle soit relative ; on ne trouvera la sécurité, la constance, la force, qu'en engageant l'esprit dans quelque chose.

Je le sais : il y a une espèce d'ivresse dans l'instant de son émanation pure, dans ce moment où son fluide s'échappe directement du cerveau et rencontre une quantité d'espaces, une quantité d'étages et de plans où s'éployer. C'est cette impression toute subjective d'entière liberté, et même d'entière licence intellectuelle, que nos « surréalistes » ont essayé de traduire par le dogme d'une quatrième dimension poétique. Mais le châtiment de cet essor est tout près : l'universel possible se change en impossibilités concrètes ; le fantôme saisi trouve pour le venger vingt fantômes intérieurs qui nous paralysent, qui dévorent notre substance spirituelle.

Est-ce à dire que le fonctionnement normal de l'esprit doive consister dans une servile imitation du donné et que penser ne soit rien de plus que reproduire ? Je ne le crois pas ; il faut choisir ce qu'on veut « rendre » et que ce soit toujours quelque chose non seulement de défini, non seulement de connaissable, mais encore d'inconnu ; pour que l'esprit trouve toute sa puissance, il faut que le concret fasse fonction de mystérieux. Toute « pensée » réussie, tout langage qui saisit, les mots auxquels ensuite on reconnaît l'écrivain, sont toujours le résultat d'un compromis entre un courant d'intelligence qui sort de lui, et une ignorance qui lui advient, une surprise, un empêchement. La justesse d'une expression comporte toujours un reste d'hypothèse ; il faut que la parole ait frappé un objet sourd, et plus tôt que ne l'eût atteint la raison. Mais où l'objet, où l'obstacle manquent tout à fait, l'esprit continue, inflexible et débile ; et tout se désagrège dans une immense contingence.

Je vous juge peut-être à la fois d'un point de vue trop abstrait et avec des préoccupations trop personnelles : il me semble pourtant que votre cas s'explique en grande partie par les considérations auxquelles je viens de me livrer, un peu trop longuement, et qu'il rentre dans le schème général que j'ai essayé de tracer. Aussi longtemps que vous laissez votre force intellectuelle s'épancher dans l'absolu, elle est travaillée par des remous, ajourée par des impuissances, en butte à des souffles ravisseurs qui la désorganisent ; mais aussitôt que, ramené par l'angoisse à votre propre esprit, vous la dirigez sur cet objet prochain et énigmatique, elle se condense, s'intensifie, se rend utile et pénétrante et vous apporte des biens positifs, à savoir des vérités exprimées avec tout le relief qui peut les rendre communicables, accessibles aux autres, quelque chose donc qui dépasse vos souffrances, votre existence même, qui vous agrandit et vous consolide, qui vous donne la seule réalité que l'homme puisse raisonnablement espérer conquérir par ses propres forces, la réalité en autrui.

Je ne suis pas optimiste par système ; mais je refuse de désespérer de vous. Ma sympathie pour vous est très grande ; j'ai eu tort de vous laisser si longtemps sans nouvelles.

Je garde votre poème. Envoyez-moi tout ce que vous ferez.

Croyez, je vous prie, à mes sentiments les meilleurs.

Antonin Artaud à Jacques Rivière

Le 7 mai 1924

Bien cher Monsieur,

Pour en revenir à une discussion déjà ancienne, il suffit de s'imaginer une minute que cette impossibilité de m'exprimer s'applique aux besoins les plus nécessaires de ma vie, à mes éventualités les plus urgentes, – et à la souffrance qui s'ensuit, pour comprendre que ce n'est pas faute d'acharnement, que je me renonce. Je suis en disponibilité de poésie. Il ne tient qu'à des circonstances fortuites et extérieures à mes possibilités réelles que je ne me réalise pas. Il me suffit que l'on croie que j'ai en moi des possibilités de cristallisation des choses, en des formes et avec les mots qu'il faudrait.

J'ai dû attendre tout ce temps d'être en situation de vous adresser ce mince billet qui est clair à défaut d'être bien écrit. Vous pouvez en tirer les conclusions qui s'imposent.

Une chose me demeure un peu obscure dans votre lettre : c'est l'utilisation que vous comptez faire du poème que je vous ai adressé. Vous avez mis le doigt sur un côté de moi-même ; la littérature proprement dite ne m'intéresse qu'assez peu, mais si par hasard vous jugiez bon de le publier, je vous en prie, envoyez-moi des épreuves, il m'importe beaucoup de changer deux ou trois mots.

Toutes mes bonnes pensées.

Jacques Rivière à Antonin Artaud

Le 24 mai 1924

Cher Monsieur,

Il m'est venu une idée à laquelle j'ai résisté quelque temps, mais qui décidément me séduit. Méditez-la à votre tour. Je souhaite qu'elle vous plaise. Elle est d'ailleurs encore à mettre au point.

Pourquoi ne publierions-nous pas la, ou les lettres que vous m'avez écrites ? Je viens de relire encore celle du 29 janvier, elle est vraiment tout à fait remarquable.

Il n'y aurait qu'un tout petit effort de transposition à faire. Je veux dire que nous donnerions au destinataire et au signataire des noms inventés. Peut-être pourrais-je rédiger une réponse sur les bases de celle que je vous ai envoyée, mais plus développée et moins personnelle. Peut-être aussi pourrions-nous introduire un fragment de vos poèmes ou de votre essai sur Uccello ? L'ensemble formerait un petit roman par lettres qui serait assez curieux.

Donnez-moi votre avis, et en attendant croyez-moi bien vôtre.

Antonin Artaud à Jacques Rivière

Le 25 mai 1924

Cher Monsieur,

Pourquoi mentir, pourquoi chercher à mettre sur le plan littéraire une chose qui est le cri même de la vie, pourquoi donner des apparences de fiction à ce qui est fait de la substance indéracinable de l'âme, qui est comme la plainte de la réalité ? Oui, votre idée me plaît, elle me réjouit, elle me comble, mais à condition de donner à celui qui nous lira l'impression qu'il n'assiste pas à un travail fabriqué. Nous avons le droit de mentir, mais pas sur l'essence de la chose. Je ne tiens pas à signer les lettres de mon nom. Mais il faut absolument que le lecteur pense qu'il a entre les mains les éléments d'un roman vécu. Il faudrait publier mes lettres de la première à la dernière et remonter pour cela jusqu'au mois de juin 1923. Il faut que le lecteur ait en main tous les éléments du débat.

Un homme se possède par éclaircies, et même quand il se possède, il ne s'atteint pas tout à fait. Il ne réalise pas cette cohésion constante de ses forces sans laquelle toute véritable création est impossible. Cet homme cependant existe. Je veux dire qu'il a une réalité distincte et qui le met en valeur. Veut-on le condamner au néant sous le prétexte qu'il ne peut donner que des fragments de lui-même ? Vous-même ne le croyez pas et la preuve en est l'importance que vous attachez à ces fragments. J'avais depuis longtemps le projet de vous en proposer la réunion. Je n'osais pas le faire jusqu'ici et votre lettre répond à mon désir. C'est vous dire avec quelle satisfaction j'accueille l'idée que vous me proposez.

Je me rends parfaitement compte des arrêts et des saccades de mes poèmes, saccades qui touchent à l'essence même de l'inspiration et qui proviennent de mon indélébile impuissance à me concentrer sur un objet. Par faiblesse physiologique, faiblesse qui touche à la substance même de ce que l'on est convenu d'appeler l'âme et qui est l'émanation de notre force nerveuse coagulée autour des objets. Mais de cette faiblesse toute l'époque souffre. Ex. : Tristan Tzara, André Breton, Pierre Reverdy. Mais eux, leur âme n'est pas physiologiquement atteinte, elle ne l'est pas substantiellement, elle l'est dans tous les points où elle se joint avec autre chose, elle ne l'est pas *hors de la pensée* ; alors d'où vient le mal, est-ce vraiment l'air de l'époque, un miracle flottant dans l'air, un prodige cosmique et méchant, ou la découverte d'un monde nouveau, un élargissement véritable de la réalité ? Il n'en reste pas moins qu'ils ne souffrent pas et que je souffre, non pas seulement dans l'esprit, mais dans la chair et dans mon âme de tous les jours. Cette inapplication à l'objet qui caractérise toute la littérature, est chez moi une inapplication à la vie. Je puis dire, moi, vraiment, que je ne suis pas au monde, et ce n'est pas une simple attitude d'esprit. Mes derniers poèmes me paraissaient manifester un sérieux progrès. Sont-ils vraiment si impubliables dans leur totalité ? D'ailleurs peu importe, j'aime mieux me montrer tel que je suis, dans mon inexistence et dans mon déracinement. On en pourrait en tout cas publier des fragments importants. Je crois que la plupart des strophes prises en elles-mêmes sont bonnes. Le rassemblement seul en détruit la valeur. Vous choisirez vous-même ces fragments, vous classerez les lettres. *Ici je ne suis plus juge.* Mais ce à quoi je tiens principalement, c'est qu'une équivoque ne s'introduise pas sur la nature des phénomènes que j'invoque pour ma défense. Il faut que le lecteur croie à une véritable maladie et non à un phénomène d'époque, à une maladie qui touche à l'essence de l'être et à ses possibilités centrales d'expression, et qui s'applique à toute une vie.

Une maladie qui affecte l'âme dans sa réalité la plus profonde, et qui en infecte les manifestations. Le poison de l'être. Une véritable *paralysie*. Une maladie qui vous enlève la parole, le souvenir, qui vous déracine la pensée.

J'en ai dit assez je crois pour être compris, publiez cette dernière lettre. Je m'aperçois en terminant qu'elle pourra servir de mise au point et de conclusion au débat pour la partie qui me concerne.

Croyez, cher Monsieur, à mes sentiments de grande et affectueuse reconnaissance.

Antonin Artaud à Jacques Rivière

Le 6 juin 1924

Cher Monsieur,

Ma vie mentale est toute traversée de doutes mesquins et de certitudes péremptoires qui s'expriment en mots lucides et cohérents. Et mes faiblesses sont d'une contexture plus tremblante, elles sont elles-mêmes larvaires et mal formulées. Elles ont des racines vivantes, des racines d'angoisse qui touchent au cœur de la vie ; mais elles ne possèdent pas le désarroi de la vie, on n'y sent pas ce souffle cosmique d'une âme ébranlée dans ses bases. Elles sont d'un esprit qui n'aurait pas pensé sa faiblesse, sinon il la traduirait en mots denses et agissants. Et voilà, Monsieur, tout le problème : avoir en soi la réalité inséparable et la clarté matérielle d'un sentiment, l'avoir au point qu'il ne se peut pas qu'il ne s'exprime, avoir une richesse de mots, de tournures apprises et qui pourraient entrer en danse, servir au jeu ; et qu'au moment où l'âme s'apprête à organiser sa richesse, ses découvertes, cette révélation, à cette inconsciente minute où la chose est sur le point d'émaner, une volonté supérieure et méchante attaque l'âme comme un vitriol, attaque la masse mot-et-image, attaque la masse du sentiment, et me laisse, moi, pantelant comme à la porte même de la vie.

Et cette volonté, maintenant, supposez que j'en ressente physiquement le passage, qu'elle me secoue d'une électricité imprévue et soudaine, d'une électricité répétée. Supposez que chacun de mes instants pensés soit à de certains jours secoué de ces tornades profondes et que rien au-dehors ne trahit. Et dites-moi si une œuvre littéraire quelconque est compatible avec de semblables états. Quel cerveau y résisterait ? Quelle personnalité ne s'y dissoudrait ? Si j'en avais seulement la force, je me paierais parfois le luxe de soumettre en pensée à la macération d'une douleur si pressante n'importe quel esprit en renom, n'importe quel vieux ou jeune écrivain qui produit, et dont la pensée naissante fait autorité, pour voir ce qu'il en resterait. Il ne faut pas trop se hâter de juger les hommes il faut leur faire crédit jusqu'à l'absurde, jusqu'à la lie. Ces œuvres hasardées qui vous semblent souvent le produit d'un esprit non encore en possession de lui-même, et qui ne se possédera peut-être jamais, qui sait quel cerveau elles cachent, quelle puissance de vie, quelle fièvre pensante que les circonstances seules ont réduits. Assez parlé de moi et de mes œuvres à naître, je ne demande plus qu'à sentir mon cerveau.

Jacques Rivière à Antonin Artaud

Le 8 juin 1924

Cher Monsieur,

Peut-être me suis-je un peu indiscrètement substitué, avec mes idées, avec mes préjugés, à votre souffrance, à votre singularité. Peut-être ai-je bavardé, là où il eût fallu comprendre et plaindre. J'ai voulu vous rassurer, vous guérir. Cela vient sans doute de l'espèce de rage avec laquelle je réagis toujours, pour mon compte, dans le sens de la vie. Dans ma lutte pour vivre, je ne m'avouerai vaincu qu'en perdant le souffle même.

Vos dernières lettres, où le mot « âme », vient remplacer plusieurs fois le mot « esprit », éveillent en moi une sympathie plus grave encore, mais plus embarrassée, que les premières. Je sens, je touche une misère profonde et privée ; je reste en suspens devant des maux que je ne puis qu'entrevoir. Mais peut-être cette attitude interdite vous apportera-t-elle plus de secours et d'encouragement que mes précédentes ratiocinations.

Et pourtant ! Suis-je sans aucun moyen de comprendre vos tourments ? Vous dites « qu'un homme ne se possède que par éclaircies, et même quand il se possède, il ne s'atteint pas tout à fait ». Cet homme, c'est vous ; mais je peux vous dire que c'est moi aussi. Je ne connais rien qui ressemble à vos « tornades », ni à cette « volonté méchante » qui « du dehors attaque l'âme » et ses pouvoirs d'expression. Mais pour être plus générale, moins douloureuse, la sensation que j'ai parfois de mon infériorité à moi-même n'est pas moins nette.

Comme vous, j'écarte, pour expliquer les alternatives par lesquelles je passe, le symbole commode de l'inspiration. Il s'agit de quelque chose de plus profond, de plus « substantiel », si j'ose détourner ce mot de son sens, qu'un bon vent qui me viendrait, ou non, du fond de l'esprit ; il s'agit de degrés que je parcours dans ma propre réalité. Non pas volontairement, hélas ! mais de façon purement accidentelle.

Il y a ceci de remarquable que le fait même de mon existence, comme vous le notez pour vous-même, ne fait à aucun moment pour moi l'objet d'un doute sérieux ; il me reste toujours quelque chose de moi, mais c'est bien souvent quelque chose de pauvre, de malhabile, d'infirme et presque de suspect. Je ne perds pas à ces moments toute idée de ma réalité complète ; mais quelquefois tout espoir de la reconquérir jamais. Elle est comme un toit au-dessus de moi qui resterait en l'air par miracle, et jusqu'auquel je ne verrais aucun moyen de me reconstruire.

Mes sentiments, mes idées – les mêmes qu'à l'habitude – passent en moi avec un petit air fantastique ; ils sont tellement affaiblis, tellement hypothétiques qu'ils ont l'air de faire partie d'une pure spéculation philosophique, ils sont encore là, pourtant, mais ils me regardent comme pour me faire admirer leur absence.

Proust a décrit les « intermittences du cœur » ; il faudrait maintenant décrire les intermittences de l'être.

Évidemment il y a, à ces évanouissements de l'âme, des causes physiologiques, qu'il est souvent assez facile de déterminer. Vous parlez de l'âme « comme de la coagulation de notre force nerveuse », vous dites qu'elle peut être « physiologiquement atteinte ». Je pense comme vous qu'elle est dans une grande dépendance du système nerveux. Pourtant ses crises sont si capricieuses qu'à certains moments je comprends qu'on soit tenté d'aller chercher, comme vous faites, l'explication mystique d'une « volonté méchante », acharnée du dehors à sa diminution.

En tout cas, c'est un fait, je crois, que toute une catégorie d'hommes est sujette à des oscillations du niveau de l'être. Combien de fois, nous plaçant machinalement dans une attitude psychologique familière, n'avons-nous pas découvert brusquement qu'elle nous dépassait, ou plutôt que nous lui étions devenus subrepticement inégaux ! Combien de fois notre personnage le plus habituel ne nous est-il pas apparu tout à coup factice, et même fictif, par l'absence des ressources spirituelles, ou « essentielles », qui devaient l'alimenter !

Où passe, et d'où revient notre être, que toute la psychologie jusqu'à nos jours a feint de considérer comme une constante ? C'est un problème à peu près insoluble, si l'on n'a pas recours à un dogme religieux, comme celui de la Grâce, par exemple. J'admire que notre âge (je pense à Pirandello, à Proust, chez qui il est implicite) ait osé le poser en lui laissant son point d'interrogation, en se bornant à l'angoisse.

« Une âme physiologiquement atteinte. » C'est un terrible héritage. Pourtant je crois que sous un certain rapport, sous le rapport de la clairvoyance, ce peut être aussi un privilège. Elle est le seul moyen que nous ayons de nous comprendre un peu, de nous voir, tout au moins. Qui ne connaît pas la dépression, qui ne se sent jamais l'âme entamée par le corps, envahie par sa faiblesse, est incapable d'apercevoir sur l'homme aucune vérité ; il faut venir en dessous, il faut regarder l'envers ; il faut ne plus pouvoir bouger, ni espérer, ni croire, pour constater. Comment distinguerons-nous nos mécanismes intellectuels ou moraux, si nous n'en sommes pas temporairement privés ? Ce doit être la consolation de ceux qui expérimentent ainsi à petits coups la mort qu'ils sont les seuls à savoir un peu comment la vie est faite.

Et puis « la macération d'une souffrance si pressante » empêche de s'élever en eux le ridicule nuage de la vanité. Vous m'écriviez : « J'ai pour me guérir du jugement des autres toute la distance qui me sépare de moi. » Telle est l'utilité de cette « distance » : elle « nous guérit du jugement des autres » ; elle nous empêche de rien faire pour le séduire, pour nous y accommoder ; elle nous conserve purs et, malgré les variations de notre réalité, elle nous assure un degré supérieur d'identité à nous-mêmes.

Bien entendu, la santé est le seul idéal admissible, le seul auquel ce que j'appelle un homme ait le droit d'aspirer ; mais quand elle est donnée d'emblée dans un être, elle lui cache la moitié du monde.

Je me suis laissé aller de nouveau, malgré moi, à vous réconforter, en essayant de vous montrer combien, même en matière d'existence, l'« état normal » peut être précaire. Je souhaite de tout mon cœur que les échelons que je décrivais vous soient accessibles, aussi bien dans la direction ascensionnelle que dans l'autre. Un moment de plénitude, d'égalité à vous-même, pourquoi, après tout, vous serait-il interdit, si déjà vous avez ce courage de le désirer. Il n'y a de péril absolu que pour qui s'abandonne ; il n'y a de mort complète que pour qui prend le goût de mourir.

Je vous prie de croire à ma profonde sympathie.

THÉORIE ET VIE LITTÉRAIRE

de Paola Codazzi

Depuis 1907, Jacques Rivière est à Paris. Malgré l'opposition de son père, il a choisi de poursuivre ses études de philosophie dans la capitale, où il vit dans des conditions précaires. Il multiplie les collaborations dans de petites revues (comme *Le Mercure musical*) et compose sa première grande étude sur Paul Claudel pour *L'Occident*. Mais ces travaux ne favorisent pas son entrée dans le monde des lettres, l'occasion qu'il cherche de se faire connaître n'arrive pas : il continue d'être un étudiant de philosophie qui, incidemment, s'occupe de musique et de littérature, alors qu'il voudrait faire de celle-ci sa vie. Contre son caractère, à une époque où la sociabilité littéraire se nourrit encore largement d'échanges physiques, il se force à fréquenter quelques soirées, dans l'espoir de tisser des liens fructueux. Déçu par les derniers symbolistes – ces impressions nourriront, par la suite, plusieurs de ses textes –, il est en revanche séduit par celui qui, de ces cénacles, sentant « le factice et le renfermé[1] », a fait la parodie. La rencontre avec André Gide, dont la notoriété s'affirme précisément à cette époque, s'avère décisive. L'auteur de *Paludes* lui ouvre les portes de *La NRF* naissante, dont il va découvrir et contribuer à partager l'esprit, si proche du sien. Encore jeune et maladroit, aussi enclin aux enthousiasmes qu'aux désenchantements – les deux se succédant parfois de manière rapide –, Rivière trouve dans *La NRF* un cadre de pensée où viennent, au moins en partie, se briser les flots agités de son âme. À partir de

1. André Gide, *Paludes*, 1894, in *Romans et récits, œuvres lyriques et dramatiques*, t. 1, Pierre Masson (éd.), Gallimard, coll. « Bibliothèque de la Pléiade », 2009, p. 443.

1908, il entre en contact, puis prend place au sein d'un groupe d'aînés qui défendent la valeur irremplaçable de la littérature, sur le plan esthétique et éthique, à travers l'ouverture aux nouveautés du siècle, « sans préventions d'école ni de parti[1] ». Le souci d'exigence qu'anime la revue ne pouvait que séduire celui dont la « générosité de cœur[2] » s'alliait à une grande ténacité et subtilité d'esprit.

Mais quelles sont les réelles ambitions du jeune Bordelais à cette époque ? Dans les lettres à Alain-Fournier, il révèle tout ce qu'il ne veut pas être : il refuse de se ranger dans la catégorie des « esthètes », ou des « artistes », car il se veut autre qu'un artisan des mots à la manière des symbolistes. Romancier, pourquoi pas ? Mais il s'agit d'aller à contre-courant de ce qu'offre alors la littérature française et la direction à emprunter, en ce début de siècle, est loin d'être claire (pour Gide non plus, d'ailleurs). Encouragé par Alain-Fournier, puis par Jacques Copeau, Rivière entre à *La NRF* avec des aspirations de créateur. Il n'est pourtant pas dupe de lui-même et se reconnaît très tôt des qualités qui ont peu à voir avec la puissance imaginative qu'exige la fiction. Ce sont plutôt des qualités de lecteur, car son amour profond pour la littérature trouve sa meilleure expression dans la réflexion. « [Je] suis systématique, philosophe et théorique[3] », écrit-il à Alain-Fournier. À l'approche de sa vingt-cinquième année, tout en continuant de travailler sur plusieurs projets, Rivière se tourne de plus en plus résolument vers la critique. Si, dans ses lettres, il exprime de temps à autre sa déception, il fait preuve de pragmatisme et de clairvoyance, en développant un penchant naturel de son esprit jusqu'à en faire un métier. En février 1910, il est le seul collaborateur régulièrement rétribué. Il décide alors de quitter le poste qu'il occupait au collège Stanislas comme enseignant de philosophie, profession pour laquelle il ne ressentait aucun attrait. Il renonce également à sa collaboration avec l'École spéciale militaire de Saint-Cyr pour consacrer toute son énergie à *La NRF*. Loin d'être un choix imposé, c'est l'expression d'une volonté ferme, car pour la plupart des gens de lettres de l'époque, celui qui ne fait pas œuvre littéraire n'est qu'un vil journaliste – telle du moins est l'opinion de Claudel : « Faites ce raisonnement bien simple, mon pauvre enfant : du moment

1. André Gide, « Billet à Angèle [avril 1921] », in *Essais critiques, op. cit.*, p. 285.
2. Jean Schlumberger, *Éveils*, Gallimard, 1949, p. 220.
3. Jacques Rivière à Alain-Fournier, 25 août 1905, dans *Correspondance AF/JR, op. cit.*, p. 168.

où vous voulez faire argent de votre plume, vous avez à vous occuper des goûts du client[1]. »

Or, l'objectif de *La NRF* est justement de se situer à l'opposé de ce que Thibaudet qualifiera de « critique journalistique ». Elle refuse également la critique telle que la conçoivent les universitaires, comme Ferdinand Brunetière. Pour les hommes de la revue, il s'agit d'emprunter une autre voie, qui consiste à mettre en valeur l'œuvre – en découvrant son historicité et le secret de sa forme –, dans le dialogue avec celle-ci et avec son auteur. On est confronté à une critique empreinte d'empathie, mais profondément authentique, qui assume ses préférences sans chercher à avancer des vérités immuables, et sans juger, sauf au nom de l'art. Le « titre discret » que Rivière choisit pour son premier recueil de textes – *Études,* publié en 1911 aux éditions de la NRF – est représentatif de cette tendance. Auguste Anglès qualifie ces écrits d'« exercices d'entraînement à l'épreuve et à la découverte de soi[2] ». Chez Rivière, la critique s'affirme comme explication de l'œuvre, de son auteur, et en même temps comme chemin de découverte personnelle. Cerner les qualités et les défauts de l'autre, dans la lecture et la mise en perspective qui en suit, c'est s'interroger aussi sur soi-même, donc procéder à une « autocritique ». Dans les textes de Rivière, au-delà du souci d'analyse, il y a également la volonté d'exprimer une subjectivité qui refuse tout dogmatisme pour se placer du côté de la sincérité, notion à laquelle il attribue la plus haute valeur. Son texte de 1912, *De la sincérité envers soi-même,* pourrait à cet égard être considéré comme fondateur d'une démarche critique répondant, avant toute chose, à une exigence intérieure.

On pourrait donc affirmer que la personnalité de Rivière se construit dans la rencontre avec l'œuvre d'autrui, dont il se laisse imprégner pour mieux se connaître lui-même, et rebondir ensuite vers autre chose. C'est le célèbre principe du *passer outre* gidien : le retour sur soi, moment final du discours critique – après celui de la découverte, du transport de la lecture, et celui de l'étude proprement dite –, forme le prélude à un nouveau départ. Ainsi, plus Rivière avance dans son parcours de vie, et d'écriture, plus il gagne en assurance, et sa voix devient plus ferme. Les textes ici réunis le montrent de manière très claire. Dans « Le Roman d'aventure », il fait appel à son instinct et à son intuition ainsi

1. 17 février 1910, *Correspondance Claudel-Rivière, op. cit.*, p. 158.
2. Auguste Anglès, « À la rencontre de Jacques Rivière », *Cahiers du XXe siècle,* n° 3, 1975, p. 10.

qu'aux connaissances et expériences accumulées par la fréquentation, et les échanges, avec des gens désireux d'innover. Son talent d'essayiste se déploie sur un texte de longueur inédite, où il arpente en long et en large, à visage découvert, l'un des grands sujets de débat de son temps. Exit le symbolisme, place à une littérature qui se refuse à emprunter les sentiers battus et qui, en revanche, en arpente d'inexplorés. Sur cette voie, le romancier entraîne son lecteur en découvrant, presque en même temps que lui, tout ce qui dans le taillis – entendu du point de vue métaphorique, comme expression des mystères de l'esprit humain – se cache à la vue.

Malgré son caractère éminemment théorique, l'étude se développe plutôt librement, comme si la réflexion avait pris forme au fur et à mesure de l'écriture. Le critique serait alors, lui aussi, en état d'aventure ! Dans un style palpitant, mais non moins rigoureux, Rivière dessine les grandes lignes du roman de l'avenir. Et dire qu'il n'a même pas trente ans… Manifestement, les trois ans à *La NRF*, par leur intensité, ont accéléré sa maturation : il est désormais un homme marié, père de la petite Jacqueline, à laquelle il veut que rien ne manque, tout en continuant de vivre de littérature. Ajoutons que depuis le début de l'aventure du Vieux-Colombier, où Copeau s'engage corps et âme, Rivière passe ses journées rue Madame au milieu des papiers, seul responsable – ou peu s'en faut – de la composition du sommaire de chaque numéro. Voilà la sensation que l'on éprouve à la lecture du « Roman d'aventure », où, bien qu'il s'exprime toujours clairement en son propre nom, Rivière semble parfois aussi parler au nom de la revue. Il le fera de manière plus évidente une fois la guerre terminée, au moment où il sera question de définir son rôle au sein d'un groupe dont la configuration a naturellement beaucoup évolué : Copeau se consacre à l'art dramatique, Marcel Drouin à l'enseignement, André Ruyters abandonne la littérature alors qu'Henri Ghéon s'est converti et réserve pour lors ses articles à *L'Action française*. Reste Jean Schlumberger, fidèle malgré son acrimonie contre l'ennemi, et Gide, bien entendu, qui a conscience, à juste titre, comme il le confie à la Petite Dame, de prendre enfin « toute [son] importance[1] ». C'est pourquoi il songe pendant un moment à prendre la direction de la revue, qu'il avait pourtant déjà offerte à Rivière. Or, il finira par renoncer à son plan, et c'est bien l'ancien secrétaire qui deviendra comme

1. Maria Van Rysselberghe, *Les Cahiers de la Petite Dame. 1918-1929*, Gallimard, t. 1, 1973, p. 7.

prévu la tête et le cœur de *La NRF*. Assumant pleinement son rôle, dans un texte publié en tête du premier numéro d'après-guerre et devenu emblématique pour l'histoire de la revue, il indique la voie pour sortir du terrain marécageux de l'après-guerre, où les passions politiques sont à leur comble et le rôle de la littérature, son autonomie, sont remis en question. En faisant, encore une fois, preuve de discernement et de lucidité, Rivière scelle définitivement son nom à celui de *La NRF*, en assurant sa postérité et en même temps la sienne.

Tout aussi tourné vers l'avenir que son texte de 1913, l'éditorial de 1919 – où Rivière quitte définitivement le « je » pour le « nous » – se distingue par son caractère de manifeste, voire par sa visée programmatique, nouvelle étape qu'il franchit dans l'art de la critique. Un art qu'il maîtrise tant à l'écrit qu'à l'oral, s'efforçant toujours de suivre le double principe du dire vrai et du « bien-dire », au sens le plus plein du terme. À côté de ses fonctions de secrétaire, d'abord, et de directeur, ensuite, Rivière a en effet mené une activité importante de conférencier. Très jeune encore, il avait pu prendre conscience de son éloquence naturelle et la mettre à l'épreuve, grâce notamment à la réforme de l'enseignement (celle de 1880) dont sa promotion est l'une des premières à bénéficier. Les professeurs du lycée Lakanal demandaient en effet aux élèves de faire des « conférences » au cours de l'année, pour améliorer leurs capacités expressives à l'oral. Rivière prend goût à l'exercice, comme il l'écrit à Fournier, et se penche sur des œuvres en dehors du programme scolaire, suivant ses goûts et ses inclinations[1]. Cet entraînement, sans qu'il n'en ait conscience, se révélera très utile par la suite. À partir de 1913, Rivière prend la parole en France, au théâtre du Vieux-Colombier, invité par Copeau, et à l'étranger, en Belgique, au Luxembourg, et surtout en Suisse, où il est rapatrié au cours de la Grande Guerre après presque trois années de captivité en Allemagne.

Début 1918, à Genève, Rivière emprunte des livres à la bibliothèque de la ville et multiplie les demandes auprès des libraires, travaillant sans arrêt plusieurs heures par jour. On lui a en effet proposé de prononcer, dans une école privée, une conférence sur la naissance et l'évolution de *La NRF* depuis 1909. « J'ai accepté bien entendu. Le devoir était là, écrit-il à Gide, j'ai reconnu son visage en forme d'impératif, catégorique. Je ne pouvais pas

1. À ce propos, voir Juliette Carré, *Correspondances d'Alain-Fournier, Jacques Rivière et André Lhote. Une école des lettres à la Belle Époque*, Honoré Champion, 2018, p. 29-87.

flancher[1]. » Le succès est tel qu'il faut trouver une salle plus grande et prévoir une suite, qui prend forme autour de quelque grand nom de la littérature française du premier XXe siècle (Alain-Fournier, Claudel, Gide, Péguy). Copeau, sujet de la dernière causerie, est le destinataire d'une lettre empreinte d'émotion, où le conférencier se réjouit de se sentir si bien accueilli par les gens cultivés de la ville. L'hospitalité des Suisses – ainsi que leur caractère « un peu pédant[2] » qui ressemble au sien – est faite pour lui plaire, ajoute-t-il, ce qui semble confirmé par Isabelle, qui, forçant peut-être un peu le trait, écrit : « C'est un succès fou, on ne parle plus que de ça dans [toute la ville], et on ne peut plus rencontrer une personne [...] sans être arrosé de compliments, de félicitations, d'extases, etc.[3]. » Mais dans sa correspondance, Rivière insiste également sur ses craintes par rapport à un travail qui l'oblige à revenir sur le passé, alors que lui, ayant survécu à l'hécatombe de la guerre et revenu de l'enfer de l'internement, ne veut regarder qu'en avant. Il finit toutefois par reconnaître l'utilité de cet effort : s'exprimer en public lui permet, d'une part, de retrouver confiance en sa voix, et de l'autre, d'extérioriser et ensuite remettre de l'ordre dans ses pensées, grâce également aux impressions recueillies sur le vif dans la salle. Si Rivière écrit les textes de ses conférences avec l'élégance de style et la clarté de vision qui caractérisent ses articles, il ne dédaigne pas d'insérer ici et là des touches de couleur – comme des tours de phrase plus familiers, ou des petits clins d'œil – pour chercher la complicité du public[4]. Cela imprime aux conférences genevoises leur marque, qu'il faut bien considérer avant de partir à leur découverte : il ne s'agit pas de notes préparatoires, loin de là, ce sont des textes écrits pour être lus, digressions et redites incluses.

De toute évidence, ce qui avait commencé comme un devoir, devient pour Rivière un vrai plaisir. Entre février et mars 1918, toujours au bord du lac – à Genève d'abord, à Lausanne et Neuchâtel ensuite –, il enchaîne sur une deuxième série de causeries, où il est question des tendances de la littérature de l'immédiat

1. Jacques Rivière à André Gide, 9 janvier 1918, *Correspondance Gide-Rivière*, *op. cit.*, p. 492.

2. Lettre de Jacques Rivière à Jacques Copeau, 22 février 1918, *BAJRAF*, n° 29, avril 1983, p. 47.

3. Lettre d'Isabelle Rivière citée dans *Jacques Rivière et ses amitiés suisses*, Gilbert Guisan et Doris Jakubec (éd.), *Études de lettres*, n° 4, 1976, reprise par Jean Lacouture, *Une adolescence du siècle. Jacques Rivière et la NRF*, *op. cit.*, p. 571.

4. Voir Jean Baranger, « Jacques Rivière conférencier », *BAJRAF*, n° 97, 2000, p. 7-10.

avant-guerre. Dans ces pages, Rivière se tient en équilibre entre l'analyse et la synthèse, offrant au public la lecture de plusieurs extraits des œuvres qu'il s'efforce de commenter, pour ensuite les replacer dans le cadre général de l'histoire et de la théorie littéraires. Tout au long de ces textes, qui occupent au sein de la présente section une place centrale, l'on ressent sa volonté d'entraîner le public à la découverte de ceux qui, par leur génie, ont contribué au renouveau des genres et des formes – pour le roman, il faut au moins citer Charles-Louis Philippe, Proust ou encore Larbaud. En rendant hommage à ces créateurs, Rivière ne cède jamais aux excès de complaisance, mais se laisse guider par cette « passion de comprendre[1] » qui reste l'une des meilleures qualités de sa critique. Infatigable dans son activité de conférencier, il s'offre tout entier. Grâce à une personnalité naturellement attachante – telle était aussi l'opinion de Gide –, il prend son auditoire par la main, demeurant malgré tout confiant que ce monde, dont l'élan a été brutalement coupé par la guerre, donnera bientôt de nouveaux et plus mûrs fruits.

Voilà que, dans celle qui sera bien la dernière année de combats, l'avenir pointe déjà son nez. Celui de Rivière, on le sait, s'est arrêté brusquement, en 1925, et trop tôt, alors qu'il était encore plein de promesses. (Re)lire aujourd'hui son œuvre – les articles parus en revue, et réunis ensuite dans *Études* et *Nouvelles Études*, ainsi que les textes de ses conférences –, c'est mettre en valeur son rôle au sein d'une histoire, celle de la critique, encore trop souvent reléguée au second plan. C'est aussi observer de l'intérieur les mouvements d'idées et d'opinions d'une époque où il y avait une réelle porosité des frontières entre théorie et vie littéraire, entre création et critique, une porosité qui ne semble plus possible de nos jours, du moins avec l'intensité que l'on saisit dans les pages qui suivent.

1. Le passage mérite d'être cité en entier : « Partout où vous avez découvert quelque chose de nouveau à aimer, de difficile à comprendre, vous avez dû rencontrer aussi Jacques Rivière. [...] Critique, il emploie tout son cœur et toute sa patience à aimer son auteur comme il "veut" être aimé. » (Alain-Fournier, « Silhouettes : Jacques Rivière », *L'Intransigeant*, 9 février 1912, repris dans *BAJRAF*, n° 1, 1975, p. 33.)

« J'ai commencé quelque chose sur : "De la sincérité envers soi-même" », écrit Jacques Rivière dans une lettre à Alain-Fournier en septembre 1911. Le texte, précédé d'une dédicace à Jacques Copeau, paraît dans le numéro de janvier 1912 de La Nouvelle Revue française, *dont Rivière vient d'être nommé secrétaire. Premier essai de longue haleine, fruit d'une période de travail intense, il suscite l'attention et l'admiration de Gide, qui dans sa correspondance se dit étonné qu'un jeune homme de vingt-six ans ait pu atteindre à une telle maturité. Par sa nature philosophique et introspective, le texte occupe une place à part dans la production de Rivière et se fait révélateur d'un caractère dont le souci d'exigence ne s'applique pas exclusivement au domaine de la vie intérieure.*

Cet aspect, pourtant essentiel, a été quelque peu occulté en faveur d'une lecture du texte visant à faire émerger les éléments qui contribuent à faire de celui-ci un jalon essentiel dans l'évolution de la pensée religieuse de l'auteur. Son histoire éditoriale a joué dans ce sens un rôle non négligeable. Dans plusieurs publications, en plaquette ou en volume, parues après la mort de Rivière, De la sincérité envers soi-même *se voit joint à un autre essai de la même période, intitulé* De la foi, *que l'auteur avait aussi confié à* La NRF *(dans les livraisons d'octobre et novembre 1912). Or, si les deux écrits ont en commun un même élan vers la spéculation, visible déjà dans les titres, ils divergent sur bien des points. Il importe donc ici de relire* De la sincérité *comme un texte susceptible d'éclairer, d'une part, l'homme Rivière, et d'autre part, le Rivière critique, de soi-même et d'autrui. Il sera ainsi possible de comprendre en quoi la sincérité représente pour lui une sorte d'horizon à atteindre, tant dans la vie que dans l'écriture.*

D'une sensibilité lucide et toujours à fleur de peau, Rivière est sans relâche à l'écoute de sa voix intérieure ainsi que de celles des autres, telles qu'elles s'expriment à travers leurs œuvres, qu'il découvre grâce à son avide curiosité et qu'il examine avec la même rigueur qu'il demande à lui-même. Sa sincérité est dans l'effort, dans la « chasse », entendue comme l'expression d'une patiente disponibilité à l'égard du monde, où chaque événement se configure comme une occasion de découverte et chaque nouvelle lecture comme une source d'enrichissement. Il n'y a pas de sincérité sans disponibilité, donc, comme il n'y a pas de sincérité sans maîtrise. Épier ses propres ombres, reconnaître ses propres faiblesses, fait partie des devoirs de l'homme et caractérise la démarche du bon critique.

De la sincérité envers soi-même

À Jacques Copeau

Il faut d'abord distinguer la sincérité envers autrui de la sincérité envers soi-même. Nous laisserons de côté la première. Telle qu'on l'entend dans le monde, elle est trop facile. (C'est sans doute pourquoi on en a fait une vertu). Elle consiste à ne jamais avouer de sentiments que l'interlocuteur n'ait pu prévoir ; un homme manque de sincérité envers nous, lorsque les pensées qu'il nous montre ne sont pas celles que nous aurions à sa place. – Telle qu'il la faut entendre, la sincérité envers autrui s'appelle la confession. Mais à ce mot tant d'idées s'éveillent, et si graves, qu'elles demanderaient, pour se développer, tout un livre.

I

La sincérité envers soi-même est une vertu dangereuse. On ne peut pas la conseiller ; elle ne rend pas un homme plus sociable ; elle ne le fait pas bienvenir de ses semblables ; elle n'est pas un de ces bons devoirs universels qui façonnent notre docilité. Pour l'essayer, il faut être secrètement choisi.

Il semble que pour être sincère il suffise de se laisser aller, de ne pas s'empêcher de sentir, de céder à sa spontanéité. On cesse d'être sincère au moment où l'on intervient en soi ; si je me travaille, je me déforme. La sincérité c'est l'abandon à moi-même, l'obéissance au cours naturel de mes émotions, une pente aisée, l'accès complaisant à ma facilité intérieure. Elle ne me demande aucun effort ; je l'exercerai comme on se détend.

Pourtant il est plus juste de dire : la sincérité est un perpétuel effort pour créer son âme telle qu'elle est. Rien de plus menteur que le spontané, rien de plus étranger à moi-même. Ce n'est jamais par moi que je commence ; les sentiments où j'entre naturellement ne sont pas miens ; je ne les éprouve pas, j'y tombe d'abord comme en une ornière ; ils m'entraînent parce qu'ils sont commodes et rassurants ; tout le monde déjà les a parcourus ; on sait où ils mènent ; il n'est jamais arrivé malheur à personne avec eux. Ils se présentent tout de suite à mon cœur avec leurs garanties. Je ne songe pas à douter de leur vérité, tellement je leur vois d'avantages ; ils ont juste cette inclinaison qu'il faut pour me placer au niveau d'autrui et d'accord avec ses pensées ; ils sont calculés pour permettre la conversation. Mais, en dépit de ces agréments, ils ne tiennent pas plus à mon âme que des formules de politesse.

Ce sont mes secondes pensées qui sont les vraies, celles qui m'attendent, celles jusqu'où je ne vais pas. Il n'y a pas que les autres qui pensent en moi ; au plus profond de moi une basse et continuelle méditation, – et dont je ne saurai rien si je ne fais effort pour la connaître : c'est mon âme. Elle est faible et comme idéale ; elle existe à peine ; je la sens comme un monde possible et lointain. Tout homme, même s'il s'accommode d'émotions conventionnelles, est confusément averti de sa profondeur, vaguement occupé d'un soupçon secret. Il y a un arrière-goût d'insuffisance en tout ce qu'il éprouve ; il comprend qu'il pourrait être plus authentique qu'il n'est, que d'autres parties plus cachées, plus étonnantes de lui-même pourraient être intéressées par l'événement. Mais il ne sait comment se saisir de cette réalité qu'il contient ; car elle ne l'invite ni ne l'appelle ; et bientôt il perd jusqu'au désir de la trouver.

Comme mon âme me dédaigne en effet ! Elle ne tient pas à vivre, elle ne me fera pas un signe. Tous mes sentiments, encore virtuels, pourtant déjà plus vrais que moi, me regardent avec ironie et semblent dire : « Oseras-tu nous connaître ? » Ils sont clos et muets ; non point vagues ; mais leur terrible précision sommeille ; elle est encore fictive. Ils savent bien qu'ils ne peuvent naître que par moi : cependant ils ne laissent pas de me narguer.

Il faut que je les épie, que je les surprenne et que je m'empare d'eux. Sincérité, chasse subtile qui ne poursuit que des silences ! Elle demande une agilité intelligente et jamais lasse, une présence d'esprit impitoyable. Parmi tout ce qui se tait en moi elle gouverne, éveillant les sentiments qu'il faut. Elle évite les plus faciles, parce qu'ils sont menteurs ; ceux qu'elle doit trouver ne se montrent pas. Elle essaie plusieurs voies et de plusieurs, les ayant tentées, elle se détourne. Elle a l'expérience du vrai, c'est-à-dire un toucher hésitant qui finit par ne pas se tromper. Pour chaque événement qui m'est départi, par une exploration hardie et diverse, elle rassemble toutes les pensées que je dois avoir ; elle compose mon âme suivant une nécessité mystérieuse ; elle reconnaît avec ingéniosité les éléments épars de cette combinaison inédite, étrange qui sera mon naturel. Rien n'est plus imprévu que moi-même ; je n'aurais jamais imaginé un tel visage. Pourtant quand la sincérité me le présente, je ne songe pas un instant à le renier. Voici bien l'inconnu que j'étais, – et si près de moi ! Comment aussi eussé-je deviné que des sentiments si extrêmes, si difficiles les uns aux autres, pouvaient s'allier pour si bien faire une seule âme ?

L'homme sincère n'est pas celui que l'on voit toujours élancé, toujours prêt à répondre, toujours intime avec son cœur et avide de le livrer. Il n'est pas si pressé, car il sait qu'il a beaucoup de besogne. Il n'est pas l'homme du premier mouvement. Il ne tient pas son âme une fois pour toutes, il ne l'a pas apprise par cœur. Mais il la construit à neuf pour chaque occasion. Il doute, il attend, il s'applique ; il est plein de calculs comme un financier ; il s'arrête à chaque étage de lui-même ; il y choisit ce qu'il lui faut pour former sa vérité. Ou bien comparons-le à un fin chasseur joyeux qui dépiste ses sentiments, les suit, les force, les ramène. Que j'aime cette prudence allègre, cette attention vive et dure, cet enthousiasme contenu, ce regard réfléchi entre les paupières rapprochées, et ce sourire ! « Voilà donc ce que je pense ! » s'écriera-t-il à la fin.

Il est plus difficile, et plus gai, d'être sincère que d'être juste.

II

Plus dangereux aussi. On ne possède pas la sincérité comme un bien à quoi l'on n'ait besoin de penser que parfois. Si je manque un instant à la surveiller, elle se tourne contre moi ; elle fait sentir dans toute l'âme sa claire et pernicieuse influence. C'est pourquoi elle me séduit si fortement : j'aime les vertus actives, tendues, celles qu'on ne peut laisser un instant à elles-mêmes sans qu'aussitôt elles bronchent ; celles qui sont toujours prêtes à se changer aux vices qu'elles côtoient ; celles qui exercent le plus intelligent de mon courage ; non pas celles qui me conservent, mais celles qui me dépensent.

*

De la sincérité d'abord je dois craindre qu'elle ne m'ôte toute foi à mes sentiments. Elle entre en moi comme une lumière habile à tourner tous les obstacles ; elle débrouille si bien toutes mes ombres que je vois trop parfaitement mes pensées. Sous chacune il y a une lueur ; déjà quelqu'un en moi sait d'où elle vient et ce qu'elle veut, et la regarde averti : ce double mystérieux, plus instruit de moi que moi-même, on ne le trompe pas ; si profond que je sente, il m'a déjà prévenu ; il n'ignore pas où je veux en venir ; il m'épie toujours d'un peu plus loin qu'où je puis atteindre. Il ne me faut plus espérer de ces émotions lourdes qui montaient de moi-même, inconnues, et toutes chargées d'étonnements, et bonnes à découvrir ; plus de ces sentiments bien aveugles, bien bas dans l'âme, bien confondus avec elle, bien proches de ses assises. Il ne m'est plus possible de souffrir à mon aise, obscurément et seul. Car j'ai appris à m'aviser de tout. Contre l'ignorance on peut combattre ; mais comment s'empêcher de savoir ? La conscience est quelque chose qui revient toujours. – Elle se loge aux endroits les plus inattendus ; elle se perche parfois si bizarrement qu'on ne pense pas à l'apercevoir et que tout à coup on la croit disparue : enfin je vais être vraiment déchiré ! Mais comment n'ai-je pas encore remarqué ce grain de connaissance, cette imperceptible raillerie étouffée dans un coin de mon esprit ? Elle ne dit rien ; il lui suffit de se taire ; elle a raison de moi sans bouger.

À ce premier danger de la sincérité je peux échapper par la violence. Il ne faut pas que je tienne compte de ce savoir secret. Parce que j'y assiste, le spectacle en est-il moins réel ? L'homme sincère est toujours un peu plus vrai qu'il ne le pense. Il se voit, mais il est ce qu'il se voit être. O division intérieure, ô scrupules interminables ! Tout de même je n'invente rien, tout de même me voici bien coupable et triste, et ce visage brûlant de honte, comment serait-il composé ?

*

Mais si j'évite ce premier danger, un autre me guette dont je me débarrasserai moins facilement. Je l'appellerai le danger de l'intégrité de soi.

La moralité consiste à ne pas tenir compte de certains sentiments, à ne pas les apercevoir : elle passe, elle laisse de côté, elle sait ce qu'il faut craindre ; elle est une perspicace ignorance ; elle pressent avant que la conscience ne les atteigne, nos mauvaises pensées et nous en détourne. L'honnête homme est celui qui ne voit pas le mal dont il est capable ; à son insu et spontanément il gouverne de façon à ne jamais le rencontrer en lui ; il préfère même à s'avouer un désir défendu quelque vilaine action vite enterrée. Être honnête, c'est n'avoir que des pensées avouables ; mais être sincère, c'est avoir toutes les pensées.

Il y a toutes les pensées dans une âme. Qui oserait à n'importe quel instant confesser à l'être le plus cher, le plus proche son âme entière ? Deux personnes vivront jusqu'à leur mort dans une union étroite, impitoyable ; cependant, certain jour, à l'une d'elles une idée viendra qu'elle ne pourra confier à l'autre. – Car rien n'est impossible en moi ; il n'est rien à quoi je n'aie songé au moins une fois. Un homme me disait de sa femme qu'il aimait passionnément : « J'ai souhaité sa mort plus d'une fois, par grand espoir de retrouver cette liberté qu'elle m'a prise, et de tout ignorer à nouveau de l'avenir. » Et encore : « Mon désir le plus bas n'a pas épargné ce qu'au monde je respecte le plus. J'ai mêlé parfois des pensées brûlantes et la volupté la plus affreuse à l'image d'une femme que la parenté eût dû me rendre sacrée. J'ai tenu son corps contre le mien, j'ai baisé son visage avec des lèvres tremblantes, avec cet abattement mortel du plaisir. Je n'ai peut-être pas connu une femme belle à qui j'eusse pu dire sans honte tous mes sentiments. Cependant je ne suis pas un misérable. » Et j'ajoute : en moi non seulement des amours, mais aussi des haines que personne ne songe à soupçonner : haine de celui qui me fait du bien ; elle jaillit, brusque, au moment même où je le remercie ; rancune secrète d'une parole trop sincère qui m'a sauvé ; besoin trop ravissant de laisser se perdre celui que j'aime, quand un signe suffirait à l'avertir ; désir de troubler sa paix simplement parce que je le sens auprès de moi ne pas souffrir ; violents assauts d'égoïsme comme de grandes inspirations cruelles qui tout à coup me font seul au monde, plein d'insulte et de joie ; longue méditation de petites perfidies dont il serait si amusant d'essayer la pointe ; remords de n'avoir pas profité de telle occasion de faire le mal ; calculs si bas qu'il semble que ce soit un autre qui les fasse. Et dans mon âme il y a encore toute la famille des idées ridicules ; elles apparaissent de côté comme des marionnettes ; elles se fichent en travers des grandes pensées, comme dans le regard qui contemple un vaste spectacle, s'installe irrémédiablement le chapeau bossué d'un monsieur qui ne s'aperçoit de rien ; petits souvenirs biscornus d'un à-propos stupide, dont on ne peut s'empêcher d'être ravi ;

intentions burlesques que l'on retient désespérément au bord de l'acte ; irrésistible envie de donner une chiquenaude derrière l'oreille à quelque inconnu trop sérieux. L'âme est pleine de parodies et de maléfices ; comme les eaux profondes, elle a ses monstres et ses bouffons. La sincérité les ramène dans son filet avec les autres proies.

Je prétends qu'il est meilleur de les connaître que de les ignorer. Une âme vraiment grande n'acceptera pas d'être honnête à la façon dont on est aveugle. Je tiens pour le plus honteux des vices cette dissimulation intérieure, cet art de s'éluder soi-même qu'on voudrait me donner pour la première des vertus. Je hais cette peur de soi. Je ne commencerai à valoir quelque chose qu'à partir de moi-même, que si je prends comme matière de mon effort tout ce que je suis. Si donc la sincérité déconcerte nos précautions morales, je ne songerai pas à lui en faire un grief.

Mais elle peut être la source d'un désordre plus subtil et plus grave. Toutes ces basses pensées de mon âme, tous ces mauvais génies, menus, sournois, pareils à des remords qui se moqueraient de moi, en les remarquant elle grossit leur importance. Elle les considère en eux-mêmes et par là leur communique une sorte de consécration. Abandonnés à leur propre mouvement, sans doute ils auraient tôt disparu ; ils s'évanouiraient tout de suite en d'autres sentiments plus profonds et plus vastes ; car leur sens naturel les mène à périr. Mais la sincérité les protège contre leur fugitivité ; elle prend chacun d'eux, lui reconnaît une place, se fait une religion de l'accueillir et presque de le respecter ; elle l'empêche d'être étouffé par d'autres qui le dominent ; ainsi change-t-elle son essence qui était de passer en un clin d'œil. L'âme qu'à force d'équité elle finit par former, est toute égale et immobile ; le cours en est arrêté ; à chaque instant elle présente tout son détail. L'homme sincère n'ose plus toucher à ses sentiments ; il aurait honte de les réformer, de plier le moindre d'entre eux ; il pense justifier ses actes raides, aigus, à la fois gauches et cruels, en disant : « Je suis ainsi. » Il en vient à ne plus pouvoir même souhaiter d'être différent. Il abdique tout empire sur ce que lui propose son âme ; il obéit à tout lui-même, sans songer que peut-être le vrai lui-même serait celui qui se maîtriserait et brusquerait ses inspirations trop complexes. Ainsi s'écarte-t-il insensiblement de sa nature pour n'en avoir voulu négliger aucun élément.

Nous aimons Stendhal pour son audacieuse patience à s'épuiser sans cesse complètement[1]. Jamais il ne rencontre un de ses sentiments sans le connaître ; il entre en lui avec scrupule ; il le parcourt exactement dans toutes ses dimensions ; il en fait avec une minutie passionnée la découverte ; il consent à ses détails les plus comiques en même temps qu'à ses bassesses ; il subit tous ses calculs ; il se fait avec l'un mesquin et tatillon comme avec un autre tout à l'heure il s'était fait magnanime. Jamais il n'esquive rien de lui-même. – Pourtant je ne puis l'aimer sans gêne ; quelque chose en lui retient mon élan ; il m'apparaît déformé par l'exercice même de cette sincérité que j'admire en lui. Je le vois peu à peu saisi par l'isolement ; peu à peu il perd communication avec les événements ; il est si préoccupé de ne rien omettre de ce qu'ils lui font ressentir, qu'il omet d'y participer ; il ne prend d'eux que le psychologique ; ils deviennent pour lui des prétextes abstraits et indifférents ; il ne leur demande que de déclencher son âme. Il n'est pas embauché par eux, il ne travaille pas à leur besogne ; il ne connaît pas cette aise profonde de s'employer, cet oubli merveilleux que l'on goûte à être quelqu'un par quoi quelque chose de bien matériel et de bien bête est accompli. Vie stérile, et de plus en plus triste à mesure qu'elle s'avance ! Et quels événements après tout finit-il par mériter ? Conversations de salon, amitiés légères (il juge ses amis !), spectacles, intrigues d'un soir. De l'amour, où il excelle, il ignore la fidélité qui est une chose dure, pesante, interminable, mais réelle comme le travail des champs. Quelles aventures dans ce monde où le voici réduit ? Il ne lui en arrive plus que dans ses romans. – Pauvre grande âme maladroite ! Elle est exclue de partout. On s'est passé d'elle. Plus rien ne lui est demandé. Elle est frappée du grand malheur d'être inutile. Elle était trop attentive, elle hésitait trop au moindre sacrifice ! – Stendhal s'est attaché comme un confident à sa propre personne ; il ne peut plus entrer nulle part avec celui-là qui le suit. Rien n'est plus terrible que sa mort brusque,

1. Dans une lettre à Gide, Rivière affirme qu'il s'intéresse à « la sincérité de Stendhal » et exprime le souhait de l'étudier. Il apprécie particulièrement la *Vie de Henry Brulard*, où l'auteur raconte son enfance et sa jeunesse (écrit en 1835-1836, le texte n'est publié qu'en 1890). Voir la lettre du 2 août 1910, dans *Correspondance Gide-Rivière*, *op. cit.*, p. 133-134. Au cours de la même période, Rivière lit également *Souvenirs d'égotisme* (écrit en 1832, publié en 1892) et *Journal d'Italie*, dont une nouvelle édition paraît chez Calmann-Lévy en 1911 (Stendhal y raconte son séjour de 1818 dans la péninsule).

sur un trottoir de Paris, au seuil de la vieillesse dont il s'était rendu incapable.

Mais moi je n'estime rien au-dessus de vivre, et ce dont d'abord je ne veux rien laisser échapper, c'est de vivre. Le véritable honnête homme est celui qui sait employer son âme comme il faut aux événements ; il n'ignore rien de ce qu'elle contient, mais il n'a pas perdu sur elle son autorité légitime, et il fait d'elle ce qu'il veut. – Il la connaît jusque dans ses plus secrètes malignités, il n'a pas de lui-même cette haute opinion si ridicule que l'on voit à tant de gens, il sent les poussées de l'esprit bas, il regarde hardiment sa méchanceté et sa laideur, il leur cède parfois et il en a remords. Mais il ne les admire pas ; il a d'autres soucis que de les protéger ; il passe outre. Il accueille les événements qui lui sont donnés et il travaille à les subir avec justesse. Comme un bon ouvrier met de l'ingéniosité à suivre le plan qu'on lui trace et, si l'usage de tel outil subtil et dangereux dont il eût bien aimé se servir, n'est pas demandé, il y renonce et s'arrange pour montrer tout de même son intelligence et son invention, ainsi l'honnête homme rejette sans regret tous les sentiments que les circonstances ne font pas opportuns et trouve moyen d'engager dans l'affaire tout de même le meilleur de son âme. Il a soin de maintenir ses émotions secondaires à leur place et dans leur proportion ; il accepte que soient brisées quelques velléités étranges et fragiles, qu'il eût peut-être pu abriter en lui. Car il songe avant tout à former scrupuleusement sa souffrance à l'image de son malheur, et de telle façon qu'elle ne le déborde ni ne lui manque. Il préfère à garder son cœur intact et sans un vide, cet exquis mouvement plaintif qui déjà l'emporte et l'incline. Au lieu de s'amuser à son foisonnement, il cherche à le pencher exactement, à lui donner de la pertinence, une disposition bien sensible. Il veut répondre au coup qui le frappe par un cri pur, juste et surpris. Ses sentiments ne perdent pas leur tendance ; ils ne cessent pas de vouloir en venir à leurs fins ; ils méditent toujours des actes ; du moins ils se joignent pour faire un élan uni, un seul désir. Ainsi l'honnête homme demeure tout occupé à vivre, en échange perpétuel et dans une conversation liée avec les événements. On a besoin de lui, et il ne fera pas défaut.

« Le Roman d'aventure » est publié dans La Nouvelle Revue française *en trois livraisons successives, de mai à juillet 1913. Il s'agit d'un texte emblématique du point de vue historique et intellectuel, reflet d'une époque qui pressent de manière lucide sa propre fin, sans pourtant imaginer ce que l'accouchement du monde nouveau aura de tragique. D'une voix ferme et assurée, en portant un regard – non synthétique, mais surplombant – sur la situation littéraire contemporaine, Rivière tente de définir les lignes de force d'un genre qui n'existe encore qu'en puissance. Le critique se pose en scrutateur de l'avenir, car ce « Roman d'aventure » qu'il appelle de ses vœux, et qui sera capable de soustraire enfin la littérature de l'ombre du symbolisme, s'enracine dans le présent, mais est tout entier tendu vers le futur.*

*L'essai est d'une grande puissance expressive, et pourtant sans excès, modelé avec beaucoup de subtilité et de finesse. On sent l'énergie qu'anime la pensée de Rivière. D'une part, il y a sa propre expérience, car c'est la période où il tente de transformer l'*Histoire de Noé Sarambuca *en roman, sans y parvenir ; d'autre part, il y a la volonté de se faire le porte-parole fidèle de préoccupations qui sont celles de la revue, dont le groupe s'entretient fébrilement, depuis quelques années déjà, sur le destin du genre*[1]*. Le temps est venu de délaisser enfin le roman « à la française », qu'incarne depuis plus de trente ans Paul Bourget, pour puiser dans les littératures anglaise et russe des XVIIIe et XIXe siècles la vigueur dont il a besoin pour renaître. Bouleversé par l'œuvre de Dostoïevski – qu'il découvre par l'entremise de Gide et dont il approfondit la connaissance grâce à Copeau*[2] *–, Rivière se passionne aussi pour* Robinson Crusoé *de Daniel Defoe, pour les romans de Stevenson, de Fielding ou encore de Kipling et H. G. Wells.*

Ces lectures, et les échanges qui s'ensuivent – dont la correspondance de cette période garde la trace –, nourrissent sa réflexion autour de la notion d'« aventure ». Toujours au singulier dans le texte, celle-ci décrit un « état » de la conscience,

1. Pour approfondir, voir Kevin O'Neill, *André Gide and the* Roman d'aventure, Sydney University Press, 1969. Consulter également les histoires de *La NRF* composées par Auguste Anglès (vol. 2, 1986) et Alban Cerisier (2009).

2. Gide publie en 1908 son *Dostoïevski d'après sa correspondance*, que Rivière lit avec admiration. Copeau, quant à lui, prépare une adaptation des *Frères Karamazov* (voir *infra*, p. 484). Rivière écrira lui-même, en 1922, un essai intitulé « De Dostoïevski et de l'insondable », quelques mois avant la publication des conférences tenues par Gide sur le romancier russe (*Dostoïevski*, éditions de la NRF, 1923).

une sorte de disponibilité d'esprit que l'auteur, le personnage et le lecteur partagent. N'imaginons pourtant pas une œuvre où règne le désordre : en dépit de son audace et de sa souplesse, le « roman nouveau » devra toujours se plier à l'exercice d'une rigueur de matrice cartésienne. Mettant à l'honneur un roman en équilibre entre modernité et classicisme, l'essai rencontre tout naturellement la faveur de Gide, qui se déclare « consterné[1] *» d'avoir été si bien devancé par Rivière dans ce qu'il avait à dire sur le sujet.*

Pour compléter le réseau d'influences dans lequel s'inscrit la réflexion de Rivière, il faut citer deux romans parus en France la même année que son étude sur « Le Roman d'aventure ». Tout baigné dans la littérature étrangère, Rivière écrit son manifeste en songeant aussi à Barnabooth *de Valery Larbaud et, surtout, au* Grand Meaulnes *d'Alain-Fournier, que* La NRF *publie en plusieurs livraisons*[2]*. Au même moment, par une coïncidence surprenante, la dactylographie du premier volume de* La Recherche *de Proust passe inaperçue dans les bureaux de la rue Madame... L'histoire littéraire n'est pas sans ironie, au contraire : c'est bien chez Proust que, dans les années vingt, une fois la guerre terminée, Rivière trouvera la meilleure réponse à ses attentes.*

Le Roman d'aventure

Nous sommes à un de ces moments où l'on s'aperçoit tout à coup que quelque chose a bougé. Comme un bateau qui, pendant la nuit, tourne sur son ancre – et au matin la proue qui regardait le port est pointée vers le large –, la littérature a pris une orientation nouvelle. Le mouvement est commencé depuis quelques années

---

1. Lettre du 11 juillet 1913, *Correspondance Gide-Rivière, op. cit.*, p. 388. Sur le point d'achever ses *Caves*, Gide précise également ceci : « C'est bien [...] parce que je vois le *Roman* [...] comme vous le voyez vous-même, que même *Les Caves* je ne puis les considérer comme un roman, et que je tiens à mettre sous le titre : *Sotie.* » (Lettre du 13 juillet 1913, *Correspondance Gide-Rivière, op. cit.*, p. 389.) De son côté, Jacques Copeau – qui avait écrit en mai 1912 (*NRF*, n° 41) un article où se dessinait déjà la notion de « roman d'aventure » – se dit enthousiaste : « Il me semble que vous n'avez écrit rien de meilleur. » (Lettre du 28 mai 1913, *BAJRAF*, n° 27, 1982, p. 14.)

2. La dernière livraison du « Roman d'aventure » précède, au sommaire de *La NRF* de juillet 1913, les premiers chapitres du roman de Fournier. C'est au lecteur qu'il revient de faire le lien entre les deux textes.

déjà ; mais nous ne pouvions guère le remarquer avant aujourd'hui. En tout cas, le moment est venu de nous recueillir, d'écouter et de comprendre ce qui se passe.

Il y a quelque chose qui n'est plus, qui s'est éteint doucement et dont tout écrivain qui veut vivre doit maintenant se dégager : c'est le symbolisme. Comme l'impressionnisme, il a eu une vieillesse assez longue ; il a résisté longtemps après avoir dépassé sa perfection. Pourtant il est mort et il n'y a plus rien à faire dans la voie qu'il avait ouverte. Rien ne sert de s'obstiner ; il y a un mur de ce côté-là ; on ne passe plus ; même si l'on croit avancer, on est toujours en dedans.

Mais ailleurs il y a quelque chose qui s'est ouvert ; il y a un mystérieux chemin, quelque part, entre les ronces, et les premiers pas qu'on y fait mènent tout de suite à l'avenir. Déjà quelques écrivains s'y hasardent. Où est-il ?

D'abord tâchons de définir le symbolisme ; nous montrerons ensuite que c'est un changement dans nos plaisirs qui nous en a détournés ; enfin nous essaierons de deviner où nous conduisent nos tendances nouvelles, et quelle sorte d'œuvre elles nous préparent à goûter.

Le symbolisme

Le symbolisme n'est pas – comme lui-même d'abord eut la naïveté de le donner à croire – un art de décadence, un fruit paradoxal et pourri, produit par une sève presque épuisée. La preuve en est que nous lui avons survécu, et sans qu'il y ait eu besoin de révolution, ni d'invasion barbare. Mais il est incontestable que c'est un art d'extrême conscience, l'art de gens qui savent terriblement ce qu'ils pensent, ce qu'ils veulent, ce qu'ils font. Ce n'est pas par hasard qu'il s'est développé d'abord, et presque exclusivement, chez nous. Il ne pouvait naître que dans une race que la longue habitude de l'examen intérieur avait rendue experte à se deviner, à se surprendre. Il lui fallait, pour fleurir, une société de gens bien éveillés sur eux-mêmes et prompts à dépister le sens et les intentions du moindre de leurs sentiments. Seule, la France, grâce à son immense passé de psychologie, lui offrait un terrain favorable. Comment imaginer Mallarmé qui n'eût pas été français ?

Nous allons voir que tous les caractères de l'œuvre symboliste peuvent se déduire de ce principe : un esprit qui voit tout, une intelligence qui va tout de suite jusqu'au bout, qui ne trouve pas de résistance dans les choses qu'elle invente, mais qui coule aussitôt au travers et qui, du premier coup, tant elle est fluide, insinuante et perspicace, atteint l'extrémité de son sujet. Tout dans l'œuvre symboliste porte la marque d'un créateur trop conscient.

D'abord le sujet même qu'elle se propose. – Ce n'est jamais un événement, une histoire, ni même la description d'une âme, la peinture d'un être vivant. C'est toujours une émotion, – une émotion abstraite, toute pure, sans causes ni racines, une impression détachée de son origine. Ce que l'auteur entreprend de fixer, c'est sa réaction sentimentale en face d'un objet ou d'un spectacle qui restent inconnus.

Sans doute il commence bien par imaginer une histoire, mais il n'a pas le temps de la raconter ; car elle ne réussit pas à arrêter son esprit ; elle ne s'impose pas à lui ; elle lui est tout de suite transparente ; déjà il l'a traversée ; il ne peut pas s'empêcher de voir tout de suite en quoi elle est intéressante, quel en est le sens, quel effet elle va produire. Il ne s'agit pas de l'effet pittoresque (s'il le cherchait, il serait romantique, non pas symboliste), mais de l'effet sur l'âme. Prenant la place de son lecteur, l'écrivain vibre lui-même à l'avance au contact de l'œuvre qu'il n'a pas encore écrite ; il frémit, il est touché comme un métal qui rend d'emblée le son qu'on voulait obtenir ; avec sa profonde habitude des sentiments, tout de suite il sait éprouver celui entre tous – si délicat soit-il – que son récit irait émouvoir.

Dès lors il ne voit plus de raisons pour faire ce récit ; il l'a derrière lui ; puisqu'il est venu jusqu'ici tout seul, les autres y viendront bien tout seuls aussi ; à quoi bon leur dire ce qu'ils sont capables de trouver ? Il compte sur des lecteurs aussi adroits et aussi prompts que lui-même et ne veut pas leur rendre des services dont ils peuvent se passer.

D'ailleurs « il n'est plus en mains » pour écrire son histoire ; il ne sait plus comment la prendre ; il la voit à l'envers maintenant ; au lieu qu'elle s'élève devant son imagination comme une montagne à franchir, elle est quelque chose de passé sur quoi il faut revenir. Aussi préfère-t-il l'abandonner définitivement et renoncer à tout récit. Au fond il n'est vraiment à son affaire que quand il a dépassé ce qu'il avait à dire, qu'au moment où il n'y a plus devant lui, à la place de son œuvre, que la fuite de toutes parts des ondes qu'elle engendre.

C'est pourquoi la façon dont se forme l'œuvre symboliste est si anormale. Pendant le temps qu'elle est portée par le cerveau de son auteur, loin de se nourrir et de se développer, elle se réduit, elle se tasse, elle s'éclaircit. De délicates lignes destructrices la traversent en tous sens, l'analysent, la décomposent ; comme le feu suit sans erreur la charpente d'une maison et la consume jusque dans les murs, ainsi l'intelligence de l'auteur dissout dans son sujet tout ce qui en forme le support et l'assise. C'est un travail critique, plutôt que créateur, qu'elle accomplit. Ce poète qui tout à l'heure nous présentera son œuvre comme le balbutiement d'un primitif et l'expression des plus secrètes profondeurs de l'inconscient, au fond il n'en aura obtenu l'incertaine étrangeté qu'en laissant agir ses facultés de discernement et de pénétration. Dans son esprit, l'œuvre est soumise non pas aux inspirations confuses d'un génie naïf et ignorant, mais à toutes les forces dissolvantes, à tous les acides de la pensée. Ils l'attaquent, ils la rongent, ils l'évident peu à peu, en en enlevant tous les éléments matériels, tout ce qui, énoncé, serait perceptible aux sens ; à la fin il ne reste plus qu'une sorte de parfum, d'esprit, quelque chose d'insaisissable à la vue et au toucher et que l'âme seule peut distinguer et recueillir. En d'autres termes l'œuvre symboliste est une œuvre dont plus de la moitié se passe dans l'esprit de son auteur. Au lieu que celui-ci cherche à produire hors de lui le plus de réalité possible, il tâche au contraire d'en consommer le plus possible en lui-même. Il s'arrange pour faire arriver le plus possible d'événements avant le moment où il prendra la plume ; il leur offre sa pensée comme un théâtre idéal où ils puissent s'accomplir sans paraître et il établit, comme un avant-propos invisible à son œuvre, un long silence où dorment ensevelis tout fait et toute aventure.

Préparation négative, opération chimique plutôt que physiologique, expériences internes qui aboutissent à isoler l'essentiel, à l'obtenir pur et instable, comme ces composés dont les éléments précieux, faute d'une gangue qui les réunisse en les noyant, ne tiennent ensemble que par un fragile miracle.

L'œuvre symboliste a pour sujet des émotions. Ces émotions conservent, même transcrites, leur qualité de sentiments. Elles ne sont pas distinguées, cernées, ordonnées, classées par l'intelligence ; elles restent dans une vague et multiple agitation ; elles continuent à fuir dans tous les sens. De là un second caractère de l'œuvre symboliste : elle a une composition par rayonnement et, si l'on peut dire, par effusion. Toutes ses parties sont simultanées ; elles s'en vont toutes d'un même point idéal, comme se détachent d'un orchestre des bouffées de musique que le vent cueille et disperse ; le lien qu'elles ont entre elles leur vient de leur origine plutôt que de leur fin ; c'est une ressemblance, un même air de visage qu'elles portent en s'éloignant les unes des autres ; elles montent ensemble comme des oiseaux chassés d'un buisson[1].

C'est la seule façon dont elles soient unies. Pas de charpente, pas d'armature. Il n'en est aucune jamais qui en prépare une autre, qui lui serve de point d'appui ou d'amorce, aucune jamais qui soit à moitié prise en une autre ; elles ne sont pas les poutres d'un même édifice. Et l'œuvre n'est pas un édifice, mais un jardin épanouissant à la fois au hasard tous ses parterres odorants et confus. En passant de l'un à l'autre, rien n'avertit d'une différence de niveau ; pas la moindre secousse ; pas le moindre petit mouvement de montée ou de descente ; aucune sensation ni d'accès ni de glissement. Il n'y a rien d'invisible entre les diverses parties de l'œuvre ; elles n'expriment rien de plus par leur groupement que le total de ce qui est contenu en chacune.

C'est pourquoi elles doivent être toutes également intéressantes. Comme elle ne reçoit rien des autres, chacune ne peut compter, pour attacher le lecteur, que sur elle-même ; il faut qu'elle s'emplisse, pour être prête à la verser, quand viendra son tour, d'autant d'émotion que n'importe laquelle de ses voisines. De là une certaine égalité intérieure de toute l'œuvre ; non pas un paroxysme continuel ; mais on sent que l'auteur dépense à chaque fois toute sa richesse ; il va jusqu'au bout à chaque fois ; il s'applique à une douce et continuelle plénitude ; il gonfle complètement de son souffle l'enveloppe de chaque vers, de chaque phrase ; il pense qu'il n'a pas le droit de jamais faire moins touchant ni moins harmonieux qu'il n'a fait jusque-là. – Et il ne l'a pas en effet, si l'on accepte sa conception de l'œuvre d'art. Il n'y a de positif pour lui que le maximum. Son œuvre est une chaîne de fruits bien formés et tous égaux sur la branche ; nous les cueillons tour à tour et il ne faut pas que la saveur des uns nous fasse jamais regretter celle des autres. À cet égard il n'y a pas de type plus parfait de l'œuvre symboliste que *L'Après-midi d'un faune* de Mallarmé :

1. « Et comme quand en automne on marche dans des flaques de petits oiseaux, / Les ombres et les images par tourbillons s'élèvent sous ton pas suscitateur. » (Paul Claudel, « Les Muses », *Cinq Grandes Odes*, p. 12.) (NdA)

Ô Nymphes, regonflons des SOUVENIRS divers[1].

Le poème entier n'est fait que de l'éclosion éparse, mais partout aussi pleine, de toutes ces bulles qui s'échappent du pipeau rustique et se dissolvent dans la chaude atmosphère.

L'œuvre symboliste ayant pour sujet des émotions et la façon dont en nous retentit la réalité, le choix des mots y est d'une extrême importance. C'est là le troisième des caractères qui la distinguent. L'écrivain se propose de rendre sensible non pas une chose, mais l'ébranlement qu'elle communique à notre âme : il choisit donc ses mots non seulement d'après leur sens, mais encore d'après leur pouvoir émotif. Un mot peut toujours exprimer davantage qu'il ne signifie ; il a une histoire ; je ne veux pas dire simplement une étymologie ; il a un passé ; il a vécu dans des œuvres diverses et il y a subi des voisinages ; il a eu des aventures, il a fait des rencontres ; il a été aidé, appuyé par d'autres mots ou bien c'est lui qui est venu à leur secours et qui les a soutenus ; et de toutes ces anciennes compagnies, il garde autour de lui comme un nimbe de confus souvenirs ; mille fantômes l'entourent que l'on n'arrive pas tout à fait à reconnaître et qui lui font une escorte vague et mystérieuse. Aussi, quand il sert à fixer une émotion, ne suffit-il pas, pour qu'il soit juste, que son sens soit approprié ; il faut encore que ses harmoniques soient en accord avec le sentiment que l'écrivain veut suggérer ; il faut que les images indistinctes qu'il agite et qu'il répand autour de lui correspondent à la disposition d'âme où le lecteur doit être mis. C'est pourquoi les mots dont se compose une œuvre symboliste sont toujours si délicatement choisis ; on ne peut pas s'empêcher de remarquer chacun ; sa propriété nous donne une légère secousse ; elle intéresse autre chose en nous que l'intelligence ; elle nous frappe, elle nous atteint, elle touche notre cœur, elle se fait reconnaître par nos sentiments. Chaque mot trouve en nous des échos tout préparés et qui le ralentissent ; nous avons le temps de le sentir passer comme un souffle de vent bien accordé au feuillage de nos souvenirs. Il arrive même que, s'il est très bien choisi, il se substitue pour ainsi dire à son sens ; il se met devant lui ; par une certaine façon qu'il a de se présenter, il nous ôte l'envie de penser à son

1. Éditions de la Nouvelle Revue française, p. 77. (NdA)

contenu abstrait. Notre cœur le reçoit si justement que notre esprit se trouve dispensé de le comprendre et d'apercevoir son rapport logique avec les autres mots de la phrase. Ainsi, de même que les parties de l'œuvre demandent à être goûtées isolément, de même les mots. Il faut les laisser venir à soi :

La mer dont le sanglot faisait mon roulis doux
Montait vers moi ses fleurs d'ombre aux ventouses jaunes[1].

Il faut les accueillir tous ensemble, égaux et détachés, et simplement tourner vers eux une âme unie, sensible et passive.

Le dernier caractère de l'œuvre symboliste résulte de tous ceux que nous venons d'énumérer. C'est une œuvre subjective. Par l'extrême conscience de celui qui l'a créée, elle a été dépouillée de tout ce qu'il y avait en elle de matériel, de tangible, d'extérieur et réduite jusqu'à ne plus exprimer qu'une pure émotion ; par suite elle reste dans l'âme de son auteur, et c'est là qu'il faut aller la lire. On ne peut donc la lire qu'avec son âme. Elle n'est pas une statue placée entre l'auteur et le spectateur et dont l'un et l'autre peuvent faire le tour, mais un ensemble d'indications, de suggestions, d'appels mystérieux qu'il faut comprendre. Elle n'est pas réalisée ; elle se construit à chaque fois qu'elle rencontre un lecteur. Le poète nous fait des signes tout doucement, il nous invite à regarder en nous et en effet nous y trouvons mille sentiments qui dormaient, mal connus, mal conquis, déjà nôtres pourtant, et tout autant qu'ils sont siens. Nous refaisons le poème en nous. Il ne lui suffit pas pour exister d'avoir un auteur ; il faut que nous soyons là, nous aussi, et que nous lui prêtions notre âme. L'œuvre symboliste est la conversation sentimentale de deux êtres très cultivés, qui, sachant tout, passent leur temps à se le rappeler l'un à l'autre. Les émotions qu'ils ont eues séparément – et l'un plus clairement que l'autre – en face de tel ou tel spectacle bien connu de tous deux, voici qu'ils les revivent ensemble. Ils ne nomment pas l'objet de leur souvenir, tellement il est acquis, tellement il est vieux dans leur expérience sociale, dans le passé de l'élite dont ils font partie ; mais par mille paroles détournées, par des inflexions de voix, par des changements de rythme, par des combinaisons de syllabes, ils se remettent l'un l'autre en présence de l'objet qu'ils

1. Rimbaud, « Bateau ivre ». (NdA)

taisent et se retrouvent dans une sorte de silence commun, tout occupé de sentiments. Il y a entre eux comme une partie engagée où le jeu est de ne rien susciter directement et de se prêter l'un à l'autre une audience si subtile de l'âme que les phrases n'aient besoin que de se tourner un peu à droite ou à gauche pour être entendues jusqu'au bout et que le lecteur prévienne toujours d'un sourire l'achèvement des allusions.

Ce dernier caractère du symbolisme nous explique sa fortune extérieure et la façon dont il a été accueilli par le monde. Si cultivée soit une race, ce n'en est pourtant que l'élite qui peut être sensible à des plaisirs si délicats et si difficiles. Le symbolisme était condamné par essence à l'impopularité. Il demandait des lecteurs trop adroits, trop maîtres de leurs connaissances, pour les trouver très nombreux. Dans les images qui lui étaient offertes, le vulgaire ne pouvait rien reconnaître ; il avait l'impression qu'on lui présentait, matérielle et sensible, l'absence même de tout ce qu'il avait l'habitude de voir. Dans ces amusements à la fois dédaigneux et découragés, il sentait trop bien une moquerie à son ignorance ; le plaisir que prenait visiblement l'auteur à se passer de son assentiment l'offensait et déconcertait ses bonnes dispositions.

Mais la subjectivité du symbolisme n'explique pas seulement qu'il soit resté incompris du vulgaire. Ses amis les plus fervents ; ses lecteurs les plus agiles n'ont-ils pas éprouvé souvent d'étranges changements dans leur admiration ? Le même poème qui, une fois, nous a touchés d'une émotion infiniment fine et précise et qui nous a paru contenir tout un mystérieux aspect de notre âme et du monde, il se peut que, le relisant quelque temps après, nous le trouvions vide, froid, désert et mort comme une maison abandonnée. Nous ne pouvons même plus comprendre quelle sorte de plaisir il nous donnait ; car on n'imagine pas les sentiments qu'on n'a plus. Ces vers, ce sont des cailloux sortis de l'eau où ils brillaient : on ne revoit même plus leur couleur par la pensée. Quelque chose s'est envolé d'entre les lignes, et justement parce que c'était quelque chose qui n'était qu'entre les lignes. Dans le texte, tout ce qui aurait pu produire l'émotion a été soigneusement retranché ; les instruments qui d'habitude l'opèrent en nous – événements, récits, peintures de la réalité – ont été détruits comme inutiles ; il n'y a plus que l'invitation à l'éprouver. Dangereuse hardiesse ! Car si l'œuvre contenait encore tout son appareil de descriptions et d'aventures, nous aurions beau être de mauvaise humeur, nous serions obligés « d'en passer par là » ; nous sérions menés de force par la même route que nous avons jadis suivie ; nous retomberions, bon gré mal gré, dans chacun tour à tour des sentiments déjà subis. Mais un mince et timide appel, une invocation à notre sensibilité… Pour ne pas les entendre, il suffit que nous soyons mal disposés, ou que nous ayons changé d'âme.

Les Nouveaux Plaisirs

Or nous avons changé d'âme.

Il serait absurde d'attaquer le symbolisme, de lui adresser des reproches comme à quelqu'un qui aurait failli. Il s'est bien acquitté de sa tâche, il a bien mérité de l'histoire, il est digne de passer au rang des époques classiques. Mais justement cela veut dire que nous ne sommes plus avec lui, en face de lui ; nous n'avons plus l'âme qu'il faudrait pour le soutenir et pour l'animer ; nous nous sommes déplacés, nous avons glissé un peu plus loin, nous n'écoutons plus ce qu'il dit ; il a fini d'être pour nous ce cher compagnon dont toutes les paroles avaient un écho dans notre cœur ; nous ne sentons plus, en conversant avec lui, cette invention délicate et inspirée avec laquelle on répond à ceux qu'on aime. Dans ce concert si fin et si intime qu'est un poème symboliste, nous ne pouvons plus jouer notre partie. C'est en ce sens – mais en ce sens seulement – que le symbolisme est mort.

L'admiration a deux espèces ; il y a une admiration créatrice et une admiration spectatrice ; et le temps nous force à passer de l'une à l'autre. D'abord nous admirons avec activité, avec impatience, avec enthousiasme ; nous sommes tout mélangés à l'œuvre ; à chaque fois que nous en parlons, c'est comme si nous avions mis les mains à la pâte ; nous respirons avec la même inquiétude que l'auteur ; nous épions les moindres critiques, nous avons peur de les entendre, elles nous atteignent non pas seulement dans notre cœur, mais dans notre volonté et dans notre mouvement ; elles viennent gêner l'exercice de nos facultés ; car les sentiments avec lesquels nous admirons l'œuvre, ce sont ceux avec quoi nous l'aurions créée, si nous en avions été capables. – Mais le temps s'écoule et vient un moment où ceux qui se trouvent en face d'elle, s'ils continuent à l'aimer, c'est d'un amour tout fait de remarque et d'étonnement. Ils s'aperçoivent qu'elle est belle, ils sont ravis d'y découvrir des correspondances avec leur âme. Parbleu ! on voit bien qu'ils n'y étaient pas. Pour leurs aînés, il n'y avait pas dans ces rencontres si grande malice, puisque après tout, cette œuvre, c'est comme s'ils y avaient travaillé eux-mêmes. – Nous sommes à l'égard du symbolisme cette génération seconde pour qui les œuvres sont déjà des étrangères, et qui ne sent à aucun moment, en les lisant, ni l'envie, ni le pouvoir de les avoir faites.

Mais enfin pourquoi avons-nous passé de l'une à l'autre admiration ? En quoi avons-nous changé d'âme ? Changer d'âme, c'est ne plus prendre plaisir aux mêmes choses qu'avant : quel changement y a-t-il donc eu dans nos plaisirs ?

Les symbolistes ne connaissaient que des plaisirs de gens fatigués. Ils venaient au bout d'un siècle où l'on avait beaucoup travaillé ; ils vivaient dans une atmosphère de fin de journée. Le monde s'était embué autour d'eux, comme au-dessus d'une usine le ciel du soir est terni de fumée ; il s'était usé ; il avait pris peu à peu une sorte de faiblesse et d'idéalité ; il avait fini par être si mince et si précaire qu'il était rentré dans l'esprit des hommes et qu'il ne vivait plus que là, à la façon des songes. Ce n'est pas sans raison que le symbolisme a été rattaché à la philosophie idéaliste. Vraiment, pour cette génération, les choses avaient perdu leur réalité. Tout était devenu mental. On était au milieu de l'univers comme parfois, après un grand effort cérébral, le soir, dans la chambre de travail doucement éclairée, du fond d'un fauteuil, on voit les objets s'affaiblir, s'en aller, se reculer dans une sorte de profondeur qui semble ne plus être que celle de la pensée elle-même. Le monde sensible s'était réduit en une tapisserie légendaire, ornée de motifs noblement fantastiques, et qui semblait tendue sur les parois intérieures du cerveau. – Les gens qui vivaient au milieu de ce rêve, naturellement ne pouvaient goûter, que des plaisirs tout idéaux. Ils s'enfermaient avec leur esprit et s'amusaient à en toucher du doigt un à un tous, les bibelots, à les déplacer, puis à les ranger de nouveau. Leur présent n'étant que le terme d'un long passé, avant tout ils aimaient à se souvenir ; ils s'occupaient à tisonner dans leur mémoire et, laissant le ciel couvert s'appuyer aux vitres, ils s'émerveillaient en silence, avec une gaieté timide, des petites flammes rallumées.

Nous connaissons aujourd'hui des plaisirs plus violents et plus allègres. Tous, ils sont contenus dans le plaisir de vivre. Nous sommes des gens pour qui s'est réveillée la nouveauté de vivre.

Sur l'obscurité et l'ennui où le XIXe siècle s'est achevé, un petit vent aigre a soufflé tout à coup, dispersant les rêves qui nous entêtaient. Nous nous sommes retrouvés dehors et debout, bien d'aplomb, bien clairs, bien contents d'y être encore. Nous vivons maintenant dans un présent tout débarbouillé de son passé, tout gagné par l'avenir. C'est le matin, encore une fois. Tout recommence ; nous avons été mystérieusement rajeunis ; ce n'est plus avec nos habitudes que nous touchons le monde ; les choses autour de nous n'offrent plus à nos mains cette surface lisse et usée, qui faisait que nous glissions le long d'elles sans même les remarquer. Au centre de nous-mêmes, une âme vive, aiguë et susceptible s'est remise à brûler et c'est avec elle que nous nous approchons des objets, c'est elle qui les rencontre, qui les reçoit, qui les éprouve.

Cette soudaine jeunesse nous rend délicieux tous nos contacts avec le monde ; il nous suffit d'aller devant nous pour goûter des plaisirs ; plaisir d'être au milieu des événements, plaisir d'être au milieu des hommes.

Plaisir d'abord d'être quelqu'un à qui quelque chose arrive. Les symbolistes ne le connaissaient pas ; la moindre aventure leur paraissait un déshonneur ; ils se croyaient compromis s'ils se trouvaient pris dans quelque incident de la rue. Tout ce que la vie entreprenait sur eux, ils le supportaient avec grimace comme une familiarité gênante et déplacée. Partout où ils allaient, il fallait qu'ils songeassent à préserver leur dignité d'artistes. Nous sommes plus légers, Dieu merci ! Nous ne craignons rien de la minute qui va venir ; au contraire nous l'accueillons d'avance, sans la connaître, de tout notre cœur ; c'est avec l'entrain de la joie que nous la sentons s'ajouter à notre vie. Le bonheur a pris parti pour nous ; il nous devance et nous attend dans les plus menus hasards, et non pas avec ce visage grave et résigné que lui avaient supposé les symbolistes, mais avec l'éclat de la plus dure gaieté. Nous avons fini d'être fatigués ! Nous avons fini d'être empêtrés ! Nous ne sommes plus obligés envers notre personne morale. Nous n'avons plus besoin de regarder sans cesse du coin de l'œil si nous l'avons affligée. Il faut qu'elle passe partout avec nous et nous lui faisons perdre l'habitude de faire des manières. Plaisir d'être au milieu de l'univers ! À droite – ou bien est-ce à gauche ? – un événement nous épie, prêt à sauter sur nous. Tant pis ! Tant mieux ! L'espace est libre de tous côtés ! Ah ! je ne vois rien ! Pourtant il est peuplé de toutes mes aventures prochaines ;

elles sont là à deux pas de moi ; elles me menacent de leur sourire invisible ; je ne sais pas encore… Tout un avenir où j'entre peu à peu. Non, il n'est pas vrai qu'il soit fait d'avance et comme déjà parcouru par un autre ; il se forme à mon approche ; il s'invente ; c'est tout près de moi qu'il se détermine, comme les débris épars de limaille ne s'agrippent ensemble qu'au moment où l'aimant va les toucher. Plaisir d'être au milieu de tous les événements du monde et de n'en être pas le maître et pourtant de les voir se créer à ma ressemblance, à mesure que j'avance parmi eux.

Plaisir d'être au milieu des hommes ! Les symbolistes avaient perdu le goût de l'homme ; ils n'avaient plus aucun plaisir à le voir. Les peintures qu'on en faisait à leur époque, comme elles sont lourdes, mornes, ennuyées ! On sent que leur auteur était quelqu'un d'assourdi, d'émoussé, d'assommé, quelqu'un qui manquait d'appétit ! Aucune allégresse dans la rencontre avec autrui ! On ne pensait aux autres que pour revendiquer en leur faveur : ce qui était un excellent moyen de ne pas les aimer pour eux-mêmes. On réclamait pour eux la justice, la liberté, un tas d'autres choses ; ainsi se trouvait-on dispensé de s'attacher à chacun selon lui-même et de le prendre tout entier avec ses vertus et ses vices et de charger sa mémoire de cet être à jamais différent de tous les autres. Cette paresse d'ailleurs avait une excuse : il y avait trop longtemps que les hommes étaient ensemble, il y avait trop de siècles que ça durait ; on s'était un peu trop vu. – Mais nous, nous avons retrouvé la nouveauté du visage humain ; de nouveau nous sommes ignorants de nos semblables, nous sommes jetés tout neufs au milieu des créatures. Ah ! qu'elles sont étonnantes et délicieuses ! Le regard que nous jetons sur elles, il est bien autre chose qu'apitoyé ; il demande, il interroge avidement ; il est dépouillé de toute autre préoccupation que de savoir ; il ne respire que l'ardeur et la joie – puisque enfin la joie est partout – de la curiosité. Si cet homme est victime de l'iniquité sociale, tant pis ! Sans doute n'était-il pas né pour être heureux. Mais sachons seulement un peu qui il est, comment il sent, comment il souffre. C'est cela qui est l'amour des hommes et la plus profonde charité ! Être pour chacun d'eux quelqu'un qui l'écoute sans penser à autre chose et qui a du plaisir à le voir et du plaisir à entendre son histoire et qui demeure à côté de lui tout tremblant, tout ouvert, tout absent de lui-même jusqu'à ce qu'elle soit finie ! Est-ce que l'amour désire que les choses soient différentes ? Non, mais il n'a d'autre désir que le désir, d'autre plaisir que le plaisir. – Ce n'est pas seulement des inconnus que nous nous approchons avec cette simplicité d'âme et cette dévotion singulière. L'ami sait rencontrer son ami à chaque fois comme si c'était la première ; il ne l'a pas encore vu ; il est prêt à le recevoir en lui à nouveau : « Aujourd'hui j'en ai appris un peu plus long sur votre compte ; je ne me doutais pas de toutes ces choses en vous ; je vous en aime mieux, car j'ai perdu là encore quelques raisons de vous juger. »

Nous savons maintenant être heureux pour simplement ceci : dans une foule avoir contemplé un visage qui peut-être n'était pas beau.

À des goûts si changés une littérature nouvelle doit correspondre. Pour la définir, inspirons-nous des tendances qui l'ont appelée et qu'elle va venir satisfaire. Voici déjà qu'elle paraît. Il est juste temps d'en esquisser l'image, si nous voulons mériter encore l'honneur de l'avoir prévue.

Le Roman d'aventure

Plongés, perdus au milieu des choses de la vie, quand nous prendrons un livre, ce sont des peintures de la vie que nous aimerons à y rencontrer. L'époque symboliste a été le règne de la poésie : il semble bien que nous entrions aujourd'hui dans l'âge du drame et du roman. Laissant de côté le drame, je voudrais imaginer ici, tant bien que nous mal, le roman nouveau que nous attendons et qui ne ressemblera, je crois, à aucun de ceux que nous connaissons dans la littérature française.

*

Pour découvrir ses traits essentiels, le meilleur est de partir, cette fois encore, des habitudes, des goûts, des manies de son auteur. Mais cet auteur où est-il ? Nous ne savons même pas s'il existe. Il nous faut le construire à son tour de toutes pièces, en nous inspirant de nous-mêmes : pour le façonner, transformons tous nos sentiments en principes créateurs, faisons de nos préférences des tendances et de nos plaisirs des volontés. Supposons qu'il aimera à faire tout ce que nous aimons à voir. Je m'inquiète peu que ce procédé soit artificiel : il sera justifié si l'avenir confirme les prévisions qu'il m'aura permises.

*

D'abord, puisqu'avec nous le romancier s'est échappé des rêves, puisque les choses n'ont plus pour lui cet aspect mental qui ravissait les symbolistes, puisqu'il les voit nettes, intactes et réelles, bien séparées de son esprit, bien chassées hors de lui, bien extérieures et solides, – dans son œuvre il ne voudra rien laisser qui ne soit complètement abouti, parfaitement arraché aux limbes de la pensée : le roman qu'il écrira sera tout entier en acte.

Toute pensée – que ce soit idée ou imagination – va de la puissance à l'acte. Elle se présente d'abord sous une forme rudimentaire et comme infirme ; ses éléments sont les uns dans les autres ; il n'y en a qu'un là où il y en aura plusieurs ; tout y est trop simple comme chez ces animaux imparfaits, qui ont un seul organe pour plusieurs fonctions. Elle ne peut faire face que d'un côté à la fois ; pour répondre aux diverses questions qui l'assaillent, elle est obligée de se tourner successivement vers chacune, d'un bloc, comme une personne qui a un torticolis. Elle a le malaise des êtres bruts ; sa grossièreté la gêne comme un poids. Mais cet état de contrainte et d'insuffisance n'est pas fait pour durer. L'idée en nous sait très bien qu'elle a droit à autre chose ; elle y tend de toutes ses forces ; elle cherche à s'épanouir ; elle se travaille ; elle fait effort contre sa propre simplicité ; elle pousse du front intérieurement ses plans trop unis ; elle fait craquer ses membres maladroits et leur apprend à s'articuler. Il y a une certaine perfection qui l'attend : elle s'étire et s'assouplit jusqu'à s'y trouver égale. Dans une intelligence saine, si on a la patience de la laisser faire, elle finit toujours par y arriver. Car toute puissance est faite pour passer à l'acte, toute création de l'esprit est destinée à la maturité, tout rudiment à l'organisation. La pensée tout entière d'un écrivain, dès le moment où elle naît, est comme appelée hors de son informité vers un ordre qu'elle ne peut pas atteindre tout de suite, mais où seulement elle trouvera le repos : rien n'est plus interdit que de la fixer avant qu'elle y soit parvenue.

Le romantisme n'est pas seulement un art démodé. C'est vraiment un art inférieur, une sorte de monstre dans l'histoire de la littérature. En effet il consiste proprement à tirer des effets d'inventions encore insuffisamment épanouies. À chaque étape de son développement une imagination apparaît définitive ; l'auteur n'est averti de son imperfection que par un imperceptible mécontentement ; tout le persuade qu'elle est au point ; il sent simplement qu'il n'en est rien. Pour reconnaître ce faible signe, il lui faut beaucoup d'expérience, pour s'avouer qu'il n'est pas encore quitte envers sa création, beaucoup de bonne volonté. Les romantiques ont pris le parti de négliger ce remords et de s'accommoder de l'inachèvement de leurs conceptions ; bien mieux : d'en faire la beauté de leurs œuvres, la source de l'émotion qu'ils veulent dispenser. C'est toujours avec des contrastes, avec des oppositions qu'ils prétendent nous toucher : des blancs et des noirs, de grandes plaques de lumière et de grandes nappes d'ombre jointes bord à bord : dans cette lumière, il y a mille objets que l'on distinguerait, si on laissait au regard le temps d'insister un peu ; cette ombre est pleine de détails qui « viendraient », si l'image restait plus longtemps dans le bain révélateur. Mais non : ces deux masses en présence sont émouvantes par elles-mêmes ; le rapprochement de leurs dissemblances frappe le lecteur, fait vibrer en lui une certaine fibre grossière. Cela suffit. Avec une adresse qui, chez les plus considérables, est une manière de génie, les romantiques utilisent le premier état de leur œuvre pour nous remuer ; ils la fixent au moment où tout y est encore rudimentaire et se dessine par sa seule trop grande simplicité ; ils mettent en évidence les lignes principales qui ne sont si visibles que parce que le détail n'est pas encore apparu, et se donnent l'air, ainsi, d'avoir choisi l'essentiel de leur sujet. En somme ils éludent toutes les difficultés de la réalisation, tous ces menus obstacles qui ne surgissent qu'au dernier moment, tous ces embarras de la fin qu'il faut résoudre et surmonter sans gloire. Et de ce qu'ils y sont éludés, l'œuvre prend tout de suite un je-ne-sais-quoi d'abrupt et de magistral, de fait à grands coups comme les merveilles de la nature. Ces vastes pans, ces larges horizons, ces sentiments sommaires et sublimes… C'est un héros qui a passé par là, c'est Roland qui taille les rochers. Tout ce qui manque semble avoir été rejeté par un génie dédaigneux de la minutie, tout ce que l'auteur a ignoré faute de patience semble avoir été négligé par l'impatience de son inspiration. Et les vides du dedans, l'absence de transitions, le défaut de peuplement intérieur donnent à l'œuvre cet aspect violent et bousculé qui est la façade de l'œuvre de génie.

Hélas ! la vérité se venge toujours : ce qui n'est qu'apparence reste apparence. Nous avons beau faire : en présence de l'œuvre romantique, nous sentons irrémédiablement que nous n'avons devant nous justement qu'une façade. Tout ce que nous lui reprochons – contrastes superficiels, gonflement de l'expression, magnificence sans à propos, grandiose à tout prix – se ramène toujours à un certain manque d'*application*. L'œuvre n'a pas été amenée jusqu'au contact avec sa perfection, elle n'a pas pris la peine de venir en recevoir la forme et l'agencement. Ses éléments demeurent les uns à côté des autres sans comprendre pourquoi ils sont ensemble, sans avoir été rechercher les raisons qui les réunissent et qui sont tout simplement des chaînes de menus intermédiaires. L'œuvre reste immense ; elle ne sait pas atteindre aux petites choses ; à jamais elle manquera d'humilité et de détail. On a envie de la pousser avec la main pour la faire se heurter enfin aux objets qu'elle prétend représenter. Tout son sublime n'étant possible que parce qu'elle n'a pas été assez loin, la démangeaison nous prend de lui faire parcourir de force les quelques pas qui la séparent de son effondrement.

L'œuvre classique, c'est l'œuvre en acte ; c'est celle envers laquelle son auteur s'est complètement acquitté, celle dont chaque molécule a été lentement amenée à sa perfection. En ce sens il est vrai de dire que Descartes est le père du classicisme. Sa « méthode pour bien conduire sa raison et chercher la vérité dans les sciences[1] », elle donne aussi toutes les lois qu'il faut observer pour produire une œuvre belle. On peut transposer les quatre fameuses règles en préceptes esthétiques. Car en somme que veulent-elles dire, sinon que, lorsqu'on a affaire aux conceptions de l'esprit, il ne faut jamais se contenter à moitié ? « Ne recevoir jamais aucune chose pour vraie que je ne la connusse évidemment être telle », c'est-à-dire : ne jamais accepter comme définitif que ce qui l'est indubitablement ; ne pas permettre qu'une idée ou qu'une imagination soit fixée avant qu'elle se soit complètement épanouie. – Traiter les embryons de pensées par l'analyse et par la synthèse pour les forcer à se développer ; dégrossir tout ce qui se présente à l'état brut et le contraindre au détail ; et, inversement, ne

1. Rivière cite le titre complet du *Discours de la méthode* de Descartes (1596-1650), publié pour la première fois en 1637, sans nom d'auteur, à Leyde, chez l'imprimeur Jan Maire. Les deux passages qui suivent sont tirés de la deuxième partie de l'ouvrage.

créer aucun ensemble dont on n'ait eu d'abord les éléments entre les mains. – « Faire des dénombrements si entiers et des revues si générales qu'on soit assuré de ne rien omettre », qui ait besoin d'être fait ; ne rien juger trop mince pour mériter d'être accompli[1] ; descendre aux plus petites choses afin qu'elles ne soient pas étouffées par les plus grandes et qu'elles reçoivent aussi leur aboutissement. – En un mot, ne rien tenir pour satisfaisant qui ne le soit pas encore devenu, ne rien laisser « qui manque de quelque perfection qui lui soit due[2] ». Ce sont les grands principes de l'honnêteté littéraire (et peut-être aussi de l'honnêteté morale). Il n'y a pas d'autre devoir que celui qu'ils affirment ; il n'y a d'œuvres vraiment grandes que celles où il a été obéi.

L'œuvre de Descartes est une double application de sa méthode et, si elle a manqué la vérité en s'y soumettant, du moins a-t-elle « abordé heureusement » à la beauté. Elle est le type de l'œuvre classique : je la lis avec ce contentement de tout l'esprit, cette certitude et ce repos que donne la perfection. À chaque ligne, je sens la paisible lutte, l'effort tranquille et plein de son auteur pour l'épanouir complètement ; je le vois en proie à cette passion de l'épuisement qu'il a mise en préceptes. Toujours le même mouvement, la même avancée de toute l'intelligence à la fois, poussant ses conceptions devant elle, comme un berger son troupeau, et ne leur permettant pas de traîner. Quel pathétique dans la façon dont commencent presque tous les paragraphes des *Méditations* ! « Considérant cela avec attention… » « De plus, il me vient encore en l'esprit… » « Ensuite de quoi, venant à me regarder de plus près… » « Toutefois, cela ne me satisfait pas encore tout à fait[3]… » À cette impulsion souveraine et modérée, quel désordre eût résisté ? Le simple appuiement de ce scrupule sur la pensée l'a délogée de ses insuffisances, a corrigé ses retards, a résolu ses embarras et l'a menée tout entière sur le front. L'œuvre la représente à l'instant où elle vient de déboucher dans l'accomplissement. Cela est figuré presque matériellement par les immenses phrases complexes et limpides, qui contiennent autant d'incidentes qu'il y a d'articulations dans l'idée et le long desquelles on circule

1. « Je n'ai rien négligé », disait Poussin pour rendre compte de la beauté de ses œuvres. (NdA)
2. *Quatrième Méditation*. (NdA)
3. Tous ces fragments sont pris au hasard dans une seule page de la *Quatrième Méditation*. (NdA)

avec l'assurance de n'être jamais surpris par rien qui soit tenu en réticence. Tout est révélé, tout a pris position, rien ne se réserve le droit de grandir encore ; la période est comme un bois qu'on a laissé travailler, avant de s'en servir, jusqu'à ce que toutes ses fibres aient atteint leur complète détente[1]. La joie que j'éprouve ici, c'est celle de l'aveu et du dénouement, c'est la satisfaction de respirer avec mesure et bien à fond, c'est l'extase de la parfaite santé. Pour me la redonner de temps en temps, j'aime à me répéter cette phrase des *Méditations* : « S'il est vrai que plus l'artisan est expert, plus les ouvrages qui sortent de ses mains sont parfaits et accomplis, quelle chose peut avoir été produite par ce souverain créateur de l'univers qui ne soit parfaite et entièrement achevée en toutes ses parties[2] ? »

L'œuvre dont nous avons besoin aujourd'hui, avant tout il faudra qu'elle soit « parfaite et achevée en toutes ses parties ». C'est en quoi elle sera d'essence classique. Mais tout de suite il faut ici nous garder de prendre cette exigence de notre goût trop à la lettre, d'interpréter trop strictement le mot : classique. Il ne s'agit pas, pour imaginer l'avenir, d'appeler à nous tel quel le passé. Nous ne prétendons pas que l'œuvre nouvelle sera pareille à l'œuvre de Descartes, ni même aux œuvres du XVIIe siècle.

Descartes ne concevait pas d'autre sorte d'achèvement que la simplicité logique ; le terme de toute pensée, c'était pour lui les « natures simples », parce qu'elles étaient seules évidentes. Mais d'abord il n'avait affaire qu'aux idées ; de plus il ne s'occupait que de leur vérité. Nous au contraire c'est d'un roman, c'est-à-dire d'une œuvre d'imagination, que nous sommes en train de tracer l'image ; et nous exigeons de cette œuvre non pas qu'elle soit vraie, mais qu'elle soit belle. C'est donc vers une tout autre sorte d'achèvement que nous lui demandons de tendre. – Il y a

1. « Mais ce dessein est pénible et laborieux, et une certaine paresse m'entraîne insensiblement dans le train de ma vie ordinaire ; et tout de même qu'un esclave qui jouissait dans le sommeil d'une liberté imaginaire, lorsqu'il commence à soupçonner que sa liberté n'est qu'un songe, craint de se réveiller et conspire avec ces illusions agréables pour en être longtemps abusé, ainsi je retombe insensiblement de moi-même dans mes anciennes opinions, et j'appréhende de me réveiller de cet assoupissement, de peur que les veilles laborieuses qui auraient à succéder à la tranquillité de ce repos, au lieu de m'apporter quelque jour et quelque lumière dans la connaissance de la vérité, ne fussent pas suffisantes pour éclaircir toutes les ténèbres des difficultés qui viennent d'être agitées. » (Fin de la *Première Méditation*.) (NdA)

2. *Quatrième Méditation*. (NdA)

autant de perfections qu'il y a de choses perfectibles, autant d'aboutissements qu'il y a d'espèces de pensées. Chaque invention de l'esprit invente, en même temps qu'elle paraît, sa forme dernière ; elle suscite, en avant d'elle, quelque chose qui lui est en tous points semblable, sauf en ceci qu'on n'y trouve plus ses défauts, quelque chose dont elle n'est que l'image anticipée et maladroite, et qui l'attend, comme nous attend, au bout de notre vie, posé par nous, à notre insu, au moment de la naissance, notre « corps glorieux ». Les imaginations du romancier n'ont aucun besoin d'aller toutes ensemble échouer dans l'évidence ; elles ont leurs destinations singulières et mystérieuses ; il n'y a pas de terme commun à leurs voyages parallèles ; pour chacune il y a un rivage différent qu'elle doit venir toucher en secret. On peut même dire que, bien loin de trouver leur perfection dans la simplicité abstraite, au contraire c'est souvent de là qu'elles partent pour aboutir à un état complexe et enveloppé : telle histoire, qui s'est présentée sous un aspect facile et limpide, aura besoin, pour parvenir à sa plénitude définitive, de s'embarrasser de mille détails étranges et contradictoires, d'épaissir sur elle le réseau des traits injustifiables, d'entrer enfin hardiment dans les régions de l'obscurité. N'est-ce pas le cas de presque tous les épisodes racontés par Dostoïevski ? Et qui oserait dire qu'ils eussent été mieux achevés en devenant plus simples[1] ? – Il est vrai que les écrivains du XVIIe siècle semblent avoir obéi d'une façon très littérale aux préceptes cartésiens ; ils ont voulu donner à l'achèvement de leurs œuvres ce surcroît et cette confirmation d'être un achèvement abstrait, une résolution en idées simples, un dénouement dans l'évidence. Dans tous leurs ouvrages, il y a ce même universel aveu, ce même manque d'ombre, ce même avancement des fonds que l'on remarque dans les phrases de Descartes. Il fallait que cette entreprise ardue fût accomplie une fois dans l'histoire. Mais entre toutes, c'est celle qu'il importe de

1. Non seulement les imaginations du romancier ont chacune leur point d'aboutissement particulier, mais encore ces différents points ne sont pas forcément tous à la même hauteur. Il y en a que l'auteur rencontre bien plus tôt que les autres. C'est ce qui explique que dans une œuvre entièrement actualisée, cependant, l'intérêt puisse n'être pas toujours au même degré, tandis que dans l'œuvre symboliste toute variation lui était interdite. Un détail parfaitement exécuté peut n'avoir rien de touchant par lui-même et n'avoir d'importance que pour préparer la suite. L'égalité de mise au point ne se confond pas du tout avec l'égalité d'émotion. (NdA)

ne pas recommencer, car l'évidence n'admet pas d'être réussie deux fois.

En somme, lorsque nous exigeons du roman nouveau qu'il soit écrit selon les principes classiques, tout ce que nous demandons, c'est que son auteur, tandis qu'il le façonne dans son imagination, imite le scrupule de la pensée pure ; nous voulons que la fantaisie se comporte dans son domaine comme la raison dans le sien. C'est là tout notre intellectualisme : la raison est une faculté particulière qui a sa fonction très précise et très bornée ; il serait absurde de vouloir imposer les lois auxquelles elle se soumet, à toutes les facultés de l'esprit. Mais il est utile aujourd'hui que l'écrivain regarde vers elle et s'inspire de la façon dont elle leur obéit. – L'imagination a sa rigueur propre, une sorte d'évidence injustifiable ; les faits, les personnages, les paroles qu'elle invente, nous sentons tout de suite s'ils sont vrais ou non ; si peu qu'ils s'écartent d'une certaine ligne indéfinissable, ils cessent brusquement d'être justes, ils ne comptent plus davantage qu'un problème faux. Cette rigueur, l'imagination la manquerait en se soumettant aux exigences de l'entendement, en visant la rigueur logique. Mais non plus elle ne l'atteindra jamais, si elle ne reproduit à distance tous les gestes patients et appliqués, tous les petits travaux infatigables et cet effort enfin vers l'actualisation des idées, par quoi la raison s'empare peu à peu de la vérité.

*

Tout n'est pas encore dit. Il nous faut revenir sur cette idée d'actualisation, faire sur elle ce léger mouvement de rapprochement, cette reprise d'attention que nous avons admirés chez Descartes : « Ensuite de quoi, venant à la regarder de plus près[1]... » Car nous avons bien dit que l'achèvement était un devoir universel et que l'achèvement d'une œuvre romanesque n'était pas de même espèce que celui d'une œuvre théorique, mais nous ne savons pas encore en quoi consiste cet achèvement. L'écrivain n'a pas besoin de le savoir ; il le reconnaît intérieurement à un léger heurt, à une certaine sensation de rencontre, comme un marin, du fond de sa couchette, la nuit, sent le navire doucement accoster le quai. Mais nous, qui sommes seulement des lecteurs, à quelles marques

1. Rivière semble ici citer de manière approximative. Il ne nous a pas été possible de repérer la référence exacte.

distinguerons-nous que l'œuvre est au point ? Quel visage nous montrera-t-elle, lorsque tout en elle aura trouvé son épanouissement ?

En ce qui concerne les œuvres abstraites, Descartes répond très exactement à cette question : les idées sont en acte lorsqu'elles sont parvenues à l'état de parfaite *clarté et distinction*. Nous pouvons en conclure que les imaginations, dans leur domaine, auront une façon symétrique de s'avouer accomplies. En effet, bien que les éléments en lesquels elles se résolvent ne soient pas toujours simples ni clairs, cependant la puissance, pour elles aussi, c'est l'état d'ensemble et de confusion, l'acte, l'état de détail, d'articulation, de définition. Il y a, entre la puissance et l'acte dans la fantaisie, la même différence qu'entre une nébuleuse et les astres qui naissent de sa condensation. Ainsi s'explique que le besoin que nous sentons d'œuvres bien achevées s'accompagne du désir d'y trouver les choses bien séparées les unes des autres, bien désemboîtées. Ce désir qui commence à nous presser sera bientôt aussi fort en nous que celui qu'a connu le siècle dernier, de les voir impliquées et confondues. Rien déjà ne gêne autant notre regard que de traîner sur des spectacles mal déterminés, mal arrêtés ; il cherche tout naturellement les limites, les angles, les attaches ; il ne peut plus se plaire aux simples aspects : un aspect, c'est un ensemble d'objets pris les uns dans les autres, agglomérés, emmêlés, tout préparés pour être saisis d'une seule vue ; on les a ramassés comme des figurants, sans s'inquiéter du métier qu'exerçait chacun, de ses fonctions journalières, de ce qu'il était dans la vie, et on les a groupés pour faire une foule ; ils sont comme retranchés d'eux-mêmes au profit d'une vague unanimité où se perdent toutes leurs différences ; mais sitôt qu'on nous les présente ainsi, l'envie nous prend d'entrer parmi eux, de passer entre eux, de les isoler les uns des autres, de les désengager, de les débrouiller avec la main, de les rendre à leur individualité. Nos yeux veulent ne se poser que sur des choses nettes, vives, propres, bien exactes, bien pures, bien décisives, bien pareilles à elles-mêmes. Ah ! les temps sont finis où le comble de l'art semblait être de donner trois choses à entendre par la même phrase et de mettre le lecteur dans la perpétuelle impossibilité de savoir si c'était de l'une ou de l'autre ou de la troisième qu'on lui parlait. Et en effet c'était peut-être bien de l'art. Mais alors l'art n'est plus ce dont nous avons besoin aujourd'hui. Je sens une étrange et fine lucidité, un esprit délicieux de différence inspirer tous mes jugements. Je ne prendrai rien dont je ne sache à plein ce que c'est et ce que ce n'est pas ; je n'accueillerai que des choses dont je puisse être certain quand je suis en face de l'une que ce n'est pas à une autre que j'ai affaire. Goût de la pureté, comme on dit que le vin est pur quand il n'y a point d'eau dedans, goût de ce qui n'a qu'un goût, et qu'une odeur, et qu'une couleur toute seule. Quoi de plus suave qu'une gorgée d'un liquide sans mélange et d'une seule teneur ? J'aime à n'être pas dérangé dans mon plaisir par la pensée d'autre chose ; j'aime tout ce qui ici commence et là finit. Vraiment nous n'avons plus de forces pour supporter d'entendre parler encore de fluidité, de continuité, de passage, d'atmosphère ; nous sommes excédés par la prétendue informité du réel. Je dis qu'il n'y a rien de plus beau (ni de plus vrai) que, par une journée bien limpide, cette ligne qui sépare radicalement, sans hésitation, sans rature, le ciel d'avec la mer.

Au fond des confusions déplorables où se débat la peinture contemporaine, il me semble pourtant apercevoir palpiter une faible et tremblante intelligence de la vérité ; il me semble qu'elle tâche maladroitement à satisfaire notre profond besoin de clarté et de distinction. Le but que se propose le cubisme – je ne dis pas qu'il l'ait encore atteint – n'est-il pas de pousser sur la toile, d'y faire déboucher autant d'objets que possible sans que la présence d'aucun soit pour aucun autre une gêne, de donner à chacun tout ce qu'il lui faut pour être lui-même et pour qu'il puisse se passer de l'ensemble où il est pris, d'emplir le grand vide du tableau de tout un peuple vif et détaché, d'une multitude de détails bien formés et de figures bien bouclées ? L'impressionnisme ne montrait que des façades, que ce que nous pouvions apercevoir de l'objet, tandis qu'il passait devant nous, accompagné dans sa fuite par tous les autres : éclat éphémère d'un visage dans une foule en marche, petite écume brève au sommet de la vague, signe de la main de quelqu'un qui s'en va. Le sujet d'une toile impressionniste, c'est toujours la façon dont plusieurs choses s'arrangent, en ne livrant chacune d'elle-même que la part que le hasard a tournée vers le spectateur, pour n'en plus faire qu'une seule. Inspirée par les primitifs et par l'exemple de Breughel l'Ancien, de David, d'Ingres, il me semble que la peinture va s'appliquer au contraire maintenant à arrêter toutes ces apparences, à retrouver sous elles les objets solides et différents qu'elles masquaient et à fixer d'un pinceau limpide et léger leur distribution. Il est amusant de remarquer qu'une des plus belles toiles de Breughel s'intitule : *Le Dénombrement de Bethléem*.

Le mal dont souffre la musique contemporaine et qui risque de la perdre, n'est-il pas qu'elle n'ose renoncer à cette continuité, à cette perpétuité harmonique, à cette fusion indéfinie des accords les uns dans les autres, dont, depuis Wagner, elle a pris l'habitude ? Oui, pour se retrouver un avenir, il faut qu'elle brise ces enchaînements et qu'elle retourne vers les formes fixes et définies qu'elle a connues jadis. – En musique, ce qu'il s'agit d'exprimer, les objets, ce sont les sentiments. Debussy, qui est le pendant des grands impressionnistes, les exprime en composition ; il fixe des aspects sentimentaux ; il prend un moment de l'âme avec toutes les puissances diverses et ennemies qui y vivent à l'état de confusion et de mutuelle ignorance et s'applique à leur laisser ce rayonnement dans tous les sens, cette ambiguïté qu'elles ont au naturel ; il peint l'âme telle qu'on l'aperçoit par une de ces brèves consciences, qui nous en font goûter l'ensemble, le ton général, la surface éteinte ou chatoyante, plutôt que le détail ; il nous en donne le spectacle plutôt que l'analyse ; il nous la montre juste le temps qu'il faut pour que nous ne puissions la voir que tout entière. C'est pourquoi, tout en s'opposant à Wagner, il aboutit, comme lui, à l'effacement des contours et à la fluidité. Comme, en réalité, les émotions en nous sont presque toujours mélangées, engagées les unes dans les autres, il a pu atteindre, dans *Pelléas*, une vérité et une profondeur que ni les maîtres du symbolisme ni ceux de l'impressionnisme n'ont peut-être égalées[1]. Pourtant c'est autre chose qu'il nous faut maintenant ; si nous faisons crédit de l'avenir à Debussy, en revanche nous ne pouvons plus écouter ses disciples qu'avec peine ; il y a en nous quelque chose qui se révolte contre leurs *compositions* et c'est notre goût de la pureté. Avant d'écrire une note, Bach commençait par démêler soigneusement l'écheveau des sentiments qu'il voulait exprimer ; il les arrachait bien exactement les uns aux autres, il enlevait tous les fils qui restaient, il faisait perdre à chacun toute trace de sa combinaison avec les autres. Il fallait qu'enfin il les vît tous devant lui, bien séparés, bien purs, bien *sincères*. Alors seulement il entreprenait de les dire : à chacun tour à tour il prêtait sans partage son génie, en

1. Sur *Pelléas et Mélisande*, voir p. 655.

chacun tour à tour sa voix entrait, montait et se débattait comme un oiseau solitaire et éperdu. Ah ! dans les œuvres de Bach, quand un air commence, on sait au moins à quoi s'en tenir ; c'est de joie ou c'est de repentance qu'il s'agit et je suis certain que jusqu'à la fin, jusqu'à ce retour si poignant à la tonique, jusqu'à ce grand rassemblement des forces épanchées, il ne s'agira que de l'une ou que de l'autre ; je suis embarqué, je n'ai plus qu'à me laisser porter ; tout le reste attend à l'entour que ce soit fini, que cette émotion ait été épuisée en moi, que j'en sois purgé et racheté ; et de temps en temps, quand le chant s'apaise, ainsi qu'en mer, pendant une minute de calme, le bruit de l'hélice est là, qui ne s'est pas interrompu, j'entends continuer l'inflexible pulsation qui rythme le morceau et m'assure tout bas qu'il n'y a rien de changé.

C'est l'exemple de Bach qui doit inspirer aujourd'hui nos musiciens ; il n'est pas question de l'imiter à la lettre ; mais il faut, à tout prix, que la musique retrouve la régularité et la propreté magnifiques des *Passions* et de la *Messe en si*.

Mais il est temps de revenir au roman. Cette *discrétion* intérieure, qui semble s'imposer aujourd'hui à tous les arts, comment y saura-t-il satisfaire ? En quoi consistera son épanouissement ? – En ceci que tous les états, toutes les impressions, tous les moments musicaux y seront résolus en faits, en actes, en paroles. – Les rares œuvres de forme romanesque que le symbolisme nous a laissées sont pleines de passages tout poétiques, pareils à la vibration des cloches et au bourdonnement, après qu'elles se sont tues, de l'air ébranlé. De temps en temps, l'auteur suspend son récit et s'installe dans une sorte d'*émotion*, dans un milieu d'ondes et de frémissements ; on ne sait plus ce qui passe pendant ce temps ; ce n'est qu'un bruit à nos oreilles ; objets, événements, sentiments, tout est confondu à nouveau et forme une vague et tournante symphonie ; le lecteur se sent placé au cœur d'une foule de choses invisibles dont il ne perçoit que l'agitation. – Mais c'est ce que nous ne pouvons plus accepter ; nous demandons au roman nouveau de remettre entre nos mains ses richesses toutes monnayées ; de la fleur confuse et harmonieuse qu'on nous donnait à respirer, nous voulons qu'on fasse sortir mille petites graines dures et séparées. Cartes sur table : je veux tout voir. Je saurai bien vous dire ensuite si c'est émouvant. Mais distribuez d'abord, je vous prie, en dialogues, en rencontres, en visites, en lettres, en montées et descentes d'escaliers, en incidents de trottoir, en hasards de coins de rue, toutes ces belles impressions que vous voudriez me communiquer directement. Faites crever ces nuées, si séduisantes *pour vous*[1], mais que je veux ne connaître qu'en pluie. Rien ne doit passer sans intermédiaire de vous à moi ; nous ne sommes plus complices ; il y a quelque chose entre nous ; votre voix ne porte pas assez loin pour m'atteindre ; il faut que vous m'écriviez et que vous transformiez en petites lettres noires et distinctes ce que vous eussiez aimé à me livrer par un simple signe, à me jeter d'une seule fois, tout droit dans l'âme. Je ne recevrai rien de vous, tant que vous serez là ; je ne prendrai que ce que vous aurez laissé. Il faut que votre imagination s'abaisse jusqu'à sentir les fissures que lui imposera la réalité, jusqu'à ce qu'elle craque et s'émiette ; il faut qu'elle s'approche des choses jusqu'à ce qu'elle soit envahie par la gêne et par l'obligation, jusqu'à ce que remontent en elle le malaise et l'humilité du détail. Dans l'œuvre qu'enfin vous me présenterez, je veux ne plus trouver trace des plaintes de votre cœur, de vos mélancolies, ni de vos élans et n'avoir affaire qu'à des événements.

En d'autres termes la parfaite actualisation d'un roman, c'est sa parfaite activité. Quand il est en acte, c'est quand il n'est plus composé que d'actions. Plus aucune place pour le rêve, ni pour les décours immobiles ; tous les éléments travaillent. L'œuvre est pareille à ces machines où rien ne dort et qui, sitôt qu'elles sont en marche, semblent n'être plus faites, au lieu de matière que d'innombrables fonctions. L'exemple qu'il faut alléguer ici, c'est celui des romans de Daniel Defoe.

Tel est le premier caractère du roman nouveau, celui qu'il tiendra justement de l'activité de son auteur. – Mais notre définition est encore bien vague. Le trait unique qui la compose jusqu'ici, puisqu'il convient, en même temps qu'à la littérature, à tous les arts contemporains, a besoin d'être précisé par d'autres. Voyons maintenant en quel sens le roman que nous attendons sera un roman d'aventure.

---

1. Je voudrais qu'on relise ici l'admirable lettre de R. L. Stevenson à Marcel Schwob, dont *La Nouvelle Revue française* a publié un fragment dans son numéro de février 1912 (t. 38, p. 314). Je recopie le passage le plus intéressant pour notre propos : « Vous avez encore à nous donner… quelque chose d'une plus large ouverture… quelque chose qui sera dit avec toutes les clartés, toutes les trivialités du langage, et non chanté ainsi qu'une berceuse à peine articulée. Cela, quand vous en serez à nous l'offrir, ne vous causera pas à vous-même autant de plaisir, mais satisfera les autres davantage. » (NdA)

Pour achever la description du roman nouveau, remontons à la source d'où nous avons tiré ses premiers caractères, reprenons ce portrait idéal du romancier, que nous avons laissé interrompu. Ainsi que déjà nous avons attribué à l'écrivain de demain notre goût de la réalité et des choses distinctes, donnons-lui maintenant cette ignorance de l'avenir, cette nouveauté au monde que nous sentons en nous. Faisons de lui quelqu'un pour qui il y a quelque chose à apprendre de la minute qui va venir ; supposons-le, comme nous, naturellement orienté dans le sens de la vie, c'est-à-dire le visage tourné vers ce qui n'est pas encore. L'écrivain symboliste était en état de mémoire ; il sera, lui, en état d'aventure.

*

Et d'abord au milieu même de son propre ouvrage. À l'origine de l'œuvre symboliste, il y avait un esprit trop conscient qui tout de suite voyait trop loin dans ses propres imaginations. Ici nous avons un créateur qui marche parmi ses inventions, comme un voyageur entre des taillis ; il n'y voit pas à plus de quatre pas ; tout lui est bouché ; il avance : on ne lui demande pas autre chose, il a bien assez de peine comme ça. Il est en face de son œuvre, comme il est en face du monde : là où il se trouve en elle, c'est toujours le plus loin qu'il soit allé ; tout le reste est encore de l'avenir pour lui. C'est qu'il ne s'entend guère à percer les voiles des idées. Tous ses dons sont de création, au lieu d'être de perspicacité ; il dépense tout son génie à soulever son histoire et il n'en a plus pour se détacher d'elle et aller à l'avance jusqu'au bout ; son esprit ne dépasse pas ses imaginations, parce qu'il s'emploie tout entier à les former ; toutes ses forces sont consommées au fur et à mesure ; il n'en est point d'inutilisées, qui puissent servir à la prévision. Il reçoit mille obstacles de ses propres pensées ; elles lui sont opaques, elles l'arrêtent ; tout ce qu'il imagine, aussitôt lui barre la route ; chacune de ses trouvailles est un nouvel embarras pour lui ; la même faculté par laquelle il suscite son œuvre entraîne son impuissance à voir clair en elle, à en comprendre le sens. – Il y a chez le romancier une sorte de stupidité qui fait corps avec son pouvoir créateur. S'il entreprend d'expliquer ce qu'il a fait, il invoque toujours des raisons puériles qu'un esprit critique n'entendra pas sans rire ; on les sent tirées de loin, et fabriquées après coup ; elles n'ont aucune proportion avec ce dont elles prétendent rendre compte. Rien de plus naturel ; car, au moment où il les trouve, l'écrivain est redevenu n'importe qui ; il est rentré dans le rang ; il n'a plus aucun avantage sur le premier imbécile venu[1]. Et il le sait bien : les raisons qu'il a si péniblement mobilisées, dès qu'on les lui conteste, il les abandonne en bloc ; il n'est pas sûr du tout ; même, il a d'autant moins d'assurance qu'il a plus de génie. C'est un autre aspect de l'ignorance du créateur que sa docilité touchante aux objections ; si sottes soient-elles, aussitôt le voilà persuadé qu'il a eu tort ; il est prêt à tout gâcher pour vous faire plaisir. (Heureusement, son instinct le retiendra au dernier moment.) C'est qu'il a la vue aussi courte que vous. Il demeure tout confondu avec son œuvre ; il ne la déborde d'aucun côté ; il s'en est tiré ; c'est tout ce qu'on peut dire ; mais il ne lui reste plus de quoi en être encore le maître, de quoi la dominer et la défendre contre autrui. Il est pareil à un architecte qui a mis toute sa fortune dans la maison qu'il s'est construite et qui se voit obligé, une fois qu'elle est finie, de la vendre à des étrangers.

De cette disposition où se trouve le romancier en face de ce qu'il crée, de cette sorte d'intimité aveugle où il vit avec ses imaginations, nous pouvons déduire deux caractères essentiels du roman nouveau. D'abord ce sera une œuvre longue, et même une œuvre où il y aura des longueurs. Comme l'écrivain ne sait pas où il va, comme il n'a pas sans cesse devant les yeux le sens de l'histoire qu'il raconte, comme il ne voit pas en quoi elle est intéressante, il ne peut pas choisir entre les idées qui lui viennent ; comme elles lui cachent tout horizon, il ne peut pas distinguer lesquelles sont plus importantes et il est obligé de les donner toutes. En d'autres termes, il est par essence inhabile à cette élimination, où justement l'écrivain symboliste excellait ; au contraire, il ne trouve que des choses à ajouter. Dans son esprit, l'œuvre, au lieu de s'éclaircir et de se raréfier, s'augmente et se développe ; disons même : s'encombre et se surcharge. Tout lui est bon ; elle accepte toute nourriture ; elle est élastique et prête à s'enfler de tout ce qui survient. Non seulement elle absorbe et elle assimile les aliments les plus divers, mais encore il se produit, autour du centre qu'elle forme, un travail de réunion, d'agrégation ; tout vient s'ajouter à elle ; elle attire tout ce qui se trouve dans un certain rayon ; tout cela s'arrange tant bien que mal sur son dos. Dans la pensée où elle baigne, loin d'être en proie aux acides de la critique, elle est

1. Réciproquement, si ses raisons sont bonnes, il y a gros à parier que son œuvre ne vaut pas grand-chose. (NdA)

comme en une serre où elle foisonne démesurément et ses vrilles s'emparent de tout ce qu'elles peuvent atteindre. Sa sève est prise d'une sorte de folie. Elle est dans une atmosphère de multiplication, d'exagération et de débordement, elle est travaillée par l'énormité. À la fin, c'est un monstre ; elle apparaît couverte d'excroissances : récits interminables venant interrompre l'histoire principale, confessions, pages de journal, exposé des doctrines professées par l'un des personnages. Elle forme une sorte de conglomérat naturel, un gâteau de terre et de pierres, dont les éléments tiennent ensemble on ne sait pas comment. On perd de vue sa direction, son fil ; avec ses prolongements de toutes parts, elle ressemble à ces êtres marins qui avancent dans n'importe quel sens. Il faut s'y résigner : le roman que nous attendons n'aura pas cette belle composition rectiligne, cet harmonieux enchaînement, cette simplicité du récit qui ont été jusqu'ici les vertus du roman français. Et n'avons-nous pas déjà une provision suffisante de ces œuvres sveltes et claires, aux pages étroites et hautaines comme celles d'un livre de prières ? Il nous faut enfin un roman gros comme *Monte-Cristo* imprimé sur un mauvais papier et dont les pages soient noircies du haut en bas par un caractère bien serré[1], un roman où rien ne puisse arriver à être inutile, où l'action, comme dans un milieu saturé, sans autre invitation que celle de la température, éclate à la fois en vingt endroits différents et ne puisse être racontée tout entière qu'au prix de mille embarras et de mille recommencements. Non plus l'œuvre du graveur adroit qui, penché sur son établi, s'aperçoit que ce détail encore, il peut le remplacer par un blanc et que ça se tiendra quand même, mais une œuvre qui, d'elle-même, par sa simple activité intérieure, remplisse tous ses vides, peuple toutes ses lacunes et, comme ces tissus prolifères qui recommencent à pousser sur eux-mêmes, couvre trois fois l'espace qu'on lui aura donné.

Si nous en sommes venus insensiblement à parler de la longueur du roman nouveau comme d'une qualité, ce n'est pas sans raison. Sans doute elle résulte de l'aveuglement de l'écrivain et de son impuissance à choisir ; elle est un effet de sa maladresse. Mais d'une maladresse toute pleine de suc et de force, d'une maladresse, si l'on peut dire, positive. Aussi se trouve-t-elle avoir un sens et une utilité que l'auteur n'a pas cherchés. Il n'est pas vrai – ou tout

1. Seul exemple français que Rivière cite en tant que modèle positif du roman de demain. Les mérites du *Comte de Monte-Cristo* (1844-1846) d'Alexandre Dumas semblent pourtant être la densité de son écriture et son épaisseur…

au moins il n'est plus vrai – qu'un roman puisse être à la fois « court et bon ». Pour être bon, il faut qu'il soit abondant, car c'est son abondance qui fait sa réalité ; rien ne lui est plus utile que l'inutile ; c'est par tout ce dont il pourrait se passer qu'il prend sa consistance, son épaisseur, son volume. Aussi longtemps qu'il n'est composé que de traits indispensables et qui vont tous dans le même sens, il est comme une arme trop aiguë, il passe au travers de la réalité, il ne s'y arrête pas, il ne s'y installe pas, il n'y fait pas son siège. Les détails supplémentaires, les digressions de toutes sortes, tout ce qui vient se mettre en travers, tout ce que le lecteur voudrait écarter, c'est tout cela qui retient l'histoire, qui l'empêche de filer, qui l'attache enfin à la terre. Ses longueurs, ses détours lui donnent de l'encombrement, elle s'embarrasse elle-même ; elle s'accroche, elle demeure, elle existe.

Un événement ou un personnage imaginés commencent à prendre vie à mesure qu'ils se compliquent ; ainsi que celle d'une proposition de géométrie, leur vérité se démontre ; mais les preuves ici, ce sont tous ces détails qui s'ajoutent les uns aux autres, qui se complètent, se corrigent, se contredisent, ont l'air de se supprimer et pourtant finissent par former un certain nœud si difficile, si absurde qu'il ne peut plus être défait. Sur la page blanche, non pas la figure bien propre et bien pure qui accompagne le théorème, mais un chiffre dont les lignes innombrables sont entrelacées suivant une nécessité obscure : et plus il est complexe, plus il est évident. Car enfin à cette profusion de traits particuliers le lecteur ne peut sentir d'autre source qu'une réalité ; leur étrange conjonction ne peut pas s'expliquer autrement ; au centre de ce foisonnement, nous devinons quelque chose qui existe ; je ne dis pas que nous sommes obligés de le supposer, mais nous le voyons, nous éprouvons directement sa présence ; nous sommes mis en contact immédiat avec le réel.

Nous attendons un roman où tout un monde sera soulevé, un roman comme *Les Grandes Espérances*, comme *Wuthering Heights* ou comme *Les Possédés* qui ne servira à rien sinon à ceci qu'on s'en souvienne toujours, un roman dont tout l'intérêt se réduira à ceci qu'avant il y avait quelque chose qui n'existait pas et que maintenant ça existe[1].

1. *Les Grandes Espérances* est un roman de Charles Dickens (1812-1870). *Wuthering Heights* est l'unique roman de l'écrivaine Emily Brontë (1818-1848). *Les Possédés* de Dostoïevski (1821-1881) représente pour Rivière, et pour Gide, un modèle inégalé.

De la résistance qu'opposent à l'écrivain ses propres imaginations découle un nouveau caractère qui vient préciser encore la nature de ce roman : les personnages y sont absolument distincts de celui qui leur donne la vie. Le romancier met toutes ses forces à projeter hors de lui la masse entière et confuse de sa création, il chasse d'un seul coup pêle-mêle tout ce qu'il porte en lui. Événements et personnages, c'est d'abord quelque chose devant lui, qui remue et se débat indistinctement, comme des poissons pris dans un filet. Les êtres qu'il engendre, même s'ils doivent finir par lui ressembler, d'abord lui sont étrangers et extérieurs ; il a besoin de les apprendre et de les reconnaître. – Dans la plupart des romans français, on sent que l'auteur a obtenu ses personnages de lui-même, qu'il les a fait sortir de son âme à force de soin, de patience et d'ingéniosité ; pour former chacun, il s'est conduit lui-même dans un sens, il a tenu tout le temps la barre à bâbord ; c'est par une divergence lente et appliquée qu'il est arrivé à le créer différent : il est parti de son propre visage et, par de petites suppressions, par de petites touches ajoutées de-ci de-là, il a insensiblement atténué les ressemblances, il a détourné ses traits vers des traits nouveaux et fait naître son héros sur les confins de lui-même. Dans ce mode d'invention par aiguillage, on voit le personnage quitter son auteur et par une belle courbe commencer à ne plus être une même chose avec lui. Dans le roman nouveau, au contraire, on le verra revenir sur son auteur, marcher sur lui ; c'est un étranger. Il déborde de partout sur ce que l'écrivain sait de lui ; il est en excès sur tout ce qu'il en dit ; il a son âme avec lui ; il arrive du fond ; la première chose à faire, c'est de l'interroger ; celui qui l'a créé est là à côté de nous dans la même ignorance et dans la même attente que nous. Ainsi le père en face de son fils qu'il a fait élever par d'autres, au milieu des paroles banales de l'accueil, se demande anxieusement : « Que pense-t-il ? Que sent-il ? Qu'a-t-il fait que je ne sais pas ? » Il ne faut pas dire : ce que le romancier ignore de son personnage, c'est qu'il ne l'a pas encore inventé ; non, tous ses traits existent déjà, parfaitement déterminés, depuis le premier moment où l'œuvre a été produite et proférée. Mais justement l'acte de la création a été si complet et si violent, qu'il a empêché toute conscience et que le créateur se trouve maintenant obligé de découvrir pas à pas les êtres mêmes qu'il a formés.

En d'autres termes, dans le roman français, le personnage s'organise peu à peu autour d'un noyau théorique qui est comme sa définition ; les traits particuliers, qui le rendront différent de tous les autres, naissent peu à peu sous l'influence de ce rudiment général ; la statue s'éveille peu à peu et prend un visage ; mais elle a été précédée par son Idée et comme suscitée par elle. On ne cesse pas un instant de voir d'où elle est descendue. Le personnage va et vient librement dans le monde concret ; il est un être vivant (car je ne parle que des bons romans) ; mais tout en lui continue à porter la marque de son origine ; ses mouvements les plus personnels, ses habitudes les plus primesautières, on reconnaît tout de suite où il les a puisés, d'où ça a poussé ; on aperçoit d'emblée la raison de tout ce qu'il fait ; c'est même cette raison qui paraît d'abord ; l'acte ensuite n'est jamais qu'une application. En un mot, dans le roman français, le personnage est toujours l'incarnation d'un certain caractère intelligible. Dans le roman nouveau, au contraire, ce qui paraît d'abord du personnage, ce qui vient en avant, ce à quoi l'on se heurte, ce sont les traits particuliers ; ils précèdent l'essence et la masquent, le personnage ne se laisse aborder que par ses manies, ses travers, ses façons de boire et de manger ; c'est pourquoi on sent le besoin de l'interroger ; il est incorporé à ses actes et il faut l'en dégager peu à peu ; il marche d'abord, il tourne dans sa chambre, il s'appuie à la cheminée, et nos yeux le suivent et cherchent anxieusement ce qu'il y a de commun à tous ses gestes, quelle âme est là-dessous. Si l'auteur essaie de nous l'expliquer, nous sentons que cette définition n'est pas le germe créateur du personnage, mais un aspect arraché à sa complexité, une mise au point provisoire, un effort pour s'emparer, au moins partiellement, d'une réalité qui continue à déborder notre prise et que nous ne tenons pas encore.

Le livre que nous souhaitons de pouvoir bientôt ouvrir contiendra tout un peuple de personnages qui vivront tout seuls enfin et qui n'auront pour se présenter à nous, pour se faire comprendre de nous, que leurs noms propres. Ce sera une œuvre habitée, et le propriétaire ne saura pas faire autre chose que de nous en ouvrir la porte.

*

Mais l'ignorance et la naïveté du romancier ne se refléteront pas seulement dans son œuvre de la façon indirecte et détournée que nous venons de voir ; car elles ne se réduisent pas en lui à la seule incapacité de traverser et de dépasser ses imaginations. Nous savons que cette disposition technique fait partie d'une disposition plus vaste : l'orientation vers l'avenir, l'ouverture sur les choses inconnues. À leur tour, ces sentiments vont imprégner l'œuvre sous leur forme générale ; ils vont se traduire en elle directement et lui donner plus explicitement le caractère de roman d'aventure.

L'aventure, c'est ce qui advient, c'est-à-dire ce qui s'ajoute, ce qui arrive par-dessus le marché, ce qu'on n'attendait pas, ce dont on aurait pu se passer. Un roman d'aventure, c'est le récit d'événements qui ne sont pas contenus les uns dans les autres. À aucun moment on n'y voit le présent sortir tout fait du passé ; à aucun moment le progrès de l'œuvre n'est une déduction. Chaque chapitre s'ouvre en excès sur le précédent, non pas en ce sens qu'il est plus intense, plus violent, plus bouleversant ; mais simplement les événements qu'il raconte, les sentiments qu'il décrit, débordent ceux du chapitre précédent. Ils viennent les prolonger, les porter plus loin, ils leur font suite ; mais ils ne peuvent en aucune façon s'y réduire ni en résulter. Sans doute ils sont préparés, on se sent conduit vers eux ; mais comme on est conduit par des lacets vers un plateau qu'on ne peut encore apercevoir ; on s'élève peu à peu à leur hauteur et tout à coup les voici qui s'étendent devant nous imprévus, merveilleux, si loin de tout ce qu'on attendait, qu'il faut en rire. Chaque partie du récit se propose à la suivante non pas comme une source prête à lui verser tout son contenu, mais comme une plate-forme trop étroite, où l'autre prend une naissance difficile ; et pour assurer son équilibre il faut qu'elle cherche alentour des points d'appui. L'œuvre, dans son ensemble, au lieu de se développer comme une idée en marche vers ses conséquences, est pareille à une plante qui pousse : à chaque instant elle se suffit, elle s'explique tout entière ; elle forme un tout ; rien ne manque à son harmonie ; pourtant, si nous revenons un peu plus tard, elle a grandi dans tous les sens ; elle a continué ; et sa nouvelle forme, ayant absorbé la première, en ayant effacé jusqu'au souvenir, maintenant est la seule qui soit parfaite, la seule qui soit « la vraie ». Le roman d'aventure, c'est un roman qui s'avance à coups de nouveauté ; au lieu d'utiliser avec une sage économie et de faire durer longtemps une donnée initiale, l'auteur dépense tout son bien à chaque fois ; pour aller plus loin, il n'a que ce qu'il n'a pas encore ; il emprunte tout à l'avenir ; ses matériaux, au lieu de les extraire du sol sur lequel il est debout, il les fait venir de ces vastes réserves où attendent confusément les choses qui n'ont pas encore reçu existence. Aussi le sens de l'œuvre n'est-il pas tout de suite bien déterminé ; il change à mesure qu'elle croît ; il n'y a pas de flèche pour indiquer où elle va ; elle se forme peu à peu ; elle s'améliore ; elle se corrige. Ce n'est jamais le passé qui explique le présent, mais le présent qui explique le passé ; je ne veux pas dire simplement qu'il en éclaire les énigmes ; mais ce qui arrive modifie sans cesse l'intention et la portée de ce qui est arrivé ; ce qu'on croyait fixe et définitif bouge en arrière, à mesure qu'il s'y ajoute du nouveau. Au lieu que le présent soit astreint à naître dans le prolongement du passé, c'est le passé qui s'arrange pour prendre sans cesse l'alignement du présent.

La définition que nous venons de donner du roman d'aventure nous permet d'y distinguer deux grandes espèces. Il ne faut pas croire en effet que le roman nouveau ne puisse être que le récit d'actions et d'événements matériels. L'aventure, c'est la forme de l'œuvre plutôt que sa matière : les sentiments, aussi bien que les accidents matériels, y peuvent être soumis. Et puisqu'elle est le reflet de notre état de nouveauté au monde, elle doit comprendre, en même temps que notre attente et notre accueil de l'imprévu dans les choses, l'émerveillement que nous donnent les âmes. À côté du roman d'aventure proprement dit, il y a donc place pour un roman psychologique d'aventure. On y trouvera une peinture du développement spontané des âmes ; rien d'elles qui soit donné à l'avance ; leurs sentiments au jour le jour, la façon dont ils se forment obscurément, peu à peu, les uns dans les autres ; on les voit naître et moutonner petitement, comme les nuages dans un ciel qui commence à se gâter ; on assiste à tous ces airs qu'ils prennent, avant de savoir eux-mêmes ce qu'ils sont ; et peu à peu ils se nourrissent en dessous, ils s'alourdissent secrètement, ils puisent jusque dans l'organisme un tas de raisons d'être ; ils finissent par devenir essentiels et profonds ; mais alors ce ne sont plus du tout les mêmes ; sans qu'on s'en soit aperçu, ils se sont radicalement transformés ; ceux qui triomphent ne ressemblent plus à ceux qui ont lutté. – Nous suivrons en même temps la lente préparation des actions ; en voici une qui, depuis longtemps, pend au bout de ce sentiment ; elle mûrit sous nos yeux, elle pèse de plus en plus à l'extrémité de sa tige, elle tombe enfin ! – Nous sommes à l'intérieur de chaque personnage ; nous sommes enfermés avec lui, nous n'avons aucune vue sur lui ; nous grandissons avec lui et nous sentons en nous les nœuds, les craquements et les aises subites de sa croissance ; nous avons devant nous ce même mur, cette même ignorance de l'avenir qu'il éprouve lui-même, nous repoussons sans cesse du front la même cloison qu'il repousse du sien. Si l'on nous demandait tout à coup : « Que vaut-il ? Est-il bon ou méchant ? » ou même simplement : « Que va-t-il faire ? » – nous serions aussi embarrassés que si on nous demandait la même chose de nous-mêmes. Nous ne connaissons sur lui que les jugements qu'il porte lui-même et qui naturellement ne dépassent jamais son présent. Aussi changeons-nous aussi souvent d'opinion à son sujet qu'il en change lui-même. Toujours nous croyons le tenir ; mais un geste qu'il ajoute, un pas de plus qu'il fait en avant, et son passé tombe de lui comme on défait ses cheveux en secouant la tête, et nous ne reconnaissons plus son visage ; et voici comment il faut voir à nouveau tout ce qu'il a fait jusqu'ici. Ces tâtonnements, ces espoirs, ces facilités et derechef ces obscurités plus grandes, n'est-ce pas une véritable aventure que nous courons avec le personnage, et en lui ? Son âme, que nous accompagnons étroitement, se construit, non pas en épuisant une à une les conséquences de son état originel, mais en absorbant hors d'elle tous les sentiments qui lui conviennent et qui la complètent ; elle est comme suspendue à son propre avenir et c'est de lui qu'elle reçoit, bouchée par bouchée, l'existence. Aussi est-ce tout béants que nous écoutons son histoire et que nous en attendons la suite.

Des romans psychologiques de cette espèce, il en existe déjà, mais non pas en France : ce sont ceux de Dostoïevski. Les personnages qu'on y rencontre, à chaque fois qu'ils bougent, d'abord on ne reconnaît pas ce qu'ils font ; leur action rie leur ressemble qu'ensuite et seulement lorsqu'elle a modifié le sens de leur passé. *L'Adolescent*, ce n'est jamais par le côté qu'il pensait qu'il se développe : tous ses espoirs, tous ses projets si précis restent comme un échafaudage autour d'une maison qui n'arrive pas à se bâtir ; c'est ailleurs que son âme trouve le lieu de son édification, ailleurs qu'elle grandit. Il n'y a pas d'aventure plus passionnante à déchiffrer que l'hésitante et diverse découverte qu'il fait de lui-même.

*

Qu'il soit le récit d'infortunes, d'exploits, de périls matériels ou au contraire de pensées, de sentiments, de désirs, le roman nouveau sera donc un roman d'aventure. C'est là le dernier et le plus essentiel des caractères que nous désirons lui trouver : une certaine orientation de tous les éléments dont il sera composé, un certain égard de toutes ses particules, une certaine pente dans l'écriture de son auteur. Il nous reste à dire quelle disposition en nous y devra correspondre, quelle attitude devra prendre notre âme pour être touchée par l'œuvre nouvelle, en un mot quelle sorte d'émotion nous devons attendre du roman d'aventure. Nous ne la définirons avec précision qu'en l'opposant trait pour trait à l'émotion poétique.

Pour que se déclare en nous l'émotion poétique, il est indispensable que tout nous soit donné d'un seul coup, que, dès les premiers mots que nous rencontrons, nous n'ayons plus rien à apprendre. Et en effet, dans un beau poème, il n'y a jamais de progression ; la fin est toujours au même niveau que le commencement ; on communique tout de suite avec elle ; tout est de plain-pied ; tout est de même abord. Les vers forment un cercle ; ils sont tournés les uns vers les autres, ils se regardent, ils nous enferment dans leur ronde. C'est qu'ils travaillent à nous désorienter sur place ; ils tâchent de nous inspirer l'oubli du temps et de sa dimension. L'émotion poétique est une sorte de tournoiement par lequel se reforme en nous, au milieu même de la fuite des choses, une flaque d'éternité ; l'âme se répand brusquement tout entière dans une coupe de mots et elle y clapote sans courant ; elle perd pour un instant toute communication avec ce qui passe ; elle se retrouve pour un instant mélangée et fondue avec cette indifférence divine qui dort au plus profond d'elle-même. Le poète nous fait entrer dans un sommeil enchanté, où les mouvements, comme délestés, sont sans direction ; et de quelque côté qu'ils s'adressent, ils ne rencontrent que la barrière égale et immobile des songes. – La mauvaise poésie, c'est la poésie oratoire, parce que les vers s'y ajoutent les uns aux autres, au lieu de se répondre et de se compenser ; ils laissent fuir ce que nous mettons en eux de notre âme ; point d'émotion, s'il nous faut courir après la suite. Au contraire le symbolisme est une des formes les plus parfaites de la poésie ; car justement il dispose le poème comme un lit bien horizontal et bien uni où l'âme n'a plus qu'à se laisser glisser et où rien n'arrête la lenteur de son remous et de son tourbillon.

L'émotion qu'il nous faut demander au roman d'aventure, c'est, au contraire de l'émotion poétique, celle d'attendre quelque chose, de ne pas tout savoir encore, c'est celle d'être amené aussi presque possible sur le bord de ce qui n'existe pas encore. Avec ce que nous tenons, nous avons de quoi être contents ; pourtant il y a quelque chose, là, tout près de nous, *qui va arriver*, quelque chose qui est à la fois absolument inconnu et absolument inévitable : nous sentons le souffle de cette chose sur notre visage et nous ne la voyons pas encore. Notre plaisir est de cela même qui nous manque. Et puisse-t-il nous manquer encore un instant ! Car, pendant cet instant, nous mettons là, devant nous, pêle-mêle, sans les concilier, tous nos désirs ; nous avons devant nous, à deux pas, le trésor de l'infinie possibilité ; nous possédons tout, pendant quelques minutes encore ; notre âme, tout ouverte, par une attention délicieuse et sans voix, écoute bruire, comme la mer, l'immense avenir. Bizarre mélange d'interrogation et de confiance, d'inquiétude et d'abandon ! Justement c'est l'abandon à l'inquiétude ; en lisant un roman d'aventure, nous nous livrons sans réserve au mouvement du temps et de la vie, nous acceptons d'éprouver jusqu'au fond de nos moelles cette question obscure et infatigable qui pousse et travaille tous les êtres vivants, nous nous remettons, pieds et poings liés, à la misérable et merveilleuse anxiété de vivre. L'émotion poétique venait au contraire de nous y sentir pour un instant complètement arrachés.

Les deux émotions s'opposent encore à un autre égard. La poésie n'intéresse en nous que les sentiments. Elle nous donne une sorte de commotion unique et opaque, de coup au cœur sourd et simple. Elle nous touche, au sens le plus matériel du mot, elle nous frappe, elle nous secoue. Sans doute il ne s'agit pas d'un simple ébranlement sensuel ; nous comprenons quelque chose par cette émotion ; nous accédons, nous sommes initiés à de l'inconnu. Mais d'une façon centrale et enveloppée, sans explication ; nous sommes admis tout simplement, sans même pouvoir dire à quoi ; l'intelligence reste paralysée en nous ; c'est une reconnaissance subite et entière, la consommation d'un seul coup dans nos entrailles d'une vérité. De là à la fois la profondeur et la relative monotonie de l'émotion poétique. Nous sommes atteints toujours de la même façon, dans ce retrait de notre cœur, dans ce noyau de nous-mêmes qui reste serré et compact, étant fait pour ne se développer que dans l'éternité. L'émotion poétique n'a pas de parties ; aussi n'est-elle pas susceptible d'être préparée, ménagée, prolongée. Pour durer, il faut qu'elle se reproduise telle quelle ; chaque vers doit la reformer en nous tout entière ; sinon, il ne vaut rien. Il faut que notre âme soit gonflée à nouveau par chaque pulsation du poème.

Au contraire, l'émotion que nous donnera le roman d'aventure, l'intelligence y sera mêlée. Elle sera tout aérée par elle, tout éclaircie ; plus légère, plus gaie, plus vive que le trouble poétique, moins profonde sans doute, mais plus active et plus claire, plus pareille aux joies de la vie. Dans le plaisir de notre lecture, il n'y aura pas que cette sourde sensation de présence, que cette sensibilité immédiate et continuelle ; il y aura aussi la joie qu'éprouve l'intelligence à pressentir, à calculer, à rapprocher les événements, à les deviner, à se les expliquer ; il y aura une sorte de va-et-vient de l'agrément. Toutes nos facultés se verront tour à tour caressées ; et elles sauront se céder la place l'une à l'autre quand il le faudra ; nous retirerons notre faculté de vibration quand l'auteur ne la sollicitera plus ; nous ne demanderons pas d'être remués par chaque phrase ; notre plaisir aura des renoncements, des attentes, il saura se replier pour bondir, il saura se nourrir même d'impatience ; nous pourrons trouver du plaisir à n'en pas prendre pendant un moment ; nous admettrons qu'il y ait des chapitres qui aient d'autres raisons d'être là que l'émotion dont ils sont chargés ; soit qu'ils servent à préparer les suivants, soit qu'ils interviennent pour les retarder, pour les faire attendre. À ceux-là nous prêterons non plus notre sensibilité, mais notre attention intellectuelle ; nous serons assez souples pour tourner vers le récit successivement toutes les faces de notre âme et pour ressentir par l'esprit les péripéties dont notre cœur ne pourra plus être touché. Rien de plus divers et de plus mouvementé que le pathétique du roman d'aventure. L'émotion qu'on y goûte est composée ; elle comprend mille parties ; elle correspond à l'œuvre tout entière et n'est que la conspiration en nous des plaisirs différents et disparates qui émanent de tous ses chapitres. On ne la respire pas comme une botte de roses. Mais on la sent en soi active et nombreuse et faite de multiples mouvements. Elle n'agite pas notre corps ni la sombre masse de notre identité, comme l'émotion poétique. Mais nous employons à l'éprouver plus d'initiative et d'agilité ; elle nous fait faire plus de chemin.

*

Ici, l'on ne manquera pas de m'objecter que l'émotion que je décris, en somme c'est celle que donne tout roman, que c'est l'émotion romanesque proprement dite. Sans doute. Mais alors il faut convenir que les œuvres qu'on veut nous faire passer aujourd'hui pour des romans n'en sont pas. Car enfin ni M. Bourget ni Conan Doyle ne nous inspirent, que je sache, ce plaisir si varié que nous attendons de l'œuvre nouvelle[1].

Le roman psychologique contemporain, comme il est morne et fermé ! C'est toujours l'étude d'un cas. L'auteur se débarrasse d'abord de tout ce qu'il y a à dire ; il pose les actions de ses personnages ; il nous les met brutalement entre les mains ; puis il borne sa tâche à retrouver les sentiments qui les leur ont inspirées. Il s'installe, comme le chirurgien devant sa table de dissection : voici le cadavre : voyons un peu comment cet imbécile a trouvé moyen de mourir ! Il retrousse ses manches et ne pense plus, en travaillant sur ce résultat, qu'à montrer la délicatesse de son scalpel, c'est-à-dire son adresse à deviner les intentions passées. Presque tous les romans psychologiques d'aujourd'hui sont construits sur le modèle du *Disciple*, c'est-à-dire en sens inverse de la vie. Comment nous donneraient-ils ce sentiment d'attente, de confiante ignorance et de hasard que nous demandons au roman ?

Nous pourrions l'espérer avec plus de raison du roman policier. Mais le roman policier est à la place du roman d'aventure. Il n'est pas le roman d'aventure. Sans doute il a le mérite de nous mettre en état de curiosité. Mais ce n'est pas de cette curiosité-là que nous avons besoin. En effet, lui aussi, il est conçu sur le type déductif, lui aussi, il commence par poser un cas. Un crime a été commis : cherchons l'assassin. Le point d'arrivée est fixé tout de suite ; nous savons tout de suite où nous allons ; il ne s'agit que d'y revenir. Tout le roman s'avance sur une route déjà parcourue ; simplement, la première fois, on était allé trop vite pour rien voir ; maintenant on regarde mieux. Mais, dès le premier chapitre, tout est désespérément fini ; plus rien n'arrivera ; tout se réduit à relever des empreintes[2]. La curiosité que nous ressentons, c'est une curiosité limitée, circonscrite, étranglée, la curiosité de quelque chose de

1. Auteur du *Disciple* (1889), cité plus bas, Paul Bourget (1852-1935) est considéré comme le père du roman psychologique traditionnel, modèle fortement remis en cause par Rivière. Il en va de même pour le roman policier, dont Arthur Conan Doyle (1859-1930) a profondément marqué l'évolution grâce au personnage de Sherlock Holmes.

2. Il est curieux de remarquer qu'Edgar Poe, qui est l'initiateur du symbolisme, dont il a exposé les principes, avec une précision admirable, dans *La Philosophie de la composition*, est aussi l'inventeur de cette sorte de roman, dont les attaches avec la poésie symboliste sont beaucoup plus étroites qu'il ne paraît d'abord. (NdA)

précis, de particulier, de borné qui se dérobe brutalement et comme physiquement à notre intelligence. À l'intérieur même de ce que nous savons, il y a un vide, un blanc, une lacune stupide qu'il faut combler. Et le roman est d'autant mieux fait qu'il nous est plus impossible de la combler par nos propres moyens. La chose existe déjà ; elle n'a pas cette merveilleuse naïveté de n'être encore que possible ; nous en sommes séparés non pas par un peu de temps, mais par une plate, lourde et fatale impossibilité. Notre émotion est absolument privée d'espoir ; rien ne l'anime ni ne la soulève ; puisqu'elle sait que c'est trop tard, elle n'a aucune confiance dans l'ingéniosité des événements. Elle n'a rien de commun avec cette curiosité libre et radieuse, avec cette attente du n'importe quoi, avec cet abandon à la beauté du monde que le véritable roman d'aventure doit éveiller en nous.

Jusqu'ici, seuls ou presque seuls, les étrangers (je pense par exemple à Dickens et Dostoïevski, à Defoe et à Stevenson) ont su nous inspirer ces sentiments. Relisons dans *Le Reflux* de Stevenson[1] l'arrivée des trois aventuriers dans l'île perlière. Non, il n'y a aucune ressemblance entre le battement de cœur tout matériel dont nous émeut le soupçon soudain que : « C'est un tel, l'assassin ! » et ce délicieux déploiement de l'âme en face de l'avenir tout proche et encore muet. À la lecture de ces pages, au lieu qu'elle se contracte et s'épaississe, la vie en moi s'étend jusqu'à une sorte d'immensité ; mon sang circule avec clarté ; ma respiration est légère ; et pendant ces instants où rien n'arrive encore, où les événements continuent à se préparer – pas un souffle de vent sur le pont du navire –, je me sens doucement devenir égal à tout ce qu'il y a de prodigieux dans l'univers ; et mon ravissement est pareil à celui de Herrick qui, penché sur l'eau diaphane et à peine remuée de la lagune, y voit passer « *une traînée de poissons peints comme un arc-en-ciel, avec des becs comme des perroquets* ».

Je pense qu'il ne nous faudra plus attendre bien longtemps les romans français qui viendront enfin nous donner l'équivalent de cette émotion. Le moment me semble venu où la littérature française, qui tant de fois déjà a su se rajeunir par des emprunts, va s'emparer, pour le fondre dans son sang, du roman étranger.

Dans ce texte, publié en 1846, Poe (1809-1849) décrit minutieusement les étapes qui l'ont mené à l'écriture du poème « Le Corbeau », sorti un an plus tôt. (NdE)

1. *Le Reflux* est le dernier roman achevé du romancier Robert Louis Stevenson. Le passage que Rivière cite plus bas est tiré du chapitre VII.

*

Pour être complète, l'étude que nous avons entreprise devrait comprendre un exposé de la technique du roman d'aventure. Il faudrait décrire la préparation que l'écrivain fait subir à la réalité pour la rendre véritable, dire par quelle sorte de transposition il la conserve intacte : en passant dans un livre, les événements du monde extérieur ne peuvent rester ce qu'ils sont, que s'ils se transforment complètement. C'est un nouveau milieu auquel ils doivent s'adapter. Tout le métier du romancier consiste à les conduire sans dommage d'un domaine dans l'autre, à protéger la modification de leur organisme, à leur permettre de pousser paisiblement les membres nouveaux dont ils ont besoin. Mais, au contraire du métier poétique, ce métier est inapparent ; il s'échappe, par essence, aux yeux du lecteur. Aussi l'étude qu'il en faut faire est-elle si délicate et si compliquée qu'il sera plus convenable de lui consacrer plus tard un article tout entier.

Après trente-deux mois de captivité au camp de Koenigsbrück, Rivière est rapatrié en Suisse en juin 1917, où il est rejoint bientôt par sa femme et sa fille Jacqueline. « Il est comme si je l'avais quitté la veille [...] », écrit Isabelle à Copeau. « Si pareil à lui-même que c'en est presque amusant[1]. » Cette première impression est bien illusoire. La dureté de l'épreuve subie laisse des traces profondes. Tout affaibli qu'il soit, dans le corps et dans l'esprit, Rivière est pourtant déterminé à reprendre sa vie en main. L'occasion se présente quand on lui offre de tenir un cycle de dix conférences à l'attention du public cultivé genevois, avide de connaître toutes les nouveautés de la littérature d'avant pour savoir à quoi s'attendre pour l'après. Rivière se sent ainsi investi du rôle de porte-parole de la littérature française, qu'il assume fièrement. Au cours de l'hiver 1918, il parle de Gide et de Claudel,

1. Lettre d'Isabelle Rivière à Jacques Copeau, 8 juillet 1917, citée par Jean Lacouture, *Une adolescence du siècle. Jacques Rivière et la NRF*, *op. cit.*, p. 566.

puis de Suarès et de Péguy, avant d'aborder le thème de « l'évolution des genres après le symbolisme » : poésie, roman et théâtre.

Le 20 mars 1918, le public s'attend à ce que Rivière dresse, dans les grandes lignes, un panorama du roman français du début du XXe siècle. En réalité, contrairement à ses intentions, l'approche demeure plutôt « personnelle[1] *». Son propos est en effet essentiellement centré sur la figure de Charles-Louis Philippe, choix assez inusuel, vu qu'il ne fait pas partie des écrivains préférés du critique. La suite, qui aura lieu le 27 mars, porte en revanche sur deux de ses auteurs de prédilection : Valery Larbaud et Marcel Proust, alors largement inconnu. Ce qui peut surprendre, plus le lecteur d'aujourd'hui que l'audience d'hier, c'est qu'aucun de ces romanciers ne soit cité dans son étude sur « Le Roman d'aventure ». Rivière demeure convaincu que le symbolisme est arrivé à son épuisement et que l'avenir de la littérature est au roman, mais il doit bien admettre, à quatre ans de distance, que les choses ne se font pas avec la rapidité espérée, et que « son » roman n'existe pas encore comme il l'eût souhaité. Dans ses conférences, il change de perspective : par rapport à un texte qui plaçait, en contre-modèle de Bourget, des textes étrangers des siècles précédents, Rivière favorise à présent le roman français contemporain, en mettant en lumière ses limites pour mieux en souligner les points de force. C'est de l'ensemble de ces résultats, bien qu'imparfaits, que la littérature française doit reprendre, le plus tôt possible, son chemin.*

Contre le symbolisme dans le roman. Autour de Charles-Louis Philippe[2]

En pensant à notre dernière causerie, le remords est venu me tourmenter d'avoir été bien incomplet et d'avoir laissé dans l'ombre bien

1. La conférence de Rivière sur la poésie s'ouvre sur des considérations méthodologiques. Le conférencier souhaite tracer une ligne de partage entre ses causeries précédentes, où il avait abordé des « personnalités isolées », et celles à venir, consacrées aux « tendances générales » de la jeune littérature française (« La poésie après le symbolisme », *BAJRAF*, n° 121, 2009, p. 24-25.) Ce changement de perspective est pourtant moins évident que Rivière l'eût souhaité.

2. Jacques Rivière n'a pas donné de titre à cette conférence. Nous en proposons un.

des œuvres qui méritaient peut-être autant que celles que j'ai choisies d'être analysées[1]. Mais quelles ne vont pas être mes angoisses maintenant que j'entreprends d'épuiser en deux séances l'étude du roman contemporain. À quelles sombres coupes dans ce surabondant taillis ne va-t-il pas falloir que je me décide ! De quelle impitoyable injustice ne vais-je pas être obligé de m'armer ! De quelle résolution dans la partialité ne vais-je pas être obligé de faire preuve !

Et pourtant il le faut. Le genre d'analyses que nous poursuivons ici n'a d'intérêt que s'il porte sur un nombre d'œuvres restreint. Parler de tout ce qui mérite l'attention, c'est se condamner à n'en rien dire qui puisse la captiver. Être complet sur tout, c'est forcément être incomplet sur chaque chose. Je ne me sens aucun goût pour ces défilés de noms propres hâtivement étiquetés, que certains prennent pour de la critique.

Nous allons donc choisir de nouveau, et choisir avec plus de décision encore et de préméditation que la dernière fois. Nous allons choisir les écrivains qui par la direction de leurs efforts, par leurs échecs et par leurs réussites, pourront nous servir de plus frappants exemples de cette lutte contre le symbolisme, que nous nous sommes donné la mission de retracer. Nous allons prendre les romanciers qui d'une part ont rencontré le plus de difficultés et de l'autre ont le plus intelligemment et de la façon la plus personnelle travaillé à les vaincre.

*

Depuis le XVIIe siècle, mais surtout depuis le commencement du XIXe, le roman a été dans notre littérature un genre constamment florissant. Quelles que fussent les préoccupations dominantes de l'époque, sous quelque régime philosophique, sous quelque devise esthétique qu'on vécût, il s'est largement épanoui. La raison la plus profonde en est, je crois, que nous sommes avant tout une race de psychologues, que l'« étude du cœur humain[2] », comme

1. Rivière a déjà donné sept des dix conférences prévues. Exception faite pour la séance précédente, où il avait traité de l'évolution de la poésie après le symbolisme (*BAJRAF*, n° 121, 2009), et pour une causerie consacrée à *La NRF* (voir *infra*, p. 496), son propos porte essentiellement sur quelques figures majeures de la littérature française d'avant-guerre : Claudel, Gide, Alain-Fournier, Suarès et Péguy.

2. L'expression revient dans le titre choisi pour l'édition posthume des conférences de Rivière sur Freud et Proust. Voir *supra*, « Quelques progrès dans l'étude du cœur humain », p. 230.

disait Stendhal, que la « peinture des passions », comme disait le XVIIe siècle, sont notre vocation particulière, et que l'une des formes où cette vocation se sent le plus à l'aise pour s'exercer, celle qui se prête le mieux à l'analyse détaillée des sentiments, est de toute évidence le roman.

Pendant le symbolisme, comme à toutes les époques précédentes, les romanciers ont été nombreux et féconds, Maupassant, Zola, Alphonse Daudet, Paul Bourget, Anatole France, Maurice Barrès, entre autres, sont ses contemporains. Mais ils lui restent extérieurs. L'amitié de Bourget et de Laforgue n'est qu'un accident et n'a en tout cas aucune signification littéraire[1]. Il n'y a aucune relation intérieure, organique, de tous ces écrivains au Symbolisme. Le symbolisme de son côté ne produit pas de romanciers, si ce n'est peut-être Villiers de l'Isle-Adam. Encore reste-t-il très problématique, malgré la réussite contre tout bon sens de cette œuvre étrange, qu'est *L'Ève Future*, que Villiers de l'Isle-Adam soit un romancier[2].

Et non seulement le symbolisme est stérile en fait de romans, mais encore on comprend qu'il le soit. Il y a en lui quelque chose d'extrêmement pernicieux pour la faculté romanesque ; même si elle eût existé chez quelques-uns de ceux qui se rallièrent à son programme, il avait en lui tout ce qu'il fallait pour la tuer, pour la sécher dans son germe.

Les moyens d'expression qu'il préconise sont en effet exactement antithétiques de ceux dont le romancier doit se servir. Pour atteindre directement l'émotion, le symbolisme renonce à rien nommer, à rien désigner par son nom ; pour se faire plus immédiat au cœur, et pour éviter le détour par l'intelligence, il se rejette sur tous les moyens écartés, sur l'allusion, sur l'allégorie, sur la parabole. Le cœur en nous est comme un enfant qui ne comprend la réalité que si on la lui transpose toute en figures. Une littérature qui cherche le cœur est donc condamnée à l'image et aux signes.

---

1. Paul Bourget (1852-1935), avec Gustave Kahn (1859-1936), appartient au cercle des amitiés littéraires de Jules Laforgue (1860-1887). Rivière avait déjà fait allusion à leur rapport, mais sans l'appeler un « accident », dans sa conférence « Rimbaud et Laforgue », prononcée au Vieux-Colombier le 6 décembre 1913 (*BAJRAF*, n° 97, 2000).

2. *L'Ève future* (1886) est une œuvre au statut générique incertain, une sorte de science-fiction symboliste. Rivière a beaucoup lu Villiers (1838-1889) pendant sa jeunesse. Le 22 août 1908, il confie à Alain-Fournier vouloir écrire un article sur lui (*Correspondance AF/JR*, *op. cit.*, t. 2, p. 214).

Pour être plus directe, la voilà contrainte à n'user que de procédés indirects et métaphoriques.

En face d'un événement donné, d'une scène vécue, le premier travail d'un symboliste est en effet de chercher à en faire autre chose. Il les reprend, il les repétrit, il les allège de tous leurs éléments textuels ; il en façonne une sorte d'équivalent sentimental ; chacun de leurs détails sera remplacé par une image, par un incident poétique : passage de chevalier, apparition de licornes ou de griffons, émoi et fuite de nymphes, dont les effets sur l'âme sont supputés plus rapides et plus profonds. L'auteur ne pense à ce qu'il a vu et d'où il est parti que pour le transformer et il ne s'arrête, il ne se sent satisfait, que quand il l'a rendu complètement méconnaissable, que quand il est bien sûr qu'il n'en reste plus rien qui ne soit devenu idéal, mental, de même essence que l'émotion à produire, impossible à identifier de l'extérieur. Je n'ai pas besoin d'insister pour vous faire comprendre combien une telle démarche est contraire aux exigences de la création romanesque. Car enfin le romancier a besoin avant tout d'inventer du réel, de produire des nœuds d'événements des enchaînements de faits et de circonstances, des figures et des personnages, et il doit tendre avant tout à ce que ces événements et ces personnages soient reconnaissables. Les habitudes que le symbolisme donne à l'écrivain lui rendent ce travail d'avance impossible.

Mais il n'y aurait que demi-mal si le symbolisme se bornait à empêcher le roman ; ce qu'il y a de plus grave peut-être c'est qu'il l'a remplacé, c'est qu'il a pourvu la littérature d'un genre mixte, intermédiaire entre la poésie et le roman, qui est extrêmement embarrassant pour quiconque veut reprendre après lui le fil de la création romanesque. Je veux parler du poème en prose. Le poème en prose, inventé d'ailleurs bien avant le symbolisme, par Aloysius Bertrand, l'auteur de *Gaspard de la Nuit*[1], et cultivé, on sait avec quelle maîtrise, par Baudelaire d'abord, puis par Mallarmé, le poème en prose a foisonné redoutablement pendant la seconde époque du Symbolisme et il n'est pas aujourd'hui de jeune écrivain à ses débuts qui n'y voie la forme suprême de l'art et le moyen le plus approprié à l'expression de ses grandes souffrances et de ses inexplicables tourments. Le poème en prose consiste à ne prendre

1. Il s'agit d'un recueil de soixante-six poèmes, sous-titré *Fantaisies à la manière de Rembrandt et de Callot*, dont la publication remonte à 1842, un an après la mort de l'auteur.

et à n'inscrire d'un spectacle donné que les détails directement émouvants, que ceux qui produisent d'emblée une impression sur le cœur. C'est une sorte de sélection de la réalité dans le but de jouer à coup sûr et sans manquer une note sur le clavier de notre sensibilité. Il apparaît donc comme le résidu d'un roman qu'on n'a pas la force d'écrire ; il revient à gâcher la matière d'un roman, à la donner trop tôt, avant qu'elle n'ait revêtu son abondance et sa complexité, à cueillir tout de suite le fruit que d'autres sauraient n'obtenir, par tout un développement et toute une culture attentive, que mûr et complet. Le poème en prose c'est un manque de patience et un manque de dévouement, c'est un roman écrit par quelqu'un qui n'a pas le courage de travailler pour les autres et qui se déclare content s'il retrouve dans son œuvre, suffisamment ficelée pour son goût, la gerbe de ses propres impressions.

Bien entendu, je ne veux pas condamner sans discernement tous les poèmes en prose. Il en est de très beaux en particulier chez les initiateurs du genre et je n'oublie pas qu'un des poètes auxquels je tiens le plus, Rimbaud, n'a atteint son expression parfaite que dans le poème en prose[1]. Mais enfin le genre lui-même est dangereux. Il est gênant surtout. J'entends pour ceux qui ont à travailler et à produire. On voudrait que les Symbolistes eussent été bien radicalement stériles au point de vue imaginatif, que la place dans leur esprit de la faculté romanesque eût été bien nettement cautérisée. Alors leur héritage serait facile. Mais non, il y a chez eux ce bourgeon du poème en prose, pareil à ces organes qui par simple obéissance au plan général de la nature reparaissent chez certaines espèces à l'état atrophié.

Aussi en recevant leur état d'esprit, ne reçoit-on pas la véritable virginité romanesque. On est obligé de lutter contre la tendance à faire du poème en prose, à en appeler directement et tout de suite à la sensibilité du lecteur, à sous-entendre toutes les idées qui vous viennent pour ne plus noter que les vibrations qu'elles propagent. Pour redevenir créateur, inventeur, on a besoin de se retenir sans cesse sur la pente poétique. Renoncer à la caresse immédiate et dont on sait qu'elle serait infaillible, faire des réserves, des économies, savoir n'attendre que de l'avenir ce que le présent semble pouvoir déjà donner, retrouver l'art des préparations et des progressions, l'art de filer et de tisser : voilà des vertus qui

1. Voir *supra*, p. 181.

sont indispensables au romancier et que le symbolisme a rendues aujourd'hui presque héroïques.

Nous aurons plus d'une occasion de constater dans ce qui va suivre quelle peine elles ont coûtée à ceux qui ont su les reconquérir.

*

Je voudrais commencer par l'étude des romanciers qui sont nés dans le symbolisme et dont la jeunesse s'est passée « *in hymnis et canticis* », au milieu des chants et des cantiques, dans cette atmosphère musicale et comme vibratoire que nous avons définie la dernière fois[1]. Comme ils ont eu plus de chemin à parcourir pour arriver au roman, leur cas est entre tous intéressant.

De même que j'ai marqué la place de Claudel dans l'évolution de notre poésie, de même je marquerai ici celle d'André Gide. Vous vous rappelez ce que je vous ai dit de ses premières œuvres ; longues ou courtes, c'étaient autant de poèmes en prose ; l'auteur y répandait déjà son âme presque au hasard, sans calcul, sans réserve d'aucune sorte, presque sans intention[2]. Par un effort de volonté, de science et de raison, qui restera à jamais exemplaire, Gide est arrivé à se défaire de toutes les habitudes que ces premiers essais avaient naturellement déposées en lui et à construire des romans. Je dois même avouer ici que c'est lui qui m'a aidé à découvrir la plupart des idées que je vous expose en ce moment, que c'est lui en tout cas qui, au cours de conversations incomparablement suggestives, m'a fait toucher du doigt pour la première fois l'accomplissement irrévocable du Symbolisme et la nécessité de ranimer les formes et les genres qu'il avait négligés ou même endommagés.

Mais puisque je vous ai déjà décrit l'évolution d'André Gide, c'est surtout d'un écrivain, peut-être moins intelligent, moins parfait aussi, mais plus spontané, plus naturellement romancier et

1. « [Les symbolistes] ne suppriment la logique [en poésie] que parce qu'elle est un moyen très grossier ; ils tâchent de la remplacer par des moyens plus délicats, plus secrets, plus discrets. Lesquels ? Quittant la raison, il était fatal qu'ils se rapprochassent de la musique. Et en effet, on les voit tout de suite interroger les vertus musicales de la langue et demander à chaque mot de mettre à leur disposition non seulement son sens, mais ce qu'il peut contenir de vibration, de mélodie. » (« L'évolution de la poésie en France après le symbolisme », *BAJRAF*, nº 121, 2009, p. 29.)

2. Voir *supra*, p. 105 (pour Claudel) et p. 151 (pour Gide).

dont, pour ces raisons, l'influence a peut-être été plus grande, que je veux vous parler surtout aujourd'hui. Vous devinez qu'il s'agit de Charles-Louis Philippe[1].

Charles-Louis Philippe a été, il faut le dire carrément, infecté par le symbolisme. N'étant pas poète de tempérament, il en a subi les influences les plus détestables : il a confondu les valeurs qui lui étaient proposées, il a mis sur le même plan les écrivains les plus disparates. Je n'ai pas la moindre envie de diminuer Max Elskamp, qui est un poète de talent. Mais enfin il fallait une inexpérience prodigieuse pour le choisir, comme fit Charles-Louis Philippe, pour principale idole et pour ne pas voir de combien il était inférieur à un Verlaine ou à un Mallarmé[2]. Il fallait surtout une innocence et un mauvais goût touchants pour croire, ne fût-ce qu'un instant, à Catulle Mendès et pour se laisser impressionner par ses Contes. C'est à Mendès pourtant que Philippe dédie ses *Quatre histoires de pauvre amour*, un de ses premiers livres, et voici en quels termes :

> Monsieur, vous avez écrit des contes de fées. Je les ai lus aux soirs précieux de mon adolescence, en tremblant. Collégien en vacances, je vivais sous les cieux miraculeux de septembre, de grands arbres s'agitaient en mon cœur, et des oiseaux chantaient de leur voix translucide la beauté des cieux et l'éclat doux des derniers feuillages. Or voici venir les bûcheronnes, les princesses et les fées avec la lumière de leurs yeux, avec la lumière de leur voix, avec la lumière de leur cœur. Et c'est l'amour touchant, qui rêve et qui rêve. Je songeais à lui en passant près des roses et de la rosée du matin, je songeais à lui par les après-midi lentes où la quiétude du monde rendait mon bel amour heureux et calme[3].

Ce passage suffit à nous donner la note des premiers essais de Philippe. Ils sont empreints de la plus fade, de la plus écœurante poésie, qui parfois n'exclut pas la plus maladroite grossièreté.

---

1. Dans sa conférence sur *La NRF*, Rivière avait déjà évoqué la figure de Charles-Louis Philippe (voir *infra*, p. 512).
2. Philippe écrit deux articles sur le poète symboliste belge Max Elskamp (1862-1931), respectivement en 1898 et 1907, et entretient avec lui une correspondance amicale.
3. Sur l'engouement de Philippe pour Catulle Mendès (1841-1909), que Rivière ne comprend pas, voir également *infra*, p. 494. Rivière cite d'après la réédition de l'œuvre par le comptoir de *La NRF*, en 1916. *Quatre Histoires de pauvre amour* suivent *La Bonne Madeleine et la pauvre Marie*, qui date de 1898 et dont est tiré le passage suivant.

Des jeunes filles idéales, mais infirmes, comme la pauvre Marie, y sont hantées de rêves d'amour puérils et que la réalité vient cruellement briser. Dans un style qui souvent n'a rien à envier à celui des romances, l'auteur évoque leur grâce, leur misère. Un exemple :

> Pauvre Marie, elle avait oublié qu'elle ne savait pas danser ! De rire en rire, quand elle était enfant, de rêve en rêve, quand elle fut jeune fille, son âme s'en était allée jusqu'à cette extase pure qui nous fait oublier la forme de nos corps. Elle y vivait comme une fleur dans un jardin ou comme une étoile dans un ciel d'été. Elle sentait bon le jasmin, elle brillait comme la petite reine des étoiles brille vers notre terre parfois. Mais ce soir souffle un vent froid sur la fleur délicate ; les feuilles mortes volent autour d'elle ; puis, quand elle tombera, fanée, la terre sera grasse et mauvaise à la recevoir.

On sent ici quelqu'un à qui la poésie a tourné la tête, qui veut, comme on dit, « en faire » à tout prix, et qui « en fait » sans scrupule, sans inquiétude, sans remords. Les origines paysannes de Philippe ne sont pas d'ailleurs non plus sans responsabilité dans ce débordement de facile lyrisme. Je trouve dans la façon dont il farcit ses premières œuvres d'images et d'exclamations une trace de ce sentiment villageois de la beauté, que résume assez bien la formule : Plus il y en a, plus c'est beau. Philippe garnit ses contes de début comme les dames du bourg de Cérilly devaient garnir la « belle chambre » de leur maison, en y amoncelant les lampes à colonne torse, les édredons de soie rouge et les glaces à cadre doré.

Mais Philippe était tout de même trop intelligent pour s'attarder longtemps à cette camelote poétique et j'aurais honte ne fût-ce que de mentionner chez lui ce défaut de jeunesse, s'il ne s'était malheureusement prolongé sous des formes sans doute plus raffinées et moins rebutantes, mais enfin malgré tout nuisibles, jusque dans sa maturité et s'il n'était venu gâter par endroits ses œuvres les plus réussies.

Oui, nous retrouvons des traces de l'impression que le symbolisme avait faite sur Philippe jusque dans *Bubu de Montparnasse*, jusque dans *Charles Blanchard*, sa dernière œuvre, qu'il n'eut même pas le temps d'achever[1]. Quelles sont ces traces ? De quelle

1. On sait maintenant que vers la fin de sa vie il l'avait abandonnée pour attaquer le projet d'un roman parisien, sur le modèle de son plus grand succès, *Bubu* (1901). Un chapitre de *Charles Blanchard* sauvé par Philippe paraît dans

sorte de manie n'a-t-il pas pu arriver à se guérir ? Il faut ici un peu plus de subtilité pour reconnaître la survivance, car elle est plus dissimulée. Elle est certaine pourtant.

Philippe, d'un bout à l'autre de son œuvre, éprouve une difficulté inouïe à prendre les choses directement, à raconter ce qu'il voit. Il a certainement l'imagination du romancier, c'est-à-dire qu'il sait à merveille reconnaître dans la vie, ou parmi les idées qui lui viennent, ce qui peut former matière pour un roman. Discernement moins commun qu'on ne pourrait croire : combien de gens voyons-nous qui vivent au milieu des circonstances les plus extraordinaires, les plus dramatiques, et qui pas un instant ne se doutent de l'intérêt de leur personnage ni du pathétique de ce qui se passe autour d'eux ? Il semble même que la grande loi de la division du travail soit ici appliquée et que les uns soient chargés de faire, sans en comprendre le sens, ce que les autres sont chargés d'exprimer, sans pouvoir le faire. Quoi qu'il en soit, Philippe a le don de repérer, si j'ose dire, les points où il se forme du roman ; et c'est en lui la part de vocation romanesque, qu'on ne peut lui dénier. Mais quand il veut aborder cette matière qu'il a ainsi reconnue, il ne peut pas la traiter en pur romancier, c'est-à-dire en oubliant tout autre dessein que de la mettre en œuvre, que de lui donner l'existence écrite. Il la repense, il la voit, déjà consignée, aboutie, et il va plus loin, sa pensée ne s'arrête pas, elle en imagine l'effet, la répercussion sur le lecteur. D'un même coup d'œil, il embrasse son sujet et l'impression qu'il doit produire, et malgré lui c'est à produire directement cette impression qu'il travaille ; il ne sait pas laisser agir tout seuls les faits qu'il a à raconter ; il les précède, il veut arriver avant eux dans l'esprit de son lecteur, ou plutôt il les lâche, il les laisse en plan, et prenant son lecteur à part, dans une sorte de tête-à-tête passionné, il essaie de le mettre dans l'état où il est lui-même, dans l'état où l'histoire qu'il ne lui raconte pas le mettrait infailliblement, s'il avait la patience de la lui raconter d'abord. Ici, je force un peu pour vous faire mieux comprendre la sorte d'embarras auquel Philippe est en proie et pour vous aider à en reconnaître la nature. Mais vous verrez que

---

La NRF de janvier 1910 (nº 12), soit quelques jours après sa mort. Il est suivi par un deuxième – février 1910 (nº 13) – et par un troisième fragment, ouvrant le numéro hommage que *La NRF* consacre à l'auteur le même mois. Voir à ce propos, *infra*, p. 513.

je n'exagère que très peu, si vous prenez par exemple avec moi son *Charles Blanchard*. Je ne connais rien d'aussi tragique, si ce n'est peut-être *Bouvard et Pécuchet*, comme effort d'un écrivain contre sa matière. On voit, on sent, on sait même qu'elle lui est familière, puisque c'est l'histoire de son père, recueillie sur les lèvres du héros, et enrichie de ses propres souvenirs d'enfance. Il semble qu'il n'ait qu'à se laisser aller pour le conter. Pourtant quelles difficultés, quelles angoisses ! Quelle lutte impitoyable et sans issue ! Dans la belle préface qu'il a écrite pour le volume de *Charles Blanchard*, Léon-Paul Fargue l'a dépeinte en termes émouvants :

> Philippe se ravise et recommence…
>
> Et chaque fois qu'il recommence, on voit bien qu'il éprouve une fois de plus le sentiment d'un faux départ. Son trou se remplit à mesure qu'il y pioche.
>
> Son incertitude ne fait que croître à mesure qu'il sent se dessiner une tendance de Charles Blanchard.
>
> Il la sent se gonfler, s'enrichir de mille affluents, monter en lui comme une onde et murmurer d'une voix suppliante.
>
> Il est conduit de plus en plus loin par un filon, remorqué de plus en plus loin par son instinct de la direction.
>
> La matière s'est fatiguée sur l'espace où il travaille. Le trait ne mord plus qu'à côté, plus loin, toujours plus loin…
>
> Nous voyons successivement se peser dans son esprit : La vie de Chartes Blanchard, la vie d'un enfant pauvre, la vie d'un homme qui sort de la pauvreté par le travail, le livre du pauvre, le livre de la misère, une sorte de poème critique à la sanctification de la misère… Et il y aura Charles Blanchard comme il y aura eu César et Julien Sorel…
>
> Ce livre évolue comme un organe, s'altère, s'empêtre, guérit, se déduit de sa propre substance et se multiplie par lui-même au jour le jour. On n'y voit point de progrès, mais de nouvelles parallèles qui s'y forment… Pas de forage aussi profond, rien d'aussi creusé, d'aussi dur, dans aucune littérature[1].

1. La préface de Léon-Paul Fargue (1876-1947) paraît dans les pages de *La NRF*, en avril 1913, et en tête du volume qui sort au comptoir d'édition de la revue la même année (Rivière cite ce dernier). Comme les pages suivantes le montrent, Rivière n'a pas du tout la même lecture des luttes de Philippe que Fargue, qui avait bien connu le romancier, et qui, comme Gide, tenait en haute estime ces fragments (André Gide, « Hommage à Charles-Louis Philippe », 1938, in *Essais critiques*, *op. cit.*, p. 899-901).

Qu'y a-t-il donc ? Que se passe-t-il donc ici ? Qui assassine-t-on ? Quelque subtilité que je reconnaisse aux explications de Fargue, pour moi je ne puis m'empêcher de voir ici surtout la lutte d'un romancier contre son éducateur poétique, et plus précisément contre son éducation symboliste. C'est le symbolisme qui possède ici Philippe, qui fait contre lui, au moment où il allait peut-être se dégager complètement de son étreinte, un dernier retour offensif. C'est le symbolisme qui a habitué Philippe à exprimer l'émotion que donne la vie, en taisant la vie, à vouloir toucher le cœur, sans mentionner aucune des circonstances qui le peuvent toucher. C'est le symbolisme qui par une influence plus détournée et plus maligne fait surgir comme un voile, comme un mur, entre son sujet et lui la généralité de celui-là et qui veut le forcer à la fixer directement : « Le livre général et le particulier, écrit Fargue : l'Histoire de Charles Blanchard ; le Livre du Pauvre, se disputent Philippe ». Et ailleurs : « Il est renvoyé comme par un ressort au Général… Et il y frappe de toutes ses forces jusqu'à ce que l'éclair en jaillisse et que son lyrisme, longtemps couvé par l'examen vigilant des faits, prenne son vol et s'emporte à la sanctification de la misère et du travail[1] ! »

C'est un point digne d'être remarqué que, tandis que le commun des romanciers cherche en peignant le trait le plus particulier, espérant avec raison que plus leur tableau sera défini, plus il aura de chances d'atteindre à la généralité, Philippe au contraire, pour mieux faire apparaître ce qui devrait être le particulier, va chercher des traits généraux. Pour rendre sensibles un objet donné placé en un point donné, ou bien une situation donnée où se trouve un personnage donné, il passe tout de suite au genre dont cet objet fait partie, à la loi dont cette situation n'est qu'un exemple. Le voici en train de décrire la maison de l'oncle de Charles Blanchard :

> La seconde pièce était la chambre. La chambre ne comptait guère ; elle était la pièce dans laquelle on ne travaille pas… Dans les chambres les hommes ne sont pas chez eux. Elle était l'endroit où les femmes sont chez elles. Les femmes s'y livrent à leurs occupations. Elles frottent les meubles, on dirait qu'elles les polissent ; et, les femmes ne trouvant rien d'assez beau pour elles, on dirait

1. Léon-Paul Fargue, préface à *Charles Blanchard*, éditions de la NRF, 1913, p. 17 et 25. Le texte est disponible sur Gallica.

> qu'elles s'exercent chaque jour à les perfectionner. Les femmes aussi connaissent et pratiquent un métier de l'ordre et de l'alignement. Baptiste, parfois, en riant, appelait la chambre : le salon.

De même, chaque trait qu'il attribue à son héros, on sent que Philippe l'emprunte au même type auquel celui-ci correspond. Et ce procédé, n'est pas spécial à Charles Blanchard comme d'ailleurs tout ce que je viens de dire est loin de s'y appliquer exclusivement.

Bubu de Montparnasse est composé d'une façon extrêmement significative à cet égard. Dans tout le début, Philippe réussit à se mouvoir avec assez d'aisance dans le particulier ; il caractérise ses personnages avec une suffisante précision et leur communique une relative individualité. Mais on dirait que l'effort qu'il est obligé de faire dans ce sens le fatigue ; il ne peut pas le soutenir jusqu'au bout. Et peu à peu la généralité de son sujet remonte ; il lui cède, il se laisse submerger. Berthe n'est plus simplement Berthe, elle est la Prostituée ; il commence à lui arriver des quantités de choses, auxquelles elle peut à peine suffire, auxquelles son caractère ne peut sans se briser donner à la fois la vraisemblance. Et Philippe ne prend même plus la peine de maintenir rivés à sa personne les détails qu'il donne. Il les présente hardiment sous leur aspect général ; il renonce à atteindre Berthe autrement que par l'intermédiaire de la Prostituée. Et pour être sûr de ne pas la laisser échapper, il accumule les traits, il entasse les évocations, il fait une barrière autour d'elle de tout ce qui a pu se produire dans toutes les vies de toutes les filles ; si j'ose dire, il l'enterre sous son type. Voici un passage qui montre combien son trait dévie naturellement dans le sens du général :

> « Et à présent, il faut que ce soit moi qui paye la chambre. »
>
> Elle s'assit et ne dit plus rien. Elle s'approcha bien près du poêle, si près qu'on eût cru à de l'insensibilité ou à de la folie, et les deux mains croisées sur le genou, se tenait, bas la tête. Sous ses bandeaux, elle semblait une pauvre petite femme en farine, quelque pauvre petite femme lassée qui se perd et qui se penche. Elle soufflait encore :
>
> « Et puis non, non. Il y a trop longtemps que ça dure. »
>
> Cela faisait beaucoup de mal, de la voir ainsi. On n'en comprenait pas toutes les causes parce que les causes débordent et suspendent sur nos têtes leurs cent mille poings de fer où les poids se mêlent et pèsent ensemble avec les jours, avec les chagrins,

avec les coups reçus, avec le mal que l'on fait, avec la vadrouille des nuits[1].

Je vois dans cette étrange manière la conséquence de cette absence de moyens, de ce manque de jambes que le symbolisme inflige aux romanciers. Philippe se voyant retirer tout ce qui sert au conteur à marcher, à s'avancer dans son récit, empoigne ces béquilles maladroites. Il essaie de suppléer comme il peut à la privation de tous les instruments spécifiques dont il aurait besoin et, poète, de faire quand même tous les pas que le roman exige de lui. Il est armé pour voler et il faut qu'il pose chaque pied l'un après l'autre. Tant pis ! Il réduira les bonds qui devraient le transporter d'emblée à distance à n'être chacun qu'une modeste enjambée, et pour passer de la chambre dans le corridor, faute de pantoufles, il gardera ses bottes de sept lieues. Mais on mesure le tourment que peut coûter une telle démarche et combien de forces il y faut inutilement gâcher pour un résultat qui est loin d'être aussi sensible, aussi frappant que celui qu'on eût obtenu par les moyens directs.

*

Mais quoi ? Me direz-vous, l'œuvre de Philippe est donc complètement manquée ? N'y trouve-t-on rien qui se tienne, rien qui ait reçu l'existence concrète ? Loin de moi cette pensée. Et je voudrais maintenant au contraire vous faire voir en quoi ç'a été une chance pour Philippe d'être poète ou plutôt en quoi son éducation poétique le préparait aux sujets qu'il a abordés et quel secours elle lui a prêté pour en venir à bout.

Philippe n'est pas un romancier mondain ; il ne travaille pas dans le distingué, si j'ose dire. Ce sont aux âmes les plus humbles qu'il s'attaque ; c'est dans la psychologie du peuple qu'il veut pénétrer. Il n'est pas le premier à risquer cette redoutable aventure. Balzac, Flaubert, Maupassant, Zola, pour ne parler que des romanciers français, l'avaient, avec des succès divers, tentée avant lui. Je ne veux pas me lancer dans d'inutiles comparaisons. Mais je crois qu'à côté d'infériorités notoires, Philippe avait sur eux au moins un avantage, justement celui d'être poète.

---

1. Rivière cite *Bubu* d'après l'édition originale de 1901 pour la *Revue Blanche* (p. 188). Le texte est disponible sur Gallica.

Car pour retrouver les pensées et les sentiments du peuple, l'analyse est parfaitement insuffisante. Si nous partons de notre propre conscience, nous aurons beau la décomposer en ses éléments les plus subtils, nous aurons beau nous livrer aux plus hardies inférences par analogie, jamais nous n'arriverons à la conscience populaire, jamais nous ne découvrirons les mobiles même les plus élémentaires qui font agir le peuple. N'avez-vous pas remarqué combien les jugements qu'on porte sur le peuple sont en général entiers ? On le prétend ou tout bon ou tout mauvais. Ou bien avec les romantiques on voit en lui le réservoir de toutes les vertus, la source même de toutes les inspirations généreuses ou héroïques, ou bien avec les aristocrates de toutes nuances, on n'y voit qu'un troupeau informe, mené par les soucis d'intérêt les plus étroits, animé d'une brutalité élémentaire. Les deux opinions sont également injustes et elles viennent de ce qu'on ne sait pas reconnaître que le peuple est autre chose que nous, autre chose de tout voisin et pourtant d'inscrutable. Il n'est ni pire ni meilleur que nous. Simplement il a d'autres vices et d'autres vertus que nous ; il a d'autres pensées que nous. Nous n'atteindrons que bien difficilement à sa générosité, et nous n'atteindrons que bien difficilement à son égoïsme. Parce que ce n'est pas notre générosité, ni notre égoïsme. Il y a un profond abîme entre les classes, rien ne sert de se le dissimuler, un abîme non pas seulement matériel, non pas seulement moral, mais psychologique, partant plus difficile qu'aucun autre à combler. Il faut nous consoler d'ailleurs de notre incompréhension du peuple, en songeant que celle où il est de nous n'est pas moins grande. J'ai été frappé, pendant les expériences récentes que j'ai pu faire, de voir combien il était difficile, pour ne pas dire impossible au peuple de s'expliquer naturellement les démarches, la conduite des gens de la classe supérieure. Ce n'est pas parce que les motifs auxquels ceux-ci obéissent sont trop compliqués pour lui ; au contraire c'est parce qu'ils sont trop simples ; il cherche toujours trop loin, il fait preuve d'une ingéniosité inouïe dans l'analyse de leurs déterminations ; il se fabrique une image extraordinairement et naïvement complexe des raisonnements qui y ont conduit. C'est un ordre où il ne sait pas voir simple.

De même, nous ne comprenons pas le peuple, parce que ses motifs sont trop simples. Il y a là une simplicité d'un autre ordre que la nôtre, et qui nous est plus inaccessible que l'énigme la plus embrouillée. Pour l'atteindre, en tout cas, il ne faut pas, encore une fois, espérer se servir de l'analyse, ni même de l'analogie. Pour l'atteindre, il faut la retrouver, il faut la recréer, il faut faire une hypothèse poétique. On ne peut y passer progressivement ; il faut la poser comme une sorte de postulat et d'invention du cœur. L'intuition seule, et une intuition active, productrice, poétique vraiment, au sens grec du mot, est capable de la restituer[1].

Sans doute Philippe était du peuple. Vous savez que son père était sabotier. Il connaissait donc par expérience la psychologie populaire. Mais il n'eût pas pu nous la faire comprendre, s'il n'eût été en même temps poète, s'il ne l'eût à chaque fois devant nous recréée, si chacun de ses romans, chacun de ses contes n'eût été un acte d'improvisation et de vision lyrique : Philippe nous réunit, en nous pétrissant avec elle, à l'âme de ses héros ; il forme en nous de ses mains cette simplicité qu'aucun raisonnement, aucune explication n'a pu nous donner. Il y a là vraiment quelque chose de sublime, une opération de l'ordre le plus élevé, supérieure peut-être en dignité, même si ses résultats sont moins entièrement satisfaisants, à celle du pur analyste.

Philippe ne la réussit d'ailleurs nulle part aussi bien que dans ses contes. Il semble que la forme du conte lui soit plus favorable que celle du roman. En l'obligeant à ne donner que la matière même dont il a l'idée, elle l'empêche de prendre ses distances par rapport à elle, et de chercher à la précéder dans le cœur de son lecteur comme nous avons vu qu'il fait dans ses romans. En ne lui laissant le temps que de présenter ses personnages et de raconter ce qu'ils ont fait, elle le force à rester dans leur compagnie et à n'interpréter nulle part leurs pensées ni leurs intentions. C'est peut-être dans les Contes qu'on a réunis, après sa mort, sous le titre : *Dans la petite ville*, que je trouve Philippe le meilleur[2]. Avec des moyens infiniment plus discrets et même plus directs, que dans ses autres œuvres, il y construit de véritables petits poèmes psychologiques ; il nous fait vivre un instant dans les âmes les plus dépourvues, les plus misérables. Et sans nous laisser un seul instant le sentiment d'une distance entre elles et nous, sans nous permettre cette croyance si flatteuse à notre supériorité qui nous console en général de nous trouver dans ces

1. En 1923, Rivière écrira que Proust est « principalement un écrivain, un poète au sens large, je veux dire au sens grec de *créateur*, un fabricant de fictions ». (« Quelques progrès dans l'étude du cœur humain », *supra*, p. 248.)
2. *Dans la petite ville*, Fasquelle, 1910.

sortes de compagnies, en leur communiquant toute la dignité à laquelle elles ont droit.

C'est avec les pauvres honnêtes d'abord, et peut-être surtout, que Philippe s'entend à nous faire sympathiser. Il nous mélange à leurs petites préoccupations. Il nous introduit à leur logique, si différente de la nôtre, et si sûre pourtant, si conséquente, il retrouve cette espèce de raisonnement à forme d'instinct, guidé de tout près par les habitudes, par la trace dans la paume des mains des choses constamment maniées, et où l'esprit semble suivre le chemin que le corps lui a frayé ; il voit, comme un poète peut voir le paradis, il voit l'absurde et le naturel, le mauvais et le bon, le plaisir et le devoir tels que des siècles de servitude, comme dit Flaubert[1], et surtout tels que la profonde familiarité avec le travail, les font apparaître.

Mais Philippe voit plus loin encore. Il passe hardiment au-delà des honnêtes gens. Il entre avec la même force, la même solide compétence, dans la psychologie des criminels. Entreprise délicate entre toutes et où de plus grands que lui ont échoué. Je ne dis pas non plus qu'il y réussisse complètement. Je crois qu'il n'y a pas de sujet où il y ait plus d'aléas. Il n'est pas donné à tout le monde d'être assassin. Et quand on ne l'est pas, il est bien difficile d'imaginer ce qu'on pense quand on l'est. Je me méfie beaucoup de toutes les reconstitutions de ce genre. C'est là plus que partout ailleurs qu'on risque de faire de la fantaisie. Les romantiques s'en sont payés à cœur joie. Et Balzac lui-même, par ailleurs si sûr, si serré, si puissant dans la vérité, nous a gratifiés avec Vautrin, tout au moins avec le Vautrin de *Splendeurs et misères des courtisanes*[2], d'un pur fantoche. On a fait des progrès depuis ; on en a beaucoup rabattu de l'éminente grandeur de l'assassin ; on est revenu à une interprétation plus immédiate et plus réaliste de ses exploits. Philippe a beaucoup fait pour rétablir ce que j'appellerai le terre à terre du crime. Il a précisé bien des points de la réflexion meurtrière qu'on laissait jusqu'à lui dans une ombre grandiose et sans vraisemblance. Il aime visiblement les criminels, depuis le

1. Allusion probable au chapitre VIII de la deuxième partie de *Madame Bovary* (1857), où l'auteur peint le portrait de Catherine Leroux aux comices agricoles : « Ainsi se tenait, devant ces bourgeois épanouis, ce demi-siècle de servitude. »

2. Publié entre 1838 et 1847, le roman fait suite aux *Illusions perdues*. Le personnage du criminel Vautrin paraît dans d'autres romans de Balzac.

souteneur jusqu'au voleur et à l'assassin[1]. Je veux dire : tout au moins de cet amour de l'écrivain pour ce qu'il sent être une matière propice et bien appropriée à son talent. Et en effet il assiste avec une pénétration prodigieuse à leur pensée, à leur inspiration, si j'ose dire. Il voit tout ce premier plan de leur réflexion, ces idées mesquines et saugrenues qui sautillent sur le devant de leur pensée, masquant l'inquiétude principale, refoulant scrupules et remords dans la coulisse et ne leur laissant plus beaucoup d'air pour respirer. Le côté technique du crime, le métier que c'est – Tristan Bernard après lui parlera plus solennellement de la « carrière du crime[2] » – voilà ce que Philippe comprend et fait comprendre avec une intensité parfois dangereuse, parfois troublante. (Car on sait bien où la sympathie commence : mais on ne sait jamais où elle s'arrête.)

Bien que ce ne soit l'histoire que d'un criminel par occasion, je voudrais vous lire un passage du conte intitulé : *Après le crime*[3] ; vous allez y retrouver cette psychologie toute de détail – en l'occasion, la plus profonde – à laquelle Philippe excelle. Ayant bu, Roulleau a tué sa femme à force de la battre. Il ne s'en est aperçu que le matin ; ayant tiré les rideaux du lit, il ne veut rien s'avouer à lui-même. Et pour l'instant il ne cherche qu'à différer le plus longtemps possible le moment où il faudra faire face à la réalité :

> Il ne voulut rien s'avouer à lui-même, Il se contenta de tirer les rideaux du lit.
>
> Il ouvrit le magasin ainsi que chaque jour ; enleva les volets, et s'assit un instant sur le pas de sa porte pour respirer l'air du matin.
>
> Il était en colère tout de même. Personne n'était levé encore dans la petite ville, les boutiques étaient fermées, mais Roulleau

1. Cette remarque excède le domaine de la fiction. Rappelons que les éditions de la NRF publient en 1923, à titre posthume, un ouvrage intitulé *Chronique du canard sauvage*, du nom de l'hebdomadaire où Philippe a fait paraître au cours des années ses chroniques sur les criminels de droit commun (1900-1903).

2. Tristan Bernard, nom de plume de Paul Bernard (1866-1947), est célèbre surtout pour ses mots d'esprit. Rivière cite ici la préface à son recueil de nouvelles, appartenant au genre policier, *Amants et Voleurs* (1905).

3. Le conte paraît dans le quotidien *Le Matin*, avant d'être repris dans le recueil (déjà cité) *Dans la petite ville* (p. 93-104). Dans le manuscrit, le passage est plutôt long et on ne peut pas savoir si Rivière l'a lu en entier. Nous reprenons ici le travail de David Roe qui a édité la conférence dans le *BAJRAF* de juillet 2004. En note, on lit : « Nous donnons ici le début (p. 96-97) et la fin de la séquence (p. 101), avec un résumé – entre parenthèses et en caractères romains – de ce qui se passe entre les deux scènes. »

connaissait déjà les défauts et les vices de tous ceux qui dormaient. Il connaissait les crimes qu'ils étaient capables d'accomplir. Il détestait la petite ville tout entière, dès le matin.

À six heures et quart, le père Bavoux sortit et marcha dans la rue. C'était un vieux fainéant qui ne travaillait plus parce qu'il était vieux. Ses sabots dans le silence résonnaient en battant le sol, et cet homme qui n'avait rien à faire semblait avoir pris pour but de mener son vacarme afin d'ennuyer tous ceux qui ne demandaient qu'à rester tranquilles.

Roulleau se décida rapidement à lui dire au passage : « Tu ne peux donc pas rester chez toi, vieux fainéant ? »

L'autre se campa, dans sa surprise : « Ah, bien, par exemple faut peut-être plus que je sorte, à présent. C'est pas parce que tu as pris l'habitude de te disputer avec ta femme que tu vas insulter le monde. »

Roulleau eut juste le temps de se retenir. Il allait lui crier : « Arrête-toi donc, ou sans ça je te fais la même chose qu'à elle ! »

(Et la matinée continue, jusqu'à ce qu'il ait dit à sa belle-mère que sa femme a eu une migraine et s'est recouchée.)

Mais il en eut fini avec sa tranquillité du matin. La vieille l'avait emportée avec elle. Roulleau dut s'avouer la vérité. Il dut se dire : « Je l'ai tuée tout de même. »

*

Philippe avait de nombreux amis. Tout un groupe d'écrivains s'était même formé autour de lui, dont plusieurs depuis se sont fait connaître à leur avantage. Les principaux s'appelaient Marguerite Audoux, Léon-Paul Fargue, Michel Yell, Régis Gignoux, Léon Werth, Valery Larbaud, Henri Bachelin, Jean Giraudoux[1]. Ce n'était pas une école. Philippe était une âme d'élite et son seul caractère lui avait d'abord valu toutes ces amitiés. Mais enfin une fois que le faisceau en fut noué, il se trouva qu'une intention commune animait à la fois tous ceux qu'il avait joints. Leur fut-elle

1. Léon Werth (1878-1955) et Régis Gignoux (1878-1931) sont deux collaborateurs réguliers des *Cahiers d'aujourd'hui*, tout comme Marguerite Audoux (1863-1937), qui sera pendant plusieurs années la maîtresse de Jules Michel Iehl (véritable nom de Michel Yell, 1875-1951). C'est à Henri Bachelin (1879-1941) – homme du peuple comme Philippe et collaborateur avec lui à *Paris-Journal* – que l'on doit le premier livre critique sur son œuvre, publié en 1929. Jean Giraudoux (1882-1944) ouvre à Philippe les portes du *Matin* ; ce dernier, en échange, soumet à Gide, pour une publication dans *La NRF*, un texte du jeune auteur limousin (août 1910).

dictée par l'influence de Philippe ? Je n'ai pas vécu assez dans ce milieu pour vous donner une réponse précise. En tout cas, on les vit presque tous – Fargue à part, qui était résolument un poète[1] – se mettre à écrire des romans ; le roman leur apparut à tous comme la forme où s'exprimeraient le mieux leurs préoccupations.

Ceci déjà était une nouveauté. Pendant tout l'âge précédent, on n'avait formé de cénacles que pour des fins poétiques ; les poètes seuls se groupaient ; les devises poétiques toutes seules semblaient avoir un pouvoir d'attraction et de congrégation. Ce fut un des premiers signes d'une époque nouvelle que la formation de cette sorte de confrérie de romanciers[2]. Je vous disais la dernière fois que peut-être ce n'était pas par la poésie qu'on pouvait s'échapper du Symbolisme. Ceux-là le comprirent, le sentirent tout au moins, qui reconnurent en Philippe plutôt qu'un maître, un patron et comme l'annonciateur de la direction nouvelle qu'allait prendre la littérature. Oui, je pense que le rassemblement que Philippe par sa seule apparition détermina autour de lui, tint à quelque chose de plus qu'à son talent et qu'à son prestige personnel ; Philippe reçut, des besoins nouveaux que l'époque faisait naître, une sorte de valeur représentative. Et sans doute il y avait d'autres romanciers. Mais comme je l'ai dit, à part André Gide, à part Jules Renard, qui fut d'ailleurs aussi l'un des patrons du groupe, et dont la situation n'est pas sans quelque analogie avec celle de Philippe[3], ils étaient complètement indépendants du Symbolisme, ils ne l'avaient ni subi, ni même peut-être compris. Philippe seul, ou en tout cas plus qu'un autre, était dans la ligne. Philippe seul réunissait cette double condition d'avoir été symboliste et d'aider à ne l'être plus. Tous les jeunes gens qui dix ans plus tôt eussent sans doute écrit des poèmes, mais à qui la saison donnait maintenant d'autres conseils, se rallièrent à lui, trouvèrent en lui le point fixe où s'accrocher, la borne où enrouler leur amarre, après laquelle se hisser. Que son œuvre fût ou non parfaite, peu leur importait.

1. Avec *Marie Pamelart*, resté à l'état d'ébauche, il s'était pourtant essayé au récit.

2. Rivière pense sûrement aux célèbres « Mardis » de Mallarmé – qui se tenaient toutes les semaines dans l'appartement du poète, situé rue de Rome –, et aux réunions des parnassiens. Il semble en revanche oublier le cercle de Médan, lié à Émile Zola.

3. Jules Renard (1864-1910), au contraire de Philippe, vivait dans l'aisance, mais il s'intéressait aussi à la peinture des milieux villageois, étant lui-même d'humbles origines.

Qu'elle fût inauguratrice, mieux encore, qu'elle tînt compte à la fois du passé et de l'avenir – même si elle se trouvait déchirée entre les deux – : voilà qui leur suffisait. Plus qu'un objet d'admiration, elle fut pour eux un secours, un instrument de salut.

Je ne crois pas d'ailleurs que les raisons que je donne en ce moment de cet empressement autour de Philippe, aient été, chez chacun de ceux qui y cédèrent, nettement conscientes. Les choses à ce moment-là étaient encore trop embrouillées. Et l'on ne voit pas chez les écrivains dont je vous parle de tendance très affirmée, de direction très voulue. Parmi ceux qui étaient de l'âge de Philippe, ou à peu près, cette incertitude est en somme toute naturelle.

J'en examinerai brièvement deux, qui correspondent à ce moment de remous où l'on voit simplement que le courant va changer, sans bien savoir encore dans quel sens il se précipitera.

Vous connaissez l'aventure inouïe de Marguerite Audoux, simple bergère, puis couturière, et qui, à près de quarante ans, écrivit ce livre délicieux : *Marie-Claire*. Comme elle a eu la sagesse de ne pas vouloir forcer son talent pour profiter du succès formidable qui l'avait accueillie, comme elle s'est tue depuis *Marie-Claire*, on a été ingrat envers elle, on l'a laissée couler à pic dans l'oubli[1]. Elle ne le mérite pas. Bien entendu ses origines, sa parfaite ignorance de tout le mouvement littéraire jusqu'au moment où elle connut Philippe, excluent toute idée de chercher chez elle la moindre intention de réforme. Mais enfin, peut-être à cause de cette ignorance même, il se trouve que *Marie-Claire* n'a pas été sans importance pour aider les jeunes écrivains à se débarrasser du Symbolisme et pour décongestionner le roman. Comme on savait Marguerite Audoux amie de Philippe, les bonnes langues ne manquèrent pas de s'écrier que c'était Philippe qui avait écrit *Marie-Claire*. La méchanceté ne suffisait pas : il fallait être aussi un peu fou pour risquer une telle hypothèse. Car si on place le livre à côté des livres de Philippe, l'abîme qu'il y a entre eux est tout de suite flagrant. Il n'y a pas deux qualités semblables chez ces deux écrivains. M. Audoux va bien moins loin que Philippe dans la psychologie de ses personnages, elle ne l'indique qu'en

1. Après *Marie-Claire* – publié dans *La Grande Revue* à partir de mai 1910, puis en volume la même année chez Fasquelle, édition à laquelle Rivière fait référence –, Marguerite Audoux a effectivement peu écrit : quelques contes et une longue nouvelle, *Valserine*. C'est qu'elle prépare la suite de son roman, *L'Atelier de Marie-Claire*, qui verra le jour en 1920.

une ou deux touches exquises, mais sommaires. Mais en revanche, elle a ce don de raconter directement ce qu'elle voit, cette manière prompte et parfaite de dire les choses, cette facilité à se passer des adjectifs et à faire exprimer comme en marchant à la phrase tout ce qu'elle doit dire, que le symbolisme avait rendus si difficiles à Philippe et qu'il n'atteignait que de loin en loin et par un effort de tout son être. Le don du récit, qui est l'opposé du don poétique : voilà ce qu'avait Marguerite Audoux au suprême degré, voilà par où elle a pu favoriser l'émancipation des jeunes romanciers, encore prisonniers du Symbolisme.

Et j'en sais un tout au moins qu'elle a puissamment aidé dans ce sens. C'est Alain-Fournier. Si je n'avais eu ailleurs l'occasion de parler assez longuement du *Grand Meaulnes*[1], je ne manquerais pas de lui faire une place importante dans cette histoire de l'évolution du roman ; car il m'apparaît comme au moins l'un des deux termes naturels où devait aboutir cette évolution, comme une des réussites les plus heureuses du nouveau roman. Il me suffira ici de vous le faire entrevoir comme au bout de l'avenue qu'ouvrait Marie-Claire sous le ciel épais du Symbolisme. Oui, Marguerite Audoux, bien qu'en somme son livre ne soit qu'un ensemble de souvenirs et d'impressions sans lien romanesque véritable, Marguerite Audoux aura contribué à faire rentrer dans le roman l'action, le mouvement, l'aventure ; car c'est elle qui a retrouvé la première le style de l'action, le style qui seul rend possible de raconter des aventures. C'est ce que le court passage que voici vous aidera sans doute à sentir : (vous sentirez en même temps, je crois la parenté de ton avec *Le Grand Meaulnes*)

> Eugène se détournait un peu, comme s'il était honteux de sa faiblesse. Il avait les épaules minces, et son cou était aussi rond que celui de Martine.
>
> Maître Sylvain disait qu'il était tout le portrait de leur mère.
>
> Jamais je ne l'avais vu se mettre en colère.
>
> On l'entendait toujours chantonner d'une voix faible et harmonieuse.
>
> Le soir il rentrait des champs assis en travers sur un de ses bœufs, et souvent il chantait la même chanson. C'était l'histoire d'un soldat s'en retournant à la guerre après avoir retrouvé sa fiancée mariée.

1. Voir *supra*, p. 34.

En face de Marguerite Audoux, et pour bien montrer les hésitations et les remous du courant romanesque dont je vous parlais tout à l'heure, il est intéressant de placer un autre ami de Philippe qui n'est l'auteur jusqu'ici que d'une nouvelle intitulée : *Cauët*[1]. Il s'appelle Michel Yell.

Rien de plus curieux que *Cauët*. Écrit en deux fois, c'est un livre dont la manière change nettement à mesure qu'on s'y avance. Et elle change dans le sens exactement opposé à celui dans lequel il me semble voir évoluer le roman. Le style, d'abord descriptif et narratif, devient de plus en plus poétique. Les spectacles, d'abord présentés sous le jour de la réalité, prennent de plus en plus le ton et les couleurs de l'imagination, jusqu'à apparaître à la fin purement fantastiques et comme entrevus à travers la lorgnette d'un Rimbaud. Je ne sais trop ce qui a pu déterminer l'auteur à cette anormale évolution. Il est significatif en tout cas à cause justement de l'erreur, où son talent qui est incontestable – *Cauët* reste une fort belle et fort terrible chose – l'a fourvoyé. Il reste comme un témoignage de cet affolement de la boussole qui se produit, dit-on, au milieu des grandes tempêtes.

Nous ne pouvons pas prendre séparément chacun des amis de Philippe. Nous retrouverons d'ailleurs la prochaine fois l'un des plus intéressants : Valery Larbaud, et probablement aussi Jean Giraudoux[2]. Mais je voudrais, encore aujourd'hui, suivre le dernier avatar de ce groupe, qui est d'ailleurs postérieur à la mort de son chef : j'entends parler de la fondation des *Cahiers d'aujourd'hui* et de la réunion, dans cette revue, aux amis de Philippe de quelques jeunes écrivains qui ne l'avaient pas connu.

Il y avait dans l'œuvre de Philippe un élément ou si vous voulez une couleur morale très caractérisée, que le temps seul dont je dispose m'a empêché de faire ressortir. Tolstoï, et surtout Dostoïevski avaient profondément impressionné Philippe. Il n'était pas de ceux qui peignent de sang-froid et en gardant ce détachement de leurs sujets dont Mérimée et Flaubert par exemple se faisaient une loi. Non, Philippe était profondément mélangé à ses personnages : il souffrait avec eux, il les aimait d'une grande pitié. La pitié qu'on

1. La nouvelle paraît dans *La NRF* entre août et octobre 1909, puis en volume en 1912. C'est peut-être la distance entre les deux publications qui fait dire à Rivière « écrit en deux fois ».

2. Comme précisé en fin de conférence, Proust prendra finalement la place de Giraudoux.

ne trouve à l'état sincère ni chez Flaubert, ni même chez Zola, était naturelle, immédiate, déchirante chez Philippe. Psychologie du peuple, pitié du peuple : voilà les deux aspects de son œuvre, qui en dehors de sa signification pour les écrivains, avait déterminé autour d'elle le premier groupement de sympathies qui l'accueillit.

Et ce sont ces deux valeurs, je crois, qui ont continué de servir de devise au groupe des amis de Philippe quand ils ont fondé les *Cahiers d'aujourd'hui*. On comprend par suite que soit venu presque automatiquement s'y rattacher un écrivain comme Pierre Hamp, que Péguy avait eu le mérite de découvrir et que *La Nouvelle Revue française* a le bonheur aujourd'hui de publier. Je ne me souviens plus bien maintenant si Jean Richard Bloch était aussi devenu collaborateur des *Cahiers d'aujourd'hui*. En tout cas il y avait sa place toute marquée.

À vrai dire, avec Pierre Hamp et Jean Richard Bloch, le sentiment de la pitié pour le peuple, de la sympathie avec les classes inférieures, prend un caractère tout nouveau et qui est très intéressant, car il marque bien la différence qui sépare la nouvelle génération de l'ancienne[1]. Chez Philippe, ce sentiment était, si je puis dire, théorique ou en tout cas purement psychologique ; il n'entraînait aucune conséquence pratique, si ce n'est le besoin de faire aux individus rencontrés tout le bien possible. Pierre Hamp et Jean Richard Bloch sont socialistes. Ils n'entendent pas qu'on en reste à l'amour. Il faut agir, il faut supprimer l'injustice dans ses racines. On reconnaît bien ce caractère résolu, ce goût de résoudre en actes les penchants de leur nature, cette volonté d'aboutir qui distingue tous ceux qui étaient au moment de la guerre « les jeunes gens ».

Pierre Hamp ne décrit l'horreur de la vie ouvrière, l'effroyable « peine des hommes » – c'est le titre général qu'il donne à ses romans – que pour bien faire apparaître qu'il y faut changer quelque chose. Il n'analyse la psychologie des humbles et des souffrants que pour appeler la lumière qui les transformera. C'est

1. Au moment où Rivière parle, Pierre Hamp (1876-1962) – pseudonyme d'Henri Bourillon – a déjà publié six romans, où il décrit avec une précision minutieuse le monde du travail et la condition ouvrière (citons en guise d'exemple *Le Rail* et *L'Enquête*, parus aux éditions de la NRF en 1912 et en 1914). Il en écrira bien d'autres, une quarantaine environ, dont la plupart, comme le rappelle Rivière, portent comme surtitre : « La peine des hommes ». Jean-Richard Bloch (1884-1947) est l'auteur du recueil de contes *Lévy* (1912) et d'un roman à caractère documentaire, intitulé *Et Cie* (1917).

un grand problème de savoir si l'œuvre d'art peut s'accommoder de fins pratiques, si le beau peut faire bon ménage avec l'utile. Nous n'avons pas le temps de l'aborder ici bien entendu dans son ensemble. Mais bien que mon sentiment personnel me pousse vers une réponse franchement négative, je dois avouer que, malgré son caractère franchement utilitaire et malgré ses intentions réformatrices, l'œuvre de Pierre Hamp m'apparaît d'une très belle qualité littéraire.

Sa situation par rapport au symbolisme mériterait d'être précisée longuement. Au point de vue du style, elle me semble réagir un peu trop à la façon dont nous avons vu que réagissaient les Unanimistes en poésie : par la barbarie[1]. Le style de Pierre Hamp reçoit de son extraordinaire brièveté je ne sais quelle force certaine ; il est aussi court que les gestes qu'on fait. Mais peut-être les mots ont-ils besoin de plus de temps que les gestes pour signifier, peut-être est-ce ramener le langage parlé vers le langage muet, c'est-à-dire vers une forme inférieure, que de le vouloir contraindre dans les mêmes limites que celui-ci. Peut-être est-il indispensable, pour ne pas redevenir des sauvages, de tenir plus de compte de ce que les siècles lui ont communiqué de lenteur et de nuance.

Il y aurait aussi à se demander s'il n'y a pas une survivance détournée du Symbolisme dans cette façon de vouloir faire parler chaque mot, de vouloir être constamment et toujours au même degré, expressif, dans cette manière de sans cesse faire feu des quatre pattes, qui est la constante pratique de Pierre Hamp. Et n'est-ce pas surtout contre cette manie que Marguerite Audoux par exemple a réagi ? N'est-ce pas à s'en être défait qu'Alain-Fournier doit pour une grande part la réussite du *Grand Meaulnes* ?

Et cependant on ne peut nier que le côté cinématographique et trépidant de l'œuvre de Hamp n'introduise dans notre littérature une importante nouveauté et qu'il ne doive contribuer dans une large mesure à rendre au roman cette vivacité, cette activité, cette façon d'être tout entier, jusque dans ses plus infimes molécules, en acte, que nous verrons la prochaine fois être une des principales exigences qui pèsent maintenant sur lieu. Qu'on l'aime ou qu'on ne l'aime, qu'on éprouve ou non de la difficulté à le lire, il est impossible aujourd'hui de ne pas tenir compte de ce que Pierre Hamp nous apporte, et tout au moins de la direction qu'il marque.

1. Voir « L'évolution de la poésie en France après le symbolisme », art. cit., p. 40-48.

*

Je viens de vous le dire. Ayant l'intention de consacrer encore ma prochaine causerie au roman je m'interdis par-là de tirer aucune conclusion de ce que je vous ai exposé aujourd'hui. Pour m'en permettre une, et je ne m'y risquerai, je vous l'avoue, pour les raisons que je vous ai dites la dernière fois, qu'avec un certain tremblement, j'ai besoin d'examiner encore les romanciers qui croient ne pouvoir trouver que dans les classes supérieures de la société et chez les gens de loisir l'objet qui convient à leur faculté plus aiguë d'analyse. C'est de ce complément d'enquête que je m'acquitterai la prochaine fois en vous parlant principalement de Valery Larbaud et de Marcel Proust.

Les nouvelles tendances du roman. Larbaud et Proust[1]

Je ne sais pas si vous avez remarqué qu'au cours de ces causeries je me suis laissé progressivement entraîner dans une direction un peu différente de celle que j'avais d'abord adoptée. Vous m'avez fait la grâce et l'honneur d'une si bienveillante attention, j'ai trouvé chez vous une audience si subtile, et pour moi si agréable, que de l'exposé tout objectif et de simple vulgarisation que j'avais d'abord envisagé, je me suis laissé incliner vers l'expression de plus en plus nette de mes idées et de mes préférences personnelles. Je ne crois pas avoir trahi jusqu'ici votre confiance, ni vous avoir soumis en aucun cas des opinions aventureuses et mal vérifiées. Mais enfin, dans mes dernières causeries j'ai parlé beaucoup plus en mon nom et sous ma seule responsabilité, que je n'eusse osé faire au début.

Cette transformation de mon point de vue, je tiens à vous la signaler de moi-même parce qu'elle peut seule servir d'excuse à la façon dont j'ai pris notre sujet d'aujourd'hui et au choix peut-être un peu partial que j'ai fait entre tous les romanciers

1. Nous proposons ce titre.

contemporains des deux ou trois que je vais étudier avec vous. Encore une fois le roman et plus particulièrement le roman psychologique est un genre chez nous extraordinairement riche ; ses représentants sont aujourd'hui aussi nombreux qu'à aucun moment du passé. Et si je m'astreignais à vous les présenter selon la hiérarchie que l'opinion publique leur assigne, à peser, au point de vue purement objectif, ou, si vous voulez, historique, leur importance respective, ce ne serait peut-être pas de Valery Larbaud, ni certainement de Marcel Proust que j'aurais à m'occuper principalement aujourd'hui. Ce dernier en particulier entre autres est encore presque un inconnu, et je rencontre même souvent une singulière résistance de la part des gens, même les plus avertis, à qui je voudrais le faire aimer. Mais son livre a pour moi une signification si neuve que je ne puis pas résister à la tentation de le préférer à beaucoup d'autres plus appréciés et peut-être d'une plus grande valeur intrinsèque, et de le mettre au premier plan de mon étude[1].

À vrai dire nous touchons aujourd'hui à un sujet que je ne puis considérer tout à fait de sang-froid ; où je me sens, je ne sais trop pourquoi, à la fois juge et partie. J'ai sur le roman psychologique autre chose que des opinions : des goûts, des idées, des velléités, des désirs. C'est une affaire où je me sens comme intéressé aux bénéfices. Je ne puis me contenter d'en suivre le développement ; il faut qu'elle marche, ou je suis perdu[2]. De là, mes préférences violentes pour ceux qui me paraissent travailler le mieux à lui donner cet allant, à lui ouvrir cet avenir, que tout mon cœur lui souhaite.

Si j'ai trop écouté ces préférences et si j'ai pris mon sujet sous un angle trop égoïste, je vous prie de m'en excuser, et de songer que vous êtes pour une part responsables de cette déviation de mon plan primitif.

Et puisque j'en suis aux excuses, je vous en demanderai aussi à l'avance pour certaines répétitions où je me laisserai peut-être aller sous l'influence de ma préoccupation et pour un certain désordre

1. Rappelons qu'au moment où Rivière parle, Proust a publié uniquement *Du côté de chez Swann*, paru d'abord chez Grasset, en 1913, et ensuite repris par les éditions de la NRF, en 1917.

2. Rivière semble vouloir dire qu'il a sur le roman un regard double, à la fois comme critique et comme écrivain. On se souvient que pendant sa captivité en Allemagne il a beaucoup travaillé sur *Aimée* (voir *infra*, p. 955).

de ma pensée dont vous devinez les causes, et que je ne suis pas sûr de pouvoir maîtriser complètement.

*

Comme je vous l'ai dit la dernière fois, Valery Larbaud était un ami de Philippe. Mais un point le distinguait dès le principe de Philippe, un point dont il ne faut méconnaître ni exagérer l'importance, un point tout de même considérable : C'est qu'il était riche et même fort riche.

Il y aurait une bien curieuse étude à faire sur les avantages et les inconvénients respectifs de la richesse et de la pauvreté au point de vue de la création littéraire. Il y a beaucoup à dire en faveur de la pauvreté : elle enseigne bien des choses que le riche ignorera toujours : subie avec patience, ou si l'on peut avec amour, elle ouvre l'accès de certains sentiments absolument insoupçonnables pour quiconque y a échappé. Que d'écrivains à qui un certain fonds, un certain renouvellement des sujets ont manqué, simplement parce qu'ils n'ont jamais été, comme on dit, dans le besoin. La sympathie du riche pour le pauvre, si ardente, si chrétienne soit-elle, ne peut pas, et ce n'est que justice, lui faire comprendre, lui faire connaître les sentiments du pauvre. En particulier, comment un riche saurait-il jamais ce que c'est que l'espérance ; pour espérer, il faut commencer par n'avoir plus rien ; c'est logique ; et de même pour sentir Dieu, pour s'abandonner et pour se reposer en lui comme il veut que l'on s'y repose, il faut bien commencer par n'avoir rien en quoi se reposer. La possession bouche hermétiquement pour l'âme toute une série d'émotions, de désirs et de passions, dont il n'existe pas d'équivalents.

Mais ce n'est pas au point de vue moral, ou du moins c'est à ce point de vue simplement en tant qu'il conditionne le point de vue de la création littéraire, que nous avons ici à nous placer. Aussi faut-il dire tout de suite que la pauvreté, comme inspiratrice, a bien aussi ses inconvénients et que la richesse fournit à l'écrivain des perspectives et des possibilités qu'il ne saurait trouver ailleurs. Notamment au psychologue. Toute une foule de sentiments, et justement ceux qui prêtent le plus à l'analyse, ceux qu'une sorte de disposition providentielle destine à être compris, à devenir l'objet de cette seconde conscience, qui est un des plus grands plaisirs que l'homme puisse goûter ici-bas, sont le fruit de la richesse, présupposent le loisir que la richesse seule peut donner. Il ne faut pas se faire d'illusions : non pas peut-être l'amour en général, mais en tout cas une certaine espèce d'amour, la plus captivante, la plus complète, celle où le cœur peut prendre toute sa part, une part équivalente à celle du corps, et quelquefois exclusive de celle-ci, l'amour qui pour ces raisons est le plus intéressant à étudier, n'est possible que pour les riches, n'est permis qu'aux riches. Pour aimer, il faut n'avoir pas besoin de penser à son pain, il faut être exempt de ces myriades de petites corvées et d'occupations dégradantes, qui sont assises sur l'homme pauvre comme les incubes de la théologie, et qui sucent son âme. Pour aimer, il faut vivre dans ce milieu brillant, où toute la vulgarité de la vie est comme sous-entendue et où l'extrême inoccupation de l'âme la rend exposée au microbe de la passion, ou si vous préférez une métaphore plus poétique et qui pour être usée n'en est pas moins d'une saisissante vérité, à la cruelle flèche du jeune amour. C'est même, je crois, la seule objection vraiment sérieuse qu'on puisse faire, du point de vue théorique, au socialisme, qu'en supprimant le loisir, il supprimerait du même coup tout ce qui fait la fleur de la vie, ce règne où le cœur peut seulement s'épanouir, c'est-à-dire souffrir, désirer, appeler l'autre cœur et se fondre en lui. Même si son esprit est tout convaincu de la légitimité, de la nécessité d'une refonte sociale, le psychologue ne peut pas la souhaiter, parce qu'il souhaiterait par là de se voir retirer sa matière, l'objet de toute son étude.

Mais, direz-vous, même si nous admettons que les riches seuls habitent le véritable pays psychologique, pour les peindre, eux et leurs sentiments, il n'est pas nécessaire d'être soi-même un riche. À la rigueur, on imaginerait Philippe peignant les riches et Larbaud les pauvres. Non. Le simple énoncé de cette hypothèse en fait sentir l'absurdité. Regardez ce qui se passe en réalité : les pauvres retournent spontanément aux pauvres, Philippe retourne à Bubu, au Père Perdrix[1] et à Charles Blanchard. Il n'entend rien à toutes ces histoires de gens inoccupés et heureux ; il ne comprend même pas à quoi ils pensent, ce qu'ils font, ce qui les intéresse ; c'est un monde fermé pour lui.

Pour y pénétrer, pour en trouver la clé psychologique, bien entendu, il ne suffit pas d'être riche, mais il faut, tout au moins par son éducation, avoir reçu quelque idée des préoccupations des

1. Roman paru en sept épisodes dans la *Revue Blanche*, de mai à août 1902.

riches, de leurs habitudes, des rites auxquels ils obéissent ; il faut être du même bord, comme on dit ; il faut avoir voyagé dans la même cabine, avoir joui des mêmes privilèges qu'eux. Quand ce ne serait que pour être exempt de cette horrible passion, qu'est la jalousie. Le pauvre, comme Larbaud le comprendra très bien, et comme lui-même l'ignore absolument, a tous ses jugements déformés, travestis par la jalousie. Comment verrait-il les riches comme ils sont, alors qu'il ne pense qu'à tout ce qu'ils devraient être qu'ils ne sont pas ? Alors qu'il ne songe qu'à compenser l'infériorité matérielle où il se sent vis-à-vis d'eux, par une infériorité morale qu'il leur attribue de parti pris ? Les riches ne comprennent peut-être pas la plus grande des chances qui leur soit donnée : à mon avis c'est celle d'être délivrés par leur situation de cette déprimante hypnose de l'envie. En ce sens, il est vrai qu'eux seuls sont des hommes libres. Et donc seul un riche peut peindre les riches avec vérité ; seul un écrivain que ne tourmente aucune inquiétude matérielle, qui pour une raison ou pour une autre est admis sur le pied d'égalité dans la classe supérieure, peut trouver l'accès des sentiments les plus fins, de la plus complexe psychologie.

Faut-il entendre que Larbaud est un romancier mondain et qu'il ne va chercher ses modèles, comme certains s'en font un devoir, que dans les salons, et dans les salons reconnus, légitimes, brevetés ? Pas du tout. Le monde proprement dit n'est pas son affaire, il le fréquente, je crois, fort peu et ne songe à le peindre qu'occasionnellement. Si j'ai d'abord insisté sur sa richesse, c'est surtout pour l'opposer à Philippe et pour rendre compte de cette complication plus grande du sentiment qu'il a su reconnaître en lui et fixer.

C'est dans son *Barnabooth* qu'elle paraît surtout. *A. O. Barnabooth, ses œuvres complètes*, c'est-à-dire un conte, ses poésies et son journal intime : tel est le titre de son livre[1]. Barnabooth est un jeune milliardaire sud-américain, qui parcourt le monde au hasard de ses caprices, se cherchant lui-même, essayant de se comprendre, de se construire, de retrouver l'homme qu'il est sous le personnage que sa situation lui impose. Un être en formation : voilà le véritable sujet de ce livre, dont nous nous demanderons tout à l'heure, si on a le droit de l'appeler un roman. Le héros ne s'en présente pas de face, ni d'un seul coup. On ne le voit pas apparaître botté, casqué, éperonné dès les premières pages. Mais

1. Éditions de la NRF, 1913. Le *Journal intime* avait fait l'objet d'une publication en revue entre février et juin de la même année.

on assiste à toutes ses tentatives, aux tâtonnements de son âme, aux hypothèses qu'il fait sur lui-même ; on tombe avec lui dans toutes les erreurs qu'il commet sur son propre compte, on croit successivement avec lui à toutes les formules sous lesquelles il est soudain tout joyeux de pouvoir se résumer, on en est successivement avec lui détrompé par l'expérience. Car Barnabooth, pour se trouver, ne commence pas par s'isoler du monde, par se chambrer. C'est au contraire en se confrontant aux êtres et aux événements, en se frottant contre eux, qu'il espère faire jaillir l'étincelle, qui éclairera toute sa vie intérieure.

Voici par exemple comment il s'oppose à un ami qui vient de le quitter :

> Mais cet homme qui, dans la vie, ne voit que des lignes ! Comment pourrait-il comprendre les passions qui m'agitent et qui me guident ? Toute sa conversation est hors de la vie, avec les événements historiques, avec les choses qui ne dépendent de personne et que Dieu seul arrange à son gré […] Qu'il est donc loin de moi ! Il ignore l'amour, la pitié, et cette espèce de fureur qui me porte à vouloir du bien, ou à vouloir du mal – je ne sais pas au juste – mais frénétiquement, à certaines personnes. […] En somme très limité et incapable de se rendre compte que, de nous deux, c'est moi qui suis l'artiste et lui qui est l'amateur[1].

Vous voyez le ton. Toutes ces questions, toutes ces craintes, ce changement continuel de position sont, il me semble, quelque chose de tout à fait nouveau dans notre littérature. Les romanciers français en général n'osent présenter au lecteur que les résultats de leur enquête psychologique ; c'est quand ils ont reconnu où tendent les sentiments qu'ils étudient, c'est quand ils en ont compris l'enchaînement et la logique qu'ils se décident à les exprimer ; ils les font apparaître dans leur ordre avec leur intention. Larbaud au contraire écrit tandis qu'il est encore dans l'incertitude de ce qu'ils lui veulent ; il écrit encore à l'état d'interrogation ; il nous montre ce questionnement de la conscience, ce doute et ces hypothèses, et ces remarques comme obliques par rapport au plan où elle se meut, qui sont l'indice qu'elle est encore en travail. « Eh ! oui, telle est la vérité ! note Barnabooth, une série de complications[2]. »

---

1. Valéry Larbaud, *Œuvres*, Georges Jean-Aubry et Robert Mallet (dir.), préface de Marcel Arland, Gallimard, coll. « Bibliothèque de la Pléiade », 1957, p. 103.
2. *Ibid.*, p. 142.

On nous livre une âme qui au lieu de se simplifier se complique, qui au fur et à mesure qu'elle pèse, qu'elle appuie sur elle-même, pour s'obliger à une solution, ne fait que trouver du nouveau, du différent, du plus caché.

Est-ce à dire que Barnabooth soit un abîme, une âme insondable, un génie du sentiment ? Tout au contraire : « Que j'ai une âme basse, écrit-il, (cela, je n'en suis que trop certain) ». Sans doute il exagère et même ne croit pas tout à fait à son aveu. Mais enfin il n'est après tout qu'un homme ordinaire. C'est seulement l'angle sous lequel il se prend, sous lequel il s'attaque, qui produit ce foisonnement.

Encore une fois je crois que nous sommes ici en présence d'une tentative vraiment originale, et réellement nouvelle dans notre littérature psychologique. Je ne vois personne chez nous qui avant Larbaud ait essayé cette étude par l'intérieur d'un caractère, qui se soit mis résolument au-dedans d'une âme pour l'écouter pousser et qui ait aussi franchement renoncé à aboutir pour aussi longuement se modeler sur ses expériences et sur ses ébauches. Ce n'est que chez Dostoïevski, en particulier dans *L'Adolescent*, qu'on trouverait ce même art de s'enfermer avec son personnage, d'en subir une à une toutes les angoisses, toutes les croyances, toutes les ignorances, toutes les naïvetés et de lui céder pour ainsi dire peu à peu, de faire place avec les mots à sa croissance, de le suivre grandir, si j'ose ainsi m'exprimer.

Mais, me direz-vous, Larbaud n'a pas grand mal à se mettre ainsi à l'intérieur de son personnage à se faire ainsi son complice. Car il n'en est aucunement différent, au moins au principe. Barnabooth n'est qu'une autobiographie. – C'est en prévision de cette objection que j'ai réservé jusqu'ici la question de savoir s'il fallait considérer ce livre comme un roman. Il n'y a aucun doute que la part d'autobiographie y soit fort grande. Tout le fonds du personnage est formé par Larbaud lui-même : c'est de ses propres manies, de ses désirs, de ses pudeurs, de ses maladresses et ses hardiesses que Barnabooth est revêtu. Et pourtant Barnabooth est bien un personnage imaginaire, un personnage de roman. Sans doute la seule introspection lui a donné naissance ; mais il vit, il se détache de son auteur, il flotte devant lui. Un passage très curieux nous fait comprendre de quelle façon ce dédoublement s'est produit :

> Le danger avec nous autres hommes, c'est que, lorsque nous croyons analyser notre caractère, nous créons en réalité de toutes

> pièces un personnage de roman, auquel nous ne donnons pas même nos véritables inclinations. Nous lui choisissons pour nom le pronom singulier de la première personne, et nous croyons à son existence aussi fermement qu'à la nôtre propre. C'est ainsi que les prétendus romans de Richardson sont en réalité des confessions déguisées, tandis que les *Confessions* de Rousseau sont un roman déguisé. Les femmes, je crois, ne se dupent pas ainsi…

Bien que Larbaud veuille donner ce tour d'esprit pour général, je crois qu'il est surtout le propre du romancier. L'analyse de soi peut aller très loin sans devenir déformatrice. Le romancier seul a la faculté de se voir lui-même comme un autre, de voir un autre en soi. Le romancier, c'est l'homme qui dans la descente en lui-même a des mirages ; qui tout à coup sans s'y forcer et sans même se rendre compte qu'il imagine, aperçoit tout un paysage psychologique nouveau et s'y avance.

Je reconnais que Larbaud est romancier à la façon dont en voulant noter ses propres sentiments il construit presque malgré lui un être différent de lui, à la façon dont Barnabooth sort de lui-même sans qu'il sache comment. Dans ce livre qui n'est pas un roman, il y a plus de véritable invention romanesque que dans bien des histoires dont les personnages semblent complètement indépendants de leur auteur. En tout cas on peut l'y surprendre dans son ingénuité la plus frappante, on peut voir pour ainsi dire à même ce que c'est que d'inventer.

Il y aurait un curieux parallèle à établir entre la façon dont Gide a obtenu de lui-même son *Immoraliste* et celle dont Larbaud a vu naître dans son sein son Milliardaire. À la différence des expressions que j'emploie, vous reconnaissez déjà la différence de procédure qu'on serait, je crois, conduit à constater. Gide a voulu son *Immoraliste* ; il l'a prévu, il l'a connu d'avance, ou du moins il l'a aperçu comme le résultat d'un certain nombre d'opérations, aussi bien de soustractions que d'additions, qu'il ne lui restait plus qu'à effectuer. De là d'ailleurs la perfection de son livre, la rigueur et la justesse de ses proportions, et cette habileté de la conduite, à laquelle Larbaud ne peut prétendre. Barnabooth auprès de *L'Immoraliste*, comme auprès de *La Maîtresse Servante*[1], comme auprès de la plupart des romans psychologiques français reste informe,

1. Roman composé par les frères Tharaud, Jean (1877-1952) et Jérôme (1874-1953), en 1911.

et je ne pense pas un instant à le mettre sur le même plan. Mais j'y trouve plus de spontanéité, plus d'ignorance. Voilà le grand mot lâché. Larbaud sait beaucoup moins que Gide ce qu'il fait. Il est le siège d'un phénomène romanesque ; il est à peu près, par rapport à son aune, dans la situation d'une plante sur laquelle se dépose la rosée. Barnabooth, c'est quelque chose qui lui arrive, dont il est à peine responsable, à peine conscient. La faiblesse même de la volonté chez Larbaud devient une circonstance favorable à la création, en permettant à d'autres velléités que les siennes de se faire jour en lui, en le rendant la proie d'un parasite imaginaire qui tend à s'épanouir à sa place.

Et cependant je crains d'avoir forcé un peu ma remarque et d'avoir transformé arbitrairement en une œuvre romanesque une simple étude psychologique, de sens nettement personnel. Si *Barnabooth* était un roman, il faudrait donner le même titre au *Journal*, à la *Vie de Henry Brulard* de Stendhal[1], et, comme Larbaud lui-même voudrait nous y inviter, aux *Confessions* de Rousseau.

L'oserons-nous ?

Je crois que ce serait arbitraire. Mais les œuvres que je viens de citer, nous donnent exactement la position de Barnabooth par rapport au roman. Comme elles, par la qualité même des déformations qu'y subit l'analyse intérieure, il décèle chez son auteur la faculté romanesque, il indique que son auteur a écrit ou écrira des romans.

Et en effet Larbaud a publié, avant *Barnabooth*, un petit roman ou si vous préférez, une longue nouvelle, *Fermina Marquez*, et depuis un recueil de nouvelles qui vient de paraître sous le titre d'*Enfantines*[2].

Fermina Marquez est encore plein d'inexpérience. C'est l'histoire des remous que produit dans un Collège de Jeunes Garçons la visite quotidienne de deux jeunes filles, qui viennent y voir leur frère. Le livre est à peine composé ; il semble aller tour à tour vers deux différentes conclusions ; puis il s'interrompt brusquement,

1. Sur l'importance de cette lecture pour Rivière, voir *infra*, p. 389.
2. *Fermina Márquez* paraît dans *La NRF* entre mars et juin 1910, puis en volume chez Fasquelle en 1911 (Rivière écrit le titre sans accent). Rappelons qu'au moment où Rivière parle, *Les Enfantines* vient de paraître aux éditions de la NRF (janvier 1918). Il s'agit d'un recueil de huit nouvelles, dont chacune est dédicacée à une personnalité littéraire importante.

et l'on apprend par une sorte d'épilogue que ce n'est ni l'une ni l'autre que les événements ont choisie ; ni le petit Léniot, l'élève volontaire et ambitieux, qui s'était imposé comme un devoir de la séduire, ni le beau Santos Iturria, qu'elle aimait, n'ont épousé Fermina Marquez. L'auteur semble ne pas savoir mieux que nous ce qu'est devenue son héroïne, et il ne cherche pas un instant à lui inventer une fin qui satisfasse notre curiosité. Il semble ne pas être maître de l'histoire qu'il a mise en train ; au moment où elle va rouler toute seule, il la quitte, comme impuissant à la suivre, comme plein de paresse devant les exigences qu'elle émet sur lui. Jamais on ne montra plus de naïve désinvolture.

Fermina Marquez n'est donc qu'une ébauche de roman. Mais déjà d'une exquise qualité. Sans qu'on puisse savoir comment, bien que la scène se passe à deux pas de Paris, on se sent transporté dans un monde infiniment étrange et lointain. Le conflit de ces cœurs adolescents, leurs appels les uns vers les autres, leurs luttes contre eux-mêmes, contre leur naissant caractère ; tout cela est exprimé avec cette vérité, avec cette naïveté, qui nous arrachent à nous-mêmes et nous donnent la sensation de reconnaître ce que nous n'avons jamais vu.

Or je pense que le roman n'a de sens que s'il réalise cette sorte de rapt, ou, si vous voulez de transplantation totale, qui est la condition première de toutes les émotions qu'il peut nous donner. Être emmené ailleurs, ailleurs dans l'espace, et ailleurs dans l'âme : voilà ce que nous attendons du romancier, voilà la grâce que nous recevons de Larbaud, dès son premier ouvrage, voilà ce qui suffit à le sacrer romancier.

Mais *Enfantines*, bien que n'étant qu'une suite de nouvelles, lui donne encore à ce titre de nouveau droits. Vous avez pu lire ces jours derniers, sur ce livre, dans le *Journal de Genève*, un excellent article qui en définissait fort bien le sujet : « C'est l'enfance vue du dedans[1] ». Nous avons une peine infinie à nous rappeler, une fois grands, la couleur qu'avait le monde quand nous le contemplions à dix ans ; nous inventons un tas de substituts et d'équivalents, nous croyons nous retrouver en faisant abstraction de tout ce que nous avons appris en grandissant. Mais pour redevenir les enfants que nous étions, il ne suffit pas de supprimer, de s'appauvrir. Il faudrait aussi pouvoir nous rendre tout ce que nous avons laissé

1. L'article, signé par Robert de Traz, est publié le 25 mars 1918.

perdre, il faudrait inoculer à nouveau à notre imagination ce bacille du merveilleux qui la faisait si luxuriante, il faudrait rétablir en nous cet égoïsme si dur, si tranquille, si sûr de soi et si muet que la vie a usé, dont elle a arrondi les angles. Il faudrait, au lieu de nous imiter nous-mêmes de l'extérieur, nous réinventer. C'est justement ce qu'a fait Larbaud.

Pour faire vivre devant nous les enfants, il ne s'appuie pas sur l'observation. Pas de calepin sournois, sur lequel il note les mots qu'il entend. Il n'a pas besoin de se cacher derrière les fourrés du jardin où jouent Marcel, Françoise et Arthur[1]. Le simple souvenir non plus ne peut lui livrer tant de détails, et si précis. Il voit directement le monde de l'enfance, c'est un domaine, c'est un royaume pour lui ; il s'y enfonce sans aucun guide, comme un navigateur qui n'obéit qu'à son instinct. Il monte sans aucun embarras dans « ce petit vaisseau fait de pensée[2] » où l'un de ses héros s'embarque pour aller faire un voyage au pays des Bois. Je vais vous lire le récit de cette aventure sur place, qui représente à merveille la démarche de son imagination. Il est contenu dans la nouvelle intitulée *L'heure avec la Figure*. Un petit garçon attend son professeur de solfège, qui ne vient pas : l'heure de la leçon est déjà passée de 20 minutes ; l'espoir qu'il ne viendra plus grandit ; mais il ne faut pas bouger :

> Heureusement contre l'ennui, voici la Figure. Elle est facile à retrouver, quand on sait. Mais l'enfant est seul à savoir. Lui seul a vu la Figure dans les veines du marbre de la cheminée : une longue Figure sérieuse et jeune, toute rasée, avec des yeux profonds, et un front étroit à demi caché sous une couronne de feuillage. La petite bouche noire est entrouverte. Plus qu'à la dernière visite, on dirait. Si la Figure allait parler ! Avec quelle inimaginable petite voix, une « voix de marbre » sans doute. Non, elle se tait… Figure, nous nous comprenons sans paroles. J'ai gardé ton secret, prince enchanté ; je n'ai dit à personne qu'il y avait une Figure dans les veines de la cheminée ; et j'ai empêché les gens de regarder de ton côté. (Mais les grandes personnes ne savent rien voir, heureusement.)

---

1. Ce sont les protagonistes de la nouvelle « La Grande Époque », qui avait d'abord paru dans *La Phalange* en 1913.

2. Rivière cite le conte « L'heure avec la figure », qu'il est sur le point de présenter (l'expression se trouve à la page 433 dans l'édition Pléiade des *Œuvres* de Larbaud). L'extrait qui suit est à la page 432.

Mais, allez-vous me dire, tout ceci n'a rien à faire avec du roman. Cette nouvelle est un poème ; en tout cas elle est infiniment plus poétique, que n'importe laquelle des œuvres de Philippe, auxquelles vous sembliez, la dernière fois, vouloir refuser la qualité romanesque. Nous ne voyons pas du tout ce que vous découvrez de si nouveau chez Larbaud. Il apparaît dans ce morceau plus apparenté que Philippe au Symbolisme.

Avant de répondre et pour mieux répondre à cette objection, je vous demande la permission de vous lire un autre passage, emprunté au *Couperet*. C'est une scène entre Milou, le fils de M. Raby, châtelain de l'Espinasse et Julia Devincet, la fille du fermier.

> Il rencontre Julia Devincet dans le petit salon. Assise sur le meilleur fauteuil, elle raccommode des chaussettes de son père. Julia, la fille du fermier, est une gamine de douze ans, forte pour son âge, et brune, avec de beaux yeux noirs et de grosses joues roses. Après la mort de sa mère, son père l'a confiée pendant trois ans à des parents qu'ils ont dans le Midi. Julia Devincet a gardé de ce séjour un tout petit accent gascon et de bonnes manières : ainsi, elle n'emploie jamais un seul mot bourbonnais, sauf quand elle veut se moquer des gens du pays, qu'elle méprise. Mais elle parle poliment à tout le monde, et raisonnablement, comme une petite commère. Elle n'oublie jamais de dire bonjour, ni de demander comment on se porte. Elle a, chaque année, aux grandes vacances, sept ou nuit nouvelles fables à réciter à M. Raby[1].

Ceci n'est plus du poème, n'est-ce pas ? Mais la vérité psychologique et dramatique de cette scène, comment croyez-vous que Larbaud l'ait atteinte sinon par cette même navigation hardie, par cette même façon de mettre le cap tout droit sur l'inconnu, que nous avons vu tout à l'heure son petit garçon pratiquer en compagnie de la Figure.

C'est vrai – il faut maintenant le reconnaître, pour faire équilibre aux différences que nous avons d'abord signalées entre eux – que Larbaud se rapproche ici de Philippe, du Philippe des *Contes* et de la *Petite Ville*[2]. Comme lui, il retrouve la psychologie de ses

1. Nous donnons ici les premières lignes de la scène en question, qui occupe tout le chapitre III de la nouvelle *Couperet*, Gallimard, coll. « Bibliothèque de la Pléiade », *op. cit.*, p. 413-416. Rivière a très probablement lu quelques extraits.

2. Rappelons ce que Rivière avait pu dire à ce propos dans la conférence précédente, *supra*, p. 446.

héros par une sorte d'invention poétique. Comme lui, il procède à coups, si j'ose dire, d'hypothèses intimes. Et en effet comme le peuple, l'enfance n'est-elle pas quelque chose de trop simple pour nous et que nous ne pouvons connaître que par recréation ?

Mais enfin voici par où Larbaud me semble plus spontanément romancier que Philippe. Voici où me semble résider toute son originalité.

Philippe avait vu que l'invention romanesque était autre chose qu'observation et induction et que la méthode expérimentale, préconisée par le naturalisme, était impuissante à refaire de la vie, aussi bien en littérature que dans la réalité. Le symbolisme, qui l'avait si fort desservi, lui avait au moins fait comprendre que l'opération du romancier était plus voisine de celle du poète que de celle du savant. Même, par trop grand enthousiasme et par inexpérience d'initiateur, il les avait presque complètement confondues. Larbaud, d'une génération plus jeune, profite de cette découverte et la rectifie. Il aperçoit que l'invention romanesque est quelque chose d'en effet symétrique, mais de différent de la création poétique. Il se sépare à la fois du naturalisme, grâce à Philippe, et de Philippe, grâce à son propre tempérament. Il se met à inventer tout simplement, sans effort, sans intention ; mais au lieu que ce soient des images comme ferait un poète, ce sont des façons de penser, des ensembles de réflexions, des désirs, des résolutions, des passions, qui ne sont pas les siens, qu'il n'a jamais éprouvés peut-être pour son compte personnel, que d'autres âmes, par un mystère que je ne me charge pas d'expliquer, au lieu de ressentir en elles-mêmes, viennent ressentir en lui. Il est le lieu d'une foule de manières différentes, et même contradictoires de concevoir la vie et le monde, le lieu des rêves et des émotions de tout un peuple inconnu. Et il n'a qu'à fixer ces rêves et ces émotions pour donner la vie à ce peuple, pour l'enfanter au-dehors, pour nous faire toucher son existence. Même s'il ne sait pas toujours le réduire à l'unité, le forcer à entrer en composition, à participer à une intrigue unique, il suffit qu'il sache communiquer à chacun des individus qui le composent cette grande vertu de l'apparition, et de l'apparition spontanée, pour être un véritable romancier.

En tout cas peu de jeunes écrivains me donnent autant que lui l'impression d'être une de ces bouches, un de ces regards par où le monde imaginaire aime à sourdre, à surgir et à se déverser sur le monde réel. Je me penche sur ce bouillonnement dont l'œuvre de Larbaud est toute pleine, avec une curiosité et une attente infinies[1].

*

C'est un espoir de même sorte, encore que plus fragile et que traversé de plus de doutes, que me donne l'œuvre de Marcel Proust. Jusqu'ici Marcel Proust n'a publié, que je sache, qu'un volume, le premier d'une série intitulée : *À la recherche du temps perdu*, et dont le titre particulier, assez bizarre, est : *Du côté de chez Swann*.

Je m'en voudrais de vous présenter ce livre comme un chef-d'œuvre. Je tiens même, tant je crains la désillusion qu'il pourrait vous donner, à insister d'abord sur ses défauts. Il est encore beaucoup plus mal composé qu'aucun des livres de Larbaud. Il est divisé en trois parties inégales ; dans la première, l'auteur accumule pêle-mêle un tas de souvenirs d'enfance, dans la seconde, la plus longue, il raconte dans un détail souvent fatigant, parfois fastidieux, un amour de Swann, qui est un ami de sa famille ; enfin dans la troisième il analyse ses propres sentiments d'enfant amoureux, épris de la fille de Swann. Le seul lien entre toutes les histoires racontées dans ce gros volume, c'est en somme le nom de Swann : l'auteur énumère tout ce qui y est resté attaché dans sa mémoire ; il se débarrasse de l'ensemble de souvenirs, d'imaginations, d'inventions même, qui s'est cristallisé autour de lui. On voit tout ce que le procédé implique d'abandon et de renoncement aux vertus classiques de composition dont nous sommes en général si fiers.

Le style d'autre part est lourd et surchargé. Chaque phrase, si l'on en fait l'analyse, se révèle parfaitement correcte ; mais elle porte tant d'incidentes, elle est si curieusement imbriquée, qu'il est presque impossible d'embrasser d'une seule lecture tous les rapports qu'elle contient. L'auteur surmène la pensée de son lecteur ; il la force dans le seul espace d'une phrase à trop d'allées et venues, de marches et de contremarches, il veut lui faire rassembler trop d'aspects, trop souvent contradictoires, de la même idée, pour qu'il puisse se faire suivre de bon gré. Ou si vous voulez, il a trop de confiance dans la logique de la syntaxe et ne s'aperçoit pas assez que pour devenir parlante, il ne suffit pas que la phrase lui

1. Les attentes de Rivière ne seront qu'en partie satisfaites. Sous sa direction, *La NRF* publiera trois nouvelles d'inspiration autobiographique (1920-1923).

obéisse, qu'elle respecte toutes ses lois ; qu'il faut encore qu'elle suive une logique plus subtile, plus sentimentale, moins facilement formulable, mais qui seule enfin lui donnera le « mouvement », cette démarche libre et vivante, qui lui permettra de porter tout son sens dans l'esprit du lecteur.

Et pourtant l'extrême complication du style de Proust n'est pas un simple amusement. Elle correspond à une complexité de la pensée, à une délicatesse, à un entrant, si j'ose dire, de l'analyse, qui donne parfois le vertige. Il n'y a ici aucune invention du genre de celle qu'on trouve chez Larbaud. Rien ne nous est présenté jamais dans cette forme enveloppée, comme emmaillotée, comme encore à moitié prise dans les limbes, qui témoignent d'une naissance toute récente et, si j'ose dire, d'un accouchement immédiat. Proust semble ne jamais rien fournir qui vienne de son propre fonds, qu'il ait couvé, nourri, produit, au sens fort du mot. Mais il nous livre le monde, celui-là même que nous pouvons toucher et connaître, défini, découvert, dépecé, démembré jusqu'à la folie, approfondi jusqu'aux atomes. Aucun homme bien portant ne serait sans doute capable de voir ainsi dans l'intérieur des choses et des âmes, d'en démêler ainsi les éléments jusqu'à les faire s'évanouir. Il y a quelque chose de morbide dans une telle faculté. Seul un malade – Proust en effet est malade – pouvait atteindre à cette lucidité invraisemblable. Et en effet, bien que les descriptions poétiques en soient presque complètement absentes, le livre tout entier finit par avoir une couleur, une atmosphère indéfinissable, celle même de cet esprit trop léger, trop perçant, non pas diminué mais comme aminci par la souffrance et qui rend toutes choses idéales autour de lui, à force d'en ronger le tissu.

Je vous avoue que quand il fait porter son analyse sur ses sensations, je trouve Proust un peu froid. La sensation est quelque chose de trop simple pour que la décomposition n'en apparaisse pas artificielle. Il y a chez Proust des dissociations de parfums ou de sons dont la chimie est par trop savante pour mon goût. Mais quand c'est aux sentiments qu'il s'attaque, en particulier à ce sentiment si complexe, si minutieux, à tant de compartiments qu'est l'amour, il devient prodigieux. Je connais peu d'études aussi belles que celle de l'amour de Swann pour cette Odette de Crécy, une demi-mondaine sans esprit, sans instruction et dont la beauté même ne lui plaît d'abord pas. La naissance du sentiment en lui, les premières formes qu'il revêt, les premiers signes qu'il donne de sa présence, comme une chose qui est là tout à coup, et qui résiste, et qui a déjà ses exigences propres, sa volonté contre laquelle il n'y a déjà plus rien à faire, sont exprimées avec une force et surtout une patience au détail presque affolantes. Je vais vous lire le passage où Swann reconnaît en lui la présence de l'amour. Chez des amis où il devait retrouver Odette, il est arrivé trop tard : elle est déjà partie :

> Sur le palier Swann avait été rejoint par le maître d'hôtel qui ne se trouvait pas là au moment où il était arrivé et avait été chargé par Odette de lui dire – mais il y avait bien une heure déjà – au cas où il viendrait encore, qu'elle irait probablement prendre du chocolat chez Prévost avant de rentrer. Swann partit chez Prévost, mais à chaque pas sa voiture était arrêtée par d'autres ou par des gens qui traversaient, odieux obstacles qu'il eût été heureux de renverser si le procès-verbal de l'agent ne l'eût retardé plus encore que le passage du piéton. Il comptait le temps qu'il mettait, ajoutait quelques secondes à toutes les minutes pour être sûr de ne pas les avoir faites trop courtes, ce qui lui eût laissé croire plus grande qu'elle n'était en réalité sa chance d'arriver assez tôt et de trouver encore Odette. Et à un moment, comme un fiévreux qui vient de dormir et qui prend conscience de l'absurdité des rêvasseries qu'il ruminait sans se distinguer nettement d'elles, Swann tout d'un coup aperçut en lui l'étrangeté des pensées qu'il roulait depuis le moment où on lui avait dit chez les Verdurin qu'Odette était déjà partie, la nouveauté de la douleur au cœur dont il souffrait, mais qu'il constata seulement comme s'il venait de s'éveiller. Quoi ? Toute cette agitation parce qu'il ne verrait Odette que demain, ce que précisément il avait souhaité, il y a une heure, en se rendant chez Mme Verdurin ! Il fut bien obligé de constater que dans cette même voiture qui l'emmenait chez Prévost il n'était plus le même, et qu'il n'était plus seul, qu'un être nouveau était là avec lui, adhérent, amalgamé à lui, duquel il ne pourrait peut-être pas se débarrasser, avec qui il allait être obligé d'user de ménagements comme avec un maître ou avec une maladie[1].

Je voudrais pouvoir vous lire encore les passages où la jalousie de Swann est à l'œuvre et surtout les scènes où il tente d'explorer en la questionnant le passé d'Odette, et où il se fait mal aux plus insignifiants détails rencontrés, et où il évite de crier pour en

1. *À la recherche du temps perdu*, Jean-Yves Tadié (dir.), Gallimard, coll. « Bibliothèque de la Pleiade », 1987, p. 224.

apprendre davantage, et l'espèce de modération et de pitié vraiment admirables avec lesquelles il accueille les révélations qui le déchirent : « Comme il aimait Odette, comme il avait l'habitude de tourner vers elle toutes ses pensées, la pitié qu'il eût pu s'inspirer à lui-même ce fut pour elle qu'il la ressentit, et il murmura : "Pauvre Chérie[1] !" »

Je n'ai peut-être jamais mieux que dans ce livre senti peser sur une tête le ciel sombre et magnifique de l'amour. Je n'ai jamais vu quelqu'un dont le temps de prison aux mains d'une femme ait été plus longuement, plus minutieusement, avec plus de troublante exactitude raconté.

Sans doute je ne me fais pas d'illusions. Il y a dans ce livre bien des détails inutiles, beaucoup d'encombrements, certaines puérilités. Je sais que Proust, s'il ne dirige pas ses facultés extraordinaires sur de bons sujets, peut très bien tomber dans le raffiné et l'ennuyeux. Mais l'espoir tout de même domine ; l'espoir de le voir bien tourner : et la perspective qu'alors il me fait envisager est d'une qualité si unique qu'elle me fait battre le cœur.

*

Il me reste à vous expliquer quelle sorte de nouveauté les deux romanciers dont je vous ai parlé me paraissent apporter, et justifier enfin le choix que j'ai fait de leurs œuvres pour vous les présenter aujourd'hui.

J'ai insisté sur leurs imperfections, et en particulier sur celle-ci qui leur est commune, bien qu'à des degrés différents, sur leur maladresse à composer. C'est qu'elle ne me paraît pas moins significative que leurs qualités. C'est que j'y vois la rançon, non pas obligatoire, mais enfin tout au moins au début presque inévitable, des qualités nouvelles qu'ils font paraître.

Loin de moi la pensée de calomnier le roman psychologique français, la pureté de ligne de la *Princesse de Clèves*, d'*Adolphe*, de *Dominique*, de *L'Immoraliste* et de *La Maîtresse Servante*[2]. Ce sont là des œuvres dont je me suis nourri, avec lesquelles j'entretiens un commerce constant et dont les charmes ne s'épuiseront,

1. *Ibid.*, p. 277.
2. À côté de Gide et des frères Tharaud, déjà cités, Rivière mentionne trois figures majeures des siècles précédents : Madame de Staël (1766-1817), Benjamin Constant (1767-1830) et Eugène Fromentin (1820-1876).

je crois, jamais. Mais enfin il m'est bien permis de souhaiter autre chose, un autre roman, dont la conduite soit peut-être moins sûre et moins directe, mais dont le contenu soit plus nombreux, plus complexe et plus trouble. Un roman qu'on verrait naître à ras de terre et se répandre un peu au hasard, un peu sans savoir où il va, couvrant simplement une surface aussi vaste que possible d'événements, d'aventures intérieures aussi bien qu'extérieures, de personnages peut-être un peu disséminés, mais vivants. Un roman qui soit tout de suite intéressant, par son tissu même, par la seule présentation de son contenu. Un roman qui commence tout de suite et partout à la fois.

Je vous l'avoue franchement, ce que *Barnabooth* a d'informe ne me déplaît pas trop. Non seulement pour les raisons intrinsèques que je vous ai expliquées, mais même en soi, comme défaut. J'aime voir un romancier qui trouve à brouter autour de lui, au hasard de sa faim, un romancier pour qui tout est pâture, un romancier qui ne s'oblige pas trop, à qui il suffit de jeter les yeux à droite et à gauche pour transformer, pour inventer la réalité et qui envoie promener toute ambition et tout désir d'arriver quelque part.

De même j'aime dans Proust ce procédé de pêle-mêle, que révèle déjà son titre : *Du côté de chez Swann*. En tirant de ce côté, tout ce qui viendra, je le prendrai, semble-t-il annoncer. Tous les champs qui sont le long de cette route, je vais les moissonner ; je vais mettre en grange tous les souvenirs du côté de chez Swann. Encore une fois, c'est une abdication devant les exigences de la raison et de la mesure. Mais il faut voir tout ce qu'elle permet.

Nous avons trop de romanciers qui ont juste de quoi. Nous avons trop de romanciers qui font partie de la petite épargne. Ils commencent d'écrire dès qu'ils ont un petit sujet, ils le travaillent, ils le gonflent, ils le mènent à bout par un effort d'attention et d'application très méritoire, mais dont le lecteur supporte en grande partie la fatigue. La volonté fait plus de la moitié de leur talent : la vision, la véritable vision romanesque n'y entre que pour une toute petite part. Nous avons trop de romanciers dont tout l'art est de se faire un cocon avec rien du tout.

Flaubert est un grand écrivain ; mais il a rendu trop de choses possibles ; il a donné à la fabrication une importance qui n'a cessé de s'accroître, et aux dépens de l'invention. C'est lui qui est responsable de cette idée fausse que le travail est tout, que le document peut remplacer l'inspiration, ou plus exactement l'hallucination.

Il a trop encouragé les gens qui « avaient une idée. » Avoir une idée de roman, trouver un cas, une situation dont il ne s'agit plus que de « faire quelque chose » : voilà pour combien d'écrivains tout le problème romanesque.

Je le crois, pour ma part, plus simple et plus compliqué. Pour être romancier, ce n'est pas par une idée qu'il faut commencer ; il faut commencer par avoir des visions, non pas des visions poétiques ; mais des visions de gens qui parlent, qui entrent et sortent, qui se disent ceci ou cela, s'aiment ou se détestent, s'embrassent ou se tuent. Et des visions, on en a ; on ne s'en donne pas.

Le symbolisme aura eu une double influence, mauvaise et bonne, pour conduire le roman dans la voie où je voudrais le voir entrer.

D'une part, le symbolisme est une littérature délicate, de mince appétit, qui a peur de se salir les doigts, il rejette tout un tas de sujets avant d'en trouver un bon, et encore de celui qu'il prend, il ne fait que sucer la moelle. Ainsi a-t-il contribué à une certaine timidité en face de la réalité, à une hésitation à dire certaines choses, à une difficulté à dire les choses immédiates, dont beaucoup de ceux qu'il avait influencés ont souffert.

Mais d'autre part, il leur a enseigné la valeur de l'imagination. Grand évocateur de chimères poétiques, il était fatal qu'il encourageât la montée, la venue des chimères romanesques et qu'il disposât les esprits à accueillir ces aspects à la fois étranges et familiers, cette espèce de nouvelle existence plus active, plus profonde et plus pittoresque que prend la réalité, quand on la laisse faire.

C'est parce que je vois dans Larbaud et dans Proust deux de ces esprits qui semblent avoir compris les permissions et les possibilités nouvelles que je les ai mis au premier plan de cette étude où mon tort aura peut-être été de m'être préoccupé davantage de l'avenir du roman que de son état actuel.

Parmi les hommes de La NRF, *Jacques Copeau est le dernier dont Rivière a fait la connaissance. Et pourtant, au sein du circuit, il est celui avec lequel il semble avoir le plus en commun : Copeau est le plus jeune – né en 1879, il est de sept ans seulement l'aîné de Rivière – et cherche encore à trouver sa voie dans le monde des lettres. Il est aussi le moins fortuné, luttant au quotidien avec des problèmes pécuniaires. C'est bien autour du travail à la revue – que Copeau dirige en 1912-1913, offrant à Rivière la possibilité d'assumer la charge de secrétaire, avec une rémunération – que se cimente leur rapport. La sympathie cède à l'affection, qui grandit entre eux au fil du temps, alimentée par une communauté de goûts et d'opinions dont témoigne leur riche correspondance*[1].

La conférence reproduite ci-dessous, la dernière prononcée à Genève, est l'occasion pour Rivière de rendre hommage à la fois à un grand ami – confident intime, aussi sincère que ferme – et à un grand homme de théâtre. S'il est vrai que Copeau a été l'un des piliers de La NRF, *il est avant tout le créateur du Vieux-Colombier dont le manifeste a été publié dans la revue en 1913. S'opposant simultanément au théâtre de boulevard et au théâtre d'art, Copeau privilégie le texte et (ré)affirme la centralité de l'action dramatique. Mis en avant par Rivière, ce dernier argument lui permet de formuler des conclusions plus générales, qui dépassent le cadre du seul théâtre et qui entrent en résonance avec les causeries précédentes, sans oublier « Le Roman d'aventure ». La guerre n'a fait que rendre encore plus manifeste une tendance déjà visible : la poésie est en recul, alors que le roman et le théâtre s'affirment comme les genres privilégiés de cette « désesthétisation » de la littérature dont Rivière – et les hommes de* La NRF *– se font les promoteurs.*

Conférence sur Copeau et le théâtre

Je voudrais commencer aujourd'hui par l'avertissement directement inverse de celui que je vous ai donné la dernière fois[2]. Je vous mettais en garde l'autre jour, contre le tour un peu trop personnel que je craignais de voir prendre à ma critique. Aujourd'hui je vous déclare tout de suite que mon point de vue sera aussi désintéressé, aussi objectif que possible.

1. Une édition partielle de cette correspondance, composée d'environ quatre cents lettres, a paru dans trois livraisons du *BAJRAF* (nº 26-29, 1982-1983). Remarquons, au passage, que l'intensité de l'amitié entre Rivière et Copeau va diminuer dans les dernières années de la vie du premier, à cause d'incompréhensions personnelles qui finiront par les éloigner l'un de l'autre.

2. Rivière fait référence aux deux conférences qui précèdent, voir *supra*, p. 432 et 456.

C'est qu'en effet, tandis que le roman m'induit en toutes sortes de tentations et me donne l'envie de mettre moi-même la main à la pâte, de collaborer avec l'auteur, en présence du drame au contraire je me sens tout à fait tranquille et exclus. Non pas que le genre ne m'intéresse pas. Si je vous disais qu'*Hamlet* et *Phèdre*, que *L'Avare* et *Le Mariage de Figaro* me laissent froids (*sic*), vous ne me croiriez pas, n'est-ce pas ? Et l'un des écrivains contemporains pour lequel je vous ai avoué tout de suite une exceptionnelle prédilection, Claudel, n'est-il pas justement en même temps qu'un poète un dramaturge[1] ? Mais il reste que je ne me sens, en ce qui regarde le drame, en admettant que je puisse y prétendre en ce qui touche le roman, aucune compétence technique. Je ne me sens pas cette faculté de descendre à l'intérieur des œuvres, de voir comment c'est fait, d'apprécier les moyens employés, que j'oserais peut-être revendiquer pour le roman. Je reste spectateur et ne réclame aucun autre droit que de pouvoir dire : « Ça me plaît. » ou « Ça ne me plaît pas. »

Cette attitude a bien des avantages ; elle dispense de bien des inquiétudes et de bien des responsabilités. Mais si elle permet d'échapper au danger des préférences arbitraires et de la critique par trop subjective, elle ne prédispose pas très directement en revanche à servir de guide et à expliquer les tendances cachées de l'art qui vous l'inspire. C'est pourquoi malgré tout j'éprouve quelque embarras à vous esquisser l'évolution du drame contemporain et à vous en marquer les directions.

Peut-être d'ailleurs cet embarras ne vient-il pas seulement de mon incompétence. Je me demande si ces directions sont en fait bien caractérisées, s'il y a vraiment aujourd'hui des œuvres proprement dramatiques qui aient une valeur réelle, si le drame n'est pas dans une période de marasme, ou mieux si la nouveauté dramatique n'existe pas pour l'instant plutôt à l'état de besoin et d'aspiration qu'à l'état de réalité. Sans doute notre scène est aussi bien fournie, aussi copieusement alimentée qu'elle fut jamais. Bien mieux, nous continuons d'approvisionner le monde entier de nos productions dramatiques. Sur ce point nous ne connaissons pas la concurrence ; nous avons réalisé, presque sans calcul, par la seule force de notre industrie, une sorte de trust mondial du théâtre.

1. À propos de Claudel, voir *supra*, p. 105 et 131.

Mais nous ne nous laissons pas impressionner ici par les succès matériels. Si nous continuons de regarder avant tout, comme nous avons fait jusqu'à présent, à la qualité de la marchandise, nous perdrons bien vite toute fierté de ce rayonnement inouï de notre production dramatique, car nous aurons tôt fait de reconnaître qu'il n'est dû qu'à son abaissement, et justement au caractère de plus en plus industriel qu'elle a revêtu. Les conditions dans lesquelles travaillent les auteurs dramatiques célèbres d'aujourd'hui, même si l'on ne connaissait pas leurs œuvres, indiqueraient l'impossibilité où ils sont d'aboutir à des créations véritables. N'ayant en vue qu'un public mondain relativement restreint, dont ils connaissent à fond les manies et les petitesses, dont ils suivent au jour le jour, avec une servilité sans pareille, les caprices et les modes, ils n'écrivent que pour lui représenter ses mœurs, sous le jour le plus spécieux et le plus attirant qui soit possible pour les lui resservir accommodées à la sauce qu'ils savent devoir le mieux piquer son goût.

Mais, me direz-vous, de tout temps l'auteur dramatique s'est attaché à peindre les mœurs de son époque, à lui tendre le miroir. – Sans doute, mais ce n'était pas pour qu'elle s'y reconnût avec plaisir et y trouvât des encouragements. Même si l'on ne tient pas compte de l'intention morale, que les anciens et les classiques ont toujours considérée comme une des fins principales de l'œuvre dramatique, – vous vous rappelez le fameux : *ridendo corrigere mores*[1] – on peut dire qu'on a toujours reconnu le véritable dramaturge à la réaction que par sa seule apparition il déclenchait, même en les peignant – contre les habitudes, contre les entraînements, contre la veulerie de son temps. Partout où a paru un véritable dramaturge, il s'est produit une espèce de remous et de rebroussement, comme quand l'eau d'un courant livré à sa pente rencontre un pieu ou la pile d'un pont. « On ne passe pas » : voilà le mot d'ordre, la consigne, toujours la même, que les grands génies de la scène opposent à toutes les petites facilités dont leur époque est enivrée. Avec Corneille, avec Molière, c'est exactement ce qui s'est passé. Racine lui-même, qui semble plus disposé à entrer dans les goûts et dans les principes de son public et à les

1. La devise citée par Rivière est une variante du célèbre *motto* « *castigat ridendo mores* », que le poète et dramaturge Jean de Santeul (1630-1697) a composé pour le buste d'Arlequin placé sur l'avant-scène de la Comédie italienne de Paris. Depuis, il a été repris dans des nombreux autres théâtres.

caresser, Racine que sa merveilleuse divination psychologique prédestinait en quelque sorte à trouver et à épouser du premier coup les penchants les plus prompts de ceux à qui il s'adressait, leur inflige du moins un échec, les tient tout au moins en respect par l'extraordinaire élévation de son métier et par l'espèce de sublimité formelle qu'il leur communique en les exprimant. Il est courtisan peut-être par les sujets qu'il choisit et par les consentements qu'il donne aux passions de ceux qui l'écoutent ; mais il reste roi par la discipline esthétique qu'il leur impose.

Où sont les rois dans notre théâtre d'aujourd'hui ? Où sont les maîtres ? Sans doute nous ne manquons pas de sermonneurs – ce sont les fabricants de pièces à thèse – mais il faut qu'ils aillent chercher la philosophie pour se sentir armés. Personne qui par sa seule autorité, qui par la seule force de son génie soit capable de jeter le Halte là dans cette débandade. Tous sont à la suite du public, tous courent après lui, en lui faisant de petits signes, et des clins d'yeux, et des sourires, tous lui racontent à l'oreille ce qu'il veut entendre, ce que sa digestion du jour et la couleur de ses plus récentes pensées le disposent à accueillir le plus favorablement. Auteurs, acteurs, directeurs et public, il n'y a plus que des camarades, je vous dis. Et tout le problème est de s'arranger au mieux ensemble. Ce n'est pas avec cette préoccupation que l'on risque jamais d'aboutir à une œuvre d'art. Et en fait nous voyons la littérature dramatique prendre de plus en plus la tournure d'une vaste entreprise de flagornerie mutuelle et achever de perdre avec l'art tout contact et toute ressemblance. C'est pourquoi l'on peut dire que, malgré les apparences, notre scène aujourd'hui est vide.

Mais me direz-vous, à côté de cette littérature commerciale, dont l'équivalent existe dans le roman et même dans la poésie, sans que vous ayez éprouvé le besoin de nous en parler, il y a autre chose ; il y a un « théâtre d'art », des drames où l'intention littéraire est principale, des écrivains qui tâchent de rendre à la scène sa dignité. – Et en effet il serait tout à fait injuste d'avoir l'air d'ignorer ce théâtre « à côté », où se dépensent, bon an mal an, tant d'efforts généreux ou candides, tant de nobles ambitions, une si touchante bonne volonté.

Malheureusement ce théâtre souffre d'un mal, qui a toujours été celui du théâtre non joué, ou peu joué. Manquant de son point de repère normal, qui est malgré tout le public, – car s'il est lâche de le flatter, il reste bien entendu indispensable de le toucher – manquant de ce renseignement que sont les applaudissements ou les larmes, et tous ces mouvements un peu grossiers, mais profonds, qu'on sent passer à travers la foule qui remplit une salle de théâtre, il ne tarde pas à verser dans la littérature et à perdre toute vertu dramatique. Il devient, lui, trop désintéressé. Il oublie que sa fonction essentielle est d'émouvoir, non pas comme un poème peut émouvoir, mais en représentant une action, une crise, tous les accidents pathétiques de la vie. Il oublie que le sens étymologique du mot *drame* est : action.

Le théâtre sans action ou avec minimum d'intrigue, et de péripétie a existé de tout temps. Mais il a reçu de nos jours du Symbolisme un encouragement direct, qui lui a donné au moins pour un instant un renouveau de faveur et comme un sens inédit. On comprend pourquoi. Le symbolisme ou devait déserter la scène, comme il laissait tomber le roman, ou il n'y pouvait représenter que des états, au lieu d'événements, que des situations au lieu d'aventures. À vrai dire la tendance à s'éloigner du théâtre fut de beaucoup la plus forte. À part quelques poèmes dialogués, mais d'un caractère purement lyrique, comme *Les Uns et les Autres* de Verlaine, *Hérodiade* de Mallarmé, *Le Concile féerique* de Laforgue[1], les premiers rôles du Symbolisme n'ont rien écrit, qui fût le moins du monde d'essence dramatique. Mais il s'est trouvé un écrivain dont l'originalité et quoi qu'il en pense, la seule originalité aura été de porter le symbolisme au théâtre, de découvrir ses possibilités dramatiques. Je veux parler de Maeterlinck.

Dans son premier essai, *La Princesse Maleine*, Maeterlinck pense visiblement à Shakespeare[2]. Il lui emprunte cette multiplicité des lieux et de l'action, qui est une des caractéristiques du théâtre anglais. Mais l'imitation est plus extérieure que profonde. Tandis que Shakespeare n'a recours à cette ubiquité du drame que pour suffire à la folle abondance de son invention dramatique et montre sur tous ces divers théâtres ses personnages toujours agissants, Maeterlinck les transporte pour ainsi dire inertes d'un point à un autre et nous les montre partout subissant. Il ne les promène

1. Les drames de Verlaine et de Laforgue sont respectivement de 1891 et de 1886. Celui de Mallarmé, auquel il travaille de 1864-1887, est resté à l'état d'ébauche.

2. Premier texte dramatique de Maeterlinck, *La Princesse Maleine* est présenté au public en 1889. Les autres pièces citées plus bas, que Rivière ne donne pas dans leur ordre de parution, datent de la période 1890-1894.

que pour les soumettre aux diverses influences de la Destinée. Ici, ils auront peur, là ils seront joyeux, et là-bas, c'est l'amour qui les attend et qui leur tombera sur les épaules dès qu'ils paraîtront. Il les fait passer par tous les états, par toutes les affections que l'humanité peut connaître ; il nous donne, à leur sujet, toutes les impressions, tous les frissons que le sort d'autrui peut faire éprouver. C'est ainsi qu'il reste fidèle à la manière symboliste : en mettant en scène directement des émotions pures : des craintes, des espoirs, des attentes, dont les motifs et l'enchaînement restent soigneusement dérobés au spectateur, qu'il n'y a qu'à éprouver tour à tour, sans en chercher la dépendance, exactement comme dans un poème.

Il y aurait beaucoup à dire sur cette conception étrange, mais très originale de l'art dramatique. Il est bien certain qu'elle a donné naissance à de petits chefs-d'œuvre, tels que *L'Intruse*, *Intérieur*, *Les Aveugles*, *Pelléas et Mélisande*. Mais si précieuses soient-elles, ce sont là malgré tout des réussites contre nature, ou plus exactement contre la raison. Ce déplacement de l'action, qui des personnages visibles remonte pour ainsi dire tout entière aux mains de ce personnage invisible qu'est la Destinée, cette manière si hardie d'écarter tous les motifs humains, le duel des volontés, l'entrecroisement des désirs et des passions, de mettre pour ainsi dire tous les personnages sur le même plan et sous le même empire, sous l'empire d'une force qui leur reste étrangère et inconnue, cette façon de souligner la symétrie fatidique de leur condition, ne peuvent aucunement prêter au développement dramatique. Tout drame est humain, parce qu'il implique conflit, et qu'il n'y a conflit véritable qu'entre des forces sinon égales, du moins proportionnées. Maeterlinck peint un conflit sans doute, mais dont l'issue est connue d'avance ; car que peut l'homme contre le Destin ? Il se prive de cette ambiguïté, de cette double possibilité, de cette alternative de chances, qui sont indispensables pour que nous puissions nous intéresser véritablement au drame qui nous est proposé. Malgré tout, c'est la liberté humaine que nous voulons voir à l'œuvre sur la scène, ce sont les réactions des caractères au contact les uns des autres, justement parce qu'elles sont imprévisibles, qui peuvent seules nous attacher. Les seules fatalités qui puissent nous émouvoir ce sont les fatalités intérieures, parce qu'elles n'excluent jamais la lutte et que jusqu'au dernier moment, elles peuvent être vaincues. Maeterlinck fait fi trop facilement de l'intrigue, qui seule peut mettre aux prises les volontés et permettre cette participation du spectateur, cette sorte de collaboration par le désir et par l'espérance, sans lesquelles il n'y a pas de véritable théâtre.

Je n'ai pas du tout l'intention de le rendre responsable de tout ce que j'appellerai le théâtre passif que notre temps a vu fleurir. Il avait reconnu une petite place dans le possible que personne avant lui n'avait distinguée et il s'y était établi. Tant pis si d'autres ont cru y pouvoir tenir à côté de lui, s'ils n'ont pas compris qu'il la remplissait déjà complètement ! Mais sans en porter la faute, il apparaît tout de même comme le patron de tous les dramaturges qui ont voulu faire des pièces « où il ne se passe rien », comme ils disent. On dirait que pour certains l'absence d'action est le comble de la délicatesse, le fin du fin dans l'art dramatique. Parce qu'elle leur permet de déployer sur la scène autant de qualités littéraires, un style aussi sensible et soigné que dans un poème, ils ont l'impression de dépasser le niveau du théâtre et comme d'exalter le drame au-dessus de lui-même. En réalité ils le ravalent bien au-dessous, ils le ramènent vers le tableau vivant et ne font rien de plus qu'imiter avec la serinette de leur style la musique dont en général, dans ce genre déplorable, on fait accompagner les poses plus ou moins plastiques des personnages.

L'inconsistance foncière du « théâtre d'art » contemporain se trahit au rôle qu'y joue la mise en scène. Pour beaucoup de gens l'art de la mise en scène se présente aujourd'hui pour le moins la moitié de l'art dramatique. Pourvu que l'auteur donne un prétexte suffisant à l'imagination du décorateur, il a fait sa tâche. C'est tout ce qu'on lui demande. Peintres, costumiers, électriciens sont ses égaux. Au besoin ils lui donneront des conseils. Ce sont eux qui savent quels effets il faut produire, eux qui se chargent de conquérir le public. Un peintre, d'ailleurs plein de talent, en parlant d'une pièce chinoise, dont il avait brossé les décors, disait couramment : « Ma pièce ».

Les Ballets russes, qui furent un spectacle d'une splendeur inoubliable, ont fait beaucoup de mal à notre théâtre par la part qu'ils ont donnée aux « artistes » dans la composition dramatique. Bien entendu la forme du ballet légitimait absolument leur intervention. Mais aidées par le succès, leurs prétentions n'ont pas tardé à s'étendre au théâtre tout entier. Les décorateurs et leur séquelle ont tout envahi. On a inventé le « spectacle d'art », qui est bien un des genres les plus composites et les plus faux qui aient jamais existé. La première idée d'un « spectacle d'art » apparaît généralement dans l'esprit d'un directeur de théâtre ou d'un metteur en scène : ils voient certains tons qui feraient bien ensemble, certains groupements de foules qui auraient quelque chose d'inédit et d'impressionnant ; ils pensent à tel peintre – ce n'est pas forcément à Bakst[1] – qui bâtira le cadre convenable, les trois ou quatre décors sur lesquels le rideau n'aura qu'à se lever pour arracher au public des applaudissements ; ils vont trouver l'interprète, dont les gestes, soigneusement cueillis aux frontons des temples ou sur le flanc des vases antiques, sont devenus indispensables à ce genre de fêtes. Il ne leur reste plus qu'à trouver un dramaturge pour ficeler une petite histoire qui puisse servir de support à tout ça.

Et sans doute il semble que l'écrivain soit ici surtout une victime qu'il faille plaindre. Mais croyez bien que si les parasites de son art ont pris sur lui tant d'autorité et une si dédaigneuse prépondérance, c'est qu'il les y a autorisées, peut-être sans le vouloir, par la faiblesse de son invention dramatique et par sa manie de priver de plus en plus la scène d'événements. C'est la conception du drame passif, c'est la fausse idée qu'il est d'essence plus rare et plus raffinée que le drame « où il se passe quelque chose » qui ont amené sur la scène, en y faisant le vide, cette exubérante végétation étrangère, qui l'encombrait complètement au moment de la guerre, et sous laquelle ce qui pouvait rester dans quelques cerveaux de flamme inventive risquait fort de succomber.

*

À cette peinture que je ne crois pas avoir arbitrairement noircie, de la double décadence de notre art dramatique, il est temps que j'oppose ce qui a été fait pour y remédier.

Et d'abord comme œuvres. Je n'ai jamais dit qu'il n'y en avait absolument pas, que notre littérature dramatique tout entière devait être tenue pour nulle et non avenue. Je pourrais citer les drames de Verhaeren : *Philippe II*, *Le Cloître*, *Hélène de Sparte*, *Le Pain* et

1. Léon Bakst (1886-1924), peintre et décorateur russe, est le collaborateur privilégié des Ballets russes, pour lesquels il réalise la scénographie et les costumes entre 1909 et 1921. Rivière publie dans *La NRF* plusieurs articles concernant ces spectacles de danse, dont le plus célèbre est certainement celui consacré au *Sacre du printemps* de Stravinski. Voir *infra*, p. 669.

L'Eau de vie d'Henri Ghéon, *Les Fils Louverné* de Jean Schlumberger, *L'Armée dans la ville* de Jules Romains, *La Lumière* et *Dans l'ombre des statues* de Duhamel[1].

Mais surtout il y a Claudel. C'est un des signes les plus frappants du génie de Claudel, qu'on le trouve sur plusieurs chemins et que de même qu'il représente la forme la plus élevée de notre poésie, à l'heure actuelle, de même il est notre dramaturge le plus vigoureux et le plus complet – à mon avis du moins. Nous l'avons surtout étudié comme poète. Il serait intéressant maintenant de suivre depuis ses premières œuvres jusqu'à *L'Annonce faite à Marie*[2] l'évolution de sa manière dramatique et de rechercher le sens des remaniements qu'il a fait subir à plusieurs de ses pièces. Le sujet de *L'Annonce faite à Marie* n'a pas été traité par lui sous moins de trois différentes formes, dont deux seulement d'ailleurs ont été publiées. Mais mon incompétence du métier dramatique, en même temps que mon désir de ne pas occuper trop exclusivement votre attention d'une même personnalité, fût-elle considérable à mes yeux, m'interdisent d'entrer dans cette analyse.

D'ailleurs Claudel, par sa grandeur même, reste solitaire. Il ne peut témoigner d'aucune tendance générale, il ne révèle aucun courant. Il est Claudel et c'est assez. Donc l'étude de sa manière dramatique ne nous permettrait aucun aperçu sur l'ensemble de la réaction qui se dessine déjà contre l'abaissement du drame.

Je préfère donc vous parler de quelqu'un qui n'est pas principalement un créateur, ni d'ailleurs principalement un critique, ni même principalement un comédien, mais qui est tout cela à la fois, qui est surtout un merveilleux entraîneur, un de ces esprits qui reconnaissent les besoins nouveaux, avant même que la conscience s'en soit généralisée et qui savent mettre en œuvre tout ce qu'il faut pour les satisfaire.

Bien que sa carrière ait eu des vicissitudes assez nombreuses, Jacques Copeau s'est senti dès son plus jeune âge la vocation du théâtre. Né dans une famille où l'on se souciait fort peu de littérature, il n'eut pourtant pas une minute d'hésitation. Déjà sur les bancs du lycée Condorcet, il remplissait ses cahiers d'esquisses de drames et de comédies. L'un de ces essais eut même les honneurs

1. D'origines et d'âges différents, les auteurs cités publient leurs textes entre le début du siècle (*Le Cloître*, 1900) et la guerre (*L'Eau de vie*, 1914).

2. *L'Annonce faite à Marie* est une pièce de 1912.

de la rampe et Copeau se vit à dix-sept ans félicité publiquement par Georges de Porto-Riche[1]. Un tel succès eut tourné la tête à bien des jeunes gens. Il ne fit qu'encourager notre jeune dramaturge au travail et à la réflexion. Au lieu de cueillir les applaudissements faciles qui peut-être l'attendaient, il se replia pour ainsi dire sur lui-même et prit conscience de toutes les ignorances et de toutes les inexpériences qui lui barraient encore la route et qu'il résolut de vaincre d'abord. Il y a là un mouvement de sens assez rare et d'une qualité très exceptionnelle. Ce besoin de saisir soi-même tout entier avant de rien entreprendre, cette résolution de monter pour ainsi dire d'abord à la hauteur de soi-même et de ne pas accabler inutilement le public de ses tentatives et de ses brouillons ne sont pas de l'ordre commun et révèlent une longueur de visée, une certitude d'aller très loin, une confiance dans la valeur de son propre développement qui ne pouvaient correspondre qu'au tempérament le plus riche. Copeau est l'homme qui dès le principe, à la première possibilité de déviation, se replace au plus près de lui-même et refuse de perdre contact avec ses puissances.

À vrai dire, il y a, je crois, une autre raison à ce long recueillement dont furent suivies ses premières tentatives, une raison que lui-même n'aperçut peut-être pas tout de suite. C'est que sa vocation, tout en étant irrésistible, était d'une nature plus complexe, plus anormale qu'il n'avait d'abord crue, et demandait un certain temps pour être clairement reconnue. Je vous ai dit qu'à mon sens Copeau n'était pas principalement un créateur. J'attends avec une grande confiance la pièce à laquelle il travaille depuis de longues années et dont le sujet est emprunté aux souvenirs les plus intimes et les plus déchirants de son adolescence ; je suis persuadé d'avance que la *Maison Natale* sera un événement dans notre production dramatique[2]. Déjà l'adaptation à la scène que Copeau a faite des *Frères Karamazov* de Dostoïevski décelait un métier, une science du théâtre tout à fait remarquables. Et pourtant je ne pense pas que Copeau soit un véritable dramaturge. Il est trop intelligent, trop pénétrant, il voit trop bien comment il faut faire,

1. Rivière fait allusion à *Brouillard du matin* (1897), comédie en trois actes représentée à l'occasion de la fête de l'association des élèves du lycée Condorcet. Georges de Porto-Riche (1849-1930) est l'auteur de l'*Amoureuse* (1891) et du *Passé* (1897) (voir *infra*, p. 516).

2. La pièce est représentée pour la première fois au Vieux-Colombier en 1923. Elle recevra l'année suivante le prix Paul-Hervieu de l'Académie française.

ce qu'il faut faire pour pouvoir le faire. Sa pensée entre trop vivement dans les choses, il voit trop clairement dans la vie ce qu'elle contient de drame, il lit trop vite son drame au sein des événements pour pouvoir le créer. La réalité manque pour lui d'opacité et de résistance. Et pourtant il n'est pas critique non plus, je veux dire : il n'est pas seulement critique. Il a donné dans la *Grande Revue*, de 1907 à 1910 environ, une chronique dramatique qui a été très remarquée et qui prenait en effet une force exceptionnelle de la fermeté et de la netteté des principes sur lesquels elle s'appuyait[1]. Au lieu d'y juger la production courante au petit bonheur de ses impressions ou en tenant compte des mille liens que la camaraderie et les services rendus créent entre auteurs et critiques, il se référait sans cesse aux grandes lois de la création dramatique et expliquait par le dedans, en démontant le mécanisme, la plus ou moins grande réussite des pièces soumises à son tribunal. Cette attitude, la seule normale quand on y réfléchit, tant elle était sortie des mœurs, fit une profonde impression et déconcerta les mauvaises consciences. Loin de moi la pensée d'y trouver à redire. Mais enfin pour rester simplement critique Copeau avait quelque chose de trop. À quelque impartialité qu'il se forçât, si détachés qu'il voulût ses jugements, il ne pouvait pas rester impassible en face des œuvres qu'il avait à juger. Une impatience le démangeait. Il ne pouvait pas rentrer chez lui, après le théâtre, avec cette tranquillité d'âme, avec cette satisfaction du devoir accompli, que donne au critique ordinaire la conscience d'avoir rendu un juste verdict. Son esprit bouillonnait d'une sorte de tempête recréatrice ; il eût voulu recommencer la pièce à sa façon, la remettre en scène à son idée, la rejouer en faisant lui-même tous les rôles à la fois. Il la voyait telle que l'auteur n'avait pas su ou voulu l'obtenir, ressaisie par sa propre perfection, retravaillée selon l'idéal qu'elle posait sans le savoir, achevée enfin et de toutes parts aboutie.

Ainsi l'esprit critique et l'esprit de création se mélangeaient chez Copeau d'une façon si étroite, il y avait en lui un si étrange tumulte de forces, qu'il ne pouvait pas comprendre du premier coup ce que son tempérament lui voulait. Qu'il cédât à l'une ou à l'autre de ses invitations, il ne pouvait pas trouver la paix. Une sorte de résidu d'activité et de compétence demeurait en lui inemployé ; il n'arrivait pas à se donner tout entier à la besogne qu'il

1. Copeau publie également des chroniques dans *L'Ermitage* et dans la revue *Théâtre* (de 1905 à 1914), sans oublier bien sûr son rôle au sein de *La NRF*.

avait pour le moment choisie. De là, je crois, les va-et-vient de sa carrière et, malgré la ferme conscience où il fut dès l'abord que le théâtre était sa véritable vocation, la diversité des expériences qu'il a été obligé de tenter avant d'apercevoir clairement ce que le théâtre attendait de lui.

Ce fut en 1911, en faisant répéter ses *Frères Karamazov* que Jacques Rouché avait accueillis au Théâtre des Arts[1], que Copeau comprit, je crois, pour la première fois, avec netteté, le sens des aspirations qui le travaillaient. Il vit enfin à quelle sorte de création il était destiné. Il s'apparut à lui-même non pas comme un metteur en scène, non pas comme un comédien, mais comme un animateur de drames. Il sentit sortir de lui quelque chose, une flamme qui passait dans l'esprit de ses acteurs, qui les transformait depuis le premier rôle jusqu'au plus humble machiniste, qui pénétrait jusque dans la pièce même qu'il faisait étudier, qui en réveillait chaque phrase et lui donnait une vie imprévue ; et cette flamme était si brûlante qu'il s'épuisait en elle et se retrouvait parfois lui-même après l'avoir un moment fournie, vide et comme consumé. Mais elle renaissait le lendemain des cendres mêmes qu'elle avait laissées, plus forte, plus active, plus transfiguratrice que jamais. Il eût fallu voir comment il prenait un acteur, à un étage parfois qui pour tout autre eût été décourageant, comment il l'inspirait, le galvanisait et pareil au modeleur qui sur le tour fait monter entre ses mains le col du vase qu'il façonne, l'élevait peu à peu à la hauteur de son personnage, lui faisait donner, bon gré mal gré, l'essence et comme la fleur de son âme.

Ceux qui connaissaient déjà Copeau eussent pu eussent dû deviner en lui cette prodigieuse faculté, rien qu'à l'entendre raconter la moindre anecdote, la plus banale aventure qui venait de lui arriver. Sans calcul, en se laissant aller à son naturel, il infusait tout de suite un pathétique extraordinaire ; à lui seul, et sans avoir besoin d'aucune gesticulation, il faisait apparaître tous les personnages qui y avaient pris part ; il montrait leurs sentiments sur son visage ; on voyait qu'il les éprouvait pour son compte dans toute leur intimité et dans toute leur profondeur. Un don extraordinaire de sympathie, et de sympathie active, inventive, une façon d'être fidèle aux êtres et aux choses en les recommençant en lui : voilà

1. Jacques Rouché (1862-1957) dirige *La Grande Revue* avant de reprendre le Théâtre des Arts, où il accueille, en avril 1911, Jacques Copeau avec Charles Dullin et Louis Jouvet pour l'adaptation des *Frères Karamazov* de Dostoïevski.

ce qui frappait au premier coup d'œil chez Copeau, voilà ce qui annonçait en lui l'inspirateur tragique et, comme je disais tout à l'heure, l'animateur de drames.

À partir du moment où il eut fait jouer *Les Frères Karamazov*, Copeau n'eut plus d'autre idée que d'avoir un théâtre à lui, un théâtre où il représenterait les pièces qu'il aimait comme il les aimait, une sorte de laboratoire où comme le savant qui cherche la synthèse chimique de la vie, mais avec plus de chances de succès, il pourrait combiner à sa guise et selon les proportions qu'il voyait d'avance, les éléments du drame et le ressusciter. Je ne vous raconterai pas les déboires ni les difficultés qu'il rencontra d'abord. Heureusement *La Nouvelle Revue française*, déjà solide à cette époque, (il en faisait partie depuis le début), forma pour lui une sorte de tremplin, d'où il put enfin s'élancer. C'est de *La Nouvelle Revue française* que sortit en 1913, sur l'initiative de Copeau, le théâtre du Vieux Colombier.

Bien que la guerre ait interrompu son activité et qu'il n'ait eu en somme du moins à Paris qu'un an d'existence, on a beaucoup parlé du théâtre du Vieux-Colombier ; mais peut-être sans bien comprendre toujours ce qu'il représentait. Ce que j'ai dit au début sur la situation faite de nos jours à l'art dramatique aidera peut-être à s'en mieux rendre compte.

Le théâtre du Vieux-Colombier entrait tout de suite en réaction à la fois contre les deux aspects de la décadence dramatique, que j'ai décrits à la fois contre le théâtre industriel et contre le spectacle d'art. Bien entendu, l'opposition la plus violente des deux était la première. Contre cet ennemi tout-puissant qu'était le théâtre du Boulevard, il était tout naturel que Copeau bandât tout de suite toutes ses forces, dirigeât sa pointe la plus acérée. Et en effet, c'est à lui d'abord qu'il déclare la guerre dans le manifeste qu'il publia au numéro de septembre 1913 de *La NRF* :

« À des réalités détestées, nous opposons un désir, une aspiration, une volonté[1]... »

Au Vieux-Colombier on fit donc d'abord profession d'honnêteté, on renonça franchement et délibérément à jouer aucune pièce qui fut une caresse au public, qui l'allât trouver chez lui, qui entreprît de le chatouiller au point le plus rémunérateur. On s'attacha

1. « Un essai de rénovation dramatique. Le théâtre du Vieux-Colombier », *La NRF*, n° 57, septembre 1913, p. 338. Toutes les citations qui suivent sont tirées de ce texte-manifeste (p. 337-353).

à maintenir en toutes circonstances cette propreté de l'intention, qui avait déjà fait le succès de *La NRF*. En un mot on rompit brusquement et nettement avec les déplorables traditions de facilité et de complaisance qui s'étaient peu à peu établies sur les plus grandes scènes. Je signale comme un des articles principaux de cette réforme morale le projet qu'annonça tout de suite Copeau de « décabotiniser l'acteur, de créer autour de lui une atmosphère plus propre à son développement comme homme et comme artiste, de le cultiver, de lui inspirer la conscience et de l'initier à la moralité de son art. » Et pour soutenir ce projet, il mit à son programme la fondation d'une école de comédiens, où il appellerait « d'une part de très jeunes gens et même des enfants, d'autre part des hommes et des femmes ayant l'amour et l'instinct du théâtre, mais qui n'auraient pas encore compromis cet instinct par des méthodes défectueuses et des habitudes de métier. »

En somme le théâtre du Vieux-Colombier voulut être d'abord un « endroit propre », cette « place où poser le pied » que Copeau craignait, si on laissait aller les choses, de ne plus pouvoir trouver. En d'autres termes encore, il fut un endroit où l'on subordonna de nouveau comme on n'eut jamais dû cesser nulle part de le faire, toutes les préoccupations intéressées à celle de l'art.

Mais justement cette intention nettement affichée a conduit à un malentendu et a fait méconnaître ce qui est peut-être la plus véritable originalité du Vieux-Colombier. L'idée d'art, le mot d'œuvre d'art ont entre tous le don de créer des équivoques dans les esprits. Du moment que le théâtre du Vieux-Colombier voulait servir la cause de l'art, on se le représenta comme une de ces entreprises tout entières fondées sur une idée esthétique, plus ou moins élémentaire, et qui prétendent opérer par elle une révolution. On pensa à quelque méthode inédite de mise en scène, à quelque truc de machinerie qui allait apporter une solution à tous les problèmes. Le public aime à matérialiser en une idée simple et concrète les nouveautés qu'on lui annonce. Il veut qu'elles aient une forme immédiatement saisissable pour se les mieux rappeler, pour les mieux classer dans son esprit. On connaissait les tentatives de Gordon Craig et de Reinhardt[1]. Celle de Copeau leur fut tout de suite, et sans plus ample enquête, assimilée. C'était pourtant en réduire

1. Edward Gordon Craig (1872-1966) est un metteur en scène anglais. Max Reinhardt (1873-1943) est un homme de théâtre d'origine allemande, devenu citoyen américain.

singulièrement la portée. Copeau avait d'ailleurs lui-même marqué, avec déférence, mais avec fermeté, ce qui le séparait de tous les réformateurs de la mise en scène : « Nous sommes naturellement ennemis de toute systématisation outrancière… »

Oui, la véritable originalité de Copeau, ce fut de vouloir ramener l'attention de tout ce qui travaillait à l'en distraire sur le drame ; de vouloir rendre à l'action, au conflit moral ou psychologique des personnages, aux incidents par lesquels il se noue et se dénoue, toute l'importance qu'on leur refusait. La véritable originalité de Copeau, comme toutes les véritables originalités ce fut d'apercevoir une idée très simple, si simple qu'il paraissait presque inutile de l'énoncer et qu'on eût cru pouvoir l'abandonner à M. de la Palisse, cette idée que le drame est avant tout une œuvre dramatique.

C'est une remarque déjà ancienne que plus un art s'affaiblit, plus il a d'intentions. On dirait qu'à mesure qu'il devient capable d'exprimer moins de choses, il a souci d'en exprimer davantage. Copeau a été rechercher le drame sous le fatras d'intentions qui l'accablait, sous lequel il était en train de mourir. Il a cherché à le priver le plus possible d'intention, n'imaginant pas de meilleur moyen de le rendre à lui-même, de lui restituer sa force et sa portée : « Il arrive, écrit-il dans son manifeste, que sous prétexte de style, etc. »

Rien n'est plus difficile à notre temps que de se représenter qu'une œuvre littéraire puisse n'avoir pas d'autre fin qu'elle-même, ou plus exactement puisse prendre elle-même pour fin principale. On ne se rend pas compte que même si elle doit avoir une signification morale, le meilleur, non, le seul moyen qu'elle ait de l'atteindre est de ne pas la chercher d'abord, mais avant tout sa propre perfection. On ne comprend pas qu'un genre littéraire, pour revêtir toute son efficacité, doit être cultivé pour lui-même et dans toute sa pureté, dans toute sa sincérité, au sens latin du mot, c'est-à-dire sans mélange d'aucun ingrédient étranger.

Naturellement le genre dramatique, de par son essence même, à cause de la matérialisation qu'il implique, est obligé de se servir d'accessoires, et par là il entre dans une certaine dépendance vis-à-vis des arts plastiques. Mais il reste le genre dramatique : son objet reste d'émouvoir un public par la représentation de la vie, et plus exactement par le conflit des volontés et des passions.

Copeau a donc entrepris de faire tomber tout ce qui surchargeait et tout ce qui masquait cette fonction essentielle, d'abord tout ce que les auxiliaires devenus les maîtres du théâtre lui ajoutaient d'inutiles ornements, ensuite tout ce que l'auteur lui-même, par faiblesse, par insuffisance inventive, croyait devoir lui faire porter d'idéologie. Le premier retranchement était facile ; il avait toute liberté de l'opérer lui-même, surtout étant donné que la scène du Vieux-Colombier, par son étroitesse, s'accommodait à merveille d'une mise en scène simplifiée. Du second retranchement il s'acquitta en n'accueillant pour les jouer, que les pièces vraiment dépouillées de toute ambition symbolique, et, comme il le dit lui-même de qualité véritablement dramatique.

À première vue le programme du Vieux-Colombier pouvait sembler d'un éclectisme déroutant. Mais ce qui faisait la ressemblance de toutes les pièces, empruntées aux époques et aux littératures les plus diverses, qu'il réunissait, c'était justement qu'en toutes, l'action était le principal, qu'elles étaient toutes pareillement pleines de cette invention dramatique, dont Copeau se fait une idée fort précise et qui mérite d'être exposée brièvement.

Pour lui l'invention dramatique est quelque chose d'absolument spontané et gratuit. Observez les enfants, dit-il souvent, regardez-les jouer. Leur plus constante occupation est de s'imaginer qu'ils sont autre chose qu'eux-mêmes, de s'attribuer en idée un autre personnage que le leur, de se placer, par une sorte d'hypothèse active, dans d'autres situations, en face d'autres difficultés et d'autres problèmes, que ceux qui se posent naturellement à eux, et tout leur jeu est de les affronter et de les résoudre. Cette faculté n'est rien d'autre, nous dit Copeau, que l'invention dramatique à l'état naissant. Supposez-la compliquée, enrichie par l'expérience de la vie, mais conservant toute sa force ingénue : vous avez ce qui fait le véritable génie dramatique. Le mot anglais *play* ne veut-il pas dire à la fois *jeu* et *pièce de théâtre*, et ne montre-t-il pas ainsi l'identité à la racine des deux objets ?

L'idée de Copeau est donc que la faculté dramatique est un don, exactement symétrique de la faculté romanesque, et qui n'a d'autre fin que de s'exercer. Et c'est pourquoi il accueille, en quelque endroit qu'elles paraissent, les œuvres où il lui semble que ce don se soit un jour exercé. Il ouvre son théâtre à toutes les œuvres où l'auteur a dépensé quelque chose de cette flamme et de ce caprice qui transforment la vie et lui donnent la réalité dramatique. C'est tout.

On voit assez par là qu'il ne prétend pas faire œuvre de révolutionnaire. Il s'est lui-même très nettement expliqué là-dessus : « Quelles que soient nos préférences avouées comme connaisseurs et comme critiques… »

Il ne s'agit pas dans toute l'entreprise de Copeau de révolution, mais seulement de régénération. Il s'agit avant tout de rendre vie à la tradition, pour lui permettre de se continuer et de produire elle-même la nouveauté qu'en tout temps elle comporte, mais que les mauvaises mœurs littéraires ou des préoccupations mal dirigées peuvent un moment offusquer, retenir. Tout l'effort du Vieux-Colombier est de remettre l'art dramatique dans l'axe de son propre passé et de lui rendre ainsi le contact avec sa propre fécondité.

Ceux qui connaissent *La NRF* comprendront ici clairement comment le Théâtre de Copeau en est sorti. Il n'est en somme que l'application au drame du programme, plus ou moins conscient, plus ou moins explicite, mais enfin dans le fond parfaitement défini, qu'elle n'a cessé depuis ses débuts de suivre, en l'étendant à toute la littérature et même à tous les arts. Sa position à l'égard de la tradition a été souvent mal comprise. Les uns l'ont accusée d'être réactionnaire, les autres d'être révolutionnaire. C'est tout simplement parce qu'elle refusait d'une part de briser avec le passé pour se lancer dans les aventures faciles, les proclamations retentissantes et les systèmes éphémères, d'autre part de revenir purement et simplement à ce que sa perfection même rendait inutile de recommencer, et de perdre son temps aux pastiches des classiques. *La NRF* n'a cessé de chercher pour chaque art les chemins nouveaux, mais elle n'a espéré les trouver que dans une fidélité absolue à l'essence même de cet art et qu'en lui rendant la pureté parfaite de son usage. Si j'avais plus de temps, je vous ferais suivre du doigt, à travers tout son développement, cette ligne de conduite dont elle ne s'est jamais laissé détourner et je vous ferais entrer dans le détail de ses opérations critiques. J'aurais aimé à jeter ainsi plus de lumière sur les idées maîtresses de ses fondateurs et sur l'unité de sa direction. Mais je suis décidément obligé de vous renvoyer à ce que j'en ai dit ailleurs ; et je me console en pensant que vous aurez pu en deviner l'essentiel d'après les opinions et les points de vue que j'ai moi-même marqués touchant les œuvres que nous avons examinées ensemble.

*

Je voudrais, pour finir, essayer de reprendre les quelques touches que j'ai posées en examinant l'évolution des différents genres littéraires après le symbolisme et je voudrais rechercher avec vous si elles se laissent réduire à l'unité. Y a-t-il aujourd'hui une direction commune à tous les jeunes écrivains ? Peut-on reconnaître une tendance nettement accusée de la jeune littérature tout entière ?

À condition de ne pas être trop précis, de ne pas vouloir la formuler trop rigoureusement, je crois qu'on peut en déterminer une.

Elle se marque d'abord par les embarras de la poésie, par l'espèce de sécheresse dont elle est gagnée. On dirait qu'elle respire difficilement, comme un poisson qu'un soulèvement sournois des couches géologiques amènerait lentement hors de l'eau. Bien entendu je ne pense pas qu'elle soit condamnée à mort, ni qu'il ne doive plus se rencontrer de grand poète dans notre littérature. Mais enfin il me semble que nous entrons dans un âge moins poétique, où les âmes étant plus disposées à agir qu'à subir trouveront moins de plaisir aux transports et aux extases lyriques. Je ne crois pas possible que nous revenions à une période de radicale aridité comme fut le XVIIIe siècle. Après la grande commotion romantique et après le grand approfondissement symboliste, il ne me paraît pas que nous puissions jamais perdre un certain tremblement, une certaine vibratilité, que la littérature devra toujours d'une manière ou d'une autre satisfaire. Il faudra qu'elle conserve toujours un certain degré d'humidité, sans lequel ses produits ne seraient pas assimilables pour nous. Mais enfin nous cessons, je crois, d'être dans cette attitude purement réceptive et dans cette attente de nos propres sentiments, qui favorisaient si fort la prise sur nous de la poésie, et appelaient par là même sa fécondité.

Ce qui nous intéresse le plus aujourd'hui, c'est l'homme, non pas l'Homme idée générale, entité abstraite, mais l'homme qui vit, qui pense, qui agit, qui désire et qui souffre, cet homme qui passe près de nous dans la rue et cet autre dont nous avons fait la connaissance hier. Ce qui nous intéresse, c'est le lien qui va se nouer entre lui et nous, c'est l'ensemble des rapports qui vont se créer entre son âme et la nôtre, c'est la perturbation qu'il va apporter dans le système déjà organisé de nos affections. La vie des autres, ce qu'elle est et ce que la nôtre par elle va devenir, tout le pathétique des relations humaines, les événements qui les révèlent et qui les portent à leur crise, le drame humain : voilà ce dont nous sommes curieux – ou plutôt, car justement *curieux* est un mot qu'à certains égards ce nouveau besoin rend démodé – ce dont nous sommes anxieux. Nous n'allons plus à la littérature avec ces sentiments désabusés et avec ces délicatesses d'amateurs que nos aînés croyaient être de mise. Elle n'est plus pour nous le divertissement le plus raffiné que nous sachions. Nous nous y portons avec le même intérêt total, massif, que nous prenons à notre propre vie, puisque c'est notre vie que nous y voulons retrouver.

Tout ceci revient à dire, comme je l'ai d'ailleurs déjà indiqué, que le roman et le drame semblent aller au-devant d'un renouveau de faveur. Mais l'influence de nos nouvelles façons de sentir ne se borne pas à les replacer au premier rang. Elle entraîne une réforme dans la façon de traiter l'un comme l'autre genre. Le roman, comme je crois vous l'avoir montré dans nos deux dernières causeries, tend à se dépoétiser ; il se débarrasse de ses éléments personnels et lyriques ; il perd l'aspect un peu trop *œuvre d'art* qui le défigurait. Le lien entre les efforts d'un Pierre Hamp[1], d'un Jean-Richard Bloch[2], d'un Alain-Fournier, d'un Larbaud, et même d'un Proust doit être cherché uniquement dans cette direction. Et ne venons-nous pas de voir Copeau travailler de son côté à faire perdre au drame sa fausse façade esthétique ?

Je crois que l'on est en train – passez-moi le mot – de « désesthétiser » la littérature tout entière. Ce n'est pas tout à fait au hasard que j'ai choisi, la dernière fois dans le livre de Larbaud, pour vous le lire, le passage où Barnabooth s'oppose à Max Claremoris, comme à un personnage ridicule et fossile : « Cet homme qui, dans la vie, ne voit que des lignes ! Comment pourrait-il comprendre les passions qui m'agitent et me guident[3] ? » Cette opposition est celle de toute la jeune génération à celles qui l'ont précédée. Nous ne sommes plus des esthètes ! Nous ne voulons plus être des esthètes ! Nous avons horreur de la Beauté avec un grand B ! Nous n'avons plus aucune envie de faire concurrence à la réalité avec les mots, nous ne cherchons plus les moyens de la dire le plus harmonieusement possible. Bien soigneusement,

1. Voir *supra*, p. 454.
2. Voir *supra*, p. 454.
3. *Œuvres*, Valéry Larbaud, *op. cit.*, p. 103. Rivière a déjà cité ce passage (voir *supra*, p. 461).

nous gratterons de nos écrits les mots trop voyants, les tournures de phrase trop berceuses. Nous ne chanterons plus de complainte. Les fées et les bûcheronnes de Mendès qui avaient tourné la tête dans sa jeunesse à ce pauvre Philippe, sont désormais pour nous sans séduction[1] !

Et comprenons-nous bien. Il ne s'agit pas, sous prétexte de désesthétiser la littérature, de faire quelque chose qui n'ait plus rien de commun avec le Beau. Écrire, créer, inventer, c'est toujours, et par définition, vouloir faire quelque chose de beau. Mais c'est au contraire pour faire quelque chose de plus beau que nous voulons faire quelque chose qui ne soit plus si « esthétique ».

Peindre la vie, la vie sans majuscule – car de cette superstition-là non plus, qui fut celle du naturalisme, nous ne voulons plus entendre parler – peindre la vie telle qu'elle est, dire ce que nous avons vu, ce qu'on nous a raconté, exprimer nos sentiments avec autant de force et de sobriété que possible, fixer nos imaginations directement avec des mots non pas froids, ni détachés, mais qui ne soient jamais d'un degré supérieur à ce qu'ils prétendent incarner, entrer aussi vigoureusement que possible dans tous les détours du cœur, mais sans lâcheté, sans abandon, sans fausse complaisance, retrouver à notre manière, sans artificielle imitation, la grande rigueur classique, cette constante activité, cette sublime utilité du style qui fait la grandeur d'un Saint-Simon aussi bien que d'un Corneille : voilà, je crois, avouées dans toute leur étendue et dans toute leur modestie, nos ambitions actuelles.

Mais mon programme m'obligeait à m'arrêter à 1914. Et c'est en effet les tendances de la littérature en 1914 que j'essaie en ce moment de vous résumer. Depuis quelques petits incidents se sont produits. Croyez-vous, m'allez-vous dire, qu'ils n'aient rien changé, qu'ils soient destinés à rester sans répercussion sur le mouvement des esprits ? La guerre, dont on dit couramment qu'elle enfante un nouveau monde, laissera-t-elle intact l'édifice de la littérature, ou ne lui posera-t-elle pas un couronnement tout différent de celui que vous semblez prévoir ?

Bien entendu je ne suis pas prophète. Et pour l'être en ce qui concerne les effets intellectuels de la guerre, il faudrait être plus qu'un génie, plus qu'un inspiré : un ange ou Dieu lui-même. Mais permettez-moi de vous présenter quelques réflexions, qui me font

1. Il s'agit bien entendu de Catulle Mendès et de Charles-Louis Philippe. Voir *supra*, p. 438.

penser que mes prévisions ne courent pas le risque qu'on pourrait croire.

D'abord je crois que si puissante que doive se révéler l'influence de la guerre, en ce qui concerne la littérature, elle ne pourra jamais être déviatrice, mais seulement accélératrice. Comment la guerre créerait-elle de nouvelles valeurs littéraires ? Elle ne peut agir que comme une secousse. Et donc tout ce qu'elle peut faire, c'est de faire tomber plus tôt, plus vite de l'arbre les fruits qu'il mûrissait. Les mouvements de l'esprit universel sont régis par des lois aussi profondes et aussi lentes que celles de la géologie. Les accidents de l'histoire peuvent en précipiter l'action, mais non pas en changer la direction.

Et d'ailleurs je vais vous soumettre sans songer à vous l'imposer une idée fort mystique, mais à laquelle je tiens beaucoup, et qui me paraît, comme bien des idées mystiques, étroitement vérifiées par l'expérience. Si je crois que la guerre ne changera rien aux directions de notre littérature, c'est parce que celle-ci me semble avoir tenu compte à l'avance du grand cataclysme qui allait survenir, s'être laissée mystérieusement comme orienter par lui. Ne croyez-vous pas que ce sérieux soudain, que cette désaffection de la poésie, que cet intérêt témoigné à la vie, que ce renouveau des préoccupations humaines n'étaient pas une sorte de pressentiment. L'œuvre d'un Péguy, relue à la lumière des événements qui l'ont immédiatement suivie et interrompue[1], prend, je trouve, une signification vraiment pathétique. Et on peut se demander si l'esprit ne voit pas, dans certains cas, beaucoup plus loin qu'il ne le croit, qu'il ne le sait lui-même et s'il ne prend pas par anticipation la forme des événements qui l'attendent.

Quoi qu'il en soit, maintenant que la guerre est survenue, loin qu'elle me paraisse menacer notre littérature d'une nouvelle révolution, je crois la voir au contraire confirmer étrangement les directions spontanément prises et que je vous ai dites. Et comment pourrait-elle avoir d'autre effet que de hâter, que de rendre plus profond ce renoncement général à l'*esthétisme*, que je vous décrivais tout à l'heure. On s'étonne parfois que les combattants qui reviennent du front, que les prisonniers qui reviennent de l'étranger aient si peu de choses à dire. On s'étonne de la réserve de leurs

1. Charles Péguy (1873-1914) meurt dans la première bataille de la Marne, le 5 septembre 1914, une quinzaine de jours avant Alain-Fournier, mobilisé près de Verdun.

propos, de l'espèce de sourdine et d'atténuation volontaire qu'ils mettent dans le récit de leurs souvenirs. Ils semblent tenir tous à n'avoir rien vu d'extraordinaire. Ce n'est pas pure coquetterie, vous pouvez me croire. S'ils sont ainsi réticents, c'est parce qu'ils ont vu la réalité montée à un degré que les mots n'atteindront jamais, c'est parce qu'ils sentent combien c'est suffisant qu'elles soient ce qu'elles sont, sans encore aller y ajouter par des phrases. Ils sont tellement saoulés de réalisations, que tout mot trop fort, toute épithète trop pittoresque les blessent comme une insulte. Ils ont acquis, dans l'ensemble, une phobie presque maladive de l'exagération et préfèrent maintenir leurs expressions sans cesse au-dessous de la vérité que de la dépasser d'un mot.

Mais ne voyez-vous pas comment cette leçon, qui n'est qu'une des mille leçons de la guerre, tend à fortifier ce grand besoin de sobriété et d'exactitude, ce grand abandon des valeurs esthétiques et de toute la cuisine littéraire, que j'ai cru voir paraître dès 1914 ? Je me trompe fort, ou nous allons vers la modestie. Et la guerre, loin de nous en détourner, nous en aura rapprochés beaucoup plus en quatre ans que nous n'aurions su faire tout seuls en vingt ans.

C'est sur cette perspective que je terminerai. Mais non sans vous avoir sincèrement remercié de l'attention, si encourageante, si réconfortante que vous m'avez prêtée pendant ces deux mois. Je resterai donc toujours reconnaissant à Genève et à son public de m'avoir aidé à sortir du marasme où j'étais encore au début de cette année et à dépouiller les craintes sur le compte de mon propre esprit que je vous avouais dans ma première causerie et qui n'avaient, je vous le jure, rien d'artificiel. Grâce à vous, je sens que je vais reprendre mon travail avec plus de confiance et de gaieté. Encore une fois je vous en remercie.

La publication de La NRF *s'interrompt à la déclaration de guerre, en août 1914. « Je ne regrette pas que la* Revue *ait cessé de paraître, écrit Gide à Rivière en 1915,* [ce] *silence nous fortifie*[1]*. » Le silence d'ailleurs est tout relatif : Gaston Gallimard prend*

1. Lettre du 25 décembre 1915, *Correspondance Gide-Rivière, op. cit.*, p. 464.

en main le comptoir d'édition et, malgré les difficultés matérielles, réussit à faire sortir des presses de nombreux ouvrages, tandis que les fondateurs, de leur côté, travaillent fébrilement en coulisses. Que sera La NRF *de demain ? Telle est la question que le groupe se pose une fois passé le choc des premiers mois. La correspondance se fait alors le miroir d'émotions et d'opinions dont la discordance s'affirme de manière de plus en plus nette au fil du temps, car si la survivance de la revue ne fait pas de doute, on se divise sur sa « nature » même, sur son positionnement dans un champ littéraire en plein bouleversement. « C'est de votre génération, c'est de vous que la revue doit attendre sa force propulsive*[1] *», écrit encore Gide à Rivière en février 1917. Cette lettre a toutes les allures d'une investiture, que l'ancien secrétaire prend au sérieux.*

Une fois en Suisse, Rivière ne tarde pas à se procurer toutes les précédentes livraisons de La NRF*, qu'il lit avidement. Ce travail rétrospectif lui sert, d'une part, à nourrir sa première conférence en terre helvétique, d'autre part, pour rassembler ses idées sur l'avenir, idées qu'il condensera dans l'éditorial du premier numéro d'après-guerre. Il en résulte que ces deux textes, bien que différents dans la forme, gagnent à être lus l'un après l'autre. Le premier conserve l'allure discursive de la causerie, alors que le second se présente comme un manifeste où chaque mot est pesé, calibré avec précision, dans le but de tenir en équilibre réflexions personnelles et principes généraux. Quinze mois les séparent, quinze mois – du 8 février 1918 au 1er juin 1919, date de parution du 69e numéro de l'histoire de* La NRF *– pendant lesquels se jouent le destin de la revue et en même temps celui de Rivière, qui finira par en assurer la direction, seul, jusqu'à sa mort. Ghéon et Schlumberger souhaitaient faire de* La NRF *un organe de combat. Contre les tenants de cette ligne intransigeante, Rivière replace au centre des préoccupations de la revue la critique et la littérature. Il admet toutefois que* La NRF *se doit de rester ouverte à l'actualité et à la politique, en leur réservant des rubriques séparées. Celles-ci prendront forme en fonction des orientations de ses contributeurs, qu'il souhaite de plus en plus nombreux.*

1. Lettre du 13 février 1917, *Correspondance Gide-Rivière, op. cit.*, p. 472.

La Nouvelle Revue française
Ses origines, son programme[1]

Le premier numéro de *La Nouvelle Revue française* a paru le 1er février 1909. À vrai dire c'était le deuxième qui portât le nº 1. Je m'explique : en novembre 1908 avait paru sous le titre de *La Nouvelle Revue française* un premier numéro, qui donna à certains de ses collaborateurs, une fois qu'ils le virent au plein jour, un violent déplaisir et dont on décida d'arrêter tout de suite la diffusion. Sur ce faux départ, je n'ai rien à dire. Il est aujourd'hui complètement oublié et je ne le signale qu'aux amateurs de curiosités bibliographiques[2].

Le véritable départ de *La Nouvelle Revue française* date donc de février 1909. Elle continua depuis de paraître mensuellement dans le même format, mais avec un nombre croissant de pages jusqu'au 1er août 1914. Ses fondateurs étaient André Gide, Jacques Copeau, Henri Ghéon, Jean Schlumberger, André Ruyters et Michel Arnauld. Ce n'était pas le hasard qui les avait réunis. Il y avait déjà depuis assez longtemps entre eux des liens d'étroite amitié. La plupart, je crois même tous, avaient collaboré à *L'Ermitage*, une petite revue qui fut célèbre au temps du symbolisme, entre 1895 et 1905[3]. Mais bien qu'ils se connussent déjà et qu'ils eussent déjà travaillé ensemble, il est important de rechercher ce qui les

1. Tel est le titre indiqué sur les affiches annonçant la conférence.

2. La direction de *La Nouvelle Revue française* avait d'abord été confiée à Eugène Montfort (1877-1936) après qu'une lettre-circulaire avait défini les enjeux esthétiques de la revue. Suite à la sortie du premier numéro, le 15 novembre 1908, des différends éclatent au sein de la rédaction. Montfort quitte alors son poste pour reprendre la direction de *Marges*, la « gazette littéraire » qu'il avait fondée en 1903.

3. Rivière se souvient bien. Mais il faut souligner ici le rôle joué par Gide dans la composition de ce comité. S'il souhaite se tenir en retrait, les autres fondateurs le considèrent comme leur chef naturel. Il est, et demeurera toujours, l'âme de *La NRF*. Henri Ghéon (1875-1944) et Jean Schlumberger (1877-1968) sont ses amis intimes. André Ruyters (1876-1952), poète et romancier d'origine belge, s'installe définitivement à Paris en 1907, ce qui permet à l'auteur de *L'Immoraliste* – entretenant avec lui une riche correspondance depuis plus de dix ans – de l'associer au projet. Michel Arnauld est le nom de plume de Marcel Drouin (1871-1943), professeur de philosophie et beau-frère de Gide.

a réunis à nouveau en 1909 et ce qui les a poussés à fonder une nouvelle revue, qui fût leur œuvre propre et l'expression de leurs goûts et de leur pensée. Qu'avaient leurs goûts, qu'avaient leurs pensées de commun ? Quel dessein ont-ils poursuivi en donnant naissance à *La Nouvelle Revue française* ?

Et d'abord quel dessein n'ont-ils pas poursuivi ? À aucun moment ils n'ont songé à fonder une école littéraire. On découvre une nouvelle valeur esthétique, ou morale, ou psychologique et l'on décrète que toutes les autres doivent lui être subordonnées. On n'écrira donc plus pour créer quelque chose de beau, mais pour prouver que le beau consiste dans la prééminence du vert sur le rouge, ou de l'impassibilité sur l'instinct ou de l'instinct sur l'impassibilité. Pour rendre son originalité plus frappante on l'intitule : instinctiviste ou impassibiliste et on invente une certaine façon inédite de nouer sa cravate, qui permet de vous reconnaître dans les cafés comme un des pontifes de la nouvelle religion artistique. Il ne reste plus qu'à annoncer le premier numéro de la revue instinctiviste ou impassibiliste, et à y faire paraître une solennelle déclaration de principes, dans laquelle tout l'art antérieur sera proclamé nul et non avenu.

Les fondateurs de *La Nouvelle Revue française* n'avaient à faire cadeau au monde d'aucune nouveauté de ce genre. Bien qu'encore jeunes, ils avaient d'ailleurs tous dépassé l'âge où l'on croit qu'étonner c'est créer et ils étaient tous également dépourvus du souci de se faire remarquer.

La question se repose donc : Qu'y avait-il entre eux de commun ? Sur quel accord étaient-ils partis ? Je vois deux points sur lesquels ils étaient d'accord, deux points sur lesquels ils étaient animés d'une commune conviction, malgré les différences de leurs personnalités très définies.

Ils s'entendaient d'abord sur les conditions auxquelles l'œuvre d'art est possible et sur les fins, ou plutôt sur l'absence de fins de la création artistique.

En second lieu ils partageaient l'opinion que le symbolisme était mort et qu'on ne devait pas chercher à le ressusciter, mais qu'il fallait au contraire favoriser la rénovation des formes littéraires objectives, qu'il avait dédaignées : à savoir *le roman et le théâtre*.

I – Sur le premier point, leur *accord* était fait d'abord de *certains scrupules*. Scrupules touchant l'extérieur et scrupules touchant l'intérieur ; scrupules sur la relation de l'écrivain au public et scrupules sur la conduite à tenir vis-à-vis de leur propre inspiration, sur le crédit qu'ils devaient s'accorder à eux-mêmes.

A) *Scrupules sur la relation au public* : avant d'être une idée, le lien qui les unissait était un instinct pareil chez tous : l'instinct qui leur faisait écarter avec horreur toute flatterie du public, toute visée directement ou lointainement intéressée, toute volonté antérieure à la création, d'obtenir le succès, tout calcul des chances de plaire, tout effort pour se servir de l'art ou de la littérature comme d'un moyen d'arriver. Leur répulsion pour le genre caressant, je veux dire pour toutes les œuvres qui, prenant le public comme donné, tâchent de chatouiller sa sensibilité au point le plus rémunérateur, était, je crois bien, leur premier sentiment, le plus élémentaire, le plus vigoureux chez eux, celui dont ils se sentaient d'abord obligés de suivre les indications. Deux d'entre eux, André Gide et Jean Schlumberger, ont été élevés dans la religion protestante. Et ce détail explique peut-être, au moins en partie, cette espèce de violente pudeur littéraire et la prédominance chez eux sur tous les soucis esthétiques d'un souci moral.

Quoi qu'il en soit, *La Nouvelle Revue française* fut fondée par des gens qui sans doute n'avaient pas l'intention délibérée de déplaire, mais qui avant tout s'interdisaient de profiter des passions et des goûts de leurs lecteurs et d'aller les trouver chez eux. Il faut bien le dire : il y avait quelque chose d'un peu puritain dans le premier dessein de *La Nouvelle Revue française*. En face des habitudes trop coulantes des écrivains du boulevard, ses fondateurs désiraient faire paraître des mœurs plus sévères, une conduite plus désintéressée. Et comme ils sous-intitulaient leur recueil : revue de littérature et de critique, ils ne manquaient pas une occasion de relever vertement chez les autres tout ce qu'ils considéraient comme des indulgences coupables. Presque tout de suite dans les brefs articles de critique, intitulés : Notes, où ils rendaient compte des livres et des productions artistiques qui leur semblaient mériter l'attention à un titre soit positif, soit négatif, ils s'en prirent aux écrivains du boulevard et s'attachèrent à déceler et à stigmatiser dans leurs œuvres la trop grande référence au public, le souci de s'insinuer dans ses habitudes au lieu de les combattre, de trouver les fibres que la mode rend chez lui sensibles, d'entretenir ses préjugés et ses faiblesses, en un mot de le bercer et de l'endormir au lieu de le réveiller.

B) Scrupules touchant l'*inspiration*. Les fondateurs de *La Nouvelle Revue française* ne se contentèrent pas d'une sévérité tout extérieure, ni de remettre à leur place les caractères faibles parmi les littérateurs. Ils étaient trop fins pour ne pas comprendre qu'une attitude de censeur et de redresseur de torts est toujours un peu ridicule quand elle ne s'accompagne pas d'une grande vertu personnelle. Et d'ailleurs ils n'avaient aucun calcul à faire pour bien se tenir eux-mêmes. Le même instinct qui les mettait en campagne contre les trop grands égards au goût du vulgaire et contre l'industrie littéraire les empêchait de pratiquer l'indulgence envers eux-mêmes, et les animait de méfiance contre leurs propres dons. Oui, ce fut un autre lien entre les fondateurs de *La Nouvelle Revue française* que cette sorte de crainte du spontané, que cette conscience avec laquelle ils contrôlaient eux-mêmes les mouvements de leur inspiration et ne leur laissaient libre cours qu'après les avoir un instant contenus, examinés et comme pesés. Tout de suite les lecteurs furent sensibles à la tenue parfaite de la revue. Rien de lâché, rien de précipité, rien de bâclé. Chaque ligne apparaissait profondément méditée et mûrie. L'ensemble était comme s'il eût été pensé deux fois, comme si chaque auteur eût revu ses épreuves dans sa tête, avant même de prendre la plume.

Il faut même le dire franchement, peut-être y avait-il chez les premiers collaborateurs de *La Nouvelle Revue française* un excès d'autocritique, un peu trop de méfiance envers eux-mêmes et comme un doute sur leur propre talent qui leur nuisait. Ils semblaient trop effrayés devant l'inspiration et devant le premier jet. Nous examinerons tout à l'heure d'où ils venaient, quelles étaient leurs origines littéraires et peut-être trouverons-nous là les raisons de cette timidité. Ils semblent bien en effet avoir partagé d'abord cette terreur de l'inspiration qui, par réaction contre le laisser-aller romantique, a possédé tous les grands écrivains de la deuxième moitié du XIXe siècle, depuis Flaubert et depuis Baudelaire. On peut l'avouer aujourd'hui (les temps sont si changés !) : leur éducation en même temps que leurs qualités naturelles leur ont fait méconnaître quelque temps la part d'improvisation, de hasard et de n'importe comment, qu'il y a dans la plupart des grandes œuvres. Et *La Nouvelle Revue française*, en réaction si heureuse contre la facilité et le dévergondage littéraire du boulevard, a tout de même mérité dans une certaine mesure le reproche que quelques jeunes, au cœur impatient, lui ont adressé : le reproche d'être un peu froide et compassée, de craindre trop l'aventure et le génie, le déménagement et l'entreprise, et de n'avoir jamais, comme Jeanne d'Arc, entendu de voix. Je dirai simplement qu'à mes yeux ce défaut reste bien préférable à celui de vaticiner au hasard et de se montrer sans cesse dans le désordre de la pythie, ivre de vapeurs et sur un trépied vacillant.

C) Accord sur l'*autonomie de l'art*. Il ne faudrait pas d'ailleurs s'imaginer, d'après ce que je viens de dire, les fondateurs de *La Nouvelle Revue française* comme de sévères moralistes, épris avant tout de bonne conduite et cherchant à donner à l'art des fins d'édification. Ce serait la plus grossière erreur qu'on pût commettre sur leur compte. J'ai parlé tout à l'heure de la prédominance chez eux du souci moral. Mais je voulais dire simplement qu'ils mettaient au premier plan l'honnêteté de l'écrivain, la probité de ses procédés de composition. À la qualité morale de l'œuvre elle-même ils restaient indifférents. Oui, il faut bien se garder d'interpréter le puritanisme du fondateur de *La Nouvelle Revue française* dans un sens trop strict : leur dégoût pour les mauvaises mœurs littéraires s'accompagnait d'un dégoût non moins grand pour le prêche et pour la littérature d'encouragement au bien. Ils ont toujours eu horreur de tromper. C'est pourquoi ils m'en voudraient certainement si je cherchais devant vous à leur attribuer des intentions plus vertueuses qu'ils n'en nourrissaient réellement.

Dans le fond, ils ne s'intéressaient à l'art que pour lui-même et repoussaient également toutes les fins étrangères auxquelles on a coutume de le faire servir : pas plus qu'à flatter et à rapporter de l'argent, ils ne voulaient l'employer à enseigner et à améliorer les cœurs.

« L'œuvre d'art, avait écrit André Gide dans ses *Prétextes*, doit trouver en soi sa suffisance, sa fin et sa raison parfaite ; formant un tout, elle doit pouvoir s'isoler et se reposer, comme hors de l'espace et du temps dans une satisfaite et satisfaisante harmonie[1]. »

« Mais je n'ai voulu faire en ce livre non plus acte d'accusation qu'apologie, et me suis gardé de juger. Le public ne pardonne plus aujourd'hui que l'auteur, après l'action qu'il peint, ne se déclare pas pour ou contre ; bien plus, au cours même du drame on voudrait qu'il prît parti, qu'il se prononçât nettement soit pour

1. André Gide, « Les Limites de l'art » [1901], *L'Ermitage*, août 1901, repris dans *Essais critiques*, *op. cit.*, p. 422.

Alceste, soit pour Philinte, pour Hamlet ou pour Ophélie, pour Faust ou pour Marguerite, pour Adam ou pour Jéhovah. Je ne prétends pas, certes, que la neutralité (j'allais dire : l'indécision) soit signe sûr d'un grand esprit ; mais je crois que maints grands esprits ont beaucoup répugné à conclure – et que bien poser un problème n'est pas le supposer d'avance résolu.

« C'est à contrecœur que j'emploie ici le mot "problème". À vrai dire, en art, il n'y a pas de problème – dont l'œuvre d'art ne soit la suffisante solution[1]. »

La neutralité morale des fondateurs de *La Nouvelle Revue française* était absolue. Et si nous en cherchons les raisons, nous les trouverons justement peut-être dans cette probité originelle, dans ce scrupule de bon ouvrier, qui les penchait sur leur ouvrage dans un oubli complet de toute autre considération que de le rendre aussi parfait que possible. Quiconque aime son métier a des impatiences quand il le voit dévié de son usage propre, quand les techniciens d'une autre branche prétendent s'en emparer comme d'un simple moyen. Les fondateurs de *La Nouvelle Revue française* sentaient en eux une vocation littéraire trop déterminée, trop exigeante pour admettre qu'elle fût subordonnée.

Autonomie dans tous les sens de l'art et de la littérature : telle eût été peut-être leur devise première, celle où se fût le mieux exprimée d'abord la communauté de leurs tendances. On vit en effet tout de suite *La Nouvelle Revue française* accueillir des œuvres d'inspiration ou plutôt d'aspiration, aussi différentes que possible et, comme on dit en mathématiques, de sens opposé.

Ici, il faut marquer une nuance. On a accusé *La Nouvelle Revue française* de s'être en somme, sans déclaration explicite, ralliée à la doctrine de l'art pour l'art. Le reproche n'est pas tout à fait justifié. Les inspirateurs n'ont jamais dit qu'une œuvre d'art dût être forcément vide de toute intention, de toute tendance, ni que toute sa beauté tînt uniquement dans sa forme.

Nous verrons bientôt combien ils sont loin du Parnasse et de toutes les écoles, qui ont professé le culte de la forme et confondu le beau avec les moyens de l'obtenir. Ils ont bien compris qu'au contraire toute œuvre forte et profonde avait tout naturellement une tendance, qu'elle versait à droite ou à gauche, qu'elle était frappée d'une partialité proportionnelle égale au génie que l'auteur

1. André Gide, « Préface », *L'Immoraliste* [1902], in *Romans et récits, œuvres lyriques et dramatiques*, *op. cit.*, p. 592.

y avait dépensé. La création ne peut se produire dans l'indifférence ; un esprit qui crée, c'est toujours un esprit qui préfère, qui désire, qui déteste ; c'est toujours un esprit qui prend violemment parti, qui nage avec véhémence, à travers les vagues entrecroisées et le clapotement du possible, vers un rivage reconnu de loin et depuis longtemps désiré comme Terre promise. Il n'y a pas de création sans appétit et sans volonté, sans urgence et sans injustice. Il n'y a pas de création sans que violence soit faite à l'harmonie préétablie des idées et des formes : jamais la simple satisfaction aux lois d'accord entre les sons ou entre les mots ne pourra donner à l'auditeur la grande commotion esthétique. Tout cela, les fondateurs de *La Nouvelle Revue française* le savaient fort bien et ne le méconnurent pas un instant. Pas un instant ils ne prétendirent supprimer la tendance spontanée inconsciente de l'œuvre ; mais ils réclamèrent le droit de ne pas juger l'œuvre d'après sa tendance, de ne pas faire de classifications extrinsèques, et de ne pas repousser ou accueillir un ouvrage suivant la catégorie de gens auxquels il ferait plaisir. À quoi donc prétendaient-ils la juger ? Si ce n'était ni à la nature de son contenu, ni à la perfection de sa forme qu'ils s'attachaient, quel était donc leur critérium ? Il est difficile à formuler dans la mesure même où il est, je crois, profond. Voici pourtant ce qu'on peut dire : en toute œuvre ils ne voulaient voir que sa force, que son poids, que sa réalité esthétique ; ils croyaient que l'écrivain peut avoir toutes les opinions, toutes les croyances qu'il lui plaît, mais qu'une seule chose compte, pour ceux qui ont à l'apprécier, c'est le degré de sa puissance créatrice, la plus ou moins grande réserve d'énergie potentielle accumulée dans son esprit ; ils prétendaient ne le juger qu'à l'intensité de l'explosion qu'il produisait en s'exprimant, ou plus exactement, qu'au résidu laissé par cette explosion. Ils pensaient que le génie et même le talent sont choses qui doivent se reconnaître directement, par une sorte d'intuition spécifique, qui est d'autant plus sûre qu'elle est plus pure. En un mot ils essayaient de tâter le pouls au génie, de l'ausculter sans aucun intermédiaire et de former sur l'écrivain un diagnostic aussi indépendant, aussi technique que possible.

Cette attitude, éminemment naturelle, et qui est celle qu'adopte spontanément chaque savant dans sa discipline, chaque artisan dans son métier, n'est pas aussi fréquente qu'on pourrait le croire en littérature et en art. Trop souvent les critiques se laissent intimider par le caractère moral ou immoral de l'œuvre qu'ils considèrent : et cela dans les deux sens. Il y a ceux qui se sentent tout de suite pleins de respect et de louanges pour les œuvres bien intentionnées, pleins de mépris et de condamnation pour les œuvres licencieuses. Et il y a ceux qui par réaction se sentent au contraire disposés à mieux accueillir la littérature libertine que celle qui fait profession d'honnêteté. Je crois que le premier succès de *La Nouvelle Revue française* tint d'abord en grande partie au caractère strictement technique du point de vue qu'elle adopta. Tous les gens chez qui le sens littéraire est développé aux dépens des autres – et je ne nie pas qu'ils ne soient des espèces de monstres – comprirent d'emblée qu'ils avaient enfin devant eux les écrivains les mieux faits pour les conduire et pour instruire leur jugement. Ils sentirent cette confiance que l'on éprouve pour tous ceux que l'on devine fermes dans leur voie, imperturbables dans leur intention. Et ils furent d'autant plus joyeux de pouvoir s'y abandonner, que la grand-route était moins nettement tracée, plus difficile à élire entre les mille chemins qui se présentent sans cesse pour en détourner.

II – *Accord sur renoncement au symbolisme.*

Mais il ne faut pas oublier notre dessein actuel, qui est de retrouver les préoccupations qui réunirent les fondateurs de *La Nouvelle Revue française* et qui leur inspirèrent leur résolution. Celles que nous avons examinées jusqu'ici sont de pures préoccupations de méthode ; elles n'ont trait qu'aux conditions de l'œuvre d'art et n'en préjugent en aucune manière la nature ni le caractère.

En somme, si nous nous en tenions à ce que j'ai dit jusqu'ici, tous ces écrivains sembleraient n'avoir été d'accord que pour ne rien préférer à l'avance. On dirait qu'il n'y a eu de commun entre eux que leur attitude d'accueil, d'attente, de libérale attention, que leur pareille ouverture d'esprit. Nous dirons un mot tout à l'heure de cet éclectisme indiscutable par lequel commence en effet leur société, et nous montrerons que c'est un éclectisme non pas passif, mais actif. – Mais non seulement cela. Il y eut tout de suite entre eux autre chose et plus qu'une simple faveur témoignée en commun à la bonne littérature. Si respectueux qu'ils fussent de l'originalité des créateurs, quelque liberté qu'ils leur consentissent sur le choix du genre auquel ils voulaient se consacrer, ils n'étaient pas sans avoir des idées précises sur les nécessités auxquelles tendait son évolution.

Comme je l'ai déjà dit, tous étaient nés dans le symbolisme et y avaient fait leurs premières armes. André Gide, qui avait connu et fréquenté Mallarmé, avait même tenu une place importante dans le mouvement symboliste de la seconde heure, j'entends celui qui va de 1890 à 1900. Tous ses premiers ouvrages, *Les Cahiers* et *Les Poésies d'André Walter*, *Philoctète*, *El Hadj*, *La Tentative amoureuse*, *Le Traité du Narcisse*, *Le Voyage d'Urien*, enfin et surtout *Paludes* et *Les Nourritures terrestres* resteront parmi les œuvres les mieux réussies, et les deux derniers parmi les chefs-d'œuvre de cette époque, si délicate, si précieuse et qui garde je ne sais quel parfum de rare mystère[1]. Henri Ghéon, Jacques Copeau, André Ruyters, Jean Schlumberger avaient également publié des proses et des poèmes du goût le plus fin, et qui portaient le cachet très net de l'influence symboliste[2]. En 1909, tous se retrouvèrent d'accord pour penser que le symbolisme était mort et que toutes les tentatives pour le prolonger ou le ranimer ne représentaient que du temps et de la peine perdus. Ce n'était pas un décret arbitraire qu'ils portaient ; j'ai déjà dit qu'ils ne préconisaient aucune formule nouvelle : ils n'avaient par conséquent aucune extermination préalable à exécuter de parti pris. Non, c'était une simple constatation qu'ils faisaient ; et d'abord sur eux-mêmes. Ils se sentaient spontanément évoluer hors du Symbolisme et, pour en reconnaître la caducité, ils n'avaient besoin que d'écouter les indications de leur tempérament créateur. Ils se voyaient peu à peu et tous en même temps, découragés de cette écriture rare et musicale, de ces perpétuelles allusions au mystère, de ce lyrisme allégorique, de cette culture à vide de la sensibilité personnelle, de ce jeu de suggestions et de cette conversation poétique et confidentielle avec le lecteur, auxquels ils s'étaient d'abord adonnés. Le poème en prose, si aimé des symbolistes, leur apparaissait de plus en plus impropre à l'expression de leurs nouveaux sentiments. Et de plus

1. À ce propos, voir *supra*, p. 150.
2. Ghéon a publié deux recueils – *Chansons d'aube* (1897) et *La Solitude de l'été* (1898) – dont le parti pris de simplicité rompt avec l'affectation du symbolisme. Dans le domaine du roman, citons *La Vieille Dame des rues* (*L'Ermitage*, juin-décembre 1899) et *Le Consolateur* (*La Revue blanche*, août-octobre 1902). Copeau a connu le succès avec sa pièce *Brouillard du matin* (1897) et collabore avec différentes revues, où il s'occupe de théâtre. Ruyters est l'auteur du recueil *Douze Petits Nocturnes* (1895) et du roman *Les Oiseaux dans la cage* (1896). Schlumberger aborde la poésie (*Poème des temples et des tombeaux*, 1903) et la prose (*Le Mur de verre*, 1904 ; *Heureux qui comme Ulysse*, 1906).

en plus ils se sentaient ramenés vers les formes plus objectives et plus vivantes du roman et du théâtre. Ils avaient besoin non plus autant de se raconter eux-mêmes et de mettre en scène par toutes sortes de procédés indirects et comme tacites leurs propres émotions, que de raconter ce qu'ils voyaient, ce qu'ils imaginaient, ce qu'ils inventaient, ce qui arrivait aux autres, en laissant au lecteur le soin d'en subir l'impression, d'en cueillir le fruit émotionnel. Ils cherchaient à mieux départager la part du sujet et celle de l'objet et voulaient faire non pas de la littérature *impersonnelle*, au sens d'*impassible*, comme le Parnasse, mais de la littérature dont le principal objet cessât d'être leur petite personnalité, et où ils ne parussent que par la passion même et la pitié, dont les spectacles qu'ils se donneraient à peindre les animeraient. C'est sous l'empire de cette préoccupation très définie que *La Nouvelle Revue française* fut formée.

Mais il ne faudrait pas s'imaginer qu'elle l'exposa d'emblée sous la forme abstraite que je viens de lui donner et comme un article de foi auquel elle eût l'intention de subordonner toutes ses opinions. Encore une fois ses auteurs trop conscients de la diversité de l'art comprenaient trop bien la nécessité pour le maintenir vivant de ne l'emprisonner dans aucune formule, ils respectaient trop bien ses caprices, pour tomber dans ce pédantisme de lui dicter sa route, de lui fixer son itinéraire. Ils se bornèrent tout simplement à l'indication continue et soulignée de leurs préférences, à l'admiration motivée, détaillée, de ceux qu'ils tenaient pour les grands modèles, ou tout au moins de ceux chez qui ils croyaient découvrir les principes les plus fécondants à l'heure où ils écrivaient. Sans aucune déclaration de principes, par le seul choix de leurs propos et des écrivains dont ils entreprirent l'étude, ils marquèrent une direction. On remarqua leur insistance sur certains étrangers, notamment sur les romanciers anglais et russes, sur Dickens et sur Dostoïevski[1]. C'est que voyant en eux les compléments les plus souhaitables de notre génie sans en prescrire l'imitation, ils cherchaient à diminuer l'ignorance où l'on était d'eux. Ils posèrent ainsi tout un ensemble de touches délicates, dont l'enchaînement pouvait ne pas apparaître à un regard grossier ou distrait mais qui menaient insensiblement un œil plus exercé,

1. À la Petite Dame, Gide confie qu'il situe Dickens « tout de suite après Dostoïevski, oui, tout de suite après ». (Maria Van Rysselberghe, *Les Cahiers de la Petite Dame*, *op. cit.*, p. 69.)

mieux attentif, vers un idéal parfaitement défini et entièrement nouveau.

De temps en temps cependant, mais toujours en passant, et à propos d'un exemple concret, ils formulaient cet idéal et parmi les expressions les plus frappantes qu'ils en donnèrent, j'aimerais citer le passage suivant d'une note de Jacques Copeau sur un livre d'Agathon[1] : « Nous n'avons que faire des belles apparences d'où la vie s'est retirée. Nous ne nous soucions pas davantage des artifices raffinés et des rares matières. Nous ne saurions comment les traiter. La seule dont nous nous sentions capables de faire quelque chose, c'est cette matière toujours neuve et palpitante : *l'homme* ; "l'homme et encore l'homme". En ce temps où l'on risque de n'être point reconnu, à moins de porter signe à son chapeau, choisirons-nous un mot de ralliement ? Ce sera : "Vie d'abord", vie longue et patiente, active, chargée, difficile, vie enivrée d'être humaine[2]. »

En somme, les fondateurs de *La Nouvelle Revue française* ne déclarèrent pas la guerre au symbolisme ; car ils savaient qu'en art rien jamais n'est à détruire, et que toute révolution n'est qu'un remplacement. Ils accueillirent même, parce qu'ils les trouvaient toujours dignes d'attention, des poètes comme Viélé-Griffin, Verhaeren, qui ne s'étaient que fort peu écartés de la formule symboliste[3]. Mais en même temps ils marquèrent leur faveur à tout ce qui tentait de s'en évader ; ils se montrèrent à l'affût de toutes les réalisations, même partielles, de l'idéal qu'ils avaient reconnu et contribuèrent ainsi de la façon la plus efficace, encore que la moins bruyante à faire sortir la littérature des spéculations, sans doute infiniment précieuses et subtiles, mais enfin sans issue, auxquelles elle s'attardait.

Si les fondateurs de *La Nouvelle Revue française* avaient voulu être très malins, ils n'auraient pas agi autrement qu'ils ne firent.

---

1. Agathon est le pseudonyme d'Henri Massis (1886-1970) et d'Alfred de Tarde (1880-1925), qui font paraître dans *L'Opinion*, à partir de juillet 1910, une enquête intitulée « La Crise de la culture classique ». Les réponses sont réunies en volume l'année suivante (*L'Esprit de la Nouvelle Sorbonne. La Crise de la culture classique*, Mercure de France). La note de Copeau paraît dans *La NRF* de mai 1911.

2. *La NRF*, n° 47, 1912, p. 933.

3. Francis Vielé-Griffin (1864-1937) est considéré comme l'un des pères du vers libre. Il donne quatre textes à *La NRF* entre 1909 et 1914. Le poète belge Émile Verhaeren (1855-1916) collabore à la jeune revue par des notes et des poèmes, devenant un « habitué » de la maison *NRF*.

S'ils avaient d'abord envisagé le succès, le plus savant calcul ne leur aurait suggéré aucun autre plan, aucun autre programme que ceux qu'ils adoptèrent spontanément. Et en effet on comprend combien ce programme à la fois précis et secret devait exercer d'attraction sur tout ce que la jeune littérature comptait alors de vigoureux, d'entreprenant et de sérieux. Il avait en effet cette double et merveilleuse propriété premièrement de ne rien exclure *a priori*, de ne lancer l'anathème sur aucun genre, sur aucune forme d'art, et deuxièmement de marquer tout de même une direction, d'encourager de nouvelles tendances. Il arrivait ainsi qu'aucun écrivain ne se sentait d'avance rejeté par *La Nouvelle Revue française* et que d'autre part il savait qu'il n'y serait pas accueilli par simple éclectisme, par une passive et vague faveur dont n'importe qui eût pu comme lui bénéficier. Entrer à *La Nouvelle Revue française* ce fut tout de suite recevoir un brevet non pas de perfection, mais de vie ; quiconque était accepté dans ses pages recevait par là la preuve que son effort était de ceux qui avaient un sens et qu'il avait su enfiler la direction de l'avenir. *La Nouvelle Revue française* parmi les innombrables jeunes auteurs qui en tout temps noircissent du papier, choisissait, si j'ose dire, les vivants. Et c'est parce qu'ils le sentirent du tout premier coup, que la compétition fut bientôt si vive pour s'y faire admettre.

Je ne peux malheureusement pas, dans les limites étroites du temps où je suis borné, vous décrire en détail l'afflux de ces énergies, ni vous nommer un par un les jeunes écrivains que *La Nouvelle Revue française* ou découvrit, ou acheva de mettre en valeur. Ce serait beaucoup trop long et d'ailleurs absolument fastidieux, puisque je ne pourrais vous dire sur chacun que quelques mots et qu'il me serait impossible de caractériser leur œuvre de façon intéressante. Je voudrais simplement vous dessiner en laissant les figures du premier plan et vous citer les grandes dates de *La Nouvelle Revue française*, c'est-à-dire celles des plus importantes conquêtes qu'elle fit, des plus précieuses collaborations qu'elle reçut.

Le premier numéro contenait le début de *La Porte étroite* d'André Gide[1]. À vrai dire André Gide, comme d'ailleurs sa présence au premier numéro l'indique suffisamment, ne fut pas une

1. *La Porte étroite* est publié en deux livraisons successives, celles de février et de mars 1909, avant d'être repris en volume par les éditions de la NRF.

conquête de *La Nouvelle Revue française*. Je vous ai déjà dit qu'il était l'un de ses fondateurs. Mais justement pour cette raison, et comme c'est par ailleurs une personnalité considérable, il faut marquer avant tout autre son entrée en scène dans notre recueil : il débutait ici par un roman[1]. Et déjà ce détail était significatif. Pour ceux qui connaissaient son passé et qui avaient encore en mémoire ses premières œuvres, il ne pouvait être indifférent de le voir se présenter délibérément dans *La Nouvelle Revue française* comme romancier. On se rappelait encore les enchantements de *La Tentative amoureuse* et du *Voyage d'Urien*. Bien qu'écrites en prose, ces œuvres étaient pourtant de véritables poèmes, et conçues dans la manière symboliste la plus orthodoxe. Leur charme était tout entier d'allusion ; on n'y lisait aucune histoire précise, le récit d'aucun événement extérieur ; c'étaient de beaux voyages en soi-même, une sorte de personnification des rêveries de l'auteur, les aventures et les miracles d'une imagination entièrement repliée sur elle-même. Gide, au lieu de se placer en face de la réalité et de vouloir la copier, la laissait d'abord se résorber en lui-même, perdre ses éléments les plus grossiers, se raffiner jusqu'à n'être plus qu'un souvenir, une essence, un parfum, et ce n'est que quand elle était devenue ainsi tout à fait méconnaissable, qu'il se décidait à l'exprimer.

Déjà *Les Nourritures terrestres* étaient lourdes de plus de réalité. C'était une sorte de cantique enthousiaste à la louange de cette terre, une énumération passionnée de toutes les voluptés qu'on peut y goûter. Le style était plus ardent, plus concret déjà que dans les premières œuvres, moins paré de ces pâles éclats qui faisaient autrefois son charme. Plus tard *L'Immoraliste* était venu préciser l'évolution de Gide et montrer dans quel sens il fallait s'attendre à le voir se développer. C'était en effet un roman déjà, et bien que les péripéties en fussent presque uniquement intérieures, la beauté presque uniquement d'ordre psychologique, il avait une charpente, je n'ose dire une intrigue ; mais en tout cas les événements s'y suivaient, s'y enchaînaient, prenaient l'allure de la vie. Mais après *L'Immoraliste*, qui est de 1902, Gide était resté longtemps silencieux, puis il avait donné un livre d'impressions

1. On sait que Gide, grâce aussi à l'article de Rivière sur « Le Roman d'aventure » – *supra*, p. 392 – va très vite prendre conscience que *La Porte étroite* n'est qu'un *récit*, comme l'était *L'Immoraliste*, et comme le sera encore *Isabelle* (1911).

de voyage, *Amyntas*, qui s'apparentait plutôt aux *Nourritures terrestres*, si bien qu'on pouvait douter que sa vocation de romancier fût définitive.

La Porte étroite vint confirmer cette vocation nouvelle et montrer la résolution de Gide de rompre définitivement avec le symbolisme.

Elle le fit apparaître complètement maître d'une nouvelle manière, qui ne devait plus rien à la poésie. Je me suis montré si abstrait jusqu'ici, je vous ai promenés parmi tant de pures idées, que j'aurais aimé à vous lire quelques passages de *La Porte étroite* pour vous donner une idée concrète de cette œuvre volontaire et pourtant pleine d'effusion, savamment montée et pourtant pathétique, entreprise par son auteur sur les confins de son talent, et pourtant menée à bout avec la plus sûre maîtrise. Malheureusement cette diversion risquerait de nous conduire un peu loin et m'arracherait inutilement à la fonction un peu ennuyeuse, mais enfin nécessaire, d'historien que j'accomplis en ce moment.

Après celui d'André Gide – je suis ici l'ordre chronologique et ne prétends pas marquer l'importance respective des écrivains que je cite – le premier grand nom que nous trouvons au sommaire de *La Nouvelle Revue française* est celui de Paul Claudel. Il y apparaît dès le troisième numéro où l'on peut lire son *Hymne du Saint-Sacrement*. Mais il y éclate, si je puis dire, surtout avec *L'Otage*, que *La Nouvelle Revue française* publia encore dans sa première année. On sait que la gloire de Claudel date en somme de ce drame, avec lequel pour la première fois il atteignit le grand public. Plus tard, en 1911-2012 il donna également dans *La Nouvelle Revue française*, *L'Annonce faite à Marie* qui acheva sa renommée[1].

Claudel est un écrivain si puissant, il forme au milieu de notre époque un massif si riche et si complexe qu'il est bien difficile de ne le décrire qu'en passant. À quoi bon en donner une vue superficielle et incomplète ? Je l'entreprendrai d'autant moins ici que j'ai eu l'occasion, il y a deux jours, d'essayer une analyse aussi précise que possible de sa manière[2].

Mais je voudrais faire remarquer le caractère nouveau dans l'œuvre même de Claudel des deux drames qu'il donna à *La Nouvelle Revue française*. Il y a entre ses premières œuvres, celles qui

1. *L'Otage* paraît en réalité entre décembre 1910 et février 1911. *L'Annonce faite à Marie* sort entre janvier et mars 1912.

2. Allusion à la conférence du 6 février, *supra*, p. 105.

sont contenues dans *L'Arbre*[1] d'une part et *L'Otage* et *L'Annonce faite à Marie* d'autre part, à peu près le même rapport qu'entre *La Tentative amoureuse* de Gide et *La Porte étroite*. Les deux écrivains ont senti la même nécessité, celle de se rapprocher de la vie, celle d'augmenter la teneur dramatique de leurs œuvres aux dépens de la teneur poétique, celle d'émouvoir désormais davantage par l'action que par la suggestion. L'un dans le drame et l'autre dans le roman, c'est la même révolution qu'ils prétendent accomplir.

Peu de temps après celui de Claudel, mais dans des circonstances, hélas ! beaucoup plus tragiques, un nouveau nom, d'importance considérable, vint s'inscrire au sommaire de *La Nouvelle Revue française*. Ce fut celui de Charles-Louis Philippe. Depuis longtemps déjà Ch.-L. Philippe travaillait à un roman dont il voulait faire son chef-d'œuvre et où il mettait toute son application et toute sa ferveur. Il avait annoncé son intention de le donner à *La Nouvelle Revue française*. Mais ce ne furent, hélas ! que les fragments, qui y parurent au mois de février 1910 ; vers la fin de décembre 1909, Philippe, qui avait été toujours de santé très délicate – il avait même été torturé par la maladie pendant toute son enfance – Philippe avait succombé à la fièvre typhoïde. Le numéro du 15 février de *La Nouvelle Revue française* lui fut entièrement consacré. À côté de fragments inédits de son œuvre, on y trouva l'hommage de tous ses amis, en particulier celui de Marguerite Audoux, des souvenirs sur sa vie, l'analyse de ses principaux ouvrages. C'était une sorte de monument élevé à sa mémoire, et que complétait un beau portrait de Philippe par le peintre Charles Guérin. Ce numéro est aujourd'hui devenu rare.

Au moment où il mourut, Philippe n'était pas encore complètement débarrassé des obstacles intérieurs contre lesquels il avait lutté toute sa vie. On sait qu'il était d'origine très humble ; c'était le fils d'un pauvre sabotier. Bien qu'il ait eu la chance de pouvoir faire ses études au lycée, malgré tout, la culture était en lui chose trop peu ancienne pour qu'il la pût facilement manier ; malgré de précieux dons d'écriture, il avait à se battre contre des ignorances et contre un mauvais goût, dont il triomphait le plus souvent, et avec une croissante réussite, mais enfin toujours au prix d'un dur effort. Il avait subi peut-être plus qu'aucun de ses contemporains l'influence du Symbolisme ; jeune homme il s'était

1. Paru au Mercure de France en 1901, le recueil (cinq pièces) constitue la première édition du théâtre de Claudel.

épris passionnément de la poésie de Max Elskamp. Et chez lui aussi, qui pourtant tout de suite écrivit des romans, cette emprise du Symbolisme avait marqué tous ses premiers essais. Rien de plus réaliste que le sujet de *Bubu de Montparnasse*, et rien de plus impressionniste que la façon dont il est traité ; ce n'est pas l'histoire de son personnage qu'écrit Philippe, ce sont ses apparitions, les visions qu'il en a, les impressions qu'il reçoit de ses rencontres avec lui. Si *Charles Blanchard*, qui est une sorte d'autobiographie, lui donnait tant de peine, c'est justement parce qu'il voulait renoncer à tout prix à ce procédé de ses débuts et parce qu'il s'efforçait de composer un récit direct.

Une date mémorable dans l'histoire de *La Nouvelle Revue française* est celle où André Suarès lui apporta son grand talent. Suarès à ce moment-là n'était déjà plus un inconnu. Un des premiers qui l'eussent distingué avait été Ferdinand Brunetière, qui avait accueilli sa *Visite à Pascal* dans la *Revue des Deux Mondes*[1]. Ce sera plus tard pour les amateurs de curiosités un joli problème d'histoire littéraire que de deviner les raisons de cette sympathie, au premier abord surprenante, du sage et prudent Brunetière pour le révolutionnaire écrivain qu'était déjà Suarès ; et rien dans la biographie de ce dernier n'étonnera sans doute autant les générations futures que d'apprendre qu'il a fait ses débuts (ou à peu près) dans la solennelle, antique et vénérable *Revue des Deux Mondes*. Pour comprendre les raisons profondes de cet accident de l'histoire littéraire, il faudrait entreprendre l'analyse approfondie du talent de Suarès ; ce que je n'ai pas eu le temps de faire ici. Il importe simplement de se rappeler que Suarès arrivait à *La Nouvelle Revue française* avec un passé déjà. Il venait à ce moment-là de *La Grande Revue* où, sous le nom d'Yves Scantrel il avait tenu pendant quelque temps une chronique, qu'il intitulait : *Sur la vie*. En passant à *La Nouvelle Revue française* il la transforma en *Chronique de Caërdal* qu'il signa désormais de son véritable nom.

L'importance de cette intervention de Suarès dans nos pages ne pourra être méconnue par aucun de ceux qui ont lu son œuvre et qui en ont compris la force et la profondeur. Mais elle ne peut

1. La *Visite à Pascal* d'Isaac Félix Suarès (1868-1948), dit André Suarès, paraît en 1900 dans *La Revue des Deux Mondes* (p. 100-131). Malgré des relations difficiles avec Gide – esprit brillant, il était réputé pour son caractère difficile –, il collabore régulièrement à *La NRF* (1912-1914). Rivière consacre à Suarès sa conférence du 20 février (voir *BAJRAF*, octobre 2002, p. 19-47).

être appréciée de la même façon que celles que nous avons déjà signalées et commentées tout à l'heure. Suarès a toujours été et reste un solitaire : il se pose en face de son temps en juge, et sans doute en juge passionné, véhément, partial même ; mais enfin il est en marge de ce qui se passe, en marge par conséquent du mouvement littéraire. Il n'en subit pas les hésitations, les angoisses, et sa figure reçoit de cette impassibilité quelque chose d'olympien. Mais il n'avance pas non plus : si loin qu'aille son intelligence, si profond qu'elle atteigne, elle n'est pourtant pas entraînée ; le courant qu'elle sonde ne l'emporte pas. Elle reste sur la rive sublime et non concertée. C'est pourquoi il serait tout à fait artificiel de vouloir découvrir chez Suarès une évolution du symbolisme vers autre chose. Il a toutes ses racines dans le symbolisme, il y a été nourri dès l'enfance. Mais s'il s'en échappe parfois, ce n'est pas vers une forme nouvelle de l'art ; c'est par en haut, c'est par les jets puissants de son imagination indomptée, ce n'est avec aucune préméditation, ni aucune intention de réforme ou d'aboutissement.

Et pourtant je serais injuste si je ne signalais chez Suarès une veine, qui l'apparente aux écrivains que nous avons d'abord étudiés et qui est la véritable raison de sa présence dans *La Nouvelle Revue française* : c'est la veine psychologique. Suarès est un puissant reconstructeur d'âmes. C'est aux portraits qu'il excelle, ce sont ses portraits qui apparaîtront un jour comme le cœur de son œuvre, comme son titre de gloire le plus authentique. Et ne peut-on pas voir dans cette curiosité de la vie intérieure des grands hommes et dans cette attitude à la rendre sensible au-dehors, le pendant de la faculté romanesque ou dramatique que nous avons vu se développer, devenir principale chez Gide, Claudel et Philippe ?

Encore une fois je ne peux songer à reproduire dans tout son détail le mouvement d'attraction de *La Nouvelle Revue française*, ni faire le dénombrement de toutes les forces qu'elle absorba, de tous les écrivains qu'elle assimila à ce titre, durable ou passager, pendant ses six années d'existence. Mais je crois que rien ne peut donner une meilleure idée du pouvoir magnétique dont elle était pourvue au moment où la guerre l'interrompit, que le nom de sa dernière conquête, un nom, hélas ! que la mort a rendu illustre, et qui n'eût pas le temps d'être dans nos pages celui d'un vivant. Au début de juillet 1914, j'avais quitté Paris après m'être entretenu avec Charles Péguy pour la publication à partir de septembre de sa *Note sur Descartes*. « Vous pouvez compter trois numéros, me disait-il, mais vous ferez encore mieux d'en compter quatre. Parce que, vous savez, quand je m'y mets, je ne sais jamais jusqu'où ça ira. Il y a eu un moment où ça tirait un peu. Mais maintenant, ça foisonne, ça foisonne ». « Une note » de Péguy pouvait en effet facilement atteindre 500 pages, et déjà, sans attendre son avertissement, j'avais pris mes dispositions pour lui ouvrir une arène aussi vaste que possible. Avec quelle joie j'envisageais sa collaboration, que nous avons si longtemps désirée.

Péguy, on peut le dire aujourd'hui, n'avait pas toujours été entièrement favorable à notre œuvre. Il avait parfois compris nos intentions. Et puis, accablé par le fardeau des *Cahiers*[1] qu'il traînait péniblement, douloureusement depuis sa jeunesse, il était humainement impossible qu'il ne nous enviât pas un peu notre chance et notre réussite. Mais à force de patience et de bonne amitié, nous étions arrivés à le convaincre qu'il n'y avait aucune raison, aucune excuse pour qu'un antagonisme s'établît entre lui et nous et que bien au contraire nous avions tous les motifs imaginables de nous allier. C'est à la suite de cette démonstration qu'il s'était décidé à nous donner sa *Note sur Descartes*. Encore une fois cette adhésion de Péguy au moment où je quittais Paris, me remplissait de joie. Cette grande force allait enfin se joindre à la nôtre, cet esprit infatigable allait enfin s'exercer à nos côtés, cette âme si haute et si ardente allait enfin s'épancher sans crainte au milieu de nous.

Mais à ce début de septembre où Péguy eût dû paraître la première fois à notre sommaire, il n'était plus Charles Péguy des *Cahiers de la Quinzaine*, il était le lieutenant Péguy du 276e d'Infanterie et, le 5 exactement, il tombait au champ d'honneur en entraînant sa section avec un incroyable mépris du danger. *La Nouvelle Revue française* s'est chargée de publier l'édition de ses œuvres complètes, qui comprendra plusieurs tomes d'œuvres posthumes, dont un a déjà paru. Mais elle ne peut se consoler d'avoir perdu le grand ami qu'elle s'était gagnée[2].

---

1. *Les Cahiers de la Quinzaine*, comme l'explicite Rivière dans le paragraphe suivant.

2. Les *Œuvres complètes* de Péguy ont en effet été publiées par les éditions de la NRF (de 1917 à 1932, quinze volumes au total). Des textes de l'auteur paraissent également après la fin de la guerre, quand la revue passe sous la direction de Rivière.

Je ne voudrais pas finir cette esquisse de *La Nouvelle Revue française* sans indiquer à quel moment et sous quelle inspiration le théâtre du Vieux-Colombier s'en est détaché. On sait en effet qu'il a eu pour fondateur l'un des fondateurs de la revue. Jacques Copeau a toujours été préoccupé par les questions de théâtre. Tout jeune, à dix-huit ans je crois, il avait écrit une petite pièce qui eut beaucoup de succès et qui lui valut l'approbation et l'encouragement de Georges Porto-Riche, l'auteur du *Passé* et d'*Amoureuse*. Il eût pu sans doute, comme bien d'autres, cueillir sur la scène du boulevard les succès faciles qui y attendent tout dramaturge tant soit peu habile et que les scrupules ne gênent pas. Il préféra se replier sur lui-même, approfondir son talent, se nourrir par l'étude consciencieuse de la littérature dramatique et de l'histoire du théâtre. Les dures nécessités de l'existence l'empêchèrent longtemps de s'attaquer à l'œuvre qu'il avait déjà conçue. Mais quand le mouvement de *La Nouvelle Revue française*, à laquelle il avait activement collaboré dès le début, lui parut avoir pris assez de force et de courant pour porter le vaisseau qu'il construisait dans sa tête, il le lança tout à coup. C'était dans l'été de 1913. Je n'ai pas le temps bien entendu de vous faire l'histoire du Vieux-Colombier. Mais je voudrais indiquer en finissant en quoi ce nouveau théâtre procédait des mêmes préoccupations qui avaient jadis amené la fondation de *La Nouvelle Revue française*, en quoi il sortait bien des mêmes cerveaux qui avaient eu la première idée de la revue.

> Quelles que soient nos préférences avouées comme connaisseurs et comme critiques, écrivait Jacques Copeau dans l'article-programme qu'il fit paraître dans le numéro de septembre 1913 de *La Nouvelle Revue française*, notre direction personnelle comme écrivains, cependant nous ne représentons pas une école, dont toute l'autorité risque de déchoir quand s'évanouit son éphémère attrait de nouveauté. Nous n'apportons pas une formule, avec la certitude que de cet embryon doive naître et se développer le théâtre de demain. C'est en quoi nous nous distinguons des entreprises qui nous ont précédés. Celles-ci – on peut le dire sans méconnaître l'apport de la plus notoire d'entre elles : le Théâtre libre, et sans déprécier la haute valeur de son chef, Monsieur André Antoine à qui nous devons tant – celles-ci commirent l'imprudence de limiter leur champ d'action à l'étroitesse d'un programme révolutionnaire. Nous ne sentons pas le besoin d'une révolution. Nous avons, pour cela, les yeux fixés sur de trop grands modèles. Nous ne croyons pas à l'efficacité des formules esthétiques qui naissent et meurent,

chaque mois, dans les petits cénacles, et dont l'intrépidité est faite surtout d'ignorance. Nous ne savons pas ce que sera le théâtre de demain. Nous n'annonçons rien. Mais nous nous vouons à réagir contre toutes les lâchetés du théâtre contemporain. En fondant le théâtre du Vieux-Colombier nous préparons un lieu d'asile au talent futur[1].

Même prudence donc, même refus de ne rien bouleverser au hasard, même répugnance à limiter d'avance les possibilités de l'art, même dédain des programmes tranchants. Mais en même temps, même souci de préparer l'avenir, de lui offrir un terrain aussi favorable que possible, en écartant les broussailles de la mauvaise production courante, en ranimant le goût des « grands modèles », en réinsufflant aux classiques la vie et la nouveauté. Je ne veux entrer dans le détail des mesures que Jacques Copeau préconisait pour aboutir à la rénovation de notre scène. J'aurai du reste l'occasion de revenir ailleurs sur ce point[2]. Il me suffit pour l'instant de marquer avec autant d'exactitude que possible son intention. Or elle est très visible. Lui aussi a compris que la littérature véritable tendait à sortir de l'intimité un peu craintive où elle s'était réfugiée et comme blottie au temps du Symbolisme, il a compris la nécessité profonde qui devait ramener tôt ou tard les jeunes auteurs vers le drame, et il a voulu leur construire un théâtre, le théâtre dont ils avaient besoin. Il n'a donc fait que suivre jusqu'au bout, jusqu'à sa conséquence dernière et on pourrait dire extérieure, visible, matérielle, la conception de l'évolution littéraire que les collaborateurs de *La Nouvelle Revue française* s'étaient dès l'abord formée.

Je m'aperçois en finissant que j'ai dû être bien ennuyeux et bien qu'il soit un peu tard pour m'en excuser, je ne puis me retenir de vous montrer au moins les raisons qui me condamnaient à l'être et de plaider les circonstances atténuantes pour obtenir de vous au moins une indulgence rétrospective. Tout exposé abstrait n'a quelque chance de plaire que s'il est entremêlé des exemples sur lesquels il s'appuie. En expliquant les intentions des fondateurs de *La Nouvelle Revue française*, j'eusse dû les illustrer en vous

---

1. « Un essai de rénovation dramatique. Le théâtre du Vieux-Colombier », *La NRF*, nº 47, septembre 1913, p. 347.

2. Rivière consacre à Copeau et au théâtre du Vieux-Colombier la dernière causerie, *supra*, p. 475.

lisant les pages où ils prétendent les avoir réalisées. Mais quoi ? C'était m'obliger à apporter ici les nombreux thèmes de la revue et à vous faire la lecture d'un bout à l'autre. Un programme tel que celui que j'ai défini devant vous ne s'incarne pas en quelques pages, qu'on puisse présenter à toute réquisition. Sa complexité ne peut se refléter qu'en des œuvres multiples. Pour vous en faire contempler l'aboutissement véritable, encore une fois il eût fallu vous mettre entre les mains la collection complète de notre recueil. J'aime mieux vous la laisser parcourir tout seuls, content si j'ai pu vous inspirer quelque envie de la lire.

Mais pour vous dédommager de la sécheresse de cette première causerie, pour vous en faire oublier l'aridité, je couperai la prochaine de lectures aussi abondantes que possible, qui vous feront pénétrer, je l'espère, dans la familiarité de l'œuvre charmante dont il me reste à vous parler[1].

La Nouvelle Revue française[2]

La Nouvelle Revue française rompt aujourd'hui le long silence auquel la guerre, en dispersant dès le premier jour ses collaborateurs, l'a forcée.

Ce silence, bien qu'elle ne s'y soit pas délibérément obligée, bien qu'il n'ait pas été de sa part une attitude, elle ne le regrette pas. Entre autres avantages, il aura eu celui de lui permettre un examen de conscience approfondi et une compréhension plus nette des fins qu'elle avait jusque-là poursuivies peut-être un peu à tâtons.

La Nouvelle Revue française a été fondée au début de 1909 par un groupe de six écrivains : André Gide, Michel Arnauld, Jacques Copeau, Henri Ghéon, André Ruyters et Jean Schlumberger, qu'unissaient en même temps qu'une étroite amitié, de communes préoccupations esthétiques. À vrai dire, ce ne fut pour annoncer aucun évangile littéraire ni pour proclamer l'avènement

1. Il s'agit du *Grand Meaulnes* d'Alain-Fournier, voir *supra*, p. 34.
2. Éditorial du premier numéro de l'après-guerre.

d'aucune nouvelle école qu'ils sentirent le besoin de se rapprocher et de créer une revue. Ils avaient passé l'âge des enthousiasmes absolus, et d'ailleurs leur tempérament ne les disposait guère à jamais croire que le Beau se pût enfermer dans une formule exclusive, ni qu'il en pût automatiquement découler. *La Nouvelle Revue française*, dans leur esprit, devait être surtout un terrain propice à la création, qu'une critique intelligente maintiendrait constamment ameubli. Plutôt qu'à poser des axiomes et qu'à prescrire des règles, ils songeaient à écarter les broussailles de toute sorte, j'entends les préoccupations d'ordre utilitaire, théorique ou moral, qui pouvaient gêner ou déformer la végétation spontanée du génie ou du talent. Si l'on préfère, ils rêvaient d'établir, dans le royaume de la littérature et des arts, un climat rigoureusement pur, qui permît l'éclosion d'œuvres parfaitement ingénues.

C'est le même programme que se propose aujourd'hui le groupe, considérablement grossi, mais toujours pareillement inspiré, des collaborateurs de *La Nouvelle Revue française*.

La guerre est venue, la guerre a passé. Elle a profondément bouleversé toute chose, et en particulier nos esprits. Elle a remis chacun de nous au creuset et a recomposé à plusieurs d'entre nous une âme véritablement nouvelle. Plus d'un osera lui rester à jamais reconnaissant de l'avoir ainsi comme recommencé sur un nouveau et plus parfait modèle.

Et pourtant, malgré cette refonte morale et psychologique qu'elle nous a faite à tous subir, nous revenons, plus délibérément si c'est possible qu'autrefois, à notre premier dessein. Nous voulons refaire une revue désintéressée, une revue où l'on continuera de juger et de créer en toute liberté d'esprit, non pas « comme si rien ne s'était passé » mais en continuant de n'obéir, dans chaque ordre, qu'à des principes spécifiques.

Si l'on nous demande ce qui peut bien nous encourager dans une intention que certains trouveront peut-être déplacée, c'est, dirons-nous franchement, qu'une telle revue nous apparaît autant que jamais indispensable, c'est que la guerre a pu changer bien des choses, mais pas celle-ci, que la littérature est la littérature, que l'art est l'art. Elle a pu peut-être – c'est à voir – diminuer encore leur importance dans les préoccupations des hommes ; elle n'a pas pu modifier leur essence. Aujourd'hui comme hier, et malgré des millions de morts, il reste vrai qu'une œuvre est belle pour des raisons absolument intrinsèques, qu'on ne peut démêler que par une étude directe, que par une sorte de corps à corps avec elle. Aujourd'hui comme hier, et malgré des monceaux de ruines, il reste vrai que la création artistique est un acte original, que créer c'est peut-être avant tout ne rien sentir, ne rien vouloir d'autre que ce qu'on fait. Aujourd'hui, par conséquent, comme hier, et malgré les scrupules qu'on serait tenté d'éprouver, il reste nécessaire de purifier et de maintenir exempte de toute influence étrangère l'atmosphère esthétique.

Et après tout, est-ce bien là une entreprise aussi intempestive qu'il peut sembler au premier abord ? Est-elle dans un antagonisme aussi net qu'on pourrait le croire avec les nécessités et les convenances de notre époque ? Je me demande si l'âge où nous entrons n'a pas besoin au contraire, d'abord, d'une certaine gratuité.

À côté de son action régénératrice, il ne faut pas en effet oublier les méfaits immenses de la guerre. Un des plus graves est peut-être d'avoir préoccupé les esprits ; elle s'est mise à leur dicter toutes leurs pensées ; ils n'ont plus rien trouvé tout seuls ; ils ont cessé de pouvoir même regarder un objet devant eux ; non pas ce qu'il était, mais ce qu'il devait être : voilà seulement ce qu'ils ont vu.

Tous ont subi ce que Maurras appelle, dans un autre plan, la « mon-archie[1] » de la guerre. Bien plus terriblement que par l'amour, toutes leurs idées ont été tournées dans un seul sens : celui où il fallait s'avancer pour vaincre.

L'instinct de création lui-même, qui est pourtant abrité au plus épais, au plus résistant de l'esprit, a reçu je ne sais quelle obscure déviation ; toutes ses inventions pendant cinq ans ont été viciées dans leur germe. Qui pourrait citer une seule œuvre vraiment ingénue, une seule tige qui soit montée bien droit ?

Notre dessein est de travailler dans la mesure de nos moyens à faire cesser cette contrainte que la guerre exerce encore sur les intelligences, et dont elles ont tant de mal à se débarrasser toutes seules.

Notre tempérament tout d'abord nous y pousse. Dans l'ensemble nous ne sommes pas gens d'action ; nous ne nous entendons pas principalement à vouloir et à obtenir. Si nous sommes doués pour

1. Charles Maurras (1868-1952) a été directeur de la revue *L'Action française*. Il avait publié en 1900 un livre intitulé *Enquête sur la monarchie*, recueillant des textes parus dans la *Gazette de France*. L'expression « mon-archie » est récurrente dans le volume.

quelque chose, c'est bien plutôt pour penser, pour sentir avec justesse, pour créer avec sincérité. Nous avons traversé la guerre avec un minimum d'ambitions et d'illusions. Nous n'avons jamais été de ceux qui arrangeaient les événements par l'esprit.

Loin de nous la tentation de nous en vanter. Mais nous pensons qu'une telle disposition peut devenir précieuse aujourd'hui qu'il s'agit non plus de vaincre, mais de rendre à la pensée sa spontanéité et sa pertinence et de reconstruire la vérité. On voit en tout cas comment elle nous dévoue fatalement à lutter contre ce qui subsiste de l'exigence de la guerre sur les esprits.

Mais si notre naturel même ne nous encourageait pas à cette œuvre de redressement des idées, je prétends que le plus étroit patriotisme nous en ferait un devoir. Oui, je le dis parce que je le crois, c'est la France elle-même qui appelle de tous ses vœux, qui réclame, qui nous impose comme premier devoir la détente de l'obligation civique dans l'ordre de la pensée. Elle ne veut plus que son prestige soit la seule raison de toutes les idées que nous formons. Elle ne le veut plus, pour sauvegarder justement son prestige.

Car de quoi a-t-il toujours dépendu si ce n'est de sa faculté de penser et de créer avec désintéressement ? Par quoi la France a-t-elle été grande jusqu'ici dans le monde, si ce n'est par son inégalable, par son invraisemblable, par sa paradoxale sincérité ?

Nous sommes le peuple le plus vrai qu'il y ait sur la terre. On peut nous trouver durs et batailleurs, on peut nous reprocher notre humeur souvent méprisante ou agressive. Mais nous restons insurpassables pour la vérité du sentiment et pour la promptitude de l'expression. Les Russes peut-être ont dit des choses plus basses, plus secrètes que nous n'avons osées ; mais toujours amalgamées avec du mensonge, tout au moins avec du rêve. Notre littérature est la plus pure, la plus décantée de toute hypocrisie qu'aucune nation puisse produire.

C'est pourquoi le joug de la guerre qui, pour tous les peuples fut pesant à porter, n'en a tout de même écrasé et déformé aucun au même degré que nous. Aucun n'a été par la guerre aussi loin détourné de son génie que nous. Et s'il est vrai qu'on ne prend toute sa grandeur qu'en obéissant à son génie et qu'en épanouissant ses vertus naturelles, il est pressant, pour la plus grande gloire de la France, que nous recommencions à ne plus penser uniquement à cette gloire, que nous ne nous laissions plus obséder par elle et que nous dirigions de nouveau sur le monde un regard parfaitement dépouillé. Pour achever notre triomphe, il importe que nous nous montrions de nouveau capables de nous écouter nous-mêmes, au lieu de tout ce bruit qui se fait hors de nous, et dont le rythme voudrait régler encore celui de nos pensées.

La Nouvelle Revue française veut devenir l'organe spéculatif, au sens le plus général du mot, dont la France a plus que jamais besoin. Elle se propose avant tout, d'attendre et d'accueillir les produits naturels de notre inspiration. On trouvera dans ses pages le minimum de volonté et d'intention, le maximum de réalité et d'évidence.

*

Et pourtant il ne faut pas non plus que, par trop d'insistance sur ce point, j'aille faire croire qu'elle répudie toute règle de pensée et qu'elle entend s'interdire toute conception définie et toute prédilection. Des idées spontanées ne sont pas forcément des idées vagues. L'effort pour ne pas se laisser gouverner par des exigences extérieures n'est pas le renoncement à toute tendance.

Au contraire, dirai-je même. Si nous voulons nous arracher à l'esclavage intellectuel où les événements tendraient à nous réduire, c'est essentiellement pour pouvoir manifester des convictions, des aspirations précises. Rien ne nous est plus étranger que cette indifférence qu'on voit à tant de *recueils*, qui se contentent de recevoir la copie, comme une citerne reçoit la pluie.

Déjà dans le passé, ce qu'on aimait dans *La Nouvelle Revue française*, c'est qu'à côté d'une parfaite ouverture d'esprit elle savait montrer du goût et des préférences. On lui devinait des opinions. Elle avait des idées de derrière la tête. En même temps qu'elle savait se rendre sensible comme un microphone aux moindres bruissements de la Beauté, tout de même elle la cherchait dans la direction d'où elle devait venir.

Aujourd'hui, plus que jamais, nous avons l'intention de faire œuvre critique, c'est-à-dire de discerner, de choisir, de recommander. Tout au moins en ce qui concerne l'art et la littérature, nos idées sont parfaitement déterminées. Nous pensons apercevoir une direction où l'instinct créateur de notre race, aussi neuf et aussi hardi que jamais, est en train de s'engager.

Nous tâcherons de définir cette direction. Ce ne sera pas l'œuvre d'un jour, car, comme tout ce qui participe réellement de la vie, elle est fort complexe et ne peut être précisée que par touches successives.

Nous essaierons de faire sentir au lecteur que l'âge esthétique qui a commencé avec le romantisme est aujourd'hui, en fait, et malgré certaines survivances, complètement révolu. Nous ferons apparaître le symbolisme et tous ses dérivés comme de simples moyens, désormais impuissants, de multiplier *in extremis* les chances de vie du romantisme et de lui procurer encore quelque temps une sorte de respiration artificielle.

Plus simplement, nous tâcherons de déceler ce qu'il y a de périmé dans la culture des moyens d'expression pour eux-mêmes, indépendamment de leur valeur signifiante, dans les recherches purement musicales en poésie, dans la présentation lyrique des faits, dans la fixation directe des états de la sensibilité, dans la manière, si l'on peut dire, globale d'exprimer la réalité psychologique.

Nous dirons tout ce qui nous semble faire prévoir une renaissance classique, non pas textuelle et de pure imitation, comme les disciples de Moréas et les écrivains de La Revue critique l'entendaient et la définissaient avant la guerre[1], mais profonde et intérieure. Nous accueillerons la revendication de l'intelligence qui cherche visiblement aujourd'hui à reprendre ses droits en art ; non pas pour supplanter entièrement la sensibilité, mais pour la pénétrer, pour l'analyser et pour régner sur elle. Quand on songe au raffinement prodigieux que le romantisme et le symbolisme ont introduit dans nos sensations, quand on réfléchit à tout ce dont ils ont enrichi le cœur, et quand on imagine l'intelligence venant inventorier ces richesses et leur communiquer sa forme, quand on se représente l'énorme amas d'impressions et d'émotions accumulé par l'âge précédent peu à peu soumis à la pensée claire, on obtient, nous semble-t-il, une vue vraiment exaltante de l'avenir qui s'offre à nous. Nous le favoriserons de notre attente, nous lui donnerons

1. Porte-parole du nationalisme littéraire et de l'école néoclassique, à laquelle appartient Jean Moréas, *La Revue critique des idées et des livres* paraît entre 1908 et 1924. Le « classicisme moderne » de *La NRF* se définit par opposition au « classicisme d'imitation » prôné par le poète des *Stances* (1899). Voir, entre autres, l'article d'Henri Ghéon, « Le classicisme et M. Moréas », *La NRF*, n° 6, juillet 1909, p. 492.

notre foi et nous l'aiderons par tous les moyens en notre pouvoir à se changer peu à peu en réalité.

*

Une dernière indication.

Non seulement en littérature notre libéralisme n'aura rien de commun avec l'indifférence, mais non plus en matière politique notre neutralité ne devra être confondue avec un détachement et un dilettantisme que nous sommes aujourd'hui unanimes à détester du fond du cœur. Notre attitude sur ce point, parce qu'elle sort un peu de l'ordinaire, a besoin d'être précisée en quelques mots.

On voit des gens qui semblent persuadés que l'énormité et l'atrocité des événements que nous venons de traverser rendent désormais scandaleuse et impossible toute position purement spéculative et obligent à ne plus se proposer que des fins pratiques. On en voit d'autres au contraire, plus rares, il est vrai – mais on trouverait parmi eux plus d'un ancien combattant – qui, par timidité, par répugnance pour les partis pris, par lassitude souvent, ou par héroïque dédain de ce qu'ils ont fait de plus admirable, affectent de ne plus attacher d'importance qu'aux jeux de l'esprit et déclarent ouvertement se désintéresser des affaires publiques.

Nous n'appartenons ni à l'une ni à l'autre de ces deux catégories. J'ai assez dit plus haut le prix que conservait pour nous l'indépendance de la pensée et des arts. Je tiens maintenant à nous désolidariser formellement de tous ceux qui considèrent que la guerre étant finie, il n'y a qu'à n'y plus penser, et qui croient qu'on peut limiter de nouveau le champ de ses préoccupations à la seule esthétique. Non seulement un tel désintéressement nous indigne ; mais encore il nous est impraticable. Pas de tour d'ivoire. Et d'abord pour cette bonne et élémentaire raison que nous serions absolument incapables de nous en construire une. Une Force qui dépasse infiniment nos forces nous tient rivés à l'actualité, nous inspire même également à tous le besoin de contribuer personnellement à la solution des grands problèmes posés par la guerre. Aucun de nous qui se sente une ardente envie de travailler dans la mesure de ses moyens à la reconstitution de la patrie ; certains même, je le sais, brûlent de mettre leur bonne volonté directement au service de l'humanité convalescente.

Simplement nous prétendons ne pas tout mélanger. La vigueur d'un esprit se mesure peut-être à sa capacité de maintenir entre ses idées l'écartement qu'il y a entre les choses qu'elles représentent. Nous avons l'ambition de nourrir à la fois, conjointes mais séparées, des opinions littéraires et des croyances politiques parfaitement définies. Le seul point que nous nous défendions, c'est de laisser les unes déteindre sur les autres, pensant que ce ne pourrait arriver qu'à leur mutuel désavantage. La seule faute que prévoie notre programme serait de consentir à leur contamination : mais nous n'y tomberons pas.

Et si l'on objecte que nous nous assignons ainsi une tâche surhumaine, impossible, on verra bien. Qu'on nous fasse seulement crédit quelque temps. On verra bien si l'esprit français est incapable aujourd'hui de ces disjonctions par lesquelles il a toujours manifesté sa force. On verra bien si nous n'avons pas la ressource nécessaire pour rester à la fois des écrivains sans politique et des citoyens sans littérature.

Peut-être même essaierons-nous de donner dans la revue la preuve de notre double indépendance d'esprit. Je sais que plusieurs d'entre nous retiendront difficilement leurs réflexions sur les événements actuels, sur le cours qu'ils pensent leur voir prendre, sur le sens de la guerre. Ce ne seront jamais tout à fait des professions de foi politiques : plutôt une sorte de critique et d'interprétation de l'histoire contemporaine, mais à travers lesquelles forcément s'entreverra une couleur politique.

Si je refuse de la définir ici, comme j'ai défini tout à l'heure notre couleur littéraire, c'est, il faut l'avouer franchement, parce que je crains qu'elle ne soit plus indécise, ou si l'on veut, moins uniforme. Les accidents de la guerre nous ont assez différemment modifiés et nous ont persuadés, dans l'ordre dont il s'agit, de vérités assez diverses. Nous ne savons pas encore si elles sont convergentes, ou même simplement conciliables. Nous avons toutefois l'espoir qu'elles se complètent et qu'au fur et à mesure que nous les exposerons ici, elles s'organiseront entre elles, comme déjà s'organisent nos idées littéraires.

À supposer le pire, on trouvera dans *La Nouvelle Revue française* plusieurs points de vue sur la politique qui pourront se combattre, mais qui garderont entre eux ce lien et cette ressemblance d'être tous également réfléchis et sincères et de n'entraîner entre ceux qui les défendront ni haine ni intolérance.

À la rencontre de l'avenir, à la fois avec le plus de liberté et le plus de raisonnement possible, à la rencontre de l'avenir, d'une âme nette de tout préjugé, mais attentive aux moindres signes émis par la réalité, et les analysant, et les interprétant : telle pourrait être notre devise. Si elle ne se laisse pas résumer en une formule plus brève et plus saisissante, ce n'est le fait d'aucune timidité en nous, mais plutôt d'une grande ambition : celle de ne rien laisser échapper de la nouveauté infiniment riche et complexe que la France, à peine remise de son terrible émoi, déjà, dans le secret, nous en sommes sûrs, compose et prémédite.

Les interrogations sur les finalités de la littérature sont récurrentes dans les années d'après-guerre, notamment au sein de La NRF. *Rien d'étonnant que Rivière ait invité un jeune collaborateur de la revue, Marcel Arland, qui, depuis 1922, avait donné quelques notes sur Drieu, Mac Orlan et Max Jacob, à y réfléchir au nom de sa génération. Dans un article devenu rapidement célèbre, « Sur un nouveau mal du siècle », paru le 1er février 1924 et repris dans son volume d'*Essais critiques *(1931), Arland diagnostique un malaise : la littérature a oublié de mettre au cœur de son projet les questions des fins de l'homme. Plus important que la littérature lui semble être le moi, la littérature n'étant qu'un moyen de s'en approcher. Refusant les gesticulations des avant-gardes, le jeune Arland plaide pour une littérature qui soit au service d'une morale. C'est dans le même numéro de* La NRF *que Rivière lui répond, affirmant que la littérature doit garder son autonomie. Il se démarque ainsi quelque peu du subjectivisme qui était encore le sien dans* Études, *pour évoluer vers un classicisme plus affirmé. Une distance assumée dans la préface à la réédition du volume en 1924, quelques mois avant sa mort : « J'ai parlé dans ce livre des écrivains, des artistes, avec l'enthousiasme de l'amour ; et donc avec une certaine naïveté* [...]. *Ces* Études [...] *trahissent une exaltation, une ferveur un peu anormales et un "transfert" sur les artistes et les œuvres d'art de sentiments que j'aurais mieux fait de dépenser ailleurs. »*

La Crise du concept de littérature

L'article qu'on vient de lire[1] nous apporte l'opinion d'un très jeune écrivain sur les manifestations de la génération qui le précède et qui a aujourd'hui de vingt-sept à trente ans. Je demande la permission, en même temps à son auteur et à mes lecteurs, de l'étudier brièvement comme un document qui me serait tombé sous les yeux par hasard, comme quelque bouteille arrachée à cette mer confuse et problématique que forment devant nous les âges qui ne se sont pas encore exprimés.

Un premier trait me frappe dans cette confession : c'est que la littérature y est conçue comme une activité subordonnée. À quoi ? Je ne veux pas trop presser M. Arland de nous le dire. Je note cependant : « Avant toute littérature, il est un objet qui m'intéresse d'abord : moi-même. De cet objet je cherche à m'approcher par les plus purs moyens qu'il m'est possible de trouver. La littérature, qui est le meilleur d'entre eux, ne nous séduit plus guère qu'en ses rapports avec nous-mêmes, et selon l'influence qu'elle peut avoir sur nous ».

Cette déclaration prend de l'importance si l'on veut bien la rapprocher des deux ou trois faits suivants :

Ce fut très nettement par antiphrase que ses directeurs intitulèrent *Littérature* la revue qui devait, peu après sa fondation, servir d'organe au mouvement Dada. Et l'on se souvient que la première question qu'ils posèrent à leurs aînés fut l'ironique : Pourquoi écrivez-vous ?

Si l'on interroge Paul Valéry sur le sens de son activité, il s'efforce aussitôt de la montrer transcendante par rapport à la littérature, la forme écrite qu'il lui donne n'étant, pour sa pensée, qu'un accident.

Si l'on se plonge dans l'œuvre de Marcel Proust, on voit tout de suite qu'elle est née d'un dessein purement philosophique, ou même scientifique.

Je pourrais aligner d'autres faits ; mais ceux-ci me paraissent suffisants pour faire apparaître une tendance générale, – qui, si nous en croyons M. Arland, animerait ou affecterait (je laisse

1. Sur un nouveau mal de siècle, de Marcel Arland, paru dans ce même numéro de février de *La Nouvelle Revue française*. (NdA)

au lecteur le choix des mots) même la plus jeune génération – à n'écrire que par pis-aller, ou, tout au moins, à donner à l'écriture, à la création littéraire des fins extrinsèques. Aucune époque peut-être, malgré ce qu'en peuvent penser certains critiques à courte vue, n'a été aussi loin qu'est la nôtre de pratiquer « l'art pour l'art ». Il me semble même que nous assistons à une crise très grave du concept de littérature.

*

Quelles en sont les causes ?

Peut-être M. Arland ne les aperçoit-il pas tout à fait clairement. Je suis frappé pourtant par l'importance qu'il ose attribuer à la disparition de Dieu dans le trouble qui agite les jeunes écrivains – « Dieu, l'éternel tourment des hommes, soit qu'ils s'attachent à le créer, ou à le détruire ».

Il me semble qu'on ne peut bien comprendre le travail qui se fait devant nous sur l'idée de littérature que si l'on se représente à quel point, depuis le romantisme, cette idée a été pénétrée, ou contaminée par l'idée de religion. Si le problème de la possibilité et des limites de la littérature revêt aujourd'hui un caractère si tragique, c'est à mon avis parce qu'il a pris la place et la forme du problème religieux.

> Au XVIIe siècle, disais-je dans une interview qu'a publiée le *Journal du Peuple*[1], si l'idée était venue à quelqu'un de demander à Molière ou à Racine pourquoi ils écrivaient, ils n'eussent sans doute pas pu trouver d'autre réponse que : « Pour distraire les honnêtes gens ». C'est avec le romantisme seulement que l'acte littéraire a commencé à être conçu comme une sorte de tentative sur l'absolu, et son résultat comme une révélation ; la littérature a recueilli à ce moment l'héritage de la religion et s'est organisée sur le modèle de ce qu'elle remplaçait ; l'écrivain est devenu prêtre ; tous ses gestes n'ont plus tendu qu'à amener dans cette hostie qu'était l'œuvre la « présence réelle ». Toute la littérature du XIXe siècle est une vaste incantation, dirigée vers le miracle.
>
> Il me semble que nous assistons aujourd'hui à la crise de cette conception. Les jeunes gens continuent à être tourmentés par le besoin d'absolu que l'âge précédent a déposé en eux, mais ils sentent

1. 21 avril 1923. (NdA) Il s'agit de l'entretien avec Roger Vitrac, auquel Rivière fait également allusion plus bas. (NdE)

en même temps une impuissance radicale à produire quelque chose en quoi ils aient foi, qui leur apparaisse comme quelque chose de plus qu'eux-mêmes, comme une création comparable aux créations de Dieu. De là ce scepticisme furieux et dogmatique qu'on voit à quelques-uns, de là leur question ironique aux aînés ; « Pourquoi écrivez-vous ? Est-ce que vous ne voyez pas qu'il n'y a de réel, de certain, de positif, de démontrable que le néant ? Est-ce que vous ne voyez pas que c'est le néant qui guette tout ce que vous appelez votre production ? et qui vous laisse à vous engloutir ? » Et les plus logiques décident de renoncer pour leur compte à un genre d'activité qui ne peut plus être, pensent-ils, qu'hypocrisie ou déception.

Pourtant je représentais, dans ces lignes, d'une façon peut-être un peu trop simple, l'état d'esprit des jeunes écrivains auxquels je faisais allusion et qui étaient nommément ceux de l'ancien groupe Dada. Leur attitude, je m'en rends compte aujourd'hui, est plus complexe, leurs intentions restent plus contradictoires. Le scepticisme n'a pas en eux cette constance que je supposais ; ou plutôt, ils ne choisissent pas entre le scepticisme et la foi ; la foi subsiste en eux, à l'état honteux ; ils continuent à s'attribuer des pouvoirs surnaturels ; ils restent pleins de l'immense vœu de Rimbaud ; comme lui, ils attendent la visite sans nom : « La douceur fleurie des étoiles, et du ciel, et du reste, descend en face du talus, comme un panier, contre notre face, et fait l'abîme fleurant et bleu là-dessous. »

Ils sont vaguement conscients d'une difficulté de plus en plus grande qui s'oppose à la convocation des « esprits » (et leur mauvaise humeur vient de là), mais ils n'y renoncent pas pour autant. Ils multiplient au contraire les gestes incantatoires, ils recourent à des talismans de plus en plus bizarres et matériels.

J'ai longuement essayé de démontrer jadis, dans un article qui a paru ici même[1], que leur effort, prolongement de tout l'effort du XIXe siècle, tendait à la pure incarnation de leur personnalité, à la création, pour leur usage personnel, d'une sorte de « corps glorieux », et qu'il devait fatalement les conduire hors de la littérature. Mais cette vue me rendait trop peu attentif à ce qu'ils mélangeaient, à ces fins subjectives, d'ambition objectiviste et même métaphysique. En fait, en même temps qu'à « s'informer », au sens philosophique du mot, ils travaillent toujours, avec plus de zèle et d'acharnement ; même, que leurs aînés, à provoquer des

1. « Reconnaissance à Dada », voir p. 341.

présences inconnues parmi nous, à capter les larves qui rôdent à tous les confins de l'esprit.

Et cet effort aussi les pousse à mépriser, à dépasser la littérature.

Car supposez qu'on croie à la possibilité de « matérialisations » poétiques. Supposez ce nouveau spiritisme. Tout change de valeur. Il n'y a plus de fiction ; plus de modelage avec les mains, plus d'imitation ; il ne s'agit plus d'aboutir à de la ressemblance. Le poète ne peut plus se voir comme l'artisan, plus ou moins habile, d'une petite statue. L'idée même de beauté disparaît complètement…

Nous appellerons poésie un ensemble de phénomènes *x*, dont certains cerveaux sont les sujets à la façon dont un médium peut subir des aventures surnaturelles. La notation de ces phénomènes doit pouvoir être assimilable en tous points au procès-verbal des séances spirites. D'ailleurs André Breton et ses amis n'ont-ils pas, un moment, pratiqué l'hypnotisme comme source directe et unique d'inspiration ?

Par l'insistance qu'ils mettent, par ailleurs, à nous recommander les œuvres d'écrivains non professionnels, d'inconscients ou d'idiots, chez qui quelque hasard a pu se produire, ils veulent nous signifier leur seule religion de l'événement mystique, leur continuelle attente d'une Pentecôte poétique.

Un tableau de Giorgio De Chirico, où l'on voit une énorme femme de marbre couchée sur un coffre à bois avec un chemin de fer pour fond, le tout peint de couleurs empruntées à l'art du bâtiment, ne peut avoir aucune signification d'ordre proprement esthétique, mais communique à l'âme une émotion ambiguë qui lui vient de ne pas savoir si elle crée un monde ou si elle en reçoit révélation[1].

Une « photographie abstraite » de Man Ray, où un compas, un crayon, une équerre se mettent à valser ensemble jusqu'à ce qu'une lumière de fable descende sur leur tourbillon et les transfigure, c'est un moyen seulement, qui échappe à toute appréciation esthétique, de faire dévier l'esprit vers quelque *noumène*.

En matière écrite (j'écarte exprès les mots : littéraire ou poétique), je serai le dernier à contester la mystérieuse efficacité de certaines agglomérations verbales. Il y a l'image appliquée, qui sert à doubler une idée, à aiguiller les sens sur la même voie que

1. Il s'agit probablement du tableau *La Récompense de la devineresse*, 1913.

l'intelligence. C'est celle qu'emploie le « littérateur ». Mais il y a aussi l'image pure, qu'emploie le poète : un groupe de mots correspondant uniquement à une chose vue, sans rien qui en marque la liaison avec l'ensemble de notre vision, sans rien qui contribue à l'intégrer dans notre système intellectuel. Toute la poésie post-dadaïste est un gros tas de ces images où, armé de notre intuition comme d'une loupe, nous pouvons, s'il fait beau, venir voir bouger les astres, les anges, à des distances indéfinissables. Je ne nie pas que des rayons défiant l'analyse aient été captés. Dans mes moments d'optimisme il m'arrive de croire que l'homme a fait, ces derniers temps, certains progrès sur le paradis.

C'est en termes beaucoup plus positifs que M. Boris de Schloezer, dans un remarquable article de *La Revue musicale*[1], définit l'apport de Stravinski en musique ; mais ses constatations me semblent dans le fond assez voisines de notre propos pour qu'il vaille la peine de les rapporter ici :

> L'évolution de Stravinski, à partir de *Petrouchka*, consiste, me semble-t-il, en la recherche d'un nouvel art musical – dynamique et objectif. Stravinski s'oppose, tant au subjectivisme dynamique du romantisme, qu'au subjectivisme contemplatif et passif de l'impressionnisme. Depuis Beethoven, confession, expression et impression, l'art musical est toujours en fonction du moi, tout en élargissant les limites de ce moi presque à l'infini. Stravinski réagit ; il veut retrouver le secret de l'art classique, de cet art qui introduit le mouvement dans les choses mêmes, qui saisit les choses directement et les recrée telles qu'elles sont, agissantes par elles-mêmes. Aujourd'hui que cet art dynamique et objectif existe il peut nous sembler que le problème n'était pas si difficile à résoudre ; mais à l'époque où Stravinski composait *Petrouchka* et *Le Sacre* tout dynamisme retombait aussitôt dans l'ornière de l'expressionnisme, autrement dit : dans un art subjectif et émotif. Le naturisme impressionniste donnait l'illusion d'atteindre directement une réalité objective, mais il n'obtenait cette illusion qu'en sacrifiant le mouvement : on était délivré des confessions sentimentales ou idéologiques du romantisme, mais on créait un univers fantomatique, sans consistance, stagnant, privé de vie réelle, malgré ses chatoiements orchestraux et son apparente mobilité harmonique. Pour atteindre son but, Stravinski fut obligé de s'évader de son époque, de son milieu et d'évoquer un monde tout différent du nôtre, un monde primitif, par rapport au nôtre. Il fallut

1. 1er décembre 1923. (NdA)

retourner à la nature et oublier l'homme, ou le réduire à n'être plus qu'un élément de cette nature primitive, au même titre qu'une plante, qu'un rocher. Les rudesses du *Sacre*, son dédain de tout ce qui peut plaire et charmer, son âpreté – tout cela est nécessaire : il s'agit de tuer le sentiment, l'émotion subjective et de faire agir directement les choses. Il y a exagération peut-être et, plus tard, Stravinski sait être, quand il le faut, humain, et même tendre et lyrique ; mais ce n'est déjà plus le lyrisme subjectif, l'épanchement romantique de l'époque précédente. La formidable épreuve du *Sacre* fut définitive.

Et plus loin :

Il ne s'agit pas de descriptions ici, ni d'évocations par analogie, ni de nos états de conscience vis-à-vis des choses, mais d'une transposition musicale de la réalité vivante, agissante : les choses s'inscrivent ici « *sub specie musicæ* ». De même que pour un subjectif sentimental du type Schumann, tout ce qu'il sent en lui, tout ce qui s'épanche de lui possède une existence sonore, de même, pour un réaliste du type de Stravinski, les choses, leurs rapports, leurs actions, possèdent une valeur sonore : on pourrait dire que le "moi" du compositeur n'intervient ici que pour opérer cette transposition aussi fidèlement que possible ; ce « moi » – c'est un lieu de passage où la réalité prend musicalement corps.

M. de Schloezer parle ici des « choses » que Stravinski a voulu construire, transcrire, sans préciser à quel règne elles appartiennent ; mais il souligne avec une force précieuse la façon entièrement désintéressée dont le musicien s'offre à leur transposition.

S'il faut généraliser, je dirai que cet « esprit moderne », que ce « surréalisme » dont il est tant parlé, consistent, dans tous les arts :
1. en intention, à dériver directement, sans aucun ricochet par le *moi,* dans une matière ou écrite, ou plastique, ou sonore, les fluides inconnus qui nous baignent ;
2. en pratique, à briser toutes les formes du discours, toutes les veines de la matière, tous les éléments construits qui risquent de former canalisation et de donner aux « choses » (quoi qu'il faille entendre par ce mot) les contournements de la ressemblance.

L'art (si même ce mot peut-être encore conservé) devient ainsi une activité complètement inhumaine, une fonction, si j'ose dire, sur-sensorielle, une sorte d'astronomie créatrice. Et non plus seulement l'idée de littérature, mais aussi celle de peinture, de musique, peut-être même de poésie disparaissent devant celle, si l'on veut, de *catalyse*, le *moi* créateur n'étant plus qu'un corps qui par sa seule présence et sans y participer chimiquement met en jeu les affinités de deux corps étrangers.

*

Je n'ai dessein, dans ces brèves notes, dont je sens avec malaise le désordre, que de définir une tendance que mes précédents articles présentaient imparfaitement. Je ne cherche pas à la juger, Je reconnais volontiers qu'en musique tout au moins, par l'opération de Stravinski (la question est de savoir si on peut faire abstraction de sa personnalité, si un autre médium eût obtenu le même succès) – je reconnais qu'elle a donné des chefs-d'œuvre.

Pourtant je demande la permission de m'allier à un autre effort, que beaucoup de bons esprits me semblent fournir en ce moment et qui, d'intention moins métaphysique, me semble devoir être plus fécond. Il n'a rien de réactionnaire : je lui vois même une profonde nouveauté.

J'admets de tout mon cœur qu'une œuvre vivante ne peut plus naître aujourd'hui que d'une découverte, ne peut plus consister qu'en cette découverte. Ceci, décidément, est à jamais démodé, dans le concept de littérature, qui désignait un arrangement heureux de lettres et de mots autour d'un sentiment ou d'une idée déjà connus, déjà conquis par le sujet écrivant.

Mais je peux avoir ma nébuleuse, moi aussi. Et je réclame le droit :

1. de ne pas me faire d'illusion sur son emplacement, de savoir qu'elle n'est qu'en moi ;

2. de la traiter par d'autres moyens que la catalyse, de l'attaquer avec mon intelligence et de traduire les éléments solides que j'y reconnaîtrai ou déterminerai peu à peu, en langage social, que tout esprit puisse comprendre sans aléa.

Sans doute aboutirai-je ainsi à autre chose que de la poésie, à de la littérature peut-être. Je demande le droit de ne pas me sentir, pour autant, déshonoré.

C'est ici que je me crois, décidément, en avance sur les jeunes écrivains qui veulent bien m'injurier. J'ai l'impression qu'ils se débattent encore dans une conception déplorablement romantique de leur rôle.

S'il leur paraît dérisoire d'écrire, c'est qu'ils croient encore que c'est très important. L'orgueil les mine – et cette idée toujours que l'écrivain n'a de raison d'être que s'il fait des miracles. Ils le voient toujours à l'autel : il faut à tout prix que Dieu se fasse chair entre ses mains. Et si l'hostie demeure déserte, le prêtre, évidemment, n'est plus qu'un grotesque.

Ce ballottement perpétuel entre vivre et mourir qui les anime, ce dilemme du génie ou du suicide où ils se débattent, sont la conséquence de ce que les romantiques ont indûment laissé se mêler de sacré à la fonction littéraire.

Je ne crois pas à ce nouveau « mal du siècle » que dénonce M. Arland. C'est toujours l'ancien, c'est le mal du siècle dernier. Mais nous en souffrons depuis assez longtemps, maintenant, nous le connaissons donc assez bien pour qu'une forte volonté puisse en venir à bout.

Une forte volonté établissant dans l'esprit une forte modestie.

L'écrivain, disais-je à M. Roger Vitrac, dans la conversation à laquelle j'ai déjà emprunté plus haut un passage, n'a pas plus de raisons de se demander pourquoi il écrit que l'homme n'en a de se demander pourquoi il vit. Il est clair, pour moi, qu'au moment où nous laissons notre esprit se poser cette dernière question, il ne peut plus y répondre que par la foi religieuse ou par le suicide. Mais il y a une attitude intermédiaire qui consiste justement à distraire son esprit de cette question, à remarquer certains plaisirs possibles, à les poursuivre, à laisser faire la vie en nous. Tout progrès de l'homme dans la voie sinon du bonheur, du moins d'une certaine aisance physique et d'une certaine productivité, a toujours coïncidé avec son désintéressement des causes finales.

Il me semble voir commencer, simultanément avec Dada, un âge où la question du sens de la littérature cessera complètement de préoccuper ceux qui la feront, un âge où l'écrivain ne se croira plus désigné pour une fonction transcendante, mais travaillera à fixer l'aspect des choses le plus voisin de lui. Un coup définitif me semble avoir été porté à sa qualité de « Fils du Soleil ». Ce ne seront plus des révélations qui seront attendues de lui, mais des renseignements heureusement formulés sur l'homme, sur la vie, sur notre voyage en ce monde.

L'idée de la relativité pénètre lentement, mais invinciblement, le système entier de nos conceptions. La littérature ne pourra pas résister, sous peine de mort, à cette invasion. Premièrement, elle apparaîtra comme une activité relative à notre esprit et ne pouvant porter que sur notre expérience. Deuxièmement, elle s'assignera pour tâche de faire apparaître la relativité de toutes choses extérieures et intérieures, matérielles et spirituelles.

À cet égard, Proust est d'une importance qu'on peut encore à peine évaluer. La modestie de son dessein est faite pour scandaliser notre âge encore tout peuplé de prophètes. On n'en a pas vu de tel, je veux dire d'aussi limité, ni – c est la conséquence normale – d'aussi fécond, depuis l'époque classique. Proust a pu tenir à la gloire, mais il ne s'est jamais cru une mission, du moins autre que de prolonger autant que possible (il ne croit pas à l'éternité des œuvres littéraires) la vie de certains êtres et de certaines pensées.

Je ne m'en prends pas à la poésie pure ; je cherche seulement à limiter son domaine ; je veux l'empêcher de manger et de détraquer toute la littérature. Il y a malgré tout, dans la masse de ce qui s'écrit aujourd'hui, une dose énorme d'*improbable,* qu'il importe de réduire. Ce qui vient sans avoir passé par l'intelligence peut la dépasser, mais peut aussi n'être rien du tout. Nous avons devant nous, qu'il ne faut pas oublier, le menaçant exemple de la poésie symboliste, dont les quatre cinquièmes ont cessé de représenter à l'imagination quoi que ce soit.

Je souhaite qu'il demeure toujours un petit groupe de gens chargés d'assurer nos communications avec l'absolu. Mais je ne veux pas leur permettre d'imposer, par la terreur, comme seule admissible et vénérable, la fonction qu'ils ont choisie.

Peut-être définissais-je d'une façon un peu étroite et mesquine, dans les propos que je rapportais plus haut, le sens de l'effort littéraire en général. Peut-être même y aurait-il péril à reprendre purement et simplement la recherche de Proust ; elle aussi, je le notais en commençant, tendrait, d'une autre façon, à nous faire sortir de la littérature. M. Arland a raison de noter que le tourment de l'homme ne doit pas échapper à l'attention de l'écrivain : son effort, sa lutte contre la destinée, contre les êtres, son application à respirer, ses défaites, mais ses triomphes aussi, la foi, l'amour, le dévouement, la vie enfin, cette patience, forment un éternel objet qu'une éternelle activité, la littérature, peut et doit embrasser.

Mais l'essentiel, quand ce ne serait que provisoirement et pour retrouver un équilibre, me paraît être de concevoir dans de fortes limites les possibilités de l'écriture, de ne pas confondre les suggestions de notre inconscient avec une révélation extérieure, et de ne pas subordonner l'opération littéraire à des fins transcendantes.

Il y a beaucoup de grandeur dans un peu de vérité.

Parmi les reproches souvent adressés à Rivière figurait celui d'être trop inféodé à Gide. C'est encore ce que prétend Henri Massis dans l'entretien qu'il a accordé à Frédéric Lefèvre pour sa série Une heure avec... *des* Nouvelles littéraires, *le 13 octobre 1923. La jeune littérature, selon Massis, serait minée par son subjectivisme, son individualisme, son relativisme. Tout en reconnaissant à Rivière une puissance analytique remarquable, il lui reproche de ne considérer que l'homme seul, dans sa réalité psychologique, et non pas dans son humanité. Un entretien avec Rivière suit celui de Massis en décembre 1923. Il nie être un disciple de Gide, dont les préoccupations morales ne l'intéressent pas. Seuls le préoccupent comme écrivain les « mouvements moléculaires de la conscience ». Quant au reproche de subjectivisme, l'auteur de l'article sur « Le Roman d'aventure », se disant fier d'avoir « défini par anticipation l'œuvre de Proust dans ce qu'elle a de contraire à la tendance romantique et subjectiviste et dans ce qui fait sa ressemblance avec les grandes œuvres classiques », le récuse. À nouveau attaqué par Massis à propos de sa préface au* Bal du comte d'Orgel *de Radiguet, Rivière répond par sa « Lettre ouverte à Henri Massis... », publiée dans* La NRF *du 1er octobre 1924. Elle a été reprise dans l'édition 1999 d'*Études.

Lettre ouverte à Henri Massis sur les bons et les mauvais sentiments

Mon cher Massis,

Vous avez choisi une position. C'est fort bien. Mais de quel droit en imposez-vous une à vos adversaires, et justement celle-là qui peut le mieux vous permettre de les confondre et de les foudroyer ?

Vous avez pris en particulier l'habitude de me faire parler en toutes circonstances comme il faudrait que je parlasse pour que vous eussiez raison. L'attention que vous prêtez à mes opinions me flatte et m'honore grandement. Mais enfin ce qui importe, si quelque chose importe, c'est plutôt ce que j'ai dit que ce que vous voudriez que j'eusse dit.

Et sans doute vous y allez de force citations. Jamais dans tout l'avenir je n'ose espérer que je serai cité aussi abondamment que je le suis actuellement par vous. Mais pourquoi faut-il que ce soit toujours de façon tendancieuse ? Pourquoi tourmentez-vous mes pauvres phrases pour leur faire exprimer à toutes indistinctement la même préoccupation, le même morne souci d'immoralisme ? Vous entrez dans mes écrits en ravageur ; vous tuez, vous rasez tout ce qui ne peut pas vous servir et, le reste, vous l'emmenez en esclavage. Au bout de quelque temps je vois ressortir dans vos articles mes expressions, mais malheureuses, dépaysées, privées même souvent des guillemets qui leur rappelleraient leur patrie première. Elles ont beau m'appeler au secours ; la discipline impitoyable que vous leur avez imposée me les a rendues étrangères ; je ne peux plus rien pour elles ; et elles ne peuvent plus rien non plus pour moi ; elles ne m'appartiennent plus, elles ne me représentent plus.

Et c'est ainsi que je deviens, par l'opération de votre flatteuse, mais déconcertante tyrannie, le témoin supplicié d'André Gide, une âme incertaine et malheureuse, dévoyée par un mauvais maître et enfermée à jamais en elle-même par une incestueuse passion pour ses propres singularités.

Que je n'aie jamais rien fait ni rien dit qui pût donner lieu à cette interprétation, je ne le prétends pas. Mais votre devoir, puisque vous m'accordiez de l'attention, était d'abord de m'écouter complètement. Un être vivant ne peut pas s'exprimer d'un seul coup ; il se développe, il se corrige ; s'il y avait une variation dans mes propos, vous deviez l'enregistrer, non pas essayer de la réduire.

Mais je n'oserais jamais vous reprocher les déformations dont vous vous rendez coupable, si elles n'endommageaient que ma figure, dont après tout l'intégrité n'est intéressante que pour moi. Si je riposte aujourd'hui à l'article sur Raymond Radiguet que vous avez publié dans *La Revue universelle* du 15 août[1], c'est parce que vous m'y imputez une « doctrine » non seulement qui n'est pas la mienne mais qui même ne peut être que très faussement attribuée à *La Nouvelle Revue française* en général.

Vous êtes victime de votre propre manie dogmatique : vous voyez partout des systèmes, des points de vue fixes et inébranlables. Ou

1. Henri Massis, « Raymond Radiguet », *La Revue universelle*, n° 10, 15 août 1924, p. 488-495.

mieux encore, pour les commodités de votre polémique, il vous faut une *Nouvelle Revue française* entièrement, résolument et sombrement immoraliste : vous la « prenez ».

Et voici grâce à quelle sollicitation des textes. J'avais écrit, dans ma notice liminaire au *Bal du Comte d'Orgel*[1], les phrases suivantes, que je m'excuse d'être obligé de recopier : « Je n'admire rien de plus dans ce livre que la parfaite justesse d'une analyse prévue. Mais pour comprendre le prix d'une telle qualité, pensons un peu au fatras énorme que le goût de l'extraordinaire, hérité du romantisme, nous a fait accumuler en psychologie ». Vous traduisez : « Pour ceux-là (c'est-à-dire pour "les doctrinaires de *La Nouvelle Revue française*") un psychologue qui s'intéresse à autre chose qu'au monstrueux ne saurait avancer qu'entre d'étroites lisières. »

J'avais écrit : « *Le Bal du Comte d'Orgel* réintroduit peut-être dans la peinture des passions une mesure, des proportions qu'il y aurait péril à laisser perdre : il nous rappelle l'importance, la grandeur des sentiments normaux. Ce livre tout bref, tout fait de chastes étincelles, peut désintimider ceux qui pensent qu'une certaine pente humaine doit être épousée si l'on veut que l'investigation intérieure reste touchante et conduise encore au sublime ». Vous traduisez : « Le tort de Radiguet aux yeux de Rivière et des écrivains de son groupe, c'est de ne pas partager leur croyance qu'"avec les beaux sentiments on ne saurait faire que de la mauvaise littérature". »

Vous affirmez encore, un peu plus haut, avec un aplomb étonnant, que l'œuvre de Radiguet nous a « contrariés » « par l'émouvante pureté qui en émane, autant que par sa filiation traditionnelle avec les grands maîtres de la psychologie ». Et, pour l'établir, vous transformez indûment en querelle de principes la querelle d'ordre purement « éditorial » que j'ai eue avec M. Bernard Grasset[2]. Permettez-moi de vous répondre ici par une question : si *Le Bal du Comte d'Orgel* nous avait « contrariés », pourquoi

1. « *Le Bal du comte d'Orgel* », *La NRF*, n° 133, juin 1924, repris dans *Études*, *op. cit.*, p. 120-123.

2. Faisant allusion à ma correspondance avec M. Grasset, vous m'attribuez en passant une phrase : « Que n'avez-vous pris la peine de jeter un coup d'œil sur mes propres œuvres ? » qui serait d'une présomption ridicule, si je l'avais écrite dans le sens que vous lui infligez. Si j'ai renvoyé, en effet, M. Grasset à mes propres œuvres (et surtout d'ailleurs à *La Nouvelle Revue française*), c'était expressément pour qu'il s'y instruisît du ton qui nous était habituel en critique ;

l'aurions-nous publié ? Croyez-vous que notre masochisme aille jusqu'à nous faire choisir, pour les mettre en lumière, les œuvres qui nous vexent ou nous chagrinent ?

Mais jouons franc jeu : à côté des éloges que je viens de rapporter, ma notice contenait, sur l'œuvre de Radiguet, des réserves et des restrictions, dont je ne renie pas du tout l'essence, mais que je m'accuse volontiers aujourd'hui d'avoir faites un peu plus grosses qu'il ne convenait, et trop développées, en tout cas, pour que le degré véritable de mon admiration apparût au travers.

C'est sur ces réserves et sur ces restrictions que vous vous appuyez surtout pour reconstruire mes arrière-pensées.

Le malheur est que vous les reconstruisez avec la dernière inexactitude. Je dis que c'est abusivement que vous faites sortir des quelques touches modératrices que j'ai cru devoir poser les répugnances, la « contrariété » dont vous me montrez animé envers ce charmant ouvrage.

C'est autre chose que de signaler dans un roman ouvertement « psychologique » une allure un peu trop prévue de l'analyse, l'absence d'horizons sentimentaux vraiment neufs, et que d'en déplorer la « chasteté ». Je peux tout de même avoir soif de découvertes, sans que ce soit de découvertes scandaleuses ou atroces. Un livre peut me laisser désirer des révélations plus étendues et plus précises sur le cœur humain, sans que ce soit la révélation de son abjection et de sa perversité.

Sans doute j'ai écrit : « Si hideux soit son objet, je donnerai toujours l'avantage, en psychologie, à la découverte ». Mais la forme même de ma phrase indique que je suis loin de tenir à ce que cet objet soit hideux ; je m'en accommoderai s'il le faut ; ni je ne le désire, ni je n'attendrai d'en rencontrer un tel pour avoir la sensation d'apprendre quelque chose sur la nature humaine.

*

Au fond, vous êtes encore hanté, Massis, par cette distinction dont s'effraient et s'enchantent les collégiens, entre les bons et les mauvais livres. Vous croyez qu'un romancier doit choisir entre la peinture du bien et celle du mal.

---

je n'ai nullement voulu les lui donner comme exemple de la seule littérature qui nous parût admissible. (NdA)

Radiguet, lui aussi, en était convaincu. Et c'était un signe chez lui de cette naïveté d'adolescent qu'il cachait si bien, mais que je ne voudrais pas qu'on effaçât trop de sa figure. Quand il écrivait cette phrase, que vous citez, et qui est en effet très profondément révélatrice de son dessein : « Les mouvements d'un cœur comme celui de la comtesse d'Orgel sont-ils surannés ? … Ne serait-ce pas plutôt que l'attention se détourne de la pureté, sous le prétexte qu'elle offre moins de saveur que le désordre ? Mais les manœuvres d'une âme pure sont encore plus singulières que les combinaisons du vice », ne voyez-vous pas l'espèce de jeu et de balancement un peu simplistes, un peu automatiques qui se produisaient dans sa pensée entre les deux idées de Bien et de Mal, de pureté et de vice ? Elles étaient pour lui dans un antagonisme, et donc dans une équivalence littéraire, qui permettaient de choisir entre elles presque à pile ou face. Ou plutôt il pensait qu'on pouvait décider d'écrire un roman chaste, comme Flaubert avait décidé d'écrire un roman jaune.

Rien de plus naturel encore une fois chez cet enfant qui avait connu le désordre, l'avait peut-être détesté (là est le drame, que vous avez raison de souligner) et s'était fait une conception tout abstraite, toute thématique de la vertu qui l'en eût sauvé. Mais vous n'auriez pas dû pouvoir vivre les années qui vous ont, comme à moi, été données de plus qu'à lui, sans apercevoir combien une telle opposition est factice. Je prétends qu'il est impossible à un romancier qui est arrivé au bout de sa croissance, à un romancier formé, d'éprouver une préférence de principe pour le Bien ou pour le Mal.

Quand je combats le moralisme, Massis, croyez bien que c'est à l'immoralisme aussi que j'en ai, et point du tout, forcément, comme vous allez tout de suite le penser, pour aboutir à l'amoralisme. Je m'élève, je résiste contre l'immense habitude qui a été prise en littérature de concevoir la morale à part, de la poser d'abord comme un schéma abstrait, et de partir de ses qualifications pour explorer la matière psychologique. Nous avons tous abusé, moi le premier, des mots d'innocence, de perversité, de monstruosité. Ce sont valeurs de jeunes gens. À mesure qu'on avance en âge, il y a une chose aussi qui avance vers vous, qui se montre de beaucoup plus près, et dans laquelle, comme dans un astre qui descend par l'âme du télescope, on commence par ne plus reconnaître du tout ce qu'on voyait : c'est la vie. À ce moment, celui qui est doué pour le roman sent une considérable prudence l'envahir. Il voit des êtres tout près de lui qui vivent, qui bougent, et il pense : d'abord les comprendre, d'abord les montrer !

S'il est saisi, s'il peut être ému d'admiration sans savoir pourquoi, s'il est enchanté, s'il aime, alors qu'il y aille de sa peinture ! Qu'il pose les touches, bien exactement, et aussi merveilleusement toujours que possible ! Qu'il s'efforce contre les blancs de son personnage ! Qu'il tâche de faire quelque chose de lié, de fluide, de nombreux comme la vie ! Qu'il imite Dieu, qui a créé l'homme antérieur au péché !

Pour lui, chasteté, perversion, ne sont plus qu'à peine des mots. La couleur morale de son roman, ce sera un effet de ses soins, qu'il ne peut absolument pas prévoir. Il a bien assez à faire pour le moment d'inventer des paroles, des gestes, des événements où la vie consente à se déposer.

Oui, je tiens qu'il doit suivre les « méandres » des caractères. Il peut vous paraître que j'ai été impuissant, dans mon roman, à sortir de ces méandres ; mais je ne suis pas en cause et mon échec ne peut pas faire la preuve que le principe que je pose soit mauvais. Il y a des gens beaucoup plus forts que moi.

Je tiens que le romancier doit s'attacher aux singularités de son personnage, non pas à ses tics et à ses bizarreries, à moins qu'il ne soit humoriste, mais à sa façon, toujours unique, toujours imprévue et toujours merveilleuse, de prendre les événements. Il faut qu'il montre (par quel procédé, c'est une autre question ; ce ne sera pas forcément par l'analyse) les « détours » (oui, les détours) que fait en lui la pensée, l'espèce de canalisation très compliquée, mais, comme celle où se répartit le sang, génératrice de vie, qu'épouse sa sève sentimentale et intellectuelle. Je tiens qu'il doit faire des « éclaircies ». (Faut-il que vous m'en vouliez pour que même ce mot, sous ma plume, vous ait déplu !) Je tiens qu'il doit simplifier çà et là, et suggérer une idée à peu près cohérente, encore qu'innommable, de l'être qu'il a voulu peindre. Mais il faut que cet éclaircissement et cette simplification soient entrepris au sein d'un « fourré » vraiment touffu. Et dans ce fourré il n'aura pénétré que s'il a le souci, l'amour du singulier, que si les individus lui apparaissent avant l'idée qu'on doit s'en faire.

Doit-il juger son personnage ? C'est une autre question, mais qui ne se pose à lui qu'au moment de son travail où nous voici maintenant parvenus. (En admettant qu'elle puisse se poser ainsi dans l'abstrait.)

J'ai été très touché, je l'avoue, par certaines des observations qu'a présentées Ramón Fernández à propos de Meredith[1]. La façon dont le romancier de *L'Égoïste* prend soin de situer constamment ses personnages, par les moyens les plus subtils, dans une hiérarchie morale fixe, de les environner, de les harceler d'invisibles, mais perçants jugements, produit, je l'accorde, chez le lecteur, un sentiment de solidité, de confort et même, à certains égards, de profondeur supplémentaire ; qui est tout à fait appréciable. Je conviens qu'on peut souffrir parfois, en lisant Proust, d'un certain manque de repères moraux, qui donne parfois l'impression du naufrage. Je suis encore d'avis qu'un tempérament complet et bien équilibré, en qui la vie circule normalement, tend instinctivement à classer les êtres autour de lui, et lui-même parmi eux, suivant certains critères définis, qui sont ceux de la morale naturelle.

Mais entre cette organisation *a posteriori* de l'expérience humaine et le puéril dilemme : « Bien ou mal ; vertu ou vice, que vais-je choisir ? » vous sentez bien, Massis, qu'il y a un abîme. Vous sentez bien que le romancier doit tout de même commencer par un peu d'aveuglement à ces phares trop symétriques et pousser d'abord, en toute obscurité, vers le point le plus confus, le plus « bouché », le plus chargé de « grains », de l'océan psychologique.

*

Il faut, Massis, que vous réformiez la tactique que vous avez adoptée contre nous ; il faut que vous renonciez à nous faire, à propos de tout nouveau livre, la leçon. Non pas que vous la présentiez sottement, ni même qu'elle ne puisse jamais nous servir à rien ; mais proprement parce que vous n'êtes pas en droit de nous morigéner.

Vous avez tracé de moi un portrait sévère, mais au fond duquel j'ai deviné avec émotion une sympathie véritable. Laissez-moi vous dire à mon tour, et dans le même sentiment, comment je vous vois.

---

1. Voir *La Nouvelle Revue française* du 1er novembre 1923. (NdA) Voici la référence complète : Ramón Fernández, « *Le Message de Meredith* », *La NRF*, nº 122, novembre 1923, p. 513-536. (NdE)

Vous êtes un esprit fin, pénétrant, mais faible, et qui voudrait imposer aux autres les tuteurs dont il a besoin ; un esprit qui a de la peine à devenir adulte, et qui ne veut pas que les autres y soient parvenus.

Gide vous a profondément touché, bien plus que Maurras, bien plus que Barrès, bien plus que Péguy. Mais vous n'avez su réagir contre lui que défensivement, qu'en accumulant des agressions, qui étaient comme des barricades.

Souffrez que d'autres personnalités se développent avec moins de révolte et moins de rancœur. Souffrez que l'exhortation des *Nourritures terrestres* : « Et maintenant, jette mon livre et sors ; oublie-moi ! », soit suivie par d'autres sans ingratitude, mais à la lettre.

Gide nous a tous formés ; il est celui qui a parlé à notre génération avec le plus de prédestination ; mais je dois lui rendre ce témoignage qu'auprès d'aucun homme, jamais, il n'a été plus facile de devenir soi-même, dès qu'on s'apercevait qu'on était autre chose que lui.

Vous voulez que la vision qu'il a de la littérature et de la vie se soit imposée telle quelle à tous ceux qui l'ont approché. Qu'elle fût contagieuse, qui le nierait ? Mais il laissait à chacun le droit d'y résister ; il vous aidait même au besoin dans cette résistance. Combien de fois n'ai-je pas voulu le défendre et ne m'en a-t-il pas dissuadé pour qu'on n'allât pas méconnaître nos différences !

Chacun de ceux que vous cataloguez grossièrement comme ses disciples a pu, à chaque instant, ne prendre de son influence que ce qu'il en sentait assimilable. Et s'il arrivait à reconnaître sa propre orientation, ce qui fut mon cas, comme fondamentalement divergente de celle que Gide affirmait, il n'en résultait aucun drame, aucun de ces déchirements et de ces soumissions torturantes que votre imagination vous a fait supposer : il prenait tout simplement son essor, sans avoir à prononcer le moindre anathème. Une liberté, ici, a constamment régné, dont vos habitudes dogmatiques ne vous permettent évidemment pas de vous former une idée.

Il y a des gens, Massis, qui sont capables de se faire tout seuls leur vertu. Vous vous escrimez à la vôtre avec un renfort énorme, puisque vous embauchez jusqu'à saint Thomas. Que la peine que vous prenez n'aille pas vous faire croire que tout développement soit aussi laborieux, et que personne ne puisse jamais s'épanouir spontanément.

Vous m'avez reproché d'être livresque. C'est vous qui l'êtes ; c'est vous qui gouvernez et qui jugez selon les livres. Si vous aviez avec la vie un contact immédiat et constant, une souplesse, une bienveillance et une originalité s'ensuivraient dans votre critique que je regrette de ne pas apercevoir encore.

Vous êtes sans cesse en état de mobilisation complète de vos ressources : à propos de Radiguet vous avez utilisé saint Thomas deux ou trois fois. Vous n'avez pas trop de tous vos patrons à chaque instant. C'est beaucoup de tension et d'arroi.

Cédez, je vous en prie ; soyez plus calme, moins gendarmé. Sommeillez davantage et laissez se former en vous des persuasions plus ingénues. Quand vous pourrez ne plus citer personne, c'est alors que vous vous serez conquis vous-même et que le droit vous sera départi de « juger » les autres.

PEINTURE

PEINTURE ET PRÉSENCE AU MONDE

de Stéphane Guégan

Passionné de peinture, certes. Mais Jacques Rivière fut-il un authentique critique d'art ? Et un de ceux qui défendirent les esthétiques les plus neuves de la Belle Époque finissante ? La chose est moins sûre et peut paraître fort douteuse à qui se contente d'un rapide survol de la vingtaine d'articles, principalement confiés à *La NRF*, dont il fut l'auteur entre 1907 et la guerre de 1914. Il ne reviendra plus, pour ainsi dire, à l'actualité des salons et des galeries après 1918, signe ou pas, nous le verrons, d'un désaveu. Les intercesseurs de sa jeunesse bordelaise sont bien connus, il suffira de rappeler l'importance que prit alors le cercle de Gabriel Frizeau (1870-1938), collectionneur éclairé d'Odilon Redon et de Paul Gauguin. *D'où venons-nous ? Que sommes-nous ? Où allons-nous ?* trôna chez lui entre 1901 et 1913, séquence temporelle qui n'est pas sans rapport avec l'activité journalistique de Rivière. De même qu'il conciliait Paul Claudel, André Gide et Francis Jammes dans ses lectures, Frizeau ouvrait ses cimaises aux principales voies du postimpressionnisme, à l'exception du néo-impressionnisme des émules de Seurat, ce en quoi Rivière devait le suivre. Il lui doit aussi d'avoir connu, la vingtaine atteinte, André Lhote, artiste aux côtés duquel il finira par voir en Cézanne le peintre élu et s'intéresser au cubisme. L'histoire de l'art, s'agissant de la formation intellectuelle de Rivière, se contente le plus souvent de ce compagnonnage. Force serait d'isoler une sorte de girondisme, en tous sens, parmi les représentants de l'art moderne, à l'articulation des deux siècles, un girondisme raffiné, voire précieux, et tenté par la revitalisation de l'*ut pictura poesis* dans le sens où l'entendait un Maurice Denis en 1890 : « Se rappeler qu'un tableau – avant d'être un cheval de bataille, une femme nue, ou une quelconque anecdote – est essentiellement une surface plane recouverte de couleurs en un certain ordre assemblées. » Si l'on ajoute que Denis préconise en peinture d'arriver à la beauté par la nature, et à la poésie par la facture, entre-deux qui proscrit moins le sujet en soi que tout développement narratif superflu, et dépouille la représentation de tout mimétisme banal ou grossier, on mesure déjà ce que le jeune Rivière a tiré de son aîné, et notamment des articles parus dans *L'Occident,* revue chrétienne très militante, à partir de 1901.

Jacques Rivière y collabore lui-même dès juillet 1907, il vient d'avoir vingt et un ans. Deux autres composantes de son premier bagage critique méritent aussi d'être citées avant que nous en observions les traces, l'héritage de Baudelaire et l'apport de *La Revue blanche* (1889-1903), prototype de ce que voudra être, à divers égards, *La Nouvelle Revue française.* L'année 1907, qui marque le début de la correspondance avec Lhote, le voit aussi publier une première chronique artistique, dédiée à la 23e édition du Salon des indépendants qui l'a déçu. De façon à en souligner les insuffisances, Rivière y regrette l'absence de Bonnard et Vuillard, les peintres préférés de la défunte *Revue blanche* et, en particulier, de Thadée Natanson[1]. Peu importe l'extrême confidentialité de *Tanit,* la revue tunisienne où apparaît cette recension inaugurale, son tranchant témoigne d'une conscience mature et inquiète. D'un mot, Rivière laisse deviner ce qu'il pense de l'enchaînement des salles, subordonné à une sorte d'inflation provocatrice. Refusant de céder à l'exhibitionnisme désormais inséparable de la mise en scène du moderne, il répond d'abord à la « douceur » plus sûre « des vrais peintres ». Le premier et l'un des rares qu'il désigne en ce sens est un élève de Gustave Moreau, Charles Guérin. Affranchi de l'iconographie du maître, il applique « une délicatesse ancienne », « une tendre et pure sensualité », aux sujets de la vie présente, et pousse l'élégance jusqu'à cet « air de tête » qui ravit Rivière. Celui-ci se livre ensuite à une molle énumération, manière

1. Thadée Natanson (1868-1951), avocat et collectionneur, fonda avec ses frères *La Revue blanche* en 1889 qu'il dirigea jusqu'à sa disparition en 1903. Revue artistique, elle publia aussi des textes littéraires en feuilleton comme *Le Journal d'une femme de chambre* de Mirbeau et *Bubu de Montparnasse* de Charles-Louis Philippe. Thadée Natanson était lié au monde intellectuel et artistique, notamment à Vuillard, Bonnard, Toulouse-Lautrec ou encore Mirbeau, Mallarmé et Anatole France. Sa première épouse, Misia Godebska, femme du monde et excellente pianiste, fut une égérie des nabis. Misia soutiendra aussi les Ballets russes quelques années plus tard avec son troisième mari, le peintre catalan Josep Maria Sert.

de souligner le constat d'une exposition sans relief particulier, à moins de saluer le fauvisme ailleurs que dans les toiles du pâle Jean Puy. C'est précisément ce à quoi Rivière se refuse. Pas plus que le pointillisme de Signac, désagréable à l'œil et à l'esprit en raison de sa méthodique atomisation de tons purs, les suiveurs de Gauguin ne sauraient le convaincre, qu'ils singent son archaïsme, comme Sérusier, ou brûlent sa palette, comme les fauves, sans conserver le lien que le peintre de Tahiti a maintenu avec la logique du vivant. Le ton de l'article change alors et se charge d'une violence qui ira croissant : « André Derain jette trois grands corps jaunes au travers d'un tableau vert et se frotte les mains : déjà se laisse sentir un fumet de fumisterie. » *Nu bleu, souvenir de Biskra*, tableau orientaliste majeur de Matisse, est brutalement reconduit à la vacuité d'un « procédé », suivi « les yeux fermés ». En matière de peintures éreintées pour excès d'artifice, le coup de grâce est porté à deux artistes chéris des milieux d'avant-garde : « La laideur et la bêtise se réfutent toutes seules. Il n'y a donc rien à dire de Vallotton ni d'Henri Rousseau. »

Avant que les fauves et Vallotton ne lui inspirent d'autres commentaires aussi peu cléments, le pourfendeur de Matisse, et d'une peinture coupée du réel par excès d'intellectualité, formule définitivement l'esthétique qu'il partage, à maints égards, avec Maurice Denis et Gide. Constitutifs des Tables de la Loi à eux deux, Gauguin et Cézanne, morts en 1903 et 1907, cristallisent alors l'essentiel, et occupent autant Lhote et Rivière, tandis que les hommages prolifèrent, articles ou expositions, jusqu'en 1910. Entre-temps, *La Nouvelle Revue française* est née sous le pavillon d'une modernité qui, sans crainte de l'époque, avance à pas comptés : les références à Du Bellay et à Boileau, comme à Goethe, en tête du numéro liminaire de février 1909, annoncent sans chauvinisme étroit que la défense de la langue et de la culture nationale prend valeur de cap. L'aversion pour le futurisme, dont le manifeste paraît dans *Le Figaro* au même moment, est aussitôt prononcée. Les premières recensions de *La NRF* confirment les choix exprimés, au nom du groupe, par Jean Schlumberger : trois ans avant que Gaston Gallimard n'ait fait paraître sa superbe page sur Bonnard, qui marche vers plus de solidité et de « réalisation », Rivière présente son ami Lhote aux lecteurs, paré des prestiges symétriques de Gauguin, les arabesques édéniques en plus. *Le Jardin d'amour*, exposé aux Indépendants de 1909, se leste de résonances aussi érotiques que nuptiales, et affiche un synthétisme, cernes noirs et riches couleurs étales, aux accents de l'ancien mentor de Pont-Aven. Rivière parle de « schèmes presque abstraits » afin de les dissocier d'une abstraction qui ne serait pas condensation de sensations, mais grille préalable à la création picturale. Puisque « sortir de l'impressionnisme » est vital à la génération de Lhote, la leçon des primitifs, anciens et modernes, se justifie amplement. Rivière retrouve même le langage du *Peintre de la vie moderne*, où Baudelaire avant lui prônait l'équilibre entre le fugace du croquis et la pérennité de la composition : « La mobilité de la vie ne peut être représentée plastiquement que si elle est saisie au moment où elle expire dans les modèles parfaits et définis de l'éternel. »

Le Cézanne des dernières années, que « l'éphémère » ne dompte plus, Cézanne vers lequel Lhote lui-même tend bientôt par « amour de la construction », se prête mieux que Gauguin à l'exposé des convictions de Rivière. Ce dernier lui consacre un long article dans *La NRF* de mars 1910. Son audace ne découle pas de quelque précocité prophétique : annoncée par Émile Bernard en 1891 (« Il n'y a rien qui ne ressemble à une croûte comme un chef-d'œuvre »), précipitée par l'exposition Vollard et la recension de Natanson (*La Revue blanche*, décembre 1895), secondée par Denis et son cercle autour de 1900, la « reconnaissance » de Cézanne n'aura cessé de s'amplifier en vingt ans. À ce titre, l'hommage de Rivière au « plus grand » des peintres concentre la plupart des arguments de l'heure : la maladresse apparente de ces toiles n'est que l'autre nom d'une grâce et d'une délicatesse nées de la dévotion du peintre d'Aix au motif et aux maîtres qui l'ont détourné de l'impressionnisme, dévotion qui confine à la sanctification de la nature et au presque oubli de soi. Nul arbitraire ne dépare cette peinture obéissante, en profondeur, à l'ordre du monde, nul appel au spectateur n'en brouille la cohésion interne, nulle confession psychologique n'en trouble la gravité recueillie. Rivière, sans l'avouer, se souvient qu'un autre Cézanne a précédé le peintre de cette noble et frémissante phénoménologie en terre provençale : « J'ai la faiblesse de regretter parfois qu'il n'ait été que peintre, que dans son œuvre l'homme n'intervienne jamais que comme serviteur des choses, qu'il ne fasse sentir sa présence que par sa dévotion et son souci de s'effacer. Mais ne faut-il pas que son abdication vienne réparer l'impertinence de tous ceux qui s'établissent en intrus et s'exposent au milieu de leurs tableaux ? » Derrière la flamme cézanienne de 1910 se devinent les répugnances et bientôt les sérieuses résistances de Rivière envers le cubisme naissant, qui ne saurait gagner son suffrage en raison même du modèle qu'il trahit en le faisant sien. Cézanne ne saurait excuser tous ses thuriféraires. Deux ans plus tôt, la peinture à « cubes » avait commencé à diviser la communauté des peintres indépendants. D'abord chassée du Salon d'automne, et repliée chez Kahnweiler[1], elle fait une timide apparition au Salon des indépendants de 1909, et déclenche l'ironie de Louis Vauxcelles[2] au sujet de Braque. La passion publique s'en empare à partir de l'édition de 1911. Delaunay, Léger, Le Fauconnier, Gleizes et Metzinger sont les héros du nouvel isme, nouveau séisme, que les deux derniers placardent fièrement avec le livre qu'ils font paraître en octobre 1912 chez l'éditeur Figuier. Dès mars, Rivière a publié « Sur les tendances actuelles de la peinture », le plus long des articles où se soit jamais définie son évaluation du contemporain. L'habileté de philosophe à retourner les arguments de la défense éclate une fois de plus. Le cubisme, écrit Rivière, loin d'en finir avec l'impressionnisme, en prolonge le subjectivisme, reste prisonnier de l'aspect superficiel des choses tout en prétendant revenir à leur « être ». Plus phénoménologue que néoplatonicien ou néokantien, l'ami de Lhote, qu'il exclut de la vulgate en cours, réaffirme le rejet de la déliaison. La peinture est transposition unifiée d'une réalité multiface, et non pulvérisation du réel, négation du volume, déhiérarchisation des parties dans le tout, réification de l'espace, autant d'« erreurs » qui font dire à Rivière que le cubisme, aussi intéressant, aussi séduisant soit-il, confond la lettre et l'esprit de la peinture. En 1910, année faste s'il en fut pour la plume de *La NRF*, il avait excommunié, une fois de plus, et au même titre, Matisse et Vallotton : si différents fussent-ils, ils aboutissaient à la même sécheresse artificielle, obstinée. Peinture d'intentions quand Rivière réclame une peinture d'attention. Le grand article de 1912 se referme sur une note plus optimiste que les dernières recensions du Salon des indépendants. Il y aurait donc lieu de ne pas « se décourager définitivement ». Or l'histoire de l'art, quand elle fait place à Rivière,

1. Daniel-Henry Kahnweiler (1884-1979), collectionneur et marchand d'art à Paris à partir de 1907, il soutient notamment les cubistes à leurs débuts, Picasso, Braque, Juan Gris et Derain. Ses biens seront séquestrés pendant la Première Guerre mondiale car il est considéré comme ennemi de la France même s'il refuse de rejoindre l'armée de son pays, l'Allemagne. Il ouvrira à Paris à partir de 1920 la galerie Simon. Obligé de fuir les persécutions contre les Juifs au début de la Seconde Guerre mondiale, il cède sa galerie à sa belle-sœur et collaboratrice Louise Leiris, qui épousera Michel Leiris. La galerie, qui représenta longtemps Picasso, existe toujours.

2. Louis Vauxcelles (1870-1943) fut un critique d'art très influent qui tint longtemps une chronique dans *Gil Blas*. Il inventa le terme de fauvisme et se montra assez critique face aux avant-gardes, particulièrement le cubisme.

préfère le cantonner parmi ces réactionnaires aveugles, cramponnés au « merveilleux XIXe siècle » et inaptes à accepter le suivant. Il faut, au moment de conclure, apporter deux correctifs à cette relégation. Le premier concerne l'apparente nostalgie des incursions de Rivière sur le domaine de la peinture ancienne : Poussin, David et Ingres, quoique écrasants chacun dans son inégalable perfection, lui servent néanmoins à ajuster la variable d'un certain classicisme français. Si Delacroix et Chassériau, comme il l'écrit, s'y rattachent, c'est bien que le concept est à entendre hors de toute étroitesse d'école, d'enseignement ou, pire, de corporation. Le pompiérisme, Rivière l'a rappelé lui-même, s'égare à refuser le dialogue avec la jeune peinture ou à croire que le classicisme, cher à *La NRF*, se résume à un registre formel, un ordre esthétique, et n'obéit pas à une poétique capable de variations propres à chaque époque. L'« éternité » baudelairienne, le mot et la chose, ne hante pas Rivière par hasard. En outre, la réflexion que lui inspirent les maîtres du Louvre, à commencer par *L'Inspiration du poète* de Poussin entrée en 1911, fait apparaître un souci du sujet moins sensible ailleurs. Mon second correctif touchera au formalisme qu'on pourrait lui reprocher, à le lire trop vite. Certes, la génétique des formes le passionne et il apporte un soin admirable à éclairer la forge de l'œuvre. Il n'y réduisait pourtant pas et sa valeur et celui qui fait profession de l'expliquer. Par une sorte de paradoxe déconcertant, l'un des modernes qui l'aura le plus habité, l'un des peintres qui aura refusé l'abstraction sous toutes ses formes, est presque absent de sa critique d'art. Mais sa correspondance, à l'inverse, résonne ici et là de son nom. Ainsi écrivait-il, le 12 juillet 1919, à Jacques Copeau : « Il est incontestable que Picasso a fait subir au métier plastique une transformation sur laquelle il n'y a pas à revenir et dont on ne peut refuser de tenir compte sans se condamner à faire de la peinture de musée. » La mort de l'art n'était qu'un piège de plus, Rivière sut l'éviter.

Créé en marge du Salon des artistes français en 1884, libre de tout jury et hostile à toute récompense, le Salon des indépendants a été le théâtre privilégié de la marche des arts depuis que Seurat s'y est fait connaître. Le vingt-troisième du nom (20 mars-30 avril 1907), accueillant Matisse au lendemain du « scandale de 1905 », fait l'objet ici d'un éreintage calculé. Pour un coup d'essai, dans le premier numéro de la revue Tanit, *en 1907, Rivière, vingt et un ans, déploie une insolence toute baudelairienne.*

L'héritage de Gustave Moreau et de Paul Gauguin Sur le 23e salon des indépendants

À l'entrée de chacune des deux serres, l'on est accueilli par des gens bien sages dont la mission est de vous conduire sans méfiance jusqu'aux salles centrales. Là, quand il est trop tard pour battre en retraite, on se découvre entouré de fauves, l'on est pris : il faut regarder. Et l'on aurait tort de ne pas le faire. Car, bien plus que les honnêtes médiocrités du seuil, ces étranges et souvent déconcertantes compositions nous doivent intéresser. Je ne veux pas dire que les plus violentes soient les meilleures ; on risquerait – tant ils s'effacent – de passer sans les voir devant Charles Guérin ou Laprade, les maîtres. Mais Signac ou Rouault qui vous interpellent brusquement méritent au moins l'attention.

Le parti pris, même s'il blesse, implique trop d'héroïsme pour qu'on puisse sans injustice se contenter d'une raillerie en passant : il faut du courage pour se condamner à *une* vision, à *un* procédé, pour s'enfermer dans *une* manière. Notre devoir est donc, tout en disant pourquoi nous préférons la sûre douceur des vrais peintres, d'accorder notre considération à ceux qui cherchent et qui veulent.

Charles Guérin[1] : ses trois petits tableaux : *La Femme à l'armoire*, une *Nature Morte*, *Les Petites filles qui pêchent*, n'arrêtent pas les yeux. Pourtant ce sont les trois chefs-d'œuvre du Salon. Distinction suprême et presque mélancolique, délicatesse ancienne, tendre et pure sensualité. Et quelle peinture ! Les empâtements si délicieux déjà dès les premières toiles s'éclaircissent sans rien ôter à la couleur de sa solidité. Et quel dessin ! Les traits noirs qui jadis cernaient les formes d'un geste exquis, s'amincissent, par crainte

1. Charles-François Prosper Guérin (1875-1939), élève de Gustave Moreau, exposa avec succès à partir de 1896 au Salon des artistes français, au Salon d'automne et au Salon des indépendants. Il fit partie des peintres français présents à la grande exposition internationale d'art moderne, l'Armory Show de New York en 1913.

de sembler une affectation, mais le contour gagne encore en limpide élégance. Qui jamais trouvera un « air de tête » comme celui de *La Femme à l'armoire* ? – Charles Guérin donne cet exemple admirable et bien rare d'un artiste qui cherche et trouve dans la tranquillité la perfection. – Laprade[1] est plus inquiet : son dessin volontairement reste inachevé : il dédaigne ou craint de choisir entre les plusieurs traits de l'esquisse, l'essentiel. De là l'aspect légèrement indécis de ses toiles. Mais quel délice aussi dans cette indécision. Que ses figures hésitantes, comme n'osant tout à fait se confier à leur repos sont émouvantes ! De ses trois tableaux le plus beau est, dans un jardin, une femme en blanc étendue sur un fauteuil. Visage invisible mais deviné, tout de douceur et de lassitude. Et derrière *La Petite Fille au vase*, le parc qui s'ouvre, étroit et long, dans son automne. Le grand paysage, avec ses admirables rosiers du premier plan, laisse place dans le fond à quelques banalités.

Je veux de Charles Guérin et de Laprade rapprocher Bernard Boutet de Monvel, qui, s'il est plus superficiel, se recommande, – au moins ici – par la même discrète distinction. Ses deux toiles représentant des *Maisons au bord de l'eau* sont deux petites merveilles ; c'est d'une habileté dont on s'aperçoit mieux quand on regarde les erreurs de M. Taquoy, qui veut imiter le procédé. Les teintes brunes et jaunes, et leurs reflets dans l'eau sont posés avec une netteté admirable. Une seule pensée m'inquiète : M. Boutet de Monvel a-t-il vraiment quelque chose à dire ? Est-il mieux que le plus subtil, le plus spirituel des amuseurs ?

Dufrénoy, Tarkhoff, Bouche, Valtat, Girieud[2]. Grandes différences : un souci commun : la décoration. Le plus somptueux est Tarkhoff, le plus émouvant Dufrénoy. Du premier un *Chat qui joue sur des étoffes*, du second, une *Porte de musée*, extraordinairement solide et une belle *Nature morte*. Girieud peint des fleurs toujours mais bien figées et d'un geste bien étriqué. Valtat

1. Pierre Laprade (1875-1931), élève de Bourdelle, soutenu à ses débuts par Ambroise Vollard. Illustrateur de Verlaine et de Proust. Fournier, qui le découvre avant Rivière, parle de lui avec enthousiasme dans leur correspondance.

2. Georges Dufrénoy (1870-1943), peintre postimpressionniste, le Russe Nicolas Tarkhoff (1871-1930), qualifié de « fauve impressionniste », Georges Bouche (1874-1941), ami de Laprade, Louis Valtat (1869-1952) influencé par les nabis, il apparaît comme un précurseur des fauves, Pierre Girieud (1876-1948), autodidacte, admirateur de Gauguin, sa peinture mêle fauvisme et expressionnisme.

et Bouche développent différemment autour de femmes différentes de beaux ornements.

Jean Puy que je ne connaissais guère, a une *Femme nue*, et une *Baignade* intéressantes ; je préfère un délicieux *Buste de jeune fille* aperçu chez Bernheim jeune. Manguin dessine à ravir : ses femmes ont des élégances sans apprêt, une simplicité dans la sveltesse tout à fait délicieuse : sa couleur est belle. A. Braut peint dans des teintes sans éclat des jeunes filles. Lebasque pense trop à Renoir, mais que d'exquises parties dans son grand tableau, le meilleur que j'aie jamais vu de lui et qui représente deux petites filles au versant d'une colline vers la mer.

Mme Marval[1] peut plaire à un premier regard ; mais sa mièvrerie déçoit bientôt et le sucre de ses couleurs claires.

Charles Lacoste nous avait habitués à mieux. Je comprends mal l'intérêt de son *Bébé au berceau*, et plusieurs de ses paysages me déroutent. Je retrouve cependant dans sa *Cour de collège* le souvenir de cette belle toile où il faisait jaillir parmi les toits de larges frondaisons : *L'Automne entre les murs*. – Diriks montre deux excellentes *Marines* où le vent circule, emportant, éparpillant la lumière sur la mer et sur les nuages ; ses autres paysages sont simples, mais très forts. – Je ne comprends pas le succès de M. Marquet. Ses quais sont habiles, mais perpétuels, ils fatiguent. M. Camoin, au contraire, est un précieux artiste. Une terrasse où la lumière se développe sur des fleurs avec au loin le cours plat d'une lumière ; c'est simple et sûr. Une *Place de ville algérienne* (chez Bernheim-Jeune) est un très beau morceau.

Signac, Cross : les maîtres du pointillisme. On connaît ce procédé qui consiste à peindre non plus par taches colorées, mais par juxtaposition de petits carrés unicolores ; ce doit être un travail terrible. Le résultat, malgré l'habileté, est une dureté fatigante dans l'éclat, un heurt des tons assez pénible. Cependant il faut aimer Cross. Ses quelques toiles ici ne sont pas très significatives. Mais l'exposition de quatre-vingts de ses œuvres chez Bernheim-Jeune nous a montré à quelles douceurs, à quelles grâces et à quelles liaisons il savait assouplir sa manière. D'exquises femmes nues s'enlacent pour des danses (*La Clairière*, *Le Bois*), d'autres couchées nouent leurs bras (*La Forêt*), d'autres sous une ombre transparente se dévêtent près de la mer ; et partout afflue, ruisselle

1. Jacqueline Marval (1866-1932), compagne de Jules Flandrin, elle fréquenta notamment Matisse, Rouault et Manguin et exposa chez Berthe Weill.

ou se tamise une lumière vivante et « unissante » qui rétablit la continuité des formes, leur *communion*.

C'est qu'ici le procédé se subordonne à une intention de composition. Combien auprès de Cross, paraissent mesquines, étroites, étudiées les œuvres de Metzinger et de Robert. Ce sont vitraux, ce sont tapisseries mais sans souplesse comme sans véritable hiératisme. Le parti pris en s'exagérant, se condamne.

L'influence de Gauguin ; prématurée, mal comprise, elle est néfaste. Que Sérusier nous donne de très belles toiles, c'est tant mieux : mais l'imitation y est trop immédiate, et quand il y renonce, voici qu'il chancelle. Sérusier, d'ailleurs est un grand talent que seule une noble mais dangereuse passion pour le maître de Tahiti risque d'égarer. – D'autres ont moins bien saisi l'enseignement. Othon Friesz oublie que Gauguin dessinait, et il pose un peu bien au hasard des tons dont il espère que l'assemblage fera une construction. – André Derain jette trois grands corps jaunes au travers d'un tableau vert et se frotte les mains : déjà se laisse sentir un fumet de fumisterie. Mais voici Henri Matisse. Quelques dessins, les uns corrects, bien que sans génie, les autres dont les traits se promènent au hasard et sans direction appréciable. Au-dessus, le Tableau n° 3 que l'auteur a peint certainement d'après son procédé favori, les yeux fermés. Il paraît cependant que la sincérité de M. Matisse est indiscutable. Dans certaines natures mortes, aperçues çà et là, le choix et la combinaison des couleurs intéressent.

Je rapproche, comme y invite le voisinage de leurs œuvres, deux chercheurs curieux : Lehmann, Rouault. L'un peint par grosses couches blanches et bleues des figures étranges et violentes. L'autre éclaircit sa manière sans la changer ; il enrichit de nombreux exemplaires son musée de Filles aux ventres ballonnés et de Clowns bestiaux : quel monde terrible et d'une si véridique laideur ! C'est ici, dévoilé, le tragique monstrueux qui transparaît sous les maquillages. On peut cependant regretter qu'un grand artiste se confine dans d'aussi exclusives recherches.

La laideur et la bêtise se réfutent toutes seules. Il n'y a donc rien à dire de Vallotton ni d'Henri Rousseau.

Mais combien d'autres noms, si moins célèbres, plus précieux, qu'il faut se contenter de mentionner : Pirola, Amiet, Dufy, Kern, Alcide le Beau, Czóbel, Vlaminck, Braque, Dorothée George, etc. En revanche on est navré de ne pas trouver au Catalogue certains presque illustres déjà : Bonnard, Vuillard, Roussel, Théo van

Rysselberghe, surtout Maurice Denis. Peut-être faut-il attribuer à l'abstention de tels artistes l'aspect un peu déconcertant de ce Salon. On y sent manquer la conscience et la certitude. Des recherches poignantes, mais désordonnées, sans aucune liaison visible.

Nulle part (exception Charles Guérin) un talent sûr de soi, allant délibérément où il veut, s'attachant avec religion à la simplicité. C'est pourquoi le Salon d'automne, où surtout exposent des artistes qui ont fait leurs preuves, présente malgré tout infiniment plus d'intérêt. On y peut voir en effet – ce qu'aux Indépendants l'individualisme des tendances empêche de saisir la complicité et la convergence de tous les efforts sincères vers une même beauté.

Rivière et André Lhote (1885-1962), sous l'aile de Gabriel Frizeau et de ses Gauguin, se lient d'amitié et commencent à correspondre dès 1907. Le 7 avril de cette même année, le collectionneur bordelais écrivait à Claudel : « Je reçois depuis deux ans la visite d'un jeune homme qui se nomme André Lhote (je l'ai fait connaître à Rivière). Il est fils d'ouvrier, très intelligent : sans éducation classique, il a l'intuition très juste du sens de la vraie culture. Il s'est orienté droit. Il fait de la peinture en cherchant tout de suite la composition. » Rivière consacre un premier article au jeune peintre dans La NRF *de mai 1909.*

André Lhote

André Lhote est encore trop jeune, partant trop immédiatement inspiré par les maîtres qu'il s'est donnés pour qu'on ait pu, dans ses deux toiles des Indépendants, *Neige* et *Jardin d'amour*, découvrir sa personnalité. Mais peut-être permettra-t-on à l'un de ses amis qui pressent sa valeur, d'attirer sur lui dès à présent l'attention. Je ne songe pas à dissimuler les influences qu'il subit ; mais je les prétends nécessaires. Ne sont-ils pas inquiétants les artistes qui refusent dès l'abord toute discipline et ne consentent pas à se conquérir lentement, voulant ignorer que certaines docilités choisies sont à toute éducation indispensables ? – Lhote a élu pour initiateurs, parmi les primitifs les Égyptiens et Giotto, parmi les modernes Gauguin ; et comme l'adoption des mêmes modèles fait se ressembler les attitudes, on découvrira en lui une parenté avec Girieud. Mais il ne faut pas que le plaisir de discerner leurs attaches fasse méconnaître ce que ces tableaux décèlent d'irréductible et de très précieuse originalité. J'y vois une alliance, rarement réalisée, entre la sensibilité fluide et enveloppante du dessin, et une certaine rigidité géométrique des formes. Les gestes les plus fuyants viennent se fixer et se consolider en des schèmes presque abstraits ; le mouvement de l'arabesque générale comme spontanément s'enferme dans la stabilité de contours idéaux. Ainsi la composition acquiert cet équilibre qui fut le secret des primitifs, et qu'il faut bien à tout prix retrouver au sortir de l'impressionnisme ; car la mobilité de la vie ne peut être représentée plastiquement que si elle est saisie au moment où elle expire dans les modèles parfaits et définis de l'éternel.

Peut-être est-ce par cette inscription immuable des rythmes vivants que m'émeut de façon si complexe le *Jardin d'Amour*, où de longs corps de femmes dévoilés dans la fixité d'un accord géométrique immobilisent leur sensuelle grâce.

Paru dans La NRF *de mars 1910, c'est assurément le premier grand article de Rivière en matière de peinture. Moins de quatre ans après la mort du peintre d'Aix, son héritage fait l'objet d'une lutte âpre entre les fauves, les cubistes et tous ceux qui inscrivent le grand défunt dans la défense d'une modernité autre, classique par refus non de la nouveauté, mais d'un art qui tournerait le dos à l'empirisme et au contrôle des apparences. Maurice Denis, auteur de* L'Hommage à Cézanne *de 1900, propriété de Gide, en établit la charte par ses écrits.*

Cézanne

Cézanne n'était pas le maladroit sublime que tend à nous représenter une certaine légende. Ses aquarelles révèlent au contraire une habileté si vertigineuse que seule peut-être l'égale la virtuosité des Japonais : sur la feuille blanche toute l'ossature d'un paysage s'indique par quelques touches colorées d'une exactitude telle qu'elle fait parler les vides intermédiaires, arrache au silence de chacun une signification. – Quand Cézanne peint à l'huile, sa main tressaille de la même adresse, mais il la contient : il se méfie ; il redoute de se substituer à sa sincérité ; il impose à son pinceau une lenteur fidèle. L'application le possède comme une passion : il se penche dévotement, il se tait pour mieux voir ; il emprisonne la forme qu'il copie dans le cercle de son attention ; et, comme elle bouge, il respire mal tant qu'il ne l'a pas captée. À chaque instant le trait veut bondir, s'abandonner à son élan. Mais Cézanne le ramène avec entêtement, l'oblige à se maintenir *acharné*. Ainsi, si l'on croit voir en cette peinture des hésitations, elles ne signalent pas l'impuissance d'une main trop pesante et trop mal exercée pour suivre avec précision le contour des objets, mais uniquement le scrupule d'une patience occupée sans cesse à modérer les écarts d'une dextérité trop frémissante[1].

Jamais rien pour le spectateur. Cézanne n'invite pas le regard ; il ne fait pas signe ; il ne s'adresse pas ; il peint en solitude et ne se soucie pas qu'on s'intéresse aux images qu'il fabrique dans la peine et dans l'adoration. Il n'a affaire qu'aux choses et n'a d'autre inquiétude que de les dire comme il faut. D'elles son amour est si violent qu'il tremble de respect ; il est frappé de vénération devant elles et c'est tenu par une modestie brûlante qu'il travaille à les représenter. – De là cette sévérité si émouvante : sévérité que répand sur tout ce qu'il touche l'amour. Ces toiles ont une ampleur serrée. On sent qu'elles ont été peintes dans une bondissante immobilité et d'une âme que l'excès de son transport rendait timide.

*

Dans un paysage de Cézanne on remarque d'abord la verticalité ; le tableau pèse vers le bas ; chaque chose est descendue à sa place ; elle y a été déposée avec soin ; elle occupe son alvéole ; elle embrasse de toute sa force sa situation. Cézanne avait l'amour de la *localité*, il comprenait avec quelle ferveur les objets adhèrent à l'endroit qui leur est donné, et il éprouvait, à transcrire sur la toile la place respective de chacun, une volupté dont on lit encore la trace dans cet appuiement imperceptiblement prématuré de la

1. C'est André Lhote qui avait conseillé à Rivière de se concentrer sur la technique picturale de Cézanne. Voir la correspondance André Lhote, Alain-Fournier et Jacques Rivière, *La Peinture, le cœur et l'esprit. Correspondance inédite (1907-1924)*, *op. cit.*

touche qui, avant de saisir le point de son assiette définitive, se donne la joie de tâtonner un peu. Établissement souverain et application de la chose à son lieu, comme sur la table pèsent les bras du paysan qui joue aux cartes. – On comprend que la composition ne soit jamais arbitraire. En effet elle n'est pas inventée, mais elle est obtenue par la fidèle distribution des parties : les touches ont été placées respectueusement l'une à côté de l'autre : et voici qu'à la dernière tressaille le visage du tableau, suscité à force de minutieuse déférence pour chaque détail ; la vie se retrouve, l'organisation est présente sans avoir été cherchée, les traits se rejoignent et animent de leurs affinités l'exactitude isolée des éléments.

*

Non moins que leur *situation*, de ces toiles m'émeut la *durée*. La même pesanteur maintient les choses dans le temps qui les maintenait dans l'espace : elles subsistent, elles sont attachées à leur propre permanence. La couleur en effet n'est pas celle que la lumière parsème, répand comme une eau sur les choses ; elle est immobile, elle vient du fond de l'objet, de son essence ; elle n'est pas son enveloppe, mais l'*expression* de sa constitution intime ; c'est pourquoi elle a la dense sécheresse de la flamme et garde dans l'apparence cette intériorité de ce qui se nourrit de soi-même : le terne flamboiement des tons, il semble que Cézanne l'ait obtenu en enlevant aux surfaces cette fluidité brillante où jouent les variations et les glissements de l'atmosphère ; il a gratté pour découvrir sous les instants la durée. Sans doute il sait saisir les accidents les plus subtils, la limpidité sèche de l'air sur les rochers, la circulation inquiète des nuages. Mais toujours il les subordonne à l'essentiel ; il y a quelque chose sur quoi passe le passager et que traverse l'éphémère. Aussi surprend-on tous ses paysages en train de durer. Ils sont tout penchés au long de leur journée ; ils n'attendent rien ; ils se sont si bien pénétrés de l'uniforme mouvement du temps qu'ils se laissent porter par lui ; ils sont confiés à la dérive des heures ; et dans la nuit ils maintiendront leur obscure présence.

Les figures comme les paysages donnent cette impression de persister. Dans les admirables nus de femmes, la lourdeur de l'après-midi suspend les gestes en grappes aux branchages. Dans les portraits ce n'est pas quelque surprise d'attitude qu'inscrit

Cézanne, mais l'ardente grandeur du repos. La couleur des vêtements brûle à force d'être splendide ; mais toujours au moment d'éblouir, de scintiller en ruisselant, elle s'arrête et débouche dans la matité. Le ton a été établi par superpositions successives, avec lenteur et calcul, il ne lui reste plus à revêtir que son brillant ; mais s'il consentait à cette suprême richesse, peut-être l'étoffe s'animerait-elle d'un mouvement, peut-être les plis tendraient-ils à se draper et tout le personnage se camperait-il en une pose. Il ne faut pas. – Dans tous les portraits de *Madame Cézanne* je lis l'ineffable confiance de la lassitude.

*

Il n'est peut-être pas de plus grand peintre que Cézanne. J'ai la faiblesse de regretter parfois qu'il n'ait été que peintre, que dans son œuvre l'homme n'intervienne jamais que comme serviteur des choses, qu'il ne fasse sentir sa présence que par sa dévotion et son souci de s'effacer. Mais ne faut-il pas que son abdication vienne réparer l'impertinence de tous ceux qui s'établissent en intrus et s'exposent au milieu de leurs tableaux ?

Notre époque est trop oublieuse de la force expressionniste du premier Rouault (1871-1958). Disciple préféré de Gustave Moreau et condisciple de Matisse, il change de manière après 1902 et d'iconographie : ses pinceaux rageurs se tournent vers les parias, la prostitution et le monde du cirque, vus du catholicisme qu'il partage avec Léon Bloy. Dans sa préface à l'exposition de la galerie Druet (21 février-5 mars 1910), Jacques Maritain commence ainsi : « Le sujet même des tableaux de M. Rouault étonne au premier abord. » Tout à son analyse formelle, Rivière n'en dit rien dans cet article publié dans La NRF *d'avril 1910.*

Une exposition de Georges Rouault

Voici un peintre que n'inquiète aucune littérature. Élève du plus métaphysicien des maîtres, de Gustave Moreau, il veut oublier toutes les leçons de sagesse et d'abstraction qu'il a reçues, pour n'être plus qu'un grossier, fiévreux et puissant artisan. On ne rira pas des images brusques qu'il façonne, si l'on sait voir toute la science ouvrière qu'elles décèlent ; elles sont un produit de la connaissance la plus étroite, la plus retorse et la plus sûre de la matière plastique.

Rouault est aux prises avec la forme comme avec quelqu'un. Il se débat avec elle dans une lutte interminable qui jamais ne devient un triomphe. Il ne cesse d'être auprès d'elle en inquiétude et en sursaut. C'est qu'il ne la voit pas immobile et parfaite, toujours prête à se laisser caresser, toujours offerte à la constatation. La forme qu'il considère n'est pas ce contour des choses que l'on reconnaît avec la paume de la main. Elle est cachée sous l'enveloppe, elle est repliée au centre de l'être, tout farouche. Rouault d'abord s'attache au modèle, le circonvient d'un travail obéissant, le sollicite de toute son application. Mais ce n'est que pour le provoquer au jaillissement. Et soudain voici s'échapper le geste vif et secret qu'il épiait, la détente intérieure. La forme est devant lui frémissante, fuyante, semblable à une bête levée qui détale, qui va avoir disparu tout de suite.

Il faut la saisir. Rouault prend de la matière pour la fixer, tandis qu'elle bondit. Sans bouger il la poursuit, il cherche à se rendre maître de sa fuite en l'imitant avec les mains. Mais la matière résiste, elle est toute pleine de prédispositions confuses, d'exigences mal avouées. Elle n'est pas une ductile indifférence où la forme d'un seul coup, fluide, puisse se tracer. Pour la vaincre il faut, en la violentant, lui obéir. Passionnément Rouault la bouleverse, cherchant à mettre au jour celle de ses attitudes spontanées par laquelle elle mimera le mieux la figure disparaissante. Il cerne cette figure, il lui coupe la retraite, en renforçant autour d'elle de tous les côtés à la fois, comme des barrières, les grandes lignes naturelles de la matière. De là, ces traits qui ne suivent pas la forme avec exactitude et continuité, mais qui, à force de se redoubler, de se reprendre et de se traverser, la captent parmi leur enlacement innombrable. C'est pourquoi l'image chez Rouault semble toujours appelée du fond de la toile avec des doigts fiévreux ; elle n'est pas tranquillement posée sur le papier, mais elle lui est arrachée par les balafres du dessin. Sans doute elle est parfois un peu disloquée et grimaçante, ses contours n'arrivent à être justes que par des répétitions et des surcharges. Du moins la figure représentée n'a-t-elle rien d'une silhouette crayonnée à plat sur une page d'album ;

avec ses écrasements et ses jets, avec ses déformations violentes, elle est inébranlable : car elle puise comme par des racines une profonde solidité dans la matière où elle est attachée et dont elle emprunte la massive organisation.

Cependant nous exigerons désormais de Rouault une manière plus stricte. Tant de ferventes études veulent aboutir à une réalisation définitive. Il faut que leur auteur se fasse assez fort pour envelopper la forme, sans qu'elle cesse de tressaillir, d'un dessin de plus en plus serré. Guys, loin de le diminuer, augmentait le frémissement de ses figures en arrêtant leurs traits avec scrupule. – Déjà Rouault nous donne des céramiques qui sont des pièces achevées : la plénitude de ces nus assis au milieu de sourds paysages éclatants conseille d'attendre du peintre d'équivalentes beautés. Il éclairera de visages les puissants corps de femmes qu'il sait si bien dresser ; il établira les fonds plus nettement : jusqu'ici il semble les obtenir en dispersant rageusement la matière colorée et en se servant de sa distribution spontanée pour représenter les divers plans du paysage. Il se rendra maître plus complètement de sa couleur et, l'employant avec plus de décision, il donnera un sens plus précis à ces grandes teintes soufrées dont traîne la lueur au fond de ses *Compositions Décoratives*.

Rivière a d'emblée accordé la plus grande attention aux activités de la galerie Bernheim-Jeune, dont Bonnard et Matisse sont les artistes les plus en vue. L'exposition dont il rend compte en avril 1910 dans La NRF *s'est tenue entre le 14 et le 22 février, certaines œuvres remontaient au tournant du siècle, beaucoup venaient de collectionneurs. Rivière renouvelle à cette occasion les réserves de principe énoncées en 1907 sur Matisse. De l'accusation d'être trop abstraites, seules sont épargnées les natures mortes, fruit d'une mise en scène préalable qui encourage l'artiste à s'abandonner à « la volupté que recèlent les choses ».*

Une exposition d'Henri Matisse

Lucide tourment de trop comprendre. Un beau peintre, savant et sensible, se trouve paralysé par sa clairvoyance. Tout de suite il aperçoit ce qu'il va faire et comment il le fera : l'œuvre et devant ses yeux, présente et parfaite. C'est pourquoi, il évite de la réaliser ; sa conception est d'abord si claire qu'il lui semble, en prenant ses pinceaux, qu'il va se répéter, et le tableau qu'il peint s'applique à différer de celui qu'il imaginait. – Les grands artistes sont en face de leur œuvre comme d'une étrangère ; ils n'en prévoient pas du premier coup toutes les démarches ; ils l'épient se développer ; ils la découvrent peu à peu passionnément, Matisse veut imiter cette ignorance merveilleuse, que sa trop nette conscience lui refuse ; il espère la créer en lui artificiellement, en s'écartant de ce que lui impose sa nécessité intime, en choisissant une voie qui ne soit point celle qu'éclaire d'abord la perspicacité de sa vision. Mais, par ce geste de volontaire aveuglement, il échappe en même temps à sa spontanéité ; il n'est plus poussé par rien, et l'on est gêné de ne sentir en ses toiles la dictée d'aucune obligation.

La gratuité de cette peinture se décèle à son caractère *abstrait*. Matisse peint *à part* des choses ; non pas sans les regarder, mais en se retirant d'elles à quelques pas. Il recueille la sensation qu'elles lui donnent, l'emporte et, s'étant éloigné, la déplie soigneusement ; elle est ample toujours, car il sait voir et le monde est pour lui le déroulement d'une étoffe épaisse et chargée. Mais parmi cette sensualité l'esprit s'insinue, il défait sa richesse contractée ; il la clarifie, il l'épure, il l'articule, il la distille jusqu'à faire évanouir tout ce qui est lourd, trouble et charnel, tout ce qui manque à être rare. Puis, lentement, avec une complaisance protectrice, il recompose des images toutes dépouillées et subtilisées, toutes abstraites, bien qu'y tressaille encore parfois quelque lambeau de la sensation primitive. – Il est des peintres qui transposent d'un seul coup, sans l'analyser, leur sensation et qui en cherchent tout de suite dans un jet coloré l'équivalent plastique ; il en est d'autres qui travaillent en plein isolement des choses, n'imitant sur la toile que les fantômes de leur pensée. Matisse se distingue des uns et des autres : il puise dans la réalité la matière de spéculations picturales. De cette sorte d'abstraction découlent, joints dans une même conséquence, les qualités et les défauts de sa peinture.

La couleur de Matisse brille d'une splendeur intellectuelle. Elle a l'éclat muet de ces éblouissements qui naissent soudain dans l'esprit. Elle n'est pas dense comme les choses : elle ne pèse pas ; mais elle recouvre la toile de sa minceur mate, elle répand en une fine couche sa nette et violente richesse. Elle est immobile comme la pensée dont elle imite le fixe éclair ; elle ne palpite pas parce que rien n'est pris sous elle qui respire : elle est un extrait étincelant et inerte. Le meilleur témoignage de son origine artificielle, c'est sa rareté sans faiblesse ; elle ne cesse jamais d'être *incomparable* et Matisse préfère laisser des blancs plutôt que de les combler sans trouvailles. Ainsi se déroule, toujours parfaite et inanimée, cette couleur qui ne souffre pas de se laisser troubler par la terne effusion du réel. – Les *Natures Mortes* sont les meilleurs de ces tableaux : en effet le sujet déjà en est abstrait : les objets sont choisis et groupés selon leur importance picturale ; et par cette adaptation préalable du modèle à sa future image, l'arbitraire est atténué. De plus dans les *Natures Mortes*, Matisse, l'ayant préparée à son gré, s'abandonne à sa sensation avec plus de confiance ; il se laisse aller à la transcrire plus textuellement, il est gagné par la volupté que recèlent les choses ; sa couleur se fait plus sourde, plus lourde, plus gorgée de matière.

Cependant il n'est sensuel que par accident, presque malgré lui. Quand il dessine, il redevient tout abstrait. Son dessin ne s'attache pas aux objets ; il ne les déforme pas non plus pour les rendre plus expressifs ; il n'est ni réaliste, ni lyrique : il se comporte à la façon d'une idée. Une idée est d'abord une certaine forme vide ; on ne discerne pas son contenu ; elle est l'attitude de l'indistinct ; mais peu à peu elle se précise, c'est-à-dire qu'elle se multiplie intérieurement, que des détails, au-dedans d'elle, viennent commenter sa généralité. De même dans la conformation du châssis ou de la feuille de papier qu'il adopte, Matisse, tout de suite, démêle une indication, dont son dessin va être le développement. En effet, le dessin naît peu à peu sous l'influence du cadre ; il s'enroule au centre dans la position que lui suggèrent les dimensions extérieures ; les lignes se compensent, se rappellent, expriment, chacune à un degré différent de complexité, le thème d'ensemble et font servir leur dissemblance elle-même à accentuer la même idée. C'est une variation complaisante ; avec volupté les traits de fusain inscrivent les correspondances et les balancements, rythment l'équilibre, répètent les droites en courbes parentes. Ainsi le tableau s'imite lui-même en se multipliant au-dedans. Mais ses détails les plus particuliers toujours dérivent du schème initial et ils en gardent le caractère abstrait. – Souvent ce dessin atteint une grâce sévère et exquise, comme dans *La Coiffeuse* ou dans *La Musique*. Souvent aussi il a l'absurdité de la logique ; n'étant pas embarrassé ni retenu par la réalité, il déploie une gratuite barbarie, comme dans le *Nu à l'écharpe blanche*.

Mais même quand il est beau, il ne suffit pas à rendre belle la toile ; en effet, jamais à sa qualité les qualités de la couleur ne s'unissent. Matisse semble vouloir n'employer que séparément sa couleur et son dessin : il refuse de les concilier en un tableau complet ; pas une fois il n'a réalisé une œuvre pleine. – C'est qu'il ne veut peindre que les aboutissements ; il néglige tout ce qu'un sujet a de commun avec les autres, il attend, pour intervenir, jusqu'au dernier moment, celui de la divergence ; il faut, avant qu'il pose la première touche, que tout le passé d'abord ait été sous-entendu. Nous découvrons ici l'erreur où l'engage son abstraction. Comme il travaille à part des choses, il ne voit en elles que les invitations à la diversité : chaque spectacle tend à différer de tous les autres ; Matisse épouse sa tendance, la prolonge en lui-même jusqu'à la séparation effective. – Une toile est pour lui non pas une image de la réalité, mais une spéculation plastique ; aussi faut-il la rendre aussi solitaire que possible, sans précédent et sans analogie c'est pourquoi elle sera poussée tout entière dans un sens ; c'est pourquoi le peintre ne lui consacrera qu'une partie de ses moyens. – La diversité de ces tableaux déconcerte, parce qu'elle est la diversité de la parcimonie, non celle de la richesse.

Si Matisse consentait à s'enfermer dans l'obligation des choses, s'il voulait attendre de sa soumission son originalité, peut-être l'obtiendrait-il plus précieuse. Les objets réels ne revêtent leur différence qu'après avoir patiemment ressemblé à tous les autres. Il leur faut longtemps se confondre avant d'arriver à se distinguer. Mais aussi leur individualité n'est-elle pas simplement de surface et, dans l'aspect unique qui naît à la fin sur leur visage, c'est leur profondeur qui aboutit, c'est tout leur être qui s'exprime.

Une exposition organisée par la galerie Druet offre à Jacques Rivière l'occasion rêvée de redire, dans La NRF *de juin 1910, la puissance poétique et vitale du peintre par lequel, jeune Bordelais, il est entré en peinture. Sa correspondance avec Alain-Fournier résonne, dès 1906, de leur passion commune pour celui qui a su accoupler le réel et le chimérique, la vie et le primitif. Pour ce « maître des yeux, poète créateur du monde » : la formule finale n'est pas sans réveiller le souvenir des écrits de Baudelaire et son approche de Delacroix, entre empirisme et microcosme.*

Gauguin

« *Enchanteur, magicien, sophiste.* »
Platon, *Le Banquet*

Je le vois tel qu'il s'est peint. Sa grande figure ironique sous le bonnet dont il est coiffé, c'est celle d'un aventurier qui serait magicien. Elle est pénétrée de je ne sais quelle force mêlée de sagacité. Il est l'homme qui a découvert les secrets naturels et, parce qu'il sait s'en servir, voici dans ses traits l'intelligence comme un sourire. Il aime les choses parce que, de les comprendre, il les domine. Et, se sentant seul à posséder cet empire, il semble se taire avec connaissance.

Gauguin ouvre des paysages. Tout doucement il les fait éclore, il les laisse monter selon leur sève, pleins de suavité. Il ne les invente pas. Simplement il les dénoue et conduit leur développement avec la science du magicien. La nature, sous le pouvoir de ses yeux, prend de l'ordre. Elle se dispose spontanément en un grand jardin vierge et soigné : les feuillages ne cessent pas d'être luxuriants, mais il semble qu'une main mystérieuse veuille plier les branches à quelque accord. Tout s'organise comme sous une insaisissable incantation. Ainsi naît un Paradis tempéré. La sagesse le parcourt, unit toutes ses parties, chante ainsi qu'un oiseau dans ses arbres et imite tendrement sur les roses rivages les hautes vagues, courbes et calmes, de son océan de tulle bleu.

*

C'est dans le dessin d'abord que je démêle cet enchantement de la modération.

Parmi les tableaux de Gauguin la forme humaine s'élève pleine et droite. Le plus souvent elle est debout, dans l'attitude des végétaux et des êtres qu'inspire la nature. Cette verticalité n'est pas, comme chez Cézanne, imposée par la pesanteur, par l'appel du sol. Elle est le jet de la sève terrestre qui grandit sans détour. Un élan ingénu dresse doucement les corps.

Mais ils ne bondissent pas ; ils sont sans exubérance. Ils jaillissent sans hâte. Aucune rondeur : les courbes des hanches et des épaules s'atténuent en droites sinon elles pourraient, comme des ressorts ployés, suggérer la détente, projeter le corps au-delà de lui-même. La forme ne monte qu'afin d'occuper sa place ; elle s'arrête aussitôt qu'elle y est parvenue ; plus rien en elle ne tend à se prolonger. Il semble qu'elle mette de l'amour à s'enfermer en elle-même. Elle s'incurve légèrement à son sommet. Le crayon suit avec volupté la close ligne de sa perfection. Le seul geste dont l'ascension ne soit par rien terminée, celui de l'homme qui cueille des fruits, il s'exténue dans le calme. Il y a je ne sais quoi d'achevé, de comblé.

Ce repos, cette passivité des attitudes viennent de ce qu'elles n'ont pas besoin pour s'unir de s'incliner les unes vers les autres, de se rapprocher ni de se nouer. Une composition semble planer, invisible, au-dessus d'elles. L'accord descend sur elles et les tient ensemble. Il leur suffit d'être justes. Elles reçoivent leur sens d'en haut comme si on leur imposait les mains. De longs gestes tranquilles passent entre elles, comme ondulent des plantes dans un courant. Ils les enlacent sans les attirer, rien qu'en les désignant les unes aux autres. On peut trouver bien élémentaire d'abord le dessin des membres : il est fait de deux lignes que mène un parallélisme sommaire. Mais si les nœuds des muscles sont dissimulés, c'est pour que rien ne détourne les yeux d'accompagner le mouvement. Toutes les simplifications, loin de chercher la barbarie, ne sont que pour l'aisance. Il y a une liaison si suave qu'elle oblige à s'apercevoir qu'on est en paix. – Parfois même ce n'est aucun geste saisissable qui allie les attitudes, mais seulement une certaine allure de l'immobilité. Par une certaine façon qu'a chaque forme de se tenir solitaire, elle rend d'elle toutes les autres responsables.

Tant d'harmonie ne peut qu'être préméditée. Gauguin n'a pas la patience crédule de Cézanne. Il n'attend pas d'obtenir des objets, à force de les copier, un accord. Dans ses paysages des lignes flexibles traversent les champs et de leur sinuosité horizontale enchaînent les arbres aux arbres. Pourtant aucune violence n'est faite à la nature. La composition se contente de l'éveiller ; elle descend vers les choses, elle les touche en silence, comme on avertit de la main quelqu'un d'endormi. Puis elle les laisse se lever librement. Elle ne fait que les assister de sa présence multiple, que solliciter leur développement par sa délicatesse invisible.

Le magicien évoque les beaux fantômes vivants.

*

Comment discerner à quel moment la couleur de Gauguin quitte la couleur des choses pour devenir artificielle ? Le passage est insensible. Par une transformation subtile elle cesse peu à peu d'être naturelle ; elle se fait silencieusement merveilleuse ; elle s'ouvre à l'enchantement.

Elle est sourde et fleurie. Elle s'étend en flaques claires, mais comme voilées par l'absence du soleil. Ce n'est pas la profondeur de l'objet qu'elle exprime, mais son visage plein de sourire dans la diaphanéité de l'ombre. Chaque nuance s'épanouit largement, avec quiétude ; elle déborde jusqu'à s'étaler et sitôt se tient muette. Elle est vive pourtant. Souvent une touche brille au cœur du tableau ; mais l'ensemble est si contenu que d'abord on ne la voit pas. C'est comme une luciole dans le feuillage. Puis, soudain, voici qu'elle veillait.

En même temps qu'il atténue sa couleur, mettant je ne sais quel suspens à sa floraison, Gauguin la répartit avec soin sur la toile. De tous les tons éparpillés en multiples flocons à la surface de l'objet qu'il copie, il opère le discernement ; puis il condense chacun. Leur diversité confondue se rassemble peu à peu en larges taches dont chacune représente, réuni, un des aspects épars du modèle. C'est le contraire du procédé impressionniste. Dans le contour d'un arbre les feuillages se distribuent en quelques masses colorées qui se juxtaposent sagement. On sent une volupté de la couleur à s'arranger ainsi à l'intérieur des objets, à se disposer suivant leur forme. Sur la déclivité du terrain, ce rose pourtant ne dépasse pas sa limite ; il s'arrête en un remous frangé.

Mais les tons par lesquels les objets se laissent envahir, ne leur sont pas étrangers. Ce n'est pas un accord préconçu de nuances qui s'impose au tableau et remplace les teintes naturelles. Gauguin use seulement de son pouvoir sur les choses ; il leur persuade de se laisser détourner légèrement de ce qu'elles sont. Il appelle leurs tons du sein du désordre ; il les tente avec subtilité, il les invite à se reformer. Il invoque en silence les éléments dispersés et les rejoint par une sorte d'influence, ainsi qu'en soufflant sur les braises on les ranime en une seule flamme.

À ce moment naît l'accord du tableau. Toutes les diverses couleurs, sous l'inspiration cachée, consentent un pacte. Les objets ont été amenés doucement à se correspondre ; leurs visages délicats et différents sont tournés vers moi. Je reconnais chacun, je goûte longuement sa nuance agrandie et je sens avec délice comment elle est confirmée en ce même moment à l'autre extrémité du tableau par une touche imperceptible qui l'imite, dissimulée. Délicatesse des rappels secrets ! Souvenir parmi les feuilles du ton le plus exposé ! Jardin des balancements.

Peut-être en certaines toiles trop de fleurs, une richesse trop épanouie… Le tableau de Gauguin que j'aime le plus, c'est ce grand panneau, cet étrange Paradis méditatif, intitulé : *D'où venons-nous ? Que sommes-nous ? Où allons-nous*[1] *?* Il renferme des parties de clair-obscur, des enveloppements. La tiède nuit tahitienne baigne le paysage. Et n'est-ce pas elle qui se tient dans le fond comme une femme voilée par l'ombre et retirée ?

Avant de lui confier la critique d'art de La NRF *au lendemain de la guerre de 1914-1918, Rivière ne cesse de promouvoir Lhote, lequel s'intéresse aussi aux activités de la galerie Bernheim-Jeune et s'active à faire connaître son cézannisme coloré, tantôt sensuel, tantôt doloriste. Mais Rivière, conformément à un*

1. Tableau emblématique qui avait été acheté par Gabriel Frizeau, amateur et mécène bordelais, ami de Rivière, qui le revendit par la suite ; il se trouve aujourd'hui au musée des beaux-arts de Boston.

parti pris dont il ne varie guère, dit peu des sujets de l'artiste comme en témoigne ce second article, publié dans La NRF *de décembre 1910.*

Sur une exposition d'André Lhote

Cette première exposition d'un jeune artiste d'abord inquiète. Tant d'œuvres et si diverses n'indiquent-elles pas qu'à leur auteur manque cette préoccupation obstinée qui fait le génie ? N'y a-t-il pas là trop d'application à ne pas se répéter, un effort trop habile pour atteindre la richesse par la différence ?

Méfiance légitime, mais qui ne survit pas à un examen tant soit peu attentif. Ce n'est pas ici la diversité calculée, entreprise d'un artiste qui s'emploierait à distribuer entre ses toiles une parcimonieuse originalité. C'est au contraire celle de quelqu'un que la continuité même de sa recherche oblige sans cesse à tout remettre en question. Sa volonté est si bien fixée, son propos est si net que jamais il ne se persuade d'avoir touché son objet et qu'à chaque instant il découvre toute une nouvelle manière qui l'en va approcher davantage. Son abondance ne déconcerte plus si l'on comprend qu'elle est la poursuite sans découragement d'un idéal qui, – toujours se raffinant, – à mesure qu'il est de plus près assailli, se fait plus inaccessible. La disparité de ses styles, l'imprévu de tout ce qu'il invente viennent de la monotonie même de son intention et, si l'on peut dire, de son entêtement.

Mais que cherche Lhote ? Il a hérité de Cézanne l'amour de la construction. Rien ne l'émeut autant que l'agencement des objets, rien ne lui semble plus beau à représenter que la façon dont les choses sont faites, que la répartition de leurs plans, que les visages différents et joints qu'elles offrent à la venue innombrable de l'air. Je retrouve chez lui cette délicieuse passion qui devant une maison rendait Cézanne soudain religieux. Respect des arêtes, des divisions de l'architecture, des angles et des courbes régulières.

Dans les premières toiles de Lhote le souci de la construction n'aboutit encore qu'à une sorte d'appuiement mutuel des attitudes. Elles se posent doucement les unes sur les autres comme, dans le tableau *Autour de la chanteuse*, cet homme sur l'épaule d'une jeune fille incline la tête. Elles se replient sur le centre ;

elles s'équilibrent à la façon de branches croisées. Elles puisent de la force dans la combinaison de leurs obliquités (*Suite de gestes*). – Mais peu à peu, elles se redressent. Elles s'enhardissent à se tenir séparées. C'est chaque partie du tableau que Lhote maintenant s'applique à construire : il modèle chaque corps, chaque visage, chaque objet ; il donne à chacun son volume et son assiette. En même temps la composition se déplie, s'ouvre ; les correspondances cessent de se marquer simplement par des inclinaisons. Un équilibre pesant, matériel succède à l'équilibre tout idéal par l'arabesque. Les beaux corps des *Jeux au Printemps* peuvent déchaîner leur libre danse sans craindre de briser leur union ; car ils l'emportent avec eux. – Lhote ne se contente pas de construire les solides. Il aperçoit soudain tout un monde nouveau, dont il entreprend de fixer la mobilité. D'une main légère, dans les ombres, il va modeler les feuillages, accuser leurs angles subtils, déduire leurs fines pentes inverses, façonner leur douce habitation d'air. L'air lui-même est susceptible d'être bâti. En y baignant, la figure des objets y dessine de subtils sillages. Quelques branches sur le ciel s'enchevêtrent : aussitôt il semble que leurs intervalles se creusent selon des formes régulières. Lhote tâche de représenter jusqu'aux cintres et aux coquilles de l'air, jusqu'aux suaves architectures de l'atmosphère. Enfin l'air, en devenant sensible, oblige les objets à se construire d'une façon nouvelle. Il glisse sur leurs différentes faces et leur communique sa limpide uniformité. Il fait disparaître les saillies et les creux inutiles, les oppositions trop faciles d'ombres et de lumière. Aussi le modelé cesse-t-il d'être obtenu par des variations du ton ; le dessin détermine sur les pleins de fines arêtes où la couleur vient se partager, pour ruisseler ensuite de toutes parts par grandes nappes comme une onde polie. Ainsi les formes apparaissent robustes comme des objets, qui, noyés dans des eaux invisibles, se façonneraient à la simplicité de leurs courants. La *Femme en deuil*, avec le long pli vertical de son voile qui divise en deux son visage et son corps, se tient ferme et suave comme l'avancement silencieux d'une proue.

Différentes vagues d'ingrisme traversent la peinture française à partir des années 1830-1840. Un demi-siècle plus tard Maurice Denis, émule autoproclamé d'Amaury-Duval, orchestre d'une plume militante le prestige d'une filiation ininterrompue. Elle s'épanouit à l'heure du fauvisme, du cubisme et bientôt du « rappel à l'ordre » des années 1920, sans parler de ce qu'en fait alors Picasso. Du 26 avril au 14 mai 1911, à l'instigation de Henry Lapauze et au profit du musée de Montauban, une exposition Ingres à grand écho se tient à la galerie Georges-Petit. Rivière en rend compte dans La NRF *de juin 1911.*

Ingres

« C'est un auteur difficile », disait Maurice Denis. D'abord il semble froid. Tout dans ces toiles est si parfaitement défini. Ingres ne nous demande jamais de le deviner, de reprendre sa tâche, de la compléter avec notre regard ; il a tout achevé avant nous ; il ne confie rien à notre invention ; il nous laisse passifs. On dirait qu'il nous dédaigne un peu, que, parlant à des gens qui ne sont pas de son métier, il leur refuse le droit de collaborer, même pour une part infime, à son œuvre. Il y ajoute lui-même avec soin je ne sais quel vernis qui en interdit l'interprétation.

Aussi sommes-nous d'abord devant ses tableaux pleins d'un contentement glacé. Voici qui est juste et louable, mais à la façon d'une belle sentence rendue par un juge incorruptible. Cette couleur, jamais on ne la trouve défaillante. Elle est nette, elle est découpée avec exactitude par ses limites ; à chaque objet elle est départie avec propriété. Les reflets eux-mêmes et les transparences sont scrupuleusement établis. – Aucune vibration ; et non plus cette terne et dense profondeur qu'inventa plus tard Cézanne. La peinture du *Bain Turc* est admirable ; mais on ne la voit pas tant elle est terminée ; et la hardiesse de ces nus, l'un tout vert, l'autre tout orangé, se dissimule sous la perfection du détail. Même quand la couleur force l'attention, c'est par une sorte d'acidité immobile. Les tons tiennent la toile ; ils occupent, inflexibles, sa surface ; ils ne faiblissent nulle part, nulle part ne s'évanouissent ; ils restent.

Cependant nous ne tardons pas à sentir que quelque chose en nous de plus profond s'est en silence à ces chefs-d'œuvre intéressé : le corps, la vie sensible ; un enchantement tout bas nous entraîne, une secrète et forte volupté. Un appel vraiment nous est adressé, nous ne sommes plus exclus, répudiés, mais au contraire demandés, emmenés, séduits. Car Ingres par son dessin est le plus sensuel des peintres. Sous cette couleur tranquille il faut voir enfin les lignes délicieuses qui se dévident. On les suit avec tout son être, on les goûte jusqu'au fond de soi avec une aspiration suave. Elles ravissent jusqu'à faire perdre la pensée.

*

Le dessin d'Ingres a toute la vie que dans sa couleur nous n'apercevons pas ; il tient compte du mouvement des objets ; non pas qu'il le traduise par des hésitations et de l'indéfini ; mais il cherche à le remplacer. Il exprime la fluidité des choses en y substituant sa merveilleuse justesse décidée.

La peinture est un moyen d'empêcher les choses de bouger. – Tout être vivant rayonne ; il permet à sa forme de s'en aller de lui, elle se détache incessamment de lui comme un beau fantôme vite dissipé ; et par chacun de ses gestes il délie de doux cercles invisibles qui se propagent. Le trait d'Ingres recueille partout cette grâce émanée ; il l'arrête sitôt qu'elle quitte le corps, il lui laisse un peu de place, il attend son essor, puis tout de suite le contient, l'apaise. Partout il a prévenu l'onde ; il lui interdit de passer jusqu'à se défaire ; à toutes celles qui viennent il impose son exquise limite ; il les captive et s'en augmente, il prend dans sa fixité leur mouvante vertu, il s'anime de leur évanouissement en lui.

C'est pourquoi ce trait est si simple ; toujours il se ramène à des droites et à des courbes. En effet il ne s'applique pas sur la forme, il ne la serre pas avec ignorance ; il la décrit au moment où, séparée un peu de l'objet, déjà elle en oublie les retraits et les saillies. Comme dans une rivière, autour d'un plongeon confus, les ondes à mesure qu'elles s'écartent se régularisent, de même le contour des choses, sitôt qu'il les quitte, retrouve les profils idéaux de la géométrie. Le dessin d'Ingres est fait de quelques lignes parfaites. Autour du corps elles sont posées comme des arcs légers et de délicats cerceaux ; elles l'entourent ainsi qu'un bras, il est au milieu d'elles comme empêché parmi les cercles de sa grâce. Elles s'ouvrent tout auprès de lui, pareilles à l'amour quand il nous tient sans parler contre sa poitrine. Elles lui déconseillent, en le baisant de leur courbe, de s'avancer plus loin.

De la même façon s'expliquent ces déformations si hardies et pourtant invisibles[1]. Il faut que le trait précède partout le mouvement afin de l'enfermer ; il faut qu'il aille tout de suite jusqu'au bout du geste pour l'arrêter. Rien ne saurait le contenir ; il dépasse doucement la mesure, mais c'est pour l'imposer. Le bras de *Thétis* se déroule sur la poitrine de *Jupiter* comme une immense tige qu'achève la haute fleur de la main ; il est aussi long dans l'espace qu'il le serait dans le temps. À toute expansion il faut que le trait satisfasse. Aussi est-il partout au plus loin ; avec une intelligence admirable il s'écarte, il se sépare un peu trop du centre, il feint de l'oublier, il le perd de vue ; mais c'est ainsi qu'il lui garde toute la forme attachée. Il se laisse emmener un peu, il dérive un instant ; mais il tourne soudain et le voici maître avec suavité du mouvement qu'il semblait suivre. – À le considérer d'un œil critique on peut trouver le dessin souvent trop large ; la forme qu'il comprend ne saurait qu'avec peine le toucher partout à la fois. Il omet de compenser par un rentrant la saillie du côté opposé ; le bras que dans le *Bain Turc* cette femme arrondit au-dessus de sa tête ne tire pas sa poitrine ni son ventre, ne les oblige pas à s'effacer et la tête renversée d'*Angélique*, qui fait se gonfler son cou, cependant laisse sa gorge emmenée par le geste contraire de ses longs bras captifs. C'est que le trait veut envelopper toute la diverse effusion du corps, il accompagne de toutes parts la chair heureuse qui se répand et, pour la définir à la fois partout, il s'abandonne à une belle et sage contradiction. – Nous comprenons maintenant la raison de cette couleur exacte qui d'abord nous gênait. Elle est si unie, si achevée, qu'elle efface d'abord, puis, à un regard plus attentif, accuse l'écartement des lignes. Elle conduit de l'un à l'autre bord de la forme ; avec son modèle parfait et sans surprise elle rejoint doucement les extrémités trop distantes et montre en silence l'étendue de leur séparation ; elle mène les yeux sans les arrêter à tous les

1. La « déformation » des corps d'Ingres sera encore au centre de l'article d'André Lhote sur Ingres, dans *La NRF* de septembre 1921, « Ingres vu par un peintre », en réponse à l'étude de Roger Allard, « Sur M. Ingres », *(La NRF*, juillet 1921).

éloignements ; elle est à la place du mouvement apaisé et garde de lui je ne sais quelle faculté de liaison.

D'ailleurs les différentes parties du trait n'ont aucun besoin d'être rendues compatibles ; le trait ne les recueille pas tour à tour et ne se compose pas de leur addition. À dire le vrai, il n'a pas de parties ; bien qu'il cède à la fois à des expansions opposées, il est unique, il va seul et pur, il passe par tous les points et les justifie en les touchant. Il n'existe qu'entier, il est clos, il est à lui-même revenu, et tous les détours de son trajet il les tient à la fois en lui sans effort réunis. Sa présence est toute l'explication qu'il donne. – En effet ce n'est pas avec une lente patience et place par place qu'Ingres fixe le mouvement des corps et de l'objet qu'il peint ; mais avec une décision passionnée, et par une élection sublime, il le remplace d'un seul coup. Tout de suite, il aperçoit la forme qui tient lieu de toutes les autres ; elle est étrange, il est difficile d'en rendre compte. Mais qu'y faire ? Elle est juste. Il trouve du modèle que son animation rend divers et composé, la soudaine, la délicieuse simplicité. Il la trouve au-delà de ce qu'il voit, il la démêle en lui-même avec volupté. En son trait chante son plaisir : il monte, il se déroule d'un seul jet, il empêche en se jouant tout autre d'être possible, il s'élance comme un doux cri parfait. Il est complet et radieux comme Vénus Anadyomène ; il est posé sur la mer et il se tient, respirant à peine, joyeux de se sentir nu et de partout tendrement égal au bonheur.

*

L'exquise gravité alanguie du portrait de Mme Panckoucke, cette grâce finie…, on dirait une source appuyée à tous les bords de sa vasque.

Au début du XXe siècle, les nabis sont entrés dans l'histoire, ceux de la veine mystique, Paul Sérusier et Maurice Denis, ceux du versant réaliste, Bonnard et Vuillard. Si Denis, tôt admiré, ne saurait lui faire oublier Gauguin dont il descend, Rivière, au fond, aura été moins lucide quant à Bonnard. Cet article de La

NRF de juillet 1911, sa correspondance et les rares mentions de sa critique d'art reconduisent le poncif d'un art aussi informel que confortable, pas assez cézannien et peut-être trop hédoniste à ses yeux sévères.

Expositions Maurice Denis et Pierre Bonnard

Deux peintres auxquels tout de suite il convient d'adresser cet éloge : ils ne traitent pas le public en ennemi. Tant de jeunes artistes aujourd'hui ne pensent au spectateur qu'avec haine et risée, le considèrent comme un être ridicule qu'il faut arrêter dès l'abord par une peinture menaçante et qui semble dire : « Vous voyez bien qu'il ne vaut pas la peine d'essayer ! Vous ne comprendrez jamais. »

Maurice Denis vient d'exposer les charmantes images qu'il destine à l'ornement des *Petites Fleurs de Saint-François*. Réussite incomparable ! Je n'admire pas ici une originalité profonde. Denis n'est pas de ceux qui déplacent l'art qu'ils ont choisi, qui le portent dans une région nouvelle. Mais il excelle à le répandre dans toute l'étendue du domaine où il l'a trouvé ; il est un vulgarisateur délicieux et d'une ingéniosité sans égale ; il devine toutes les applications possibles de la peinture telle qu'il l'a reçue de Gauguin et de Cézanne ; il refait sienne leur découverte et tout de suite, de son pinceau aisé, il lui communique une fertilité, une souplesse, une industrie surprenante. C'est ainsi qu'il départit à l'illustration, devenue métier banal, un peu de cet art qu'il détient. Non pas qu'il entreprenne à grand bruit de la rénover. Mais en passant, sans insister, il lui enlève sa banalité, il la fait fleurir délicatement. Et seuls les gens avertis s'apercevront de la transformation. Sans le prévenir, il substitue aux laideurs que le vulgaire avait pris l'habitude d'admirer, des images qu'il a le droit d'admirer. Il trahit doucement le spectateur ; il ne le brusque pas ; il le trompe avec bienfaisance ; il peint, sans inquiéter son plaisir, des figures qui le justifient ; il arrive à faire le bon si peu distinct du mauvais qu'on peut continuer au premier l'attachement que l'on avait pour le second. – Sans doute à cet exercice Denis parfois se diminue un peu, incline son talent. Du moins travaille-t-il à atténuer le malentendu qui sépare les artistes du public. Quant à Bonnard, il peint pour les gens riches et intelligents ; à la fois il donne des prétextes à leur goût et il satisfait discrètement leur besoin de luxe ; il cherche le rare dans le confortable. Il compose un tableau comme on meuble une chambre. II confronte des tons à la façon dont on rapproche des étoffes ; il sait les choisir avec nouveauté ; il s'entend à l'art des voisinages : on risque une légère dissonance, puis on l'efface aussitôt dans l'ensemble où elle n'agit plus qu'imperceptiblement, juste assez pour tenir éveillée la sensualité. Et sous ces jeux savants et douillets les angles du salon, je veux dire l'armature du tableau, les contours des objets disparaissent : on se sent à l'aise dans une atmosphère subtile. Si l'on pouvait entrer dans une de ces toiles, on ne trouverait point où se heurter.

L'exposition qu'annonce Rivière dans La NRF *de janvier 1912 eut bien lieu galerie Georges-Petit, et donna lieu à un entrefilet mitigé d'Apollinaire dans* L'Intransigeant *du 27 janvier 1912. L'ami de Picasso épargnait son ironie bienveillante au portraitiste de Debussy (le Prix de Rome Marcel Baschet) et un merveilleux Ziem. Rivière se saisit de cette occasion avec intelligence et accuse les cubistes d'un académisme plus pernicieux que celui des anciens maîtres du Salon, l'académisme de la provocation creuse et gratuite.*

À propos d'une prochaine exposition des Pompiers

Les *Fauves*, les *Cubistes*… Et voici qu'on annonce une exposition des *Pompiers*, dont le président, j'allais dire le capitaine, sera Luc-Olivier Merson[1]. Ainsi « les jeunes » ont réussi à troubler la placidité des membres de l'Institut, à leur persuader qu'il fallait se battre. Car malgré le titre peu belliqueux dont ils se décorent, ces

1. Luc-Olivier Merson (1846-1920), peintre d'histoire, Grand Prix de Rome, est présent au Salon dès 1866. Élu à l'Académie des beaux-arts en 1892, chef d'atelier dans les années précédant la Première Guerre, il est l'exemple même du peintre « pompier ». Nombre de ses toiles se trouvent aujourd'hui dans plusieurs musées de province, ainsi qu'au musée d'Orsay.

excellentes gens, n'en doutons pas, se préparent à livrer bataille ; ils vont former à leur tour une armée, ils vont marcher sous un certain drapeau, ils vont jouer à la vieille garde.

Il était naturel qu'empruntant une idée à la jeunesse, l'Institut allât choisir précisément la plus absurde. Il n'y a pas manqué. Quoi de plus ridicule que cette idée d'une mêlée artistique, que cette assimilation de l'art à un combat, à un choc de troupes ? Pour beaucoup de jeunes peintres d'aujourd'hui un tableau est une démonstration – en prenant le mot d'abord au sens géométrique, mais ensuite et surtout au sens militaire. Il est destiné à harceler ce paisible troupeau effaré qu'est le public, à l'inquiéter comme un ennemi. « Un tableau, pensent-ils, doit être beau et émouvant, s'il le peut. Mais il faut d'abord qu'il embête le plus possible nos semblables, qu'il aille les taquiner, les vexer, les mettre dans leur tort. Nous pourrions le présenter sous son aspect le plus acceptable, le mieux incliné vers les intelligences qui l'attendent, nous pourrions insister sur ses bonnes dispositions. Gardons-nous en bien ! Puisque nous avons raison, ne le laissons pas voir ! Faisons-lui un visage hargneux, agressif ! Que l'œil en lui ne découvre rien que d'insultant ! Mettons en avant tout ce que sa nouveauté a de plus rugueux ! Qu'il soit si repoussant que nos bons spectateurs ne puissent s'empêcher de mal le comprendre et de le méconnaître ! Composons notre panneau de façon qu'il leur soit impossible de ne pas donner dedans ! Après, nous leur montrerons que rien n'était plus facile à comprendre et qu'ils n'ont été que des imbéciles. »

Ce qui me retient de dire aux Cubistes tout le bien que je pense, non de leurs œuvres, mais de leur tentative, c'est justement que je sens qu'ils désirent trop peu me l'entendre dire. Récemment, dans les *Bandeaux d'Or*, M. Gleizes constatait avec une satisfaction visible et une sorte de triomphe que ses compagnons n'avaient encore trouvé personne pour les prendre au sérieux.

Tous les grands maîtres, me diront les Cubistes, ont commencé par choquer. Sans doute. Mais d'abord ils ne le cherchaient pas. Ils en étaient même désolés ; ils s'en indignaient ; ils souffraient des plaisanteries. Loin de s'appliquer à être étonnants, ils n'arrivaient pas à comprendre par quoi ils étonnaient. Ce n'était pas eux, mais à leur insu leur génie qui blessait le public. Leur tableau leur semblait tout simple, tout évident. (Et il l'était. Mais rien n'est plus aveuglant que l'évidence).

De plus, il ne suffit pas de choquer pour être un grand maître.

En 1907, Rivière associait Vallotton et le Douanier Rousseau dans la même réprobation. Apollinaire voyait même dans le premier un imitateur du second. Les deux critiques éreintent le nabi suisse après avoir visité l'exposition de la galerie Druet (22 janvier-3 février 1912). Mais Rivière, dans La NRF *de mars 1912, ajoute un autre motif à sa condamnation de l'artiste, loué seulement de défendre la ligne face aux fossoyeurs de la forme nette (Signac). Car d'Ingres il ne serait que l'héritier trompeur. Rivière le rapproche plutôt de Manet et dévoile son propre rejet du réalisme.*

Exposition Félix Vallotton

Le mérite de Vallotton est d'avoir toujours respecté la forme et de ne l'avoir jamais peinte qu'avec netteté. Il ne s'est pas laissé égarer par le néo-impressionnisme. Au milieu du dédain presque universel pour la précision du dessin, il a continué de conduire son crayon avec une ferme correction. De son bel et sévère entêtement, l'estime où le tiennent les jeunes aujourd'hui vient le récompenser. Voici, me semble-t-il, ce qu'il faut aimer en lui : lorsqu'il dessine un corps il ne nous donne pas à choisir entre plusieurs traits négligemment les uns auprès des autres jetés, il ne nous flatte pas en nous demandant quelle indication nous paraît la plus convenable ; il prend sur lui de déterminer ce que nous devons voir et d'avance, courageusement, se prive du bénéfice de notre hésitation, renonce à l'admiration de ceux qui ne voudront pas subir son choix. Cette décision, trop rare aujourd'hui, donne à ses toiles une dignité, qui fait qu'on voudrait pouvoir les aimer davantage.

Hélas ! comment s'empêcher de reconnaître qu'en presque toutes il y a un vice intime, une sorte de contradiction dans les termes ? – Vallotton, après Ingres, se donne pour fin l'enveloppement de la forme par un trait unique ; il cherche une ligne qui joigne d'un seul jet suave, et sans brisures, tous les points de l'objet et dont le complexe détour n'empêche pas la continuité ; il tâche de communiquer à son trait cette indépendance et cette *personnalité* sublimes que nous voyons au trait d'Ingres. Mais nul n'est plus successif que lui : il dessine peu à peu, en plusieurs fois, à force d'additions ; chaque instant de la ligne qu'il trace est séparé de tous les autres. Loin d'avoir d'emblée la vision de l'ensemble, toute sa vertu au contraire est un beau scrupule, un sévère attachement à la lettre des contours ; il n'est fort que par la façon dont il sait ne pas se laisser distraire de « là où il en est » ; il est tout entier à ce qu'il tient ; il a une dureté dans l'application, qui n'est pas sans puissance ; il tombe avec intelligence dans tous les creux de la forme ; il n'omet jamais de *rentrer* avec elle ; il est toujours aussi près qu'elle le lui permet de son centre ; il la serre toujours aussi étroitement qu'il lui est possible de le faire sans invraisemblance. Il la côtoie ainsi lentement d'un bout à l'autre, comme un laboureur qui gouverne sa charrue au plus près d'une rangée de vigne, l'esprit entièrement absorbé en chaque minute de son parcours. – En somme, toutes ses qualités tendent au contraire de ce qu'il veut obtenir ; et c'est ce conflit de l'intention et des moyens qui nous met mal à l'aise devant ses toiles. Pareil à quelqu'un qui n'arrive pas à s'élancer, qui piétine au lieu de danser, sans cesse le dessin ébauche un essor qu'il ne sait pas continuer : il prend quelque indépendance, il se dégage un peu de la partie qu'il est en train de traiter, mais sitôt qu'il atteint la suivante, il se laisse par elle réasservir.

Cette première contradiction en emporte tout naturellement une seconde. Si Vallotton, comme Ingres, s'efforce de jeter autour de la forme une ligne simple et continue comme un lasso, c'est pour la fixer, pour la rendre immobile sans violence, en apaisant son mouvement, c'est pour représenter son repos. – Mais ce dessin, trop serré, étrangle le mouvement au lieu de l'arrêter, et enferme le modèle dans une attitude si stricte et si définie qu'elle apparaît toute transitoire. Toutes les figures de Vallotton ont quelque chose de mal déployé ; elles sont comme un animal pris au piège et qui reste raide, maladroit, malheureux, avec les pattes cassées et plein du désir de s'échapper. Trop fidèlement cernées, trop étroitement surveillées par le trait, elles ne parviennent pas à prendre l'aisance qui les pourrait mettre en repos. Il est significatif de constater qu'alors que presque toutes les déformations d'Ingres sont des allongements, presque toutes celles de Vallotton sont des raccourcis. Le trait retient le bras, les jambes du modèle ; au lieu de les accompagner, il les empêche de se développer et de s'étirer jusqu'au calme. Il les ramène durement et les oblige à demeurer dans une sorte de repliement anguleux, si pénible qu'on ne peut pas le sentir durable.

C'est par là que Vallotton, quoi qu'il en ait, ressemble à tous les peintres de sa génération et s'avoue impressionniste. Il ne l'est pas sans doute à la façon de Monet ou de Pissarro, en baignant les contours d'indécision, en les plongeant dans le flottement de l'atmosphère, mais à la façon de Manet, c'est-à-dire en montrant le modèle tel qu'il s'installe pour recevoir le regard du peintre, en peignant, au lieu du modèle lui-même, une de ses poses. Et la couleur de Vallotton n'a pas la saveur de celle de Manet.

Il est des rencontres historiques entre l'actualité des musées et la sensibilité contemporaine, et mieux vaut les méditer en profondeur que les forcer. C'est ce que fait Rivière après l'achat spectaculaire, début 1911, de L'Inspiration du poète *de Poussin par le Louvre. Devenue introuvable depuis 1824, la toile ressurgit et frappe les esprits par sa solidarité avec le mouvement de la pensée. De Paul Jamot, dans la* Gazette des beaux-arts, *à Rivière, dans* L'Art décoratif, *du 1er mars 1912, l'onde de choc secoue les modernes en pleine querelle du cubisme.*

Poussin et la peinture contemporaine

Tout ce qui touche à Poussin s'entoure de grandeur et de silence. Une nouvelle œuvre du maître[1] est entrée au Louvre en 1911. Événement considérable, qui pourtant n'a soulevé presque aucun commentaire. Il faut se réjouir de la réserve avec laquelle il fut accueilli ; elle prouve que nous n'avons pas affaire ici à l'un de ces chefs-d'œuvre faciles qui déchaînent tout de suite les développements littéraires. À quoi se prendre en effet dans cette sévère

1. Poussin est l'une des références majeures du groupe de *La NRF* et notamment de Gide, qui en parle souvent dans son *Journal* et dans ses essais de critique, ainsi sous la date du 18 mars 1906 : « J'achève lentement, le plus lentement possible, le salutaire livre de Paul Desjardins sur Poussin, copiant plusieurs passages. Je fais venir son livre sur la *Méthode des classiques* que m'indique Maurice Denis. » Il publiera un *Poussin* en 1945.

Inspiration du Poète. D'où partir pour une page enthousiaste ? Nul pittoresque, nul « sourire mystérieux ».

Allons plus loin et soyons sincères. Poussin n'est-il pas d'un abord quelque peu ennuyeux ? Je pense qu'il est impossible aujourd'hui de l'aimer du premier coup sans snobisme. Il faut l'avoir méconnu longtemps pour le bien comprendre. Comme sa carrière et le développement de son génie furent tardifs, de même lui convient une admiration tardive, qui succède à plusieurs désenchantements, qui a mis longtemps à mûrir et dont on s'aperçoit, soudain mais en silence, au moment qu'elle est déjà complète et armée de toutes ses raisons. Comment nous, que l'impressionnisme habitua à la notation instantanée des spectacles les plus éphémères, pourrions-nous ne pas être d'abord sensibles à la monotonie de Poussin et gênés par son indifférence au temps, par son air d'éternité ? Puis, toutes ces scènes historiques ou mythologiques, tous ces guerriers, tant de boucliers, de draperies, d'accessoires conventionnels… La constance même de la perfection est ici faite pour décourager notre goût de l'incomplet, du partiel. Ajoutons, pour achever de justifier notre résistance, que les tableaux du maître que conserve – on voudrait dire que recèle – le Louvre, sont devenus à peu près illisibles, que certains d'entre eux sont exposés à une hauteur où l'œil ne peut atteindre et qu'il faut une patience d'archéologue et l'aide des photographies pour les déchiffrer.

Si j'insiste tant sur ces obstacles à l'admiration, ce n'est pas pour aboutir à avouer la mienne timide et réticente, c'est au contraire pour montrer, par les difficultés qu'elle traverse sans s'amoindrir, sa force et sa profondeur. Faisons une fois l'effort qu'il faut pour comprendre ce grand génie ; et nous nous retrouvons avec lui dans la même liberté que nous avons connue avec les plus chers de nos contemporains ; il répond à toutes nos questions ; il nous comble non de surprise, mais d'émerveillement ; il est plus nouveau et plus fertile que beaucoup de ceux qui depuis cherchèrent à nous étonner : il est une source puissante et noble où toute saine soif peut directement s'abreuver.

Si nous tenons à prouver par l'histoire son importance, considérons qu'en lui prend naissance toute une lignée de peintres français et que son influence pèse encore sur maints contemporains. Il est d'ailleurs si grand qu'aucun de ceux qu'il initia n'est parvenu à le dépasser. Sa gloire n'est pas celle d'un modeste inventeur de qui la découverte est transformée par ses descendants. Mais du premier coup il porta à une inégalable perfection le genre qu'il inaugurait.

Nous allons tâcher de surprendre Poussin dans son travail, de découvrir non pas précisément ses procédés techniques, mais son geste essentiel, son tour de main, son habitude la plus secrète et la plus inconsciente, la démarche toujours pareille à quoi l'oblige son génie, cette façon, toujours la même, qu'il a, sans s'en douter, d'attaquer sa besogne.

Les arts plastiques ont pour fin principale d'inscrire le mouvement, de traduire en immobilité ce qui bouge. Dans la nature les choses ou bien se meuvent, ou bien sont en repos : la peinture invente un équivalent en repos de ce qui se meut. Il ne lui suffit pas de saisir l'objet au milieu de sa course, de représenter une de ses attitudes de passage. Nous savons combien l'instantané photographique est peu capable de nous donner le sentiment de la stabilité : la figure qu'il prétend fixer, il semble qu'elle n'attende que d'être quittée par notre regard pour s'échapper. Il faut que la peinture trouve une forme telle que le mouvement y soit pris, un piège où le capter ; il faut qu'elle l'arrête sans le détruire, qu'elle l'attrape tout vivant, qu'elle lui laisse sa liberté, sa fluide prolongation et cependant qu'elle ôte au spectateur l'envie de le voir plus loin se continuer. Problème difficile, mais qui fut autant de fois résolu qu'il y eut de grands artistes. Les déformations de Michel-Ange ou d'Ingres, si différentes soient-elles, ont également pour but de transcrire le mouvement ; elles le suivent de son origine à son aboutissement ; le trait se fait aussi long que lui et finit par le contenir à force de lui céder.

Mais Poussin ne déforme pas. Il a trop d'amour pour les proportions exactes et normales. – Comment donc s'y prend-il pour transporter l'agitation de la nature sur la toile ? Comment traite-t-il les choses pour venir à bout de leur mobilité ? Jetons d'abord un regard d'ensemble sur son opération. Poussin dessine le modèle au milieu de son mouvement ou de son geste ; il ne l'atteint qu'en un de ses moments ; il ne résume rien de son passé ni n'annonce rien de son avenir. Il choisit une des attitudes, par lesquelles passe la forme, et, rejetant délibérément toutes les autres, s'applique à la copier avec fidélité. Il semble donc que cette forme doive apparaître, comme dans la photographie, mal retenue, prête à poursuivre l'achèvement de son acte. Il n'en est rien. Car bien qu'il l'aperçoive en train de bouger, Poussin la peint comme si elle était immobile ; il dégage l'immobilité qu'elle conserve dans son élan, qu'elle emporte en elle, dissimulée. Dans un être qui court on dirait que sont suspendues, par l'intention même qui les rassemble, l'analyse et l'articulation des organes ; le corps a quelque chose de flou, de confondu, d'effacé, qui correspond à l'état de transition où il se trouve. Poussin reforme soudain tout le détail de la figure en mouvement ; il la définit intérieurement avec une netteté si parfaite qu'il l'arrête ; ses traits les plus permanents, les plus intemporels reparaissent, il fait ressurgir en elle tout l'agencement délicat et séparé de ses membres au repos ; il la retient dans sa course en l'embarrassant à nouveau de tout ce qu'elle avait replié pour s'élancer. Ainsi fixe-t-il le mouvement dans sa hardiesse, sans le réduire ni l'apaiser, et simplement en lui ajoutant l'immobilité. Ainsi s'empare-t-il du modèle, par une ruse de génie, au moment de sa plus forte liberté, comme d'une balle en son bond, et dans l'épanouissement de son évasion.

Dans *L'Empire de Flore*, sans que vers nulle part son geste, pour s'appuyer, s'exagère, combien se tient solidement ce guerrier nu, pourtant vertigineusement penché ! Mais tous ses muscles sont fidèlement écrits, et c'est leur détail qui le soutient.

Revenons maintenant en arrière et décomposons l'acte créateur de Poussin. D'abord il entre dans la forme avec sévérité et scrupule ; il regarde sans indulgence son désordre et avant tout il songe à le débrouiller. Son dessin est une « mise en ordre[1] » ; lentement il sépare, il démêle, il répartit ; il dispose à nouveau tous les éléments qu'il trouve ; il passe entre eux, puissant et sûr comme la raison, et par son seul passage les met à leur place, celui-ci à droite et celui-là à gauche. Le génie de Poussin ne consiste pas dans l'invention de formes particulières, mais dans une merveilleuse aptitude à ranger, dans une sorte de discernement actif. C'est avec juste raison que Paul Desjardins l'a rapproché du génie de Descartes. Comme Descartes s'entendait à diviser les idées, à reconnaître différentes celles qu'on avait avant lui confondues, de même Poussin excelle à conduire au travers des choses sa profonde lucidité. Son dessin les *digère* ; chaque trait ramène à lui un désordre et le fait évanouir en l'absorbant. Ainsi

1. Dans son beau petit livre sur Poussin, Paul Desjardins dit, traçant le portrait du vieux maître : « L'idée générale de l'homme – car c'est ici "une idée" de l'homme, plutôt que l'homme tel quel – est celle d'une très simple et presque rustique acceptation de sa propre nature, puis d'une mise en ordre parfaite et assurée de cette nature. » (NdA)

peu à peu la régularité pénètre parmi les contradictions du hasard. C'est une culture majestueuse et sage, c'est l'ouverture de sentes et d'allées au sein d'un taillis sans discipline, c'est l'avènement de la définition. Et j'imagine d'abord Poussin comme un incomparable jardinier de la forme humaine, qui aurait le sens du pathétique.

Nous allons comprendre à présent avec plus de force comment cette exacte distribution des détails intérieurs aboutit à immobiliser la figure. Dessin qui ne penche pas, qui jamais ne préfère un caractère aux autres, ni ne l'accuse à leurs dépens ; il est sans faveur comme sans négligence. On ne peut résister à la tentation de citer l'admirable mot de Poussin que rapporte Bonaventure d'Argonne : « Je lui demandai un jour par quelle voie il était arrivé à ce haut point d'élévation, qui lui donnait un rang si considérable entre les plus grands peintres d'Italie, il me répondit modestement : « Je n'ai rien négligé[1]. » Je voudrais prendre cette parole à la lettre. Tandis que chez Ingres la beauté du trait tient à ses prédilections et à sa façon de s'incliner dans un certain sens, au contraire, chez Poussin, le dessin n'est grand qu'à force d'impartialité ; il n'omet rien ; peut-être déplace-t-il un peu chaque détail, lui choisit-il une situation plus juste ; mais jamais il ne consentirait à le supprimer ; il tient compte de tout ce qu'il trouve et lui invente un emploi ; il relève les moindres accidents et, si leur particularité l'offusque, il ne songe pas à se débarrasser d'eux ; mais il s'efforce de les réduire à des caractères plus généraux. Il est naturel que tant d'équité finisse par donner à la forme en mouvement de l'équilibre. Comme en elle tout est à sa place, il faut bien qu'elle se tienne debout. Il y a une compensation si délicate de ses éléments, une si rigoureuse égalité de ceux qui se contrarient qu'elle se sent gagner par la fixité et son élan s'amortir.

Elle prend en même temps une ampleur d'une espèce toute particulière ; sans s'agrandir, sans que son contour s'exagère, en demeurant sur tous ses points strictement fidèle à son centre, elle devient large, comme sont larges les épaules d'un homme robuste qui a l'habitude de respirer jusqu'au fond de la poitrine. En chaque figure s'introduit une mesure solennelle, un espacement magnifique et plein : ils viennent de l'intérieur, ils sont l'expression au dehors de l'achèvement et de la complète actualité intimes. Quoi de plus grand, de plus aisé que cette femme retournée qui, dans la *Bacchanale* de la National Gallery, abandonne son corps, son bras,

1. Paul Desjardins, *Poussin*, p. 71. (NdA)

son visage souriant et ses cheveux au vent de la danse ? Pourtant aucune accentuation, aucune insistance. L'ampleur, plutôt qu'elle ne réside dans le trait même qui cerne la figure, rayonne d'elle et flotte à l'entour, n'étant que l'expansion naturelle de sa densité.

Non seulement chaque figure, mais aussi l'ensemble du tableau parviennent de la même façon à l'équilibre. Sans doute Poussin ne reçoit pas des choses le rythme de sa composition ; il l'invente à propos d'elles et le leur impose. Mais une fois qu'il l'a fait descendre en elles, chacune vient le fortifier de son immobilité propre et lui inspire secrètement une consistance nouvelle. Y eut-il jamais tumulte plus solide que celui de *L'Enlèvement des Sabines* ?

*

Par tout ce que nous venons de dire nous voyons déjà quelle sorte d'émotion il nous faut attendre de Poussin. N'espérons pas qu'il nous touche par le caractère et la précision individuelle de ses figures : il ne sait pas accuser dans un visage les traits qui le rendent unique. Au contraire, son génie est tout de généralisation. Ce qui fait l'individualité d'un être, c'est l'enchevêtrement de ses traits, la façon inimitable dont ils s'entrecoupent et s'embrouillent, leur irrégularité. Mais Poussin, sitôt qu'il intervient, c'est pour éclaircir cette complexité, pour l'aménager régulièrement, par suite pour transformer son modèle en un type. Il s'oblige à partir de l'individu, il le traverse d'abord patiemment ; mais comme on divise avec un râteau des herbes rétives ; déjà il ne cherche plus qu'à retrouver en lui les caractères idéaux de l'humanité. Même au moment où il voit à plein les différences de l'original, il ne pense qu'à mettre au jour ses ressemblances avec l'homme en général. « Il s'applique à mesurer l'Antinoüs et les autres statues grecques réputées, afin de s'en faire un répertoire des proportions justes, destiné à corriger les écarts de la nature »[1]. Ce répertoire il le garde présent en son esprit, tandis qu'il travaille, et sa préoccupation est d'y revenir à la fin en dépit de tout obstacle. – La noblesse de son dessin est acquise ; c'est plutôt un ennoblissement. Comme Poussin lui-même est un rustique qui s'est élevé à force de volonté à la culture la plus rare, de même on voit ses figures, laissant peu à peu la familiarité, pourtant admirable, qu'on leur

1. *Ibid.*, p. 48. (NdA)

découvre encore dans *Ruth et Booz* ou dans un certain *Paysage* du musée de Chantilly, s'épurer jusqu'à la plus abstraite grandeur et, sous l'effort de la raison, passer à l'universel.

Poussin aboutit ainsi à quelques types qui sont les données invariables de tous ses tableaux. Il les emploie comme des matériaux fixes, sans chercher, puisqu'il s'en est une fois trouvé content, à les renouveler. De là cette monotonie apparente de son œuvre qui d'abord empêche l'enthousiasme. Une toile de Poussin ne nous présente pas du premier coup son originalité : elle nous la propose seulement à découvrir. Elle ne montre au premier regard que ce par quoi elle ressemble à toutes les autres ; elle commence par les recommencer ; il faut une longue contemplation pour apercevoir en quoi elle est unique. C'est tout le contraire pour beaucoup d'œuvres d'aujourd'hui : on voit bien d'abord en quoi chacune est unique ; mais elle ne supporte pas une longue contemplation.

La beauté d'un Poussin est toute de relation ; elle est un certain concours imprévu, l'approche nouvellement réglée de figures qui nous sont déjà familières. C'est de leur rencontre que jaillit l'émotion. Soudain parce que les voici ensemble et dans un certain égard les unes avec les autres, une douceur infinie me saisit avant que je m'y sois attendu. Je connaissais chacun des personnages, mais je ne pouvais pas deviner ce complexe mouvement qui s'empare d'eux tous, cette grandiose agitation qui passe à travers eux comme un souffle plein de mesure. Ils s'abordent, ils se demandent les uns aux autres une légère concession, non point le sacrifice de cette attitude saine et droite qu'ils ont reçue ; chacun choisit, entre tous les gestes normaux dont il a l'habitude, celui qui le mieux répondra à ceux que vers lui tendent les autres ; et de ce jeu cadencé ou de ce bouleversement rythmique s'élève, ainsi qu'un parfum, quelque beau trouble vers mon âme.

Comme cet accord est à la fois imprévu et tout de suite évident, le sentiment qu'il rayonne est en même temps nouveau et général. Nous ne l'eussions pas inventé, mais nous le reconnaissons aussitôt. Il se dégage du tumulte serein des formes et plane au-dessus d'elles, invisible. Elles sont parfaites : de même il est universel. Comme elles, il est clair et distinct. Il est beau comme une idée bien comprise, où rien ne subsiste d'obscur ni d'enveloppé. Je m'abandonne à lui, et il est l'émerveillement de mon cœur, et il est le confort de ma raison.

Le pathétique de Poussin se résume pour moi dans *Le Jeune Pyrrhus sauvé* et dans cet admirable geste de la femme qui lève les bras en signe de détresse encore et déjà d'espérance. Émotion qui n'assaille pas du premier coup, mais qui se forme lentement par une considération de plus en plus attentive et qui trouve sans cesse de quoi se confirmer. Je ne peux m'empêcher de songer à Racine et à la tragédie classique. Racine construit son ouvrage avec des matériaux fixes ; mêmes mots, mêmes rimes, mêmes expressions ; sonorité pareille de tous les vers et d'abord profonde monotonie. Mais si je sais entendre, tout à coup les mots se joignent d'une façon exquisément nouvelle et pourtant si normale, si raisonnable que je ne pense pas à m'étonner. C'est une rencontre faible et suave, et sans choc ; mais non sans influence sur mon âme. Quel juste accent elle prononce ! Quel cri parfait et que tous nous avons jeté ! Quelle humaine voix parle ici ! Poussin, comme Racine, s'adresse à nous avec des mots qu'il nous a d'abord proposés. Il y a une entente entre lui et nous. Nous sommes instruits à l'avance de toutes ses ressources ; il renonce à nous toucher par leur nouveauté. Mais devant nous, sous nos yeux, en ne nous demandant qu'un cœur un peu fin, il prend deux figures, il les appuie l'une contre l'autre, et nous voici lentement atteints dans nos sentiments les plus hauts, les mieux amis de la grandeur.

*

Nous avons dit que de Poussin procédait toute une lignée de peintres français. Il serait trop long d'étudier chez David, chez Ingres, chez Delacroix, chez Chassériau, chez Puvis de Chavannes, chez Corot lui-même l'influence, diversement subie, du grand maître. Mais nous allons chercher brièvement comment s'exerce encore aujourd'hui cette influence et quels sont parmi les peintres contemporains ceux qu'elle atteint encore.

Poussin est au principe de toute réaction contre l'impressionnisme. N'est-il pas en effet l'initiateur en France de la grande composition décorative, à quoi tendent aujourd'hui, par des moyens différents et avec inégal succès, tous les véritables artistes ? Le premier il se donna pour objet de représenter l'équilibre des choses, leur accord, leurs correspondances et ce nœud mystérieux de directions que tout regard attentif découvre en n'importe quelle portion de la nature.

Or, à quoi, toute sa vie, Cézanne s'est-il acharné, sinon à rendre sensibles à la fois la *situation* des objets et cette amitié secrète qui les attache ? Plus rustre que Poussin, plus appliqué aussi, plus scrupuleux sur certaines aisances du dessin, il le rappelle pourtant quand il peint ses nus si lourds, si pleins, si fortement inscrits dans le paysage.

Gauguin d'abord semble trop expatrié pour pouvoir être rapproché sans arbitraire d'un maître aussi classique, aussi régulier que Poussin. D'autre part il ne modèle pas, il ne précise pas intérieurement ses figures, comme fait Poussin. Mais il a, comme Poussin, et peut-être plus encore que lui, l'amour de l'harmonie, des balancements et de l'arabesque décorative. En dépit de ses modèles barbares, que son dessin est d'un tour civilisé !

Si Cézanne et Gauguin reprennent ainsi, après longtemps, et avec une technique toute nouvelle, la préoccupation de Poussin, il est tout naturel de voir celle-ci s'imposer encore aux peintres contemporains qui se formèrent au contact de Cézanne et de Gauguin. – Roussel, Jules Flandrin, Maurice Denis : trois représentants de cette tradition. Roussel revoit, à travers ce léger tremblement aérien dont l'impressionnisme nous a habitués à tenir compte, les paysages de Poussin. Il retrouve leur verte sévérité, leur arrangement si français ; il disperse des nus dans leurs abris ; et les mêmes amours, mais plus vagues dans une atmosphère plus flottante, descendent avec les mêmes écharpes par quelque vent tout décoratif tourmentées. La ressemblance apparaîtra saisissante si l'on rapproche n'importe laquelle de ses œuvres du *Paysage* de Poussin qui est au Prado ou de *La Nourriture de Jupiter*. – Il est moins facile de rendre évidente la parenté de J. Flandrin avec le peintre du *Triomphe de flore* et du *Parnasse*. Mais l'auteur de ces panneaux que nous avons admirés récemment au Salon d'Automne, ne tient-il pas du vieux maître sa solennité sans emphase, l'austère lenteur de ses paysages, à la fois la plénitude de ses figures et la liaison espacée qu'il sait mettre entre elles ? – Enfin, confrontons telle toile de Maurice Denis, *La Treille* par exemple, avec *L'Empire de Flore* de Poussin. Les deux œuvres se ressemblent profondément par la façon qu'y a le peintre d'aborder la forme, par ce qu'il exige d'elle, par cette manière de ne vouloir obtenir que de sa parfaite santé le geste qui l'enchaînera aux autres. C'est la même grâce heureuse, sans allongements et sans abréviations. Et le sentiment qui flotte dans ces deux toiles, bien qu'il se fasse dans celle de Poussin plus hautain et dans celle de Maurice Denis plus plaisant, est une même joie, une même radieuse félicité de rêve.

Nous pourrions chez d'autres contemporains encore surprendre – il est vrai moins sensible et plus théorique – l'influence de Poussin. Mais les exemples que nous avons choisis nous montrent suffisamment qu'entre l'entrée au Louvre de *L'Inspiration du Poète* et les expositions des peintres les plus neufs d'aujourd'hui, il y a un lien qui, pour être secret, n'en est pas moins fort.

Comme toute appellation exogène, née du rejet institutionnel de tableaux aux allures géométriques, le cubisme fut retourné en arme de combat par ses représentants. Rivière leur reproche, d'ailleurs, ces façons militaires de solliciter l'attention publique ou de crucifier les Béotiens. L'activisme des cubistes lui semble, de plus, s'accorder à cette nouvelle esthétique du choc, lestée d'une théorie étouffante et d'une morale triste chez les moins inspirés du clan. L'ample article de mars 1912, paru dans Revue d'Europe et d'Amérique, *loin des éphémères contre-attaques, vise l'essentiel*[1].

Du cubisme
Sur les tendances actuelles de la peinture

Ainsi que nous l'avions annoncé et promis après le curieux article où notre collaborateur J. Granié[2]*, dans le numéro du 15 novembre 1911 faisait, en parlant du dernier Salon d'Automne,*

1. Estimant qu'il était trop théorique, Rivière n'a pas voulu donner cet article à *La NRF* (ce dont il prévient Copeau). Gide en fera néanmoins une critique favorable, malgré quelques réserves.

2. Joseph Granié (1861-1915), magistrat et amateur d'art, avait œuvré pour la libération d'Apollinaire en 1911 lors de l'affaire des statuettes. De passage à Bordeaux en 1908, il avait découvert la peinture d'André Lhote et l'avait encouragé en lui achetant une toile.

l'apologie des peintres cubistes[1]*, nous publions aujourd'hui un article sur le même sujet, et qui forme en quelque sorte réponse à celui de M. Granié.*

Dû à la plume de l'éminent critique d'art Jacques Rivière, il tire une particulière importance de l'imminente publication d'un volume de MM. Gleizes et Metzinger sur le « cubisme[2] *». On sait le retentissement qu'ont eu ces discussions d'art. Nous sommes sûrs d'intéresser nos lecteurs en leur apportant la contribution ingénieuse et brillante qu'on va lire.*

Il y a « dans le *cubisme* » une idée extrêmement intéressante et d'une considérable importance. Mais, à coup sûr, personne n'est plus anxieux que les cubistes d'apprendre quelle est cette idée.

Les cubistes ne sont pas de joyeux rapins qui s'égaient de leur invention et jouissent de l'effarement qu'elle produit. Ils ne s'amusent pas. Leurs réflexions au contraire sont moroses. Depuis le jour où, non sans une généreuse soif de l'aventure, ils ont lancé leur système et risqué leurs premières toiles, ils ont perdu toute tranquillité ; « Comment arranger ça ? se demandent-ils. Dans quoi nous sommes-nous embarqués ? » Ils écoutent par-ci par-là ce qu'on dit. Parfois un espoir : un petit argument se présente ; ils le proposent timidement à leurs critiques ; ils l'éprouvent, ne sachant trop eux-mêmes ce qu'il vaut. (Mais c'est un argument ! si par hasard il allait faire l'affaire !) « On pourrait dire, suggérait l'un d'eux devant une de ses propres toiles qu'il défendait à tâtons, on pourrait dire que c'est une synthèse de petites analyses. » Et si l'on ne se déclare pas satisfait de cette justification, les voici retombés dans de nouvelles perplexités.

Je pense qu'il ne faut pas mal interpréter cette inquiétude et cette hésitante conviction des cubistes. Je n'y vois pas le signe d'une vocation arbitraire, je n'en conclus pas que leur tentative soit vaine et gratuite. Au contraire, leur embarras me fait croire qu'il y a dans leur affaire quelque chose qui les dépasse, une nécessité toute puissante de l'évolution de la peinture, plus de vérité qu'il ne leur est possible d'en apercevoir du premier coup. Ils sont les précurseurs – comme tous les précurseurs, maladroits – d'un art

1. Le IXe Salon d'automne (1er octobre-8 novembre 1911) avait présenté des œuvres cubistes dont deux toiles d'Albert Gleizes et une de Jean Metzinger.
2. *Du cubisme* est paru en décembre 1912 aux éditions Eugène Figuière dans la collection « Tous les Arts ».

nouveau, dès maintenant inévitable. S'ils sont si mal assurés, c'est que le pouvoir qui les mène dédaigne de s'expliquer avec eux et les emploie comme des manœuvres, sans leur donner de raisons, leur laissant inventer toutes celles qu'ils voudront, puisque aussi bien ils ne sauraient voir les véritables. Mais parce qu'il ne les justifie pas, ses ordres sont servilement – c'est dire : très mal – exécutés. Les cubistes ont le nez sur leur ouvrage ; comme ils ne possèdent que la lettre, non l'esprit de la nouveauté qu'ils avancent, ils traduisent ce qui est dicté dans un pénible mot à mot. De là l'aspect écolier et essoufflé de leurs œuvres ; chaque morceau en a été écrit à son tour, et péniblement, par quelqu'un qui, loin de la prévoir, ne cessait pas d'attendre la suite.

Mon intention est de rendre aux cubistes un peu plus de liberté et d'aplomb, en leur fournissant les raisons profondes de ce qu'ils font. Il est vrai que ce ne pourra pas être sans leur montrer combien jusqu'ici ils l'ont fait mal.

Les nécessités actuelles de la peinture

Remontons d'abord au déluge.

L'homme primitif, que cherche-t-il quand il dessine sur la paroi de sa caverne cet objet qu'il vient de voir ? Il veut l'empêcher d'être absent. Peut-être bientôt le rencontrera-t-il de nouveau. Mais, en attendant, il veut tout de même le garder d'une certaine façon devers lui, il veut le tenir tout le long du temps, il veut mettre de la continuité entre ses apparitions, combler leurs intervalles, remédier à leur intermittence. Il veut n'avoir pas besoin d'une nouvelle faveur du hasard pour savoir comment est l'objet.

Les savants nous apprennent qu'en traçant la forme des animaux, l'homme primitif avait pour dessein précis de les « envoûter ». Il vient de les perdre, il ne les a plus sous la main ; alors il leur jette un sort et, si loin qu'ils s'en aillent, ils ne cesseront pas de lui appartenir, il sera leur maître secret. Il combine le chiffre qui leur donne tout pouvoir sur leur fuite ; ils peuvent circuler à leur aise et se croire libres dans l'immense forêt. Lui, malin sorcier, les gouverne à leur insu avec cette chose qu'il a faite et qui ne bouge pas. Elle est là sur le mur, elle se plie aux initiatives lointaines des êtres qu'elle figure, elle les laisse faire, mais parce qu'elle est le cercle magique d'où ils ne pourront point s'échapper. On sait qu'aux yeux de tout barbare une effigie est un moyen de posséder l'original, de le détenir à distance, et qu'il suffit de la traverser d'une pointe pour tuer celui qu'elle représente.

Il faut donc admettre que l'utilité première du dessin est de créer une sorte de substitut de l'objet et de réduire par ce moyen en esclavage tout ce qui se dérobe à la domination effective et directe de l'homme. Dessiner, c'est s'emparer d'une proie malgré qu'elle ait fui.

Nous devons en conclure que l'artisan primitif cherche à tracer une figure qui soit l'équivalent exact de son modèle, qui le remplace, qui en tienne lieu. Elle ne pourra pas changer, ni subir les variations de l'objet ; aussi s'applique-t-il à la rendre telle que, sans bouger, elle puisse représenter toutes ces variations. Elle sera toujours la même ; et pourtant comme les yeux d'un homme immobile ne cessent pas d'être pareils aux choses qu'ils regardent passer, elle suivra l'objet dans tout le cycle d'apparences qu'il parcourt en une journée. Elle ne se fatiguera pas de lui convenir, d'être égale à lui ; elle l'atteindra de sa vérité infaillible partout où le caprice le conduira ; sa fixité sera fidèle comme l'ombre qui tourne. À chaque instant, il sera possible de la substituer à son modèle, comme une image qui ne saurait être démentie. N'est-ce pas le propre d'un chiffre magique que d'enfermer dans sa simplicité secrète l'entière et complexe révolution des êtres qu'il a captés et que de rester imperturbablement et mystérieusement adapté aux mouvements les plus imprévus de sa mensongère indépendance ?

Mais, pour satisfaire ainsi à tous les aspects successifs d'un objet, il est évident que la figure tracée doit n'en reproduire aucun. Elle ne peut ressembler à tous que si elle est de chacun différente. Si elle peut remplacer à l'improviste, et parfaitement, l'objet, ce n'est pas en imitant à s'y méprendre son visage du moment, mais en étant davantage lui-même qu'il ne l'est à ce moment-là. Il faut qu'elle soit sans cesse plus vraie qu'il n'apparaît. Donc, elle n'aura aucun des caractères par lesquels il appartient à tel ou tel instant ; elle sera soigneusement dépouillée de toute marque accidentelle. Et surtout elle ne représentera pas son modèle, comme il s'est montré à l'artiste. Si le sauvage cherche à fixer l'image d'un animal qu'il a vu détaler, pourquoi à moins que ce ne soit quelque bête dont l'essence est de fuir – le figurerait-il en train de fuir ? Il veut le conserver, le retenir : il ne va donc pas lui donner dans son dessin l'attitude de se dérober ; il va le poser tout entier, comme s'il l'avait cerné à la chasse avec ses chiens, comme s'il le découvrait debout au milieu d'une clairière ; il va tâcher de lui rendre cette intégrité qui seule l'intéresse et que, puisqu'il ne l'a pu voir en réalité, il veut voir au moins en effigie ; il s'efforcera d'exprimer un cheval, non pas une bondissante croupe entraperçue. S'il dessine, c'est pour compléter ce que sa perception a de fragmentaire, de maladroit, de mutilé, c'est pour achever l'œuvre que ses yeux ont ébauchée et laissée interrompue. Donc, loin de s'attacher aux particularités de sa vision, qui sont toujours des imperfections, il ne tâchera qu'à les écarter, afin de restituer l'objet lui-même, pur, seul, intact et vrai. Puisqu'il se propose d'assurer sa présence dans l'intervalle de ses apparitions, comment songerait-il à lui garder les traits sous lesquels il est apparu ?

Nous comprenons maintenant par son origine quel est le sens véritable de la peinture. Elle représente les objets tels qu'ils sont, c'est-à-dire autrement que nous ne les voyons. Elle tend toujours à nous donner leur *essence* sensible, leur présence : c'est pourquoi l'image qu'elle forme, ne ressemble pas à leur *apparence*. Le peintre doit considérer chaque chose en son centre, vers chacune diriger un regard pertinent, ne rencontrer aucune par occasion, mais s'efforcer d'amener tour à tour chacune à la hauteur de sa réalité. Il n'oubliera pas l'intention de son ancêtre naïf : il aura devant la nature ce désir de possession, cette cupidité secrète et rusée qui cherche à s'emparer de l'objet en le tournant complètement, il le posera devant lui avec toute son existence. Mais pour cela, il lui faudra le montrer tel qu'il ne l'a jamais vu.

Ils ont raison, ceux qui pensent que la peinture a pour but de nous donner des choses une fidèle copie. Et aussi ceux qui prétendent qu'elle doit les transformer. Car pour bien les copier, il faut qu'elle les transforme. Un grand peintre, comme Cézanne, n'a qu'une idée, tandis qu'il travaille : créer une image exacte de ce qu'il voit ; mais à la fin son tableau est tout différent du spectacle ; et lui seul ne s'en aperçoit pas. C'est qu'à son insu et malgré lui, il a changé l'*aspect* des choses qu'il contemplait, pour traduire leur *être*, il les a débarrassées de cette attitude contrainte et arbitraire dans laquelle elles se présentaient ; complétant ce qu'il apercevait d'elles, il les a rendues spontanément à leur réalité.

Conséquences pratiques

Essayons maintenant de déterminer avec plus de précision quelle sorte de transformations le peintre doit faire subir aux objets tels qu'il les voit pour les exprimer tels qu'ils sont. Ces transformations sont à la fois négatives et positives : il faut qu'il fasse abstraction de l'éclairage et de la perspective et qu'il mette à la place de ces deux valeurs d'autres valeurs vraiment plastiques.

Pourquoi il faut supprimer l'éclairage ? L'éclairage d'un objet, c'est-à-dire la direction suivant laquelle il est rencontré par la lumière, ne doit pas être représenté. En effet, il est le signe d'un certain instant, il varie avec la position du soleil dans le ciel ; bien qu'il paraisse immobile, il n'a pas plus de stabilité que les aiguilles d'une montre, il indique l'heure sur la forme avec une exactitude mathématique. Il est la façon dont un objet participe non pas à la continuité du temps, mais à chaque minute. Si on le fixe, on empêche l'objet de durer, on l'arrête en un certain point de son existence. Il est pris, mais comme on est pris dans un instantané photographique, avec l'air d'être prêt à s'en aller. Si donc l'image plastique sert à révéler l'essence et la permanence des êtres, elle doit être dépouillée de tout éclairage.

L'éclairage n'est pas seulement une marque accidentelle, il a pour effet d'altérer profondément les formes. Si on la laisse faire, la lumière se répartit sur les objets suivant une loi toute mécanique et sans intelligence ; elle tombe sur eux, fatale, inerte, rigide comme la pesanteur ; elle obéit à la physique. Elle ne connaît pas la chose qu'elle touche, elle ne devine pas son secret, ni ne s'arrange suivant ses dispositions profondes, mais elle s'ajoute à elle brutalement, accusant et dissimulant ses parties sans se préoccuper de leur importance réelle : ainsi souvent les plus essentielles sont-elles avalées par l'ombre, tandis que s'exagèrent en pleine clarté les moins intéressantes. On peut donc dire que l'éclairage empêche les choses *d'apparaître telles qu'elles sont*. Dans la réalité, ces altérations n'ont pas d'inconvénient grave ; car nous pouvons toujours revenir voir l'objet une heure plus tard, afin de compléter la connaissance que nous désirons en prendre. Le soleil a tourné ; d'autres parties bénéficient maintenant de ses rayons. Contrairement à ce qu'on pense, la vue est un sens successif ; il nous faut combiner beaucoup de ses perceptions pour arriver à bien connaître un seul objet. Mais l'image peinte est fixe ; elle ne peut pas compter sur le temps pour remédier à ses insuffisances ; elle ne doit pas espérer dire jamais davantage que ce qu'elle dit tout de suite ; il lui est interdit de bouger de ce qu'elle est pour se compléter. Donc, puisqu'elle a pour mission d'exprimer pleinement les choses, il faut qu'elle le fasse du premier coup, en rejetant l'éclairage.

Par quoi il faut remplacer l'éclairage ? La suppression de l'éclairage a pour conséquence immédiate l'égalité de toutes les parties de l'objet ; elles reprennent toutes les mêmes droits à l'attention ; le peintre s'applique à maintenir entre elles une certaine douce équivalence ; il les montre les unes auprès des autres, sans préférence ni faveur.

Mais il semble qu'il renonce par là à faire sentir leur distinction et l'articulation intérieure de l'objet ; il semble qu'il s'expose à y introduire, par trop de respect, la confusion et le désordre. L'éclairage, en effet, était un moyen d'analyse : le contraste de l'ombre et de la lumière, en accusant toutes les saillies de l'objet, en effaçant toutes ses vallées, séparait et distribuait avec netteté ses éléments. Il est peut-être dangereux de se priver de services aussi importants.

On peut essayer d'en obtenir par d'autres moyens le bénéfice ; en supprimant l'éclairage, on peut et on doit le remplacer. Ce remplacement est possible, car l'éclairage n'est pas le seul ni le meilleur moyen d'analyser l'objet ; il ne représente pas réellement, mais seulement d'une façon tout idéale et abstraite la différence de ses parties ; il la suggère simplement, il la propose, il l'indique. Il laisse se succéder *à plat* sur la toile les diverses faces et, par l'entrechoc des clairs et des ombres, il nous engage à penser qu'elles sont séparées ; mais si nous arrivons à voir cette séparation, ce n'est que par l'imagination.

On peut la figurer d'une manière plus effective et plus plastique. Tout en conservant l'égalité lumineuse des faces de l'objet, le peintre les distinguera les unes des autres par de légères arêtes ; il les fera découler de ces arêtes comme les pentes opposées d'un toit ; il les articulera avec solidité comme elles s'articulent dans la nature ; il leur laissera leur obliquité réciproque et leur agencement angulaire.

Pourtant cette obliquité n'apparaîtra, ces lignes de partage ne seront des arêtes, que si le peintre consent à se servir encore des clairs et des ombres. Heureusement, cet usage ne lui est pas interdit. Il a renoncé à l'éclairage, c'est-à-dire à la direction de la lumière, mais non pas à la lumière. Il a repoussé l'éclairage parce qu'il sacrifiait des parties entières de l'objet en les plongeant dans l'obscurité, tandis que d'autres étalaient inutilement toute leur étendue. Il s'agit donc pour lui simplement de remédier à cet inconvénient ; et il peut le faire sans se priver complètement des services du clair et de l'obscur. Il suffit qu'il remplace la répartition brutale et injuste des lumières et des ombres par une répartition plus subtile et plus égale ; il suffit qu'il distribue impartialement entre toutes les faces l'ombre qui se tassait sur certaines ; de la petite portion à chacune décernée il se servira, en la posant contre le bord le plus voisin d'une autre face éclairée, pour marquer l'inclinaison et la divergence respective des parties de l'objet.

Ainsi pourra-t-il modeler celui-ci sans recourir à des contrastes, et simplement par des sommets et par des déclivités. Ce procédé aura l'avantage de marquer non seulement la division, mais aussi la jointure des plans ; au lieu d'une succession de saillies claires et de trous noirs, nous verrons des pentes appuyées les unes aux autres et doucement solidaires. Comme elles seront à la fois séparées et raccordées, les exigences de la multiplicité et celles de l'unité se trouveront à la fois satisfaites.

En résumé, le peintre, a lieu de montrer l'objet *tel qu'il le voit*, c'est-à-dire démembré entre le clair et l'obscur, le construira *tel qu'il est*, c'est-à-dire sous la forme d'un volume géométrique, soustrait à l'éclairage. Il mettra à la place de son relief, son volume.

Pourquoi il faut supprimer la perspective ? Pour les exprimer telles qu'elles sont, il faut que le peintre d'une autre manière encore transforme les choses qu'il voit. Elles lui apparaissent en perspective, c'est-à-dire les unes derrière les autres et diminuant d'importance et de netteté au fur et à mesure de leur éloignement. Mais la perspective est chose aussi accidentelle que l'éclairage. Elle est le signe non plus d'un certain moment dans le temps, mais d'une certaine position dans l'espace. Elle indique non pas la situation des objets, mais la situation d'un certain spectateur. Elle désigne la chaise, le banc ou la pierre sur quoi le peintre s'est assis pour travailler. Elle montre du doigt quelque chose qui est absolument extérieur et indifférent aux objets représentés par le tableau. Elle est la façon dont ceux-ci reçoivent le regard de quelqu'un qui tout à l'heure ne sera plus là. Car l'homme est par essence quelqu'un qui change de place. C'est pourquoi en dernière analyse la perspective est aussi le signe d'un instant, de l'instant où tel homme s'est trouvé en tel point. On voit combien elle est peu représentative de la permanence des objets.

De plus, comme l'éclairage, elle les altère, elle dissimule leur forme véritable. En effet, elle est une loi d'optique, c'est-à-dire une loi physique. Elle est dirigée comme le rayon d'un phare sur les choses, elle passe sur elles, mais sans s'arrêter à aucune, sans *s'informer* d'aucune ; elle montre et dissimule sans choix les parties que leur situation présente ou dérobe à sa révélation. Un livre, vu en perspective, peut apparaître comme un mince ruban rectangulaire, alors qu'il est en réalité un hexaèdre régulier. Et cette déformation, qui est celle des objets placés au premier plan, est bénigne auprès des mutilations que subissent les autres ; partiellement masqués, découpés arbitrairement par ceux qui les précèdent dans l'ordre de la profondeur, ils apparaissent contrefaits, ridicules, méconnaissables : une maison devant laquelle la perspective installe un arbre, peut se changer en deux triangles blancs, séparés l'un de l'autre. Une rivière, vue au travers d'un rideau de peupliers, peut apparaître comme un chapelet de petits losanges brillants. Pourtant l'essence d'une maison n'est-elle pas d'être un cube, l'essence d'une rivière de couler d'un seul tenant, profonde et continue ? Sans doute, c'est ainsi mutilés que la réalité nous montre ces objets. Mais dans la réalité nous pouvons nous déplacer : un pas à droite et un pas à gauche complètent notre vision. La connaissance que nous avons d'un objet est, nous l'avons dit, une somme complexe de perceptions. L'image plastique, elle, ne bouge pas : il faut qu'elle soit complète du premier coup, donc qu'elle renonce à la perspective. Je prétends que si certains spectacles réels étaient reproduits par un peintre avec un respect absolument rigoureux de la perspective, il serait impossible à n'importe qui de les reconnaître, tant les objets apparaîtraient différents de ce qu'ils sont.

Par quoi il faut remplacer la perspective ? C'est ici que se posent les problèmes les plus graves. Pour simplifier, distinguons entre la représentation de l'objet et celle des objets.

Sur le premier point, la difficulté n'est pas grande : la suppression de la perspective conduit tout naturellement à cette simple règle : il faut toujours présenter l'objet sous l'angle le plus révélateur, il faut qu'il s'avance à l'encontre de notre regard dans l'attitude où il est le mieux ce qu'il est, tel que nous le voyons quand nous le voyons bien. Il faut qu'il néglige la contrainte que voudrait lui imposer l'ensemble du tableau et que, se dégageant de l'imparfaite position où le réduirait le point de vue général, il nous livre de lui-même assez de faces pour que nous le connaissions bien. Il a le droit de revendiquer contre la pression mécanique de la perspective une certaine liberté qui lui permette de disposer à l'aise son volume et d'offrir la multiplicité de ses plans. En d'autres termes, chaque objet nous demandera de nous placer à son égard à un point de vue particulier, qui sera celui de sa plus solide apparition.

Il pourra même parfois impliquer plusieurs points de vue ; il se montrera parfois tel qu'il nous est impossible de le voir jamais, avec une face de plus que nous ne lui en découvririons de pied ferme. Car il est des objets dont la véritable nature ne se révèle qu'en plusieurs fois et, comme nous l'avons dit, toute vision est une synthèse : un pont est quelque chose sous quoi passe de l'eau et sur quoi roulent des voitures ; il a un dessus et un dessous qui contribuent également à le faire ce qu'il est. Il est donc important de représenter à la fois l'un et l'autre, l'intérieur de l'arche et la chaussée ou tout au moins les deux parapets. Ainsi seulement l'objet prendra sa réalité, son corps et deviendra autre chose qu'une fantastique découpure. – Il s'agit ici simplement d'une déformation en volume, qui a le même sens et la même fin que les déformations en surface, par le trait : à savoir créer une figure qui contienne dans son immobile éternité l'intégrité complexe de l'objet qui n'apparaît que dans le temps, emprisonner d'un coup, sans l'arrêter, le mouvement, que ce soit celui de l'objet ou le nôtre par rapport à l'objet.

Mais voici où la suppression de la perspective entraîne les conséquences les plus délicates et demande au peintre le plus d'inspiration et d'intelligence : si non plus seulement chaque objet, mais les objets cessent d'être hiérarchisés par la perspective, qu'en résulte-t-il ? Évidemment qu'ils viennent tous sur le même plan du tableau, qu'ils s'étagent les uns au-dessus des autres et occupent la toile de bas en haut, sans se déformer au fur et à mesure qu'ils sont plus élevés. C'est une sorte de redressement du spectacle. Le ciel n'est plus au bout du paysage en fuite, mais il se pose sur lui comme un couvercle et les nuages s'ajoutent à tout le reste, objets qu'il ne faut pas oublier d'exprimer avant de finir. Un tableau est ainsi l'inventaire, la scrupuleuse énumération de tous les éléments d'un spectacle. Sa magnificence est celle d'une mémoire bien juste, bien complète et bien impartiale.

Cette impartialité ne paraît pas pourtant sans danger ; cette équivalence de tous les objets, cette manière de les proposer ensemble et sur le même plan ne vont-elles pas aboutir au pêle-mêle que déjà nous avaient fait craindre pour l'objet la suppression de l'éclairage et l'équivalence des parties. La perspective, en effet, comme l'éclairage, analyse, distingue les uns des autres les objets ; et cela de plusieurs façons :

D'abord, elle les empêche d'empiéter les uns sur les autres et de mêler leurs éléments ; par elle, chacun renonce à ce qu'il lui faut laisser pour pouvoir entrer en composition avec les autres sans s'embrouiller avec eux ; elle obtient d'eux toutes les concessions mutuelles indispensables pour que leur voisinage ne soit pas une confusion.

De plus, elle suggère les intervalles par lesquels ils sont séparés dans le sens de la profondeur.

En supprimant la perspective, le peintre doit chercher à obtenir par d'autres moyens la double analyse qu'elle opère. Il ne la rejette que pour la remplacer. Et d'abord il faut qu'il glisse entre les objets, groupés sur un même plan, des vides, de légers intervalles par quoi ils apparaissent les uns des autres isolés. Il n'y peut parvenir qu'en les mutilant à son tour, qu'en omettant de figurer certaines de leurs parties. Nous avons dit que son œuvre propre était d'exprimer les choses *essentiellement* ; mais cela ne veut pas dire d'un bout à l'autre, *entièrement*, sans rien retrancher. Un objet peut être représenté de façon profonde et parfaite par une seule de ses parties, *pourvu que cette partie soit le nœud de toutes les autres*, qu'elle les tienne en soi, c'est-à-dire pourvu qu'elle soit l'angle de jonction de tous les plans, l'angle solide que forme leur réunion. Une maison, si l'on aperçoit le point où se rencontrent deux plans du toit et deux murs, est plus complètement connue que si l'on voyait tout entière, mais seule, sa façade. Toutes les autres parties ne font que répéter celle-là ; elles la recommencent, elles la multiplient, elles ne lui ajoutent rien ; elles sont comme les répliques d'un tableau : il est inutile d'aller les voir pour savoir quel en est le sujet. Elles forment autour de la première un agrandissement tout géométrique, mais sans aucun sens expressif. Donc le peintre peut les négliger, les couper, les rejeter ; il peut faire autant de sacrifices qu'en eût réclamés la perspective, à condition qu'il présente de chaque objet ce qu'il a de plus essentiel et de plus significatif. Ou plutôt : la somme de sacrifices que la perspective impose aux objets est très arbitrairement et très inégalement répartie entre eux : ceux du premier plan voient le plus souvent tous leurs éléments, même les plus inutiles, les plus monotones, représentés ; les autres sont atteints dans leur substance même, dans ce qu'ils ont d'éminent, de principal. Le peintre, au contraire, distribue avec impartialité les sacrifices ; comme il a ramené tous les objets sur le même plan, aucun n'a de titre à se développer plus que les autres ; il arrête la figure de chacun au moment qu'elle l'exprime essentiellement et avant qu'elle n'empêche cet autre d'apparaître à son tour tel qu'il est. Il dirige pour ainsi dire les omissions et les fait porter où il faut. Des vides que celles-ci déterminent, il se sert pour délimiter et pour isoler les objets ; il fait circuler entre eux d'habiles absences qui donnent à leur apparition une netteté et une force saisissantes. Et les voici qui s'avancent, chacun offrant sa proue, comme une flotte puissante et succincte que l'on embrasse d'un seul coup d'œil dans sa profondeur et dans sa légèreté.

Pour finir, il faut que le peintre trouve un équivalent à ces intervalles que la perspective fait imaginer entre les objets dans le sens de l'éloignement ; il faut que par quelque ruse il dérobe à la perspective le secret de cette nouvelle sorte de distinction qu'elle glisse entre eux. – Avant d'examiner comment il va s'y prendre, remarquons que l'entreprise n'est pas impossible *a priori*. Supprimer la perspective, ce n'est pas forcément supprimer la profondeur, pas plus que supprimer l'éclairage, ce n'est supprimer la lumière. Les objets ne sont en perspective que par rapport à quelqu'un ; faisons abstraction de leur rapport à quelqu'un, la perspective disparaît ; mais ils demeurent en profondeur : ils ne cessent pas d'être dans l'espace ; il y a encore entre eux de la distance ; leurs intervalles sont attachés à eux, durent avec eux. Il est donc possible tout au moins d'*imaginer* des objets qui soient séparés par de la profondeur, sans être en perspective.

Mais est-il possible de les *représenter* ainsi sans l'aide de la perspective ? La perspective n'est pas le seul, ni peut-être le meilleur moyen de traduire la profondeur. En effet, elle ne l'exprime pas en elle-même, directement, nommément ; elle ne peut que la suggérer par un découpage de profils. Les figures par lesquelles elle l'évoque ne sont pas disposées dans le sens de l'enfoncement ; elles ne participent en rien à la troisième dimension ; elles ne sont pas tournées obliquement par rapport au plan du tableau ; elles ne font aucun signe vers le lointain ; mais toutes, elles font face au spectateur ; elles sont parallèles comme les portants d'un décor ; c'est sans imiter ce qu'a de propre l'éloignement, simplement en prenant sur place une attitude contrefaite, qu'elles donnent à entendre qu'il existe entre elles des intervalles, *dont d'ailleurs elles ne disent rien*[1].

Heureusement la profondeur n'est pas le vide pur ; on peut lui supposer une certaine consistance, puisque aussi bien elle est occupée par de l'air. Le peintre pourra donc l'exprimer autrement que par la perspective, en lui communiquant un corps, non plus en l'évoquant, mais en la peignant, comme si elle était chose matérielle. À cet effet, de toutes les arêtes de l'objet il fera partir de légers plans d'ombre qui fuiront vers les objets plus lointains. L'avancement d'un objet par rapport aux autres se marquera ainsi par les franges dont son contour sera bordé ; sa forme se détachera des autres non pas comme un simple profil sur un écran, mais parce que les traits qui la délimiteront, seront des rebords et que d'eux vers le fond couleront des ombres, comme d'un barrage tombent régulièrement les eaux d'un fleuve. La profondeur apparaîtra comme une fuite subtile mais visible qui accompagnera les objets ; ils auront beau se tenir sur le même plan : entre eux s'insinueront cet éloignement positif et l'écartement produit par ces petites pentes sombres. Ils se distingueront les uns des autres, sans avoir besoin de changer leur visage réel, uniquement par la présence sensible entre leurs images des intervalles qui les séparaient dans la nature. En s'incarnant en des ombres, l'espace maintiendra jusque dans le tableau leur discrétion.

Et sur la perspective ce procédé aura l'avantage de marquer, en même temps que leur division, la liaison des objets ; car les plans qui les écarteront formeront aussi des uns aux autres une

1. Rien n'est plus hypocrite que la perspective. Car, d'une part, elle feint d'ignorer que le tableau est une surface plane et, d'autre part, elle limite la profondeur uniquement avec un système de profils, tous établis sur le même plan, celui justement du tableau. Pour représenter avec sincérité la profondeur, le peintre devra d'abord avouer qu'il travaille sur une surface plane : c'est ce qu'il fera en établissant tous les objets les uns à côté des autres. Ensuite, il devra tâcher d'imiter la profondeur avec quelque chose qui soit davantage de sa nature qu'un jeu de profils plans. (NdA)

transition ; à la fois, ils repousseront et ils iront chercher les objets éloignés.

Ce va-et-vient, cette fuite et ce retour, en façonnant des creux et des saillies, finiront par donner à l'ensemble du tableau un certain volume, à peu près indépendant de la perspective. Le spectacle entier recevra, comme l'objet, un modelé géométrique ; il se montrera avec sa solidité véritable, qui est tout autre chose que la sèche et fictive profondeur d'un décor. Nous aurons devant les yeux non plus la fragile et artificielle vision d'un instant, mais une image dense, pleine et fixe comme la réalité.

*

D'une telle peinture peut-être demandera-t-on quelle sorte d'émotion nous pouvons attendre. Il faut répondre : la seule que jamais une œuvre plastique a eu le droit de nous donner, l'émotion de voir des êtres parfaitement captés, et sans qu'il leur soit fait violence. L'expression d'un visage peint, qu'est-ce sinon la fixation de sa vie, c'est-à-dire le remplacement par une seule image de toutes les apparences qu'il peut revêtir ? En exigeant du peintre que ses figures englobent complètement leurs objets, qu'elles s'en rendent souveraines maîtresses, nous avons du même coup exigé de lui qu'il leur communiquât le maximum d'expression.

Les erreurs des cubistes

Des principes que nous venons de poser découlent tout naturellement la justification du cubisme ; mais non pas, hélas ! de ceux qui jusqu'ici l'ont appliqué. Il nous faut voir maintenant combien les cubistes ont mal compris le cubisme.

Mais avant de les attaquer, pour augmenter d'avance nos regrets, voyons combien l'œuvre qu'ils réussissent si mal est importante ; achevons de comprendre quel réconfort leur entreprise, au moment précis de l'histoire où nous nous trouvons, pourrait apporter à la peinture. Malgré les apparences la peinture n'est pas encore sortie de l'impressionnisme. Est impressionniste tout art qui se propose de représenter, au lieu des choses elles-mêmes, la sensation que nous avons d'elles, au lieu de la réalité, l'image par laquelle nous l'apprenons, au lieu de l'objet, l'intermédiaire qui nous met en rapport avec lui. Cet intermédiaire, que certains philosophes anciens croyaient être une subtile pellicule émanée des êtres réels et voguant vers nos yeux, il est changeant, flottant, tremblotant comme un voile trop mince soumis aux plus imperceptibles ondes de l'air. C'est pourquoi toute peinture impressionniste donne aux formes tant d'indécision, de si hésitantes limites ; elle ne les copie pas là où elles sont, c'est-à-dire dans les choses, mais en nous, dans la frémissante *idole* qui nous les apporte.

L'impressionnisme est un art essentiellement *subjectif* puisqu'en somme son objet, c'est le sujet, ou plutôt la façon dont le sujet perçoit les choses extérieures. C'est là ce qui le caractérise le plus profondément, et non pas le procédé de la division du ton. Ce procédé au contraire – aussi longtemps qu'il a été appliqué – en imposant une certaine discipline aux peintres et en communiquant à leurs œuvres des ressemblances et une uniformité relative, n'a fait que modérer l'impressionnisme. Du moment où on l'a délaissé, date la véritable frénésie impressionniste. Chaque artiste s'est mis alors à représenter ce que ses sensations avaient de plus personnel, de plus privé, de plus désespérément solitaire. Il a insisté sans mesure sur leur différence d'avec toutes les autres, c'est-à-dire du même coup sur leur différence d'avec leur objet. Et nous avons assisté à ce déchaînement incroyable d'œuvres sommaires, bâties uniquement pour accuser quelque extrême rareté de la vision, quelque monstruosité de l'œil, dont se déclarait tout fier celui qui en était affligé. La tristesse croissante que nous respirions dans les expositions de peinture, ne venait-elle pas de l'exaspérante personnalité des toiles que nous y voyions ? Oui, le public avait raison de s'indigner. Que d'orgueil sur tous ces murs ! Combien chacun de ceux qui y exposaient tenait à sa petite découverte ! Avec ce culte de la divergence, l'art travaillait à se rendre impossible ! C'est grâce aux cubistes que de nouveau un avenir lui est offert, et une santé nouvelle, et une toute simple et joyeuse besogne : la représentation des choses elles-mêmes dans leur permanence, dans leur *acquiescement* intérieur, dans leur solidité. Sans doute Cézanne déjà, et le premier, a entrepris cette œuvre. C'est par là qu'il domine de si haut Gauguin et même Van Gogh[1], plus artistes

1. N'y a-t-il pas dans la joie que nous donne Van Gogh un peu d'effroi ? C'est justement parce qu'avec des dons et une fougue que nul impressionniste n'a connus, il continue, comme les impressionnistes, de peindre sa vision plutôt que les choses. Elle est magnifique et plus flamboyante que la réalité. Mais ses

et plus sensibles que lui. Mais il n'a pas encore été suivi ; ou du moins on n'a compris qu'une partie de son enseignement, la plus évidente et la moins importante, celle qu'il professait en commun avec Gauguin et Van Gogh : sous son influence les peintres ont renoncé à la couleur pure pour revenir au ton ; mais ils ont continué à peindre avec les tons ce qu'ils peignaient avec la couleur pure : leurs sensations. Les cubistes vont reprendre la plus grave partie de la leçon de Cézanne ; ils vont rendre à la peinture sa fin véritable qui est de reproduire avec rudesse et respect les objets tels qu'ils sont.

Du moins je veux l'espérer.

Mais si je tourne les yeux vers leurs œuvres, qu'il me faut de courage pour entretenir encore cet espoir ! Il faut bien enfin que je m'avoue que les cubistes ne comprennent rien aux principes qu'ils sont chargés de faire triompher.

Je voudrais signaler méthodiquement les erreurs et les confusions où ils me paraissent tomber.

Première erreur des cubistes : De ce que le peintre doit toujours montrer d'un objet assez de faces pour suggérer son volume, ils concluent qu'il doit en montrer toutes les faces. De ce que parfois aux faces visibles il faut en ajouter une qu'on ne pourrait voir qu'en se déplaçant un peu, ils concluent qu'il faut ajouter toutes celles qu'on pourrait voir en faisant le tour de l'objet et en le contemplant par-dessus et par-dessous.

L'absurdité de telles inférences n'a pas besoin d'être longuement établie. Remarquons simplement que le procédé, tel qu'il est compris par les cubistes, aboutit à un résultat directement inverse de celui pour lequel il est fait. Si le peintre montre parfois d'un objet plus de faces qu'on n'en peut voir à la fois dans la réalité, c'est pour donner son volume. Mais tout volume est clos et implique le retour des plans à eux-mêmes ; il consiste dans un certain rapport de toutes les faces à un centre. En mettant à côté les unes des autres toutes ses faces, les cubistes donnent à l'objet l'apparence d'une carte dépliée et détruisent son volume.

À vrai dire, cette première erreur est si grossière qu'elle n'est pas trop inquiétante : il semble que les cubistes ne puissent manquer de l'apercevoir bientôt et d'en corriger les effets. Mais en

toiles restent intérieures ; elles rayonnent comme une image enflammée dans le cerveau. La preuve en est que la vision de Van Gogh a fini, pour devenir hallucinatoire, par prendre en lui la place du monde extérieur : ce fut sa folie. (NdA) voici une seconde plus grave, parce qu'elle est plus subtile et plus difficile à démêler.

Deuxième erreur des cubistes : De ce que l'éclairage et la perspective, qui opèrent la subordination respectivement des parties dans l'objet et des objets dans le tableau, doivent être supprimés, ils concluent qu'il faut renoncer à toute subordination.

Expliquons avec plus de détail cette confusion : l'éclairage, en nous dérobant certaines parties de l'objet, en accusant les autres, établit mécaniquement entre elles une hiérarchie. La perspective, en amoindrissant et en démembrant les objets éloignés, en épanouissant au contraire ceux du premier plan, établit de la même façon entre les objets une hiérarchie. Mais nous avons vu que perspective et éclairage n'obtenaient ce résultat qu'à force de mutilations arbitraires, et pratiquaient des coupes à tort et à travers dans les choses. Les cubistes pensent avec raison qu'il faut éviter à tout prix ces sacrifices qui nuisent à la plénitude des formes ; en conséquence ils écartent la perspective et l'éclairage. Or, voici où gît leur erreur : ils entendent *suppression de la perspective et de l'éclairage* comme synonyme de *renoncement à tout sacrifice* ; ils tiennent ces deux idées pour équivalentes, pour interchangeables. Ils se condamnent par suite à ne plus rien oser retrancher de la réalité et, comme il n'y a pas de subordination sans sacrifices, les éléments de leurs tableaux entrent en anarchie et forment cette folle cacophonie qui nous donne à rire.

Mais l'assimilation qu'ils font de ces deux idées est une confusion ; elle est illégitime ; la logique l'interdit[1]. Parce que d'autres sacrifices que ceux qu'exigent la perspective et l'éclairage sont possibles, d'autres subordinations que celle qu'ils opèrent sont possibles aussi. Nulle part nous n'avons prétendu que l'intégrité des objets dût être respectée d'une façon absolue et servile ; mais nous avons dit simplement qu'il fallait remplacer les sacrifices aveugles et mécaniques par des sacrifices intelligents, que l'artiste devait se substituer aux lois physiques, mettre à la place de leur stupidité son discernement et accomplir au lieu d'elles,

1. Voici leur raisonnement mis en forme : l'éclairage et la perspective forment subordination. Or, l'éclairage et la perspective doivent être supprimés. Donc toute subordination doit être supprimée. Et voici le sophisme qu'il contient : la majeure est une affirmation universelle. Or, on sait que dans une proposition de ce genre, l'attribut n'est pris que dans une partie de son extension ; c'est-à-dire qu'ici *subordination* ne désigne qu'une partie de toutes les subordinations possibles. Il est donc interdit de le prendre dans la conclusion avec toute son extension. (NdA)

les éliminations indispensables ; nous avons demandé que, prenant une longue et fidèle connaissance de chaque objet, il ne le dégrossît et ne l'émondât qu'en obéissant à sa nature profonde, aux dispositions de son *essence*. Par suite, nous avons cessé d'admettre qu'il dût introduire des préférences et une hiérarchie dans son tableau ; nous avons seulement exigé que cette hiérarchie, au lieu d'être établie d'après la situation des objets par rapport à un spectateur, fût fondée sur leur importance intrinsèque, sur leur valeur propre, sur leur degré de perfection individuelle ; et qu'au lieu d'une subordination arbitraire, comme celle de la perspective qui peut par exemple placer un trois-mâts sous les ordres d'un petit canot, nous eussions une subordination qui fût celle même des objets dans la nature et qui les fît dépendre les uns des autres dans l'ordre de leur dignité.

Les cubistes poussent trop loin la modestie. Leur refus d'intervenir en aucune façon est inacceptable ; leur respect des choses finit par leur faire rendre celles-ci méconnaissables. C'était pour ne les point déformer ni contrefaire qu'ils renonçaient à la perspective et à l'éclairage ; mais ils arrivent à les embrouiller et à les confondre les unes dans les autres, à leur donner un aspect incohérent, à force de ne pas oser les toucher.

Il nous reste à signaler une dernière erreur des cubistes qui, pour n'être pas la plus grave, contribue néanmoins pour beaucoup à nourrir le ridicule de leurs toiles.

Troisième et, peut-être, dernière erreur des cubistes : De ce qu'il faut exprimer la profondeur en termes vraiment plastiques, c'est-à-dire en lui supposant une consistance, ils concluent qu'il faut la représenter avec autant de solidité que les objets eux-mêmes et par les mêmes moyens.

À chaque objet ils ajoutent la distance qui le sépare des objets voisins sous forme de plans aussi résistants que les siens propres ; ils le montrent ainsi prolongé en tous sens et armé d'ailerons incompréhensibles. Les intervalles entre les formes, tous les vides du tableau, tous les endroits qui ne sont occupés que par de l'air, se voient comblés par un système de murailles et de fortifications. Ce sont de nouveaux objets, entièrement imaginaires qui viennent se placer entre les premiers, comme pour les caler.

Ici encore le procédé se rend lui-même inutile et supprime automatiquement les effets qu'il cherche à produire. Le peintre ne s'applique à exprimer la profondeur que pour distinguer par elle les uns des autres les objets, que pour marquer leur indépendance dans le sens de la troisième dimension. Mais s'il donne à ce qui les sépare la même apparence qu'à chacun d'eux, il cesse de représenter leur séparation et tend au contraire à les confondre, à les souder en un continu inexplicable.

En somme, les cubistes ont l'air de se parodier eux-mêmes. Ils poussent à l'absurde tous les principes qu'ils ont aperçus et détruisent ainsi leur portée, leur retirent tout sens. Ils suppriment le volume de l'objet pour ne vouloir omettre aucun de ses éléments. Ils suppriment l'intégrité respective des objets dans le tableau, à force de vouloir les conserver intacts. Ils suppriment la profondeur, qui sert à les distinguer, à force de vouloir la figurer solidement.

*

On pourrait résumer toutes leurs erreurs, d'une façon un peu différente, en disant qu'ils entendent merveilleusement mal le principe de l'addition. Pour représenter les objets tels qu'ils sont, il nous faut ajouter à ce que nous voyons, compléter nos perceptions. Les cubistes sentent cette nécessité, mais, ne la comprenant que vaguement, ils ajoutent sans choix tout ce qu'ils *savent* manquer à leur perception : il suffit qu'un élément des choses aperçues ne soit pas visible, pour qu'aussitôt ils l'aillent chercher et l'établissent triomphalement en apposition. Mais justement parce qu'ils ajoutent trop de choses, ils ne peuvent que les placer les unes auprès des autres, que les entasser sans les combiner. Ils posent l'addition, mais ils n'arrivent pas à faire la somme. Ils mettent les parties à côté des parties, les objets à côté des objets, et à côté des objets la profondeur ; mais ils ne forment ni un objet, ni un spectacle. Comme ils n'ont aucun vide, aucun espace entre leurs matériaux, ils ne trouvent pas de centres autour desquels les assembler ; ils sont incapables de constituer des unités et par suite de donner à leur tableau une unité. Tout y reste épars. Ces prétendus constructeurs, ils ne savent qu'amonceler ; leur œuvre n'est pas un édifice, mais un chantier.

*

De tant de maladresses, de confusions et d'absurdités, évitons cependant de leur garder rancune. Car ils ne savent ce qu'ils font.

Décidément, nous avions raison de les considérer dès le début de cet article comme des manœuvres inconscients employés à l'avènement d'un art nouveau. N'y a-t-il pas dans toutes leurs erreurs ceci de commun qu'elles sont une utilisation littérale et non intelligente de certains principes ? Les cubistes agissent comme les insectes, avec une logique parfaite, infatigable, jamais découragée, mais sans savoir à quoi tendent leurs gestes. Si leur œuvre est laide, tandis que celle des insectes est admirable, c'est que l'homme n'est pas né pour travailler sous l'influence de l'instinct. Il faut qu'il sache ce qu'il fait pour le bien faire. Une œuvre d'art n'est belle que si son auteur domine assez les principes qui le conduisent, pour en cesser l'application au moment où elle les ferait dévier de leur sens. Mais les cubistes la continuent indéfiniment et aveuglément, comme le crabe qui s'entête à couvrir sa carapace d'algues, même lorsque, transplanté dans un aquarium, il n'a plus besoin de leur vêtement pour se dissimuler à ses ennemis.

Il vaut mieux cependant qu'il en soit ainsi que si nous les voyions raffiner avec entente et perspicacité sur des procédés déjà fatigués et décadents. À leur ignorance doit se mesurer notre espoir : de tout ce qu'il leur reste à apprendre s'encourager notre confiance dans l'avenir.

*

Il est d'ailleurs impossible de ne pas discerner déjà chez certains jeunes artistes une compréhension plus habile et plus pénétrante du cubisme. Je me suis attaqué ici principalement à Picasso, à Braque et au groupe formé par Metzinger, Gleizes, Delaunay, Léger, Herbin, Marcel Duchamp, Le Fauconnier qui en a fait partie jusqu'ici, paraît être en train de se libérer. Ce sera peut-être un beau peintre. Mais c'est surtout d'une part vers Derain et Dufy, d'autre part vers de La Fresnaye, de Segonzac, Fontenay que vont mes meilleures espérances, depuis que Picasso qui un moment se montra tout près d'avoir du génie, s'est égaré dans des recherches occultes où il est impossible de le suivre. Enfin, je mettrai à part André Lhote dont les œuvres récentes me paraissent marquer avec une simplicité admirable l'avènement décisif de la peinture nouvelle.

À rebours d'Apollinaire, appuyant de sa verve le cubisme de Salon (Fernand Léger, Le Fauconnier), et s'enthousiasmant outre mesure pour la gigantesque Ville de Paris *de Robert Delaunay, supposée digne des maîtres de la Renaissance, Rivière signe dans* La NRF *de mai 1912 l'un de ses articles les plus sombres, une manière de faire-part à peine voilé. Étanche aux cubistes de la demi-mesure, il ne s'en console pas avec les trop sages Marquet et Girieud. Quant à Lhote et La Fresnaye, ils ont aussi partiellement déçu.*

Le Salon des Indépendants

Il n'est rien dont on soit plus cruellement puni que d'avoir supposé de l'intelligence à un peintre. Sitôt qu'on croit avoir fortifié sa position en expliquant le sens de sa recherche, il vous inflige un éclatant démenti et fait savoir à tout le monde que vous n'avez rien compris à son affaire. J'avais essayé de découvrir une intention à la tentative des cubistes : ils proclament dans ce Salon que ce n'est pas ça du tout et qu'on n'arrivera pas à démontrer qu'ils fassent autre chose que des absurdités. Le Fauconnier et Léger, deux premiers rôles, font porter, cette année, tout leur effort sur ce qu'ils appellent « l'utilisation de la fumée » ; c'est-à-dire que l'un, ayant à représenter la fumée d'un coup de fusil, accroche un prospectus dans le dos de son *Chasseur* et que l'autre, prenant pour sujet de son tableau *La Foule*, nous montre d'énormes colonnes de brouillard où flottent quelques chapeaux melon. Le cubisme est mort, vive le fumisme. Il est sot de rire d'abord. Mais je leur ai fait assez confiance pour avoir gagné de rire maintenant.

Ce sont de pauvres gens.

À quoi bon critiquer leurs œuvres ? Je voudrais seulement décrire leur état d'esprit. – Ils prétendent penser ; à les en croire, ils sont des théoriciens ; l'intelligence en eux domine la sensibilité. Ils ont bien senti que, pour être neufs, c'est en intellectualistes qu'il fallait se poser.

Or voyons ce qu'ils appellent penser. Dans leur tête parfaitement vide un rudiment d'idée survient, un de ces germes élémentaires que tout homme habitué à réfléchir laisse dédaigneusement avorter. Mais dans leur cervelle il n'y a rien : aussi l'idée s'y dilate-t-elle, comme un gaz dans le cylindre d'un moteur ; aspirée par la place à remplir, elle s'enfle, elle les gonfle, elle les emporte en avant.

Ils ne pensent pas, vous dis-je, ils tombent, la tête la première. Ils cèdent à leur propre néant. Ils sont entraînés par le vertige de leur pensée ; mais c'est le vertige du désert. Leurs idées sont des bourgeons rachitiques qui se développent jusqu'à devenir gigantesques, mais en conservant la laideur et l'infirmité de leur origine. Un tel tout à coup découvre que « ce qui a perdu la peinture c'est la couleur » et, il n'emploiera plus que la merde d'oie. Cet autre comprend enfin – comment les siècles ne s'en sont-ils pas aperçus ? – que le but des arts plastiques est de représenter une assemblée nombreuse par un seul individu. Et ce troisième a pris la ferme décision de ne plus montrer les objets autrement que dans « les quatre dimensions de l'espace ésotérique ».

Plus leur idée est pauvre, plus ils craignent de la laisser se rencontrer avec d'autres. Il la leur faut pure, c'est-à-dire sotte. Ils évitent soigneusement tout ce qui lui est étranger et qui la nourrirait. Ils vivent dans la terreur de la voir contaminée. Ils s'imaginent que penser c'est savoir reconnaître tout ce qui n'est pas de la même couleur que ce que l'on a une fois conçu, et l'écarter, – que penser, c'est s'en tenir à ce que l'on a posé, et dépister partout, pour s'en garder, la possibilité d'être démenti. Aussi s'empressent-ils autour de leur idée, comme on les voit, la veille du vernissage, importants, affairés et jaloux, surveiller les copains pendant que le commissionnaire déballe leur informe envoi.

S'ils pouvaient, par quelque miracle, être admis à comprendre ce que c'est que penser ! S'ils pouvaient connaître cette force, cette aisance dans la concession, ce plaisir robuste avec lequel celui qui pense abandonne à son adversaire cette affirmation et cette autre encore, comme le pêcheur fatigue le poisson en lui donnant de la corde ! S'ils pouvaient soupçonner quelle liberté c'est que de penser, et comme il est plaisant d'avouer qu'on a tort, et comme cela est facile et gai, lorsque seulement on tient un peu de vérité !

Encore si de ces misérables principes, dont ils protègent avec un soin ridicule l'éclosion, ils savaient se servir ! Mais non. – Les principes doivent être pour un artiste ce qu'est la méthode pour un savant : un moyen pour atteindre une fin ; il faut les employer pour se conduire, non pour créer, – pour réaliser une invention, pour venir à bout d'un dessein, non pour provoquer cette invention, pour faire surgir ce dessein. Or les Cubistes prennent leurs principes comme source d'inspiration ; ils les chargent d'imaginer à leur place, de jouer le rôle de la fantaisie qui leur manque. De là cette invention mécanique, bête comme un syllogisme, et ce fonctionnement à vide de la création qui *produit* à chaque instant n'importe quoi, simplement parce que cela résulte d'un n'importe quoi pris comme prémisse.

Mais pourquoi ne parler que des Cubistes ? En somme dans ce Salon ils sont peu nombreux ; leur bataillon n'est pas aussi compact qu'au dernier Salon d'Automne ; leurs toiles voisinent avec beaucoup d'autres toiles moins agressives, plus sensibles.

Hélas ! les Cubistes sont déplorables ; mais tout ce qui les entoure est mort-né. Le malheur pèse sur la peinture contemporaine ; notre admiration est prise dans un dilemme où il faut qu'elle étouffe. Ou bien nous pouvons aimer des artistes harmonieux, pondérés, habiles et délicats comme Friesz, Girieud ou Marquet ; mais ils fleurissent dans l'ombre du passé ; leur équilibre ils ne le créent pas eux-mêmes, ils l'empruntent tout fait aux grands maîtres ; ils ne se tiennent debout que parce qu'ils n'avancent pas. Ou bien il nous faut choisir ceux qui avancent ; mais ils ont une démarche d'estropiés.

Si dans ce Salon les envois de Metzinger ne me donnaient, par des qualités certaines de couleur et par un soupçon d'intelligence un frêle espoir, si je ne trouvais de quoi me plaire dans la noblesse amère et forte et dans la souveraine élégance de Dunoyer de Segonzac, si je ne sentais la bienfaisante confiance que continuent à m'inspirer, encore que toutes leurs toiles ne soient pas ici d'une égale qualité, André Lhote et De La Fresnay, je penserais qu'après le merveilleux XIXe siècle, le moment est venu, pour ceux qui aiment la peinture, de se décourager définitivement.

Peut-être l'article le plus baudelairien de Jacques Rivière ! Le souvenir y est patent des pages célèbres du poète sur le peintre du Marat, et qu'une exposition, semblable à celle dont il est ici question, avait suscitées en 1846. Du 7 avril au 9 juin 1913, le Petit Palais et son directeur, Henry Lapauze, offrent au public une large sélection de tableaux « davidiens ». En leur présence éblouie, le critique de La NRF*, en mai 1913, se range derrière la définition que Stendhal et Baudelaire donnaient de la peinture comme rencontre active de deux sujets, celui qu'on peint et celui qui peint.*

Exposition de David et de ses élèves

Toutes les œuvres de David qui nous sont ici montrées sont loin d'avoir la même valeur. Il y a des morceaux de concours, il y a des portraits qui gardent la mièvrerie et la fausse délicatesse du XVIIIe siècle finissant. Mais qu'importe, puisque, à côté de celles-ci, voici des toiles si drues, si justes, si décisives, qu'elles font penser à ces victoires nettes et radicales qu'à l'époque même où elles furent peintes, remportait Napoléon. Comment, devant une si complète perfection, et quand on pense à ce qu'il a fallu de compétences *différentes* en un seul homme pour y atteindre, comment ne pas sentir cruellement que tous nos peintres d'aujourd'hui sont des infirmes ? À l'un il manque un bras, cet autre est borgne, et ce troisième, s'il a le visage si fin, si délicat, si « distingué », hélas ! c'est qu'il est cul-de-jatte.

Il ne faut pas venir à David avec ce goût d'atelier que nous avons tous aujourd'hui ; il ne nous servira à rien d'avoir fréquenté des rapins et de connaître quelques termes techniques ; ou plutôt cela ne pourra nous servir qu'à ne pas comprendre ce grand génie. Ce n'est pas la touche qu'il faut admirer ici, ni le tour du dessin, ni aucune de ces petites qualités bien visibles que nous nous sommes accoutumés à considérer comme principales. Toutes ces œuvres commencent plus haut que nous n'avons l'habitude de nous placer. C'est pourquoi nous sommes si penauds devant elle.

Le travail de David : il n'est pas séparé des choses qu'il représente, ni de David qui travaille à les représenter. Il est l'acte même du peintre aux prises avec son modèle, il est son effort profond contre le modèle : tenu, tendu, hardi, précis et perspicace ; la majesté dans l'extrême rigueur ; une simplicité si proche des choses qu'elle ne paraît pas différente de la leur ; une épuration des contours, mais au sein même de ces contours, au plus près de leur sinuosité. Ah ! point de fioritures ! Mais une découverte pas à pas de la complexité par le trait le plus intelligent, le plus connaisseur, le plus durement amoureux qui se soit jamais vu. Mais il faut voir le portrait de David par lui-même pour comprendre qui il était : l'amer jeune homme aux joues creuses, aux petits yeux, impatient, entrant, cruel, le génie de la pénétration. Rude combattant de la perfection, il est là avec toute sa violence, tournée vers l'intérieur. Il faut qu'il passe ; il s'en est pris au visage qu'il peint, il est contre lui, il lui en veut, il ne bouge plus, tout occupé à le serrer, cherchant à s'ouvrir un passage ; il faut qu'on lui cède enfin, comme à quelqu'un qui s'appuie sur vous trop longtemps d'une fureur immobile. Et le voici enfin qui tombe au plus profond ; alors, soudain tranquille parce qu'il touche la vérité, son dessin prend une grâce magnifique, et dans la plus stricte contrainte, une liberté bienheureuse. J'imagine David passant derrière le dos de ses élèves au travail, et tout de suite, voyant à quel endroit le trait de celui-ci a quitté le modèle et, furieux, pour l'empêcher de l'arrondir, lui saisissant le coude et le lui collant au corps. O grand ennemi de l'arabesque et de la gambade, comme nous avons besoin de tes colères !

Il est certain que les grandes compositions de David sont froides. Mais quelle leçon ! Ce n'est plus ce balancement facile, ces échanges à travers l'espace, ce jeu de grâce inventé par les Renaissants. Retournons voir le *Sacre de Napoléon*[1]. La place de chaque personnage, c'est d'abord celle où le verra le mieux ; il est là avec sa tête sur ses épaules, et bien établi sur ses jambes ; il commence par être lui-même ; si je ne vois que son visage, cela suffit pour que je connaisse sa présence entière et solide ; les spectateurs dans les galeries ne me donnent pas une « impression » de foule ; tous ces bustes régulièrement rangés malgré le clair-obscur où ils baignent, restent droits et distincts ; chacun représente un individu avec son attitude et sa stature. Il y a chez David un attachement aux choses singulières, une façon de penser aux unités avant de penser à la somme, qui le rapprochent des primitifs. Il a la dévotion du détail, il se donne d'abord à chacun, il ne veut entendre parler de rien avant de s'être entièrement acquitté envers lui, avant d'avoir accusé sa différence d'avec tous les autres. – Le romantisme, puis l'impressionnisme ont appris à nos peintres à ne plus exprimer que des aspects ; toutes leurs toiles représentent des ensembles qui sont comme antérieurs à leurs éléments et où ceux-ci se trouvent brouillés et confondus aux mépris de leurs

1. Exécuté sur ordre de Napoléon entre 1805 et 1807, le tableau est exposé au Salon de 1810, mais reste la propriété de David jusqu'en 1819. Cédé alors aux musées royaux, il rejoint les réserves, jusqu'à ce que Louis-Philippe, en 1837, l'installe dans la salle du Sacre au musée historique du château de Versailles. En 1889, il est transféré au Louvre et remplacé à Versailles par une copie qu'avaient exécutée David et ses élèves.

essences particulières. Les romantiques penchaient les objets ou les corps les uns vers les autres, jetaient des uns aux autres des lignes supplémentaires, capricieuses et gratuites qui les réunissaient, sans les comprendre ni les respecter, en quelque caracolante apparition. Les impressionnistes peignaient d'abord l'atmosphère et ne laissaient voir les objets qu'au travers de son indifférente et uniforme transparence. Nous sommes las de ces généralités. Il nous faut revenir aux grands maîtres de la minutie et de la distinction, David est un des plus considérables.

D'ailleurs, parce qu'il se tourne d'abord vers chaque personnage et qu'il le prie de se tenir bien droit et qu'il l'installe soigneusement à sa place, ce n'est pas à dire qu'il néglige la composition d'ensemble. Mais il cherche une composition par le poids, plutôt que par la ligne. Il n'y a pas dans le *Sacre* de ces draperies qui flottent et font des signes, il n'y a rien qui aille chercher autre chose ; pas de dialogue entre les extrémités du tableau, mais une distribution si juste et si pleine, un aménagement si subtil de la densité, une façon si intelligente de combler avec les formes particulières les grands vides indiqués par le cadre que tous ces corps droits se mettent à vivre ensemble et deviennent une assemblée. Le *Sacre* est une de ces grandes œuvres qui effacent leur difficulté en la résolvant et qui ne laissent plus trace après elles des obstacles qu'elles ont vaincus.

En somme, tout le génie de David se ramène à ceci : il est quelqu'un qui ne se préfère pas à ce qu'il fait. Jamais il ne permet que les moyens dont il se sert, si ingénieux, si nouveaux, si inspirés soient-ils, quittent leur fin et se développent tous seuls. Aucun de ses dons jamais ne s'échappe et ne se laisse voir à part des choses auxquelles il est employé. Ils sont tous esclaves sous la domination de cet esprit sévère : on ne verra d'eux que ce qu'ils auront fait. Dans ces toiles rien ne remonte, rien n'ose être libre, rien ne lève les yeux de sa besogne ; tout est employé jusqu'à l'obscurité, jusqu'à l'invisible, tout est noyé au plus profond de l'utile.

Il est d'une grande importance de trouver Ingres à côté de David. Ce qui frappe d'abord, c'est de voir combien il s'installe près de son de maître : au même endroit presque. Aujourd'hui chaque peintre s'enfuit au plus loin de tous les autres, avant de rien commencer. Ingres parce qu'il a du génie, où qu'il s'établisse, il trouve sa place. – À la seconde visite, ce sont ses différences d'avec son maître qui sautent aux yeux. Auprès de David, on ne peut pas s'empêcher de trouver Ingres « artiste » et « peintre ». Les dons chez lui remontent, se délivrent, jouent à vide. Le trait chante tout seul comme le jet d'eau dans la cour du harem, il raconte des histoires comme Schéhérazade, il rêve, il n'en finit plus de tourner et de se balancer. Et la couleur elle-même, qui nous paraissait si contenue auprès de celle de Delacroix, comme elle est fleurie, comme elle est parfumée ! Cette petite salle où Ingres est tout seul, reste dans la mémoire comme une fleur radieuse et trop cultivée, qui montre tous ses pétales et sourit dans les délices ; d'y avoir pensé, on garde le souvenir comme d'un péché.

Il faudrait enfin parler des autres élèves de David. Presque tous mériteraient d'être étudiés longuement. Il y a là vraiment une école. Et l'on ne peut s'empêcher de penser avec mélancolie que nous n'avons connu depuis David aucun peintre qui méritât, dans toute la plénitude de son sens, le titre de *Maître*. Gros, Navez, Dubufe, Langlois, Riesener, Gérard lui-même, aussi longtemps qu'ils lui ont obéi, ont fait des œuvres qui ont pu traverser tout le XIXe siècle sans broncher et qui nous reviennent aussi jeunes qu'au jour de leur naissance. Combien parmi celles que nous admirons aujourd'hui peuvent espérer un pareil sort ?

Las probablement de ne trouver aux Indépendants de quoi se convaincre pleinement du futur de la peinture française, Rivière ne prend plus la peine, dans La NRF *de juin 1913, de s'attarder sur son contenu. Cela nous prive de ses réactions aux envois qui retiennent Apollinaire, l'orphisme de Delaunay ou le cubo-futurisme de Picabia. Article court donc, s'ouvrant sur un paradoxe et se refermant sur une allusion latente à Baudelaire. Car si le cubisme nous laisse dans l'amertume de son incomplétude, il souffre aussi d'étaler ses insuffisances, quand l'art ne doit jamais démontrer.*

Sur les indépendants

Bourdelle remarquait l'an dernier, avec justesse, que les cubistes, s'ils n'arrivent pas à nous satisfaire, du moins nous empêchent d'être satisfaits par la peinture qui jusque-là nous plaisait. C'est donc doublement leur faute si la visite aux Indépendants fut, cette année, une morne promenade dans le vide. Jamais dans aucun Salon la remarque ne me parut plus difficile et l'attention moins encouragée.

Donc simplement ici quelques mots sur une nouvelle erreur des cubistes. Ils pensent avoir découvert des moyens inédits d'expression plastique. (Et, pour ma part, je suis assez disposé à leur reconnaître ce mérite). Mais, au lieu de s'en servir pour faire des tableaux, ils font des tableaux pour s'en servir ; bien mieux : pour nous les exposer ; chacune de leurs toiles nous prend à part et, laissant rire le vulgaire, nous fait une petite démonstration ; elle se propose à nous comme un *Court traité de la peinture*. – Comme les cubistes, je pense que la peinture est un art de recettes, qu'un grand peintre a toujours par-devers lui des trucs pour faire les mains, les pieds, les casques et même les visages et qu'il puise dans cet arsenal au fur et à mesure de ses besoins. Mais un grand peintre, au moment où il peint, n'a qu'une chose dans la tête : avec les moyens dont il dispose, exprimer du mieux qu'il pourra ce qui s'offre à son imagination ; c'est la seule fin qu'il ait devant les yeux et il est aveugle à tout autre dessein. Le grand vice des cubistes, c'est en somme de n'avoir pas de génie ; ils manquent d'occupation intérieure et, comme tous les gens distraits, ils pensent vaguement à un tas de choses au lieu de penser étroitement à une seule. Ils ont trop d'intentions ; il faut n'en avoir qu'une seule, et dont on ne s'aperçoive même pas.

MUSIQUE

UN ÉCRIVAIN DE LA MUSIQUE

d'Olivier Bellamy

Passionné par la musique et les idées – « passions exaspérées, exclusives[1] » –, Jacques Rivière a relié les deux dans un jaillissement de source sacrée. Adolescent à Bordeaux, il évoque « mon presque unique amour », passant de longues heures à interroger son piano. Pendant qu'il prépare le concours d'entrée à l'École normale supérieure, il court les salles de concert ou s'échappe à l'Opéra-Comique : « Une belle symphonie fait vibrer tout mon corps, comme le contact d'une main chère et voluptueuse[2]. »

À l'heure où le disque est encore rare, il s'imprègne d'exégèses sur la musique pour s'expliquer son trouble, et glose sur l'ivresse des sons plus qu'il ne les éprouve en conscience. Tel un puceau amoureux de l'idée de l'amour. Dévoré par le désir mimétique d'apprendre, dirait René Girard. Une sorte de « Cherubino » de l'ouïe : « La musique me dévore de plus en plus. Je pleure rien que d'entendre Berlioz parler des symphonies de Beethoven. J'adore Gluck et Weber sans avoir entendu une note de leurs ouvrages. Mais le désir de les entendre me consume jour et nuit[3]. »

Il n'est pas critique « professionnel » au sens où il ne tient pas de rubrique régulière dans un journal. Il n'a pas de connaissance technique approfondie de la musique, bien qu'il ait caressé plusieurs fois le vœu d'étudier l'harmonie. Mais il connaît suffisamment ce domaine, et il est assez doué, érudit et scrupuleux pour en pénétrer les secrets. S'il a des certitudes en littérature, il doute

1. André Waltz, « Souvenir de son ami d'enfance », hommage à Jacques Rivière, *La NRF*, avril 1925, p. 404.
2. *Ibid.*
3. *Ibid.*, p. 406.

davantage face à l'empire des sons. Autodidactisme oblige. Fort de cette fragilité, il se fie à la pureté de son âme, au feu de son élan intérieur et à son imagination rhétorique. La petite vingtaine d'articles rédigés pour *La NRF* et regroupés dans ses fameuses *Études* et *Nouvelles Études* suffit pour en faire non seulement un témoin avisé de la vie musicale de son temps, mais un critique, original, puissant, au jugement sûr. On n'apprend pas à être compositeur, on le devient. Il en va de même pour les musicographes.

Si nous lisons toujours Jacques Rivière, si ses textes sur la musique conservent leur force et leur attrait, c'est qu'il se donne tout entier, avec passion et esprit critique, sous la forme d'un tête-à-tête avec l'œuvre. Il est aussi investi en décrivant l'art d'un Bach, d'un Wagner ou d'un Stravinski qu'un écrivain qui s'immerge dans les étranges soubresauts de l'âme de ses personnages, pour mettre à jour les lois qui guident leurs actions, souvent en contradiction avec leur personnalité, et en cela difficiles à saisir, mais vraies. Ce don de pénétration psychologique donne à sa prose une justesse, une profondeur et une vivacité rares. Mieux qu'un critique, il est un *écrivain* de la musique.

Ses comptes rendus de concerts suffisent à faire de lui un artiste. Toutes ses qualités humaines se retrouvent dans sa manière d'appréhender le langage musical. D'abord, il est un bourreau de travail. Pétri de paradoxes, ce nerf puissant de l'art. Marcel Jouhandeau se dit frappé par sa « force de vie » reliée de façon organique à « l'enthousiasme [...] à mourir[1] ». Paul Valéry souligne sa « passion de comprendre[2] », Saint-John Perse sa modestie, sa loyauté, « sous le fardeau très pur de sa conscience[3] », François Mauriac sa nature « effroyablement autonome[4] » reprenant les termes mêmes de Rivière. Cocteau tape dans le mille en pointant la *plasticité* de son intelligence : « Son esprit, comme l'albâtre, sans changer de forme ni d'épaisseur, se laissait pénétrer par la lumière. Il écoutait, pesait et réfléchissait. *On pouvait le convaincre.* C'est la chose la plus rare du monde[5]. » Dans un domaine aussi ineffable que la musique, s'accrocher à des certitudes avec raideur équivaudrait à être sourd. Et pas sourd comme Beethoven.

1. Marcel Jouhandeau, « Jacques Rivière devant la mort », in *Hommage à Jacques Rivière, op. cit.*, p. 451.
2. Paul Valéry, « Hommage », in *Hommage à Jacques Rivière, op. cit.*, p. 453.
3. Saint John Perse, « Lettre sur Jacques Rivière », in *Hommage à Jacques Rivière, op. cit.*, p. 456.
4. François Mauriac, « Anima naturaliter christiana », in *Hommage à Jacques Rivière, op. cit.*, p. 466.
5. Jean Cocteau, « Lettre », in *Hommage à Jacques Rivière, op. cit.*, p. 478.

Son amour de la musique, sincère, constant, lui permet une immersion dans l'œuvre, afin d'en tirer non un rapport d'expert, mais un texte sensible, un tableau clair et éclairant. « L'art véritable, dit Maurice Ravel, ne se reconnaît pas par des définitions, ni ne se révèle par l'analyse ; nous saisissons ses manifestations et nous sentons sa présence[1]. » Tout le talent de Jacques Rivière se perçoit dans son infatigable désir de « sentir » la présence de la musique et de la « saisir » en poète de l'intelligence.

L'un de ses premiers opus en la matière concerne Chopin. Jacques Rivière n'a pas osé le publier dans *La NRF*, car il sait ce compositeur particulièrement cher au cœur d'André Gide. Il aurait dû passer outre ses préventions : c'est un bijou ! « Deux pages de souple virtuosité sur le thème de la volupté dans la tristesse[2] », en dit Marcel Raymond. L'incipit est bref, lumineux : « La danse dans la tristesse. » Tout est dit : « danse » rapproche Chopin de Bach, et « tristesse » l'ancre dans le romantisme. Sur ces fondations, Rivière développe le thème de la joie comme une dépendance de la mélancolie. Idée originale que Gide reprendra dans ses *Notes sur Chopin*.

Il use d'images fortes pour rendre compte des vents contraires qui traversent la musique de Chopin : « transport de la tristesse », « volupté de périr », « chute éblouissante »... Il insiste sur le tournoiement, la fluctuation, le ruissellement, donc un mouvement sans fin qui anime un fond « sans espoir ». Dans ce mélange de délire et de science, il dénote un « pur jeu de l'âme ». C'est juste, à l'écart des lieux communs et des contrepieds de façade, et ça ressemble à du Chopin. Comme si son texte parvenait, sans effort visible, à une traduction *au plus près* d'une langue à l'autre, en nous faisant sentir le caractère du génie de Chopin, plutôt que de tenter de nous en expliquer les aspects extérieurs. Voilà bien *l'esprit de finesse* cher à Pascal.

Le texte sur Rameau nous rend immédiatement proche un compositeur peu connu à l'époque, et toujours un peu mystérieux. C'est un éloge du classicisme. Ou comment tout dire avec la syntaxe de son époque, sans rien renverser. Du prix de la spontanéité, en dépit des règles, à travers elles, grâce à elles. André Gide synthétisera cela d'une maxime : « L'art naît de contrainte, vit de

1. Conférence de Maurice Ravel prononcée à Houston en 1928. Repris dans Maurice Ravel, *Correspondance (1895-1937), écrits et entretiens*, Manuel Cornejo (éd.), Le Passeur Éditeur, 2018, p. 1429.
2. Marcel Raymond, *Études sur Jacques Rivière*, José Corti, 1972, p. 20.

lutte, meurt de liberté[1]. » Le rapprochement avec les masques des tragédies grecques est judicieux. Le *voile de l'ordre* n'entrave pas l'authenticité, il vise à l'oubli de soi, à la subtilité de l'expression, au *real thing.*

Dans la même perspective, Maurice Ravel place la *conscience* au-dessus de la sincérité. *Mensonge romantique et Vérité romanesque,* renchérit René Girard. L'émotion est bien là. Il suffit de dépoussiérer la poutre maîtresse d'une construction ancienne. Sans que rien fasse trembler sa plume, Rivière désigne « l'élan pur et direct des larmes ». Sans cela l'art est vain, il bavarde, il est creux, il se perd en conjectures.

De texte en texte, Jacques Rivière a beau pénétrer d'instinct la vision des créateurs et laisser la singularité de leur regard innerver son style, il se répète. Non par manque d'imagination – au contraire ! –, mais ces pages sur les musiciens trahissent un vœu plus vaste, plus ambitieux et plus caché. Définir l'indéfinissable ! En d'autres mots, croquer sur le vif, au fil des visages successifs, l'ineffable mystère de la musique.

La lecture du livre de Louis Laloy sur Debussy lui offre l'occasion d'examiner l'aspect messianique de l'auteur de *La Mer* : « Claude Debussy est peut-être le seul de tous les musiciens qui ait eu le privilège de vivre à l'époque qu'il méritait. Il était attendu par elle... »

La plupart des créateurs sont un peu en avance, ou légèrement en retard ou hors du temps. Quand il marque *l'exactitude* de l'expression de Debussy, Rivière pourrait ainsi définir toute la musique française, et tout particulièrement Ravel.

Mais, à la fin, avec le pas de recul du peintre qui embrasse le tableau achevé, lorsqu'il évoque la nécessité « d'être toujours impitoyablement fidèle à son âme », c'est de musique qu'il parle, et d'art, et de littérature, comme si soudain Debussy devenait le héraut d'Euterpe, de Calliope, de Terpsichore. Et d'un raccourci étymologique, il rattache les *muses* à la *musique,* comme les étoiles au soleil.

Souvent percutant dans ses *incipit,* Jacques Rivière cristallise d'une formule la personnalité artistique de César Franck, prétendant que sa grandeur « est de n'avoir jamais dit ce qu'il avait à dire ». On pourrait lui rétorquer : « et la sonate ! ». En ce qui demeure le plus beau des (possibles) modèles de la « Sonate

1. « De l'évolution du théâtre », repris dans *Nouveaux Prétextes,* in *Essais critiques, op. cit.,* p. 437.

de Vinteuil », César Franck dit tout. Comme Mozart dit tout sur la beauté et la cruauté de la vie dans *Don Giovanni*, et tout sur l'opéra, tout en musique. Mais admettons, oublions la sonate. César Franck n'a jamais eu *l'ambition* de tout dire. À la fin de sa vie, la liberté propre à l'âge et l'éclosion d'un amour neuf lui soufflent la fraîcheur du sentiment et l'élan vivifiant d'une forme qui, jusqu'ici, se contentait d'un artisanat « probe » et honnête. Enfin, Franck est sans frein.

Le texte sur la *Rhapsodie espagnole* de Ravel commence tout à trac, sans pose, sans socle, comme un rire au milieu d'une conversation, ou un mémo griffonné sur une feuille volante. Dame ! c'est une « rhapsodie ». Pour la définir, Jacques Rivière a de nouveau recours au paradoxe. Comme avec Chopin ! Il entend ici une « agitation dans l'engourdissement ». On comprend ce qu'il veut dire. Ravel est un merveilleux acteur, capable de jouer les Tziganes, les grands d'Espagne, les Juifs, les Russes, et même les idiots (le *Boléro*) ! Le pianiste Samson François aura une formule qui creuse le sillon plus profondément : « Ravel est un mort qui regarde la vie. »

Des deux, Ravel et Debussy, on voit tout de suite où penche le cœur de Rivière. Ce n'est pas la modernité de l'un qui signe sa supériorité sur l'autre – argument brandi à l'envi –, mais le fait que Debussy récuse toutes les étiquettes. Elles glissent sur lui, alors que Ravel les accepte toutes, alternativement, car, tel un caméléon, il s'accorde à n'en repousser aucune. Rivière qualifie donc Ravel d'« impressionniste » et réserve à Debussy le privilège de l'indéfinissable.

Le voici injuste avec Ravel quand il affirme qu'il ignore « le secret d'oublier pour mieux retrouver ». Son amour pour Debussy l'aveugle. Il lui réserve ses plus tendres épithètes : « délice de l'âme au milieu du monde », etc. Pour lui, Claude Achille de France est la *volupté* faite musique. Il le défend contre ceux (Prokofiev par exemple) qui le trouvent trop flou, indistinct, sans colonne vertébrale. D'un défaut, il fait une qualité. Cochant l'exactitude de sa *flottante subtilité* : « Des sentiments incertains, il peut y avoir une expression précise. »

Il chante ses louanges sans perdre la fermeté de son jugement, l'acuité de son analyse. Il s'incline devant son évolution créatrice même si, par goût personnel, il recule devant « la raréfaction de la musique par l'intelligence », et déplore qu'avec le temps la science de Debussy rende ses fruits « moins chargés de délices ».

Le constat tombe, douloureusement : « la sensation n'est plus directement transcrite ». La ferveur de Jacques Rivière pour

Debussy n'altère pas son discernement ni « la plasticité de son jugement » louée par Cocteau. Il ne perd rien de la générosité de sa nature dans la franchise de son expression. Il réprimande respectueusement le maître. L'admirateur fidèle se double d'un amateur exigeant. Stravinski ne l'entendra pas de cette oreille, et retoquera ce qui lui apparaît comme un revirement : « ... une année après sa mort, l'époque avait déjà tourné le dos à Debussy. »

La passion de Rivière pour Debussy date de l'enchantement ressenti lorsqu'il entendit pour la première fois *Pelléas et Mélisande*, en 1904, à l'Opéra-Comique, alors qu'il était en khâgne à Lakanal. Il y retourne une vingtaine de fois avec le même ravissement. Sept ans plus tard, il rassemble ses idées et son souvenir remonte intact à la surface : « la musique est tout entière en chaque moment ». Il en appelle à la magie – « le pouvoir de *charme* que l'œuvre recèle » –, aux sens – « l'harmonie de *Pelléas* se respire » –, au sentiment – « si directement poignante » – ou à la mélodie qu'on suit « comme on aime ou comme on souffre ». Pas de mot ronflant, pas de sabir de spécialiste. Seulement de l'amour.

En 1911, Debussy est encore vivant, mais l'expression serait la même s'il n'était plus de ce monde. Jacques Rivière s'emploie à choisir les images les plus pures pour traduire sa pensée, et les plus poétiques. Le dessin de ses phrases, leur vibration, le timbre de leur respiration délicate obéissent à la mission que le compositeur octroie à la musique : *chercher humblement à faire plaisir*.

Si *Pelléas* émerveille Rivière, *Tristan et Isolde* le plonge dans un désespoir qui confine à l'extase. « Monstrueux chef-d'œuvre ! » écrit-il en amorce de son lamento ébloui. Il y entend l'exacerbation du désir, l'exaltation infinie, et, en chrétien, « l'obscurité éternelle » (lettre à Claudel). Si Bach fait croire en Dieu, Wagner danse sur son tombeau. Et Rivière y entre comme « dans la nuit noir et bleu ». Dans cette licence poétique – ce n'est ni la nuit noire et bleue, ni la nuit bleu-noir, mais la nuit *noir et bleu* –, on entend déjà la fin de la tonalité, son flamboyant crépuscule. Après une répétition frappante « ... sa mort : la mort... », il laisse virevolter les oxymores : « transports accablés », « désespoir ravi », et le plus beau, en fin de phrase : « apaisement épouvantable ».

Dans les mots choisis pour évoquer le début du troisième acte de *Tristan* – « L'océan, tourmenté et silencieux, s'étend pareil à l'oubli » –, on entend la solitude du cor anglais. Et puis les voiles claquent dans un mortel silence, à la lecture des mots ultimes : « Jamais il n'y eut avènement plus sombre, plus triomphale entrée dans le néant. »

Le texte sur *Parsifal* est plus développé. Il commence sans formule brillante, sans raccourci saisissant. Patiemment, honnêtement (« Qui veut aller loin... »), Jacques Rivière nous entraîne dans une analyse du génie de Wagner. Nous savons qu'il est génial, mais en quoi ? Loin de l'adoration puis de la détestation hystérique d'un Nietzsche, Rivière nous offre une étude lumineuse. D'abord, Wagner n'est pas un musicien dramatique. Pavé dans la mare. La continuité musicale n'est pas une invention, mais un leurre qui lui permet de se fondre dans un cadre qu'il sait trop étroit pour lui. D'où les reproches d'« illusionniste » ou de « menteur » proférés par l'auteur du *Gai Savoir*. Pour se défaire d'un harnais avec colère, Wagner fait hurler les voix. Thèse hardie, amusante, et non absurde.

Mais alors qui est Wagner ? L'homme du *récit*, répond Rivière. Pas littéral, non, car sa musique est pure, et son art *indirect*. « Il est l'inventeur d'une logique nouvelle, purement musicale... » bien plus profonde que les éléments extérieurs qu'on cite toujours (leitmotiv, etc.). Ainsi, derrière la surabondance de la matière, Rivière entend l'économie, la nudité, l'urgence. Pour lui, *Parsifal* n'est pas un ouvrage religieux. Tous ceux qui l'ont cru se sont trompés.

Le sujet l'est, certes, mais ce n'est qu'un moyen de parvenir à la solennité du dépouillement. « Ce grand démiurge » atteint donc le sublime sans y croire, dans l'insincérité la plus totale. Aux antipodes d'un Verdi ou d'un Puccini. Tout est fabriqué, purement formel, voire idéologique, et pourtant, nous dit Rivière, et là intervient le génie : l'œuvre « existe, elle vit, elle palpite ». Et l'auditeur de *la voir*, de *rougir*, de *pâlir à sa vue.*

On brûle de savoir ce que Rivière pense de Moussorgski. Son texte ne nous déçoit pas. Sans fuir les clichés – « la sainte Russie qui chante avec ses cloches et ses prières » –, il entend sa musique comme une personne, un mendiant, « la voix de la faim et de la soif ». Sa mélodie comme « le récit de l'humilité ». Il la *voit* (*sic*) « ingénue comme la misère », « claire comme l'amour », naïve et miséricordieuse. Encore une fois, son portrait sonne vrai, pénétrant, et ne saurait s'appliquer à un autre musicien.

« Sans liberté de blâmer », Jacques Rivière connaît son Beaumarchais. Le poids de ses admirations se voit renforcé par la franchise de ses avis. *Pénélope* de Fauré ? Une œuvre *ennuyeuse*. Ni plus ni moins. Le génie du compositeur, la grandeur du sujet ne font rien à l'affaire. Cependant, le critique prend garde à ne pas céder à la facilité d'une descente en flammes. Au contraire, il ménage son sujet, cherche ce qui peut être sauvé, non tant par bonne éducation que par souci de viser juste. Fauré est coupable... d'honnêteté. Il n'a pas les ruses et les malices d'un vrai compositeur de théâtre. Henri Jeanson ajouterait qu'on ne fait pas de bonne littérature avec de bons sentiments. On pense à cette répétition d'orchestre, très drôle, d'un Carlos Kleiber qui tente de faire comprendre le charme d'une valse viennoise à des Allemands raides comme la justice : « Partez avec la caisse ! »

Avec Bach, Jacques Rivière n'est pas à son aise. Il admire mais n'est pas transporté. Un psychanalyste freudien ferait remarquer en souriant qu'ils partagent presque le même nom. En effet, *Bach* signifie « petite rivière » en allemand. Objectons que Rivière n'a pas vécu l'âge d'or de l'interprétation baroque. « Je subis sa monotonie sublime », lâche-t-il à propos de l'auteur du *Clavier bien tempéré.* Il se sent maltraité, accablé, accusé par cette « purification » à marche forcée. Pour un peu, il reprocherait au grand luthérien l'étalage de ses vertus et l'usage continuel du cilice, n'était la proximité sourcilleuse d'André Gide, ce pape (*sic*) des belles-lettres.

La grande affaire de son temps, c'est Wagner, Debussy et les Russes. Chez Richard Strauss, il n'entend que « platitude, vulgarité terne et prétentieuse ». Manuel de Falla se voit lui taxé de servilité au folklore avec dédain. Même Stravinski en prend pour son grade. Pas celui du *Sacre,* mais le raseur omniscient du *Rossignol* : « L'orchestre montre ses intestins. »

Jacques Rivière n'échappe pas à la dilection nostalgique de l'âge : sans Nijinski, les Ballets russes ont perdu leur âme, etc. Mais jamais de méchanceté, seulement des amours éblouies ou déçues. Il a beau se livrer au plaisir de la comparaison sans piétiner les jardins de la raison, il n'en finit pas de traquer la perpétuelle ivresse de l'incomparable.

Son texte sur *Le Sacre du printemps* est un modèle du genre. Écrit trois mois après la première. C'est beaucoup de temps pour un compte rendu, mais c'est peu pour un jugement aussi affiné. « Le renoncement à la "sauce" ». Tout est dit sur le tranchant du *Sacre.* « Musique excentrique », oui, poursuit Rivière, en ce qu'elle a « abandonné le centre ». Le texte est brillant de bout en bout. Stravinski lui en sera d'abord reconnaissant, le distinguant comme « le premier » à avoir saisi la nouveauté de son art. Quarante-cinq ans plus tard, dans ses *Conversations* avec Robert Craft, il sera moins élogieux. Peut-être le texte ne détache-t-il pas assez la musique de la danse. « Critique littéraire », lâche-t-il sans chaleur. Les mots se grisent d'eux-mêmes, l'entend-on marmonner. La musique, c'est une autre histoire.

On touche là un point capital. Les mots sont impuissants à définir la musique. Ils en évoquent tantôt le reflet, tantôt l'écho de son âme. S'ils sont flattés par l'intérêt qu'on leur porte, les musiciens n'entendent rien à la petite musique des écrivains. « Combien est trompeuse toute description littéraire de la forme musicale[1] », argue Stravinski. Les compositeurs ne reconnaissent pas leur enfant. Ils ne sont pas plus perméables à l'avis de leurs confrères. Stravinski est resté froid devant l'analyse du *Sacre* par Boulez.

Dante n'écrit pas pour Béatrice, ni Aragon pour Elsa. Grands ou petits, les écrivains écrivent pour toucher leurs lecteurs. À l'instar des musiciens, ils veulent être *entendus*.

Texte paru dans L'Occident, *nº 97, décembre 1909. Ne figure pas dans* Études, *en 1911. C'est Gide qui avait conseillé à Rivière d'aller voir Isidora Duncan au théâtre de la Gaîté dans* Danses grecques et antiques, *sur des pièces de Chopin. D'abord réticent, Rivière retourne voir la danseuse plusieurs fois et finit par se montrer enthousiaste. Mais la musique de Chopin le touche encore plus que la danse, si bien que le nom d'Isidora Duncan n'est pas mentionné dans son article. Si Rivière ne donne pas son texte à* La NRF, *c'est qu'il est sans doute intimidé par Gide, grand connaisseur et interprète de Chopin. Ses* Notes sur Chopin, *souvent annoncées, ne paraîtront toutefois qu'en 1931.*

Pensée sur Chopin

« Nous ne guérirons pas. »

La danse dans la tristesse. Chopin se donne à sa tristesse, il se confie en elle, il épouse son mouvement. Aucun sursaut ne l'arrache de ses bras ; il l'a connue et ils ne se sépareront point. Il tourne en elle tout perdu de consentement, et il s'appuie sur son

1. Robert Craft, *Conversations avec Igor Stravinski*, Olivier Borre et Dario Rudy (trad.), éditions Allia, 2024.

propre abandon ainsi que la tête trop fiévreuse sur la souplesse des bras noués.

Ce n'est ni désespoir ni résignation ; mais il ne saurait lâcher prise, car son bien est là ; il devine son bonheur au fond de sa tristesse caché ; et lentement, en tous sens, comme on cherche, il la parcourt, il suit toutes ses avenues, il se laisse selon toutes ses dérives emporter. Il l'approfondit comme on s'enfonce en un amour.

*

La mélancolie n'est qu'un accident de la joie ; elle est sans diversité. Mais la tristesse a toutes les directions. Elle est une contrée secrète et sourde, toute bouleversée d'ondulations ; elle chancelle innombrablement ; elle monte et elle descend. Des courants passent dont le trajet emmène silencieusement les pas. Des houles lentes, prenant l'âme par-dessous, en font au ciel mouvant et bas l'ostension. Et suivant l'arête en écumes d'une vague, longuement le cœur déferle. Parfois, saisi d'une éphémère et plus vive passion, il jaillit et se parsème au vent en une poudre de périssables perles ; parfois, cédant au délice de son poids, il sombre brusquement vers la profonde source, où son essor va boire le renouvellement. La tristesse est une danse inépuisable. – Mais ses mouvements restent sans intention ; ils n'attendent rien, ils ne désirent aucun impossible ; ils se referment sur leur propre geste, ainsi qu'une femme se balance, l'anse des bras au-dessus de la tête ; ils sont l'épanouissement d'une force qui ne tentera pas de s'élever plus haut. Ils se nourrissent d'une sève intime et cessent au niveau de son ascension. Une mollesse désemparée vers le moment de leur consommation les dénoue.

C'est que les suscite un bonheur clos, replié, sans espoir : bonheur de la tristesse, qui est de la seule abondance intérieure, bonheur que donne l'animation mystérieuse et gratuite de tout l'être et le simple tournoiement de l'âme. Une volupté existe dans la tristesse : celle de sentir entre les parois de la poitrine la fluctuation spontanée de l'âme, ses grandes montées sourdes au long des membres, l'appuiement de sa pesante fluidité contre l'attente déjà penchée de tout le corps et le baiser multiple de son agitation.

*

Ce bonheur chante en la musique de Chopin. Partout souffle le transport de la tristesse, partout s'incline et se redresse la fleur de son balancement. La mélodie soudain se développe en un long trait qui monte, se suspend, se berce, et lentement, avec la volupté de périr, distillant sa chute éblouissante, retombe au rythme qui le lança : de perpétuelles fusées, comme un peu retardées et oppressées par l'averse triste, succombent à leur seule éclosion ; des vides s'ouvrent brusquement dans la solidité de la mesure, qui se franchissent sur l'arc fluide et vibrant d'une arabesque impondérable. Parfois la mélodie glisse d'une seule tenue, comme un ruisseau dans l'herbe, et sur son mouvement elle emporte l'âme immobile et confiée. Parfois, tombant de hauteurs où l'égara quelque sursaut trop anxieux de sa fièvre, elle se précipite, haletante, défaite, passionnément contractée, vers l'atteinte du ton initial ; puis, s'y étant baignée, elle s'élance de nouveau et s'éclabousse de brefs arpèges, qui se cambrent pour élever chaque note sur leur jet frêle, ou laissent après chacune couler, ainsi que l'eau pend en écharpes liquides d'une vasque trop pleine, la chevelure de leur ruissellement.

Mais de ces vacillantes délices la danse vers nulle autre promesse qu'elle-même n'est tendue. Elle flotte, les mains croisées derrière la tête, les yeux clos sur la trêve de toute attente. Ses gestes décrivent sans cesse la courbe lasse de l'achèvement et s'effeuillent. Tous les élans de cette musique sont enveloppés dans une ronde passionnée et retenue, dans un cercle de perpétuel retour. Un lent tourbillon enserre la mélodie qui tournoie. Une infatigable monotonie en tous les silences du rythme élève la voix de son obsession ; et quand la palpitation du chant un instant s'apaise, surgit, comme si seulement elle avait voilé jusque-là son visage, la valse avec son transport fermé.

Ainsi dansent la tristesse de Chopin et son bonheur de tout désir dépris. Cette musique est le pur jeu de l'âme sous l'incantation de la tristesse toute soulevée. Je me souviendrai de la danseuse incomparable, lorsque, les bras noués derrière le dos, la tête penchée sur le murmure de son sein, elle sentait longuement l'inondation secrète de son cœur monter en elle et précipiter passionnément ses pas dans l'enceinte invisible mais à jamais infranchissable de sa délirante tristesse.

Texte paru dans La NRF *du 1er janvier 1910 et repris dans* Études*, en 1911. Il fera l'admiration des amis de Rivière, qui en admirent la sûreté de style, tout en regrettant parfois l'absence de considérations techniques. Faut-il juger en littéraire ou en musicologue (ou en critique d'art) ? La discussion court tout au long de la correspondance entre Rivière et Lhote, par exemple. Rivière avait entendu* Dardanus *en répétition à la Schola Cantorum le 24 novembre 1909. « J'ai été tellement transporté, que j'ai écrit la note ci-jointe » écrit-il à Gide le 26 novembre 1909.*

Dardanus, de Rameau

Rameau est la récompense de notre fatigue et l'un de nos plus chers étonnements. Cette recherche fiévreuse de l'expression dramatique que nous avons entreprise avec Wagner, nous pensions qu'elle exigeait d'abord l'abandon de tous les moules musicaux, de toutes les formes prescrites ; elle nous semblait impossible sans ce sacrifice préalable. En fait, notre effort a sans cesse tendu vers la plus grande liberté. L'œuvre de Debussy par exemple a été surtout de réagir contre ce qu'il y avait encore de trop rituel dans l'invention dont Wagner était devenu le prisonnier, savoir la construction thématique. – Cependant Rameau nous est rendu ; et voici qu'avec émerveillement nous constatons qu'il a su tout exprimer, en se servant des formes mêmes dont le rejet nous était apparu comme notre premier devoir.

Sa spontanéité est si merveilleuse qu'elle n'éprouve aucune gêne à se voir enchaînée. Elle se lève, danse, se passionne et pleure dans le palais qu'elle s'est choisi et dans ses jeux enfermés elle s'emploie tout entière, si bien qu'elle n'a pas l'idée d'échapper à une contrainte dont elle ne saurait s'apercevoir. La beauté de cette musique commence si tôt, qu'on la ressent avant qu'il lui faille par quelque geste d'affranchissement s'affirmer ; et le sourire de la captive qui danse est d'abord trop pur pour qu'on le puisse espérer plus aimable, une fois les liens tombés. – Même, il semble que Rameau ait besoin de ces formes où il s'adapte et que dans l'exactitude aisée avec laquelle il vient les combler, il y ait quelque reconnaissance. Je ne pense pas qu'elles lui soient nécessaires pour se soutenir ; mais son émotion est si intime, si uniquement musicale qu'elle ne saurait comment composer d'elle-même son maintien extérieur et qu'elle accepte avec joie un visage tout fait, ainsi que les acteurs des tragédies grecques, n'accordant d'importance qu'à la substance même de leurs paroles, pour les prononcer sur la scène, prenaient des masques.

Un air ou un chœur de *Dardanus*, encadré par ses ritournelles ou engagé entre deux récits de forme à peu près fixe, est aussi expressif que les plus libres mélodies dramatiques d'aujourd'hui. Seulement, au lieu de s'appliquer à traduire le poème mot à mot et à se modeler sur lui, au lieu de le saisir corps à corps et de décrire son sens avec une minutie presque syllabique, Rameau ne prend les paroles que comme un texte à développer musicalement, comme une épigraphe qu'il faut justifier ; il les énonce, puis les enveloppe d'un merveilleux réseau sonore qui laisse paraître parmi ses mailles leur sens visible et prisonnier. En reprenant plusieurs fois la même phrase, il exprime tous les aspects de l'émotion qu'elle lui suggère, jusqu'à ne pouvoir plus que la reproduire en finissant dans la simplicité primitive de son apparition.

Avec une âme différente et tout ce que peut ajouter de richesse l'inquiétude de la foi, Bach écrit dans le même style ses cantates. – D'ailleurs Rameau n'ignore pas la traduction textuelle et, quand il y recourt, il sait noter les plus flexibles accents, les plus sensibles désinences. La mélodie du grand air d'Iphise est comme le battement virginal du cœur, comme la passagère lueur des yeux ; elle est fine, inquiète et mouvante, aussi attentive aux ondulations des phrases que la déclamation de Debussy.

Mais le véritable prodige c'est l'orchestre, qui, ne procédant que par rigaudons, menuets et chaconnes, tient l'auditeur dans un trouble perpétuel d'attente et de délice. Partout traînent les désirs, coulent les plaintes, glissent au long du cœur les plus voluptueux désespoirs. Qu'on ne s'y trompe pas. Il ne s'agit pas seulement des « tendres amours » et des « doux soupirs » dont le texte est prodigue ; nous ne respirons pas là simplement la fadeur galante du XVIIIe siècle. Mais les sentiments que porte cette musique ont l'élan pur et direct des larmes qu'on ne peut empêcher. Je vois la Muse debout, et d'une main elle contient son grand cœur anxieux qui bouge sous sa robe ; son attitude est pleine de décence ; mais je n'en sais pas moins qu'elle souffre des mêmes amours que moi. Si vous en doutez, il ne faut qu'écouter l'admirable chaconne finale et surtout l'ascension sombre, haletante, épuisée, bien que toujours passionnément réservée, qui remplit le prélude du troisième acte et que *Les Tablettes de la Schola*[1] ont pu, sans trop d'arbitraire, rapprocher de la « Solitude » de *Tristan*.

Publiée dans La NRF *du 1er février 1910, cette recension du livre de Louis Laloy sur Debussy (Dorbon l'aîné, les Bibliophiles fantaisistes, 1909) ne figure pas dans* Études*, en 1911. Alain Rivière l'a recueilli à juste titre dans sa réédition augmentée du volume (Gallimard, 1999), car elle constitue une tentative originale de situer Debussy, artiste encore vivant, dans l'histoire de la musique.*

Claude Debussy, par Louis Laloy

Claude Debussy est peut-être le seul de tous les musiciens qui ait eu le privilège de vivre à l'époque qu'il méritait. Il était attendu par elle, il est venu répondre à toutes ses questions. La conversation s'engage et presque tout de suite il est reconnu. On l'accompagne, on l'interroge avidement, il parle dans le triomphe… Sans doute il y a un grand nombre de réfractaires : ne sachant comment se justifier à eux-mêmes leur incompréhension, ils traitent cet enthousiasme de snobisme, et entreprennent des enquêtes, comme on en fait en secret sur la mentalité de quelqu'un dont on ne s'explique pas les démarches. Mais ils ressemblent à des gens qui resteraient assis dans une salle d'où la foule s'évade en tumulte pour acclamer celui qui passe dans la rue, et qui hausseraient les épaules en murmurant : Ils sont fous ! – Un fanatisme est toujours une chose trop grave pour qu'en puissent rendre compte les petites explications.

Parmi les privilèges extraordinaires dont jouit Debussy, je compte celui d'avoir trouvé un critique digne de lui en M. Laloy. Il était délicat de parler d'un musicien vivant et déjà illustre, – d'autant plus délicat que l'auteur, n'admettant à son admiration aucun tempérament, risquait de glisser dans le dithyrambe. Il a su se garder avec soin de ce danger en appuyant de toutes leurs raisons ses louanges.

1. Bulletin bimensuel créé en 1902, mensuel à partir de 1904, il traitait de l'actualité de la Schola, d'informations sur la musique et proposait aussi des explications sur les œuvres jouées en concert. *Les Tablettes* parurent jusqu'en 1937.

– La partie la plus intéressante du livre est évidemment celle où M. Laloy s'attache à situer dans l'histoire de l'art la musique de Debussy. – Après la symphonie classique qui combina suivant des règles abstraites les tons fixes, éléments simples et irréductibles, après le romantisme dont l'inquiétude spirituelle ne sut pas s'échapper de la contrainte des tonalités immobiles, cette musique apparaît comme l'épanouissement de toutes les libertés attendues. Elle ne s'inquiète plus que d'exprimer les émotions, la fluidité de leur déroulement, et la façon dont elles se lient en se fondant sans cesse les unes dans les autres : pour atteindre à la souplesse de cette continuité tout intérieure Debussy s'est débarrassé des tons rigides, qui posent pour un temps l'obligation d'un certain sentiment ; il laisse la tonalité non pas flotter, mais s'infléchir sans cesse pour suivre de plus près la forme, à chaque instant variable, de l'âme, et pour mieux serrer le contour de sa palpitation. – Il est séduisant de rapprocher son art de la poésie qui lui fut contemporaine, et d'en assimiler l'émancipation à la découverte du vers libre. Cependant M. Laloy lui-même indique que sans doute le symbolisme n'a trouvé que dans *Pelléas* son chef-d'œuvre. La raison n'en est-elle pas peut-être que *Pelléas* a su dépasser l'orthodoxie symboliste en se proposant davantage qu'elle n'exigeait ? On réclamait récemment dans ces pages le droit d'admirer Debussy à cause de son classicisme. Il me semble en effet discerner dans sa liberté autre chose que la rupture de toute règle. Un grand besoin d'expression exacte le possède ; il lui faut à tout prix découvrir pour chaque objet le trait le plus précis ; il n'a point de cesse qu'il n'ait modelé sa période musicale (mélodie et harmonie) sur l'attitude même de l'âme ; chaque phrase de *Pelléas* est gravée sur les seules notes qui la pouvaient supporter ; elle ondule juste dans la mesure nécessaire pour se tenir sans cesse à la même hauteur que l'émotion. La liberté de cette musique n'est donc qu'un résultat ; elle vient d'un grand attachement à ne pas cesser d'être textuel. Elle est un moyen d'atteindre l'expression la plus minutieuse ; elle a été non pas cherchée pour elle-même, mais obtenue par Debussy à cause de la contrainte qu'il s'est imposé d'être toujours impitoyablement fidèle à son âme.

Toutes ces réflexions se trouvent dans le livre de M. Laloy. Mais il les applique aux œuvres de la dernière période, plus fermes et plus simples selon lui. Or je ne peux m'empêcher de les trouver surtout valables pour *Pelléas*, *Les Nocturnes* et *La Mer*. Je m'inquiète même un peu de la minutie amusée de *Children's Corner* : il ne faudrait pas que le souci d'être exact amenât Debussy à préférer les petits sujets qu'on peut cerner d'un trait plus élémentaire. La passion d'exprimer n'est belle que s'il lui faut vaincre de grandes résistances. – Mais Debussy est trop averti, il sait trop bien ce qu'il fait pour que nous puissions garder le droit d'une méfiance, et refuser de souscrire aux espérances magnifiques que son biographe nous conseille.

Texte publié dans La NRF *de février 1910, repris dans* Études, *en 1911. César Franck fait partie des compositeurs les plus souvent joués avant la Première Guerre. À Lakanal, Rivière et Fournier avaient comme professeur en histoire de l'art le fils de Franck. De ce compositeur, Rivière aimait* Psyché, Rédemption, *la* Symphonie. *« Là est le vrai et grand Franck », affirmait-il le 29 mars 1907 dans une lettre à Fournier.*

César Franck

La grandeur de César Franck est de n'avoir jamais dit que ce qu'il avait à dire. Il ne s'est pas douté qu'on pût jouer avec la matière sonore, il a eu le respect de son utilité, il ne l'a employée que pour la faire servir à quelque dessein. Ce n'est pas qu'il se soit décidé à une telle probité ; mais il l'avait naturelle, étant de ceux qui ne parlent que parce qu'ils ne peuvent pas faire autrement. Sa récompense fut cette liberté de langage qui est la seule chose que ses disciples n'aient pas su imiter – cette liberté qui toujours résulte d'une intention précise et de l'obligation ; comme il savait à chaque instant ce qu'il voulait dire, il n'était gêné par rien.

La nécessité dont la musique de Franck est imprégnée est la source de toutes ses vertus. D'abord de son exactitude admirable. Chaque instrument entre à sa place, appelé par tous les autres, et son apparition émeut tant elle est naturelle. Jamais d'effet par l'inattendu. Si je tressaille, ce n'est que de sentir mon attente avec perfection comblée. Le clair discours se déroule, les paroles naissent au fur et à mesure de ce qu'il faut énoncer. Non qu'elles soient prévues ; chaque mesure au contraire est une surprise mais elle ne surprend qu'à force de satisfaire.

Puis, son exactitude donne à cette musique sa continuité si particulière. Elle est si serrée, elle s'agence si scrupuleusement qu'aucune interruption ne s'y saurait insinuer ; rien ne manque, aucun passage dont le vague puisse être l'occasion d'une divergence ; l'intention est sans cesse présente en chaque détail et lui interdit de distraire. Le développement n'emprunte rien à l'extérieur ; il procède par éclosions successives ; la mélodie se déploie en plusieurs moments, imitant la fragile et progressive détente d'une pousse ; elle ne progresse qu'en se précisant elle-même par ses répétitions, qu'en se dégageant peu à peu elle-même de son propre repliement. À mesure qu'elle se fortifie, l'harmonie émane d'elle et l'environne ; il n'y a enrichissement que par multiplication intérieure, et c'est par l'approfondissement du passé, que surgissent les découvertes nouvelles. La modulation chez Franck est elle-même une forme de la continuité ; elle n'a jamais le souci de créer un contraste ; mais elle s'emploie à marquer d'exactitude les passages ; elle est toujours comme une main qui s'ouvre lentement, comme l'insensible introduction à plus de lumière, comme une clarté filtrant à travers plus d'espace.

Une âme se chante avec fidélité. Tout vient d'elle. Elle s'épanouit dans la solitude ; elle se développe, s'accroît, se donne avec une candide prodigalité. Mais elle est seule ; on sent qu'elle n'a rien eu à vaincre et que dès sa naissance elle fut céleste. Aucun débat. La sensualité ne glisse nulle part ses tentations ; c'est d'être si *pure* que la musique de Franck est si *juste*. On ne peut s'empêcher de sourire à l'admirable *Psyché*. Franck dévêt Éros et Psyché de leurs corps ; à la charnelle poésie du mythe antique il substitue l'histoire de l'Âme et de l'Amour ; entendons : de l'Amour divin. Le duo, si plein d'enlacements et de courbes flammes, qui s'élève soudain de l'orchestre, brûle d'un pathétique uniquement spirituel : ce sont les noces de l'âme sainte avec Dieu. Et l'exaltation progressive de cette âme, son transport croissant, le tremblement de plus en plus passionné de sa dédicace atteignent une intensité si poignante qu'on ose à peine préférer secrètement d'autres musiques plus humaines et moins sûres, qui chancellent plus souvent, hésitent à plus d'obstacles et ne maintiennent leur continuité qu'en absorbant en elles les voix de l'entour, qu'en confondant sans cesse avec leur cœur les interjections de ce monde périssable où elles cheminent.

Note parue dans La NRF *du 1er février 1910, reprise dans* Études. *Ce texte est le seul que Rivière ait consacré à Ravel. Comme beaucoup de critiques de l'époque, Rivière compare Ravel à Debussy... au détriment du premier.*

La Rhapsodie espagnole, de Ravel

Il y a une torpeur dans toute danse espagnole ; c'est l'union de la fureur et du sommeil ; les danseurs semblent toujours en train de se réveiller par leurs cris ; ils frappent du pied, ils arrondissent les bras, ils se cambrent, ils se jettent des invectives pour s'encourager. Mais leur tourbillon reste inerte ; tout départ s'achève en piétinement ; l'appel s'entrave dans la gorge ; les visages n'arrivent pas à s'arracher ce sérieux. – Je retrouve dans Ravel, admirablement évoquée, cette agitation dans l'engourdissement. Tout n'est que préludes, ritournelles préparatoires, exordes emphatiques ; les chanteurs se disposent à se montrer incomparables ; mais il fait trop chaud cette nuit ; les cordes de la guitare éclatent. – Dans *La Habanera* les pas et les gestes entreprennent d'être inépuisables ; mais bientôt, délicieusement, ils renoncent à s'inventer davantage et tournent, tournent, tout désorganisés de langueur. – Enfin *La Feria* ne se compose que de brefs assauts, de tentatives furieuses mais vite consommées, de bondissements esquissés, de fanfares qui surgissent, puis s'arrêtent ; sans cesse la mélodie se perd dans la lourdeur qui plane, s'efface dans une chaude brume sonore faite de la confusion de tous les cris ébauchés et interrompus. – Il faut comprendre que la vertu expressive de cette musique est dans son indistinction même, dans le trouble flottement de son harmonie, dans sa suspension perpétuelle, dans sa façon d'être une atmosphère où tout s'évapore.

Cependant il semble qu'à peindre ces confusions Ravel ne réussisse si bien que parce qu'il y utilise un défaut. Reconnaissons-lui l'indépendance qu'il revendique à l'égard de Debussy. Ne l'achète-t-il pas au prix d'infériorités ? S'il montre tant d'habileté à brouiller les contours et à fixer surtout la couleur d'ensemble des grands mélanges, n'est-ce pas que lui manque cette cristalline netteté qui fait l'orchestre de Debussy, même dans ses complexités les plus formidables, toujours aussi distinct, aussi séparé intérieurement, aussi *discret* ? Je me rappelle dans *La Mer* certains écroulements de vagues dont le fracas n'empêchait pas de tinter la chute délicate de chaque goutte.

Ravel mérite le nom d'*impressionniste* avec toutes les vertus et tous les défauts qu'il comporte. Il est parmi le bruit qu'il entend et il en note avec subtilité la saveur propre. Mais il ne sait pas se détacher ; il ignore le secret d'oublier pour mieux retrouver ; le besoin de l'inscription immédiate lui interdit de composer d'ensemble son œuvre. Il consent à ce qu'elle ne soit que *rhapsodie*.

Debussy est mieux qu'un impressionniste ; il est temps qu'on s'en persuade.

Note parue dans le numéro du 1er avril de La NRF, *qui en contient une autre sur Debussy. Reprise dans* Études. *C'est Mendelssohn qui avait fait redécouvrir Bach en plein romantisme, dans les années 1830. À l'époque de Rivière, ce furent Wanda Landowska et Albert Schweitzer, bien connus dans les milieux de* La NRF, *qui contribuaient à le populariser.*

La Passion selon saint Jean, de J.-S. Bach

C'est la musique de la contrition. Elle est possédée par la pensée du péché ; elle s'accuse profondément ; elle prie afin d'être pardonnée. Comme la prière, dont elle emprunte les modes invariables, elle est à la fois rigide et haletante.

Bach prend les idées l'une après l'autre. À chacune il s'attache jusqu'à l'avoir exprimée complètement ; il ne la quitte pas qu'il ne l'ait épuisée. Il l'insère en une forme fixe, chœur, air ou récit, dont les lignes abstraites désignent d'avance tous les trajets par lesquels, pour l'explorer entière, il la faudra sillonner. À l'intérieur de cette forme, une grande musique fiévreuse et unie se développe ; elle parcourt longuement l'espace qui lui est donné, elle le crible de ses pas nombreux, elle le couvre de sa marche précipitée et régulière. Admirable piétinement ! Il n'est pas d'issue par où je puisse m'échapper ; je suis conduit avec violence ; je ne peux qu'obéir à la main qui m'a saisi ; il faut que *j'éprouve* jusqu'au bout. Sous cette prise étroite et sévère, je me sens malmené comme par la pénitence. – Quand le texte qu'elle commente a été complètement *exprimé*, la musique longuement s'arrête ; elle se rassemble toute ; elle vient, avec une consciencieuse passion, se réunir sur la tonique. On discerne dans son ralentissement une satisfaction austère, comme en ceux qui n'ont agi qu'« *afin que toutes choses fussent faites* ».

Les *chœurs*, les *airs*, et les *chorals* forment la partie lyrique de *La Passion selon saint Jean* : avec dureté l'âme chrétienne fait l'application à soi des paroles de l'Évangile, tourne vers soi le grief du Sauveur. Dans les *chœurs*, l'orchestre tout de suite entreprend ses rapides et rigides montées, l'ascension sombre de ses traits uniformes, son grand mouvement indiscontinu qui se recouvre sans fatigue. Les voix ajoutent la régularité âpre de leurs échanges ; jamais la phrase n'est délaissée par elles, elle s'enchaîne sans cesse avec elle-même et la reprise perpétuelle de son intégrité dessine des ondulations inflexibles. Toute cette musique est en proie aux amples pulsations de la prière, elle respire fortement, toute dressée et plaintive, elle s'agite comme un cœur bouleversé d'adoration. – Elle ne progresse pas ; tout de suite elle énonce tout ce qu'elle a à dire, puis ne fait plus que le répéter. Mais la répétition même augmente peu à peu l'émotion jusqu'aux larmes : chaque retour pénètre d'une pitié nouvelle et plus forte. La prière ne compte que sur sa monotonie pour blesser l'âme à qui elle s'adresse, elle se recommence, elle se ressaisit elle-même, elle se tient de nouveau, pareille, entre ses propres mains et s'offre de nouveau, pareille, comme si elle ne découvrait pas de plus profond cri qu'elle-même. – Dans les *chorals*, la pensée est parcourue d'une musique plus lente ; elle n'est plus couverte en tous sens, mais traversée avec douceur et exactitude d'un bout à l'autre. Le chant prend chaque phrase, la soulève jusqu'au faîte de son intensité contenue, puis la dépose ; il s'appuie sur des silences pour que le cœur s'écoute pénétrer par la méditation.

La partie narrative est faite des *récits évangéliques*. La mélodie se déroule avec uniformité. Elle est accidentée, mais ses inflexions sont comme rituelles. Son discours est plein de mouvement, mais d'un mouvement prescrit une fois pour toutes. C'est qu'elle s'est faite servante des formidables paroles qu'il lui faut porter ; par humilité elle s'est vêtue des habits les plus coutumiers ; elle gravit le calvaire avec modestie. À la fin des récits seulement elle se permet parfois quelque emportement : « Alors Pilate fit prendre Jésus et le fit fouetter. » L'énormité d'un tel crime possède si fort la pensée du musicien qu'il ne peut se séparer de cette parole, et, l'ayant saisie, il la traîne en une longue vocalise, l'appuie au fond de sa gorge jusqu'à l'horreur. – Parmi l'exacte monotonie de la narration, brusques, les réponses et les invectives de la foule éclatent en *chœurs*. Une parole est à dire, préparée de toute éternité, annoncée par les prophètes ! Voici que la foule se rue sur elle, s'empare d'elle, la prononce enfin et, pleine de rage, s'enivre de la répéter. Puis, parce que tout est accompli, elle se tait. Cris abrupts, brutalité haletante, haine spasmodique du chœur : « *Kreuzige* » (crucifie-le). Et, soudain, silence imprévu, interruption subite des voix : le peuple confusément s'étonne du crime qu'il vient de commettre, reste interdit, sans comprendre quelle fatalité le pousse.

En même temps qu'elle est une œuvre universelle, *La Passion selon saint Jean* délicieusement garde un goût de terroir. Je pense aux gravures sur bois des maîtres allemands : c'est bien le même calvaire, naïf et féroce, tout en oppositions. Autour du Christ accablé, je distingue le gros rire des bourreaux et ces faces bestiales et sommaires, où la cruauté se déchaîne en grimace.

Article paru dans le même numéro du 1er avril de La NRF *que celui sur Bach. Si Rivière était content de sa note sur Bach, il jugea sévèrement son article sur Debussy, qu'il ne reprit pas dans* Études. *« S'il vous dégoûte trop, écrit-il à Gide, réduisez-le en note. Mon style m'agace, je ne peux plus me relire. » Impatient d'assister à la première d'*Ibéria *dans le cadre des concerts Colonne, sous la direction de Gabriel Pierné – « Vous comprenez que je ne peux manquer cela et qu'en sortant j'aurai besoin de me recueillir un peu, de prendre des notes », dit-il à Gide –, il a été déconcerté, comme la plupart de ses contemporains, par l'évolution du compositeur, qui restera pour lui celui de* Pelléas.

Les Poèmes d'orchestre, de Claude Debussy

L'évolution de Debussy a imité le changement continu et insaisissable de sa musique ; il nous a fallu longtemps accompagner son insensible démarche avant d'apercevoir que nous nous déplacions. Mais l'exécution récente d'*Ibéria* nous oblige à nous recueillir ; voici que du *Prélude à l'après-midi d'un faune* nous nous sommes écartés assez pour que le chemin parcouru révèle une direction.

Les premiers poèmes d'orchestre de Debussy n'étaient pas la peinture d'un spectacle ; ils traduisaient le délice de l'âme au milieu du monde ; ils étaient emplis par la forte montée de la douceur. Le rythme du *Prélude* ou des *Nocturnes* suit tous les tâtonnements de la volupté et, de même que celle-ci s'attache à toutes les tentations et se partage entre elles, errant de l'une à l'autre, de même il se déforme, il se reprend ; tout inquiété de plaisir, il mène son hésitation délicate à travers la mélodie. Et la continuité du poème n'est faite que de sa modification perpétuelle. – La mélodie, elle aussi, a tous les contours de la volupté ; elle s'avance d'abord, pleine d'une modération balancée ; de lentes tenues se traînent, se posent sur le mouvement comme s'oubliant à un rêve : elles perpétuent la complaisance, elles prolongent le délice, s'attardent à le goûter jusqu'à la défaite. Mais soudain, comme n'en pouvant plus, comme fatigué de porter en soi un excès, tout l'orchestre se résout en une vaste éclosion vibrante ; doucement, il se déchaîne ; par un secret passage il glisse dans l'épanouissement. Insensible et subite délivrance de la suavité ! De fluides colonnes claires frémissent, une grande agitation limpide et retenue bouleverse les violons ; le chef d'orchestre tient au bout de ses doigts une ruisselante masse sonore qui lentement s'écroule, comme une vague qui mettrait longtemps à se défaire. Parfois plus de langueur encore vient exténuer la mélodie : alors, au lieu de se fondre en un large frisson harmonique, elle cède accablée, elle défaille en une ondulation déclive et interminable, comme la danseuse, sous le plaisir, sent jusque dans ses hanches faiblir ses pas.

Musique de la volupté. Mais, parce qu'elle traduit les plus vacillantes émotions, il ne faut pas croire qu'elle-même soit arbitraire et vague. Sa flottante subtilité, si d'abord elle nous surprenait de joie, c'est tant elle était exacte. Des sentiments incertains il peut y avoir une expression précise ; il ne faut que la trouver. Debussy a laissé se tramer en lui la forme de l'insaisissable, et sur elle sont venus se poser les sons, comme au matin l'eau, en claires perles condensée, dessine la tremblante flexibilité des herbes. Dans *Nuages* chaque contour mélodique, chaque accord est pénétré de nécessité ; aucune spéculation orchestrale ; une fidélité perpétuelle à l'émotion ; si bien que de l'évanouissement lui-même il semble que le timide visage soit ici fixé ; la plus hésitante mobilité a coulé ses rythmes dans les seuls mouvements sonores qui la pouvaient avec exactitude représenter. – De là cette netteté frissonnante : parce que chaque trait est nécessaire et qu'une délicate rigueur parmi tous les autres le conduit, il évite de se confondre. Même quand tous les instruments plongent, tournoient, s'emmêlent et lentement hors de leur étreinte remontent en s'égouttant, la fine justesse des contours n'est pas troublée. Limpide et tremblante distinction, comme à travers le voile de la chaleur le paysage qui bouge, apparaît plus subtil et plus clair. – L'orchestre de Debussy est perpétuellement divisé. Ses différentes parties peuvent se rejoindre pour un instant ; mais leur mélange n'est qu'accidentel ; elles ne s'unissent que parce qu'elles sont nées séparées ; jamais l'une ne dérive de l'autre, ne s'en détache. Cette musique est ainsi comme un réseau sensible qui se modèle à chaque instant sur l'émotion, qui se contracte quand elle se concentre et s'éploie quand elle s'épanouit. Et comme les mailles, même dans leur resserrement, restent secrètement démêlées, ainsi, quand il se rassemble, l'orchestre conserve sa ténue, sa flexible, sa vibrante discrétion.

*

Mais si infaillible et si exacte qu'en soit la sinuosité, le musicien n'a pas voulu indéfiniment se confier à la divagation de ses sens ; il est devenu jaloux de son instinct. Dans *La Mer* on découvrait un effort pour substituer à la spontanéité sensuelle des développements la direction de l'esprit. *Ibéria* est l'aboutissement de cet effort.

Il est vrai que c'est encore de grands élans de plaisir que s'anime cette musique ; tout le délice espagnol coule entre les bords du poème. Mais son abondance a été épurée, dépouillée par l'intelligence. La densité sonore, au lieu qu'elle résulte comme dans les premiers poèmes d'une perpétuelle plénitude de l'orchestre, est obtenue par l'importance des quelques éléments que choisit la patiente sagacité de l'esprit. Les fils les plus essentiels seuls subsistent dans la trame musicale ; mais ils ont été élus avec tant de justesse que leur déroulement simultané, par la rareté infatigable des rapports qu'il entraîne, remplace la voluptueuse épaisseur de la symphonie primitive. Que l'on écoute le deuxième morceau : *Les Parfums de la nuit*. Le lourd malaise embaumé des jardins nocturnes n'a besoin, pour s'évoquer, d'aucune effusion harmonique ni de la vibration des cordes. Les parties de l'orchestre se froissent, se traînent languissamment les unes contre les autres, appuient leurs lentes différences. Et parce que nous ne cessons pas de les entendre, sans jamais se joindre, se combiner, nous sentons la largeur de l'étoffe sonore se tisser tout doucement.

Cette raréfaction de la musique par l'intelligence permet une continuité plus sûre, plus droite. Comme il a choisi lui-même les fils, le musicien les tient entre ses mains ; ils ne se dévident que dirigés par lui. Dès le premier morceau d'*Ibéria*, nous avons été surpris par une rectitude de la démarche que nous n'attendions pas. Si le rythme reste multiple et brisé, ce n'est plus du moins par son hésitation que nous sommes conduits ; il est pris lui-même dans un grand ruissellement direct. Sans doute il n'y a pas ici, comme chez Franck, une force centrale, une puissance qui s'épanouisse peu à peu, un développement par expansion. Mais au lieu que la mélodie, comme dans les premiers poèmes de Debussy, sans cesse se détourne pour atteindre toutes les possibilités musicales qui flottent autour d'elle, elle les attire et les engloutit sans interrompre son cheminement imperturbable. Sa continuité cesse d'errer : elle va.

Cependant la rigueur qu'acquiert Debussy dans *Ibéria*, peut-être se compense-t-elle de quelque sécheresse. Faut-il avouer que nous regrettons un peu l'humide frémissement des *Nocturnes* et du *Prélude à l'après-midi d'un faune*. Sans doute les traits dans *Ibéria* sont plus incisifs ; la main ne tremble pas, qui les trace ; mais leur fixité les rend moins chargés de délices. La sensation n'est plus directement transcrite : l'esprit est intervenu et il a fait son œuvre de substitution. À la limite cet art finirait par ressembler au délicat symbolisme des paysages japonais : composition de quelques lignes très précieuses, entre lesquelles des couleurs avec atténuation se souviennent. Mais si je veux *éprouver* cette image, il y faut un effort ; la sensation en moi ne naît plus du premier coup ; je ne peux que la retrouver. La retrouvé-je même véritablement ?

La musique des premiers poèmes atteignait l'âme à force de déferler contre les sens. Ce soulèvement, ce détachement par le délice, ils emportaient l'âme avec le corps. Quand tout l'orchestre du *Prélude à l'après-midi d'un faune* dévalait de langueur, il nous emmenait tout entiers dans sa défaillance. Mais voici que la volupté cesse de nous assaillir. La musique de Debussy n'est plus que d'indication ; elle semble se retirer au second plan, se transformer peu à peu en un exquis mais sommaire décor, et laisser vide la scène. N'est-ce pas qu'il va falloir emplir celle-ci d'un drame ? Puisque le paysage désormais ne s'enlace plus à nous, ne cherche plus à toucher notre âme, puissent des êtres l'habiter, dont la voix comme celles de Pelléas et de Mélisande nous trouble ! La sobre délicatesse d'*Ibéria* permet d'imaginer une déclamation dramatique tout imprégnée de sévérité, une musique toute serrée et nue, et dont l'expression ne sera que par sa rigueur même émouvante.

Note parue dans La NRF *du 1er mai 1910, recueilli dans* Études. *Rivière avait assisté à la première d'*Ariane et Barbe-Bleue, *le 10 mai 1907, à l'Opéra-Comique. Le lendemain, il entendait pour la sixième fois* Pelléas. Ariane *avait été reprise trois ans après sa création, toujours à l'Opéra-Comique. La confrontation avec Debussy était habituelle à l'époque, encore que Rivière soit moins sévère pour Dukas que beaucoup de ses contemporains.*

Ariane et Barbe-Bleue, de Paul Dukas

L'originalité de Dukas ne se laisse pas définir du premier coup. Ce n'est pas qu'elle soit fort complexe ; mais elle ne prend pas souci de se distinguer d'abord de toute autre. Il y a une grande honnêteté dans la façon dont cette musique accepte de ressembler à d'autres, refuse de dissimuler ses parentés sous l'exagération de ses différences. Comme sa sincérité lui fait une bonne conscience, elle est ferme et sage. Mais ce que nous exigeons d'elle en secret, n'est-ce pas plus de décision à l'égard de ses vertus propres, un parti pris plus net qui les lui fasse moins timidement employer ?

Il y a chez Dukas une brusquerie que trop souvent il atténue. Parmi ses fluides développements naissent de temps en temps une âpre et régulière cadence, un lourd battement ; c'est la carrure ancienne qui reparaît. Elle est démantelée, haletante ; soucieuse de se soumettre aux enchaînements perpétuels de l'orchestration moderne, elle se fragmente, elle brise sa raideur. Mais son tressaillement abrupt anime soudain toute la musique. Je ne pense pas seulement à la rythmique pesanteur et aux soubresauts maladroits du balai dont *L'Apprenti sorcier* déchaîne la danse. Dans *Ariane et Barbe-Bleue* je surprends à plusieurs reprises cette allure déterminée. Le combat de Barbe-Bleue et des paysans est une symphonie massive et contractée, d'une uniformité essoufflée. Dure description par à-coups ! Les traits s'ajoutent lourdement les uns aux autres, ainsi qu'on lève les bras pour assener des coups de bâton.

L'autre qualité de Dukas c'est le scintillement très particulier de son orchestre. J'y trouve quelque chose de doucement perçant ! Il naît sans interruption avec une froideur nette ; il est exact, clair et sec ; non pas à force de dépouillement, mais au contraire à force de volontaire densité, d'entêtement à la plénitude. Il ne cesse pas d'occuper toute son enveloppe, de la toucher en tous ses points. Comme l'orchestre wagnérien il semble vouloir emplir à chaque instant une forme invisible. – Mais Wagner, que guide un profond instinct dramatique, sait fléchir sa tension ; il sait l'art de préparer en atténuant ; parfois il cède un peu de sa ressource pour ménager une éclosion ; sa richesse, ayant une autre fin qu'elle-même, parfois s'oublie et consent à montrer un visage terne. Dukas au contraire épanouit sans cesse au-dehors toute sa trouvaille ; il n'y met pas d'affectation, mais une sorte de naïveté grave. Il ne cache rien parce qu'il ne songe pas à rien faire attendre. Aussi son orchestre sans repli se laisse-t-il apercevoir d'abord dans toutes ses dimensions. Et la lumière dont il est pénétré, supprimant toute ombre et toute hésitation, lui donne cette dureté limpide, semblable à celle des pierreries qu'il chante.

Pourquoi, malgré ces qualités qui pouvaient suffire à inspirer une œuvre très belle, le drame d'*Ariane et Barbe-Bleue* nous laisse-t-il mal satisfaits ? On ne s'empêche pas de le confronter à *Pelléas et Mélisande*. C'est le propre des chefs-d'œuvre d'obséder le jugement. De plus, les deux livrets, bien que s'opposant comme le détestable et l'excellent, invitent les musiques à la ressemblance. Et si Dukas emploie une technique différente de celle de Debussy, il n'y a pas encore là de quoi lui éviter d'être comparé à son rival. Ce souterrain, cette « eau dormante et très profonde » et ce retour à la lumière, il a bien fallu qu'il les décrivît. Mais qu'ils sont imprécis et arbitraires ! Dukas n'a presque aucune sensualité. Aucune de ces vibrations délicieuses, aucun de ces paysages clairs et liquides, ou pleins de brume marine, qui s'ouvrent à chaque instant sous le ciel sombre de *Pelléas*. – Il ne faut pas chercher non plus dans la déclamation d'*Ariane* la sensibilité, la pitié délicate de la déclamation debussyste. Pour exprimer les vagues moralités de son texte, Dukas a employé une mélodie aussi peu emphatique que possible. Mais jamais il ne touche.

En effet ses véritables qualités sont la sécheresse, la dureté, la pesanteur. Le troisième acte d'*Ariane*, où il trouve à les exercer, est de beaucoup le meilleur. Dukas excellerait dans la description tragique. On voudrait qu'il illustrât un drame plein de péripéties, d'allées et venues ; il y faudrait une ville mise à sac, de lourdes danses de routiers, des foules abruptes qui porteraient un seul sentiment dans le cœur. Il ne s'agirait pas pour Dukas de renoncer aux développements purement musicaux ; pour être d'action la musique n'abdique pas toute gratuité. Quand Bach, dans *La Passion selon saint Jean*, raconte que « *le voile du temple s'est déchiré* », ce n'est que par d'austères arabesques qu'il décrit l'événement formidable ; il ne songe pas à imiter ; il transpose en musique pure l'image que sa ferveur contemple. – Il serait beau que Dukas, renonçant aux docilités d'expression pour lesquelles sa rudesse ne le dispose pas, traduisît un pillage ou un exploit en une rigide « *sinfonie* ».

Article paru dans La NRF *du 1er janvier 1911 et recueilli dans* Études. *Rivière a été initié à Wagner dès son adolescence bordelaise et il connaissait à peu près tout Wagner. Le compositeur joue un rôle important dans l'évolution spirituelle de l'écrivain, comme en témoigne, entre autres, cette lettre à Claudel, du 7 décembre 1907 : « J'ai aimé jusqu'au délire tout ce qui est beau, libre triomphant. Mais l'exaltation que cela me donnait était mortelle et sombre et touchait à la douleur. Je ne voyais que le néant sous cette beauté. J'aimais plus que tout* Tristan... *avec sa nuit et son râle interminable d'agonie sans espoir... ces mélodies qui s'élèvent, chargées de trop de ténèbres, pour invoquer la mort et l'obscurité éternelle...* Tristan *est bien une des choses qui m'ont le plus confirmé dans mon désespoir ». C'est le 7 novembre 1910 que Rivière assiste, avec Isabelle, à* Tristan*, à l'Opéra de Paris, sous la direction d'André Messager (orchestre « merveilleux », chanteurs « exécrables »).*

Tristan et Isolde, de Wagner

Monstrueux chef-d'œuvre ! J'y entre comme dans la nuit noir et bleu. Les formes autour de moi deviennent fantastiques ; je ne les reconnais plus. Elles ressemblent à des arbres plongés dans le courant des ténèbres. Cependant je n'ai d'autre ressource que d'attendre le jour.

Il n'y a pas d'œuvre qui soit plus dépourvue d'espoir que *Tristan* ; car elle n'exprime que le désir, qui est le contraire de l'espoir. À chaque mesure et dès la première, le désir. C'est lui qui se traduit d'abord par cette sorte de continuité basse, par cette tenue de la mélodie, pareille à la longueur des sens. Il est courbé, mais il dure sans pause ni pitié : de là la sifflante persistance de la phrase musicale ; elle semble portée par je ne sais quel souffle aride et inapaisable. Elle est faite de flammes soumises, mais qui gardent la violence attachée du feu. Le thème du *Regard*, avec sa souplesse qui ne lâche pas, est interminable comme la demande du désir chargée d'une accusation infinie. Il monte, élastique et suivi, il est l'humble et exigeante prière du corps, il file sans fatigue son imploration séduisante.

En même temps une mollesse, une épaisseur où s'amortissent les sons. Sur toute la musique de *Tristan* plane un étouffant nuage. Au premier acte, ce n'est qu'une lourdeur vague qui se pose sur les résonances. Les traits rapides de la *Délivrance par la mort*, qui s'échappent brusquement vers le milieu du prélude, retentissent dans le silence, sourd comme le sang, de la sensualité. – Au deuxième acte le nuage devient presque matériel. Sur le chant l'orchestre roule de chaudes ténèbres ; ses éclats mêmes se font muets comme les remous de l'air brûlant et comme les explosions de la nuit. Il traduit par là l'informe suspens du désir, son bourdonnement autour de l'âme ainsi qu'une brume sombre. Les grandes délices de l'harmonie, les murmures du ruisseau avec la chasse lointaine mélangés, tourbillonnent, bas et perdus, semblables à des souvenirs dans un cerveau qui ne s'entend pas. Des phrases, qui seraient bruissantes d'échos, se taisent sous le manteau d'une ardeur obscure ; la langueur descend sur elles comme l'averse d'un silence plein de pulsations.

Parmi cet étouffement les voix montent sans relâche, travaillées par l'effort de la volupté. Elles commencent dans une sorte de délire sourd ; elles semblent avoir à soulever toutes les ténèbres ; elles s'arrachent à l'ensevelissement ; elles grandissent avec un malaise immense. Elles sont une invocation qui prend au bas de l'âme ; elles naissent comme une parole si sombre qu'elle nous était à nous-mêmes inconnue. Quand il touche les mornes limites de la sensualité, l'être, égaré, ne trouve plus à donner que sa mort : la mort, en lui, devient une sorte de sentiment démesuré, informe comme l'ombre et qu'il essaie pourtant de saisir et de présenter. Le chant entreprend cette offrande formidable, il bénit la dissolution avec une solennité violente, il s'élève ainsi qu'une prière noire, il est l'évasion des grandes eaux funèbres, cachées au fond du cœur. – Comme la mort ne se laisse pas embrasser, il se recommence sans trêve ; il semble puiser en lui-même un don qui toujours se dissipe. La volonté qui le porte ne cesse de faiblir et toujours retombe à l'océan des sens. Sitôt qu'il s'est haussé, il fléchit jusqu'à se reprendre. Il est formé de longues phrases ascendantes que couronne l'évanouissement. À ses défaites il met une lenteur infinie et se répand en extases renonçantes. Reniement de toute espérance, bas amour de la perdition. L'élan de la mélodie s'achève par les transports accablés et interminables du détachement. Elle s'abandonne soudain, elle s'emplit d'un vaste désespoir ravi, d'une débordante détresse, d'un apaisement épouvantable.

À tant de respirantes voluptés silence, le troisième acte s'ouvre dans la solitude. Il est vide comme la mer. Caréol, vieille demeure dont les murs sont gris ! Rocs ourlés d'écume de l'antique rive féodale ! L'océan, tourmenté et silencieux, s'étend pareil à l'oubli. C'est ici que viennent mourir les preux. L'héroïsme wagnérien, à qui nous connaissons le visage d'un guerrier surgissant au milieu des trompettes levées, reparaît sur le seuil de *Caréol* ; mais il est courbé comme un vieillard sous une lassitude navrante ; il est une forteresse démantelée ; il ne sait plus que rêver avec désolation. Ô mémoire de Tristan ! Ô réveil des blessures ! Ô plaintives enfances ! L'immensité du désir maintenant se verse dans le regret. Cette mélodie du pâtre qui revient accompagner les souvenirs du héros, c'est le sentiment d'une destinée perdue, c'est le déchirement de l'amour qui voit sa vanité. Le passé est plein de mort ; de sa voix naïve il chante ses anciennes déroutes ; il parle de funérailles d'autrefois en ce pays de mer où personne n'aborda jamais ; j'entends pleurer la musique de l'histoire inconnue. Et maintenant il n'y a plus d'espoir qu'en la mort.

Soudain la voici qui se laisse pressentir. Par un dernier assaut de la volupté la voici presque atteinte ; elle va ne plus se refuser. La musique peu à peu se soulève, haletante. Elle est comme une pensée cherchée toute la vie et qui se fait de plus en plus prochaine, comme les battements, qui passionnément s'augmentent, de la mémoire et comme la délivrance de découvrir enfin ténébreuse, infinie, chargée de mort et de joie, la parole tant désirée. Les dernières mesures de *Tristan* expriment le déploiement immense du désespoir. Jamais il n'y eut avènement plus sombre, plus triomphale entrée dans le néant.

La musique de *Tristan*, aussi longtemps qu'elle dure, occupe mon corps ainsi qu'une flamme noire ; elle le rend transparent aux ondes mortelles qui errent à l'entour ; elle le traverse comme la destruction.

Note parue dans La NRF *du 1er janvier 1911 et reprise dans* Études. *L'œuvre de Borodine avait été créée en mai 1909, dans le cadre de la première saison des Ballets russes de Serge de Diaghilev à Paris, au théâtre du Châtelet. Chorégraphie de Michel Fokine, décors et costumes de Nicolas Roerich, principal interprète, Adolph Bolm.* La NRF *fera rendre compte de l'événement par Henri Ghéon, dans son numéro d'août 1910. Son importance fut telle que Rivière profita d'une reprise pour en reparler. Il reviendra plus d'une fois par la suite aux Ballets russes et à Fokine.*

Les *Scènes polovtsiennes* du *Prince Igor*, de Borodine

Tout de suite je revois Fokine avec sa troupe d'archers. – Il n'est rien dans la musique qui ressemble à ces quelques pages de

Borodine. Elles viennent toucher ce qu'il y a de plus primitif en nous, elles réveillent au fond de nous l'informe image de l'Asie, le souvenir étouffé de la grande Mère.

L'Asie ! Non celle que nous enseigne par ses paquebots la Méditerranée et qui sent toujours l'importation. L'Asie terrestre ! Elle s'est mise en marche à travers les steppes. Elle chemine à pied par lentes étapes. Elle s'arrête le soir et songe, comme ceux qui voyagent sans retour. Le camp dressé. Des feux. Des tentes. La nuit scintille, dure et bleue. Aucune mer aussi loin qu'on se rappelle. Alors, parmi le silence désert et distinct des plateaux, s'élève une allégresse pleine de mémoire, une joie cadencée pareille à la consolation des plus anciens regrets. D'abord j'écoute ces flûtes tristes et jointes, comme les petits pas qui conduisent à la danse ; je vois ces groupes lents qui se rapprochent dans la lueur des foyers et sous la nuit. Et soudain l'immense vague ravissante par quoi tous sont emportés, la mélodie comme une pluie violente et fragile, la mélodie qui chante avec une rapide voix. Elle croule ainsi qu'une bande d'oiseaux, elle dévide son clair bercement et les danseuses en sa déroulée sont si bien confiées, si bien perdues qu'elles rythment doucement son absence, lorsqu'un instant, comme un souvenir qu'on prend le temps de posséder, elle se tait évanouie. – Cependant les hommes bondissent à leur tour, frappés de rêve. Assauts profonds et sauvages. La joie qui les ébranle monte en eux comme un songe brutal. Elle les secoue, elle les fait tournoyer en des jeux qui imitent ils ne savent quoi de disparu. C'est ainsi qu'ils se souviennent, c'est ainsi qu'ils calment leur cœur. Ô musique brusque, haletante, ton ivresse est la stupeur de la mélancolie, tu es la consolation par la violence !

Couchés immobiles auprès des danses, les chefs, au fond de leur mémoire basse comme une voûte, revoient des villes.

Note publiée dans La NRF *du 1er février 1911 et reprise dans* Études, *dernier des dix textes consacrés à des musiciens.* Boris Godounov *avait été créé à l'Opéra de Paris le 19 mai 1908 dans la (deuxième) version de Rimski-Korsakov et reprise en 1911.*

Moussorgski

« *Panem nostrum quotidianum da nobis hodie*[1]. »

Sitôt que le prélude de *Boris Godounov* élève son chant pauvre, suppliant et décidé, on ne peut plus être fier, ni content de soi. Voici l'exigence la plus naïve, la voix de la faim et de la soif. Je suis tiré hors de moi-même ; tout ce qu'il y a de serré en moi se délie. Je sens soudain naturelle la pitié ; elle déborde de mon cœur sans effort et sans honte. Elle me délivre comme les larmes. – Le rideau levé, c'est toute la sainte Russie qui chante avec ses cloches et ses prières. Elle m'implore, elle est à genoux ; elle tend les bras ; elle me prend à témoin ; elle m'adresse le chœur de ses paroles mendiantes. Oh ! comme j'entends sa plainte ! comme me saisit sa demande !

La mélodie de Moussorgski, c'est le récit de l'humilité. L'humilité – non pas un sentiment négatif, la contrainte de l'orgueil, – mais elle est là, respirante, vivante, avec une chère figure timide et hardie. Sous son inspiration la mélodie parle et prie. Tout de suite elle s'élance ; tout de suite elle entame son candide discours. Elle est prompte comme ces mots sans calcul qu'arrache le besoin. Elle commence vive et pure, ainsi que l'enfant qui fait quelques pas rapides et joint les mains. Elle s'échappe, elle lâche son chant grêle et urgent ; déjà souffle sa douce haleine hâtive. Si soudaine elle naît qu'elle semble surprise. Elle est une phrase que l'on n'a pu retenir. Elle n'a pas réfléchi. Elle n'a pas attendu de se comprendre. Aussi son impatience est-elle saisie de modestie. Elle est ingénue comme la misère.

Cependant aucune crainte ne suffit plus à l'arrêter. Pas de honte, ni même de confusion. L'indigence qui la presse ne songe pas à rougir. Et non plus elle ne revendique rien, elle ignore la justice, elle ne réclame pas avec amertume son dû. Quel élan de la demande ! Quel repos en Celui vers qui s'élève la prière ! « *Demandez et on vous donnera... Car quiconque demande reçoit.* » C'est la voix de l'enfant qui n'est jamais repoussé. C'est l'animation de la confiance. La mélodie est pleine de rapidité ; l'espoir lui souffle mille paroles à la fois, l'espoir délie ses

1. « Donne-nous notre pain quotidien », extrait de la prière « Notre père ».

longues phrases agiles. Elle est multiple et active ; une claire précipitation, comme dans chaque feuille et dans toutes le vent qui parle, détermine ses notes, les entraîne. Elle se dépense en vives instances ; elle est toute délibérée : elle va aussi vite que le langage de la prière ; rien n'embarrasse la naïve générosité de son transport. Imploration décidée des chœurs : à supplier ils mettent je ne sais quelle alacrité. Pas même dans les lamentations ne cesse le rythme hardi. La plainte de Xénia n'est pas une mélopée, mais une détresse animée et, dans une âme virginale, les soudains élancements du désespoir, les étreintes aiguës et timides du malheur. Promptes retombées de la mélodie, poignante déprise !

Pas plus qu'elle ne s'alanguit, la mélodie ne consent à s'envelopper. Rien n'estompe sa limpidité. Elle est une ligne sans ombres. Elle se déroule, tout entourée de lumière, presque grêle tant l'isole la clarté. Les sentiments, quand ils deviennent très conscients, se peuplent de sous-entendus. Mais en voici de trop nouveaux pour souffrir les réticences. Ils se récitent tout entiers dans un chant sans retraits ; ils se donnent en une phrase naïve ; ils ne songent pas qu'ils puissent s'enrichir de dissimulations. Aucun de ces détours, de ces secrets et de ces allusions dont sont faites les mélodies occidentales. La phrase est sans accident ; elle est éclairée d'un jour uniforme ; elle propose sans préférence toutes ses parties ; elle précipite avec égalité ses syllabes. Chouisky raconte le carnage où le tsarévitch a trouvé la mort. Ô diaphane litanie ! Rien qu'une ligne pure, rien que les faits terribles énoncés les uns après les autres. La voix monotone pleure sa peine ; elle dit l'histoire, anxieuse et nue. On n'entend que sa parole plaintive, qui va, distincte, sans le soutien d'aucun accord étouffé, d'aucun assourdissement harmonique. Elle chante, solitaire, un amour infini. La mélodie est claire comme l'amour ; comme lui, elle est toute pleine à l'intérieur de lumière. Elle est tout avouée, elle n'a plus en elle de silences. Elle coule transparente et plus délicieuse au cœur que le pardon.

L'harmonie jamais n'étoffe la mélodie ; car elle n'est que le rayonnement de sa transparence ; elle est pareille à la buée lumineuse qui borde les corps diaphanes ; elle résonne aussi clair que le vent à travers le jour ; elle n'approfondit que la limpidité.

Cette musique est tout en acte. En aucune partie d'elle-même il n'y a de lenteur ni de crépuscule. Elle ignore les sentiments lourds et éteints. Elle peut bien souffrir, mais non pas être triste. Elle a une bonne conscience. Comment la douleur empêcherait-elle sa joie ? Elle a une sorte de gaieté qui est l'activité même de son cœur. Elle s'éveille, elle sourit, elle est comme un enfant qui parle avec tous les mots. Ô nouveauté de l'âme ! Rien n'endort la chère allégresse de cette émerveillée. Une petite flamme naïve, une tendre vivacité jusque dans la détresse. Elle est surprise, elle est ravie. Elle se tourne vers toutes choses. Elle joue ; elle invente de courtes histoires précipitées. Elle est affairée comme la joie, elle « a le temps, mais juste ». Puis elle s'arrête tout à coup, occupée par l'importance d'une question qu'elle brûle de poser. Fins de mélodies étonnées et interrogatrices.

Cette délicate turbulence, il semble qu'elle subsiste jusque dans la solennité. Celle-ci ne se marque point par un orchestre ralenti de thèmes. Elle n'est pas étayée de fanfares. Elle n'est que l'élargissement de l'allégresse, qu'une phrase qui s'ouvre et monte. Elle est un enthousiasme plein de naïveté, une inspiration chargée de prière, un triomphe pareil à un ample sourire, l'avènement de la pitié. Elle est heureuse comme le geste du prêtre qui écarte les bras en face de la foule. Elle est semblable à cette aise de l'âme qu'emplit sa propre oraison. Jamais elle ne devient pompeuse. Elle règne sans emphase. Elle reste joyeuse et modeste comme les paroles d'un vieillard qui confesse le Christ. Elle s'avance avec la parure de l'humilité, elle s'incline, elle salue trois fois, les bras étendus en avant.

La musique de Moussorgski, c'est la voix même de la Russie. Ô Russie, notre petite mère dans la douleur ! notre sainte mère priante, souffrante, souriante ! Tu parles à Dieu pour nous. Tu es notre ambassadrice. Tu lui parles avec toutes tes paroles en « *ia* » et en « *schka* », avec tes longues phrases humbles, avec ton langage vif, bas et suppliant. Tu es gaie pour nous, tu as de l'espoir pour nous. Seule tu sais avec exactitude ce que nous valons et tu ne demandes pas plus de choses qu'il ne nous en est dû. Tu es notre amour le meilleur et notre meilleure humilité. Nous te remettons nos péchés afin que tu obtiennes pardon pour nous. Tu es la femme députée au Dieu terrible, afin que, l'ayant vue, elle est si pitoyable qu'Il ne puisse plus nous refuser sa miséricorde.

Note publiée dans La NRF *du 1*[er] *avril 1911 et recueillie dans* Études. *Rivière a découvert* Pelléas, *créé le 30 avril 1902 à l'Opéra-Comique, lors d'une reprise, le 17 janvier 1904. Ce fut une révélation. Par la suite, il est retourné écouter cette œuvre admirée parmi toutes une vingtaine de fois. Sa note a été composée à l'occasion d'une reprise, toujours à l'Opéra-Comique.*

Pelléas et Mélisande, de Claude Debussy

On ne sait peut-être pas assez ce que fut *Pelléas* pour la jeunesse qui l'accueillit à sa naissance, pour ceux qui avaient de seize à vingt ans quand il parut. Un monde merveilleux, un très cher paradis où nous nous échappions de tous nos ennuis. Toute la semaine, au lycée, nous l'attendions, nous parlions de lui. Avec quel amour et quel respect ! Il était la consolation de nos emprisonnements. Et, le dimanche venu, car nous ne pouvions l'entendre qu'aux matinées, de nouveau cette musique, de nouveau ce pays sonore où s'enfoncer, les trois dimensions mystérieuses de ce royaume ravissant. C'est sans métaphore que je le dis : *Pelléas* était pour nous une certaine forêt et une certaine région et une terrasse au bord d'une certaine mer. Nous nous y évadions, connaissant la porte secrète, et le monde ne nous était plus rien. Comprendra-t-on longtemps encore le pouvoir de *charme* que l'œuvre recèle ? Je ne voudrais pas être de ceux qui bientôt l'entendront avec seulement de l'admiration.

Cependant il faut déjà raisonner notre amour ; nous ne pouvons plus nous contenter d'enthousiasme. Voici comment, me semble-t-il, pourrait se définir la nouveauté de *Pelléas* : la musique jusqu'à Debussy était linéaire ; elle se déroulait ; elle avait besoin de temps pour exprimer ; il fallait demander aux mesures suivantes le sens de celle que l'on écoutait. – Dans *Pelléas*, la musique est tout entière en chaque moment ; elle s'est subtilement tassée, toutes ses parties se sont rapprochées, sont venues doucement les unes contre les autres.

Ainsi d'abord s'explique l'extraordinaire plaisance de l'harmonie. Aucune direction extérieure aux accords ; rien qui les conduise, qui les entraîne ; ils ne poursuivent aucune solution, sinon celle qui de l'un va faire l'autre ; ils ne sont pas pris dans un mouvement ; mais ils se touchent exquisément ; ils descendent ensemble ; les lignes qui pour les unir les séparaient, se brisent sous le grêle poids de leur délice singulier et voici qu'ils s'abîment, fragiles, jusqu'au contact. C'est pourquoi, s'ils s'enchaînent, ce n'est pas qu'ils se produisent, mais qu'ils s'évoquent ; ils s'enchantent les uns les autres avec une proche délicatesse, ils s'appellent individuellement, nommément, comme dans une âme un sentiment en suggère un autre. – De là cette sorte de faiblesse ou plutôt d'affaiblissement continuel. Cette musique à chaque instant va finir ; les harmonies sont une chute insensible et interminable ; chacune s'élève en diminution sur la précédente, c'est-à-dire en plus grande extase et plus dénouée encore par la volupté. – De là aussi cette perpétuité de la douceur : il n'y a plus que des parfums ; plus même les fleurs dont ils sont nés. L'harmonie de *Pelléas* se respire ; elle se répand et l'on ne cherche plus à voir devant soi ; on la suit, sans désir, à sa suavité.

Mais il y a bien autre chose que de la suavité dans *Pelléas*. Appliqués à la mélodie, cette simplification, ce tassement ont donné une déclamation lyrique d'une humanité admirable. – Le chant, chez Wagner, n'est jamais expressif par lui-même, mais seulement à force d'allusions ; il lui faut le renfort des thèmes dont sans cesse il est souligné. C'est qu'il n'est qu'une ligne continue et d'un tracé presque arbitraire ; ou du moins il est un certain mouvement général dont les péripéties n'ont d'autre raison que le développement de l'orchestre. – Dans *Pelléas*, cette ligne perpétuelle s'est démembrée. Chaque phrase s'est doucement détachée de la continuité abstraite où elle était prise ; elle s'est affaissée avec légèreté ; elle s'est résignée à soi. Elle ne vient plus à cause de ce qui la précède, mais seulement à cause d'elle-même. Par cette soumission elle se rapproche de sa source véritable, le sentiment ; elle n'est plus au-dessus de lui comme un arc qui ne le touche jamais en aucun point, mais elle naît de lui comme germe une eau à même la terre, et elle prend avec timidité sa forme. C'est pourquoi elle devient si directement poignante. Il n'y a plus que des paroles et dont la liaison ne se fait que par les mouvements de l'âme. Comme en chaque accord se condensait le parfum de toute une chaîne d'harmonies, de même en chaque phrase s'enferme l'expression de tout un passage mélodique. À chaque instant le mot le plus juste, le plus naïf, ce qu'il fallait dire et que voici maintenant irréparable. Sans cesse une délivrance naturelle ; le cœur qui trouve ; un sentiment qui cède à la tentation de la musique et se révèle simplement parce qu'il est là, parce que le personnage l'éprouve. Aussi, malgré l'absence de toute direction abstraite, jamais on n'est embarrassé pour suivre cette mélodie ; on la suit comme on aime ou comme on souffre, sans davantage s'interroger.

Il faudra bientôt que la musique, comme les autres arts, cesse de vouloir n'exprimer que l'essentiel et rétablisse toutes les formes dont elle a prétendu se passer. Mais *Pelléas* est d'un certain idéal la réalisation trop parfaite, pour avoir à craindre la réaction de l'avenir. Ne serait-il pas le vrai chef-d'œuvre du symbolisme ?

Note publiée dans La NRF *du 1er septembre 1911, reprise dans l'édition augmentée d'*Études, *en 1999.* Petrouchka *avait été créé le 13 juin 1911, dans le cadre de la troisième saison des Ballets russes, au théâtre du Châtelet, dans une chorégraphie de Fokine et sous la direction de Pierre Monteux. C'est le deuxième ballet de Stravinski, après* L'Oiseau de feu, *créé l'année précédente, en attendant* Le Sacre du printemps, *le 29 mai 1913, au théâtre des Champs-Élysées, auquel Rivière consacrera un autre texte, fondamental, car Stravinski est, avec Debussy, une de ses grandes révélations.*

Petrouchka, ballet d'Igor Stravinski, Michel Fokine et Alexandre Benois[1]

C'est parce que nous aimons les danseurs russes que nous prétendons ne pas dissimuler leurs défaillances et que nous leur avons reproché l'erreur de *Narcisse*[2]. Mais quelle joie de pouvoir après

1. Michel Fokine (1880-1942), danseur et chorégraphe russe. Il a travaillé avec Diaghilev de 1909 à 1913. Il a mené une carrière en Europe et aux États-Unis où il fonda une école de danse. Il a créé une soixantaine de ballets. Alexandre Benois (1870-1960), décorateur, scénographe et peintre russe d'origine française. Il travailla pour les plus grands théâtres européens. Ses décors pour *Petrouchka* sont parmi ses plus belles réalisations.

2. *Narcisse*, ballet composé par Nikolai Tcherepnin, avec des costumes et un décor de Léon Bakst et Nijinski dans le rôle-titre. L'œuvre a été représentée au Châtelet en juin 1911.

la réprimande revenir à l'éloge et de s'abandonner de nouveau à l'admiration ! Car ces Russes sont des enfants très chers que l'on se dépêche de gronder, tant on brûle de leur dire : « Et maintenant c'est fini ; je vous retrouve tels que je vous aime ».

Rien ne ressemble moins à *Narcisse* que *Petrouchka*. Il faut appeler *Petrouchka* un chef-d'œuvre ; un des plus imprévus, des plus primesautiers, des plus légers et bondissants que je connaisse. Que de travail, de calcul, de vaine recherche dans *Narcisse* ! Il semble que les auteurs se soient épuisés à joindre des lambeaux disparates d'invention. Mais à tant d'application *Petrouchka* fait la nique et danse sur un pied. Il naît un soir tout fait, tout droit, tout prêt ; il est complet, il est franc, il ne sait rien ; d'un saut il est sur le bord de la scène et s'agite et trépigne. Il fallait qu'il vînt pour nous faire sentir combien la fantaisie se fait rare. Ce ballet est fertile comme une comédie de Shakespeare ; il a le même élan et la même santé, il a la même justesse dans le caprice ; aucun détail arbitraire, dans un monde extravagant tout est à chaque instant ce qu'il devait être ; je suis perpétuellement surpris et pas une fois dérouté.

La musique est d'Igor Stravinski ; ce nom que nous apprit *L'Oiseau de feu*[1], nous ne l'oublierons plus. Ce jeune musicien connaît et manie avec facilité notre orchestre moderne si laborieux et surchargé. Mais il ne cherche pas comme d'autres à se compliquer davantage ; il ne veut pas être original à force de petits rapprochements, de hardiesses minuscules, de fragiles et instables équilibres harmoniques. Son audace au contraire se marque par des simplifications (il y a dans *Petrouchka* un interlude qui n'est fait que d'énormes coups de grosse caisse). Il ose sans broncher mille grossièretés délectables ; il supprime, il éclaircit, il ne pose que des touches franches et sommaires. Il prend une trompette et sa trouvaille est de ne prendre qu'elle. Il sait sous-entendre avec puissance et sa vigueur est faite de tout ce dont il apprend à se passer.

Cette décision donne à sa musique une rusticité admirable, une brave et maligne gaieté. Tantôt elle est brusque et burlesque comme la danse accroupie des moujiks ; tantôt elle est d'une noblesse enjouée et familière, où l'ironie n'est plus que dans un peu d'endimanchement ; elle a la tournure des belles jeunes filles qui, le poing sur la hanche, avec leurs coiffes, se balancent dans leurs larges robes aux couleurs sucrées comme celles des images.

1. Le ballet de Stravinski a été créé à l'Opéra de Paris le 25 juin 1910 sur une chorégraphie de Fokine et sous la direction musicale de Gabriel Pierné.

Quant aux danses, elles ont été imaginées par Fokine et témoignent d'un vrai génie. C'est ici que l'homme qui sait sentir son corps au bout de son âme, trouve à se réjouir : voici donc l'usage de tous mes membres et de chacun, voici toute l'agilité qu'ils contiennent et peuvent développer. Je comprends mieux maintenant ce qui m'émeut si fort dans la danse : rien de plastique, aucune attitude, mais de voir un être humain penché, tendu, prêt au bond : et soudain il s'avance, il court, il tourne, il lève les bras, il se démène obéissant frénétiquement aux rythmes obscurs de sa vie qui déborde. Il frappe le sol du pied. C'est assez pour ma joie.

La danse est l'art où l'on crée avec soi-même, avec les matériaux les plus immédiats et les plus naturels dont on puisse disposer. Nous devrons à la Russie de l'avoir réapprise. N'est-ce pas elle qui semble devoir retrouver de tant de richesses dont nous ne savons plus que faire, un emploi naïf ?

Note publiée dans La NRF *du 1er mars 1912, reprise dans l'édition augmentée d'*Études*, en 1999. Comme dans ses deux autres textes sur Bach, Rivière insiste sur la dureté, voire la brutalité, que lui fait éprouver la musique de Bach. Une impression que l'interprétation de Blanche Selva (1884-1942), une proche de Vincent d'Indy, qui la nomma professeur de piano à la Schola Cantorum, ne fit que renforcer. Blanche Selva était une des interprètes les plus autorisés de Bach, dont elle fit entendre, en 1904, l'intégrale de l'œuvre pour clavier en dix-sept concerts.*

Œuvres de piano, de J.-S. Bach jouées par Blanche Selva

Je ne veux pas ici essayer d'analyser ces œuvres sur lesquelles toute la musique est fondée, mais seulement dire quelle sorte d'émotion il me semble qu'on doit espérer d'elles.

Qu'on ne vienne pas leur demander du plaisir. Il faut se placer en face d'elles comme un pénitent et les entendre comme une accusation. – Toute autre musique cherche à nous tourner, à nous séduire ; elle ne s'empare de nous qu'en nous gagnant peu à peu à sa cause ; elle nous caresse jusqu'à nous entraîner avec elle. Mais Bach marche sur nous, il ne cache pas son intention qui est d'avoir raison de nous, il veut vaincre, il veut nous faire crier merci. Toutes ses œuvres ont le même sens ; elles ne fléchissent pas, elles ne sont en somme qu'un mouvement, et toujours le même, et toujours vers le même but orienté : un assaut. Dès les premières notes nous voici mis en cause, voici qu'il s'agit de nous profondément. Chaque mesure, d'un train que rien n'arrête, charge contre nous. Et la dernière, bien longtemps après que nous sommes rendus, triomphe encore de nous. Pas d'élision, chaque reprise est intégrale ; car cette musique ne pense pas à notre commodité, et ne travaille qu'à nous accabler.

Je l'écoute comme un homme qui n'en peut plus, avec essoufflement, avec plainte, avec défaite. Je n'attends d'elle d'autre joie que celle d'être *offensé* et que la purification que l'on éprouve à être maltraité. Je subis sa monotonie sublime, son retour perpétuel ; je me plais obscurément à ce qu'elle a de buté. Plus elle se répète, plus s'agrandit ma soumission et plus je me sens de partout vaincu.

Il faut bien comprendre en quoi consiste ce que Bach a d'accablant et d'inhumain. Il représente la régularité de notre nature ; il respire à notre place et comme il faut ; il est la santé parfaite que nous ne savons pas entretenir ; il insulte à notre faiblesse en étant ce que nous serions sans elle. Son art ne s'adresse pas à l'imagination, il ne fait que reproduire notre vie en la rectifiant, en lui rendant son exercice normal. C'est pourquoi il est si peu flatteur, si dur, si hostile. Au lieu de nous divertir il nous montre à plein et cruellement ce qui nous manque, notre *faute*, notre péché.

Le jeu rude et régulier de Blanche Selva accentue la remontrance que contiennent ces œuvres ; et nous nous sommes sentis, en sortant de ce concert, l'âme satisfaite et lasse de quelqu'un qui vient d'être vertement morigéné.

Note publiée dans La NRF *du 1er juillet 1912, reprise dans l'édition augmentée d'*Études. *Comme la plupart des membres du groupe de* La NRF, *Rivière se passionne pour la littérature,* *la musique et les Ballets russes, qui le séduisent par leur force primitive et leur originalité.*

Des Ballets russes et de Fokine

Bien des gens n'ont pas encore compris que ce qu'il fallait admirer dans les Ballets russes, c'était la danse. Et comment leur en tenir rigueur quand on voit cette vérité, pourtant évidente, méconnue par Nijinski lui-même ? On a adressé à la troupe russe tous les éloges excepté ceux qu'elle méritait, ceux que Fokine certainement tenait à recevoir. On a parlé à tort et à travers de couleur, de barbarie, d'orientalisme, on a loué la musique de Stravinski (on ne saurait la mettre assez haut), on a déclaré que Bakst était un grand génie. Mais on ne s'est pas résigné à admirer ce que ces spectacles avaient d'unique, ce qui les rendait différents non pas en qualité, mais en nature de tous ceux qu'il nous avait été donné de voir jusqu'ici. Le public n'a pas consenti à éprouver une émotion nouvelle, à se mettre dans une disposition ingénue. Il semble avoir assisté, dans un état de cécité miraculeuse, à la prodigieuse nouveauté qui se déployait sous ses yeux. C'est que rien en général ne l'effraie davantage que de se risquer en un sentiment qu'il ne connaît pas et pour lequel il n'a pas encore de mots.

Parce que certains déjà, pour ne leur avoir pas demandé ce qu'ils avaient à livrer d'essentiel, accusent les Ballets russes de les avoir déçus, il importe que nous précisions ici quel est l'élément solide de ces œuvres, ce qu'elles contiennent d'inaccessible à la mode, d'éternel. Leur richesse seule empêche de voir leur originalité. Rendons-les pauvres en imagination, supprimons tous leurs ornements : nous montrerons ensuite en quoi ce qui leur reste est émouvant et que cela seul a qualité pour nous émouvoir.

*

Dépouillons-les d'abord sans crainte du décor et des costumes. Ce n'est pas que ces accessoires ne soient souvent admirables, et même fort utiles : le décor pour servir de support et comme de réflecteur aux gestes, les costumes pour dégager la ligne du corps et lui rendre sa continuité. Mais j'ai vu répéter en costumes de ville, jadis, *L'Oiseau de feu*, cette année, *Daphnis et Chloé*[1]. Nulle expérience ne pouvait être plus décisive. Sur la scène, un homme en manches de chemise, son faux col posé sur une chaise, danse : c'est assez. À chaque fois qu'il lance les jambes en arrière en élevant les bras de cette façon grotesque et sublime – il s'agit de la danse comique de Dorcon – à chaque fois qu'il fait ces quelques pas habilement empêtrés, à contretemps sur la musique, je sens battre mon cœur, j'éprouve le dérangement et l'allégresse de l'admiration. Je tiens mon plaisir ! Il est vrai, puisqu'il peut être seul.

Cependant un de nos peintres les plus en vue disait en parlant d'un ballet dont il avait peint le décor : « Avez-vous vu ma pièce ? »

*

Mais voici qu'il nous faut opérer un retranchement plus hardi. Il ne s'agit plus seulement d'écarter du danseur certains ornements tout extérieurs et auxquels lui-même renonce parfois spontanément ; il s'agit de distinguer entre son repos et son mouvement et de n'accepter, entre les divers usages qu'il fait de son corps, que cette façon qu'il a de l'animer et de l'élancer en avant.

En effet le corps humain peut nous toucher par sa seule attitude et rien que par un certain tour donné à son immobilité. Les peintres le savent ; c'est à fixer des attitudes qu'ils, s'appliquent. Ils prennent leur modèle à l'instant où le mouvement s'achève en lui ; ils le peignent délaissé intérieurement par son mouvement, comme un bateau qui touche le sable, se cabre doucement et s'arrête ; ils le montrent à l'instant où il retrouve, rattrape et baise longuement, penché contre lui, son profil qu'il semblait poursuivre. Ce profil, cette limite atteinte, cette ligne où vient cesser tout élan, nous ne pouvons pas les regarder sans plaisir.

Pourtant ayons du courage contre nous-mêmes. Sans doute il est tout naturel qu'un danseur nous émeuve parfois comme nous peut émouvoir quelque belle figure engagée dans un tableau. Mais ce plaisir n'est pas celui qui nous est ici demandé. Évitons-le ; ou prenons-le simplement par surcroît. Dans une danse l'attitude

1. Symphonie chorégraphique composée par Ravel pour les Ballets russes à la demande de Diaghilev, elle a été créée le 8 juin 1912 au théâtre du Châtelet. Nijinski tenait le rôle de Daphnis, Tamara Karsavina celui de Chloé. Fokine assura la chorégraphie et Léon Bakst les décors.

n'est rien. Il faut bien que le danseur y parvienne à la fin sous peine de virevolter indéfiniment ; mais elle est comme un point au bout d'une phrase : ce qui compte c'est la phrase. Elle marque le moment où l'on peut applaudir ; mais ce qu'il faut applaudir, ce n'est pas elle, c'est ce qu'elle vient d'interrompre. Tout est fini non pas quand le danseur la quitte, mais dès qu'il y tombe, non pas quand il se relève et s'en va, mais dès qu'il commence d'être immobile.

C'est ici qu'est le point critique. Le même être, et en même temps, nous suggère deux émotions très différentes. L'une nous est connue de longue date ; c'est celle que nous avons ressentie devant tous les chefs-d'œuvre de la peinture et de la sculpture ; l'autre est absolument nouvelle. Aussi retombons-nous tout naturellement dans l'ancienne, qui nous est la plus facile.

Il faut donc insister sur la distinction que nous avons esquissée. Le danseur avec son corps trace à la fois deux figures d'espèce différente : l'une qui se découpe sur le décor, l'autre qui se détache sur le fond que forme notre mémoire. À quelque instant qu'on le prenne, il projette derrière lui, comme son ombre, une silhouette bien définie, bien achevée, bien évidente. Mais à quelque instant qu'on le prenne, il est aussi en train de construire avec ses mouvements une autre figure moins saisissable, pas encore achevée, et qu'on devine plutôt qu'on ne la voit. La première est d'une seule pièce ; elle est posée dans l'espace ; elle y resterait si nous avions le temps de l'inscrire sur la toile de fond en la cernant d'un trait de crayon. Mais l'autre, même quand elle sera complète, nous ne pourrons pas la dessiner, car elle restera dans le temps ; elle sera faite de mille gestes successifs, cousus ensemble comme le sont les minutes : tous les élans, tous les détours, toutes les volte-face de la ligne qui l'aura brodée ne s'enchaîneront que dans l'invisible et n'auront de sens qu'en imitant celui de nos souvenirs.

*

C'est cette figure secrète et non pas l'autre qu'il nous faut admirer ; c'est d'elle que notre plaisir doit naître. Mais il est temps d'expliquer en quoi elle est admirable, d'avouer enfin par où la danse pure, ainsi dépouillée de tous ses ornements, de tout ce qui favorise sa séduction, nous paraît si délicieuse encore et si poignante.

Ah ! comment le faire comprendre à qui ne le sent pas déjà ? Mais est-il possible qu'un homme ne sente pas tout ce dont son corps est capable et qu'au seul mot de « mouvement » il ne soit pas troublé d'une passion physique ?

Il ne bouge pas encore, le danseur ; il a la tête un peu baissée, il écoute en lui toutes ces tendances, qui partent, éclatent, se taisent parce que ce n'est pas le moment encore. Il est là, il épie. Mais enfin la musique, comme un vase dont on attendait qu'il fût empli jusqu'au bord, soudain se trouve au niveau de son corps ; elle continue ; et voici qu'il part avec elle, sans effort, comme une vague qui se retire, emporte nos pieds. Ô sourire qu'il ne peut contenir ! ô liberté soudaine ! ô débat dans un nouveau monde ! Pourquoi se forcerait-il ? Il va, il vient, il se baisse, il se relève ; il bat l'air de ses bras ; il s'amuse à suivre avec ses pas toutes ces petites notes qui descendent ; il touche la mélodie avec les mains ; elle passe en lui, elle monte en faisant des spirales qui s'échappent enfin par le bout de ses doigts ; il court après elle, quand elle le laisse, il la reprend comme on joue avec un animal. Il passe d'un point à un autre, non pas comme vous, comme moi, au hasard, mais son mouvement le porte comme un ange lent ; il y a une mesure qui le saisit au milieu de son bond qu'elle prolonge. Il n'a plus besoin de sa force, car toutes les facilités de son corps cessent d'être captives, et, pareilles à des esprits délivrés, volent en lui ; et il se sent comme aéré par l'agitation de leurs ailes.

Et moi, il me laisse ; il m'interdit de le suivre ; il voyage sur un chemin qu'il détruit à mesure qu'il y passe : il va le long d'un fil mystérieux qui se fait invisible derrière lui ; avec ce geste d'écarter, avec ces mains qu'il promène en l'air, avec ce corps qui tourne doucement et mille fois, il a l'air d'un magicien occupé à effacer sa trace ; nous ne le saisirons pas ; nous n'arriverons pas à le tenir, à lui appuyer les bras contre les hanches pour le regarder à loisir, de haut en bas. Il nous enchante, il nous déroute, il emmène notre attention avec ses mains, il est toujours comme à un tournant et nous suivons son sourire comme un oiseau. Il cède devant nous, il faiblit, il s'en va d'une fuite si captieuse qu'elle paraît sans cesse sur le point d'être vaincue ; il nous séduit d'une espérance si proche que nous n'en remarquons pas la perpétuelle déception et, tant nous nous attendons à les captiver enfin, nous oublions à mesure tous les mouvements qu'il fait. – C'est pourquoi le désir ne nous quitte plus de revoir sa danse, de suivre à nouveau cette route évanouie, de nous remettre au principe de cette capricieuse erreur dont les péripéties au fond de notre mémoire faiblement travaillent à se rejoindre.

*

Non pas des attitudes, ce sont des mouvements que Fokine invente. Car, si vous vous trompez, si Rodin se trompe, lui ne se trompe pas. Il sait que la danse est l'art du mouvement, que le danseur n'a pas à s'inquiéter de plaire au peintre par ses attitudes, et qu'il faut qu'il se garde libre en ne cessant pas de tourner.

Pour comprendre quel grand artiste est Fokine, il faut l'avoir vu travailler, et, pendant de longues heures, de la salle, modeler, sur la scène, avec les mouvements que lui prêtent ses danseurs, son œuvre. La modestie et la compétence de cet homme, comment ne pas s'en sentir ému ? Nous n'avons aucun droit sur lui, parce qu'il a une forme d'imagination qui nous est absolument inconnue. Nous sommes à côté de lui ; mais nous ne voyons pas ce qu'il voit. Quelque chose, là, tout près de nous, se passe dans son esprit, de quoi nous n'avons aucune idée.

Tandis qu'il s'appuie, distrait et fidèle, sur cette musique que, nous aussi, nous entendons, il voit des mouvements. Il sourit ; son visage paraît plus jeune. Et ses pensées entrent en lui, soudaines comme des bacchantes. Il y en a qui tout à coup, très vite, la tête baissée, se tenant par la main, passent tout près, sur le devant de son imagination. D'autres se couvrent le visage de leur coude avancé, comme pour cacher un rire et viennent du fond en se balançant, avec de douces glissades perfides. Toute une file traverse la scène à grandes enjambées vers la droite ; et par-derrière, une autre fuit vers la gauche et semble remettre en place, un à un, à mesure qu'elle la croise, tous les gestes de la première. Enfin, comme derrière un voile qui se déchire, démasquées brusquement par cette danse qui se calme au premier plan, se détachant des régions obscures de la pensée où depuis un instant elles remuaient informes, roulent vers lui ces trois danseuses solitaires, furieuses, pleines de tumulte et hérissées de gestes, comme des tours qui virent en lançant des javelots.

Cet homme voit tout cela en lui. Parce qu'il n'y a pas encore de mot pour en préciser la nature, refuserons-nous d'admettre son génie ?

Note parue dans La NRF *du 1er juin 1913, en même temps que la deuxième partie de son étude sur « Le Roman d'aventure ». Reprise dans l'édition augmentée d'*Études. *Rivière pratiquant généralement une critique d'empathie, se livre rarement à de tels éreintements.*

Pénélope, de Gabriel Fauré et la *Passion selon saint Matthieu* de J.-S. Bach, au théâtre des Champs-Élysées

Ah ! ces auteurs auxquels on a si peu pensé depuis le temps où on les admirait qu'il y a comme prescription sur eux et que la seule idée de changer de dispositions à leur égard nous paraît à nous-mêmes sacrilège ! Ces auteurs pour lesquels on ne trouve en soi que des sentiments de jadis ! Pourtant, le respect que nous éprouvons pour M. Fauré est plus qu'une simple survivance ; il a ses raisons très précises et durables : M. Fauré a rendu à l'enseignement du Conservatoire de la jeunesse et de l'initiative ; il a été le maître de Maurice Ravel, qu'il a défendu naguère courageusement contre l'incompréhension de ses collègues ; enfin il a écrit quelques lieds et quelques morceaux de musique de chambre qui sont d'une exquise perfection.

Hélas ! Pourquoi faut-il que cette *Pénélope* soit si ennuyeuse ? Sans doute la faute n'en est pas seulement à M. Fauré. Sur l'admirable histoire d'Homère, M. Fauchois[1] a écrit un livret maladroit et languissant, où tout semble disposé à contresens de l'intérêt dramatique. Mais la musique tout de même eût pu s'en délivrer et le faire oublier par sa richesse et sa vivacité. Si elle n'y réussit pas, c'est que le compositeur, lui aussi, s'est trompé.

1. René Fauchois (1882-1962), acteur et dramaturge, il a écrit aussi des livrets pour Fauré et Reynaldo Hahn. Il est également l'auteur de la comédie *Boudu sauvé des eaux*, adaptée au cinéma par Renoir avec Michel Simon.

Il a choisi une forme pour laquelle il n'était pas doué, pour laquelle personne ne peut être doué aujourd'hui. Il faut bien voir que le drame lyrique n'est pas un genre, mais seulement l'expression qu'une fois dans l'histoire, un grand génie, Wagner, a forgée pour se faire comprendre. Tout y est disposé pour son usage personnel, tout y est à sa taille, tout y rappelle ses habitudes et ses exigences. Par exemple, cette fameuse continuité musicale, qui passe maintenant pour une nécessité universelle – et Wagner lui-même a beaucoup fait pour accréditer cette erreur – en somme elle n'était qu'un moyen qu'il avait trouvé pour se débarrasser de ses formidables imaginations ; ou plutôt elle n'était que le débordement de ces imaginations sur les contours traditionnels ; si, dans les œuvres de Wagner, les limites sont effacées, c'est simplement qu'elles ont été recouvertes et que les digues ont cédé sous l'énorme inondation.

Aussi, lorsqu'un musicien entreprend d'écrire un drame lyrique, il s'impose comme une loi ce que Wagner n'a fait que par pis-aller. Il commence par supprimer tous les contours et ensuite tâche de retrouver, de rattraper l'abondance qui explique leur suppression. Mais, comme les obligations qu'il contracte ainsi sont trop vastes, il n'y peut satisfaire qu'en se servant de tout ce qui lui tombe sous la main ; il fait argent de tout ; le drame lyrique a ceci de terrible qu'il contraint sans cesse l'auteur au n'importe quoi ; et ceci de plus terrible encore qu'il l'excuse. Comme tout y est passage, les inspirations les plus indifférentes s'y trouvent justifiées. On est toujours en train de s'élever vers autre chose : aussi n'a-t-on pas le droit de rechigner sur ce qui vous y amène. Toute phrase se présente à nous avec l'air de dire : « Ne vous prononcez pas encore, vous allez voir ! » Et peu à peu, à force de nous prier d'attendre, on nous fait avaler des nourritures qui, assaisonnées de moins de politesses, nous eussent paru certainement d'un goût très fade. Le drame lyrique, ça consiste à faire prendre patience.

M. Fauré est une victime du drame lyrique. Justement il avait réussi jusqu'ici dans des genres bien définis, bien clos, où des lignes tracées à l'avance soutenaient et guidaient son inspiration. En se décidant à écrire *Pénélope*, il a fait hardiment le vide devant lui et s'est proposé de le remplir avec ses seules ressources. C'était se condamner à ne plus pouvoir choisir ; lui qui faisait profession de l'exquis, il a fallu qu'il se résigne à mettre tout ce qui lui venait à l'esprit ; il lui a même fallu emprunter : Wagner et Debussy viennent plus d'une fois à son secours. Cet abîme, qu'il avait lui-même creusé devant lui, lui a donné le vertige ; pris par cette seule pensée : le combler, il n'a plus fait attention à la qualité de ses imaginations et n'a plus vu en elles que des moyens de diminuer l'espace qui le séparait d'un rivage trop imprudemment par lui-même éloigné. Je reproche à la musique de *Pénélope* sa continuelle insuffisance ; rien qui soit là à cause de soi-même et parce que son auteur n'a pu faire autrement que de lui donner passage et naissance ; rien qui se donne à goûter directement et pour sa propre saveur ; nulle part où mordre ; à aucun moment on ne se met à table en rapprochant sous soi sa chaise avec les jambes. – Mettons que j'aie des goûts grossiers. Ah ! j'accepte avec joie de le croire ; je voudrais tant que ce soit moi qui ai tort.

Bien entendu l'œuvre de M. Fauré reste d'une honnêteté irréprochable. Si l'on s'aperçoit si bien de ses défauts, c'est parce que l'auteur a dédaigné de les pallier ou de s'en servir, comme eût fait un Massenet, pour flatter un public qu'il ne voulait conquérir qu'en ayant raison. Il a mieux aimé perdre la bataille que de la gagner par ruse.

Au même théâtre des Champs-Élysées, dont la direction décidément fait preuve de la plus intelligente activité, nous avons entendu, peu avant *Pénélope*, une extraordinaire exécution de la *Passion selon saint Matthieu* par l'Orchestre et les chœurs d'Amsterdam sous la direction de Mengelberg[1]. Les chœurs surtout furent admirables : si serrés, si unis qu'ils formaient un seul vaste instrument, capable de toutes les nuances, prompt à passer par tous les détours de l'expression ; quand le chef d'orchestre les appelait hors du silence, ils venaient, montaient, suivaient d'un seul jet, d'une seule voix et leurs grandes ondes régulières faisaient penser aux appels d'amour et aux immenses découragements des âmes dans le Purgatoire. – Le seul reproche que l'on puisse faire à l'interprétation de Mengelberg, c'est peut-être qu'elle était trop ouatée, trop impressionniste pour rendre toute la brutalité de Bach.

---

1. Willem Mengelberg (1871-1951), chef d'orchestre néerlandais, il fit de l'orchestre royal du Concertgebouw d'Amsterdam l'une des plus importantes formations musicales européennes et reste célèbre pour ses interprétations particulières de Bach, de Beethoven, ainsi que de Richard Strauss et de Mahler avec lesquels il était ami.

Article publié dans La NRF *du 1er novembre 1913, numéro qui contient également la quatrième et dernière livraison du* Grand Meaulnes *et les premiers* Souvenirs de la cour d'assises *de Gide. La première représentation – fort houleuse – avait eu lieu le 29 mai au théâtre des Champs-Élysées. Rivière a immédiatement saisi l'importance de Stravinski pour la musique du XXe siècle, mais son texte marque également une étape dans sa pensée critique, comme l'a montré Marcel Raymond dans ses* Études sur Jacques Rivière.

Le Sacre du printemps

La grande nouveauté du *Sacre du printemps*, c'est le renoncement à la « sauce ». Voici une œuvre absolument pure. Aigre et dure, si vous voulez ; mais dont aucun jus ne ternit l'éclat, dont aucune cuisine n'arrange ni ne salit les contours. Ce n'est pas une « œuvre d'art », avec tous les petits tripotages habituels. Rien d'estompé, rien de diminué par les ombres ; point de voiles ni d'adoucissements poétiques ; aucune trace d'atmosphère. L'œuvre est entière et brute, les morceaux en restent tout crus ; ils nous sont livrés sans rien qui en prépare la digestion ; tout ici est franc, intact, limpide et grossier.

Le Sacre du printemps est le premier chef-d'œuvre que nous puissions opposer à ceux de l'impressionnisme.

I

Considérons d'abord la musique. Elle est dépouillée de toute vibration, elle a perdu cette auréole dont nous avons pris l'habitude de voir la musique d'orchestre environnée.

La symphonie de Debussy, c'est un foyer d'où s'échappent de tremblants rayons ; il y a un noyau et tout autour un frémissement vaporeux, le flottement de mille incertaines harmoniques ; nous sommes au milieu de la fuite des sons ; ils nous quittent et se dissipent dans tous les sens, formant autour de nous une buée délicate, sans cesse en train de s'évanouir. – Une telle musique ne peut rien exprimer que par allusion ; elle n'atteint pas les choses ; elle les indique seulement ; elle nous envoie vaguement vers elles ; elle les émeut sans les saisir. Tout ce qu'elle exprime reste en dehors d'elle, n'est que retenu dans ses environs ; elle n'enferme rien, mais il y a mille présences indistinctes qu'elle s'annexe doucement et qu'elle persuade de demeurer auprès d'elle. Le plaisir que nous goûtons à l'entendre, c'est justement celui de nous sentir adressés vers nous ne savons pas bien quoi de tout proche, qui palpite et se dérobe à moitié.

Sans violence, sans ingratitude, mais très nettement, Stravinski se dégage du debussysme. Il a compris que ce halo délicieux, au milieu duquel la musique de son maître apparaît toujours noyée, chez un disciple risquait de ne plus être que de la sauce. Il enlève délibérément à sa symphonie toute indécision, tout tremblement. Dans un article sur *Le Sacre du printemps* qu'il a publié dans *Montjoie*[1], parmi plusieurs naïvetés qui ne font qu'encourager ma confiance, car elles sont d'un véritable créateur, je relève la phrase suivante : « J'ai exclu de cette mélodie [celle du *Prélude*] les cordes trop évocatrices et représentatives de la voix humaine, avec leurs crescendo et leurs diminuendo – et j'ai mis au premier plan les bois, plus secs, plus nets, moins riches d'expressions faciles, et par cela même plus émouvants à mon gré ». Dès le début, pour qui prêtait bien l'oreille et savait entendre les différences, la musique de Stravinski rendait un son mat et défini qui lui appartenait en propre. Elle ne se répandait pas, elle ne s'abandonnait pas à son retentissement. Dans ses *feux d'artifice*, dans ses bouquets, il y avait quelque chose de fixe, de fermé, d'entièrement déterminé. Ses plus éblouissants passages n'avaient même pas l'humidité du scintillement. Elle semblait inspirée par la sécheresse comme par une source ; elle jaillissait, s'épanouissait et retombait avec une abondance à la fois éclatante et éteinte. Mais où cette brièveté et cette contraction des sons deviennent surtout frappantes, c'est dans *Le Sacre du printemps* : dès les premières mesures on les ressent ; aucun rayonnement, aucune fuite ; la mélodie chemine étroitement ; elle se développe, elle dure sans la moindre effusion ; nous sommes saisis d'un étouffement tout-puissant ; les sons meurent sans avoir débordé l'espace qu'ils emplissaient en naissant ; rien

1. Revue littéraire et artistique fondée par l'écrivain franco-italien Ricciotto Canudo et sous-titrée « organe de l'impérialisme artistique français », elle parut en 1913-1914.

ne s'échappe, rien ne s'envole ; tout nous ramène et nous accable. Jamais on n'entendit musique aussi magnifiquement bornée.

Ce n'est pas là simplement une nouveauté négative. Stravinski ne s'est pas simplement amusé à prendre le contre-pied de Debussy. S'il a choisi des instruments qui ne frémissent pas, qui ne disent rien de plus que ce qu'ils disent, dont le timbre est sans expansion et qui sont comme des mots abstraits, c'est parce qu'il veut tout énoncer directement, expressément, nommément. Là est sa préoccupation principale. Là est son innovation personnelle dans la musique contemporaine. Plus d'écho, parce que plus rien ne doit être exprimé par simple allusion. Dans le sujet qu'il se propose, il veut qu'il n'y ait aucun détail qui soit atteint par la seule diffusion des ondes sonores, qui soit seulement touché par les franges de l'orchestre. Il s'interdit d'utiliser l'ébranlement. Il ne veut pas compter sur ce que la symphonie entraîne en passant, par une adhérence fortuite et momentanée. Mais il se tourne vers chaque chose et la dit ; il va partout ; il parle partout où il faut, et de la façon la plus exacte, la plus étroite, la plus textuelle. Sa voix se fait pareille à l'objet, elle le consomme, elle le remplace ; au lieu de l'évoquer, elle le prononce. Il ne laisse rien en dehors ; au contraire il revient sur les choses : il les trouve, il les saisit, il les ramène. Son mouvement n'est point d'appeler, ni de faire un signe vers les régions extérieures, mais de prendre, et de tenir, et de fixer. Par là Stravinski opère en musique, avec un éclat et une perfection inégalables, la même révolution qui est en train de s'accomplir, plus humblement et plus péniblement, en littérature : il passe du chanté au parlé, de l'invocation au discours, de la poésie au récit.

Tous les caractères de sa musique découlent de cette volonté d'expression directe et textuelle.

Et d'abord ce qu'elle a de spacieux. Il y a en elle une sorte de hauteur et d'aération ; elle est pleine de lacunes hardies, de simplifications, de larges coupes. – Comme le musicien a toujours plusieurs choses à dire à la fois et qu'il veut les dire toutes là où elles sont, dans leur dispersion même, sa symphonie cesse d'être une masse, un foyer compact, distribuant alentour ses rayons. Il n'est plus au centre comme le poète, qui, sans bouger, se répand en allusions ; mais comme un général, qui presse vivement l'ennemi à la fois dans ses trois ou quatre positions les plus fortes, il attaque le sujet en tous ses points essentiels. Si diverses soient les directions qu'il faut prendre, il les enfile toutes en même temps sans le moindre embarras ; il a une sorte d'ubiquité active qui lui permet de marcher en même temps dans plusieurs sens opposés. Aussi perçoit-on nettement entre les différentes parties de sa symphonie je ne sais quelle distance et quel jeu. On circule entre elles ; elles ont chacune leur orientation ; elles vont et viennent ; elles se croisent, se rencontrent, s'accrochent ; il y a entre elles de formidables collisions, mais de mélanges ni de fusions jamais. Elles demeurent toujours bien détachées, bien largement dégagées. Cette grosse caisse, la voici laissée toute seule ; d'aucun sournois côtoiement sa rustique gaieté n'est pimentée. Même si d'autres instruments parlent dans le même moment, ils disent autre chose, ils sont ailleurs et je me délecte, autant qu'à les entendre, à sentir les clairs et audacieux intervalles de leur discours simultané. Tout vient sur moi en même temps, mais non pas à l'état de bouffée, non pas comme une touffe complexe et floue de parfums. C'est un système de mouvements, ce sont des voix distinctes et décidées.

Non pas seulement l'harmonie, la mélodie elle-même reprend chez Stravinski une ampleur, une aisance et, si j'ose dire, une altitude à quoi nous n'étions plus accoutumés. En effet, chez Debussy, comme elle ne servait qu'à suggérer les sentiments, elle bougeait à peine ; elle semblait écrasée sous le poids de l'infini où elle baignait ; elle rampait aplatie et, sans presque changer de niveau, par de petites inflexions exquises, en se relevant ou en s'abaissant d'un demi-ton, elle indiquait les choses. Mais Stravinski veut les dire, les énoncer en toutes lettres ; aussi sa phrase monte-t-elle jusqu'à les égaler ; elle se développe hardiment, elle s'élève, elle s'étage. La mélodie, dans son œuvre, a comme une force intime d'ascension ; elle mord sur la hauteur avec une facilité admirable ; elle la prend en elle à grosses bouchées. On dirait qu'elle laisse entrer en elle l'espace qui jusque-là pesait sur son dos. Rien de plus émouvant pour moi que ses enjambées. Elle a perdu cette timidité et cette retenue trop aristocratiques qui commençaient à m'induire en impatience ; elle ne se tient plus à mi-côte, elle ne manœuvre plus, avec une délicatesse infaillible, mais à la fin lassante, entre les formes trop naturelles, trop carrées, trop justes où elle pourrait tomber. Elle y tombe du premier coup, délibérément, avec confiance. Dites, si vous voulez, qu'elle est grossière ; mais pour s'abandonner à une grossièreté aussi pure, il faut une miette de plus de génie que pour s'en garder. Où je reconnais le mieux la puissance de Stravinski, c'est à la façon dont il se conduit en face de la banalité. Il ne cherche pas à la fuir ; mais quand il la rencontre, il l'accepte, il parle avec sa voix, il se sert de tous ses avantages, il va avec elle aussi loin qu'elle veut l'entraîner et, sans y presque rien toucher, par l'aisance même qu'il garde en sa compagnie, il la transfigure, il l'élève jusqu'au sublime. C'est cette faculté de se compromettre, de s'engager sans crainte dans l'ordinaire et le facile, qui donne à sa mélodie cette tranquillité, cette largeur, cet espace. Ah ! que j'aime son va-et-vient net et familier, sa façon de poser les pieds partout où il le faut pour que le sentiment soit exactement parcouru, la chose bien exprimée comme elle doit l'être ! Je songe à l'air de trompette de la Ballerine dans *Petrouchka* et à cette phrase – si limpide, si droite, si peu inquiète dans sa traversée aller et retour de tout l'orchestre – qui souligne, au premier tableau du *Sacre*, les glissements latéraux des Adolescentes en rouge.

Le désir d'exprimer toute chose à la lettre explique un second caractère de la musique de Stravinski : son caractère acrobatique, que l'on a feint de prendre pour un effet de la simple virtuosité du musicien. – Il y aurait quelque affectation à vouloir ignorer ce que cette musique a d'insolite et presque d'extravagant. Elle éclate sans cesse à des endroits invraisemblables, théoriquement inaccessibles. Ainsi que Petrouchka, tué par le Nègre, tout à coup reparaît au sommet de la baraque de toile, de même elle surgit à chaque instant là où vraiment elle n'a pas le droit sans miracle de se déclarer. Rien ne l'arrête ; elle a une espèce de facilité formidable ; tout obstacle lui cède du premier coup ; elle ne cherche pas à le tourner, mais elle s'avance et tout s'arrange sous ses pas ; avant qu'on ait eu le temps de comprendre, elle a passé. Elle se meut continuellement dans l'extraordinaire ; et c'est là seulement qu'elle se trouve à l'aise ; elle s'avance sans cesse sur une corniche ; mais c'est une grand-route pour elle. Certes il est naturel qu'avant tout autre sujet Stravinski ait choisi d'écrire un conte de fées. Sa musique est un tissu de tours et de réussites magiques. Lui-même, je le vois au milieu de son œuvre comme un enchanteur tout-puissant parmi sa cour esclave. Il lui suffit d'avoir une idée : si étrange, si capricieuse soit-elle, comme les féroces séides de Kostcheï[1] domptés par l'Oiseau de Feu, les sons se bousculent, se culbutent, s'écrasent, mais la suivent. Il faut que ça marche ;

1. Personnage de contes russes, il enlève souvent les princesses. Il apparaît dans *L'Oiseau de feu*.

il y a sans cesse dans cette musique du malgré tout ; comme des enfants qu'on tire par la main, les instruments se présentent tout de guingois et haletants ; ils ne s'acquittent de leur partie qu'en se déformant et en se dépassant ; ils sont happés par l'attraction souveraine de l'idée et ils s'avancent dans l'attitude où elle les a surpris, sans avoir eu le temps de prendre leur équilibre normal. Tout se passe comme dans un monde surnaturel, où le pouvoir de l'esprit sur la matière deviendrait brusquement infini. Quoi de plus hétéroclite, de plus incompréhensible et de plus parfait qu'à la fin du premier tableau du *Sacre du printemps*, pendant la course circulaire des Adolescentes, cette musique où il n'y a plus ni mélodie, ni harmonie, ni jeu de timbres, mais seulement une sorte de bourdonnement du rythme, d'animation toute pure, de tourbillon abstrait, entretenu et prolongé par la monotonie même de la terreur ?

De semblables prodiges toute la musique de Stravinski est tissée. Mais il faut en bien voir le sens. Ce ne sont pas des acrobaties ordinaires, de simples réussites de métier. Au contraire, elles ne sont possibles que parce que leur auteur n'est pas préoccupé premièrement du métier. Il ne voit que ce qu'il doit dire ; il s'y met tout entier, il s'y perd, il s'y oublie ; et c'est de ce dévouement à la chose que naît sa puissance irrésistible et comme enchanteresse ; on est toujours récompensé d'un mouvement de confiance ; l'objet, lorsque nous ne voyons plus que lui, si difficile qu'il paraisse, finit toujours par inventer en nous ce qu'il faut pour l'exprimer et le manifester aux yeux de tous. – Je dis donc que les bizarreries dont use continuellement Stravinski ne sont pas là pour qu'on les admire, ni pour qu'on s'en étonne, mais au contraire pour nous mettre en contact direct, en communication immédiate avec des choses admirables et étonnantes. Elles ne veulent pas nous faire réfléchir sur une difficulté vaincue, mais elles viennent abolir une difficulté qui se trouvait sur notre route. Elles ne cherchent pas à créer dans notre pensée une distance à parcourir, mais à en supprimer une, à rapprocher de nous ce que nous n'eussions atteint qu'avec effort. Au lieu de solliciter notre émerveillement, elles tâchent de nous introduire de plain-pied au merveilleux et de nous mettre à l'aise avec lui. Leur étrangeté vient de ce qu'elles assument tout ce qu'il y a d'impossible, d'inaccessible, de révoltant dans les choses qu'elles veulent exprimer ; elles en absorbent tout le mystère, afin de les en dépouiller pour nous. Presque d'un bout à l'autre du *Sacre du printemps*, les indications de mesure changent à chaque mesure : cette anomalie, en apparence si gratuite, n'est que pour que nous soyons toujours en accord avec le sentiment énoncé, pour que son rythme soit le nôtre, pour que nous nous trouvions spontanément marcher à son pas. Nous reconnaissons ici de nouveau le principe essentiel de Stravinski, celui de tout exprimer textuellement. Pour lui, il n'y a rien qui ne doive être pris de front : l'objet a beau être fantastique et éloigné de nous de mille lieues, il faut aller le trouver, il faut en découvrir l'entrée et y pénétrer selon son axe ; il se charge de tout le voyage et, comme le cheval volant, en un instant il nous dépose au seuil. C'est une musique excentrique, a-t-on dit. Oui, mais il faut prendre le mot à la lettre : c'est une musique qui a abandonné le centre, pour se présenter toujours normalement en face des chemins les plus écartés, et qui a des sautes extravagantes, mais pour souffler toujours droit. Aussi, quand elle s'élève, ce qu'elle a de plus surprenant en définitive, ce qui nous saisit en elle du premier coup, c'est sa facilité, c'est de sentir combien tout ce qu'elle raconte se prête aisément à l'intelligence.

Car il faut y revenir en finissant : sa plus grande beauté, c'est qu'elle est toujours directe. Elle parle ; on n'a qu'à l'écouter ; elle vient, elle sourd, elle jaillit et elle ne nous laisse rien à faire que d'être là. Elle dévide son récit comme une grand-mère :

> Une araignée
> M'avait attaché par le poignet avec un fil et j'avais de l'herbe jusqu'au cou ;
> Et du milieu de sa toile, elle me racontait des histoires telles qu'une femme assise.

Parole qu'aucune étrangeté ne fatigue d'être naïve. Ce faisceau de timbres bizarres, nous croyons qu'il va se contenter de nous divertir par sa fantaisie ; mais le voici qui se fond en un chant unique. Cette grosse chose complexe et embarrassée, dont on ne sait comment elle pourra bien se mouvoir, voici qu'elle s'ébranle d'un seul mouvement ; elle s'avance, elle s'approche, elle se découvre une espèce de voix et elle s'adresse à nous, nous explique son affaire, nous verse sa confidence ; elle se fabrique une éloquence – une éloquence aussitôt toute prochaine et intime, toute pressante, toute attachée à nous. Déjà nous avons oublié sa composition hétéroclite : nous nous taisons, nous attendons la suite ; nous sommes suspendus à ce langage prodigieux dont chaque mot est forgé à neuf et pourtant se fait entendre du premier coup. Joie de comprendre, joie de recevoir des nouvelles, joie d'être mis au fait. L'extraordinaire histoire nous est transmise ; nous la prenons par gros morceaux faciles ; comme à des sauvages assis en rond le plus ancien de la tribu débite avec évidence les aventures surnaturelles des dieux, ainsi nous écoutons entrer tout droit dans nos oreilles tant d'énormes imaginations. Stravinski, c'est avant tout celui qui parle, c'est le conteur. Par-là, malgré la différence de métier, il est le seul de tous les musiciens russes qui ressemble à Moussorgski. On n'a pas assez remarqué combien il était peu persan.

Rien d'exotique chez lui ; point d'almées dans sa musique ; aucune espèce de pittoresque. Même dans *L'Oiseau de feu*, dont le sujet pourtant invitait au grand spectacle, pas une mesure de simple description ; rien qui fasse décor, qui soit là simplement pour l'effet ; rien qui ne veuille d'abord être vrai. La musique de Stravinski c'est avant tout une voix : celle de la *niania*, que presse une abondance intarissable, qui tantôt se dépêche et tantôt s'attarde, qui s'interrompt et qui reprend, et qui renoue sans cesse le fil toujours brisé de son récit, ne sachant pas le faire valoir autrement qu'en y ajoutant des péripéties nouvelles. Même égarée dans l'histoire des temps monstrueux, c'est encore notre mère la Russie qui nous parle et dépense pour nous les trésors de son innocence immémoriale.

II

Si nouvelle soit la musique du *Sacre du printemps*, cependant le rapprochement que nous en avons pu faire avec celle de Moussorgski montre qu'elle garde avec nos habitudes certaines affinités et que nous pouvons retrouver approximativement sa filiation. Il n'en est pas de même de la chorégraphie. Elle n'a plus aucune espèce d'attaches avec la danse classique. Tout y est recommencé, tout y est repris à pied d'œuvre, tout y est réinventé. La nouveauté en est si brutale et si crue qu'il ne faut point dénier au public le droit – dont il usa d'ailleurs trop consciencieusement – de se cabrer devant elle. Tâchons, avec le timide espoir de l'y acclimater, de définir un peu précisément cette nouveauté.

C'est encore, selon moi, le renoncement à la « sauce ».

Il y a, dans la danse en général, si l'on peut dire, deux degrés de la sauce. – D'abord la Loïe Fuller[1] : jeux de lumière, flottement de draperies, enveloppement du corps dans des voiles qui l'illimitent, effacement de tous les contours : la danseuse cherche avant tout à se perdre dans le milieu, à noyer ses mouvements dans des mouvements plus vastes et moins définis, à cacher toute forme précise dans une sorte d'effusion multicolore, dont elle n'est plus que le centre indistinct et mystérieux. C'est tout naturellement qu'elle a été conduite à illustrer les *Nuages* de Debussy.

Contre cette première espèce de sauce, les Russes, dès le début, se sont ouvertement déclarés. Ils ont fait reparaître le corps sous les voiles, ils l'ont retiré de cette atmosphère ondoyante où il baignait et n'ont plus voulu nous toucher que par son mouvement propre et par la figure bien visible, bien évidente que dessine le danseur avec ses bras et ses jambes. Ils ont ramené dans la danse la netteté. Je me souviens des premiers soirs ! C'était pour moi la révélation d'un nouveau monde. Ainsi l'on pouvait sortir de l'ombre, on pouvait laisser voir tous ses gestes, les écrire tout au long sur un fond sans mystère, et cependant être profond et pathétique, et tenir après soi les spectateurs suspendus comme ils l'eussent été par les jeux les plus confus et les plus énigmatiques. Je faisais dans l'art une découverte analogue à celle de la géométrie dans les sciences et la joie que je sentais était pareille au contentement que donne une démonstration parfaite. À chaque tourbillon de Nijinski, au moment où il venait clore, en s'agenouillant et en croisant les mains, la boucle qu'il avait ouverte en s'élançant dans l'espace, tout mon plaisir était de revoir par la pensée la figure entière de son mouvement, vive, pure, stricte, enlevée, et comme arrachée d'un bloc et par un coup de force à la masse indécise du possible. Aucun doute, aucune bavure, rien qui fît appel en moi à l'hésitation ; mais j'étais fort et content comme un homme qui embrasse d'un seul regard un système de propositions scrupuleusement isolé de l'erreur en tous ses points.

1. Loïe Fuller (1862-1928), danseuse d'origine américaine et metteuse en scène, elle reste célèbre pour ses voiles qu'elle faisait tournoyer (danse serpentine).

Pourtant, dans cette danse, qui nous paraissait si rigoureuse, Nijinski, bien avant que nous ne nous en aperçussions nous-mêmes, a su découvrir qu'il y avait encore une espèce de « sauce », et de cette sauce il a entrepris de purger complètement la chorégraphie. À un certain malaise qu'il sentait en les exécutant, il a reconnu que les créations de Fokine comportaient encore un jeu, un flottement, une sorte de vague intérieur, qu'il fallait réduire à tout prix. Cette netteté pouvait être raffinée, cette exactitude admettait d'être portée plus loin… Dès lors il n'a plus eu de repos qu'il n'ait lui-même donné ce tour de vis, opéré ce resserrement d'écrous dont la machine chorégraphique avait besoin pour atteindre à son fonctionnement le plus strict. Ceux-là le comprendront que rien au monde n'incommode davantage que la sensation du lâche et de l'à-peu-près.

Déterminons d'abord en quoi consiste cette deuxième espèce de sauce. Qu'y a-t-il ici dont le danseur, même après s'être débarrassé de ses accessoires, soit encore enveloppé ? – Son essor même, son passage, son vol à travers le temps, l'arabesque qu'il décrit en se mouvant :

> Il voyage sur un chemin qu'il détruit à mesure qu'il y passe ; il va le long d'un fil mystérieux, qui se fait invisible derrière lui ; avec ce geste d'écarter, avec ces mains qu'il promène en l'air, avec ce corps qui tourne doucement et mille fois, il a l'air d'un magicien occupé à effacer sa trace ; nous ne le saisirons pas ; nous n'arriverons pas à le tenir, à lui appuyer les bras contre les hanches pour le regarder à loisir de haut en bas.

Quelque chose s'interpose entre lui et nous ; et c'est son mouvement même ; nous le voyons passer dans un monde parallèle au nôtre, mais différent de lui ; il est perdu dans son propre voyage et nous ne l'apercevons qu'à travers une brume formée de tous ses gestes et de son inapaisable va-et-vient. – Précisons davantage : par les dix premiers pas qu'il fait, le danseur ébauche une ligne, qui tout aussitôt tend à le quitter, à s'échapper, à filer toute seule, comme une mélodie, lorsqu'on en a trouvé les premières notes, se continue d'elle-même, s'improvise à vide et finit par s'imposer à la voix qui lui a donné naissance. Il y a un ressort en elle qui l'écarte de son siège. Une fois les premiers mouvements inventés par le corps, c'est comme si, prenant conscience d'eux-mêmes, ils disaient à leur auteur : « Assez maintenant ! Laisse-nous faire ! »

Et les voilà qui se déchaînent ; par répétition, par redoublement, par variation, ils s'engendrent les uns les autres, ils font sortir d'eux-mêmes une abondance indéfinie. Le corps, qui d'abord les dictait, n'est plus que leur soutien ; on ne lui demande plus que de les recevoir et de les exécuter. Aussi perd-il entre leurs mains sa forme et son articulation propres. Ils l'arrangent, ils le corrigent, ils le retouchent ; ils mettent des passages en lui là où il y avait des hiatus ; ils réunissent ses membres d'un trait svelte et continu ; ils effacent les angles, bouchent les trous, jettent des ponts. De la tête aux pieds le corps prend je ne sais quoi de fluide et d'arrondi. Une élégance supplémentaire, adventice descend sur lui et se pose. Comme un acteur bien grimé, il n'est plus reconnaissable. *Le Spectre de la rose*[1] offre le meilleur exemple de cette transfiguration. Le corps de Nijinski y disparaît littéralement dans sa propre danse. De cet être musclé, aux traits si forts, si marqués, on ne voit plus que des contours exquisément fuyants, que des formes sans cesse évanescentes. Au lieu qu'il soit plongé dans une atmosphère colorée, c'est dans une atmosphère dynamique. Mais il en reçoit presque autant d'imprécision que la Loïe Fuller de ses voiles lumineux. Si délicieux en soit le spectacle, il y a dans *Le Spectre de la rose* un certain manque intérieur de vérité, dont je ne parviens plus à n'être pas gêné.

La nouveauté du *Sacre du printemps*, c'est le renoncement à cette sauce dynamique, le retour au corps, l'effort pour serrer de plus près ses démarches naturelles, pour n'écouter que ses indications les plus immédiates, les plus radicales, les plus étymologiques. Le mouvement y est réduit à l'obéissance ; il est sans cesse ramené au corps, rattaché à lui, rattrapé, tiré par lui en arrière, comme quelqu'un dont on a saisi les coudes et qu'on empêche ainsi de fuir. C'est du mouvement qui ne part pas, à qui l'on interdit de chanter sa petite romance, du mouvement qui revient prendre les ordres à chaque minute. Dans le corps au repos, il y a mille directions latentes, tout un système de lignes par lesquelles il penche vers la danse. Fokine les faisait aboutir à un seul mouvement qui les rejoignait et les drainait toutes ; plutôt que chacune,

1. Ballet russe créé le 19 avril 1911 à l'opéra de Monte-Carlo sur la musique de l'*Invitation à la danse* de Weber orchestrée par Berlioz avec un livret de Jean-Louis Vaudoyer inspiré par un poème de Théophile Gautier à qui Vaudoyer voulait rendre hommage pour le centenaire de sa naissance. C'est la première fois qu'un danseur (Nijinski) donnait des solos, sans ballerine pour l'accompagner.

c’est leur ensemble qu’il écoutait ; il les exprimait par substitution, en remplaçant leur multitude divergente par une arabesque simple et continue. Dans *Le Sacre du printemps*, au contraire, autant le corps offre de tendances et d’occasions, autant de fois le mouvement s’interrompt et recommence ; autant il sent en lui de points de départ possibles, autant de fois le danseur reprend son essor. Il se ressaisit lui-même à chaque instant, comme une source dont il faut épuiser successivement tous les surgeons ; il remonte en lui-même, et sa danse est l’analyse, le dénombrement de toutes les inclinations à bouger qu’il y découvre. – Nous surprenons ici chez Nijinski la même préoccupation que chez Stravinski : aborder toute chose selon son orientation propre. Quelque écart qu’il y ait entre elles, il veut enfiler bien droit toutes les pentes du corps et ne descendre qu’avec elles au mouvement. Mais, comme il ne peut les accompagner toutes à la fois, dès qu’il a suivi l’une d’elles un instant, il la quitte brusquement, il rompt avec elle et retourne en chercher une autre. Danse à la fois fidèle et tronquée ! Elle est pareille à notre corps ; tous les mouvements dont elle se compose demeurent dans une parfaite identité avec les membres qui les exécutent ; ils en ont le sens et en gardent la brièveté ; ils leur restent joints et comme organiquement liés. Et le danseur, lorsqu’on le revoit par le souvenir, au lieu de s’effacer derrière ses gestes, apparaît bien distinctement au milieu de leur foule, à la façon d’un dieu hindou hérissé de ses mille bras.

Dans la manière dont Nijinski a traité les évolutions des groupes, on retrouve le même effort pour épouser le détail, pour découvrir et dégager les injonctions singulières. – Dans les ballets de Fokine les groupes de danseurs se répondaient exactement de chaque côté de la scène ; ce n’était pas la ridicule symétrie de l’*Opéra* ; mais il y avait une distribution régulière des masses, un équilibre entre elles que l’œil n’avait à chercher que juste le temps nécessaire pour avoir le plaisir de le découvrir. Équilibre non pas seulement statique : il se poursuivait dans la danse, si enchevêtrée fût-elle ; une sorte de balancement subsistait jusqu’au cœur du tumulte. Toute figure était conçue sur le modèle d’un échange ou d’un va-et-vient : les danseurs s’étant emparés d’un geste se le jetaient les uns aux autres, se le renvoyaient sans fin comme une balle. Chaque groupe ne faisait jamais de mouvement qu’en réponse au mouvement du groupe opposé ; ses avancées ou ses reculades, ses fuites ou ses retours ne lui étaient dictés que par les démarches de son partenaire et ne tendaient qu'à leur compensation. Aussi l'attention se détournait-elle bien vite de lui ; il disparaissait dans son dialogue avec les autres et l'on ne voyait plus que le motif chorégraphique où il était pris ; sur la scène il n'y avait plus qu'une certaine forme d'agitation, qu'un mode tout pur de mouvement. Et comme une telle figure était trop abstraite pour pouvoir être renouvelée indéfiniment dans son essence, Fokine bientôt ne sut plus montrer son invention qu'en en modifiant le prétexte et les accessoires. Mais aux fruits d'or que se lançaient les tsarines de *L'Oiseau de feu*, il eut beau substituer des poignards dans *Thamar*[1], des piques dans *Daphnis et Chloé* : c'était lutter contre l'impossible ; pour retrouver la source de la variété, il eût fallu d'abord redescendre au détail, reprendre contact avec l'individuel.

C'est ce qu'a bien compris Nijinski. Il s'est rapproché de chaque groupe particulier ; il a consulté ses indications et ses tendances ; il l'a observé comme un savant ; il l'a vu se lever, frémir, onduler, être déporté brusquement sous le coup de sa force intime ; il a suivi sa formation moléculaire, il a surpris ses instincts au moment qu'ils se déclaraient, il s'est fait le spectateur et l'historien de ses moindres initiatives. La danse de chaque groupe, ce sont les mouvements qu'il couvait dans sa séparation d'avec tous les autres, pareils aux éclats spontanés qui naissent dans les meules de foin. – Il y a dans toute la chorégraphie du *Sacre* une asymétrie profonde qui fait partie de l'essence de l'œuvre. Chaque groupe commence par soi ; il ne fait aucun geste qui soit suscité par le besoin de répondre, de compenser, de rétablir l'équilibre ; il s'émeut et s'ébranle à l'écart, il glisse de son côté et tire notre attention à sa suite. Nous finissons bien par la lui reprendre, mais c'est parce qu'un autre s'en est emparé et l'emporte avec lui. Non pas manque de composition ; il y en a une au contraire, et des plus subtiles, dans les rencontres, les affronts, les mélanges, les combats de ces étranges bataillons. Mais elle ne précède pas le détail ; elle ne le commande pas ; elle s'arrange comme elle peut de sa diversité. L'impression d'unité que nous ne cessons pas un instant de ressentir, c'est celle qu'on éprouve à voir circuler, se croiser, s'aborder et se séparer, selon leurs intentions particulières, à la fois familiers et oublieux les uns des autres, les habitants d'un même monde.

1. *Thamar et Schéhérazade*, ballet en un acte de Balakirev créé le 20 mai 1912 au Châtelet par la troupe des Ballets russes.

Nous venons d'examiner dans quel sens Nijinski a réagi contre Fokine, ce qu'il a rejeté, ce qu'il a détruit. Il nous faut maintenant comprendre l'aspect positif de son innovation. Quel bénéfice a-t-il trouvé dans ce renoncement à la sauce ? Pour quelle fin a-t-il ainsi brisé le mouvement et rompu les ensembles chorégraphiques ? Quelle sorte de beauté se cache dans cette danse réduite et étriquée ? Sans tenir compte encore de sa merveilleuse appropriation au sujet du *Sacre du printemps*, il me semble facile d'apercevoir par où elle prend l'avantage sur la danse de Fokine.

Celle-ci est foncièrement impropre à l'expression des sentiments ; on n'y peut lire autre chose qu'une joie vague, toute physique et sans visage. En effet dans le mouvement liquide et continu dont elle est faite, comme dans les grandes arabesques des peintres renaissants, le pouvoir expressif du geste, son secret, sa force intérieure se dissolvent et se délayent. Sur cette route indéfinie où le danseur s'élance, ils trouvent une issue trop facile et se répandent vainement. Au lieu que le sentiment soit l'objet que le mouvement tâche à peindre et à rendre visible, il n'est plus que le prétexte qui le déclenche et il est bien vite oublié dans l'abondance dont il est la source ; il se perd bientôt dans les redoublements qu'il engendre. Le corps entraîne tout ; sa liberté remonte jusqu'à l'âme et en défait les replis, les ressources, les réserves.

En brisant le mouvement, en le ramenant vers le simple geste, Nijinski a fait rentrer l'expression dans la danse. Tous les angles, toutes les cassures de sa chorégraphie empêchent le sentiment de fuir. Le mouvement se referme sur lui, l'arrête, le contient ; par son perpétuel changement de direction, il lui enlève tout débouché ; il l'emprisonne par sa brièveté même. Le corps n'est plus pour l'âme une voie d'évasion ; au contraire il se rassemble, il se ramasse autour d'elle ; il réprime sa poussée, et, par l'effort même qu'il exerce contre elle, il est tout imprégné d'elle, il la trahit au-dehors. De la contrainte qu'il lui fait subir, il reçoit je ne sais quoi de spirituel qui paraît dans toutes ses façons. Il y a quelque chose de profond et de serré dans cette danse enchaînée. Tout ce qu'elle perd en entrain, en allant, en caprice, elle le gagne en signification.

La danse de Fokine était si peu expressive que, pour faire entendre aux spectateurs les changements de leur âme, les acteurs avaient besoin de recourir à une mimique du visage : sourcils froncés ou bien sourire. Cela s'ajoutait à leurs gestes, s'y superposait et par là même en dénotait l'impuissance. C'était un renfort qu'on allait chercher, une ressource d'un autre ordre qui subvenait à l'indigence du langage proprement chorégraphique.

Mais, dans la danse de Nijinski, le visage ne joue plus un rôle indépendant ; il prolonge le corps ; il n'en est que la fleur. C'est le corps lui-même d'abord qui parle. Il ne bouge que tout entier, il fait bloc, et sa parole est de bondir tout à coup en écartant bras et jambes, ou de s'en aller de côté, les genoux fléchis, la tête tombée sur l'épaule. À première vue il paraît moins adroit, moins divers, moins intelligent. Pourtant avec ses déplacements compacts, ses brusques volte-face, ses façons de tomber en arrêt, puis de se secouer frénétiquement sur place, il dit mille fois plus de choses que le causeur disert, rapide et élégant, animé par Fokine. Le langage de Nijinski est d'un détail perpétuel ; il ne laisse rien passer ; il entre dans les coins. Nul tour de phrase, nulle pirouette, nulle prétérition. Le danseur n'est plus emporté par une inspiration légère et indifférente. Au lieu de les effleurer dans son vol, il retombe sur les choses de tout son poids, il marque chacune de sa chute lourde et totale. Sur chaque sentiment qu'il rencontre et veut exprimer, il saute à pieds joints ; d'un brusque bond il se tourne vers lui et le couvre et demeure un instant à l'imiter. Il oublie tout pour se faire pareil à lui quelque temps ; il l'étouffe quelque temps avec sa forme, il l'aveugle avec lui-même tout entier. Comme il n'est plus obligé de mettre du liant entre ses gestes successifs ni de penser sans cesse à la suite, il ne réserve rien de lui-même pour la transition. Il cède complètement à l'invitation de l'objet intérieur, il se rend unique comme lui, il le nomme avec l'inertie momentanée de tout son corps. Rappelons-nous Nijinski danseur. Avec quelle éloquence il s'arrondissait, ainsi qu'un chat, autour des sentiments ! Comme il les couvait étroitement ! Comme il savait bien disposer tous ses membres à leur image et trouver en lui-même leur fidèle effigie ! Inventeur, il est le même qu'interprète. Tout ce qu'il brise, tout ce dont il dépouille la danse, c'est pour arriver à une imitation matérielle, et pleine, et comme opaque des émotions. Il prend ses danseurs, il leur arrange les bras, il les leur tourne, il les leur casserait, s'il osait ; il travaille ces corps avec une brutalité impitoyable, comme des choses ; il leur impose des mouvements impossibles, des attitudes qui semblent contrefaites. Mais c'est pour leur arracher tout ce qu'ils peuvent donner d'expression. Et en effet ils parlent à la fin. De toutes ces formes bizarres et violentées s'élève je ne sais quelle évidence ; elles figurent distinctement mille objets difficiles et secrets qu'il n'y a plus qu'à regarder.

Oui, cela est clair et facile ; cela a pris les contours mêmes de ce qui doit être compris. Voici le sentiment devant nous désigné, fixé, représenté. Il est là comme une grande poupée que le danseur laisse derrière lui, tandis qu'il continue. Rien de plus émouvant que cette image physique des passions de l'âme. C'est bien autre chose que leur expression par le langage articulé. Non pas profondeur plus grande, notation de détails en elles et de finesses que la parole ne pourrait atteindre. Mais par cette figure sensible nous sommes conduits plus près d'elles, nous sommes mis en leur présence d'une façon plus immédiate, nous les contemplons avant l'arrivée du langage, avant que ne s'empresse autour d'elles la foule innombrable et nuancée, mais bavarde, des mots. Pas besoin de traduire ; ce n'est point un signe d'où il faille passer à la chose. Mais dans la nuit de l'intelligence, nous assistons ; nous sommes là avec notre corps, et c'est lui qui comprend. Une certaine disposition, une certaine reconnaissance par l'intérieur… Chaque geste du danseur est comme un mot qui me ressemblerait. Si quelquefois il me paraît étrange, ce n'est qu'aux yeux de ma pensée ; car d'emblée il se rencontre avec mes membres, avec le fonds de mon organisme dans une harmonie basse, pleine et parfaite. De même que la musique faisait entrer en nous son récit « par gros morceaux faciles », c'est ainsi que nous considérons cette danse extravagante avec je ne sais quelle crédulité grossière et dans une intimité qui « passe toute parole ». Nous sommes devant elle comme les enfants à Guignol : ils n'ont pas besoin qu'« on leur explique » ; mais ils rient, ils tremblent, ils comprennent à mesure.

Nijinski a donné à la danse un pouvoir de signification dont elle était dépourvue. Mais son application à la rapprocher du corps, à la confondre avec l'étroite solidité de nos membres, ne risquait-elle pas d'aboutir à la priver de sa fleur et de sa grâce ? Et en effet où est la grâce de ces gestes mesquins et maladroits, toujours captifs, toujours brutalement interrompus dès qu'ils sont sur le point de s'élancer ? Il semble qu'il y ait dans la chorégraphie du *Sacre du printemps* quelque chose de cacophonique.

Pourtant la grâce n'est pas la rondeur ; elle n'est pas incompatible avec un dessin anguleux. Il y a une grâce ici – je le prétends – et qui est plus profonde que celle du *Spectre de la rose*, étant plus attachée. La grâce n'est rien d'indépendant ; elle ne vient pas se poser d'en haut sur les choses comme un oiseau ; elle n'est que l'émanation au-dehors d'une exacte nécessité, que l'effet d'un impeccable ajustage intérieur. Or, dans la chorégraphie du *Sacre du printemps*, tout est mis au point avec la dernière rigueur ; pour obtenir tels que nous les voyons les gestes dont elle se compose, Nijinski les a longtemps cultivés et développés ; il les a choisis au milieu du branchage confus et divers de nos mouvements instinctifs, il les a préservés contre les autres, il les a poussés légèrement et menés un peu plus loin du corps qu'ils n'allaient d'eux-mêmes. En un mot, il les a patiemment rendus à leur perfection singulière. Et de cet achèvement naît une harmonie inédite. Si l'on veut bien cesser de confondre la grâce avec la symétrie et avec l'arabesque, on la retrouvera à chaque page du *Sacre du printemps*, dans ces visages de profil sur les épaules de face, dans ces coudes attachés à la taille, dans ces avant-bras horizontaux, dans ces mains ouvertes et rigides, dans ce tremblement qui descend comme une onde de la tête aux pieds des danseurs, dans la promenade obscure, éparse, préoccupée, des Adolescentes au Deuxième Tableau. On la retrouvera même dans la danse de la Jeune Fille Élue, dans les sursauts brefs et manqués qui l'agitent, dans ses embarras, dans ses affreuses attentes, dans sa démarche prisonnière et faussée et dans ce bras levé au ciel qu'elle promène tout droit au-dessus de sa tête en signe d'appel, de menace et de protection.

III

Tout au long de l'analyse que je viens d'esquisser du *Sacre du printemps*, j'ai considéré les moyens employés par Stravinski et par Nijinski comme s'ils avaient une valeur en eux-mêmes, indépendamment du sujet auquel ils s'appliquent. Cette séparation peut sembler artificielle et l'on a le droit de m'objecter que je cherche à voir toute une technique nouvelle dans ce qui n'a été inventé et n'a de sens que pour une œuvre bien déterminée. Cette chorégraphie si anguleuse, me dira-t-on, n'est que pour représenter la gesticulation encore informe et maladroite d'êtres primitifs. Cette musique si étouffée n'est que pour peindre l'épaisse angoisse du printemps. L'une et l'autre servent étroitement le thème choisi ; elles ne le dépassent pas, elles ne s'en laissent pas distinguer.

Je répondrai que le propre des chefs-d'œuvre est justement de créer à leur usage une expression si complète, si habile et si neuve qu'elle devient tout naturellement une technique générale. On n'invente rien de bon à part. Pour avoir des idées nouvelles et d'une portée un peu lointaine, il faut travailler à quelque objet très précis, il faut vouloir exprimer quelque chose de façon à ce qu'on ne puisse le confondre avec rien d'autre. C'est tandis qu'on fait effort vers le particulier, tandis qu'on ramène toutes les facultés de l'esprit vers un même petit point, qu'éclatent soudain, comme sous une pression trop forte, les inventions réellement expansives. C'est de l'extrême urgence que naît la véritable fécondité. Stravinski et Nijinski, parce qu'ils n'ont voulu résoudre qu'un problème particulier, se trouvent avoir découvert une solution générale. Et si, dans une tentative fort parente de la leur, les cubistes ont jusqu'ici échoué, cela vient de ce qu'ils ont élaboré d'abord dans l'abstrait une solution, qu'ils n'ont cherché qu'ensuite à placer, intacte et absurde, dans des œuvres.

À ces considérations il faut ajouter que déjà *Petrouchka* contenait en germe la chorégraphie du *Sacre du printemps*. Il est certain que Nijinski, bien que son nom n'ait paru qu'une fois sur l'affiche, a collaboré à la première comme à la seconde de ces œuvres. Nous retrouvons sa manière dans la danse sur place des trois pantins et dans la scène si pathétique de Petrouchka emprisonné. C'est la même façon d'attacher les gestes au corps, le même emploi de la saccade, le même souci de conserver sans cesse au mouvement toute sa force expressive. Et déjà ce parti pris nous semblait d'une justesse, d'une convenance, d'une appropriation merveilleuses. Déjà nous n'imaginions pas qu'il pût valoir pour quelque autre sujet. Pourtant quel écart entre le thème de *Petrouchka* et celui du *Sacre* ! Les moyens qui les ont si pertinemment servis l'un et l'autre, comment leur dénier une portée générale et pourquoi serait-il interdit de les considérer en dehors de leur emploi ?

Cependant le moment est venu de ne plus nous occuper que du *Sacre du printemps*, de nous placer bien en face de cette œuvre terrible, de nous enfermer avec elle, afin de recevoir la commotion particulière qu'elle est faite pour nous donner.

Demandons-nous ce qu'elle représente. Qu'avons-nous ici devant les yeux ? Que se passe-t-il ici ? – L'œuvre est si riche qu'on peut lui découvrir deux étages de signification. Elle a d'abord un sens évident, officiel, avoué. *Le Sacre du printemps*, c'est un ballet sociologique. Extraordinaire vision d'un âge qu'il nous fallait jusqu'ici reconstruire péniblement à l'aide de documents scientifiques et que voici rendu sensible à notre imagination.

> Certes l'humanité antique était venue au-devant de sa sœur,
> Et comme jadis au jour de la séparation, nous nous considérions de plain-pied.

Nous assistons aux mouvements de l'homme au temps où il n'existait pas encore comme individu. Les êtres se tiennent encore ; ils vont par groupes, par colonies, par bancs ; ils sont pris dans l'affreuse indifférence de la société ; ils sont dévoués au dieu qu'ils forment ensemble et dont ils n'ont pas su encore se démêler. Rien d'individuel ne se peint sur leur visage. À aucun instant de sa danse, la jeune fille élue ne trahit la terreur personnelle dont son âme devrait être pleine. Elle accomplit un rite, elle est absorbée par une fonction sociale et, sans donner aucun signe de compréhension ni d'interprétation, elle s'agite suivant les volontés et les secousses d'un être plus vaste qu'elle, d'un monstre plein d'ignorance et d'appétits, de cruauté et de ténèbres. Voici Moloch ramené vivant du fond des plus vieilles époques. Il tressaille, il ouvre la gueule devant nous. Dieu bas et sans esprit ! Ses autels sont à son image : ce sont ces pierres debout aux carrefours de la plaine informe, ces crânes d'animaux sur des piquets. Dieu qui pèse au même niveau que les têtes, comme le ciel de cuivre ! Dieu qui règne à quatre pattes et qui dévore ses enfants comme une vache pâture ! L'homme est dominé par ce qu'il y a de plus inerte en lui, de plus opaque, de plus borné, sa société avec les autres.

Mais il y a dans *Le Sacre du printemps* quelque chose de plus grave encore, un second sens, plus secret, plus hideux. Ce ballet est un ballet biologique. Non pas seulement la danse de l'homme le plus primitif ; c'est encore la danse avant l'homme. Dans son article de *Montjoie*, Stravinski nous indique qu'il a voulu peindre la montée du printemps. Mais il ne s'agit pas du printemps auquel nous ont habitués les poètes, avec ses frémissements, ses musiques, son ciel tendre et ses verdures pâles. Non, rien que l'aigreur de la poussée, rien que la terreur « panique » qui accompagne l'ascension de la sève, rien que le travail horrible des cellules. Le printemps vu de l'intérieur, le printemps dans son effort, dans son spasme, dans son partage. On croirait assister à un drame du microscope ; c'est l'histoire de la karyokinèse ; profonde besogne du noyau par quoi il se sépare de lui-même et se reproduit, division de la naissance ; scissions et retours de la matière inquiète jusque dans sa substance ; larges amas tournants de protoplasme ; plaques germinatives ; zones, cercles, placentas. Nous sommes plongés dans les royaumes inférieurs ; nous assistons aux mouvements obtus, aux va-et-vient stupides, à tous les tourbillons fortuits par quoi la matière se hausse peu à peu à la vie. Jamais plus belle illustration des théories mécanistes. Il y a quelque chose de profondément aveugle dans cette danse. Il y a une énorme question portée par tous ces êtres qui se meuvent sous nos yeux. Elle n'est pas différente d'eux-mêmes. Ils la promènent avec eux sans la comprendre, comme un animal qui tourne dans sa cage et ne se fatigue pas de venir toucher du front les barreaux. Ils n'ont pas d'autre organe que leur organisme tout entier et c'est avec lui qu'ils cherchent. Ils vont de-ci de-là et s'arrêtent ; ils se lancent en avant comme un paquet, et attendent… Rien qui les précède et qu'ils soient obligés de rejoindre. Aucun idéal à regagner. On est toujours au plus loin en restant avec eux. Comme le sang, de l'intérieur, sans autre motif que sa poussée, frappe contre les parois du crâne, c'est ainsi qu'ils demandent issue et avènement. Et peu à peu, par la patience et l'obstination brutes de leur interrogation, une sorte de solution se forme, qui elle non plus n'est pas différente d'eux-mêmes, qui, elle aussi, se confond avec la masse de leur corps et qui est la vie.

Le soir de la première du *Sacre du printemps*, il y avait, comme de la lie, au fond de mon immense admiration, je ne sais quelle tristesse et quel accablement. J'avais sur le cœur la lourdeur des choses physiques, une inertie minérale. Pour la première fois je sentais aux doctrines évolutionnistes une sorte de possibilité désespérante. Je retrouvais en moi les traces d'un état misérable et gisant ; j'étais repris par l'étroitesse originelle ; il me semblait être né un jour de cette *angoisse* dont je venais d'avoir le prodigieux spectacle. Ah ! comme j'étais loin de l'humanité ! Comme sa voix se faisait faible et lointaine à mes oreilles ! – Il y a des œuvres toutes gonflées de plaintes, d'espoirs, d'encouragements. On y trouve à souffrir, à regretter, à prendre confiance ; elles contiennent toutes les belles agitations de l'âme ; on se livre à elles comme on écoute le conseil d'un ami ; elles ont quelque chose de moral et participent toujours de la pitié. – Mais *Le Sacre du printemps*, c'est un morceau du globe primitif, qui s'est conservé sans vieillir et qui continue à respirer mystérieusement sous nos yeux, avec ses habitants et sa flore. C'est une épave du passé, toute grouillante, toute rongée d'une vie familière et monstrueuse. C'est une pierre pleine de trous, d'où sortent des bêtes inconnues, occupées à des travaux indéchiffrables et depuis longtemps dépassés.

Article paru dans La NRF *du 1er mai 1914, dans le même numéro que le premier acte du* Protée *de Claudel. Repris dans l'édition augmentée d'*Études*. C'est le 4 janvier 1914 qu'eut lieu la première représentation – en français – de* Parsifal *à l'Opéra de Paris. Wagner avait réservé son œuvre testamentaire à Bayreuth, où elle fut créée le 26 juillet 1882. En dehors de quelques représentations à Munich, pour Louis II, seules des versions de concert eurent lieu à Londres, à New York et à Amsterdam. C'est par une décision de justice, stipulant que les volontés de Wagner ne concernaient pas les États-Unis, que le Metropolitan Opera de New York put représenter l'œuvre en 1903. L'exclusivité tomba finalement le 1er janvier 1914 pour le monde entier. Rivière rend donc compte d'une nouveauté absolue. Saluer le génie d'un compositeur allemand à trois mois de la guerre n'allait pas de soi, même si Rivière se trouve en bonne compagnie, de Gabriel Fauré, par exemple. À l'idolâtrie des années 1880 et 1890 avait succédé, dans les années 1900, une réaction antiwagnérienne, qui touchait beaucoup d'écrivains, dont Romain Rolland, par exemple. Il n'empêche que cet article valut à Rivière l'admiration de Proust.*

Parsifal

Le propre des grandes œuvres et le signe de leur autorité, c'est de nous obliger à les considérer sous un jour particulier, de suspendre, pour ainsi dire, à leur endroit les questions de principe. Même si l'on y trouve à reprendre, c'est avec elles seules qu'il faut s'en expliquer, et non avec l'Esthétique. Nous voilà donc tout naturellement placés en tête à tête avec *Parsifal*, oubliant le brouhaha des marchands de valeurs, qui pour un instant s'est élevé autour de sa sereine immortalité et dont M. Blanche[1] nous a donné l'écho.

Parsifal est un chef-d'œuvre : la mode seule peut en faire douter. Mais il reste à déterminer de quelle espèce ?

Wagner – c'est une chose que *Parsifal* justement met en lumière – n'est pas avant tout un musicien dramatique. Je veux dire qu'il ne s'entend pas particulièrement à exprimer les brièvetés de l'action et la consommation des événements, ni à peindre la rencontre, la dispute, la mutuelle réplique des sentiments. Sans doute, dans son œuvre immense on découvrirait plus d'une scène dont le mouvement emporte l'auditeur, plus d'un dialogue où les personnages se répondent avec la plus frappante justesse. Mais dans l'ensemble – il faut le reconnaître – c'est à quoi Wagner a prétendu exceller qu'il se trouve avoir le moins réussi ; et c'est justement l'instrument qu'il a forgé pour servir son dessein qui s'est retourné contre lui et l'a fait échouer. En effet il n'a inventé la continuité musicale que pour se rapprocher le plus possible de la vraisemblance dramatique. Il pensait qu'il était contre nature d'enfermer un sentiment dans un air, que c'était le priver de son initiative, de sa liberté, paralyser son développement. Toutes ses innovations techniques ont tendu vers une expression aussi souple, aussi suivie que possible des péripéties tant intérieures qu'extérieures. Mais lorsqu'il s'est trouvé aux prises avec les changements de l'âme, avec ses volte-face, ou plutôt lorsqu'il lui a fallu passer brusquement d'une âme à l'autre, atteindre en un éclair le sentiment opposé à celui qu'il venait d'énoncer – ce qui est l'essence de la contestation dramatique – il a senti une résistance, quelque chose qui l'empêchait d'aller assez vite, quelque chose à briser ; des mains étroites et sûres le tenaient auxquelles il eût fallu échapper sur-le-champ ; il s'est vu empêtré dans la continuité même de sa musique. Rien de plus curieux que de l'épier quand il aborde un dialogue ; à mesure que le mouvement se précipite, que les répliques se rapprochent, son malaise devient de plus en plus sensible ; tout furieux, il se débat contre quelque chose d'invisible qui n'est rien d'autre que la suite et la conséquence qu'il a lui-même établies. Il s'en tire en rompant brusquement avec elles, en bousculant tout ce qu'il a si merveilleusement ménagé

1. Allusion à l'article « Autour de *Parsifal* » écrit par le peintre et écrivain Jacques-Émile Blanche et paru dans *La NRF* de mars 1914.

jusque-là. Il s'en prend aux voix, les secoue frénétiquement, les disloque, les pousse à des éclats inharmonieux. La plupart des dialogues de Wagner sont beaucoup plus agités que les sentiments qu'ils expriment ; ils ont quelque chose de spasmodique ; ils sont faits de cris de colère, travaillés par l'excès et par la démesure. Il peut arriver qu'ils soient admirables, lorsque le sujet, comme dans *Tristan*, est justement l'excès et la démesure. (Quoi de plus poignant que les hurlements informes de Tristan et d'Isolde au moment de leur rencontre du deuxième acte ?) Mais ils peuvent être aussi très froids, très vides, très pauvres. (Exemple : une grande partie de la scène du deuxième acte entre Kundry et Parsifal.) La vraie pauvreté de Wagner est dans les moments de drame. Même l'orchestre y prend souvent je ne sais quoi de sec et d'embarrassé. (Que l'on songe par contraste aux prodigieux soulignements du dialogue dans *Boris* et dans *Pelléas* !) Le musicien est comme arraché à son élément ; il respire mal ; il suffoque et fait des gestes convulsifs. L'heureux et fécond discours s'est interrompu ; il n'y a plus à entendre que la rage de ce géant brutal, en mal de stérilité.

Si Wagner n'est pas principalement un génie dramatique, où donc est son génie ? En quoi *Parsifal* est-il un chef-d'œuvre ? – Parmi toutes les opinions inconsidérées que M. Blanche a recueillies, aucune ne me paraît plus scandaleuse que la proposition de couper le rôle entier de Gurnemanz. Il est de tous le plus fourni en récits ; c'est sans doute ce qui lui vaut d'être proscrit par une critique superficielle. Mais comment ne voit-on pas que Wagner est justement l'homme du récit ? Croit-on que ce soit par hasard que les expositions de ses drames sont toujours si compliquées, si longues et si belles ? par hasard que ses héros si souvent s'interrompent d'agir pour se rappeler le passé, pour « ramentevoir » leurs exploits ou leurs malheurs ? Au fond Wagner n'avait besoin de la forme dramatique que pour se donner des occasions de récits.

Entendons-nous bien sur ce mot de récit ; il importe qu'il ne prête à aucune confusion. – Nous ne voulons pas dire que Wagner excelle dans la musique à programme ; il ne sait rien apprendre à l'auditeur ; ses développements ne comportent aucune description, aucun accident, aucune catastrophe (comme on en trouve sans cesse dans les poèmes symphoniques de Rimski-Korsakov, par exemple). Avec lui, on n'a jamais à se demander si c'est bien la princesse qui est en train de mourir aux violons, si c'est bien le navire qui fait naufrage aux cuivres. C'est toujours de la musique pure, au sens où elle s'oppose à la musique pittoresque.

Il faut se garder également de comprendre que Wagner a le don du récit à la manière dont le possède par exemple Moussorgski, c'est-à-dire le don de faire un conte, de susciter immédiatement les êtres et les choses, de faire s'élever, s'agiter, parler les sons comme feraient les personnages vivants eux-mêmes. Rien de moins direct que la musique de Wagner. Elle est presque toujours comme transposée par rapport à l'objet qu'elle signifie ; elle n'est jamais cet objet lui-même, mais elle le représente. Le *leitmotiv*, c'est-à-dire le thème distinct du personnage et le symbolisant, correspond à un besoin profond de Wagner, – le même peut-être qui s'exprime dans cette idée, à laquelle il revient sans cesse dans ses poèmes, du héros qui a une mission, qui est chargé de…, qui vient faire quelque chose pour et à la place de… C'est sans doute par ce caractère indirect que Wagner a plu tellement aux symbolistes.

Pourtant il est bien le musicien du récit, et voici, me semble-t-il, en quel sens : étant donné un certain nombre de faits, de personnages, de sentiments connus de l'auditeur, il excelle à les lui présenter à nouveau dans l'ordre de la plus grande émotion. Si son œuvre a suscité tant de commentaires et de guides, c'est qu'elle demande essentiellement à être connue à l'avance ; il importe que, même à la première audition, on ait l'impression de la réentendre et que notre seule attente en face d'elle soit de savoir comment « tout ça » va bien, pouvoir nous être raconté. Car le génie de Wagner, plutôt que d'instruire, c'est d'introduire ce que l'on sait déjà ; sa musique est une perpétuelle amenée. Sans doute il est un inventeur tout-puissant de mélodies. Mais encore mieux qu'à les trouver, il s'entend à leur préparer l'avènement le plus juste, le plus frappant. Il les retient jusqu'au moment où leur sens (j'entends leur sens musical, le rapport de leurs notes composantes aux notes précédentes) est devenu si fort, si séduisant, si propice aux larmes qu'il ne leur reste plus qu'à paraître ; il attend pour les pousser dans l'orchestre le point de leur extrême urgence. Tous ses effets sont de croissance, de progressive nourriture et d'éclatement au moment le plus lourd, le plus saturé.

Nous avons constaté tout à l'heure qu'il lui était impossible de rien exprimer directement : tout dans sa musique est un peu tardif ; tout a l'air de se succéder à soi-même ; le sentiment n'est pas énoncé au moment de son apparition ; le thème qui le signifie est un peu plus loin. Mais nous voyons maintenant ce qu'il y a de positif dans cette apparente impuissance. Si le thème est ainsi reculé, c'est parce qu'il ne doit fixer le sentiment qu'au moment où celui-ci, s'étant arraché au trouble de la naissance, ayant retrouvé toutes ses raisons et s'étant rassemblé lui-même, atteint sa plus parfaite signification, son poids le plus décisif, le plus entraînant, sa personnalité la plus nourrie. Le sublime de Wagner est dans la plénitude de la désignation. Son rythme est lent, parce qu'il ne peut rien dire sans lui avoir complètement préparé la place ; plus il s'attarde en effet, plus s'accroît l'évidence de ce qu'il manifeste. Il est l'inventeur d'une logique nouvelle, purement musicale, et dont les lois sont si profondes que sans doute les techniciens eux-mêmes ne sauraient les démêler. Il faut bien se garder de la confondre avec son système apparent, et avoué et avec ses théories sur le leitmotiv ; appliquées à la lettre, ces théories n'eussent jamais donné qu'une musique abstraite et factice, celle-là même dont ses disciples ne nous ont offert que trop d'exemples. Mais chez Wagner elles n'étaient que d'imparfaites formules d'une science qu'il avait innée et qui conduisait secrètement son inspiration. Il n'est pas de langage plus irréfutable que le sien ; c'est l'équivalent musical d'un raisonnement bien mené. Tout le passé réduit en forme, disposé en colonne pour envahir et combler aussi parfaitement que possible le présent ; un retour de tout ce que la mémoire contenait à l'état dispersé, dans un ordre si serré qu'il ne reste qu'à être vaincu. Wagner considère l'histoire qu'il raconte comme un arsenal ; au fond il ne cherche pas à la retracer ; mais il y puise ; et avec les matériaux qu'il y trouve, il reforme une sorte d'énorme cortège qui s'avance vers nous, nous salue, nous demande passage, nous occupe et nous submerge. En ce sens, bien que je lui préfère *Tristan*, *Parsifal* est sans doute le chef-d'œuvre de Wagner, je veux dire l'œuvre où son génie trouve son emploi le plus plein, le plus complet. Ce n'est point un drame, mais d'un bout à l'autre une immense et impérieuse salutation musicale. Et, comme par chaque vague le mouvement d'ensemble de la mer, le rythme en est donné par la révérence inflexible que dessine chacun des thèmes de l'ouvrage.

Nous comprenons maintenant le véritable sens de la continuité wagnérienne. J'imagine assez bien quel dut être jadis l'étonnement de Debussy en face de Wagner : il voyait l'inventeur de la continuité musicale négliger de s'en servir pour la seule fin qui lui semblât, à lui, naturelle : l'expression dramatique. Que l'on songe à l'impatience que devaient donner à quelqu'un qui déjà sentait en lui l'admirable « parlé », tout immédiat et serré, de *Pelléas*, les phrases toujours difficiles, toujours lointaines et inappliquées de la déclamation wagnérienne. Et n'est-il pas bizarre en effet de voir combien Wagner, ce grand tenant de la conséquence, a peu respecté les échelles de la voix, les passages et les enchaînements mélodiques, tout ce qui fait l'accent ? Mais il faut se rendre compte qu'il ne cherchait pas l'accent. Sa continuité est surtout orchestrale ; et elle n'a d'autre fin que de lui laisser la faculté de choisir lui-même le moment de ses introductions et de lui réserver tous les soins qu'elles nécessitent. Un air est une forme fixe, qui détermine à l'avance les endroits où pourront se produire des entrées et la manière dont elles se produiront ; il rend inutile la préparation de ces entrées, puisqu'il les implique et les justifie par lui-même. C'est ce que Wagner n'a pu accepter. Il a voulu être tout seul avec ses thèmes, avoir seul le devoir et le plaisir de leur donner naissance, de les amener, de les greffer sur son orchestre. – Ils sont tous en contact immédiat les uns avec les autres ; pas de charpente entre eux ; ils forment eux-mêmes, par leur seule foule, la masse où ils sont compris ; ils n'ont de position que relative et ne prennent leur élan que les uns sur les autres. Aussi sont-ils dans une perpétuelle préparation mutuelle. Comme l'acier en fusion découvre peu à peu en bouillonnant chaque partie de son cœur éblouissant, l'orchestre s'entrouvre pour révéler tour à tour chacun d'eux ; il le dissimule aussi longtemps qu'il en est besoin, il le porte et le nourrit, et, quand le moment est venu, étant tout plastique et sans résistance, il ne retarde pas d'un instant son apparition. C'est uniquement pour obtenir cette lenteur de la gestation et cette promptitude dans la production des thèmes que Wagner les a versés tous ensemble et a répudié les formes fixes par quoi tous leurs mouvements eussent été prescrits.

Toutes les critiques que l'on peut adresser à Wagner tombent, sitôt qu'on a compris qu'il n'est pas d'abord un musicien dramatique. Ainsi, lorsqu'on lui reproche son déchaînement et son paroxysme, la surabondance de sa pâte, l'exagération de ses moyens, on veut dire qu'il y a une disproportion entre ceux-ci et l'effet dramatique qu'il en obtient. Mais si l'on cesse d'admettre qu'il a cherché un effet dramatique, si l'on consent à le considérer simplement comme le musicien de la désignation, au contraire on ne pourra manquer d'être frappé par son économie. Économie au double sens du mot : nous avons déjà insisté sur sa profonde science de la disposition ; mais la justesse de cette disposition produit du même coup je ne sais quelle sublime maigreur, quelle discrétion dans l'utilisation des thèmes, quel raffinement tout classique des indications qu'il est impossible de ne pas sentir. Le goût de Wagner est aussi incontestable que son mauvais goût. Auprès de l'orchestre de nos musiciens contemporains, de ceux-là mêmes qui prétendent réagir contre la surcharge wagnérienne, combien l'orchestre du maître allemand est peu encombré ! On a parlé de Richard Strauss comme d'une sorte de Wagner multiplié par dix ; ce qui revenait à admettre que la superposition des thèmes était l'essence même de Wagner. Il n'y a pas d'erreur plus flagrante. Strauss, loin de l'amplifier, n'a fait que prendre le contre-pied du véritable dessein de son maître. Wagner n'a jamais cherché l'amoncellement pour lui-même ; il ne s'est jamais proposé de faire marcher ensemble le plus de choses possible ; il savait bien que ces accumulations n'avaient d'intérêt que pour le lecteur de la partition et ne pouvaient amuser que l'intelligence. Or il rêvait de captiver notre âme entière. Tous ses thèmes sont en contact immédiat, il est vrai, nous l'avons dit ; mais ce n'est pas pour se monter mutuellement sur le dos ni pour s'écraser les uns les autres ; c'est au contraire pour que chacun puisse se dégager à son tour avec le maximum de signification, ainsi que nous l'avons expliqué. – *Parsifal* nous offre le plus bel exemple de l'économie wagnérienne. Tout y est étroit et indispensable, précis, nu, sévère, urgent. C'est un corps glissant et parfait, l'athlète de l'ascétisme.

Il nous reste à examiner le caractère religieux de *Parsifal*, ou plutôt à chercher par quelles raisons Wagner a été conduit à écrire un tel ouvrage. Car une chose est bien certaine : c'est que ce n'est pas un ouvrage religieux. La religion est d'abord une certaine humilité du cœur ou tout au moins de l'intelligence, un certain manque, un certain besoin – de la faim et de la soif. Sans doute il n'y a religion que si ces appétits sont comblés, et par une doctrine très précise et très définie ; mais il faut qu'ils préexistent. Or ils font complètement défaut dans *Parsifal*. L'âme orgueilleuse de Wagner, jusque dans sa vieillesse, reste pleine ; elle n'a reçu aucune fêlure ; les échecs, les humiliations n'ont fait que la nourrir et la hausser ; ils n'ont pas été jusqu'à lui apprendre à se sentir dépendante et à demander. Jamais homme ne fut moins habile à la prière que Wagner.

Pourquoi donc a-t-il voulu écrire une œuvre religieuse ? Il semble que ce soit pour des raisons purement techniques. L'objet le plus naturel de sa manière, telle que nous l'avons définie, n'est-il pas en effet la solennité ? La solennité, c'est la transposition : un événement ordinaire est supprimé, confisqué au profit de sa représentation ; on l'élargit, on le ralentit, on le décompose en plusieurs temps ; on y introduit de l'espace ; on ne l'exprime qu'avec un certain retard intentionnel et délibéré sur lui-même. Tout devient préparation, attente ; les avènements ne se font qu'en pleine maturité. C'est le règne de l'indirect et du second mouvement. – Voilà justement pour Wagner la matière privilégiée. Déjà il avait exprimé la solennité héroïque dans *L'Anneau*, la solennité bourgeoise dans *Les Maîtres chanteurs*, la solennité de l'amour dans *Tristan*. Il lui restait à chanter la solennité religieuse – la plus élevée, la plus parfaite, la plus frappante. C'est pourquoi il écrivit *Parsifal*.

Mais en choisissant un tel sujet, peut-être obéissait-il en même temps à une ruse de son génie. Tout artiste a dans sa carrière une grande épreuve à surmonter : c'est la disparition, qui se produit tôt ou tard, mais inévitablement, de sa sensualité ; la plupart du temps il ne réussit pas à y survivre ; tout ce qu'il crée ensuite naît flétri. Quelques-uns seulement en réchappent, que l'élan de leur génie et la culture qu'ils n'ont cessé de faire de leurs vertus proprement intellectuelles emportent au-delà de ce passage dangereux. Ceux-là produisent souvent leurs chefs-d'œuvre en pleine vieillesse. Ce ne peut pourtant pas être sans prendre avec eux-mêmes certaines précautions, sans biaiser un peu avec leurs dons. – Sans doute Wagner conçut assez tôt l'idée d'un drame religieux. Mais qu'il y soit revenu dans ses dernières années de préférence à maints autres projets qui se pressaient dans son esprit, cela ne veut-il point dire qu'il y trouvait quelque chose de spécialement approprié aux dispositions créatrices où il se sentait alors ? Et en effet il semble bien qu'il ait reconnu – sans doute inconsciemment – dans *Parsifal* un sujet qui lui demandait aussi peu que possible de cette sensualité qu'il avait presque toute perdue, un ordre de séduction où il ne lui faudrait déployer que les grâces abstraites et épurées qui seules lui restaient. Je ne dis pas que l'œuvre trahisse le moins du monde la décrépitude. Mais justement sa force consiste en ce qu'elle a su ne la point trahir ; elle est tempérée de sagesse et de cette sorte de calcul, infiniment subtil et profond, qui est comme la fleur suprême du génie. Calcul perspicace dans l'occasion. Car n'est-il pas remarquable qu'en écoutant *Parsifal*, on ne sache jamais si le dépouillement si sensible de cette œuvre par rapport aux précédentes est positif ou négatif, c'est-à-dire s'il a été simplement imposé au musicien par le sujet choisi, ou si peut-être il n'est pas l'effet de cet affaiblissement des sens, par quoi l'esprit créateur, à son instant dernier, devient pareil à un sommet découronné par les eaux ?

Quelles que soient les raisons qui aient poussé Wagner à écrire *Parsifal*, il est certain en tout cas qu'elles ne provenaient pas d'un mouvement mystique de son âme. Aussi la solennité de l'œuvre demeure-t-elle tout extérieure. La véritable solennité religieuse n'est pas ici, mais dans Bach, dans Moussorgski, dans César Franck. On ne dira jamais assez combien Franck doit à Wagner, et surtout à *Parsifal*, au point de vue technique. (Tous ses thèmes sont contenus en puissance dans le seul thème du *Vendredi Saint*.) Mais il y a une chose que Franck a ajoutée à Wagner : c'est le sentiment religieux. – *Parsifal* est l'œuvre la plus contradictoire en principe qui se soit jamais vue. Sous un certain rapport en effet elle est purement formelle, vide du sujet même qu'elle se propose de traiter, radicalement ignorante des sentiments qu'elle prétend mettre en jeu ; tout semble la condamner à n'être qu'un froid exercice. Pourtant elle existe, elle vit, elle palpite ; elle a même une formidable réalité. Combien d'œuvres plus sincères auprès d'elle paraîtraient pâles et factices ! Cette réussite contre nature nous fait apercevoir un trait du génie de Wagner qui n'est pas le moins étonnant : la prodigieuse efficace de la volonté chez lui. Tout ce qu'il entreprend pour de bon, il le réalise ; pareil aux héros et aux demi-dieux qu'il a chantés, il maîtrise l'impossible et le réduit en servitude. Il n'a pas besoin de cette espèce d'humanité préalable de la matière dont certains grands créateurs n'ont pas pu se passer. On dirait qu'il fait exprès de s'attaquer aux sujets les plus faux, les plus conceptuels, pour montrer que rien ne saurait résister à son pouvoir de matérialisation. Wagner réunit en lui les caractères extrêmes du génie allemand. D'une part il est plein de rêves ; l'imagination en lui est molle, féconde et indéfinie, comme il arrive toujours quand elle est inspirée par le sentiment ; il n'est rien de si nuageux et de si artificiel qu'il ne puisse aller concevoir. Mais d'autre part, pour servir ces divagations, il a une force indomptable, cette longueur de vue, cette patience inflexible, cette science des réalités qui fait les grands hommes d'État. Je ne pense pas être le premier à le comparer à Bismarck. *Parsifal*, c'est une province annexée. Et celle-là du moins ne bougera plus. Car elle est tenue par quelque chose de plus fort qu'une forte administration. Wagner en effet a réussi ce que les Allemands n'ont pas su faire en Alsace : à sa captive il a insufflé son âme. *Parsifal* a beau être complètement privé de la religion qu'il déclare et magnifie : quelque chose est au centre de l'œuvre, qui l'anime. Une dose aussi formidable de pouvoir créateur que celle qu'y a dépensée Wagner, laisse d'autres traces que la perfection toute formelle des contours ; une sorte de noyau obscur est demeurée au plein milieu, mystérieux résidu de la déflagration du génie, produit immédiat et sans nom de sa toute-puissance, lambeau de l'âme dure et munificente, despotique et sentimentale, chimérique et positive de ce grand démiurge.

Note parue dans La NRF *du 1er juillet 1914, l'avant-dernier numéro avant l'interruption due à la guerre, en même temps que la première partie de l'étude de Rivière sur Rimbaud. Recueillie dans l'édition augmentée d'*Études*. Après son enthousiasme pour* Le Sacre*, Rivière est déçu par* Le Rossignol*, comme il n'avait pas retrouvé le Debussy de* Pelléas *dans* Ibéria *quelques années auparavant. Quant au danseur Miassine, il ne lui semble pas à la hauteur de Nijinski. C'est donc sur une note négative que se termine le parcours de Rivière critique musical. Après la guerre, Rivière ne reviendra qu'exceptionnellement à cet exercice.*

La saison russe[1]

Il arrive à Stravinski une assez étrange aventure. Après avoir écrit une œuvre qui était la réalisation magnifique d'une esthétique

1. Le titre complet de l'article est « La saison russe : *Le Rossignol*, opéra en trois tableaux d'Igor Stravinski, d'après le conte d'Andersen ; *Le Coq d'or*, opéra en trois tableaux de Rimski-Korsakov ; *La Légende de Joseph*, ballet en un acte de Richard Strauss sur un livret de Hugo von Hofmannsthal et du comte Harry Kessler ».

jusque-là embryonnaire et confuse, voici qu'il en écrit une autre pour démontrer cette esthétique, et pour la démontrer mot à mot, minutieusement, petitement, avec une application qui rappelle la façon écolière et indigente dont on la manifestait avant lui. Il me fait penser à un général qui aurait oublié complètement qu'il vient de remporter une grande victoire, et qui prendrait les dispositions les plus savantes, les plus détaillées et les plus privées de génie pour s'assurer l'avantage sur un ennemi disparu. – En réalité, nous sommes, je crois, en présence d'un cas de reconnaissance, mais d'une reconnaissance que je ne puis m'empêcher de trouver des plus intempestives. Il est incontestable que certains des principes sur lesquels *Le Sacre du printemps* était fondé, avaient été esquissés d'abord par les cubistes et les futuristes. Stravinski semble s'en être aperçu après coup et, tout ému de cette coïncidence, que l'unité de tendances d'une même génération suffit à expliquer, il s'est cru obligé de revenir vers ces précurseurs impotents, d'écouter leurs petits conseils, d'accepter leurs petits axiomes, de recueillir leurs petites découvertes et, pour les remercier, d'écrire *Le Rossignol*. Trop de dévouement ! C'est à Messieurs les Futuristes de rattraper Stravinski, s'ils le peuvent, non pas à Stravinski de les attendre.

Est-ce à dire que *Le Rossignol* ne vaille pas plus cher que les élucubrations des disciples de Marinetti ? J'aurais honte de le laisser croire, fût-ce un instant. Un artiste du rang de Stravinski, même s'il y travaille, ne réussira jamais à se ravaler si bas : même acharné à se rendre médiocre, il ne peut que faire semblant. Dans *Le Rossignol* le génie ressort par toutes les coupures, comme l'eau d'un sol saturé : l'œuvre abonde en trouvailles incomparables. Il n'en est pas moins vrai que dans son essence elle est assimilable aux œuvres cubistes et futuristes : d'abord, comme elles, elle insiste avant tout sur ses intentions, elle montre au-dehors les principes qui devraient être cachés dans ses fondations, elle affirme ce qu'elle veut être au lieu de laisser paraître ce qu'elle est. De plus ces intentions et ces principes, ce sont ceux du cubisme le plus strict, du futurisme le plus orthodoxe.

Que Stravinski ait voulu faire du *Rossignol* une démonstration, nous en trouvons l'indice dans la manière dont il l'écrivit. Il en commença la composition vers 1909 ; mais après avoir achevé le premier acte, il abandonna son ouvrage ; c'est seulement cette année qu'il l'a repris et terminé. Sujet abandonné : je crains bien que cela ne veuille dire ici : sujet qui ne s'imposait pas par lui-même, avec une suffisante exigence, à l'esprit du musicien. Sujet repris voudrait dire alors : sujet dans lequel le musicien a vu, après coup, à un moment où il avait cessé complètement d'en subir l'attraction, un moyen de faire connaître ses nouvelles préoccupations, un véhicule pour les découvertes d'ordre technique qu'il pensait avoir réalisées dans l'intervalle. Quoi qu'il en soit de ces inductions, il est visible en tout cas que le sujet, ici, est indifférent à l'auteur ; il demeure passif au sein de son imagination, il n'élève aucune prétention, il ne cherche pas à se faire reconnaître et accepter pour lui-même. Nous voilà bien loin de la pesée particulière, autonome, nominale, de l'appel étroit et fixe que *Le Sacre du printemps* a dû exercer sur Stravinski ! *Le Rossignol* se tient inerte dans sa main. Et en effet, le conte d'Andersen a si peu « réclamé » que le voici devenu à peu près méconnaissable ; dans la traduction que nous en donne le musicien, je ne retrouve ni sa naïveté, ni sa gentille ironie ; il est traité avec le même despotisme désinvolte dont Nijinski fit preuve naguère envers la musique de Debussy.

À vrai dire, ce n'est pas proprement d'avoir déformé le conte d'Andersen que je fais grief à Stravinski. Il arrive assez souvent qu'un grand artiste aperçoit dans l'œuvre déjà connue, classée, bien explorée d'un prédécesseur, à moitié engagé dans ses contours, et pourtant différent d'elle, pareil à quelque monstrueux parasite, un nouveau sujet. N'est-ce pas de cette façon par exemple que Wagner a distingué dans *Le Roman de Tristan*, et qu'il en a extirpé, son *Tristan et Isolde* ? Le conte d'Andersen eût très bien pu ne faire que receler pour Stravinski un sujet inédit, qui l'eût attendu comme son libérateur et qui, à peine démêlé de ses liens, lui eût sauté dessus. Et en effet, en deux ou trois endroits du *Rossignol*, on trouve l'indication d'une œuvre noire, horrible et mesquine comme les entrailles de la Chine. Si elle se fût développée et épanouie, nous eussions bien facilement accepté les infidélités faites au conte. Mais elle reste à l'état de simple possible.

Pourtant, même sans avoir découvert dans le conte d'Andersen un nouveau sujet, Stravinski, à la rigueur, eût encore eu la permission de le déformer, si c'eût été pour les besoins d'une recherche personnelle, pour sa propre édification, pour fixer un point de technique encore obscur à ses propres yeux. – Je n'en veux nullement à Nijinski de ses deux coups d'État contre la musique de Debussy ; au moment où il les perpétrait, il était en pleine période d'expériences ; il travaillait à la conquête d'une nouvelle manière chorégraphique ; il était dans la situation difficile de celui qui va trouver et ne pouvait voir, dans tout ce qui lui tombait sous la main, que des moyens. Le parti qu'il a pris d'ignorer les suggestions de la musique et de construire son ballet pour ainsi dire à part, était un renoncement héroïque à la réussite immédiate, pour rendre possible dans l'avenir une réussite plus haute. – Mais Stravinski est dans un cas tout différent : au moment où il écrit *Le Rossignol* il est en pleine possession de sa manière ; il l'a déjà portée à sa perfection. L'autorité qu'il prend sur son sujet est donc tout arbitraire ; elle ne lui est inspirée que par le plaisir de faire voir tout purs et comme à vide les procédés qu'il a en main et qu'il préconise. Ce que je lui reproche expressément, c'est d'avoir considéré son sujet comme un moyen non pas de s'instruire, mais de nous instruire, comme une chaire où nous faire la leçon. Leçon, bien entendu, la plus subtile, la plus élégante et raffinée qui se puisse imaginer. (Et même on voit le professeur sourire à l'avance de ce que la plupart n'y comprendront rien.) Leçon tout de même. *Le Rossignol* est écrit contre le public, ce qui en somme est une façon d'être écrit pour le public. On était trois au moment où l'œuvre s'élaborait ; en plus de l'auteur et du sujet, il y avait nous autres les futurs auditeurs, et nous jouions notre rôle, à notre insu, dès ce moment-là. L'auteur pensait à la relation de l'œuvre avec nous et il déclinait insensiblement à la rendre aussi imprévue, aussi piquante que possible ; il calculait, il escomptait notre réaction, et son action, c'est-à-dire sa musique, oubliait peu à peu d'être tout à fait elle-même pour devenir celle que nous n'attendions pas ; il devinait tous les points sur lesquels nous nous préparions à l'accueillir et il s'efforçait de passer à côté. C'est une grande tentation pour tout artiste intelligent que de s'amuser un peu avec ceux dont il se sait suivi et guetté. Stravinski n'a pas su y résister. *Le Rossignol* n'est pas à proprement parler une œuvre ; c'est, à la façon des toiles cubistes, un petit code esthétique, excessivement malin, et même profond par endroits, plein de déclarations capitales et imperceptibles, et de professions de foi d'une précision imperturbable, destinées sans doute à nous faire réfléchir, mais d'abord à nous déconcerter.

Refusons de nous laisser déconcerter et puisqu'il y a leçon, arrangeons-nous pour la bien comprendre. Le principe que

Stravinski prétend insinuer, est celui-là même que cubistes et futuristes proclament d'un commun accord : il faut renoncer à flatter la sensibilité ; l'art nouveau doit être intellectualiste, ne s'adresser en nous qu'à la faculté de représentation. La musique doit donc cesser d'être pathétique. Et pourquoi ne serait-elle qu'une perpétuelle invitation aux débauches du cœur ? Elle a de mauvaises manières : elle s'approche trop près de nous pour nous parler, elle nous tutoie trop facilement, elle fait trop souvent appel à nos sentiments, elle met trop d'insistance à nous entraîner, à nous conduire aux égarements sacrés. Beethoven est le dieu de la passion, c'est entendu. Mais il est entre tous le modèle à ne pas suivre. Laissons-le en proie à sa grande âme. Pourquoi s'imaginer que la musique doive forcément avoir, comme chez lui, un caractère moral ? Pourquoi ne serait-elle pas, au moins pour un temps, aussi inerte et aussi brute que les voix de la nature ? Il ne s'agit pas de la rendre descriptive ni pittoresque, mais simplement, au lieu d'humaine, minérale.

Il faut éviter d'émouvoir : tel est le principe. En voici les conséquences :

D'abord le musicien devra renoncer à la répétition des thèmes. En effet, la répétition est un moyen d'attenter à la sensibilité. Lorsqu'une mélodie revient pour la seconde fois, elle trouve en nous des chemins plus profonds qui se sont préparés pour elle en son absence ; elle devient plus intime, plus inéluctable ; l'habitude affaiblissant notre résistance, elle coule tout de suite au plus bas de notre âme, dans la région où nous ne sommes que trouble et frémissement. – Pour éviter ces atteintes indiscrètes, chaque objet ne sera donc nommé, autant que possible, qu'une fois ; il n'y aura pas de rentrée des thèmes. Le musicien s'interdira avant tout de profiter du temps et des effets qu'il nourrit ; il proscrira ces suspensions et ces retours, ces oublis et ces rappels, ces apaisements et ces crises qui sont les mouvements mêmes du pathétique.

De plus, chaque objet sera énoncé à part de tous les autres et comme environné de blanc. Il ne s'agit pas d'émouvoir, mais de signifier. C'est un mot que nous dit le musicien, et il supprime la phrase qui le ferait entrer en nous, qui le porterait jusqu'à notre âme. Il montre simplement ; il prend tour à tour chacune de ses idées et nous la présente un instant : sitôt que nous avons eu le temps matériel, ou plutôt légal, de la comprendre, il la retire ; il n'en donne que juste ce qu'il faut pour que l'intelligence puisse dépister ce qu'il veut dire ; tout de suite il coupe le courant, pour qu'il n'aille pas, plus loin que l'esprit, mettre en danse nos facultés d'émotion. De là vient le caractère abrégé de sa musique : à la ressemblance des toiles cubistes et futuristes, elle a l'air d'un recueil d'échantillons. Il faut la feuilleter plutôt que la sentir ; il faut examiner ce qu'elle contient et tourner soi-même la page, lorsqu'on a vu. Nous ne devons pas nous attendre à partir avec elle. Elle est immobile et refuse de nous porter. Elle manque complètement de pente, de vitesse, de branle. Rien n'y est disposé pour permettre le passage. Entre deux objets différents, même s'ils sont à côté l'un de l'autre, pourquoi, demande Stravinski, vouloir créer un lien factice ? Cela n'aurait de sens que si je voulais toucher mon auditeur, ménager son émotion, en garder un peu pour la suite, utiliser le trop-plein de son âme, en un mot l'entretenir dans un état sentimental où je l'eusse d'abord placé. Mais mon dessein est tout contraire. Je laisserai donc chaque chose où elle est ; je la ferai paraître à son tour, et en son lieu, sans la faire entrer dans aucun ensemble, sans la rattacher ni à ce qui précède, ni à ce qui suit. Je procéderai par articles.

Et en effet, la musique du *Rossignol* fait penser tout entière à ces lanternes du deuxième acte, si soigneusement posées à terre, les unes à côté des autres, à intervalles bien égaux, et bien exactement isolées : elle a quelque chose de « posé là », de « sur place », de « pas plus loin que ça ». Nulle part elle ne se répand ; en tous ses points elle est comme retenue au cantonnement. L'économie y est poussée jusqu'à l'insulte. Rien de plus admirable à la fois et de plus exaspérant que son perpétuel minimum. Au fond, c'est le chant d'un rossignol qui s'étrangle. Sitôt que sa voix va s'élancer, le musicien lui tord un peu le cou : ses roulades sont ainsi proférées dans un état de transe, dont il est impossible que son bourreau ne se soit pas, à part lui, considérablement amusé. – Il me semble d'ailleurs apercevoir que les raisons pour lesquelles Stravinski a repris le sujet du *Rossignol* sont exactement les raisons contraires de celles qui le lui avaient fait choisir d'abord. Si nous en croyons le premier acte, qui représente la conception primitive de l'œuvre, il avait été séduit naguère par les invitations à l'épanouissement et aux arabesques mélodiques que lui proposait le personnage du rossignol. Mais lorsqu'il revient à son sujet, c'est pour refuser ces invitations, pour se prouver à lui-même, et surtout pour prouver aux autres, qu'il faut les refuser. La démonstration, pense-t-il, sera d'autant plus frappante que le titre de l'ouvrage fait davantage attendre improvisation, essor et caprice. Tenons notre rossignol en laisse, empêchons-le de s'évader vers l'ampleur et vers le pathétique, et nous marquerons ainsi, avec une évidence décisive, l'avènement de l'art nouveau qui doit être un art sec, net, étroit et mécanique.

Telle est la leçon du *Rossignol.* Et j'avoue d'abord qu'elle me ravit ; les principes ici proposés me sont tout particulièrement sympathiques ; même, comme bon tour joué à ceux qui leur sont hostiles, l'œuvre de Stravinski m'amuse infiniment. Rien de plus drôle que la monstrueuse brièveté du dernier acte ! Tandis que le rideau se ferme lentement dix minutes au moins plus tôt qu'on ne s'y attendait, on voit les spectateurs entrer dans un ébahissement d'autant plus comique qu'ils n'osent pas se l'avouer. Comme théoricien, je me sens tout réjoui de cette malice et je ne puis m'empêcher de penser : « Ça leur apprendra ! » – Mais enfin c'est une bien courte joie, et qui ne compense pas celle que m'eût donnée une œuvre véritable. De même, je crains que le plaisir que goûte Stravinski à la déception de ses auditeurs ne puisse remplacer la satisfaction qu'il eût éprouvée s'il eût créé quelque chose. À la révolution qu'il prétend opérer je ne trouve rien à redire ; mais je lui reproche de l'avoir opérée en négatif, alors qu'il pouvait le faire en positif. Au lieu de vouloir indiquer les nouvelles valeurs par la négation des anciennes, que ne les a-t-il directement proposées ? Au lieu de vouloir priver la musique de pathétique, que n'a-t-il tout simplement écrit une musique non pathétique ? Il est tout naturel qu'un pauvre cubiste qui n'a que l'idée de ce qu'il faut faire et qui ne peut rien tirer de lui pour servir de matière à ses innovations, s'acharne à mutiler celle que lui fournit le passé et pense inventer à force de suppressions. Mais Stravinski dispose de ressources extraordinaires. Il est dans la musique contemporaine, par excellence, le créateur. Sous la seule application de son esprit, l'impossible s'éveille à l'existence ; là où il pense, aussitôt se forme un nœud confus, pareil à l'embryon d'un monde, et qui bientôt sera un être musical nouveau. Même dans *Le Rossignol*, on voit de temps en temps émerger de l'orchestre des monstres sonores, entiers, vivants, armés de tous leurs membres, et d'origine insoupçonnable. Pourquoi donc le musicien ne s'en est-il pas remis à son invention, comme il avait déjà fait dans *Le Sacre*, du soin de changer les valeurs ? Justement ce qu'il trouve de lui-même, c'est quelque chose d'absolument privé d'expression, de vibration, de trémolo, c'est de l'admirable mécanique musicale ; cela rend un son brut, matériel et borné. Ah ! il n'a pas à craindre de se laisser aller au pathétique. À l'heure actuelle son inspiration est aussi naturellement inhumaine que celle de Moussorgski était naturellement humaine. Qu'il cède, sans calcul, à son formidable pouvoir créateur ! Et nous entendrons monter de l'ombre un étrange tumulte physique qui fera une bien plus belle démonstration que toutes les petites proscriptions du *Rossignol* !

Lorsque Stravinski consentira de nouveau à faire usage de son génie, du même coup, qu'il le veuille ou non, il redeviendra émouvant. Car, lorsqu'il prétend s'interdire de toucher ses auditeurs, c'est qu'il manque à faire une distinction capitale. Il a raison de ne pas chercher à émouvoir, mais il a tort de chercher à ne pas émouvoir. Il a raison de refuser les caresses que la musique adresse ordinairement à notre sensibilité, mais tort de s'appliquer à rebuter celle-ci par tous les moyens. En effet, il y a une émotion qu'un artiste même s'il ne veut pas éveiller les grandes passions humaines qui sommeillent dans notre cœur, ne peut renoncer à inspirer, sous peine de se nier pour ainsi dire lui-même. Toute création positive déclenche dans notre âme une certaine émotion immédiate, aveugle, presque automatique. C'est un choc tout pur, sans aucun rapport de qualité avec le contenu de l'œuvre ; c'est de l'admiration, au sens étymologique du mot ; c'est le sentiment brusque et neuf qui nous saisit lorsque nous nous trouvons en face de quoi que ce soit de tiré du néant ; c'est une part de l'émerveillement que dut éprouver le premier homme lorsqu'il contempla pour la première fois l'œuvre du Créateur. Il y entre de l'étonnement, de la reconnaissance et de la joie. Cette émotion-là, plus que personne aujourd'hui Stravinski est désigné pour nous la faire éprouver ; il n'a pas le droit de nous en frustrer. Mais je sais qu'il ne nous en frustrera pas. Et si *Le Rossignol* ne m'a pas donné tout le contentement que j'en attendais, du moins il n'a pas diminué ma confiance : c'est tout de même de Stravinski que, dans l'état actuel de la musique, nous pouvons espérer avec le plus de raison les plus belles surprises.

*

Au point de vue proprement chorégraphique, la saison russe n'a présenté, cette année, qu'un intérêt très médiocre. L'absence de

Nijinski s'est révélée plus grave encore que je ne m'y attendais : elle a creusé un vide énorme. Il faut le dire hautement : le ballet russe, c'était Nijinski ; lui seul animait toute la troupe ; il en était l'inspirateur, au sens propre, même lorsqu'il se bornait au rôle d'interprète : maintenant qu'il se retire, tout se dégonfle ; la Karsavina, sans lui, n'est qu'une danseuse agréable ; elle ne retrouve pas, seule, cet esprit, cet accent, ce pathétique que nous lui avons connus. – Nijinski était plus que l'inspirateur de cette troupe ; il en était le remords. C'est lui qui forçait les autres à n'être pas contents à moitié, lui qui les empêchait de profiter de leur succès, de retomber dans les voies ouvertes, de se jeter dans les bras du public. C'est lui qui les obligeait à la recherche et, si j'ose dire, à la gaffe : l'an dernier, déjà, la lutte était évidente entre la tendance de certains membres de la troupe – lesquels ? je ne sais – à « faire du ballet russe » et la ferme volonté qu'avait Nijinski de ne plus « en faire ». Le frein ôté, et Fokine revenu, l'entreprise a versé tout entière dans le sens du plus facile.

J'ai fait naguère un grand éloge de Fokine ; j'ai même parlé de son génie. Hélas ! je me trompais. Comme danseur, il est agile et adroit ; mais il manque complètement d'expression. Il s'est lui-même soumis, cette année, à une épreuve redoutable, et dont il n'a pas su se tirer à son avantage ; il a joué *Petrouchka*. Ah ! combien la scène de la prison, où Nijinski mettait un tragique si profond, avec Fokine devient pâle et vacante ! Son interprétation du chef-d'œuvre de Stravinski, c'est comme si l'on enlevait les paroles d'une mélodie : l'air y est toujours, mais ça ne dit plus rien.

Quant à Fokine inventeur de danses, son importance m'apparaît aujourd'hui considérablement diminuée. Au fond il ne sait pas faire naître la danse de la musique ; dans ses ballets, on se promène sur la musique, on marche dessus, on la piétine presque au hasard ; on ne la reçoit pas par en dessous, elle ne passe pas dans le corps, elle ne le conduit pas, ni ne l'inspire. Elle est pour Fokine un prétexte plutôt qu'une loi. Il l'écoute, elle lui donne le ton ; et dans sa tête il invente, avec des éléments déjà trouvés, un tableau de mouvements, qui lui correspondra, qui produira une impression symétrique. Il la traduit d'ensemble, en une seule fois, et ne cherche à lui être fidèle que par le dehors, qu'en conservant à sa chorégraphie la même couleur. – En réalité Fokine est surtout un très habile metteur en scène. Il s'entend beaucoup plus à éblouir qu'à émouvoir. Ce qu'il excelle à composer c'est un spectacle.

C'est pourquoi sa réussite la moins contestable, cette année, a été *Le Coq d'or*, qui n'était ni un opéra ni un ballet, mais un spectacle. Bien que la présentation qu'il en a faite pût être considérée à certains égards comme un travestissement de l'œuvre, j'avoue y avoir pris un plaisir extrême. Et d'ailleurs la musique de Rimski-Korsakov ne donnait-elle pas toutes les permissions ? Facile et heureuse (il est vraiment étonnant que ce soit une œuvre de vieillesse), à deux doigts de la banalité, mais préservée d'y tomber par je ne sais quelle ingénuité charmante, c'est une musique de bonne humeur, et qui, moins sourcilleuse que les héritiers du maître, n'a fait que sourire aux libertés qu'on a prises avec elles. Sans doute le parti adopté par Fokine de distribuer chaque rôle en double, à la fois à un chanteur immobile et à un danseur plein de gestes, avait dans le fond quelque chose d'un peu lourd et ambitieux. Et en effet, la disposition des chanteurs habillés de vêtements somptueux, et massés sur deux estrades latérales qui formaient comme deux marges solennelles autour du texte animé, donnait peut-être un aspect un peu trop monumental à cette œuvre fragile. – Mais combien la mise en scène centrale était spirituelle, naïve et joyeuse ! Et avec quelle intelligence les décors de Mlle Nathalie Gontcharova accusaient le caractère émerveillé et enfantin de la musique !

Hélas ! c'est sans doute à la platitude, à la vulgarité terne et prétentieuse de la musique de Richard Strauss qu'il faut attribuer l'ennui que dégageait *La Légende de Joseph*. Fokine sans doute en était aussi responsable, car il déploya ici, sans mesure, cette volonté d'art à tout prix, cette recherche des effets magnifiques qui perçaient dans *Le Coq d'or* sans réussir à le gâter. Mais à ses mauvais penchants, c'est qu'il ne rencontrait, cette fois, aucun obstacle. Bien au contraire, tout les encourageait. Nous lui avons reconnu le don de bien sentir et de traduire avec exactitude la couleur de la musique qui lui est confiée. Si dans *La Légende de Joseph*, sa mise en scène et sa chorégraphie étaient d'une couleur si laide, la faute originelle en est donc bien à Strauss. C'est en lui qu'a pris sa source le mauvais goût dont l'œuvre était ruisselante et qui empêcha de goûter comme il eût fallu le décor de M. Sert et de bien distinguer les hautes inventions que le comte de Kessler avait mises dans son livret.

Deux autres spectacles complétaient la série des « créations » : *Papillons* ne fut qu'une assez morne parodie du *Carnaval*. Je n'ai pas vu *Midas*.

POLITIQUE

RIVIÈRE, ENTRE NATIONALISME ET COSMOPOLITISME

de Jürgen Ritte

Si la passion première de Rivière a bien été la littérature, la politique l'a rattrapé malgré lui. Il avait vingt-huit ans au début de la guerre et, contrairement à d'autres membres de *La NRF*, Gide et Schlumberger, par exemple, il était mobilisable. C'est son expérience de la guerre et de sa captivité qui a inspiré ses premières réflexions politiques, empreintes d'un nationalisme dicté par les circonstances et dont il s'est dépris peu à peu par la suite. Les textes qui suivent ont été choisis afin d'illustrer cet itinéraire. Ils figurent pour partie dans le volume des *Cahiers de La NRF* publié en 1992, « Jacques Rivière, *Une conscience européenne, 1916-1924* ». Plutôt que de les reprendre tous, nous avons préféré mettre l'accent sur un ensemble peu connu et encore jamais réuni intégralement en volume, les articles donnés par Rivière à la *Luxemburger Zeitung*.

Le 24 août 1914 au soir, le sergent Jacques Rivière, mobilisé depuis la fin du mois de juillet au 220e régiment d'infanterie, et le détachement qu'il commande se trouvent encerclés par l'ennemi allemand dans une forêt près du village d'Éton, situé à environ cinquante kilomètres au nord-est de Metz. Fait prisonnier le 25 août, il entame alors un long périple en train le menant d'abord *via* Kaiserslautern dans le Palatinat à Nuremberg, et de Nuremberg encore plus loin à l'est dans le camp de Koenigsbrück en Lusace, à trente kilomètres au nord de la ville de Dresde, capitale de ce qui est alors pour peu d'années encore le royaume de Saxe, où il arrive le 8 septembre. Commence alors une longue captivité de trente-deux mois entrecoupée d'une tentative de fuite avortée en juillet 1915 et sanctionnée d'un mois au cachot et d'un autre châtiment du même genre – vingt jours de cellule – en juillet 1916 pour complicité de tentative de fuite. Ce n'est qu'en juin 1917 qu'il signalera par télégramme à son épouse Isabelle son arrivée à Engelberg, en Suisse, où il a été transféré pour raisons sanitaires dans le cadre d'un accord international au profit de prisonniers de guerre dont la santé est gravement atteinte[1].

Jacques Rivière devint rapidement une sorte de « chef spirituel » pour ses codétenus français en assurant l'interprétariat pour ses geôliers et ses camarades d'infortune, leur faisant des revues de la presse allemande et en organisant des conférences sur des sujets variés et notamment, pour ce qui est de ses contributions personnelles, philosophiques. Il trouva aussi le temps et surtout les moyens – du papier, des crayons – de rédiger ses carnets, des chapitres de son roman *Aimée* et « ses souvenirs et réflexions d'un prisonnier de guerre[2] », plus connus sous le titre *L'Allemand*, complétés en Suisse et publiés dès avant l'armistice de novembre 1918 aux éditions de *La Nouvelle Revue française*.

Ce livre, né de la longue période de souffrances infligées à Rivière par ses geôliers allemands, est aussi le fruit d'une longue réflexion sur ce grand Autre si inquiétant, si intrigant qu'est l'Allemagne depuis 1870 aux yeux de bon nombre d'intellectuels français. Elle est déjà loin, bien loin, l'Allemagne romantique de Madame de Staël, l'Allemagne, « cette merveilleuse réunion de poètes, de philosophes, d'historiens, de critiques, de penseurs qui a vraiment ajouté un domaine nouveau aux richesses de l'esprit humain[3] », cette Allemagne si chère à Victor Hugo, à Ernest Renan, tous les deux si terriblement déçus par elle, désillusionnés par cette autre Allemagne, celle de Bismarck, celle de l'empire unifié de Guillaume[4]. Victor Klemperer a sans doute vu juste quand il supposait dans un article de 1927 que Rivière avait voulu en finir avec Madame de Staël[5]... Et pourtant, Rivière, qui maîtrise la langue allemande, lecteur éclairé de Kant, de

1. On lira avec profit le récit détaillé de la captivité de Rivière dans Jean Lacouture, *Une adolescence du siècle. Jacques Rivière et la NRF*, *op. cit.*, p. 262-284, et, bien sûr, dans Jacques Rivière, *Carnets (1914-1917)*, présentés et annotés par Isabelle Rivière et Alain Rivière, Fayard, 1974. Voir également l'étude capitale de Yaël Dagan, *La NRF entre guerre et paix. 1914-1925*, Tallandier, 2008.
2. Nous citons le sous-titre de l'édition de 1918.
3. Ernest Renan, *Lettre à un ami d'Allemagne*, Calmann-Lévy, 1879, p. 2.
4. Voir Claude Digeon, *La Crise allemande de la pensée française. 1970-1914*, PUF, 1959.
5. Victor Klemperer, « Deutsches Wesen in der französischen Auffassung des 19. und 20. Jahrhunderts », in *Idealistische Literaturgeschichte*, 1929, p. 127-128. Voir aussi Hans Manfred Bock, « La querelle de *L'Allemand*. Les

Schopenhauer, amateur de Schumann, défenseur de Wagner, se promet d'aller au-delà de cette déception de la génération précédente et de saisir quelque chose d'essentiel de cette inquiétante étrangeté de l'être allemand – tout en étant conscient des risques qu'il court. « Je ne pouvais me faire aucune illusion sur ce qu'il y avait d'excitant, d'encourageant pour la haine dans ce que j'avais à dire sur les Allemands », écrit-il dans sa préface d'août 1918. Et il se demande s'il avait « le droit de contribuer, pour si peu que ce fût, à l'augmentation de la haine et de la douleur dans le monde ». Certes, son expérience personnelle de l'Allemand se limite, à peu d'exceptions près, aux gardiens des camps qui, d'un point de vue empirique, ne sauraient être représentatifs de toute une population. Son livre est-il pour autant, comme le dira soixante-quinze ans plus tard Jean Lacouture, « une caricature d'une lourdeur singulière[1] » ? À voir... Si Rivière s'est décidé à publier *L'Allemand* malgré ses scrupules et ses réticences, c'est justement parce qu'il croit pouvoir contribuer à une connaissance plus précise, plus « réaliste » de l'Allemagne. « Je me demande si elles [ses réflexions] ne peuvent pas avoir cet excellent effet de remplacer les notions entières, absolues et vides que nous nous sommes formées sur le compte des Allemands par des idées tout de même plus nuancées, plus relatives, reflétant mieux la complexité du modèle. Peut-être peuvent-elles nous aider à sortir de la féroce et grandiose ignorance où nous vivons de notre ennemi. » Une image plus juste donc, quitte à ce que la profondeur de « l'antagonisme aux Allemands », « la haine naturelle » de l'Allemand, l'éloigne encore plus du « Français » qui se ferait de fausses idées. Ainsi, Proust qui, écœuré par l'entreprise de bourrage de crâne antiallemand menée par la presse française, alla jusqu'à écrire – après le bombardement de la cathédrale de Reims en septembre 1914 : « Je crois qu'on généralise trop les crimes allemands[2] » n'hésite pas à féliciter Rivière de sa « démarche vivante » en retournant cependant malicieusement le sens de certains propos de son livre qui rend « successivement aux Allemands des qualités positives comme la volonté, l'esprit de synthèse ». Il compare d'autres qualités attribuées aux

réactions allemandes à la publication du livre de Jacques Rivière », in *Jacques Rivière l'Européen*, *BAJRAF*, n° 87/88, 1998, p. 29.

1. Jean Lacouture, *Une adolescence du siècle. Jacques Rivière et la NRF*, *op. cit.*, p. 321.

2. Dans une lettre du début du mois de mars 1915 à son ami Louis d'Albuféra, in *Correspondance de Marcel Proust*, *op. cit.*, t. 14, p. 71.

Allemands comme leur rapport instable à la vérité à des comportements d'Odette, personnage de son roman *À la recherche du temps perdu*[1].

Le compliment quelque peu alambiqué que Proust adresse dans sa première lettre écrite après la guerre à son ami Jacques Rivière est symptomatique d'un accueil mitigé. Les critiques allemands – fort peu nombreux car le livre ne sera traduit qu'en… 2014[2] – se montrent, ce qui n'est guère étonnant, hostiles et refusent de se reconnaître dans le miroir que leur tend un vainqueur. La critique française, majoritairement nationaliste et « antiboche », ne semble pas avoir apprécié non plus ce portrait de l'Allemand qui se distingue nettement – Rivière l'avait bien annoncé dans sa préface – des stéréotypes véhiculés par la propagande et la littérature, populaire ou pas, depuis la guerre de 1870. Ce n'est pas l'Allemand délibérément sadique de Maupassant dans la nouvelle *Mademoiselle Fifi* (1882), ce n'est pas non plus le génie scientifique et destructeur dépeint par Jules Verne dans *Les 500 millions de la Bégum* (1879), ni l'esprit sournois et diabolique de *L'Éclat d'obus* (1916) de Maurice Leblanc. L'Allemand de Rivière est un être d'une grande vacuité intellectuelle et spirituelle, dépourvu de sens moral, incapable de distinguer entre le bien et le mal. Il n'est pas sadique ni cruel, ce qui impliquerait qu'il soit doté d'un sentiment d'empathie lui permettant de penser la souffrance de l'autre, il est tout simplement brutal, d'une brutalité quasiment innocente, animale. Dans son livre habilement construit, Rivière part de ses menues observations anecdotiques de prisonnier de guerre dont il distille la substantifique moelle afin de parvenir à des généralités. Il voit l'élément décisif du caractère allemand, de l'âme allemande, dans un rapport durablement fluctuant à la vérité. « Elle ne lui paraît pas irrémédiable », écrit Rivière, et il poursuit : « Aucun crime n'est trop noir pour qu'on puisse lui trouver un sens et une excuse. Il n'y a pas de cathédrale démolie qu'on ne puisse rebâtir avec des mots, il n'y a pas de population réduite en esclavage qu'un article de journal soit impuissant à rendre bienheureuse et à faire déborder d'actions de grâce. » Jusqu'ici, le portrait que brosse Rivière de l'Allemand ne diffère

1. Lettre du 20 avril 1919 à Jacques Rivière, *Correspondance de Marcel Proust*, *op. cit.*, t. 18, p. 171.

2. Et encore par un petit éditeur, la maison Lilienfeld, à l'occasion du centenaire du début de la Grande Guerre : Jacques Rivière, *Der Deutsche. Erinnerungen und Betrachtungen eines Kriegsgefangenen*, traduction et postface de Daniele Raffaele Gambone, 2014.

pas fondamentalement de ce que l'on peut lire dans la presse française des années de guerre et après. Mais ce qui est beaucoup plus intéressant, c'est la raison profonde que trouve Rivière à cette vérité à géométrie variable. Le motif n'en est pas la ruse, l'astuce ou la perfidie. L'Allemand, qui ne peut pas faire la différence entre le vrai et le faux, n'en est pas du tout capable. Le rapport de l'Allemand au monde ne repose pas sur une appréciation raisonnée du réel, son rapport au monde est déterminé par la volonté et la représentation. Cela n'a rien à voir avec Schopenhauer, ou alors très peu. La force de l'Allemand, sa puissance, son dynamisme reposent sur le fait qu'il conçoit le monde comme un espace de potentiels, un éventail des possibles (pour le dire avec Hegel), ce qui lui permet de voir et de façonner le monde selon sa volonté. Comme il a déjà été dit, il n'est ni spéculatif ni réaliste. Il est simplement volonté. Ou comme le dit Rivière : « La volonté, chez lui, remplace tout. » Avant de conclure : « Nous touchons ici au mystère de la puissance allemande... »

Bien conscient du fait qu'il part d'un « corpus » d'observations trop limité pour parvenir à rendre « la complexité du modèle » – « Je ne donne pas les pages qu'on vient de lire pour un portrait parfaitement achevé de l'Allemand. Il eût fallu un autre génie que le mien pour embrasser [...] un objet aussi complexe que l'âme d'un peuple » –, Rivière procède, après une première partie « d'après nature », à une deuxième partie où il confronte et conforte ses résultats avec l'idée que les Allemands se font d'eux-mêmes. Il fait ainsi fort adroitement coïncider autostéréotype et hétérostéréotype en appelant à la barre Paul Natorp (1854-1924), professeur de philosophie à l'université de Marbourg, en Hesse, chef de file des néokantiens allemands dont il analyse en détail les essais *Volkstum-Deutschtum* et *Geschichtsphilosophische Grundlegung für das Verständnis unserer Zeit* (« Fondement de la philosophie de l'histoire servant à la compréhension de notre époque ») publiés dans le deuxième numéro de novembre 1915 de la revue *Deutscher Wille* (« Volonté allemande » !) dirigée par Ferdinand Avenarius. Jusqu'au début de la guerre, cette revue, fort prisée pour ses critiques d'art et ses essais philosophiques, s'appelait *Der Kunstwart* (« Le Gardien des arts »). Pourquoi Natorp ? Pourquoi le *Kunstwart* alors qu'il y avait déjà la *Neue Rundschau* (« Nouvelle Revue ») édité par la prestigieuse maison d'édition de Samuel Fischer ? A-t-il eu accès à cette source pendant sa captivité ? Quoi qu'il en soit, Rivière a sans doute vu dans la revue *Kunstwart* un pendant à *La NRF*, et en Natorp, non sans raison, un philosophe allemand contemporain de premier plan. En tout cas, il trouve chez lui la confirmation de ses observations et de ses intuitions, comme il aurait pu le faire dans les *Considérations d'un apolitique* de Thomas Mann (1917) ou chez Ernst Troeltsch dans son important essai de 1916 sur « L'idée allemande de liberté[1] ».

Comme ces deux derniers, Natorp est lui aussi un représentant de ce que Louis Dumont a appelé l'« idéologie allemande[2] ». Celle-ci repose en son cœur sur l'opposition irréductible et irréconciliable entre la « culture » germanique et la « civilisation » occidentale. Cette opposition qui apparaît clairement dans le fameux « Manifeste des 93 », dans lequel, en octobre 1914, des artistes et des scientifiques allemands, dont un bon nombre de lauréats du prix Nobel, appelaient à la défense de l'âme allemande, prétendument menacée par la civilisation occidentale dans cette guerre qui venait d'éclater. Les signataires allaient jusqu'à nier les crimes de guerre allemands en Belgique et à défendre le militarisme allemand comme faisant partie de la culture allemande, car sans lui, selon les auteurs de l'appel, « la culture allemande serait depuis longtemps rayée de la carte ». Ni Natorp, ni Thomas Mann, ni le philosophe et théologien protestant Ernst Troeltsch, tous trois résolument favorables à la république après la guerre, n'avaient signé le manifeste, mais sous l'impact du conflit, ils exprimaient clairement en quoi consiste pour eux le trait essentiel de la « culture allemande ». Pour reprendre les termes de Louis Dumont : « Le sujet [allemand] se subordonne spontanément au tout, il n'a pas le sentiment de s'aliéner par là, et du même coup toutes ses qualités personnelles se donnent libre cours dans l'accomplissement de son rôle. » En d'autres termes, l'Allemand délègue sa volonté de liberté à l'ensemble, à la « communauté ». La liberté n'est donc pas une catégorie individuelle comme dans les sociétés occidentales, où les individus ne s'associent pas « spontanément », « naturellement », mais par le biais d'un « contrat social ». On touche là à la différence essentielle entre *Gemeinschaft* (« communauté ») et *Gesellschaft* (« société ») tel que Ferdinand Tönnies l'avait définie en 1887 dans son classique de la sociologie, *Gemeinschaft und Gesellschaft*.

1. « Die deutsche Idee der Freiheit », *in* Ernst Troeltsch, *Deutscher Geist und Westeuropa. Gesammelte kulturphilosophische Aufsätze und Reden*, Hans Baron (éd.), JEB Mohr, 1925, p. 80-107.

2. Louis Dumont, *L'Idéologie allemande. France-Allemagne et retour*, Gallimard, 1991, p. 60-61.

Sujet complexe... Revenons donc aux observations de Jacques Rivière. À la lumière des distinctions que Natorp théorise dans ses essais, les observations de Rivière, aussi caricaturales ou exagérées soient-elles, apparaissent plutôt cohérentes. « L'Allemand, écrit-il encore, est éducable à merci », voire « L'Allemand est monstrueusement éducable ». Il est obéissant, se soumet au tout, comme le dit Dumont. Et Rivière découvre chez Natorp une autre idée décisive : les Allemands, cette « nation tardive » (comme l'appellera en 1935 le sociologue Helmuth Plessner, en exil), n'ont pas encore d'identité, ils sont dans une sorte de devenir permanent, à la recherche d'eux-mêmes. C'est dans ce devenir que s'exprime leur volonté inconditionnelle. Et voilà que le tour est joué. Si l'Allemand est un être sans repères, moraux ou autres, c'est qu'il est à la recherche de lui-même. La morale se réduit à l'évaluation du possible, tout est question d'une volonté tendue vers ce possible.

Si *L'Allemand* de Jacques Rivière a de quoi irriter un lecteur du début du XXIe siècle, il faut dire aussi que malgré ses généralisations exagérées, malgré son ignorance manifeste d'autres voix allemandes (il est vrai peu audibles en temps de guerre), ses intuitions étaient, hélas ! justes comme le montrera, après l'interlude de la république de Weimar, la victoire de l'idéologie national-socialiste. Il a fallu une deuxième guerre pour que l'Allemagne emprunte enfin le « long chemin vers l'ouest[1] » pour reprendre l'heureuse formule de l'historien Heinrich August Winkler.

Les observations et les réflexions de Rivière pendant sa captivité et immédiatement après sa libération ont servi de base à l'évolution de sa pensée politique dans l'immédiat après-guerre. Ce qui se dessine en filigrane dans *L'Allemand* devient un thème central dans son grand essai sur « La décadence de la liberté » publié dans *La NRF* du 1er septembre 1919 : la fin possible du modèle des sociétés libérales fondé sur la liberté des individus, au profit d'ensembles collectivistes. Un penseur du « *Sonderweg* » allemand comme Paul Natorp lui avait révélé le sens profond caché derrière ses observations. Il avait également fourni la superstructure théorique de ce qui allait devenir une praxis, une réalité politique avant même la fin de la guerre : la révolution russe avait créé aux yeux de Rivière une réalité que les Allemands cherchaient encore, celle du soulèvement collectif contre

1. L'éditeur de la traduction française a préféré le terme « occident » : Heinrich August Winkler, *Histoire de l'Allemagne. XIXe-XXe siècle. Le long chemin vers l'occident*, Fayard, 2005.

le modèle de l'épanouissement individuel, qui s'était trop souvent révélé n'être que la liberté de quelques-uns au détriment de l'exploitation du plus grand nombre. Ce que Rivière n'avait perçu que de manière marginale chez ses codétenus russes dans *L'Allemand*, il l'élargit dans son essai capital de septembre 1919 pour en faire un diagnostic de l'époque quasiment visionnaire. Ici, ce n'est plus « l'Allemand » qui est au centre, mais ce sont bien « les Russes ». Leur révolution d'octobre 1917 soulève aux yeux de Rivière des questions auxquelles nous cherchons encore des réponses aujourd'hui, face à la menace croissante qui pèse sur la liberté individuelle et le modèle occidental dans de vastes régions du monde...

Les faux-semblants du nationalisme : la polémique contre le « Parti de l'intelligence »

C'est dans le numéro de septembre 1919 de *La NRF* que Jacques Rivière, après avoir tracé ce qui lui apparaît comme une nouvelle ligne de fracture dans la tectonique de la pensée européenne, monte au créneau pour tirer quelques flèches bien ciblées contre le nationalisme intellectuel (et catholique). En effet, sous le titre « Pour un parti de l'intelligence », *Le Figaro* du samedi 19 juillet avait publié dans son supplément littéraire un manifeste rédigé par Henri Massis, signé par une centaine d'écrivains et intellectuels – la plupart appartenant à des milieux catholiques, nationalistes et de l'Action française – revendiquant un art au service de la patrie à reconstruire. Forts de la victoire – la grande fête de la victoire venait d'avoir lieu à Paris le 14 juillet –, convaincus de la supériorité culturelle de la France, ils y écrivent notamment :

> En posant le principe de l'intérêt national, en travaillant d'abord à la restauration de l'esprit et de l'État français, c'est à l'Europe et à tout ce qui subsiste d'humanité dans le monde que va notre sollicitude. L'humanité française en est la garantie souveraine. *Réfection de l'esprit public en France par des voies royales de l'intelligence et des méthodes classiques, fédération intellectuelle de l'Europe et du monde sous l'égide de la France victorieuse gardienne de toute civilisation*, tel est notre double dessein qui procède d'une unité supérieure. En nous imposant une surveillance permanente de la grandeur et de l'intégrité de notre patrie, c'est le souci des intérêts de l'*espèce* qui nous meut, et voilà ce que nous nous attacherons à rendre manifeste par la doctrine et par les *œuvres*.

Et un peu plus loin, on lit :

> À cette œuvre de reconstruction intellectuelle qui nous fait unir, on ne s'étonnera pas que nous associions la pensée catholique. Une des missions les plus évidentes de l'Église, au cours des siècles, a été de protéger l'intelligence contre ses propres errements, d'empêcher l'esprit humain de se détruire lui-même, le doute de s'attaquer à la raison, gardant ainsi à l'homme le droit et le prestige de la pensée.

Parmi les signataires de ce manifeste sur deux colonnes du supplément du *Figaro*, on trouve les noms de Paul Bourget, Jacques Bainville, Binet-Valmer, Maurice Denis, Henri Ghéon, Daniel Halévy, Francis Jammes, Edmond Jaloux, Charles Maurras, Camille Mauclair, Henri Massis, Jacques Maritain et bien d'autres. Ces auteurs réagissent et s'adressent explicitement à un autre manifeste publié trois semaines auparavant à la une de *L'Humanité* du 26 juin. Sous le titre « Fière déclaration d'intellectuels », Romain Rolland avait lancé un appel aux « travailleurs de l'esprit, compagnons dispersés à travers le monde, séparés depuis cinq ans par les armées, la censure et la haine des nations en guerre ». Cette « déclaration d'indépendance de l'esprit », tout en dénonçant « l'embrigadement des intellectuels pendant la guerre[1] », appelait à « cette prise de conscience de cette fraternité que nous élevons au-dessus de leurs combats aveugles [les combats des nations] l'Arche d'Alliance – l'Esprit libre, un et multiple, éternel ». On croit percevoir à travers le lyrisme de cette déclaration le personnage messianique qu'a pu être un moment – aux yeux de Jacques Rivière et de bien d'autres – le président américain Woodrow Wilson, dont les visions d'une paix durable garantie par une Société des Nations ne résisteront pas longtemps aux réalités de l'après-guerre engendrées par le traité de Versailles. Toujours est-il que cet appel recueillit lui aussi une centaine de signatures. On y trouve à côté de celles d'Anatole France, d'Henri Barbusse, Jean-Richard Bloch, Georges Duhamel, Pierre Jean Jouve, Jules Romains ou Léon Werth, notamment celles d'Albert Einstein, Hermann Hesse, Heinrich Mann, Stefan Zweig, Benedetto Croce ou encore de Bertrand Russel.

1. Voir Jean-François Sirinelli, *Intellectuels et passions françaises. Manifestes et pétitions au XXe siècle*, Fayard, 1990, Gallimard, coll. « Folio », 1996, p. 60-79. Le texte du manifeste est de Henri Massis puisque celui-ci l'a repris dans son volume *L'Honneur de servir*, Plon, 1937, p. 172-182.

Voilà donc Jacques Rivière en pleine bataille des manifestes, tout en se gardant bien d'en signer aucun[1]. Dans une lettre écrite sans doute dès la réception du numéro de septembre de *La NRF*, Proust félicite Rivière de son « étude » sur la décadence de la liberté qu'il trouve « admirable[2] » mais s'arrête plus longtemps sur les pages consacrées par Rivière au « Parti de l'intelligence », manifeste qui « [l]'avait indigné ». Dans une autre lettre, écrite le 27 juillet et adressée à son ami Robert Dreyfus, il anticipe et précise, avec des mots moins diplomatiques que ceux de Rivière mais en parfait accord avec celui-ci, sa critique indignée :

> J'ai écrit à Daniel Halévy[3] un petit mot qui j'espère ne l'a pas fâché. Mais je trouve si absurde le manifeste qu'il a signé [...]. Il faut dire comme excuse au manifeste qu'il répondait à un autre manifeste que je ne connais pas, qui a paru je ne sais pas où, signé je ne sais par qui, mais qui était, paraît-il, bolcheviste[4], et par conséquent plus déraisonnable. Mais ce n'était pas une raison pour dire que l'Église a guidé les progrès de la science, pour proclamer une espèce de « *Frankreich über alles* », gendarme de la littérature

1. Il convient de mentionner un autre manifeste, celui du Parti communiste, nettement plus radical dans ses revendications que les deux précités, publié le 7 juin par l'hebdomadaire *L'Internationale* (qui est également visé par les signataires du manifeste « Pour un parti de l'intelligence ») : « À l'heure où les gouvernements alliés prétendent imposer à l'Allemagne vaincue une paix d'oppression et d'injustice, base de nouvelles tueries, le Parti communiste français déclare que la guerre fut le fait de la bourgeoisie capitaliste et rejette toute intervention des responsables du massacre dans l'établissement de la paix. [...] Pour cette raison, il n'accepte ni la Société des Nations, ni la paix des Quatre qui ne sont que la prise de contact des dirigeants, non des travailleurs et leur oppose l'Internationale ouvrière... »

2. *Correspondance de Marcel Proust, op. cit.*, t. 18, p. 387-388. Lettre à Jacques Rivière [premiers jours de septembre 1919]. Voir la partie de Paola Codazzi.

3. Il fait partie des signataires du manifeste « Pour un parti de l'intelligence » ; Proust lui a écrit le 19 juillet 1919 qu'il désapprouvait totalement sa signature, même en bas d'un manifeste répondant à un autre manifeste « Désapprobation d'un manifeste, vanité plus grande encore que le manifeste ». Puis : « Que la France doive veiller sur les littératures du monde entier, c'est un mandat qu'on pleurerait de joie d'apprendre qu'on nous a confié, mais qu'il est un peu choquant de nous voir assumer de nous-même. Cette "hégémonie" née de la "victoire" fait involontairement penser à "Deutschland über alles" et à cause de cela est légèrement désagréable. »

4. Face aux reproches de Proust (« [il faut que] je te dise [...] combien je désapprouve ton manifeste du *Figaro* », lettre du 19 juillet 1918, *Correspondance de Marcel Proust, op. cit.*, t. 18, p. 334, Daniel Halévy s'était manifestement défendu en évoquant le manifeste « bolcheviste » du Parti communiste, voir deux notes au-dessus).

de tous les peuples, rôle qu'il eût été plus discret d'attendre que ces autres peuples lui confiassent[1]...

On ne peut être plus clair. Ces quelques phrases de Proust résument parfaitement l'esprit de la réponse quelque peu polémique de Rivière aux signataires du manifeste publié par *Le Figaro*. Réponse que Rivière précisera encore dans un autre article intitulé « Catholicisme et nationalisme », qu'il publiera dans le numéro de novembre 1919 de *La NRF*. Il y dispute aux signataires du manifeste, notamment à ceux se revendiquant de l'Action française, l'esprit de catholicisme, de christianisme dont ils se réclament.

> *L'Action française* poursuit la besogne la plus nettement anticatholique qui se puisse rêver [...]. Il n'est même pas besoin de rappeler que Maurras est un incroyant [...]. Il suffit de regarder son œuvre, l'influence qu'il exerce sur les esprits : il faut être aveugle pour ne pas voir qu'il tend à y stériliser toute disposition, tout sentiment chrétien. D'abord en substituant le culte de la Patrie au culte de Dieu, en confisquant tout ce qu'il peut y avoir dans les âmes d'instincts religieux et de capacité d'adoration au profit de la Patrie. Le nationalisme tel qu'il l'enseigne devient une véritable idolâtrie.

Le nationalisme maurrassien, telle est la conclusion de cette démonstration fort habile, ce n'est que la profanation du christianisme, l'abus d'un sentiment religieux, son retournement dans un sentiment contraire, celui de la haine, des violences.

> Je constate, poursuit Rivière, [...] que *L'Action Française* m'est insupportable. Son continuel appel à la violence, son souci de réveiller, de raviver, d'envenimer le plus possible tout ce que les hommes éprouvent entre eux d'oppositions et d'inimités naturelles, son dessein à satiété proclamé d'entretenir éternellement le désordre et la misère chez ceux qui nous ont une fois voulu du mal, ne sont-ils pas un effort direct contre l'enseignement du Christ et ne tendent-ils pas à détruire le peu qui subsiste encore au monde justement de « catholicité » ? On peut très bien, sans être internationaliste, ne pas tout de même désirer que les haines actuelles prennent un caractère invétéré.

Derrière ce rappel de l'enseignement du Christ aux « catholiques » de *L'Action française* se profile déjà l'opposition farouche de Rivière à la politique intransigeante du Bloc national menée

1. *Correspondance de Marcel Proust*, *op. cit.*, t. 18, p. 353.

à partir de janvier 1922 par le président du conseil Raymond Poincaré à l'égard de l'Allemagne vaincue. Cette autre bataille fera l'objet des articles que Jacques Rivière écrira de fin 1922 à la fin de l'année 1924, à la veille de sa mort, pour la *Luxemburger Zeitung.*

« L'optimisme reste un devoir » : les contributions de Rivière à la *Luxemburger Zeitung* (1922-1924)

Les relations de Jacques Rivière avec le grand industriel luxembourgeois de l'acier et fondateur du groupe Arbed, Émile Mayrisch (1862-1928), et en particulier avec son épouse Aline Mayrisch de Saint-Hubert ont été retracées à plusieurs reprises, dernièrement par Germaine Goetzinger dans son excellente biographie richement illustrée d'Aline Mayrisch[1].

Cette dernière, qui disposait de connaissances approfondies de la littérature et de l'art français et allemands contemporains[2], avait déjà publié en 1911 des notes de lecture, dont une sur le roman *Les Cahiers de Malte Laurids Brigge* de Rainer Maria Rilke[3], dans *La NRF* de Gide sous les pseudonymes d'Alain Desportes et de Saint Hubert. Comme Bernard Melet a pu le démontrer, le contact entre Jacques Rivière et Aline Mayrisch n'est cependant assuré qu'à partir du 8 janvier 1912. Dans une lettre, la première d'une série de cent onze, Rivière remercie Aline Mayrisch pour ses compliments sur son étude sur André Gide, qu'il avait publiée peu de temps auparavant dans les numéros du 25 octobre et du 10 novembre de la *Grande Revue*. Un an plus tard, en février 1913, Rivière donne à Luxembourg, à l'invitation d'Aline Mayrisch, une conférence sur « Le livre que nous attendons », dans laquelle il esquisse le roman de l'avenir (qui ne tardera pas

1. Voir André Gide-Aline Mayrisch, *Correspondance*. 1903-1946, édition établie et annotée par Pierre Masson et Cornel Meder, Gallimard, coll. « Les Cahiers de *La NRF* », 2003 ; Germaine Goetzinger, *Aline Mayrisch-de-Saint-Hubert 1874-1947. Ein Frauenleben im Spannungsfeld von Feminismus, sozialem Engagement und Literatur*, éditions Guy Binsfeld, 2022, p. 210-217. Voir aussi les contributions de Bernard Melet, « Jacques Rivière à Colpach », Cornel Meder, « Colpach et les Mayrisch : le cadre historique », et Lionel Richard, « Les éditoriaux de Rivière dans la *Luxemburger Zeitung* », in *Jacques Rivière l'Européen, op. cit.*

2. Je renvoie à la bibliographie des écrits d'Aline Mayrisch établie par Germaine Goerzinger dans l'ouvrage cité, p. 474-477 qui énumère pas moins de vingt-cinq essais articles publiés entre 1898 et 1911.

3. Dans *La NRF* du mois de juillet 1911, p. 32-38.

à lui tomber sur le bureau, sous la forme d'*À la recherche du temps perdu* de Proust).

La Première Guerre mondiale et la longue captivité de Jacques Rivière interrompent les échanges, qui reprennent cependant rapidement après la guerre. Jacques Rivière envoie à Aline Mayrisch son livre *L'Allemand*, elle l'en remercie le 20 mars 1919, et Rivière, désormais directeur de *La NRF*, publie la même année deux articles de la main d'Aline Mayrisch, portant, ce qui était sans doute une sorte de gageure, sur des sujets allemands : « Premier regard sur l'Allemagne », dans *La NRF* de juin 1919, et « La Critique d'art allemande », dans le numéro d'octobre. Les deux articles paraissent sous le pseudonyme d'Alain Desportes. Un an plus tard, Aline Mayrisch publie, toujours dans *La NRF* d'octobre 1920, son compte rendu important, car lourd de conséquences pour le réseau des relations culturelles franco-allemandes de l'entre-deux-guerres qui tarde à se tisser, du livre d'Ernst-Robert Curtius *Die literarischen Wegbereiter des neuen Frankreich*, paru en 1919[1]. Curtius, éminent professeur des littératures romanes, excellent connaisseur de la France, qui enseignait encore à Marbourg à l'époque, y avait accordé une place de choix à André Gide, qui remercia immédiatement Curtius en lui envoyant *La Symphonie pastorale* qu'il venait de publier. C'est le début d'une amitié qui s'étendra jusqu'à la mort de Gide, en 1951, à travers cent quatre-vingt-six lettres[2]. Le compte rendu d'Aline Mayrisch fut aussi pour Curtius la porte d'entrée vers la France, où il fut l'un des premiers intellectuels allemands, avec Heinrich Mann, à être invité après la guerre afin d'y renouer le dialogue avec des écrivains et des intellectuels français. Il fut ainsi convié par exemple à la deuxième décade de Pontigny après la guerre, qui eut lieu du 14 au 24 août 1922[3]. Il est aussi l'hôte du couple Mayrisch dans leur château de Colpach, où il comprendra vite qui se cache derrière le critique Alain Desportes et où il rencontre Gide en juin 1921.

Rivière, qui correspondait déjà depuis une dizaine d'années avec Aline Mayrisch, ne se rendit pour la première fois à Colpach

1. « Les pionniers de la France nouvelle » dans la rubrique « Lettres allemandes ».

2. Ernst Robert Curtius, *Correspondance avec André Gide, Charles Du Bos et Valery Larbaud*, Herbert et Jane M. Dieckmann (éd.), Vittorio Klostermann, 1980.

3. *Paul Desjardins et les décades de Pontigny. Études, témoignages et documents inédits*, présentés par Anne Heurgon-Desjardins, PUF, 1964 ainsi que François Chaubet, *Paul Desjardins et les Décades de Pontigny*, Presses universitaires du Septentrion, 2000.

qu'en février 1921, où il séjourna pendant deux semaines. Trois autres séjours suivirent jusqu'en novembre 1924. Émile Mayrisch n'avait acquis qu'en 1917 ce château du XVIIe siècle situé au nord-ouest de la ville de Luxembourg, à la frontière belge. Selon sa volonté et celle de son épouse Aline, il devait servir de lieu de rencontre, loin des regards indiscrets, loin du bruit de la ville. Les Mayrisch y recevaient de hauts responsables économiques et politiques, aussi bien français qu'allemands ou d'autres pays. Émile Mayrisch n'avait rien de moins en tête que de créer les fondements d'une paix durable en Europe. Et ce fondement devait être économique : la coopération, garantie par les États, de l'industrie lourde européenne, en particulier des industries allemande et française, dans une sorte de zone de libre-échange. En d'autres termes, il avait en tête quelque chose comme la Communauté européenne du charbon et de l'acier, la CECA, qui ne verrait le jour qu'après la Seconde Guerre mondiale et qui deviendra le socle de la Communauté européenne que nous connaissons aujourd'hui. Mayrisch en a fourni comme une première maquette.

Vu l'état catastrophique de la situation économique des pays européens, vu l'état d'excitation nationaliste d'une bonne partie de l'opinion publique de part et d'autre, vu aussi le contexte de « guerre froide » franco-allemande après la signature du traité de Versailles, le projet d'Émile Mayrisch, même avec l'appui d'un Walter Rathenau, grand industriel allemand, ministre des Affaires étrangères de la république de Weimar jusqu'au 24 juin 1922, date de son assassinat par des miliciens d'extrême droite, était loin de faire l'unanimité. Conscient du fait qu'il fallait créer un climat intellectuel propice à ses idées d'un rapprochement franco-allemand, il décida de racheter en 1922 un organe de presse, en l'occurrence la *Luxemburger Zeitung*, un journal de tendance libérale, germanophone, fondé en 1862 mais somnolent dans une vie de gazette de province. Et avec l'aide de son épouse Aline, il choisit deux plumes, l'une française, l'autre allemande, toutes les deux censées jeter un regard mensuel sur l'actualité politique européenne, de la commenter dans le sens d'un rapprochement franco-allemand. Le choix tomba sur Jacques Rivière et Ernst Robert Curtius. On peut s'étonner que ces deux auteurs acceptassent cette charge alors qu'ils avaient des moyens de publication autrement plus prestigieux à leur disposition (pour ce qui est de Curtius on peut faire état, à côté de la presse nationale comme la *Frankfurter Zeitung*, de revues comme *Neuer Merkur* ou *Neue Rundschau* paraissant chez Fischer, la maison des frères Thomas et Heinrich Mann, d'Hermann Hesse, etc. Rivière quant à lui avait *La NRF* à sa disposition et tout un choix de revues littéraires ou de journaux parisiens). Mais ce qui comptait sans doute pour eux, c'étaient l'attachement à Aline Mayrisch, mais aussi, ne nous le cachons pas, l'aspect matériel. Pour Curtius qui, comme tous les Allemands, avait à se débattre avec une dévaluation continue du mark et de son inconvertibilité dans d'autres monnaies, des honoraires payés en francs français ou luxembourgeois étaient les bienvenus[1]. Quant à Rivière, il avait un besoin constant d'argent, entre autres pour bien loger sa famille à Paris, le salaire versé par *La NRF* étant modeste. Il n'avait d'ailleurs pas hésité à demander un emprunt à Aline Mayrisch. « Ce sont cinq mille francs que je viens vous demander de me prêter pour quelque temps, si vous le pouvez. Je me suis souvenu qu'avec une gentillesse dont je ne vous ai peut-être pas assez remerciée sur le moment même, vous m'aviez, à plusieurs reprises, offert de me prêter de l'argent[2]. »

Indépendamment de ses besoins d'argent, Rivière, suivant ses partis pris dans *La NRF*, fait acte d'adhésion aux idées d'Émile Mayrisch, le « patron », et donne, à partir du 1er novembre 1922, une série de vingt-deux articles mensuels à la *Luxemburger Zeitung*. « Comme à vous, écrit-il le 2 octobre 1921 à Aline Mayrisch, la réconciliation franco-allemande me paraît plus hypothétique que jamais. Ce n'est pourtant pas une raison pour ne pas y travailler dans la mesure de nos forces, puisqu'elle est en somme le seul espoir de paix positive et durable[3]. » Il vient de donner le ton : c'est avec une constance, une endurance, une persistance de Sisyphe qu'il commentera au jour le jour la période la plus noire de l'après-guerre, celle de l'occupation de la Ruhr par les forces françaises, celle des grandes turbulences économiques, des zones sinistrées par la guerre et toujours en friche, voire en ruine, celle de la « résistance passive » allemande et du refus d'honorer le paiement des réparations imposées par le traité de Versailles, celle des anciens alliés anglo-saxons de la France se désolidarisant d'une politique française jugée par trop intransigeante. Et pourtant « il n'y a de paix que franco-allemande », écrit-il dans son article du 21 novembre 1924, un des derniers.

1. Voir la préface de Romain Kirk à Ernst-Robert Curtius, *Goethe, Thomas Mann und Italien. Beiträge in der Luxemburger Zeitung (1922-1925)*, Bouvier, 1988, p. 12.
2. Lettre de Jacques Rivière à Aline Mayrisch du 21 novembre 1920, in *Correspondance 1912-1925*, Pierre Masson et Cornel Meder (éd.), Nantes, Centre d'études gidiennes, 2007, p. 47.
3. *Ibid.*, p. 78.

Et il s'efforce d'espérer, car « l'optimisme est un devoir » (6 janvier 1924), même s'il est un « dur effort » (9 septembre 1924). En acceptant d'écrire ces articles pour la *Luxemburger Zeitung* et de faire du journalisme, Rivière s'est exposé bien délibérément à des risques. Risque de se tromper dans ses appréciations de la situation politique (ce qui lui est arrivé), risque de se faire détester aussi bien par la droite nationaliste que par l'extrême gauche lui reprochant sa foi mayrischienne dans le rôle pacificateur d'une entente économique avant tout. En cela, il a été plus courageux que son homologue allemand Ernst Robert Curtius qui, parmi ses dix-neuf articles, n'a consacré qu'un seul (et encore...) à un sujet politique, à savoir à la mue démocratique et républicaine de Thomas Mann survenue le 13 octobre 1922 et rendue publique par son célèbre discours « *Von deutscher Republik*[1] ». Par ailleurs, il livre des comptes rendus de livres parus en Allemagne (de Hugo von Hofmannsthal, d'Hermann Bahr, de Richard Coudenhove-Kalergi, de Franz Blei...), ses impressions de voyage en Italie, ses impressions de voyage à Paris. Des feuilletons parfaitement apolitiques d'un voyageur qui semble tout ignorer des temps qui courent...

Même si Rivière et Curtius partageaient une admiration profonde pour l'œuvre de Proust, il semble bien qu'ils n'avaient pas grand-chose à se dire, comme le laisse déjà supposer la thématique et la tonalité de leurs contributions respectives à la *Luxemburger Zeitung*. « Curtius est très gentil, écrit Rivière à sa femme Isabelle, dans le fond, c'est un innocent[2]. » Et Curtius le lui rend bien en se montrant un tantinet plus méchant : « Il ne dépasse pas et ne veut pas dépasser les limites du psychologisme. Malgré tout le modernisme affiché de *La NRF,* il reste au fond un Français, pas un Européen[3]. » Il lui a réservé encore d'autres méchancetés dont on fera grâce aux lecteurs. Dans leurs correspondances respectives à la *Luxemburger Zeitung,* c'est Rivière qui se montre plus Européen que Curtius dans la mesure où ce dernier n'a qu'une vision purement culturelle et apolitique, « *bildungsbürgerlich* » et donc profondément allemande

1. Ernst Robert Curtius, « Briefe aus Deutschland : Thomas Mann und die Republik », in *Goethe, Thomas Mann und Italien. Beiträge in der Luxemburger Zeitung (1922-1925), op. cit.*, p. 35-41.

2. Germaine Goertzinger, *Aline Mayrisch-de-Saint-Hubert 1874-1947. Ein Frauenleben im Spannungsfeld von Feminismus, sozialem Engagement und Literatur, op. cit.*, p. 216.

3. Ernst Robert Curtius-Max Rychner, *Freundesbriefe 1922-1955,* Frank-Rutger Hausmann (éd.), Vittorio Klostermann, 2015, p. 51. Nous traduisons.

de l'Europe. En revanche, il n'a sans doute pas entièrement tort de reprocher un certain psychologisme à Rivière. C'est par là qu'il avait commencé en rédigeant *L'Allemand*, c'est par là qu'il semble finir, dans un moment de fatigue ô combien compréhensible en consacrant son dernier article pour la *Luxemburger Zeitung* au nationalisme allemand qu'il aborde avec les moyens de la psychologie des nations, discipline, il est vrai, très en vogue à l'époque. Il ne faudrait toutefois pas croire que Rivière ait réservé à la seule *Luxemburger Zeitung* ses réflexions sur l'Allemagne. Dans le numéro du 1er mai 1923, il a donné à *La NRF* une sorte de synthèse de ses propres textes sous le titre « Pour une entente économique avec l'Allemagne ».

Ce sont bien des « souvenirs et réflexions d'un prisonnier de guerre » que livre Jacques Rivière dans L'Allemand, *publié aux éditions de la Nouvelle Revue française en 1918. Autant dire que c'est son expérience personnelle, toute subjective, qui est à l'origine de ce livre appartenant à une discipline fort répandue à l'époque, mais souvent récusée de nos jours, celle de la psychologie ethnique. L'ouvrage comporte deux parties. La première, « d'après nature », ce sont les « Souvenirs », répartis en quatre chapitres, la seconde, « À l'en croire », ce sont les « réflexions » qui, s'appuyant sur la philosophie néokantienne de Paul Natorp, débouchent sur la définition de la « barbarie allemande ». De tous les ouvrages publiés du vivant de Rivière,* L'Allemand *est celui qui a connu le plus grand succès et un nombre conséquent de réimpressions. Gide et Valéry applaudirent, suivis par Henri Ghéon, Georges Duhamel, Roger-Martin du Gard, André Billy et bien d'autres. De nombreux articles de presse ont salué l'ouvrage, dont l'accueil a évidemment été fort négatif en Allemagne. Sa genèse, sa réception, sa place dans la pensée de Rivière ont été parfaitement mises en lumière par Yaël Dagan dans son ouvrage* La NRF entre guerre et paix, 1914-1925 *(Tallandier, 2008). Nous donnons à titre d'exemple l'avant-propos et le premier chapitre de la première partie, ainsi que le cinquième chapitre de la deuxième partie, en suivant le texte de l'édition originale.*

L'Allemand

Avant-propos

Les pages qu'on va lire ont bien failli ne jamais voir le jour. Et je ne veux pas du tout insinuer que c'eût été un malheur considérable. Mais je ne crois pas sans intérêt de marquer ici les raisons qui ont été sur le point de m'empêcher de les publier. Elles sont d'un ordre très général et je ne suis peut-être pas le seul qu'elles soient venues déranger. Je m'étonnerais fort, si, dans mes hésitations, beaucoup de lecteurs ne reconnaissaient pas leurs propres doutes, les embarras où ils se sont eux-mêmes, parfois peut-être avec angoisse, débattus.

Appelé dès le troisième jour de la mobilisation, j'eus le malheur de faire partie d'une unité qui fut opposée à la ruée allemande à un moment et sur un point où elle était particulièrement irrésistible. Je fus fait prisonnier dans les derniers jours d'août 1914.

Je suis resté près de trois ans en Allemagne. Ce n'est qu'en juin 1917 que j'ai été interné en Suisse. Pendant ce long séjour forcé chez l'ennemi, j'ai eu le temps d'observer et de rassembler dans mon esprit les traits principaux de son caractère. À vrai dire, la plupart des idées qu'on trouvera plus loin exposées me sont venues au bout de quelques mois à peine de contact avec lui. Je les avais même fixées dès le début de ma deuxième année de captivité, tout au moins sous leur forme élémentaire. À ce moment, j'avais la ferme intention d'en faire part au public, dès que l'heure de la délivrance aurait sonné pour moi. Rien ne me semblait plus naturel. L'image que je m'étais faite des Allemands, pourquoi l'eussé-je gardée pour moi, enfermée dans un tiroir ? Tous les jours j'avais à subir leurs taquineries : il me semblait de bonne guerre de la brandir, en réponse, aux yeux du monde entier.

Mais lorsque j'eus passé en Suisse, les choses commencèrent à m'apparaître sous un jour différent. J'étais libre désormais, libre de faire tout ce que je voudrais. Je n'avais plus rien à craindre. J'échappais à la guerre. Comme tout le monde me le disait en guise de félicitations (ah ! si l'on avait pu voir quel torrent de remords cette simple phrase déchaînait dans mon cœur !) « la guerre était finie pour moi ». Oui, je ne le savais que trop bien, désormais j'étais à l'abri. Avais-je dès lors le droit de donner libre cours à mes réflexions ? Pouvais-je en conscience émettre des idées dont ce ne serait pas moi qui aurais à supporter les conséquences ? Je ne pouvais me faire aucune illusion sur ce qu'il y avait d'excitant, d'encourageant pour la haine dans ce que j'avais à dire sur les Allemands. Était-ce à moi à le dire, qui n'avais plus qu'à assister en spectateur à la guerre ? Était-il bien de ma part d'attiser un foyer, où je ne risquais plus de me brûler ? Pouvais-je créer de l'inexpiable, sous le prétexte que je n'aurais pas à l'expier personnellement ?

Plus généralement, avais-je le droit de contribuer, pour si peu que ce fût, à l'augmentation de la haine et de la douleur dans le monde ? M'était-il permis d'alimenter de mes remarques ce monstrueux capital, déjà si difficile à liquider ?

J'avais vu beaucoup souffrir. Et la souffrance dont on a été le témoin ne produit pas infailliblement, dans toutes les âmes, le seul besoin de la venger. Je suis de ceux à qui elle inspire surtout l'ardent désir de n'y rien ajouter, de ne travailler en rien à sa propagation, d'en empêcher, au contraire, si possible, le rayonnement. Il m'est trop clair que l'homme est naturellement méchant, pour que je ne me propose pas en première ligne de ne l'être moi-même que le moins possible.

Si l'on veut avoir une idée des scrupules dont j'étais assailli, vers ce moment de ma délivrance, voici un échantillon des résolutions que je couchais alors sur le papier : « Tenir compte de toutes les conséquences de ce que je dis, notais-je. Me représenter toujours à l'avance le poids en efforts et en souffrances de chaque phrase qu'il me vient l'envie de prononcer. Traduire mentalement chacune des impulsions de mon esprit en termes de réalité. »

Si étrange qu'une telle préoccupation puisse paraître en pleine guerre, je ne crois pas me tromper en affirmant qu'elle est celle de la grande majorité des combattants. Ils trouvent que ce qu'ils sont obligés de faire, c'est bien assez. Ils ne souhaitent aucunement de voir les autres, ceux dont l'intervention ne peut servir à rien, se lancer à côté d'eux dans la bagarre. Ils ont un grand souci de ne pas laisser la guerre s'étendre au-delà des gestes par lesquels on la fait, de ne pas la laisser remonter dans le domaine de la parole. Ils sont avares d'héroïsme pour les autres, pour tous ceux qui ne peuvent l'exercer que verbalement. Décidément, ils les supplient de ne pas se mêler de la chose. C'est qu'ils ne s'empêchent pas de calculer ce que chaque mot de haine peut coûter en horreurs du genre de celles dont l'image ne les quitte pas. Invinciblement ils tendent le dos à chaque rodomontade qu'ils entendent, comme à tout bruit qui peut attirer les obus : « C't'idiot-là qui va encore nous faire repérer ! » Et c'est pourquoi vous les voyez en général si réservés, si peu disposés aux injures, si gênés par celles dont vous voudriez les rendre complices.

C'est bien assez comme ça ! pensais-je. Non, décidément, je ne dirai pas ce que je crois avoir aperçu sur les Allemands. Je n'irai pas renflammer la haine naturelle que nous avons pour eux, et qui risquerait ensuite de nous aveugler, quand viendront les premières possibilités de résolution du conflit. Je redoutais en effet, comme le plus épouvantable qu'il put être donné à un homme de commettre, le crime de laisser passer sans la voir la première minute où la guerre cesserait d'être inévitable. Peut-être en publiant mes réflexions, en leur permettant de développer leur venin, allais-je contribuer à rendre cette première minute moins perceptible, moins évidente. L'idée seule d'un tel risque me paralysait complètement. Mais une autre considération m'arrêtait aussi. J'avais beau être intimement convaincu de la vérité de mes remarques sur le caractère allemand, il est impossible, me disais-je en même temps, de penser juste par le temps qui court. Tout n'est-il pas bouleversé ? Ne vois-je pas les esprits les plus fermes, ceux en qui j'eusse mis ma plus grande confiance, courbés, dans un sens ou dans l'autre, par la tempête ? N'y a-t-il pas une ambition plus que folle à vouloir se tenir debout sur le pont d'un navire où tout le monde chancelle ?

J'avais lu, pendant trois ans, les journaux allemands. J'avais causé avec des sentinelles. Et j'avais pu constater combien leur point de vue, si éloigné du mien, si exactement en toutes choses opposé au mien, était, lui aussi, naturel ; je veux dire combien ils s'y plaçaient, naturellement, fatalement, avec quelle infaillibilité ils y étaient ramenés par chaque événement qui pouvait survenir, par chaque expérience qu'ils pouvaient faire. En d'autres termes, la vision allemande m'était apparue, non pas bien entendu aussi juste, mais aussi nécessaire que la mienne ; une aussi inexorable pente m'avait semblé y conduire.

Et j'en venais à cette idée qu'en temps de guerre toute pensée est soumise à une sorte de gravitation. Les passions de chaque individu, plus profondément encore sa race, sa naissance forment un centre, forment un astre, autour duquel sa réflexion, retenue par une invisible influence, ne peut rien faire de mieux que de tourner. En réalité on ne pense plus : on se confirme, on se félicite, on se congratule soi-même, on admire sans cesse à quel point l'on a raison. On happe au passage tout ce qui peut vous encourager dans votre système ; et le reste, on ne le voit pas ; il glisse sous votre nez, sans qu'un soupçon vous effleure du désordre qu'il pourrait porter dans vos représentations. Il ne faut pas dire tout à fait qu'on devient aveugle ; la clairvoyance de bien des esprits au contraire s'affine et s'exaspère ; mais elle prend un cours circulaire et comme enchanté ; elle ne sait plus sortir de l'enceinte magique où une invisible puissance l'a enfermée.

La révolte même ne sert de rien. Je n'ignorais pas que, dans tous les pays en guerre, il s'était trouvé des gens pour refuser le point de vue national. Ils avaient voulu échapper au piège de leurs origines et de leur race. Je les voyais raidis, tendus, guindés, pleins d'un effort majestueux, mais vain. Car la corde à laquelle ils se cramponnaient pour marcher droit, comment ne remarquaient-ils pas qu'elle s'enroulait, elle aussi, en sens inverse, autour du plus solide cabestan ? Eux aussi, ils allaient en rond, eux aussi, ils subissaient une évidente gravitation. Toutes leurs démarches m'apparaissaient étroitement commandées par leur mauvaise humeur, par l'instinct de contradiction, par le besoin de montrer à tout le monde qu'ils n'étaient pas les esclaves de la nationalité que le hasard avait jugé bon de leur octroyer. Ce souci-là formait un centre de préoccupation antagoniste, mais parfaitement symétrique du premier. Il n'était pas moins obsesseur et ne réclamait pas leur réflexion avec moins d'exigence ; il ne la détournait pas moins des voies de la raison. Et que peut-on rêver, par exemple, de plus incohérent, de plus influencé par le sentiment, de plus purement pathétique, que les considérations par lesquelles un Romain Rolland a cru s'élever au-dessus de la mêlée ?

Au milieu de si forts remous, de si impérieux tourbillons, encore une fois pouvais-je espérer que ma pensée eût seule, par miracle, trouvé une assiette ferme et l'autonomie indispensable pour reconnaître la vérité ? Comment eussé-je été le seul à ne subir aucun des entraînements divers, auxquels je voyais tous ceux qui réfléchissaient, et même les plus appliqués à le faire proprement, céder à leur insu ? D'où me serait venu le privilège d'apercevoir mon ennemi le plus détesté d'un œil vraiment dépouillé ? Et si j'en suis incapable, me disais-je, ce que je crois être une exacte peinture de son caractère n'est donc, en fait, rien de plus qu'un réquisitoire. Ai-je bien le droit de publier, sous les dehors d'une étude scientifique, un pamphlet, une caricature ? Vais-je ajouter un chapitre à cette littérature féroce et précaire, que je ne puis lire moi-même sans dégoût ?

*

Tels étaient à peu près les scrupules qui, au moment même où je devenais libre de l'exécuter, me décourageaient de mon projet d'écrire sur les Allemands. Ils me tourmentèrent si fort qu'après avoir rédigé les pages qui forment le chapitre II de la première partie du présent volume, j'abandonnai mon travail et passai à d'autres occupations.

Mais, me demandera-t-on, pourquoi donc y êtes-vous revenu, et quelles considérations ont bien pu vaincre vos premières répugnances ?

Ce n'est aucune considération théorique, et mes répugnances subsistent entières. Voici simplement ce qui m'est arrivé :

J'ai essayé d'écrire autre chose ; j'avais mille idées en vue ; il me semblait n'avoir que la main à étendre pour les saisir. Mais elles se dérobaient ; ou, quand une fois je m'en étais emparé, je les trouvais si pauvres, si pâles ! Tout ce que je notais était faible, triste, entortillé. Ma pensée, comme un enfant malingre, ne se développait pas, restait nouée. J'avais beau la provoquer de ma plume : elle refusait de s'épanouir. Je me sentais un poids intolérable, non plus sur la conscience, mais sur l'esprit. Quelque chose l'oppressait et le paralysait, dont d'abord je voyais mal la forme et la nature.

Mais j'eus bientôt fait de comprendre ce que c'était. C'était mes « boches » qui « ne passaient pas ». Comme on dit, ils « me restaient sur l'estomac ». Tout ce que je savais, tout ce que j'avais découvert sur leur compte, du seul fait que j'avais résolu de le garder pour moi, agissait contre moi, menaçait de m'étouffer.

Je m'étais cru plus fort que je n'étais. Mes scrupules étaient fort beaux ; mais encore fallait-il que je fusse capable de leur obéir. Je m'étais faussement pris pour un humanitaire ; je m'étais trompé sur ma capacité de pardon ; j'avais une nature trop formée, trop définie pour qu'elle pût abdiquer, avec une soumission vraiment sincère et irrévocable, devant son contraire.

Au fond, j'avais mal connu la profondeur de mon antagonisme aux Allemands. J'étais avec eux dans une incompatibilité d'humeur si foncière, si exacte, – il y avait une correspondance à rebours si parfaite de leur caractère au mien, que je voyais quelle utopie ç'avait été de vouloir les surmonter, les oublier et les taire.

La question désormais était bien claire. Entre eux et moi, il me fallait choisir. En leur faisant grâce de ce que j'avais à dire sur leur compte, je me condamnais moi-même à mort. À tout le moins je perdais le libre usage de mon esprit ; il me fallait renoncer à toute joie et à toute aisance intellectuelles.

J'étais bien obligé de reconnaître que je n'étais pas mûr pour un tel sacrifice et que ma générosité ni mon amour du prochain n'allaient jusqu'à me le rendre possible.

Je suis donc revenu à mon manuscrit un moment délaissé et j'ai écrit le livre qu'on va lire, rien que pour « vomir » les Allemands.

Je ne me fais aucune illusion et je ne cherche pas à donner le change sur les motifs qui me le font publier : ils sont d'ordre égoïste, je le sais. Je ne suis pas de ceux qui confondent leurs sentiments et pensent faire œuvre de charité chrétienne en s'abandonnant à leur haine. Je vois très bien que la charité ne saurait ici m'ordonner autre chose que de me taire. Je ne la compromettrai pas dans l'entreprise violente où je me jette ; je ne lui ferai pas couvrir ma colère. Je lui désobéis en pleine conscience, et à contrecœur, sous l'empire d'une passion irrésistible, pour une fois seulement, si Dieu le permet.

Je cède ici, le sachant, à la fureur de mon esprit, à son intégrité. Je le laisse se défendre tout seul, par son unique volume, contre l'atteinte et contre l'attentat de son ennemi parfait, de son ennemi idéal. De son propre élan, il se précipite sur le génie allemand, tout droit, avec l'ardeur immédiate et aveugle des phagocytes s'emparant des microbes qui voudraient s'insinuer dans l'organisme.

Je me débarrasse, je me déblaye. Ceci n'est pas un jugement, une mise en accusation de l'Allemagne, du genre de celles que dressent quotidiennement nos journalistes et nos hommes d'État. On ne trouvera pas dans mon livre l'appareil solennel de la justice. Je n'y condamne rien ; j'y déteste seulement. Mon livre n'est rien de plus que la grande détestation que mon esprit fait de l'Allemagne.

Je ne m'en prends pas à ses crimes, mais à sa façon de penser et de sentir ; je la répudie bien exactement ; je dis : « Voilà tout ce que je ne suis pas, tout ce dont je ne veux pas. » Je me nettoie de l'Allemand, comme la France elle-même cherche, depuis plus de quatre ans, avec une si dramatique patience, à s'en nettoyer. Je ne me place pas à un point de vue transcendant ; je fais de l'hygiène, comme on dit ; je pense à moi, à ma propreté intérieure, et j'écarte ce qui la compromet. Je cherche simplement à retrouver l'aisance de mon souffle et le bon fonctionnement de mon cerveau.

Et pourtant je ne voudrais pas non plus, par trop d'insistance sur ce point, éveiller l'idée que je n'ai tenu compte, dans tout mon livre, que de ma commodité personnelle. À m'entendre répéter que je m'y suis uniquement proposé de me débarrasser des Allemands, on pourrait croire que je n'ai pas été trop scrupuleux sur les moyens d'y réussir ; je finirais par suggérer à mes lecteurs le soupçon que je n'ai pris conseil que de ma fureur et que mon essai n'est donc rien qu'une vaine diatribe.

Non. Malgré la force des sentiments qui m'animaient, malgré l'urgence de la fin que j'avais en vue, je me suis efforcé d'être aussi objectif que possible. possible. Le moyen que j'ai choisi de détacher de moi les Allemands, c'est de les définir, – de les définir avec toute l'exactitude et toute la minutie dont j'étais capable. Je me suis appliqué à ne rien laisser passer dans mon analyse de purement injurieux, j'ai évité dans tous les cas la simple vitupération. J'ai toujours motivé par des exemples empruntés soit à mes souvenirs de captivité, soit à des textes incontestables, chaque trait que j'ai cru pouvoir tracer. J'ai contenu mon indignation le plus que j'ai pu. J'ai pensé qu'il y avait toujours avantage à en remplacer l'expression par quelque détail authentique ou par quelque réflexion dont la pertinence pût être directement sentie. Finalement, quand il s'est agi de fixer l'essence du génie allemand, pour être bien sûr de ne rien inventer, j'ai demandé tous mes matériaux à un Allemand et ce n'est que du texte même de son essai que j'ai voulu tirer les formules qui m'ont servi à la caractériser.

En un mot, j'ai voulu faire une œuvre posée, concrète, véridique. Bien que j'y sois étroitement mêlé et que j'apparaisse directement intéressé à son issue, je n'ai pas désespéré de lui donner une valeur indépendante de la passion qui me l'inspirait, ni même de forcer les esprits qu'elle est faite pour indisposer le plus violemment, à en reconnaître la vérité. Oui, je voudrais que l'Allemand lui-même ne puisse la contester, je voudrais le contraindre à avouer sa ressemblance avec cette image que je lui tends.

Sans doute, c'est encore là une utopie, mais qu'il vaut la peine de poursuivre. Car en la gardant sans cesse comme idéal devant les yeux, je commencerai peut-être, à tout le moins, à réduire et à dégonfler ces monstres intellectuels, ces caricatures géantes qui flottent entre les deux camps comme des baudruches et dans lesquels chaque peuple croit reconnaître son adversaire.

C'est même, en fin de compte, ce qui me rassure sur la responsabilité que j'encours en publiant ces pages. Elles finissent par m'apparaître plus utiles que dangereuses. Je me demande si elles ne peuvent pas avoir cet excellent effet de remplacer les notions entières, absolues et vides que nous nous sommes formées sur le compte des Allemands par des idées tout de même plus nuancées, plus relatives, reflétant mieux la complexité du modèle. Peut-être peuvent-elles nous aider à sortir de la féroce et grandiose ignorance où nous vivons, de notre ennemi. Peut-être, malgré ce qu'elles ont encore de trop ardent et d'un peu grossier, contribueront-elles à nous replacer dans cette attitude de pure et d'impartiale observation vis-à-vis de ce que nous n'aimons pas, où il va bien falloir que nous consentions à rentrer.

Et voici qu'après avoir craint de prendre rang parmi eux, je vais espérer de déplaire, par trop de modération, aux excitateurs de tous calibres qui mènent le chœur de la vocifération contre l'ennemi. J'avoue que ce serait une bien grande satisfaction pour moi, si l'exactitude de ma peinture allait les déconcerter ; et je ne tiendrais pas pour un petit honneur les injures qu'ils voudraient bien m'adresser ni le mépris qu'ils consentiraient à faire de moi.

*

On voit, en tous cas, que je suis loin d'être fixé sur le retentissement possible de mon livre. Mais c'est assez m'interroger à son sujet. Puisque aussi bien je suis maintenant décidé à le donner, il est parfaitement ridicule de me demander plus longtemps ce qui pourra bien se passer, quand je l'aurai fait. Et ce l'est d'autant plus, que le plus vraisemblable est qu'il ne se passera rien du tout.

I
Le manque de crête

Il me semble qu'on fait fausse route quand on veut apercevoir d'abord chez les Allemands des sentiments d'une violence et d'une cruauté anormales, un tempérament furieux. Je ne nie pas cette violence, cette cruauté, cette fureur, dont il y a tant d'exemples constatés. Mais je ne pense pas qu'elles soient en eux primitives. Je ne nie pas qu'ils soient des barbares. Mais il ne me paraît pas que ce soit tout à fait à la façon des Huns.

Ce qui me frappe bien plutôt au premier coup d'œil, c'est leur manque de tempérament et ce que Maurras appelait un jour très bien « la médiocrité du premier fonds allemand ». Cet ensemble de goûts, d'instincts, de préférences et d'aversions, qui fait la substance de chaque âme et donne au caractère sa tournure, est en eux d'une indigence prodigieuse. Prenez-les bien exactement au début d'eux-mêmes, avant que leur formidable volonté ait eu le temps d'intervenir : ils ne sont rien ; ils ne désirent, n'attendent, ne prétendent rien.

Qui dira jamais la profondeur de leur *indifférence* ? Et il faut entendre par là qu'ils sont à la fois extraordinairement indifférents et extraordinairement indifférenciés. Tous les prisonniers connaissent, pour s'en être souvent moqués, l'immanquable réponse des sentinelles à toute proposition qui, par chance, ne vient pas se heurter à quelque interdiction, que n'a, par hasard, prévue et d'avance repoussée aucun règlement : *Das ist mir egal !* ripostent-elles infailliblement. Et il faut entendre le son plein et convaincu de la dernière syllabe : *Das ist mir egââl !* Cela est prononcé avec une sincérité radicale, exhaustive ; on sent que c'est le tréfonds de l'âme qui s'y exprime et s'y épuise. Or, qu'est-ce que cela veut dire, sinon : « À ce que vous me suggérez, rien en moi n'incline et rien en moi ne s'oppose. Vraiment, je me sens aussi vide que possible en face de votre envie. Je pourrais chercher longtemps : je ne trouverais rien qui soit pour ou contre. Je suis tellement uni, tellement homogène, tellement équivalent en quelque point que vous me preniez ! Je ne connais tellement pas d'autres différences que celles qu'on m'a apprises ! »

Ne confondons pas. Ce n'est pas ici le fatalisme slave ou oriental ; il ne s'agit d'aucune résignation. L'Allemand ne replie pas ses désirs et ses rêves devant un événement jugé insurmontable. La vérité est qu'il n'a d'abord ni désirs, ni rêves ; ni amour, ni haine ; ni plaisir, ni dégoût ; ni passion d'aucune sorte. Dirons-nous que c'est un endormi, que la vie en lui reste faible et basse ? Au contraire, à n'en mesurer que le branle, elle semble en lui exceptionnellement forte et tendue. Le courant qui le traverse dépasse de beaucoup l'intensité moyenne. Mais il ne traverse que le vide ; il ne trouve rien pour l'orienter ; la matière qu'il parcourt est complètement amorphe. Les rudiments même de la sensibilité sont absents de cette âme, et ses inclinations élémentaires, son premier clivage.

« Un Allemand ne tient pas devant un Français », me disait un jour un camarade de captivité, un petit bonhomme, dont je revois les minces yeux brillants, le regard décidé. Étant détaché au travail tout seul dans un village, il y avait pris sur ses employeurs un ascendant extraordinaire et avait réussi à obtenir leur complicité pour une évasion. Seul, le repentir imprévu et prématuré d'une femme, qui avait été, toute en pleurs, se dénoncer, et lui avec, aux autorités, avait fait échouer son projet. C'est en se rappelant la facilité avec laquelle il avait convaincu tous ces gens de lui venir en aide contre leur patrie, qu'il énonçait ce principe, dont la justesse m'avait frappé. Un Allemand ne tient pas devant un Français. C'est-à-dire que si vous les prenez tous les deux à l'état naturel, au moment où ils ne reçoivent encore d'indications que de leurs respectifs tempéraments, l'Allemand ne peut pas affronter le Français ; il est sans armes devant lui ; il n'a rien qui corresponde à ces désirs droits et perçants, à cette vivacité passionnée, à cette avide intrépidité du cœur dont son partenaire est pourvu. Qu'opposerait-il à nos mille partis pris, à nos décisions sentimentales, à cette façon que nous avons de voir tout de suite les choses sous le jour le plus déterminé ? Dès qu'il paraît à nos yeux, le tableau de la réalité a toutes ses nuances. Je ne dis pas que cette promptitude soit dans tous les cas un avantage. J'aimerais même à montrer qu'elle est peut-être à la source de toutes nos erreurs et de tous les malheurs qui s'ensuivent. (Nous sommes des esprits trop vite fixés.) Mais enfin elle témoigne d'une vigueur générale, d'un entrain et d'une « pleine terre » des sentiments, auxquels l'Allemand, avec son éthique spontanéité, ne saurait songer à résister, et qui, toutes les fois qu'il se trouve seul en tête à tête avec l'un de nous, le mettent en état de notoire infériorité.

Der deutsche Jüngling fromm und stark
Beschirmt die heil'ge Landesmark[1].

C'est trop bien ça. Je le vois trop bien, « le jeune Allemand honnête et fort », appuyé sur son arme, prêt à tous les chocs, la poitrine solide, l'esprit seulement animé d'un éperdu dévouement. Je le vois trop bien pour pouvoir le souffrir. « Honnête et fort » : voilà tout ce qu'il a à nous montrer, voilà son entière richesse intérieure en deux mots exprimée. Qu'on n'aille pas dire qu'une chanson n'est pas une peinture psychologique. Non, tel quel, le portrait est complet ; il n'y manque aucun détail. Voilà le héros allemand, tel qu'il s'apparaît à lui-même, voilà toute la complexité et toute la nuance qu'il se découvre ; voilà à quoi, à ses propres yeux et en fait, il se ramène.

Plus que d'avoir ravagé, pillé, incendié et massacré, je lui en veux de se résumer si facilement, de se réduire à si peu de chose. Ce que je ne puis lui pardonner, c'est son néant intérieur. Il faut qu'il aille chercher des vertus pour faire croire qu'il est quelque chose ; il ne commence qu'à la morale. Pour s'apercevoir qu'il existe, il faut lui donner quelque chose à faire ; alors on peut admirer comme il le fait bien. C'est un de ces êtres qu'on ne remarque que lorsqu'on est obligé de les féliciter.

Les vieux du *landsturm* qui venaient au camp prendre livraison des corvées, après avoir recueilli, d'un visage tendu par le respect, les recommandations du sous-officier de service, se tournaient vers le groupe de prisonniers qu'ils allaient accompagner : *Also, marsch*[2] *!* s'écriaient-ils. C'est-à-dire : « Puisque c'est ça que nous devons faire, faisons-le ! » Rien ne les eût poussés à l'entreprendre spontanément, cette idée ne leur serait jamais venue. Mais c'était presque effrayant de penser à quel point ils n'y trouvaient pas non plus d'objection ! On sentait en eux une vacance presque infinie, et surtout, ce qui m'impatientait plus que tout le reste, cette bonne humeur des gens qui n'ont pas de désirs, qui sont contents de faire

1. « Le jeune Allemand honnête et fort / Protège la frontière sacrée. » (Deuxième couplet de la *Wacht am Rhein*.) (NdA)
2. « Eh bien donc, en avant ! » (NdA)

ce qu'on leur dit de faire, parce que sinon ils n'auraient pas su à quoi passer leur temps.

*

Comme c'est l'aspect, je crois, le moins soupçonné de son caractère, je voudrais illustrer par quelques anecdotes cette indifférence foncière de l'Allemand. Et d'abord qui chantera jamais en termes suffisamment héroïques sa patience ? Qui racontera tout ce qu'il est possible de lui « faire voir », avant qu'il ne comprenne qu'il faut se fâcher ?

Chaque jeudi, nous allions faire en ville des achats pour la société de secours mutuels de notre camp. Accompagnés d'une seule sentinelle que nous traînions derrière nous plutôt qu'elle ne nous conduisait, nous entrions librement dans tous les magasins et nous y étions toujours royalement accueillis. Nous récoltions même bien des sourires et bien des compliments qui ne se fussent jamais égarés à l'adresse de vulgaires soldats allemands. Car les Allemands se soutiennent sans doute très fortement les uns les autres, mais ils ne s'aiment guère entre eux ; il suffit de les avoir vus se parler pour en être convaincu. Le visage même qui nous regardait plein d'aménité, dès qu'il se tournait vers un compatriote, devenait dur, sombre et sec : quelques mots de réponse, juste ce qu'il fallait ; et si « l'autre » n'était pas content, il n'avait qu'à s'en aller. (Peut-être aussi, pour tout dire, cette différence d'égards tenait-elle en partie à la différence que le marchand supposait entre nos respectifs porte-monnaie.) – Quoi qu'il en soit, ce n'est pas sur cette curieuse anomalie psychologique que je veux insister en ce moment. Je pense surtout à l'endurance de certains *feldgrauen* qui attendaient pour se faire servir qu'on en eût fini avec nous ; j'en revois un, entre autres, que nous fîmes « poser » certainement pendant près d'une demi-heure, dans un magasin de quincaillerie. Sans même oser s'asseoir, il regardait, derrière nous, d'un air mélancolique, les scies et les serpes pendues au plafond, et poussait de loin en loin de timides soupirs. Parfois l'un de nous lui lançait par-dessus l'épaule un regard ironique et amusé ; mais il ne semblait pas s'en apercevoir. Qu'étions-nous pourtant, que de vulgaires prisonniers, que des esclaves qu'il eût pu balayer d'un geste ? Mais je suis bien sûr qu'il ne pensait pas à ce détail ; et ce qui l'en rendait oublieux, ce n'était ni générosité, ni grand élan de fraternité humaine. Tout simplement il ne sentait rien ; il ne réalisait pas la situation par le sentiment ; elle ne lui donnait aucune secousse ; les fibres qui l'eussent fait tressaillir et se révolter manquaient dans son cœur.

En chemin de fer, entre Leipzig et Francfort, nous étions six prisonniers conduits par deux sentinelles ; nous nous étions confortablement installés dans un compartiment et d'abord, sans hésiter, et sans provoquer la moindre protestation de nos gardiens, deux des nôtres avaient pris les deux coins près de la fenêtre. Le train cependant était bondé : beaucoup de permissionnaires, quelques civils ; et de nos places, nous contemplions tous ces gens, qui s'amoncelaient dans le couloir, la plupart debout, quelques-uns lamentablement assis sur leurs paquets, tous écrasés les uns contre les autres, piétinés par chaque passant, jetés contre les parois par chaque cahot du train, mais ne pensant aucunement à nous déranger. Nous les entendions bougonner les uns contre les autres ; c'est tout ce qu'ils voyaient de mieux à faire. À la fin, le spectacle nous parut si ridicule que nous nous décidâmes à « inviter » un grand artilleur, qui se tenait debout en travers de la porte, à venir s'asseoir au milieu de nous : il accepta avec force remerciements.

Il est incroyable à quel point l'Allemand est lent à se représenter le véritable rapport où il est avec les gens qu'il rencontre : c'est parce qu'il n'en est averti par aucune commotion affective, par aucun sentiment immédiat. Et le Français profite d'une façon admirable, souvent même téméraire, de ce retard à l'allumage. Instruit du premier coup d'œil, avec une folle impertinence, il saisit son avantage et le pousse aussi loin que possible, pendant le temps que l'autre met à composer sa réaction. Arrive ensuite que pourra ! Il aura toujours bien ri en attendant.

On n'imagine certainement pas ce que les prisonniers réussissent à « faire avaler » à leurs gardiens. On n'a aucune idée du ton de certaines conversations entre eux. Que de fois ai-je entendu mes camarades dire à leur chef de chantier : « Vous aurez beau faire, vous êtes foutus ! Ce n'est plus qu'une question de jours, de mois ou d'années. Mais vous êtes foutus. Tout le monde sait ça en Europe. Il n'y a que vous qui ne le sachiez pas encore. »

Un jour, un prisonnier se voit interpellé par un officier aviateur, qui a la naïveté de lui demander ce qu'il pense de la guerre. Le Français aussitôt de se lancer dans une peinture effroyable de la situation où l'Allemagne s'est imprudemment fourrée et de montrer le châtiment qui s'approche d'elle pas à pas. Je me rappelle particulièrement la conclusion de sa diatribe, si décisive que l'autre en resta tout sot : « D'ailleurs, s'écria-t-il, quand on n'est pas foutu de nourrir ses prisonniers, on ne fait pas la guerre ! » Nous avions un sous-officier qui était chargé de nous faire faire l'exercice. Figure rose, tête toujours légèrement inclinée sur l'épaule, parole doucereuse, allure timide et gênée ; dans le civil il était fabricant de poupées. – Avec un pareil innocent, direz-vous, il n'y avait guère de mérite à se montrer provocant. – Oui, mais bien qu'il ne fît presque jamais d'observations et qu'il se contentât de mouvements exécutés avec toute la nonchalance que des Français sont capables de mettre à une besogne qui les ennuie, il avait un petit carnet où il crayonnait gentiment de temps en temps quelques notes personnelles ; et la suite en était généralement qu'au bout de quelques, jours l'un de nous se voyait emmené en cellule pour mauvaise tenue à l'exercice. L'animal dans le fond était donc venimeux. Eh bien ! malgré le danger qu'il y avait à l'exciter, je ne puis songer sans rire, j'allais dire sans pitié, aux énormités que certains d'entre nous réussissaient à lui faire entendre. Il est vrai qu'il avait, lui aussi, la manie bien allemande de nous demander notre avis sur les opérations. Ce n'était donc jamais nous qui avions commencé. Mais c'était bien nous qui continuions, et avec quel entrain ! Je me rappelle surtout le moment de l'attaque sur Verdun. Le malheureux avait eu l'imprudence de nous laisser voir, dès les premiers jours, qu'il comptait bien sur la chute imminente de la place. « La semaine prochaine, nous serons à Verdun », nous avait-il déclaré d'un petit air timide et satisfait. Empruntant alors une assurance qu'il était sans doute bien loin de ressentir à cet instant, un de mes camarades lui répliqua vertement que ni la semaine prochaine, ni le mois suivant, ni jamais les Allemands n'entreraient à Verdun. Et quand les événements eurent confirmé sa prophétie, on pense comme il triompha ! Je le revois parlant à sa victime sous le nez, et avec des gestes presque menaçants : « Eh ! bien, vous voyez comme vous y êtes entrés à Verdun ! Vous étiez à Douaumont l'autre jour ! Vous n'y êtes plus aujourd'hui. C'est une drôle de façon d'avancer… Enfin peut-être qu'avec le temps !… Mais non, vous n'y arriverez jamais. Vous êtes trop bêtes. Le kronprinz vous fera tous crever devant nos tranchées ; mais vous n'avancerez plus, etc. » Sous cette algarade, dont je n'exagère nullement les termes, notre homme avait pris un air piteux et vexé, mais il ne bougeait pas. Frileux et « rentré » comme un oiseau sous une averse, un mauvais petit sourire d'embarras sur les lèvres, il essayait simplement de mettre un frein à la verve de notre camarade en lui posant la main sur le bras : « Permettez ! Permettez !… » Mais il ne pensait plus du tout à son carnet, ni à l'uniforme qui lui donnait un si terrible pouvoir sur son interlocuteur. Il était ennuyé : rien de plus.

À une sentinelle « bon enfant », qui ne savait pas un mot de français, des prisonniers, comme à un serin, avaient appris cette simple phrase : « ils sont foutus, les boches ! » Et il allait la répétant partout avec extase. Quand nous le rencontrions dans le camp, nous lui criions : « Sont-ils foutus ? » Et il répondait : « Ils sont foutus, les boches ! » Un jour, nous le vîmes arriver tout triste : quelqu'un l'avait renseigné sur le sens de son exclamation favorite. Mais tout ce qu'il fit, ce fut d'être bien malheureux et comme tout détraqué de ne plus pouvoir la lancer.

Les gosses de K…, quand nous passions par la ville, nous couraient après en criant : *Schokolade ! Schokolade*[1] *!* Mais nous avions la cruauté de ne leur rien donner avant qu'ils eussent eux-mêmes sanctionné leur déconfiture par le même sacramentel : « Ils sont foutus, les boches ! » Et malgré que, moins bêtes que la sentinelle, ils comprissent parfaitement le sens de la phrase, ils n'hésitaient pas un instant à acheter de cette monnaie la précieuse plaquette ; aucune indignation ne montait du fond d'eux-mêmes leur interdire d'en user. Il y avait au camp un petit feldwebel courte-patte qui avait servi jadis dans notre légion étrangère. Ses seules amours étaient un corbeau, qu'il élevait avec des tendresses de mère. Il le faisait coucher dans sa chambre et l'y laissait prendre des libertés dont il restait, paraît-il, des traces fort sensibles à l'odorat. C'est du moins ce que m'ont raconté les prisonniers qui allaient en corvée sous sa direction et qu'il employait presque exclusivement à lui ramasser des vers et des insectes pour la nourriture de son protégé. Tous les Français le tutoyaient et quand ils lui demandaient : « Eh bien, Münch, que penses-tu de la guerre ? » il répondait invariablement : « Beud-èdre que les boches seront fainqueurs, beud-èdre que ce sera vous. Moi, je m'en fous. »

Un jour, on envoya pour conduire la promenade, du samedi un vieux petit feldwebel propre, bien rasé, aux yeux clairs et tristes.

1. « Du chocolat ! Du chocolat ! » (NdA)

Je m'imaginai tout de suite, je ne sais pourquoi, qu'il devait être dans le civil soit confiseur, soit professeur de maintien. À peine fûmes-nous sortis du camp, il commanda : « Halte ! » Puis, s'approchant des prisonniers qui étaient en tête : « Que faites-vous ? » demanda-t-il en français au premier. Légèrement interloqué, notre camarade ne comprit pas tout de suite la question : « Quelle profession ? reprit l'Allemand avec douceur. – Instituteur, répondit alors le prisonnier. – Ha ! Ha ! » fit le feldwebel, en hochant par deux fois la tête, et avec les marques d'une grande approbation. Puis il passa au second : « Que faites-vous ? – Comptable. – Ha ! Ha ! » Il vint au troisième pour en obtenir le même renseignement. Mais le reste de la colonne commençait à s'intéresser vivement à la conversation. Un esprit de moquerie la parcourut comme une vague : nous nous mîmes à combiner les réponses les plus extravagantes. Déjà le troisième d'entre nous qui fut interrogé se révéla « marchand de cacaouëts ». « Cacaouëts ? Cacaouëts ? » fit le vieux d'un air interrogatif, en penchant un peu la tête de côté. Mais il ne se déconcerta pas pour si peu et continua sagement son enquête. Son français n'était sans doute pas des plus étendus, ni des mieux au courant, car il parut plus d'une fois embarrassé. Quand il ne comprenait pas, il jetait un petit coup d'œil circulaire, comme pour nous prendre tous à témoins de l'étrangeté de la réponse qu'on lui faisait, et il nous voyait fort bien en train de nous tordre de rire. Mais rien ne le décourageait. L'un de nous n'ayant pas voulu lui laisser ignorer qu'il était « marchand de cochons », « Couchons ? Couchons ? » fit-il avec la même timide inquiétude. Et il passa. Il ne s'arrêta que quand il eut dépouillé le secret des cinquante ou soixante hommes qu'il avait sous ses ordres. Il reprit alors le commandement et remit la colonne en marche. Il reprit l'air content et renseigné. Il marchait à côté de nous, d'un petit pas sautillant et nous faisions à haute voix mille plaisanteries sur son compte : « Est-il possible, me disais-je, qu'il ne comprenne pas qu'on se moque de lui ? » Mais je crois plutôt que ça lui était égal ; il sentait bien, vaguement, que nous n'étions pas très sérieux ; mais cette impression ne passait pas en lui jusqu'à l'indignation ; elle n'éveillait aucune susceptibilité ; elle n'enflammait aucun amour-propre ; elle le laissait tranquille, serviable et satisfait. C'était en hiver, il avait neigé. Quand nous fûmes sur le point de rentrer au camp, il nous fit arrêter de nouveau, à la hauteur d'un vaste champ de neige : « Maintenant, battez-vous avec des boules ! » nous dit-il simplement. Au cours du combat, il fut atteint à plusieurs reprises par de faux maladroits. Il souriait un peu, s'époussetait, et continuait à nous contempler placidement.

F. B… était un grand sous-officier saxon, costaud et paisible, avec de longs bras qui pendaient du haut d'épaules légèrement voûtées. Horloger dans le civil, il l'était à peine moins dans le militaire et ne pensait qu'à nous colloquer des montres, pour lesquelles il nous faisait d'ailleurs des prix réellement avantageux. Il avait vécu en France et savait très passablement notre langue ; il la parlait peu, mais il l'entendait parfaitement. Tous les prisonniers ne connaissaient pas ce détail. Un jour, il entre dans un bureau où travaillaient quelques Français qui justement n'en étaient pas instruits. L'un d'eux, de mauvaise humeur, le salue de la classique exclamation où s'exprime au naturel l'âme de tout bon Français qui, dans un endroit quelconque, fût-ce dans un camp de prisonniers, est en possession d'un « filon » :

— Qu'est-ce qu'il vient encore nous faire ch…, ce c..-là ?

Catastrophe, supposera-t-on. Tempête, cris de rage verrous supplices. Pas du tout. Un peu plus voûté que de coutume sous le poids de l'injure, d'un ton mélancolique et résigné, en traînant un peu sur les syllabes, comme un qui constate qu'il n'a pas de chance, notre homme répond simplement en français :

— Ça fait la troisième fois depuis ce matin qu'on me traite de c.. !

Un incroyable manque de crête : voilà ce que je crois apercevoir d'abord chez l'Allemand, voilà ce qui me paraît être vraiment au principe de son caractère. Dans l'ensemble, ces gens-là ne sont aucunement susceptibles ; ils n'ont pas d'impatiences, rien jamais ne les démange. Parfois, comme dans le cas du petit vieux, cette bonasserie peut devenir touchante, ressembler même à de la générosité et au pardon des injures. Mais on aurait tort de l'admirer et de s'y fier comme à une vertu positive ; on risquerait de graves mécomptes. Pour bien la comprendre, il n'y faut pas voir autre chose que la faiblesse du premier fonds, que le défaut de réalité psychologique dont souffre l'âme allemande. C'est un trou ; pas autre chose.

Et ne faut-il pas « avoir un trou » pour soutenir aussi mal que le font les Allemands leur propre situation, l'avantage que leur donnent les événements ?

Un de mes camarades, de son métier libraire, s'était donné comme architecte, sortant de l'École des Beaux-Arts de Paris. Il jouissait, à ce titre d'un prestige extraordinaire. On lui avait octroyé un bureau, où il faisait à peu près ce qu'il voulait ; on venait le consulter, on l'appelait : *Herr Baumeister*[1] *!* En un mot, il trônait. Un jour, l'architecte allemand lui demande qu'elles seraient, à son avis, les conditions de paix de la France.

— Il nous faut, répondit-il sans se troubler, l'Alsace-Lorraine et cent milliards.

— Cent milliards ! Vous vous trompez, vous voulez dire sans doute : cinq milliards.

— J'ai dit : cent milliards.

— Mais c'est terrible, c'est terrible !

Et l'Allemand d'aller raconter à tous ses amis que la France demande l'Alsace-Lorraine et cent milliards pour faire la paix. L'un après l'autre, ils vinrent chercher confirmation de la nouvelle auprès de mon camarade. « C'était, me racontait celui-ci, comme si j'avais eu vraiment les pleins pouvoirs du gouvernement français pour traiter. Ils défilaient tous devant ma table :

— Est-ce vrai que la France demande cent milliards ? interrogeaient-ils.

— Parfaitement, cent milliards !

— Mais c'est affreux ! Jamais nous ne pourrons avoir la paix à ces conditions-là. Jamais nos gouvernants n'y consentiront.

Et ils s'en allaient les épaules basses, désespérés. »

Il faut noter que c'était au moment de leur plus haute fortune.

S'ils eussent *senti* vraiment ce qu'ils étaient, s'ils l'eussent été par enthousiasme et par inspiration, si la passion les eût le moins du monde soulevés, croyez-vous qu'ils se fussent laissés intimider par le verdict qu'un vulgaire prisonnier osait rendre contre eux et qu'ils eussent été prendre un seul instant en considération les exigences d'un tel plénipotentiaire ? Mais l'assurance même de mon camarade était quelque chose de trop fort pour eux, ils étaient trop mal alimentés pour y faire face ; aucun appel à leur cœur ne leur fournissait la défense, la contestation, la riposte qui eussent été nécessaires. Leurs sentiments les laissaient misérablement en panne.

1. « Monsieur l'architecte. » (NdA)

Et il en était ainsi à chaque fois qu'il leur fallait nous affronter. Ils n'avaient même pas de quoi se tenir à la hauteur des situations qu'ils créaient eux-mêmes. La sensation dont j'ai peut-être le plus souffert en captivité est celle de l'incohérence. Et jamais je ne l'ai éprouvée plus forte qu'au moment des premières « représailles ». On nous avait avertis solennellement que les Français infligeaient aux prisonniers allemands du Kameroun d'horribles traitements, qu'ils les faisaient garder par des cannibales, si bien que plusieurs de ces malheureux avaient été tout simplement croqués par leurs sentinelles ; que pour mettre un terme à ces actes de sauvagerie sans précédent, le gouvernement allemand se voyait obligé de prendre contre nous des contre-mesures (*Gegenmassregeln*) et qu'en conséquence nous allions être envoyés dans les marais de Poméranie ou du Hanovre, où nous travaillerions enfoncés jusqu'à mi-corps dans une boue pestilentielle. Le sous-officier, chef de notre baraque, nous avait déjà fait ses condoléances et ses adieux, car il ne pensait pas qu'aucun de nous en pût revenir vivant. Ce début promettait. Mais, le jour du départ arrivé, quand la colonne fut sur le point de sortir du camp, on la fit arrêter et un officier nous adressa en français le petit compliment que voici :

« Amis Français, nous avons été très contents de vous posséder jusqu'ici, nous n'avons absolument rien à vous reprocher, et nous regrettons beaucoup que les agissements de votre gouvernement nous obligent à nous séparer de vous. Mais rassurez-vous ; dans le camp où l'on vous emmène, vous serez aussi bien traités qu'ici ; je peux vous assurer que vous n'aurez à vous plaindre de rien. Et dans quelques mois vous nous reviendrez, gais et bien portants, tout heureux de votre voyage. »

Je ne garantis pas l'exactitude absolue des termes ; mais tel était bien le sens général du langage qui nous fut tenu. J'avoue qu'il me parut assez comique, et déjà, ayant d'arriver à la gare, je commençais à ne plus bien comprendre où j'étais ni comment tout cela pouvait diable s'enchaîner. Mais ce fut bien autre chose quand nous eûmes pris le train. Dans les faubourgs ouvriers de Dresde et de Leipzig que nous traversâmes, des femmes étaient aux fenêtres et elles nous envoyaient des baisers au passage. Je le dis parce que je l'ai vu. Je me souviens que je me prenais la tête entre les mains, en proie aux plus amères, aux plus épuisantes questions : Qu'était donc tout ceci ? Que me voulaient donc ces imbéciles ? N'auraient-ils pas pu au moins choisir ? Si nous étions en guerre pourquoi ne pas y rester ? S'ils me voulaient du mal, que ne m'en faisaient-ils du fond de l'âme ? J'aurais voulu toucher au moins la haine qui les poussait contre moi. Puisque enfin ils s'étaient déclarés, pourquoi leur cœur ne suivait-il pas ? Je ne me contentais pas de leurs foudres, j'appelais en même temps leur rage et leur exécration. Pour me sentir à l'aise, je ne pouvais absolument pas m'en passer. Je n'étais pas encore assez instruit pour deviner que dans leur cœur, même au moment où ils me condamnaient soi-disant à mort, il n'y avait rien. Je ne savais pas voir qu'ils étaient incapables de nourrir de colère véritable, sentie, la décision qu'ils avaient prise. Je n'osais pas reconnaître la misère inouïe de leur vengeance ni le vide dégoûtant où leur cruauté prenait naissance.

Il faut corriger ce que j'avançais tout à l'heure : ce dont j'ai peut-être le plus souffert en Allemagne, c'est du manque de haine, – j'entends de haine spontanée, naturelle. Il m'a frappé déjà sur le champ de bataille. Comme on nous emmenait prisonniers vers l'intérieur des lignes, d'une troupe qui faisait la pause au bord d'un bois, se détachèrent pour nous voir passer quelques hommes, des jeunes pour la plupart, presque tous imberbes, certains avec des figures de jeunes filles :

— *Die Schweine*[1] ! dit l'un d'eux tout doucement, et l'on sentait dans sa voix combien il était peu convaincu de cette injure, et qu'il la répétait tout simplement, avec scrupule et fidélité, telle qu'il l'avait apprise, comme un mot d'ordre, comme un renseignement reçu de ses supérieurs. Il y croyait ; et c'était tout. Mais s'il eût fallu la trouver lui-même…

Et depuis j'ai pu souffrir mille vexations : mais jamais, – ou plutôt une seule fois peut-être je n'ai senti la douche de la haine sur moi. Que les humanitaires prennent bien garde ici ! Qu'ils n'aillent pas utiliser cet aveu pour conclure à la fraternité spontanée entre ennemis. Aucune déduction ne pourrait être plus inexacte. Les « postes[2] » qui nous emmenaient en corvée étaient bien loin de déborder d'attendrissement et d'amour pour nous. Simplement ils avaient le cœur vacant. Leur petite baïonnette leur battant les jambes, leur tartine de pain noir beurrée de saindoux dans la cartouchière, leur calot rond sur la tête ils allaient *fromm und stark*, marchant à nos côtés de leur pas solide et docile, vers la carrière ou la route en réfection qu'on leur avait désignée. Ils écoutaient

1. « Les cochons ! » (NdA)
2. *Posten* : « sentinelles ». (NdA)

nos conversations, ils prenaient part à nos plaisanteries, ils maudissaient avec nous les « Gros », *die Dicken*, les riches, qui ont fait cette guerre pour s'engraisser encore davantage. Rien en eux à cet instant ne leur parlait contre nous. Mais il ne fallait pas que « Chocolat », le feldwebel chargé de la surveillance des corvées, parût tout à coup à l'horizon sur son cheval pie. Quel branle-bas aussitôt ! Comme ils avaient tôt fait de bondir en avant et de hurler après nous, et de prendre le numéro de celui qui n'avait pas compris leur rugissant *Hände aus den Taschen*[1] *!* Et voilà où je commençais à souffrir. Car encore une fois, pour mon bien-être intérieur, il eût fallu que j'entendisse toute cette rage sortir vraiment d'eux-mêmes ; il eût fallu que je sentisse leur âme même la cracher. Oui, peut-être leur eussé-je pardonné, peut-être eussé-je entrevu une réconciliation possible avec eux dans l'avenir, s'ils me fussent tombés dessus « pour de bon » à cet instant. Car alors j'eusse deviné en eux des hommes, au lieu que je n'avais à faire qu'à des pantoufles.

Pas bien étonnant qu'ils aient montré si peu de fureur contre nous, quand on les voit si peu exaltés par la perspective de se battre. Je sais bien que dans aucun pays aucun homme ne désire, ne peut sincèrement désirer – surtout après quatre ans de guerre – d'être envoyé sur le front. Mais je doute qu'en aucun pays aucun homme ose étaler, surtout devant des ennemis prisonniers, une aussi complète absence de passion belliqueuse que l'Allemand. À cet égard il est vraiment stupéfiant d'impudeur. Je n'aime pas qu'on « crâne ». Mais je ne vois pas non plus la nécessité de laisser n'importe quel regard, surtout celui de notre ennemi, pénétrer jusqu'aux hésitations secrètes de notre courage, jusqu'à la lâcheté de la bête en nous. Or, il n'y avait pas dans le camp une sentinelle désignée pour le front, qui n'accourût aussitôt nous exposer sa détresse, ses terreurs, et nous faire part de son intention de se rendre à la première occasion favorable. Beaucoup nous demandaient de petits certificats attestant qu'ils s'étaient toujours bien conduits à notre égard, pour les montrer dès leur capture et échapper ainsi aux mauvais traitements. J'ai signé pour ma part au moins un de ces témoignages de satisfaction et j'en ai vu octroyer plusieurs par mes camarades. Rien n'était plus comique que l'allure penaude du malheureux en quête de signatures, que

1. « Les mains hors des poches ! » (NdA)

les regards qu'il jetait à droite et à gauche, en suivant l'allée de la baraque, dévisageant les prisonniers, à la recherche des bonnes figures ; et quand il pensait en avoir trouvé une, rien n'était plus attendrissant et plus éhonté que la façon dont il expliquait son désir : « Moi, tout de suite : *Kamerad* », faisait-il en esquissant le geste bien connu. Et il prenait son papier à la main, indiquant comment il comptait s'en faire un talisman.

Il y avait un vieux *Landsturmmann* qui accompagnait chaque jour la même corvée. Il se croyait solidement embusqué, quand un jour il se vit subitement déclaré *felddienstfähig*[1]. Sa désolation, son angoisse dépassèrent tout ce que nous avions vu jusque-là. À tous ceux qui l'approchaient, qu'ils comprissent ou non l'allemand, il racontait :

— Et puis vous savez, je vais aller au front. À mon âge ! Avec quatre enfants ! Si ce n'est pas honteux !

— *Front nixt*[2] *gut !* lui disaient en rigolant des prisonniers de Verdun qui travaillaient sous sa surveillance.

— *Nixt gut !* répétait-il d'un air consterné, d'un pauvre visage tout décomposé par la peur.

Mais enfin on lui suggéra le moyen de s'en tirer au meilleur marché. Très obligeamment, les Français lui expliquèrent comment il devrait s'y prendre pour effectuer sa capitulation avec le minimum de risques ; ils lui indiquèrent l'heure la plus propice, les circonstances atmosphériques à choisir ; ils lui enseignèrent les appels qu'il aurait à lancer, les gestes qu'il aurait à faire, pour ne pas être accueilli trop brusquement par ses sauveurs. Comme on peut penser, ces leçons de désertion les amusaient au plus haut point et ils poussèrent la chose aussi loin qu'ils purent ; ils surent persuader le vieux que, pour être sûr de n'oublier, le moment venu, aucun détail, il était bon qu'il s'exerçât à l'avance, et ils organisèrent, dans l'atelier où ils étaient seuls avec lui, de véritables répétitions. On vit le malheureux se dépouiller de ses cartouchières, poser son fusil dans un coin et s'avancer, les mains hautes, à la rencontre des prisonniers, qui, tapis derrière des sacs, faisaient semblant de le tenir en joue.

Bien entendu, il n'entre pas un instant dans mon esprit d'accuser l'Allemand de lâcheté positive, effective. Qu'il soit un admirable

1. « Apte au service en campagne. » (NdA)
2. *Sic* ! Ici et par la suite, Rivière écrit « nixt » à la place de « nix », familier pour « nichts ».

soldat, il faudrait être de bien mauvaise foi pour le contester ; et ce serait faire injure à nos combattants eux-mêmes que de suspecter le courage de l'ennemi auquel ils ont affaire. Je suis convaincu que la plupart des désertions, dont nous avons vu les préparatifs, n'ont pas eu lieu : une fois sur le front, l'homme se sera trouvé certainement placé dans des circonstances où son premier dessein lui sera à lui-même apparu comme un rêve. Mais aussi je n'ai rien voulu prouver de plus, par les précédentes anecdotes, que le manque complet de spontanéité héroïque chez l'Allemand. On se tromperait à fond si l'on concluait de ses exploits à son caractère, de ses prodigieuses réussites militaires à quelque goût inné chez lui pour la bataille et pour le risque. À la place de l'enthousiasme qu'on lui suppose, là encore il n'y a rien. Pas de naturelle *Begeisterung*[1], c'est-à-dire qu'il n'est empli ni transporté par aucun « esprit » et qu'il ignore absolument la rage de périr ou de vaincre.

Pour bien comprendre ce point, il faut l'avoir vu au combat. Qu'il ressemble peu à peu à cette brute furieuse, à cet animal de proie qu'on se représente d'habitude ! Je garde, de l'attaque que j'ai eu à supporter, le souvenir non pas d'une ruée sauvage, mais d'une puissante opération mécanique. J'ai été englouti méthodiquement, comme on voit disparaître une pièce de bois dans la gueule impassible de certaines machines. Mais les hommes qui composaient cette machine, les hommes qui marchaient, tiraient, tombaient, je n'ai senti chez eux aucun transport, aucune colère bien définis. Ils avançaient simplement, portés, régis par un mouvement colossal et régulier. Ils tuaient là où il fallait tuer, ils prenaient là où il fallait prendre. Nulle part ils n'étaient entraînés par aucune fureur individuelle. Ils avaient l'air parfaitement « désintéressés ». Je me rappelle surtout le dernier assaut qu'ils nous donnèrent, à la nuit déjà tombée, avec l'accompagnement de leurs trompes rudimentaires, d'où ne s'échappaient que deux ou trois sons rauques et maladroits, semblables aux appels de bergers préhistoriques. Il y avait dans les cris dont ils s'excitaient vers nous quelque chose de tellement indifférent ! Je les devinais à la fois terribles et si peu convaincus. Ils allaient, ils marchaient encore un peu contre cet ennemi déjà piétiné que nous étions, pendant cette demi-heure qui restait avant la soupe et qu'il ne fallait pas laisser inemployée. « Hourra ! » criaient-ils d'une voix

1. « Enthousiasme ». (NdA)

fatiguée, c'est-à-dire : « Encore ça pour finir la journée, pour en être quittes avec le devoir ! » Pour beaucoup c'était la mort qui était embusquée dans cette étroite demi-heure. Mais même cette perspective ne suffisait pas à les mettre hors de leurs gonds. Même la mort entrait pour eux en équivalence avec la vie.

Leur premier mot aux prisonniers qu'ils venaient de faire était toujours :

— *Krieg nixt gut*[1] !

Et ils ajoutaient pour eux-mêmes avec un grand soupir :

— *Wenn es nur alles wäre*[2] !

(Je parle du mois d'août 1914.)

Voilà ce qui résume tous les sentiments dont ils étaient capables, les seuls dont ils fussent animés en se précipitant sur nous. Voilà le maximum de la passion chez eux, voilà la passion toute pure, telle qu'elle les gonflait au moment de l'action, au moment même où leur bras se faisait assassin.

Qu'on ne pense pas que, par tout ce que je dis là, je veuille le moins du monde introduire l'idée de leur innocence ni prévenir les esprits en leur faveur. Bien au contraire ce qui nourrit mon indignation et mon ressentiment contre les Allemands, c'est qu'ils aient pu commettre toutes les abominations du combat avec si peu de haine au cœur. Nous, au moins, quelque chose d'affreux, mais de sacré, nous transformait jusqu'à la racine, ramenait pêle-mêle du fond de nous-mêmes de la rage, de l'insulte, du désespoir, je ne sais quelle frénésie vengeresse. Si nous étions criminels, au moins l'étions-nous tout entiers. Mais eux, ils se contentaient d'être « *fromm und stark* ». Ça leur suffisait. « Honnêtes et solides », bien bâtis de partout, l'âme aussi peu excessive que le corps, de la santé et un grand vide intérieur : voilà comment ils s'avançaient sur nous et voilà comment ils se présentent, quand on vient les trouver dans leur ingénuité primitive, à leur état le plus naturel. L'Allemand, c'est d'abord quelqu'un à qui « c'est égal » et qu'une insuffisante détermination psychologique rend capable à la fois de tout supporter et de tout faire.

*

1. « Guerre, pas bon ! » (NdA)
2. « Si seulement c'était tout ! Si seulement c'était fini ! » (NdA)

Une nature. Qui me montrera chez lui une nature ? Je l'avoue, à défaut de bons, je voudrais lui trouver au moins de mauvais penchants ; je voudrais entendre raconter de son enfance des traits bien noirs, quelque chose qui témoigne d'une perversité vraiment originelle. Je voudrais que ses parents aient eu tout de suite à se plaindre de lui : « Mon pauvre monsieur, si vous saviez quel monstre c'est ! » Mais non ; je n'apprends de ses débuts dans la vie rien que de louable et d'indifférent. Il promettait déjà, il promettait tout ce qu'on voulait.

Le seul rudiment positif de caractère que je puisse apercevoir en lui, c'est non pas de la cruauté, mais une certaine brutalité, une façon trop brusque de faire les choses. Mais cela est à peine psychologique. Il ne faut y voir que l'explosion de cette force toute physique qui le remplit, que la détente de son corps trop bien portant, que l'effet d'une trop robuste constitution. Il se décharge à coups de poing du trop-plein de santé qui le gêne ; c'est un dérivatif hygiénique, où l'âme n'a presque aucune part.

Un jour, de sournois interprètes russes avaient été signaler à la sentinelle un de leurs camarades qui, disaient-ils, ne se lavait qu'à des intervalles par trop imposants. L'Allemand vint, empoigna le Russe par sa veste, comme on prend un chat par la peau du dos, le traîna jusqu'au lavabo, d'une grande gifle de la main droite fit voler au diable sa casquette, d'une grande tape de la main gauche le poussa sous le robinet qu'il ouvrit tout grand sur sa tête et de son poing d'Hercule le maintint pendant cinq bonnes minutes sous le flot purificateur. J'étais encore sensible à ce moment-là et cette petite scène m'avait impressionné. Mais je comprends maintenant que l'Allemand n'était inspiré dans toute cette affaire par aucune méchanceté profonde. Il y avait en lui, à ce moment-là, deux choses : la conviction acquise, apprise, que la propreté est un devoir, et un surplus d'énergie musculaire, qui transformait en une raclée la leçon qu'il voulait donner. Le rire même dont en général les bourreaux accompagnent ces sortes de corrections, atteste, je crois, qu'ils n'y mettent aucune malice et qu'ils seraient tout prêts, une fois l'opération finie, si la victime y voulait seulement consentir, à s'en amuser franchement avec elle[1].

Et surtout à n'y plus penser. – Pour comprendre combien la brutalité des Allemands est en eux chose peu consciente et de

1. *Es war bloss zum Spass !* « Ce n'était que pour rire ! » (NdA)

provenance essentiellement physique, il faut voir avec quelle facilité ils oublient le mal qu'ils vous ont fait. Là-dessus ils sont d'une générosité incroyable. Ils peuvent vous briser de coups : dix minutes après, vous les voyez revenir, gais et contents, sans aucun souvenir, sans aucune pensée :

Le jour n'est pas plus pur que le fond de leur cœur[1].

Ils n'ont rien fait, rien vu, rien entendu ; rien ne s'est passé, dont leur mémoire ait gardé le moindre souvenir. Vous êtes copains comme devant ; vous auriez tort d'avoir plus de rancune qu'ils n'en ont. Vous ne voudriez pourtant pas montrer un plus vilain caractère… Au besoin, ils vous demanderont une cigarette.

Nous eûmes, pendant quelque temps, comme chef de baraque, un sous-officier qui poussait jusqu'au sublime cette indulgence envers lui-même. Il arrivait, le lundi matin, sombre, la voix rauque et presque indistincte, raclé par la noce bestiale qu'il avait faite en permission. Ce jour-là, il fallait éviter de tomber sous sa griffe, car il cherchait une victime. Mais quand il l'avait trouvée et qu'il avait passé sur elle sa fureur – un jour il jeta par terre un de mes camarades et le piétina – les muscles soudainement détendus, il ne voyait plus aucune raison de nous en vouloir, et c'était le moment qu'il choisissait en général – car j'avais le malheur d'être son interprète – pour me faire ses déclarations les plus conciliantes :

— *Hier sind wir weit von dem Schlachtfeld*, disait-il. *Wir müssen unsere Feindschaft vergessen, wir müssen in Eintracht miteinander leben*[2].

Je n'ai jamais vu d'apaisement si subit, ni si ridicule. On sentait qu'il s'était vidé comme une bête d'une sorte de rancœur physique, qui lui restait de la veille, et qu'il se trouvait maintenant rétabli dans cet état de bonne respiration et de robuste indifférence où son âme avait l'habitude de se tenir.

Je ne peux pas croire au sadisme des Allemands. Ils sont trop simples, trop élémentaires pour trouver du goût dans la souffrance d'autrui. Ce ne sont pas gens à se lécher de quoi que ce soit les babines ; il n'y a pas en eux de ces petits coins secrets où l'être

---

1. Racine, *Phèdre*, IV, 2.
2. « Ici, nous sommes loin du champ de bataille. Nous devons oublier que nous sommes ennemis, nous devons vivre ensemble en bonne intelligence. » (NdA)

vraiment pervers déguste ses impressions ; ils ne sont à aucun degré amateurs.

Même dans le mal qu'ils font, le « *fromm und stark* » suffit à donner tout le contenu de leur cœur. Ils sont *stark*, ils sont de fer. Et c'est pourquoi leur contact est rude et dangereux. C'est pourquoi l'on fait bien de ne pas rester à portée de leur bras. On a raison de se méfier d'eux, et tort de supposer des racines psychologiques à leur brutalité.

Bien entendu, je ne songe pas un instant à nier qu'ils soient capables de violences préméditées, intentionnelles ; nous étudierons plus loin en détail les étranges « devoirs de cruauté » qu'ils s'imposent. Mais la part de la délibération et de la volonté est réservée jusqu'à nouvel ordre ; nous en sommes encore à l'Allemand primitif ; nous le prenons encore tel que la nature nous le livre.

Eh ! bien, à cet âge de son développement, décidément, non, son âme ne distille aucun venin spécifique ; elle ne lui suggère aucune atrocité directe, gratuite, dont elle seule ait à profiter ; elle est sans tentation et sans appétit. Elle reste d'une désespérante innocence. Ce n'est pas elle qui s'exprime dans la grêle de coups que le sujet fait par instants pleuvoir. À cet instant même, si vous pouviez pénétrer jusqu'à elle, vous la trouveriez aussi neutre, aussi peu endiablée que jamais. Même à cet instant, elle ne réussit pas à vaincre son informité naturelle ; elle reste en retard sur l'animal, moins vive, moins dégourdie, moins décidée.

V

Au lieu de l'intelligence, le devoir

La pensée allemande est devenue impuissante à ce qui semble pourtant la plus facile des opérations, puisque ce n'en est même pas une, mais une « passion » plutôt : à recevoir les idées. Le monde extérieur aura beau chanter tout ce qu'il voudra : elle ne lui prête pas audience. Tous les phénomènes pourront se produire : elle n'a pas de surface réfléchissante, elle ne forme pas en face d'eux plaque sensible. Aux moments les plus solennels, en présence des accidents qui commandent le plus rigoureusement le silence et l'attention, elle continue son petit travail, elle ne cesse pas de s'occuper et de construire. Les choses qui tombent sur elle de l'extérieur sont prises aussitôt dans son mouvement et, comme transportées le long d'une chaîne sans fin, deviennent des matériaux pour l'édifice qu'elle bâtit. Elle est incapable de rien concevoir autrement qu'en développement.

Au fond, pour elle, il n'y a plus d'idées proprement dites, plus d'images (Εiδοη) des choses. Plus de concepts : elle ne sait plus se livrer à ce patient travail de distillation et d'accumulation, pareil à l'industrie des abeilles, qui leur donne naissance, elle ne sait plus former de ces cellules délicates, où l'expérience se retrouve sous sa forme essentielle et concentrée. Le *Begriff*[1] ne l'intéresse plus ; elle ne s'entend plus à *begreifen*, à saisir le divers et à le retenir entre ses pinces, – ni même simplement à « saisir », au sens où l'on dit : « Avez-vous saisi ? »

La preuve en est qu'elle n'emploie plus le mot. Natorp n'écrit pas : « *Deutschland stellt gegen… den* Begriff *der "Zivilisation" als höher den der Kultur*[2] ». Sans y penser, tout naturellement, il écrit un autre mot : « *die* Forderung *der Zivilisation*[3] », à laquelle il oppose « *die* Forderung *der Kultur*[4] ». Ainsi non pas l'idée, mais l'exigence de la culture. La culture n'est pas une notion qu'on puisse définir, elle est une invitation, un appel, une injonction. On ne comprendra ce qu'elle est qu'en la réalisant. L'esprit ne saurait l'embrasser ; simplement, elle est quelque chose qui lui est demandé, ou plutôt qui est demandé à la volonté. Plutôt qu'elle ne se propose, elle s'impose. Plutôt qu'elle ne se découvre, elle se fait sentir, elle prélève sa part, comme le soleil, à travers les nuages, pompe tout de même, à la surface de la terre, ce qui lui revient d'humidité.

La pensée allemande ne connaît plus, au lieu d'idées, que des tâches, que des *Aufgaben*. Tout pour elle prend la forme du devoir-être ; tout se présente à elle comme quelque chose à accomplir, toutes les places qu'occupent dans notre pensée les réalités sont prises chez elle par des idéals. Elle est le lieu de rendez-vous et le sujet de tous les impératifs imaginables, et les hypothétiques y font fort bon ménage avec le catégorique.

Il y aurait lieu de rechercher quelle est la part de responsabilité de Kant dans cet affaiblissement de la vertu conceptuelle de

1. Le « concept ». (NdA)
2. « L'Allemagne, en face du *concept* de civilisation, pose, comme supérieur, celui de culture. » (NdA) Paul Natorp, *Volkstum-Deutschtum*, *op. cit.*, p. 128. (NdE)
3. « L'*exigence* de la civilisation ». (NdA)
4. « L'*exigence* de la culture ». (NdA)

l'esprit allemand et dans cet envahissement de ses régions les plus désintéressées, les plus immobiles par l'obligation pratique. On ne peut se dissimuler qu'il les a fortement favorisés. D'abord en subordonnant la connaissance de l'Absolu à la loi morale. Il a habitué par là la pensée à reconnaître une sorte de domination, ou même simplement d'antécédence, – mais ça suffit – du devoir sur l'intelligence. Elle s'est laissé persuader que l'origine de toutes ses forces et le point d'appui de toutes ses entreprises étaient dans cette dictée immédiate et souveraine qu'on lui apprenait à subir. Kant a placé la fécondité intellectuelle sous le patronage de la conscience ; il a fait, en un certain sens, de la spéculation abstraite une « affaire de conscience ».

Et quand on y regarde de près, déjà la *Critique de la Raison pure* tend à introduire cette conception. Telles qu'elles y sont définies, en effet, les Idées de la Raison n'ont point pour contenu un objet ; elles sont essentiellement *irréalisables*, elles ne sont que des « principes directeurs », que des symboles propres à permettre l'organisation de la connaissance, que des idéals qu'il faut poursuivre, sans jamais espérer les atteindre. L'esprit les perçoit donc comme un programme auquel il est astreint, comme un canevas à remplir, comme une sorte de devoir intellectuel auquel il n'a d'autre ressource que d'obéir.

Et même déjà les catégories de l'entendement, déjà même les formes de la sensibilité n'ont-elles pas quelque chose d'impératif ? Au lieu de copies des choses, ne sont-elles pas des indications péremptoires données à l'esprit ? Ne lui prescrivent-elles pas une conduite ? Ne se font-elles pas sentir à lui, comme des nécessités plutôt que comme des images ? N'a-t-il pas plutôt à leur céder qu'à les former ?

Si l'on veut, d'un certain point de vue, Kant est responsable de tout le pragmatisme que nous reprochons à l'Allemagne actuelle. C'est bien lui qui a le premier aveuglé la voie de la connaissance directe, enlevé à la Raison sa fonction renseignante, tari en elle la vision. C'est bien lui qui a modifié le rôle des idées, qui leur a insufflé quelque chose d'actif et de prétendant, qui en a fait des *Forderungen*. C'est bien lui qui a transformé le fond et comme l'étoffe de l'intelligence et qui d'une faculté perceptive l'a changée en une faculté impérative. Ayant paralysé son usage normal, il l'a contrainte au détour, il l'a poussée à se chercher une fonction nouvelle et à la trouver dans le gouvernement et l'organisation par en haut d'un donné dont elle était désormais incapable de reconnaître les linéaments naturels, les caractères intrinsèques.

Il est impossible de ne pas remarquer combien Kant allait par là dans le sens de la spontanéité allemande et combien il travaillait à renforcer ce trait du génie allemand que nous avons si longuement analysé : l'impuissance à voir, à distinguer, à saisir, la nuit originelle de l'intuition, et la manie qui y correspond intimement, de s'imposer des tâches, de travailler, d'élaborer, de construire. On comprend très bien que, son encouragement venant se joindre à leur penchant naturel, ses successeurs aient abouti à considérer la Raison comme une sorte de magister qui fixe à sa classe des devoirs « pour la prochaine fois », ou comme un contremaître qui épingle sous les yeux de ses ouvriers le dessin des pièces qu'ils auront à exécuter.

Et pourtant, il y a dans leur façon de penser, dans leur attitude mentale tout entière, quelque chose qui ne peut être attribué à la seule influence de Kant et dont on ne saurait sans une grande injustice lui faire porter la responsabilité.

Kant conçoit encore l'intellect comme une réalité, comme un règne à part. Quelque forme qu'il tende à lui donner, il a du moins le sentiment très décidé de son indépendance. La Raison pour lui est absolument autonome, elle forme un massif parfaitement défini, dont les frontières sont connues d'avance, et qu'il ne s'agit que d'explorer à l'intérieur ; elle se campe en face de l'activité et n'a avec elle d'autre rapport que de lui prescrire sa loi. – Surtout ce qu'il ne faut pas oublier, c'est l'origine de cette loi. Parce qu'elle est appelée pratique, il ne faut pas s'imaginer qu'aucune considération de résultat à obtenir lui donne naissance. On sait, au contraire, combien Kant oppose fortement l'impératif catégorique aux impératifs techniques. Elle est la règle inconditionnelle de l'action et sa véritable source est dans l'ordre supra-sensible. En elle, c'est notre caractère intelligible qui se manifeste et qui cherche à imposer sa forme à notre conduite empirique. Elle est donc comme une émanation des choses en soi et comme le corps que les noumènes tentent de prendre au sein des phénomènes.

Avec la pensée allemande d'aujourd'hui, nous sommes bien loin de cette conception, dont on peut penser tout ce qu'on voudra, mais qui a du moins le mérite d'être claire et robuste. La Raison n'est plus du tout quelque chose de distinct. Elle ne s'oppose plus du tout à l'activité. Elle a coulé en elle et s'y est vaguement répandue.

L'Action est toute seule. *Am Anfang war die Tat*[1], ne cessent de répéter d'après Faust les autorités philosophiques d'aujourd'hui. Les *Forderungen* que sent l'esprit n'ont pas forcément une origine intellectuelle, elles ne viennent pas de la contemplation d'un idéal. Leur source est dans l'activité même qu'elles dirigent. On ne les porte pas en soi comme une lumière antérieure. Mais elles naissent pour ainsi dire de la besogne et à son niveau ; pareilles à la petite lampe du mineur, elles éclairent, au fur et à mesure, juste ce qu'il y a à faire.

La pensée allemande sent une dictée et toute sa fonction n'est plus que d'y obéir. C'est la première déformation que nous en avons signalée. Mais la deuxième est que cette dictée n'a plus rien de rationnel et qu'elle ne représente plus l'astreinte, la pesée d'aucun ordre supérieur. Il est prodigieux à quel point les noumènes sont absents des préoccupations allemandes d'aujourd'hui, à quel point la pensée allemande est vide de noumènes. Plus d'objets, plus aucun point fixe, dont on puisse la dire à tel moment plus ou moins rapprochée. Les *Aufgaben*[2] auxquelles elle se dévoue, j'allais dire qu'elles lui tombent du ciel, mais ce n'est même pas ça : elle les trouve par terre, sur son chemin, comme des brouettes qu'il faut simplement pousser devant soi. En l'accompagnant, à aucun moment on n'a l'impression de se diriger vers une réalité quelconque ; à aucun moment on ne remarque que la ressemblance de ce que l'on fait à quelque modèle préconçu par l'intelligence s'accroisse. D'immenses galeries, où chacun travaille sans jamais voir le bout de sa tâche, des filons qu'on suit à perte de vue. En un mot, le bagne que devient la pensée quand elle est libérée de ses obligations envers l'objet.

Il ne faut pas nous laisser tromper. La culture, dans le fond, ce n'est rien de proprement intellectuel. La mise en scène philosophique, si habilement déployée par Natorp, n'était que pour nous donner le change. Platon et sa théorie de l'Amour n'ont joué dans toute cette histoire que le rôle d'un décor suggérant une fausse perspective. Ils n'ont paru que pour nous faire croire que l'esprit allemand avait une façon originale, et patronnée par d'illustres modèles, d'embrasser les idées et de réfléchir. – Mais en réalité, la culture n'est pas du tout un angle visuel préexistant aux choses, un point de vue, un parti pris de l'intelligence. Elle n'est ni une manière de penser, ni même une manière de sentir.

1. « Au commencement était l'action » (*Faust*). (NdA)
2. « Tâches, devoirs ». (NdA)

Tout est beaucoup plus simple. De l'aveu même de Natorp, le *deutsches Wesen*[1] ne se peut prouver que *durch Tat und Leben*[2]. Et en effet l'Allemand ne « s'explique », c'est-à-dire ne se déploie qu'au moment où on lui ouvre la carrière de l'action. Jusque-là il ne peut rien dire, jusque-là il ne peut qu'agencer de pénibles et obscures définitions, jusque-là il lutte dans la nuit, il se bat avec des manques et des absences.

La culture n'est pas un point de vue. Elle consiste essentiellement à mettre toutes choses en branle. Oui, Natorp a eu raison de nous la représenter comme un mouvement. Mais au lieu d'un mouvement de l'intelligence, c'en est un de la volonté. Elle est bien un passage, un *ewig stetiger Übergang*[3] ; mais cet *Übergang* s'effectue de l'esprit au-dehors. La culture consiste à sortir de l'esprit et à assaillir directement les choses, à les secouer.

Elle n'attend pas. Elle prend possession de la réalité en vrac. Elle s'attaque de front à ce monde qui a résisté à l'esprit, et elle décide d'en faire tout de même quelque chose. Comment se définirait-elle, alors qu'elle consiste à passer outre à toute définition ? Elle ignore ce long temps où l'on ne fait rien que contempler quelque chose dans sa pensée, et l'approuver, et le caresser. Elle procède, elle commence, voilà peut-être sa plus essentielle fonction. Elle est l'initiative à tout prix. Elle est l'esprit de construction déchaîné tout seul.

C'est une force. C'est un moteur. C'est un moulin. Elle actionne une roue, elle fait tourner toutes choses ensemble. Son effet, c'est la liaison, c'est la mise en composition universelle. C'est l'organisation si l'on veut, l'organisation *a priori*.

Elle ne perçoit plus le monde qu'à l'occasion de ce qu'elle fait. Elle ne le voit qu'en le forgeant. Elle l'apprend dans la mesure seulement où elle le fait devenir autre chose.

La culture, c'est la clé des champs donnée au formidable dynamisme du génie allemand. Livrez-lui le monde : au bout d'un temps donné, tout y aura été soulevé de son siège. On comprendra de moins en moins de choses, mais il y en aura de plus en plus de remuées. « Rien n'existera plus pour soi. Il y aura des liens

1. « L'essence allemande ». (NdA)
2. « Par l'action et par la vie ». (NdA) Paul Natorp, *Volkstum-Deutschtum*, *op. cit.*, p. 132. (NdE)
3. « Un dépassement éternellement constant ». (NdA) Pour les besoins de son argumentaire, Rivière force un peu le trait : une traduction plus correcte de « Übergang » serait « transition ».

qui feront communiquer toute chose avec toute autre[1]. » De partout on aura lancé des amarres. Ou mieux encore, tous les objets existants seront entrés en danse et, comme les rayons d'une roue vertigineuse, ne formeront plus qu'un magnifique et mobile soleil. Et l'on ne trouvera même plus la moindre trace de l'esprit qui leur aura donné cette gigantesque impulsion, car il aura piqué une tête à leur suite et, comme un acrobate pelotonné à l'intérieur du cerceau qu'il anime, il aura disparu dans leur rotation.

La NRF *reparaît en juin 1919. Premier numéro d'après-guerre, c'est aussi le premier publié sous la direction de Jacques Rivière. À rebours de la plupart des intellectuels de son temps, Rivière indique d'emblée ce que sera le programme de cette nouvelle* NRF *: autonomie de l'art par rapport à la guerre passée et à la politique. Loin de refuser un examen critique de la vie politique, il réclame simplement qu'il se fasse en dehors de la littérature. Dès le 1er septembre 1919, Rivière publie un long article et une longue note : « La Décadence de la liberté » et « Le Parti de l'intelligence ». Ils figurent dans le volume cité,* Une conscience européenne.

La Décadence de la liberté

Nous avons combattu « pour le Droit et pour la Liberté ».

Je ne comprenais pas d'abord très bien le sens de cette formule ni toute sa portée ; elle me paraissait vague et abstraite ; elle n'exprimait que très imparfaitement l'objet de mon enthousiasme guerrier. Si l'on m'eût un peu poussé, j'eusse probablement avoué n'y voir qu'une vaine fleur de rhétorique parlementaire.

Et sans doute était-elle cela principalement. Mais si disgraciés de la nature qu'on suppose nos hommes politiques, on ne peut leur contester un certain instinct de ce qu'il faut dire, une divination plus ou moins nette des sentiments secrets de la masse et l'art de les flatter en les traduisant. Ils n'eussent certainement pas insisté

1. Paul Natorp, *Geschichtsphilosophische Grundlegung für das Verständnis unserer Zeit*, *op. cit.*, p. 99.

si fort sur ces notions de Droit et de Liberté, si elles eussent été véritablement sans aucun rapport avec les aspirations de ceux qu'ils voulaient entraîner au combat.

Et en effet, à force de vivre au plein milieu du peuple, à force d'épier ses paroles, de suivre et de prolonger ses pensées, j'ai distingué peu à peu tout ce qu'elles signifiaient pour lui et combien elles s'harmonisaient avec ses préoccupations profondes : sans doute les exprimaient-elles à leur état de plus haute généralité, mais elles représentaient bien leur épanouissement le plus naturel. Ces braves gens, ces voyous, ces endormis eux-mêmes, ou ces froussards, à côté de qui je vivais, tous – leurs moindres gestes le proclamaient avec évidence – c'était bien pour défendre leur *droit*, c'était bien pour être libres, pour rester libres, qu'ils avaient pris les armes avec une si parfaite absence d'hésitation.

C'était même pour quelque chose de plus : pour permettre aux autres peuples d'être, de rester libres : pour obliger à le devenir ceux qui ne l'étaient pas encore. Ce qui s'était enflammé dans leur cœur à la première menace allemande, c'était plus que de la jalousie nationale, plus que le souci un peu étroit de protéger la borne de leur champ, d'interdire à l'envahisseur le sol de la Patrie. Qu'ils en eussent ou non conscience, un ancien et vaste idéal s'était réveillé, avait déployé en eux ses ailes. Des esprits biscornus comme le mien pouvaient bien en secret se proposer d'autres fins. Eux n'en connaissaient et n'en poursuivaient qu'une : l'émancipation des peuples :

Tyrans, descendez au cercueil !

La vieille phrase solennelle gardait pour eux tout son sens et toute sa saveur. C'est de toute leur âme qu'ils la clamaient, je m'en souvenais maintenant, dans les trains de mobilisation, assis, les jambes pendantes, aux portes des wagons. Visiblement, dès cet instant, elle leur disait quelque chose.

La haine des tyrans ! Que l'on songe au rôle qu'aura joué dans la formation et dans l'entretien de notre courage l'image de Guillaume, conçu comme le mauvais prince qui opprimait son peuple et le poussait de force contre nous. Les plus monarchistes d'entre nous ne la considéraient pas sans se sentir émus d'une sorte de colère organique, à laquelle ils ne comprenaient rien. « La tête de Guillaume » : c'est ce que tous nous avons tout de suite demandé, voulu ; et c'est l'appât qui, malgré les déceptions, par-dessus les fatigues, à travers tant d'épreuves, nous a menés jusqu'à la victoire. Oui, je voudrais bien savoir ce qu'il fût advenu, aux mauvais jours, de notre résolution, si nous n'avions toujours eu devant les yeux cette tâche que nous ne pouvions pourtant pas laisser inaccomplie : Guillaume, le kronprinz à détrôner, à souffleter, à punir.

Rien ne peut rendre mieux sensible la direction de notre instinct profond, que la façon dont nos prisonniers en Allemagne essayaient de travailler leurs gardiens : ils ne visaient à rien de moins qu'à leur enseigner la liberté. Les plus humbles, à cet égard, se sentaient des âmes de missionnaires. J'ai vu de simples paysans entreprendre, avec une patience et une bonne volonté inénarrables, l'éducation de leur sentinelle ; ils la « prenaient » un certain nombre d'heures par jour, ils lui serinaient ses droits, ou plutôt ses devoirs d'homme libre. Qu'un feldwebel la bousculât, aussitôt ils lui expliquaient ce qu'il y avait d'inadmissible dans l'incident ; ils lui remontraient qu'en France ça ne se serait jamais passé comme ça et qu'un soldat, brutalisé par un supérieur, n'eût pas hésité à se défendre à coups de pied et à coups de poing. « Fallait lui f… un marron dans la gueule ! » concluaient-ils immanquablement.

La leçon prenait, ou ne prenait pas. J'ai connu un Allemand que ses prisonniers avaient ainsi peu à peu complètement *redressé* : au bout de quinze jours il tenait tête à son feldwebel, et si fermement que l'autre, mal habitué à cette sorte de résistance et ne sachant comment la réduire, choisissait de le laisser tranquille.

Mais pour l'instant, plus que ses fruits qui dans l'ensemble restaient assez médiocres, c'est la nature même du prosélytisme français qui nous intéresse. Je le vois comme un grand effort pour arracher chaque individu à la masse sociale, pour le désengager, pour le « désubordonner », pour lui rendre de l'indépendance, de la taille et, si j'ose dire, de la tige. Il ne tend nullement à l'établissement d'un ordre nouveau. Il cherche surtout d'abord à relâcher une trame trop serrée pour son goût ; il veut réintroduire les intervalles qu'on lui semble oublier ; son œuvre est avant tout de disjonction, et de restitution des individus à eux-mêmes ; son but est leur affranchissement pur et simple, sans aucune préoccupation des suites possibles ; il leur remet la bride sur le cou, et ensuite, d'une petite tape sur la croupe, il leur conseille simplement d'aller.

Pour le Droit et pour la Liberté. Nous avons combattu, avec une colère et une obstination prodigieuses, pour que chaque homme au monde puisse enfin faire ce qui lui plaira et ne soit plus « embêté par personne ». Pour rien de moins, mais pour rien de plus. On n'a peut-être jamais vu, dans toute la suite des temps, un peuple retrouver aussi exactement sa propre tradition, recommencer aussi textuellement, à un siècle d'intervalle, la tâche qu'il s'était une fois donnée. C'en est touchant, c'en est presque un peu ridicule. L'idéal que s'étaient formé nos pères de la Révolution, à notre tour nous l'avons saisi, embrassé, adoré, nous l'avons serré tel quel contre notre cœur. C'est lui qui a fait le cran de nos hommes à l'assaut, leur patience au fond des tranchées. C'est lui peut-être qui s'est glissé comme un peu de lumière encore entre les paupières de nos mourants.

Et je prétends que c'est lui qu'ont suivi en fait tous nos intellectuels, à quelque doctrine qu'ils fussent officiellement inféodés. « Nous sommes, de race, des hommes de liberté », écrivait Péguy, justement dans cette *Note sur M. Descartes* qui a paru ici même et qui est comme son testament. Et encore : « C'est pour cela que nous ne nous abusons pas quand nous croyons que tout un monde est intéressé dans la résistance de la France aux empiètements allemands. Et que tout un monde périrait avec nous. Et que ce serait le monde même de la liberté. »

Non pas seulement les petits lieutenants de Normale, non pas seulement les instituteurs, déjà tout caparaçonnés d'orthodoxie républicaine, mais les plus exaltés des nationalistes, si l'on eût pu soulever le couvercle de leur cerveau et y regarder directement, c'est cette croyance, si bien exprimée par Péguy, c'est cette image de la France rempart de la Liberté, qu'on y eût avant tout découverte. Et c'est aussi, chez la plupart, un véritable fanatisme libéral, un besoin féroce de *délivrer* tout ce qu'il pouvait y avoir dans l'univers d'enchaîné, de replié, de contraint. Les quinze cents mètres à la baïonnette sous les mitrailleuses, et plus tard le bond par-dessus le parapet, le dur carnage dans la tranchée ennemie, l'impitoyable besogne du nettoyage (si l'on fait abstraction d'un certain goût natif pour l'œuvre guerrière), c'est pour défendre « le monde de la liberté », mieux encore, c'est pour donner la liberté au monde que tous ces gens de bibliothèque, d'école ou de bureau s'y sont si facilement, si joyeusement résignés. C'est pour la liberté du monde que l'intelligence française s'est fait pendant plus de quatre ans décimer.

*

Or, voici où commence le drame. Voici où notre situation devient vraiment tragique.

Il n'est pas bien sûr que le monde ait besoin de cette liberté que nous pensons lui avoir acquise au prix de si monstrueux sacrifices. Il n'est pas bien sûr que la liberté soit aujourd'hui son vœu le plus cher, l'aliment dont il ait le plus faim. On peut en douter, on est en droit de s'inquiéter s'il n'aurait pas par hasard de tout autres appétits. Il semble bien que la demande, en matière de liberté, soit à l'heure actuelle, pour l'humanité, prise dans son ensemble, de beaucoup au-dessous de l'offre que nous faisons. Il est à craindre que le marché ne soit pas du tout tel que nous l'avions supposé ; nous risquons fort de rester avec notre stock sur les bras.

Si nous prenons la guerre dans son ensemble, si nous cherchons à la considérer d'un point de vue extranational, il nous sera bien difficile de la voir comme la suite ou le complément des guerres de la Révolution. Elle a été cela pour nous, la chose est incontestable. Mais on peut se demander si nous n'avons pas fait notre guerre tout seuls. N'aurions-nous pas par hasard, combattu dans un plan mental absolument différent de celui où tous les autres peuples sont placés ? L'idéal des « droits de l'homme » ne serait-il pas quelque chose de relativement subjectif ? Ne serions-nous pas les seuls aujourd'hui, je ne dis pas à le comprendre, mais à le sentir ? les seuls qu'il puisse encore faire vibrer ? Je ne puis m'empêcher de voir que nous sommes infiniment moins porte-flambeaux qu'il y a cent ans. Ce que nous croyons apporter aux peuples de nouveau et d'indispensable, peut-être l'ont-ils déjà dépassé *sans en avoir eu besoin*.

En tout cas, même s'il y a eu, sur notre initiative, une guerre des démocraties contre l'autocratie, ce n'a pas été la seule.

Voilà le fait qu'il faut oser regarder en face et qui, seul, peut donner la clef des événements auxquels nous assistons maintenant. Il y a eu deux guerres à la fois, qui ont été menées l'une dans l'autre jusqu'au bout. On ne les a jamais très bien distinguées ; c'est leur mutuelle implication qui a fait tout le temps l'obscurité de la situation, et l'impossibilité de deviner d'un jour à l'autre ce qui allait se passer. C'est elle, encore aujourd'hui, qui rend si étrange, si peu décisive, si peu purgative, la victoire. Car sans doute l'une des deux guerres est finie et son résultat est aussi clair que possible : c'est celui que nous avions toujours attendu, toujours passionnément cherché et voulu ; les rois sont en fuite, la démocratie triomphe. Mais l'autre guerre subsiste par-dessous et ses soubresauts ébranlent la mince croûte d'acquisitions positives dont nous nous félicitons.

Jamais victoire ne fut aussi partielle, aussi provisoire, aussi conditionnelle que la nôtre. Non pas en ce sens qu'il faille craindre le réveil des forces dont elle représente l'anéantissement, mais au contraire en ceci que nous n'avons vaincu que les forces dont l'anéantissement était comme entendu d'avance. En venir à bout n'était qu'une question de temps et de moyens : leur condamnation était écrite lisiblement dans l'histoire. Il n'y a eu qu'à faire ce qu'il fallait. Mais par leur suppression même, d'autres ont été libérées qui grouillaient par-dessous et qui sont maintenant pour nous à vaincre ou à subir. Notre victoire ne les atteint nullement. Au contraire, elle ne fait que leur donner incitation, courage et conscience. Et voici qu'elles se dressent contre elle avec une résolution dont elles avaient été jusqu'ici incapables : elles la contestent radicalement ; elles manifestent ouvertement leur intention de la réviser.

Cette guerre des démocraties contre l'autocratie, que nous avons cru ou voulu croire être toute la guerre, elle a duré bien longtemps. Ce fut un tort de sa part. Pour une question si limpide et, en principe, si bien réglée à l'avance, tant de lenteur fut une faute. Car dans la vaste machine des peuples au travail les uns contre les autres, une usure intérieure s'est produite ; un plus grand nombre de valeurs que certains n'auraient voulu ont été soumises à l'examen, au doute, à la détérioration. Notamment le libéralisme. Jusqu'au bout il a paru mener le jeu ; mais il était déjà sérieusement accroché par de nouveaux et solides adversaires ; il traînait une grappe de lutteurs sur son dos ; une pesée formidable s'exerçait sur lui tout le temps. Et le voici qui sort plus que fatigué de l'affaire.

Il tient son ennemie, l'autocratie, sous son genou. Mais dans l'obscure bagarre, dans ce corps à corps de quatre ans, il semble bien qu'il ait reçu un mauvais coup, lui aussi. On était trop près les uns des autres. C'était fatal qu'il lui arrivât quelque chose. Il est vainqueur, c'est entendu. Mais il a bien mauvaise mine. Il y a des contusions internes dont on ne meurt qu'après des années. On peut se demander s'il n'est pas secrètement et irréparablement atteint.

Plus on y réfléchit, plus il apparaît naturel et normal qu'une aussi effroyable épreuve que celle que nous venons de traverser ait consommé plus d'une doctrine, et peut-être successivement les deux qui semblaient s'opposer, entre lesquelles on pouvait croire que se jouait la partie : le libéralisme après le despotisme.

Peut-être *l'acné* de la liberté dans le monde vient-elle d'être dépassée. Au moment même où nous autres Français pensons, par notre effort, y avoir porté l'humanité tout entière, peut-être au contraire celle-ci commence-t-elle de redescendre la pente et s'avance-t-elle vers un nouvel idéal (car elle en change). Peut-être les hommes commencent-ils à trouver meilleur d'être moins libres. Pour offrir aux dures conditions que leur fait la vie un front plus résistant, peut-être ont-ils besoin avant tout aujourd'hui de se coaliser et pour cela d'offrir à la société en holocauste leurs droits les plus essentiels et cette indépendance individuelle dont ç'aura été la gloire de la France dans le passé de les avoir dotés. La liberté n'aura peut-être été qu'une phase dans l'évolution de l'humanité. De même que l'existence humaine semble bien avoir revêtu d'abord la forme collective, de même il est possible qu'elle tende maintenant à la reprendre. Peut-être entrons-nous aujourd'hui dans un âge collectiviste[1].

*

Mais ce sont là de grandes hypothèses auquel il ne serait pas français de donner trop de crédit. Je m'en voudrais de tomber dans le genre prophétique et de faire concurrence aux Allemands dans le domaine de la *Geschichtsphilosophie*.

Un point de vue plus modeste et plus positif reste possible.

Sans préjuger de ses chances de réalisation, nous pouvons étudier comme un fait le nouvel idéal qui vient de naître dans le monde. Il existe, plus ou moins nettement formulé, dans des millions d'esprits. On peut le constater expérimentalement ; il s'offre et se prête à une analyse parfaitement scientifique.

---

1. Rivière fait-il ici allusion, comme au « domaine allemand » de la philosophie de l'histoire dans le paragraphe suivant (« *Geschichtsphilosophie* ») le laisse supposer, à l'ouvrage d'Oswald Spengler, *Der Untergang des Abendlands* (« Le Déclin de l'Occident »), dont la première partie parut en 1918 ? Spengler y expose en effet sa « morphologie de l'histoire » (une sorte de systématisation de la finalité de l'histoire qui, elle, est l'objet de la philosophie de l'histoire) selon laquelle l'Europe et le monde occidental se trouveraient à l'aube d'une ère collectiviste.

Il est de première importance, pour nous Français qui sommes si mal prédisposés à le comprendre, de le contempler, au moins une fois, avec attention et impartialité. Parce qu'il est principalement celui de nos ennemis, nous ne devons pas l'ignorer ni le méconnaître. Au contraire, et du point de vue même du plus étroit patriotisme, nous avons tout intérêt à le laisser se développer tranquillement et complètement sous nos yeux. Quoi de plus important, quoi de plus avantageux que de savoir emprunter pour un moment le regard de son adversaire et que d'apercevoir ses idées sous le jour même où il les considère ?

Il faut nous rendre compte combien la liberté peut prendre, pour des esprits d'une autre complexion que le nôtre, un aspect détestable et funeste. Je me souviens d'avoir lu, dans une revue allemande, une lettre écrite du front par un jeune officier ; il y expliquait, comme tant d'autres dans les deux camps, ses aspirations, ses espoirs, l'avenir qu'il rêvait pour le monde, et sous sa plume était venue tout naturellement cette phrase : « Il faut espérer que cette guerre nous permettra d'en finir une bonne fois avec les vieilles idoles rationnelles de Liberté et d'Égalité. » Il ne voulait pas dire du tout : par l'établissement d'un impérialisme universel. Non, c'était autre chose qu'il caressait dans son imagination et souhaitait de pouvoir mettre enfin à la place de l'idéal français. La liberté ici pour lui n'avait pas pour inconvénient de s'opposer à l'hégémonie de l'Allemagne sur le monde. C'est d'un tout autre crime qu'il l'accusait, et non pas peut-être tout à fait injustement.

Qu'on se place mentalement dans la situation des opprimés d'aujourd'hui. Que peuvent-ils désirer d'abord ? Est-ce le droit de faire tout ce qu'ils voudront ? Est-ce le droit d'être libres ? De quoi leur servirait-il ? Où iraient-ils avec leur liberté ? Qui voudrait la recevoir comme monnaie ? Leur donnerait-elle du pain ? Non, mais ils désirent d'abord, ils veulent, ils exigent avant tout d'être protégés contre la liberté des autres. La cause permanente, inflexible, inexorable de leurs souffrances, ils le savent bien maintenant, c'est la liberté des autres. Et, en effet, si, par un décret de la raison on suppose tous les individus égaux et si on confère à chacun le droit de tout faire, excepté de tuer, de voler et de se parjurer, c'est exactement comme si on remettait les plus faibles aux plus forts pour qu'ils les mangent. Si l'on se contente d'interdire à chacun tout ce qui nuit *directement* au prochain et si pour tout le reste on lui met la bride sur le cou, c'est absolument comme si on lançait les plus avides, les plus dégagés aux trousses des timides et des indigents.

Rien de moins tutélaire aujourd'hui que le Droit et que la Liberté, tels que notre Révolution les a conçus. Car les conditions économiques de la vie ont changé par-dessous : des armes redoutables ont été remises secrètement aux mains des entreprenants, qui multiplient sans mesure leur puissance et dont absolument rien ne leur interdit de faire usage contre leurs soi-disant égaux. Les Droits de l'homme : sans doute ils mettent l'individu à l'abri des outrages, des violences, du knout ; ils lui garantissent l'honneur ; mais ils ne lui garantissent nullement la vie.

Tous les attentats à sa dignité et à son indépendance sont prévus et exclus. Mais l'attentat, le guet-apens de la misère, non seulement le Droit et la Liberté ne les empêchent pas : ils les favorisent presque ouvertement. Car si l'on vient prévenir le riche d'avoir à relâcher un peu les mailles du filet où il tient le pauvre enserré, aussitôt il a la Loi pour lui, il peut faire valoir son droit : n'est-il pas libre *comme les autres* ? S'il ne pouvait pas exercer son activité sans contrôle et sans limitation, ne serait-il pas moins libre que sa victime ? Qu'on ne vienne pas se mêler de ses affaires. On lui a promis, *en même temps qu'à tous les autres*, de le laisser tranquille. Il ne demande rien de plus.

Rien ne fait apparaître avec plus de force que ce langage, hélas ! trop facile à recueillir sur trop de lèvres, les inconvénients désastreux que d'immenses masses populaires commencent aujourd'hui de reprocher à la Liberté. Elle leur apparaît comme la plus cruelle des marâtres, c'est elle qui leur semble former de ses propres mains leur détresse. Elle encore qui les prive de tout recours et de tout espoir. Car si elles s'avisent d'élever la voix et de faire entendre leurs doléances : « Ne vous gênez pas, leur répond-on. Réclamez ; protestez ; vous êtes bien libres. La loi est la même pour vous que pour vos oppresseurs. Vous pouvez dire tout ce qui vous chantera. À condition que vous respectiez les droits qui s'exercent à vos dépens, nous vous garantissons la liberté de vos meetings ; vous pourrez y exposer sans retenue toutes vos revendications. »

Et ainsi de partout la Liberté se moque d'elles. Du moins elles l'en accusent. Aussi n'en veulent-elles plus. Elles la chassent délibérément de leur programme. Leur idéal devient exactement le contraire de celui que nous avons pris l'habitude en France de considérer comme le seul révolutionnaire : suppression de tout le jeu dont profitait jusqu'ici l'individu, réglementation de plus en plus étroite de son activité, resserrement de la trame sociale jusqu'à ce qu'il s'y trouve pris et parfaitement empêché, transmission à la collectivité de tous ses droits, stricte surveillance par elle de toutes ses démarches même les plus indifférentes *moralement*.

Je ne me donnerai pas le ridicule de définir après tant d'autres l'idéal socialiste. En gros, c'est lui qu'embrassent et chérissent, avec une force jusqu'à ce jour inconnue, des peuples entiers, et particulièrement ceux qui ont combattu contre nous ou qui ont retourné contre nous leurs armes : l'Allemagne et la Russie.

Je voudrais, dans ce qui va suivre, expliquer quelles raisons profondes prédisposaient chacun d'eux à le choisir et, du même coup, le rendaient hostile à notre vieux rêve d'universelle liberté. Ce sont choses peut-être qu'il n'est pas très agréable pour nous de considérer. Mais il faut absolument que nous perdions l'habitude de traiter par le dédain et par l'ignorance tout ce que nous n'aimons pas. J'ai moi-même un peu trop cédé à ce penchant si français et c'est pour calmer mes remords, et en quelque façon à titre de pénitence, que je me décide à entrer dans les considérations que voici.

*

Je n'ai pas la présomption d'avoir pénétré jusqu'en son fond l'âme russe. C'est la plus difficile, la plus dérobée, la plus décevante qui soit. Je pense que dans son essence elle reste à jamais insaisissable, comme à peu près impossible à dominer pour un étranger reste sa langue. Il y a un proverbe russe qui dit : « Quoi que tu donnes à manger au loup, il tire toujours vers la forêt ; si loin que la Russie s'avance à la rencontre de l'Europe, elle reste toujours toute tournée vers l'Asie. » Et en effet, on a l'impression que par cette immense ouverture vers l'est s'enfuit à chaque fois chaque trait de son génie qu'on a cru saisir. Pas de peuple, je le dis sans haine, plus « carottier » que le russe, et au point de vue psychologique même : ce qu'il vous laisse dans les mains, c'est presque toujours une « attrape ».

Cependant il y a quelques traits très évidents de son caractère qui, bien aperçus, bien suivis, eussent permis de prévoir combien peu de raisons il avait de s'éprendre de la liberté, et au service de quel idéal tout différent il devait fatalement être amené à employer ses forces. Avec un peu de perspicacité nous nous fussions évité la déconvenue presque ridicule que nous a donnée sa révolution.

Je me rappelle avoir eu, dès les premiers temps de ma captivité, la sensation directe de ce que j'appellerai le phénomène du *soviet*.

Les Allemands nous avaient réunis avec les Russes et distribués en nombre égal dans chaque baraque. C'était, nous disaient-ils, pour que nous apprissions à connaître « nos chers alliés », autrement dit pour nous dégoûter d'eux. Nous vivions donc côte à côte, ou plutôt les uns sur les autres, car nous étions si serrés que pour bien faire il eût fallu le soir nous coucher tous en même temps ; celui qui rentrait après les autres risquait de ne plus trouver entre les corps étroitement tassés l'alvéole à laquelle il avait droit. J'ai vu plus d'un camarade, après beaucoup d'injures, être obligé de s'étendre sur la mince frange de paille aplatie qui dépassait seule les pieds des dormeurs.

Eh bien ! malgré la promiscuité dont ce détail donne une idée, il était curieux de voir comment les Français trouvaient moyen de réserver leur indépendance. Si vous les eussiez vus dans la journée, chacun avait sa petite occupation, qu'il fondît des bagues en aluminium ou sculptât un jeu d'échecs, il le faisait tout seul ; pour manger sa soupe, il « dégotait » immanquablement un tabouret ; il avait sa poêle à frire, faite d'une moitié de bidon et pour faire « revenir » son hareng il passait au poêle à son tour. L'espace insuffisant dont nous jouissions était utilisé avec génie pour le maintien de la plus grande *discrétion* possible entre nous.

Au contraire les Russes, à eux tous, n'employaient même pas tout celui qui leur était réservé. Ils vivaient spontanément à l'état aggloméré. Ils formaient une seule troupe, un véritable « banc ». Je les revois encore, tous en paquet autour du poêle, se racontant interminablement des histoires (quand je leur demandais ce qu'ils faisaient : « *Onne razskazivaïette*, il raconte ! » me répondaient-ils), ou bien chantant en chœur avec une douceur, une tendresse, une harmonie inimitables. Il y en avait qui étaient assis sur des tabourets, d'autres debout juste dans leur dos, d'autres à califourchon au-dessus d'eux sur les porte-selles (nous étions logés dans une écurie). Et cet étagement n'était que l'image sensible de la mutuelle et toute naturelle implication de leurs âmes.

Il y avait des disputes entre eux, et même peut-être plus fréquentes et plus durables qu'entre nous. Quand il en éclatait une, on pouvait compter qu'elle occuperait la journée tout entière. Mais tout de suite on y sentait un manque inouï de gravité. Elle prenait comme un incendie à ras de terre, mais qui ne consumera jamais que des brindilles. Ce n'étaient pas des individualités qui s'affrontaient, se colletaient, qui cherchaient le faible l'une de l'autre, et à se jeter par terre l'une ou l'autre. Rien de méchant, rien de mortel. D'avance on était sûr qu'il n'y aurait pas de victimes. Il ne fallait que les entendre gazouiller, avec leur voix perchée, douce et fausse, pareils à une nichée d'oiseaux. Ils se moquaient les uns des autres, et de temps en temps un tendre rire secouait à la fois toute l'assemblée. Surtout ils n'avaient aucune envie de finir. Leur différend était entre eux comme le furet qu'on se fait passer en cachette dans la main et qui circule à travers la compagnie sans qu'on sache jamais bien où il est. En réalité il leur appartenait à tous à la fois, et c'est surtout pour ça qu'aucun ne voulait céder : les autres aussitôt l'eussent tenu pour un voleur.

Des âmes étonnamment peu retranchées. Rien ne leur est plus facile que d'habiter les unes chez les autres. Il faut toujours se souvenir de Dostoïevski. Combien de ses personnages qui n'ont pour tout domicile qu'un « coin » de chambre sous-loué chez un étranger ! Et ils vivent là derrière un pan de rideau qui est un merveilleux symbole de ce presque rien par quoi seul leur individu reste séparé de celui du voisin. Ils n'existent, psychologiquement aussi, qu'à l'état parasitaire ; en regardant bien, on trouverait sur chacun le logement d'au moins un autre[1].

Ce sont des êtres sans carapace ; ils ne sont doués ni pour la défense et pour la limite, ni pour l'attaque et pour la prétention. L'individu chez eux est sans poids ; son insuffisante densité l'oblige à craindre les chocs, l'empêche de se « poser là ». Il ne s'affirme que par la tendresse, la plainte, la ruse ou la trahison. Certes, il ne manque pas de personnalité ; mais toutes les manifestations en sont obliques ; tendre la main, supplier, pleurer, aimer, voler,

1. Dans la langue russe elle-même, il arrive sans cesse que les lettres supplémentaires, adventices, viennent s'incorporer aux mots sans qu'on en puisse toujours donner pour explication une nécessité euphonique. C'est ce que les grammairiens appellent : l'épenthèse. (Voir la grammaire de Reiff.) De même, presque chaque verbe en a plusieurs autres qui vivent sur lui, se nourrissent de ses formes, y en ajoutent. Chaque action est exprimée non pas par un seul verbe qui se conjuguerait pour correspondre à tous ses aspects, mais par un groupe de verbes, à la fois parents et distincts, qui se substituent les uns aux autres à mesure qu'il fait face à ses différentes modalités. (NdA)

tromper, fuir : telles sont les voies où elle se révèle. Pour prendre tout son développement, surtout il faut qu'elle n'aille rencontrer personne ; elle ne s'épanouit que par le détour.

Je ne connais rien de plus admirable, rien de plus attendrissant que les chansons de guerre russes. Elles sont pleines d'un héroïsme timoré. Le beau kazak, tout harnaché, part en campagne ; il brandit sa lance ; on entend son petit cheval trotter joyeusement. Il va tout détruire, tout raser. Le Turc en verra de cruelles. Mais qu'au moins le gredin n'aille pas s'aviser d'être trop fort ! Le hardi guerrier aurait tôt fait de tourner bride ; dans la cadence même de la conquête se dessine comme à l'envers, apparaîtrait par la plus simple des conversions, la cadence de la fuite.

Je me promenais souvent seul le long de notre baraque : un Russe avait pris la même habitude, et nous nous croisions quinze ou vingt fois de suite chaque jour ; c'était un haut gaillard, avec toutes les apparences de la santé et de la robustesse ; mais je me rappelle ce regard qu'il me jetait en passant ; je retrouve ses yeux si grands, si beaux, si aimants, si effrayés, si faux : ils m'effleuraient à peine, ils eussent voulu me gagner, ils cherchaient la petite porte de mon âme. Mais si j'eusse agité les bras, si j'eusse poussé un cri, ils se fussent tout de suite dérobés : je ne les eusse jamais revus.

Tant de timidité interdisait au Russe tout désir, toute volonté d'émancipation individuelle. Ce n'est pas avec son cœur tendre mais « flanchard » qu'il pouvait souhaiter la liberté et le droit de faire tout ce qu'il voudrait. Rien ne pouvait être plus étranger à cet être sensible et faible que notre dur idéal d'indépendance et de labeur.

Rien ne pouvait lui être plus odieux. Le Russe a contre le libéralisme une hostilité de principe et, si l'on peut dire, de complexion. Il faut comprendre le sens profond de sa haine pour l'Anglais. Cet homme calme et fort, bien campé, bien équipé, muni de son « habeas corpus » comme d'une sorte de waterproof et qui pense d'abord à faire des affaires et à s'assurer une honnête place dans le monde, cet homme droit, simple, court, paisible et impitoyable, ce grand fabricant de richesse, le Russe lui en veut comme à sa plus exacte antithèse.

Il exècre son aisance dans les deux sens du mot et cette manière qu'il a de se suffire. Il ne peut pas supporter un être qui se tient debout tout seul, qui va, qui vient, qui marche, sans jamais penser aux autres que *pour les respecter*. Il lui découvre un affreux égoïsme ; ses entrailles s'émeuvent contre tant d'assurance et d'isolement.

Non, certes, jamais il ne s'éprendra d'un idéal aussi bref et aussi féroce que le libéralisme. Quel usage y pourraient bien trouver ses vertus craintives ? Comment y adapterait-il son âme communicative et balbutiante ?

Il ne se trouve pas ainsi séparé, agressif. Il n'a aucune envie de gagner de l'argent et de se « faire une situation ». Il n'a besoin d'aucune loi qui vienne protéger son initiative ; et d'abord pour cette bonne raison que d'initiative il n'en a pas.

Au contraire, il a besoin de faire reconnaître et sanctionner avant tout son état naturel qui est une combinaison de son âme avec les autres, une fraternité obscure, une mystérieuse disposition à l'amas. En Russie, il n'y a pas de poussée de l'individu comme tel, mais une poussée directe des masses. Ce sont elles qui cherchent l'autonomie politique. Il ne faut s'attendre à y voir parvenir que des colonies d'âmes du genre de celle que je décrivais tout à l'heure[1].

Une fois libres, les Russes ne pouvaient avoir qu'une idée : mettre au monde leur socialisme intérieur, faire aboutir le soviet qu'ils formaient déjà avec leurs cœurs et avec leurs esprits. Le tsarisme au fond ne les gênait que dans la mesure où il voulait les forcer à une unité d'ensemble, qui dépassait leur pouvoir spontané d'agrégation. La violence que nous les plaignions de subir, les brutalités policières, les emprisonnements illégaux, la Sibérie, tout cela ils ne le sentaient pas. Qui eût bien connu leur nature profonde eût dû prévoir que la disparition de la contrainte tsariste ne pouvait être saluée par eux que comme le moyen de s'organiser enfin en droit, comme ils l'étaient depuis longtemps en fait, c'est-à-dire en groupes, en sociétés, en *soviets*.

Le bolchevisme n'est peut-être pas un régime viable ; il est peu probable que la Russie le conserve définitivement. Mais elle ne pourra le remplacer qu'en faisant appel à l'étranger, car il est, de toute évidence, le plus naturel, le plus ressemblant à son essence qu'elle ait jamais connu. Il est le produit tout à fait immédiat de ses aspirations ; pour y aboutir, ses vœux n'ont eu presque aucune

1. « Pour lui [pour le bolchevik] l'individu n'est rien ; l'âme, l'idée, le "Douch", est tout : le fondement de la vie sociale n'est pas juridique, mais affectif. » Étienne Antonelli, *La Russie bolcheviste*, Bernard Grasset, 1919, p. 210. (NdA)

distance à parcourir ; elle y est tombée au premier pas qu'elle a essayé de faire toute seule.

On verra, dans le livre si intéressant de M. Antonelli sur la *Russie bolcheviste*, dont je citais tout à l'heure un passage, la façon dont Lénine et Trotsky s'y sont pris pour établir et pour asseoir leur régime[1]. Au fond ils n'ont pas eu vraiment à l'imposer ; ils n'ont fait œuvre que de psychologie. Partout ils ont prévu et prévenu les désirs essentiels des masses. À la différence de tous les partis qui les avaient précédés au pouvoir, ils ont su démêler la tendance vraiment profonde et primitive du génie russe, et tout leur programme n'a été que de lui donner satisfaction. Les premiers ils ont su comprendre que le Russe cherchait, appelait de tout son instinct la vie collective et qu'il ne rêvait de liberté que pour le groupe dont il faisait partie.

Les bolcheviks ont su transformer le socialisme exactement dans la mesure où il le fallait pour qu'il devînt l'exercice le plus spontané et le plus agréable que le peuple russe pût souhaiter de ses fonctions psychologiques. En effet : Rompant totalement avec les méthodes occidentales que les libéraux ou les socialistes démocrates s'efforçaient, pendant la première partie de la Révolution, de plaquer sur le vieux fond slave, les bolcheviks n'ont jamais conçu le pouvoir comme une nappe d'autorité s'étendant de la source au peuple, de telle sorte que le maître de la source soit toujours le maître de l'épandage autoritaire. Ils ont, au contraire, laissé l'autorité s'épanouir directement de la masse sociale, sans aucun sens de l'unité du pouvoir ou de la personnalité de l'État. L'anthropomorphisme juridique qui a créé l'État, « être de droit », « personne morale », et qui n'est qu'un aspect particulier de notre philosophie occidentale de l'individu considéré comme fin et centre du droit, est totalement ignoré par le bolchevisme. On assiste alors à une floraison confuse et luxuriante d'autorité, à de singuliers chevauchements, à de surprenantes contradictions apparentes, qui nous donnent l'impression, à nous Occidentaux, qui avons une âme géométrique, du gâchis total, mais qui laisse l'âme slave évoluer très librement à travers ces contradictions et ces superpositions. C'est ainsi que l'on pourra voir un soviet « local » – celui de Moscou – décréter la « nationalisation » de l'industrie textile ; parfois même ce sera un simple quartier – celui du rayon de Poluostrovo – qui

1. Voir en particulier le chapitre III : « Les bolcheviks et le peuple », p. 69. (NdA)

décrétera la « nationalisation » de tous les immeubles. On verra, dans la même ville, des autorités très différentes coexister, sans qu'il y ait opposition violente ou incohérence réelle. À Moscou, par exemple, les anarchistes établiront une autorité tout à fait distincte des bolcheviks, réquisitionnant les immeubles et y installant des services. Le désordre n'est pas accru : le drapeau noir remplace seulement le drapeau rouge sur les lieux réquisitionnés[1] ».

Le bolchevisme est l'épanouissement à peine organisé, à peine systématique, des instincts russes. Ce qui nous trompe et nous fait croire qu'il est un régime adventice et arbitraire, imposé par la force à une masse récalcitrante, c'est la tyrannie qu'il exerce envers les individus. Mais il faut nous rendre compte que les Russes n'ont pas de quoi percevoir cette tyrannie : elle ne froisse et ne contrarie en eux que des velléités idéalement faibles, tandis qu'elle en flatte au contraire et en favorise de très puissantes : et d'abord le besoin de commandement collectif. Le Russe n'imagine rien de plus beau que de pouvoir discuter, décréter, régenter, mais toujours par le moyen et par l'intermédiaire du groupe auquel il adhère. Il se moque pas mal d'être morigéné et même violenté en tant qu'individu, il recevra volontiers le fouet, pourvu qu'il puisse, en tant que membre de quelque « conseil », manifester son autorité, prescrire des règlements, dicter des lois.

Encore une fois le *soviet* lui donne toutes les satisfactions dont il a jamais pu rêver : c'est d'abord un endroit où l'on est à plusieurs, où l'on peut bavarder et se plaindre ensemble ; où l'on peut se livrer, sans crainte désormais d'être dérangé par la police, à ces interminables *razgovori* (« conversation » ou « entrevue ») dont parle M. Antonelli[2]. C'est ensuite un moyen de fixer aux individus des devoirs et des charges, de les rappeler sur un ton mi-grondeur, mi-suppliant, à l'humilité, à la charité, à la misère, de détruire ce produit monstrueux de la liberté qu'est la richesse, de prendre des mesures draconiennes contre l'égoïste initiative de l'industriel et du marchand, de réduire à coups de *prikazi* (« ordre », « décret ») tout ce qui dépasse le niveau de l'Évangile. Le Russe est tout entier, avec sa petitesse et avec sa sainteté, dans le *soviet*. C'est pour lui le milieu idéal, le seul où il puisse vraiment prospérer et porter ses fruits. Je dirais presque qu'il ne prend de véritable existence qu'au moment où son être individuel vient ainsi se perdre, ou

1. Étienne Antonelli, *La Russie bolcheviste*, *op. cit.*, p. 213-214. (NdA)
2. Étienne Antonelli, *La Russie bolcheviste*, *op. cit.*, p. 72. (NdA)

plutôt se retrouver, dans l'être social, et qu'il ne reçoit le signe positif qu'en s'intégrant dans cette entité.

C'est là un fait dont il faut bien comprendre toute l'importance pour l'avenir du monde. Jusqu'ici le socialisme était quelque chose qu'on conçoit, qu'on étudie, ou même qu'on applique. Il existait dans les livres et il y avait des hommes de bonne volonté qui, à grand ahan, s'efforçaient d'en faire passer quelque chose dans la vie. Mais le mal qu'ils se donnaient était si grand, si violente la résistance qu'ils avaient à vaincre et si minces les résultats auxquels ils parvenaient, qu'on pouvait à bon droit se demander si leur doctrine était autre chose qu'une généreuse utopie, si elle était vraiment susceptible d'incarnation.

Grâce aux Russes commence pour le socialisme une ère, non pas certes pratique, non pas de réalisation, mais – ce qui est à la fois beaucoup plus et beaucoup moins – de réalité. Il naît des socialistes, des socialistes tout faits, antérieurs à leur doctrine et qui ne l'adoptent qu'à cause de ses affinités avec leur tempérament. Il naît des gens qui se mettent à vivre – bien ou mal ? dans le bonheur ou dans la misère ? la question reste réservée – à vivre tout de même *socialement*. Un peuple, sans avoir à se forcer, dépouille toute envie d'être libre ; au moment même où la déconfiture de son « tyran » lui en donne enfin le loisir, il préfère autre chose. Il passe hardiment d'un seul coup par-dessus la phase libérale de l'évolution politique, qu'on pouvait croire imprescriptible, et il revient tendre docilement les mains à un nouveau despote, le despote social. Ou plutôt il devient lui-même ce despote ; il nous le montre pour la première fois en chair et en os ; sans doute pas aussi concentré ni aussi « groupé » que les descriptions théoriques le faisaient attendre ; tout de même à l'état naturel, doué déjà de vie et de respiration. « Les morceaux en sont bons », pourrait-on dire : chaque *soviet* représente déjà, d'une façon très suffisamment concrète, cette « autorité directe de la masse sociale », qui est un phénomène absolument nouveau et dont la possibilité même pouvait faire jusqu'ici l'objet d'une question. Il faut voir les choses en face : même s'il est vrai que le peuple russe subit en ce moment d'affreuses misères, même s'il se repent d'être bolcheviste, un fait subsiste : c'est qu'il l'est, et que, par lui, en un point du globe, l'existence socialiste a commencé.

Le Parti de l'Intelligence

L'Intelligence est décidément à la mode. Il n'est plus personne qui ne se réclame de ses faveurs ; il ne paraît plus de manifeste où elle ne soit préconisée comme la première des vertus. Et voici même que se forme un Parti de l'Intelligence auquel adhèrent d'emblée plusieurs esprits distingués. Il n'entre pas dans les desseins de *La Nouvelle Revue française* de faire à celui-ci la moindre obstruction. Mais je voudrais présenter, strictement en mon nom personnel, quelques réflexions que me suggère la déclaration de principes signée par ses adhérents.

À ne la juger que d'ensemble, elle me paraît empreinte d'une certaine confusion, qui étonne un peu de la part de gens dont le souci avoué est de rendre la place d'honneur à la faculté logique. Je ne puis me retenir de signaler les principales contradictions que j'y découvre.

Et d'abord il semblerait qu'un Parti de l'Intelligence dût se donner pour mission essentielle de défendre les droits de l'intelligence, de veiller à ce qu'elle puisse s'exercer librement et pour la seule conquête de la vérité. Or, nous lisons bien dans le manifeste que j'ai sous les yeux, qu'on se propose « d'organiser la défense de l'intelligence française », et cela « en vue de l'avenir spirituel de la civilisation tout entière ». Mais quelques lignes plus bas nous trouvons : « L'Intelligence nationale au service de l'intérêt national tel est notre premier principe. »

Il faut pourtant choisir : ou bien l'intelligence française doit être mise au service des intérêts français ; et alors ce n'est plus elle qu'on défend ; c'est la France qu'on défend par elle, par son moyen – Ou bien l'intelligence française est ce qui mérite avant tout d'être protégé, préservé, dégagé ; de cet ensemble de biens qu'est la France c'est celui que nous tenons pour le plus précieux ; c'est celui que nous voulons contre toute contrainte, c'est-à-dire contre toute influence, maintenir sauf ; et alors nous devons en effet le maintenir sauf, nous devons éviter de le mettre en gage, de le louer à qui que ce soit, fût-ce à notre patrie, fût-ce à nous-même ; nous devons libérer notre réflexion de toute finalité préconçue, nous ne devons vouloir aboutir à quoi que ce soit d'autre qu'à ce que nous trouverons ; nous devons permettre à l'intelligence française de voir tout ce qu'elle voit, et de le dire, quoi qu'il en puisse résulter, fût-ce, pour emprunter une expression chère à Péguy, notre mort temporelle, fût-ce notre anéantissement par la foudre. (D'ailleurs je suis sans crainte ; si quelque chose aujourd'hui tout au contraire peut être pour nous bienfaisant et reconstituant, c'est bien la vérité directement et simplement perçue.)

Et sans doute, comme le dit le manifeste, « pour agir, il faut être » ; pour pouvoir penser librement, il faut d'abord que la France existe, il faut qu'elle ait un tronc et des membres, une « substance ». Mais, après tout la France existe, il me semble. Elle existe même plus que jamais. Nous avons été vainqueurs, crois-je bien : il faudrait tout de même nous le rappeler. Parmi les signataires du manifeste il en est plusieurs qui ont contribué glorieusement à notre victoire, et devant qui je m'incline très bas, surtout quand je pense à la pauvre guerre que j'ai faite. Mais justement, comment se fait-il qu'ils refusent de tenir compte dans leurs raisonnements de ce que leurs actes nous ont valu ? Ils ont sauvé la France : pourquoi ne peuvent-ils pas se résigner à ce que ce soit pour de bon ?

« La victoire apporte à notre génération des possibilités magnifiques. C'est à ceux qui survivent qu'il appartient de les réaliser, en pensant cette victoire où ne doit pas s'achever leur effort. » Nous sommes entièrement d'accord sur les termes. Mais « penser la victoire », pour les auteurs du manifeste, c'est continuer d'en penser les moyens, alors qu'elle est déjà acquise ; pour moi, c'est commencer à en penser les résultats, les fruits ; c'est l'épanouir ; c'est lui faire rendre ce qu'elle contient ; c'est profiter justement de cet « être » qu'elle nous donne ; c'est en profiter pour augmenter le plus possible notre « comprendre » (qui d'ailleurs, j'en suis persuadé, se changera en du « plus-être » presque aussitôt).

Et je sais bien que l'on va m'objecter un passage de l'article que je publie dans le présent numéro, où je dis nettement que notre victoire n'est ni complète, ni décisive ; on me demandera comment je puis dès lors contester qu'elle ait besoin d'être prolongée, achevée et qu'il faille continuer de lui dédier toutes nos forces, intelligence comprise.

— Je demande pardon. L'insuffisante victoire dont je parle plus haut, c'est seulement celle de notre idéal politique. (Et je ne pense pas d'ailleurs qu'elle fût souhaitable complète.) Nulle part je ne mets en doute la plénitude ni l'intégrité de notre victoire matérielle sur l'Allemagne. Quoi qu'il puisse maintenant se passer, la France, comme nation, me paraît avoir acquis une assiette, qui non seulement lui permet, qui lui fait un devoir de penser hardiment et dans tous les sens, sans plus se laisser paralyser par l'instinct de conservation.

« Défense de l'intelligence française » : c'est exactement à cela que je voudrais dévouer mes forces, que je souhaiterais que *La Nouvelle Revue française* dévouât les siennes. Comme les auteurs du manifeste, je suis persuadé qu'il n'y a pas aujourd'hui de tâche plus grande, plus urgente ; et, comme eux, je pense : plus profitable aux intérêts du monde entier, de la civilisation universelle.

Car c'est vrai que l'intelligence française est incomparable ; il n'en existe pas de plus puissante, de plus aiguë, de plus profonde. Dût-on m'accuser d'effronterie, j'irai jusqu'au bout de ma pensée : c'est la seule aujourd'hui qu'il y ait au monde. Nous seuls avons su conserver une tradition intellectuelle ; nous seuls avons su nous préserver à peu près de l'abêtissement pragmatiste ; nous seuls avons continué de croire au principe d'identité ; il n'y a que nous dans le monde, je le répète froidement, qui sachions encore penser. Il n'y aura, en matière philosophique, littéraire et artistique, que ce que nous dirons qui comptera.

Défense donc, « défense et illustration » de l'intelligence française. Mais pour Dieu ! faisons bravement consister toute cette défense en de l'illustration ! Ne perdons pas toute notre énergie à ces mesures de « salut public », dont les auteurs du manifeste semblent si préoccupés et qui n'ont rien à faire dans le domaine de la pensée ! Ne soyons pas soupçonneux, sourcilleux, tatillons ! Ne passons pas tout notre temps à monter la garde sur nos frontières intellectuelles « pour ne rien laisser entrer » ! Ne veillons pas sur notre ignorance comme sur un trésor ! N'ayons donc pas peur. Ce n'est pas notre genre. Soyons ce que nous sommes ! Illustrons l'intelligence française en comprenant tout ce qui est au monde à comprendre et en sympathisant avec, par l'esprit ! Illustrons-la par cette œuvre suprême, dont personne d'autre que nous n'est capable : l'analyse, la description, la traduction en formules avant tout exactes de cet immense chaos que la guerre a créé. Quand nous aurons fait ça, nous aurons vraiment « pensé » notre victoire ; nous en aurons fait sortir tout ce qu'elle contenait ; nous aurons à la fois complété et justifié notre « hégémonie » sur le monde.

*

Aurai-je l'air de m'acharner et de « chercher la petite bête », si je signale encore dans le manifeste du Parti de l'Intelligence une équivoque qui, à vrai dire, n'y est que latente, mais dont je ne puis m'empêcher d'être gêné ?

Elle réside dans l'idée que les auteurs semblent se faire de l'intelligence elle-même. Sans doute prennent-ils la précaution de mentionner à plusieurs reprises sa fonction de définition et de détermination. Mais on voit qu'en même temps ils ne peuvent se retenir de la concevoir surtout et avant tout comme un instrument de liaison, de coordination, de synthèse, d'unification. La façon dont leur pensée sur ce point flotte et invinciblement dérive est rendue nettement sensible par la chaîne de phrases que voici : « Le progrès ne consiste pas… à effacer les limites, à nier les règles, à repousser les dogmes, mais il se manifeste dans une détermination de plus en plus précise des principes. » (C'est la vérité même, et je suis si bien d'accord avec ce commencement de texte que je m'en servirais volontiers pour formuler le grief que j'ai contre l'internationalisme intellectuel et contre ceux que le manifeste appelle, d'ailleurs très improprement, les bolchevistes : de ce côté-là, en effet, on travaille à la suppression des limites, des différences, par conséquent on mine les résultats du progrès ; c'est pourquoi, c'est seulement pourquoi je ne puis y aller.) Mais reprenons notre lecture : « L'intelligence humaine est faite pour définir et pour conclure. » Bien. « Son impuissance à l'accomplir, que certains confondent avec la liberté, est le signe qu'il y a en elle quelque chose de vicieux. » Attention ! « L'intelligence, ce génie des ensembles qui organise le monde, etc. » Voilà qui ne va plus du tout.

Bien entendu, il n'entre pas dans mes intentions de contester que l'intelligence soit faite pour unir et pour combiner, pour produire un ordre, qu'elle soit un facteur d'organisation. Mais je reproche aux auteurs du manifeste de croire qu'elle est ça essentiellement et d'abord. – Essentiellement et d'abord l'intelligence est la faculté de distinguer, de reconnaître le différent pour différent, la faculté d'apercevoir deux idées, deux objets là où ceux qui n'en sont pas doués n'en aperçoivent qu'un ; son premier mouvement est la discrimination, l'analyse. Si on ne le lui laisse pas accomplir librement, posément et pour ainsi dire toute seule, tout le reste de son opération est vicié. Si l'on veut qu'elle soit synthétique d'abord, on renonce du même coup à ce qu'elle fasse son office propre, qui est d'approcher le plus possible la vérité. Si on la conçoit comme étant d'abord « le génie des ensembles », c'est le signe certain qu'on veut lui faire exécuter des tours de passe-passe, qu'on est constructeur, réformateur, politicien (on en a, d'ailleurs, bien le droit), mais non pas penseur, non pas « partisan » et véritable défenseur de l'intelligence.

Et, en fait, si on relit le manifeste d'un seul trait, on y voit apparaître une tendance qu'on sent d'une tout autre espèce qu'intellectuelle. « Si nous sentons la nécessité d'une pensée philosophique, morale, politique, qui organise nos expériences, si nous prétendons opposer au désordre libéral et anarchique, au soulèvement de l'instinct, une méthode intellectuelle qui hiérarchise et qui classe, si en un mot nous savons ce que nous voulons et ce que nous ne voulons pas, etc. » (Ce n'est pas moi qui souligne.) Voilà le grand mot lâché. Ces messieurs « savent ce qu'ils veulent et ce qu'ils ne veulent pas », et l'intelligence est pour eux le moyen d'obtenir le premier, d'empêcher le second. Elle est là pour « classer », pour « hiérarchiser », pour imposer au réel une forme une fois pour toutes choisie et décrétée. L'intelligence est en somme destinée à faire taire les exceptions, à supprimer ce qui gêne et à faire admirer combien tout le reste marche bien ensemble. L'intelligence est créatrice de « monarchie ».

Pour moi l'intelligence est d'abord le moyen de distinguer ce qui est de ce qui n'est pas.

Les discussions sur le Parti de l'intelligence ont divisé le groupe de La NRF. *Henri Ghéon avait signé le manifeste. Jean Schlumberger explique que, s'il avait été catholique, il l'aurait sans doute fait également. Mais Rivière refuse de mettre l'intelligence au service d'une cause quelle qu'elle soit. L'heure est à la démobilisation et à la distinction entre littérature et politique. Dans « Catholicisme et nationalisme », publié dans* La NRF *du 1er novembre 1919, il répond à Ghéon et à Schlumberger, et à Maurras. Pour lui, désormais, le débat est clos. Il figure à la fois dans le volume,* Une conscience européenne, 1916-1924 *et dans celui des* Études.

Catholicisme et nationalisme

En quelque tentation que m'induisent mes amis Schlumberger et Ghéon d'ajouter à ma pensée de nouvelles précisions, quelque envie que j'éprouve spontanément de poursuivre la mise au point de la délicate question sur laquelle nous voici, eux et moi, j'en ai peur, en état d'irrémédiable divergence, je crois qu'il est plus raisonnable d'arrêter ici un débat, que seule, après tout, l'expérience, et une expérience qui est encore à venir, pourra trancher. Seules les prochaines années pourront nous montrer si la France avait ou non besoin de cette cuirasse intellectuelle dont le Parti de l'Intelligence veut la maintenir armée. En attendant, l'essentiel est de bien travailler, chacun avec les idées qu'il a. C'est ce que nous sommes d'accord les uns et les autres pour nous imposer comme première loi.

Je ne demande donc plus la parole que pour une observation secondaire. Lorsque Jean Schlumberger a écrit : « Si j'étais catholique, j'aurais signé le manifeste du Parti de l'Intelligence », je vois bien ce qu'il y avait dans sa pensée. Il voulait dire évidemment que seule lui interdisait, à lui protestant, l'accès du parti de l'Intelligence, l'obligation qu'on lui faisait de reconnaître la suprématie de l'Église catholique et de la considérer comme un facteur de la renaissance nationale. Mais il n'a pas songé que sa phrase du même coup semblait faire à tout catholique un devoir d'adhérer au Parti de l'Intelligence.

Ce devoir, je ne puis l'admettre. Entre les deux termes que Jean Schlumberger met en rapport, je ne réussis pas à surprendre la moindre dépendance, le moindre enchaînement. Car enfin nous n'avons besoin ni les uns ni les autres de faire plus longtemps comme si nous ignorions que le Parti de l'Intelligence c'est à peu de chose près, c'est, camouflée pour la circonstance, l'éternelle *Action Française*. Or quel lien peut-il bien y avoir entre le catholicisme et *L'Action Française* ? Quoi, dans le premier, peut bien inciter à se rallier à la seconde ? Je demande qu'on me cite l'article de la doctrine catholique qui logiquement engendre le « nationalisme intégral ».

Il ne s'agit pas de ce qui se passe en fait. Je sais très bien que beaucoup de catholiques sont enrôlés sous les bannières de

L'Action Française. Mais je prétends qu'ils n'ont pas pu trouver dans leur foi le motif qui les a poussés à s'y embrigader.

Et comment l'y eussent-ils découvert, alors que de toute évidence L'Action Française poursuit la besogne la plus nettement anticatholique qui se puisse rêver ? Il n'est même pas besoin de rappeler que Maurras est un incroyant, ni de relever une fois de plus ses multiples déclarations sinon d'athéisme, tout au moins de positivisme radical. Il suffit de regarder son œuvre, l'influence qu'il exerce sur les esprits : il faut être aveugle pour ne pas voir qu'il tend à y stériliser toute disposition, tout sentiment chrétien.

D'abord en substituant le culte de la Patrie au culte de Dieu, en confisquant tout ce qu'il peut y avoir dans les âmes d'instinct religieux et de capacité d'adoration au profit de la Patrie. Le nationalisme tel qu'il l'enseigne devient une véritable idolâtrie. Il consiste à aimer et à servir la France, non pas pour tous les biens qui sont en elle, mais comme l'unique Bien qui se puisse concevoir, comme le véritable Absolu. Si Maurras combat avec tant d'acharnement toute métaphysique, s'il a si tôt fait de ridiculiser toute croyance aux réalités invisibles, c'est bien moins par conviction positiviste profonde que pour empêcher que rien ne s'installe au-delà de la Patrie, que pour assurer ses derrières et pour la maintenir comme le Suprême Objet dont nous ayons à nous inquiéter.

Rien de moins catholique, rien de plus païen, rien de plus sauvage qu'une telle doctrine. Car que peut bien devenir Dieu dans cette affaire ? Quelle place lui réserve-t-on ? Dans quels combles est-il relégué ? Comme il serait impolitique de le supprimer, sans doute lui réserve-t-on le rôle d'une sorte de président honoraire. Mais on lui mesure sévèrement l'hommage. S'il tient à en recueillir quand même quelques bribes, il faut qu'il vienne s'identifier avec la Patrie, il faut qu'il déclare « la protéger » tout spécialement, il faut qu'il se fasse son patron et qu'il entre dans une combinaison qui est le pendant exact de celle où les pangermanistes avaient voulu l'emprisonner. Un chrétien ne peut pas admettre cette comédie et ne peut la ressentir que comme une moquerie de sa foi.

Anticatholique, *L'Action Française* l'est encore par son refus de tenir compte, en aucune circonstance, de ce que la grandeur du Pays peut impliquer comme souffrance pour les individus et de ce que la puissance en général représente comme douleur au monde.

Je ne suis pas de tempérament sentimental : rien ne m'ennuie comme de m'apitoyer. Aucune littérature ne m'est plus fastidieuse que celle où la fraternité humaine et l'entre-embrassement des peuples nous sont platement prêchés.

Mais enfin j'avoue que le mal des autres, fût-ce celui de mes ennemis, me « fait tout de même quelque chose » et que spontanément je le souhaite évité. C'est dans cette mesure que je me sens chrétien, que je me trouve catholique. Et je constate que c'est dans cette mesure également que *L'Action Française* m'est insupportable. Son continuel appel à la violence, son souci de réveiller, de raviver, d'envenimer le plus possible tout ce que les hommes éprouvent entre eux d'oppositions et d'inimitiés naturelles, son dessein à satiété proclamé d'entretenir éternellement le désordre et la misère chez ceux qui nous ont une fois voulu du mal, ne sont-ils pas un effort direct contre l'enseignement du Christ et ne tendent-ils pas à détruire le peu qui subsiste encore au monde justement de « catholicité » ?

On peut très bien, sans être internationaliste, ne pas tout de même désirer que les haines actuelles prennent un caractère invétéré. Si l'on est catholique, on doit souhaiter, même si l'on n'ose l'espérer, leur progressive résorption et la reconstitution d'un lien universel. Et donc, si l'on est catholique, loin d'adhérer à *L'Action Française*, loin de se laisser séduire aux masques plus ou moins adroits qu'elle s'amuse à prendre, on doit lui opposer une complète, une tranquille résistance de toute l'âme, on doit revendiquer contre elle le droit de conserver quelque amour pour son prochain et pour Dieu, le droit de maintenir entre les divers attachements dont on se sent capable la subordination qui est entre leurs objets, le droit de ne pas concevoir le patriotisme comme exclusif de tout sentiment religieux et humain.

LES ARTICLES POUR LA *LUXEMBURGER ZEITUNG*

Nous publions pour la première fois intégralement cet ensemble hautement remarquable des vingt-deux articles de Jacques Rivière pour la Luxemburger Zeitung[1]. *Des extraits de chacun de ces articles figurent dans le volume* Une conscience européenne. *Ils s'échelonnent du 1er novembre 1922 au 24 décembre 1924 et constituent une sorte de journal politique de ces années décisives. Jacques Rivière qui s'efforçait de rester optimiste et qui semblait pris par des doutes dans son dernier article sera privé d'une récompense de ses espoirs : mort le 14 février 1925, il ne saura pas que Gustav Stresemann et Aristide Briand, après les accords de Locarno de décembre 1925, seront lauréats du prix Nobel de la paix en 1926. L'embellie sera de courte durée, hélas ! Et c'est finalement le Rivière qui avait des doutes qui aura eu raison. Des extraits figurent dans le volume* Une conscience européenne.

La chute de Lloyd George[2]

Pour qui assisterait aux événements politiques comme à une pièce à grand spectacle, la chute de M. Lloyd George[3] représenterait à coup sûr un changement de tableau sensationnel. Et il faut avouer que M. Lloyd George lui-même a tout fait pour nous donner l'impression que nous étions au théâtre. Sa politique a toujours eu une allure dramatique. Annoncée, commentée par de grands discours, par de véritables tirades, entrecoupée d'interpellations tantôt à l'ennemi, tantôt aux alliés, tantôt au peuple anglais lui-même,

1. Nous avons repris les textes tels qu'ils ont été publiés, en respectant la ponctuation et en corrigeant tacitement quelques rares fautes de frappes évidentes. Nous remercions vivement Mme Germaine Goertzinger, Mme Josée Kirps, directrice des Archives nationales du Luxembourg, M. Pit Even, des Archives nationales du Luxembourg, et Mme Agnieszka Strycharz-Goulmy, de la Bibliothèque patrimoniale de Bourges de leur aide précieuse.

2. *Luxemburger Zeitung*, 1er novembre 1922.

3. David Lloyd George (1863-1945), Premier ministre libéral du Royaume-Uni depuis le 7 décembre 1916, fut contraint à la démission le 19 octobre 1922 à la suite d'une motion de censure du Parti conservateur mettant fin à la coalition entre libéraux et conservateurs à la Chambre basse. Le conservateur Andrew Bonar Law dont il sera question plus loin dans l'article lui succéda jusqu'aux élections de mai 1923.

elle se développa en outre d'une manière aussi imprévue que le drame le mieux agencé.

D'un jour à l'autre on la voyait prendre, au moins en apparence, un cours différent. Pacifique sur un point, elle devenait tout à coup belliqueuse sur un autre. Et les difficultés qu'elle s'employait à dénouer patiemment en Occident, elle les affrontait tout à coup en Orient avec une sorte de témérité joyeuse. Enfin elle faisait une consommation inouïe de grands projets, de décisions subversives, de solutions radicales, qui n'avaient que le défaut de se substituer un peu trop rapidement les unes aux autres. En tout cas elle tenait les peuples merveilleusement en haleine.

Caractérisant la transformation que vient de subir le ministère anglais, le *Temps* du 26 octobre écrit : « Les traditions remplacent les inspirations. » Il est évident qu'à contempler seulement la photographie de M. Bonar Law, on a la sensation que quelque chose va disparaître de la politique anglaise, et par conséquent de la politique mondiale. Avec la chevelure de M. Lloyd George, c'est un certain élément poétique qui s'en détache.

Certains s'en réjouissent : ils ne songent pas assez que poétique, en grec, veut dire créateur et que, dans un monde bouleversé comme est le nôtre, où tout est à recommencer de fond en comble, l'esprit créateur et les « inspirations » ne sont pas tellement à dédaigner, ni les « traditions » tellement faites pour donner de l'espoir.

On aurait tort de ne juger M. Lloyd George que sur les erreurs qu'il a commises et qu'il avait multipliées, il est vrai, ces derniers temps[1]. Il n'est tout de même pas le fantaisiste et l'amateur qu'on voudrait nous peindre aujourd'hui. Les dons prodigieux que tout le monde s'accorde à lui reconnaître, il ne les a pas uniquement employés à discréditer son pays ni à compromettre le sort de l'Europe.

Sous ses incartades et sous son agitation s'est toujours cachée, au contraire, une pensée politique ferme et précise ; il a toujours poursuivi avec un acharnement magnifique et une complète absence de scrupules l'intérêt de son pays.

Mais ceci ne pourrait nous être que très indifférent et ne justifierait nullement notre admiration, puisque nous ne sommes pas

1. Jacques Rivière fait sans doute allusion à la gestion de la crise irlandaise et à l'éclatement de la guerre d'indépendance en 1922, aux maladresses de Lloyd George au Proche-Orient, notamment en Syrie où il soutient le mouvement nationaliste arabe contre la France et au scandale de la vente illicite (et massive) de titres de noblesse afin de financer sa campagne électorale.

anglais, si cet intérêt de l'Angleterre, qui fut son seul objectif, Lloyd George n'avait eu l'originalité de le concevoir lié avec les intérêts de l'Europe en général.

C'est sur ce point qu'il fut profond et inimitable. Seul parmi les hommes d'État, il eut l'intuition que le problème de l'après-guerre n'était pas une série de problèmes nationaux, indépendants les uns des autres et à résoudre séparément, mais un seul et unique problème qui devait recevoir une solution d'ensemble. Seul, avec une obstination qui lui fit beaucoup d'ennemis, mais qui sera un jour sa gloire, il osa poser la question européenne comme première et principale et il s'y attaqua sans cesse comme à un tout qui ne pouvait être divisé. Seul il osa, malgré la guerre, continuer à concevoir une Europe, à vouloir une Europe.

Et sans doute cette Europe réorganisée et cohérente, il ne la concevait, il ne la voulait que comme la condition du bien-être anglais ; et les restaurations les plus immédiatement indispensables à ce bien-être lui apparurent toujours comme les plus urgentes.

C'est ce qui lui attira tout naturellement l'hostilité de la France, qui voyait subordonner la réfection de ses régions dévastées à une reconstruction préalable de l'Allemagne et de la Russie. Il n'est pas un Français, s'il s'en tient aux apparences, qui puisse faire grief à M. Poincaré d'avoir saisi en mains nos intérêts par trop dédaignés et d'avoir entrepris contre M. Lloyd George cette longue résistance, cet effort patient pour neutraliser peu à peu, puis étouffer ses « inspirations »[1].

Cependant le triomphe de M. Poincaré contre son adversaire britannique comporte, à notre avis, des risques considérables. Du point de vue français même, la disparition de M. Lloyd George de la scène politique peut être considérée comme un événement à tout le moins inquiétant.

Elle est logique d'ailleurs, je veux dire qu'elle peut apparaître comme une phase d'une évolution générale des différents peuples

1. Première allusion à la « mésentente cordiale » franco-anglaise sur l'exécution du traité de Versailles et à l'intransigeance de Raymond Poincaré (1860-1934), ancien président de la République (1913-1920), président du Conseil depuis janvier 1922 à la suite de la démission d'Aristide Briand. Contrairement au gouvernement britannique, Poincaré insiste, malgré le refus allemand, pour le paiement de l'intégralité des réparations imputées par le traité de Versailles. Cette politique, jugée inappropriée par les anciens alliés anglo-saxons, mènera à l'occupation de la Ruhr par des troupes françaises et belges à partir du début de l'année 1923.

depuis la guerre, – évolution sur l'issue de laquelle on est en droit de s'interroger avec une certaine angoisse.

Si paradoxale que puisse paraître une pareille affirmation, la guerre avait créé une solidarité de tous les peuples du monde ; amis ou ennemis ils étaient accrochés ensemble, et forcés de penser à la même chose, de s'occuper d'un seul et unique problème. Sans doute chacun lui voulait une solution différente et avait une cause à faire triompher contre la cause du voisin. Du moins voulait-il quelque chose de plus que lui-même et entrait-il par là en préoccupation d'autrui.

Sitôt la paix signée, nous avons vu l'Amérique perdre cette préoccupation, renoncer à toute mission extérieure et se replier égoïstement sur elle-même[1]. La Russie pendant longtemps a tâché d'imposer au monde son idéal et l'organisation qu'elle s'était donnée, mais elle s'est fatiguée elle aussi et elle est retombée dans ses « traditions » et dans le seul souci de sa réfection intérieure. La France et l'Allemagne, trop touchées l'une et l'autre par la guerre, n'ont pu à aucun moment s'élever au-dessus des inquiétudes les plus égoïstes.

L'Angleterre restait seule, par le ministère de Lloyd George, non pas à nourrir des pensées désintéressées – ce n'est pas son habitude, – mais, par intérêt bien compris, à penser pour plusieurs à la fois.

Nous ne savons pas encore ce que fera M. Bonar Law, ni même sur quelle majorité il pourra s'appuyer. Il est à craindre cependant qu'il ne rentre, comme le prévoit le « Temps », dans les « traditions », c'est-à-dire dans une conception parfaitement bornée des intérêts de l'Angleterre et dans un effort pour faire triompher ceux-ci sous leur forme la plus évidente et la plus stricte. En face du chaos économique, il est à craindre qu'il ne prenne une attitude passive et ne cherche simplement à en tenir l'Angleterre à l'écart, dans la mesure du possible, aussi longtemps qu'il durera.

Mais justement nous sommes arrivés à un point où, si le problème européen est abandonné, ne fût-ce qu'un instant, il risque de

1. Le Sénat américain ayant refusé le 19 mars 1920 de ratifier le traité de Versailles, les États-Unis n'adhèrent pas à la Société des Nations (qui siège depuis le 1er novembre 1920 à Genève) dont la création et les statuts firent part du traité. Le vote du Sénat fut une sorte de désaveu du président américain Woodrow Wilson et de son fameux « Plan en quatorze points » de 1918 dont la SdN est une émanation directe, notamment du point 14 : « Une association générale de nations doit être formée en vertu de conventions spécifiques dans le but d'offrir des garanties mutuelles d'indépendance politique et d'intégrité territoriale aux grands et aux petits États. »

se résoudre tout seul, et par une catastrophe. Si la notion d'Europe, si la volonté de refaire une Europe ne trouvent plus à habiter le cerveau d'aucun homme d'État, l'Europe elle-même disparaît, je veux dire que la misère dont elle est gangrenée déjà, va s'étendre en un instant à tous ses membres et la pourrira toute entière.

Nous ne pouvons pas nous passer des « inspirations », dont M. Lloyd George était une source peut-être un peu trop abondante et qu'il nous fournissait peut-être un peu trop mêlées, mais qui entretenaient au moins une atmosphère de recherche dont notre salut, peut-être, fût sorti à la longue.

À moins que – car l'optimisme ne doit jamais perdre ses droits même dans les plus obscures difficultés – à moins que cette disparition du dernier grand phare qui éclairait notre route, ne corresponde à un échec définitif des moyens proprement politiques de résoudre le problème où nous nous débattons et ne soit le signal d'un effort instinctif que vont faire les peuples eux-mêmes pour réajuster directement, en dehors des gouvernements, leurs intérêts respectifs. Peut-être nos embarras dépassent-ils la capacité de l'intelligence individuelle, si puissante, si géniale qu'on la suppose. Peut-être le moment est-il venu de laisser agir l'instinct de conservation économique des différentes nations européennes. Il y a un inconscient des peuples, comme il y a un inconscient de l'individu : et l'un comme l'autre tend en général à la guérison de l'organisme qu'il habite. Peut-être est-ce lui qui va prendre la direction de notre maladie et nous mener à la convalescence.

Nous assisterions ainsi à une reconstitution de l'Europe par le détail, chaque peuple cherchant les attaches économiques les plus commodes avec son voisin, celles qui pourraient le mieux lui servir à se repêcher. Peu à peu, à force d'accords particuliers, conclus au besoin entre simples individus, le réseau général qui existait avant la guerre se reformerait ; l'Europe reprendrait une existence d'ensemble, revivrait.

Certains symptômes d'une telle renaissance par l'initiative privée sont apparus ces derniers temps : il suffit de citer l'accord Stinnes-Lubersac, qui a comblé de joie et d'espoir plus d'un cœur français[1]. On voudrait le voir suivi de beaucoup d'autres. Car

1. Accord signé le 4 septembre 1922 entre Hugo Stinnes (1870-1924), grand magnat de l'industrie allemande et figure éminente du Deutsche Volkspartei (DVP), parti national-libéral, et le marquis Louis de Lubersac (1878-1932), sénateur français, sur la livraison de charbon allemand dans les zones dévastées de

personne ne peut plus nier aujourd'hui, et dans le fond personne ne nie plus chez nous, malgré les cris de certains journaux, que la première condition de la paix et de la prospérité européennes est la découverte d'une assiette commune pour les intérêts français et allemands.

Si le beau rêve d'une nouvelle Europe doit être un moment abandonné, ne laissons pas du moins s'éteindre en nous la volonté d'en rejoindre les morceaux qui sont à notre portée et qui, s'ils sont les plus difficiles, sont aussi les plus utiles à recoller.

La France et l'Allemagne au seuil de 1923[1]

Les espoirs que je formulais en terminant mon article du mois de novembre sur la chute de Lloyd George, n'ont pas trouvé dans ces deux derniers mois grand renfort ni grande confirmation. Le réajustement direct des intérêts économiques de la France et de l'Allemagne ne semble avoir fait aucun progrès. D'autre part les deux gouvernements semblent vouloir beaucoup plutôt affronter leurs politiques que chercher un accord. L'occupation de la Ruhr est de nouveau à l'ordre du jour et le recours à la force prend un regain de faveur.

Sans doute une brise rafraîchissante nous est venue un moment d'Amérique : avec ce talent du sensationnel qui ne les abandonne jamais, nos amis d'outre-mer nous ont fait tout à coup savoir qu'ils allaient prendre en mains la reconstitution de cette pauvre petite Europe ruinée, dont les humeurs et la maladresse sont si amusantes. Malheureusement, en Amérique, les journalistes semblent

la France du Nord. Comme l'a déjà fait remarquer Lionel Richard (« Les éditoriaux de Rivière dans la *Luxemburger Zeitung* »), in *Jacques Rivière l'Européen*, *op. cit.*, p. 88), on peut s'étonner de la méconnaissance du rôle joué par Hugo Stinnes, représentant de l'industrie allemande lors de la conférence de Spa sur les réparations allemandes (juillet 1920), où il aurait lancé à la tête des alliés qu'ils étaient « atteints de la maladie de la victoire » (voir Raymond Poidevin et Jacques Bariéty, *Les Relations franco-allemandes. 1815-1975*, Armand Colin, 1977, p. 245).

1. *Luxemburger Zeitung*, 4 janvier 1923.

être toujours considérablement en avance sur le gouvernement et à ces séduisantes annonces les hommes d'État n'ont pas l'air de vouloir donner une suite immédiate.

Il y aurait quelque puérilité, à vrai dire, à attendre d'une intervention purement extérieure la guérison de tous nos maux. Les plaies économiques ne peuvent guère être pansées au moyen de cataplasmes qu'une infirmière dévouée viendrait leur appliquer du dehors. Quelque besoin que nous ayons de l'or détenu par l'Amérique, s'il nous revenait par un miracle trop spontané, je veux dire si la considération seule de notre misère engageait ses possesseurs à nous le rendre, je ne crois pas qu'il aurait tous les effets bienfaisants qu'on s'imagine.

Il n'y a de statut durable pour un être vivant que celui qu'il invente lui-même, que celui auquel s'emploie toute son initiative. Il en est de même pour les nations et pour les groupements humains plus généraux, comme est l'Europe. Nous ne pouvons guérir de notre maladie économique que si nous traçons nous-mêmes tout au moins le plan et le programme de notre traitement, que si nous faisons effort pour retrouver par nous-mêmes l'harmonie de nos intérêts.

La France et l'Allemagne, dont l'accord peut seul former la cellule de la renaissance européenne, ne devraient se laisser distraire par aucune proclamation d'Outre-Atlantique de la laborieuse, mais indispensable étude de leurs possibles affinités économiques.

Combien laborieuse étude ! Et combien l'esprit qu'il faudrait y apporter est encore défaillant ! Il est curieux de constater combien le soi-disant réalisme politique est ignorant des réalités et cherche maladroitement à les vaincre. Ce qui me frappe avant tout dans la conduite des gouvernements aussi bien français qu'allemand, c'est l'absurdité suivante :

Aucune des intentions, des exigences ou des résistances de l'un n'est considérée par l'autre en soi, mais seulement a priori comme une contrainte à secouer, ou comme un obstacle à surmonter ; chacun ne voit de salut qu'à éluder les prétentions de l'autre, sans même les comprendre. À aucun des deux l'idée ne vient d'examiner la volonté de l'autre comme un fait, ou comme le signe d'un besoin du peuple qu'il représente. Ni l'un ni l'autre ne cherche à approfondir ce besoin, à en prolonger la ligne idéale, à chercher si quelque intersection n'en est pas prévisible, en un point X, avec la ligne pareillement prolongée de ses propres besoins.

Une force immense est ainsi dépensée des deux parts uniquement à neutraliser la volonté adverse, donc pour un résultat purement négatif. C'est un vice de rendement qui, dans une machine, désespérerait un ingénieur.

Sans doute il y a chez nous des besoins dont la satisfaction semble impossible à ajourner et qui vont à contresens des besoins allemands. Des maisons attendent leurs toits, des usines leurs moteurs ; les avances aux sinistrés sont suspendues. Nous sommes poussés par la nécessité à resserrer immédiatement notre prise.

Mais il faut oser le dire : l'avenir est plus urgent que le présent ; il faut y penser avant de penser au présent. Et si un arrêt de notre convalescence devait permettre à l'Allemagne de se reprendre et d'entrer dans une certaine préoccupation locale de notre intérêt futur, nous serions nombreux en France à l'accepter.

Malheureusement nous ne pouvons pas nous empêcher de constater que le gouvernement allemand suit une politique exactement symétrique de la nôtre. Il ne s'interroge pas sur le sens ou sur l'utilité objective de ce que nous lui demandons : il pense d'emblée aux moyens de le refuser. Toute son ingéniosité passe à fuir nos exigences. Il semble nous tenir pour un parasite encombrant, mais qui se fatiguera à la longue, de sucer, et qui se détachera de lui-même du grand corps de l'Allemagne. Il cherche à atteindre ce moment en cédant le moins de suc possible.

Il retombe ici, à notre avis, dans la grande erreur qui a perdu l'Allemagne impériale. Il se fie trop aux tables de natalité. Il ne sait pas quelle vigueur et quel génie sont encore au cœur de la France, – quelle volonté et même quelle obstination. Il dédaigne une force qu'il peut avoir l'espoir de vaincre dans l'avenir, mais dont il a tort de ne pas comprendre quel profit infiniment plus grand il y aurait pour lui à se la concilier tout de suite.

Le drame continue de l'ignorance et de l'incompréhension mutuelles entre deux peuples dont l'association créerait une force formidable. Au fond – il faut voir les choses comme elles sont – après l'effroyable carnage de quatre ans, après les maux inouïs que nous avons soufferts des deux côtés, c'est sur la guerre inconsciemment que les hommes d'État continuent de miser. Par paresse, je pense, et comme en face d'un problème trop difficile, on retombe dans les solutions de hasard.

Il ne faut pas cesser de le répéter : tant que les gouvernements chercheront uniquement des palliatifs à leurs embarras du moment, sans vouloir poursuivre une solution commune et générale de ces embarras, la guerre planera sur nous. Et Dieu fasse qu'elle se contente de planer !

Un spectre si terrible fait qu'on attend avec impatience les propositions que le nouveau gouvernement allemand va faire aux alliés[1]. Il est bien évident que la clef de la situation immédiate est entre ses mains. Moins que des trésors que nous savons bien qu'il ne peut pas tout de suite nous verser, nous espérons découvrir dans son projet le schème d'une collaboration, et surtout le « ferme propos », comme disent les théologiens, de cette collaboration.

Si l'Allemagne comprenait bien l'opinion française, elle la trouverait beaucoup moins exigeante qu'elle n'imagine. Au fond la France ne réclame d'elle qu'un « ferme propos » ; le ferme propos, non pas, si le mot la gêne, de « réparer », mais d'« aider » à produire une nouvelle richesse à la place de celle que la guerre a engloutie. Notre déception, et les convulsions qui s'ensuivent et dont l'Allemagne souffre, viennent de ce que nous la trouvons sans cesse évanescente. Au fond nous avons la sensation qu'elle se félicite de ce qu'on lui demande trop, parce que cela lui permet de ne donner rien. Nous ne voyons pas paraître en elle ce qui serait la contrepartie naturelle de nos exigences, s'il est prouvé qu'elles soient exagérées : une offre définie correspondant à ses capacités réelles et l'annonce quantifiée du secours qu'elle peut fournir.

L'Allemagne nous semble vouloir exploiter seulement l'erreur que nous avons pu commettre en fixant de manière unilatérale ses obligations. « Du moment qu'ils n'ont pas deviné, ne disons rien et refusons tout » : telle semble être sa constante arrière-pensée. On ne peut pas nier, qu'il y ait eu, depuis le Traité, par rapport à ses moindres clauses, un immense mouvement élusif de toute la force et de toute la ressource allemandes. La devanture s'est

1. Après la démission du gouvernement Wirth, le 14 novembre 1922, c'est Wilhelm Cuno (1876-1933), directeur de la compagnie de transports maritime Hapag qui est nommé chancelier par le président Friedrich Ebert le 22 novembre de la même année. Cuno, sans étiquette politique (après un bref passage au Deutsche Volkspartei), forme un gouvernement libéral-conservateur soutenu par une minorité parlementaire portée par le Zentrum (centre), le Deutsche Demokratische Partei (DDP, libéraux), le Deutsche Volkspartei (DVP, national-libéraux) et le Bayerische Volkspartei (BVP, parti bavarois du catholicisme politique). Cuno essaiera par la suite d'opposer une résistance passive à l'occupation française du bassin de la Ruhr. Face à l'échec de cette politique d'obstruction, il démissionnera en août 1923 au bout de neuf mois au Gouvernement.

vidée. Tout a été placé dans d'insaisissables entrepôts qui défiaient la perquisition.

Psychologiquement c'était le mouvement qu'on devait attendre de l'Allemagne, dès qu'on cherchait à la contraindre : son génie souple et fuyant[1], le côté « Lorelei » et « fille du Rhin », qui est en elle, le lui imposaient tout naturellement. Mais psychologiquement aussi c'est celui que la France ne pouvait pas admettre, la France catégorique et comptable, la France amie des révolutions fortes.

Il faut que chacun revienne sur son caractère, « prenne sur lui », comme on dit. Nous accepterons de perdre du bois, du charbon et de l'or, sur quoi nous avions compté ; mais nous voulons sentir, trouver en face de nous une volonté ferme, une offre enfin irrévocable ; nous voulons saisir quelqu'un, même si ce doit être pour l'entendre de nous proposer rien de plus que la paix, et son aide pour en réaliser les conditions.

L'occupation de la Ruhr[2]

D'une chronique à l'autre, il sera dit que les espoirs de paix, c'est-à-dire de réconciliation franco-allemande, que nous avions nourris, iront s'affaiblissant. La situation actuelle est évidemment la plus grave que nous ayons connue depuis la guerre. Et même il faut bien avouer qu'elle ne présente avec la guerre elle-même que des différences superficielles[3].

---

1. Rivière reprend ici une de ses idées sur la psychologie de l'âme allemande développées dans *L'Allemand*.

2. *Luxemburger Zeitung*, 3 février 1923.

3. La hauteur ni la durée des réparations n'ayant été fixées par le traité de Versailles, une commission des réparations mise en place par les Alliés devait statuer sur les sommes à payer par l'Allemagne et les modalités de paiement. Après avoir constaté le 26 décembre 1921 que l'Allemagne était en retard de paiement d'une première tranche de 20 milliards de marks-or échelonnés sur les années 1919, 1920 et 1921, la commission fixa le 29 janvier 1921 le montant de la dette allemande à 226 milliards de marks-or payable sur quarante-deux ans avec des annuités de 2 milliards par an, ensuite 6 milliards [NB : ces chiffres peuvent varier selon les sources et les modes de calcul]. Cette somme est revue à la baisse par les Alliés à la fin du mois d'avril. Désormais, l'Allemagne n'est plus redevable que de 132 milliards, offre confirmée par l'ultimatum de Londres

Si les armes, Dieu merci, sont restées jusqu'à présent silencieuses (et il faut bien espérer que rien ne surviendra qui les force à parler), tout de même les volontés nationales s'affrontent à nouveau ouvertement et chacun n'attend le salut que de son énergie et de son obstination ; il y a de nouveau « accrochage », comme on disait au commencement de ces longues batailles de tranchées qui duraient des mois, et ce sont de nouveau les vertus d'endurance, de résistance et d'héroïsme qui semblent, aux deux partis, seules capables de fournir une solution. Quelqu'un a évoqué la bataille de Verdun. La lutte dans la Ruhr, bien qu'heureusement moins sanglante, n'est pas, en effet, sans analogie avec ce moment tragique où les destinées française et allemande eurent l'air, sur la Meuse, de se jouer définitivement.

Je dis : « eurent l'air ». Et il faut réfléchir, en effet, combien de fois, pendant la guerre, nous eûmes l'impression d'être en présence d'une crise décisive, combien de fois nous nous attendîmes à voir nos embarras tranchés par le sort des armes et combien de fois l'événement demeura infidèle à notre espoir et nous laissa dans l'indécision.

Il semblait, aux yeux des bons esprits, que la grande guerre eût au moins démontré quelque chose : c'est que la guerre ne servait à rien et qu'elle avait complètement perdu cette vertu judiciaire dont on la prétendait douée autrefois. Il faut croire que la leçon n'a pas eu la même évidence pour tout le monde, puisque c'est à ses succédanés que nos gouvernements, au bout de cinq ans, croient devoir à nouveau demander des solutions.

Pourtant, autant il est important d'être pessimiste tant qu'un événement est à craindre, et peut donc être évité, autant cela devient inutile, lorsqu'il s'est produit. Nous avons assez redouté

---

le 5 mai. En outre, 12 % du produit de ses exportations devaient être reversés aux Alliés (ce qui correspond à une somme entre 1 et 2 milliards par an). La clé de distribution était la suivante : 52 % à la France, 22 % à la Grande-Bretagne, 10 % à l'Italie, 8 % à la Belgique, 8 % à d'autres pays. Malgré l'opposition des États-Unis et de la Grande-Bretagne, Raymond Poincaré faisant sienne une idée de Clemenceau décide, face au refus allemand d'honorer sa dette, d'avoir recours à l'occupation territoriale comme moyen coercitif. Il fait constater, le 9 janvier, la retenue de livraisons de charbon et déclenche deux jours plus tard l'occupation de la Ruhr. Cinq divisions françaises et une division belge (60 000 hommes) débarquent à Gelsenkirchen et à Essen. À la fin de l'année, les troupes franco-belges représentent 100 000 hommes dans la Ruhr. Dix jours après la publication de l'article de Jacques Rivière, le 12 février, le président du Reich, Friedrich Ebert, appela à la « non-collaboration » avec l'occupant, le chancelier Cuno lança un appel très suivi à la résistance passive.

l'occupation de la Ruhr et déploré la politique qui y conduisait, pour être en droit, – maintenant qu'elle est accomplie et que nous nageons en plein dans les difficultés qu'elle devait fatalement entraîner, – de chercher quels avantages tout de même elle peut bien comporter, non pas seulement pour la France, mais pour la paix.

Le premier que j'aperçois est qu'elle nous fait sortir franchement du Traité de Versailles. Je ne m'occupe pas ici de son caractère plus ou moins illégal par rapport à ce traité. Il y a, de la part de l'Allemagne, quelque hypocrisie à l'en considérer comme une violation scandaleuse, alors qu'elle-même a, pendant quatre ans, tourné toutes ses forces contre ce même traité considéré comme inexécutable. S'il était inexécutable pour elle, elle peut bien admettre qu'il l'est devenu aussi pour nous.

L'occupation de la Ruhr a pour elle, à défaut d'autre justification, d'être un acte de franchise et l'aveu que la situation légale créée par le Traité de Versailles était sans rapport aucun avec la situation réelle des deux nations, ne leur prescrivait à l'une comme à l'autre qu'une conduite sans ressemblance avec leurs véritables besoins.

Et voici le point de vue sous lequel on peut envisager, on peut espérer que ce coup de force prenne à la longue quelque utilité, quelque vertu. Si l'instinct nationaliste ne finit pas par se mélanger trop fortement à la question et ne la trouble pas de ses fumées, si l'on peut éviter de réveiller trop dangereusement chez les deux peuples ce fameux amour de la patrie, qui est une des passions les plus nobles de l'homme, mais une passion, c'est-à-dire une source d'ivresse et d'égarement, si le problème de la Ruhr réussit, au bout d'un certain temps, à être considéré sous un angle strictement technique, on se sera peut-être rapproché malgré tout de ce qui est ici notre constant idéal : d'un aménagement, d'une mise en communication des intérêts français et allemand.

Notre crainte était et a toujours été qu'en la violentant, la France ne s'aliénât définitivement la volonté de collaboration allemande. Mais aussi à ne vouloir la saisir que par la persuasion, elle risquait fort de l'attendre indéfiniment. D'une manière ou de l'autre, il fallait peut-être du grabuge pour que les deux pays reprissent conscience de la fatalité qui les unit ; certains problèmes ont besoin de désordre pour se poser clairement et pour contraindre l'esprit à leur imaginer des solutions.

Ainsi la force ne serait pas, dans le cas présent, ce qu'elle n'a jamais été : productrice de justice et d'équilibre. Mais elle pourrait le devenir indirectement : en frayant le chemin à la réflexion, et par exemple en ramenant la pensée des industriels des deux pays, cantonnés dans des positions trop fixes, vers un examen plus approfondi des conditions dans lesquelles il leur deviendra possible de collaborer.

On se rend compte que je plaide ici en faveur d'un avenir auquel il faut me cramponner de tout mon espoir pour lui trouver des chances. Mais je répète qu'en présence de l'irréparable, l'optimisme devient aussitôt un devoir.

On comprend aussi, j'espère, que je n'envisage, ni ne préconise, ni ne souhaite une solution dans laquelle l'industrie allemande se trouverait asservie à la française. Une telle relation entre les deux industries serait fatalement précaire, et c'est de relations solides, durables, profondes, organiques, si j'ose dire, que nous avons avant tout besoin.

Je reste persuadé que de telles relations sont possibles entre les deux pays, entre leurs forces productrices. Le schème général en est donné par le rapport entre fer et charbon dont ils sont respectivement détenteurs. Une solidarité que la nature même a créée, doit arriver à faire sentir, tôt ou tard, ses effets dans le plan politique, doit se faire à la longue reconnaître et sanctionner par un traité, par des lois.

Le moment est grave, parce que justement les passions politiques ont été provoquées et risquent à nouveau de jouer toutes seules et à vide. On le voit bien en Allemagne où la résistance à l'occupation fait perdre de vue toutes les réalités pratiques et prend la forme du suicide[1]. Le point d'honneur y produit à nouveau ses habituels ravages. C'est avec le sentiment pur, de nouveau, que toutes choses y sont jugées.

Mais cela peut passer. En France, où les passions sont beaucoup moins excitées, où l'enthousiasme n'existe pas, on peut arriver à comprendre les inconvénients de la manière forte – nous

1. Rivière voit juste. La politique de la résistance passive aura un coût dramatique pour l'économie allemande déjà affaiblie. Les compensations payées aux travailleurs en grève, aux fonctionnaires artisans de la résistance passive, et autres personnels renvoyés par les forces françaises (180 000 personnes) ainsi que la fermeture des usines et des mines représentent un coût de plusieurs milliards et seront cause de l'hyperinflation qui atteint son point culminant à partir de juin 1923.

travaillerons à les faire apparaître – et l'on peut se trouver conduit à relâcher l'étreinte suffisamment pour que l'Allemagne s'apaise et ouvre les yeux à son véritable intérêt, qui est de s'associer à nous.

Parmi les obstacles qui se présentent sur une telle route, où le vœu de tous les honnêtes gens des deux pays doit être de voir leurs gouvernements le plus tôt possible s'engager, il faut compter une étrange force, terriblement nuisible, et qu'il convient ici de dénoncer : c'est le besoin de se faire considérer par l'adversaire. J'en ai trouvé l'expression naïve l'autre jour chez des amis : « Sans doute, disaient-ils, nous nous faisons détester ; sans doute nous ne recevons plus une tonne de charbon ; mais au moins la considération de l'Allemagne pour nous a augmenté. Nous ne sommes plus, pour elle, ces malheureux qu'il était si facile de rouler ! »

De même, en Allemagne, le ministère Cuno ne regroupe aussi facilement autour de lui des forces si différentes, si ennemies les unes des autres que parce qu'il leur rend à toutes en commun la fierté. Tous les Allemands sont assurément persuadés que nous reprenons pour eux l'estime et l'admiration qu'ils pensent que nous avions pendant la guerre. Et pour mériter cette estime et cette admiration ils s'entêteront dans les partis extrêmes, si ruineux soient-ils, comme nous-mêmes, pour forcer la leur, nous risquons de nous obstiner dans la violence.

Or il apparaît de la façon la plus lamentable et la plus comique à tout observateur qui peut se rendre impartial, que cet effort, des deux parts, manque complètement son but. Ni l'un ni l'autre pays ne gagne la considération de l'autre par son déploiement de volonté. Et pour l'excellente raison qu'il n'était pas précédemment méprisé, comme il le croyait ; la résistance qu'il offrait précédemment aux volontés de l'autre lui paraissait insuffisante, à lui, et comme l'entachant de faiblesse, mais elle paraissait exorbitante à l'adversaire, qui s'imaginait au contraire être la dupe et la victime.

Quiconque a vécu dans les deux camps tour à tour, pendant la guerre, sait qu'on s'y trouvait dans deux mondes de pensée absolument différents et qu'à aucun moment les gestes qu'un des deux partis pouvait faire n'étaient appréciés par l'autre comme il les appréciait lui-même.

Le même phénomène se reproduit exactement aujourd'hui et, des deux parts, on perd ses forces à vouloir produire une impression que, des deux parts, on est absolument inapte à éprouver. Si l'opinion publique, aussi bien allemande que française pouvait se rendre compte de la façon dont s'évapore immédiatement la poudre qu'elle essaye de jeter aux yeux, elle se lasserait bien vite de soutenir une politique de violence qui ne peut mener à rien, ou qui, en tout cas, ne peut mener à quelque chose qu'en forçant les esprits à reprendre l'étude d'un problème dont rien ne nous persuadera jamais que l'intelligence et la bonne volonté ne peuvent pas venir à bout.

Comment en sortir[1] ?

L'optimisme reste un devoir. Un devoir difficile sans doute, et dans l'accomplissement duquel on peut être pris par instants de quelque découragement, un devoir pourtant indiscutable, puisque seul il peut nous permettre d'apercevoir, au moment où elle se dessinera, l'issue de nos pénibles et presque ridicules embarras actuels.

Ce que j'avouais craindre dans mon dernier article, s'est en partie réalisé : le sentiment national allemand a été réveillé par l'Occupation de la Ruhr et ses manifestations sont venues compliquer le problème. Ce fut une grave faute, du côté français, que de n'avoir pas aperçu à l'avance combien cette répercussion de la mesure envisagée était probable, naturelle, escomptable. On a sous-estimé la fierté allemande, la volonté d'indépendance du peuple allemand. Toute la manœuvre pour désolidariser la masse ouvrière de ses chefs s'est heurtée une fois de plus à cet instinct, qui recrée sans cesse les liens entre individus d'une même race au moment où la raison les nie et où l'intérêt de classe peut-être les déconseille.

Que la France, dans la circonstance, ait travaillé à reformer une unité sentimentale en Allemagne, c'est ce que personne n'ose plus nier. Il y a là une conséquence grave de sa politique et à laquelle il est trop tard pour chercher à remédier. Au désordre d'esprit et de cœur qui régnait ces derniers temps encore outre-Rhin, il semble

1. *Luxemburger Zeitung*, 6 mars 1923.

bien qu'une relative harmonie et une relative cohérence tout au moins des volontés aient succédé.

Cependant c'est ici que notre optimisme doit s'exercer de nouveau et c'est cette situation qu'il lui faut interpréter favorablement. Nous dirons donc : Tant mieux si l'Allemagne s'est regroupée en un tout, puisque c'est avec toute l'Allemagne que nous voulons traiter. Tant mieux si nous avons aussi la classe ouvrière contre nous, puisque nous voulons l'avoir elle aussi avec nous !

D'un certain point de vue les événements peuvent être considérés comme suivant un cours normal. Il s'agit en ce moment de refondre à neuf les chaînes qui unissent la France et l'Allemagne : il est donc naturel que tout retourne d'abord au creuset, et même ce qu'on avait cru pouvoir un moment préserver, conserver sous sa forme première. C'est d'une liquidation totale qu'il s'agit.

Mais, pour continuer notre métaphore, il faut que l'ouvrier qui surveille le cubilot[1], ne laisse pas son attention fléchir une minute ; le moment s'approche où le mélange sera à point : il ne faut pas le laisser passer ; il faut se tenir prêt à manœuvrer aussitôt le levier de déclenchement et à précipiter l'acier en fusion dans les nouveaux moules qui doivent l'attendre.

La grande question est de savoir si ces moules existent, si notre gouvernement a su pousser la prévoyance jusqu'à les préparer, et surtout s'il a su les conformer assez largement pour que le métal puisse s'y étaler et s'y refroidir sans prendre de mauvais plis.

Le péril est grand. Nous dirons franchement que ce que nous avons pu voir jusqu'ici de la télépathie et surtout de la « télévision », si l'on peut risquer ce mot, de nos dirigeants, n'est pas fait pour nous inspirer confiance. Le « Qu'arrivera-t-il ensuite ? » ou même le « Que chercherons-nous ensuite ? » ne semblent guère avoir effleuré leur pensée au moment même où ils prenaient les décisions les plus graves. Et l'on peut se demander si la façon minutieuse dont ils prétendent avoir préparé l'opération de la Ruhr comportait l'établissement d'un plan de coopération ultérieure des industries française et allemande, des deux « économies ».

Pourtant il ne vaudra la peine de nous être lancés dans une aventure qui risque de compromettre les sympathies que nous gardons encore dans le monde, que si c'est pour aboutir à un régime

1. Four à cuve formé d'un cylindre de tôle garni intérieurement d'un revêtement réfractaire et destiné à la seconde fusion de la fonte.

harmonieux et cohérent au point de vue économique, dans nos relations avec l'Allemagne. Et ce régime, pour qu'il soit harmonieux et cohérent, on ne peut l'improviser : il faut y avoir pensé.

Nous admettrons pourtant, pour être logiques avec notre optimisme, qu'on y a pensé, que les têtes responsables ont déjà élaboré un plan de coopération économique franco-allemande et que c'est par modestie seulement qu'elles ajournent encore de le dévoiler[1].

Profitant du mystère où il est encore enveloppé, tâchons un moment de l'imaginer pour notre compte, de le décrire tel qu'il nous apparaît souhaitable.

Bien entendu nous n'en pouvons tracer que les grandes lignes, pour se représenter dans son détail le réseau que des intérêts aussi complexes pourront dessiner en se nouant, il faudrait une imagination de géant, et aussi une documentation que hélas ! nous sommes bien loin d'avoir pu amasser.

On voit pourtant le grand principe vers lequel il faut tendre, le seul qui soit propre à assurer la paix. Il faut arriver à faire oublier à l'Allemagne ses frontières politiques. Nous ne découragerons les velléités de revanche, en Allemagne, nous ne réussirons à isoler le parti militaire et à détruire son influence, que si nous permettons par un jeu savant d'accords économiques, à tout ce qui forme, en Allemagne, l'élément travailleur (j'y comprends aussi bien les grands industriels que les ouvriers, et même une certaine catégorie d'intellectuels), – que si nous permettons à cet élément de ne plus trop penser à la configuration que le Traité de Versailles a donnée au Reich[2].

---

1. Rivière fait-il allusion aux plans et aux visions d'Émile Mayrisch qui préconise une coopération des industries européennes et notamment françaises et allemandes du charbon et de l'acier, sorte de CECA avant la lettre, comme fondement d'une paix durable en Europe ?

2. Outre la restitution à la France de l'Alsace et des parties de la Lorraine annexées en 1871 au Reich, l'Allemagne a dû céder les territoires d'Eupen et Malmédy à la Belgique, le Nord-Schleswig au Danemark, Poznań et la Prusse occidentale à la Pologne, le territoire de Memel à la Lituanie, la Silésie orientale à la Pologne, le petit territoire de Hutschin à la nouvelle république tchécoslovaque. Toutes les colonies allemandes passaient sous mandat des différents États alliés, Danzig (Gdansk) devint ville libre sous contrôle de la Société des Nations, la Sarre resta pendant quinze ans sous contrôle de la Société des Nations alors que les mines sarroises devinrent propriété française. Le Reich perdit ainsi 13 % de son territoire européen et 10 % de sa population. Ces pertes territoriales correspondaient aussi à des pertes économiques importantes, ce que Jacques Rivière semble ignorer ici. 50 % des fournitures en minerai de fer, 25 % de la production de charbon, 17 % des récoltes en pommes de terre et 13 % des récoltes de céréales.

Il faut retirer à la propagande pangermaniste cet argument si frappant, si utile qu'est la carte actuelle de l'Allemagne. Nous qui savons combien une frontière mutilée peut gêner les yeux, incommoder les esprits et bourreler les cœurs pendant des générations, nous devons tout faire pour détourner les regards des Allemands de la ligne qui les circonscrit jusqu'à nouvel ordre.

Il faut fabriquer de la paix ; et l'on n'y peut réussir qu'en créant de l'oubli.

Or c'est justement dans la Ruhr, c'est sur le Rhin, que la source de cet oubli peut être ouverte. L'oubli naîtra, si nous savons organiser l'unité industrielle du bassin rhénan, si nous savons y régler les échanges en faisant abstraction de toute considération politique. Les barrières que nous érigeons aux limites de la Ruhr ont pour le moment un sens offensif, belliqueux, mais elles servent du moins à borner ce qui doit logiquement devenir le champ, pour l'Allemagne et pour la France, d'une activité commune, – d'une activité que les questions d'appartenance de territoires ne devront à aucun moment gêner.

Il y a tout de même, dans notre occupation actuelle de la Ruhr, à quelque acuité qu'elle ait porté la crise franco-allemande, la préfigure d'un équilibre et d'une harmonie possibles entre les deux pays. Quand un bourgmestre refuse de transmettre à ses administrés les ordres de l'autorité française et se voit emprisonné ou expulsé, on peut aussi l'imaginer récompensé pour les avoir transmis.

De même quand on voit notre effort pour punir l'Allemagne de ce qu'elle manque à nous donner, on peut l'imaginer, à la même place, dans les mêmes conditions, récompensée de ce qu'elle se déciderait enfin à nous fournir. Récompensée matériellement, non pas simplement par notre approbation morale dont je comprends très bien pour ma part qu'elle ne soit pas autrement friande.

L'occupation actuelle de la Ruhr est comme un cliché photographique sur lequel il n'y a qu'à appliquer une feuille de papier sensible pour le faire passer du négatif au positif et pour obtenir une position nouvelle et rassurante des mêmes objets.

Tous les trains de charbon qu'à grand-peine nous réussissons à faire venir vers la France, on peut les imaginer roulant un jour, si j'ose dire de bon gré dans cette direction, parce qu'ils croiseront en route des trains de minerai.

Dans ce bassin économique naturel dont nos troupes jalonnent aujourd'hui le pourtour, on peut, il faut imaginer l'Allemagne réintroduite sur pied d'égalité, et à une seule condition : c'est qu'elle en reconnaisse l'unité, c'est qu'elle s'engage à voir une zone de coopération loyale avec nous. À partir de ce moment nous devrons lui faire toutes les concessions, toutes les offres, lui garantir tous les avantages que nous pourrons.

Nous le devrons, – et nous le pourrons faire sans danger. Car l'Allemagne au fond est facile à désintéresser de la guerre. Je reste persuadé qu'elle n'en a pas le goût profond et qu'une prospérité bien réglée, dont elle aurait une bonne fois compris les conditions fondamentales, la dissuaderait pour longtemps d'y recourir.

Ce qu'on ne sait pas chez nous, ce sur quoi on me paraît ne pas compter assez, c'est le plaisir qu'éprouve l'Allemand à travailler, à produire, à être fécond. L'Allemagne souffre actuellement de fécondité entravée : c'est ce qui la rend bilieuse et acariâtre. Mais je crois fermement qu'elle peut être ramenée à son antique bonne humeur et à une mentalité pacifique, si on lui offre des occasions de labeur et d'épanchement.

Il faut seulement savoir nous attacher à son expansion, nous solidariser avec cette force qu'elle ne demande qu'à déployer, au lieu de nous obstiner à la contrecarrer, à la vexer, à la réduire. Puisque nous avons eu le courage (ou la témérité ?) d'aller l'assaillir dans son antre, il nous faut maintenant savoir remettre prudemment en liberté le gros monstre qu'est l'industrie allemande, et par prudemment je veux dire : en lui montant sur le dos.

Les obstacles aux négociations[1]

Le code de l'honneur est décidément à refaire. N'est-il pas incroyable de penser qu'une fois de plus des hommes en sont venus à considérer comme seule compatible avec leur dignité l'attitude qui consiste à maintenir un pays et un peuple, jusqu'ici actifs et organisés, dans le désordre, dans le gâchis et dans l'improductivité,

1. *Luxemburger Zeitung*, 4 avril 1923.

à paralyser les échanges, à augmenter la misère, à aggraver les ruines colossales produites par la guerre et qu'ils ne cessent de proclamer qu'ils veulent seulement réparer ? N'est-il pas déplorable que l'entêtement dans une conduite négative, ou négatrice, puisse apparaître comme le comble de la volonté et comme le « summum » de l'énergie ? N'y a-t-il pas à s'indigner quand on pense que serait aussitôt décorée du nom de faiblesse ou de trahison l'initiative qui d'une part ou de l'autre tendrait à récréer l'ordre et la vie[1] ?

Sans doute les facteurs moraux ne sont pas seuls à l'œuvre dans l'obstination qu'on met, aussi bien du côté français que du côté allemand, à laisser embouteillée la question de la Ruhr. Il y a un embarras des intelligences à en imaginer la solution concrète. Mais on frémit en pensant que le souci de maintenir sa ligne, de rester en accord avec ses propres fanfaronnades, pourrait entrer pour si peu que ce soit dans le refus de dénouer la situation et pourrait jouer un rôle jusque dans cette bataille où pourtant ce sont des intérêts si évidemment matériels qui se débattent, où pourtant l'honneur est, en fait, si peu engagé.

Jamais guerre, en effet, n'invita au compromis avec moins de risque pour les amours-propres. La formule pour sauvegarder ceux-ci pourrait être trouvée en quelques minutes. Tout retard à s'entendre qui proviendrait d'une hésitation des susceptibilités, constituerait un scandale.

La presse est devenue de nos jours un puissant adjuvant de la politique, mais a-t-on bien étudié quelles réactions elle pouvait exercer sur elle et se méfie-t-on suffisamment de la rigidité qu'elle y peut par contrecoup introduire ? – Quand un homme d'État veut prendre une décision imprévue et hardie, il dispose, pour y préparer l'opinion publique, de merveilleux instruments : il y a, dans le journalisme de chaque pays, de véritables génies sophistiques, qui trouvent en un instant tous les arguments, sentimentaux et juridiques, propres à justifier et à appuyer son idée ; en un instant les indications du bon sens, pour peu qu'elles soient divergentes, sont corrigées, falsifiées, ou, si l'écart est trop grand, ridiculisées. Et l'opinion, indifférente au principe, mais, pour cette raison justement, docile et moutonnière, se forme suivant la ligne adoptée.

1. Ici s'annonce une charge à peine voilée contre la politique intransigeante de Raymond Poincaré, politique nuisible à la fois à la reconstruction allemande et aux intérêts d'une France exsangue.

Mais justement, une fois formée, la presse en général excelle surtout à l'entretenir. Elle a si peu de souci du vrai, elle est tellement à son aise dans le commentaire et dans l'enjolivement des idées fausses, elle est si bien outillée pour la répétition à vide des mêmes thèmes, qu'elle sait d'ailleurs merveilleusement nuancer, qu'au moment où l'homme d'État, se heurtant à des difficultés imprévues, voudrait peut-être modifier sa tactique, elle ne songe plus, elle, qu'à la célébrer et qu'à enfoncer les esprits davantage dans l'erreur d'abord préconisée.

Il en résulte une sorte d'inertie, au sens qu'à ce mot en physique, de tous les gestes politiques marquants, qui fait qu'ils se perpétuent le plus souvent bien au-delà de leur opportunité, quand ils en ont eu une.

Un homme d'État doit dépenser aujourd'hui une force immense pour rompre avec les courants qu'il a créés. Et c'est pourquoi peut-être il est toujours en retard, dans ses actes, sur la situation à laquelle son métier est de faire face.

Peut-être y a-t-il un effet de cette inertie de l'opinion, consécutive à l'inertie de la presse, dans la façon si détournée et si hésitante dont il est seulement loisible en ce moment aux dirigeants, aussi bien allemands que français de se faire des avances. Il faut comparer les déclarations de M. Poincaré à la Commission des Finances de la Chambre Française et celles de M. de Rosenberg à la Commission des Affaires extérieures du Reichstag[1]. Elles signifient évidemment que le résultat à ce jour de l'occupation de la Ruhr est considéré également comme onéreux et insupportable par les deux hommes d'État. Le parti qui, en France, souhaitait en secret une annexion plus ou moins déguisée des charbonnages allemands, est nettement répudié par M. Poincaré, qui parle d'une

1. Selon un communiqué de presse du gouvernement allemand, le ministre des Affaires étrangères du Reich, Frederic von Rosenberg (1874-1937), aurait accueilli favorablement, lors de la séance de la commission des Affaires étrangères du 27 mars, la proposition de son homologue américain, Charles Evans Hughes (1862-1948), d'installer un comité international d'experts chargé de fixer la hauteur des réparations allemandes et de définir les modalités d'exécution, à condition toutefois d'un retrait des troupes françaises de la Ruhr qui constituerait à l'heure actuelle un obstacle à la paix sociale et au plein essor de la puissance économique allemande. Trois semaines plus tard, le 16 avril 1923, dans un discours devant le Reichstag, von Rosenberg signalait que l'Allemagne était prête à reprendre les paiements. Raymond Poincaré, lui, ne voulait entendre ni de médiation par des pouvoirs tiers, ni d'annonces : la condition d'un retrait de la Ruhr était le paiement des réparations et, partant, la fin de la résistance passive.

« évacuation progressive » de ces « gages » en échange de prestations, – reproduisant ainsi à peu de chose près, et quoi qu'on en ait dit, les termes du communiqué de Bruxelles. Le ministre allemand de son côté promet un emprunt solidement garanti par la grande industrie, dont le montant serait versé au compte des réparations.

Mais malgré ces timides et boudeuses marques de bonne volonté, un abîme sépare encore les deux hommes : celui-là même qu'ils ont creusé. Je veux dire que l'un refuse toute évacuation avant d'avoir perçu ce qu'on lui promet et que l'autre refuse de rien verser, de rien entreprendre, même, qui puisse le mettre en mesure de verser quelque chose, avant que la Ruhr ait été libérée. On les sent prisonniers l'un et l'autre du tour qu'ils ont donné à l'opinion dans leur pays des forces qu'ils ont imprudemment ébranlées.

Si M. de Rosenberg n'avait pas derrière lui les injonctions à la « résistance passive » que son gouvernement a multipliées, et surtout si ces injonctions n'avaient pas été reprises et renforcées par toute la presse allemande, si un point d'honneur ne s'était pas artificiellement créé, qui oblige maintenant l'Allemagne à subordonner toute négociation à une évacuation du territoire envahi par nous, nous serions peut-être déjà en pleine voie d'arrangement.

Il est vrai qu'une note officieuse allemande fort habile nous a fait savoir que « dans la communication faite par le gouvernement du Reich aux gouvernements étrangers, comme dans le discours de M. de Rosenberg à la commission des affaires étrangères, il n'a pas été formulé de conditions, mais que l'on a seulement soulevé, en raison de l'importance et de la difficulté du problème de l'évacuation, la question de savoir comment pourrait être donnée à l'Allemagne une garantie que les territoires occupés en plus de ce qu'autorise le Traité de Versailles seraient évacués et qu'un état de choses conforme au Traité serait rétabli dans les pays rhénans[1]. »

Cette note oblique est, je le répète, fort habile et doit être considérée comme un effort pour échapper au piège où le gouvernement allemand semblait s'être pris lui-même.

Il reste à savoir si elle trouvera un écho chez nous et si nos hommes d'État chercheront à se défiler pareillement par rapport à l'opinion, symétriquement paralysante, qu'ils ont créée et entretenue : qu'il ne peut être question de traiter avec l'Allemagne que directement.

1. Voir note précédente. Rivière cite une partie du communiqué en question.

La chose est malheureusement peu probable, car leur conversion intérieure sur ce point est loin d'être faite et les quelques paroles que M. Poincaré a adressées à la Chambre, à la veille des vacances de Pâques, le montrent fort obstiné à n'accepter aucune médiation. Il continue à concevoir la politique comme la construction d'une voie de chemin de fer, mais avec cette particularité qu'il entreprend de percer un tunnel chaque fois qu'un monticule lui barre la ligne droite. Un tunnel où il soit bien seul, bien assuré que personne ne pourra passer avec lui : ni remblais, ni courbes qui lui permettent de profiter, ne fût-ce qu'un instant, du travail des autres et d'un tracé dû à d'autres desseins.

Cet homme, dans le fond, a la phobie de l'alliance, par qui qu'elle lui soit offerte.

À cet égard, on ne peut dénier à sa politique une certaine grandeur. Il a réussi, non seulement – ce qui était facile – à donner à la France l'impression qu'elle pourrait « faire seule », mais encore à inspirer cette même impression aux peuples étrangers et en particulier à l'Angleterre. Ce n'est pas seulement l'égoïsme national qui oblige actuellement M. Bonar Law à se tenir sur la réserve : il est visiblement intimidé ; il craint de se voir mal accueilli s'il se mêle de nos affaires et peut-être se demande-t-il « in petto » si après tout nous ne sommes pas gens à les dénouer tous seuls.

Il y a là une performance extraordinaire de la part de M. Poincaré, et qu'on ne peut bien estimer qu'en se rappelant quelle dédaigneuse opinion de nos capacités politiques nourrissait, il y a encore à peine un an, un Lloyd George.

Une performance désastreuse à mon avis, car l'impression que M. Poincaré réussit à imposer est fausse. L'intérêt profond, l'intérêt bien entendu de la France n'est pas de faire croire qu'elle est maîtresse absolue de ses destinées et capable d'imposer intégralement sa volonté à son adversaire. Ce n'est pas son intérêt de le faire croire, parce que ce n'est pas son intérêt d'y réussir. Aucun traité inculqué à l'Allemagne du dehors, imprimé dans sa chair sans que sa chair l'ait appelé ou tout au moins le reçoive, aucun traité à l'élaboration duquel l'Angleterre et les grandes puissances mondiales n'auront pas participé, dans les clauses duquel les intérêts de ces puissances n'auront pas été convenablement sauvegardés, ne peut être avantageux pour la France. Et pour l'excellente raison qu'il ne peut être durable.

La France – elle a raison de le répéter – a avant tout besoin de paix ; aucun statut territorial ne peut lui être plus favorable que le statut actuel et, à défaut d'autres considérations, son chiffre de population lui interdit comme la mort de s'exposer à toute nouvelle guerre[1]. Mais, justement pour cette raison, il faut que la paix où elle tend soit une paix universelle, une paix acceptable par tous les grands États qui la dépassent en puissance et en ressources, une paix que personne n'ait envie de révoquer, une paix, donc, à laquelle tout le monde ait librement collaboré.

Le discours de Lord Curzon[2]

Il est difficile d'assister à une pièce plus ennuyeuse et plus languissante que celle qui se déroule actuellement dans la Ruhr. Qui n'y participe pas directement et n'a pas à en souffrir dans ses intérêts immédiats, doit faire un effort de raison pour y garder son attention appliquée. Les péripéties en sont, en effet, aussi pauvres que possible. À part la sanglante collision aux usines Krupp[3], la petite guerre têtue, sournoise et mesquine qui se pour-

1. L'évolution démographique sera une obsession française de l'entre-deux-guerres. Voir aussi à ce sujet Jean Giraudoux qui, à la veille de la Seconde Guerre mondiale, dans une conférence donnée en 1939, s'alarmait du ralentissement démographique en France. Il y compte 42 millions de Français contre 80 millions d'Allemands, ce dernier chiffre étant une surestimation purement rhétorique (*Pleins Pouvoirs*, Gallimard, 1939). Il est vrai qu'après 1918 la démographie française récupérait moins vite de la saignée de la Grande Guerre que celle de l'Allemagne. Il faudra attendre la deuxième moitié des années 1930 pour revenir au niveau d'avant-guerre (41 millions). Mais si la courbe démographique allemande s'avère plus dynamique jusqu'au milieu des années 1920, ce n'est qu'en 1933 que la population de l'Allemagne retrouve son niveau de 1910. Voir Michel Hubert, *L'Allemagne en mutation. Histoire de la population allemande depuis 1815*, Presses de Sciences Po, 1995, p. 303-308.

2. *Luxemburger Zeitung*, 3 mai 1923.

3. Le samedi de Pâques, 13 ouvriers des usines Krupp, d'Essen, s'opposant activement au démantèlement des installations furent tués par des soldats français. En tout, on compte jusqu'en août 1924 137 morts et 603 blessés victimes des échauffourées avec des forces françaises d'occupation. Le 9 mai 1923, Albert Leo Schlageter, membre des Corps francs nationalistes, est condamné à mort par le tribunal militaire français et exécuté à Düsseldorf le 26 mai

suit, si elle correspond à un antagonisme grandiose, n'a rien en elle-même qui puisse exciter l'imagination. Nous l'avons déjà constaté : en moins horrible heureusement, c'est la guerre de tranchées qui a recommencé, cette guerre dont les seuls événements marquants étaient les discours échangés par les hommes d'État.

Aujourd'hui comme jadis, c'est de ces discours qu'il nous faut, bon gré mal gré, faire l'aliment de notre curiosité, malgré ce qu'ils peuvent avoir du spécieux et de peu nourrissant.

Pourtant celui de lord Curzon[1] a constitué un plat plus substantiel que les autres, et il n'est pas absurde de supposer, qu'il exercera une heureuse influence sur la suite des événements. On en connaît le sens général : c'est, avec un certain nombre de précautions oratoires fort habiles pour ménager son amour-propre, une invitation très claire à l'Allemagne d'avoir à présenter à la France des propositions de paix.

Il y avait un certain mérite de la part du gouvernement anglais à prendre l'initiative de cette médiation. Car tout le monde sait que l'occupation actuelle de la Ruhr par les Français n'a, sur l'économie anglaise, que d'heureux effets. Elle dérive en effet vers l'Angleterre la demande d'un certain nombre de produits que l'Allemagne trouvait jusqu'ici chez elle et contribue ainsi à diminuer le chômage dans le premier de ces pays. D'autre part elle

---

après un procès pour espionnage et sabotage (un attentat à l'explosif contre les lignes de chemin de fer afin d'empêcher les transports de charbon de la Ruhr vers la France). Il deviendra par la suite la victime la plus éminente de l'occupation de la Ruhr et sera érigé par les nationaux-socialistes en héros mythique de la résistance, notamment à travers la pièce de théâtre de Hanns Johst, *Schlageter* (1933).

1. Lord George Curzon (1859-1925), ancien vice-roi de l'Inde (1899-1905), membre du Parti conservateur des tories, secrétaire d'état aux Affaires étrangères du gouvernement britannique de 1919 à 1924. Dans son discours du 26 avril devant la Chambre haute (House of Lords), il dit notamment : « Mais je ne puis m'empêcher de penser, pour ma part, que si l'Allemagne faisait une offre indiquant sa volonté et son intention de payer et de faire fixer le montant du paiement par des autorités chargées de ce devoir, et si elle offrait en même temps des garanties précises pour la poursuite des paiements, une avance pourrait être faite. La France a plus d'une fois indiqué qu'elle était disposée à accepter une offre si elle était faite à elle seule – auquel cas elle s'est engagée à la communiquer immédiatement à ses Alliés – ou si elle était faite en association avec ses Alliés. Il est dans l'intérêt général qu'une telle ouverture soit faite. Nous devrons y parvenir tôt ou tard et, à mon avis, le plus tôt sera le mieux. Telle est la substance des conseils que j'ai constamment donnés au gouvernement allemand… »

perpétue cet antagonisme des nations continentales dans lequel une certaine politique anglaise a toujours vu une condition essentielle de la prospérité britannique.

Lord Curzon a donc vaincu, en poussant l'Allemagne à s'entendre avec nous, au moins deux préjugés, fort vivaces, et dont on pouvait à bon droit craindre l'effet sur son esprit : le préjugé qui fait considérer l'intérêt immédiat du pays comme supérieur à son intérêt futur, et l'antique préjugé insulaire, le préjugé où d'aucuns croient voir tout machiavélisme résumé : qu'il faut diviser pour régner. Les hommes d'État contemporains ne nous ont pas donné l'habitude d'une telle largeur de vues, qu'on puisse laisser passer cette performance sans en souligner la valeur.

Et bien entendu, – car qui pourrait sincèrement exiger d'un homme d'État qu'il agisse sans tenir compte des intérêts de son pays ? – c'est parce qu'il a cru apercevoir un intérêt profond – caché, mais vital, – de l'Angleterre à la paix franco-allemande que lord Curzon s'est aventuré à en faire une aussi expresse recommandation. Mais bien plus que d'un désintéressement, qui eût été absurde, il nous faut lui faire un mérite d'avoir su distinguer et suivre cet intérêt, de l'avoir érigé en principe politique.

On peut tout dire contre l'Angleterre, mais il ne faut pas contester son immense sagesse. Il faut observer simplement qu'elle lui est rendue relativement facile par sa situation. C'est pourtant quelque chose d'inhérent à son génie.

Son génie est lent dans l'immédiat ; mis en face d'un événement imprévu, il se débrouille assez péniblement ; on ne peut le taxer de clairvoyance, si ce mot doit indiquer seulement la vue rapide qui plonge dans les réalités et dicte dans l'instant le choix d'une conduite.

Jamais l'Angleterre n'a été plus elle-même que quand elle a adopté son attitude de neutralité et de désintéressement dans les événements de la Ruhr. C'est sa paresse d'esprit qui la lui a, en grande partie, conseillée. Elle n'a pas pu voir assez vite et comme un homme qu'on veut faire s'avancer dans une grotte avant que ses yeux ne se soient habitués à l'obscurité, elle a lâché la main qui cherchait à l'entraîner, et est restée debout sur le seuil, à observer.

Mais cette lenteur à comprendre et à s'engager n'est que l'envers d'une autre clairvoyance, peut-être plus précieuse que la nôtre. Le génie anglais, dans ce qu'il a de meilleur – et je ne dis pas qu'il soit tel chez tous ses représentants – le génie anglais comporte une perception profonde de l'inévitable et un art prodigieux de s'y accommoder avec le moins de dégâts possible.

(Cette idée n'est pas neuve ; mais qu'importe si elle est vraie ?)

On peut dire que la puissance de l'Angleterre est aujourd'hui directement assise sur sa résignation. Aucun fatalisme. On sait combien ce peuple a d'énergie, de volonté, d'entêtement même. Mais il n'applique ces vertus que là où elles peuvent avoir un rendement. Toute une zone d'action se trouve naturellement exclue de son programme, la zone du désespéré.

On l'a bien vu dans sa conduite avec les dominions. Le plus longtemps possible, et parmi des risques certains, il a maintenu son emprise sur le Canada, sur l'Australie, sur l'Afrique du Sud. Mais dès le moment où il les comprimait encore, il savait qu'il ne pourrait pas le faire toujours, et dès ce même moment, il prenait toutes ses mesurés pour une capitulation relative qui lui permettrait de retenir l'essentiel de ses avantages.

On sait les résultats de cette tactique et combien elle s'est révélée habile, puisque l'Angleterre a eu, pendant la guerre, à ses côtés tous ses anciens esclaves, rien que pour avoir eu les laisser se transformer en lieutenants.

Il semble bien qu'elle poursuive aujourd'hui en secret, sur une plus grande échelle, et avec des visées plus ambitieuses que jamais, cette politique d'utilisation de l'inévitable, cette résignation intéressée. Il semble bien qu'elle tende à reformer par la douceur le formidable bloc de toutes les puissances anglo-saxonnes. Il semble bien qu'elle travaille à effacer la faute commise, au XVIIIe siècle, la brusquerie qui a amené la scission américaine.

On peut distinguer sans peine toute une politique anglaise qui tend à reconquérir l'Amérique, en en acceptant et même en en flattant l'indépendance. Si l'Angleterre a fait si peu de difficultés pour reconnaître sa dette envers les États-Unis et pour en entreprendre le paiement, c'est sans doute pour conserver sa renommée de commerçant exact et pour maintenir son crédit. Mais un calcul plus profond a peut-être bien présidé à cette décision : celui de consolider le rapprochement anglo-américain, dans lequel elle voit la condition première de sa nouvelle hégémonie.

Si l'Angleterre a bien l'intention de se tourner désormais vers les pays qui vivent de sa civilisation et d'établir sa puissance sur leur amitié, deux politiques touchant le continent européen s'offrent à elle : ou bien y entretenir la discorde pour l'enfoncer dans sa faiblesse et renforcer ainsi sa position mondiale, ou bien au contraire chercher à y organiser la paix et à y ramener une prospérité économique que sa domination sur mer lui permettra de régler dans une certaine mesure. Comme on le voit, deux degrés d'ambition sont pour elle possibles.

Il n'est pas interdit de penser que, sans y aider directement, l'Angleterre s'est, en tout cas, à plusieurs reprises réjouie du conflit franco-allemand, et de le voir s'éterniser. Il forme, en effet une sorte de garantie immédiate, tangible de sa suprématie.

Mais l'encourager, ou même simplement l'entretenir, elle voit bien maintenant que c'est à la longue une politique ruineuse pour elle-même. Aussi ruineuse que celle qui eût tendu à imposer tel quel et par la violence son empire aux dominions.

Le discours de lord Curzon peut être considéré comme un signe que la sagesse de l'Angleterre est entrée en jeu dans sa façon d'envisager le problème franco-allemand. Elle aperçoit à plein les inconvénients formidables qu'il y aurait à le laisser indéfiniment sans solution. Elle comprend ce que serait pour elle un danger de guerre permanent entre deux grands pays si merveilleusement doués pour se détruire. Elle reconnaît qu'il existerait un même degré pour elle et qu'elle serait entraînée encore une fois dans le conflit, s'il éclatait.

Il y a quelque chose de sincère et d'émouvant dans la façon dont lord Curzon déplore l'aspect de véritable casse-tête que revêt notre discorde avec l'Allemagne. Il semble en être positivement troublé.

On peut donc en conclure qu'il est prêt à saluer toute solution vraiment efficace qui pourra intervenir, et que, si la France et l'Allemagne ont enfin la sagesse d'élaborer cet accord économique, dont nous avons dit tant de fois qu'il nous paraissait le seul remède possible à leur malaise, la sagesse de l'Angleterre jouera à son tour pour l'empêcher de faire échec à cet accord et pour lui conseiller une résignation d'autant plus facile qu'elle lui apportera de grands avantages. Car la consolidation de la paix en Europe est, à l'heure actuelle, la meilleure « affaire » à laquelle elle puisse donner ses soins.

Les offres de l'Allemagne[1]

L'invitation à la paix qu'avait lancée à la fin du mois d'avril lord Curzon, n'a pas été encore suivie d'effet. L'abîme est vaste et profond, qui sépare la France et l'Allemagne, et il n'y a pas lieu de se désespérer, si la première passerelle, jetée dessus par ce pontonnier dévoué que fut le ministre anglais, s'est effondrée[2]. Il nous semble avoir fait preuve, dans nos précédents articles, d'une suffisante indépendance et d'un détachement assez complet de tous les préjugés nationaux, pour qu'il nous soit permis de signifier franchement combien pauvres et maladroites nous sont apparues les propositions qu'à la suite du discours Curzon l'Allemagne a remises à la France et à la Belgique.

Plus encore que la maigreur du chiffre total qu'elle se déclarait disposée à payer pour les réparations, la persistance scandalisait, avec laquelle elle cherchait à éluder notre prise et à prendre le monde entier comme soutien contre nous.

C'est l'éternelle erreur de l'Allemagne, celle qu'elle a commise en l'attaquant déjà, que cette façon de sous-estimer la France, que cette « *Unterschätzung* » de sa puissance et de sa volonté, et surtout que cet effort pour la faire remettre à la médiocre place qu'elle lui attribue, par l'étranger.

Dans le dialogue diplomatique, même si c'est pour lui dire des choses dures et parfois exorbitantes, du moins, quand nous parlons, c'est toujours à l'Allemagne directement que nous nous adressons. Mais quand l'Allemagne nous répond, c'est toujours aux neutres, à l'Angleterre, aux États-Unis, à un vague tribunal formé par les nations les plus hétérogènes, qu'elle parle par-dessus notre tête[3]. Quand elle élabore des propositions, elle ne cherche pas du tout à les rendre acceptables pour nous, mais seulement à y glisser des conditions qui puissent accrocher l'intérêt des spectateurs étrangers, et dont le refus puisse nous mettre, en face de ceux-ci, dans une fausse situation. Ses

1. *Luxemburger Zeitung*, 3 juin 1923.
2. Voir l'article précédent du 3 mai 1923.
3. Il est vrai que le gouvernement allemand cherche à faire pression sur la France (et la Belgique !) en incluant dans les destinataires de ses notes, outre les gouvernements des États-Unis et de la Grande-Bretagne, les gouvernements italien et japonais…

offres restent toujours d'ordre purement politique, elles constituent toujours une tentative de manœuvre ; elles ne correspondent nullement au problème réel. L'Allemagne refuse, non pas seulement de résoudre, mais même de reconnaître le problème franco-allemand.

On comprend, sans doute, la tentation que représentent pour elle les tiraillements qu'elle voit se produire entre la France et l'Angleterre ; on comprend qu'elle les considère comme un avantage à exploiter, comme un moyen de prolonger le moratoire où elle a pris l'habitude de vivre. L'espoir, au fond, est en elle, que la France finira par être submergée sous le mécontentement général et devra abandonner sa revendication.

C'est une politique aveugle, aussi aveugle que celle qui, chez nous, tend à la pure et simple récupération des richesses détruites. L'Allemagne se trompe quand elle s'imagine pouvoir nous secouer loin d'elle comme un chien qui mord, mais dont les dents à la longue se fatigueront. L'Allemagne a tort de ne pas vouloir se résigner au tête-à-tête avec nous. Ce tête-à-tête est né de l'histoire ; il existe en dehors de toute volonté particulière et il s'imposera encore longtemps aux deux partenaires, qu'ils y trouvent ou non du plaisir.

Il faut que l'Allemagne s'habitue à nous répondre quand nous lui parlons ; à penser à nous singulièrement, j'ose dire, à chercher avec nous un statut, une entente où nos besoins propres, notre volonté soient pris en sérieuse considération. Assez de réponses obliques, de clins d'yeux à des tiers, de secours sournoisement sollicités auprès de gens que la question n'intéresse qu'au second degré. Tout conflit d'intérêts, si l'on en veut obtenir une solution viable, doit se régler entre ceux qu'il oppose et par une transaction directe.

Que l'Allemagne soit dans une ignorance sincère sur sa « capacité de prestation » et qu'il y ait autre chose qu'une échappatoire dans la difficulté qu'elle prétend rencontrer à faire des promesses précises et à prendre des engagements quantifiés, on peut l'admettre. Il est certain que l'instabilité de sa monnaie et le désordre général qui règne[1], de ce fait, dans toute son économie peuvent lui masquer à elle-même le véritable état de ses ressources.

1. Dès le mois de juin, l'inflation galopante devient hyperinflation. La liquidation des dettes et des intérêts, les compensations versées aux fonctionnaires et ouvriers de la Ruhr, la perte de productivité industrielle suite à l'occupation française amènent le Gouvernement à avoir recours à des crédits de plus en plus importants, et la Reichsbank (la banque centrale) à gonfler les sommes d'argent

Mais elle a bien d'autres moyens de nous prouver sa bonne volonté et son attention à nos besoins, que de nous annoncer le chiffre de milliards qu'elle est disposée à nous payer. Elle peut nous convaincre de cette bonne volonté par des précisions d'un autre ordre : en nous soumettant par exemple un programme détaillé de coopération économique ; en nous faisant toucher du doigt les instruments qu'elle se propose de mettre en œuvre pour nous satisfaire.

Elle ne peut pas dire qu'elle nous ait jusqu'ici donné aucune indication de ce genre. C'est toujours à des tiers, en somme, qu'elle a délégué, dans ses projets, le soin de nous fournir les sommes que nous réclamions, c'est toujours avec l'argent des neutres qu'elle a prétendu nous payer. Elle ne s'est jamais placée que fugitivement et à contrecœur en face du problème de trouver en elle-même, dans son activité, dans ses ressources non pas financières seulement (tout le monde sait bien que la caisse est vide), mais physiques et morales, le moyen de nous apporter secours et reconstitution.

En France, aux Français nous ne cesserons de dire : Qui sait de quel effet pourrait être sur l'Allemagne l'annonce qu'elle n'est plus pour nous simplement un cambrioleur arrêté, à qui nous réclamons le produit de ses vols, mais, sous certaines conditions, une associée possible ?

À l'Allemagne, il ne faut pas se lasser de répéter : Qui sait quelle transformation de la mentalité française à votre égard vous pourriez en un instant obtenir, si vous faisiez montre non pas de repentir, mais seulement d'attention, d'étude et d'une direction de pensée qui aille réellement vers notre bien, vers la satisfaction de nos besoins ? La France n'en a, véritablement, qu'à votre distraction, ou mieux qu'à votre volonté de distraction, qu'à votre continuel et absurde effort pour vous émanciper d'elle par la ruse ? Sa dureté, dont vous faites tant de cris, disparaîtra comme par enchantement,

---

en circulation : 300 usines à papier et 150 imprimeries produisent alors des billets de banque. L'hyperinflation accélère l'appauvrissement des classes populaires et renforce les partis « antisystème » (antirépublicains) de l'extrême droite et de l'extrême gauche. Elle est aussi à l'origine des agressions antisémites contre les propriétaires de magasins juifs soupçonnés d'être à l'origine de la perte de valeur de l'argent… Le gouvernement allemand dut se rendre à l'évidence que la lutte contre l'occupation de la Ruhr menait à un désastre économique. Mais, comme on le verra plus loin, il fallut encore attendre trois mois…

le jour où vous aurez résolu de lui devenir, par quelque moyen que ce soit, efficace et adjuvante.

Pour être juste, et bien qu'à l'heure où nous écrivons, les traits essentiels n'en soient encore que vaguement connus, il faut dire que le nouveau projet que l'Allemagne prépare, semble représenter un progrès sérieux dans le sens que nous venons de décrire[1]. Une contribution de l'industrie et de l'agriculture allemandes aux réparations correspondrait à cette mise en œuvre des ressources actives du pays, que nous souhaitons. Ce serait pour la première fois le pays lui-même qui entrerait en mouvement pour nous satisfaire.

Peu importerait, à notre avis, que la somme totale qu'il aurait à nous fournir, fût fixée tout de suite ; on pourrait fort bien s'accommoder d'une annuité, qu'il aurait à verser jusqu'à ce que l'assiette fût trouvée d'une collaboration plus étroite, qui pourrait devenir perpétuelle. Pour se débarrasser de son tribut, l'Allemagne, et cette fois, non plus l'Allemagne gouvernementale seulement, mais toute l'Allemagne ouvrière et productrice, celle qui compte, aurait intérêt à inventer, si l'on peut dire, sa compatibilité avec la France. Des accords économiques pourraient être étudiés à loisir, comme moyens de cette émancipation politique, qu'on comprend très bien, si l'on désapprouve qu'elle la cherche immédiatement, que l'Allemagne ambitionne. Le lien entre les deux pays, qui n'est actuellement formé que de violence, tendrait ainsi automatiquement, par le simple jeu de l'égoïsme, seule force positive sur laquelle on doive compter, à se transformer en un lien organique.

L'Allemagne semble avoir l'intention de réclamer tout de suite, en échange de l'effort qu'elle s'apprête à fournir, un certain nombre d'avantages commerciaux. La sagesse de notre côté sera de les lui refuser pour maintenant et, de les lui promettre pour le moment où elle nous apportera un projet d'aménagement de ses forces en convergence avec les nôtres.

Le schème général des événements tels qu'il faut souhaiter qu'ils se produisent dans les prochains jours (ce qui ne veut pas dire, hélas ! tels qu'ils se produiront nécessairement) comporte donc d'abord l'offre enfin concrète et accompagnée de garanties sérieuses, par l'Allemagne productrice, d'une somme annuelle

1. Voir l'article suivant du 6 juillet 1923. L'Allemagne soumet en effet le 7 juin un mémorandum aux gouvernements alliés.

destinée aux réparations ; ensuite, et en réponse, un certain jeu consenti par la France pour l'avenir, un certain espoir rendu à ces forces qui se seront enfin déclarées prêtes à fonctionner positivement pour elle ; – et ceci non pas simplement par reconnaissance, mais parce que nous continuons à être persuadés que rien ne peut être plus avantageux pour la France qu'un renouveau de l'espoir chez son ancienne ennemie.

Répétitions[1]

Il ne faut pas se lasser de représenter aux peuples, parmi tant d'obscurité où ils se débattent, ce qui apparaît comme leur intérêt certain. Si lents soient-ils à le reconnaître et quels que soient les fantômes qui troublent leurs regards, le bon sens doit vaincre, s'il est soutenu par la patience, et même par un certain entêtement, dont nous ferons preuve ici.

Le mémorandum que l'Allemagne a fait remettre aux puissances alliées le 7 juin[2] et par lequel elle a prétendu compléter et préciser ses offres du mois précédent, représentait un sérieux progrès

1. *Luxemburger Zeitung*, 6 juillet 1923.

2. Dans ce mémorandum en quatre points, l'Allemagne insiste sur l'idée de création d'une instance internationale et indépendante seule à même, selon le gouvernement du Reich, de fixer la hauteur des réparations et les modalités de paiement. L'Allemagne s'engage en outre à signer des obligations sur les chemins de fer du Reich à hauteur de 10 milliards de marks-or et à hauteur égale sur les propriétés foncières communales et agricoles produisant chacune des annuités de 500 millions de marks-or à partir de l'année 1927 au profit des pays destinataires des réparations. Elle engage également les droits de douanes sur les produits de tabac, sur les alcools, sur le vin, la bière et le sucre, d'une valeur annuelle estimée au quart des 800 millions d'avant-guerre. La réponse de Poincaré datant du même jour transmise aux ambassadeurs de France à Londres, à Rome et à Bruxelles fut aussi sèche que brève : « Veuillez faire connaître aux gouvernements britannique, belge, italien que la note allemande qui doit être également entre leurs mains est totalement inacceptable pour les raisons suivantes : 1° Elle ne contient aucun engagement de cesser la résistance passive ; 2° Elle ne propose aucun chiffre ; 3° Elle propose de dessaisir la Commission des réparations et de lui substituer des commissions internationales et une conférence ; 4° Elle parle de gages théoriques, qui ne seraient pas remis aux créanciers et n'offriraient aucune sécurité. »

dans le sens d'un règlement pratique du problème des réparations. Comme nous nous en félicitions en terminant notre dernier article, les éléments actifs et producteurs du Reich ont pour la première fois esquissé un geste de contribution à la dette nationale et se sont déclarés solidaires dans une certaine mesure des engagements pris par l'État.

C'est un point d'une importance considérable et l'Allemagne doit pouvoir se rendre compte qu'elle a fait beaucoup plus par cet effort que par toutes ses petites ruses antérieures, pour améliorer sa situation. Le silence complet qui lui répond est le signe, sans doute, d'un accord difficile entre les alliés. Les négociations qui se poursuivent en secret entre la France, la Belgique et l'Angleterre montrent du moins que les trois pays considèrent qu'une matière concrète leur a été fournie cette fois ; et on ne les entend pas se plaindre d'avoir à discuter dans le vide.

Il est certain cependant que la France, ou plutôt que le gouvernement de M. Poincaré n'est pas plus disposé aujourd'hui qu'hier, et malgré les fâcheux incidents[1] qui s'y produisent constamment, à lâcher son gage de la Ruhr. Il s'y accrochera obstinément – et malgré toute pression anglaise –, jusqu'à ce que l'Allemagne lui apporte non plus seulement des promesses définies, mais le contenu même, matériel, objectif, tangible de ces promesses.

A-t-il raison ? – À un Français sincère et désintéressé cette question se pose actuellement d'une façon terriblement angoissante. Il lui est impossible en effet de ne pas sentir que l'acharnement, que la fermeté aveugle, obtuse dont fait preuve son gouvernement, lui aliènent de plus en plus la sympathie des autres nations ; il lui est impossible de ne pas sentir croître autour de lui, autour de son pays, un vide moral déjà presque aussi grand que celui dont l'Allemagne était entourée pendant la guerre. Même s'il n'a pas le goût d'être approuvé, même s'il peut se passer de communion sentimentale avec les autres peuples, il sait que danger positif représente un pareil isolement et que l'Allemagne justement y a succombé malgré les efforts physiques gigantesques qu'elle avait déployés.

Mais d'autre part il se demande, – cet isolement étant déjà à considérer comme un fait, – si son gouvernement n'a pas

1. Voir note 2 p. 808.

justement le devoir de retenir tout ce qui peut lui permettre d'y remédier et de faire valoir malgré tout sa volonté, toutes les chances matérielles qui lui restent de l'imposer. Et sous cet angle, le Français impartial dont nous analysons les inquiétudes, est bien forcé de se dire qu'une évacuation de la Ruhr serait en ce moment une folie plus grande que n'en fut, en janvier, l'occupation.

Il revient ainsi à souhaiter qu'un examen vraiment attentif, vraiment prévenant du mémorandum allemand soit entrepris par son gouvernement et qu'une bonne volonté symétrique de celle dont firent preuve incontestablement pour la première fois les grands producteurs du Reich, se déclare maintenant de notre côté.

Par quels points, par quels témoignages peut se marquer d'abord cette bonne volonté ? – Par l'acceptation d'un armistice dans la Ruhr, dont les clauses seraient à peu près celles qu'a subtilement esquissées la presse anglaise : remplacement de l'occupation visible par une occupation invisible en échange de l'abandon, par la population allemande, de la résistance passive. C'est vraiment ici un des points où une transaction franco-allemande est le plus facilement imaginable. Elle ne comporterait en effet aucune perte de prestige pour aucun des deux partis, puisque la France reviendrait au plan qu'elle avait d'abord spontanément adopté et puisque l'Allemagne ne quitterait pas sans compensation son attitude récalcitrante.

Il faut le dire franchement, il y aura beaucoup de gens en France pour s'indigner, si M. Poincaré s'obstine dans un déploiement de force que l'Allemagne offrirait, par le retrait de ses ordonnances, de rendre inutile. – Mais jusqu'ici aucun indice ne donne à croire que le gouvernement français ait l'intention de faire preuve d'une intransigeance absolue sur ce point.

Il y a donc, en perspective, un premier aplanissement des difficultés franco-allemandes. Sans doute n'est-il que de surface. La suspension des hostilités (car ce sont de véritables hostilités qui se poursuivent dans la Ruhr) n'est pas synonyme de la paix. Elle la faciliterait pourtant. Et l'on voit aisément tous les avantages qu'aurait, pour une solution profonde du conflit franco-allemand, la création d'une atmosphère moins agitée, moins traversée par les nouvelles d'attentats et de condamnations. En se dissipant, ces pénibles nuages laisseraient peut-être entrevoir des chemins qui sont actuellement masqués.

Ces chemins, peut-on les définir dès maintenant ? Il le faut. C'est l'œuvre dans laquelle je disais en commençant qu'il convient de s'entêter.

Point de paix en Europe sans une paix franco-allemande. Point de paix franco-allemande sans un ajustement des intérêts respectifs des deux pays. Point d'ajustement de ces intérêts sans travail en commun, sans coopération économique. C'est au moment le plus sombre qu'il faut se montrer le plus affirmatif, le plus insistant. Cette coopération est possible, puisqu'elle serait à organiser dans un territoire qui a déjà fonctionné comme unité économique. Les volontés humaines seules contrarient ici les tendances et les indications de la nature. Il faut que les tendances et les indications de la nature convertissent les volontés humaines.

Le grand obstacle est cette habitude que nous avons de raisonner, en France, non sur les faits, mais sur des principes. L'argumentation de M. Poincaré dans son discours devant le Sénat est irréprochable. Mais elle est suspendue tout entière au postulat suivant : Il y a un traité qu'aucun événement ne doit ni ne peut entamer et dont l'exécution littérale importe seule. Les efforts qu'a faits l'Allemagne pour s'y dérober sont considérés en eux-mêmes, sans aucun égard pour les diverses circonstances qui ont pu, je ne dis pas les justifier, mais les provoquer, et sont tenus comme autant d'infractions à une règle morale inconditionnelle et absolue.

La Ruhr, que nous tenons, est pourtant quelque chose de beaucoup plus important, de beaucoup plus fertile que le traité de Versailles. M. Poincaré veut l'exploiter lui-même, c'est entendu. Mais ce n'est pas assez. Il faut l'exploiter en accord avec l'Allemagne, en profitant de son concours. Il faut en faire autre chose qu'un gage, que l'objet d'une saisie.

Il faut rendre à la Ruhr son activité spontanée, en la surveillant seulement et en la récompensant.

Nous ne cesserons pas d'insister sur cette idée de récompense à promettre à l'Allemagne, parce qu'elle nous paraît seule capable d'apporter une solution efficace au problème qui nous écrase. La France en est si éloignée encore, elle lui paraît encore si absurde, si révoltante, que nous voyons mal comment on pourra l'y acclimater. Ce n'est pas une raison pour la faire. Il faut au contraire la présenter sans cesse sous de nouvelles formes.

L'Allemagne ne peut être conquise et utilisée par la France, dans la mesure où celle-ci en a besoin, que si on lui propose une autre pente à gravir que celle du devoir. Il ne faut plus lui parler de ce qu'elle doit et de ce qu'elle peut. Il faut lui donner une occasion de salut, et s'arranger seulement de façon que le nôtre aussi en doive mécaniquement résulter.

C'est une issue que le gouvernement français a refusé jusqu'ici d'envisager. Mais la pression même des événements et la stérilité des mesures qu'il a prises pour contraindre directement son débiteur finiront par la lui imposer.

La politique de la raison pure[1]

À l'occasion du 14 juillet, fête de la République française, commémoration de l'avènement en politique de la Raison pure, M. Poincaré nous a donné un nouveau chef-d'œuvre de dialectique défensive, une de ces apologies pour la France, strictes, lumineuses, glaçantes, dont il a le secret[2].

Un esprit français ne peut pas se sentir indifférent sous un tel assaut d'arguments raisonnés, pesés, fortement enchaînés, on peut même dire décisifs. Ce genre d'éloquence le touche dans ce qu'il a de plus profond, dans son instinct logique et, s'il se laissait aller, le persuaderait inévitablement. Mais il faut résister, mais il faut se refuser à cette force, il faut se reprendre et comprendre[3].

---

1. *Luxemburger Zeitung*, 7 août 1923.
2. Le journal *Le Temps*, dans son édition du 15-16 juillet, rend compte du discours de Raymond Poincaré : « À Senlis, où l'on sait ce qu'a souffert la France envahie, M. Poincaré a énuméré aujourd'hui les déceptions de la France victorieuse […]. Pourquoi sommes-nous encore obligés de demander justice aujourd'hui, cinq ans après cette suprême attaque allemande dont l'échec annonça l'effondrement du Reich ? Parce qu'il est impossible de céder davantage. Et pourquoi sommes-nous au bout des concessions ? C'est que, comme l'a dit M. Poincaré, nous en avons fait tous les frais. »
3. Rivière se livre à une attaque féroce, sarcastique des positions défendues par Poincaré. Le titre fait délibérément allusion à l'ouvrage capital du philosophe allemand par excellence Emmanuel Kant, la *Critique de la raison pure*, ce qui augmente encore la charge polémique de cet article.

Il s'agissait pour M. Poincaré de répondre à un discours de M. Stanley Baldwin, sensé, sévère et distant, où la France était publiquement réprimandée pour son occupation de la Ruhr et invitée à liquider une entreprise, qui a l'immense inconvénient de gêner l'Angleterre[1].

(Soucieux d'échapper à toute illusion, nous n'irons pas nous imaginer que l'intérêt croissant que l'Angleterre porte à la prospérité de l'Allemagne lui est inspiré par autre chose qu'une gêne personnelle. Elle ne le cache pas ailleurs.)

Pour répondre à cette mise en demeure, qu'a fait M. Poincaré ? – Il s'est immédiatement transporté à Senlis, dans un endroit dévasté. Il a donc repris d'abord, avec un entêtement magnifique, « la suite de l'histoire ». Pour la trentième fois, il a rappelé au monde que les Allemands avaient démoli nos maisons, rasé nos campagnes, tué nos hommes ; il s'est ainsi replacé au cœur des événements qui devraient logiquement commander les événements actuels, et il n'a pas eu de peine à montrer que les exigences présentes de la France, ou plutôt que son refus d'admettre aucun nouveau rabais sur ses droits et d'abandonner son gage, étaient dans ligne même de ce qu'on pourrait appeler « l'histoire analytique », l'histoire développée par la raison.

Personne ne peut lui faire un grief de plaider avec cette intransigeante fermeté la cause de la France ; d'adopter, dans cette opération, l'arme irrésistible de la déduction, s'il se rendait compte qu'elle n'est qu'une arme et s'il était prêt à la déposer dès qu'elle aurait produit son effet sur les esprits qu'il faut convaincre.

Mais le danger est qu'il semble, par elle, se convaincre luimême. Le danger est, que c'est de tout son esprit, de tout son cœur, de toute sa foi qu'il semble parler. Le danger est, qu'il a

1. Stanley Baldwin (1867-1947), Premier ministre britannique depuis mai 1923 après le retrait de Bonar Law pour raisons de santé. Favorable à la création d'une commission internationale chargée d'établir la capacité de paiement de l'Allemagne, il avait sévèrement critiqué dans son discours devant le Parlement britannique l'intransigeance du gouvernement Poincaré tout en reconnaissant « les grands sacrifices que les nations française et britannique ont consentis côte à côte dans les années tragiques », comme le rapporte *Le Figaro* dans sa une du 14 juillet 1923 avant de continuer : « M. Baldwin n'a pas eu un mot de blâme pour la résistance passive et terroriste. Par contre, il a trouvé "regrettable" l'occupation de la Ruhr [...]. Le passage essentiel de sa déclaration semble bien être celui-ci : "Le débiteur ne doit pas être simplement prié de payer ses dettes, mais il doit être mis en demeure de le faire. Sa capacité de paiement sur les points où elle est douteuse doit être éprouvée et déterminée." »

l'air de croire qu'en effet les événements peuvent prendre le cours qu'ils doivent.

Il y a quelque chose de prodigieusement hardi et naïf, de tragiquement court, à penser encore, en 1923, que c'est de Senlis, non pas que ce doit seulement, mais que peut surgir et s'épanouir la fleur de la paix européenne. Le redoutable esprit français se montre à plein dans cette conviction. Le rédacteur du *Temps* dans son article récent[1], espérait qu'on ne contesterait pas la « clarté de vue » française. C'est cette clarté de vue qui nous perd ; car ce que nous avons vu une fois, c'est si nettement que nous ne cessons plus de le voir, pendant que tout change.

À propos du discours de Senlis justement, le *Times* écrivait lourdement et froidement : « Les monuments de guerre ont le don d'éveiller des émotions qui ne rentrent pas dans le domaine des problèmes économiques européens ». Tout intérêt déduit que peuvent avoir les Anglais à transformer l'assiette de la paix, il faut pourtant avouer que cette phrase énonce un fait évident – un fait dont il finira par devenir pour nous-mêmes désastreux que nous que nous n'ayons pas voulu tenir compte.

En France, ou plutôt M. Poincaré fait toujours comme si les concessions qu'on lui demande ne devraient jamais servir qu'à ses ennemis ou à ses alliés. Il pense qu'il n'en doit résulter pour nous qu'une diminution d'autorité, de bien-être et de puissance : « Pourquoi avons-nous dit, – s'écrie-t-il – que nous étions au bout des concessions ? C'est que jusqu'ici nous en avons fait tous les frais[2]. »

C'est possible, et il a raison de résister à la tendance qu'a l'Angleterre à faire payer la paix par les autres. Il a raison aussi de ne pas abdiquer bénévolement les avantages que nous donnent notre victoire et notre force militaire.

Mais compte-t-il pour rien l'avantage que serait une adaptation organique, essentielle, profonde de la France à la nouvelle Europe qui se forme et qu'elle n'empêchera pas de se former ? Refuse-t-il vraiment de voir un avantage positif, matériel, – à mettre sur le même plan que des milliards de marks ou même de francs, – dans l'engrenage avec les autres pays que nous permettraient peut-être des concessions bien étudiées ?

1. Voir article cité.
2. Rivière a sans doute eu connaissance du discours de Senlis par l'article paru dans le *Temps*, journal auquel il se réfère souvent.

M. Poincaré a raison de repousser l'accusation d'impérialisme qu'on nous jette parce qu'il n'est pas vrai que nous aspirions, dans le fond du cœur, à la domination ; mais en même temps il nous embarque dans une politique où la domination devient un devoir, dans une politique où nous aurons sans cesse à imposer notre volonté par la force, où jamais nous ne trouverons ces appuis spontanés, ces correspondances, ces renforts que nous avons rencontrés pendant la guerre.

Sous prétexte d'éviter l'asservissement à l'Angleterre, il rompt des liens précieux, il gaspille, au profit d'une autonomie qu'il ne sait pas du tout si nous pourrons soutenir longtemps, ce qui subsiste, dans nos rapports avec nos voisins, de convergent et d'harmonieux.

On ne peut plus méconnaître aujourd'hui, que par aveuglement ou pas sophisme, le caractère monstrueux anormal, imprévisible, indirigeable. Là où trop de forces ont été en jeu, les effets sont nécessairement trop complexes pour ressembler le moins du monde à ce qu'on avait attendu qu'ils soient. Sans tomber dans le genre apocalyptique, on peut dire, il faut dire que l'Europe actuelle est un produit absolument nouveau, qui doit être traité par des procédés absolument nouveaux.

C'est ce que M. Poincaré refuse dramatiquement de comprendre. La politique présente de chaque pays est évidemment inspirée par le plus étroit égoïsme national et aucun n'a le droit, sous ce rapport, de jeter la pierre à l'autre. Mais quand les Anglais insistent sur la nécessité de faire face à une situation que n'ont pas prévue les Traités, même s'ils ne réclament ce changement de front que dans l'intérêt de leurs affaires, il se trouve qu'il est pourtant, en lui-même, infiniment raisonnable, qu'il constitue une mesure de sagesse, dont tout le monde aurait à profiter, la France y compris, parce qu'en effet la situation est transformée et qu'on ne peut rien créer, rien construire qu'en tenant compte d'abord de la véritable disposition du terrain.

Le sens pratique des Anglais est considéré chez nous uniquement comme une forme de leur rapacité. C'est fort bien. Mais ou il existe, ou il n'existe pas. S'il existe, si nous reconnaissons, ses constatations doivent avoir une valeur objective et nous n'avons aucune raison de ne pas nous appuyer sur elles, de ne pas les prendre comme fondations pour l'édifice d'une politique, qui pourrait d'ailleurs rester parfaitement originale.

La presse ennemie de la France a découvert le facile leitmotiv qui consiste à opposer sa conduite généreuse, altruiste, presque donquichottesque d'autrefois avec son égoïsme et son avidité actuelles. Il n'y a pas, à mon sens, d'opposition plus spécieuse et plus fausse. M. Poincaré à parfaitement raison de dire que la France est toujours la même ; du moins il est vrai qu'elle obéit toujours aux mêmes motifs. Elle n'est ni plus, ni moins généreuse aujourd'hui qu'elle ne l'a été au moment de la Révolution ; elle n'est hélas ! ni plus ni moins donquichottesque. C'est toujours aux mêmes sources qu'elle puise sa force et son enthousiasme ; c'est toujours dans les constatations théoriques de sa raison.

En 1789, après une méditation de tout un siècle, elle a vu tout à coup que tous les hommes étaient égaux en droit, et forte de ce principe, transportée par son évidence, elle s'est répandue sur l'Europe pour l'imposer.

En 1919, horriblement mutilée, elle a constaté l'immense injustice dont elle avait été victime et elle a conçu le devoir, pour l'agresseur, de la réparer. Il n'était de presque aucune importance que la victime fût elle-même, justement. C'est lui faire injure, que de croire que son indignation et son exigence eussent été moindres, si le tort eût été subi par un autre. C'est une fois de plus pour un principe qu'elle est entrée en lutte, pour le même principe, après tout qu'il y a un siècle, pour le principe de l'égalité des droits[1]. Et la preuve en est qu'elle est disposée à tout perdre, pourvu que l'obligation de l'Allemagne à réparer continue à être inscrite et proclamée dans les traités. La preuve en est qu'elle fait bien plus attention à se maintenir, vis-à-vis de l'Angleterre, sur le pied de l'égalité, qu'à conserver son appui.

Cet attachement de la France à ses idées claires la rend infiniment plus désintéressée, dans le fond, qu'elle n'en a l'air. C'est ce que certains esprits, dont je suis, ne cessent d'admirer et de déplorer. Car ils y voient une source de grandeur morale et de ruine matérielle. Ce n'est pas le réalisme français qui se manifeste dans la Ruhr et que symbolise M. Poincaré ; c'est notre ancien, c'est notre incurable idéalisme, dont la prise sr le monde simplement s'est rétrécie et qu'on ne comprend plus ; qui par là se

1. Est-ce uniquement pour des raisons rhétoriques que Jacques Rivière, par ailleurs si sensible et si favorable au pragmatisme anglais, donne ici une vision quelque peu lyrique de la politique étrangère française depuis 1789 empreinte d'esprit de chevalerie « donquichottesque » ?

trouve condamné et qui, si nous ne réagissons pas, nous mènera à notre perte.

Heureusement la France s'est retournée déjà plus d'une fois en face du danger et ses ressources en bon sens, sous la pression des événements, se sont révélées, souvent au moins égales à ses sources de raison.

Un peu d'espoir[1]

(Correspondance particulière)

Il n'y a rien de tel que le pire pour engendrer le meilleur.

Nous ne sommes pas de ceux qui ont approuvé le ton que l'Angleterre a cru pouvoir adopter dans sa note du 11 août. Plusieurs passages y semblaient calculés directement pour froisser les cœurs français et si nous avons fait preuve ici d'un constant esprit de conciliation, il ne s'est jamais confondu en nous avec la patience sous les injures. En sorte que nous avons ressenti aussi vivement que tous nos compatriotes ce qu'il y avait de brutal et d'injuste dans la semonce que nous a adressée M. Baldwin[2].

C'est un fait pourtant que cette note anglaise, – comme l'obus du canon paragrêle qui va provoquer l'orage en son cœur pour le dissiper, – a amené une détente et une amélioration incontestables de la situation internationale.

---

1. *Luxemburger Zeitung*, 6 septembre 1923.

2. Dans sa note du 11 août, le gouvernement britannique fait part du « désappointement le plus sincère » causé au « gouvernement de Sa Majesté par les réponses qu'il a reçues […] des gouvernements français et belge » à son projet de réponse au mémorandum allemand du 7 juin (voir article du 6 juillet). Les propositions britanniques – que le gouvernement de Sa Majesté « espérait avec confiance se recommander d'elle[s]-même[s] » – visaient à trouver un compromis entre les positions allemandes et les deux principales exigences belges et françaises concernant la question des réparations et, partant, l'occupation de la Ruhr – à savoir, le respect scrupuleux des droits de la Commission des réparations sous l'autorité du traité de Versailles en ce qui concerne la fixation de la dette allemande et la détermination des modalités de paiement, et la fin de la politique de résistance passive à l'exploitation franco-belge de la Ruhr prônée par le gouvernement allemand (voir article du 7 août).

S'il fallait une preuve nouvelle des effets curatifs que peut avoir la sincérité, on la trouverait dans cette étonnante purgation que l'accès d'acariâtre franchise de l'Angleterre vient d'amener. Ce qui empoisonnait l'atmosphère politique, c'était peut-être, sinon uniquement, du moins principalement, le système d'arrière-pensées dont chaque pays était obsédé à l'égard des autres. Les formes diplomatiques, de par leur rigidité conventionnelle, empêchaient chacun de les exprimer : elles ne se formulaient clairement que dans la presse, mais jamais un homme d'État n'osait s'en délivrer dans ses déclarations ou demandes de renseignements à la partie adverse.

Il est bien évident, par exemple, que l'Angleterre était secrètement convaincue que notre établissement dans la Ruhr correspondait à des visées annexionnistes. Et quand elle invoquait, pour nous y faire renoncer, la nécessité de rétablir les échanges et la paix économique en Europe, elle était sincère, à coup sûr, mais pas jusqu'au fond. Sa crainte véritable restait cachée ; et notre réponse, portant seulement sur la question qu'elle avait formulée, ne pouvait la rassurer sur celle qu'elle avait tue, et lui laissait forcément un malaise.

De même, le souci de faire face aux obligations qu'elle avait contractées envers les États-Unis accablait l'Angleterre beaucoup plus qu'elle ne voulait le montrer et beaucoup plus que nous ne le soupçonnions en France, où l'acceptation de sa dette nous était apparue comme un geste indépendant du reste de sa politique et destiné simplement à consolider ses liens avec l'Amérique.

En laissant exploser brusquement toutes celles de ses pensées qu'il avait maintenues jusqu'ici tacites, M. Baldwin a donc éclairci considérablement tous les problèmes au milieu desquels les peuples se débattaient à tâtons.

M. Poincaré, d'autre part, a fait preuve, dans sa réponse, de plus de souplesse qu'on ne pouvait s'y attendre. Tout en maintenant le cadre général strictement juridique, ou même judiciaire, de sa politique et sans renoncer à son éternelle plaidoirie, tout en annonçant son inébranlable résolution de rester dans la Ruhr jusqu'à ce que l'Allemagne se soit décidée à nous payer, il a laissé entrevoir tout de même, – comme des trouées dans l'épais feuillage dialectique dont il nous masquait l'avenir, – certaines issues, certaines possibilités d'arrangement pratique, qui auront eu au moins l'avantage de rendre cœur aux hommes d'État adverses, aussi bien anglais qu'allemands[1].

Car, nous l'avons toujours dit, le terrible défaut de M. Poincaré était de ne vouloir faire appel chez personne, à l'espoir, et même de le décourager, de le trancher dans sa fleur, dès qu'il se manifestait. Il avait ainsi contribué à créer une atmosphère politique aussi pesante que celle qui était descendue à certains moments de la guerre sur les tranchées et sur les camps de prisonniers.

Encore une fois félicitons-nous de la brise, si légère soit-elle, qu'il laisse aujourd'hui passer au travers.

Par une sorte d'heureuse contagion, l'esprit d'accommodement a été se communiquant de proche en proche et semble avoir gagné l'Allemagne elle-même. Le renversement du ministère Cuno, l'avènement de M. Stresemann, la participation des socialistes au ministère semblent présager l'abandon de l'attitude purement défensive, purement statique adoptée jusqu'ici par le Reich[2]. Le discours que M. Stresemann a prononcé le 24 août a été unanimement salué comme un acte de modération et d'intelligence ; il contient des formules résolument conciliantes et manifeste une volonté, qui semble sincère, de traiter avec l'ensemble des alliés. La politique qui tendait à profiter de la zizanie franco-anglaise, y est même répudiée en toutes lettres comme une politique de « dilettantisme »[3].

1. Pourtant, dans sa réponse à la note anglaise, Poincaré déclare, entre autres : « Le projet de réponse à la note allemande ne tenait aucun compte de ce que la France considère comme essentiel. Nous avions dit que s'il était répondu à l'Allemagne, cette réponse ne devait, suivant nous, porter que sur la cessation de la résistance passive, question préalable et dominante. »

2. Face aux conséquences économiques et politiques désastreuses de la politique de « résistance passive » dans la Ruhr, le gouvernement du chancelier Cuno a été contraint à la démission le 11 août et remplacé le lendemain par un gouvernement de grande coalition composée du SPD (Parti social-démocrate), du Zentrum (centre), des libéraux du centre gauche (DDP, Deutsche Demokratische Partei) et du DVP (Deutsche Volkspartei, national-libéral) avec Gustav Stresemann comme chancelier. Contrairement à son prédécesseur, Gustav Stresemann pouvait s'appuyer sur une majorité parlementaire de 270 sièges (sur 459) dont 102 occupés par des députés du SPD.

3. Dès le titre, ce discours devant la Chambre allemande d'Industrie et de Commerce (24 août 1923) signalait une volonté manifeste de détente : « Der Wille zur Verständigung » (« La volonté d'entente »). Stresemann y réitère les propositions contenues dans le mémorandum du 7 juin en se déclarant prêt à donner des garanties sérieuses. Toutefois, celui qui partagera en 1925 le prix Nobel de la paix avec son homologue français Aristide Briand se montre encore méfiant à l'égard des intentions du gouvernement français comme il le confie à l'ambassadeur de France, Pierre de Margerie. Dans un entretien accordé à

Un rapprochement général s'est donc ébauché pendant ces dernières semaines. Bien entendu, il ne faut pas céder trop brusquement à l'optimisme, comme une certaine presse y tendrait, et il convient de ne pas perdre de vue les oppositions qui subsistent entre les différents partis en présence et qui semblent devoir être d'autant plus difficiles à réduire qu'elles représentent le résidu, si l'on peut dire, d'importantes concessions.

Mais il n'est pas défendu, du moins, d'enregistrer ces concessions, de noter les points sur lesquels les différents pays se sont mis dès maintenant d'accord. C'est ce qu'a fait le gouvernement belge dans la note qu'avec une grande finesse politique et, mieux encore, avec un sens profond des réalités, il a rédigée en réponse à la note anglaise. Comme M. Poincaré a fait savoir « qu'il n'avait aucune objection à faire, ni quant au fond, ni quant à la forme, à cette note », les « ajustements » de points de vue qu'elle constate prennent une particulière importance.

La note belge constate que tous les alliés sont aujourd'hui sortis de l'attitude, en apparence fort machiavélique, en réalité fort maladroite, qui consistait à taire le quantum de leurs besoins, dans l'espoir qu'il serait dépassé par les recouvrements. Ce mystère, jalousement gardé par tous les États créanciers, sur leurs besoins véritables, est de toute évidence un des facteurs qui ont pesé le plus lourdement jusqu'ici sur la situation internationale. Aujourd'hui tous les États (sauf les États-Unis, qui seraient obligés de dire, s'ils étaient sincères, qu'ils n'ont besoin de rien), tous les États se sont décidés à spécifier non pas ce qu'ils espéraient recevoir, mais ce dont ils estimaient qu'ils ne pouvaient pas se passer. Et les sommes ainsi déclarées étant soumises à l'addition, se trouvent former un total qui, ainsi que le fait remarquer très opportunément la note belge, est notablement inférieur aux sommes exigées de l'Allemagne par l'état des paiements de 1921. Une réduction appréciable de la dette allemande semble donc dès maintenant être implicitement consentie par l'ensemble des alliés.

La nécessité d'estimer à nouveau la capacité de paiement de l'Allemagne disparaît donc, et avec elle, cette pierre d'achoppement que représentait, entre la France et l'Angleterre, le projet d'un comité d'experts internationaux. Il y a là un déblaiement des

celui-ci le 17 août 1923, Stresemann fait part de craintes allemandes relatives à des visées annexionnistes de la France en Rhénanie et de soupçons de soutiens français aux séparatistes rhénans et bavarois.

difficultés interalliées, et même internationales, dont on ne saurait assez souligner l'importance, et qui est du meilleur augure pour la suite des négociations anglo-franco-belges.

Mais il y a un autre accord de principe auquel la note belge ne fait pas, qu'il nous souvienne, allusion, et qui mérite, tout autant, à notre avis, d'être enregistré. Dès maintenant tous les États, et l'État débiteur lui-même, sont d'accord pour reconnaître que les paiements à effectuer par l'Allemagne doivent être gagés. M. Stresemann a repris solennellement l'offre qu'avait faite le ministère Cuno au début de juin, et a déclaré expressément que « si, dans l'économie allemande, il existe, ce que je ne conteste pas, la possibilité d'un développement futur, il ne faut que l'adhésion des alliés au mémorandum du gouvernement allemand pour qu'ils trouvent avec nous une voie en vue de faire supporter à cette dernière ressource la garantie des engagements de réparations de l'Allemagne. »

Sans doute M. Stresemann n'a fait luire cette concession que pour ajouter aussitôt qu'aucun des gages demandés par M. Poincaré, ni la Ruhr, ni les chemins de fer rhénans, ne pouvait être accordé même provisoirement par l'Allemagne. Et l'épine de la question est bien là. Car, comme on le fait observer en France, quel autre gage vraiment producteur et dont nous puissions surveiller l'exploitation, l'Allemagne offrira-t-elle ?

Il n'empêche que si l'on se reporte au temps où l'Allemagne refusait avec indignation toute saisie de ses richesses réelles comme un attentat à sa souveraineté, on peut mesurer les progrès qui ont été réalisés, ces derniers temps, dans le sens d'une matérialisation de la dette allemande, et par là, peut-être, indirectement, et à plus ou moins longue échéance, dans le sens de cette coopération économique, que nous ne cessons d'appeler de nos vœux, parce que nous sommes convaincus qu'elle serait le seul facteur de paix véritable qui se puisse inventer entre la France et l'Allemagne, et par conséquent, entre les peuples.

D'une utilisation modérée de la victoire[1]

De grands événements sont en train de se produire et jamais la prévision politique, qui fut toujours un art difficile, n'a rencontré plus d'obstacles, ou si l'on veut, plus d'écrans.

L'Allemagne a cédé ; elle abandonne la « résistance passive », la grève géante par laquelle elle avait espéré faire échec à la mainmise de la France sur la Ruhr[2]. C'est pour la politique française, c'est pour M. Poincaré un véritable triomphe. Non seulement sur l'Allemagne, mais sur l'Angleterre aussi qui venait justement de se risquer à une désapprobation solennelle de notre entreprise et qui menaçait de rompre toute solidarité avec nous. C'est un triomphe, que le gouvernement anglais a sanctionné, avec un empressement presque comique, en reprenant aussitôt les relations qu'il allait briser et en retrouvant pour nous des sentiments de cordialité dont la source avait paru, ces derniers temps, tarie.

Si l'on ajoute qu'avec un coup d'œil et une promptitude remarquables, M. Poincaré a su s'emparer du conflit italo-grec, l'arracher à la Société des Nations et le régler en quelques jours, à la barbe de l'Angleterre hésitante, pour la plus grande satisfaction de l'Italie dont il a séduit ainsi les sympathies et qu'il semble avoir ramenée par là complètement dans l'orbite de la France, on devra estimer que nous assistons à un succès général de la politique qu'il suit avec obstination depuis plus de deux ans, et, plus amplement à une expérience qui semble confirmer que l'intérêt d'un peuple ne peut être servi avec efficacité que par une intrépide méconnaissance de celui des autres[3].

1. *Luxemburger Zeitung*, 8 octobre 1923.
2. Le 26 septembre, Stresemann avait proclamé la fin de la « résistance passive », rompant ainsi avec la politique de son prédécesseur, Wilhelm Cuno.
3. On peut s'étonner de l'aveuglement de Rivière face aux exploits diplomatiques de Raymond Poincaré qui, court-circuitant la Société des Nations dans son rôle de médiateur, vient en aide à Benito Mussolini, duce fasciste au pouvoir à Rome où il occupe le fauteuil du président du Conseil depuis le 31 octobre de l'année précédente. Suite à l'assassinat le 27 août 1923, dans la région frontalière entre la Grèce et l'Albanie, du général italien Enrico Tellini chargé par la SdN d'intervenir dans le conflit gréco-albanais en traçant la frontière entre les deux pays, le gouvernement italien demande des excuses et des réparations élevées (à hauteur de 50 millions de lires) à la Grèce qui se dit innocente et refuse. En

Il n'appartient pas à un Français de bouder devant la victoire de son pays, alors même qu'elle a été obtenue par des moyens dans lesquels il n'avait pas confiance, et par un homme avec qui il ne se sentait pas en communion d'idées. Au milieu d'une Europe misérable et bouleversée, la France non seulement jouit d'une paix intérieure comme elle n'en a jamais connu, mais encore devient, pour employer les termes d'un journal italien, « l'arbitre de l'économie et de la politique continentales ». J'ai le cœur trop sain pour résister à la fierté que cette constatation inspire et pour refuser l'ivresse qui naît inévitablement de toute sensation de puissance.

Pourtant j'ai toujours pensé qu'il ne valait pas la peine d'être Français si ce n'était pas pour être un peu plus que ça. Et de ce nouveau point de vue, où la réussite même de mon pays me hausse tout naturellement (s'il était malheureux je ne songerais qu'à lui), j'éprouve quelques inquiétudes.

L'obstination, la vigueur, la suite dans les idées obtiennent toujours infailliblement un certain nombre des résultats auxquelles elles tendent. Surtout quand elles rencontrent des forces flottantes ou diminuées, comme c'était le cas dans la présente contestation. On peut seulement se demander si leur efficacité n'est pas par essence limitée, et pour parler plus clairement, si, après avoir forcé l'Allemagne à se rendre sans conditions, il suffira à M. Poincaré de vouloir encore, de vouloir toujours et de ne rien écouter, pour faire monter le charbon à la surface du sol et s'allumer les hauts-fourneaux.

Sans doute je simplifie arbitrairement sa politique et ce n'est pas que de l'énergie sans aucune intelligence qu'il a montrée jusqu'ici. Mais c'est un fait qu'il ne s'est proposé, depuis que l'Allemagne s'est décidée à la résistance, qu'un but négatif et que c'est ce but seulement qu'il vient d'atteindre.

---

représailles, Mussolini lance, le 31 août, l'occupation et le bombardement de l'île de Corfou, opération qui fait de nombreux morts parmi les enfants et les réfugiés grecs ayant été forcés de quitter les territoires accordés à la Turquie suite à la conférence de Lausanne en juillet 1923. Soutenu par Poincaré qui craint la création d'un précédent pour la solution du conflit dans la Ruhr, Mussolini refuse l'arbitrage par la Société des Nations qui délègue la solution du conflit à la conférence des ambassadeurs de Paris où la Grèce n'a pas de voix et qui donne gain de cause à l'Italie de Mussolini qui fête un premier succès diplomatique au niveau international… Les yeux rivés sur le contentieux franco-allemand, Rivière ne fait pas non plus mention du putsch du général Primo di Rivera installant une dictature militaire en Espagne.

Aura-t-il maintenant la souplesse et l'intuition nécessaires pour rendre de la corde dans une juste mesure et pour fournir quelque appât à l'activité et à l'initiative sur lesquelles il faut bien qu'il compte pour résoudre le problème des réparations ? Les volontés qu'il a brisées, saura-t-il les reconstituer au profit d'une œuvre positive ? C'est le tournant où nous l'attendons pour décider s'il est un grand homme d'État.

Certains traits de son esprit sont faits pour nous inquiéter. Il est évident que ce qu'on pourrait appeler : la faculté de translation est chez lui réduite au minimum. Il ne se déplace jamais, il ne se transporte jamais au point de vue de l'adversaire ; son intelligence manque complètement de « train baladeur » et c'est toujours en face du même engrenage que se présentent ses dents.

Il ne faut pas qu'un esprit tourne dans plusieurs plans à la fois, ni même successivement ; mais il faut qu'il en soit capable ; il faut qu'il puisse s'embrayer sur un même problème d'autant de façons différentes qu'il y a de gens intéressés à sa solution.

Pour avoir plein espoir dans son aptitude à régler organiquement la question des réparations, nous voudrions pouvoir imaginer M. Poincaré capable de devenir allemand, puis anglais, pendant une petite heure seulement, et seulement par la pensée. (Il y aurait quelque ironie à lui demander davantage.) Mais c'est justement ce qui paraît assez difficile.

Il n'y a rien de plus ingrat que de prêcher une politique de désintéressement relatif dans le moment où la victoire met un pays en mesure de dicter ses conditions. C'est pourtant ce que nous continuerons à faire, appuyés sur la conscience que la France ne doit pas, ne le pouvant pas, songer à une hégémonie radicale et définitive sur un peuple aussi dense et aussi puissant que le peuple allemand. L'occasion, si bien manquée à Versailles, de nous montrer intelligents et d'aménager durablement notre supériorité, va se représenter, grâce, – il faut le reconnaître, et nous ne l'avons jamais nié, – à l'énergie de M. Poincaré : il ne faut pas qu'elle soit gaspillée.

Elle sera gaspillée, elle sera sabotée si nous cherchons à instituer un régime d'extorsion mécanique de la richesse allemande, autrement dit si nous n'avisons à rien de plus qu'à nous faire payer par la force un tribut annuel du genre de celui que les peuples antiques s'imposaient les uns aux autres.

L'Allemagne n'est pas simplement un grand tas de charbon sur lequel un monsieur est assis qui ne veut pas nous en donner, et il ne suffit pas de bousculer le monsieur et de le forcer à nous livrer son charbon.

L'Allemagne est aussi un ensemble d'êtres qui pensent, qui sentent, d'une manière parfois fort grossière et fort maladroite, mais dont les idées, dont les passions représentent des forces et doivent être, du point de vue le plus réaliste, considérées ; car si elles sont contrecarrées (et il n'est pas question de leur céder sans compensation), si, – ce qui est plus grave – elles sont ignorées, elles s'accroissent d'autant et deviennent grosses d'effets matériels d'autant plus redoutables.

Le moment est venu pour nous, au sein de l'énorme désordre intellectuel et moral allemand[1], de créer certaines rigoles qui draineront vers nous les pensées et les volontés encore susceptibles de conversion. Il faut que la France, pour la seconde fois victorieuse, apparaisse, cette seconde fois, à l'Allemagne sous un jour plus humain et lui promette un débouché à ses embarras, à son angoisse.

Il faut que le travail qu'elle lui demande, lui soit en même temps enseigné comme un instrument de salut. M. Poincaré insiste bien là-dessus dans ses discours et il n'a pas manqué de promettre la paix à une Allemagne qui se résignerait enfin à ses obligations. Mais il lui fait la voie vraiment étroite et il ne lui peint pas assez largement les avantages pour elle du programme dans lequel il souhaite qu'elle s'engage.

1. Tout en se montrant toujours sceptique à l'égard des capacités et de la volonté de Poincaré de faire bon usage de la victoire, Jacques Rivière ne semble lui-même avoir de la situation allemande qu'une vision limitée à la question de la Ruhr. Le « désordre » allemand est de taille : en réaction à la fin de la résistance passive dans la Ruhr, le gouvernement bavarois nomme, le jour même (26 septembre), Gustav von Kahr (1862-1934), commissaire général d'État le dotant de pouvoirs dictatoriaux. C'est un putsch séparatiste de l'extrême droite préparant le terrain au mouvement national-socialiste d'Adolf Hitler qui, le 9 novembre, à Munich, tentera de se mettre lui-même à la tête de ce putsch en faisant irruption dans une assemblée réunie par von Kahr. Face aux agissements séparatistes et antirépublicains du gouvernement bavarois, le président du Reich, le social-démocrate Friedrich Ebert, proclame, toujours le 26 septembre, l'état d'urgence – qui servira de prétexte aux communistes et à une partie de l'aile gauche du SPD pour tenter de provoquer en Thuringe et en Saxe un soulèvement révolutionnaire, un « octobre rouge » à l'instar de celui de Russie en 1917…

On le voit trop se féliciter d'avoir son adversaire à sa merci. Il est utile qu'il l'ait eu une minute ; mais il y a danger à vouloir l'y maintenir trop longtemps ; car une humiliation n'est efficace que si les moyens sont offerts aussitôt à la victime de s'en racheter.

La France ne doit pas laisser son ambition se dilater indéfiniment sous l'influence du succès. Il ne faut pas qu'elle spécule sur un éclatement possible des cadres du Reich, ni sur un triomphe, qui serait forcément factice, du séparatisme rhénan. Il faut qu'elle offre à la politique modérée de M. Stresemann les moyens de se consolider vis-à-vis des extrémistes, par la conclusion d'un accord d'où puisse sortir, pour l'Allemagne, – conditionnée par sa bonne volonté et son travail, – une prospérité nouvelle. La France gagnera beaucoup dans l'avenir à se montrer aujourd'hui la seule puissance, qui, après l'avoir fait plier, ose prendre franchement en mains la réorganisation matérielle et morale de l'Allemagne.

Retour à l'optimisme[1]

Les vacances que j'ai prises auront eu pour tout le monde des avantages : pour les lecteurs de la *Luxemburger Zeitung* d'abord, qui auront pu se reposer des considérations transcendantales que je leur infligeais tous les mois, pour moi-même ensuite, qui ai pu voir s'accentuer une tournure des événements que j'eusse été en peine, il y a un mois, de définir avec netteté[2].

1. *Luxemburger Zeitung*, 6 janvier 1924.

2. L'article envoyé par Jacques Rivière début novembre avait été refusé par Émile Mayrisch qui le jugea « inopportun au point de vue politique et actuel » (Jacques Rivière, *Une conscience européenne*, Gallimard, 1992, p. 227. L'article en question y est intégralement reproduit p. 228-232). En effet, sous le titre « Une orientation dangereuse », Rivière y faisait part de ses craintes d'une mauvaise « utilisation » de la victoire (de la fin de la résistance passive allemande dans la Ruhr) par Poincaré qu'il soupçonnait de ne pas se contenter de son succès dans la Ruhr et de vouloir aller jusqu'au démembrement de l'Allemagne en adoptant une position pour le moins ambiguë face aux mouvements séparatistes rhénans et autres. Il y écrit notamment : « On peut trouver qu'il [Poincaré] joue bien gros jeu aujourd'hui en faisant dépendre le succès de ses recouvrements d'une désorganisation de l'État allemand. Nous ne faisons pas allusion ici seulement

Dès le mois de septembre, pourtant, on sentait bien, – et je me flatte de l'avoir prévu, – que les rapports de la France et de l'Allemagne tendaient vers une amélioration. C'était sans doute sous l'effet de la misère et du désordre qui allaient croissant dans le Reich ; et je ne suis pas de ceux qui se félicitent du désordre et de la misère, même quand c'est un ancien ennemi qui en pâtit[1]. Mais enfin, si déplorable fût la cause, il n'y avait aucune raison pour ne pas se réjouir de l'effet. Et mes lecteurs se souviennent que nous nous en étions ensemble réjouis.

À vrai dire certaines craintes paralysaient encore mon espoir. Je ne veux pas dire qu'elles aient complètement disparu. Mais l'espoir grandit.

Je craignais que M. Poincaré ne fût entraîné par le succès à faire preuve d'une rigueur toujours plus grande et, pour employer une expression familière, à « serrer » de plus en plus

---

à sa politique vis-à-vis des séparatistes rhénans [...]. M. Poincaré semble s'être avisé d'un tas de possibilités nouvelles qui naissaient des tiraillements intérieurs auxquels le Reich était en proie. Entre la bonne volonté du gouvernement allemand et les garanties qu'un morcellement du pouvoir en Allemagne assurerait à la France, il semble avoir très délibérément et très consciemment choisi. » Il est vrai qu'à la suite de la déclaration de la fin de la résistance passive par le chancelier Gustav Stresemann en septembre 1923, des soulèvements séparatistes parfois violents avaient eu lieu dans plusieurs villes rhénanes, comme à Aix-la-Chapelle où, le 21 octobre, des séparatistes ayant occupé la mairie proclamèrent la « *Freie und unabhängige Republik Rheinland* » (« la République rhénane libre et indépendante »). Dans un entretien avec un représentant des milieux économiques et politiques des territoires sous contrôle franco-belge, Paul Tirard (1879-1945), président français, depuis 1919, de la Haute Commission interalliée des territoires rhénans, déclara, le 29 octobre, qu'il reconnaissait la légitimité du gouvernement séparatiste issu d'une révolution politique. Ce n'est que fin novembre que le mouvement séparatiste, ne rencontrant que peu de soutiens dans la population, prit fin et que le gouvernement français, sans doute sur pression anglaise, cessa sa politique de soutien ou de tolérance à l'égard des séparatistes.

1. Voir article du mois d'octobre 1923. Outre les mouvements séparatistes rhénans susnommés, le gouvernement du Reich était confronté au séparatisme bavarois et aux tentatives de soulèvements révolutionnaires en Thuringe et en Saxe. Le 8 novembre, à Munich, faisant irruption avec quelques nationaux-socialistes armés dans un meeting présidé par le commissaire général du gouvernement séparatiste bavarois Gustav von Kahr, Adolf Hitler déclara « la révolution nationale » en se proclamant chef du gouvernement national provisoire. Ce « putsch de la brasserie » (le rassemblement convoqué par von Kahr avait lieu dans la brasserie munichoise Bürgerbräukeller) est suivi le lendemain d'une marche de 2 000 partisans nationaux-socialistes à travers Munich qui se heurte à l'opposition des forces armées du gouvernement légitime. Hitler qui prend la fuite est arrêté le lendemain et condamné à une peine de prison de cinq ans à Landsberg où il rédigera *Mein Kampf*...

« la vis » aux Allemands. Son refus de traiter avec M. Stresemann, après l'abandon que celui-ci avait proclamé, de la résistance passive, me parut annoncer un renforcement, qui eût été grave, de son intransigeance[1]. Je redoutais cet esprit systématique et absolu dont toutes ses démarches avaient été animées jusque-là.

Mais je dois reconnaître que M. Poincaré a su allier une certaine dose d'esprit pratique et constructif à l'énergie toute abstraite qui était et demeure sa vertu principale.

La déroute des conservateurs anglais lui fut-elle un avertissement[2] ? C'est possible. Et aussi sans doute la ruine évidente des finances allemandes.

En tout cas nous porterons à son crédit, aujourd'hui :

1° l'initiative qu'il a eue de faire nommer par la Commission des réparations des comités d'experts.

2° l'effort qu'il fait pour réorganiser la production dans la Ruhr, après l'avoir détraquée ;

3° la façon modérée et presque encourageante dont il a répondu aux récentes ouvertures du gouvernement allemand.

Sur le premier point, de quelques restrictions qu'il l'ait entourée, la concession est patente. On sent qu'un doute l'a traversé sur la possibilité de résoudre, par des mesures purement politiques, les problèmes économiques. Il a beau faire valoir que cette consultation des experts était prévue, en cas de besoin, par le

1. Il est étonnant que Rivière ne fasse pas mention de la chute du gouvernement Stresemann à la suite d'une motion de censure le 23 novembre 1923. Le SPD, parti disposant du nombre de sièges le plus important au Reichstag, avait retiré, le 2 novembre, ses ministres du gouvernement de la grande coalition en réaction à la politique à ses yeux trop laxiste face aux événements en Bavière et trop restrictive en Thuringe et en Saxe en y envoyant les forces de la Reichswehr (nom officiel de l'armée sous la république de Weimar) afin de réprimer les tentatives de soulèvement révolutionnaire auxquelles étaient associés, par endroits, des éléments du SPD. Wilhelm Marx, membre du Zentrum, succède à Stresemann à la tête d'un gouvernement du centre (DDP, DVP, Zentrum/BVP). Gustav Stresemann y occupe le fauteuil du ministre des Affaires étrangères.

2. Lors des élections à la Chambre basse du 6 décembre 1912, le Parti conservateur des tories avait perdu sa majorité absolue. Les libéraux avaient obtenu 30 % des voix et un quart des sièges (157), les travaillistes du Labour Party également 30 % et 191 sièges, les conservateurs 38 % et 258 sièges. Ramsay MacDonald (1866-1937) sera le premier Premier ministre travailliste dans l'histoire de la Grande-Bretagne.

traité, et n'aura lieu que dans le cadre du traité[1] : le seul fait qu'il a cru nécessaire d'y recourir implique la reconnaissance d'une certaine spécificité des questions financières et économiques, qui semblait, jusqu'ici, à notre grand étonnement, lui échapper complètement.

Réjouissons-nous de constater que ce grand génie logique s'est laissé toucher, une première fois, par la résistance des faits et a compris qu'ils méritaient d'être étudiés en eux-mêmes, abstraction faite de leur caractère légal. Il ne nous reste plus à savoir que la façon dont il se comportera devant les observations et les suggestions que lui présenteront les experts au terme de leur enquête.

Nous voulons aussi considérer comme un indice d'un assouplissement de son esprit, la relative adresse avec laquelle M. Poincaré a su négocier avec les grands industriels de la Ruhr la reprise du travail et la remise en exploitation des mines.

Ici encore, il est certain que la nécessité lui a fait sentir sa dure loi (mais justement c'est de l'avoir sentie que nous le félicitons). S'il avait pu se passer de Krupp, de Stinnes, de Thyssen pour faire fonctionner l'énorme machine, avec toutes ses pompes à charbon, quel triomphe ! Qu'il ait espéré y réussir, personne n'en doute. Mais il a su voir à temps que la tâche était au-dessus de ses forces, – et il a su obliquer à temps vers un triomphe plus facile, mais, à notre avis, beaucoup plus important et beaucoup plus fécond pour l'avenir : il a su forcer la collaboration qu'on lui avait d'abord refusée, et contraindre les chanoines de la grande cathédrale industrielle à reprendre la célébration du culte sous sa houlette épiscopale.

Je manquerais de logique à un degré qui cesserait tout à fait d'être recommandable, si après avoir montré avec tant d'insistance que l'unique solution imaginable du problème franco-allemand devait être cherchée dans ce sens, je trouvais à redire à cette tentative pour réajuster des forces jusqu'ici ennemies et pour amener une coopération industrielle entre la France et l'Allemagne. Je n'ai jamais critiqué et détesté que les mesures stériles, à rendement négatif, que les efforts de mutuel appauvrissement. Celui que fait aujourd'hui M. Poincaré est dirigé dans le sens qui peut m'être le

1. Voir les articles du 6 juillet et du 7 août 1923, sur les contentieux franco-allemand et franco-britannique concernant le statut de la Commission des réparations.

plus sympathique : dans le sens de la production et de la véritable reconstruction.

Cependant le plaisir de voir les événements prendre la tournure que nous souhaitions ne doit pas nous fermer les yeux à tout ce que les accords qui viennent d'être conclus entre la MICUM[1] et les magnats de la Ruhr comportent encore de précaire et d'inquiétant. Le facteur contrainte les affaiblit certainement beaucoup ; ce que l'on signe, sous l'empire de la force majeure, n'a jamais qu'une valeur relative. Et M. Poincaré ne semble pas d'ailleurs s'être fait grande illusion sur la solidité des engagements qu'il obtenait ainsi, puisqu'il a accepté qu'ils eussent une durée assez brièvement limitée.

D'autre part les avantages que nous assurent ces engagements manquent par trop de contrepartie pour qu'ils puissent être vraiment féconds. Ils rappellent encore un peu trop le tribut arraché par le vainqueur au vaincu. Et je continue à penser qu'aucun agencement utile des forces françaises et allemandes ne pourra être fondé sur leur inégalité, – cette inégalité n'étant que provisoire et fictive.

Enfin en imposant aux industriels allemands des obligations très lourdes, les récents accords ont l'inconvénient, – dès maintenant évident – de les pousser à une exploitation intensive de leur main-d'œuvre, qui non seulement compromettra l'amélioration de situation péniblement acquise par les ouvriers après la guerre, mais encore risquera, dans un délai plus ou moins éloigné, d'avantager la production allemande et de lui rendre son formidable pouvoir de concurrence.

Tous ces inconvénients seraient extrêmement graves si nous nous trouvions en présence d'un statut définitif et d'une organisation présentée comme irrévocable des relations industrielles franco-allemandes. Mais si nous considérons qu'il n'y a là qu'une amorce, qu'un premier chaînon forgé tant bien que mal et que les événements vont maintenant assouplir et transformer, nous sommes en droit de nous réjouir de l'orientation positive, dont ils sont le signe. L'occupation de la Ruhr nous est apparue dès le début comme le schème abstrait des véritables rapports qui devaient s'établir entre la France et l'Allemagne. Aussi longtemps qu'elle s'est appuyée sur la force pure, il a fallu quelque bonne volonté

1. Mission interalliée de contrôle des usines et des mines, créée en 1923, au début de l'occupation de la Ruhr. Cette mission comptait 72 experts français, belges et italiens, le contingent français étant le plus important (64 membres).

pour la regarder sous cet angle. Une première correction vient d'y être apportée : la contrainte qui s'y mélangeait a changé de degré. On peut maintenant concevoir qu'elle aille en s'atténuant toujours davantage jusqu'à faire place, sinon à la bonne amitié, du moins à une sincère coopération, à laquelle les deux parties pourront se donner sans arrière-pensées, y découvrant l'une et l'autre l'instrument de leur salut.

Cependant – et bien qu'il m'ait toujours paru normal de traiter d'abord, comme on a fini par faire, avec les puissances réelles qui, en l'occurrence, étaient les représentants de l'industrie, – la situation ne pourra être stabilisée que si les accords conclus avec ceux-ci sont complétés par un accord avec le gouvernement allemand lui-même. M. Poincaré est trop bon logicien pour qu'on puisse le soupçonner de n'avoir pas tiré cette conséquence des démarches auxquelles il s'est déjà résolu. C'est pourquoi l'oreille moins distraite qu'il semble prêter en ce moment aux propositions du cabinet Marx[1] ne doit pas nous étonner.

Espérons qu'il résistera à la tentation d'humilier à nouveau le gouvernement du Reich devant ses propres sujets en le forçant à des avances stériles. Il y a une contradiction, qui non plus ne doit pas échapper à M. Poincaré, à reprocher sans cesse à ce gouvernement de ne pas savoir se faire obéir et à le placer dans des situations d'où il ne peut sortir que déconsidéré. S'il veut l'écarter pour ne plus connaître que des particuliers, qu'il le dise. (Mais alors qu'il se méfie de la réaction.) Si c'est avec lui au contraire qu'il entend déterminer le statut franco-allemand définitif, qu'il lui accorde audience et respect.

À l'heure où j'écris ces notes rien encore ne permet de craindre que cette obligation où sa politique présente met M. Poincaré, lui échappe. Le devoir que nous nous sommes imposé d'être optimistes ne rencontre donc pas pour le moment trop de difficultés.

1. Wilhelm Marx, chancelier du Reich depuis le 23 novembre 1923.

La fin d'une politique[1]

Je me garderai bien ici de triompher et de souligner l'échec que la politique de M. Poincaré vient de se voir infliger par les événements. Je me garderai bien du moins de m'en réjouir. Quand les intérêts de mon pays sont en jeu, le lecteur ne s'y attend pas, j'espère.

Cet échec pourtant est grave et profond. On a tôt fait de dire que c'est sous une offensive artificiellement machinée par nos ennemis de tous pays que le franc s'est écroulé[2]. C'est parbleu ! bien évident. Mais la faute impardonnable de M. Poincaré est de n'avoir pas compté avec la possibilité de cette offensive, de n'avoir pas compris que sa politique devait fatalement la susciter. Il avait déclenché délibérément une grande bataille de politique internationale : comment ne s'attendait-il pas à ce que l'arme financière fût un jour brandie contre lui ? Est-ce sous le prétexte qu'elle était trop sournoise ? Mais n'avait-il jamais entendu parler des gaz asphyxiants ?

La chute du franc semble avoir entièrement surpris M. Poincaré. Et ce trait jette une lumière éclatante sur cette étroitesse d'imagination, sur cette dangereuse prépondérance de la faculté purement rationnelle que nous avons toujours dénoncées chez lui. Ce n'est pas avec les faits que cet homme, qui faisait une politique soi-disant réaliste, s'est vraiment colleté. Ce ne sont pas les faits qu'il a affrontés avec cet air inflexible qu'il se donnait. Son énergie s'est déployée dans l'abstrait ; je ne veux pas dire en paroles seulement ; ce serait très injuste ; je veux dire dans un plan où il ne rencontrait que la résistance des volontés. La véritable résistance, celle des faits, qu'il fallait vaincre, en pactisant avec elle, comme fait le bon lutteur, il ne l'a jamais sentie.

---

1. *Luxemburger Zeitung*, 9 février 1924.

2. Le franc, sous forte pression depuis la fin de la guerre, accuse une dépréciation importante sur les marchés de change à partir de décembre 1923. Sous l'impact de spéculateurs autrichiens, allemands et néerlandais, la chute va encore s'accentuer jusqu'en 1925. Voir Bertrand Blancheton et Samuel Maveyrand-Tricoire, « Dépréciation du franc et compétition internationale durant l'entre-deux-guerres », in Maurice Lévy-Leboyer (dir.), *L'Économie française dans la compétition internationale au XXe siècle*, Institut de la gestion publique et du développement économique, Comité pour l'histoire économique et financière de la France, 2006, p. 147-167.

Depuis quelque temps pourtant, nous le devinions inquiet et j'ai noté ici les marques diverses qu'il donnait d'une tendance nouvelle à l'adaptation. Hélas ! elle lui est venue trop tardivement, cette tendance, et ses efforts d'accommodement risquent de rester au-dessous de la situation qu'a créée son intransigeance. Dès maintenant la conduite des événements, le rôle de chef d'orchestre européen, qu'il tint sans contestation possible pendant toute l'année 1923, lui échappent et devant la Chambre française elle-même il apparaît en posture difficile et menacée[1].

Pourtant il ne faut pas l'accabler. Et si sa prévision s'est montrée en défaut jusqu'à un point dont il peut à peine sans doute se dissimuler à lui-même la gravité. Il a montré, dans les récentes circonstances, une autre qualité importante de l'homme d'État : la présence d'esprit. Si l'événement l'a surpris, il a su du moins y faire face. Et si bien que voici que va s'accomplir malgré lui, mais par lui la révolution, dans la politique française, que l'on semblait logiquement ne pouvoir attendre que du gouvernement successeur.

Les impôts supplémentaires, les récupérations et les économies que M. Poincaré oblige en ce moment une Chambre désorientée, récalcitrante, et assez ridiculement terrorisée par la perspective des élections, à voter, ne constituent pas seulement une affaire de politique intérieure. Cette mesure a un sens général ; elle correspond à la décision que prend enfin la France de suffire à sa reconstitution[2].

Décision que je suis entièrement d'accord avec M. Poincaré pour trouver monstrueuse au point de vue de la justice. Mais décision qui peut avoir des conséquences infiniment heureuses pour l'avenir de l'Europe et pour celui même de notre pays.

Depuis 1919 nous souffrons d'une faute qu'ont commise les hommes d'État, à l'exception peut-être du Président Wilson, et qui est de n'avoir pas osé juger la grande guerre « à son échelle ». Ils ont voulu, il a fallu qu'elle fût terminée par des décisions et des aménagements copiés sur un passé auquel elle ne ressemblait

1. L'intuition de Rivière est juste. Poincaré démissionne le 26 mars à la suite du renvoi par le Parlement du projet de loi sur les pensions. Il formera un nouveau Gouvernement dès le 29 mars mais perdra les élections législatives du mois de mai de la même année contre le cartel de gauche.

2. Le 23 février, le Gouvernement décidera d'une augmentation de l'impôt sur le revenu à hauteur de 20 % !

pas. La paix n'a pas été faite à l'image de la guerre qu'elle devait conclure et abolir. Et plus précisément il n'a pas été tenu compte de ce fait qu'une énorme richesse économique avait été consumée (et non pas seulement, comme autrefois, enlevée, déplacée) et qu'elle ne pouvait être refaite que sur place, là où se trouvait le bon vouloir.

Il était juste et naturel que l'Allemagne refît notre richesse ; mais il était psychologiquement à prévoir qu'elle ne serait bien refaite que par nous. Et nous l'avons d'ailleurs si bien senti que nous nous sommes mis d'emblée et spontanément à ce travail.

Seulement nous attendions un dédommagement en espèces de notre effort, qui n'est pas encore venu.

Aujourd'hui, pour la première fois, la France, par une sorte de contraction furieuse, mais héroïque de M. Poincaré déçu, se décide à faire comme si ce dédommagement ne devait jamais venir. Minute grave, minute révoltante, minute sublime tout de même, parce qu'elle correspond à un véritable afflux de vie et de volonté dans le corps du pays. C'est toujours un bon signe quand un peuple se décide à faire face à une situation par ses propres moyens. N'est-ce pas la plus haute démonstration qu'il puisse faire de son indépendance ?

M. Poincaré aura eu, après le tort de se tromper, le courage au moins d'affronter le mécontentement d'une opinion qu'il avait aiguillée vers de fausses espérances. Il aurait pu attendre les élections, louvoyer, laisser croire que la crise du franc était guérissable par les moyens qu'il avait jusque-là préconisés, et notamment par un renforcement d'urgence envers l'Allemagne : il ne l'a même pas essayé. Il a mis l'intérêt du pays au-dessus de son sort de ministre. Il a su, si j'ose dire, « épouser son erreur », mais dans le bon sens du mot : en subir les conséquences et y parer au lieu de les masquer.

Il n'a pas reculé devant l'inconséquence qu'il y avait à venir démontrer lui-même que nous pouvions à la rigueur nous passer de ces réparations, qu'il avait si longtemps représentées comme indispensables à notre économie. Et sans doute je force un peu le sens de la loi qu'il travaille en ce moment à faire voter. Il a bien spécifié qu'elle ne constituait pas un renoncement aux réparations. Mais elle fait apparaître la possibilité d'une santé spontanée de la France, qu'il était de sa doctrine jusqu'ici de contester.

En d'autres termes, sans se faire d'illusions, je pense, sur la sanction immédiate que les élections lui apporteront de sa nouvelle attitude. M. Poincaré assume cette initiative vraiment patriotique de mettre enfin la France en face de la réalité et en face de son plus lourd devoir. Il l'engage sur une voie où elle ne fera sans doute ses premiers pas qu'avec révolte, et j'ajoute : juste révolte, mais qu'elle découvrira peu à peu être la seule qui puisse le conduire vers l'autonomie véritable, en même temps que vers l'harmonie avec les autres nations.

En somme il se pourrait que la brusque marche que nous avons descendue de force au début de janvier, eût finalement pour nous des conséquences utiles. Il vaut mieux tomber que glisser, car le vertige réveille.

Soyons réveillés. Devant une Allemagne entêtée par caractère à fuir ses obligations, cessons d'attendre le miracle. Pour nous payer sur elle, cherchons enfin d'autres moyens que la menace et la saisie. Commençons par asseoir notre équilibre sur autre chose que sur sa bonne volonté, puisque la force même n'a pu la faire naître. Organisons-nous de façon autonome et utilisons les moyens de contrainte qui nous restent sur elle non plus à la menacer, mais à l'intéresser.

On pourra reprocher à ces articles une certaine monotonie ; mais je voudrais qu'on vît bien ce qui me l'impose : c'est que j'ai choisi comme guide le bon sens, qui manque de variété.

Mais trêve d'apologie personnelle ! Indiquons seulement pour conclure le renforcement par le pire de l'espoir que nous nourrissons ici depuis quelques mois : à travers tant d'erreurs, de faux pas et de souffrances quelque chose pourtant commence à se dessiner qui pourrait bien finir par former une solution. On parle moins, on travaille davantage, et en se penchant de plus près sur l'ouvrage.

Souhaitons que les comités d'experts reviennent de Berlin avec un programme pratique assez détaillé et assez précis pour que l'ère des déclamations puisse être considérée comme définitivement close et pour qu'achève de naître et de s'épanouir partout le véritable esprit de reconstruction[1].

1. Les travaux de cette commission qui livrera ses conclusions en avril déboucheront sur le plan Dawes dont il sera encore question.

Un nouveau Wilson[1] ?

C'est une lacune grave de cette chronique, qui par la force des choses en comporte de très nombreuses, que de n'avoir contenu aucune allusion à la mort du Président Wilson[2]. Sans doute l'événement en lui-même n'intéressait-il pas le développement actuel de la politique mondiale, puisque la maladie avait depuis longtemps brisé l'activité et écarté l'influence du grand américain.

Pourtant, à ne pas saluer sa disparition, on pourrait être accusé de partager l'ingratitude prodigieuse dont les peuples, et même celui qu'il honorera éternellement, ont fait preuve à son égard. Il faut donc déclarer explicitement ici qu'il fut un des grands héros de l'humanité.

L'œuvre de Wilson est comme une graine que les plus grandes intempéries ont assaillie aussitôt que plantée, mais qui a persisté humblement le temps nécessaire pour qu'il lui devienne permis de germer. Et il me semble que nous la voyons enfin crever ce sol qui avait paru l'enterrer.

N'est-il pas à la fois réconfortant et vengeur d'entendre M. Poincaré parler pour la première fois sans ironie du rôle possible de la Société des Nations dans le débrouillement des affaires que sa politique n'a su que compliquer ?

Mais surtout n'est-ce pas un certain esprit wilsonien qui anime M. Ramsay MacDonald[3] et qui lui permet, sinon encore de

1. *Luxemburger Zeitung*, 14 mars 1924.
2. Mort survenue le 3 février 1924.
3. Nouveau chef du gouvernement britannique depuis décembre de l'année précédente et premier travailliste à ce poste. Voir notes de l'article du 6 janvier 1924. Il n'y a pas que Rivière qui mette beaucoup d'espoir dans la personnalité et les vues idéalistes de MacDonald. Leopold von Hoesch, fraîchement nommé ambassadeur du Reich à Paris, écrit le 14 février dans une note au ministère des Affaires étrangères de Berlin : « Les traits de base de la politique de MacDonald, que l'on pourrait résumer par ces mots : "Société des Nations", "désarmement", "conférence internationale", se trouvent en vive opposition avec la politique française actuelle, en opposition encore plus forte que celle dans laquelle pouvait se trouver la politique défendue par le précédent gouvernement conservateur [britannique] », cité dans Marc-André Dufour, *Une toute petite fenêtre d'opportunités : une détente en deux temps suite aux accords de Locarno (1924-1929)*, mémoire d'histoire, 2010, p. 37.

résoudre, tout au moins de clarifier les problèmes qui ont failli brouiller la France et l'Angleterre ?

Nous ne sommes pas assez naïfs pour nous imaginer que c'est en échangeant des lettres spéculatives et cordiales que les chefs de gouvernement vont par enchantement supprimer les difficultés qui s'opposent à la résurrection de l'Entente et de l'Europe. Mais dussent les « *realpoliticiens* » de tous pays et de tous poils nous accabler de leurs sourires nous croyons, que le mouvement de pensée qu'adopte MacDonald dans sa plus récente épître et qui est un mouvement vraiment constructeur, comme fut celui de Wilson, est le seul qui puisse conduire à une solution profonde et curative du malaise actuel.

Qu'avait fait Wilson sinon de s'élever au-dessus des irréductibles conflits particuliers et d'instituer, par décret, un statut général où ils se fondissent ? « Utopie, nuées, fantaisies de philosophe et d'idéaliste. » Aussitôt la meute avait aboyé, qui, en tout pays, sait si bien discréditer les initiatives de l'esprit pratique.

Car, encore une fois, c'est l'esprit pratique qui remonte aux causes, qui approfondit et qui généralise. Depuis 1919, mais surtout depuis 1922, nous mourons de particularité. En chaque État, nous avons vu au pouvoir des gens consciencieux et entêtés, penchés avec une héroïque myopie sur l'aspect le plus étroit et le plus décourageant de chaque problème, essayant de toutes leurs forces de dégager et d'exposer ce qui rendait les intérêts inconciliables avec tous autres qu'ils avaient à défendre.

M. Ramsay MacDonald est le premier à reprendre de la hauteur. Il a su d'abord chasser de son cœur, s'il en fut jamais hanté, cette mauvaise humeur, cette jalousie, cette susceptibilité que les hommes d'État se croient souvent obligés de cultiver comme des vertus. J'admire un homme chargé de grands intérêts, et qui sait parler sans acrimonie. Je respire même, dans les propos de celui-ci, une générosité que je ne peux croire feinte, puisqu'elle produit la bonne humeur, le seul sentiment peut-être qui ne puisse jamais être imité.

Mais surtout M. MacDonald accomplit cet effort méritoire de chercher un terrain où les intentions de ceux qui s'affrontent puissent être reconnues convergentes. Il écrit :

« Je me rends parfaitement compte que les divergences d'opinions qui se sont fait jour au sujet de ces problèmes (ceux de la Ruhr et du Palatinat) ne sont que les symptômes d'un manque plus étendu de mutuelle confiance. Je ne vois guère de perspective nous de pouvoir tomber d'accord en ces matières, à moins que nous ne réussissions d'abord, par une discussion franche et courageuse, à atteindre l'unanimité sur les objectifs essentiels dont ces problèmes sont simplement subsidiaires. Car lorsque je considère nos relations sous un aspect plus large, je n'ai pas le sentiment que nos objectifs essentiels soient si divergents. »

Voilà le langage de la raison et de la bonne volonté, c'est-à-dire des deux vertus qui se rencontrent le plus rarement dans la politique. Oui, il est effrayant de songer que peut-être tous les maux dont nous souffrons viennent uniquement de ce que les hommes d'État, chargés d'y remédier, n'ont pas su reprendre leur esprit au détail des questions, n'ont pas su faire abstraction de l'aspect sentimental ou même passionnel de ces questions, n'ont pas su les penser au sens fort du terme.

Il est facile d'accuser les gens d'être « nuageux », quand, sous prétexte de réalisme, on travaille soi-même à obscurcir toutes choses d'un affreux nuage, quand on ne cherche qu'à faire échec à l'adversaire sans songer que cet échec atteindra, par contrecoup, vos propres mouvements et vous immobilisera dans une attitude stérile.

Le réalisme, le sens pratique, il faut le dire bien haut, c'est chez un Wilson qu'ils éclataient. Ce sera peut-être demain chez un MacDonald, – et dans la mesure même où il fera confiance à la raison pour nous tirer d'affaire.

Quels résultats, après cinq ans, peuvent aligner les politiciens du type, que je voudrais appeler égoïste ? Qu'ont-ils apporté, je ne dis pas à l'Europe. Je ne dis pas au monde, puisqu'ils font profession de se désintéresser de ces vagues entités, mais chacun à son propre pays ? N'ont-ils pas augmenté ses difficultés, compromis même ses espoirs les plus légitimes ?

On citera l'exemple de M. Mussolini. Mais justement n'a-t-il pas fait preuve de la plus grande souplesse dans ses négociations avec la Russie, avec la Yougoslavie[1], et n'est-ce pas en s'appliquant à

1. La ville et le territoire de Fiume (aujourd'hui Rijeka, Croatie) devinrent après la Première Guerre mondiale un enjeu décisif dans le conflit entre le royaume d'Italie et trois États de la future Yougoslavie (Croatie, Serbie, Slovénie). Pour le nationalisme italien et le fascisme des débuts, Fiume devint aussi le symbole de la victoire amputée. Les préconisations du président américain Woodrow Wilson (création d'un État tampon avec statut de ville libre et indépendante, hébergeant un siège de la Société des Nations) ne furent suivies d'aucun effet. En revanche,

n'envisager que les objectifs communs qu'il pouvait avoir avec ces deux pays, qu'il a réussi à dénouer les irritants problèmes où ses prédécesseurs s'étaient empêtrés ?

Il est temps que la France, si habile à déduire se reprenne à penser. Les deux opérations ne peuvent pas plus être confondues, que la partie ne peut l'être avec le tout. M. MacDonald nous donne un exemple de pensée politique harmonieux et complète. Nous devons le suivre. Nous devons ressaisir nos intérêts généraux, qui, a priori – écrivons franchement le mot – ne peuvent pas être en éternelle opposition avec ceux de tous nos voisins.

Nous devons profiter de ce mouvement ascensionnel dont semble animé l'esprit du nouveau Premier anglais. Vraiment, si nous pouvons quitter l'étage où se posent actuellement pour nous les problèmes de politique étrangère, quelle chance !

À ceux qui concevraient quelque inquiétude de cette promenade en avion, je voudrais rappeler combien plus aventureuse pouvait sembler celle que proposait le Président Wilson, et je voudrais montrer combien d'inconvénients pourtant elle nous eût vraisemblablement épargnés, si nous l'avions entreprise de meilleur cœur. Les fameux Quatorze points, il y aurait à rechercher aujourd'hui si ce n'est pas dans la mesure, d'ailleurs peut-être matériellement inévitable, où les traités s'en sont écartés, que l'Europe reste divisée et souffrante.

En tout cas l'esprit de nationalisme intégral, l'intransigeance systématique, l'application au litige, naissant de vues intentionnellement bornées nous ont conduits à d'assez ennuyeux embarras pour qu'il vaille la peine d'essayer d'une autre méthode. Et quand les grandes lignes de cette méthode nous sont officiellement proposées

le 12 septembre 1919, le poète-soldat Gabriele d'Annunzio créa la surprise (et son mythe !) en occupant après une traversée aventureuse de l'Adriatique avec un groupe d'« arditi » (anciens soldats convertis en corps francs) la ville et y installant un *governo provvisorio*. Ce n'est qu'à la fin du mois de décembre 1920 qu'il quitta la ville sous les bombes du gouvernement italien légitime de Giovanni Giolitti (lire à ce sujet Antonio Scurati, *M Il figlio del secolo*, Bompiani, 2018). Un mois auparavant, les accords de Rapallo entre le royaume des Serbes, Croates et Slovènes et le royaume d'Italie avaient instauré l'État libre et indépendant de Fiume. Les élections d'avril 1921 se soldèrent par la victoire des autonomistes, destitués par un coup d'État des fascistes italiens en mars 1922. En annexant Fiume à l'Italie avec l'accord du roi Alexandre Ier de Serbie, Mussolini, au pouvoir depuis le 29 octobre 1922, ne fait donc que valider (et légaliser) un état de fait et un rapport de force. Une fois de plus, Rivière ne semble pas trop s'offusquer du personnage de Mussolini en passe de transformer l'Italie en dictature fasciste…

par notre ancienne alliée, nous aurions vraiment mauvaise grâce à ne pas nous y engager, ne fût-ce qu'à titre de tentative.

Le nouveau ministère Poincaré et les chances de règlement[1]

Les quelques incidents qui ont marqué la refonte du ministère Poincaré (débarquement de MM. Sarraut, de Lasteyrie et Maunoury, appel à des personnalités qui avaient combattu le gouvernement)[2], témoignent de l'extrême souplesse qu'apporte le Président du conseil dans sa politique intérieure. Ils n'auront, à notre avis, aucun inconvénient pour lui. Les susceptibilités parlementaires sont de celles qui se calment aussi vite qu'elles s'émeuvent. Et les mécontents ou les étonnés auront bien vite oublié leur grief ou leur surprise, si M. Poincaré obtient, comme on peut s'y attendre, de la collaboration de MM. Loucheur[3], François-Marsal et Henry de Jouvenel[4] une capacité plus grande, pour son ministère, de négociation au-dehors.

Ce regroupement en effet est destiné, en même temps qu'à faire face au glissement à gauche qu'il soupçonne s'être produit chez les électeurs, à mieux l'armer en face des conclusions des experts et à lui permettre de les neutraliser en les utilisant. Il est certain que la parole de M. Loucheur dans la discussion d'un nouveau règlement des réparations aura un poids auprès de nos alliés qui

1. *Luxemburger Zeitung*, 17 avril 1924.

2. Ces remaniements qui prennent effet le 29 mars sans changer les orientations politiques du Gouvernement concernent notamment les ministères de l'Intérieur (Maurice Maunoury remplacé par Justin de Selves), des Colonies (Albert Sarraut, remplacé par Jean Fabry) et des Finances (Charles de Lasteyrie remplacé par Frédéric François-Marsal). Après la défaite aux élections législatives de ce Gouvernement du centre droit majoritairement porté par le Parti républicain démocratique et social (PRDS), c'est Marsal qui sera nommé président du Conseil d'un gouvernement du cartel de gauche le 8 juin.

3. Ministre du Commerce, de l'Industrie et des PTT, membre du parti de Raymond Poincaré, le PRDS. Louis Loucheur (1872-1931), polytechnicien et industriel, cofondateur de la Société générale d'entreprises.

4. Henry de Jouvenel (1876-1935), sans étiquette, ministre de l'Instruction publique, des Beaux-Arts et de l'Enseignement technique.

n'eût appartenu à aucune autre. Les compétences techniques de cet « homme d'affaires avant tout » permettront à M. Poincaré d'écarter le reproche d'abstraction et de théorie pure qui était adressé jusqu'ici à toutes ses démarches par l'étranger et que nous ne lui avons pas nous-même ménagé.

Il semble d'ailleurs déjà assez habilement vouloir témoigner lui-même aux suggestions des experts cette faveur préalable.

On peut ainsi constater que M. Poincaré fait des progrès en politique proprement dite, c'est-à-dire dans l'art de fléchir les forces adverses.

Devons-nous pourtant nous croire sur le bord de quelque miraculeux dénouement de toutes les difficultés qui empêchent la résurrection de l'Europe ? – Nous le devons, si nous employons ce mot au sens moral. Mais nous ne le pouvons pas encore.

Il y a trop d'équivoque dans les rapprochements qui ont paru récemment s'opérer entre les points de vue des hommes d'État, en particulier français et anglais[1]. Il y a surtout trop d'instabilité politique du fait des prochaines élections françaises et allemandes[2].

Il est bien certain d'abord que la bonne volonté de M. Macdonald à l'égard de la France, qui, nous le répétons, est un phénomène hautement admirable dans l'histoire des deux peuples, reste tout de même soumise à une double limitation, qui risque d'en rendre les effets fort insignifiants : elle est gênée d'abord, de l'extérieur, par le contrôle critique très sévère qu'exerce le parti libéral, hostile à notre politique, sur les moindres actes du gouvernement travailliste ; elle est bornée ensuite, du dedans, si l'on peut dire, par la doctrine même de M. Macdonald. Il est certain en effet que l'effort constant qu'il fait pour penser les problèmes de sécurité et de reconstruction sous l'angle de l'universel ne peut le conduire qu'à un accord de simple apparence avec la pensée, encore aujourd'hui, même si elle prend des

1. C'est le 9 avril que le comité d'experts siégeant depuis le mois de janvier à Paris sous la présidence du banquier américain Charles G. Dawes avait rendu son rapport sur le paiement des réparations allemandes. Le plan n'entre en application qu'à la suite de la conférence de Londres (16 juillet-16 août 1924). Il entérina un accord entre les Alliés et le Reich sur la hauteur des réparations à payer et les modalités d'exécution. Il comprend aussi un plan d'évacuation de la Ruhr par les troupes françaises dans un délai d'un an.

2. Elles auront lieu respectivement le 4 mai (Reichstag) et le 11 mai (Assemblée nationale) 1924.

formes plus conciliantes, profondément particulariste et partiale de M. Poincaré.

Il y a donc lieu, en partant d'un point de vue logique, de ne fonder que les plus prudentes espérances sur les suites concrètes de cette cordialité qu'a déployée dès son avènement M. Macdonald et qui a semblé émouvoir légèrement et détendre son partenaire français.

Je n'aperçois pour ma part qu'un progrès dans les relations franco-anglaises, qui puisse être considéré comme acquis : c'est que, si un accord, soit technique, soit politique entre la France et l'Allemagne, venait à être obtenu, il n'y aurait vraisemblablement pas à craindre de le voir contreminé par l'Angleterre. Le Labour-Party peut avoir ses ambitions et son égoïsme : je le crois pourtant doué d'un sincère amour de la paix et incapable de faire échec à une combinaison qui en aplanirait les voies.

Mais pour que notre optimisme pût s'épanouir enfin (il y a bien longtemps que nous l'entretenons, n'est-ce pas ? et l'on ne nous accusera pas de paresse à supposer le meilleur), il faudrait que l'arrangement en question entre la France et l'Allemagne fût discernable à l'horizon.

Or jamais les nuages n'ont été plus épais de ce côté-là. Il ne nous servirait à rien de nous les dissimuler.

Par nuages nous ne voulons pas dire des menaces, mais plutôt une obscurité qui s'est renforcée pendant ces dernières semaines. Dans les deux pays les gouvernements commencent à avoir les yeux étrangement fixés sur les électeurs et ils se comportent à l'avance suivant les déplacements qu'ils supputent dans leur opinion. C'est du moins, il me semble, un calcul de ce genre, qui peut seul expliquer les récents discours de M. Stresemann, l'homme certainement le plus docile aux souffles de l'esprit public qui ait jamais paru dans aucun pays[1].

1. Dans plusieurs discours électoraux, notamment le 6 avril à Kiel, Stresemann dénonce des rumeurs colportées par la presse française faisant état d'une éventuelle reprise de la résistance passive. En revanche, il insiste sur l'arrêt des accords de paiement dans le cadre de la MICUM (Mission interalliée de contrôle des usines et des mines) en tablant sur les préconisations du comité d'experts dont le rapport est attendu pour le 8 avril. Il dit notamment : « Le rapport des experts devrait paraître dans les prochains jours, il sera donc rendu public avant l'expiration des contrats MICUM. [...] Il est clair aux yeux du monde que le Reich allemand n'est pas en mesure d'assumer un financement pour la poursuite des contrats MICUM. Il en va de même pour les industriels allemands. Face

Irons-nous à notre tour – ne pouvant enregistrer de progrès véritables dans le rapprochement que nous ne cessons de préconiser, – faire des hypothèses sur les chances que lui réservent les imminentes modifications des forces politiques ? – Il n'est peut-être pas inutile de nous demander ce que donneraient, sous le rapport qui nous occupe, une consolidation par les élections françaises de la politique poincariste et l'avènement d'un gouvernement de droite en Allemagne. On peut répondre : à peu près le pire qui puisse être imaginé.

En effet les bêtises que ne manqueraient pas de commettre aussitôt les « racistes » et autres fantaisistes dangereux pousseraient immédiatement la France à des gestes militaires ou de violence, qui achèveraient de la compromettre et nous enfonceraient un peu plus avant dans le chaos[1]. « L'énergie », en se déployant des deux côtés à la fois, amènerait une recrudescence de grabuge qu'on peut à peine se représenter.

Si paradoxal que ce vœu puisse paraître, nous en venons donc à souhaiter, comme meilleur facteur de la réconciliation finale, en face d'un gouvernement allemand de droite, un gouvernement français de gauche (pourvu que l'homme doué d'un sang-froid suffisant puisse se rencontrer chez nous dans cette zone de la politique).

Et voici comment nous raisonnons ce vœu : la droite allemande est le seul parti important (à prendre non seulement l'Allemagne, mais encore la France et l'Angleterre) qui ne se soit pas encore compromis, depuis la guerre, par le pouvoir[2] ; elle est aussi celui

---

aux informations françaises selon lesquelles les industriels allemands se seraient déclarés prêts à prolonger les contrats MICUM, je peux assurer que les représentants influents de l'industrie de la Ruhr ont déclaré que cela était tout à fait impossible. Les grandes banques anglaises ont refusé tout crédit aux entreprises allemandes tant que les accords MICUM étaient en vigueur. Elles considèrent ces contrats comme des contrats d'étranglement qui détruisent la rentabilité et même, à la longue, toute existence des entreprises allemandes. » Gustav Stresemann, *Vermächtnis*, Henry Bernhard (éd.), t. 1, 1933, p. 382.

1. Les craintes de Jacques Rivière ne sont pas complètement infondées. Hitler étant en prison à Landsberg, son parti, le NSDAP, étant interdit, c'est sous l'étiquette de Nationalsozialistische Freiheitspartei (NSFP) issue d'une fusion de plusieurs mouvements racistes (*völkisch*) et antirépublicains que l'extrême droite fera le 4 mai une première entrée au Reichstag en y occupant 32 sur 472 sièges.

2. Raisonnement politique fort risqué de Rivière qui ne semble pas vouloir distinguer entre la droite et l'extrême droite allemandes. Les gouvernements successifs de Cuno, de Stresemann, de Marx, c'est-à-dire les gouvernements

qui est capable de se déconsidérer dans le minimum de temps, car elle est composée des hommes les plus inintelligents de l'Europe entière. La perte définitive de son crédit auprès du peuple allemand ferait avancer certainement la paix de plusieurs années.

Mais pour que l'expérience s'effectue avec le moins de dégâts possible, il faudrait qu'elle ne trouvât devant elle qu'un gouvernement français, – fort sans doute, – mais parfaitement impassible et capable de la laisser s'enferrer à fond. Si ce gouvernement savait regagner complètement la confiance et l'appui de l'Angleterre, il jouirait d'une autorité qui lui permettrait beaucoup de patience.

En quelques mois le nationalisme allemand pourrait être liquidé. Et il suffit d'énoncer cette éventualité pour sentir ce que la paix mondiale en pourrait retirer comme bénéfice.

Mais on objectera que c'est tout simplement risquer la guerre sous prétexte de fonder la paix. C'est possible et je ne suis pas non plus sans inquiétudes sur le remède que j'imagine. Pourtant est-il d'une autre nature que cet auto-vaccin dont la médecine fait un croissant usage ?

Et puis il faut le dire : c'est le bon moment pour offrir le pouvoir à la droite allemande. Elle n'y serait appuyée que par une partie encore restreinte de la nation. Les instruments guerriers dont elle disposerait seraient sans doute encore assez médiocres. Bref elle se trouverait en proie à des tas d'obstacles qu'elle ne prévoit pas et ses gestes finiraient par être plus ridicules que dangereux.

En sera-t-il de même dans cinq ans ?

Si pourtant les partis modérés sortent par miracle vainqueurs des élections et trouvent en France un gouvernement résolu à un accord, je ne serai pas le dernier – on le pense – à m'en féliciter.

J'ai voulu simplement passer en revue quelques possibilités et montrer ce qu'il peut y avoir de bon dans celle qui paraît la plus effrayante.

---

ayant eu à gérer la crise de la Ruhr, étaient (et sont au moment où il rend son article) des gouvernements de centre droit (avec participation temporaire du SPD). Il n'y a que l'extrême droite, dont il craint les bêtises, qui ne se soit pas encore compromis par le pouvoir. Quant à sa capacité de se déconsidérer dans un minimum de temps afin de faire avancer la paix en Europe, l'Histoire (avec sa grande hache) en décida autrement à partir de 1933…

La situation est transformée[1]

Les élections allemandes et françaises ont produit exactement la situation que nous imaginions dans notre dernier article : les nationalistes allemands vont arriver au pouvoir au moment où les nationalistes français doivent le quitter[2]. C'est un grand bouleversement, mais dont nous refuserons nettement de nous inquiéter, dont nous attendrons même les résultats avec un intrépide espoir.

Bien des éléments, à vrai dire, nous manquent encore pour évaluer la profondeur des modifications qui vont s'ensuivre dans la politique extérieure de chacun des deux pays. Pour commencer par l'Allemagne, il est bien difficile de déterminer dès maintenant si les conservateurs, en prenant le pouvoir, vont essayer d'appliquer le programme de résistance sur lequel ils se sont fait élire. Le discours récent de M. Hergt[3] tendrait à nous en faire douter.

---

1. *Luxemburger Zeitung*, 16 mai 1924.

2. Les élections législatives du 4 mai au Reichstag se soldèrent en effet par une poussée des partis antirépublicains de l'extrême droite (32 sièges) et des communistes (62 sièges contre 6 lors de législature précédente). Toujours est-il que le SPD (social-démocrate) a pu se maintenir comme groupe parlementaire le plus important avec 100 sièges (sur 472). Les principaux partis du centre droit de la coalition sortante (le Zentrum catholique, les libéraux du DDP, le DVP de Gustav Stresemann) subissent des pertes, certes, mais se maintiennent. Les nationalistes du DNVP profitent avec 95 sièges (contre 71 en 1920) du mécontentement de l'électorat bourgeois. Wilhelm Marx (Zentrum) est reconduit en tant que chancelier par le président de la République, Friedrich Ebert. Marx s'appuie sur les partis de la coalition sortante. Difficile, dans ce contexte, de parler, comme le fait Jacques Rivière, d'une « arrivée des nationalistes » au pouvoir. Ils renforcent leur position au sein du Reichstag. Mais Stresemann qui semble avoir eu les sympathies de Rivière reste ministre des Affaires étrangères. En France, c'est le cartel de gauche qui sort victorieux des élections du 11 mai contre les partis du bloc national. Au moment de la rédaction de l'article, le nouveau Gouvernement n'est pas encore nommé.

3. Oskar Hergt (1869-1967), fondateur, en 1918, et président de 1918 à 1924, du Deutschnationale Volkspartei (DNVP), parti nationaliste entretenant à ses marges des relations avec les mouvements violents de l'extrême droite antiparlementaire. Hergt, monarchiste convaincu, tente, non sans difficultés, d'imposer à son parti des positions modérées susceptibles de séduire un électorat bourgeois déçu de la république. Rivière fait sans doute allusion au discours de Hergt devant l'Assemblée nationale extraordinaire du parti à l'occasion du Bismarcktag début avril, à Hambourg. Hergt se déclare farouchement opposé à la politique des négociations menée par Stresemann. Son discours est ouvertement nationaliste et antisémite, et Rivière a toutes les raisons de le trouver très inquiétant. Sauf

D'autre part le projet qu'ont les socialistes de consulter la nation sur l'opportunité d'accepter le plan des experts, même s'il n'aboutit pas, risque d'introduire temporairement quelque trouble dans la ligne qu'adoptera le futur gouvernement.

En France, il est encore trop tôt pour savoir qui va prendre la barre à la place de M. Poincaré : M. Herriot sans doute. Mais aussi longtemps qu'il n'aura pas reçu l'investiture, la prudence obligera à ne définir qu'hypothétiquement la nouvelle orientation de notre politique.

Et pourtant, dès maintenant, on peut considérer comme disparu un des plus gros, un des plus obsédants obstacles qui s'opposaient à la paix européenne : savoir l'idée que se faisaient les autres peuples de la France.

Idée injustifiée, ils le voient maintenant ; idée, pourtant, qui avait fini par prendre un pouvoir formidable d'inhibition. Cette France impérialiste, cette France annexioniste, qui était devenue une réalité incontestable pour tant d'esprits, non seulement en Allemagne, mais encore en Angleterre, en Amérique, dans les pays neutres, on voit tout à coup qu'elle n'existe pas.

Nous n'y avons jamais cru, pour notre part ; mais nous reconnaissons qu'elle avait certains semblants et que par timidité, par étroitesse d'esprit M. Poincaré avait fini par imposer en effet l'impression que nous voulions détruire l'Allemagne, nous emparer du Rhin, etc.

C'est ce fantôme qui s'en va aujourd'hui, comme sous le coup d'une baguette magique, produisant un des plus magnifiques effets de surprise qu'on ait jamais vus. Désormais il ne peut plus y avoir que les gens de mauvaise volonté pour croire à notre mauvaise volonté. La politique d'aucun pays ne peut plus se fonder sur le postulat de notre intransigeance et de notre cupidité. On ne peut plus partir comme d'un principe, du fait que nous refusons tout accord et sommes pleins de noires arrière-pensées. Tous les préjugés sur la France d'après-guerre sont balayés d'un seul coup. Et pour les progrès d'un règlement universel, il y a

---

que Hergt est à l'opposé d'un Stresemann et son parti ne participera pas au gouvernement : « Jamais la honte que nous a infligée l'injustice commise par l'ennemi n'a brûlé plus violemment dans les âmes allemandes, jamais l'aspiration à la liberté et à la vigueur défensive n'a été plus ardente dans notre patrie, jamais la prise de conscience n'a été plus grande que seuls la reconquête de l'idéal d'un véritable *Volkstum* allemand et le rejet de toute influence étrangère et juive peuvent nous sauver de la déchéance ! »

là, encore une fois, un événement, bien que d'ordre purement moral ou psychologique, dont l'importance peut difficilement être exagérée.

Mais nous ne cherchons pas ici à faire de propagande ni de l'apologie ; nous entendons nous borner à des constatations purement objectives. Nous devons donc honnêtement signaler que la victoire du Bloc des Gauches contre le Bloc National ne représente pas uniquement, ni même peut être principalement un désaveu par le pays de la politique de la Ruhr : les questions intérieures, en particulier les nouvelles lois fiscales sont une des raisons profondes sinon du mouvement lui-même du moins de l'ampleur qu'a prise le mouvement contre la droite. Il ne faut donc pas conclure trop vite que ce mouvement va amener immédiatement une réforme complète de la politique étrangère de la France. Les radicaux ne se sont désolidarisés que partiellement et timidement de M. Poincaré dans la question de la Ruhr. Et à moins qu'ils subissent une poussée violente de la part des socialistes, il ne faut pas s'attendre qu'ils entreprennent dès leur avènement, une évacuation sans condition des régions occupées.

On peut, on doit simplement compter – mais à notre avis, c'est tout ce qu'on est en droit d'exiger de la France – qu'ils accepteront sincèrement le plan des experts, et qu'ils se prêtent de bon cœur à l'échange de gages qui y est proposé.

Mais ce simple consentement, cette simple adhésion au seul projet pratique qui ait été jusqu'ici esquissé pour la liquidation de la guerre, peuvent avoir des conséquences incalculables. Devant ce même plan des experts, on sentait M. Poincaré réticent, rétracté, malheureux ; il regardait avec une nostalgie grincheuse toutes les cartes qu'il croyait avoir réussi à mettre dans son jeu et qu'il se décidait à en abandonner aucune. Sa vieille méfiance de l'Allemagne (Dieu sait si elle avait des excuses et Dieu sait s'il nous faut de l'effort pour dépouiller partiellement la nôtre) l'empêchait de céder encore vraiment, du fond du cœur et de l'esprit, aux suggestions des techniciens.

Son successeur, quel qu'il doive être, apportera – c'est maintenant certain – de tout autres dispositions. Et du coup notre entente avec l'Angleterre se trouvera resserrée d'une façon qu'il était devenu presque impossible d'espérer. Pour la première fois depuis la guerre on peut entrevoir la reconstitution d'un front franco-anglais. La noble confiance de M. Macdonald dans notre pays va se trouver récompensée. Et il y aurait injustice ici à ne pas souligner combien la douce température qu'il a su faire régner, depuis qu'il est au pouvoir, sur les relations politiques entre l'Angleterre et la France, aura été utile pour hâter l'éclosion de cette nouvelle entente.

Reste l'Allemagne, celle de M. Hergt. Nous disions la dernière fois qu'il n'en fallait attendre que des sottises. Ce n'est plus aussi sûr ; car en s'approchant du pouvoir les réactionnaires semblent s'être beaucoup calmés. Mais de la résistance, de la chicane, des impossibilités déclarées à grand renfort d'explications techniques ; bref une insincérité totale dans l'acceptation du plan des experts : aucun optimisme ne peut nous empêcher de voir cela comme l'attitude immanquable du prochain gouvernement allemand, s'il est de droite.

Seulement, c'est à son dam, cette fois, qu'il la prendra. Devant l'accord de la France et de l'Angleterre, ses finesses et ses refus masqués ne pourront servir qu'à le déconsidérer. S'il y a une autre Allemagne que celle des nationalistes (nous sommes beaucoup en France à l'espérer encore) ; c'est alors qu'elle devra surgir et se montrer, comme vient de surgir et se montrer la France libérale, la France intelligente, la France humaine.

De toute façon il y a une différence de puissance matérielle entre les nationalistes français et ceux de l'Allemagne qui ne pourra que rendre beaucoup plus passagère, et beaucoup plus ridicule la présence au pouvoir des derniers. Leur effondrement est en tout cas la dernière étape – maintenant en vue – de la longue, sinueuse et ténébreuse marche que l'Europe a entreprise vers la paix.

La paix est déclenchée[1]

Si nous avions eu besoin d'être rassurés sur l'opportunité et la valeur de la politique que nous n'avons cessé de préconiser vis-à-vis de l'Allemagne, nous aurions trouvé un grand réconfort

1. *Luxemburger Zeitung*, 28 juin 1924.

et une bien utile confirmation dans la résurrection, malgré toutes les manœuvres contraires, du ministère Marx-Stresemann. Comment en effet a-t-elle été possible ? Quelles sont les forces, ou plutôt, pour reprendre le titre d'un remarquable article de son correspondant en Allemagne qu'a publié le *Temps* du 11 juin, quels sont les « points d'appui » qui ont permis aux partis modérés de résister aux prétentions des nationalistes, d'écarter finalement leur collaboration et de conserver le pouvoir ? Les aperçoit-on en Allemagne même ? Ces partis disposaient-ils d'une solide assiette dans l'opinion ? – Non, certes, mais ils ont senti qu'ils pouvaient l'escompter, dès le moment que la France avait désavoué la politique de M. Poincaré et manifesté l'intention de confier ses intérêts à un ministère de gauche.

À vrai dire, jamais nous n'eussions cru qu'une simple indication de ce genre eût suffi à fournir aussi rapidement un tremplin à la démocratie allemande. On a vu que nous étions résignés à subir pendant quelque temps les excentricités des Westarp et des Hergt[1]. Mais la promptitude inattendue avec laquelle l'événement avait nos espoirs ou même les dépasse, ne peut que nous réjouir et nous encourager.

Citons la description que donne le *Temps* de la situation en Allemagne :

> De jour en jour, depuis le 11 mai, les forces opposées (au nationalisme) prennent davantage conscience d'elles-mêmes. Et si rien ne vient du dehors rompre leur élan, si la constellation extérieure reste favorable, ou même s'améliore, le nationalisme « revanchard » malgré son tapage assourdissant, ses fanfares militaires, sa presse vénale accusera bientôt une décadence visible aux plus pessimistes. […]
>
> C'est dans cet esprit que j'entends dire ici : « Dans les quelques semaines qui viennent, la question se décidera si les forces, jusqu'ici somnolentes, presque ignorées du républicanisme allemand, sont capables de lutter victorieusement contre la propagande réactionnaire, monarchiste, arrivée à son paroxysme, mais indiscutablement menacée par les événements de France. … Nos énergies se doublent de la conviction qu'il s'agit de notre chance

1. Pour Oskar Hergt, voir notes de l'article précédent du 16 mai 1924. Kuno von Westarp (1864-1945), cofondateur du DNVP, membre du Reichstag depuis 1920, défend des positions antirépublicaines proches de celles d'Oskar Hergt.

suprême, la dernière ! Dites-le bien en France, aux hommes de bonne volonté[1]. »

On a bien en effet aujourd'hui la sensation que la solidarité des forces pacifistes, ou plutôt que leur interaction, leur faculté de s'aggraver réciproquement, d'un pays à l'autre, ne sont pas un mythe, comme ceux-là mêmes qui faisaient profession d'y croire, ont pu, à certains moments, le craindre. Le branle qu'a donné, courageusement, il y a six mois, M. Macdonald aux tendances désintéressées constructives qui couvaient en Angleterre, n'a cessé, depuis, de s'accentuer ; n'a cessé tout au moins de se propager au-dehors, a gagné, dans chaque pays, de plus en plus profondément, la masse amorphe et intimidée des partisans de la paix.

Il est tout naturel que l'Allemagne, qui est le plus éprouvé, ou plutôt le plus humilié des pays encore hier gendarmés les uns contre les autres, mette plus de temps à ressentir cette agitation pacifiante et oppose plus de résistance à la contagion de la bonne volonté. Même, le triomphe de MM. Marx et Stresemann, s'il fut inespéré, ne représente pourtant encore qu'une très modeste accommodation aux circonstances nouvelles. On sent toujours derrière eux non pas seulement Ludendorff, qui n'est rien, mais aussi le général von Seeckt[2], qui organise silencieusement et patiemment les forces offensives de la nation.

1. L'article parut sous le titre « Impressions d'Allemagne – Points d'appui » à la une du *Temps* en date du 11 juin. Rivière saute un passage entre le premier et le deuxième paragraphe de la citation que nous marquons par des [...]. Dans la citation, dans la deuxième partie du passage cité, le correspondant anonyme dit reprendre les mots « d'un général pacifiste bien connu ».

2. Rivière semble sous-estimer la force de nuire d'Erich Ludendorff (1965-1937), général de l'infanterie et membre influent du haut commandement des armées allemandes pendant la guerre. C'est lui qui mit en circulation, dès 1922 (dans son livre *Kriegführung und Politik*), la légende du « poignard dans le dos » (« *Dolchstoßlegende* ») selon laquelle l'armée allemande aurait été trahie par les forces socialistes et pacifistes agissant dans le Reich. Partisan d'un renversement violent de l'État républicain, il participa le 9 novembre 1923 au « putsch de la brasserie » organisé par Hitler. Il créa par la suite le DNFP (Deutschnationale Freiheitspartei), un parti d'extrême droite qui prit temporairement la place du NSDAP hitlérien pendant la période d'interdiction de ce dernier. Hans von Seeckt (1866-1936), depuis le mois de mars 1920 chef du commandement de la Reichswehr (Chef der Heeresleitung). Investi des pleins pouvoirs par Friedrich Ebert lors du putsch de Hitler-Ludendorff et des soulèvements révolutionnaires en Thuringe et en Saxe, il réussit à rétablir l'ordre républicain. Il fit interdire par la suite – et temporairement (jusqu'au printemps 1924) – le NSDAP, le DNFP et le KPD.

Mais il n'y a plus de raison de croire que cette peine cachée soit impossible à énoncer. C'est parce qu'on l'a crue telle jusqu'ici, en France, qu'elle a pu devenir à ce point menaçante. Si aujourd'hui, malgré les élections allemandes, elle sort encore, justement, cachée, c'est un premier résultat, sur lequel il faut s'appuyer pour en chercher d'autres un premier résultat qu'il faut à tout prix développer, améliorer.

Tout va dépendre de M. Herriot, et peut-être principalement des premiers gestes qu'il va faire. Il y en a un certain nombre, qui auraient une valeur purement symbolique, mais qui aideraient beaucoup à l'agrandissement de la paix.

Il est possible que la mise à l'écart de M. Millerand[1], qui, à certains d'entre nous qui avaient salué l'avènement des gauches a pu paraître une inutile, coûteuse et un peu mesquine formalité, ait eu cependant une importance de ce genre et ait contribué à encourager les démocrates allemands.

Il est certain, en tout cas, que la réintégration des expulsés de la Ruhr, à laquelle il semble d'ailleurs que M. Herriot soit résolu, renforcera considérablement les bonnes dispositions de nos partenaires.

L'admission de l'Allemagne dans la Société des Nations[2] est également une mesure à prendre immédiatement ; elle aurait d'ailleurs une utilité pratique de premier ordre en engageant de force le militarisme allemand dans un réseau qui paralyserait bientôt ses ébats, dans une sorte de muselière. Si la France n'a pas pris l'initiative de la proposer, elle peut du moins tirer de grands avantages d'une prompte adhésion aux démarches que M. Macdonald fera pour la préparer.

1. Alexandre Millerand (1859-1943), président de la République depuis septembre 1920. Contrairement à Raymond Poincaré, il s'est montré favorable à des négociations avec Berlin après la fin de la résistance passive en septembre 1923. Après la victoire du cartel de gauche aux législatives du 11 mai, le président du Parti radical Édouard Herriot refusant d'entrer dans un Gouvernement nommé par Millerand exige la démission du président de la République qui refuse en se réclamant de la Constitution et nomme, dans un premier temps, le conservateur Frédéric François-Marsal président du Conseil. Celui-ci forme, le 8 juin, un gouvernement transitoire avec des ministres ayant appartenu, comme lui-même, au gouvernement du bloc national sortant. Après le vote de renvoi de la Chambre, François-Marsal présente sa démission le 10 juin. Le lendemain, Millerand abandonne la partie et démissionne lui aussi, libérant la voie à la formation d'un gouvernement de gauche. Gaston Doumergue lui succède le 13 juin et nomme Édouard Herriot président du Conseil.

2. Ce n'est que le 8 septembre 1926 que l'Allemagne deviendra membre de la Société des Nations.

Jusqu'à un certain point que nous allons dire, la politique où le nouveau gouvernement français doit s'engager, est idéalement facile : le simple bon sens suffit à la suggérer. Pour en inventer les premiers pas, il n'y a qu'à se demander où il est le plus bêtement raisonnable de poser les pieds.

Où les difficultés commenceront, où l'imagination devra entrer en jeu, et se faire subtile, et prévoyante, et industrieuse, c'est évidemment d'abord quand il s'agira de faire du rapport Dawes une réalité et une réalité qui intéresse l'Angleterre, que l'Angleterre puisse vraiment vouloir. (Car la seule force qui nous permette d'espérer son application, c'est l'appui de l'Angleterre.)

M. Herriot, si heureusement désigné par son passé et par ses aptitudes, pour modifier tout ce qui avait besoin de l'être dans l'ordre des principes, aura-t-il la souplesse et la rigueur, le sens des concessions nécessaires, mais aussi des avantages à n'abandonner à aucun prix, en un mot l'esprit de réalisation qu'il va falloir montrer dans une négociation effroyablement concrète ? Le professeur saura-t-il devenir économiste, ou du moins saura-t-il écouter et comprendre les conseils des hommes d'affaires dont attend bien qu'il saura, mieux que M. Poincaré, s'entourer ? Espérons-le, puisqu'il a aussi un passé d'administrateur et d'organisateur.

La mise en œuvre du rapport des experts sera la première difficulté que rencontrera le nouveau gouvernement français. La recherche des fondements de notre sécurité sera la seconde. Ici, un premier geste a été fait par M. Herriot la désignation du général Nollet[1], président de la Commission interalliée de contrôle des armements en Allemagne, comme ministre de la Guerre.

Ce n'est qu'un geste encore, mais il nous paraît heureux. Il importait en effet de donner du premier coup à l'Allemagne l'impression que, si nous étions disposés à lui procurer la paix, nous la revendiquions en même temps pour nous-mêmes.

M. Herriot a d'ailleurs tenu à commenter lui-même son choix et à lui imprimer le sens d'un avertissement à l'Allemagne. Le général Nollet a la Guerre, cela veut dire :

---

1. Charles Nollet (1865-1941) présidait la Commission interalliée depuis septembre 1919. Édouard Herriot le nomme ministre de la Guerre le 14 juin 1924.

> La France est sincèrement animée d'un esprit de paix. Si l'Allemagne démocratique veut marcher dans la même voie, elle nous trouvera tout disposés à l'aider. Si, au contraire, pangermanistes et nationalistes entendent détruire l'ordre et l'équilibre actuels, la France républicaine et démocratique leur dit qu'ils font fausse route et qu'elle ne se laissera ni duper ni endormir.

Reste à savoir comment M. Herriot compte procéder pour réaliser cette vigilance dont le général Nollet sera le symbole. Quelles sortes de garanties va-t-il rechercher ? Abandonnera-t-il militairement la Ruhr ? Acceptera-t-il l'évacuation du Rhin au terme des quinze ans qui succéderont au traité ? Remplacera-t-il ces sûretés matériellement par le seul rempart de la Société des Nations ? Ou profitera-t-il du regain de faveur que la France va trouver, par ses soins, auprès de ses anciens alliés, pour leur réclamer à nouveau un pacte protecteur ? La conduite à choisir est ici délicate.

Sans doute, notre meilleure garantie, il faut l'attendre de ce que nous avons appelé plus haut « l'agrandissement de la paix », qui peut être obtenu par des moyens presque purement psychologiques. Ce n'est pas une raison pour ne pas organiser des lignes de soutien, pour le cas où l'apaisement ne se produirait pas et où l'Allemagne resterait belliqueuse. Nous verrons comment M. Herriot s'y prendra pour les établir.

L'essentiel pour l'instant est qu'il s'est opéré depuis un mois, – qu'on me passe une expression familière – un « décrochement » qui nous rend littéralement, à tous, tant que nous sommes pour de bien, en même temps que l'espoir, la vie.

La conférence de Londres et le « véto » des banquiers[1]

J'avais ajourné de prendre la plume dans l'espoir de pouvoir célébrer le règlement définitif du problème des réparations, que

1. *Luxemburger Zeitung*, 6 août 1924.

la conférence de Londres[1], malgré les accidents préliminaires que l'on sait, semblait en mesure et même en passe d'amener. Un nouveau délai est imposé par les événements à notre enthousiasme, qui commence, hélas !, à prendre l'habitude du refoulement. En quelques mots, dont on devine la sécheresse, les techniciens de la finance ont démoli la première formule d'accord que les négociateurs français et britanniques, mettant en jeu toute leur bonne volonté, étaient arrivés à mettre debout.

Cet écroulement brutal est un événement dont on peut encore à peine mesurer les conséquences, dont les répercussions immédiates sur le moral des négociateurs ont été certainement considérables malgré le courage avec lequel ils ont réagi dans le sens de l'optimisme – et qui a certainement une haute signification historique. En le simplifiant à la lueur de sa doctrine simpliste, M. Jacques Bainville dans *L'Action française* a essayé de le caractériser dans les termes suivants[2] :

> La finance, qui a pris toute cette affaire en main, est beaucoup plus autonome qu'on ne le dit. En fait nous assistons à un essai de gouvernement du monde par les banquiers. C'est un de ces événements qui passent inaperçus sur l'instant même et auxquels on se refuse à croire malgré les preuves les plus manifestes, mais qui, avec un peu de recul, se voient mieux.
>
> Celui-là se verra par les conséquences qui ne peuvent manquer d'être mauvaises. Car le gouvernement des banquiers est à courte vue et ne tient compte ni des causes qui font agir les peuples ni des effets de mesures qui, judicieuses dans la conduite d'un établissement de crédit, ne suffisent pas à la conduite des nations.

Il y a dans ces lignes un jugement de fait et une appréciation. Même si nous faisons le compte d'une certaine exagération dans le premier, nous ne pouvons pas le contester ; même si nous refusons d'attribuer aux banquiers une ambition aussi vaste que celle de gouverner le monde, nous ne pouvons pas nier que

1. La conférence de Londres a eu lieu du 16 juillet au 16 août. Elle entérinera l'application du plan Dawes qui prévoit le retrait des troupes françaises de la Ruhr au bout d'un an et le paiement de 7 milliards 170 millions de marks-or échelonné sur cinq ans et à mettre en exécution sans délai.

2. Article signé J. B. paru dans l'édition du mercredi 23 juillet sous le titre « Essai d'un gouvernement du monde par les banquiers ». Jacques Bainville (1879-1936), membre éminent et influent, à côté de Charles Maurras et Léon Daudet, de l'Action française.

leur intervention n'ait eu un caractère tout à fait despotique et ne représente une immixtion vraiment extraordinaire des puissances financières dans les affaires politiques.

Reste à savoir comment ce fait doit être apprécié. M. Bainville en souligne avec une sorte de certitude dédaigneuse l'immanquable nocivité : la chose, pour lui, semble aller d'elle-même ; les banquiers « ne tiennent pas compte des causes qui font agir les peuples » ; ils appliquent telles quelles à « la conduite des nations » des « mesures » tout juste suffisantes à la bonne gestion d'un quelconque établissement de crédit ; c'est folie que de céder à leurs exigences.

Pourtant, dans la suite de son article, il indique avec la plus grande netteté ce qui donne actuellement une si grande autorité aux détenteurs de l'argent, ce qui nous met pour ainsi dire à leur merci : « C'est, ni plus ni moins, l'appauvrissement de l'Europe. Les États européens ont tous un besoin impérieux de capitaux[1]. »

Dans un article fort curieux, paru dans le numéro du 24 juillet, le chroniqueur du *Temps*, qui semble avoir pris, depuis le changement de gouvernement, une hardiesse de pensée qu'on ne lui soupçonnait pas sous le régime poincariste, analyse, lui aussi, les raisons pour lesquelles l'Allemagne a un besoin urgent de capitaux et signale que c'est principalement « pour exploiter son outillage : la débâcle du mark a en effet laissé, en Allemagne, une sorte de "table rase" qui rappelle l'état d'un pays neuf ». Il ajoute : « Constatons que l'Allemagne n'est pas seule à désirer des capitaux de placement. Ses créanciers, dans la mesure où ils ont besoin de vendre les obligations Dawes sont dans une situation analogue[2]. »

Mais plus logique et surtout plus pénétrant que M. Jacques Bainville, il ose arriver à cette conclusion : « En prenant contact avec l'Allemagne à la conférence de Londres ou ailleurs, la politique française doit se proposer de faire que les besoins du Reich et ceux du Trésor français, l'un et l'autre intéressés à attirer les

1. La suite de l'article de Jacques Bainville débouche sur une pique polémique contre les gouvernements britannique et français du moment : « C'est pourquoi ils sont sous la dépendance des détenteurs et dispensateurs du capital qui peuvent dicter leurs conditions. À cette fin, il leur faut des gouvernements amorphes et mous, et c'est ce qui explique leur prédilection pour les gouvernements démocratiques et socialisants avec lesquels ils collaborent de si bon cœur. »

2. Article non signé, portant sur la conférence de Londres. Il est daté du 23 juillet et figure à la une du journal sous le titre : « L'autre interlocuteur : l'Allemagne » dans la rubrique « Bulletin du jour ».

capitaux étrangers sous la forme de placements à long terme, ne se nuisent pas entre eux, mais s'entraident au contraire pour obtenir satisfaction. »

Le problème est ici placé sur son véritable terrain. Et si l'on accepte de le poser dans ces termes, on s'aperçoit que l'intervention des banquiers à la conférence de Londres, loin de devoir être considérée comme funeste, était, au contraire, malgré le coup désagréable qu'elle a pu nous porter, absolument indispensable pour nous éviter de nouveaux déboires et pour donner quelque efficacité pratique aux résolutions que prendra finalement l'assemblée.

Tout le monde convient qu'il faut trouver de l'argent, que la machine économique du continent, détraqué à fond par la guerre, ne peut être remise en train que si l'on apporte du dehors l'aliment de capitaux frais. Mais pour que l'argent revienne, il faut que des conditions normales de placement soient créées ; il faut que les prêteurs aperçoivent à la fois un intérêt et des garanties. Si nous nous mettons par la pensée à la place de ces prêteurs, nous imaginerons-nous disposés à verser bonnement notre or – qu'on veuille excuser le caractère prudhommesque de ma métaphore, – dans une chaudière encore brûlante où il risque de fondre en un instant ?

Il a fallu cinq ans pour arriver à cette découverte, que l'argent ne pouvait être trouvé que là où il est. Espérons qu'il ne faudra pas cinq autres années pour apercevoir qu'il ne peut être conduit là où il fait besoin que par une pente et une canalisation appropriées.

En réalité nous assistons en ce moment à un lent dégagement des véritables problèmes de l'après-guerre. On peut dire que jusqu'ici ils ne s'étaient même pas posés à l'imagination des hommes d'État. N'y a-t-il pas quelque chose de paradoxal à penser qu'aucun d'eux n'avait, par exemple, jusqu'à ces derniers temps, remarqué qu'il pouvait y avoir une question des « transferts » ?

Les politiciens semblaient avoir décrété la suspension jusqu'à nouvel ordre des lois physiques en ce qui concerne la richesse : ils s'imaginaient que la richesse allait obéir à leurs décisions et se repartirait docilement suivant de pures convictions morales.

En d'autres termes, pendant cinq ans, ils ont cru à la « lévitation » en matière économique.

Peu à peu les véritables données de la situation se dévoilent, dans toute leur immoralité. On s'aperçoit que les pauvres ne peuvent pas se passer des riches et que le problème de la réorganisation européenne ne suit pas du tout les contours, le profil du problème éthique que la guerre était censée poser.

C'est pour la France que la déception est la plus cruelle, car c'est elle qui a vécu avec le plus d'intensité le grand mythe de la guerre du droit. Dans les débats qui ont précédé, aux Communes[1], la conférence de Londres, il s'est trouvé des orateurs pour stigmatiser la conception même des réparations, comme s'opposant à tout progrès vers un règlement.

Il est également symptomatique que l'Amérique mette un tel acharnement à diminuer l'influence et les pouvoirs de la Commission des réparations ; son arrière-pensée est assez clairement exprimée par le *Times*, qui écrit : « Il est probable que M. Hughes[2] désire que les décisions de la conférence soient de telle nature qu'elles permettent aux États-Unis de participer plus activement aux affaires européennes, dans des conditions qui les laisseront en dehors des organismes établis par le Traité de Versailles et qui ne les impliqueront pas dans la situation créée par la récente politique française de la Ruhr. »

La France est ainsi invitée à oublier ce que le *Star* appelle brutalement « sa chimère » et à accepter non seulement les conditions, mais la vision même que les États en mesure de prêter de l'argent, se font de la situation.

Cette dernière accommodation est, je crois, la plus pénible qu'on puisse lui demander ; mais je n'ai aucunement l'impression d'être insensible aux intérêts de mon pays en affirmant qu'elle est nécessaire et que M. Herriot n'a aucun moyen de jouer un rôle utile et de bien mériter de sa patrie qu'en y aidant.

Il y aurait en effet à souligner tous les avantages qu'elle peut immédiatement entraîner. La phrase de *Times* indique un des plus importants. Aucun Français raisonnable ne peut être indifférent au fait que l'Amérique retrouve quelque intérêt pour les affaires européennes. Le gouvernement de M. Poincaré a même fait une assez grande consommation de flatteries pour l'incliner dans ce sens ! La véritable occasion s'offre aujourd'hui : ce sera faire preuve de bon sens et d'énergie, malgré tout ce que la presse

1. La Chambre basse anglaise (House of Commons).
2. Charles Evans Hughes (1862-1948), ministre des Affaires étrangères du président américain Warren G. Harding de 1921 à 1925.

d'opposition pourra dire de ces nouvelles Fourches Caudines, que de ne pas la laisser passer.

« Une communauté européenne »[1] ?

Cette fois, c'est la première, il nous est permis de respirer un peu. Le dur effort d'optimisme que nous nous imposons depuis si longtemps, vient de recevoir un commencement de récompense.

Ne perdons pas le ton. C'est encore piano qu'il nous faut chanter notre joie. Bien des facteurs rendent encore l'avenir trouble et difficile. Mais un grand effort de raison a été accompli par tous ceux qu'on pouvait à bon droit, il y a encore à peine un mois, appeler les belligérants. Des hommes d'État se sont enfin rencontrés pour lutter, non plus, comme leurs prédécesseurs, contre l'évidence et la nécessité, mais, au contraire, contre les monstres d'opinion qui encombraient le terrain et faussaient tous les problèmes.

Pour cette nouvelle tâche, il ne fallait pas moins de courage que pour la première ; il y fallait plus d'esprit.

On ne nous empêchera pas de nous féliciter que la France ait été à la tête de ce mouvement vraiment régénérateur, ni de remercier M. Herriot de l'indépendance et de l'intrépidité dont il a fait preuve. Les votes de confiance qu'il a recueillis à la Chambre et au Sénat, démontreront, il faut l'espérer, d'une façon, définitive à l'étranger que l'opinion française s'est ressaisie et entre avec force dans la voie des possibilités.

La politique de M. Poincaré est sortie fort compromise des débats parlementaires. Des erreurs nouvelles y ont été découvertes, et malgré toute la réserve qu'a loyalement observée M. Herriot, il est devenu impossible de ne pas penser, comme l'a fait ressortir M. Léon Blum, qu'elle a été la cause véritable et essentielle de toutes les difficultés rencontrées à Londres par la délégation française.

---

1. *Luxemburger Zeitung*, 9 septembre 1924.

L'affreuse conviction dont souffre en toutes choses M. Poincaré, lui a permis de donner encore la tournure d'un acte d'accusation à son discours du Sénat, qu'il eût dû bien plutôt concevoir sur le mode d'un plaidoyer. Mais sa position n'en est que plus affaiblie. Quel crédit désormais pourront faire les Français vraiment amis de la France à un homme qui avoue avoir refusé « par deux fois l'occasion d'obtenir de l'Allemagne des traités de commerce avantageux », qui a laissé perdre l'offre que nous faisait l'Angleterre d'une garantie militaire et de la quasi-abolition de notre dette, et qui n'a même pas su donner à la Ruhr la valeur d'un gage de sécurité ?

« Qu'on me juge donc, s'est écrié M. Herriot, mais qu'on me laisse le droit de dire que je me battais le dos à un mur, à un mur que je n'avais pas construit. » Ce mur, c'est M. Poincaré qui par son intransigeance, par son aveuglement et par l'hypocrisie de sa déclaration d'entrée dans la Ruhr, l'avait construit. Il n'a le droit aujourd'hui que de garder un silence qu'aussi bien la prudence devrait lui conseiller.

Nous sommes peut-être en une peu meilleure posture que lui pour juger, comme nous y sommes invités, l'œuvre accomplie à Londres par M. Herriot.

« Je remercie M. le Président du Conseil, a dit M. Léon Blum, d'avoir rétabli un commencement de communauté européenne. » C'est évidemment à peu près à quoi se résume ce que M. Herriot a rapporté. Aux yeux de M. Poincaré et suivant sa propre expression, c'est « le néant ». Aux nôtres, c'est beaucoup davantage.

C'est quelque chose en soi, d'abord ; car nous sommes de ceux que l'Europe aussi intéresse, et qui croient à son unité, et qui font des vœux pour que cet organisme, le plus complexe, le plus délicat, le plus intelligent qu'il y ait au monde, retrouve enfin la santé.

Mais c'est aussi quelque chose au point de vue des intérêts français. Car la voie où nous étions engagés, ce double effort contre l'Allemagne et l'Angleterre passait nos forces et nous conduisait visiblement à l'humiliation et à la ruine. Ce « commencement de communauté européenne », que M. Herriot a rétabli, si nous savons l'exploiter avec tact, nous apportera plus de satisfactions matérielles et consolidera mieux notre position de « vainqueurs » que le vague droit à prendre isolément des sanctions qu'on a reproché au nouveau gouvernement de ne s'être pas assez explicitement réservé. (Car il faut remarquer ceci : que toute l'ambition des poincaristes – du moins celle-là seulement qu'ils osent avouer – ne tend à rien de plus qu'à nous permettre de prendre l'Allemagne en faute : ce sont ses manquements seuls qui les intéressent ; une Allemagne qui s'exécuterait, déconcerterait toute leur politique, leur paraîtrait un monstre.)

« Une communauté européenne ». Oui, c'est ce que nous voulons. Mais encore faut-il savoir ce que nous mettons sous ce mot. Certains, parmi nos socialistes et même parmi nos radicaux, auraient peut-être une tendance à lui donner un sens trop idyllique et à concevoir comme fondement suffisant de la paix générale le seul effort des bonnes volontés.

Notre rôle ici est de combattre l'utopie sous toutes ses formes. L'utopie nationaliste était la plus cachée, la plus larvée, la plus difficile à démasquer : c'est pourquoi elle devait être assaillie avec le plus de force. Mais ce n'est pas une raison pour ne pas nous opposer aussi à l'utopie plus bénigne et plus franche qui hante peut-être maintenant certains cerveaux.

« Une communauté européenne » : cela ne peut vouloir dire qu'une chose : un agencement, un ajustement, le moins imparfait qui soit possible, des divers intérêts européens. Nous ne nous lasserons jamais de répéter que la paix ne peut être fondée solidement entre deux ou plusieurs peuples que par la réduction au même dénominateur de leurs chances respectives de prospérité.

Or à cet égard, et dans cette voie qui est la seule où il y ait à chercher, M. Herriot a peut-être commis à Londres une faute assez grave ; il n'a peut-être pas poussé jusqu'où il eût fallu, cette intrépidité dont nous le félicitions tout à l'heure. En s'obstinant à n'évacuer la Ruhr que dans un an, il a cru faire preuve de la fermeté maximum. En réalité, il se laissait conduire par l'opinion publique française et par le spectre encore menaçant du poincarisme. Tranchons le mot : il songeait à sa situation électorale.

Ce qu'il fallait, c'était échanger vivement la Ruhr contre un traité de commerce avec l'Allemagne. Je dis : vivement, parce que l'Angleterre était là, et qu'il n'y avait qu'un moyen de forcer son opposition, c'était de la surprendre.

M. Macdonald nous avait mis d'autorité en tête à tête avec les Allemands : il fallait profiter du double fait qu'il nous imposait cette négociation et qu'il affectait de s'en désintéresser, pour lui faire produire une entente concrète et foncière, une entente économique avec l'Allemagne.

Sans doute la manœuvre a été amorcée, mais mollement, et à la première résistance allemande, aux premières observations britanniques, abandonnée.

Son importance pourtant, ou plutôt l'importance du résultat auquel elle tendait, a été assez fortement soulignée d'un côté par l'explosion de mauvaise humeur de M. Philipp Snowden[1], de l'autre par le fait que M. Stresemann, pour défendre les accords de Londres devant le Reichstag, a pu faire valoir que le prolongement de l'occupation laissait du moins à l'Allemagne toute liberté dans les futures transactions économiques[2].

C'est un fait, à la charge de M. Herriot, que la Ruhr n'aura été négociée ni contre des garanties de sécurité (ce qui était impossible, il est vrai, par la faute de M. Poincaré, et d'ailleurs secondaire, nous expliquerons pourquoi un autre jour), ni contre un traité industriel.

Sans doute ce traité, le gouvernement l'a inscrit à son programme et il s'élaborera encore sous le régime de l'occupation ; mais aucune clause ne pourra plus en être liée à l'évacuation, qui a été promise inconditionnellement et dans un délai fixe, et l'Allemagne n'aura qu'à patienter pour tenir sur les positions qu'elle aura choisies.

Espérons pourtant que ses véritables intérêts lui apparaîtront assez clairement pour la rendre conciliante dans cette négociation dont son avenir dépend autant que le nôtre.

Mais il y aura l'autre obstacle : l'Angleterre avertie et sourcilleuse, et qui déjà a obtenu le droit de surveiller la tractation. Nous aurons fort à faire pour empêcher qu'elle ne la compromette ou ne la fausse. Mais si c'est encore M. Macdonald qui est au pouvoir à ce moment-là, nous pouvons espérer de lui faire entendre

1. Philip Snowden (1864-1937), premier chancelier de l'échiquier travailliste, nommé en janvier 1924 par le Premier ministre Ramsay MacDonald.

2. Dans son discours du 23 août 1924 devant le Reichstag. Le 16 août 1924, la conférence de Londres s'était terminée par la signature d'un accord des États participants sur l'entrée en vigueur des conclusions du rapport d'experts (le plan Dawes). Concernant la question de l'évacuation militaire de la Ruhr, la délégation allemande avait accepté le délai minimum d'un an réclamé par la France, le Premier ministre français Herriot ayant en contrepartie accepté que le délai commence à courir le 15 août 1924 et ayant donné des assurances personnelles quant à l'évacuation rapide de certaines petites régions.

que les principes mêmes au nom desquels il nous a morigénés, à savoir la nécessité objective, de rétablir la paix et les échanges économiques, impliquent qu'une étroite coopération s'organise entre les industries française et allemande. Il y aurait une telle contradiction, si criante, si révoltante, entre la morale dont il s'est inspiré jusqu'ici et toute obstruction qu'il tenterait de faire à notre entente avec l'Allemagne, que le génie logique des Français serait impardonnablement en défaut s'il n'arrivait pas à l'exposer aux yeux du monde d'une façon qui la rendit insoutenable, et qui désarmât l'Angleterre.

P. S. – Il y aurait de nombreuses réflexions à faire, pour lesquelles la place nous manque, sur les récents débats du Reichstag. Ils ont révélé la survivance en Allemagne d'une mentalité fort dangereuse. On peut espérer pourtant que le parti nationaliste aura perdu, dans cette affaire, une partie de son prestige et que son accession au pouvoir, qui serait en ce moment un scandale inouï sera finalement empêchée.

Le problème de la sécurité[1]

Une phrase de mon dernier article a pu étonner, ou même choquer certains de mes lecteurs : c'est celle où je semblais insinuer que la sécurité de la France était un problème d'ordre secondaire[2]. Je promettais d'ailleurs quelques explications ; mais déjà j'espère qu'on aura compris, ou deviné ma pensée véritable ; je l'ai assez souvent exprimée ici.

Aucune garantie de sécurité ne me paraît pouvoir être aussi solide que celle qui consisterait dans un ajustement des intérêts français et allemands : plutôt que contre une charte de non-agression je trouvais donc opportun d'échanger la Ruhr, si un échange eût été possible, contre un bon traité commercial. Rien ne me semblait pouvoir conduire à une meilleure stabilisation de nos rapports

1. *Luxemburger Zeitung*, 16 octobre 1924.
2. Voir l'article précédent du 9 septembre 1924.

avec l'Allemagne que la reprise, intelligemment réglementée, de cette « osmose » naturelle qui se produisait avant la guerre entre les deux systèmes économiques.

Est-ce à dire que l'œuvre qui vient d'être entreprise à Genève par la Société des Nations doit être considérée comme futile et négligeable[1] ? Cette pensée est aussi loin de moi que possible. L'enthousiasme que les négociateurs ont manifesté un peu naïvement pour leur propre performance, je le partage dans une grande mesure ; et il ne me paraît pas qu'aucun esprit sensé puisse s'y refuser complètement.

Libre à ceux que tout programme de paix semble offenser personnellement, de se répandre en railleries et de faire ressortir, avec cris et exagération, ce que celui-ci comporte forcément encore de précaire. Ce n'est pas par là que nous commencerons.

Dans le discours où il a résumé et magnifié les résultats obtenus, M. Briand s'est peut-être montré un peu trop « grand orateur » ; mais il a fort bien fait apparaître ce qu'avait de nouveau, et de profondément réjouissant, le propos formé par cinquante-quatre nations de mettre à l'avance toutes les entraves possibles aux guerres qu'elles seraient tentées de se faire. Pour la première fois depuis longtemps on a vu se faire jour, parmi les gouvernements (probablement parce qu'elle s'était fait jour parmi les peuples) une intention franchement désintéressée. La politique ne nous a guère habitués à ce genre de spectacle.

« Cette nouvelle alliance, à la différence des anciennes, a fort bien dit M. Paul-Boncour[2], n'est pas restreinte à un groupement d'intérêts déterminés. Elle n'est pas dirigée contre un autre groupement d'intérêts. Sans doute elle vise l'ennemi possible ; mais cet ennemi-là n'est pas le voisin de frontières, ni le rival heureux

1. Rivière fait allusion au « Protocole de Genève pour le règlement pacifique des différends internationaux », une proposition conjointement présentée par le Premier ministre britannique Ramsay MacDonald et son homologue français Édouard Herriot à la Société des Nations. Ce protocole préconisant un arbitrage obligatoire des conflits internationaux et une assistance mutuelle face aux agresseurs fut approuvé le 2 octobre par les 47 États membres lors de la cinquième assemblée générale de la Société des Nations mais jamais ratifié par la Grande-Bretagne qui, lors des élections du 29 octobre, verra le retour des conservateurs au pouvoir avec Stanley Baldwin comme Premier ministre. Ce protocole ne rentra donc jamais en vigueur.

2. Joseph Paul-Boncour (1873-1972), socialiste indépendant, député de la Seine réélu en 1924, membre des commissions de l'armée et des affaires étrangères.

d'une concurrence économique... L'ennemi ici est anonyme. Il se précisera le jour où l'arbitrage l'aura désigné. »

Oui, il y a là certainement un fait nouveau (une intention généralisée devient un fait) et dont on ne peut assez célébrer l'importance. Ce « commencement de communauté européenne », que M. Herriot pouvait se féliciter d'avoir rétabli à Londres, s'est incontestablement affermi à Genève.

Il ne s'agit pourtant pas seulement de constater que peuples et gouvernements ont déclaré la guerre à la guerre : il faut voir comment ils entendent la combattre, et si leur armement est bon. Autrement dit, il faut examiner le texte du protocole.

M. Briand, dans son discours, a fort bien souligné un des effets, le plus important à mon sens, qu'il peut avoir. Se demandant d'où naissait la guerre : « D'une atmosphère mystique, s'est-il répondu à lui-même, créée par le déchaînement des amours-propres nationaux. » Mais justement une atmosphère mystique est essentiellement instable : elle résiste assez difficilement aux conversations, aux discussions, à la réflexion. Si le protocole n'avait pas d'autre utilité que de faire ajourner les déclarations de guerre et de laisser aux bons esprits, dans « les deux parties au différend », le temps de se reprendre et d'agir, on peut dire qu'il contribuerait déjà notablement à fortifier les chances de paix.

On est effrayé de voir la part que le sentiment, qui pourtant semblerait ne pouvoir se manifester qu'au profit de la paix, a eu dans le déclenchement de la plupart des guerres. Même les hommes d'État ne réussissent que rarement à y échapper. Le dépouillement des archives sur les origines de la grande guerre nous fait apparaître tous les jours des ambassadeurs sanglotants, des ministres saisis de fébrilité, des empereurs ou consternés ou furieux, échangeant des télégrammes burlesques et passionnés. On imagine assez bien l'intelligence des gestes que ces gens-là pouvaient faire dans cet état. Qui sait si la grande guerre n'est pas due avant tout à une monstrueuse « frousse » mutuelle qui a saisi tous les personnages pourvus de responsabilités ? Tout ce qui pourra être fait, en période de calme, pour assurer en période de trouble, le règne continu de la raison, devra être salué comme un progrès immense vers la consolidation de la paix. Le protocole va bien dans ce sens et représente une appréciable offensive contre le hasard et contre l'inspiration où tant de conflits ont pris leur naissance.

Pourtant le moment est venu de signaler le caractère encore bien fragile des barrières qu'il oppose à la guerre. Même freinée par la procédure de l'arbitrage, même intimidée par l'aspect de parjure que revêtirait, après qu'elle aura apposé sa signature au bas du pacte, sa déclaration de guerre à une nation cosignataire, – une nation, poussée par un malaise économique profond, ou par une surpopulation gênante, ou par une ambition coloniale fortement ancrée dans sa masse, hésitera-t-elle jusqu'au bout à recourir aux armes ?

Oui, si une menace matériellement assez grave pour fortifier son sens de l'honneur pèse sur elle. Non, si elle ne doit encourir qu'une réprobation toute platonique. La délégation française à Genève a suivi le simple bon sens en insistant jusqu'au bout avec force sur la nécessité de déclencher immédiatement des sanctions en réponse à toute rupture du pacte par une partie quelconque.

Malheureusement on s'est retrouvé sur ce point en face des inébranlables égoïsmes nationaux, autant dire à pied d'œuvre, ou, si l'expression est possible, à pied de problème. On a vu l'Angleterre, dans un accès de désintéressement inouï, faire briller un moment sa flotte comme un sublime instrument d'intimidation mis à la disposition de la Justice et du Bon Droit ; mais on l'a vue, pensant tout à coup à d'autres usages plus intéressants qu'elle en pourrait faire, la remettre en poche et l'on a entendu Lord Parmoor[1] s'écrier qu'il « était à peine nécessaire de démentir l'absurdité » d'une proposition qu'il avait pourtant formulée nettement lui-même.

Quant aux autres pays, ils ont bien voulu promettre une plus ou moins vague assistance économique au pays éventuellement attaqué et une plus ou moins vague rupture de relations avec l'État agresseur. Mais quand il s'est agi d'engagements militaires, on s'est retrouvé devant le simple réseau des « accords particuliers » qui n'est rien de plus qu'un nouveau nom pour l'ancien système des alliances, dont les dangers ont été suffisamment éprouvés.

On peut dire qu'après les travaux de Genève, le problème des sanctions reste entier, et ce n'est pas mauvaise humeur pure ni

1. Charles Alfred Cripps, 1st Baron Parmoor (1852-1941), membre de la Chambre haute (House of Lords) depuis 1914, *Lord president of the Council* du 22 janvier 1924 au 3 novembre 1924, depuis septembre 1924 représentant, à la demande du Premier ministre Ramsay MacDonald, à la Société des Nations.

pur scepticisme que de prétendre qu'aussi longtemps qu'il ne sera pas résolu, il manquera au « protocole pour le règlement pacifique des différends internationaux », une âme.

Est-il possible à la France, dans ces conditions de désarmer ? Nous ne le pensons pas, – du moins aussi longtemps qu'elle n'aura pas trouvé le moyen de s'engrener économiquement avec l'Allemagne. Les invitations de M. Macdonald à « tuer la guerre » par le désarmement immédiat étaient puériles. Mais parce que le bon sens français a réussi à le faire rétablir comme but, au lieu de moyen, le désarmement n'en est pas devenu plus facilement réalisable. Nous en sommes séparés, irrémédiablement encore, par l'organisation, on l'a vu bien problématique, d'une force internationale suffisante, ou par l'invention d'un statut normal entre la France et l'Allemagne, d'une « symbiose » franco-allemande. Tout gouvernement français qui songerait à nous démunir de notre appareil militaire avant d'avoir obtenu l'une ou l'autre de ces garanties, rencontrerait l'opposition du pays tout entier.

Le triomphe des conservateurs en Angleterre[1]

Faut-il considérer la victoire si complète et si décisive que viennent de remporter les conservateurs en Angleterre comme une remise en question de tous les résultats obtenus, au cours des derniers mois, par les patients et méritoires efforts de MM. Macdonald et Herriot[2] ?

La presse réactionnaire française s'est souvent appliquée à faire ressortir combien, malgré les principes antagonistes qui eussent dû l'inspirer, M. Macdonald avait, en fait, fidèlement prolongé la politique du précédent cabinet et elle n'a pas manqué de dauber sur

1. *Luxemburger Zeitung*, 21 novembre 1924.
2. Stanley Baldwin et les conservateurs remportèrent une victoire écrasante lors des élections à la Chambre basse. Avec 412 sièges sur 615, les tories disposent d'une majorité absolue. Malgré un gain de 2 % des votes, le Labour Party de Ramsay MacDonald perdit 40 sièges pour en arriver à 151, les libéraux quant à eux descendent à 39 sièges (contre 157 aux élections de 1923).

le jobardisme de nos gouvernants qui ne savaient pas reconnaître à l'œuvre le persévérant et inflexible égoïsme britannique. On pourrait aujourd'hui lui retourner son observation et ses remontrances et lui déconseiller de triompher trop bruyamment d'un changement de personnel qui, a priori, n'a pas plus de raison que le précédent d'amener un changement de la politique que suit l'Angleterre à notre endroit.

En fait, M. Stanley Baldwin vient de déclarer avec beaucoup de netteté et de précision son intention de respecter le protocole de Londres et de poursuivre l'application du plan Dawes. Il a même tenu à se montrer tout de suite en accord avec M. Herriot, et nous pouvons être certains qu'il ne songe pas en effet à contester le règlement si péniblement obtenu du problème des réparations.

C'est l'avantage qu'il y a dans les relations avec les peuples peu intellectualistes, que les principes dont on aurait à craindre les effets, n'emportent jamais, chez eux, toutes leurs conséquences et qu'au parti vainqueur la tentation ne viendra jamais de briser, par pure logique, s'il y découvre quelque valeur concrète, les réalisations dues aux doctrines qu'il a combattues. En France, c'est vrai, que tout avènement au pouvoir d'un parti nouveau fait, à proprement parler, révolution : tout ce qui peut être changé, est changé, rien que pour montrer qu'il y a quelque chose de changé. L'Angleterre, on l'a remarqué depuis longtemps, et on n'a pas tort de le souligner de nouveau, a une conception beaucoup plus forte de la continuité qui s'impose à toute action pratique et ses divers gouvernements se transmettent, si j'ose dire, des lisières qu'ils n'éprouvent, ni les uns ni les autres, aucune envie de discuter ni de déborder. Ceux qui dépendent de leur conduite sont ainsi à l'abri de toute grosse surprise.

Pourtant il y a l'envers de cet avantage, dont nous risquons, en ce moment, de faire l'expérience : c'est que les changements de gouvernements, donc de principes, sont en général chez de tels peuples, et en particulier chez les Anglais, l'effet et le signe d'une difficulté rencontrée dans la voie pratique, et préparent quelque astuce pour la tourner. Si les bouleversements et les subversions radicales sont exclus, il faut néanmoins inférer de toute transformation théorique à une relative, mais imminente modification des actes. De même que la théorie ne suffit pas à désorienter l'action, de même ce sont les besoins de l'action qui, en dernière analyse, commandent et expliquent les avatars de la théorie. Si l'Angleterre a arboré tout à coup une teinte conservatiste si générale et si éclatante, ne supposons pas que ce soit à la suite d'une longue méditation sur les beautés de la doctrine : c'est évidemment par malaise organique, par crainte du bolchevisme et de l'impôt sur le capital – spectres insupportables à tout le vieil Occident ; mais c'est aussi, en grande partie, pour se tirer du mauvais pas de Genève.

Il est bien évident que la politique qu'a suivie M. Macdonald dans ce qu'on pourrait appeler « l'affaire de la sécurité » représentait, aux yeux de la grande majorité des Britanniques, une imprudence et presque un impair. On le lui avait d'ailleurs si bien donné à sentir, sur le moment, que Lord Parmoor[1] s'était vu contraint à une première reculade devant l'Assemblée de la Société des Nations et avait rembarqué, si j'ose dire, la flotte anglaise qu'il avait d'abord magnifiquement offerte à la cause internationale.

Mais dans le protocole[2], tel qu'il fut finalement adopté, il y avait encore trop de clauses inacceptables pour les nerfs anglais. Et une seconde dérobade dut être immédiatement envisagée.

Essayons d'être tout à fait objectifs : dans cette phobie pour les engagements continentaux qu'a toujours montrée l'Angleterre, et dont elle subit en ce moment un nouvel accès, il entre pas mal de cet insularisme quasi morbide que nous avons pris l'habitude de lui reprocher à tout bout de champ. Mais la raison n'est pas absente de cette crainte et si la mode venait jamais que les peuples parlassent avec franchise des motifs qui les gouvernent, l'Angleterre ne serait pas embarrassée de nous faire remarquer, à nous autres continentaux, qu'à tous ses élans vers nous s'oppose le formidable contrepoids de ses Dominions. Ce qu'elle montre d'indifférence, à nos yeux anormale, à la paix européenne, est dû, en grande partie, au souci qu'elle doit sans cesse garder de la paix dans l'Empire.

Mais elle pourrait s'engager, dira-t-on, sans engager les Dominions. – Sans doute, mais que feraient les Dominions, quand ces engagements auraient abouti à l'impliquer à nouveau dans quelque bonne guerre bien absorbante sur le continent ? Ce qu'elle aliénerait de son indépendance à notre égard, les Dominions le reprendraient immédiatement vis-à-vis d'elle. Voilà sa crainte et voilà la considération qui la rendra pour jamais timide et réticente en

1. Voir notes de l'article du 16 octobre.
2. Il est question du protocole de Genève adopté lors d'un vote préliminaire de l'assemblée générale de la SdN par les 47 États membres mais jamais ratifié par le nouveau gouvernement britannique (voir l'article précédent).

matière de pactes internationaux. Je vois, pour ma part, dans le résultat des dernières élections, avant tout un truc de l'instinct de conservation anglais pour échapper aux liens et aux ficelles que le ministère Macdonald avait laissé jeter autour de la grande baleine britannique. Et je pense qu'il faut nous attendre à voir proposer par M. Baldwin de tels amendements au protocole que le peu d'efficacité qu'avec beaucoup d'optimisme on pouvait encore lui supposer s'évanouira complètement.

Que faut-il en conclure ?

Ce que la raison, il me semble, depuis longtemps, depuis avant ce dernier incident, nous indiquait : à savoir qu'il n'y aura de paix européenne que quand un accord direct, organique et profond se sera établi entre la France et l'Allemagne. C'est une politique de pur empirisme que de chercher la guérison de l'Europe par l'application sur la plaie toute vive de cet emplâtre qui ne tiendra jamais, qui ne collera jamais : l'Angleterre. Guérissons la plaie d'abord ; recousons les chairs. Et que l'Angleterre serve après coup, si elle veut bien s'y prêter, de pansement : c'est tout ce que nous devons attendre d'elle.

On a vu de quel pauvre appui elle nous a été pendant tout le temps où nous avons voulu nous servir d'elle pour « faire payer » l'Allemagne. Il n'y a pas de raisons pour qu'elle devienne plus active plus dévouée, quand il s'agira de nous défendre contre une possible agression de celle-ci. Détruisons donc d'abord la possibilité même de cette agression par l'invention d'une solidarité nouvelle des intérêts franco-allemands. Le bruit a couru ces derniers temps qu'une entente s'était ébauchée entre les deux industries. Voilà la réponse qu'il nous faut donner aux successives rétractions de l'Angleterre que représentent le rejet du pacte de garantie (élaboré à Versailles après le rejet par l'Amérique), le rejet récent du pacte plus général de garantie mutuelle, proposé par la Société des Nations, enfin le rejet, encore virtuel mais imminent, du protocole de règlement pacifique que les dernières élections impliquent logiquement.

L'Angleterre peut avoir ses raisons, fort valables de ne rien faire pour le continent. Nous avons les nôtres, fort valables, et qu'elle nous fournit elle-même, de nous arranger entre nous.

Notes sur le nationalisme allemand[1]

C'est un dur calvaire que l'optimisme, j'entends que cet optimisme que nous nous sommes systématiquement imposés dans cette série d'articles. Il n'est pas facile de soulever les événements, quand ils ne veulent pas marcher tous seuls. Il est vrai que ce n'est pas utile, non plus ; car enfin à quoi bon faire des progrès qui ne seraient qu'imaginaires ?

Les élections allemandes ont semblé, un moment, répondre aux espérances de ceux qui souhaitent, qui attendent, qui veulent la paix. Beaucoup de gens se sont hypnotisés sur la régression visible qu'y ont subie les partis extrêmes. Les racistes vaincus, les communistes endommagés, il n'en a pas fallu davantage pour donner la sensation que l'Allemagne répondait enfin aux dispositions plus conciliantes que depuis six mois la France avait commencé à lui marquer[2].

---

1. *Luxemburger Zeitung*, 24 décembre 1924.
2. Face aux difficultés croissantes du gouvernement minoritaire de centre droit du chancelier Wilhelm Marx à faire voter une augmentation des impôts afin d'équilibrer le budget national, le président de la République Friedrich Ebert se voyait contraint de dissoudre le Reichstag le 20 octobre et d'organiser de nouvelles élections le 7 décembre 1924, tout juste sept mois après les élections du mois de mai. Les résultats semblaient signaler une accalmie des débats autour de la question des réparations, de l'occupation de la Ruhr et du plan Dawes. Ils semblaient surtout signaler une normalisation de la vie politique dans la république de Weimar. En effet, les partis antisystèmes de l'extrême droite et de l'extrême gauche sortirent perdants. Le NSDAP de Hitler nouvellement admis – Hitler, quant à lui, est libéré de prison par anticipation le 17 décembre – recule à 3 % des voix (et à 14 sièges contre 32 lors des élections du mois de mai), les communistes du KPD accusent également des pertes importantes et se retrouvent avec 9 % des votes exprimés et 45 sièges (contre 62 auparavant) au Reichstag. Le parti de la droite nationaliste, le DNVP, gagne, certes, 1 % et devient deuxième parti au Reichstag avec 103 sièges (sur 493) mais semble en voie vers un arrangement avec la République mal aimée. Mais ce sont surtout les partis du centre, du centre droit et le SPD qui sortent victorieux et renforcés. Le SPD reste le parti le plus important avec 26 % et 131 sièges. Le DVP de Stresemann, le Zentrum du chancelier Marx, les libéraux du DDP gagnent chacun entre 4 % et 6 %. Toutefois, Wilhelm Marx, reconduit en tant que chancelier par Ebert, restera à la tête d'un gouvernement de coalition minoritaire et dépendra du bon vouloir du SPD dans des questions de politique extérieure, et de la droite en matière de politique intérieure.

La réalité est un peu moins réjouissante. Sans doute le tableau qu'a publié le Vorwärts[1] et qui accuse une augmentation de plus de 2 millions de voix pour le bloc noir, rouge, or[2] contre un gain insignifiant de 22 000 suffrages pour le bloc noir, blanc, rouge, démontre que l'évolution de l'Allemagne vers la démocratie ne doit pas être encore considérée comme une simple illusion.

Mais enfin, la répartition des forces dans le nouveau Reichstag ne crée pas pour les partis qui ont assumé l'exécution du plan Dawes des facilités de gouvernement beaucoup plus grandes que la précédente. Au cours de la crise ministérielle, qui est encore en plein développement au moment où nous écrivons cette chronique, on a pu voir de nouveau le rêve, si longtemps caressé par M. Stresemann, d'un ministère nationaliste et populiste, sur le point de s'incarner, et il s'en est fallu de peu que les nouvelles élections n'aboutissent au résultat même que, dans l'intention du chancelier Marx, elles avaient eu pour but d'empêcher.

Plutôt que de faire des pronostics sur la façon dont pourra se dénouer ce nouveau « grippage » de la machine politique allemande, réfléchissons un peu à ses causes : essayons de comprendre pourquoi il est si difficile à l'Allemagne de trouver une voie nouvelle et surtout de l'adopter franchement.

Nous ne sommes pas de ceux qui expliquent tout refus du partenaire de jouer le coup qui leur serait avantageux par la simple « mauvaise volonté ». Ou plutôt, cette « mauvaise volonté », nous savons bien qu'elle n'est qu'un mot pour nous aider à avaler notre déception, et qui ne nous dispense pas du tout de chercher au-delà, d'entrer dans les motifs, ou dans les embarras qui déterminent en réalité la conduite de l'adversaire.

Eh ! bien, c'est un fait que l'Allemagne (laissons de côté sa situation matérielle) est tombée, moralement, par la guerre, dans un beaucoup plus grand abîme qu'aucun des autres pays européens. Pour bien mesurer cet abîme, il faut avoir devant les yeux les ambitions et les espoirs qu'elle nourrissait en 1914 et même pendant la plus grande partie de la guerre. On ne se réveille pas d'une aussi profonde transe somnambulique d'un seul coup. Le choc qui l'en a tirée, laisse encore des parties de son cerveau en plein rêve ; il faut que ses circonvolutions se raniment l'une après l'autre.

1. Organe du SPD.
2. Les couleurs de la République (contre le noir-blanc-rouge de l'Empire wilhelmien et des nationalistes antirépublicains).

Quand on y réfléchit, le racisme, le communisme étaient des étapes inévitables sur la route de sa réadaptation aux réalités sévères qui l'entourent. Si elle les a franchies à une allure qui, à nous spectateurs, peut nous sembler bien lente, c'est que l'espoir l'y retenait. Félicitons-nous qu'elle les ait, malgré l'espoir, aujourd'hui, franchement dépassées.

Et d'ailleurs, si elle s'y fût moins attardée, elles lui eussent laissé peut-être une dangereuse nostalgie.

Le nationalisme lui sera certainement plus difficile à surmonter, si même elle doit le surmonter jamais. Il est étroitement mélangé à ses habitudes et à ses besoins. Il est son besoin systématisé. Un peuple doué d'une aussi forte vitalité ne renoncera pas avant longtemps – avant d'avoir retrouvé justement un exercice normal de cette vitalité, un débouché à ses initiatives – à cette expression claire, têtue et violente de ses appétits qu'est le nationalisme.

Une bonne digestion et peu de choses à se mettre sous la dent : cela communique à tout organisme une attitude offensive, dont il ne se départira que rassasié.

Il y a quelque chose de physique dans la persistance et la solidité du nationalisme allemand : c'est la pauvreté prussienne, cette pauvreté presque congénitale, qui s'y exprime et s'y traduit, – cette pauvreté aujourd'hui d'autant plus exaspérée qu'elle s'est vue un instant comblée.

Rien ne pourrait actuellement, me semble-t-il, décourager le nationalisme allemand, rien ne réussirait à le compromettre de façon décisive aux yeux des masses, si ce n'est un échec, dont il apparaîtrait clairement responsable, dans l'ordre de la nutrition de l'Allemagne.

Le simple progrès de la réflexion et une sorte d'éveil spontané ont pu faire découvrir au peuple allemand ce qu'il y avait de fantaisiste, d'absurde, de littéraire dans les prétentions racistes. Ludendorff a d'ailleurs travaillé lui-même, avec une application remarquable, à éclairer ses clients sur sa totale incapacité politique[1].

Mais le programme nationaliste, aussi longtemps qu'il restera exposé à la pure contemplation de ses fidèles et qu'il n'aura pas à se réaliser, ne subira pas la moindre morsure de cette critique instinctive qui a détruit le racisme. Il faut que nous comprenions, en France, combien il peut être spécieux pour un peuple non pas

1. Voir l'article du 28 juin 1924.

peut-être misérable, mais en tout cas fortement déçu. Plus que spécieux peut-être : logiquement convaincant.

Et c'est ce qui m'a fait souhaiter une fois, ici, d'une façon qui a pu sembler paradoxale, que les nationalistes soient portés au pouvoir et mis à l'épreuve. C'était le seul moyen qu'il y eût de faire mentir la logique aux yeux des Allemands. Si M. Stresemann[1] était parvenu ces jours-ci à faire passer le gouvernail à ses amis de droite, on les aurait vus obligés ou bien de maintenir, contrairement à tous leurs principes, le cours choisi par leurs prédécesseurs, ou bien de faire des embardées qui eussent gravement compromis le relèvement de l'Allemagne.

Mais l'évolution de l'Allemagne vers une politique raisonnable et compatible avec la restauration européenne se fera probablement sans passer par cette catastrophe purificative, et d'une façon plus confuse et plus lente. Sans doute une nouvelle coopération des partis va-t-elle être essayée. M. Victor Lerouge, qui semble bien connaître les Allemands et qui donne au *Temps* des chroniques souvent très intéressantes, écrivait hier encore[2] :

> De manière générale les Allemands répugnent au principe de majorité sur lequel est basée toute démocratie. De même que leur vie privée se passe, sinon à concilier, du moins à laisser coexister les contraires, de même ils conçoivent le gouvernement comme la réunion de tous les partis, l'expression de la « *Volksgemeinschaft* », à l'exclusion des perturbateurs de droite ou de gauche.

---

1. Cette appréciation des intentions politiques de Stresemann est surprenante et semble en contradiction avec celles que Rivière a exprimées tout au long de ses chroniques des années 1923 et 1924. Il se méprend sur le rôle de Stresemann pendant l'année de crise 1923 où il impose, soutenu par le SPD, une ligne politique contre la droite nationaliste, tout comme il défendra, toujours contre les nationalistes du DNVP, le plan Dawes (à ce sujet, voir Heinrich August Winkler, *Der lange Weg nach Westen. Deutsche Geschichte 1806-1933*, C.H. Beck Verlag, 2000, p. 440-455). Rivière semble faire sienne l'analyse politique tout aussi surprenante du *Temps* publié le jour des élections en Allemagne (le 7 décembre). On y lit à la une dans la rubrique « Bulletin du jour » : « On a le sentiment que M. Stresemann, sous prétexte qu'il est nécessaire de relier l'Allemagne nouvelle à l'Allemagne d'hier, se résigne d'assez mauvaise grâce au ralliement à la Constitution républicaine et qu'il veut réserver l'avenir pour préparer les voies à une restauration impériale… »

2. Article paru sous le titre « En Allemagne. Le jeu du centre » dans l'édition du jeudi 18 décembre. Rivière semble donc avoir rédigé sa chronique le vendredi 19 décembre.

Psychologiquement, c'est un des effets de cet esprit de composition, de synthèse à tout prix, que j'ai décrit dans mon livre sur « l'Allemand » comme un des traits essentiels du génie germanique[1].

Mais il y a une autre explication que donne M. Lerouge, et qui me paraît très pertinente :

> Par éducation, écrit-il, les Allemands conçoivent surtout le gouvernement sous ses attributs administratifs ; sa tâche pour eux est non de lutter pour la réalisation d'un idéal, mais de travailler paisiblement à satisfaire le plus grand nombre d'intérêts possible.
>
> Quoique parlant toujours d'idéal, ils ne vivent que pour les intérêts particuliers. Les intérêts étant complexes et changeants, il s'ensuit une politique confuse et mouvante. Car l'idéal seul est clair et permanent.

On peut se demander s'il y a beaucoup de gouvernements qui aient en vue un idéal désintéressé : mais ce qu'il y a de très vrai, ici, il me semble, c'est que la faculté d'abstraction du Français lui permet d'élaborer une image de l'intérêt général assez simple et assez claire pour qu'elle puisse être qualifiée d'idéal, tandis que l'Allemand reste embourbé dans trop d'égards à trop d'intérêts particuliers et secondaires.

Réjouissons-nous pourtant de voir l'Allemagne persévérer dans son effort, – si complexes et si déconcertants parfois soient les mouvements par lesquels elle le poursuit, – pour retrouver le chemin de la collaboration internationale et pour répondre aux gestes éminemment pacificateurs dont les alliés ont pris depuis six mois, et même, si l'on y fait entrer la convocation du comité d'experts, depuis un an, l'initiative.

1. Intuition (juste) d'un avenir bien sombre malgré l'embellie (fort temporaire) qui semble s'annoncer en Allemagne ? Toujours est-il que Rivière choisit ce moment pour une réédition de *L'Allemand*, qu'il semble retomber sur des positions marquées par la psychologie des peuples et son expérience en captivité, positions qu'il avait laissées derrière lui tout au long de ses chroniques imprégnées d'un certain pragmatisme politique. Ernst-Robert Curtius, son homologue allemand dans la *Luxemburger Zeitung*, écrit à propos de cette réédition à Aline Mayrisch : « L'oubli s'était fait, et voici que les discussions vont recommencer… » (lettre du 21 décembre 1924, Aline Mayrisch de Saint-Hubert-Jacques Rivière, *Correspondance 1912-1925*, *op. cit.*, p. 171).

ŒUVRES D'IMAGINATION

UNE AUTRE PART DE LUI-MÊME

de Jean-Marc Quaranta

Ce que Rivière appelle ses « œuvres d'imagination » est la partie la moins connue, la moins étudiée et la moins appréciée de son travail d'écrivain. Son unique roman achevé, les quelques articles-poèmes en prose publiés et les brouillons du projet de « grand livre[1] » et de *Florence* font pâle figure à côté des articles de critique littéraire, musicale, picturale, des analyses politiques, au regard du travail de directeur de revue et d'éditeur et en face de l'abondante et remarquable production d'épistolier de Jacques Rivière.

Il le dit lui-même quand, en 1910, il écrit à Gabriel Frizeau : « Vous avez bien raison de préférer ma critique à mes œuvres d'imagination[2] », mais il ajoute tout de même : « (quoique je tienne assez aux "Beaux Jours") » qui est alors le titre du « grand livre » auquel il travaille. Le repentir partiel, que protège et souligne la parenthèse, est à relier à la date de cette déclaration : 1910. Rivière ne sait pas qu'il ne lui reste que quinze années à vivre, dont cinq se passeront en captivité et la quasi-totalité des autres au service de *La NRF*, c'est peu pour faire d'un étudiant en philosophie un romancier. Comme le rappelle Jean-Yves Tadié dans sa préface : « Rivière aurait sans doute souhaité être romancier », cependant son « intelligence entraînée à être abstraite ne laisse plus place à l'imagination[3] ». C'est sans doute ce qu'il y a de plus touchant dans ces textes de Rivière : la venue d'un homme à la forme narrative qui n'était pas son genre. Leur histoire est

1. *BAJRAF*, n° 127, 2011, p. 6.
2. Jacques Rivière-Gabriel Frizeau, *Correspondance (1906-1922)*, texte établi et annoté par Victor Martin-Schmets, Atlantica, 1998, p. 59.
3. *Supra*, p. XV.

celle d'une conquête, un chemin d'écriture, c'est ce qui la rend décisive pour saisir la personnalité de Jacques Rivière. C'est ce qui en fait aussi l'intérêt : on y apprend que l'écriture se conquiert, alors qu'on croit qu'elle ne fait que se donner.

Cette section réunit donc des textes qui ne sont ni de la critique, ni de la correspondance et témoignent des efforts de l'écrivain pour aborder les genres du récit et de la prose narrative. Certains n'ont pas paru de son vivant, ils sont extraits de sa correspondance (« Tentatives »), d'autres de ses brouillons (« Fragments manuscrits », « Portrait de G. Gallimard »), la plupart, peu nombreux, ont été publiés en revues et, pour *Aimée*, aux éditions Gallimard. Il manque à cet ensemble *Florence*, roman inachevé et renié au moment de la mort, publié par Isabelle Rivière et qui nécessiterait un nouveau travail éditorial pour lui restituer sa place dans un parcours d'écriture figé en son déploiement par la mort.

Les choses avaient pourtant bien commencé pour Jacques, si l'on en croit sa sœur, Jeanne qui se souvient que durant leur enfance, « au cours des repas il raconte des histoires de Peaux-Rouges » et qu'« à douze ans il écrivait une pièce *Les Noces sanglantes*[1] ». Les textes publiés ici témoignent d'une autre étape dans les années 1906-1912, le projet d'un « grand livre », d'abord essai puis roman philosophique, dont la matière se trouve dans le dossier « Œuvres ébauchées et notes diverses : "Les Beaux Jours" » de la bibliothèque municipale de Bourges[2]. De ce projet il ne reste d'abouti que l'article « Les Beaux Jours » publié en 1910 et à peine plus qu'un court chapitre d'un récit intitulé « Histoire de Noé Sarambuca qui avait le sens de l'orientation ». Datée de 1912, cette version se situe au moment où Rivière est sommé par Copeau, Alain-Fournier et André Gide d'écrire une œuvre d'imagination, comme il l'écrit à ce dernier :

> Vous, Copeau et Fournier (bizarre hein ?) avez exercé sur moi une pression morale, une sorte d'intimidation déplorable en affectant de me considérer comme un romancier, ou simplement comme un écrivain d'imagination. Je me suis débattu tant que j'ai pu. Toujours vous avez gardé un air sceptique, un air de confiance dans mes réserves qui me faisait supposer qu'elles existaient à mon insu. Je me disais : il ne faut pas que je sois plus bête qu'on me croit.

1. *La NRF*, octobre 1931, cité d'après Jean Lacouture, *Une adolescence du siècle. Jacques Rivière et la NRF*, *op. cit.*
2. Cote JR a.3 BJ /b79-80 /m73.

Il doit y avoir quelque chose que je ne vois pas, puisqu'ils ont l'air si convaincu[1].

Soumettant à Copeau « Noé Sarambuca... », Rivière précise : « Plusieurs fois j'ai essayé de me prendre à cette seconde partie, d'écrire ce récit ; mais ce qui me venait était tellement gratuit, tellement n'importe quoi, tellement peu réel, qu'à chaque fois j'ai renoncé[2]. »

L'écriture d'imagination est ainsi pour Rivière à la fois un désir et une violence faite à ce qu'il perçoit comme sa nature ; violence que lui font les autres par leurs incitations répétées, violence qu'il se fait d'« orienter » son écriture dans des directions différentes pour se connaître. En cela, sa situation à l'égard de l'écriture n'est pas très éloignée de celle qu'il a vécue dans la passion platonique pour Yvonne Gallimard, l'épouse de Gaston, qu'il raconte dans *Aimée* et de celles, plus charnelles, qui sont la matière de *Florence*, avec à chaque fois Gide en « inquiéteur[3] », que celui-ci pousse à l'écriture d'imagination ou à consommer l'adultère[4].

Personnels, les enjeux de ce parcours d'écriture sont aussi collectifs. Notre vision de cet aspect de l'œuvre de Rivière est faussée par le recul que nous avons. Le roman est pour nous une chose acquise – trop même à une époque où tout prend le nom de roman au point que le terme désigne désormais plus un produit qu'un genre – en 1906-1912 et encore en 1925 quand disparaît Rivière, le roman moderne n'est pas encore constitué. Or les efforts de Rivière sont – avec les ébauches du *Grand Meaulnes* et les cahiers préparatoires de la *Recherche* – un de ces laboratoires de la modernité.

Il s'agit en effet dans ces textes de la fin du symbolisme et de l'élaboration d'une formule romanesque susceptible de sortir le roman français de sa « crise », qui remonte au naturalisme et dure jusqu'aux années 1920, pour reprendre le terme et la chronologie de Michel Raimond[5]. On oublie facilement que Rivière a été un

1. Lettre à Gide des 7 et 8 juin 1912, *Correspondance Gide-Rivière, op. cit.*, p. 336.

2. Lettre à Copeau du 13 août 1912, *BAJRAF*, n° 27, 1982, p. 44.

3. Pour reprendre le terme qui donne son titre à la biographie de Gide de Frank Lestringant, *André Gide, l'inquiéteur*, 2 vol., Flammarion, 2011-2012.

4. À propos d'*Aimée*, Gide écrit à Rivière : « Quelles richesses ta prodigieuse faculté d'analyse n'aurait-elle pas su extraire de la peinture des sentiments dans et après la possession », *Correspondance Gide-Rivière, op. cit.*, p. 704 et *BAJRAF*, n° 59, 1991, p. 49.

5. Michel Raimond, *La Crise du roman. Des lendemains du naturalisme aux années vingt*, José Corti, 1985.

acteur de la résolution de cette crise : il a accompagné intimement l'écriture du *Grand Meaulnes* et a été « le premier à prendre Proust au sérieux[1] », or l'un et l'autre sont les romanciers dont Michel Raimond montre précisément qu'ils marquent la sortie de cette crise. Les efforts de Rivière pour écrire des œuvres d'imagination doivent être rapprochés de sa réflexion sur la littérature française de son époque. « La Poésie après le symbolisme » et les études sur Rimbaud et Claudel notamment[2] sont comme la partie théorique d'une vaste démarche dont les textes de cette section donnent un aperçu de la partie pratique, du laboratoire. Ils ont un rapport étroit avec les échanges de Rivière avec Alain-Fournier autour de ce qui deviendra *Le Grand Meaulnes* et avec ses articles sur l'œuvre de Proust, tout ce qui fait de lui un acteur indirect mais majeur de l'avènement de nouvelles formes romanesques, celle qu'il appelle de ses vœux dans son article sur « Le Roman d'aventure[3] ».

De ce qu'il a été incapable – et privé par la mort – de réaliser ce qu'il avait théorisé, il ne faut pas conclure que Rivière soit victime d'impuissance narrative. Il y a dans les lettres aux tantes, qui restent à publier, des anecdotes vives et drôles ; le récit des derniers instants d'Alain-Fournier dans la préface de *Miracles*[4] est d'une grande puissance d'évocation ; la description du vol dans l'article « Sur la mort de l'aviateur Delagrange », celle du déploiement et du mouvement du train dans « Le Chemin de fer », la peinture en mouvement du paysage dans « Le Voyage à Reims » témoignent que Rivière est aussi un conteur[5] ; certains passages d'*Aimée* et bien des épisodes de *Florence* montrent qu'il est capable de donner du corps à ses personnages, de les faire dialoguer et de développer une situation romanesque au service de l'exploration psychologique. Celle-ci reste sa préoccupation principale, elle aurait peut-être donné à son œuvre narrative sa personnalité dans le paysage du roman de l'entre-deux-guerres.

Il ne faut pas oublier, « Tentatives » le rappelle, que Rivière commence avec Barrès, c'est-à-dire une prose où le récit sert la quête et le culte du moi et l'exposé des idées, qui tournera

1. Thierry Laget, Introduction au texte « Quelques progrès dans l'étude du cœur humain, par Jacques Rivière », *Cahiers Marcel Proust*, n° 13, Gallimard, 1985, p. 3.

2. *Supra*, p. 105 et 181 et Marcel Raymond, *Études sur Jacques Rivière*, José Corti, 1972, p. 122-140 notamment.

3. *Supra*, p. 392.

4. *Supra*, p. 52.

5. *Infra*, respectivement p. 924, 925 et 934.

assez vite à l'idéologie. Par ailleurs, Rivière est manifestement moins préoccupé par la question de la forme que Fournier. À l'automne 1907, au moment où son ami passe des vers à la prose avec « Le Corps de la femme », lui commence seulement à lire *Les Petits Poèmes en prose* de Baudelaire. On trouve dans le projet de « grand livre » quelques poèmes versifiés et en prose, mais cela n'a rien à voir avec l'ampleur des recherches formelles de Fournier, son *acharnement* dans l'écriture qui est consigné dans *Miracles* et aboutira au *Grand Meaulnes*. La forme du poème en prose est celle dont Rivière semble d'ailleurs regretter de ne pas parvenir à sortir lorsqu'il travaille à « L'Histoire de Noé... », en 1912 : « Voilà quatre mois que je suis sur une malheureuse "histoire" et quand la première partie est finie, elle se trouve être un poème, et quand j'attaque la seconde, qui forcément doit être un récit, je ne peux pas, je ne peux pas[1]. » Cette recherche tâtonnante d'une forme romanesque qui lui convienne contribue à faire d'*Aimée* un « roman d'un genre particulier[2] », comme Proust dit de son livre que « c'est encore du roman que cela s'écarte le moins[3] ».

Dans cette quête d'une forme qui lui soit propre, un autre obstacle formel se dresse devant Rivière. Il ne relève pas de la tectonique des genres littéraires au tournant du siècle, mais bien de sa nature d'écrivain. Il s'agit de son rapport à la forme brève. L'écriture de l'article habitue à la brièveté, elle repose sur un jaillissement que stimulent l'intuition et le désir de démontrer et de convaincre, c'est une tournure de l'esprit qui demande de la densité. Le roman, même bref, appelle une certaine ampleur et des respirations, il ne s'agit pas de persuader le lecteur, mais de l'embarquer avec soi pour un voyage, c'est ce qui manque à *Aimée* et que Rivière réussit dans *Florence*.

Cette partie de l'œuvre est d'ailleurs parcourue par des thèmes où s'exprime l'identité profonde de Jacques Rivière. Le plus marqué est sans doute celui de la topographie. « Les Beaux Jours » est une ode amère aux lieux de l'enfance qui prolonge un des premiers articles publiés intitulé « Méditation sur l'Extrême-Occident[4] ». « Le Chemin de fer » et « Le Voyage à Reims » accordent une place centrale à la manière dont le train

1. *Correspondance Gide-Rivière, op. cit.*, p. 336.
2. René Boylesve, « Note sur *Aimée* », hommage à Jacques Rivière, *La NRF*, 1925, p. 35.
3. *Correspondance de Marcel Proust*, t. 12, p. 91-92, voir également p. 79 et 221.
4. *Infra*, p. 903.

parcourt l'espace, fait défiler le paysage, couvre la surface de la terre, en coupe et épouse le relief. La critique a été sensible à cet aspect du travail de l'écrivain, à l'exemple de Bradford Cook qui associe l'enfance chez Rivière à ce qu'il nomme un « instinct topographique[1] ». Noé Sarambuca a « le sens de l'orientation » : « À aucun jeu il ne se plaisait davantage qu'à oublier ainsi par violence sa situation au milieu du monde et à la retrouver par le simple tâtonnement de son âme savante[2]. » Faire le point, c'est précisément, et au sens propre, ce que propose ce premier récit un peu long, et finalement abandonné, dont le titre dit assez l'importance de partir pour se trouver, se chercher à tout le moins. Pour preuve, Rivière envisage un temps de reprendre la seconde partie du titre, « Le sens de l'orientation », comme titre en cas de publication partielle[3]. Rien de très étonnant : partir « à la trace de Dieu », c'est, comme le chasseur, parcourir un territoire à la recherche des signes qui indiqueront où trouver l'objet de la quête.

L'espace, élément clé de l'œuvre d'imagination, est ainsi chez Rivière une métaphore de la quête du moi authentique. Cela se retrouve jusque dans les noms des personnages des deux romans qui renvoient allusivement à l'espace : Gaston Gallimard devient Georges Bourguignon, patronyme qui est le nom d'épouse d'Aimée, dont le nom de jeune fille est Villemois, lequel réunit temps et lieu, les deux axes du romanesque et où l'on entend à la fois la forme tonique du pronom personnel et le substantif qui désigne l'intériorité de l'être. D'une ville à l'autre : le prénom qui donne son titre au second roman de Rivière est un nom de ville, Florence, quasiment comme Davignon, le nom de Serge, le rival du héros, Pierre, dont le patronyme est aussi lié à la topographie. Si les romans de Rivière n'accordent pas d'importance aux descriptions des lieux, l'imaginaire topographique y est donc bien à l'œuvre. Rien d'étonnant dans cette assimilation de l'être

1. Bradford Cook, *Jacques Rivière. A Life of the Spirit*, Basil Blackwell, 1958, particulièrement le chapitre I « Childhood and Topografical Instinct », p. 1-10. Jean Lacouture remarque, dans le même esprit, que dans le sous-titre de « Noé Sarambuca... » « on pourrait trouver le titre et le sens d'une biographie de Jacques Rivière ! » (*Une adolescence du siècle. Jacques Rivière et la NRF*, *op. cit.*)

2. *Infra*, p. 949.

3. Le 10 août 1912, à Copeau, à qui il renonce à envoyer le texte pour publication, il propose différentes solutions dont « supprimer mon titre, le remplacer par : "Le sens de l'Orientation" » (*BAJRAF*, n° 27, 1982, p. 44-45, cité par David Roe, dans sa présentation du dossier de « Noé Sarambuca... », *BAJRAF*, n° 115, 2006, p. 23).

à l'espace, si on se souvient de l'incipit du « Chemin de fer » : « J'aime la terre comme un visage[1]. »

Un amateur de calambours faciles et déplorables verrait dans ce glissement du lieu à l'être une conséquence du nom même de l'écrivain, à la fois patronyme et toponyme ; on a vu avec « Noé Sarambuca... » qu'il y a des enjeux beaucoup plus profonds. Plus profonde est aussi la prédilection de l'écrivain pour les nombreuses images aquatiques et surtout maritimes. Elles sont implicitement présentes dans « Noé Sarambuca... » dont le personnage devait traverser l'Atlantique pour retrouver les siens ; les tourments de François, dans *Aimée*, sont souvent comparés à des tempêtes au cours desquelles le héros est « submergé » et le motif de la vague est omniprésent dans l'analyse psychologique. Dans *Florence*, c'est au bord du bassin d'Arcachon que Pierre rencontre sa future maîtresse, qui est comparée à une ondine[2], et la crue de la Seine de 1910 a donné lieu à des notes et à des tentatives de récit[3].

Cette fascination obsédante pour l'eau dépasse d'ailleurs l'élément liquide, elle relève d'un rapport au monde qui fonde une partie du projet littéraire de Rivière dans les années 1909-1910. Il s'en ouvre à Gide, dans une lettre du 28 décembre 1909, à propos du « Chemin de fer » qu'il vient de soumettre à Copeau :

> Mon *Chemin de fer* fera partie d'un livre qui s'écrira peu à peu et dans lequel, prenant « les choses » avec toute leur lourdeur, j'essaierai de les constater une à une dans leur plus sévère et leur plus précise forme. Je dirai : « l'Eau est ceci et ceci [...] ». Chaque *chose* (et le mot *chose* par son manque d'élégance même indique assez qu'il ne s'agit pas de rien), chaque chose existe ; et il faut la cerner d'un contour vertigineusement précis et minutieux, si particulier, d'une sinuosité si unique que la connaissance en soit du coup complète et épuisée[4].

Il y a dans ce « parti pris des choses » une démarche qui annonce Ponge, et, de fait, l'incipit du « Chemin de fer » fait songer au poète du « Cageot » ou du « Savon ». Dans ce projet

1. *Infra*, p. 925.
2. *Florence*, p. 66.
3. David Roe, « Jacques Rivière devant l'inondation de 1910 », *BAJRAF*, n° 121, 2009, p. 99-115 et 93-94.
4. *Correspondance Gide-Rivière*, *op. cit.*, p. 94, voir également André Lhote, Alain-Fournier et Jacques Rivière, *La Peinture, le cœur et l'esprit. Correspondance inédite*, t. 1, *op. cit.*, p. 214.

se manifeste également un désir d'inventorier le monde, une manière de s'en saisir dans une démarche à la fois idéaliste et réaliste qui s'apparente à la quête d'une essence, mais d'une essence filtrée par le moi, subjectivité qui s'objectiverait dans et par l'écriture.

C'est finalement le rapport au monde que les œuvres d'imagination semblent vouées à explorer ; rapport au monde et à l'autre. « Les Beaux Jours », et même déjà les fragments inspirés par les débuts de la relation avec Isabelle[1], mettent en relief l'amertume de l'être face à la vie et au néant. Un manque profond se manifeste chaque fois que le bonheur est à portée de main. Rivière l'exprime très tôt à Fournier, quand il évoque la douleur ressentie devant la beauté d'un soir de printemps[2]. C'est ce même sentiment qui est développé dans les fragments inspirés par l'amour naissant pour Isabelle et qui forment en 1909 une scène clé du « grand livre » que Rivière décrit ainsi à Gide :

> Jacques est monté avec sa femme sur une colline. C'est un temps de vent du Sud clair et languide, et un ciel lentement traversé de hauts nuages étagés. Et ils sont là, et sans se le dire, ils comprennent que toutes choses se valent, qu'il n'y a ni bien ni mal, partant que leur désir n'était justifié par rien en dehors d'eux, que le profond amour de toute possession avait rien pour objet. Et par là, leur désir et leur amour de toutes choses s'évanouissent et en même temps leur bonheur. Voilà la paix qui leur est donnée, celle de la conscience : et elle est d'une douceur insupportable, elle est comme la cessation du cœur, comme si la vie lentement se retirait de l'âme. Cette « paix » est la seule que je connaisse[3].

Cette vision platonicienne du monde, qui conduit à une relation amoureuse platonique où se reconstitue l'androgyne originel, aboutit à la cantate triste des « Beaux Jours » où la douceur et la beauté du monde ne font que souligner la difficulté d'être.

D'une manière moins adolescente, plus adulte, *Aimée* explore la même tension entre l'intensité ressentie en face de l'autre et le désespoir devant un bonheur inaccessible. La genèse de ce roman est enfermée dans sept boîtes d'archive de la bibliothèque de Bourges, elle reste à écrire. Encore faudrait-il y ajouter des pages du projet « Les Beaux Jours » puisqu'on trouve dans ce dossier les prénoms Aimée et Marthe, et le patronyme Villemois,

1. *Infra*, p. 909.
2. *Correspondance AF/JR*, t. 2, *op. cit.*, p. 16.
3. *Correspondance Gide-Rivière, op. cit.*, p. 52-53.

qui est, on l'a dit, le nom de jeune fille d'Aimée ; un plan contient même une « rencontre de F », qui n'est peut-être pas déjà la Florence de l'ultime tentative romanesque de Rivière[1]. Tout cela laisse penser qu'à un moment ou un autre, le projet *Aimée* se serait hybridé avec celui des « Beaux Jours », ce qui témoignerait de la continuité du projet de Rivière et dessinerait un arc qui va des souvenirs d'enfance aux expériences sentimentales de l'âge adulte, en passant par la rencontre avec Isabelle et ce qui s'ensuivit d'amour, de complicité mais peut-être aussi de déception[2]. Il y aurait dans ce projet d'une vaste autobiographie « totale » explorant l'amour une tentative pour mettre en œuvre le « roman d'aventure » appelé de ses vœux par Rivière. Celui-ci est en effet surtout un roman d'aventure intérieure et Rivière rappelle qu'il est aussi d'inspiration autobiographique, même s'il dépasse celle-ci, comme il l'affirme à Larbaud[3].

Quoi qu'il en soit de cette genèse qui reste à élucider, avec ce premier roman, Rivière semble aller au bout de sa nature d'écrivain. S'il se plie à l'impératif – présenté comme catégorique par Fournier Copeau et Gide, on l'a vu – du roman, il n'abdique pas ce qu'il a très tôt senti comme sa nature profonde. Il ne se lance dans l'écriture de ce livre que lorsque la captivité lui en laisse le loisir et il n'épouse les dehors du récit que parce que l'analyse qu'il doit mener passe par certains événements dont la spéculation psychologique ne peut faire l'économie. Ce qu'il y a d'abstrait, de théorique dans l'écriture d'*Aimée* n'est pas le fruit d'un manque de lucidité de Rivière à l'égard des impératifs du genre romanesque, ni d'une illusion sur l'effort à accomplir pour dépasser sa nature ou, pour « sortir de sa zone de confort », comme nous dirions aujourd'hui. On le voit lorsqu'il évoque, dans une conférence, le projet de Gide de pratiquer l'écriture romanesque :

> Gide a donc décidé d'écrire désormais des romans. On se représente facilement quelle sorte d'effort cela exigeait de sa part. Il lui fallait renoncer à sa manière dispersée, il fallait faire du continu, du progressif. Il fallait inventer des péripéties, ou tout au moins, car ses

1. Fonds Rivière, bibliothèque de Bourges, « Œuvres ébauchées et notes diverses : "Les Beaux jours" ».

2. Sur cet aspect de la relation des deux époux, voir l'analyse approfondie que fait Lacouture dans *Une adolescence du siècle. Jacques Rivière et la NRF, op. cit*, p. 339-343.

3. Patrick Mc Carthy, « Une discussion fructueuse : le dialogue de Jacques Rivière avec Valéry Larbaud ; trois lettres inédites sur Le Roman d'aventure », *BAJRAF*, n° 6, 1977, p. 24-25 et les commentaires p. 11 et 18-19, notamment.

deux premiers romans sont en grande partie autobiographiques, il fallait ordonner celles qu'il voulait mettre en œuvre, les présenter sous un jour calculé, remplir les parties neutres du récit. Pour le compagnon de Ménalque, qui ne s'entendait jusqu'ici qu'à butiner capricieusement son miel, l'entreprise n'était pas sans hardiesse[1].

Rivière est donc bien conscient de ce qu'exige le genre romanesque et on aurait tort de croire que le caractère abstrait qui donne à *Aimée* son aspect minéral et étouffant soit le résultat d'une méconnaissance des enjeux ou d'une impuissance à contraindre sa nature, c'est au contraire un choix délibéré et même revendiqué dans une note datée du « 8 août ». L'écrivain y annonce la suppression de « toutes les scènes de Bourges, banales et symbolistes », et prend conscience que son histoire est « essentiellement un drame psychologique ». En conséquence, il conclut : « il faut me résigner à mon abstraction » et souhaite se concentrer sur de « pures péripéties abstraites, sans souci de les mettre en scène perpétuellement ». Une dernière note donne la clé de la démarche esthétique d'*Aimée* : « ne pas chercher à étendre : creuser en profondeur[2] ».

Il faut donc lire *Aimée* en inversant la hiérarchie des valeurs romanesques : ce qui pourrait apparaître comme une trame romanesque, et en cela comme une maladroite concession à l'époque et au lecteur faite par un écrivain mal doué pour la narration, est en réalité une nécessité de l'analyse psychologique, le support d'un approfondissement de la dimension psychologique, qui est le véritable objet de l'écriture et l'enjeu du livre. Il en va de même pour les personnages : le sempiternel trio – la femme, l'amant, le mari – est mis en scène pour raconter tout autre chose qu'un adultère, le récit à la première personne et le renoncement au chapitre consacré à Marthe prévu à un certain stade du projet[3] décentrent l'intrigue du côté de l'amant et de l'analyse de son rapport aux femmes et de ses conséquences. *Aimée* est ainsi un roman qui ne fait aucune concession au romanesque, il est le reflet de Rivière, cet être entier. On peut ainsi dire qu'*Aimée* est le livre d'un écrivain qui est profondément romancier en ce qu'il oblige le lecteur à modifier sa conception du genre romanesque, à se rendre disponible à une autre manière de faire un

1. *Supra*, p. 163.
2. Fonds Rivière, bibliothèque de Bourges, « Œuvres ébauchées et notes diverses : ''Les Beaux Jours'' ».
3. *Infra*, p. 1077.

roman, laquelle est le résultat non d'une soumission à des règles externes, mais d'un effort constant pour répondre à une exigence intérieure. Dans son roman suivant, *Florence*, l'écrivain se plie davantage aux impératifs du roman et satisfait même parfois le « désir d'intrigue[1] » de son lecteur. L'apprentissage du mensonge, qui permet à Pierre de séduire Florence et d'explorer une part inconnue de lui-même, est en cela un miroir de l'évolution de l'écrivain pour se plier au « mentir-vrai[2] » qu'implique le récit romanesque, après l'expérience « pure » et abstraite d'*Aimée*.

La relation à l'autre que décrit le roman donne peut-être une clé pour comprendre Rivière, sa relation au monde, et relier fortement le vaste massif de sa critique au petit lopin de ses œuvres d'imagination. François demande à Aimée :

> — Oui, qui êtes-vous ? Qu'est-ce que c'est que ces manières ? Qu'est-ce que c'est que cette âme noire que vous avez là, sous votre corsage, que cette âme horrible ? dis-je en essayant de me débarrasser dans ce mot à la fois de toute ma rancune et de tout mon désir.
>
> De nouveau je sentis que j'atteignais Aimée en un point plus sensible que je n'eusse fait par aucun éloge ni aucune flatterie. Elle fut visiblement caressée par ma question et ce fut visiblement une sorte de volupté qui s'éveilla en elle. Même ce que ma phrase comportait de douce injure contribuait à la chatouiller.
>
> — Mais je ne sais pas moi, répondit-elle avec un rire. C'est à vous de me le dire, à vous de m'expliquer à moi-même[3].

Dans la réponse d'Aimée on croit entendre un écho de la préface de *Paludes* : « Avant d'expliquer aux autres mon livre, j'attends que d'autres me l'expliquent. »

La relation à l'autre – et on peut dire au monde – de Rivière est ainsi une relation essentiellement, fondamentalement, *critique*, au sens où elle cherche à comprendre le monde, l'œuvre, l'autre mieux que lui-même. Cette faculté qui fonde l'amour d'Aimée pour François est aussi celle qui a fait de Rivière le critique qu'on connaît, lui qui a prétendu avoir « introduit dans la critique les mœurs de l'amour[4] ». En amour comme en critique,

1. Raphaël Baroni, *Les Rouages de l'intrigue. Les outils de la narratologie postclassique pour l'analyse des textes littéraires*, Slatkine, 2017.
2. Louis Aragon, *Le Mentir-vrai*, Gallimard, 1980.
3. *Infra*, p. 1034.
4. Cité par Jean Lacouture, *Une adolescence du siècle. Jacques Rivière et la NRF*, *op. cit*, p. 125.

pour Rivière, une sorte de divination intuitive de l'essence de l'autre est à l'œuvre et elle permet de le comprendre. Ainsi, la relation amoureuse et le roman qui la raconte et l'explore sont la poursuite de la démarche critique par d'autres moyens. La pensée abstraite n'est pas un obstacle au romanesque tel que le pratique Rivière, elle est ce qui meut le récit et donne à sa pratique romanesque sa tonalité singulière.

Ces œuvres d'imagination, apparemment en marge des aspects de son travail qui ont fait la célébrité de Rivière, sont en réalité au cœur de son identité d'écrivain. Avec ces textes, plus encore peut-être qu'avec ses études et textes critiques, se manifeste la nature essentiellement plastique de la pensée et de l'écriture de Rivière. Comme Montaigne, autre essayiste dans la grande tradition qui consiste à écrire sur les autres pour tenter de se trouver, Rivière est en mouvement perpétuel.

« Tentatives » est le nom que Rivière donne à une série de fragments qu'il insère dans une lettre fleuve à Fournier, commencée le 13 novembre 1906 et achevée le 14[1]. Ils sont antérieurs de plus d'un an à la lettre, comme l'indique la mention « 23 septembre 1905 », au début du fragment VI. Rivière les fait précéder de deux fragments de présentation qui en explicitent l'influence barrésienne. Ces « petits plagiats » témoignent en effet de l'engouement pour l'auteur du Culte du moi *au cours de la vingtième année. Plagiats intellectuels plus que stylistiques, même si on trouve ici « le goût des formules[2] » qui vient de Barrès. La rupture, jusqu'au désir d'« éreintement[3] », est déjà inscrite dans la nécessité de se détacher du maître pour être soi, écho possible des* Nourritures terrestres, *mais aussi goût du paradoxe que le texte revendique. Dans la forme comme dans le fond, ces textes de jeunesse, qui empruntent les formes du poème en prose et de la narration, illustrent et expriment le mal de fin de siècle qui est l'adolescence des avant-gardes.*

1. *Correspondance AF/JR*, t. 1, *op. cit.*, p. 568-573.
2. Marcel Raymond, *Études sur Jacques Rivière, op. cit.*, p. 32.
3. *Supra*, p. 12.

Tentatives

I

Tu ne me chercherais pas si tu ne m'avais déjà trouvé.

Ô mon Maître, je ne peux plus me supporter quand je vous lis ; j'étouffe de toutes mes insuffisances. Dites-moi que je vous vaudrai, parce que je ne vous ressemblerai pas. Dites-le-moi pour me sauver. J'ai bien envie de m'abandonner par instants, tant j'ai de peine à me trouver au fond de moi.

Je me console de tant de vaines fatigues par la parole chrétienne. Mais suis-je donc si obscur que je ne m'aperçoive pas encore ?

Ce dégoût de moi, ce désir de m'anéantir en vous comme en un cher amour, de ne plus penser que par vous, je m'en veux de les éprouver ; car ne sont-ils pas les pires injures qu'on vous puisse faire ?

II

Le secret merveilleux.

Maintenant voici que je me complais – tant mes impressions sont variables et fragiles[1] – à cette ignorance irritante de mon moi. Je me délecte de ne pas savoir ce que je vais être, de me sentir si complètement sous votre domination, de ne pas prévoir – tout en sachant que je ne la subirai pas longtemps – par où j'y échapperai. Ce plaisir est peut-être malsain, car il est immobile. Je me confie un peu trop peut-être à la force fatale de mon évolution. Ne dois-je pas l'aider ?

Mais alors je reviens aux difficultés, qui me rebutent. De quels défauts me dois-je débarrasser ? Quels dois-je cultiver ? Quels serviront à fortifier ma personnalité, en la caractérisant ?

Mon vice est l'expansion. Comme à toutes les grandes passions, je m'y abandonne en le haïssant ; je l'abhorre en y succombant. Longtemps je l'ai cru excusable. Mais certaines occasions

1. Les sentant si périssables, je prends goût à les noter pour les serrer plus étroitement et en tirer le plus d'émotion possible. (NdA)

de réfléchir et de vivre en moi, m'ont enseigné à réagir. Je suis parvenu à garder trois mois le silence. Cela n'a fait qu'étonner. Mais me voici encore sans force pour résister : je me gaspille sans pudeur.

J'avais songé à me servir de mon expansion même comme d'un masque. Je ne livre en effet forcément qu'une fraction de moi-même, et tout naturellement mon confident me voit tout entier comme cette seule fraction. Ne me connaissant que partiellement, il ne me connaît pas du tout.

De plus je ne peux être assez prompt pour divulguer les perpétuelles modifications de mon moi. D'où – dans mes successives expansions – des aspects trop différents pour qu'on puisse de l'extérieur les concilier. Si l'on ne me comprend pas, l'on ne me connaît pas. Nouveau moyen de me cacher.

Mais tout cela ne me satisfait pas. Il m'est trop pénible de me savoir déformé en vingt mémoires diverses. Qui me donnera le secret d'un masque assez indifférent pour n'appeler aucune curiosité ?

III

J'ai relu ce soir les « Notes » de Francis Jammes, dont la fin est si déchirante. Aidé du vent qui traîne de la pluie sous un ciel bas, je me sens au cœur un peu de tristesse vraie. Il y a longtemps que cela ne m'était pas arrivé. Je suis ravi.

Mais dès que je m'approche, dès que je cherche à voir en moi, toute tristesse s'en va et je ne trouve plus qu'une lassitude physique. Cela est pénible et agaçant.

Je m'efforce pendant des jours entiers de ressentir quelque douleur authentique que je puisse saisir et manier et composer, dont je puisse jouir enfin. Tous mes efforts sont vains et ne me laissent qu'un accablement trop morne, pour m'être un motif d'analyse intime.

23 sept. 1905

IV

Sur le tact

Je me rappelle que, tout enfant, je mettais au-dessus de tout le tact. Je sentais avec une finesse extrême les limites qui convenaient à chaque chose, et je m'irritais que les autres ne les sentissent pas aussi bien.

Cette vertu un peu conventionnelle du tact, – je l'apprécie encore beaucoup, car elle correspond à des délicatesses intimes, qui, si elles ne sont pas toujours justifiées, sont cependant très précieuses.

Et c'est parce que je la retrouve en vous, cette vertu, mais magnifiée et s'étendant au monde de l'âme tout entier, – c'est parce que vous sentez si admirablement la mesure de toute chose, que je vous aime tant, ô mon Maître.

V

« *Avoir beaucoup d'avis, cela est joli.* »
Maurice Barrès, *L'Ennemi des lois*

Je vois trop de choses pour pouvoir m'arrêter à aucune. Sur chaque sujet, trop d'opinions me semblent possibles, pour que je consente à m'enfermer dans aucune. À mesure que je défends l'une d'elles, je lui trouve des faiblesses irrémédiables. Je passe à la contraire – et m'en voilà bientôt tout aussi désabusé. Il faut que je choisisse arbitrairement, par pile ou face, l'opinion que j'afficherai en public. Ce n'est pas toujours celle qui me tient le plus au cœur, mais bien celle que je pense devoir le mieux m'éviter les heurts et les discussions.

VI

Sur le paradoxe

S'effaroucher d'un paradoxe, c'est montrer qu'on n'est pas capable d'en émettre, autrement dit qu'on n'a pas atteint le premier degré de la sagesse qui est de se moquer de tout. Mais se complaire dans les paradoxes, c'est montrer qu'on n'a pas dépassé le premier degré de la sagesse.

J'ai vraiment un peu abusé ici de ces jeux puérils. Je n'ai pas su dissimuler le plaisir que j'éprouvais à détourner certains mots de leur sens habituel. Ce plaisir, de qualité plutôt inférieure, est cependant trop délicieux pour qu'un jeune esprit ait la force de s'en priver, surtout quand il s'ébat. Cette remarque n'empêche pas ces essais d'être agaçants à la fois pour les honnêtes gens et pour les sages.

Ma seule excuse est que je sentais, en les écrivant, combien je devais irriter.

VII

À une dernière note de l'orgue-traînante et ténue – se sont jointes soudain les cloches sonnant à l'extérieur. Cela produisait un accord ambigu, dont je distinguais mal la nature. Cela n'a pas duré une minute. Mais j'ai joui avec une intensité vertigineuse de cette sensation équivoque.

Je me demande maintenant si de beaucoup de plaisirs le charme n'est pas de mal discerner leur véritable nature. Il y a dans l'à tâtons de l'âme, qui ne sait pas exactement ce dont elle jouit, un double ravissement. L'indécision n'est-elle pas le désir d'une certitude ? Et tout désir n'est-il pas plus voluptueux que sa satisfaction ?

« Méditation sur l'Extrême-Occident », l'un des premiers textes publiés par Rivière, a paru dans L'Occident, *n° 68, juillet 1907, p. 19-25. C'est un poème en prose où la dimension lyrique est associée à une réflexion philosophique et qui se termine par une courte prière à Dieu. Fondée par l'homme politique Adrien Mithouard, la revue défend les valeurs de l'Occident chrétien et on y trouve d'autres textes où l'évocation de l'extrémité ouest de l'Europe se mêle à une méditation sur le christianisme. C'est aussi une revue à laquelle collaborent le peintre Maurice Denis et le compositeur Vincent d'Indy ; Rivière y publiera également « Le Chemin de fer » en 1910. L'intérêt du texte réside dans la description lyrique du pays, à la fois terroir et territoire, motif central dans les œuvres d'imagination de Rivière. « Les Beaux Jours » évoque avec une tonalité lyrique plus maîtrisée et désenchantée les lieux de l'enfance bordelaise de Rivière. Dans « L'histoire de Noé Sarambuca, qui avait le sens de l'orientation », l'écrivain fait aussi une grande place à l'Occident, mais Dieu a pratiquement disparu au profit d'une métaphore de la quête de soi. Texte de jeunesse, cette « Méditation » jette les bases des grands thèmes des œuvres d'imagination de Rivière et permet de mesurer les*

progrès de son écriture dans ce domaine entre 1907 et 1912, date à laquelle il abandonne son projet de « grand livre ».

Méditation sur l'Extrême-Occident

« *L'inconnu est la matière de notre connaissance, il est le bien de notre esprit et sa chère nourriture.* »
Paul Claudel, *L'Art poétique*

Tout lieu terrestre a son *sens* qu'il faut déchiffrer ; il n'est pas un assemblage de lignes fortuites ; il est organisé et composé suivant un certain plan, dans une certaine direction, et de telle manière qu'il manifeste une idée. Le premier devoir de qui l'habite est de découvrir cette idée, de saisir de tout l'alentour le *sens*. Toujours en effet l'être conscient possède en lui, explicite, le caractère impliqué dans la conformation de son terroir. Pour se renseigner sur sa nature essentielle, il lui faut lire le symbole inscrit aux traits de son pays.

I

L'Extrême-Occident tout entier dit une pensée, dont les Landes de Gascogne donnent l'expression la plus claire. Les Landes, nées de la mer, en gardent la mémoire et l'adoration ; elles restent vers elle toutes tournées, d'elle tout occupées ; dans leur attitude je vois une soumission amoureuse à l'Infini, qui les engendra. On dirait qu'elles souffrent d'en être séparées, et qu'elles sont dans l'attente de la réunion, qu'elles désirent se fondre en lui pour jamais. Tout en elles tend vers l'Océan et le révère. Les pins, pèlerins innombrables, sont venus des hautes terres ; ils ont quitté leurs frères des montagnes, sapins et cèdres, pour apporter leur hommage à l'abîme originel : ils sont là, immobiles, dans une prière interminable ; leur front s'incline pour une incessante salutation ; leur voix se parsème autour d'eux comme une chevelure mélodieuse et profonde ; elle dit la joie de se savoir issu de l'immensité, d'en éprouver sur soi l'invasion vivifiante, de recueillir la régénération perpétuelle de son haleine ; elle dit l'espoir de s'y ensevelir pour l'éternité. Et les étangs sont des coupes offertes en libation. – Cependant la Lande, au moment de se jeter dans l'Océan, se redresse ; mais c'est pour la suprême génuflexion :

les dunes se tiennent au bord des flots comme des imploratrices ; elles consomment l'ineffable cérémonie. Leur récompense et leur sacre est de sentir ruisseler sur elles directe, abondante, continue, la caresse du large ; et elles éternisent leur supplication à la mer, heureuses de se livrer à son contact bien-aimé, en attendant de se perdre sans retour en elle.

Ainsi prient les Landes, ainsi agenouillées elles tendent les bras vers l'Abîme avec toujours la même révérence, le même amour. Rien ne déconcerte leur foi. Simplement, au moment des grandes colères atlantiques, d'un parfum plus âpre elles composent leur encens, et la voix de leurs pins s'élève plus forte, plus gémissante, plus douloureusement adoratrice.

II

En cette attitude de la terre extrême-occidentale voici le sens symbolique que je découvre : comme la lande devant la mer, l'âme de l'Occident s'incline devant l'Inconnaissable, et les pires détresses ne la détournent pas de sa vénération. Nous avons en nous une piété innée au mystère ; tout notre être est penché vers lui, notre cœur coule vers lui, aspire à s'y confondre ; nous reconnaissons notre origine et nous tâchons de la ressaisir. Notre raison elle-même confesse et révère l'inconnu ; elle s'avoue limitée par l'illimité ; elle comprend qu'il est hors d'elle quelque chose, qui est Tout, et qu'elle ne peut atteindre ; elle nous laisse la liberté d'y tendre par d'autres voies ; elle nous permet d'obéir à notre plus haute inclination, qui est vers l'inaccessible. Malgré les erreurs et les fausses prétentions de beaucoup de rationalistes, ceci semble bien la vertu première de l'Occident : la reconnaissance de l'Inconnaissable, la fidélité au mystère.

En effet l'Orient, – il n'importe si délibérément ou non – a refusé l'hommage à l'infini Secret. C'est qu'il a pris l'inconnaissable pour le néant, confondu le supra-intelligible avec le non-être. Sa raison orgueilleuse a cru que ce qu'elle ne se pouvait soumettre, n'était pas, qu'il n'y avait pas, échappant à la possession de l'intelligence, d'être ; elle a prétendu qu'elle coïncidait exactement et *définitivement* avec l'existence et elle a nié tout ce qui décevait sa prise. Plutôt que de s'avouer circonscrite par l'incompréhensible, elle s'est enveloppée de néant. Mais, bizarrement, ce néant s'est mis à vivre ; il a refusé d'être un zéro véritable, un *nul* absolu ; il a sollicité l'Orient, il a exigé de lui un culte. Et, consommant son sacrilège, l'Orient lui a accordé ce culte, qui est le Bouddhisme. Voici donc le Rien objet d'une vénération sacrée et de dévotions scrupuleuses, voici le Vide imploré, voici l'Absence suppliée, voici le Néant adoré. Il semble qu'il y ait là une vengeance du mystère méconnu. Ce culte est l'exacte inversion et comme la parodie du culte occidental. Il a les mêmes rites et les mêmes prescriptions ; mais au lieu de les dédier à l'Inconnaissable, il les consacre au néant. Comme le christianisme enseigne la communion avec Dieu, il enseigne la communion avec le néant ; c'est même son précepte essentiel : « La méthode est que le Sage, ayant fait évanouir successivement de son esprit l'idée de la forme, et de l'espace pur, et l'idée même de l'idée, arrive enfin au Néant, et, *ensuite*, entre dans le Nirvana. Et les gens se sont étonnés de ce mot. Pour moi j'y trouve à l'idée de Néant ajoutée celle de *jouissance*. Et c'est là le mystère dernier et Satanique, le silence de la créature retranchée dans son refus intégral, la quiétude incestueuse de l'âme assise sur sa différence essentielle[1]. »

À cette « communion monstrueuse », à cet ensevelissement dans le nul, à cette suppression de toute vie, de toute pensée, s'oppose le geste de confiance et d'amour de l'Occident vers l'Être, et son désir de se confondre en la suprême Réalité cachée.

III

Toutes ses forces et ses principales vertus l'Occident les emploie en prières pour obtenir l'advenue de Dieu, pour mériter sa visitation. Ces forces, ces vertus, ce sont la religion, la métaphysique, la musique. Religion : où, sinon dans son application au culte occidental, le seul qui unisse et *relie* ses fidèles en un même corps, ce mot eut-il jamais son véritable sens ? Et par combien d'attaches, par quelles immémoriales habitudes d'âme, par quelles profondes accoutumances sociales, le peuple d'Occident tient encore au christianisme ! – Métaphysique ! l'Occident seul sut construire des métaphysiques aussi solides que des temples, l'Orient a fondé toute spéculation sur le néant. – Musique : où ailleurs qu'en Occident la musique symphonique et l'harmonie se

1. Paul Claudel, *Connaissance de l'Est. Çà et là*, Mercure de France, 1900. D'ailleurs Claudel donne de l'erreur bouddhiste une autre explication.

sont-elles développées ? – Ces trois puissances merveilleuses, qui sont son essentiel privilège, l'Occident les applique à la recherche de Dieu. Il s'en sert pour suppléer à l'insuffisance de la raison et parvenir le plus près possible de Celui qui est toute vie.

Le catholicisme n'a qu'un objet : la possession de Dieu. Il proclame mystères l'essence divine et ses modifications, il enveloppe Dieu d'inconnaissable, il Le défend contre toute atteinte de la raison. Mais en même temps il L'approche de nous, il Le rend « sensible au cœur », il nous met en communion avec Lui, il nous fait goûter Son délice, il Le répand en nous, il En inonde notre être. Nous sommes pleins de Dieu, sans savoir *qui* nous possédons :

« Le Vieillard que nous ne voyons point, et qui est là, parce qu'il est[1]. »

IV

Mais pour ceux de l'Occident qu'une indignité ou quelque scrupule tiennent encore éloignés de cette si parfaite communion, il est d'autres moyens d'évoquer l'inconnaissable, d'autres prières que celle de la religion. D'abord la métaphysique. La métaphysique semble une tentative pour atteindre et définir par la raison le supra-intelligible ; elle semble vouloir réduire le mystère à des concepts. Ce n'est qu'une apparence. La métaphysique est une prière, c'est-à-dire un élan du cœur vers Dieu, un effort pour Le saisir, pour Le tenir devant soi, pour se Le représenter sous une forme *compréhensible*. Les concepts qu'elle assemble sont destinés à *figurer* par une combinaison aussi harmonieuse que possible l'Objet inaccessible à la pensée. De même qu'un tableau ne prétend pas *être* la Divinité qu'il *représente*, mais tâche néanmoins de la *traduire* en une image, qui soit la plus belle possible, de même la métaphysique transpose en les idées les plus magnifiques la réalité de Celui qui échappe à toute conception. Elle En est l'équivalent rationnel, comme le tableau l'équivalent sensible. Le métaphysicien obéit à cet instinct qui, plus grossier, suggère aux peuples primitifs de représenter *matériellement* leurs dieux ; il se crée, pour fixer son adoration, un simulacre ; – mais *intelligible*, et qu'il prend comme un simulacre, dont il n'est pas dupe, dont il ne fait que le signe de la réalité insaisissable. Sans doute, ainsi

1. Paul Claudel, *La Jeune Fille Violaine*, Mercure de France, 1901.

que quelques mystiques, à force de Le susciter devant leurs sens, en viennent à s'imaginer Dieu charnel, certains métaphysiciens pensent posséder dans leur raison le Dieu véritable. Mais c'est une idolâtrie vénielle causée par trop de passion, par un trop fort désir d'appréhender l'Objet d'amour. Une telle illusion ne vaut-elle pas mieux que le froid renoncement des positivistes à toute tentative transcendante ?

Il faut voir avec quelle conscience, avec quel soin de n'employer jamais que des matériaux exquis, avec quel souci de l'harmonie des lignes, Descartes, Malebranche, Leibniz, Kant édifient leur grand œuvre. Ils ressemblent à ces architectes du Moyen Âge, qui consumaient leur âme dans la construction d'une cathédrale. Et n'ont-ils pas le même objet ? La cathédrale n'est-elle pas la *figure* du Christ, la métaphysique la *figure* de Dieu ? Ne sont-elles pas l'une et l'autre une prière fixée, qu'épelle la ferveur des générations suivantes ? Les deux ouvrages, celui de pierre et celui de raison, m'émeuvent de la même façon. Il y a dans les grandes métaphysiques une conspiration des lignes, qu'il est passionnant de suivre : toutes convergent vers un centre ; toutes s'organisent et se composent harmonieusement autour d'une idée première essentielle. L'unité dans la complexité : telle est ici la source de beauté. Et c'est selon cette beauté qu'il faut apprécier les systèmes ; il ne peut s'agir de leur vérité, puisque par hypothèse ils n'ont pas à s'adapter à un objet, à en donner une expression adéquate. Donc plus une métaphysique est belle, c'est-à-dire plus son unité est profonde, – plus l'exactitude de la traduction qu'elle est, est probable. Il faut croire en effet que cet inconnaissable, vers qui se penche toute la pensée, est le plus harmonieux, le plus consonant, le plus beau que nous puissions rêver.

V

Cependant par la métaphysique nous ne saisissons jamais de Dieu que le fantôme ; nous n'arrivons pas à cette communion parfaite, à cette possession immédiate, complète, satisfaisante que donne la religion. Peut-être la troisième *vertu* de l'Occident, la musique symphonique, est-elle plus efficace. La musique est le prolongement de la métaphysique dans l'Inconnaissable ; elle poursuit, au-delà des idées, la recherche de ce qui ne peut être conçu. Ce n'est plus une transposition, c'est la suprême prière, une tentative sur l'Infini, un effort direct pour entrer dans le mystère. Elle est là pour suppléer à la défaillance de la pensée, non plus pour nous traduire en ombres approximatives sur les parois de la caverne la réalité supra-intelligible, mais pour nous arracher aux ténèbres et nous mener à la face du resplendissant Soleil.

C'est là sa tâche surhumaine. Elle n'y suffit pas toujours. Qu'ils sont rares les moments où, perdus dans le flot symphonique, nous sentons définitivement rompues toutes les attaches avec la terre ! Qu'ils sont rares ! Mais qu'ils sont précieux ! Et qui les a goûtés, – fût-ce une fois, – peut-il les oublier ? Il faut pour les mériter, comme pour mériter la communion, toute une préparation : une grande humilité, un grand mépris de soi-même, et une attente religieuse, une inclinaison de toute l'âme, une ferveur à mourir. Alors c'est d'abord un allègement ineffable de l'être, comme s'il s'épurait soudain de toutes ses laideurs ; puis une élévation insensible, une assomption, un ravissement à travers un monde radieux. Qui songe encore à comprendre ? Mais on accepte, – sans vouloir d'eux autre chose que leur caresse, – tous les mystères dont on est baigné. De grands souffles passent, chargés d'esprit, de grandes lumières inondent sans brûler, de grands silences traversent le ciel comme des étoiles. Et cela surtout est la principale jouissance : ne plus avoir le désir de chercher, tout accueillir dans une même joie et dans une même paix. Il n'y a plus rien d'étonnant ; on se trouve dans le *sens* même de la Réalité ; toute explication devient inutile. En se laissant aller, on comprend enfin la vérité, parce qu'on adopte sa pente. C'est alors qu'il faudrait mourir : il semble qu'on entrerait sans secousse en Dieu. Ce serait la perfection du triomphe. Mais il faut redescendre. Un moment on doute, on étend les mains autour de soi ; oui, le malheur est certain : voici l'erreur ressuscitée avec notre désir de science. Tout est oublié du rêve trop beau. Il faut vivre encore et *chercher*.

Telle est la révélation de la musique, telle est la possession dont elle nous comble. Comme la religion met Dieu en nous, elle nous met en Dieu. Et l'on saisit ici que la plus belle symphonie sera bien la plus vraie, puisqu'elle nous induira le mieux en Infini, puisqu'elle nous versera le plus profond dans le mystère.

VI

Ainsi prie l'Occident avec trois prières. J'écoute sa triple voix ; sous les rafales je la distingue continuelle. L'adoration ne s'interrompt jamais. Qui osera refuser l'encens ? – Me voici de nouveau sur la dune. À peine un rideau de pins, à travers lequel se parfume son souffle, me sépare de la mer. Je sens derrière moi une immense inclinaison, je perçois le murmure d'une oraison infinie. Sans plus vouloir penser, je subis le geste que m'impose le pays tout entier, je m'agenouille et je prie :

Ô Vous dont je ne sais ni la forme, ni le désir, ô Vous qui êtes dans un mystère profond, ô Vous qui avez voulu vous dérober à ma petite raison, merci parce que Vous vous êtes caché. Je ne veux plus comprendre, je ne veux plus savoir. Je crois qu'il suffit de se soumettre pour connaître votre présence, de fermer les yeux pour éprouver votre envahissement. Et si je ne peux encore me réduire à une parfaite cécité, qu'au moins les vastes hymnes, inventés jadis par ceux de ma race, me transportent ivre et perdu jusqu'en Vous.

Ces fragments manuscrits, écrits entre fin septembre et novembre 1907, semblent appartenir à ce que David Doe nomme les « diverses tentatives entreprises par Jacques de faire de la littérature originale, imaginative, à côté de ses travaux de philosophie et de critique[1] *». Ils présentent un double intérêt : témoignage des débuts de la relation amoureuse entre Jacques et Isabelle, ils annoncent également certains aspects de l'œuvre narrative à venir. On y trouve la formule « Les Beaux Jours », qui deviendra le titre*

1. David Roe, « Proses brèves de Jacques Rivière », *BAJRAF*, n° 121, 2009, p. 70. C'est dans cet articles que ces fragments ont été publiés pour la première fois. Ils étaient alors classés dans une chemise portant pour titre, de l'écriture d'Isabelle Rivière : « Esquisses, brouillons de ce qui devait être le premier roman de Jacques + divers débris plus anciens et notes sur Inondation 1910 » (bibliothèque de Bourges, Cote JR a.3 BJ/b79-80/m73). Il s'agit ici de quelques-uns de ces « débris plus anciens ». Nous reprenons le texte de l'édition, sans indiquer les ratures et ajouts, en corrigeant quelques rares erreurs d'orthographe de l'écrivain et en ajoutant les traits d'union que Rivière néglige.

d'un grand projet d'essai puis de roman et celui d'un texte publié en 1910[1]*. Déjà se manifeste la nécessité de « faire le point », de s'orienter, par l'écriture quand la passion amoureuse l'assaille, comme ce sera le cas avec* Aimée *et* Florence. *Il est d'ailleurs possible que le projet des « Beaux Jours » dont on a ici les traces originelles se soit à un moment hybridé avec celui d'*Aimée[2]. *Plus que l'espace cependant, ce sont ici les saisons qui structurent l'écriture et suscitent les images. À l'illusoire été des beaux jours, trop sensuel, succède un hiver loin de « la possession du corps », celui des « grands vents qui vont tout soulager », forme de « l'hiver lucide » de Mallarmé, espoir d'une paix possible et peut-être préfiguration des fiançailles secrètes d'Isabelle et Jacques en décembre 1907, même si le bonheur des « beaux jours » est toujours teinté d'une profonde tristesse et hanté par l'image du néant.*

Fragments manuscrits

Mon amour, voici qu'il va falloir reprendre les mots antiques, les mots usés par tant de lèvres pour vous dire une fois de plus mon amour. Mon amour, vous êtes comme quand le cœur s'éveille et qu'il ne sait ce qu'il va accueillir.

Mon amour, comme ce sera bon la première fois que vous m'aurez abandonné vos mains et que vous serez dans une faiblesse mortelle, ne sachant ce qui va vous arriver. Mon amour, la première fois que nous oserons ne pas parler ! Mon amour, la première fois que vous éclaterez en sanglots et que vous vous sentirez si malheureuse ! Mon amour le premier soir où dans vos draps vous pleurerez bien fort et vous désolerez de ne pas savoir pourquoi ! Mon amour, la première fois que vous me trouverez méchant !

30 septembre 1907

La vie est une chose bien plus plaisante, répondis-je
Chaque jour s'affranchir d'un attachement
Se mener toujours par le plus ardu

1. *Infra*, p. 938.
2. Voir *supra*, p. 894-895.

Ne jamais donner à ce qui m'entoure la satisfaction de me satisfaire
Retenir entre ses mains serrées ce désir d'accablement, fermer les lèvres sur le mot du grief
Et je sanglote davantage encore, parce que je commence à ne plus savoir pourquoi
La plus subtile tentation
Je n'entends plus que la plainte aveugle qui est tout moi
Oh ! comme cela me fut une absolution !
Et alors brusquement, ah ! l'horrible pourriture du cœur, je la lui dévoilai, le néant inclus comme un insecte puant en une fleur
Je lui ai expliqué dans un détail terrible etc.

Les Beaux Jours (1907)

« *La paix, pour qui la connaît, la joie et la douleur y entrent pour des parts égales*[1] »

Maintenant que le grand vent nous enveloppe pour tout l'hiver plus âpre et plus vain m'étreint le souvenir des Beaux jours. – Ah ! au bord extrême de ce déclinant automne, dans la paix des derniers soirs qu'ils furent beaux les Beaux Jours ! Nous avions pris la route qui monte derrière le village. Comme elle était fatiguée, son pas, inégal davantage, davantage l'appuyait sur moi. Je sentais tout son frêle corps si habitué à moi, si confiant en ma force, si reposé sur moi. Bien-aimée, que votre lassitude était douce ! Là-haut nous nous sommes assis sur le gazon,

Je l'entourais de mon bras et, joue contre joue, nous regardions devant nous sans voir. C'était en nous une paix si vaste que notre douleur avec notre joie s'y confondait ; un acquiescement à toute chose, un consentement, trop profond pour être même murmuré, à la vanité irréparable de cette vie. Comme tout était bien ! Comme

1. David Roe précise : « Citation de *La Jeune Fille Violaine* de Claudel : Anne Vercors parle à Pierre de Craon, vers la fin. (*Théâtre*, Pléiade, t. 1, 1947, p. 652.) Les mêmes vers sont cités par Rivière dans la troisième partie de son article "Paul Claudel, poète chrétien", paru dans *L'Occident* pendant ce même automne 1907. Voir *Études (1909-1924)*, 1999, p. 434 » (*op. cit.*, p. 76, note 21).

tout était beau ! Comme il n'y avait pas besoin de rien dire ! Comme c'était tout après tout ! – Je ne l'ai même pas serrée plus fort contre moi. Toute passion dissoute notre amour n'était plus qu'une présence infiniment mélancolique. Soir extrême de l'extrême belle saison !

Il faut se dépêcher de fatiguer la vie pour en obtenir cet unique et suprême délice ! Que la passion brutale promptement s'élimine ! Ah ! par pitié finissons-en des saisissements et des étreintes ! Épuisons tout ce qui semble au vulgaire la raison même de vivre. Afin qu'un soir, nos deux cœurs enfin dépouillés de tout désir, nous allions nous asseoir sur le coteau et que la vie ne soit pour nous que le double battement de nos âmes pacifiées. La paix ! Le jeune homme la cherche dans la possession du corps, il veut appréhender pour s'ensevelir et se confondre. Mais quelle plus parfaite possession nous est réservée, si nous savons la goûter ! Mon amour, vous connaissez cette douceur dont l'âme est toute submergée, et en qui, joints tous deux, nous nous perdions délicieusement. Toute ferveur et tout désir s'y viennent évanouir et c'est comme une mer trop calme où tous les torrents se sont dissous. Mon aimée, vous connaissez l'amère douceur des Beaux Jours.

1er octobre 1907

C'est à présent qu'il faut souffrir. Plus tard je ne pourrai plus.

« Que ce soit toi, pâle et ne chantant jamais » J. Laforgue[1].

1. David Roe indique n'avoir « pas retrouvé ce vers chez Laforgue » et ajoute que « Xavier Martin Laprade, qui a étudié de près les rapports de Rivière et Laforgue », précise que « Jacques avait l'habitude de citer de mémoire, sans vérifier ses attributions » (*op. cit.*, p. 78, note 22).

Parmi toutes ces mémoires qui se défont, au moment où le sommeil va m'alléger de toute réalité, ta seule image survit, plus précieuse et plus aimée. Ainsi tu t'exaltes sur la disparition du monde et ce n'est plus que toi qui m'es présente, et je vais te serrer sur mon cœur, chère vaine illusion insaisissable. Ah ! comme je l'ai créée, comme tu as tout reçu de moi, comme te voilà parée des désirs de mon âme ! Cette tendresse dans tes yeux et cette détresse aussi qui ne veut pas parler, et toute la courbe de ce visage adouci de fatigue, et cette imperfection délicieuse de ta démarche, toute cette si unique beauté que tu rayonnes, comme elle est mon regard devenu vivant ! Mais déjà tu es plus forte que moi, déjà tu te détaches et te voici réelle, et c'est de là-bas que tu viens à ma rencontre. Tu as eu toute une vie avant moi, dont je vais être jaloux, tu as su et goûté des choses qui sont à jamais perdues pour moi ; au fond de tes yeux je vais poursuivre douloureusement le mirage qui [s'évanouit] de spectacles inconnus. Je tends la main pour te saisir comme une étrangère, je cherche de quelle musique finie ta voix est l'écho. Tu me racontes comme là-bas il était doux au soir de juin le petit jardin potager en pente vers le ruisseau ; tu me dis par quel pont tu traversais et comment un jour tu y rencontras cet enfant grotesquement barbouillé, dont le souvenir te fait rire. Bien aimée, tu ne sais comme tu m'es cruelle, tu ne comprends pas le mal que tu me fais, tu ne vois pas que bientôt je vais te croire vivante et que je revoudrai ta vie, que je l'exigerai avec tous ses détails pour mieux l'abhorrer et la détruire. Ah ! ce que tu prends pour un embrassement d'amour augmenté, ne sens-tu pas que c'est ma rage qui monte et que je voudrais t'étouffer pour avoir été hors de moi ? Vite, vite, ne songeons plus. Laisse s'éteindre tout écho ; que je ne sache plus que tu es autre et qu'encore une fois je puisse te croire, parmi toutes ces mémoires qui se défont, au moment où la passion va m'alléger de toute réalité, simplement une image très précieuse et très aimée, issue de moi, et parée des désirs de mon âme.

13 octobre 1907

Je l'ai prise par la main ce soir. Nous avons marché longtemps. J'écarte les branches et voici la route qui accède au bois obscur. Je la sens qui tremble doucement et ne dit rien ; nous avançons bien loin du monde et du jour, émouvant à peine quelques frôlements dans les buissons. Quelle inquiète paix déjà nous environne ! Tout ici est sombre mais ami : la clairière s'ouvre et s'offre le banc de gazon. Ah ! nous voici définitivement exclus ; la séparation s'est opérée ; j'ai conquis pour tous deux la solitude. Rien ne murmure encore ; et rien ne serait changé, si nous ne sentions ridiculement éloigné, perdu, enseveli cet univers où nous vivions, où notre amour se heurtait à lui-même en une lutte épuisante, et si par-dessus cet arbre non immobile ne filtrait déjà, devançant celle qui la projette, cette pâle lumière sans chaleur qui va baigner pour l'éternité nos deux âmes en une seule enfin confondues.

13 octobre 1907

Parce que sa beauté n'est pas éternelle, je l'aime ; parce que je la sens si fragile, si menue, si prête déjà à s'effriter. Ô bien-aimée, je saisis ta main et c'est la mort que j'y sens battre à petits coups. Mon amour est pour ce qui passe, mon amour est à tout ce qui va mourir ; mon amour est à toi en qui je sens la secrète atteinte de la décomposition. Ah ! mon amour n'est-il pas l'effort pour mieux périr ?

En elle j'aime cette blessure comme en une chose trop précieuse, dont les Dieux se seraient vengés.

J'aime que chaque souffle que je bois sur ses lèvres emporte un peu de sa vie consumée.

« O Ténèbres, que votre accès est plein de considération »

Ai-je pu penser cela ? L'ai-je vraiment voulue ainsi créature de ma pensée ? Ô fade idéalisme, timidité livresque. J'ai eu peur de la chair vivante. Cette tendresse dans ses yeux, et cette détresse aussi qui ne veut pas parler, et toute la courbe de ce visage adouci de fatigue, et cette imperfection délicieuse de sa démarche, toute cette si unique beauté qu'elle rayonne, comme elle est réelle et saisissable ! Comme elle est autre chose que moi ! Le crime maintenant et la douleur seraient qu'elle devînt une parcelle de mon âme. Non je la veux étrangère, je veux cette angoisse de la sentir autre, et mystérieuse et irrémédiablement cachée. N'est-ce pas cela, tout mon amour, cet effort pour pénétrer en son être ? Tout me la voile, jusqu'à même ses paroles, même ce qu'elle me dit d'elle pour se révéler à moi. Son geste le plus sincère, cette façon qu'elle a de me saisir les deux mains quand je tourne la tête, ses plus subtiles et délicates spontanéités, ne m'enseignent rien. Voilà auprès de moi, pour vivre avec moi, pour peser à mon bras sans cesse, celle qui m'est plus fermée que la mort. Secret qu'avec des larmes et des adjurations désespérées je tente de ravir, secret où je me déchire les mains comme aux clous d'une porte close, secret qu'elle voudrait me livrer et ne peut, secret qui vit, impassible, entre nous deux, oh ! quelle vie ne donnerions-nous pas pour l'entrevoir ? C'est là qu'est la joie de l'amour, et ce pouvoir qu'il a de se détruire, de s'approfondir ; et ce désir mortel, dont il s'accompagne toujours. Je finirai bien par briser le sceau, dussions-nous nous briser nous-mêmes. Nous fuirons le jour pour la nuit, où s'allumera peut-être une plus révélatrice lumière ; nous ne nous joindrons qu'au tombeau.

Parmi toutes ces mémoires qui se défont, au moment où le sommeil va m'alléger de toute réalité, ta seule image survit plus parfaite et plus aimée. Ainsi tu t'exaltes sur la disparition du monde, et ce n'est plus que toi qui m'es présente, et je tiens mon trésor enfin entre mes bras. Mon amour, je t'ai tout donné ; j'ai tout renoncé pour toi ; j'avais des désirs infinis, une soif de puissance, un grand mépris des hommes, et j'appelais tout cela mes richesses. Je me pensais fort et seul, et libéré de tout sans avoir rien subi. Maintenant mes deux mains sont prises dans les tiennes ; je n'ai plus pour vivre que la place comprise entre tes deux bras serrés ; je suis dans une faiblesse et dans un accablement infinis ; peu à peu tu m'as dépouillé de tous mes biens ; je n'ai plus su pourquoi les aimer ; je ne les ai plus compris ; ils se sont évanouis d'avec moi, sans que je sache comment. Ô mon amour, je n'ai rien gardé. Je ne suis plus qu'un regard sur toi, qu'un regard en toi.

L'été de la saint-Martin

« Crois-moi, c'est bien fini, jusqu'à l'année prochaine. »

Des premiers brouillards qu'on croyait déjà définitifs, le soleil a surgi ce matin désenveloppé mais encore tout humide. Oh ! comme on va revivre ! Oh ! comme il va faire bon appliquer ses mains sur la pierre chaude du mur ! Je m'étire, je m'accoude à la fenêtre.

Mais non. Sous ce voile de quelques jours la nature s'est fanée. Tout est consommé ; la mort est certaine. Ce n'est qu'un suprême suspens avant la fin. Il y a quelque chose d'irrémédiablement blessé dans le temps. Sourire dans l'agonie ! Ainsi les muscles du visage se détendent en une paix ineffable avant l'horreur dernière.

J'écoute, penché sur ce ciel infini et trop calme, sourdre au bord de l'horizon le murmure obscur des grands vents qui vont tout soulager.

8 novembre 1907

Il n'y a pas de vérité qui me vaille, partant qui me mérite.

« Visions sitôt éparses que sues »
Stéphane Mallarmé, *Divagations*

De tout près ce n'était plus qu'un murmure. De toute cette nuit la voix, qui d'un grand cri m'avait appelé, se plaignait maintenant, basse, précipitée, haletante.

Hélas, il va falloir recommencer ! Rien ne se fait parce que rien n'est. Je saisis et ce n'est rien. Je me dresse et il n'y a plus rien. Je veux voir, et c'est la nuit. Pourtant d'où cet appel ? Que me veut ce désir ? Je croyais tant aux choses. Pourquoi se sont-elles ainsi soustraites impitoyablement ? Ah ! je suis brisée de trop d'efforts. J'étais partie pour de grands héroïsmes ; je voguais splendidement vers un amour, le plus pur. Déjà s'esquissaient des îles. Le parfum de leurs fleurs m'éventait, au sillage tournoyaient de silencieux grands oiseaux blancs. Je me suis tenue au bastingage, parce que j'étais toute tendue, toute gonflée d'un souffle, et je pensais, pâmée en émoi de triomphe : Enfin, enfin. Et pour ne pas éclater de rire j'ai dû appuyer passionnément à me faire mal mes deux mains sur ma bouche. Conquêtes, délire d'arriver, trop fort ravissement du vent qui vient de la terre prochaine, mains qui se crispent déjà d'un désir de saisir, corps bandé d'avidité. – Mais déjà les belles îles flottaient plus pâles, déjà leur parfum s'atténuait en souvenir, et les ailes des oiseaux s'effaçaient dans l'écume. Plus que la mer, indéfinie, cinglante et railleuse. Là-bas le soupir d'une trop belle mélodie qui se mourait, ironique. Et les vagues à tout jamais pareilles chantant là-bas, comme maintenant je pleure, « Tout Seigneur, de celui qui n'est pas et qui prend nos efforts pour des vanités. »

17 novembre 1907

« Introduction à une métaphysique du rêve », écrit en 1908, a été retravaillé en 1909 pour être publié en novembre dans le numéro 10 de La NRF. *Il a été repris dans le volume* Études. *On y voit l'attachement de Rivière à la topographie, présente dès l'incipit comme point de départ de la réflexion, on y lit également sa quête d'une instance supérieure. Une note préparatoire à ce texte donne une idée des enjeux du rêve : « ce ne peut être que lui qui a les paroles de la vie éternelle[1] ». En accolant ainsi l'activité onirique et une formule clé du christianisme, Rivière témoigne de sa volonté d'explorer la spiritualité au-delà du domaine religieux. À Claudel, en février 1908, il présente son projet d'une « Introduction à une métaphysique du rêve » comme « un bon moyen, tout en disant certaines choses sérieuses, de se moquer des professeurs de philosophie[2] ». La réflexion sur le rêve trouvera à s'exprimer dans les articles consacrés à Freud et à Proust et on peut la relier à l'incipit de* La Recherche, *que Proust élabore*

1. Cette formule apparaît dans les textes préparatoires de 1908 et 1909 édités par Rosa Maria Losita dans *BAJRAF*, n°s 67/68, 1993, p. 7-84 ; voir p. 16, 21 et 47.
2. *Correspondance Claudel-Rivière, op. cit.*, p. 109.

en ces mêmes années 1908-1909[1]*. Plus que dans tout autre texte, Rivière mêle ici la réflexion philosophique et l'œuvre d'imagination. Le travail de réécriture, de l'esquisse à la version publiée, témoigne d'une volonté de gommer la dimension spéculative au profit de la métaphore du rêve comme pays et du récit de rêve. Cette évolution donne naissance à un texte qui, par son thème et certains aspects de son style, annonce le surréalisme, comme l'a fait remarquer Marcel Raymond.*

Introduction à une métaphysique du rêve

À la mémoire de Jean-Arthur Rimbaud

I

Sous cette colline de ténèbres, sur ce talus qui s'effrite dans la molle rivière muette, des tréteaux où se joue ma tragédie. Le ciel descend lourdement comme un balcon qui sombre sous les étoffes. Toute cette foule naine innombrablement accroupie s'ébranle par moments d'un rire minutieusement idiot et contenu. Je sortirai. – Le sombre courant sans remous où plongea la parade se dissipe en vapeur ; un instant, flotte au travers, et déjà voici présente une plaine indéfinie, bossuée de broussailles qui sont des embûches, cernée d'un trait sanglant au ras du couvercle des nuages ; je tressaille, frôlé par l'un des assassins masqués qui rampent et convergent vers ce cri plus étouffé que la chute d'un corps sans vie dans le silence de tentures. – Aube lente, aigreur de la brise ; j'accompagne un pèlerinage menu, piétinant, inquiet vers je ne sais quel dieu très las qui siège derrière cet horizon. De celui que j'ai saisi par la manche auprès de moi, je fais le tour sans découvrir un visage. Il n'en a pas. Il n'est que l'arbre où je m'appuie pour écouter râler les dernières fusées de la fête nocturne, qui se dénoue là-bas dans la lassitude de ses drames et de ses barques.

*

1. Bernard Brun, dans « Le dormeur éveillé, genèse d'un roman de la mémoire », « Études proustiennes IV », *Cahiers Marcel Proust*, n° 11, Gallimard, 1982, p. 242-316.

Le grand pays merveilleux ; ses avenues qui s'approfondissent, ses vallées et ses lointains au-delà de tous horizons prolongés ; la fuite de cet espace vivant où s'avancer est comme écarter des bras la pure fluidité d'une onde. Ah ! plus que l'âme indéfinie, routes indécises et mouvantes ! Passages, descentes, aisance surnaturelle des parcours ! Toute marche est comme une danse. Essors insensibles ; on ne s'aperçoit d'avoir quitté la terre que lorsqu'on plane déjà. Si grande douceur des mouvements dans cette vibrante profondeur qu'on les sent s'y dissoudre un peu et le corps s'y répandre. Enfin je vis en ce qui vit, je suis dans la même communion avec l'entour que le cavalier avec le galop de son cheval. Voici mon illimité domaine ; je me reconnais. Je circule comme un ange à travers cette mouvante beauté.

Cependant, selon la naissance vertigineuse et immobile des fantômes, sur ma liberté voluptueuse se posent de muets périls. Il y a des saisissements mystérieux qui m'arrêtent sans que je sache par où l'on me tient, il y a des zones d'embarras où se multiplient les impossibilités, il y a un resserrement effroyable comme de parois, et de ridicules étroitesses objectent à mon passage leur ironie. Je suis circonvenu d'influences ; je ne peux me déplacer sans émouvoir mille souverains seigneurs que je ne connais pas. Sur tout un territoire pèse l'emprise d'un maître caché ; je fais des efforts aussi lourds que des siècles pour parcourir une région sans être vu de qui je ne vois pas ; je glisse pendant des lieues sous le couvert d'une haie et je surmonte d'un bond la terreur d'espaces vides. Mais m'arrête le guet universel de figures sans nom accroupies symétriquement autour de moi : dangers dont le souffle halète entre mes épaules ; poursuiveurs indéfinissables qui ne se fatiguent pas ; silences comme matériels et qui sont des intentions ; doigt sur la bouche des trop beaux visages qui pétrifient. Attentes, pesant désir de la présence d'on ne sait qui, approches épiées, figure entre les branches que je crois reconnaître, mais ce n'est pas *lui* ; et soudain cette main qui se pose sur mon épaule si doucement que je tressaille et n'ose plus me retourner. Ah ! que de voyageurs je rencontre dont une affreuse particularité a fait des monstres ; mon cœur ne peut supporter que je les voie ; et je les sens auprès de moi qui mangent, assis devant l'hôtellerie, graves comme des goules, et si définitivement tristes que cela seul est une terreur.

*

La voix du rêve sourdement souffle au sein même de mon cerveau et sous le palais du crâne. J'entends un râle qui est la sonorité de tout le paysage et le fait frémir sur lui-même ; râle qui se prolonge, puis soudain d'un soubresaut se délivre… et reprend plus bas. Le lointain, fiévreux, innombrable bourdonnement pénètre à travers toute épaisseur jusqu'en la substance de mon corps ; ainsi que la rumeur filtrée d'une assemblée myriadaire qui discute et s'emporte, il surgit par instants en vagues plus violentes, coupées de décroissances pacifiées : le concile de tous les « autres » parle. Puis des silences se creusent en solitudes. Je sens que les derniers, déjà très loin, passent le fleuve et leur souvenir en moi pâlit comme un visage ; je ne perçois plus que le sombre battement de mon sang ; la paix s'élargit alentour avec la nuit. Alors naît le murmure des forces secrètes emprisonnées ; c'est une poussée chuchotante de petites présences ; des milliers de voix minuscules se pressent autour de moi, appuyées, inquiètes, confidentielles, ainsi que s'énoncent les feuilles dans le vent, jusqu'au moment où les emporte dans son tourbillon ce bruit qui passe comme un ravage, clameur à travers le ciel d'une chevauchée en délire, torrent de brutes ruées, et leur évanouissement à l'horizon avec la seule survivance d'un « Ha ! Ha ! » immense et lointain.

II

Je me lève chargé d'un souvenir plus pesant que le monde ; j'erre perdu dans sa richesse insoutenable ; je le porte devant moi épandu comme une bannière et comme un cri. Je viens d'un pays plus certain que la maigre réalité dont la fraîcheur maintenant me transit. Je ne peux pas douter d'avoir traversé l'abîme suivant l'axe de sa plus véritable épaisseur. La gorgée de jour que pour me désenivrer j'avale ne m'ôte pas cette conscience. Les courbatures, laissées à mes membres par mon voyage, attestent qu'ils n'ont pas touché que des fantômes. Ô lumière sombre ! la densité de ton resplendissement baigne encore mes yeux par l'aube obscurcis. Mais avec mes mains appliquées sur le visage c'est en vain que j'essaie de retenir en mon regard la vision des séjours trop vrais pour ma faiblesse. Je suis réenvahi par la netteté glaciale de ce monde sans volume et sans présence.

*

Quand les premiers hommes au sein des forêts primitives allumaient le feu du soir pour éloigner les fauves, quand ils surprenaient danser dans les clairières d'épouvantables merveilles, quand au regard qu'ils plongeaient, en y rassemblant toute leur âme, dans le mur des ténèbres, bougeaient de silencieuses formes inconnues, quand le tonnerre charriait des dieux, alors le monde était vivant. Le grand ancêtre s'avançait, escorté de souffles et d'attentes, guetté par les détours et tout couronné de périls ; dans l'ombre sur ses pas se tassaient des faims sans visage dont son courage sans cesse tendu contenait seul l'impatience. Mais l'aube était une écluse qui s'ouvre ; il en sentait sur ses épaules couler la candeur liquide, et de ses bras levés, il en prolongeait sur toute sa nudité le baptême. Apparition entre les arbres des lacs fleuris, sillonnés de croupes monstrueuses et où s'abat le vol d'oiseaux blancs portant leurs longues fines pattes suspendues. Sommets que baigne un vent si pur qu'il est acide et d'où ne s'aperçoit que l'ondulation indéfinie des forêts. Courses sur les chemins de liane, balancements et suspensions, glissades au flanc tiède des rocs, ruissellement, sur la peau, des eaux traversées, rencontre soudaine d'une brise qui se lève. Fleuve qui s'ouvre brusquement sous les pas et passe, muet, tout d'une pièce, avec des feuilles et des branches dressées comme des bras hors de l'eau. Combats lointains des grands animaux autour de la fontaine, et silences universels planant d'un horizon jusqu'à l'autre. Au soir le soleil se laissait tomber entre les monts, et, longtemps encore après sa disparition, sa vaste main dépassait, écartée dans l'azur. L'homme, accoudé à la solitude comme à une barrière, recueillait dans la profondeur de son ouïe la naissance des voix nocturnes. Il entendait les distances, innombrablement peuplées, s'émouvoir peu à peu ; elles semblaient converger vers son cœur et s'y attacher ; chaque éveil le long du fil invisible s'y venait répercuter et en rythmait les battements. Et des lointains du ciel, de chaque astre, par le lait de la nuit voguait une anxiété voluptueuse vers son attente.

*

J'ouvre ma fenêtre sur la quotidienne matinée. On l'a faite pareille à toutes les précédentes. Son visage n'est plus qu'un chiffre ; il me suffit d'en détacher la feuille sur le calendrier. – Par des patiences et des méthodes le monde a été défriché de son existence. La science a réduit, assimilé, identifié, elle a partout inventé la répétition, alors que le réel est un jaillissement incessant de formes nouvelles, l'inépuisable assaut des spontanéités premières. Le monde, source toujours primitive et perpétuelle naissance, est devenu un total de substitutions possibles. Je le connais jusqu'au bout. Rendu pareil à lui-même en toutes ses parties, il s'est pétrifié ; car rien ne se meut qui ne se transforme pas. Une sève de glace raidit ses membres. Si nous prévoyons les phases stellaires, c'est que nous avons attaché les astres à nos instruments et projeté l'inertie jusqu'au fond du ciel. – Le grand corps inanimé s'étend devant moi dans le linceul du jour qui recommence.

*

Le sang de la réalité ne bat plus aux artères du monde. Mais il ne s'est pas écoulé vainement. Un plus secret royaume l'a bu et s'en est animé. Dans le grand tournoiement silencieux des rêves, dans le sombre et magique remous où les choses deviennent comme des êtres qui se tendent les bras, se saisissent, se nouent et se confondent, je retrouve la vertigineuse réalité des premiers âges. Voici les marches, le détour, et sous la voûte s'ouvre la bouche de l'immensité. Des échos éclatent sourdement, prolongeant à l'infini l'habitation souterraine. Le peuple profond m'envoie sa parole innombrable. Déjà mon attitude n'a plus cette aisance machinale, cette ennuyeuse sécurité. Un instant je me crispe, immobile, sur la margelle de l'obscur mouvement. J'épie, comme l'ancêtre, les appels et les menaces. Mais ainsi qu'on jette une corde, un chemin s'empare de mes pas. L'âpre délice de chaque rencontre me baigne d'une irrémédiable conviction. Je ne porterai pas la main à mon front sans que naisse au ciel une étoile, je ne sentirai pas bouger en moi le désir de boire sans que s'ouvre secrètement en la forêt une avenue vers la fontaine ; et tandis que je me penche sur l'eau, la pluie de l'ombre sur mes épaules persuade délicieusement tout mon corps de sa réalité. À cet arbre étincelant je cueille une grenade d'or ; aucun doute ne prévaudra contre la certitude parfaite de sa saveur.

*

J'allumerai la lampe des songes : je descendrai dans l'abîme. Le feu sourd éclairera ma recherche. Je retrouverai le grand être endormi. Mirage des secrètes profondeurs ! Peut-être l'éclat s'en voudra-t-il une fois sur mes prunelles conserver. J'entends un cœur qui bat vers le centre de mon rêve ; peut-être le mien en saura-t-il une fois recueillir le rythme. Et cette parole, acclamation étouffée, que profèrent tant d'invisibles bouches, peut-être une fois sur mes lèvres laissera-t-elle son goût survivre. Ce sera ma métaphysique.

« Sur la mort de l'aviateur Delagrange », paru dans La NRF *de février 1910, évoque le vol, puis la chute mortelle de l'aviateur Léon Delagrange, le 4 janvier 1910, non loin de Bordeaux. Rivière, qui avait quitté sa ville natale la veille, n'a pas assisté à l'accident ; il décrit cependant la magie du vol, son apparente immatérialité et sa violence inattendue ; il fait coïncider la chute du texte avec celle du pilote, à peine suggérée. Le texte est à mettre en relation avec ceux qui évoquent, à la même époque, ce qu'on nommait encore la « locomotion aérienne » : le « Manifeste du futurisme » de Marinetti (1909) ou* Forse che si forse che no *de d'Annunzio (1910). Cocteau, dans* Le Cap de Bonne-Espérance *(1919), et Proust, dans* Sodome et Gomorrhe *(1921-1922), rendront également hommage aux débuts de l'aviation. Rivière, qui accomplit son baptême de l'air le 28 juin 1912, avait une réelle passion pour l'aviation, les nombreuses lettres à ses tantes qui l'évoquent en témoignent ; son frère, Pierre, était ingénieur chez le constructeur Voisin*[1].

1. Voir le dossier réalisé par David Roe et Agathe Rivière Corre dans *BAJRAF*, n° 133, 2014, p. 8-78.

Sur la mort de l'aviateur Delagrange

Entre toutes les vertus le courage a ce privilège terrible qu'il ne trouve sa parfaite preuve que dans la mort. Je pense à Léon Delagrange qui vient de périr dans une chute d'aéroplane. Dans les landes de la Croix d'Hins, près de Bordeaux, au milieu de l'immense solitude, parmi cet air qui retient de sa proche origine océanique des sursauts, des remous et de soudains effrénés glissements, il se tenait avec application, modelant l'attitude de son vol sur l'invisible et sans cesse variable fluidité de l'élément : il prenait appui sur les couches limpides qui ondulaient sous ses ailes comme un dos, il coulait parmi la transparence. Le marin contemple des yeux les vagues qui le menacent, il connaît la direction de leur assaut ; mais l'aviateur nage dans une clarté trop pure pour qu'il puisse apercevoir les gestes de son bouleversement. – De plus, l'aéroplane ne se soutient que par la résistance qu'offre l'air à son avancement. Il est un engin essentiellement dynamique, il ne faut pas qu'il cesse de faire effort sous peine de s'abîmer. Ainsi son parcours est une lutte, il ne peut rien sans hostilités ; il ne progresse qu'en repoussant à tâtons l'ennemi informe qui l'environne. Mais il lui faut se garder d'une victoire parfaite ; car s'il triomphe de la résistance, il s'effondre.

Delagrange tenait la barre, et de tous ses membres il méditait avec exactitude le degré, sans cesse différent, d'inclinaison des plans à opposer à la rafale. « Il travaille là-haut ! » Quelqu'un dans la foule a dit ce mot admirable. – Continuité de l'effort, tension de tout l'esprit qui, exprès, a diminué vertigineusement ses chances de survie, afin qu'en maintenant seul celles qui restent, il éprouve mieux sa puissance. Côtoiement volontaire de la mort ; rapprochement des limites ; toute la vie se rassemble dans l'âme comme la population d'un pays dans la capitale assiégée, afin d'être mieux *en présence* et pour qu'aucune parcelle de l'être ne soit sans participer au danger. – Alors aussi on connaît par la suppression de tout ce qui le justifie ce que peut être l'espoir dans sa violence ; une sorte de transport muet, de cri arrêté dans la gorge.

Dans un virage, les deux ailes se sont brisées sous l'effort… La foule s'est retirée en silence.

Paru dans L'Occident *d'avril 1910*[1]*, « Le Chemin de fer » prend place dans un projet plus vaste qui devait s'intituler « Les Choses ». Rivière le définit ainsi dans une lettre du 19 décembre 1909 à André Lhote : « Tout le livre serait une suite de constatations aussi minutieuses que possible. Je prendrais les choses les unes après les autres. Je les tournerais dans ma main, en en disant tous les aspects*[2]*. » Si le titre du projet évoque, pour le lecteur d'aujourd'hui, le roman de Perec, c'est plutôt à Francis Ponge que fait songer le texte de Rivière. Au-delà du souhait commun d'un « parti pris des choses », les deux auteurs partagent une écriture qui utilise la forme du poème en prose pour explorer la nature profonde d'un objet. Le choix du chemin de fer témoigne du souhait de Rivière de parler des choses les plus prosaïques et de sa passion pour les innovations technologiques. Alors que Proust ou Cendrars adoptent le point de vue du voyageur pour décrire le mouvement que le train donne au paysage, Rivière le personnifie et évoque son cheminement métallique sur la surface de la Terre, moyen de connaître intimement « le pays ».*

Le Chemin de fer

J'inscrirai sur cette feuille, les unes après les autres, toutes les raisons que se découvre mon amour, dès l'enfance profonde, du chemin de fer.

I
La voie

J'aime la terre comme un visage ; et de même qu'en un visage je me passionne surtout à la liaison mystérieuse des saillies avec les cavités, de même m'exaltent plus que sa couleur le relief même de la terre, l'ondulation de sa surface, le déroulement fluide ou saccadé de ses pentes. Toute différence de niveau appelle ma

1. Paru en réalité en octobre 1910.
2. André Lhote, Alain-Fournier, Jacques Rivière, *La Peinture, le cœur et l'esprit. Correspondance inédite*, *op. cit.*, p. 214.

constatation ; elle est un mouvement et un signe ; elle fait un geste comme une femme avec son corps. – Dans les vignes de mon pays les pluies d'orage laissent au bas des « règes » des alluvions de sable pur où subsistent de blondes vagues figées ; enfant, je m'agenouillais pour palper les crêtes friables et l'alternance des dépressions, pour recueillir dans mes paumes l'empreinte de cette minuscule géographie. – Souvent, sur une route en remblai, j'ai épié l'exhaussement progressif des terrains environnants, calculant avec passion le moment où ils affleureraient, essayant d'imaginer l'endroit encore inconnu où la lente insurrection des champs s'égalerait à la course plane de la route.

J'aime le chemin de fer parce qu'il est de tous les chemins celui qui s'asservit le mieux au relief, celui qui en a la meilleure *intelligence*, celui qui en dessine le plus nettement, par ses docilités, l'organisation. La route ne s'attache guère à éviter les pentes ; elle les accueille de front, elle se laisse soulever par les collines comme le paquebot par la haute mer silencieuse ; elle monte lentement comme pour se confronter au ciel ; puis la voici qui domine tout le pays, hésite devant son enfoncement universel, s'équilibre un instant ; mais déjà la terre se dérobe sous elle ; elle s'effondre parmi l'éclaboussement des arbres comme une écume. Ainsi indéfiniment oscille la route en proie au tangage immense des traversées. J'en sais une qui se déroule à travers tout un pays comme une grande flamme enracinée dont l'ondulation se propage sous le vent en droite ligne. Cependant le chemin de fer autour de sa rectitude sinue. C'est qu'il ne traverse pas le pays ; il le divise et le démêle ; il s'avance comme un homme entre les arbres ; il écarte les branches, mais il suit avec docilité leur indication ; il est quelqu'un qui cherche et qui pressent ; obligé de se maintenir toujours horizontal il s'infléchit au flanc des coteaux, il se rétracte aux moindres oppositions et choisit toujours de contourner. Ce n'est pas qu'il ne sache où il va ; mais au contraire il est si bien pénétré de sa destination qu'il se permet de la négliger d'abord, comme un auteur, sûr de son sujet, se donne le plaisir de commencer par une digression. Il tâtonne ainsi à l'entrée des vallées pour élire celle dont l'axe s'accorde le mieux à son intention, il quête le seuil le plus bas, il emprunte délicatement les paliers. Il mène contre la hauteur une lutte lente et soumise.

Mais il faut encore le voir s'employer à la dure pénétration des montagnes. Sa marche alors est faite de souplesses et de brusqueries successives ; il est semblable à un homme qui se fraye un passage parmi la foule en avançant rudement l'épaule. Il se dégage sans cesse pour aller plus loin, il s'acharne à se propager, il se glisse âprement en des défilés où il n'y a pas place pour lui ; il se soutient sur les pentes en en mordant la chair. Parfois il est pris de grandes impatiences qui sont les viaducs ou les tunnels. Mais ces violences, faites au relief, ne sont que pour réunir des fidélités consécutives ; elles sont les soubresauts d'une application trop fervente ; elles trahissent la nervosité d'une attention si poussée qu'elle ne se supporte plus ; elles sont comme la ligne tressaillante dont un peintre rallie soudain les formes qu'il a mis toute sa dévotion à serrer dans leur plus sévère délicatesse.

Je ne veux plus qu'une preuve de l'intelligence du chemin de fer : je la trouve dans sa façon d'aborder les villes. Il les gagne plutôt qu'il ne les conquiert, il les atteint obliquement ; longuement il prend d'elles connaissance, il se confronte à tout leur pourtour, il les embrasse de la pénétrante insistance de son circuit, il se fait chair avec elles. La route au contraire violemment s'ouvre passage au cœur de la ville, et si elle en palpe le grain intérieur, elle n'en sait pas la forme.

II
Le rail, l'aiguille et le train

Ce m'est à chaque fois une émotion nouvelle que de rencontrer des rails. Dans les Landes, un jour, ayant écarté quelques broussailles, j'ai découvert la voie d'un petit chemin de fer économique. Je me suis mis debout entre les rails. Vers l'ouest ils fuyaient à l'infini dans la coupée violette des pins, comme un immense ruisseau droit et silencieux. Dans le sens opposé il y avait une courbe qui les ravissait presque aussitôt à mon regard. Je me suis agenouillé ; j'ai pris dans ma main leur courant uni. – Je m'émerveille chaque fois de cette fluide faculté qu'ils ont de conduire, de ce chemin muet et toujours disponible qu'ils sont, de l'appropriation si parfaite de leur forme à la roue que celle-ci semble n'avoir sans cesse besoin que de constater d'un effleurement leur présence pour rouler. Mais surtout le grand mystère est celui de leur continuité indéfinie. Ils sont une liaison avec l'immensité de la terre ; dans leur nudité jumelle je discerne possibles toutes les divergences ; ils s'en vont, se joignent à d'autres, se côtoient silencieusement dans les gares lointaines.

Quand ils passent par les grandes villes ils se multiplient et s'enchevêtrent, écriture luisante à grands jambages sur tout un vaste terrain. Pourtant dans les plus subtiles complexités chacun maintient sa direction propre, l'intention de son voyage ; il se démêle avec entêtement, il émerge toujours des affluents qui semblent vouloir le retenir en s'attachant à lui ; il quitte les gares, seul, vers la nuit des grands espaces, avec la conscience de son but qui est : plus loin.

Mais rien n'est beau comme les courbes et comme l'appuiement des roues sur la naissance de leur inflexion. Ce sont les courbes qui révèlent la puissance du rail : d'abord elles font semblant d'accueillir le sens du mouvement, de l'accompagner, mais c'est par ruse et pour mieux l'incliner vers ailleurs ; elles servent mais pour faire sentir leur empire ; elles soulèvent un peu une épaule et toute la masse en passage penche vers l'intérieur avec obéissance. Avec leur geste en fuite comme une main qui désigne le pays encore caché, elles sont toujours là en pleine campagne, à leur poste solitaire, prêtes à la patiente besogne de la bonne indication.

Je parlerai aussi de l'aiguille. Elle attend à la sortie des gares ; elle se blottit contre le rail droit ; elle fait corps avec lui ; elle insinue sous les roues son petit déplacement ; elle est la dérivation subreptice et l'ouvrière des grands abandons ; elle propose de dévier vers les régions moins traversées, vers les lignes qui n'ont qu'une voie. Le train qui l'adopte s'en va de la gare lentement, et on le voit longtemps, tout déjeté, peiner vers sa nouvelle destination.

Pour contempler passer le train, il faut être loin des gares, surprendre le parcours dans sa solitude. Je m'étends par terre au bord d'une courbe ; je laisse mon corps participer tout entier à l'approche ; j'entends déjà craquer les traverses. Le rail se prépare à son puissant travail d'assomption ; il s'éprouve lui-même dans ses jointures ; il vérifie par ses vibrations sa solidité. Soudain l'averse effroyable est sur lui. Comme je suis au ras de terre, je le vois en cadence plier ainsi qu'un homme qui creuse les reins pour charger un fardeau. Et je me passionne à la docilité énorme des wagons, au miracle de voir leur masse si frêlement guidée. La joie que me donne ce spectacle, voici les mots par lesquels j'essaie de la faire comprendre : canalisation formidable du mouvement, tout un bloc de vie n'est plus que transport et vitesse, n'a plus de commun avec la stagnation de la terre que l'adhérence infime de son roulement, ne communique plus avec le lieu qu'indirectement, par le ruban qui se dérobe sous lui, inépuisable ; mais ce ruban grâce à une sorte de persuasion immobile incline le déchaînement qui le parcourt à toutes les sinuosités.

III
Le voyage en chemin de fer

Le départ à la gare d'Orsay pour le voyage de nuit. J'aime ce silence, cette propreté et cet abord de plain-pied qui, faisant plus ordinaire l'accueil du wagon, augmentent le vertige de se sentir tout penché au bord de la distance et prêt à en suivre le déroulement. Il n'y a plus qu'à attendre ; c'est à la fois le calme et l'inquiétude de la désoccupation. Par instants passe devant mes yeux la perspective immense de la nuit que nous allons, en la traversant, diviser ; et je me dispose intérieurement, comme le marchand de bœufs dans sa carriole relève le col de son manteau au moment de s'engager dans la forêt. – Le wagon est une voiture qui s'est arrangée pour les grands parcours et les grandes vitesses ; il s'est fait chambre, il s'est calfeutré pour bien marquer qu'il se détache de l'entour et n'a d'autre but que d'arriver. Il faut que je ferme le loquet extérieur, car voici que je suis parti pour être à travers la France en passage.

J'évoque maintenant le moment où la machine fend majestueusement en pleine Beauce les grandes eaux nocturnes. Elle ne respire plus avec ce rythme large du départ ; mais si j'écoute, j'entends la trépidation continue de tout son corps bandé dans un travail féroce. Sans s'occuper de l'obscurité, devinant la préparation qui se propage méthodiquement sur toute la ligne au-devant d'elle, confiante dans la veille de ceux qui l'attendent, toute muette de l'attention dont elle épie la muette parole des disques, elle court sur son chemin ouvert, en lutte seulement avec la distance, sans autre souci que de la savoir parcourue. Je me recueille, je m'éprouve en transport, je goûte cette quiétude d'être immobile au sein d'une bulle vertigineuse ; puis je me déplace lentement dans le compartiment ; je sais que mon pas d'une banquette à l'autre, la vitesse le rend d'une immensité caricaturale.

Sommeil ambigu : avant qu'il ne m'accable, je sais jouir encore de la longue plainte continue, très douce, bleue comme la nuit, qui coule tristement tout le long des roues, pendant que le train accueille les courbes en grande allure – De ces rapides il faut aimer aussi les sifflets, rares, courts, indispensables : le sentiment de leur importance les rend laconiques.

Surtout les arrêts : soudain je m'éveille parce que je ne bouge plus. Clignotement des hauts phares électriques, silence coupé par les heurts espacés du maillet contre les roues. Cependant l'isolement persiste et l'indifférence au lieu ; cette inertie d'un moment n'est pas un contact ; je m'apercevrai, si quelque intrus ouvre la portière, combien le dehors est loin de ma cellule. Je n'ai ici de raison d'être que la continuation. Toute ma pensée est en avant ; l'élan refoulé par cette minute de repos déferle en tout moi-même et me pousse. J'attends d'y céder à nouveau.

— Aussi ne sais-je rien de plus puissant que la sortie nocturne des grandes gares ; lentement le cœur rejoint son désir, en rattrape l'avance, se rattache à sa propagation infatigable. Le train s'arrache des aiguilles une à une ; la longue maison éclairée se reprend à rouler, se réinstalle dans son mouvement. Et voici par l'obscurité la paix d'aller plus loin, le ressentiment pur de l'espoir.

Mais je connais d'autres arrêts plus poignants encore. Ce sont ceux des trains omnibus qui ne voyagent que le jour et par les petits pays. Ils sont fréquents et laborieux. Ils sont des participations plus complètes avec l'entour. Ils donnent envie de descendre et de parler avec ceux qui sont là. – Après la grande glissade sur les freins, il y a un silence ; puis on entend dans le compartiment à côté les voix familières et rétablies, avec des pauses. Soudain le vent s'émeut dans les arbres de la gare. Merveille de se sentir là où on n'était pas auparavant ! Cette parole du vent, ce vain passage aérien, ils m'enchantent comme une coïncidence. J'eusse pu, passant plus tard, n'en pas recueillir la limpidité. Mais je suis là. – Une femme est appuyée contre son bras à la porte de la salle d'attente, pendant que les trois coups que j'entends résonner sur l'avertisseur retentissent en un autre pays. – Cette station prochaine, pendant que le train en entreprend l'atteinte, je cherche d'après son nom à l'imaginer et quels visages m'y recevront.

Maintenant le soir est tombé. Plus de vent. Il y a des lanternes. Des fenêtres sont allumées en face de la gare, et derrière les rideaux on travaille. Tout est muet. J'éprouve le vertige de participer successivement à des vies qui se passent loin les unes des autres, de les surprendre dans leur touchante application à s'imiter, le front baissé sur la même tâche. Mais soudain, comme la seule occupation possible de ce silence, comme la parole de la permanence et le reproche à mon voyage, avec le son inimitable qui est la voix de ce pays inconnu, d'un ton que je n'entendrai plus jamais, voici s'énoncer l'angélus.

IV

Le mouvement est l'organe de la connaissance ; il est la liaison et le contact, il palpe, il erre sur les choses, il en respire subtilement le relief, il imite le jet immobile de leur posture et en le ranimant s'en pénètre. Mieux que toute description, le parcours de ma main sur un visage m'en donnera la forme. – Mais il faut que le mouvement soit rapide ; s'il s'attarde, il s'oublie à mesure. Il faut qu'il se précipite assez pour se tramer lui-même à sa suite, pour laisser flotter après lui sa trace sensible, pour se tramer sur l'espace et se condenser. Il n'est connaissance que s'il est par sa vivacité en même temps que trajet, mémoire.

En voyageant à pied je m'insinue délicieusement dans la chair secrète d'un pays ; je glisse entre ses peupliers ; je me baigne dans l'ombre verte de ses vallées ; je nage lentement selon le cours de ses rivières. Mais je renonce à le connaître dans son essence, car à ne fréquenter que des détails je ne rencontre rien qui ne se puisse retrouver ailleurs ; les traits sont les mêmes, lignes courbes ou droites, dont tous les visages sont composés. Quelque volupté que je goûte à baiser chacun dans son intimité, je n'apprends rien par là sur l'aspect unique du visage dont il est une part. – L'originalité d'un pays n'est en aucun de ses points concentrée ; elle n'existe que répartie, que par la coopération de tout l'ailleurs avec chaque endroit. Elle est formée par une conspiration et une alliance. Aussi refuse-t-elle de se laisser embrasser d'une seule vue.

Mais le voyage en chemin de fer, en confrontant les distances, rend au pays son existence générale, tend à reformer la simultanéité de son vaste corps. Par lui je saisis l'ensemble, je ramasse les traits, je réunis les contrastes. Le dessin se bande en une attitude totale ; tout m'est présent et proposé sur la même page. Je revis moi-même le geste que fit le créateur de cette terre ; je m'y replace ; j'en reproduis le déclenchement ; je l'éprouve se dérouler.

Joint par un consentement de tous mes membres au mouvement du train, collé comme une mouche, avec application, au transport, c'est moi-même qui passe ainsi au ras du paysage pour en inspecter la continuité : mes yeux glissent, sans cligner, sur la terre, ils en aspirent la disposition, ils en démêlent l'allure. Entre les feuillages d'acacias violentés par le vent du passage ils devinent couler ce val bleuâtre, ils atteignent la permanence de cet horizon dont la nuance a besoin d'être goûtée par eux, parce qu'elle entrera en ligne de compte dans la connaissance totale.

Il y a toute une étude et toute une volupté à *côtoyer*. C'est une sorte de participation, d'autant plus poignante qu'on la sait devoir être plus brève. Cette forêt dont la lisière m'accompagne à quelque distance, combien de temps me conservera-t-elle sa fidélité ? Il faut que je me hâte d'en aspirer la meilleure vertu. Aussi plus qu'au délice d'y pressentir flotter la couleur bleue, moite, dansante, âprement parfumée, je m'attache à comprendre le signe unique que trace si près de moi sa sinuosité éphémère. Voici que ce qui m'est étranger se confronte à moi pendant un instant dont je ne peux prescrire à mon gré la durée ; il se dévoile sans avertissement, il se donne, mais je ne peux être assez préparé pour recueillir toute la violence du don. Je n'aurai de cette existence qui n'est pas la mienne que l'appel jeté par sa fuite. Tout m'est offert, mais trop brusquement pour que j'en puisse conserver davantage qu'une parcelle. Du moins que ce soit la plus précieuse ! Que je comprenne assez gravement le miracle d'emporter en moi autre chose que moi, de posséder à jamais ce dont la distance à jamais va m'exclure ! Il y a des paysages qui me quittent brusquement. Il y en a qui ne se proposent que par apparitions intermittentes, jamais assez complètes pour mon impatience, il y en a dont une courbe lentement me sépare, qui s'en vont comme avec un geste, comme pris de tristesse à la divergence de nos chemins et qui me laissent le temps d'en entreprendre le regret avant d'en perdre définitivement la vue. Mais d'eux tous je veux avant la disjonction inévitable recueillir le *sens*, la *signification*, la vive arabesque qu'ils inscrivent sur la face de la terre. Je cherche à comprendre leur place dans la région, leur conjonction secrète avec tous les points que je connais et tous ceux que je [ne] connais pas, leur partie dans la voix totale dont j'attends l'énonciation plénière.

Peu à peu les détails s'ajoutent et s'enchaînent. Je suis sur le point de deviner le pays. Je l'entrevois dissimulé ; mais il m'échappe encore par instants. Un accident de terrain vient modifier l'idée que je croyais définitive. Pendant que certains traits s'accusent et se fixent en se surchargeant, d'autres flottent encore, refusent de se poser. Je suis en attente et en désirante hésitation, – comme les mains qui pressentent un visage voilé, à tâter l'étoffe parfois se prennent d'incertitude. – Enfin jaillit ma connaissance que ma patiente lecture a nourrie de toutes les précisions. Je possède le pays tel qu'il est ; il est étendu devant moi parmi tous ses pareils, inimitable. Je le confie à ma mémoire tout embaumé pour les résurrections qu'en tentera ma rêverie, avec cette figure que je lui ai vue, et que je ne verrai jamais ailleurs.

Que de fois je me suis passionné à cette découverte à la fois lente et dévorante ! Par moments je penchais la tête en dehors de la portière, elle se noyait dans l'étourdissement sifflant et continu du vent. Les herbes au bord de la voie se pliaient avec délicatesse sous le passage des marchepieds. Unie, luisante, une rigole accompagnait notre fuite, – puis cessait. J'écoutais la cadence régulière du train, le retombement monotone des roues sur les rails, leur battement métallique et pesant ; j'écoutais dans ce bruit la possibilité indéfinie de sa prolongation, sa persistance infatigable. Et il était en moi comme le rythme d'un métier, sur lequel, avec ses pénétrations, ses retraits et ses alternances, se serait tramée pendant ce temps mon *intelligence* du pays.

« Voyage à Reims », publié dans La NRF *d'août 1910, relate un voyage fait à Reims pour en visiter la cathédrale avec le sculpteur Antoine Bourdelle, les élèves de son atelier et Isabelle Rivière, le 24 mai 1910. Dès le lendemain, Rivière en rédige un récit, assez proche de la version publiée, dans un cahier de notes qu'il tient à cette époque[1]. Après la publication du « Chemin de fer », c'est une nouvelle occasion pour l'écrivain de parler du train, auquel il consacre le début et la fin de son article. Parfois, Rivière semble décrire en peintre le paysage parcouru, manière de prolonger l'article sur Cézanne qui avait séduit Bourdelle et lui a valu son amitié[2]. Il accorde une grande place au mouvement, comme pour revendiquer cette possibilité de l'écrit que la peinture n'a pas encore réussi à conquérir, mais que la sculpture de Bourdelle parvient à restituer. La visite de la cathédrale occupe*

1. Fonds Rivière, bibliothèque de Bourges, JR a.3 OE 4, p. 7-15.
2. Voir *infra*, p. 558. Voir le dossier réuni par David Roe qui contient les brouillons de l'article et la notice d'Agathe Rivière Corre dans le *BAJRAF*, n° 130, 2013, p. 5-36.

le centre du texte. C'est encore par le mouvement que le lecteur prend connaissance de l'édifice parcouru sur un chemin de ronde situé en hauteur. Là encore, le récit et la description permettent un jeu sur les formes, les lumières et les couleurs. Rien n'est finalement dit de la leçon que le maître a dispensée à ses élèves, mais elle est passée en acte dans l'écriture de Rivière.

Voyage à Reims

La campagne de Meaux, de la Ferté-Milon, de Fère-en-Tardenois. Ce n'est pas la luxuriance, mais une sveltesse verte, une montée de feuillages inépuisable et mesurée. Arbres grêles et innombrables. Au visage du printemps ils avaient pris cette pâleur, qui est comme la diaphanéité de la sève.

Les eaux spontanément se canalisent pour glisser entre les taillis clairs en douces courbes suivies, en méandres réguliers. Lourdes encore des récentes pluies, elles étaient gagnées sous le soleil par une trouble clarté, elles semblaient rouler du soleil dissous.

Rideaux d'arbres. Ils disposent avec tant de délicatesse leur profil sur le ciel que le cœur en est touché. Ils combinent à distance leur sage dispersion pour vêtir tout le paysage avec le moins de richesse possible. Les uns derrière les autres, ils se reprennent doucement, formant une épaisseur clairsemée.

À la Ferté-Milon le train s'arrête : attitude *voisine* des maisons ; il y a entre elles une sorte d'amitié. Le château à travers les arbres.

*

Reims. La cathédrale. Je n'ai ressenti sa grandeur que peu à peu. Elle ne m'a pas d'abord transporté. Mais à mesure que je la parcourais, elle se faisait plus vaste, plus inaccessible à ma croissante passion. Et vers le soir, tout tremblant, je ne savais plus où trouver assez de forces pour l'amour que je lui dédiais.

Nous avons suivi un étroit chemin de pierre qui fait au-dehors le tour de l'église, à la hauteur des grands vitraux. À droite, sombre et longue, je sentais la nef comme une statue couchée de la nuit appuyant son sommeil sur ses bras repliés. À gauche les toits descendaient vers la ville. Je passais sous les arcs légers des contreforts : on eût dit les bras levés d'anges dansants. – Comme la cathédrale montait encore bien au-dessus de moi, j'étais dans l'ombre.

Avec délice je m'adossais aux murs de temps en temps. Il y a des angles où, sitôt parvenu, l'on se retourne, et, derrière soi, l'enfoncée des arceaux délicats et pareils… Un morceau du lointain paysage tremble, aérien, au fond de l'allée de pierre.

Mais ici se termine notre chemin. Il y a une petite porte, toute jointe au mur. L'ayant ouverte, je fus à l'intérieur de l'église, à l'extrémité Nord du transept, à plus de trente mètres au-dessus du sol. Silence soudain. À mesure qu'ils découvraient où les introduisait cette porte secrète, mes compagnons laissaient tomber leur voix. J'étais contre la rosace, celle qui, de ne tamiser jamais le soleil, a pris une transparence froide et bleue, comme si s'appuyait sur elle le grand calme des eaux sous-marines. – Mais j'étais si près d'elle que je la voyais obscure. Je touchais les plombs ; il y avait de la poussière doucement collée à la couleur du vitrail. – L'air avait un goût intérieur.

Plus loin, par le chemin de ronde retrouvé, nous avons contourné l'abside. Les arcs-boutants ne se profilaient plus en droite ligne : ils infléchissaient leur disposition régulière. À chacun le suivant ajoutait par son attitude ce qu'il fallait de différence pour que la courbe fût continue et parfaite. La lente ronde invisible des anges accompagnait le détour de la cathédrale. – Cependant, au-dessous de nous, à l'extrémité des toits déclives, au bord de la grande plongée, des animaux sculptés se tenaient, occupés et mornes, leur visage vers l'espace, indifférents. Ils gardaient leur place, ils digéraient leur part de l'immense méditation.

Entre les deux tours, sur la façade, au front du haut visage de pierre, d'un obscur escalier nous avons soudain surgi. J'ai vu Reims, étalé tout autour de l'église, ville immobile qui durait sous moi. Les ardoises des toits étaient roses et mauves, d'une couleur si nette et si paisible qu'elle accentuait le silence des rues. Sous le soleil elle n'arrivait pas à se faire dure ; elle restait couverte comme la finesse du beau temps.

Toute la campagne au-delà se développait, montant par vagues successives jusqu'aux extrêmes collines boisées. Comme à cette minute le soleil était au centre d'un vaste nuage diaphane qu'il transperçait, tous ses rayons tombaient d'un seul point ainsi qu'une pluie lumineuse et poudrée, et qui s'attarde à travers la hauteur de l'espace. Cette clarté noyait les détails du paysage, mais elle en accusait les grands plans. Ils s'enchaînaient en s'éloignant ; mes yeux lisaient leur poignante liaison ; je suivais avec amour la jonction suave des larges ondes du terrain.

Sous la toiture, nous avons trouvé des salles indéfinies. Délicatesse enchevêtrée de la charpente dans l'ombre. Agencement obscur. Surprise de trouver du bois parmi toute cette pierre. Et même il y avait un plancher soutenu par des tréteaux, car sur le dos-d'âne que formait la voûte de la nef, on n'eût pu marcher. – Je songeais à un entrepont.

Puis brusquement je fus saisi de joie et de désespoir à me figurer l'inépuisable immensité du monument. S'aménager un réduit entre les poutres de la charpente. Et seul vivant en un coin du vaste silence, derrière ma porte soigneusement fermée, pendant les nuits, de ma retraite je me sentirais joint au désert compliqué de tout le reste. – J'aurais des clefs, je connaîtrais les détours. Et cependant, un jour, après longtemps, je découvrirais toute une aile qu'eût oubliée mon exploration.

Enfin redescendus, nous sommes entrés dans le chantier qui est au pied de la cathédrale. Le soleil quittait le ciel ; il l'abandonnait lentement. Il semblait qu'il se retirât, comme la marée, de partout à la fois ; et il laissait à sa place dans l'azur une obscure pureté. L'ombre montait autour de nous, semblable à une claire vapeur qui se fût levée du sol vers les hauteurs de l'église. Le toit d'une longue maison, qui devait être l'archevêché, baignait ses douces teintes dans cette lumière absente. De loin en loin, une ardoise, d'un bleu liquide comme celui du pâle ciel déserté, parmi le mauve éteint des autres, se souvenait encore du jour.

Contre l'église, derrière les toiles tendues pour les abriter de la pluie, on découvrait d'admirables débris entassés. Dans le chantier il y avait de grands blocs de pierre vierge, appuyés sur des rouleaux de bois. Le beau nom français des carrières d'origine, je le lisais écrit sur les parois avec des balafres de peinture rouge.

*

Le retour en chemin de fer, la nuit. Du côté de la voie montante je suis accoudé à la barre qui traverse la portière ouverte.

Revoici tout le pays que j'ai vu ce matin. Je le distingue mal parce que la lune est de l'autre côté et qu'une brume la voile.

Mais je le devine dans l'ombre. Je le retrouve confusément. Je crois reconnaître des endroits déjà remarqués. Puis je ne sais plus si ce sont bien les mêmes. C'est qu'ils sont informes et profonds. Ils ne se laissent plus voir que par leur attitude. Les arbres sont des masses qu'il faut comprendre. Les plans se confondent comme deux hommes qui se donnent la main pour traverser un champ, la nuit.

Le train passe au milieu d'un village. Avec sa longue vitesse souple, il coule violemment entre les maisons endormies. Il rase un petit mur qui borde la place… Une rue dont une lampe électrique éclaire le détour désert…

De loin en loin, tandis que les roues arrachent aux ponts métalliques un brusque bruit sombre, je reconnais les canaux de ce matin qui s'en vont entre les arbres comme des allées. La lune les dessine vaguement par une coulée plus claire.

Soudain le frottement des freins sous mes pieds. Je me penche. L'autre voie est là, silencieuse. Il y a des feux à trois cents mètres ; un vert, et les deux lanternes jaunes d'un train qui va nous croiser. Nous glissons avec ce doux balancement rythmique des express ralentis. J'entends la machine de l'autre train, à grosses bouffées de vapeur, reprendre peu à peu son allure normale ; elle approche… Elle passe à côté de la portière, poussant l'air brusquement contre mon visage. Elle traîne à sa suite les voitures dont je ne vois que les lumières qui filent de plus en plus vite. Elle s'éloigne avec ses wagons plaintifs vers la nuit d'où nous venons et que je me rappelle pleine d'arbres, parfumée de verdure et de froid.

Cependant, c'était un pont qu'on réparait. Les planches manquaient par endroits, entre les rails, et l'on voyait luire l'eau. Il n'y avait pas d'ouvriers. Simplement les lanternes indicatrices. Le bruit du train s'était fait si faible que j'entendais les arbres tourmentés par le calme vent de l'ombre…

Solitude nocturne que j'ai touchée au passage !

« Les Beaux Jours » paru en novembre 1910 dans La NRF *reprend pour titre celui d'un tableau de Laprade que Fournier*

signale à Rivière dans une lettre de 1906[1]. *L'image d'un couple assis sur une hauteur est d'ailleurs associée à l'expression « les beaux jours » dans un des fragments inspirés par les commencements de l'amour pour Isabelle*[2]. *Dans la réponse à Fournier, devant le bonheur que présente le tableau, Rivière ressent plus intensément le néant de l'existence, « ce sans espoir, sans but qui est le fond de la vie*[3] *». La matière de cette évocation triste des souvenirs d'enfance se trouve également dans une lettre à Fournier de 1907 où « la première de ces interminables journées d'été si belles qu'on y succombe », l'azur aperçu par la fenêtre, « un peu de brise dans la vigne vierge », la « pleine mer » et « les coteaux » n'empêchent pas « le vieux mal, le coup secret au cœur », ni « l'attente cachée et irrémédiable », « une grande amertume, le sentiment d'une insuffisance, d'une solitude irréparable*[4] *». Presque tous les paragraphes s'achèvent sur une note triste, il y a quelque chose de musical dans cette déploration en tonalité mineure, impuissante à s'élever. Rien d'étonnant que le projet de « grand livre » des années 1906-1912 ait pris pour titre « Les beaux jours*[5] *» : en cette formule tragiquement heureuse s'exprime l'impossibilité au bonheur qui est peut-être le fond de l'être de Rivière et plonge ses racines dans le deuil de l'enfance.*

Les Beaux Jours (1910)

Les beaux jours ! Ils passent lentement comme de bleus voiliers sur l'horizon de mer.

Désormais je ne résiste plus. Ce n'est plus le temps de souffrir et d'attendre. Je suis livré à la douceur. Voici monter, du fond de mon âme, mes souvenirs les plus désemparés. Ils se placent les uns auprès des autres. Je n'ai la force d'aucune intention. Je les recueille simplement, comme un marin, surpris par le calme au milieu de l'Atlantique, tient le journal laconique et désespéré de sa dérive sans aventures.

1. *Correspondance AF/JR*, t. 1, *op. cit.*, p. 530.
2. *Supra*, p. 911.
3. *Correspondance AF/JR*, t. 1, *op. cit.*, p. 546.
4. Correspondance *AF/JR*, t. 2, *op. cit.*, p. 16.
5. Voir David Roe, « Introduction », *BAJRAF*, n° 127, p. 17-19 et Marcel Raymond, *Études sur Jacques Rivière, op. cit.*, p. 21-22.

*

Mon enfance s'est passée dans le vieux quartier maritime et commerçant de Bordeaux. Mes parents habitaient un hôtel du XVIIe siècle dont toutes les salles étaient hautes et vastes. La façade, au-dessus de chaque fenêtre s'ornait de visages en saillie. Dans la cour il y avait un perron, et, contre le mur de droite, la margelle semi-circulaire d'un puits abandonné qu'on avait recouvert de planches pour y disposer des pots de fleurs. – Je savais qu'un ruisseau canalisé coulait sous notre rue.

La maison n'avait que deux étages et nous occupions le deuxième. Au printemps, vers quatre heures, en rentrant du lycée, je m'installais à mon pupitre que je glissais entre les deux battants de ma fenêtre ouverte. Une gouttière en zinc passait devant moi, si large que je ne pouvais, même en me penchant, apercevoir le pavé. La maison d'en face, plus élevée que la nôtre, fermait mon horizon. Mais le ciel bleu au-dessus de moi peu à peu m'enlevait tout courage. La paix descendait dans mon cœur, y dissolvant tous mes désirs. Je sentais confusément la proche présence du port, les grands quais arrondis selon le fleuve*. De vagues cris retombaient mollement de l'espace, où ils s'étaient mêlés. Une odeur de fumée aigre venait au bord de la croisée avec le vent silencieux. La rue sentait la cave et les barriques vides*. De légers atomes de charbon se posaient sur mon devoir commencé. En bas les chocs sourds d'une imprimerie… J'écoutais mon cœur tout désorganisé par le calme et le beau temps. Une quiétude horrible me corrompait.

Après le dîner, en juin, le soleil n'était pas encore couché. Il avait simplement disparu derrière les maisons. Nous nous mettions, mes frères et moi, aux fenêtres qui encadraient la cour sur trois côtés. Au-dessus de nous l'azur régulier, pâli par l'heure tardive. D'innombrables hirondelles en se poursuivant traversaient le carré bleu que découpait la cour sur le ciel. Elles filaient pêle-mêle, pleines de cris. J'entendais leurs piaillements désespérés rapidement s'affaiblir, se perdre… puis revenir. De temps en temps s'élevaient jusqu'à nous les voix des enfants qui jouaient à la pirouette sur la place Saint-Pierre. Les mains sur la barre d'appui, je restais immobile jusqu'à l'ombre, attendant que l'inquiétude qu'elle apportait vînt me guérir.

De ces souvenirs de détresse toute mon enfance est peuplée. Quand il faisait beau, nous allions aux docks maritimes qui terminent la ville en aval. Longtemps nous suivions les quais, marchant entre les barriques et les wagons de marchandises, tout au bord du fleuve, dans l'odeur du goudron. Calme éperdu et silence de ce port ! Sans doute, de loin en loin, on déchargeait un navire. Des hommes, sur une longue planche élastique, allaient et venaient régulièrement. La grue à vapeur grinçait sur son pivot. Mais l'activité de quelques groupes accentuait la désolation des intervalles déserts. Ville sans espoir dont souvent mes pas ont accompagné le détour ample et vain ! La Garonne s'agrandissait au pied des collines de Lormont. On ne la voyait pas continuer. Debout sur les dalles vides du quai, je regardais sa stagnante largeur sous le beau temps.

À l'entrée des docks une estacade pourrie s'avançait dans la rivière. Puis les docks : dans l'encadrement des berges cimentées luisait une eau plate avec des débris de charbon flottants. Les cales semblaient trop petites pour la hauteur des paquebots délestés. Parfois, dépassant les derniers trois-mâts dont le beaupré s'allongeait au-dessus de nos têtes, nous arrivions au bord du bassin d'alimentation. C'était une vaste pièce d'eau carrée et sans profondeur, où poussaient des joncs et que ridait le vent. Au-delà la campagne commençait avec lassitude. Sur un remblai jaune un petit chemin de fer Decauville traversait une prairie marécageuse, rejoignait une ligne de peupliers, disparaissait… Un jour de juin, tout au fond du paysage, une charrette débordante de foin a passé longtemps. Et m'étant retourné, j'ai aperçu par-dessus les arbres deux voiles gonflées de brise qui remontaient le fleuve vers Bordeaux. Ah ! molle amertume du non-désir ! Tant de paix s'était glissée dans ma poitrine qu'appuyant sur elles mes deux mains, je l'ai sentie douloureuse.

Et maintenant voici qu'affluent dans ma mémoire, innombrables et tous pareils, ces souvenirs empoisonnés. Ils se font si prochains, si pleins de persuasion, que je les ressens plutôt que je ne me les rappelle. Nous passons l'été à la campagne, sur l'une des collines qui dominent Bordeaux, assez près pour entendre la ville sans la voir. Nous sommes dans la petite propriété de mon grand-père. Il fait beau. Le vent souffle d'est. La matinée s'avance vers midi. Il y a des chants de coq dans la campagne ; mais je ne les entends que si je fais attention. Dans l'écartement d'un vallon je découvre la lande, le pays indéfini et solitaire qui se déploie sur l'autre rive de la Garonne. Blancheur mate des lointaines maisons sous le soleil. De brefs sifflets de chemin de fer montent de temps en temps parmi le calme. À peine prononcés, ils se dissipent, s'évaporent dans la plénitude du jour ; ils sont absorbés par le beau temps comme un nuage…

Midi. Faible et douce, la sirène d'une fabrique se plaint interminablement dans le silence. Sa voix est si continue que je finis par y surprendre de vagues pulsations… Elle se tait.

L'après-midi le vent tourne au nord. Assis au bord de la vigne, je l'écoute arriver longuement derrière moi dans le jardin. Il saisit les arbres d'un trouble bleu et invisible. Il ruisselle au travers, il coule entraînant un peu les branches, noyant les feuilles dans un murmure. Voici au-dessus de moi, son bruit immense, tranquille et limpide. Puis il s'en va, il agite encore quelques rameaux. Je l'entends s'arracher des arbres doucement, avec adieu, avec à jamais.

À quoi s'emploierait mon cœur parmi ce vain passage et le liquide azur de cet après-midi ? Il n'a d'autre tâche que de se supporter. Et déjà il n'en a plus la force. Je sens se perdre en moi comme une eau ma vie désoccupée.

Le vent rabat maintenant sur nous les bruits tristes des chantiers maritimes. Selon qu'un souffle favorise ou combat leur venue, se font plus ou moins retentissants les lents coups de marteau dans les coques métalliques. Un instant la brise apaisée m'en ravit presque l'écho. Mais bientôt elle ramène le rythme monotone qui scande la monotonie de la journée. Un train roule soudain lourdement sur un pont de fer. Toute la ville laisse monter la détresse de sa morne animation. C'est Bordeaux, ville molle et atlantique.

En regardant derrière moi, j'aperçois entre les feuilles du jardin le bleu plus foncé du nord, une couleur si pure, si complète qu'il serait fou de désirer autre chose que la voir. Si satisfaite est mon âme qu'elle est pleine de découragement.

Le soir, après le dîner, je suis sorti. Au détour de la maison, soudain le grand courant du nord qui chantait, qui descendait à travers la nuit emplie de lune et sur tout mon visage coulait…

Si je suis le décours sans surprise de ma mémoire, c'est maintenant aux soirées étouffantes du mois d'août qu'il me conduit. Le jardin est lourd et muet dans l'ombre. L'air est sans haleine, la nuit dense est comme une onde immobile qu'on écarte en marchant. Nous nous promenons par petits groupes ; nous descendons cette étroite allée qui longe la vigne et d'où on voit dans la plaine briller les bleus phares électriques de la gare du Midi. Mes oncles et mes tantes mariés se tiennent par le bras. Ils se parlent avec sagesse et lassitude. Ils s'expliquent leurs affaires et bientôt ils n'ont plus rien à se dire. On entend encore à voix très basse : « Non, mon chéri… » ou « Comme tu voudras. » Leur vie, fidèle et pareille, traverse une fois de plus mélancoliquement la sombre mer de l'été. Il y a des étoiles. Si quelqu'un d'entre nous d'un peu loin nous précède dans l'allée, on l'appelle doucement en sifflant quelques notes tristes qui sont le signe de reconnaissance de la famille. Savent-ils, eux qui sont de mon sang et près de qui je marche, de quel désespoir sans paroles me noie leur causerie fatiguée ?

Jardin nocturne de l'Observatoire à Floirac. Pour y parvenir la voiture a dû monter par le chemin de Caumont raide et tortueux sous les arbres et qu'on dit visité par le diable. Voici le sommet de la colline : une grille s'ouvre ; nous venons nous arrêter au pied des bâtiments étranges. Ils sont vaguement blancs dans l'obscurité ; ils ont des contours géométriques ; ils ont pris la forme régulière et monstrueuse des paysages morts qu'ils contemplent dans les astres. Ils semblent distraits d'ici-bas. La grande coupole partage en régions invisibles le ciel.

Ô jardin qui respirait sous la nuit chaude, jardin sur qui descendait la solitude du firmament. Comme il occupait la cime ronde du coteau, de toutes parts il s'inclinait un peu. On se sentait en un endroit élevé et découvert. Pas d'arbres. Il n'y avait que des buissons épars tout luisants d'ombre. Il semblait que la terre baignât nu son visage dans l'immensité, comme dans une fontaine tiède, obscure à force de profondeur et pleine de paillettes merveilleuses. Nous marchions sur les pelouses sans un mot. L'espace glissait sur nous avec les étoiles. Dans une longue maison basse perdue parmi les herbes, nous avons surpris un astronome couché sur le dos, en train d'observer. J'ai vu au télescope le voyage clair de Wega : elle s'échappait toujours.

*

Ce pays doux et mortel de mon enfance je l'ai emporté dans mon âme. Et maintenant si se taisent mes désirs, si je suis quitté un instant par la souffrance, il renaît au fond de moi.

Par ma fenêtre j'aperçois Paris étendu dans cette langueur de six heures du soir. Il n'en faut pas plus pour que se déclare ma muette détresse. Le ciel vient de se dépouiller des derniers nuages d'un jour pluvieux. Les maisons forment des masses nettes. Quelques fumées montent droites à travers l'invisible humidité. Un clair silence règne sur les toits. Au loin les collines enferment régulièrement la ville, la contraignent à ne se point prolonger. Tout est clos et stagnant. Épouvantablement il n'y a que cela.

En moi ce n'est plus de la pitié, mais une grande frénésie muette, un arrachement immobile de toute l'âme, un cri contenu qui ne s'interrompt pas. Je me tiens au bord de la vie. Je l'accepte. Je le constate. Il n'y a qu'elle. Il ne faut plus bouger. Toutes choses sont bien, Seigneur, puisqu'elles existent. Mais donnez-moi du moins la force de supporter cette pensée.

Tout m'apparaît avec son existence. Je vois cet homme se mouvoir en face de moi dans sa chambre comme une pauvre bête maladroite, sournoise et appliquée, comme un insecte qui traîne une paille et se dépêche pour n'être pas surpris. Je devine ce que préméditent ses moindres gestes. Je le plains avec détestation. Ce qu'il fait est bien, mon Dieu. Mais ce qu'il y a d'affreux c'est que cela ne soit bien que parce que cela est.

J'ai en moi une indignation qui sourit tant elle se sait vaine. Je suis plein de pardon. Et je me pardonne aussi à moi-même qui suis si misérable. Je vois mes désirs inefficaces, mes calculs honteux, ma bassesse qui n'est même pas assez continue pour me servir de grandeur. Je vois mes petites affections, mes beaux actes de charité, ma colère, mes projets de vengeance que je m'entends si bien à faire échouer. Ne faut-il pas que je me pardonne puisque tout cela existe en moi ?

Mais ayant fermé les yeux, ô paysage que je discerne sous mes paupières, d'où viens-tu ? Insoutenable délice, joie au-delà du bonheur. C'est une terrasse sur les confins de la vie avec des jeux extrêmes et accablés. Des voix d'enfants montent dans la vague et mortelle pureté du soir, comme les cerceaux du jeu de grâce entre les frondaisons hautes de l'avenue. Elles sont pleines d'un transport infini, mais d'où l'espoir s'est retiré. Elles se prolongent dans la paix ; une voyelle lasse chante jusqu'à s'exténuer ; elle se défait parmi l'aisance de l'air sans écho. Qu'y a-t-il au versant de la colline que je n'aperçois pas, car l'allée s'évanouit sur la quiétude du ciel ? Les jeux tournoient vers la vallée ; ils renoncent à vivre ; de ce renoncement seul ils sont animés. Joie que ne soutient plus le désir. Ce sont de si finissantes délices qu'elles touchent à la mort.

« Histoire de Noé Sarambuca, qui avait le sens de l'orientation » a été publié pour la première fois dans Mesures, *n° 2, le 15 avril 1935, par Isabelle Rivière. Ce texte inachevé appartient à un projet de livre auquel Rivière a travaillé dans la période 1906-1912, alors qu'il cherche à écrire autre chose que des articles de critique. L'abandon du texte marque le renoncement à la prose d'imagination, vers laquelle Rivière ne reviendra qu'en captivité, lors de l'écriture d'*Aimée. *Seuls la première partie et le début de la deuxième ont été menés à bien, le reste est demeuré à l'état d'ébauches et d'esquisses*[1]. *L'« Histoire de Noé Sarambuca, qui avait le sens de l'orientation » réunit de nombreux motifs présents dans les tentatives de Rivière dans le domaine de la prose d'imagination. La maison et la topographie sont celles des années d'enfance et de jeunesse qui hantent le narrateur des « Beaux jours*[2] *», la maison des tantes de Noé a la même tour que celle « qui coiffe la vieille maison de Saint-Victor*[3] *». Noé fait songer à « l'enfant Ival » d'un poème en prose*[4] *et au Claude des esquisses du projet de « grand livre*[5] *» ; le thème du voyage renvoie au titre que Rivière comptait à l'origine donner à son projet : « Le Départ*[6] *». La disparition des parents et leur quête amorcée dans la deuxième partie désignent clairement le manque qui stimule l'écriture et donnent le sentiment du néant de l'existence. La perspective du voyage et le « sens de l'orientation » donnent cependant à « Noé Sarambuca » une tonalité plus optimiste que dans les autres textes. S'orienter, c'est partir en quête de soi en choisissant un chemin, si bien que la recherche des parents se confond avec celle de l'identité. Dans cet orphelin qui prend la mer se dessine peut-être déjà « l'homme de barre » de* La NRF.

1. Ces documents ont été publiés dans le *BAJRAF*, n° 115, 2006, p. 21.
2. *Supra*, p. 938 et le *BAJRAF*, n° 127, p. 21-62.
3. Jean Lacouture, *Une adolescence du siècle, Jacques Rivière et la NRF*, *op. cit.*, p. 683.
4. David Roe, « Deux poèmes en prose inédits de Jacques Rivière », *BAJRAF*, n° 127, *op. cit.*, p. 67-71.
5. David Roe, « Introduction », *BAJRAF*, n° 127, *op. cit*, p. 10, note 6 et p. 11-15 et David Roe, « Appendices », *BAJRAF*, n° 127, *op. cit.*, p. 61-62.
6. David Roe, « Présentation du projet », *BAJRAF*, n° 115, 2006, p. 10.

Histoire de Noé Sarambuca, qui avait le sens de l'orientation

« Quand le vieux Septentrion paraît
au-dessus de mon épaule,
Plein une nuit je sais lui dire
le même mot, j'ai une accoutumance terrestre
de sa compagnie. »
Paul Claudel, *Cinq Grandes Odes*

I

Si l'on vient de l'Est, c'est l'endroit où les collines de Benauge commencent à s'entrouvrir sur la vallée de la Garonne, et dans leurs déchirures Bordeaux laisse monter ses clochers et ses mâts. Des chantiers de construction s'élève la plainte cadencée des navires. – Si l'on vient de l'Est, c'est l'endroit où pour la première fois le vent sur les lèvres met un goût salé. Par-dessus les haies basses de ce pays morcelé, à travers les petits jardins comme des bouquets sombres, au-delà des vignes où laboure un grand cheval blanc dont on n'aperçoit que la croupe, – comme d'une falaise (et l'église sur le bord est un phare), on découvre les Landes pareilles à une houle bleue semée d'écume, ou parfois saisies d'ondes immenses qui accourent en glissant du fond de l'horizon. C'est ici la rive de l'Ouest, la première plage du vieil Océan. Ce pays qui ne voit pas la mer, est plein de son trouble morne, il est vague, pluvieux, mouvant et sans limites comme elle. Ouest, qui sonnes comme les cloches du soir que tantôt ravit, et tantôt rabat contre terre la rafale ! Ouest, creux et tourmenté comme le bourdonnement des coquillages ! Ouest, ma patrie confuse, dont le visage est de pluie !

C'est dans ce pays que ses parents laissèrent Noé Sarambuca lorsqu'ils partirent pour le Canada. L'enfant n'avait encore que quatre ans au moment où les vieilles tantes à qui il avait été confié, reçurent la nouvelle laconique du naufrage au large de Terre-Neuve de La Galante, capitaine Manuel Sarambuca. Elles firent comprendre à Noé que ses parents ne reviendraient pas de très longtemps. Auprès d'elles il grandit seul, délicat et choyé. Elles prévinrent tous ses désirs d'enfant sage et sérieux. Mais comme elles ne savaient rien lui apprendre, il lui fallait pour calmer la grande soif de connaissance dont il était altéré, interroger autour de lui les choses. Ce fut la maison où il vivait qui l'instruisit, ce fut elle qui l'initia au monde.

Du dehors avec ses toitures trouées, ses murs rongés et salis par les averses, ses hautes fenêtres ternes où parfois une vitre manquait, elle avait l'air d'un vieux navire délabré et hors d'usage, à l'ancre dans ce pays atlantique. Et l'on s'attendait, en s'en approchant, à trouver contre ses parois des algues, des coquilles, toutes ces concrétions que la longue habitude des mers forme peu à peu aux flancs des vaisseaux.

Au-dedans elle restait emplie d'échos et de souvenirs, de visions confuses et des images de toute la terre. Les séjours qu'y faisait jadis le capitaine Sarambuca, dans les intervalles de ses voyages, avaient amené une foule de présences qui maintenant encore subsistaient. Ce que cet homme avait vu vivait ici secrètement, s'agitait comme ces rêves plaintifs dont on n'arrive pas à s'emparer.

Il y avait au rez-de-chaussée une vaste salle à manger très sombre et qui ne s'éclairait qu'au soleil couchant, car ses cinq fenêtres étroites, hautes, enfoncées et qu'au dehors des branches retombantes venaient obscurcir, s'ouvraient sur l'ouest, sur Bordeaux, sur la région sans bornes d'où montent les marées et les vents, et cet esprit du soir pareil à un oiseau du large.

Le reste de la maison était un dédale de corridors, d'escaliers, de chambres et de pas perdus ; aucune symétrie ; la distribution la plus irrégulière et la plus inutilement compliquée qui se pût voir : tant de détours faisaient paraître cet intérieur plus vaste encore qu'il n'était. Parfois on se trouvait tout à coup sur un palier désert et dans un coude si brusque de l'escalier qu'il semblait qu'on n'eût plus rien derrière soi et qu'il fallait qu'on s'accoudât à cette fenêtre béante et dégarnie, comme au bordage d'un navire, au moment que la côte est en vue.

De la vieille demeure Noé reçut apprentissage. Et ce ne fut pas à bien écrire, ni à bien parler, ni aux mathématiques, ni à la philosophie qu'elle le forma, mais à la connaissance des choses naturelles. Il l'écouta parler et voici ce qu'il entendit d'abord : il y a l'espace, il y a les continents et les eaux, il y a les vents qui ont des chemins réguliers, il y a les nuages que compose lentement la mer et qui sont blancs, ou noirs, ou bruns parfois et brillants, quand le sud les envoie par grandes bandes, pareils à des cavaliers sauvages dont la figure suante et sombre luit au soleil. Il y a toutes les sages besognes de l'immensité, les températures du ciel qui sont comme des anges alchimistes et fabriquent la neige ou combinent les orages, unissant mille particules invisibles et disséminées. Et les saisons se méditent là-haut comme en un atelier et, toutes formées, toutes prêtes à être vécues, descendent sur la terre un certain jour que le soleil se lève différent. Voici le printemps trouble dont les remous un matin entreprennent de dégourdir la campagne et font tourner lentement les arbres comme des hommes en train de se délasser du sommeil. Voici l'été obscur qui tombe comme un lourd oiseau frappé, les ailes grandes ouvertes, et son corps chaud se débat longtemps en silence sur la terre craquante. Il y a encore les pluies qui s'avancent en nageant dans le ciel, comme des bêtes ruisselantes et essoufflées ; et on les voit venir d'en dessous comme du fond d'un aquarium avec l'ombre qu'elles traînent sous elles. Il y a les étoiles en juillet qui filent et sifflent doucement dans la nuit, comme des insectes phosphorescents rayent la surface d'un marais. Il y a l'influence de la lune comme le conseil d'une femme perfide.

Noé écoutait le récit merveilleux ; il entrait dans la connaissance des choses ; il se sentait admis peu à peu à leur drame invisible. Cet enfant solitaire ignorait tout ce qui se passait dans les villes, toutes les histoires humaines ; il ne recevait de nouvelles que de l'univers. La maison avec ses angles, ses replis et son labyrinthe intérieur semblait l'organe d'un sens mystérieux. Ainsi que les coquillages qui sont tout occupés à on ne sait quoi, elle était comme ouverte sur les événements du ciel. Elle recueillait le vent par ses fenêtres, le conduisait, le détour naît et il finissait en elle en faisant battre faiblement une porte. Et ces renseignements sans voix sur le monde qu'il contient, entraient dans les chambres, s'y apaisaient, s'y faisaient impalpables et sensibles. Noé, petite conscience de ce vaste cerveau, esprit enfantin errant par les grandes salles hantées, venait toucher de son âme cet air lointain et calmé. Comme le jeune roi des mers dans son palais liquide, orné de fleurs, d'étoiles, de rayons et de tapisseries qui bougent comme des yeux, il donnait audience aux tempêtes.

À l'angle sud-ouest, la maison était flanquée d'une tour carrée qui avait servi longtemps de pigeonnier et qui s'élevait légèrement au-dessus des toits. Par une porte basse, au bout du corridor qui traversait tout le premier étage, on pénétrait à mi-hauteur dans l'escalier de la tour. Dans la solitude de l'habitation, c'était une solitude nouvelle. À gauche, des marches en tournant descendaient dans l'ombre ; en bas une lourde porte donnait sur la campagne, mais elle était depuis longtemps verrouillée ; malgré sa pesanteur, les rafales, comme des paquets de mer, l'ébranlaient sourdement par instants. En haut, la tour s'achevait par une chambre carrée que le mince toit d'ardoise isolait à peine de l'extérieur. Les pigeons avaient laissé çà et là des brins de paille et sur le plancher des taches de guano. Quatre petites fenêtres où l'on ne pouvait passer que la tête, s'ouvraient dans le toit, chacune orientée vers chacun des quatre points cardinaux.

Ce fut l'observatoire de Noé : le monde était autour, la terre de Dieu avec ses directions immuables comme un champ de toutes parts appuyé. – La bête poursuivie un instant s'arrête, elle repère sa situation, elle aspire avec inquiétude et voici qu'elle comprend où elle est. Et il peut faire nuit, et peut-être il n'y a pas d'étoiles. Pourtant le Nord est là qu'elle ressent comme, dans la fraîcheur de l'obscurité, une fraîcheur plus grande. Pour ceux qui vivent près de la nature il n'est rien d'abstrait ; l'espace n'est pas indifférent, il n'est pas partout pareil à lui-même ; mais, comme des herbes foulées monte une odeur que l'on reconnaît, ainsi il y a en lui des endroits, des traces et des pistes ; et, comme un nid s'arrange dans un certain nœud de branches, ainsi il est plein de recoins, de cachettes inimitables et il a des formes qui ne sont pas les mêmes suivant que l'on regarde ici ou là. Les êtres primitifs logent dans l'espace comme dans un vieux grenier, avec le chant de l'après-midi entre les tuiles, et ils savent bien que de ce côté-ci le toit descend plus lentement, et ils entendent le rosier qui est au midi.

Noé se promenait dans sa cabine aérienne ; il fermait les yeux et il sentait vers où le dirigeait chacun de ses pas. Il marchait en rond, très vite ; puis tout à coup immobile, dans l'obscurité une minute demeurant, il s'écoutait savoir vers quel point du ciel son visage était tourné. Un instant tout en lui s'agitait brouillé, informe. Puis, comme en une eau qui s'apaise renaît un profil troublé, ainsi la distribution des choses autour de lui reparaissait secrètement dans son cœur. Par un tourbillon il se séparait du monde et s'enchantait ensuite de sentir son énorme immobilité se rétablir en silence à l'entour ainsi qu'une mer solide. Debout, souriant de joie, avant de rouvrir les yeux, il voyait devant lui les arceaux légers de l'est comme, à travers tout un plateau, au bout d'une allée de peupliers, une ferme avec sa treille que la brise balance au-dessus des fenêtres ouvertes et noires. À aucun jeu il ne se plaisait davantage qu'à oublier ainsi par violence sa situation au milieu du monde et à la retrouver par le simple tâtonnement de son âme savante. Il déchiffrait intérieurement sa place comme on regarde l'heure à la sombre lumière des nuits, il la lisait sur un obscur cadran qu'il portait en lui-même. S'il allait se tromper, il sentait en lui de longues lignes électriques le corriger doucement et l'adresser où il fallait ; elles bougeaient comme une aiguille hésitante et infaillible ; elles oscillaient à travers lui jusqu'à l'avoir ramené là où il se trouvait vraiment.

Orientation ! mot tremblant, fin et avisé ! Noé en aimait le sens comme un ami et voici ce qu'il lui entendait dire : surprendre ces indices plus faibles qu'une brise tombée, toucher comme avec des antennes ces fils invisibles qui sont croisés sur le monde, être celui qui du milieu d'une clairière sait voir quatre grands anges au bout des quatre allées.

Noé – tant la situation de sa tour dans l'univers lui devenait connue et monotone – rêvait d'être le timonier que l'on charge d'atteindre un port lointain à travers la mer informe. Ô volupté de tenir une direction, d'éprouver entre ses mains cette roue habile qui remue un peu, mais qu'il faut garder ferme contre toute dérive ! Cap au nord ! La bourrasque tombe sur le flanc du navire, la vague, comme une lourde bête qui émerge de sa fosse, court le long du bordage, et le bateau donne de la bande. Cependant Noé, au milieu de la confusion des eaux, sent le nord comme un chien qui renifle, et il lutte en silence de ses mains calmes, et il faut bien que la vaste carcasse suive sa frêle pensée muette. Les lames, prises de biais, giclent tout droit contre le taille-mer ainsi qu'un grand roseau monte au centre d'un jardin pluvieux. On entend les toiles claquer brusquement ; tout l'effort du vent pèse contre nous. Tant pis ! Comme un astre qui reviendra avec la nuit, comme une haute montagne dont on aperçoit les neiges par le beau temps et comme un homme avec un visage vous attend sur le quai, – sous l'horizon bas et proche Noé connaît le Nord immuable et son âme lentement vainc cette matière désordonnée.

Mais s'il ne pouvait employer qu'à une besogne rêvée son sens de l'orientation, pourtant la nuit lui permettait de l'exercer avec plus d'ignorance, de hasard et de joie que le jour. Car sans rien voir, au fond de sa chambre étroite et profonde, bien tapi dans son petit lit, à la seule nuance des bruits nocturnes il discernait quelle partie du monde régnait sur la campagne. Les quatre points cardinaux, il les sentait veiller autour de lui comme des bêtes énormes et familières, fidèlement assises dans l'ombre. Mais l'une d'elles seulement était avec lui. C'était une conversation silencieuse, une amitié sans paroles avec le vieux visage invisible, une compagnie secrète dans le noir, un accord comme du maître avec son chien, quand ils rentrent tous les deux au crépuscule et qu'il leur faut faire le tour de la maison parce que la barrière du jardin est fermée.

Se réveillant au milieu de la nuit qu'il avait laissée pleine d'étoiles, Noé entendait la molle respiration de la pluie sur les arbres, le tiède trouble océanique et ce murmure bas et continu de la terre qui boit. Il savait alors que l'Ouest était venu pendant son sommeil et qu'il appuyait sur la fenêtre son mufle mouillé. De longues heures il l'écoutait. Ce n'est pas comme des idées qu'il faut suivre ; cette voix, toujours pareille, on la soutiendrait sans fin. Ô patience dans l'ombre, ô durée de la même haleine, seulement interrompue par le grand frisson humide des arbres qui s'égouttent.

D'autres fois l'Ouest se révélait à je ne sais quelle agitation et quelle résonance. La nuit était une salle immense mais fermée, tout entière emplie d'un long roulement. Les trains y voyageaient, traînant leur bruit après eux, lourds et portés par leur élan ; il y en avait qui descendaient sans effort vers la gare du Midi, comme des étoiles qui n'ont plus qu'à se laisser glisser. Sur les quais une locomotive haletante, refoulant lentement tous les wagons chargés le jour, semblait être la peine et l'ahan de cette entreprise. Les sifflets d'attente aux disques insistaient, duraient sous la voûte morne et retentissante de l'ombre. Noé pensait à des ouvriers géants et fatigués, forgeant la nuit comme un vaisseau.

Mais c'est à son silence qu'il reconnaissait la présence de l'est. S'il émergeait du sommeil vers ces temps mystérieux de la nuit qui sont comme un autre pays, d'abord il n'y avait que l'occupation énorme de la campagne par l'obscurité. Un calme désert et étouffé. Les hommes se sont retirés et il ne reste plus que la vieille terre sans âme comme une île entre les flots qui s'éloignent. Tout est là, mais se tait. Cette immobilité, cette suspension des bruits pèsent comme un empire. Ainsi l'homme des premiers âges, sortant à minuit de sa hutte, écoutait le règne des choses autour de lui. Pourtant, très loin, il y avait une cascade comme une tisserande à son métier et, tout près, un vieil oiseau naïf, comme un sage qui aime à prêcher, laissait sans fin tomber dans l'eau du silence trois notes comme trois clairs cailloux. De même Noé, s'il faisait bien attention, au bout d'un instant distinguait l'aboiement sourd des chiens par-dessous les portes des granges, le vacarme immense et faible des grenouilles dans une mare lointaine et, tout proche, le frottement des noisetiers contre la gouttière pareil à la plainte d'une fée endormie.

Vers la fin de ces nuits d'est, si pesantes, si épaisses, mais avant que le ciel ne s'éclairât de la moindre lueur, Noé sentait venir le matin à l'ouverture plus limpide des bruits, à une sorte d'aération du silence. De nouveau de fragiles échos venaient de la ville ; de nouveau à la rencontre du jour, les trains doucement coulaient au loin vers ces gares où l'on arrive à l'aube et où l'on entend la mer battre tout près contre les rochers, et on voit un peu d'écume, le temps de s'y effacer, monter dans l'air, et une mouette tourne et plonge.

Peu à peu autour de Noé le paysage s'agrandit, se prolongea mystérieusement. Non seulement il sut où étaient le nord et l'est et l'ouest et le sud, mais encore il les vit. D'abord vaguement, comme à travers le store léger d'une véranda, avant que n'arrivent les hôtes de la maison, un jardin que l'on ne connaît pas. Cela dansait doucement sur l'horizon au-delà de l'église, au-delà de ce petit château à tourelles. Mais à mesure que Noé tendait son âme vers elle, l'apparition se précisait, se ramassait ; elle prenait une sorte de violence concentrée, de précision obscure et terrible. À la fin ce fut une commotion dans son cœur, une reconnaissance brusque et informe. S'il se mettait à l'une ou à l'autre des petites fenêtres du pigeonnier, quelque chose en lui sourdement éclatait, pareil aux explosions des songes. D'un seul coup, entier, massif, mais défini comme un visage, l'Occident ou le sombre Septentrion était présent devant lui. Comme un devin qui ne sait rien dire, il voyait.

Mer d'Irlande, tumultueuse sous ses brumes, avec une voix étouffée comme les cavernes où retentissent ses basses lames, avec des déesses vêtues d'algues qui nagent sous ses roches grises, ou parfois étendues aux rivages, pleurent à sentir leur corps touché par l'écharpe des pluies.

L'extrême nord comme un théâtre, les décors blancs qui circulent, les lampes multicolores dans la nuit polaire, la fumée pâle des geysers debout dans l'ombre comme des femmes à la chevelure partagée.

Mais si Noé s'approchait de la fenêtre du sud, il voyait s'avancer à sa rencontre des régions brillantes caressées par le vent séduisant et argenté qui monte des Tropiques. Les feuilles plates dans l'air chaud s'agitent avec des reflets. Les orages roulent avec facilité le long des côtes comme des navires parmi la houle tiède des détroits. L'homme assis sous les palmes, auprès de la mer, lève le bras et la brise est devenue si confuse qu'il la sent clapoter mollement autour de sa main comme autour d'une bouée. L'après-midi étale tourne sur elle-même avec un lent remous. Et le courrier des îles, avec un bref appel, longeant des rives basses et vertes comme les berges d'un étang, entre au port de Madère qui est un pavillon blanc sur les eaux.

Afrique, grand herbage où serpente ensevelie une file de porteurs noirs ! Afrique, baigneuse au large dos, sombre comme l'olive, à moitié descendue dans les eaux lourdes et peuplées d'un fleuve énorme ! Clairière empoisonnée, marais au cœur des arbres, cri solitaire et stupide dans l'épaisseur de midi !

Puis se déplaçant dans sa tour vers l'ouest, Noé laissait son regard tourner sur le monde comme le rayon d'un phare et balayer l'immense désert de l'océan. Des îles s'éclairaient au passage, posées sur les flots comme des diadèmes, avec des nuages accrochés à leurs pointes comme des banderoles et le soleil du soir au bout, laissant tomber sur la mer et sur une pirogue de noirs paquets d'argent. D'autres fumaient dans l'azur ainsi que des chaumières. Des criques s'ouvraient où les courants s'arrondissaient comme des serpents bleus et dans le silence bruissaient sur les récifs avec un gazouillis de ruisseaux. Des plages filaient doucement avec leurs arbres et les sombres forêts dérivaient auras des eaux.

Enfin Noé, comme un arabe, se tournait vers l'Orient d'où l'homme est descendu. Par la petite fenêtre il ne voyait que le toit de la maison, puis la charmille, puis la campagne plate, coupée de haies, sillonnée de chemins. Un homme dans une vigne, portant dans le dos une grande boîte verte, arrosait les feuilles de sulfate. Rien de caché, rien qui pût échapper au regard. Mais tout à coup, derrière lui, montant au pas de son cheval le raidillon du chemin de l'église, du fond de sa voiture le boulanger lançait son triste appel de corne. Et c'était dix heures du matin qui monstrueusement arrivait du fond du monde. Et cette heure qui montait claire, blanche et morne sur l'horizon, elle avait passé sur des campagnes où le temps était bas et chargé, sur des villes où les hommes s'assemblaient sur les places et regardaient en l'air, croyant qu'il allait y avoir une éclipse ; et des ouvriers étaient sortis d'un puits de mine juste pour sentir peser son passage ; et il y avait un enfant qui venait de se baigner et qui l'avait vue de dessous l'arche d'un pont. Et plus loin encore dans une grande plaine arrosée par le Danube, des moissonneurs s'étaient arrêtés de travailler et avaient pensé confusément à des présages. Et enfin il y avait là-bas un ravin absolument désert où sa face s'était d'abord reflétée comme en un miroir de plomb. C'est l'Asie, où elle est née. L'Asie énorme et étagée, l'Asie délaissée par les eaux, pareille aux montagnes de la nuit que l'on sent peser sur son sommeil, pareille à un aigle qui plane et à un troupeau sur une plate-forme de rochers et à un orage qui se traîne sur les arbres et au silence intérieur qui précède les mauvaises pensées.

II[1]

Quand la nuit fut venue, Noé sortit sur le seuil de la cabane. On était en juillet. La forêt était inerte dans la tiédeur de l'obscurité. Noé sentit devant lui l'immense route filer en silence vers les profondes réserves de l'ombre. Pour la première fois

1. Cette partie n'a pas été publiée dans *Mesures*, elle comporte de nombreuses ratures que nous ne reproduisons pas mais qui ont été transcrites par David Roe (art. cit., p. 95-97). À propos de cette partie que Rivière écrit à Gide : « quand j'attaque la seconde [partie], qui forcément doit être un récit, je ne peux pas, je ne peux pas. Je manque complètement d'invention. Ou plutôt, au contraire, j'invente trop, j'invente n'importe quoi et je ne peux pas me persuader que ceci soit meilleur que cela, et tantôt je vois les choses d'une façon, et tantôt d'une autre, et tantôt d'une troisième. Rien ne s'impose à moi. Je ne suis obligé à rien. Et cela parce que ce que j'invente n'a aucune particularité et qu'il n'y a que les choses très particulières qui s'imposent. Mais je sais, je vois de mieux en mieux le domaine qui m'est réservé, c'est-à-dire celui où mes conceptions se présentent avec le caractère de la nécessité. C'est le domaine de la psychologie dure. Je suis irrémédiablement condamné aux genres barbants » (*Correspondance Gide-Rivière*, *op. cit.*, p. 336-337).

depuis son départ de Bordeaux, il eut le sentiment de sa solitude. Il comprit l'énormité de ce monde où il avait cru pouvoir se reconnaître si facilement. Il chercha à évaluer la distance qui le séparait de l'Europe, mais la lenteur du voilier qui l'avait conduit à Halifax, ses détours, ses séjours sur mer déconcertaient tous ses calculs.

En même temps que se développait en lui le sens de l'orientation, une idée secrète avait germé dans l'esprit de Noé.

De ses parents il n'avait gardé que des souvenirs étranges et confus. « Que sont-ils devenus, pensait-il ? » Il interrogea ses tantes. Elles savaient qu'ils étaient partis pour le Canada, mais elles n'osaient pas confier à l'enfant leur ignorance. Et quand il leur demandait pourquoi l'absence de ses parents était si longue : « Ils se sont établis là-bas, répondaient-elles. Ils vont faire fortune, et quand ils seront très riches, ils nous feront venir pour habiter avec eux. » Mais il leur était impossible de dire à Noé quelle industrie ils avaient choisi pour faire fortune.

L'enfant chercha. Dans un vieux coffre laissé par son père, il trouva une géographie où les richesses du Canada étaient longuement énumérées. Il y apprit qu'il y avait dans la province de l'Ontario des mines d'or et d'argent, exploitées presque uniquement par des étrangers. Son esprit ignorait les complications de l'échange ; de suite il fut évident pour lui qu'au Canada c'était dans les mines qu'on faisait fortune ; donc son père était là.

Dès lors sa résolution fut prise ; il irait le retrouver. Il ne s'agissait que d'aller bien droit. Quand une immense distance nous sépare de quelqu'un, le plus imperceptible écart du chemin que nous suivons vers lui produit une déviation irréparable et nous égare infiniment. Mais Noé ne se tromperait pas d'une ligne. D'ailleurs si les aventures le déportaient de sa route, où qu'elles le conduisissent, il retrouverait aussitôt la direction de sa recherche ; verrait aussi clairement que de son point de départ le pays où il tendrait.

Deux ans il médita son projet, avec cette sagesse et cette obstination qui étaient ses vertus. Il examina tous les moyens de passer en Amérique. Il s'informa, par petites questions espacées, auprès du boulanger et des rares fournisseurs qui visitaient la maison, des navires qui de Bordeaux cinglaient vers le Canada. Aucune ligne de paquebots ne faisait ce service. Et d'ailleurs comment Noé se fût-il fait admettre sur un paquebot ? Mais il apprit que les morutiers bretons qui venaient vendre leur pêche à Bordeaux, pourvu qu'il sût se rendre utile à bord, accepteraient de le conduire à Terre-Neuve, et que de là il gagnerait Halifax par quelque vapeur de cabotage.

Il partit le jour même où il eut douze ans. Il avait sali et déchiré ses vêtements et il se fit passer auprès du patron de *La Galante* pour un enfant abandonné. Le navire avait déjà un mousse ; mais le marin se laissa apitoyer par ses supplications et le prit comme aide.

Aimée *a été conçu en 1914 et écrit, une première fois, au cours de la captivité en Allemagne*[1]*, puis repris et réécrit en 1920 et 1921. On sait que sa matière narrative et psychologique vient de la relation passionnée que Jacques Rivière entretint avec Yvonne Gallimard entre l'été 1913 et le 1*er *juillet 1914*[2]*. Seule œuvre romanesque menée à bien par Rivière,* Aimée *fait aujourd'hui figure de roman raté. L'analyse psychologique domine largement la matière romanesque réduite aux événements indispensables à l'étude des caractères. Fouillés dans leurs tréfonds les plus secrets, les personnages n'en ont pas pour autant beaucoup d'épaisseur et le choix de la première personne prive la narration de tout relief. Habité par « une folle curiosité » et le désir de « ne rien ignorer de ce dont l'âme humaine est capable*[3] *»,* Aimée *peine cependant à atteindre l'universel car l'analyse approfondie – et unique – de la passion amoureuse est marquée du sceau de l'idiosyncrasie de son auteur. En cela ce roman est une entreprise romanesque d'une authenticité rare : l'écriture mise au service de l'exploration sincère et sans concession de son moi dans un moment de crise. Roman de « la sincérité » qui « est un perpétuel effort pour créer son âme telle qu'elle est*[4] *»,* Aimée *est également une*

1. Il semble également s'être hybridé à la matière du projet « Les Beaux jours », ce qui tendrait à montrer la continuité du projet autobiographique et romanesque de Rivière ; voir *supra*, p. 894-895.

2. Voir Bernard Melet, « Contribution à une étude de la genèse d'*Aimée* », *BAJRAF*, n° 59, 1991, p. 22-24 et *Une adolescence du siècle. Jacques Rivière et la NRF*, *op. cit*, p. 343-361 et 689-690.

3. *Aimée*, *infra*, p. 1072.

4. Jacques Rivière, *De la sincérité envers soi-même*, Gallimard 1943, p. 22.

étape importante dans « la recherche du métier d'écrivain[1]. » On peut également y voir une tentative pour donner corps au roman d'aventure, comme l'a observé Jean Lacouture : « "l'aventure", en son incertitude et ses écarts, ses rebondissements et sa discontinuité, elle est bien dans ce qu'a vécu le jeune écrivain[2] ». Ce roman est ainsi une étape décisive dans l'évolution personnelle et littéraire de Jacques Rivière, ce parcours qu'une mort prématurée a interrompu et dont Florence *est le dernier jalon. Nous reproduisons le texte de l'édition originale de 1922, tel qu'il a paru aux éditions de* La Nouvelle Revue française.

Aimée

« *Ô femme dangereuse, ô séduisants climats !* »
Baudelaire, *Les Fleurs du Mal*

À Marcel Proust
Grand peintre de l'amour
Cette indigne esquisse
Est dédiée
Par son ami[3]

I

« *Il était trop jeune encore, trop susceptible de prendre de l'émotion.* »
Stendhal, *La Chartreuse de Parme*

Dès mon enfance, les femmes furent pour moi un objet de véritable adoration. Avant même que je fusse capable de les désirer, leur regard, leur démarche, les tendres lignes de leur corps me donnaient un trouble informe et délicieux, où je m'abîmais tout entier et passionnément. Je ne me sentais pas du tout précipité vers elles. Au contraire, elles m'apparaissaient comme sacrées,

1. Alain Rivière, « Le Chapitre inédit d'*Aimée* », *BAJRAF*, n° 22, 1981, p. 11.
2. Jean Lacouture, *Une adolescence du siècle, Jacques Rivière et la NRF*, *op. cit.*, p. 693.
3. Sur les relations entre Jacques Rivière et Marcel Proust, voir *supra*, p. 23-29. En plaçant son livre sous le patronage de Proust, Rivière indique qu'il le considère comme un roman d'analyse. À l'automne 1922, Rivière pouvait avoir lu dans la dactylographie d'*Albertine disparue* les pages sur la jalousie au-delà de la mort et l'oubli de l'être aimé. Certaines des pages d'*Aimée* ont quelque chose de la minéralité étouffante et de la profondeur lucide de ce volume de la *Recherche*.

comme interdites. J'eusse frémi de les approcher. Les mouvements qui s'élevaient en moi à leur vue étaient si violents, si divers, si tumultueux qu'ils se détruisaient les uns les autres et me laissaient sur place.

Quand plus tard le désir vint s'ajouter à mon émotion, il ne l'orienta pas dans un sens beaucoup plus précis, il ne me rendit pas beaucoup plus entreprenant. À douze ans, j'avais une amie charmante, un peu plus âgée que moi. Un jour, en jouant, je lui saisis par hasard le bras près de l'épaule : je sentis sous l'étoffe du corsage la tiède, la douce, la savoureuse élasticité de sa chair : se moque de moi qui voudra, mais ce fut comme si j'eusse touché du feu : je lâchai prise aussitôt.

Et ce n'était pas que l'instinct chez moi fût plus languissant que chez la moyenne des enfants ; il avait toute la promptitude désirable ; il m'eût bien incliné aux mêmes expériences que tous les autres, et d'abord à prolonger cette volupté imprévue. Mais il n'était pas seul ; des penchants plus profonds, plus secrets, plus rares se faisaient jour à sa suite, qui tendaient à le neutraliser. Plus encore que mes sens, mon cœur était ému ; la tendresse l'envahissait avec toutes ses complications ; il me déconseillait de toute sa force le plaisir qui venait de poindre en moi ; il m'en faisait un crime ; il me le reprochait comme un tort que j'eusse commis envers celle qu'il me fallait maintenant, sur ses injonctions, au lieu de tout cela, aimer.

Je me fusse bien plu à épier en moi le progrès de cette douce, de cette gênante petite morsure sensuelle ; j'en eusse appris bien volontiers les suites. Mais je n'étais pas disponible ; d'autres soins, plus difficiles et de moindre récompense, me réclamaient. Toute mon âme formait obstacle avec sa naissante immensité.

Dans de telles dispositions, il était fatal que je misse longtemps à sortir d'embarras et à m'instruire des rudiments de l'amour. Né dans un milieu provincial où les mœurs étaient sévères, je ne rencontrai, tant que j'y vécus, rien qui pût aider ma timidité, ni qui m'ouvrît les voies au seuil desquelles m'arrêtait ma trop grande susceptibilité sentimentale. J'arrivai à Paris sans avoir connu autre chose que de violentes amours rentrées, et la vie d'étudiant que j'y menai d'abord n'étendit pas beaucoup mon expérience.

J'étais terriblement sage, quand j'y pense. Et pourtant quel désir, quelle attente en moi dès ce moment ! Je n'étais pas de ceux que le travail intellectuel console de tout. Je sentais jusqu'à l'exaspération les innombrables séductions au milieu desquelles j'étais plongé. Rien de la volupté parisienne ne me frôlait sans que j'en fusse bouleversé. Je me rappelle mes promenades sur les boulevards, le vœu, le cri qu'il y avait en moi et cette chose plus forte que tout, cette insurmontable pudeur qui les faisait taire. Chaque femme que je suivais, si seulement elle avait pu se douter de la tempête qu'elle traînait dans son sillage ! Ce n'était pas avec des baisers seulement que je la persécutais en silence, ce n'était pas seulement cette place exquise sur son épaule que mes lèvres voulaient rejoindre : à ses trousses était lancé du même élan tout mon cœur ; j'étais prêt à tous les dévouements, à tous les sacrifices ; je les lui offrais déjà.

Enfin, parce qu'il le fallait bien, y ayant mis tout mon courage, j'appris tout de même tant bien que mal le plaisir.

*

Mais j'en ai dit assez pour faire comprendre que je n'étais pas homme à m'y complaire ni à m'y borner. J'éprouvais même des difficultés inouïes à en maintenir écarté l'amour. L'amour surtout continuait de me tenter : il formait décidément ma vocation la plus profonde.

Je le sentais en moi, à l'avance, comme une sorte d'immense faiblesse, d'écroulement virtuel de toute ma personnalité.

Je le craignais, certes, au moins autant que je l'appelais. Car il y avait dans mon esprit des parties solides que son infinité menaçait.

Mais il me tenait déjà par en dessous ; il avait occupé en secret tous les points stratégiques de mon âme ; dès qu'il éclaterait, il aurait des complices partout.

Et ce qui m'ennuyait le plus, c'est que je ne voyais pas, du train dont je le sentais susceptible d'aller, comment je l'empêcherais, si le destin voulait qu'il fût partagé, de me mener du premier coup jusqu'au mariage.

À peine un an après mon arrivée à Paris, avant même que j'eusse eu le temps de me rendre un compte à peu près exact des mystères du plaisir, toutes mes appréhensions ou, si l'on veut, tous mes désirs étaient réalisés : j'avais épousé Marthe Villemois.

Je l'avais connue dans une petite école, où elle donnait, en même temps que moi, des leçons. La première fois que je la vis, c'était dans la salle de lecture où se réunissaient les professeurs entre les heures de classe. Elle était assise à la même table que moi, et lisait ; son profil se dessinait à contre-jour ; je fus saisi d'emblée par son extrême douceur. Je le regardai longuement ; et au lieu de cette panique, qui me prenait en général auprès des femmes, à mon grand étonnement ce fut une paix infinie que je sentis s'établir en moi. Rien dans ce visage ne me menaçait ; il ne me posait aucune exigence inconnue ; il n'appelait rien de plus que cette tendresse que j'étais justement si anxieux de donner.

Je me replongeai dans mon livre ; et s'il me devint aussitôt, comme on s'y attend, illisible, ce ne fut l'effet d'aucune extraordinaire agitation en moi. Simplement je me mis à dériver. Qu'il faisait calme tout à coup et déroutant ! J'étais comme un navire parti pour un long voyage et qui perd son chemin entre des îles. Presque plus rien n'avait l'importance que je lui avais cru ; j'oubliais sans effort toutes mes ambitions ; je n'entendais plus d'autres voix que celles du déconseil et de l'abandonnement. En même temps des choses imperceptibles commençaient de devenir souveraines ; je trouvais de la force à d'absentes impressions ; je me rappelais confusément tout ce que j'avais connu de pur et de juste dans mon enfance ; j'étais touché par des objets que je ne pouvais même pas voir.

Je regardai Marthe à nouveau : et cette fois tout de suite je l'aimai. Je l'aimai sans éclat, sans révolution d'aucune sorte, comme happé par son invraisemblable douceur. Ce fut un entraînement sans paroles ; on me prenait les mains ; on me fermait la bouche ; on me recommandait le silence et le consentement. Dès avant que séduit, je me trouvais persuadé.

À vrai dire, la première fois que j'y tombai, je ne demeurai qu'un instant dans cet état. Une réaction suivit aussitôt, une espèce de révolte et comme d'indignation : je me rappelai tout ce que j'avais l'intention d'éprouver dans la vie, toutes les aventures que j'escomptais. L'image de ces plaisirs encore si mal approfondis que je savais qu'elle recélait, vint se peindre à nouveau à mes yeux, confuse mais d'autant plus séduisante, et me mit en garde contre le penchant où je glissais. Je me scandalisai intérieurement à la pensée que je pourrais laisser sitôt se déterminer une destinée que j'avais pris l'habitude de gonfler, dans mon esprit, des possibilités les plus contradictoires.

Mais j'étais blessé déjà d'une étrange façon, et que j'eusse dû comprendre incurable. J'étais atteint dans ce qu'il y avait en moi à la fois de plus faible et de plus fécond : une voie s'ouvrait, plus basse que toutes celles dont j'avais rêvé, à ma tendresse, à ma compassion, à ma timidité : ne m'y pas enfoncer tout de suite eût été de ma part autre chose que du courage : une espèce d'aberration.

Un fait nouveau vint bientôt compliquer la tentation que je subissais. J'avais saisi la première occasion venue pour me faire présenter à Mademoiselle Villemois. Et bien vite, dès nos premières conversations, j'avais vu poindre en elle un intérêt pour moi, sur la nature duquel il était impossible qu'aucune fatuité m'aveuglât ; il me fut bientôt évident que Marthe, elle aussi, m'aimait, que Marthe modestement, secrètement, mais avec une violente espérance, attendait mon aveu.

Ainsi contribua-t-elle à approfondir le gouffre qui m'appelait. Je la regardais me regarder, et l'idée du bonheur que je pouvais faire naître dans ses yeux en lui déclarant mon amour, devenait peu à peu vertigineuse. J'avais si peu compté qu'une femme jamais pût tourner vers moi sa pensée, ses vœux ! J'avais l'impression que là, décidément, s'offrait la seule chance parfaite, intacte que me réservât la vie. Si vagabondes et ambitieuses fussent les imaginations de ma sensualité, il y avait quelque chose de plus proche que tout qui me faisait signe ; il y avait ce sourire, cette petite lumière à cueillir sur le tendre visage qui m'était adressé ; il y avait ce grand bonheur commun qui attendait de moi sa délivrance. J'étais comme un magicien sur le bord de son prodige : comment l'eussé-je refusé ?

De même qu'elle l'avait d'abord déclenché, ce qui décida mon amour à se vouloir définitif, ce fut une certaine voluptueuse absence de crainte, ce fut tout ce que je lisais à l'avance de réponse dans les yeux de Marthe, ce fut l'imminence sur ses traits de notre intime accord.

Et en effet, quand je me fus enfin résolu à lui offrir mon amour et à lui demander le sien, tant son consentement lui parut être implicite, Marthe ne pensa à me montrer que son ravissement :

— C'est donc vrai ! C'est donc vrai ! répétait-elle seulement avec cette joie même que, comme un habile sourcier, j'avais supposée à la bonne place, et que je m'enivrais maintenant de voir effectivement jaillir.

Ainsi tout de suite nous trouvâmes-nous dans une communion presque plus étroite qu'il n'eût été naturel.

Notre mariage suivit de très près nos fiançailles et il nous donna tout le bonheur que nous en avions attendu. Nous n'étions riches ni l'un ni l'autre et nous eûmes d'abord bien des difficultés matérielles à surmonter. Mais nous nous entendions si bien, et si joyeusement, qu'elles ne réussirent pas à altérer un seul instant notre amour.

J'avais exigé de Marthe qu'elle renonçât à l'enseignement, bien qu'elle l'exerçât sans dégoût, et même avec un certain plaisir. Mais je tenais à sentir peser entièrement sur mes épaules la charge de notre ménage : cela ravivait sans cesse en moi la sensation du miracle qui m'était arrivé.

Je me mis donc à donner des leçons, tout en préparant à la Sorbonne les diplômes qui me manquaient encore pour être admis dans l'Université.

Marthe s'occupait de rendre aussi habitable que possible le petit appartement que nous avions loué, et qui était perdu, comme une vigie dans la mâture, au sommet d'une immense maison « de rapport » qui dominait de loin le Luxembourg.

Je me rappelle notre bonheur, si profond, si candide. Ce qui m'était le plus difficile peut-être, c'était de croire à sa réalité. J'étais comme un enfant : la seule idée que j'avais une femme me plongeait dans un continuel étonnement. Je cherchais des témoins de mon privilège ; avec des ruses d'une ingéniosité puérile, je tâchais d'obtenir la reconnaissance par autrui, la mention, si fugitive qu'elle fût, de ma nouvelle dignité. Si par simple politesse des camarades me demandaient des nouvelles de « ma femme », aussitôt j'avais envie de courir vers elle, de lui crier : « Tu sais, tu es ma femme, ils l'ont dit ! »

Un jour que nous partions pour un petit voyage, tandis que j'installais nos valises dans le compartiment, – Marthe ne m'avait pas encore rejoint – contre quelqu'un qui voulait l'usurper, je dus défendre sa place : « C'est la place de ma femme ! » dis-je. Et tout aussitôt une rougeur me monta au front : de joie, de pudeur, de tendresse, mais par-dessus tout d'admiration : « Qu'ai-je dit ? pensais-je en moi-même. Est-ce vrai ? Est-ce seulement possible ? Personne ne bouge. Personne ne prétend que j'ai menti. Ils acceptent le prodige, puisqu'ils ne disent rien. »

Marthe parut à ce moment devant la portière ouverte ; je l'aidai à monter, je l'établis dans son coin. On la regarda. Je souriais à part moi comme si j'eusse joué un bon tour à toute l'assistance :

elle était si frêle, si petite ! « Qu'ils s'en étonnent ! pensais-je. C'est pourtant là tout mon trésor. C'est pourtant là tout ce qu'il faut à ma jubilation. »

Bien que plus raisonnable, moins nerveuse, Marthe semblait ne pas goûter moins merveilleusement que moi sa nouvelle condition. Elle avait vécu jusque-là quelque peu repliée. Ses parents, tout en l'entourant de la plus grande affection, ne la comprenaient pourtant qu'à moitié et elle avait pris instinctivement l'habitude de réserver ses expansions.

Elle s'épanouissait maintenant sous ma tendresse et me découvrait peu à peu son cœur.

Il s'y cachait une espèce de vaillance sans tapage qui me plaisait infiniment. Marthe n'aimait pas la lâcheté, c'était une nature entièrement morale. Ce qui l'intéressait avant tout dans la vie, c'était de tenir tête aux événements, de leur faire bonne figure.

Peut-être y avait-il eu à l'origine de mon sentiment pour elle, en plus de ce que j'ai déjà noté, je ne sais quelle obscure pitié pour sa fragilité physique ; j'avais cru sentir qu'elle avait besoin de moi. Mais maintenant j'étais bien joué ! Car il m'eût fallu être aveugle pour ne pas voir que toute la fermeté dont nous disposions était en elle et que je n'en pouvais montrer moi-même qu'autant qu'elle m'en prêtait.

Au reste cette vertu de Marthe était tout intérieure et ne la déformait nullement. On n'en eût jamais du dehors soupçonné toute la force ; elle ne se traduisait par aucune prédication ni aucune parade ; jamais héroïsme plus discret.

Je crois qu'il consistait surtout dans une certaine faculté qu'elle avait de ne point s'arrêter aux petits accidents de son cœur, aux anicroches de sa sensibilité. Son regard tout naturellement se détournait d'elle-même ; elle avait toujours devant les yeux un idéal parfaitement simple et courageux et elle y tendait sans distraction.

Aussi faisait-il bon auprès d'elle. De la profonde perfidie de la femme tout se laissait oublier ; on respirait avec plus de confiance ; on regardait plus volontiers vers l'avenir et l'on y découvrait des biens auxquels on n'eût pas osé croire tout seul.

Je ne puis assez dire combien Marthe me reposa, me fortifia, me corrigea. Comme on améliore par des travaux le régime d'un torrent, je pus croire un instant qu'elle réussirait à normaliser ma sensibilité, à en drainer ensemble les élans, les espoirs, les exigences. Il y eut une période où je fus vraiment tout à elle, où mes pensées ne l'excédèrent absolument pas, où la tenir dans mes bras forma positivement tout mon ciel.

*

Mais je n'étais pas assez équilibré, assez normal pour qu'un tel contentement pût durer en moi dans sa perfection. Pur de tout vice, j'étais pourtant affligé d'une perversité d'ordre psychologique qui le rendait fatalement précaire.

Comment définir cette perversité ? – Je n'aimais pas le bonheur.

Est-ce bien cela ? Mieux vaut dire : j'aimais mon cœur, j'aimais tout ce qu'il inventait de sentir. Je croyais trop en lui ; j'attendais trop curieusement ses modifications ; je désirais trop qu'il en subît.

Lesquelles ? – Toutes. Si passait auprès de moi une femme dont la beauté fît tourner les regards, je ne me contentais pas de la désirer, comme tout le monde : j'étais heureux de la désirer, je me félicitais de cette onde ardente qui me traversait.

Tous ces troubles qui m'avaient assailli dès l'enfance, et que j'ai décrits, je m'en fusse sans doute depuis longtemps guéri, si seulement j'avais pu souhaiter d'en guérir. Mais ils m'étaient trop nécessaires ; j'y trouvais dans le fond, malgré l'impuissance où ils me plongeaient, trop d'agrément. Je languissais dès qu'ils tardaient à revenir ; j'avais peur que c'en fût fait pour toujours de ma souffrance, de mes désordres.

Le sentiment était mon pain quotidien ; et plus il était imprévu, injustifié, plus je lui trouvais de goût. C'était aux irrégularités de mon cœur que je m'intéressais avant tout ; c'était pour ce qui lui arrivait de moins opportun que j'éprouvais le respect le plus profond et l'admiration la plus soumise.

Marthe était auprès de moi la sagesse, l'apaisement, le bonheur. Je recourais à elle pour mes moindres embarras, et toujours avec le même fruit. Mais il y avait quelque chose en moi, dans le temps même où je recevais sa chère influence, qui la refusait doucement et cherchait avec égarement d'autres délices.

J'avais fui auprès de Marthe la souffrance que je pressentais que toute autre femme m'eût donnée, mais je n'y avais pas renoncé ; elle m'attirait maintenant comme une sorte de paradis que j'eusse perdu dans le bonheur ; je remontais secrètement vers elle, avec des mouvements pleins de ruse, comme un nageur dans la nuit.

D'une certaine façon Marthe m'avait trompé, Marthe m'avait frustré. Sa parfaite absence de coquetterie avec moi, la franchise avec laquelle elle m'avait laissé presque d'emblée deviner ses sentiments, son immédiate et tendre réponse à toutes mes questions, la compréhension même qu'elle montrait pour tout ce que je lui expliquais de moi-même, la promptitude avec laquelle elle mettait toutes ses forces à ma disposition formaient comme autant de larcins qu'elle eût commis envers un certain mauvais fond de mon âme qui n'aspirait qu'à être intrigué, éconduit, désespéré.

Je ne lui en voulais pas, mais je ne pouvais m'empêcher de chercher des compensations. Il me fallait reprendre l'amour à ses débuts, voir un peu s'il ne se laisserait pas, une seconde fois, goûter moins facilement.

Je brûlais de rentrer en apprentissage et, sous quelque douce férule, d'épeler à nouveau une leçon dont ma chance avait voulu que toutes les épines me fussent d'abord épargnées.

J'avais, très exactement, la nostalgie de l'infortune. Maintenant que je voyais, grâce à Marthe, l'horizon de ma vie de plus en plus s'éclaircir, je me prenais à regretter qu'il dût être à jamais sans orages. Des sentiments inconnus, des partages, des déchirements, dont je ne comprenais que confusément la nature, mais que je ne me pardonnais pas d'avoir une première fois ignorés, m'appelaient, dans l'ombre de l'avenir, irrésistiblement ; ils agissaient sur moi, de loin, à la façon des plus séduisantes voluptés. Je sentais que je n'avais pas épuisé vraiment la coupe des infélicités qu'une femme peut nous verser et je ne me résignais pas à en laisser le fond. Il y avait, j'en étais sûr, dans l'amour, des pièges, des empêchements, une certaine embâcle où j'étais fait pour me prendre et dont je ne pouvais rester sans inconséquence, sans inachèvement de moi-même, dégagé.

Marthe me ressemblait trop ; le passage était trop facile de son âme à la mienne ; nos pensées se trouvaient trop vite. Il me fallait à tout prix un être différent, étranger, qui fît obstacle à mon cœur ; il me fallait quelqu'un qui ne m'écoutât point, qui ne m'exauçât point.

On comprend bien que je ne me formulais pas, à ce moment-là, aussi clairement que je viens de faire, mes aspirations ; je les fais bénéficier, en les exprimant ici, de toute la conscience qui ne m'est venue que par la suite. Je ne savais pas encore que je fusse si mal construit que d'avoir du goût pour le malheur. Ce qui me tourmentait ne prenait encore la forme que d'une vague, brûlante et générale tendresse dont j'étais presque constamment oppressé.

J'aimais Marthe plus que ma vie ; rien ne peut donner une idée du dévouement que je me sentais pour elle, de la terreur où j'étais de lui causer la moindre peine. Mais j'aimais encore, en même temps, les femmes. Elles gardaient pour moi tout le prestige dont elles me subjuguaient dans mon enfance. Je ne leur connaissais pas de défauts et ne comprenais rien aux satires qu'on faisait d'elles. Ou, plus exactement, leurs défauts, je les voyais bien ; mais ils ne comptaient pas pour moi ; ils n'entamaient ni mon admiration, ni mon désir. Je continuais de tendre les bras vers elles avec la même timidité fanatique, avec le même espoir désordonné et sans paroles.

Je n'en rencontrais pas une dont le visage eût quelque attrait sans m'interroger avidement sur son compte : était-ce celle contre qui j'allais enfin me briser, contre qui se consommerait enfin mon naufrage ? Je gouvernais vers elle en insensé : je cherchais le récif ; j'attendais avec une impatience morbide le craquement qui m'avertirait que mon cœur était enfin touché dans ses œuvres vives.

Malgré tout le soin que je prenais de le lui dissimuler et bien qu'il restât d'ailleurs spontanément caché, Marthe ne fut pas longtemps avant de soupçonner quelque chose de mon vagabondage sentimental. Elle s'en attrista. Mais elle n'était pas jalouse. Elle savait qu'elle s'était emparée du meilleur de moi-même, et sentant que c'était pour toujours, elle en éprouvait malgré tout une espèce de tranquillité.

Je ne fus donc guère dérangé dans ma folie et elle put prendre ainsi peu à peu une muette et dangereuse extension. Mais elle ne se serait peut-être jamais extériorisée si je n'avais fait la connaissance, environ deux ans après mon mariage, de Georges Bourguignon.

II

Il y a des êtres que la destinée aposte sur notre chemin pour nous contraindre à la suivre, au moment où la paresse risquerait de nous prendre. Ils viennent à nous avec ce qu'il faut de ressemblance pour nous séduire, avec ce qu'il faut aussi de différence et d'étrangeté pour nous induire en changement. Georges Bourguignon fut pour moi à la fois cette âme parente et cet indicateur d'autres possibilités sans lequel je fusse peut-être resté malgré tout enlisé dans le bonheur, ou tout au moins confiné dans mes rêves.

Lui aussi, il aimait les femmes ; lui aussi elles le préoccupaient. Comme moi il était attentif à leur grâce, il se plaisait aux mouvements qu'elles faisaient naître en lui. Comme moi il avait la curiosité de leurs sentiments, il était capable de goûter leurs caprices, d'être ravi par ce qu'elles pouvaient inventer de plus absurde, de plus ennemi de son bien.

Mais non ; j'exagère. C'est ici justement que commençait la différence entre nous. Georges était infiniment plus normal que moi. Il accueillait des femmes tout ce qui lui pouvait venir d'exquis, mais refusait très fermement ce qu'elles tentaient de lui verser pardessus le marché de douloureux, ou même seulement de fatigant.

Il les connaissait d'ailleurs de beaucoup plus près que moi. Il avait mené la vie de tout jeune homme riche et désœuvré, chez qui les sens vont leur chemin sans trouver le frein d'une morale bien déterminée. Après une période de simple noce, Georges avait eu des maîtresses. Il avait appris d'elles bien des choses concrètes et pondératrices, celles-là mêmes dont l'ignorance prolongée formait en moi ce je ne sais quel vide pneumatique où toute mon âme tendait à s'engouffrer. Le paysage de l'amour n'avait plus pour lui de ces sous-bois, de ces cavernes, qui le rendaient pour moi si mystérieux, si captivant et si semé d'embûches.

Georges aimait les femmes, mais à bon escient et sans les craindre. Elles étaient pour lui la source de toute une catégorie de délices bien déterminées. Il recourait à elles, pour les besoins de ses sens et de son cœur, avec gourmandise et compétence. Sa mémoire était peuplée de tous les souvenirs qu'il fallait pour lui permettre une utilisation vraiment pratique et sans dangers de leurs charmes.

Bien entendu je ne sus pas distinguer d'abord exactement ce qui m'attirait vers lui ; mais le pressentiment de sa maîtrise dans l'art où je me sentais à la fois si maladroit et si anxieux de faire des progrès, y fut certainement pour beaucoup. Je devinai toutes ces notions dont son esprit était plein ; j'admirai, sans le comprendre, le calme qui se mélangeait à son désir ; j'espérai en attraper quelque chose ; je me mis inconsciemment à son école.

Et pourtant nous fûmes bien longtemps avant d'oser parler franchement des femmes. Georges ne se pressa point de me faire des confidences. J'étais si timide, et lui s'était épris pour moi d'une amitié si respectueuse, il voyait en moi tant de vertus (qui n'étaient peut-être que le mirage au dehors de mon impuissance intérieure à me débaucher), que l'amour pendant longtemps nous parut un sujet interdit.

Ce fut sans le vouloir, sans s'expliquer, par sa seule attitude, par les mots qui lui échappaient, par les gens qu'il me fit connaître, par le milieu où il vivait et où il m'introduisit, que Georges commença d'exercer sur moi son influence.

Il ne pouvait faire en effet que la facilité ne rayonnât de toute sa personne. Je n'ai jamais connu quelqu'un qui se laissât aussi peu que lui empêcher par les obligations mondaines, ou même seulement familiales, quelqu'un qui fût aussi peu enchaîné. Il avait habitué tout le monde autour de lui à ne jamais compter sur sa présence ni sur son aide, à le prendre en toutes circonstances comme il était, comme il venait. Il s'était arrangé ainsi la vie la plus libre, la plus capricieuse, la plus flottante aussi, mais à coup sûr la plus riche en bonheur, ou tout au moins en agrément, dont un homme ait jamais joui.

Rien de ce qui avait restreint, durci, mais aussi passionné mon enfance n'avait jamais existé pour lui. Sa latitude avait toujours été infinie. Il n'avait jamais eu l'idée de bornes, de conditions, ni d'effort, et surtout pas d'effort contre soi-même. La souffrance n'était pour lui qu'un très fâcheux accident qu'il fallait éviter à tout prix. Le péché lui était inconnu.

Sa seule morale était de se maintenir toujours aussi proche de lui-même, aussi pareil à ses impulsions et à ses répugnances premières que faire se pouvait. Il avait horreur de tout ce qui eût donné à son âme un tour différent de celui qu'elle prenait naturellement. En tout, il s'en tenait à ce qu'il éprouvait d'abord et faisait bien attention de ne surtout point le laisser contaminer par aucune considération de devoir ou de décence.

Il mettait même quelque coquetterie à cette observance de ses impressions immédiates et la poussait parfois jusqu'à un cynisme enfantin, mais qu'il savait n'être pas sans grâce. Il affectait de ne pas comprendre qu'on pût vouloir rattraper les convenances du sentiment si l'on n'y tombait pas d'emblée :

— Moi, vous savez, me dit-il un jour, je n'ai jamais eu le moindre respect pour mon père. Si loin que je remonte dans mon souvenir, si petit que je me refasse en imagination, je ne trouve jamais pour lui dans mon cœur que dérision.

Et il guettait le sourire de scepticisme qu'il s'attendait bien à voir paraître sur mon visage pour s'en étonner :

— Pourquoi souriez-vous ? s'empressa-t-il de me demander. Vous ne me croyez pas ?

Il aimait le scandale qu'il y a à être toujours vrai à la lettre ; il s'amusait à avouer des sentiments trop courts, trop bruts, inédits par insuffisance. Il montrait avec complaisance à tout le monde ce qui manquait à son cœur. S'il eût cherché des effets, ils eussent été tout au rebours de ceux qu'on cultive d'habitude. Au lieu d'appeler à lui tout ce qu'il avait de précieux, il ne voulait étonner qu'en se découvrant piètre et démantelé, tel que l'instant le faisait. Il refusait toute communication avec ses réserves ; comme il n'économisait rien pour elles, de même il prétendait n'en rien recevoir qui pût nourrir ou refaire, ou même seulement nuancer son âme actuelle.

En toutes choses il était prodigieusement livré au présent. Aussi avait-il le génie du plaisir. Il vivait avec lui dans un voisinage, dans une intimité dont rien ne peut donner une idée ; il en ôtait tout le venin par la façon même dont il y cédait : tout de suite, sur place, comme à quelque chose d'indiscutablement bon et devant quoi l'hésitation ne pouvait jamais être que sottise.

Il le reconnaissait tout de suite, où qu'il se cachât, même dans les endroits où il n'était encore qu'en puissance, comme s'il eût eu une odeur pour lui. Rien n'était plus curieux à voir que son visage lorsqu'il le découvrait quelque part : on ne peut pas dire qu'il s'allumait ; au contraire il devenait paisible, reposé, confiant comme en face de la chose la plus simple, la plus élémentaire, la plus fondamentale du monde ; il avait un air de dire : « Voilà ! Qu'imaginer de plus ? Qu'y a-t-il qui ne vienne après cela ? » Tous ses traits se laissaient absorber par une expression unie et enchantée ; une quiétude à la fois animale et religieuse les submergeait doucement.

De même, lorsqu'il y avait quelque part à s'ennuyer, Georges était toujours le premier à s'en apercevoir. Sitôt que dans un salon la conversation se faisait languissante ou aride, on le voyait à la lettre se figer. Une distraction immédiate, absolue, quasi sidérale se posait sur son visage : il devenait ennui des pieds à la tête, avec une perfection et, si j'ose dire, un ensemble naïvement insultants. On n'avait plus désormais devant soi qu'un bloc d'indifférence et le seul recours, pour l'ami qui l'accompagnait, était de l'emmener le plus tôt possible au-dehors, où peut-être une caresse du hasard, la diversité des rencontres, les incidents de la rue favoriseraient son dégel.

D'un être aussi tendrement exposé aux sensations, on comprend que la fréquentation devait être pour moi à la fois exquise et ruineuse. Et en effet, dès avant que Georges m'eût ouvert son cœur, je n'avais eu qu'à marcher auprès de lui dans Paris, qu'à le suivre dans ses visites et dans ses promenades pour sentir quelque chose en moi s'affaiblir, se déliter. Le devoir, le travail ne me faisaient plus éprouver aussi inexorablement leur loi ; une sorte de permission, encore confuse et générale, mais d'autant plus troublante, minait avec douceur ma volonté. Je me trouvais enclin à des idées plus faciles et plus caressantes que celles où d'habitude je penchais.

Le plaisir, quand j'étais avec Georges, prenait vite à mes yeux la même innocence qu'il avait aux siens ; il m'apparaissait soudain si proche, si accessible, si peu clandestin que je n'apercevais plus en moi les raisons que j'avais cru voir de le refuser. Georges me l'eût fait sur-le-champ préférer à tout au monde. Sans qu'il eût rien à dire, rien que par le nombre de considérations dont je le voyais ne pas tenir compte, il dissipait en moi tout ce qui n'était pas strictement d'actualité : je me découvrais brusquement réduit aux sentiments les plus faibles, mais les plus prompts, et je ne songeais plus à leur désobéir.

Quand Georges venait me chercher au milieu de mes livres, je ne résistais qu'avec un rire tout entraîné déjà à ses invitations impérieuses :

— Laissez-moi tout ça tranquille, s'écriait-il en fermant mes cahiers. Vous allez venir déjeuner avec moi. Ce sera bien meilleur. Vous verrez comme on s'amusera.

Il s'excusait auprès de Marthe, qu'il voyait bien que je ne quittais pas sans remords. (Il avait toujours une provision de bonnes raisons pour justifier ce qu'il faisait par plaisir.)

Nous partions. Tout de suite il hélait un taxi, donnait l'adresse d'un bon restaurant. Je le sentais auprès de moi comme un pilote infaillible, encore qu'enivré, et je m'abandonnais avec une lâcheté heureuse à son initiative.

Oh ! ces déjeuners dans Paris ! Si mon ami avait pu se douter de l'événement qu'ils représentaient pour moi ! Jamais seul, et même pourvu de tout l'argent nécessaire pour ne pas m'y trouver embarrassé, je n'eusse osé pénétrer dans ces temples du loisir et de la gourmandise. Les rites confortables du service, l'éclat du linge et de l'argenterie, le silence docile et respectueux des garçons, au lieu de contribuer, comme ils en avaient mission, à l'augmentation de mon plaisir, m'en eussent complètement frustré en me plongeant dans la terreur de ne pas savoir leur fournir la réponse qu'il fallait. Avec Georges il n'en était plus de même. Il se chargeait pour moi de l'adaptation. Tandis qu'il combinait le menu et entrait avec le sommelier dans des arrangements savants, je profitais du silence, comme un oiseau toujours effarouché d'une pause du vent, pour me rapprocher de tous les biens délicats qu'un miracle soudain mettait à ma portée ; je me posais timidement à leur étage ; je les observais d'un œil furtif et qui s'apprivoisait. Et quand Georges, ayant achevé ses recommandations, se retournait vers moi, je me trouvais tout de suite dans un état de trêve et d'aplanissement exquis : notre conversation prenait d'emblée un tour facile et amusant et je tenais tête à ses plaisanteries avec une inspiration paisible dont je me demandais, tout le premier, où elle pouvait bien avoir en moi sa source.

Georges habitait, avec sa mère et ses sœurs, une charmante villa de la rue Michel-Ange à Auteuil. Je ne tardai pas à y fréquenter régulièrement. C'était un endroit bien étrange. On y pénétrait avec une anormale facilité. Personne dans la famille Bourguignon n'offrait à quoi que ce fût, d'intérieur ni d'extérieur, aucune espèce de résistance. Cela se sentait dès la porte, qu'on trouvait le plus souvent entrouverte. Un grand salon-atelier occupait le centre de la maison, qui semblait appartenir à tout le monde. Les gens qu'on y rencontrait, formant des groupes animés et bavards, n'étaient pas forcément les maîtres du logis : des amis, le plus souvent, qui se distrayaient entre eux, jouaient du piano, se racontaient leurs histoires.

Quand paraissaient Madame Bourguignon ou ses filles, votre présence leur semblait si naturelle que vous les surpreniez souvent en allant les saluer.

Ce n'était pas exactement la gaîté qui faisait le fond de l'atmosphère qu'on respirait rue Michel-Ange : plutôt un nonchalant amusement. Sans jamais tomber dans la grossièreté, les propos étaient très libres. Chacun était au fait des amours des autres et en plaisantait ouvertement :

— Comment va Loulou ? manquait rarement de demander à son neveu Madame Bourguignon (Loulou, une petite actrice des boulevards, était la maîtresse du jeune homme). Et elle ajoutait :

— Tiens-toi bien. On m'a dit qu'elle était très recherchée en ce moment. Tâche de ne pas laisser sa vertu sans encouragement.

L'amour préoccupait paresseusement tous les esprits. La conversation tournait sans cesse autour de lui. On n'eût pas fait grand effort pour le sentir ; mais sa loi était considérée par tous comme inévitable et plaisante ; s'il daignait descendre dans un de ces cœurs, il était sûr de le trouver au minimum récalcitrant.

Georges, qui, quand il était seul avec moi, était retenu par ma propre timidité d'y faire allusion, aussitôt au milieu des siens, tant l'ambiance y portait, reprenait courage pour me dire :

— Ah ! François, quelle agréable chose qu'une femme ! Comme c'est doux à chérir, à rechercher ! Est-il possible que le mariage vous laisse sans tentations ?

Il ne se doutait certainement pas, en me posant cette oblique question que mon horrible pudeur me faisait feindre de prendre pour une simple plaisanterie afin de garder le droit de n'y point répondre, – il ne se doutait pas du tourbillon de désir et d'attente qu'il soulevait en moi ; il n'apercevait pas dans quelles dispositions faiblissantes et langoureuses sa fréquentation et celle de sa famille avaient fini par me plonger.

Car la tiédeur du milieu Bourguignon agissait en secret sur moi ; elle encourageait mes espoirs, diminuait ma résistance, faisait fondre – je le croyais du moins – cet empêchement que je portais en moi depuis mon enfance et par lequel mes plus grandes aberrations sentimentales s'étaient toujours trouvées jusque-là comme à l'avance réduites.

Je parlais aux femmes avec moins de difficulté, je les regardais avec moins de crainte, je leur répondais avec moins de panique. Entre elles et moi, il y avait des moments où se déclarait une vertigineuse diminution de distance et où je croyais, comme on dit, « pouvoir les toucher ». Il me semblait être enfin sur le bord de cette bienheureuse catastrophe dont j'avais si longtemps rêvé.

*

Aussi eus-je tout de suite l'impression bizarre de reconnaître ce qui allait se passer (comme si je fusse déjà une fois parvenu jusqu'à ce point du temps par un bond de mon esprit), lorsqu'un beau jour Georges, avec sérieux et embarras, m'annonça qu'il avait une confidence à me faire :

— Vous ne me connaissez pas encore, me dit-il. J'ai un grand secret que je ne vous ai pas confié, qu'il est temps que je vous livre.

Le cœur me battait : « Voici le moment ! » pensai-je. Il continua :

— Je suis fiancé depuis très longtemps déjà, depuis plusieurs années. Et depuis plusieurs années j'hésite devant l'accomplissement de ma promesse ; je ne puis me décider à me marier. Vous ne pouvez pas me comprendre, aussi longtemps que vous ne connaissez pas ma fiancée. Je l'aime, certes ; mais l'amour n'est peut-être pas le plus profond des sentiments qui m'attachent à elle. Ce n'est pas non plus tout à fait que je la craigne. Simplement elle est trop forte pour moi ; il y a une certaine intensité de sa personne que je ne puis ni supporter, ni m'empêcher de subir. J'ai peur non pas d'elle, mais d'elle avec moi. J'ai peur de sa présence constante, de son regard sur moi tous les jours. Voyez-vous, elle n'est bonne qu'à petites doses !

« Et puis, je sais qu'elle m'aime. Mais elle peut tellement bien se passer de moi ! Elle peut tellement bien se passer de tout le monde ! Il est impossible de se sentir infidèle envers elle ; même en allant avec d'autres femmes, je n'ai jamais l'impression de lui rien retirer. »

J'écoutais cette confidence avec un trouble extraordinaire, auquel Georges mit le comble en me demandant conseil sur le parti qu'il devait prendre et qu'il ne pouvait ajourner plus longtemps. Je ne sais trop ce qui me poussa : mais sans réfléchir, dans une espèce d'élan fébrile, je lui dis qu'il devait à tout prix se marier, que certainement le bonheur l'attendait sous ces apparences déconcertantes, que rien ne devait l'arrêter.

J'avais, il est vrai, à ce moment, dans le mariage, de par l'expérience que j'en avais faite, et malgré l'inquiétude qui avait fini par repercer au travers, une confiance naïvement absolue ; je voyais encore en lui la solution de toutes les difficultés du cœur ; je pensais qu'il y avait dans son inappropriation même aux individualités qu'il se chargeait de conjoindre, une sorte d'efficace, qui n'avait besoin pour agir que de rencontrer un peu de bonne volonté ; j'étais convaincu qu'il finissait toujours par réduire les différences qui l'empêchaient d'être d'emblée tout à fait congruent et que, dans sa lutte avec les âmes, le dernier mot lui revenait toujours.

Mais ce ne fut pas seulement cette doctrine qui m'inspira ma réponse si précipitée à Georges. Quelque chose de plus actif, de plus profond, de plus pressant la fit jaillir de mes lèvres : une folle curiosité, le besoin de me rapprocher par n'importe quel moyen, fût-ce par son mariage à lui, de cette femme dont il me parlait. Tout à coup je sentais les forces tournantes et inorientées que contenait mon cœur, converger vers elle. Son image, même pas : sa possibilité prenait pour moi une ineffable attirance.

Georges m'avait écouté en souriant, surpris par ma promptitude :

— Eh ! bien, me dit-il, vous n'êtes pas long à vous décider, vous. Vous ne devez pas être souvent embarrassé dans la vie. Vous avez de la chance !

Je ne sus donc pas tout de suite comment il prenait mon conseil. Mais quelques semaines plus tard, au cours d'un voyage qu'il faisait en province, il m'annonça, par un mot très bref, que son mariage était décidé.

Et dès son retour, il vint me prendre pour me présenter à sa fiancée.

Aimée Laval habitait chez une amie de pension, dont les parents, fort riches, après qu'elle avait été répudiée par toute sa famille, l'avaient comme adoptée.

Dans la voiture qui nous emmenait, Georges se mit à me parler d'elle avec une animation extraordinaire ; il attendait impatiemment mon jugement sur elle, et il le craignait à la fois ; il accumulait tous les traits qui pouvaient me la faire aimer à l'avance et en même temps il ne pouvait s'empêcher de laisser percer une sorte de confuse révolte contre elle, comme une vague rancune.

Il me dit, sans autres précisions, qu'elle avait eu de grands malheurs, que son enfance n'avait été qu'un long martyre, qu'à la suite des terribles aventures où elle avait été prise, sa santé était demeurée chancelante.

Et moi je l'écoutais ; adossé au fond de la voiture, mon épaule touchant la sienne, je lui répondais, je tâchais de lui marquer toute la sympathie, toute la disponibilité que je pouvais ; mais en même temps autre chose en moi de sombre et d'impitoyable vagabondait en secret, s'accrochant à ses moindres paroles, devinant, demandant, espérant. J'avais beau vouloir le faire taire : ce second cœur en moi était le plus fort. Il remontait toujours ; il gonflait ma poitrine ; je n'arrêtais qu'à temps le sourire qu'il m'inspirait sans cesse.

Je ne fus pourtant pas frappé d'un coup de foudre. Cette première entrevue se passa de la façon la plus normale et la plus tranquille du monde. Ma timidité fut aidée par l'extraordinaire aisance d'Aimée Laval. J'avais répondu à l'annonce que Georges m'avait faite de son mariage par une lettre où je le priais de demander à sa fiancée la permission de me considérer dès cet instant comme son ami. Aimée vint à moi tout de suite, très simplement, et me dit :

— J'ai lu la gentille lettre que vous avez écrite à Georges. Si vous le voulez, c'est une chose entendue entre nous dès maintenant.

Je fus heureux de ce consentement si rapide, de cette alliance si gracieusement acceptée, – heureux, et aussi un peu refroidi.

Pourtant je vis bien que l'assurance dont Aimée faisait preuve dans ses moindres déclarations, était autre chose que l'ordinaire aplomb mondain, qui se fonde sur une inépuisable faculté de parole. Justement elle parlait peu, presque difficilement. On voyait qu'elle dédaignait, ou même ignorait les chevilles de la conversation. Sitôt qu'elle ne pouvait plus se mettre dans ce qu'elle disait, elle se taisait tout simplement : un trait, soit dit en passant, qui devait avoir tout particulièrement contribué à séduire Georges.

Je ne me rappelle plus exactement le sujet de notre entretien ; je retrouve seulement l'impression de sa facilité, de son charme. Chaque phrase d'Aimée m'était agréable par un je ne sais quoi de décidé, de clos, de parfaitement révolu. Tranquillement, avec une complète absence de tremblement, sans fausse hardiesse, mais en risquant tout ce qu'il fallait, elle donnait son avis, elle marquait son sentiment. Elle avait quelquefois un peu plus tôt fini que l'importance de la chose débattue ne l'eût fait attendre. Mais je trouvais tant d'agrément à son exactitude que je ne songeais pas à sentir, même comme une ombre, ce qu'elle avait parfois d'un peu court. Mon esprit goûtait une entière satisfaction, – oui, mon esprit surtout.

Georges m'épiait à la dérobée ; il semblait ravi du plaisir qu'il lisait sur mon visage. Pouvait-il soupçonner de quelle subtile déception il était sous-tendu ?

La beauté d'Aimée ne se révéla d'abord à moi qu'en bloc. Mes yeux sont extraordinairement paresseux à l'analyse ; il leur faut vingt rencontres avec un objet avant d'en démêler le détail ; et souvent mon intelligence est entrée dans les plus petites nuances d'un caractère, qu'ils sont encore à tâtonner comme des aveugles autour des traits correspondants.

Je vis simplement qu'Aimée était grande, mince et très brune. D'ailleurs, au premier abord, – c'est aussi mon excuse – il était difficile d'être sensible à autre chose qu'à l'éclat admirable de ses yeux immenses. Ils étaient étonnamment envahisseurs ; ils éclairaient tout son visage, lui communiquant une profonde et calme chaleur, mais ils empêchaient par là même de le voir distinctement. Leur action commença tout de suite à s'exercer sur moi, mais point du tout dans le sens où mes préoccupations de l'instant précédent pourraient le faire croire. Ils n'enflammèrent rien en moi. Au contraire ils me calmaient, ils me magnétisaient, ils me rendaient toute la paix, toute la distance que j'avais espéré perdre. J'étais doucement, mais fermement remis à ma place, et par une influence si habile que le souvenir même de mon attente m'était enlevé.

Je sortis de l'entrevue content, reconnaissant et distrait. Georges me pressait de questions :

— Vous plaît-elle ? Pensez vous que j'aie eu raison de me fiancer ?

Je le rassurai, – avec conviction, car je sentais bien en Aimée un être exceptionnel, – mais sans cet enthousiasme ni cette fébrilité qui m'avaient saisi la première fois qu'il m'avait parlé d'elle. Je ne me voyais plus du tout intéressé dans l'affaire et le vieux fonds d'indifférence que l'on tient en réserve pour tout ce qui ne concerne qu'autrui, était seul désormais à inspirer mes paroles.

Le mariage de Georges et d'Aimée fut célébré la semaine suivante « dans la plus stricte intimité ».

III

Puis Aimée et Georges partirent en voyage. Un mois se passa, pendant lequel je ne reçus d'eux que quelques cartes postales, amicales et distraites.

La vie quotidienne me reprit ; les petites obligations auxquelles j'eus à faire face, la minutie des jours décomposèrent sans peine le rêve qui avait un instant failli s'emparer de mon imagination : à sa place reparurent mes travaux, mes ennuis.

Marthe tomba malade ; je la soignai, j'eus peur pour elle, je sentis mon lien.

Elle allait mieux quand Aimée et Georges revinrent. J'attendis, cependant, pour retourner les voir, qu'ils me fissent signe. Vraiment je n'étais plus pressé du tout de les retrouver.

Quand enfin je me rendis à leur invitation, ils me reçurent avec une parfaite gentillesse, comme si je ne les avais quittés que de la veille. Georges me raconta leur voyage avec cette confiante nonchalance qui me plaisait tant en lui : la Suisse, naturellement, lui avait paru prodigieusement ennuyeuse ; il m'énuméra voluptueusement ses déceptions ; seule la pente italienne, la descente du Simplon lui avait procuré quelques-unes des sensations qu'il attendait.

Aimée se mêla à notre conversation par quelques phrases seulement, et par quelques rires que lui arrachèrent l'irrévérence bon enfant de son mari, son refus de « couper » dans les admirations que le guide avait cherché à lui imposer.

— Il n'y en a pas deux comme lui ! s'écriait-elle, profondément amusée.

Son rire avait quelque chose de brusque et de dépouillé, dont je fus surpris ; il partait plus fort, plus proche, plus sec, il tombait plus vite qu'on ne s'y attendait. À chaque fois il me faisait tourner la tête ; regardant Aimée, je cherchais en elle à quoi pouvait bien correspondre, que je ne comprenais pas, cette prompte et sobre explosion.

Elle était pourtant bien séduisante avec son long regard ardent comme une source de flammes mitigées par la douce ombre des cils, avec ces deux subtils guillemets à l'envers qui germaient sur sa lèvre supérieure au moindre sourire et le comblaient d'intelligence.

Mais je continuais à être déconcerté par un je ne sais quoi dans ses manières de trop positif, de trop calme, et par moments, même, de presque effronté. La crainte n'entrait pour aucune part dans ses sentiments ; elle parlait, agissait toujours avec une paisible et entière liberté. Je ne surprenais en elle aucune de ces contractions, de ces appréhensions auxquelles j'étais moi-même presque constamment en proie. Et cette exemption si parfaite, où je la voyais, de mes troubles, me la rendait doucement étrangère.

Entre-temps notre conversation était devenue plus intime. Georges n'avait pu résister à la tentation de discréditer à mes yeux son mariage, tout au moins de lui enlever dans mon esprit l'importance, le sérieux qu'il craignait que je ne fusse porté à lui attribuer :

— Vous savez, me disait-il, entre Aimée et moi il n'y a rien d'officiel, de définitif, nous ne sommes pas véritablement mariés ; nous avons une liaison ; voilà tout. Il est entendu que nous nous quitterons au premier déplaisir que l'un pourra éprouver de l'autre. Nous sommes absolument d'accord là-dessus…

Explique qui pourra ma psychologie, mais ces mots à travers lesquels j'eusse dû entrevoir briller pour moi tout au moins une faible chance et percer du bonheur, au contraire me jetèrent dans la désolation. En toutes choses, je suis trop religieux ; mon intérêt, immédiat ou lointain, n'est pas ce qui me frappe d'abord ; j'ai besoin avant tout chez autrui, soit-elle à mon détriment, d'une certaine perfection.

Georges me consternait par ce qu'il introduisait de contingence et de fragilité dans un lien que j'eusse voulu croire sacré.

Et puis je souffrais pour Aimée ; il me semblait, qu'elle devait se sentir humiliée, blessée par cet amour sous conditions que Georges prétendait lui avoir seulement promis.

Je me tournai vers elle avec une sorte de honte ; mes yeux cherchèrent les siens, implorant un démenti, un mot qui réduisît aux proportions d'une simple plaisanterie la déclaration de Georges. Assise sur le tabouret, elle tournait le dos au piano, les coudes appuyés au clavier ; elle était calme et campée ; elle vit venir mon regard ; certainement elle eut tout le temps de reconnaître ma détresse, mais elle se contenta de rire doucement :

— C'est vrai ! fit-elle. J'ai accepté la convention. La liberté avant tout !

Et comme un flot de sang me montait au visage, elle se tourna vers Georges et me désignant du menton avec un reste de sourire :

— Regardez-le, ajouta-t-elle, ça le fait rougir !

Je ne me révoltai pas. Et pouvais-je le faire sans sottise ? mais je mesurai douloureusement tout ce que cet étonnement d'Aimée, symétrique et comme antagoniste du mien, signifiait de distance entre nous. Je me levai presque aussitôt et pris congé. Une nouvelle fois je venais d'apprendre, aux signes mêmes qui eussent peut-être persuadé un autre du contraire, qu'il n'y avait rien ici pour moi à attendre, puisqu'il n'y avait rien à désirer.

Et cependant pourquoi partais-je ? D'où venait la force qui m'avait rendu la place si brusquement intolérable ? Je m'en allais avec la sensation d'être infiniment détaché d'Aimée. – Oui, mais pourquoi : infiniment ? – En réalité, dans cette brève entrevue, elle avait gagné sur moi quelque chose : le pouvoir de me scandaliser.

Sa tranquille réponse, il importait peu que ce fût en me déconcertant, avait captivé quelque chose dans mon cœur. Je retrouvais son regard au moment où le mien l'avait cherché ; son regard sans altération, pur de toute folie ; ma mémoire le couvait, par son immobilité même vaguement fascinée. Pendant plusieurs jours il me réapparut par intermittences, comme les tronçons d'une bête qui met longtemps à mourir.

Et quand il eut achevé de s'évanouir, je dus remarquer qu'il ne me laissait pas en possession de toute la liberté dont j'avais disposé jusque-là ; je cessai de pouvoir aller exactement où je voulais ; mon champ d'évolution se trouva subrepticement restreint ; sans trêve une influence me poussait doucement vers la villa d'Auteuil ; c'était comme un long courant secret qui eût traversé mon cœur, comme une aimantation timide.

J'y résistai quelque temps, puis je souris à force de ne pas découvrir de raisons qui me défendissent de céder à cette facilité intime par laquelle tous mes pas se trouvaient formés avant même d'être entrepris.

Je revis Aimée, seule cette fois. Elle semblait moins maîtresse d'elle-même que lors de mes premières visites, plus inquiète et comme souffrante. Je sentis en elle une préoccupation que notre conversation toute superficielle ne me permit pas de deviner, mais dont je m'aperçus en la quittant que quelque chose avait passé en moi.

Je revins bientôt, attiré cette fois par le mystère de cette inquiétude logée dans une âme que j'avais crue d'abord imperturbable.

Mais Aimée se montra calme et joyeuse ; je ne retrouvai sur son visage, ni dans ses paroles aucune trace de chagrin ou d'anxiété.

Ce jour-là, pour la première fois, elle me traita franchement en ami, me racontant de menues histoires de son passé, m'interrogeant sur le mien, s'émerveillant des quelques vagues symétries que présentent toujours les destinées les plus différentes, et qui apparurent tout naturellement entre les nôtres.

Cependant je m'étonnais de ne plus jamais rencontrer Georges auprès de sa femme ; le hasard, au bout de quelque temps, ne me sembla plus tout à fait suffisant pour expliquer son absence. Je le voyais ailleurs, chez tous nos amis, mais jamais plus à la villa.

Son attitude au-dehors était du reste étrange. Il ne parlait jamais à personne de sa femme ; si on lui demandait de ses nouvelles, il répondait vaguement et brièvement. D'autre part il acceptait toutes les invitations, partait avec quiconque lui prenait le bras, affectait même d'être constamment et pleinement disponible. Jamais je ne le vis plus errant, plus instable que dans ces premiers temps de son mariage. Il craignait visiblement qu'on ne lui soupçonnât des chaînes et faisait comme ces acrobates qui prouvent leur isolement en l'air en s'entourant des orbes d'un cerceau.

Je compris alors le sens de l'angoisse que j'avais un jour surprise chez Aimée. Elle avait eu beau acquiescer à la profession de foi, si détachée, sur le mariage, que Georges avait cru nécessaire de faire devant moi : il était clair qu'elle s'accommodait moins tranquillement de la lui voir mettre en pratique, et si tôt.

Il n'y avait pas d'ailleurs, dans le fond, même à ce moment-là, entre ces deux êtres, – comme je devais être amené à le comprendre plus tard, – une mésentente aussi profonde que les apparences pouvaient le donner à croire et qu'eux-mêmes peut-être, quelque temps, le craignirent. Simplement Georges se heurtait à la difficulté même qu'il avait prévue et redoutée et qui lui avait fait si longtemps ajourner son mariage.

Il trouvait dans Aimée un être trop astreignant pour ses forces. Non pas qu'elle se montrât exigeante, tracassière ; moins qu'aucune femme au monde elle cherchait à s'imposer. C'était sans le vouloir, sans le savoir, par sa seule présence, par ses silences tout autant, et même encore plus que par ses paroles, qu'elle exerçait cet empire, auquel ce qu'il y avait chez Georges de foncière indiscipline et d'instinctif laisser-aller tenta tout de suite d'échapper.

Aimée ne demandait rien, n'attendait rien ; aucune indigence, aucune prière ne paraissaient jamais dans ses yeux ; mais elle raréfiait autour d'elle l'atmosphère au point que les fonctions capitales y restaient seules possibles.

Je sens très bien l'embarras que Georges dut éprouver tout de suite auprès d'elle. Lui qui arrivait toujours chargé de menus trésors, d'histoires et de merveilles, lui qui avait toujours tant de choses à déballer, il dut rester plus d'une fois, du fait d'Aimée, avec sa marchandise sur les bras. Elle l'écoutait certainement, et de tout son cœur ; mais ce cœur n'était peut-être pas assez puéril, il ne s'amusait peut-être pas assez pour que le plaisir de Georges fût entier, des richesses dont il eût voulu l'encombrer.

Et là n'est pas encore l'explication la plus profonde du malaise qui les avait gagnés. Car Aimée n'était pas non plus de ces femmes trop sérieuses que le transcendantal seul intéresse ; elle aimait le rire et la joie, parfois même jusqu'à la brutalité. Le principe en elle est plus mystérieux encore, qui faisait qu'elle intimidait chez autrui l'inutile ; que mille choses dont on était arrivé s'entretenant en soi-même, perdaient auprès d'elle leur place et leur occasion ; que seule une livraison de soi essentielle et entière la trouvait vraiment attentive, répondante, excitée.

Georges ne sentait pas auprès d'elle assez de débouché pour son âme facile et regorgeante. De toute sa paresse il résistait à l'aride altitude où elle voulait l'entraîner. Sur le comptoir où il étalait ses idées et ses sentiments, en veillant à mettre la pacotille bien en évidence, il était comme vexé de ne pas lui voir prendre assez de choses. Et cet appel enfin lui était insupportable, qu'elle lui adressait en silence, à un exercice pur et comme abstrait de sa sincérité.

C'est pourquoi il avait commencé à la fuir. Le respect humain, comme je l'avais compris, y était bien pour quelque chose, mais surtout la paresse. La vie auprès d'Aimée lui était tout de suite apparue comme une tâche trop délicate, trop exacte ; les minutes en étaient trop distinctes, trop détachées ; la pente en était trop faible et point assez propice au sommeil ; il ne s'y pouvait pas assez abandonner ; jamais il n'avait été dans ses intentions de se donner tant de mal.

Georges s'était mis à fuir Aimée, simplement ; c'était tout le moyen qu'il avait trouvé de dénouer la situation. Il la fuyait sans cesser de l'aimer ; il la fuyait même bien plus complètement et, si l'on peut dire, plus énergiquement que s'il eût été pour elle sans amour, que si elle l'eût déçu ou ennuyé ; il fuyait ce qu'elle avait, et pour lui-même, de trop attachant ; il fuyait, comme il me l'avait si bien dit jadis, cette « intensité » de son personnage, à laquelle il n'eût pu répondre sans un détraquement de toute sa machine.

Étrange désordre, et d'une nature si subtile qu'il était impossible à bien comprendre du dehors. Pour ma part, du moins, je ne sus pas d'abord dépasser les apparences : je vis seulement le malaise auquel Aimée était de plus en plus fréquemment en proie, et, chez Georges, un détachement qu'il me parut difficile d'expliquer autrement que par l'indifférence. Ce fut sur ces données trompeuses que mon esprit commença de travailler.

Mon esprit, ou plutôt mon cœur. Il ne se souvenait déjà plus qu'à peine d'avoir été rebuté ; il revint ; il entra tout doucement dans le dédale de l'événement ; il pensa s'y reconnaître.

Et que la place existât ou non, c'est un fait qu'il fut bientôt profondément inséré entre Aimée et Georges ; il suivit tous les chemins qu'il crut libres ; il occupa toutes les positions qu'il supposa désertées.

Sans malice, ni projet. L'idée de voir se relâcher l'union de mes amis ne m'était pas devenue plus agréable ; j'étais toujours aussi scandalisé par la seule hypothèse d'une rupture entre eux ; j'étais bien loin par conséquent de penser à en tirer parti.

Mais dans cette brèche que je voyais se creuser entre leurs âmes, la mienne à tâtons s'enfonçait ; elle se sentait si féconde que rien n'eût pu l'empêcher de pousser là-dedans ses rameaux, son aveugle végétation.

Sans rien attendre de précis, je fournissais seulement, en hâte et à foison, les sentiments nécessaires pour combler ce vide impardonnable. Quels ils étaient ? je le savais à peine. Je ne connaissais d'eux que leur inépuisable abondance et le plaisir qu'ils me laissaient en s'échappant de moi.

J'avais surtout soif de venir en aide à Aimée ; comme un navire qui se porte sous le vent de la barque qu'il veut sauver, je manœuvrais de façon à lui faire sentir l'émanation du dévouement qui m'emplissait pour elle.

Et si je me bornais à une offre si timide, c'est que rien encore ne m'indiquait qu'elle eût chance d'être accueillie. Aimée gardait avec moi une inflexible réserve. Si ma compagnie lui devenait de jour en jour visiblement plus agréable, si elle se dépensait avec moi de plus en plus généreusement, si nos conversations prenaient un tour de plus en plus facile, je lui voyais cependant une répugnance très nette à me livrer la moindre parcelle de son souci.

Elle le supportait bravement, toute seule, ce souci ; elle lui tenait tête avec une énergie farouche.

Un jour, je venais d'entrer dans l'atelier de la villa ; il était, comme à l'habitude, plein d'amis, groupés cette fois autour d'une des sœurs de Georges qui jouait du piano. J'aperçus Aimée assise à l'écart dans un grand fauteuil, près de la fenêtre qui donnait sur le jardin ; elle regardait au-dehors. J'allai tout droit vers elle.

Quand je me trouvai à quelques pas, elle tourna à ma rencontre un regard chargé de souffrance et d'ennui et me tendit la main sans rien dire ; elle était pâle et obsédée ; seul un faible sourire réussit à se frayer un chemin jusqu'à son visage.

Mon premier mouvement fut de me précipiter vers elle et de lui demander le mot de son chagrin. Déjà mille consolations affluaient à mes lèvres.

Quelque chose pourtant m'arrêta, qui ne fut pas seulement ma timidité.

Elle était là, tout entière sous mon regard, mais si bien armée ! Dans ses grands yeux, qu'elle avait à nouveau détournés, je devinais toujours la même force. Ma tendresse était devancée par sa vertu.

Je fus sur le point de l'appeler tout doucement de son seul nom : « Aimée ! » Mais j'eus peur de ne pouvoir rien ajouter de plus.

Elle souffrait, mais tout son esprit était déjà mobilisé contre sa souffrance ; il la repoussait victorieusement ; il lui interdisait toute conséquence sur elle-même.

Et tout à coup je me rappelai le mot de Georges : « Elle peut tellement bien se passer de moi ! »

Oui, c'était un fait ; je m'y heurtais. Cette grande âme attaquée, j'avais beau vouloir voler à son secours, elle se passait entièrement et pleinement de moi.

Tout ce qui s'était accumulé dans mon cœur, en un instant, de douceur à lui faire goûter, demeurait inutile, formait surcroît.

À la fin, une sorte de dépit découragé s'empara de moi : je me détournai de mon amie, emmenant toutes mes prévenances refusées, qui m'encombraient presque péniblement, et je me joignis au groupe qui entourait la musicienne.

Ainsi me trouvai-je, vers ce moment, à peu près tout seul et comme en suspens entre les trois êtres avec qui la destinée m'avait fait lier partie. Vers chacun d'eux, la voie, pour mes sentiments, apparut obstruée ; je ne pouvais plus descendre vers eux, m'unir à eux ; chacun semblait avoir décrété à mon endroit une insaisissable exclusive.

Et d'abord ce fut Marthe que j'éprouvai ainsi réfractaire à la nouvelle âme qui s'était formée en moi.

Plusieurs fois, par franchise, mais surtout, il est vrai, par délice, je voulus lui parler d'Aimée, j'essayai de l'attendrir sur l'injustice qu'elle souffrait :

— Je crains, lui disais-je, qu'elle ne soit jamais heureuse avec Georges.

Elle me répondit posément, sagement, avec son bon sens et sa fermeté habituels. Mais ce n'était pas assez : je m'irritais de ne pas la sentir plus inquiète, plus compatissante ; je devinais que notre bonheur continuait à la préoccuper beaucoup plus que celui de nos amis et je lui en voulais de ce qui m'apparaissait comme un manque affreux d'altruisme, comme une odieuse avarice sentimentale.

Bien entendu, je n'osai pas lui reprocher cette insensibilité ; quelque chose m'avertissait en secret qu'elle était beaucoup plus naturelle, et légale, que mon émotion.

Mais par crainte d'en faire à nouveau l'épreuve, je me mis à régler et à restreindre mes confidences à Marthe. Une prudence, – que je détestais, dont j'avais honte, – s'imposa tout de même à moi ; de l'inavoué se glissa entre nous. Plusieurs fois je me surpris en train de garder pour moi des mots d'admiration ou de compassion pour Aimée qui m'étaient venus trop vite, qui avaient failli passer, mais qu'au dernier moment j'avais reconnus intransmissibles.

Pauvre et maladroite réticence ! Comme elle était loin de mon caractère ! Comme elle m'oppressait ! Et pour m'y contraindre malgré tout, comme il fallait que fussent puissants déjà au-dessus de moi, impérieux et inexorables, les intérêts de ma naissante passion !

De Georges aussi, quelque chose de beaucoup plus impondérable encore me tenait éloigné. Ici, par exemple, je ne portais pas la faute principale.

Dès qu'il avait vu poindre mon amitié pour Aimée, cette amitié qu'il avait pourtant préparée, désirée, voulue, Georges avait été pris d'une subite et bizarre discrétion. Comme on sort sur la pointe des pieds d'une chambre où l'on a mené quelqu'un reposer, il s'était dérobé en silence.

C'était lui qui m'avait conduit auprès d'Aimée, lui qui nous avait ménagé nos premiers entretiens, lui qui avait protégé l'éclosion de nos affinités, d'abord si faibles et si lointaines. Et maintenant il avait disparu, me cachant par mille adresses sa retraite, effaçant sa trace comme avec la main. Quand je voulus lui parler d'Aimée, de moi, de nous, il m'écouta fort bien, il répondit tous les mots qu'il fallait, que je pouvais attendre, mais je ne sais quoi me fit comprendre que ce n'était qu'un paravent qu'il me présentait, derrière lequel il était déjà loin.

Je fis, pour le ressaisir, des efforts démesurés, comme ceux auxquels on se livre en rêve, mais tout aussi vains. Je le prenais de force par le bras, je l'obligeais à marcher à mon pas et à m'écouter :

— Voyons, Georges, qu'y a-t-il ? Où êtes-vous ? Qu'avez-vous contre moi ?

Mais aussitôt, par mimétisme, il prenait la couleur qu'il fallait pour que rien en lui ne me semblât plus étonnant ni remarquable. Ses phrases s'arrangeaient toutes seules pour mon plus grand apaisement. Je retrouvais fausse entre mes mains, et fantastique, l'inquiétude qui m'avait excité contre lui.

Un instant je me mettais à croire qu'en effet il n'y avait rien entre nous, que notre amitié n'avait subi aucune altération.

Mais l'illusion ne durait que le temps dont il avait besoin pour me quitter et se mettre à l'abri. Dès qu'il était parti je me découvrais aussi retranché de lui que jamais, pris avec Aimée dans un piège indéfinissable qu'il avait construit, je ne suis même pas sûr que ce fût tout à fait inconsciemment. Et de là-bas, de bien loin, il nous regardait, souriant, taquin, secret.

J'avais la sensation qu'il voyait notre embarras, notre honnêteté, qu'il les avait prévus, qu'il s'en amusait. J'étais agacé par son silence, agacé par la permission si complète qu'il nous laissait ; je l'aurais voulue formelle, explicite, ou qu'au contraire il nous la retirât.

J'étais agacé, surtout, parce que je sentais qu'au fond son étrange attitude était parfaitement justifiée et convenait exactement aux circonstances. Oui, Georges pouvait se payer le plaisir d'être absent ; tout l'autorisait à ne se mettre en dépense, à notre endroit, que d'un sourire, car j'étais loin de rencontrer avec Aimée l'intimité que j'étais en train de perdre avec lui, avec Marthe. Jusqu'auprès d'Aimée la solitude m'accompagnait ; les progrès qu'avait faits, pendant quelque temps, notre amitié, s'étaient interrompus tout à coup.

Nous étions arrivés contre un invisible écueil, qui n'était autre que la crainte qu'elle avait d'être trop bien comprise par moi. Ceci lui faisait nettement horreur.

Le jour où je m'étais tenu près d'elle si tendrement, elle n'avait pas été sans deviner la grosse source cachée de consolation qu'était mon cœur ; et elle l'avait certainement non seulement refusée, mais haïe.

Elle la sentait encore maintenant, prochaine, insupportable, et tous ses soins, avec moi, allaient à l'empêcher le plus longtemps possible de jaillir.

Elle s'arrangeait pour que jamais notre conversation, quelque pente qu'elle prît, ne me fournît l'occasion d'un mot compatissant. Elle me parlait toujours de Georges comme si rien dans sa conduite n'eût pu donner prise au moindre étonnement. Chacune de ses absences recevait une explication : elle trouvait moyen de m'indiquer, en passant, l'endroit où il était, pour bien me montrer que ce n'était pas à son insu. Ou même, quand il avait eu un accès de mauvaise humeur, elle en faisait mention, avec un sourire, afin que je n'allasse pas croire que l'ordinaire de leurs relations fût formé de tels orages.

En un mot, elle continuait de m'exclure méticuleusement de son secret et me fermait la seule porte que mon cœur maladroit eût eu quelque chance de savoir s'ouvrir : la porte de la pitié.

Oui, ce moment pour moi fut sévère, et si j'avais eu la vision absolument nette de ma situation, j'aurais été en droit de me désespérer. Mais il y avait ceci d'étrange que je ne savais pas encore du tout ce que je voulais, ce que je cherchais, – et même que j'étais à mille lieues de comprendre la nature exacte des mouvements qui m'agitaient.

Après m'être si passionnément attendu à m'éprendre d'Aimée, je ne savais pas reconnaître en moi l'événement. La gêne que j'éprouvais par moments avec Marthe, cet insurmontable besoin qui me prenait de me jeter dans ses bras, d'y pleurer, de lui crier ma détresse, l'instinct qui tout de même m'en empêchait, le lointain où je voyais Georges, la brûlante disponibilité où je me sentais à l'égard d'Aimée, la haine que m'inspirait sa souffrance, le malaise délicieux où j'étais plongé auprès d'elle, toutes ces modifications de mon cœur restaient distinctes dans mon esprit, ne s'y combinaient pas en une seule conscience, n'y apparaissaient pas comme les parties d'un même sentiment. Je m'étonnais de chacune en particulier, je me supposais trente maladies, et l'éclair ne survenait pas qui m'eût dénoncé la simplicité de mon état.

Profondes limbes de l'amour ! Comme il sait bien créer les ténèbres dont il a besoin pour éclore, pour grandir ! Rien ne sert de l'avoir prévu. Il reste toujours précédé par sa nuit, tiède, torturante et maternelle, plus pleine d'énigmes et de tressaillements, plus obscure et plus inventive que celle-là même où se forme la vie.

IV

De cette nuit le mien sortit enfin d'un seul coup.

Georges avait fini par ne plus garder dans ses confidences sur Aimée la réserve qu'il s'était imposée au début. Il commençait à dire vaguement du mal d'elle, un peu partout, de préférence à ceux de ses amis qu'il savait lui être le moins favorables. Ce mal, je suis persuadé qu'il ne le pensait pas. C'était par faiblesse, par détente qu'il le laissait se formuler sur ses lèvres ; et peut-être simplement pour en débarrasser son esprit et se dispenser d'y croire.

Mais les dispositions où il était en parlant n'étaient pas celles où je l'écoutais. Un jour déjà il m'avait fait une peine horrible :
— Il faut que je vous dise quelque chose, » m'avait-il annoncé soudain, avec un sourire embarrassé, en m'arrêtant sur le bord d'un trottoir où nous allions nous quitter. « Je suis en train de m'apercevoir qu'Aimée n'est pas bonne. Comprenez-moi bien ; je ne le lui reproche pas ; je respecte trop la façon d'être de chacun ; elle a parfaitement le droit d'être ainsi. Mais je tiens tant à la bonté ! »

Je m'étais senti tellement concerné par cette accusation, mon visage s'était embrasé d'une telle honte que Georges n'alla pas plus loin et ne se risqua plus dans la suite à me faire des confidences.

Mais, par tous les échos, ses jugements sur Aimée, les objections qu'il faisait à son caractère continuèrent à me revenir. Ils me désolaient ; je les emmagasinais en moi comme autant de malheurs qui me fussent arrivés ; peu à peu un gros orage de tristesse et de sollicitude s'amoncela dans mon cœur.

Il éclata enfin.

J'avais rencontré Georges chez des amis. Dans la conversation il vint à se plaindre de fatigue, d'engourdissement et comme l'un de nous lui conseillait le sport, proposait de louer un tennis où nous aurions été de temps en temps nous entraîner :

— Attendons encore un mois, répondit Georges. Le printemps approche. Ma femme va bientôt partir pour la campagne. Tant qu'elle sera là, je ne me sentirai capable de rien.

Comme l'ouragan s'abat tout à coup, cassant les branches, hachant les feuilles, ravageant la terre de ruisseaux, c'est ainsi qu'enfin fondirent sur moi à cet instant, réunies, toutes les puissances de l'amour. Ce simple mot de Georges, qui n'était pas plus méchant que beaucoup d'autres, uniquement parce qu'il l'atteignait en pleine maturité sentimentale, déchaîna mon cœur. Tout y parut à la fois : une indignation profonde contre l'injustice de mon ami, une colère sans bornes contre sa lâcheté, le besoin de faire à Aimée un rempart de mon corps, de mon âme, – de la délicatesse, de la douleur, de la prédilection, du désespoir. Je m'approchai d'elle en pensée ; elle ne me voyait pas, j'écartais subtilement le mal qui la menaçait ; je la suppliais en silence (les mots demeuraient en moi) : « Il ne faut pas, il ne faut pas que vous souffriez, je vous le défends bien. De tout ce monde de chagrins, rien ne viendra jusqu'à vous tant que je serai là, tant qu'on ne m'aura pas tué ! »

Puis tout m'échappait soudain ; elle était perdue ! Paralysé comme en rêve, les bras attachés au corps, je tombais dans des abîmes, à des lointains infinis ; et le monde entier roulait sur moi. En même temps une pensée, une horreur plus précises me travaillaient : elle allait partir ! Je me tournais contre ce départ ; bien qu'Aimée me l'eût fait entrevoir, je ne l'avais pas encore envisagé en face ; il m'apparaissait soudain épouvantable, impossible, presque impie. J'avais beau me dire qu'il était nécessaire à la santé de mon amie ; quelque chose en moi le refusait violemment. Plein de honte, en demandant pardon à Aimée de mon égoïsme, j'essayais de le conjurer ; toute ma tendresse se précipitait contre lui, tentait de l'accabler. Je l'empêchais d'être possible à force de murmures, de prières et comme d'incantations. À la fin il était exclu ; en y mettant toutes les forces de mon âme, j'arrivais à le tenir fragilement écarté, comme suspendu sur le bord de l'avenir.

J'étais tellement hors de moi qu'il me fallut quitter brusquement mes amis. Et je ne repris un peu de sang-froid qu'en me retrouvant seul dans la rue.

Ainsi j'aimais. Je me regardais moi-même avec un étonnement infini : comment avais-je pu m'ignorer à ce point ? Où tout cela était-il caché, qui s'épanchait maintenant ?

Je sentais une grande joie, comme si j'eusse été délivré soudain de l'hypocrisie. Au moment même où je tombais dans le désordre, une paix et une justification délicieuses se répandaient en moi ; tout devenait régulier, complet, inattaquable ; chaque sentiment prenait sa place terrible, faisait face enfin.

Mais cette impression de calme ne dura pas ; les démons aussitôt revinrent prendre livraison de moi ; je descendis tout vivant au suave enfer.

D'abord je commençai à ne plus dormir. Toute la nuit j'entendais battre mon cœur. Il y avait des positions où le bruit en était faible et supportable, mais d'autres où il se répercutait dans tout mon corps ; il veillait avec moi pendant les longues heures ; il était fidèle, sourd et tenace ; c'était ma patience, ma passion qu'il scandait.

Le gonflement des artères m'étouffait un peu ; j'avais la gorge serrée, j'avalais avec peine et souvent. Ce n'était pas une souffrance, mais un travail, une petite difficulté à vaincre sans cesse, une fonction légèrement débordante, et dont je ne pouvais rester maître que par un exercice continuel.

En même temps quelque chose me brûlait : sans éclat, sans clarté, attaché à ma chair, une sorte de flamme chimique. J'avais souvent les tempes moites et l'odeur de la fièvre sur moi, cette odeur amère de citerne, qui reste aux doigts, qui perpétue les angoisses de la nuit.

Tout cela n'était pas exactement intolérable ; plutôt épuisant. C'était une espèce d'insoumission de tout mon organisme ; il allait un peu trop vite, un peu trop fort, comme un moulin où passe trop d'eau.

Et dans mon âme aussi, je retrouvais le même déluge : j'étais submergé par toutes mes pensées ; je ne les voyais plus d'endessus, avec leurs divisions et leurs rapports ; comme après une pluie d'orage, leur flot avait monté, m'avait rejoint, et je voguais sur elles, balancé, lancé, laissé par leurs vagues.

Un manque de rivages : voilà ce dont je souffrais. Plus rien n'était à ma portée. Pendant deux jours j'essayai de faire comme si rien n'était arrivé, je m'acharnai à mon travail. Mais en vain. Je n'étais plus immobile par rapport aux objets que je voulais saisir. Je passais près d'eux, mais par hasard ; mon esprit ne savait plus leur distance ; je les manquais ; déjà j'étais plus loin.

Pour atteindre un détail dans une idée, il me fallait rassembler des forces énormes, en faire venir de tous les coins de mon être ; je mettais une heure à pouvoir m'approcher d'une phrase qui était là, écrite, sur la page de mon livre. Un interminable défilé d'images m'en séparait, dont je ne pouvais rien faire pour accélérer le mouvement ; je devais profiter des occasions, m'arranger au mieux avec ce monde mouvant et indistinct qui tournait en moi.

Je compris alors ce que veulent dire les amants de Racine quand ils parlent de leur « ennui ». Dans mon étroit cabinet de travail, je passais mon temps à me promener de long en large, plein de soupirs, chassé de ma table, rejoint, soulevé, disposé par les émotions les plus confuses. Quand je me sentais un peu trop oppressé, je me laissais tomber dans un fauteuil ; et la tristesse venait. Une tristesse sans révolte, mais sombre et stérile, et qui me faisait mesurer tout ce qu'il y a de longueur, de patience, de prison dans le mot « ennui », avec sa première syllabe en forme de voûte et le reste comme des bras d'esclave doucement tordus et tendus.

Je restais des heures là où j'étais tombé, en proie aux visions. Chaque instant devenait une éternité pour moi ; partout où je me posais, je trouvais de quoi n'en plus jamais partir ; sitôt arrêté, les fantômes que j'avais agités en marchant, s'apaisaient, revenaient doucement, descendaient sur moi, m'ensevelissaient sous leur foule légère et sans fin, dessinaient en s'amoncelant la forme de mon âme enlisée : une entière passivité, un accablement éperdu, peuplé comme le sommeil qui vous prend en plein jour. Avant de pouvoir bouger mon corps, il me fallait remonter à travers des mondes ; je voyais bien l'instant où je me lèverais de mon fauteuil, mais lointain comme le petit disque de jour qu'on aperçoit du fond d'un puits de mine.

Et toujours ce cœur déréglé. Pendant la journée je ne l'entendais pas ; mais il continuait à me tourmenter ; il me gonflait de surabondance et d'incertitude : « Que faire de toi, mon cœur ? » pensais-je. Il s'offrait à tout, il était affreusement sensible, si proche sous ma poitrine, si exposé, si intéressé qu'à la moindre idée émouvante qui me traversait l'esprit, j'y sentais un pincement. Comme il m'importunait ! Anxiété, danger, fatigue ! Il me mettait tout hors de moi ; comme une pompe il ne cessait de puiser dans mon âme et il l'amenait toute à la surface.

« Mon Dieu, mon Dieu, qu'est-ce donc tout ceci ? Que va-t-il m'arriver ? » murmurais-je comme un enfant qui a peur. – Je me rappelais avec quelle force j'avais désiré cet amour. Il était donc venu ! J'étais donc enfin puni de mes vœux par leur réalisation !

Mais non, je ne regrettais pas de les avoir formés. Ma curiosité, mon besoin de souffrir restaient intacts. Simplement je tremblais un peu en entrant dans cette gêne ; je savais si peu où l'on me conduisait ! Qu'allait-on faire de moi ? Voilà seulement ce que je demandais à Dieu, humblement, avec timidité et souci, comme l'homme qu'on vient d'arrêter s'inquiète auprès de celui qui l'emmène.

Les mêmes tourments m'accompagnèrent au-dehors. Je continuai à me traîner chez tous les amis que j'avais l'habitude de voir, mais partout je me sentais profondément étranger, inopportun. Je ne savais plus me donner à aucune conversation ; j'apportais avec moi trop de choses, j'étais trop encombré pour pouvoir passer par aucune des portes que je voyais s'entrouvrir. Les phrases des autres coulaient devant moi comme une rivière de toile dans un décor : avec tout mon bagage comment eussé-je pu m'y jeter, y plonger ?

La place où j'étais ne tardait pas à me devenir insupportable ; j'appréciais toute l'importance qu'il y avait à m'en arracher, et sur le champ. Mais l'ennui et le rêve étaient plus forts que tout : ils persuadaient directement à chacun de mes membres une ravissante et mortelle inertie.

Le pis est que je n'étais pas indifférent du tout à ce qui se disait autour de moi. Au contraire, tout me concernait, tout était menace et danger pour moi. Je tressaillais aux moindres paroles. Comme toute plaie s'environne d'une région douloureuse, il y avait en moi, autour de mon amour, une zone d'une sensibilité incroyable : très loin de lui, cela me faisait déjà mal ; les phrases les plus indirectes pouvaient lui porter atteinte, un geste même seulement, une inflexion de voix…

Souvent j'avais des alertes, dont je ne reconnaissais qu'ensuite la cause, tant elle était détournée. J'étais doucement ulcéré, et c'est dans cet état que je m'exposais aux conversations de mes amis, de ceux qui voyaient Aimée tous les jours, qui, vivant dans son entourage, à chaque instant pouvaient évoquer des images qui la touchaient, la nommer, porter sur elle un jugement.

Il n'y avait rien qui pût me protéger contre eux ; j'étais nu devant ces armes qu'ils ne savaient pas. Pour diriger leurs paroles je n'avais que mes craintes et mes désirs. Tout à coup, du fond de mon rêve, je les entendais dévier, elles prenaient la direction terrible, c'était une pointe qui se tournait vers moi et ma seule ressource était de prier en attendant le coup.

Quelquefois, cependant, par malaise et surtout pour éviter d'entendre ce qui allait se dire, je me lançais dans la conversation. Autre labeur ! Car, pour parler d'Aimée, ou même seulement des objets qui lui étaient associés dans ma pensée, il m'était impossible de rester dans le ton normal ; tout de suite j'avais affaire à quelque chose d'irrésistible ; je n'étais plus maître tout à fait de mes mots, je partais avec eux ; chaque phrase était une pente, où dès que j'avais mis le pied, je glissais ; un rapide, où j'étais entraîné.

Je sentais moi-même, avec gêne, cette exubérance dont était atteint mon langage ; je craignais qu'elle ne parût suspecte et j'essayais gauchement de la faire accepter par des sourires et des explications : « Je ne sais vraiment pas pourquoi j'ai l'air de m'intéresser si fort à ce que je vous dis-là, » commentais-je ; ou bien : « Tout ceci peut vous paraître insignifiant, mais si vous y réfléchissez, vous comprendrez l'importance que je suis obligé d'y attribuer. »

Puis je m'arrêtais, apercevant que l'excuse était aussi peu opportune que l'enthousiasme même qu'elle voulait justifier. Et je souffrais, m'efforçant de guider de loin, de remettre dans la juste voie, une bonne fois, toutes ces paroles, sur lesquelles je n'avais prise que de temps en temps, que trop tard.

Toujours la même insubordination de moi-même à moi-même ! Je voyais bien comment il eût fallu faire pour me tenir à ma place. Mais un vent trop fort me soulevait et je restais en l'air, plein de tumulte et de souffle, comme un oiseau battant des ailes au-dessus d'une branche sans pouvoir s'y poser.

Tels furent les premiers effets de l'amour en moi.

— Grand merci ! eussé-je répliqué, s'il n'y eût pas eu, au plus profond de mon âme, cette perversité que j'ai décrite et qui, justement, à tant de misères répondait par de la reconnaissance. Oui, je pouvais me plaindre, mais, dans le fond, mes vœux étaient comblés. C'était bien ça, cette fois ! À ce coup, je ne serais pas volé. Plus je souffrais, plus j'étais sûr. En effet, grand merci !

*

Mais il est temps que je me tourne vers celle de qui me venaient ces troubles bénis. Je n'ai rien dit d'elle encore ; toutes les pauvres remarques que j'avais pu faire sur elle, au moment où l'amitié seule était censée nous unir, je les ai notées par acquit de conscience et comme les peintres, pour un portrait, font d'abord une « préparation ». Mais ce n'est qu'à présent que je puis m'attaquer vraiment à son visage et tenter d'en fixer l'énigme.

Quel instant pour moi ! Il ne s'agit plus seulement de vibrer, il faut voir. Le sentiment d'un sacrilège se mêle en moi à l'extase.

Je ne vais pas savoir dessiner, ma main n'arrive pas à se poser ; dès que je m'approche d'Aimée, en pensée, la même agitation me saisit qu'en sa présence ; il faudrait que quelqu'un de plus sage, de moins intéressé que moi dans l'affaire, me tînt tout le temps le poignet, en corrigeât les soubresauts ; il faudrait qu'on m'adressât, tout le temps, en silence, ne fût-ce que des yeux, un avertissement à la patience et à l'exactitude.

Sinon je vais être partout, moi-même, mélangé à ma peinture. À chaque fois que je lève les yeux vers mon modèle, si timidement, si sournoisement que ce soit, je ne puis faire que je ne passe tout entier dans ce regard.

Pour expliquer mon amour, il faut d'abord que j'entre en guerre contre lui, que je le capture et que je le mette aux fers dans mon cœur.

J'aurai ce courage ; il me revient ; on ne me verra point paraître. Elle, elle toute seule sur la page, rien que sa grande image redoutée, adorée ; je ne serai présent que par les sursauts, parfois, de reconnaissance qui me prendront à la considérer.

J'ai mis longtemps à pénétrer dans le passé d'Aimée et à l'interpréter exactement. Il me faisait peur autant qu'il m'attirait. Longtemps je n'en ai su, et même voulu savoir, que quelques traits horribles que Georges m'avait racontés.

Sitôt qu'elle avait pu comprendre ce qui se passait autour d'elle, Aimée s'était trouvée en plein désordre. Ses parents avaient une certaine aisance, mais qui ne leur servait qu'à mener la vie la plus irrégulière : aux infidélités de son mari Madame Laval avait aussitôt répondu par une conduite si capricieuse que le divorce avait fini par leur apparaître à tous deux comme le seul parti raisonnable. Aimée n'avait que dix ans quand il fut prononcé. On la mit au couvent.

Les premiers jours, elle attendit avec une sorte de passion la visite que sa mère avait promis de lui faire ; tout son petit cœur était tourné vers ce seul espoir. Et en effet, le jeudi, elle vit arriver sa mère fringante et gaie, qui lui apportait un sac de bonbons et qui la couvrit de caresses et de jolis noms d'amitié : « Cette fois je la tiens, je ne la lâche plus », se dit Aimée, et quand elle la vit se lever, de toutes ses petites griffes, elle s'accrocha à sa robe, sans rien dire. Mais la mère, d'un geste tout naturel, sans violence, et même sans attention, ouvrit l'un après l'autre les frêles doigts crispés sur elle et poussa l'enfant vers la religieuse qui venait la chercher.

Ce fut la première chute d'Aimée dans la solitude ; d'autres événements devaient l'y enfoncer plus profondément encore. Après une longue captivité dans ce couvent, où les religieuses empêchaient ses compagnes de se lier avec elle, sous prétexte qu'elle était fille de divorcés, elle crut qu'elle allait rentrer dans la vie. Mais personne ne voulut se charger d'elle : son père, à la fin, ne s'y résigna qu'à la condition qu'elle habiterait au dernier étage du petit hôtel qu'il avait loué dans Passy, et qu'il ne la rencontrerait jamais, fût-ce dans l'escalier.

Aimée resta séquestrée, pendant trois semaines, dans sa chambre. Puis un matin son père lui fit transmettre, par un domestique, l'ordre de sortir tout de suite, d'aller n'importe où excepté chez sa mère et de ne rentrer qu'à deux heures de la nuit.

Elle avait quelques sous dans son porte-monnaie et un pauvre chapeau garni de fleurs rouges. Elle était charmante pourtant déjà ; dans la pensionnaire opprimée une jeune fille avait trouvé moyen d'éclore et de s'ouvrir vers la vie.

Elle se mit à marcher tout doucement dans les rues, effrayée un peu, émerveillée surtout ; il était à peu près midi ; elle n'était pas trop inquiète de la journée ; le soir seul, et l'ombre, lui semblaient menaçants.

Pourtant, comme elle allait à tout petits pas, un homme ne tarda pas à l'aborder. Elle se contracta horriblement sans bien comprendre ce qu'il lui voulait : « Allons bon ! se dit-elle avec rage, on ne peut même pas se promener dans cette vie ! » Et elle prit l'allure rapide d'une personne affairée.

Vers le soir, n'en pouvant plus, elle se décida à enfreindre la défense paternelle et alla sonner chez sa mère ; mais, sans se déranger, celle-ci lui fit répondre qu'elle était trop occupée pour la recevoir.

Aimée vit la nuit tomber, les magasins se fermer ; elle dut attendre encore, appuyée contre la grille des Tuileries, se défendant comme elle pouvait contre les passants qui s'arrêtaient, seule et perdue dans Paris comme dans une jungle pleine de bêtes fauves.

Quand elle rentra enfin chez son père, bien après minuit, tremblante, fiévreuse, épuisée, ayant suivi le milieu de l'Avenue du Bois dont les bosquets lui faisaient peur, le domestique qui lui ouvrit la porte eut un mauvais sourire. Elle tomba sur son lit sans pouvoir se déshabiller.

Mais l'odieuse inimitié que son père lui avait d'abord marquée, fit bientôt place à quelque chose de plus terrible encore. « C'était le bonheur quand il me détestait », disait plus tard Aimée en songeant aux diverses phases de son martyre. Aimée lisait souvent au lit ; c'était son seul recours, sa seule évasion ; elle lisait tout ce qu'elle trouvait, furieusement, s'emplissant l'esprit d'images brutales et hétéroclites.

Un matin, elle se sentit gênée inexplicablement dans sa lecture, comme distraite par une influence magnétique. À la fin cette impression devint si insupportable qu'elle sauta de son lit et se mit à explorer sa chambre. En soulevant le rideau qui la masquait, elle vit que la porte de communication avec l'appartement de son père, jusque-là condamnée, était entrouverte et elle entendit des pas furtifs s'éloigner.

Désormais elle se comprit guettée. Elle n'analysait pas très bien d'abord le sentiment qui pouvait pousser son père à l'épier ainsi. Mais il vint lui rendre visite plusieurs fois chez elle et dans ses paroles elle commença à entrevoir une odieuse tendance. Tantôt il lui disait des tendresses, non pas telles qu'elles fussent d'un père à sa fille absolument inadmissibles, mais si imprévues et accompagnées de tels regards que leur intention ne pouvait faire aucun doute. Tantôt, comme exaspéré par l'impossibilité de s'exprimer directement, il entrait en fureur, injuriait la jeune fille, lui criait : « Tu ne finiras donc pas par mal tourner, chipie ? »

Au cours d'un souper, qu'il offrit à des acteurs et à des grues et auquel il la força d'assister, Aimée vit tout à coup un des convives se pencher vers son père et lui murmurer quelque chose à l'oreille : « Tu n'as pas besoin de te gêner, répondit le misérable à haute voix. Elle est à prendre. » Et comme l'homme se levait déjà, Aimée dut s'enfuir en lui jetant sa serviette au visage.

Elle ne dormit plus que d'un sommeil affolé. Une nuit, elle se réveilla en sursaut ; son père était au pied de son lit et la regardait. Elle se dressa pleine de rage : « Si tu ne t'en vas pas tout de suite, je crie, je crie par la fenêtre, j'appelle tout le quartier. » Comme il était très lâche et qu'il la voyait furieuse, il battit en retraite, avec des menaces.

Aimée n'avait personne à qui se confier. Ayant remarqué que la femme de chambre semblait instruite des manigances de son père, elle se décida à lui faire part de ses angoisses. Mais à sa grande horreur, cette fille se mit à sourire et confessa simplement qu'elle trouvait la situation « assez drôle ».

Son frère, du moins, pensa-t-elle, qui venait la voir de temps en temps, saurait accueillir sa confidence et la protégerait. Mais quand elle lui raconta le siège monstrueux auquel elle était en butte : « Ça ne m'étonne pas de ce vieux paillard ! » répondit-il seulement en riant. Et à la colère d'Aimée devant une réaction si faible, il opposa : « Que veux-tu que je fasse ? Il ne faut pas t'affoler comme ça. Tu es bien assez grande pour te défendre toute seule ! »

Enfin, un jour, Aimée reçut de son père l'ordre de venir le trouver dans sa chambre. Pour lui prouver qu'elle n'avait pas peur, elle s'y rendit sur le champ. Son persécuteur sembla enchanté ; il entra dans des explications papelardes et confuses, et tout à coup : « Tu n'as pas besoin de faire des manières comme ça, puisque tu n'es pas ma fille. »

Aimée vit tout à coup une grande lumière ; pendant un instant, le bonheur, comme un soleil, lui obstrua l'imagination. Elle pensa seulement : « Je m'en vais. »

— Eh ! bien, je m'en vais tout de suite, répondit-elle à l'homme qui la regardait plein d'attente.

— Mais pourquoi ? pourquoi ? Je ne te chasse pas, fit-il, soudain désespéré.

Et cherchant à reprendre l'avantage :

— Où irais-tu, malheureuse ? Il n'y a que moi au monde qui me soucie de toi.

— J'irai n'importe où. Donne-moi un peu d'argent. Je pars.

Elle était si transfigurée, si véhémente, lui si stupéfait, qu'il ouvrit sa bourse comme en rêve et lui tendit quelques billets.

Le soir même, Aimée prenait une chambre dans un hôtel. Quelques jours plus tard, elle avait trouvé une place d'institutrice dans le Midi et partait sans que son père eût fait le moindre geste pour l'en empêcher. Elle resta deux ans dans cet exil. Enfin, la mère de la seule amie qu'elle eût conquise au couvent, ayant appris par hasard quelque chose de ses malheurs et se sentant émue par le courage qu'elle y avait opposé, lui offrit de revenir à Paris et la recueillit chez elle ; c'est là que Georges l'avait connue.

*

Je m'étais attendu à découvrir sur Aimée la trace de ces affreuses aventures. Et elle y était en effet, mais non pas telle que je l'avais imaginée.

Je croyais la trouver encore frémissante des injures qu'elle avait souffertes, toute blessée, toute fléchie, prête à se blottir et à chercher la consolation. Un inconscient romantisme me la faisait voir parée des grandes ombres du malheur. Malgré le portrait que Georges m'avait d'abord tracé d'elle, je voulais que son humiliation fût encore perceptible dans tous ses mouvements, qu'on la pût goûter comme un ornement de chacun de ses gestes. C'est de cette absurde exigence de mon esprit que naquit vraisemblablement la demi-déception que j'éprouvai dans les premiers temps où je fis la connaissance d'Aimée.

Car, dans l'être que j'approchai alors, rien absolument ne correspondait à ma prévision.

Et si j'eusse voulu en faire une tant soit peu raisonnable, il m'eût fallu tenir compte de l'âme sur laquelle toutes ces persécutions avaient porté. Combien j'aurais voulu connaître Aimée enfant ! Le petit cœur sage et terrible ! Comme il devait battre durement le jour où elle s'était trouvée sur le pavé ! Peut-être n'eût-il pas fait bon la plaindre trop fort. Peut-être n'eût-elle pas accueilli un sauveteur beaucoup plus gracieusement que ceux qui tentaient de profiter de sa détresse.

Non, l'infortune ne l'avait pas entamée ; ces privautés qu'elle avait essayé de prendre avec elle, Aimée les avait vivement repoussées ; elle n'avait permis à rien de mordre sur elle ; de la petite fille traquée, il ne lui restait aucune fragilité et même pas un soupçon de colère, même pas le plus petit désir de vengeance. Car, après tout, quelle raison avait-elle d'en vouloir à personne ? On ne l'avait pas touchée. Personne, à aucun moment, n'avait été plus fort qu'elle. Il y avait dans son regard, dans toute son attitude, quelque chose qui réduisait son passé au silence, qui lui défendait d'élever aucune revendication sur elle, qui rendait presque impossible à autrui d'y faire seulement allusion.

Au lieu de l'accabler, il s'était tourné au fond de son cœur en indépendance. Aimée avait pris l'habitude de ne compter sur personne. Elle n'était pas devenue exactement méfiante, mais inexprimablement seule, seule jusqu'à la folie, jusque presque à l'insensibilité.

Après sa fuite, pendant son séjour dans le Midi, elle avait été un moment sur le point de faiblir ; pour calmer ses nerfs légèrement détraqués, elle avait entrepris, dans ce pays où elle ne connaissait pas une âme, d'interminables promenades à pied. Elle en était sortie guérie pour toujours, intacte à nouveau, radieuse, détachée de tout, reprise par son propre cœur, privée, sauvée. Sous tant d'efforts de la destinée pour la jeter à genoux, elle avait au contraire pris conscience de sa force ; elle l'avait reconnue, touchée partout en elle, et délivrée. Sans rage, sans trépignement, sans rancune, avec une souplesse secrète et heureuse, elle s'était dégagée elle-même, embrassée, saisie. Je ne sais si elle se parlait à elle-même, dans ses promenades, mais ses pensées faisaient à peu près comme si elle se fût dit : « Te voici, ils n'ont pas pu t'avoir, te voici, ma grande ! Toute la place qu'il te faut ! Et tu n'en as pas besoin de beaucoup pour leur échapper, pour l'emporter sur eux. »

L'indignité de ses parents achevait cet isolement d'Aimée, ce détachement pathétique de sa figure. Rien derrière elle que ces tristes monstres oubliés, ou plutôt rien que cette âme passagère, inconnue, perdue au fond d'un passé insondable, et qui était la seule dont elle eût peut-être hérité quelque chose. Rien de fait pour elle ; tout commençait avec elle. Et c'est pourquoi il fallait que tout, dans son âme, fût pris au plus vif, au plus dur, au plus décidé. En tout, elle débutait par le principal, – pour avoir le temps de l'atteindre.

Si elle s'était si bien sauvée, c'est qu'elle avait si peu de chose à emporter ! C'était un étroit trésor, en vérité, que son âme ! Ceux qui ne l'aimaient pas, n'y voyaient qu'indigence. Et en effet, il fallait l'aimer pour comprendre qu'une si mince ressource pût être sans prix.

Un fonds un peu rare, une nature toute capitale ; rien n'y était exprimé plus d'une fois, et dans son essence la plus ardue ; chaque trait en était tracé par la pointe la plus fine que le Créateur avait pu trouver. Jamais cœur moins débordant, jamais figure moins saturée. On ne voyait jamais passer en elle de ces ondes qui confondent, un instant, tous les sentiments comme des arbres sous une même frisson de vent ; elle n'était jamais languissante ni flébile ; elle ne connaissait ni les brumes, ni les pleurs ; les contours de son âme n'étaient jamais brouillés.

Toutes ses émotions paraissaient du premier coup à l'état distinct ; elles se prononçaient, plutôt qu'elles n'éclataient ; elles étaient belles et courtes comme des pensées.

Dans tout le personnage d'Aimée il y avait quelque chose qui ressemblait à la vérité. Et mon enthousiasme en le peignant, c'est bien celui qu'on éprouve lorsqu'on poursuit la vérité ; une grande contention, une admiration pleine de cris empêchés, un transport sans cesse brisé par la crainte de mal voir, quelque chose d'effréné et d'essoufflé à la fois. Les traits que j'aperçois ne prêtent pas sous l'effort de mon esprit, ils sont rebelles au foisonnement. Mais de les inscrire seulement, de relever chacun dans sa dure élégance, c'en est assez pour me remplir le cœur.

Aimée en avait trop vite fini avec certaines choses qu'on lui disait. On la regardait avec étonnement : « Est-ce là tout ? » Mais elle ne se troublait pas, car de cette brièveté elle avait la justification toute prête : c'était cela qu'elle était capable de fournir en des occasions plus grandes.

Elle n'entrait pas dans vos préoccupations, elle ne venait pas chez vous ; on ne se sentait jamais tout à fait épousé par elle. Le dédoublement lui était absolument interdit ; mais elle était si bien prise dans sa propre forme qu'il y eût eu de l'impertinence à lui demander toute autre incarnation que d'elle-même.

Le miracle de la multiplication était impossible sur elle ; du moins jamais il ne l'eût rendue nombreuse ; il n'eût été qu'un stérile coup de foudre et n'eût fait que la réduire en cendres.

Non, il fallait accepter Aimée dans sa simplicité, car elle se donnait là-dessus à prendre ou à laisser et je n'ai jamais vu quelqu'un qui supportât avec une plus souveraine indifférence d'être laissé.

À la place des prévenances et des accompagnements qu'elle ne pouvait fournir, elle usait envers ses vrais amis d'une familiarité un peu brusque. Un jour, dans les commencements, comme, en causant avec elle, je me perdais à la considérer de tout près ; elle se tourna vers Georges qui était à quelques pas de nous, et riant très fort :

— Voyez, dit-elle, comme il s'étonne de ce grand nez pointu que j'ai au milieu du visage !

C'est par de telles saillies qu'elle remplissait l'espace entre elle et vous ; elle vous rapprochait d'elle carrément, sautant par dessus les nuances et les degrés qu'elle se sentait impuissante à marquer. Parfois j'étais près de trouver sa plaisanterie effrontée ; mais je voyais aussitôt qu'elle n'était qu'un moyen héroïque de m'entraîner avec elle, à travers les embarras que lui ménageait sa hauteur.

Lorsqu'elle entrait en quelque endroit où elle ne savait pas que je l'attendisse, je me rappelle sa parfaite absence de surprise, sa main tendue, son bonjour ferme et joyeux ; dès la porte, elle était au fait ; parfois elle me saluait de mon prénom drôlement déformé, en camarade ; ou bien, en me serrant la main, elle me secouait le bras longuement, en riant. Dans l'instant la distance où j'étais d'elle était franchie, du moins jusqu'à l'endroit où le terrain devenait vraiment abrupt, jusqu'au pied de la terrible citadelle.

J'ai dit, combien son rire au début m'avait étonné, et même froissé ; il s'échappait par grandes fusées arides ; j'y trouvais quelque chose de dur. Dans l'être sensible et frémissant auquel je prétendais, à ce moment, avoir affaire, il détonait en effet étrangement. Longtemps je restai devant lui comme devant une porte dont la serrure se fût dérobée ; je sentais qu'il donnait sur tout un dangereux inconnu que je m'irritais de ne pouvoir deviner, ni forcer. Mais en y mettant toute ma patience, toute mon adoration, j'ai fini par le tourner ; j'ai compris ce qu'il voulait dire. Il indiquait le ton de cette âme tout en esprit ; il était en elle à la place des troubles, des va-et-vient, des mélanges dont les autres sont émues ; il suppléait en elle à la circulation des fluides ; c'était l'orage d'un climat sans eau.

Aimée manquait non point tant de tendresse que de caresse. Cette privation de soi, cette attente, cette demande, cette insuffisance qu'il y a dans toute caresse, elle ne pouvait s'y plier. Mais elle charmait par la seule droiture de ses mouvements vers vous. On était avec elle dans une intimité complète sans qu'elle vous eût une seule fois favorisé d'une inflexion de voix plus câline, ni de la moindre flatterie ; mais il y avait une douceur incomparable dans la façon dont elle vous disait tout droit le vrai de ce qu'elle sentait pour vous, comme ce jour où elle me déclara tout à coup si simplement :

— Je vous aime bien, François !

La vibration, la perpétuité : voilà encore ce qu'on pouvait être gêné de ne pas rencontrer dans ses sentiments. Ils s'élevaient au moment qu'il fallait ; leur son avait toute la plénitude désirable, mais ils n'étaient pas « tenus » ; ils cessaient aussitôt de retentir. Je ne veux pas dire qu'ils disparaissaient de son âme, mais seulement qu'ils ne l'emplissaient plus, qu'ils ne la peuplaient plus de leurs ondes, qu'ils ne la dominaient plus.

Si vous la quittiez pour quelque temps, aussitôt la sensation vous prenait que vous n'étiez plus rien pour elle ; du moins, éprouviez-vous que votre image était comme suspendue dans son cœur ; rien d'elle ne vous suivait, ne vous rattrapait ; rien ne s'échappait vers vous de cette lyre précieuse, mais muette.

Pourtant il était faux que vous fussiez oublié. Vous n'emmeniez pas son affection, mais en revenant, vous la retrouviez toute pareille. Elle avait vécu dans son cœur comme une mélodie sur la portée ; tout de suite elle se réveillait, se développait délicieusement intacte.

Il était beau de retrouver Aimée après une absence ; du premier coup elle était près de vous aussi prompte, aussi active que vous l'aviez laissée ; de toutes ses ressources elle se rendait à vous.

Ainsi ressemblait-elle aux ports des côtes profondes d'où l'on sort et où l'on aborde par tous les temps avec la même facilité.

L'ordre était sa passion. Il ne fallait pas qu'un sentiment en elle essayât de prendre le pas sur les autres ; elle avait horreur de se laisser envahir, horreur d'être submergée ; rien jamais en elle n'était au profit, ni aux dépens d'autre chose, rien ne grandissait au point de gêner le reste ; je n'ai jamais connu d'être moins romantique, ni pour qui les entraînements irrésistibles eussent moins d'attraits. D'autres pouvaient se plaire à perdre la tête : pour sa part, elle ne trouvait d'agrément qu'à la conserver bien solide, bien vigilante, bien au fait de tout ce qui survenait dans son cœur.

Lorsqu'en voyage, elle arrivait dans une chambre d'hôtel, Aimée excellait à ranger autour d'elle les objets entassés dans sa malle ; elle trouvait toujours moyen de les accorder de la façon la plus harmonieuse possible et chaque fois sur un mode nouveau approprié à la disposition des lieux. Sans encombrement, sans double emploi, sous ses doigts délicieux et subtils, ils se distribuaient sur les tables et sur les étagères de façon à ne laisser aucun vide et à ne se point masquer les uns les autres ; on pouvait accéder à chacun directement ; toute implication était supprimée. C'était un petit monde à son image qu'elle créait ainsi chaque fois autour d'elle et qui l'empêchait, où qu'elle tombât, de se sentir jamais « à l'étranger ». C'était son âme exacte, complète et bien articulée qu'elle traduisait à l'extérieur.

Son âme que rien ne pouvait faire chanceler. De tout le poids de vos prières, de vos misères vous fussiez-vous accroché au bord de cette barque imperturbable, elle n'eût seulement pas penché. Si vous aviez su la conquérir, vous aviez votre part, bien sûr, dans son affection, et certaine, et garantie ; mais venait un moment où elle ne pouvait plus croître ; il ne fallait compter, à votre avantage, sur aucune démesure ; même la force, l'intrusion même à poings armés ne vous eussent pas procuré une occupation plus entière de ce cœur profond mais ménager.

La souffrance ne convenait à Aimée que dans des occasions très rares : elle ne lui allait pas bien pour tous les jours. Aussi, comme une femme qui écarte les ajustements mal favorables à sa beauté, avait-elle imaginé de ne la porter que le moins possible. De là sa lenteur à s'émouvoir pour autrui. Elle n'avait pas pitié de vous, elle attendait longtemps avant de prendre part à votre peine, elle y était plus patiente que vous. (Mais toujours ce dont elle négligeait de vous plaindre, on s'apercevait ensuite qu'en effet cela pouvait être supporté.)

Oh ! le sage, oh ! le cruel démon ! Qui voudra comprendre que, de tout son personnage, ce soit ce dernier trait qui m'ait traversé jusqu'au cœur et m'ait envenimé d'un si grand amour ? Car, il faut le dire maintenant, j'avais pu être sur elle compatissant et penché, pour elle ma tendresse avait pu s'émouvoir ; mais je ne l'eusse sans doute jamais véritablement aimée, si je n'eusse rencontré, au milieu de toutes ses vertus, comme un chardon délicieux parmi les fleurs, sa dureté.

Oui, c'est de cela, bientôt, que je fus avant tout épris en elle, – de son impiété, de sa résistance à l'attendrissement. C'est aussi que ce n'était pas quelque chose en elle de purement négatif ; cela prenait un visage aussi de temps en temps, et farouche ; cela devenait une ardeur, une frénésie. Aimée était folle aussi, à sa façon ; elle avait, en plus de son équilibre, de quoi le perdre aussi par instants.

Un certain goût affreux, à force d'être dépouillé, de la vie. Au milieu des plus grandes misères de son enfance, dans le fiacre qui l'emmenait au couvent, au moment où elle vit son pseudo-père près de son lit : « Évidemment ce n'est pas très drôle, se disait-elle intérieurement, mais c'est tout de même assez curieux. » Et elle attendait la suite de ce qui allait lui arriver, avec un désir, une indiscrétion qui touchaient à l'indécence.

Rien qui ne fût pour elle, d'une certaine façon, bienvenu ! rien dont elle ne sût faire de l'extase ! L'admiration passait, en elle, la sensibilité. Comme d'autres pour le bonheur, elle avait une sorte de vénération pour ce qu'il y a, au fond des événements, de réfractaire à nos désirs, de difficile à déranger. Le mal même qu'ils lui faisaient, la trouvait pleine de rire et de salut.

« Il fait beau, et j'aime un peu trop la vie, » m'écrivait-elle un jour. Et je n'avais pas besoin de la voir pour deviner l'enthousiasme dont elle devait flamber à ce moment, l'illumination de ses yeux, le fluide admirable qui devait en découler.

Ses yeux ! je reste encore troublé de leur excès sur tout le reste de son visage. Quand ils se fermaient, on voyait comme en creux, sur tous ses traits, la vie qu'ils y avaient reprise. Ils exprimaient le dépassement de cette âme sur ce corps, sa disproportion avec lui, son avidité au-delà de lui, sa soif, sa maladie ! et c'étaient celles de vivre. Ils ne la défendaient pas seulement, ils la trahissaient aussi ; et il faut que je m'écrie : enfin !

Ses yeux ! C'est à quoi je la reconnaissais toujours ; ils me parlaient en silence de la perversion qui nous réunissait. Je les ai suivis partout, et jusque dans cette pauvre figure jaune qu'elle eut au cours d'une maladie. Oh ! je me souviens quand il n'y avait plus que cela de beau en elle ! Comme j'étais heureux ! Car ils continuaient à m'appeler, à marcher devant moi comme un signe. Et je suis entré dans le désert à leur suite, dans l'enfer de sable, d'ardeur et d'insomnie, seul, puni, perdu.

Mais je vais trop vite. Au moment où je pris conscience de mon amour pour Aimée, j'étais encore bien loin de savoir sur elle toutes ces choses, donc de m'en éprendre. Elles ne m'attiraient, en tout cas, qu'à l'état confus et comme latent. Je n'étais séduit que par l'étrangeté générale de son caractère.

Et même, peut-être, n'était-ce encore que le mirage de son âme dans la mienne qui m'entraînait ?

Je l'aimais toute mélangée à moi, complétée, alourdie, déformée par mes besoins et par mes manies personnels.

Je n'osais déjà plus la plaindre, mais une des pensées qui avivaient le plus mon amour, c'était celle, tout de même, qu'elle avait été poursuivie et monstrueusement désirée, que d'autres, avant moi, avaient été après elle à la chasse, d'autres que je ne connaissais pas, que je ne pouvais pas rattraper, de qui je ne pouvais pas me venger, à qui je ne pouvais pas faire mal. Une sorte de jalousie rétrospective et impuissante m'affolait vers elle.

Si forte qu'elle parût maintenant à mes yeux, je savais qu'elle avait été un instant aux abois. Toute mon âme était en révolte contre ce souvenir, mais, à chaque fois qu'il revenait, elle en éprouvait un trouble voluptueux.

Je lui permettais bien aujourd'hui de faire la fière. Elle n'en avait pas moins subi la condition des femmes elle avait reçu, – et dans quelles formes aggravantes – l'insulte solennelle et rituelle du désir. Cela était détestable, et tout de même c'est ce qui la fécondait pour moi, ce qui remuait la terre aride de son cœur et en faisait les mottes au soleil exposées.

Une voie vers elle se trouvait ainsi pour moi comme frayée, où j'entrai résolument. En pensée, je veux dire. Au moment même où Georges avait prononcé la phrase fatidique, qui m'avait découvert mon amour, le désintéressement avait disparu de mon cœur tout à coup, comme un rideau qu'on tire. Le bonheur d'Aimée, je continuais sans doute à le vouloir ; mais il n'était plus le premier objet de mes vœux ; je ne souhaitais plus, avant toute chose, de la voir réconciliée avec Georges ; je ne m'excluais plus aussi sévèrement de leur destinée à tous deux. Avec une timidité sournoise, je commençais à penser à moi ; dans toute cette aventure, je m'apparaissais pour la première fois comme méritant quelque chose. Quoi ? Je ne savais pas trop ; j'osais à peine y réfléchir ; je voyais simplement que je ne pouvais plus me prendre pour rien du tout.

Pour éprouver à proprement parler du désir, j'étais trop misérable, trop d'anxiétés et de scrupules se donnaient rendez-vous sur moi. La possession d'Aimée était une chose qu'aucune honte ne me retenait d'envisager, mais dont un poids trop lourd sur le cœur m'interdisait de caresser l'image. Mon esprit m'entraînait bien jusque-là, mais poussé seulement par la logique ; son mouvement était combattu par toute mon âme contractée. La dévotion, la peur m'étreignaient. Elles avaient bien un arrière-goût brûlant, elles étaient bien imprégnées de fièvre, mais elles demeuraient surtout accablantes et ne me douaient que d'entraves.

Non, les droits que je me sentais tout à coup étaient infiniment plus vagues que celui de couvrir son visage de baisers. Je n'allais pas si vite, mon ambition n'avait pas tant d'entrain ni d'allégresse ; elle était sourde encore, et maladroite, et étouffée ; elle faisait en moi des mouvements craintifs et sans utilité.

Je voulais seulement me rapprocher d'Aimée et cette fois non plus seulement la secourir, mais l'intéresser à mon âme. Tout ce que je voyais était que je ne pouvais pas lui laisser ignorer plus longtemps mon amour.

Par instants, il me semblait que je n'avais qu'à accourir et à lui en annoncer la nouvelle joyeusement, dès la porte, avec un cri :

— Vous ne savez pas ? Eh ! bien, je vous aime.

Mais je m'apercevais aussitôt qu'il s'agissait de bien autre chose. Il fallait amener lentement sous son regard cette âme bouleversée, piteuse et ravie que je m'étais découverte ; il fallait trouver un plan pour la faire glisser jusque devant elle.

Alors commençait ma méditation. Je cherchais des mots, je les agençais avec un soin fatigant. Puis je me figurais un certain tour que prendrait à un moment ma conversation avec Aimée ; et hardiment j'en profitais ; je tirais de mon côté les phrases qu'elle me livrait. Tout à coup la place était prête pour celle que j'avais bâtie : il n'y avait plus qu'à la poser. C'était fait. Elle savait tout ; j'éprouvais un immense soulagement.

Ah ! que d'industrie, que d'adresse, que de présence d'esprit j'ai dépensées ainsi en imagination ! Peu d'amants sans doute ont jamais montré autant de décision et de bonheur.

Pourtant malgré ma réussite, je recommençais sans cesse mon échafaudage. Je disposais tout sur un nouveau plan ; j'arrivais par un autre côté, il fallait modifier mon exorde, changer mes préparations ; j'aboutissais enfin à une autre phrase aussi bonne que la première et que je rangeais soigneusement à côté d'elle dans ma mémoire.

Je travaillais ainsi tout seul, toute la journée, en marchant, en lisant, au lit même et dans mon sommeil quand je parvenais à dormir. Je n'étais jamais las de cette méditation. Lorsque j'avais trouvé un mot qui me semblait heureux, pratique, j'entrais dans des transports inouïs, je me sentais soulevé de terre, je n'avançais plus qu'au milieu de battements d'ailes ; tout mon visage riait ; je parlais tout seul à mi-voix. C'étaient des délices profondes ! Et comme un malade je revenais sans cesse m'y plonger, oubliant de vivre, oubliant d'agir.

Peu à peu ces pensées prirent en moi une espèce de monstruosité. Ce paquet d'images et de paroles que je portais en moi partout, que je retournais sans cesse dans ma tête, fit boule de neige ; il attira peu à peu tout ce qui restait de vivant dans mon esprit. À la fin il n'y eut plus que lui ; de partout on n'apercevait plus que lui. Et il continuait à rouler, et moi à le suivre comme les anciens damnés courant après leur supplice.

Dans une telle préoccupation je n'examinais seulement pas comment passer du projet à l'exécution. De temps en temps, l'idée que mon aveu aurait à s'extérioriser traversait diagonalement le monde de mes pensées, comme un froid rayon d'une matière différente et incombinable. Elle me serrait le cœur tout à coup. J'étais terrifié par cette nécessité imminente et impossible.

Je me rejetais en arrière avec effroi et reprenais mes rêves. Ils étaient tellement plus confortables !

Mais l'appel de la réalité se faisait entendre à nouveau, bas et terrible. C'était au moment surtout où je me représentais ce qu'il y avait de coupable dans la démarche que je méditais. La double trahison, envers Georges, envers Marthe, qu'elle impliquait, me faisait horreur. Mais justement cela m'aidait à comprendre que j'étais en marche vers elle.

Ces mots que je me répétais toute la journée, il pouvait se faire qu'un moment vînt, – un moment du temps, un moment réel, attaché à la suite de ceux que je vivais alors, – où je les dirais à Aimée. J'apprenais cela de moi-même avec étonnement, scandale et tentation.

Je me cramponnais pourtant ; toute idée morale ne m'avait pas abandonné. Je tâchais de me faire croire que j'étais sur un palier où je pouvais fort bien me tenir si je le voulais, sans faire un pas de plus. Mais cette assurance était démentie par tout ce que je sentais au travail en moi. Je n'avais qu'à faire silence un instant : mon cœur aussitôt m'annonçait ma défaite. Il s'en prenait à moi du dedans tout le jour, il battait de son flot caché mes dernières forces et me poussait infatigablement à succomber, en m'étranglant doucement de sa petite main à ma gorge.

V

« Hélas ! en cet état pourquoi la cherchiez-vous ? »
Racine, *Andromaque*

Enfin je m'éveillai un matin avec la sensation très nette que la journée ne passerait pas sans que je me fusse déclaré.

Rien, pourtant, de nouveau n'apparaissait. Dehors c'était le même jour terne, la même rue désordonnée sous le vent jaune. D'aucune aile plus vive le printemps encore n'avait touché Paris.

En moi non plus je ne trouvais rien qui me pressât beaucoup plus instamment que la veille. Mon sang ne courait pas plus vite. Je ne sentais pas davantage cet entrain, cette inspiration qui font l'amant heureux. À vrai dire je savais qu'ils me manqueraient toujours et je ne comptais pas les attendre. Je savais qu'il faudrait agir dans l'embarras et la disgrâce, sans aucune faveur de mon esprit, sans aucun de ces secours, de ces bonheurs qui vous poussent en avant au moment opportun.

Mais du moins j'aurais dû sentir quelque rapprochement, une possibilité, si j'ose dire, objective, de l'événement. Or il restait toujours aussi inaccessible, même par la pensée. Entre l'instant où j'étais et celui où elle saurait mon amour, il y avait toujours le même abîme : je n'arrivais pas à me représenter moi-même au milieu du monde bouleversé qui suivrait mon aveu. Toute mon imagination s'arrêtait là-contre. Je m'étonnais naïvement à la pensée qu'avant le soir je saurais quelle figure prennent les choses autour de vous, après de telles révolutions.

Tout mon respect, ma tendresse même accouraient pour prévenir ma démarche, pour la rendre plus insensée, plus impossible, pour la reléguer dans l'absurde, pour la détacher de cette journée déjà en train et qui pourtant me conduisait irrémédiablement vers elle.

Était-ce donc mon angoisse accumulée qui cherchait à se faire jour par cet aveu ? Était-ce le besoin d'échapper enfin à l'obsession de tous ces mots qui dansaient dans mon esprit ? Je commençais à savoir ce que sont les souffrances de l'amour. En quinze jours j'en avais fait l'apprentissage ; elles ne m'étaient pas devenues plus supportables ; mais je comprenais qu'elles ne font pas forcément mourir. Les battements de cœur qui m'avaient tenu éveillé pendant presque toute cette dernière nuit, je les aurais endurés longtemps encore sans accident. Ma vie avait été capable de descendre au fond de cet abîme ; elle eût peut-être pu aussi bien y durer. D'ailleurs je n'ai jamais rien fait pour éviter de souffrir.

D'où donc montait l'étrange certitude que je me découvrais ce matin-là ? Une résolution, une toute petite résolution : « Avant ce soir elle saura. » Où était-elle en moi, si fragile et si tenace, si timide et si effrontée ? Je ne la trouvais nulle part où je la cherchais. C'était quelque chose d'innombrable et d'informe, quelque chose qui venait d'en bas, qui s'édifiait péniblement et dans l'ombre, et contre moi. On me poussait doucement sur la scène ; raidi, malheureux, empêché, il fallait que je fisse le pas redoutable qui allait me découvrir tout entier. Il n'y a pas de portant pour moi en cette vie ; je ne sais pas rester longtemps abrité. Si maladroit que je sois, il faut que j'avance, il faut que je me compromette. Je ne souffre pas de rien laisser passer sans y avoir risqué quelque chose, fût-ce le ridicule.

Plutôt que l'entraînement de l'amour, c'était le sentiment d'une tâche à mener à bien que j'éprouvais maintenant. Cet aveu était devant moi, infiniment lourd et difficile, infiniment au-dessus de mes forces, mais spécifié, commandé, nécessaire. Par instants il m'apparaissait comme un énorme pensum. L'idée pourtant ne me venait pas que j'eusse pu me l'épargner. Je faisais pour l'accomplir tout l'effort que d'autres eussent fait pour l'éviter. Toutes les raisons qui me l'interdisaient étaient à leur poste, en grande tenue, et me donnaient un avertissement solennel. Mais toute ma volonté avait passé de l'autre côté. Elle s'était mise à cette besogne défendue comme s'il se fût agi du devoir le plus sacré. Souvent ainsi j'ai mis l'acharnement de la morale dans les œuvres qui la contrariaient le plus exactement.

Je ne cherchais pas mon bonheur. Au contraire je tremblais pour lui. Je craignais de perdre, en me découvrant, tout ce qui me restait de facilités et de joies ; je craignais qu'Aimée ne me défendît désormais de la voir. J'allais risquer dangereusement mes pauvres instants heureux, le peu d'aération et de lumière qui me venait encore au fond de ma prison. Je n'en marchais pas moins.

Avec étroitesse et emboîtement comme le soldat qui va au feu, avec la même préférence passionnée de la mort et du malheur aux biens que l'on possède encore.

Heures sévères ! J'avançais entre elles dans une espèce de détresse ; elles me soutenaient par-dessous les bras, elles m'encourageaient, elles me secondaient cruellement. Il y avait des moments où je voyais bien que j'étais tout seul à m'imposer le devoir qui m'accablait. Cet inévitable devant quoi le cœur me manquait presque, je voyais bien qu'il ne venait que de moi : « Faut-il que je sois insensé pour me torturer ainsi moi-même ! » pensais-je. Et l'envie me prenait, comme de délicieuses vacances, de rendre à mes décisions la clé des champs. Cela semblait si simple, si sage ! Il n'y avait qu'à vouloir, ou plutôt il n'y avait qu'à ne plus vouloir.

Hélas ! c'est cela justement qui était devenu impossible. De cette délivrance, je pouvais bien concevoir un instant l'idée, croire que je n'avais qu'un mouvement à faire pour y passer. Mais ce petit dépliement de ma volonté m'était devenue chose plus difficile qu'à l'hypnotisé auquel on l'a défendu, le geste d'ouvrir la main. Je m'en allais ainsi, portant sur moi tout le bagage de mon angoisse, absolument libre et parfaitement enchaîné, frôlant toutes les occasions qui m'auraient pu divertir, sans qu'il me fût permis d'en saisir aucune, profondément retranché, même lorsque je m'y arrêtais un instant, de tout ce qui m'eût pu sauver.

Oh ! les haltes de cette journée ! Je ne me les rappelle pas toutes. Simplement la dernière, la plus étrange, la plus spécieuse. Vers quatre heures, incapable de tout travail j'étais allé voir Georges chez un ami, où je savais le rencontrer. L'ami était sorti : nous l'attendîmes ensemble. Sitôt installé dans un fauteuil, auprès de Georges, je ne me sentis plus pressé par rien ; Georges était gai ; il me plaisanta gentiment. Nous trouvâmes bientôt entre nous une facilité telle que nous n'en avions pas connue depuis des semaines. Les mots se mirent à courir entre nous avec cette promptitude, cette joie, cette adresse des jours où l'on est bien disposé. De toute mon amitié rafraîchie je m'élançais vers Georges ; peu à peu j'étais repris par un profond besoin de confiance. Il me semblait que je m'étais trop économisé avec lui. Il y avait quelque chose à réparer, à ressaisir depuis le principe. J'aurais voulu lui dire ! « Attendez ! Nous allons voir ! Écoutez-moi ! Par où commencer ? » L'impatience de me donner, une ravissante envie de me trahir faisaient rayonner mon visage. J'aurais voulu lui livrer tout ce qui pouvait être livré de mon cœur ; je cherchais des ruses pour aller aussi loin que possible dans la confidence sans la rendre irréparable ; je traçais mentalement des limites ; j'abandonnais d'avance des régions entières de mon âme, en n'y retranchant au préalable qu'un petit détail, qu'une pensée trop directe ou trop vive. Pourtant, sur cette pente, l'instinct de conservation de mon amour me retint à temps ; je fis taire mon imprudente générosité. Mais tant de bonne volonté ne pouvait pas rester sans se faire sentir ; elle donnait à notre conversation un entrain, une chaleur où nous étions tous les deux enveloppés. J'allais au-devant de toutes les pensées de Georges ; je les reconnaissais de loin, je les prévenais presque amoureusement ; je lui épargnais les moindres peines. Jamais peut-être il ne m'avait été si cher qu'en cet instant. Il n'y avait rien de pervers dans cette tendresse intempestive ; c'était la plus saine, la plus abondante amitié qui me poussait vers lui. Nos sentiments ne suivent pas toujours exactement les contours des situations où nous met la vie. Ou plutôt, l'amour ouvre de telles sources en nous que les eaux s'en répandent parfois sur ceux-là mêmes qu'il offense. Profitant d'un silence de nos pensées, je lui dis brusquement : « Je vous aime bien, Georges ! » Et nous nous étions insensiblement si bien exaltés que cette déclaration ne l'étonna pas trop. Je voulais y faire tenir tout ce qui me gonflait en cet instant : rêves idylliques d'un rapprochement entre les âmes, d'une sorte de communion fraternelle entre tous mes bien-aimés, besoin de demander pardon pour l'acte que je n'avais pas encore accompli ; désir d'en écarter à l'avance à mes propres yeux toute nuance de secret et de trahison. Au moment de partir, lorsque je fus debout, il me sembla que j'étais tout entier transparent et que sous le regard de mon ami je me tenais compris, absous. Par un dernier raffinement de confiance, cédant au bonheur qui me montait de plus en plus à la tête, comme un avertissement solennel et comme une prière, je lui dis :

— Maintenant je vais voir Aimée… du moins si vous m'en donnez la permission.

— Je n'ai pas à vous le permettre, » me répondit-il d'un ton qui pendant un instant me rendit hésitant et déconcerté. Mais j'étais si transporté, si lancé, si sot, pour tout dire, que j'écartai aussitôt toute réflexion.

Dans la rue je me retrouvai plein de la même joie vagabonde. Et par un bizarre mouvement, comme elle était incompatible avec la contraction où je me sentais depuis le matin, comme il fallait à tout prix qu'elle s'en débarrassât, elle l'atteignit dans sa cause ; elle écarta la résolution qui l'avait fait naître et qui l'entretenait en moi ; elle la déplaça, la mit de côté : mon projet de déclaration sembla s'être évanoui ; je crus y avoir renoncé. Tandis que je m'acheminais vers Aimée, l'intention que j'avais si péniblement nourrie tout le jour, m'apparaissait de plus en plus fragile, théorique, irréelle ; elle perdait tout sens, elle semblait se vider de sa possibilité, bien mieux, de sa raison d'être. Je ne voyais plus ce qui l'avait formée. Je me traitais de visionnaire et d'insensé. Du même coup une délivrance, un soupir infini soulageaient mon âme ; je sentais revenir toutes les facilités dont m'avait privé mon angoisse. Tout était ramené à ma portée, sous ma main.

J'arrivai à la villa dans cet état de légèreté. Aimée avait déjà pris l'habitude de ne rien changer à ses occupations pendant que j'étais là. Elle me reçut dans sa chambre et continua de ranger des robes et du linge dans un placard, tandis que je m'asseyais dans un fauteuil. Un moment notre conversation fut tranquille et distraite comme ses allées et venues dans la pièce.

Mais tout à coup, sans préparation, sans avertissement, comme une chape de plomb sur mes épaules, ma résolution me retomba dessus ; le devoir à nouveau me saisit aux entrailles. Je cessai brusquement de pouvoir dire un mot, la parole m'était refusée. Aimée, affairée devant l'armoire ouverte, me tournait le dos, si bien quelle ne s'aperçut pas tout de suite de ce qui se passait et prit mon silence pour une distraction. J'eus le temps de me ressaisir un peu.

Pas assez cependant pour rendre à ma conversation l'aisance nécessaire. Une profonde consternation intérieure affligeait tous mes mouvements ; j'étais diminué, ralenti ; toutes les voies que j'avais imaginées, je les trouvais closes. Il n'y avait plus en moi qu'une anxiété sans contours ni forme, qu'un seul état tout noir, pareil à la nuit chaude et bourdonnante des yeux fermés. Toutes les idées de phrases que je pêchais en moi, étaient pareillement empêtrées, engourdies, avaient le poids du songe.

Pourtant ma volonté ne me lâchait pas. Elle me secouait d'autant plus fort que j'étais moins capable de la suivre. Elle me tenait au collet comme un gendarme qui emmène un vagabond. Il fallait marcher.

Lorsqu'Aimée eut reconnu mon émotion, avec un mélange d'inquiétude, d'amitié et de malice, elle me demanda :

— Qu'y a-t-il ? François, vous me semblez malheureux aujourd'hui. Il faut me dire ce que vous avez. Ne suis-je pas une bonne amie ?

J'eus une seconde de clairvoyance, pendant laquelle je pensai avec tranquillité, presque avec sourire : « Dans quelques instants ce sera fait. » Pourtant les moyens entre mes mains restaient toujours aussi manquants, refusés. Je m'étais levé. Aimée, au contraire, sous l'empire de la curiosité, quittant sans s'en apercevoir son va-et-vient, s'était assise. Je me mis à marcher dans la chambre. Mais il continuait à ne me venir qu'une intolérable souffrance. Sans doute elle avait passé sur mon visage : j'en vis le reflet dans l'étonnement et la pitié qui commençaient à se peindre sur celui d'Aimée. C'est ainsi que nous nous rapprochions en silence.

Enfin un obscur déblaiement se fit en moi ; des paroles arrivèrent, mais d'abord défensives, retournées contre cela même que je voulais dire :

— Non, c'est inutile : il vaut mieux ne pas parler. Et d'ailleurs ce n'est rien. Cela n'est pas intéressant. Cela ne concerne que moi, que moi.

Je parlais avec une violence involontaire, profitant de ces premiers mots pour chasser ma rancune de tout ce qu'Aimée m'avait fait souffrir. J'étais d'ailleurs tombé dans un état brutal, plein de retours et de secousses, prolongement actif de ma paralysie de tout à l'heure. Je me défendais passionnément contre quelque chose que je ne savais encore comment entreprendre ; je m'y jetais en me débattant de toutes mes forces et je cherchais confusément une issue aussi bien dans ma révolte que dans mon entraînement.

Cependant Aimée était devenue profondément attentive. Non pas insensible. Je pense que devant ce secret tout proche qu'elle n'osait encore être sûre d'avoir deviné, le cœur devait lui battre un peu. Mais elle conservait sur elle-même ce gouvernement que j'avais perdu sur moi. Elle me regardait doucement sans honte comme sans provocation, toute voisine et pourtant hors de prise, infiniment dérobée. Elle ne me soutenait que de son silence. Devant cet esprit si maître de soi, devant cette femme profonde, je devais avancer tout seul, je devais achever, exposé comme sur un glacis, les pas que j'avais commencés.

Je parlai :

— C'est une chose à quoi vous ne pouvez rien faire. Il ne faut pas chercher. Ce n'est rien. Un malheur qui m'est arrivé. Je suis dans une impasse, bloqué de toutes parts. Plus de jour d'aucun côté. Mais tant pis pour moi ! C'est sans importance. Cela ne regarde que moi. Je m'arrangerai bien.

Je continuai à me débattre ainsi devant elle dans un langage obscur, contracté, maladroit. L'éclairage en moi était trop bas à cet instant pour que ma conscience ait pu voir passer toutes mes paroles et pour que ma mémoire les ait retenues. Je me rappelle simplement qu'il y en avait que j'appelais du plus profond de moi-même, que je tirais jusqu'à moi dans un effort surhumain. D'autres au contraire faisaient un saut brusque hors de moi, comme si elles eussent soudain manqué de place dans mon âme trop condensée. De loin en loin je reconnaissais au passage une des phrases que j'avais préparées pendant la longue méditation de mon aveu ; mais mal en place, moins juste, moins utile que je ne l'avais aiguisée, amenée là de force, dans un moment où elle allait à peu près bien, frappée de la même malchance que tout mon discours. Car tout ce que je disais restait affreusement manqué, infirme, énigmatique. Même accomplie, ma confession portait les traces de l'impossibilité qui pesait encore sur elle l'instant d'avant. Elle était finie, et cependant moi-même j'attendais encore. Je m'étais tenu dans une espèce de généralité ambiguë, dans des allusions à mes souffrances, à ma mauvaise destinée, à l'avenir redoutable. Je n'avais pas su trouver ces mots directs, pressants, ces flèches vives et droites qu'eût lancées un amour moins scrupuleux que le mien. Ainsi la déchirante dépense que je venais de faire demeurait à moitié vaine, ainsi tant d'effort ne m'avait conduit qu'à une situation à moitié décidée, qu'au cœur d'un insupportable malaise.

À vrai dire je ne m'aperçus pas tout de suite de cet échec. J'étais si plein de mon amour que je crus d'abord l'avoir suffisamment expliqué. Et dans l'ivresse de me sentir perdu ayant retrouvé une espèce d'aisance, je m'approchai d'Aimée, je me penchai vers elle, je lui demandai à voix presque basse, passionnément :

— Vous ne m'en voulez pas ; vous ne m'en voulez pas ?

— Mais non, répondit-elle, et je vis qu'elle cherchait.

Elle était bien trop fine pour n'avoir pas plus qu'à moitié deviné ce que j'avais essayé de lui dire. Mais elle voulait en être sûre. Elle ne trouvait pas dans mes paroles la phrase décisive dont elle avait besoin, et elle la cherchait. Quand je me rappelle aujourd'hui cet instant – sur le moment je n'ai su rien comprendre – je revois son visage plein d'une attention aiguë, studieux et tendu, tourné vers les moindres signes.

Il y avait certainement dans cette application beaucoup du désir que « ce fût vrai » ; ce qu'elle goûtait à l'avance du plaisir d'être aimée lui conseillait subrepticement de s'en approcher davantage. Pourtant je crois qu'elle obéissait surtout à cet esprit de netteté, à cette passion d'y voir clair dans les sentiments qui nous étaient communs et qui devaient faire plus tard en nous tant de ravages. Elle était trop ordonnée pour accepter, en cet instant si grave, la confusion qui pesait sur nous. De tout son cœur, non sans quelque émotion, mais toujours maîtresse d'elle-même, pleine de suite et de pensée, elle s'était mise à la tâche de la débrouiller.

Moi cependant, loin de rien faire pour l'y aider, je m'épuisais en protestations confuses, en excuses, en prières, en accusations contre moi-même. – Par toute ma confession je n'avais rien cherché, rien prétendu ; elle n'avait eu aucune intention ; je ne l'avais entreprise que par force ; à aucun instant la plus petite idée d'obtenir quelque chose ne m'avait effleuré. Et maintenant, la considérant comme accomplie, au lieu d'en poursuivre l'avantage, je ne pensais plus qu'à en effacer la trace, qu'à me la faire pardonner. Je tremblais de délicatesse et de crainte, j'aurais voulu enlever d'une main insaisissable les ombres dont je croyais avoir terni mon amour. J'étais penché de toute mon âme vers Aimée, dans un scrupule, dans une inquiétude ineffables, et dans mes paroles ne paraissait plus que le profond souci de revenir sur ce que j'avais dit, de l'empêcher d'être, d'en étouffer aussi complètement que possible l'écho.

Ainsi nous avancions-nous à contresens l'un de l'autre, moi cherchant à lui faire oublier quelque chose qu'elle cherchait encore à savoir. Cette douloureuse contrariété, dont elle était seule à avoir conscience, lui devint bientôt insupportable. Prise d'une impatience, je la vis tout à coup se décider secrètement. Elle me demanda :

— Pourquoi ne m'avez-vous pas parlé plus tôt ? J'aurais peut-être pu intervenir auprès de Marthe, empêcher votre malentendu de devenir si grave.

Encore aujourd'hui, quand j'y pense, il me paraît impossible qu'elle se soit véritablement trompée si longtemps sur la nature exacte des angoisses que je lui avouais. Pourtant mes paroles avaient été si ambiguës, j'avais eu par moments si bien l'air de me plaindre de difficultés conjugales, j'avais si maladroitement insisté sur l'impossibilité pour elle de me venir en aide, que son esprit avait pu être effleuré par cette interprétation, qu'elle voulait maintenant, en la feignant seule acceptable, m'obliger à détruire.

Je m'arrêtai. Tout le découragement, toute la fatigue, toute l'impuissance du monde furent sur moi dans l'instant. Je m'appuyai au rebord de la bibliothèque qui faisait le tour de la chambre et mis la tête dans mes mains. Tout était à refaire ; je me trouvais tout à coup infiniment éloigné de ce que j'avais cru accompli ; et plus la moindre force en moi ! Sans regarder Aimée, d'une voix désespérée, je lui dis :

— Vous ne m'avez donc pas compris !

Elle se leva et vint vers moi. Alors, plus bas, et sans pouvoir tourner les yeux vers elle :

— Ce n'est pas de Marthe que me vient ce malheur, c'est de vous !

Je restai un moment encore appuyé, plongé dans un accablement et dans un repos où je n'entendais plus rien, détaché de tout ce que je venais de faire, presque distrait à force de joie et de détresse, renvoyé, acquitté, bien perdu cette fois.

Lorsque je me redressai, Aimée était auprès de moi et me regardait avec une gravité qui m'interdisait sans paroles tout espoir, mais avec une tendresse aussi que ne je lui avais pas encore vue. Je devais être bien misérable, bien désarmé… – pourquoi hésiter à le dire ? – bien inoffensif. Car elle ne pensa point à se ménager. Comme avec un blessé, qu'il s'agit avant tout de secourir, on passe par dessus bien des convenances, elle prit l'intonation la plus dépouillée, la moins réticente pour me dire :

— Mon pauvre ami, comme vous souffrez !

Elle était debout à côté de moi. Je lui pris la main machinalement, comme un aveugle, pour me faire conduire. Elle ne la retira point. Je marchai la tête basse, les épaules voûtées. Arrivé dans l'embrasure de la porte, je me retournai vers elle avec effort et je lui dis dans un souffle :

— Au revoir, Aimée !

Elle me sourit doucement ; je laissai tomber sa main et je partis. J'entendis qu'elle refermait la porte lentement, silencieusement derrière moi.

Dans le vestibule je me retrouvai tout à coup plein d'étonnement, chancelant comme au sortir d'un rêve, de toutes parts dépassé par ce que je venais de faire. Cependant une allégresse absurde cherchait maintenant d'en dessous à se faire jour ; elle me donnait de petits coups comme la mer montante sous une estacade.

Au moment où j'allais sortir, on sonna. C'était Lise Bonnier, une amie d'Aimée, très belle et très coquette, que j'avais toujours un peu redoutée, car elle était aussi moqueuse et s'amusait souvent de ma timidité. Mais à peine la vis-je entrer ce jour-là que je l'entraînai dans le salon, la suppliant de rester un moment à bavarder avec moi. Elle accepta, un peu surprise. Je me lançai aussitôt dans une étincelante divagation. Je ne sais quel démon m'inspirait. Jamais je n'avais éprouvé pareil entrain, pareille aisance avec une femme. Pour la première fois je trouvais le ton qu'il fallait prendre avec Lise : je me montrai d'une frivolité parfaite, taquin avec grâce, plein de flatteries à la fois adroites et grossières, faussement crédule à ce qu'il lui plaisait de me raconter de moins sensé, et pourtant sachant marquer par une insaisissable ironie combien je réservais sur tout ce qu'elle me disait mon opinion secrète. Il me semblait qu'avaient disparu ces mille petits obstacles de l'âme, dont j'avais en réalité la religion, auxquels je m'étais, l'instant d'avant, si douloureusement embarrassé. Emporté par une impiété fiévreuse, je goûtais un affreux plaisir à détruire par ce papotage toute la solennité des minutes précédentes. Je me vengeais de je ne savais quoi. L'esprit à la débandade, je me laissais entraîner par tout ce qu'il y avait en moi de plus éloigné des sentiments que je venais de subir.

Mais cette conversation privée d'âme tomba tout à coup. Après quelques phrases languissantes, je quittai Lise, me chargeant de faire prévenir Aimée de sa présence.

Je n'eus pas à en prendre la peine : Aimée venait d'être avertie, je la rencontrai sur le seuil de la porte. Je crois qu'elle ne s'attendait plus à me voir. Du moins j'eus l'impression de la surprendre. Elle arrivait les yeux baissés et les releva à mon approche. Ah ! Dieu, ce regard, aujourd'hui encore, je ne suis pas sûr de l'avoir vu vraiment tel que je le revois. Ce fut une longue lumière sombre qui monta vers moi, m'atteignit, m'arrêta ; une caresse brûlante, mais retenue, rattrapée à temps, et tout au fond adoucie par un flot de secrète reconnaissance, par un grand bonheur caché. Tout son visage, attiré par le rayonnement des yeux, souriait légèrement…

VI

« Tant de soins, tant de pleurs, tant d'ardeurs inquiètes ! »
Racine, *Andromaque*

Pendant les quelques jours qui suivirent ma déclaration, je vécus tout bas, comme réduit, comme effrayé ; je me faisais petit ; j'avais peur, au moindre mouvement, d'attirer de terribles malheurs sur ma tête. Ce qui s'était passé, pour devenir peu à peu possible, avait besoin de n'être pas touché d'un moment. Je sentais qu'il fallait laisser un tel événement s'acclimater avec l'existence en faisant silence autour de lui.

Pourtant dans l'attitude d'Aimée à mon égard aucun changement ne s'était produit de nature à m'inquiéter. Elle me marquait toujours la même amitié, sans rien ajouter d'ailleurs qui pût m'y faire supposer une nuance plus tendre.

Je ne retrouvais aucune trace du regard dont elle m'avait un instant enveloppé. Elle était toujours ma grande amie forte et sûre, et il m'arrivait en sa présence, tant son visage était peu troublé, d'oublier que je lui avais appris qu'elle était dans mon cœur un peu davantage.

J'acceptais cet état de nos relations sans me rien demander, dans une abdication et avec un respect infinis. Et du premier accident qui le modifia, je ne fus, à vrai dire, en aucune façon responsable.

Huit jours environ après l'événement que j'ai raconté, par une merveilleuse après-midi d'avril, nous nous trouvions à la villa, dans le grand salon, avec toute la famille de Georges, comme à l'ordinaire vaguement et oisivement rassemblée. Le soleil entrait par les fenêtres, invitant à la promenade. J'avais proposé à Georges, qui par hasard avait déjeuné là, de sortir avec lui ; mais comme nos occupations ne coïncidaient pas, nous avions, d'un commun accord, abandonné ce projet.

Aimée nous avait entendu le débattre. Je vis qu'elle réfléchissait. Sans qu'on pût en reconnaître les termes, on distinguait très bien quand elle était en proie à un débat intérieur ; non point à aucun va-et-vient de sa physionomie, à aucune agitation de son visage ; mais au contraire à je ne sais quelle fixité et quelle application qui se posaient sur lui ; elle voulait tout bas, et les battements de son cœur étaient obligés de se taire, et une espèce de tranquillité presque effrontée passait dans toute sa personne. Ce fut d'une voix parfaitement calme qu'elle me dit, lorsqu'elle se fut décidée :

— Je vais sortir, François. Voulez-vous m'accompagner ?

Je crois que je rougis. Puis je me tus. Puis je dis : Oui ! au hasard, très vite, pour au moins ne pas laisser s'abolir la formidable chance qui s'offrait, mais sans avoir encore tout à fait compris ce qui m'arrivait.

Pendant qu'elle mettait son chapeau, dans sa chambre, et que je l'attendais debout entre les groupes, quelqu'un m'interrogea sur ce que j'allais faire :

— Aimée m'a demandé de sortir avec elle, répondis-je.

À ce moment seulement l'événement se déclara dans mon cœur. Je faillis éclater de rire. Je me demandai comment j'avais pu prononcer une telle phrase et y croire, sans que le tonnerre fût tombé pour consacrer ce prodige. C'était la première fois que j'allais sortir seul avec Aimée dans Paris, et c'était elle-même qui m'y invitait. Déjà la seule pensée qu'elle pût trouver à ma compagnie un plaisir quelconque m'approchait de la folie. Mais il y avait quelque chose de plus : elle savait pourtant bien que je l'aimais. L'avait-elle oublié ? C'était impossible. Le temps qu'elle avait réfléchi montrait bien qu'elle avait tenu compte de cette circonstance. Elle l'acceptait donc ! Elle acceptait ce secret entre nous, et qu'il ne nous séparât point. Elle voulait bien qu'il y eût quelque chose que nous fussions seuls à connaître, seuls à porter. Une telle faveur me faisait perdre l'esprit ; et j'avais toutes les peines du monde à dissimuler mon égarement.

Je revois chaque minute de cette journée extraordinaire, l'instant où nous sortîmes de la maison dans la rue vivante, illuminée, pleine de promeneurs et de toute la brillante animation du printemps, l'instant où dans l'auto découverte qui filait doucement, et comme enchantée, au ras des trottoirs, au milieu de la foule et parmi le flot des visages qui me paraissaient tous joyeux, m'étant tourné timidement vers Aimée, je vis qu'elle était sur le point de sourire. Sourire léger, à peine formé sur ses lèvres, mais que mon regard fit épanouir. Et à cet instant, comme pour prolonger le miracle, Aimée se mit à parler. Sans faire allusion directement à mon aveu :

— J'ai peur, dit-elle que vous ne me connaissiez pas bien. Je suis si peu intéressante ! Il y a en moi quelque chose de si brutal ! Je vous sens si tendre à côté de moi, si dévoué, si hors de vous-même. Moi, au fond, je n'aime que moi, que mon plaisir… C'est vrai, » insista-t-elle, comme je faisais mine de protester. « Je ne suis pas une dévergondée, bien sûr. » Et elle souriait. « Mais j'aime mes sensations, je suis capable de m'y abandonner avec un égoïsme parfait. Ah ! je n'ai pas fini de vous donner des déceptions ! »

Rien au monde, aucun charme, aucune beauté, aucune tendresse n'eussent composé pour moi une liqueur aussi enivrante que sur ses lèvres ces quelques mots si lucides et d'une si altière humilité.

On ne peut pas bien comprendre encore tout ce que j'y découvrais, quelle promesse de délices ils me versaient dans le cœur :

— Oui, reprit Aimée, dans le fond, quand je m'examine bien, je n'ai qu'un souci au monde ; il n'y a qu'une chose au monde qui m'importe : la perfection de mes sentiments. Je ne hais vraiment que ce qui les empêche de s'épanouir…

La main de mon amie dans la mienne, sa bouche même sur ma bouche m'eussent fait moins voluptueusement tressaillir que ce trésor dans son âme que je commençais à apercevoir par transparence.

Ah ! comme nous étions loin de ces pénibles moments où l'inconstance de Georges formait toute la préoccupation d'Aimée et accablait notre conversation ! Comme nous étions loin même de cette heure épuisante où je m'étais escrimé pour lui faire savoir mon amour ! Quelques jours à peine s'étaient écoulés et toutes les difficultés qui avaient si lourdement pesé sur nous semblaient envolées pour toujours.

C'était dans un plan nouveau que nous nous rencontrions ; pour la première fois nos mouvements se combinaient, nous allions dans le même sens. Il avait suffi à Aimée d'en douter pour que ce devînt vrai. Près de moi, celle que j'avais abordée dans la nuit, et guidé seulement par mon inquiétude intérieure, se révélait tout à coup de ma race, douée de la même vertu, ou, si l'on préfère, du même vice que moi.

Je ne lui apprenais rien encore ; je laissais se prolonger le plus longtemps possible cette délicieuse ignorance où elle était de la symétrie secrète de nos âmes ; je voulais être seul quelque temps à savoir. Je me contentais d'accabler ses scrupules sous les protestations les plus passionnées, l'assurant qu'elle n'avait devant moi ni à s'accuser, ni à s'excuser ; que je ne lui demandais que d'être elle-même bien sincèrement, bien entièrement :

— Si vous saviez comme c'est déjà prodigieux pour moi, ajoutai-je, d'être ici, à côté de vous, si vous saviez combien tous mes espoirs sont dépassés !

Je plongeais dans son âme, j'y voyais ce que je savais être dans la mienne : le goût effréné du sentiment et de ses modulations, le besoin d'être sans cesse un autre, l'abandon sans réserve ni repentir à la main secrète qui dispose toujours nouvellement notre cœur. J'y voyais aussi, comme dans la mienne, une profonde impuissance à la vanité, plus que le dégoût : l'ignorance des moyens par lesquels on réussit à se prendre pour quelque chose, un grand orgueil peut-être, mais fondé sur la faculté de se juger sans cesse et sur l'horreur de s'en laisser sur soi-même accroire.

L'auto suivait maintenant les allées du Bois ; nous ne parlions plus, mais nous goûtions avec délices la possibilité de ce silence : une si étrange et si délicate communion s'y annonçait !

À la fin mon ivresse devint intolérable ; je voulus l'exprimer. Mais au lieu des mots qui l'eussent exactement traduite, l'impression de ma culpabilité est en tout temps tellement forte en moi, que de nouveau ce fut cette pauvre question anxieuse qui s'échappa de mes lèvres :

— Vous ne m'en voulez donc pas ? Il est donc possible que vous ne m'en veuillez pas !

Et de nouveau Aimée, avec cette nuance d'étonnement qu'elle avait eue le jour de ma déclaration, me répondit :

— Pourquoi donc vous en voudrais-je ?

Comprend-on ce que veut dire faire quelque chose « par bonheur » ? Moi qui suis si mal fait pour l'aventure, ce soir-là, j'allai partout où les amis qui s'étaient emparés de moi, s'amusèrent à m'emmener. Ils riaient de ma docilité imprévue, mais moi encore bien plus d'eux qui n'en soupçonnaient pas la raison.

Il y avait un tel foyer de joie en moi ! En place de ma volonté, je ne trouvais plus qu'une immense jubilation ; elle me rendait généreux jusqu'envers les événements ; je leur accordais tout ce qu'ils me demandaient ; et plus leur exigence était contraire à mes goûts, plus j'éprouvais de plaisir à ne pas la contrecarrer.

Aussi bien ne sentais-je plus aucune gêne dans les endroits où j'eusse dû me trouver affreusement mal à l'aise. Il suffisait que j'eusse mon âme avec moi. Par la force du bonheur qui bouillonnait en elle, tout lieu me devenait agréable. Comme il jaillissait sans interruption, je ne désirais pas que rien finît autour de moi. Je riais de tout, je donnais raison à tout. Dans le mauvais cabaret-chantant de Plaisance, déjà à moitié vide, où nous échouâmes vers minuit, je regardais, par-dessus les tables désertes, la misérable « chanteuse-poupée » faire ses mines. En vérité où pouvait-on se sentir mieux chez soi ? Ce piano aigre et tapageur dans un coin, ce ménage d'ouvriers – la femme tenant l'enfant endormi dans ses bras – cette « consommation » devant moi, qu'y avait-il au monde de plus intéressant, de plus opportun ? Car c'était dans toute cette pauvre comédie que mon amour pour l'instant prenait racine (où n'eût-il pas poussé ?), c'est d'elle qu'il partait pour s'élever jusqu'au ciel.

L'idée qu'Aimée allait répondre à mes sentiments n'entrait pas franchement dans mon esprit ; elle l'éventait seulement en volant tout autour de lui et lui envoyait une brise délicieuse.

Pour la seconde fois, j'avais la sensation que ma destinée prenait le chemin de mes rêves, qu'il n'y avait qu'à la suivre, qu'à me faire petit et facile dans son sillage. Au moment même où il eût fallu agir, brusquer ma chance, je me croyais parvenu au terme de tout effort et me laissais emporter passivement par l'espoir.

Enfin je rentrai chez moi et je m'endormis au milieu de grandes ondes divines qui s'élargissaient de toutes parts autour de moi.

Je devais partir le lendemain pour la campagne ; tous les ans nous allions passer les vacances de Pâques dans la vieille maison où s'étaient retirés mes parents.

Marthe m'y avait précédé de quelques jours ; c'était la première fois que je la laissais voyager seule ; je ne pouvais attendre plus longtemps maintenant pour la rejoindre.

Or Aimée, elle aussi, devait quitter Paris dans peu de jours. Son médecin lui conseillait le grand air. Elle s'installerait à la campagne pour tout l'été.

Je me trouvais donc au bord de cette séparation qui m'avait semblé si abominable quand Georges y avait fait pour la première fois allusion. Dès mon réveil, je commençai à la pressentir, à la craindre.

Je fis mes bagages, réglai quelques affaires et le plus tôt que je pus dans la soirée, je me rendis à la villa.

Cette fois encore, il y avait beaucoup de monde dans le grand salon. Aimée était assise sur un canapé à côté d'une de ses belles-sœurs. Quand j'entrai, elle riait très fort, et elle continua de rire en me regardant approcher.

Mon cœur se serra ; mon élan se ralentit, mes pas s'embarrassèrent. Le pays immense où j'avançai se mit à diminuer autour de moi ; le ciel se couvrit.

La main d'Aimée était pourtant tendue vers la mienne, mais si distraitement !

Je cherchais son regard ; il passa devant moi avec un sombre éclat, mais aussi impossible à attraper que le rayon d'un phare.

Elle était tout entière dans la conversation. Quelqu'un lui parlait justement de sa prochaine villégiature :

— Vous allez vous ennuyer terriblement loin de Paris.

— Pas si je vais à Biarritz, répondit-elle. J'ai beaucoup d'amis là-bas. D'ailleurs vous connaissez Morel : il ne me laissera pas m'ennuyer, lui. Il est si gentil ! Et puis il a beaucoup de relations, il reçoit beaucoup.

En mettant la main à mon cœur, il me semble le trouver encore endolori de la blessure que ces quelques mots lui portèrent. Ils ne me donnaient pas tant de jalousie que de déception. Aimée avait parlé de ce Morel sur un ton trop détaché pour que je pusse craindre qu'il eût pour elle une importance véritable : à coup sûr elle ne le considérait, lui aussi, que comme une simple « relation ».

Mais c'était ce mot dans sa bouche, c'étaient les phrases toutes faites qu'elle avait employées, c'était la banalité même des plaisirs qu'elle se promettait, c'était la complaisance avec laquelle elle envisageait cette perspective de vie mondaine et d'odieux loisir, qui me faisaient tant de mal.

L'enfant timide et retranché, le petit garçon qui jadis, invité chez les parents d'un camarade, avait pleuré toute une journée d'appréhension et de haine, reparaissait brusquement en moi. Je me peignais avec horreur les joies que mon amie attendait ; elles me paraissaient déshonorantes, impies ; je me sentais pour elles une aversion incompréhensive, mais furieuse. J'avais beau me raisonner, me dire qu'un peu plus d'expérience me les eût fait probablement trouver inoffensives : ma vertu, en moi, se cabrait comme une folle et refusait toute considération atténuante.

En même temps mon esprit se lançait dans l'impossible travail de concilier cette nouvelle image de mon amie qui venait de surgir de ses paroles, avec celle que je m'étais formée la veille et dont je m'étais si imprudemment enchanté. Il ne se pouvait pas que l'âme toute profonde, toute amie d'elle-même, toute retournée vers ses émotions, toute éprise de perfection sentimentale que je lui avais découverte, s'accommodât de ce médiocre friselis que la vie mondaine propagerait à sa surface et se plût à des souffles si frivoles.

Je la voyais maintenant, dans cette ville d'eau où elle s'installerait, assiégée par quelque professionnel du flirt ; je l'entendais répondre aux phrases caressantes et vides qu'il lui glisserait, par ce même rire, qui, en ce moment déjà, tandis que j'en pouvais encore contrôler la cause, me faisait cruellement tressaillir. Elle l'écouterait tout au moins, c'était certain ; elle supporterait ce vain murmure à ses oreilles, sans répugnance, sans indignation.

Encore une fois je n'étais pas jaloux ; je ne craignais pas le succès auprès d'elle de ces flatteries ; un je ne sais quoi m'avertissait qu'elle était de ce côté-là bien gardée. Mais moins elle se donnerait, plus je me sentais scandalisé, malheureux. Car ce que je ne pouvais admettre, le monstre devant lequel reculait ma tendresse, c'était l'indifférence de la femme du monde brusquement entrevue dans ce cœur que j'avais cru mien. Oui, peut-être aurais-je sacrifié à cet instant tout espoir de le conquérir jamais en réalité si l'on m'eût permis de le reconquérir en idée.

La conversation continuait. Je fus sur le point de prendre Aimée à part pour lui arracher une sorte d'abjuration de ce qu'elle venait de dire. Mais je ne sus comment m'y prendre. Il me fallut laisser courir ses paroles, pendant que se glaçait lentement ma joie et que revenaient, comme une onde familière, dans tout mon sang, la pauvreté, la solitude, l'angoisse.

Sitôt après le dîner, et bien que je fusse en avance pour mon train, je partis. Un ami m'accompagna à la gare. Au moment de le quitter, tant je lui savais gré de m'avoir distrait de moi-même, je lui serrai les mains avec effusion, en m'écriant :

— Jamais je n'oublierai ce que vous venez de faire pour moi !

Puis le train s'ébranla et je me trouvai seul. – Non pas seul, ma douleur était montée avec moi ; je la sentis tout de suite qui m'attendait, qui réclamait mon entretien. Toute la nuit je voyageai avec elle. Oh ! les visages endormis sous la veilleuse du plafond, et le rythme fidèle du train, et le paysage comme un monstre paisible galopant dans l'ombre à mes côtés ! Je me plaignais à Aimée en moi-même :

— Cruelle, cruelle amie, qu'il est dur de vous servir, qu'il est dur d'être tombé vivant entre vos mains !

Puis je pensais combien il était admirable au contraire d'être admis à cette souffrance. Que n'eussé-je pas donné, un mois plus tôt, pour avoir le droit de la sentir ? Et je me mettais à la chérir en moi de toutes mes forces. Ce petit déchirement au cœur, cela était bon après tout puisque je l'avais désiré ; cela était bon, puisque cela venait d'elle. De sa longue et souple secousse le train me répétait interminablement que je n'avais aucune raison de manquer de patience. Et quand il s'arrêtait dans les grandes gares silencieuses, le marteau de l'homme qui venait frapper les roues des wagons, me recommandait encore : Patience ! Patience !

Ainsi s'endormait, ainsi veillait ma douleur à travers cette longue nuit de voyage, ainsi saignait sagement mon cœur…

J'avais quitté Paris inondé de soleil. Quand j'arrivai au matin dans la petite gare déserte où je devais descendre, il tombait une immense pluie fine ; tout le ciel était pris, les champs ensevelis sous la brume. Je restai un moment sur le quai, ma valise à la main, attendant que le train s'en allât pour traverser la voie, pendant qu'une sonnette obstinée, dans la cahute aux aiguilles, annonçait la longueur du temps. Dans la calèche de campagne qui m'emmena, j'entendais tapoter les gouttes sur la capote relevée et gicler sous les roues l'eau des ornières.

Je ne pus m'empêcher d'écrire dès le même soir à Aimée. Avec quel embarras et quelle peine !

La difficulté n'était pas de trouver quelque chose à lui dire, mais de fermer le passage à tout ce qui ne devait pas être dit. Ce que je choisissais me paraissait aussitôt infime et négligeable au prix de tout ce que je laissais de côté ; d'énormes instances pesaient sur moi contre lesquelles je me défendais laborieusement.

Tout de même un reproche, encore que prudemment masqué, se glissa dans ma lettre. « J'ai emporté de notre dernière soirée, écrivis-je, un moins bon souvenir que je n'aurais voulu. Me voici en proie à mille questions sur vous, que mon esprit ne cesse de me poser. Je suis bien tourmenté, chère Aimée, bien malheureux ! »

Tant de force était dépensée dans ces simples mots, ou plutôt la contrainte qu'ils avaient vaincue était si écrasante, que j'espérai d'eux les plus puissants effets : il était impossible qu'Aimée n'y lût point du premier coup le mal qu'elle m'avait fait et qu'elle ne m'expédiât point aussitôt le remède. Ils devaient forcément lui arracher un signe, quelque nouvelle de cette âme que je lui avais un instant reconnue et qui était maintenant dans mon imagination comme un navire en train de sombrer.

Dès le lendemain je commençai d'attendre : tout fut suspendu en moi jusqu'à nouvel ordre, et même la vie physique : je ne mangeai presque plus, je ne dormis plus qu'à peine.

Quelques jours passèrent ; je ne recevais pas de réponse. L'impatience se déclara.

Pour me rassurer, je pensai d'abord :

— Sans doute elle a déjà quitté Paris ; il a fallu faire suivre ma lettre ; il faut compter au moins deux jours de retard pour ce détour.

Pourtant je savais bien qu'Aimée n'avait jamais eu l'intention de partir si tôt. D'ailleurs, les deux jours passés, il fallut bien abandonner cette explication. J'obtins pourtant de mon imagination un nouveau délai, en supposant que la mise en ordre de son appartement, les paquets à faire l'empêchaient de m'écrire. Cette hypothèse m'aida à franchir encore sans débâcle deux ou trois jours. Le facteur passait deux fois dans la journée. Lorsque la distribution du matin était faite, je n'avais pas trop de mal à attendre celle de l'après-midi qui avait lieu vers trois heures. Mais lorsque la clochette du portail ayant tinté, je m'étais précipité pour ne recevoir, à travers la grille, des mains du facteur, qu'un journal ou quelque lettre d'affaire, alors commençaient les heures difficiles, le long et laborieux voyage vers le lendemain. Il fallait obtenir le silence de toutes les questions qui se mettaient à parler en moi, comme un peuple affamé et mécontent ; il fallait m'obliger à ne rien penser, à ne rien croire, à ne rien entendre. Chaque heure, pour rester supportable, avait besoin d'être prise à part, d'être proprement et secrètement étouffée dans un coin.

C'était trop de travail pour que je pusse y suffire longtemps. Le moment vint où il fut impossible de refuser à mon esprit une nouvelle interprétation du silence persistant d'Aimée. Bientôt l'idée y parut que ma lettre l'avait fâchée ; en n'y répondant pas, elle voulait me faire comprendre que je l'importunais. Rien ne tenait contre cette explication. Elle était parfaitement satisfaisante. Pour douter qu'elle fût la bonne, il eût fallu être aveugle. Chaque jour qui passait en confirmait l'évidence. Peu à peu toutes les autres idées disparurent autour de celle-là ; elle occupa seule tout le champ de mon esprit.

Aimée était fâchée contre moi. Les reproches qu'il y avait quelques jours encore, je me croyais en droit de lui adresser, firent alors place à une profonde indignation contre moi-même. Comment avais-je été assez lâche pour lui laisser voir mes doutes, le malaise de mon cœur ? Qui m'avait autorisé à l'encombrer de cette pauvre préoccupation ? J'étais donc un enfant, que je ne pusse supporter un instant de souffrir tout seul !

Et encore, d'où m'était venue cette souffrance ? D'un mot qui ne m'avait pas plu tout à fait, qui me l'avait montrée moins prochaine, moins parente que je ne l'avais crue d'abord. Mais où prenais-je qu'un mot d'elle pût me plaire ou me déplaire ? D'où étais-je autorisé à faire de mes goûts, de mes jugements, la règle qu'elle devait suivre ? Pourquoi mes valeurs devaient-elles être préférées aux siennes ? Dans l'aventure où nous étions pris ensemble, déjà j'apportais, j'imposais cela qu'elle y était prise contre son gré, par mon seul fait ; comment osais-je, par-dessus le marché, vouloir que ma façon de sentir fût bonne aussi pour elle et dût servir de base à toute appréciation de sa conduite ? – Lorsque je vis bien quelle avait été ma prétention, j'en eus honte jusqu'à en rougir par moments tout seul. Quelle présomption ! Comme mon amour était encore peu délicat ! Et pour me racheter de cette grossièreté, je me mis à chérir en Aimée non plus les ressemblances que j'avais vues un instant briller entre nous et qui m'avaient attiré vers elle, mais tout ce qu'elle avait de plus différent de moi, de plus opposé à mes goûts, tout ce que je ne pouvais pas comprendre encore, tout ce qui me demandait de la foi et de l'abnégation. Ce fut ainsi que je pressentis pour la première fois les grandes transes du renoncement à moi-même.

Pour l'instant, en tout cas, une chose tout de suite était indispensable : me faire pardonner, expliquer à Aimée tout ce que j'avais aperçu depuis ma sotte lettre, lui faire comprendre qu'il ne restait absolument rien de celle-ci, qu'elle pouvait l'oublier, que c'était une chose passée, morte, entièrement détachée de nous, presque ridicule, que nous pouvions en rire ensemble. Je sentais qu'il ne me faudrait qu'une minute pour dissiper le mécontentement où elle était de moi ; je voyais clairement ce que je lui dirais ; les phrases se formaient toutes seules dans ma bouche ; j'essayais de les retenir ; mais quand je les recherchais il en venait d'autres à la place, encore meilleures.

Pour les exprimer ce n'était pas une lettre qui convenait. D'abord parce que j'avais peur de l'écriture. Mon amour, bien qu'il fût si peu coupable et eût si peu de chances de le devenir, subissait pourtant toutes les craintes, se heurtait à toutes les défenses et à toutes les impossibilités qui pèsent sur l'amour clandestin : je n'osais pas lui donner de corps matériel, ni de présence devant mes yeux. Bien moins par prudence que par timidité envers moi-même, j'avais rédigé jusqu'ici toutes mes lettres à Aimée de façon que n'importe qui pût les lire. Je ne me trouvais pas encore cette fois-ci assez de courage pour surmonter ce scrupule.

Et puis c'était une conversation qu'il me fallait. Mon cœur était trop agité pour qu'une réponse seulement écrite pût le rassurer. J'avais besoin de voir Aimée me pardonner, de voir naître peu à peu sur son visage l'oubli de ma faute. L'image de l'indulgence et de la faveur que je saurais y ramener peu à peu par mes paroles, m'enivrait à l'avance.

Il importait donc de rejoindre le plus tôt possible mon amie. Je voulus repartir pour Paris. Mais y était-elle encore ? Le moment qu'elle avait fixé pour son départ était maintenant passé. Elle avait hésité entre deux ou trois endroits où s'installer et je ne savais pas celui qu'elle avait finalement choisi. Ainsi, au moment où j'avais si grand besoin de la trouver, elle n'était plus nulle part pour moi.

Rien ne pouvait être plus exaspérant pour mon angoisse que cette disparition d'Aimée. Elle m'affola complètement. Je passais mon temps à la chercher. Après l'interminable journée d'attente et de peine, quand le soir tombait, je partais seul, tête nue, à travers le jardin, vers les vignes. Je marchais d'un pas rapide, tout soulevé, tout hagard. Dans mon cerveau surmené par les nuits blanches, mille projets pour atteindre Aimée s'échafaudaient avec une hâte absurde et furieuse ; ils étaient tous plus impossibles les uns que les autres ; l'un n'attendait pas la ruine de l'autre pour s'élever. Bien plutôt que des moyens réfléchis, c'était un combustible que je jetais dans le foyer trop brûlant de mon esprit ; et comme des gouttes d'eau sur une plaque rouge, ils s'évaporaient en y tombant.

De temps en temps, profitant d'un peu de fatigue, une idée réussissait à durer en moi quelques minutes. Je m'imaginais allant surprendre Aimée dans la retraite que je supposais, pour la circonstance, qu'elle avait choisie. Bien que l'endroit me fût inconnu, je voyais les moindres détails : c'était le matin, je m'arrêtais à la barrière du jardin, je sonnais… L'attente dans le salon, l'étonnement d'Aimée et sa gêne de me trouver là ; mais alors j'entrais dans mes explications…

Puis je repensais tout à coup que cette vision n'était qu'un rêve. L'impatience revenait de plus belle. J'allais dans le crépuscule, où les arbres fruitiers en fleurs s'éteignaient peu à peu, abandonnant d'imperceptibles parfums. En haut, à travers les feuillages du jardin, j'apercevais déjà les lumières de la maison. Marthe m'attendait près de la lampe. Et me prenant à deux mains la poitrine, j'essayais de calmer en moi cette démence, d'endormir cette douleur qui me fatiguait de ses bonds timides et fous et m'arrachait par instants une douce plainte excédée.

Les quinze jours que je devais passer à la campagne étaient presque écoulés, lorsqu'enfin je reçus, de Paris, une lettre d'Aimée. Je n'y lus d'abord qu'une chose : c'est qu'elle n'était pas fâchée. Comment cela était-il possible ? Je ne le comprenais pas encore. Mais le fait était certain. Le ton de sa lettre était aussi amical que jamais. Elle s'excusait de son silence, avec une espèce d'embarras, en rejetant vaguement la faute sur ses occupations qui étaient aussi la raison pour laquelle elle n'avait pas encore quitté Paris ; puis elle ajoutait :

« Mon cher François, je voudrais pouvoir vous faire du bien, vous aider, vous réconforter. Mais je ne suis pas sûre d'être bien désignée pour y réussir. »

Parce qu'ils me rendaient la paix, ces quelques mots prirent peu à peu pour moi une importance extraordinaire. Sur le feu de ma blessure je sentais leur douceur se poser. Pour me faire tant de bien, il fallait qu'ils vinssent du plus profond de son cœur. Je retrouvais Aimée telle que j'avais besoin qu'elle fût. Certes, oui, elle réussirait à me guérir. Et n'était-ce pas déjà fait ? Je prenais la seconde phrase de sa lettre pour l'expression d'une inquiétude toute gratuite, d'un scrupule supplémentaire, pour un raffinement de bonne volonté dont je lui étais reconnaissant aussi, mais dont je refusais de tenir compte. Je ne voyais que son désir de me venir en aide, de m'apaiser. Il suffisait qu'elle l'eût senti pour qu'il se trouvât réalisé. Et en effet, une fois de plus, ma douleur s'était évanouie. Dix minutes après avoir reçu la lettre, il n'y en avait plus trace en moi ; je ne pouvais plus l'imaginer ; tout tient dans un mot : je n'y pensais plus.

Le surlendemain, je rentrai à Paris, laissant Marthe, pour une semaine encore, à la campagne. Lorsque j'arrivai rue Michel-Ange, pour le déjeuner, on me fit attendre un moment, tout seul, dans le grand salon. Le soleil y pénétrait largement, comme le jour où j'étais sorti avec Aimée. Je me rappelais. Puis Madame Bourguignon arriva. Je n'osai pas lui parler tout de suite d'Aimée. Un poids énorme était sur ma langue. Enfin elle me dit :

— Aimée est à la campagne près de Fontainebleau, depuis hier, chez des amis, qui lui ont offert l'hospitalité pour une huitaine de jours. Elle a voulu profiter du beau temps.

Je ne pus m'empêcher de rougir un peu ; puis je m'employai à sauver les apparences en continuant la conversation ; je tins ainsi en respect ma déception jusqu'au moment où Madame Bourguignon ajouta :

— D'ailleurs Aimée doit venir à Paris cet après-midi. Elle ne pensait d'abord rester là-bas que deux jours. Pour y passer une semaine, elle a besoin de quelques objets qu'elle vient chercher. Elle m'a téléphoné, ce matin. Si vous voulez la voir, venez avec moi tout à l'heure la chercher à la gare.

Lorsqu'elle parut, au milieu de la foule, montant l'escalier, je ne sais pourquoi je la trouvai plus brune, plus sombre que je ne me la rappelais :

— C'est gentil d'être venu à ma rencontre, me dit-elle simplement, après avoir embrassé Madame Bourguignon ; dans le train je pensais que je vous verrais peut-être.

Nous montâmes dans l'auto de Madame Bourguignon. Aimée se mit aussitôt à nous raconter combien elle se trouvait heureuse là-bas, quelle tranquillité, quel délassement elle y goûtait :

— Quand je me suis vue toute seule, au beau soleil, dans ce petit jardin, avec un bon livre à la main, je n'ai plus eu qu'une idée, c'est d'y rester le plus longtemps possible.

Je commençai à souffrir. Non que je fusse jaloux de son bonheur. Mais je pensais : Elle n'a donc pas du tout, du tout songé à moi ! Je n'ai donc absolument compté pour rien dans ses préoccupations ! Mon retour ici à aucun moment n'a pu influencer sa décision !

Et justement, à cet instant, elle se tourna vers moi pour me demander :

— Et vous, François avez-vous passé de bonnes vacances ?

J'eus un moment de stupeur. Deux mondes se rencontraient, entre lesquels il n'y avait rien de commun. Je ne pus m'empêcher de laisser percer dans ma voix mon étonnement, mon désespoir et mon reproche :

— Oui, merci, répondis-je lentement, d'assez bonnes vacances !

Une ombre de confusion et de remords passa sur le visage d'Aimée. Je vis qu'elle se rappelait tout à coup.

Elle se rappelait. Il faut comprendre tout ce que ce mot signifie d'horreur. Elle ne pensait plus que je l'aimais ! Cette idée, comme un objet qu'on oublie sur une étagère, comme, dans une machine, un rouage superflu qui peut tomber en route sans que le moteur s'arrête, – cette idée était sortie de sa mémoire. Et elle n'y rentrait maintenant que par la grâce d'un nouveau hasard, que parce que j'étais revenu me mettre devant ses yeux.

Ainsi de ce monde de misères et de prières que pendant quinze jours j'avais porté en moi, de toutes ces invocations, de toutes ces plaintes, de toutes ces excuses que j'avais prodiguées vers elle, Aimée n'avait rien perçu, rien soupçonné. Tout ce douloureux trésor, je l'avais dépensé dans le vide. Il ne s'y était rien rencontré d'assez fort pour franchir cet espace comme interplanétaire qui nous séparait, et pour venir se faire sentir par elle.

Du même coup le véritable sens de sa lettre m'apparaissait. Cette phrase qui m'avait si bien rassuré, ah ! je ne voyais que trop clairement maintenant ce qui la lui avait inspirée. Je découvrais la trace de ses sentiments, j'y rentrais après elle ; je retrouvais l'instant où elle avait tenu la plume pour m'écrire ; j'éprouvais son embarras, sa gêne : « Que mettre, avait-elle pensé inconsciemment, pour le faire tenir tranquille, pour me débarrasser de lui ? » Elle avait cherché quelque chose qui pût arrêter, empêcher de glisser vers elle ce gros encombrement que faisait mon âme ; un moyen, n'importe lequel, pour soutenir et écarter cette masse, pour parer à cet effondrement.

Parce qu'en écrivant ma lettre, j'avais fait un grand effort pour réduire toutes mes inquiétudes en une seule phrase, je m'étais imaginé que, de même, la phrase d'Aimée résumait toute une quantité de sentiments et qu'elle l'avait obtenue par le même effort de contraction. Mais maintenant je distinguais qu'au contraire elle se l'était arrachée de force, qu'elle l'avait tirée de son esprit récalcitrant et distrait, que, loin de me porter le message de son cœur, loin d'être imprégnés d'elle, ces mots avaient été fabriqués froidement à mon usage et n'avaient été dépêchés vers moi que pour m'éloigner, que pour empêcher que je n'aille devenir ennuyeux.

Sitôt qu'elle les avait eu trouvés, je sentais son soulagement et je voyais sa plume courir vite pour ajouter : « Mais je ne suis pas sûre d'être bien désignée pour y réussir. » Elle se libérait, elle s'échappait, ayant fait tout ce qu'elle pouvait faire pour moi. Il n'y avait plus qu'à jeter la lettre à la boîte. J'aurais tort si je n'étais pas content. – Et en effet j'avais été bien content !

Ainsi, des deux phrases de la lettre d'Aimée, celle où je n'avais vu que l'expression d'un scrupule tout gratuit, c'était la plus sincère. Le scrupule était dans la première, et dans cette première il n'y avait rien qu'un scrupule : un peu de pitié passagère, une aumône à mon malheur doublée d'une précaution contre lui.

Mais non ; je me trompais. Même pas cela ! Cette phrase, ces deux phrases, j'en étais sûr maintenant, Aimée les avait écrites au courant de la plume, tout naturellement, sans penser à rien. Car elle n'avait pas compris ce qu'il y avait dans ma lettre, car elle n'y avait pas vu les inquiétudes que j'y avais si péniblement massées. Sa lettre ne répondait pas à la mienne. Simplement elle avait remarqué dans la mienne un passage un peu grave, et de même, elle en avait introduit un dans la sienne, par imitation, par symétrie.

Et moi qui m'étais imaginé l'avoir offensée ! Il eût fallu d'abord qu'elle pût l'être ; il eût fallu qu'elle eût les yeux tournés vers moi, qu'elle fût susceptible à ce qui lui venait de moi. Mais comme tout à l'heure je retrouvais l'instant où elle m'avait écrit, de même maintenant je retrouvais celui où elle m'avait lu. Quoi de plus naturel qu'une lettre qu'on reçoit ? On déchire l'enveloppe, on parcourt des yeux les petites lignes noires, ce léger griffonnage conventionnel, toujours le même, toujours bon pour tout ce qu'on peut dire :

« Ce cher François, avait-elle pensé, comme il est gentil de m'écrire si vite ! »

Et comment eût-elle soupçonné mon inquiétude, n'ayant pas senti ce qui d'elle l'avait fait naître ? Elle n'avait pas souvenir de m'avoir fait de la peine. Que m'avait-elle dit qui pût m'inquiéter, donner lieu à la question et à l'angoisse ? Lorsqu'elle avait laissé tomber les mots d'où venaient tous mes tourments, ce n'était pas à moi qu'elle parlait. Pouvait-elle deviner que je les avais ramassés, ces mots, que j'en avais fait mon bien et mon malheur, que je les avais emportés pour les chérir et les détester jalousement dans mon cœur, pendant des semaines ? De la conversation toute mécanique, où ils lui avaient échappé, elle avait tout oublié, et tout de suite. Il n'y avait que moi pour avoir de la mémoire, parce qu'il n'y avait que moi pour aimer.

Ainsi mon esprit remontait impitoyablement à travers mes imaginations, défaisant maille par maille la trame qu'il avait tissée dans sa solitude. À la place de tout ce que j'avais supposé d'intentions chez Aimée, de tout ce que j'avais essayé de comprendre, de prévenir ou de conjurer, il n'y avait rien eu ; elle avait été dans les magasins, elle avait continué de voir ses amies, elle avait écrit en province pour préparer son séjour ; les journées s'étaient écoulées pour elle faciles et remplies ; et le soir elle avait pu se dire : « Tiens ! encore cette visite que je n'ai pas eu le temps de rendre aujourd'hui. »

Il n'y avait rien eu. Malgré moi et à mon insu, bien que j'eusse toujours soigneusement évité de rien prétendre sur elle, même en pensée, je l'avais peu à peu, par le seul rayonnement de mon imagination, attirée à moi et impliquée dans mon amour. Même lorsque je la supposais fâchée, c'était admettre qu'elle y jouait sa partie, qu'elle me faisait pendant et réponse. Et maintenant, brusquement, je découvrais mon illusion. La réalité était tellement plus simple ! Aimée était restée à sa place ; elle avait continué sa vie à elle, où je n'entrais point, qui empruntait des voies absolument différentes de la mienne. Quiconque l'avait abordée en mon absence, l'avait trouvée tout entière disponible, l'esprit absolument libre, dans son état le plus normal.

J'avoue que j'avais tout imaginé excepté cela. Ce néant, qui, seul, je le voyais, correspondait à mon amour, était plus affreux que tout ; il s'ouvrait devant moi tout à coup comme un abîme. Et cela surtout me tuait à la fin, il faut que je le crie, de penser qu'il était parfaitement naturel, que de rien, en rien et pour rien, Aimée ne méritait le moindre reproche, puisqu'elle ne m'aimait pas. Quelle promesse m'avait-elle faite ? Au nom de quoi me fussé-je plaint ? Je la regardais de temps en temps, assise en face de moi. Elle avait repris sa conversation avec Madame Bourguignon. Elle parlait de nouveau avec animation. Certainement elle avait oublié cela aussi qu'elle m'avait dit tout à l'heure. Je la regardais ; ma douleur était si forte, si bonne que, de songer qu'elle en était privée, j'éprouvais pour elle une sorte de pitié.

En même temps le courage entrait dans mon cœur. Avant que l'auto ne fût arrivée rue Michel-Ange, j'eus le temps et le sang-froid de prendre une grande résolution : je ne l'aimerais plus. C'était fini. Il fallait laisser là cette aventure. Raisonnablement je ne pouvais pas m'engager dans un tel martyre. Puisque les événements prenaient la peine de m'aider, il fallait saisir leur secours et montrer un peu d'énergie et de bon sens. L'inconscience d'Aimée avait ramené de force nos relations au niveau de la simple amitié : je n'avais qu'à m'y tenir.

Je me séparai d'Aimée sans déchirement, et même avec une espèce de bonne humeur, comme celle qu'on ressent au moment de se mettre au travail.

Les premières heures ne furent pas trop difficiles. Je savais qu'elle devait retourner dès le lendemain à Fontainebleau. Il suffisait pour le moment de la laisser partir.

Bien que mon couvert y fût toujours prêt, de tout le lendemain, pour être bien sûr de ne l'y pas retrouver, je n'allai pas à la villa. La journée fut longue ; pourtant je la prolongeai encore en allant, le soir, au théâtre, avec des amis. Cette distraction me fit du bien. Je m'étonnai, en rentrant chez moi, de me sentir si tranquille, si rafraîchi… Tout se passait comme si j'eusse oublié Aimée. La conduite à suivre me paraissait maintenant toute simple, plus simple mille fois plus qu'au moment où je l'avais choisie.

Oh ! ces instants où la délivrance semble si facile ! On voit passer du jour dans sa prison, un jour qui n'aurait qu'à s'agrandir un peu pour permettre l'évasion. Et ce jour, c'est simplement l'absence de la bien-aimée dans l'esprit. Il suffirait qu'elle durât quelque temps, il suffirait que cette paresse dont on est saisi gagnât en longueur et en intensité, il suffirait qu'on pût ainsi bien longtemps, bien patiemment ne plus bouger… On ne voit vraiment pas pourquoi ce ne serait pas possible. On ne voit pas qu'il faudrait pouvoir empêcher les idées de rentrer dans le cerveau, interdire son cours à tout ce sang alourdi, infecté d'une seule image et qui en ce moment simplement se propage et s'égare loin de l'esprit.

Le lendemain, dès mon réveil, je reconnus qu'il y avait du nouveau en moi : je sentis l'obligation absolue d'aller, ce jour-là, à Auteuil. D'ailleurs, ce n'était pas dangereux, puisqu'Aimée était partie. Mais alors pourquoi était-ce si nécessaire ? Je cherchai, et je finis par découvrir, au fond le plus secret de mon cœur, comme un voleur caché sous un tas de fagots et qui supplie qu'on le laisse vivre, l'espoir qu'elle n'était peut-être pas encore partie.

Je me dirigeai vers la rue Michel-Ange, en proie de nouveau à la plus fatigante agitation. Il me semblait que toute ma destinée était confiée à un petit hasard qui allait en décider d'un seul coup.

J'arrivai ; je ne vis pas Aimée. Bien entendu je n'osai pas demander si elle était partie. Je me rassurais déjà. Mais au moment où nous allions nous mettre à table, elle sortit de sa chambre et vint vers moi avec un joyeux bonjour.

Tant elle était futile, j'ai oublié la raison qu'elle me donna de sa décision de rester. D'ailleurs mon trouble et ma joie m'empêchèrent de bien l'entendre. Je l'avais perdue et je la retrouvais tout à coup comme revivante, comme ressuscitée. Jamais elle ne m'avait paru si belle, ni si aimable. Il y avait en elle, je m'en aperçus avant qu'elle eût dit un mot, cette même calme jubilation que le jour où nous étions sortis ensemble. Et justement, comme si cet état de son cœur eût comporté tout naturellement ma compagnie, à peine se fût-elle assise à table, que devant tout le monde elle me demanda :

— François, voulez-vous venir avec moi au concert, ce soir ?

Avant que l'émotion m'eût permis de répondre, Madame Bourguignon lui dit, peut-être par malice :

— Vous ne savez pas si ça l'amusera.

— Oh ! répondit Aimée tranquillement, je sais maintenant que je peux lui demander même des choses qui ne l'amusent pas… C'est mon ami, insista-t-elle avec un coup d'œil fier qu'elle promena sur tout le monde, puis arrêta sur moi, en signe de prédilection.

J'eus peur tout à coup, peur de moi, peur des progrès que je sentis qu'avait faits ma servitude dans le temps même où je croyais la secouer. Car il n'y eut rien en moi, à cet instant, qui s'élevât pour esquisser la plus petite résistance au désir d'Aimée, ni la plus petite protestation contre sa certitude de m'y voir acquiescer. Tous mes projets d'émancipation furent balayés par un véritable torrent de joie et de fidélité ; je m'abandonnai à la volonté de mon amie avec un délice qui touchait à l'évanouissement.

Le soir, quand je vins la prendre, elle était en grande robe noire décolletée : du seuil je la vis au fond de sa chambre, les bras levés devant la glace, qui piquait un bijou dans ses cheveux. J'eus un moment de faiblesse et comme de découragement : tant elle était belle, tant je sentais de choses en moi à refouler et tant je devinais que j'y parviendrais facilement.

Je lui mis son manteau ; c'était une grande cape qui s'attachait par des brides à la ceinture ; je dus m'approcher d'elle, la toucher ; je fus pris dans son parfum comme dans un piège ; un moment je fus sur le point de défaillir, de m'abattre sur son épaule avec des baisers. Mais non, la religion resta la plus forte ; elle guidait mes gestes, les rendait, malgré moi, infiniment circonspects et retenus. Et c'est plein d'une discrétion insensée que j'emmenai ce grand ange de chair et de jais, qui rutilait sombrement à mes côtés.

Pourtant à peine fûmes-nous dans la salle de concert et bien installés dans nos fauteuils qu'un petit souffle agressif s'éleva en moi :

— Enfin, dis-je à Aimée, qui êtes-vous ? Il faut tout de même que je sache.

Je ne pouvais pas lui poser de question qui lui fît plus de plaisir. Elle se tourna vers moi : je la vis s'émouvoir tout entière, je continuai :

— Oui, qui êtes-vous ? Qu'est-ce que c'est que ces manières ? Qu'est-ce que c'est que cette âme noire que vous avez là, sous votre corsage, que cette âme horrible ? dis-je en essayant de me débarrasser dans ce mot à la fois de toute ma rancune et de tout mon désir.

De nouveau je sentis que j'atteignais Aimée en un point plus sensible que je n'eusse fait par aucun éloge ni aucune flatterie. Elle fut visiblement caressée par ma question et ce fut visiblement une sorte de volupté qui s'éveilla en elle. Même ce que ma phrase comportait de douce injure contribuait à la chatouiller.

— Mais je ne sais pas moi, répondit-elle avec un rire. C'est à vous de me le dire, à vous de m'expliquer à moi-même.

Le chemin s'ouvrait enfin, le chemin redoutable aux abords duquel j'avais si longtemps tâtonné, et dans lequel maintenant je m'enfonçais tout à coup avec l'aisance du rêve.

— J'ai beaucoup réfléchi sur vous, tous ces derniers temps, repris-je. Et j'ai trouvé, je crois, ce qui vous distingue entre toutes les femmes. C'est la méchanceté, dis-je en faisant porter à ce mot un véritable fardeau d'impatience et d'adoration.

Aimée ne broncha pas ; même ce mot ne provoqua chez elle aucune objection ; il est incroyable à quel point elle était dépourvue de l'instinct d'apologie. Elle m'écoutait seulement, elle cherchait seulement à bien suivre ma pensée, à bien se voir comme je prétendais la voir. Le plaisir de se sentir si amoureusement détestée expliquait sans doute sa patience, mais aussi une espèce de désintéressement qui la faisait se regarder comme une chose à connaître, à apprendre. À la passivité de la femme sous les baisers s'ajoutait, pour l'aider à subir mon exploration, la prudence du savant qui fait le moins de mouvements possible pour laisser se former devant lui la vérité.

Sitôt que j'eus perçu en elle ce sentiment, mon exaltation se trouva renforcée, ma recherche se fit plus active, plus aigüe, je distinguai mille traits de son caractère que je n'avais pas encore vus, que je lui montrai.

L'orchestre jouait maintenant et de temps en temps ses éclats nous forçaient au silence ; mais sitôt que sa rumeur s'amoindrissait, à voix basse je reprenais ma description, cherchant à la rendre toujours plus précise, toujours plus offensante :

— Orgueilleuse, lui disais-je, vous êtes aussi une orgueilleuse. C'est ce qui vous a sauvée jadis, avouez-le. Votre premier besoin est la supériorité. Malheur à qui prétend rivaliser avec vous ! Malheur aussi à qui vient à dépendre de vous !

Mes paroles, à ce moment, excédaient de beaucoup ce que je savais, ce que j'eusse osé dire, et même penser, tout seul ; c'était une sorte de devin, dont j'entendais à peine le langage, qui les prononçait à ma place.

Mais Aimée les comprenait mieux que moi et les approuvait toujours avec un mélange extraordinaire d'obéissance et d'excitation. Évidemment je l'avais entraînée dans ce qui était pour elle une sorte de paradis. Son regard me versait la même reconnaissance qu'après ma déclaration, mais empreinte et troublée d'une émotion plus sensuelle.

Enfin elle me prit la main, la serra fortement et avec une autorité qui me trouva tout de suite soumis :

— Taisons-nous ! dit-elle.

Le concert s'acheva sans que nous eussions osé ni l'un ni l'autre reprendre la conversation. Je cherchai une voiture pour Aimée, je l'y installai avec soin, mais elle ne voulut pas me permettre d'y monter avec elle ni de la raccompagner. Elle ne semblait pourtant nullement fâchée et dans son : « Au revoir ! » je ne perçus rien qui pût me donner de l'inquiétude.

Sur le trottoir que sa voiture en fuyant laissa désert, je restai un moment absorbé dans une étrange tempête intérieure : les vagues les plus diverses me donnaient l'assaut.

D'abord la joie. J'avais retrouvé mon trésor ; comme j'en avais eu l'impression en la voyant reparaître le matin, Aimée venait bien de ressusciter pour moi, avec tous ses terribles charmes cachés. De nouveau j'avais touché son âme délicieusement viciée par le désintéressement. Je la sentais si pareille, sous ce rapport, à la mienne qu'une sorte de vertige me prenait, comme si fatalement elles allaient toutes deux se fondre ensemble.

Qui, au monde, eût montré cette patience, pendant que je l'insultais, qui lui avait été si facile ? Où était-il, au monde, l'être à ce point détaché de ses avantages, et capable, pendant qu'on les lui détruisait, de cette attention profonde, de ce recueillement obstiné ? Où était-il ? Je n'en connaissais pas d'autre que moi-même.

Et alors ma joie montait, devenait une question, un espoir, une certitude : elle m'aime, elle va m'aimer, nous nous ressemblons trop affreusement pour que son amour ne vienne pas répondre au mien. Il est impossible qu'elle ne me trouve pas bientôt comme je l'ai trouvée.

Mais ici ma joie faisait une pause ; elle ne devenait pas tout de suite le délire que j'eusse attendu. Je ne sais quoi d'informe l'affaiblissait doucement de l'intérieur ; elle dépérissait peu à peu.

Et par son étiolement j'étais informé de la présence dans mon esprit d'un doute, d'un problème. Il ne se posait pas en termes très clairs : je me disais seulement : « Il faut voir tout cela d'un peu plus près ; que s'est-il passé exactement tout à l'heure ? Il y a du bizarre dans ce qui nous est arrivé. Où étaient toutes ces choses, en moi, que je lui ai si brusquement jetées au visage ? Qui m'a donné tout à coup cette audace, cette violence ? Et pourquoi m'a-t-elle à la fois si bien écouté et si peu répondu ? Qu'était-ce que ce plaisir qu'elle recevait de moi ? Comme il était silencieux ! Et moi, quand il le faudra, saurai-je aller plus loin que l'insulte, jusqu'à la caresse, jusqu'au mensonge qu'il faut pour persuader ? »

Tout le bonheur où j'étais rentré de façon si imprévue, se trouvait donc ainsi comme suspendu à une question qu'il n'était pas en mon pouvoir, pour le moment, de résoudre. Et j'allais, dans cette nuit calme, par les rues pacifiées, emporté par l'espoir et retenu par l'analyse, en proie à un transport ambigu qui aboutissait sans cesse à de la perplexité.

VII

« Rien ne peut enlever son esprit à cette solitude. »
Sainte Thérèse

Dure perplexité et qui ne devait pas trouver de sitôt un terme. Car Aimée ne fit rien d'abord pour la dissiper. J'eus beau venir la voir tous les jours, j'eus beau me river à elle : sa conduite demeura aussi énigmatique qu'elle l'avait été dans les trois précédentes semaines.

Ce fut un mélange extraordinaire d'admission et de refus, d'audience et d'absence, d'élan vers moi et de totale distraction.

Régi maintenant par une gravitation inflexible, j'arrivais chaque jour vers cinq heures. L'escalier déjà était difficile à monter, à cause de mes jambes qu'affaiblissait l'émotion. Je posais le doigt sur la sonnette. Il y avait une glace près de la porte : je m'y voyais livide. Comment allais-je la trouver ? Que répondrait-elle à mes questions ? Dans quelle mesure serait-elle disposée à l'écho ? Qu'obtiendrais-je de cet instrument mystérieux ? Jusqu'où irait notre consonnance ?

J'entrais. Je suivais le couloir qui menait à sa chambre. Je frappais doucement à la porte. « Bonjour, vous ! » me disait-elle d'une voix si bien posée qu'il était impossible d'y reconnaître ni joie ni ennui de me voir.

Je m'asseyais : « Je vous attendais », ajoutait-elle. Ou bien : « Je pensais justement à vous. » Ou même parfois : « J'avais besoin de vous voir. »

Pourtant notre conversation prenait, suivant les jours, un essor bien différent. Il y en avait où elle ne réussissait pas à quitter le sol ; nous nous traînions de banalité en banalité, épuisant trop vite la provision de petites nouvelles que nous avions à nous annoncer, ne sachant plus ensuite quoi chercher qui fît pont entre nos esprits trop distants.

C'était à ces moments qu'Aimée laissait paraître ce qu'il y avait de court en elle. Aucune de ses pensées ne parvenait à durer ; à peine énoncées, elle les laissait mourir avec indifférence. Moi, de mon côté, j'étais trop maladroit pour les reprendre et les ranimer. Quand je la voyais ainsi lente et lointaine, je ne pensais plus qu'à souffrir et toute inspiration se retirait de moi.

J'essayais bien parfois de l'intéresser à mes affaires ; elle m'écoutait, faisait effort pour me suivre ; mais cet effort, justement, m'était si pénible à voir que j'écartais aussitôt, de moi-même, le thème que j'avais amené :

— Je ne sais pas pourquoi je vous ennuie avec mes histoires, disais-je.

Et c'était fini.

Même le pur bavardage nous était refusé. Je n'ai pas d'esprit. Elle gouvernait trop lentement ses mots quand ils n'exprimaient pas l'essentiel de ses sentiments. Nous ne trouvions pas de pente à descendre sans penser. Et comme je ne pouvais pas malgré tout m'arracher à sa présence, nous restions à nous martyriser d'ennuyeuses réflexions sur les événements, qu'il nous fallait aller puiser au plus profond de notre indifférence.

Mais il y avait d'autres jours, ceux où dès la porte je reconnaissais Aimée en proie à son démon. C'est dans leur espérance que je venais, bien qu'il fût impossible de prévoir quand ils surgiraient.

« Rayonnante » n'est pas assez fort pour exprimer l'état où je la trouvais ces jours-là ; « furieuse » l'est à peine trop, mais risque tout de même de suggérer une exubérance, des gestes dont elle n'avait même pas l'idée. Elle brûlait seulement ; ses yeux, que mon premier regard avait cherchés, cueillis, perdaient à flot leur électricité ; dès que nous nous mettions à parler, de grandes ondes de rire la dépassaient, irrésistibles ; il y avait quelque chose qui ne souffrait plus sa seule âme comme contenant.

Quelque chose que je n'avais même pas besoin de comprendre pour y répondre ; quelque chose que je sentais soudain en tout moi-même le pouvoir délicieux d'accroître, de développer et de satisfaire.

Je me mettais à rire moi aussi, à lui jeter des questions, des tendresses, des injures ; je la comparais à tout ce que je pouvais imaginer de véhément, de cruel, d'inhumain. La pensée de ce qu'il y avait d'anormal, de scandaleux dans le plaisir qu'elle attendait de moi, m'exaspérant autant qu'elle me ravissait :

— Quel monstre vous faites ! lui criais-je.

Toute la révérence qui d'habitude m'encombrait était remplacée par cette colère lucide qui m'avait envahi le jour du concert.

Peu à peu, profitant de la distraction où la plongeait le bizarre encens que je faisais monter vers elle, je me frayais un chemin jusqu'à son âme, et tout à coup :

— Qu'avez-vous dit ? l'interrompais-je.

Nous nous arrêtions, je recueillais le mot qui venait de lui échapper, je le lui apportais délicatement comme un nid d'où peu à peu je faisais s'envoler vingt traits de son caractère qui s'y tenaient tapis.

Sérieuse maintenant, appliquée comme une écolière, elle m'aidait ; elle rectifiait ce que mes inductions avaient de téméraire, elle confirmait le reste, m'approvisionnant d'exemples au moment où j'étais sur le point d'en manquer, allant chercher des détails de sa vie que j'ignorais et qui me donnaient raison.

Un moment nous nous acheminions ainsi sans trop de bonds, unis par un sentiment presque abstrait, penchés sur nous-mêmes dans un même esprit de froide observation.

Il y avait cette lumière qui avait paru devant nous, qu'il fallait suivre, sans en laisser rien perdre, et porter soigneusement chacun à notre tour, jusqu'à ce qu'elle s'éteignît d'elle-même entre nos mains.

Mais peu à peu nos découvertes mêmes nous rendaient notre transport ; notre dialogue reprenait sa vitesse de vertige ; il se mettait à zigzaguer comme l'éclair, sans que nous eussions seulement le temps d'apercevoir ce qui y passait et de nouveau des flèches adorables, des flèches trempées du plus exquis venin de l'intelligence s'échangeaient entre nous comme en rêve.

Qu'Aimée goûtât avec moi, dans ces instants, un plaisir violent et d'ordre presque amoureux, c'est ce dont il me suffisait d'un regard jeté sur elle pour ne plus pouvoir douter.

Je ne restai d'ailleurs pas longtemps seul à le remarquer. Un jour, Georges arriva au milieu d'une de nos orgies ; le visage d'Aimée tout de suite le frappa ; il se mit à le considérer attentivement, puis se tournant vers moi, il me dit avec sa perfide innocence :

— Regardez comme elle est laide aujourd'hui ! Mais qu'a-t-elle donc ? Elle a l'air d'une fille.

Éperonné par ce que ces mots contenaient de jalousie inavouée, l'espoir, ce soir-là, fit en moi un nouveau bond : Elle m'aime, pensai-je ; ce trouble, dont Georges s'est aperçu, ne peut pas avoir d'autre sens ; tout cela ne peut se terminer que par des baisers. Je croyais les sentir dans l'air qui nous enveloppait, ces baisers, comme l'électricité d'un orage.

Pourtant quelque chose dans l'attitude d'Aimée, que je n'arrivais pas à me définir, continuait à me dérouter. Même dans nos jours de communion, même aux instants où nous sentions nos âmes tournées l'une vers l'autre dans une de ces terribles crises de ressemblance, même quand elles s'imitaient l'une l'autre au point de ne plus rien refléter du monde entier qu'elles-mêmes, Aimée gardait pour moi quelque chose de désespérément solitaire et inaccessible.

Je ne sais comment expliquer cette impression. Prompte, certes, adroite, et soumise même, elle l'était autant que je pouvais le désirer. Par mille mots, si vifs, si utiles, si rapides que je ne puis songer à les reproduire, elle me montrait le chemin de son cœur, elle m'amenait au centre de son plaisir.

Son instinct des phrases qui nous en rapprochaient était même si subtil qu'il me plongeait à chaque fois dans l'admiration ; elle suivait, comme l'indien, une trace pour tout autre invisible et ses gestes avaient la même grâce farouche, la même économie.

Mais une fois le contact trouvé, dès que j'avais commencé à la questionner, dès qu'elle me voyait sur le bon chemin, elle ne bougeait plus, je veux dire qu'elle se bornait à me répondre, à favoriser mon inquisition, sans jamais rien m'offrir en échange, sans jamais esquisser le moindre mouvement vers moi.

Tout en elle était attente ; rien n'y était offrande, ni même abandon. Je sentais cela à la façon déjà dont elle s'installait sur son divan pour m'écouter ; elle y mettait un soin exalté et minutieux ; elle tapotait les coussins, choisissait le plus moelleux pour le glisser sous sa nuque, voulant n'être plus distraite par aucune gêne physique de ce que j'allais lui dire.

Un jour, exaspéré par tant de préparatifs :

— Je sens, lui criai-je, que je vais être brutal.

— C'est ça, répondit-elle tranquillement, dites-moi des choses horribles.

Et elle se mit à les espérer dans le plus extravagant silence. Son visage était noyé dans l'ombre rose que versait l'abat-jour dont elle avait coiffé profondément la lampe, mais du coin où elle était réfugiée je voyais ses yeux venir vers moi, avides et paisibles, chargés de curiosité, de tendresse et d'égoïsme. J'aurais dû lui poser un marché peut-être, lui demander un gage positif de ses sentiments pour moi avant de lui rien procurer de ces délices dont je détenais la clef. Mais bien que l'ambition de mon amour se fût accrue considérablement depuis quelque temps, je restais incapable de tout calcul, et même de toute exigence intéressée.

Je ne pouvais faire que ce que je sentais qu'elle attendait de moi. Son désir déterminait et limitait exactement le champ de mes entreprises ; le mien avait beau s'enflammer, s'irriter, gagner tout mon corps : il ne sortait pas de cette invisible prison où le seul regard d'Aimée, qui l'avait fait naître, l'enfermait aussi.

Je fis donc pleuvoir une fois de plus sur elle mes questions et une fois de plus je la vis frémir vainement de volupté sous mes yeux.

Elle m'avait bien prévenu. C'était vrai qu'elle était sur son plaisir affreusement repliée ; ses pensées perdaient par rapport à lui toute indépendance, tout éloignement ; elles ne volaient plus, et même pas vers moi qui le lui donnais ; comme mille abeilles sur une même fleur, elles restaient toutes là, abattues et ravies, à sucer ce miel.

— Qu'y a-t-il ? À quoi pensez-vous ? Où êtes-vous ? lui dis-je tout à coup.

Je m'approchai, je lui pris la main, je la secouai presque brutalement, comme pour la réveiller d'un songe.

— Mais je vous écoute, répondit-elle sans le moindre trouble et sans paraître comprendre ce qui pouvait m'en donner.

— Par pitié, un mot, livrez-moi un mot qui ne soit pas sur vous, seulement, sur votre être, mais sur vos sentiments plutôt, un mot qui me guide, qui me renseigne.

— Mais que voulez-vous que je vous dise ? reprit-elle avec un sincère étonnement, et tout engourdie encore d'ivresse.

Pourtant, comme elle me voyait en colère, repensant à moi, elle m'aima de nouveau, je sentis son affection m'envelopper silencieusement comme un grand manteau qu'on m'eût jeté sur les épaules.

Il eût fallu profiter du courage que me rendit cette sensation. Et j'en profitai en effet, mais de la manière absurde dont j'avais le secret : je me plaignis.

— Aimée, m'écriai-je, je ne peux plus y tenir, j'étouffe, je meurs. Venez à mon secours ! Vous êtes là devant moi, je pourrais vous toucher (mes mains firent un geste, mais que la crainte aussitôt amputa) ; deux pas à peine nous séparent ; vous me permettez un accès invraisemblable dans vos sentiments. Et pourtant que sais-je de vous ? Vous m'êtes aussi étrangère que si vous viviez dans un autre monde. Je pensais ces jours-ci – ah ! pardonnez-moi, ce n'est qu'une phrase et je souffre tant ! – je pensais : Ses yeux sont un gouffre où passe tout ce que j'ai. Oui, tout ce que j'ai d'esprit, d'imagination, de désir, je vous le donne, je le verse en vous. Et que me livrez-vous en échange ? C'est effrayant d'y songer : je n'ai rien, je ne sais rien, pas même où mes pauvres paroles vont se loger en vous, une fois que vous me les avez prises ! Vous m'entendez pourtant, dites ? Vous pourriez me répondre tout au moins, me faire un signe. Oh ! même si ce devait être pour m'écarter de vous.

« Vous comprenez bien qu'on ne peut pas vivre comme ça ! Le poids dont vous m'opprimez dépasse les forces humaines. Je ne peux plus travailler, je ne suis plus bon à rien. Je vous traîne partout avec moi, je vous repasse comme une leçon incompréhensible. Toute la journée je me sens des petits marteaux dans la tête : « Que pense-t-elle de moi ? Qu'attend-elle de moi ? Qu'y a-t-il pour moi dans son cœur ? » Et pas de réponse, jamais. Ou plutôt une seule, mais à laquelle je ne puis me résigner.

« Vous m'avez enseigné des plaisirs auprès desquels tout m'est devenu fade et dégoûtant. Mais quoi ? Est-il possible de les prendre plus longtemps sans savoir dans quel esprit vous me les permettez ? Non, non, c'en est trop. J'aime mieux m'en priver d'un seul coup, et me priver de vous à la fois. Je m'en irai, je m'en irai, vous ne me verrez plus. »

J'attendis un moment dans une horrible crainte. Aimée ne bronchait pas ; elle gardait les yeux baissés. Il eût fallu continuer à me taire pour la forcer à parler. Mais j'eus peur tout à coup de ce que j'allais peut-être entendre, honte aussi de la violence que je croyais faire subir à mon amie et je me jetai de nouveau dans le gouffre que creusait notre silence, avec des mots désespérés :

— Voyez, lui dis-je ; voyez ce que vous avez fait de moi. Je sais qu'il faut que je m'en aille. Et pourtant ce petit espace où je me tiens (nous étions debout l'un en face de l'autre), voyez, je ne peux pas m'en arracher. C'est comme une planche en pleine mer ; de tous côtés l'abîme ! Votre silence me chasse ; je le comprends bien, ne croyez pas que je sois assez fou pour ne pas le comprendre. Je suis chassé. Pourtant mes pieds ne bougent pas. Mon malheur même m'enchaîne à la place où je suis. Votre présence, votre forme devant moi, n'ayez pas d'illusions, en ce moment elles ne font que me désoler, que me combler d'amertume. Pourtant je reste, je vous considère, j'attends jusqu'au moment où il sera vraiment indécent, déshonorant de demeurer.

« Et puis ça va être tellement plus affreux encore tout à l'heure sans vous !

« Écoutez, non, je ne peux pas m'en aller pour toujours. Je tâcherai seulement de venir un peu moins souvent. Vous m'aiderez. Je vous demande encore un peu de patience. Je finirai bien par me détacher de vous. Avec votre secours, j'y parviendrai, je le sens, je vous le promets. »

Tout, dans cet assaut, était misérable et sans force ; tous mes défauts ou, si l'on préfère, – mais c'était bien plus grave encore, – toutes mes vertus avaient collaboré pour le rendre inefficace. D'abord ma manie de subordonner toute action à un savoir préalable. Par toutes mes lamentations j'avais seulement cherché à apprendre quels sentiments Aimée éprouvait pour moi ; je les prenais, ces sentiments, comme quelque chose de tout fait d'avance, que je pouvais seulement espérer de connaître ; ils m'apparaissaient comme une formule à déchiffrer ; je ne pensais pas un instant pouvoir exercer sur eux la moindre influence. Je voulais pénétrer dans le cœur d'Aimée ; mais pour m'en informer seulement, non pas, comme il eût fallu, pour l'incliner en ma faveur.

Je ne comprenais pas que les vrais amants, j'entends ceux qui réussissent, ne s'interrogent jamais sur la tendresse qu'ils peuvent inspirer, mais s'occupent uniquement de la faire naître. Moins ils en devinent de spontanée dans le cœur qu'ils assiègent, et plus ils se sentent à leur affaire. C'est leur tâche de l'éveiller ; les idées qui leur viennent sont toutes dirigées vers la préparation de ce miracle ; toute leur énergie s'emploie à en produire les conditions. Ils n'ont besoin, sur l'objet aimé, que de renseignements sommaires ; pour l'enflammer, c'est sur des règles générales qu'ils s'appuient ; moins ils prennent garde à ses particularités, plus ils ont de chance d'y porter l'incendie. Car une femme, pour s'éprendre, a besoin de se sentir ignorée, violentée dans son âme. C'est le train où l'on sait la prendre, la négligence où l'on ose laisser ses revendications et parfois sa nature même, qui la convainquent en définitive d'aimer.

Mon désir d'Aimée n'était pas assez dominateur ; il participait trop de l'intelligence ; j'étais devant elle comme un astronome devant une planète ; j'observais ses positions, je voulais avant tout calculer exactement sa courbe. J'attendais qu'entre toutes les images que je recueillais d'elle se déclarât une compatibilité définitive. Elle se montrait à moi tantôt lointaine et affaiblie, tantôt brûlante comme un soleil et je remettais de rien entreprendre jusqu'au moment où j'aurais trouvé le lien de ses apparitions.

Sans doute la sortie que je venais de lui faire n'était-elle pas exempte de tout effort offensif ni de toute ruse ; j'avais bien escompté l'émouvoir par le trouble que je lui avais montré. Et l'étalage de mon désespoir était bien une sorte de piège aussi, qu'un vague instinct m'avait fait combiner ; car il me semblait qu'elle ne pourrait pas admettre tant de malheur par sa faute et serait obligée de m'offrir cet amour sans lequel elle voyait bien que je ne pouvais plus vivre.

Mais si piège il y avait, il était risiblement maladroit ; car en mettant tout au mieux, que pouvait-il m'aider à lui extorquer de plus que de la pitié ? Ne commençais-je pas par m'avouer vaincu ? Mes cris, ma désolation, ma révolte même, pris à la lettre, comme je lui laissais seulement le droit de les prendre, signifiaient-ils autre chose sinon que j'abandonnais en esprit toutes mes chances de la conquérir jamais ? Oh ! mon détestable scepticisme ! Oh ! l'impossibilité de m'imaginer triomphant ! Je lui disais par tous mes mots : vous ne pouvez pas m'aimer, je ne suis pas de ceux qu'on aime. Le malheur est déjà là pour moi, quoi que vous ayez envie de faire.

C'était en supposant l'échec de toutes mes ambitions sur elle que j'essayais de l'intéresser à moi. Pour l'attirer, la séduire, l'obliger à s'occuper de moi, je ne trouvais rien de mieux que d'anticiper son refus de me rendre heureux. Au lieu de la pousser doucement vers la seule issue de l'amour, j'implorais déjà ses consolations pour la misère où elle me plongerait en ne la choisissant pas. Je lui désignais ainsi moi-même le chemin par où me décevoir.

C'est le plus grand vice de ma nature qui se montrait à l'œuvre ici. Je n'ai jamais pu venir en aide à mon bonheur avec l'imagination, jamais je n'ai su créer cette atmosphère propice qu'est une vive représentation de l'événement souhaité ; jamais je n'ai pu me voir à l'avance au comble de mes vœux ; la privation de ce que je désirais le plus fortement m'est toujours apparue comme l'hypothèse la plus probable à envisager, la plus spécieuse, et comme l'état, aussi, le seul décent auquel je pusse aspirer, – et le seul propre à me valoir la sympathie.

Qui sait ? Peut-être, au moment que nous avions atteint ensemble, peut-être Aimée m'eût-elle suivi, malgré que je l'y eusse si mal préparée, dans une interprétation résolument optimiste de nos affinités. Peut-être si, la voyant toute inerte et ravie par mes soins, je lui eusse crié : « Et maintenant, je vous tiens, vous êtes à moi, » peut-être, me jetant à genoux, l'entourant de mes bras, peut-être me fussé-je enfin emparé d'elle, peut-être eussé-je conquis ma proie, peut-être l'eussé-je possédée brute, muette, pesante comme la mort et la nuit, pleine de râle et de silence.

Mais je lui avais laissé bien trop de distance et de liberté. Elle m'avait écouté jusqu'au bout, la tête baissée. (Et c'est peut-être aussi ce qui avait si longtemps entretenu mon demi-courage.) Je la sentais pourtant, sous l'abri de cette attitude tranquille, entêtée, uniforme. Et lorsque j'eus fini, en effet, elle releva vers moi un regard intrépide. Il me montra tout de suite que je ne l'avais pas entamée. Touchée certes, et reconnaissante, elle l'était et ne songeait pas à me le dissimuler, mais à ces dispositions rien n'était venu s'ajouter dans son cœur de plus tendre, ni surtout de plus désirant.

Ses yeux brillaient ; j'osai y plonger les miens, pour y chercher la trace de mes paroles ; mais ils l'avaient bue déjà comme un sable ardent et rien que d'informe ne s'y laissait plus surprendre. Je restai pourtant un moment penché vers ce qui s'était enfui de moi et que je ne retrouverais plus jamais ; j'étais plein de fatigue et de nostalgie.

Aimée ne fit pas le moindre geste pour me congédier. Ce fut moi qui me retirai enfin lentement. Elle me raccompagna, contrairement à son habitude, jusqu'au perron de la villa. Elle ne disait rien ; je la sentais auprès de moi fidèle et étrangère, tout occupée de bonnes pensées à mon endroit, mais qui étaient une dérision à mon amour.

Ayant descendu les quelques marches du perron, je me retournai, la main sur la rampe :

— Au revoir, affreuse ! lui dis-je à mi-voix, avec une immensité de douceur et de désespoir.

Un air de reproche et de protestation s'ébaucha sur son visage, mais tout à coup elle préféra simplement sourire. Et ce fut nanti de cette nouvelle énigme que je m'en allai.

À peine fus-je dehors que le doute à nouveau attaqua mon esprit : ces quelques pas silencieux et dociles qu'Aimée venait de faire à mes côtés, étaient-ils tout à fait fortuits ? N'y avait-elle pas été entraînée par un charme qu'elle avait goûté près de moi et qu'il lui avait fallu suivre au moment où il s'était éloigné ? N'y entrait-il pas un peu d'enchantement ? Je recommençai à m'interroger, à me torturer, à me repentir de ma maladresse.

Mais ce fut bien autre chose quand le lendemain matin le courrier m'apporta une lettre d'Aimée : sans faire aucune allusion à notre dernier entretien, elle me demandait comme un service de l'accompagner dans une tournée qu'elle avait l'intention de faire aux environs de Fontainebleau pour y chercher une villa ou un hôtel, où commencer enfin sa fameuse cure de repos, depuis si longtemps ajournée.

L'aventure devenait nettement extraordinaire : que signifiait ce besoin de ma compagnie au moment même où je venais de lui découvrir les dessous de ma tendresse ? Rabattu comme une flamme sous le vent, tourné en plainte, mon désir l'avait frôlée pourtant ; si elle ne l'avait pas senti, elle avait dû le comprendre ; l'avait-il donc vraiment tentée, qu'elle s'y exposait délibérément à nouveau, et si vite ?

J'allais tout savoir, cette fois. L'expérience se présentait sous un angle exceptionnellement favorable ; elle devait me permettre de forcer la vérité dans son repaire. Aimée ne pouvait pas échapper, cette fois, au système de questions que je me mis à combiner.

Je lui demanderais d'abord quelles avaient été ses pensées pendant ma sortie de la veille et si elle trouvait que j'avais passé les bornes de ce qui était admissible entre nous ; je la supplierais de m'expliquer sa patience, son silence, et ce sourire enfin qu'elle avait seul opposé à mon injure. Puis je les lui reprocherais, je tâcherais d'être dur à nouveau, de l'humilier, de la replonger, comme un sujet qu'on hypnotise, dans le même état de prostration voluptueuse où je l'avais vue et dont je saurais bien cette fois observer et conquérir définitivement le sens.

Tant ils me semblaient machiavéliques, ces projets me mettaient dans un véritable enthousiasme. Des phrases se pressaient dans mon esprit, toutes faites, toutes prêtes, comme des instruments que je n'aurais, le moment venu, qu'à insérer au bon endroit. Celles qui me semblaient devoir être le plus opérantes, je poussais l'enfantillage jusqu'à les noter sur un bout de papier.

Le lendemain matin, de bonne heure, j'étais à la gare de Lyon où Aimée m'avait donné rendez-vous. Quand je la vis venir à ma rencontre, j'eus quelque peine à la reconnaître. Toute sa personne était empreinte d'une élégance furieuse ; elle arrivait toute retournée au dedans, toute extasiée, toute triomphante, en proie à une distraction abominable. Je n'étais rien sur sa route ; elle passait seulement. Je crois que si elle ne m'avait pas elle-même convoqué à cet endroit, elle ne m'aurait même pas vu.

Ce fut en tremblant que je l'aidai à monter en wagon. Toutes mes idées étaient à la dérive. Il me fallait faire face à une situation entièrement nouvelle. Car cette femme que j'avais devant moi, dont mes yeux abordaient le visage avec timidité, je ne l'avais jamais rencontrée encore.

Ce n'était pas cette Aimée des jours de lassitude, en qui le niveau de la vie semblait seulement abaissé et dont je ne savais rien faire. Au contraire elle semblait au comble de l'entrain. Et pourtant ce n'était pas non plus l'Aimée tout accordée et vibrante, qui m'attendait parfois dans sa chambre comme au fond d'un secret étui, prête à résonner du premier coup sous l'archet de mon esprit.

Non, – je la considérais maintenant, malgré la crainte, de tout près, – bien certainement l'Aimée d'aujourd'hui était un être que je ne connaissais pas. Je le trouvais beau, lui aussi ; bien que je me sentisse presque violemment rejeté par lui, je m'attachais à ses traits avec une ardente admiration ; je n'épuisais pas l'étonnement qu'ils me donnaient.

Oubliant tout ce que j'avais préparé, j'étais suspendu à ses lèvres d'où je sentais qu'allaient tomber les paroles les plus imprévues, les plus éloignées qui se pussent imaginer, de mon attente et de mes besoins.

Et en effet, avec une animation, dont je vis bien que le foyer était ailleurs qu'en moi, Aimée se mit à parler : Elle me raconta une promenade au Bois que Georges lui avait fait faire la veille ; elle me décrivit la douceur des feuillages naissants, le tendre azur du ciel et combien il avait été délicieux d'attendre la tombée de la nuit au Pré-Catelan. Puis :

— Parce qu'on ne nous voit presque jamais ensemble, Georges et moi, dit-elle, je sais qu'il y a des gens qui s'imaginent toutes sortes de choses à notre sujet. Mais si vous saviez combien Georges est gentil au contraire avec moi ! S'il n'avait pas cet absurde respect humain qui lui fait toujours craindre de laisser voir qu'il est marié, il serait exquis ! Hier, en particulier, je ne sais pas ce qu'il n'aurait pas inventé pour me faire plaisir.

Et elle se mit à me raconter, en leur donnant, avec une habileté souveraine, le plus d'expression possible, toutes les attentions qu'il avait eues pour elle.

Il y avait longtemps, déjà, que dans nos enquêtes sur son âme, nous avions abordé le sujet, pourtant si délicat, de ses relations avec Georges. Elle m'avait laissé, avec une loyauté et une impudeur parfaites, lui analyser toutes les raisons qui la rendaient pour Georges si difficile et si opprimante parfois ; elle les avait reconnues justes et s'était enchantée de les apercevoir, comme de toutes les autres découvertes que je l'aidais à faire sur elle-même.

Pourquoi maintenant venait-elle m'affronter avec cette description d'une tendresse dont elle avait elle-même sapé la vraisemblance ?

Un effort de mon bonheur, en moi, tâcha quelque temps de me faire croire que c'était seulement pour me rendre jaloux et pour exaspérer mon amour.

Mais je la connaissais trop bien pour m'arrêter à cette explication : pas plus que moi, elle n'était capable d'une telle ruse. La stricte atmosphère de vérité où nous nous étions habitués à vivre l'eût empêchée même d'y penser. Nous pouvions bien étouffer ensemble, mais non pas nous mentir, non pas nous peindre l'un à l'autre de faux paysages.

Non, si elle parlait ainsi, ce ne pouvait être que poussée et inspirée par la réalité des faits. Georges avait bien été la veille, et d'autres fois encore, et cette dernière nuit sans doute – cette même nuit que j'avais passée dans l'attente et dans l'exaltation – le tendre amant qu'elle me décrivait.

À la naissance de toutes les paroles qu'elle me versait, je devinais une expérience toute récente, qui l'alimentait d'enthousiasme. Je la voyais inscrite jusque dans sa chair, en marques enflammées, cette expérience, et ma douleur était sans bornes.

Il n'y a pas de mots pour la jalousie. Et pourtant ses espèces sont infinies. Je devine celle qui vous met debout, avec le besoin de tuer ; la mienne eut tout de suite quelque chose de secret et de corrosif, comme tous mes sentiments ; elle descendit en moi comme un poison, flétrissant tous les tissus sur son passage, m'emplissant de mort et de stérilité. Partout où il y avait eu de l'attente et de l'intention en moi, elle me laissa affreusement cautérisé. Je me retrouvai au bout d'un instant nettoyé de tout dessein, de tout espoir.

Que n'aurais-je pas donné, à cet instant, pour pouvoir soupçonner Aimée de coquetterie ! La faculté de me mentir, le désir de m'aguicher eussent été, pour moi, la chose la plus délicieuse, la plus enivrante à supposer en elle. Comme un homme qui se noie, je fis encore quelques efforts vertigineux pour m'accrocher à l'épave, de cette hypothèse.

En vain ! Je voyais, je savais Aimée trop droite, et d'une certaine façon trop candide. Ce qu'elle avait eu pour moi de mystère ne venait que de ses silences, jamais d'aucune invention que je l'eusse surprise à combiner. Encore une fois elle disait vrai, j'en étais sûr. Le fait était là, – brutalement matériel, évident, criant, déchirant – de Georges la pressant dans ses bras, écrasant ses lèvres, lui enseignant le plus doux des délires.

Il me faisait si mal à contempler que j'avais détourné les yeux vers la campagne qui filait maintenant, vaste et placide, au ras de la portière. J'y cherchais une distraction, tout au moins un agrandissement de mon cœur contraint. Et le chétif instinct de vivre travaillait en effet à me rendre un peu d'espace, pour me permettre de souffrir encore.

Aimée s'était tue aussi. Il y eut une station au milieu des arbres, et pendant un instant pas d'autre bruit que le vent calme qui traversait les feuilles, et que des pas, le long du train, sur le gravier.

Je me remis un peu et ramenai mon regard vers Aimée avec l'effort d'un sourire. Son exaltation semblait s'être calmée ; je la sentis moins lointaine, moins impossible à rejoindre.

Aussitôt se produisit en moi ce mouvement timide qui me faisait exploiter chaque possibilité de contact avec elle, alors même que je savais n'y devoir trouver que souffrance. Je me rappelai ma résolution du matin ; j'en rassemblai tant bien que mal les débris ; passant outre à l'amour-propre, oubliant tout ce que la dignité peut-être m'eût commandé de ressentir encore, sans prudence et sans guérison, tâtonnant et malade, traînant encore tout mon désordre, une fois de plus je me rapprochai d'elle :

— Parce que je ne vous dis rien, fis-je, ne croyez pas que je sois distrait de vous.

Elle me sourit :

— Je ne suis pourtant pas bien intéressante.

Était-ce du remords ? Elle avait en effet longtemps réfléchi en silence. Mais peut-être aussi, maintenant qu'elle s'était débarrassée de son bonheur, voulait-elle seulement me remettre sur la voie de nos exercices et me rappeler à mes fonctions d'inquisiteur.

Elle dut être déçue, en ce cas, car je ne sus pas les reprendre, ni même n'en éprouvai vraiment l'envie. À mon élan se mêlait quelque chose de brisé qui lui retirait par avance toute efficace. Je suivais Aimée, je suivais sa cruelle image : c'était tout ce que je pouvais faire. La volonté qui me précipitait vers elle le matin s'était changée en une molle vague, tout juste capable de lécher son objet.

D'ailleurs les incidents de notre voyage n'étaient pas faits pour me rendre l'allégresse et la décision. Nous étions descendus à Moret. Une barque nous avait conduits à une petite hôtellerie, sur les bords du Loing, où Aimée avait cru d'emblée reconnaître l'endroit dont elle rêvait pour ses vacances.

Nous déjeunâmes près de la rivière.

Mais le jardin de trembles et de saules-pleureurs où l'on avait installé notre table était humide ; l'eau clapotait tout près contre la barque moisie ; sur l'autre rive la vue était bornée par un mur d'usine. À travers les arbres, au-dessus de nous, nous vîmes le ciel se couvrir : la pluie menaçait. Aimée frissonna. La tristesse tomba sur nous.

Pour la secouer nous prîmes une voiture et décidâmes d'explorer les villages environnants.

Mais partout nous retombions sur les mêmes villas meublées, sur les mêmes hôtels à galeries, dont le patron nous montrait les chambres douteuses en nous faisant admirer la vue sur des jardins pleins de boules de cuivre, de distributeurs automatiques et d'escarpolettes. Tout cela avait une affreuse odeur de banlieue, celle même qu'il eût été naturel d'attendre, si nous y eussions réfléchi, de cette fausse campagne pour artistes où nous nous étions égarés.

Et pourtant, à la longue, notre déception même finit par reformer entre nous de fragiles liens. D'abord, pour un si triste exil que ce fût, j'avais réussi à séparer Aimée de son milieu, de son cadre. Paris était déjà bien loin derrière nous, et toutes les habitudes qu'elle y avait, qui lui faisaient en temps ordinaire une véritable garde du corps. Plus nous étions dépaysés, plus nous étions ensemble. Il me semblait sentir se tisser entre nous une intimité plus humble, plus basse, plus silencieuse, mais plus profonde aussi que celle que nous avions connue jusqu'ici.

Nous avions beau ne plus trouver à nous dire que des phrases misérables ; nous étions bien obligés de mettre notre malaise en commun, de partager ce pain de notre naufrage.

À Marlotte, je m'étais avancé en reconnaissance vers une villa à louer. Comme elle me paraissait mériter une visite, je me retournai vers Aimée et lui fis signe de me rejoindre. Je la regardai s'approcher ; chacun de ses pas arrachait à mon cœur une bénédiction ; j'éprouvais jusqu'au tourment le besoin d'en baiser la trace.

Quand elle fut près de moi, je vis qu'un lacet de ses bottines était défait ; je me mis à genoux pour le rattacher. Et là tout à coup, prosterné devant elle, la sensation du mal qu'elle me faisait m'inonda de reconnaissance. Je levai les yeux vers elle, je lui pris les mains avec humiliation et délire, je les appuyai contre mon front, contre mes joues pour me calmer, pour me ravir. Elle souriait au-dessus de moi, sans complicité, mais sans reproche non plus, ni rejet de mon amour ; et comme un mendiant aux pieds d'une déesse, je savourais ce fugitif présent.

Au restaurant où nous prîmes le thé sous une triste tonnelle, Aimée sembla même un moment vouloir se rapprocher de moi davantage. Elle était allongée dans un fauteuil de jardin. Elle ne me regardait pas, elle ne bougeait pas, elle ne parlait pas ; mais je sentis que de toutes ses forces elle composait à mon usage une sorte de disponibilité de sa personne. Je ne sais comment exprimer cette impression qu'elle me donna. Elle était là, tout appliquée à se laisser faire, pleine de méditation et d'offrande, n'ayant pas perdu un atome de sa solitude, mais la déposant un instant en ma faveur, m'en faisant tacitement la remise.

Hélas ! par l'attention même qu'elle y mettait, elle restait désespérément protégée ! Tout au moins contre quelqu'un de si peu agressif que moi. Cette longue proie, je la parcourais des yeux, comment y mordre ? Si seulement l'impatience lui eût arraché une plainte ! Mais elle restait entière, inflexible, commandante encore du fond de son abandonnement ! Tout ce qu'elle pouvait faire c'était de fermer les yeux. Je la revois encore comme une haute barque maladroitement échouée au rivage de ma misère ! Ah ! par quels mots eût-il fallu commencer ? Quels baisers sur elle n'eussent pas été violence ?

Je la pris enfin par la main ; nous remontâmes en voiture pour rejoindre la gare de Bourron. Nous descendions, maintenant, dans la vallée, qui s'ouvrait largement à notre rencontre ; l'air humide faisait les lointains foncés ; de grands nuages soucieux voyageaient au-dessus de nous ; quelques gouttes de pluie tombèrent du haut ciel sombre. Aimée n'avait que des vêtements légers ; je la couvris de mon pardessus. Sous ce déguisement, qui confisqua son élégance, elle m'apparut tout à coup moins inaccessible : ce fut comme si j'avais jeté sur elle un filet ; je l'emmenais dégradée et captive à ma suite.

Elle me regarda à la dérobée avec gêne, sentant que je la trouvais moins belle, et s'en inquiétant.

Mais moi, au contraire, je m'enivrais de l'avoir ainsi réduite en pauvreté. Une tristesse ravissante me serrait le cœur. Enfin je pouvais avoir pitié d'elle ! Enfin je l'avais entraînée dans le bas royaume où j'étais aux fers ! Je pourrais la prendre de plain-pied, sans assaut.

Mais comme toujours je m'attardai dans cet émerveillement ; toujours les sentiments viennent se mettre sur mon chemin pour me le faire perdre. Je jubilais douloureusement ; j'avais envie de remercier Aimée de cela déjà, qu'elle n'était plus si abrupte ni si parfaite.

— C'est bon de vous avoir là, ainsi, répétais-je avec transport en lui serrant la main.

Je goûtais notre abîme au lieu de l'y attirer plus profondément. Cela devenait de la fraternité ; mon cœur ne prenait pas la dureté qu'il eût fallu ; j'oubliais que l'amour c'est la guerre et qu'on n'y a pas le temps d'avoir des émotions.

Quand la voiture nous eut laissés, lorsque nous nous retrouvâmes sur le quai de la gare, j'étais tout étourdi et chancelant. Je n'entendais plus bien ce que je disais et d'une voix toute défaite : « Viens ! » fis-je en entraînant doucement Aimée par le bras vers le train qui arrivait.

Oh ! cette pauvre audace de la tutoyer, qui venait si tard, quelle pitié c'était ! Cachée là où personne ne pouvait l'attendre, née d'un remous de ma timidité, sans pouvoir, sans force, suppliante et comme à moitié soufflée par le vent et le fracas du train qui s'arrêtait maintenant devant nous, comme elle me ressemblait bien !

Elle n'appelait aucune réponse. Aussi n'eut-elle aucune suite que d'impatienter Aimée. Dans le wagon – elle me faisait face – je vis se former en elle et peu à peu grandir un dépit violent contre moi. Trop d'histoires ! pensait-elle visiblement, et que si c'était seulement pour la promener ainsi à travers mes odieuses hésitations, j'eusse mieux fait de la laisser tranquille. Tous ces va-et-vient intérieurs auxquels nous avions perdu notre journée, lui devenaient brusquement insupportables. Elle ne savait sans doute pas très bien elle-même ce qu'elle avait attendu de moi ; sans doute à la moindre attaque de ma part, se fût-elle contractée, défendue. Mais elle m'en voulait tout de même de ne l'avoir menacée que si lâchement ; elle ne me pardonnait pas de lui avoir fait croire à un danger qu'elle n'avait pas couru ; car il lui fallait bien comprendre enfin que je ne savais être ennemi que de moi-même et que ma cruauté était sans but, sans direction, sans pointe.

Présente, je la sentis me fuir, se dégager de cette fraternité où je m'étais cru impliqué pour toujours avec elle. Le compartiment, où d'abord nous étions seuls, se remplit de monde peu à peu. Pour préserver quelque temps encore notre complicité contre les forces qui la menaçaient de partout, j'avais placé l'ombrelle d'Aimée à côté de nous, sur l'appui des deux banquettes et derrière cette barrière fragile qui nous séparait des autres voyageurs, je prétendais me trouver encore seul avec elle. Mais cette solitude ne me servait déjà plus à rien, qu'à la perdre. Je voyais son visage déjà tout étranger ; il y avait des moments, lorsqu'elle fermait les yeux, où il se fanait brusquement, apparaissant à la fois plombé et rougi ; alors j'avais envie de me pencher sur lui ; mais il reprenait aussitôt une espèce d'ardeur et comme un reflet de colère qui m'interdisaient de bouger.

Nous ne dîmes plus un mot jusqu'à Paris. Mais dans la cour de la gare, lorsque j'eus été lui chercher une voiture, l'horreur de cette journée manquée m'étreignit brusquement et je reconnus l'impossibilité radicale de quitter ainsi Aimée en plein désastre ; malgré ses protestations, je montai avec elle en voiture.

Alors se produisit un coup de théâtre. Toutes les manœuvres et tous les errements de l'orage qui avait pesé sur l'horizon de notre après-midi, se résolurent en un grand éclair :

— Aimée, lui criai-je, je vous hais, je vous hais de toutes mes forces. Vous êtes un monstre. Il faut que je vous dénonce. Cela ne peut pas durer comme ça. On ne peut tout de même pas vous laisser ainsi indéfiniment en liberté.

Mon âme pliait sous un faix d'injures à lui dire. Je me jetai dans des reproches incohérents, l'accusant de tout, lui promettant mille punitions, l'environnant en paroles de tous les supplices imaginables.

Je lui saisis le bras, je le secouai violemment :

— Pour bien faire, dis-je, en riant de tous mes nerfs, il faudrait que je vous tue, ou quelque chose dans ce genre.

Et c'était vrai, à la lettre, qu'à cet instant, l'idée de trois couteaux plantés en bouquet dans son cœur m'était d'une délivrance indescriptible. Sa destruction avait tout à coup plus de charme que tous ses charmes.

Je savais parfaitement combien j'avais été faible et sot toute la journée, et je le lui disais. Mais pour une fois, ses torts m'apparaissaient encore plus grands que les miens. Et son existence surtout prenait un caractère inexpiable.

C'était contre son existence que toutes mes forces d'un seul élan se tournaient ; c'était son existence que mes mots et mes cris tâchaient de recouvrir.

Je la sentais contre moi, chair et âme, plus épouvantable que cet enfer d'où elle était montée un jour pour prendre un soin si touchant de ma damnation. Il me fallait l'y replonger ; il me fallait amasser beaucoup de néant sur cette tête trop aimée.

La dure cage où elle enfermait ses pensées, je n'avais même plus envie de l'ouvrir. Elle l'emporterait avec elle ; je me moquais désormais de rien savoir. Il fallait seulement qu'elle n'existât plus, qu'elle n'existât plus !

Elle, cependant, m'avait d'abord écouté sans rien dire. Puis tout à coup elle se mit à rire, de son rire le plus terrible, le plus insolent. Loin de la fâcher, mes accusations lui faisaient un bien infini ; elle se renversait sous elles, elle les buvait voluptueusement. Enfin elle me trouvait aussi malintentionné qu'elle en avait besoin. Ce torrent de haine que je déversais sur elle, plus habile que moi, elle y reconnaissait le paroxysme de l'amour qu'elle pouvait inspirer.

Elle riait, cruelle et délivrée, elle riait, et il me semblait que c'était la journée tout entière qui éclatait enfin en cette fusée de rire, furieuse, aride, et triomphale.

— Si vous saviez ce que je souffre ! dis-je tout à coup.

Mais :

— Tant mieux ! s'écria-t-elle, et elle continua de rire.

Je chancelai un instant sous le coup, mais bondis presque aussitôt, comme en rêve, à la hauteur où elle m'appelait : il n'y eut plus rien en moi qu'une vraie rage de joie ; tout me fut indifférent soudain au prix de l'hilarité que nous avions atteinte. Le monde aurait pu périr à cette minute : je n'aurais su que m'en féliciter.

Hourra ! telle était la seule devise qui convînt en cet instant à mon amour.

À notre amour peut-être. Jamais encore je n'avais senti Aimée si prochaine. La colère était décidément le vrai climat commun de nos âmes ; elle les fondait plus harmonieusement que la tendresse, l'étude ou l'humiliation.

Une tempête exquise nous soulevait, et nous étions roulés ensemble sous son aile. Une ardeur nous prenait, une sécheresse de la gorge. Nous avions soif de quelque chose, mais de si rêche qu'à peine osions-nous le nommer en nous-mêmes baiser.

Soif ! Lentement pourtant croissait entre nous cette fleur aride dont nos lèvres allaient former les pétales. Soif ! Le terme d'un pèlerinage infini était là : sur ce visage près du mien, comme un puits du désert, au soir, plein d'étincelles.

Déjà je me penchais sur lui avec cupidité ; déjà, maîtrisant mon cœur tant bien que mal, j'avais saisi le bras d'Aimée.

Que se passa-t-il à cet instant ? La révolution de tout mon corps vers le sien s'arrêta net, avant même que mon esprit eût reçu aucun avertissement ; je demeurai en suspens.

Puis :

— Non, non, fit en moi une voix secrète.

Et tout aussitôt :

— Non, non, reprit Aimée, laissez-moi !

Elle avait détourné la tête, fermé les yeux.

— Non, répéta-t-elle plus bas, laissez-moi !

Je laissai tomber mon front sur sa poitrine avec un gémissement, vaincu par une force absolument innommable, épuisé comme après une lutte immense, et résigné déjà.

— Non, dit encore une fois Aimée, presque avec tendresse, non, François, il ne faut pas.

Comme un gaz par une subite fissure, toute notre fureur fuyait déjà avec un long cri, nous laissant pauvres, lourds et séparés.

Je grelottais, abattu sur le sein d'Aimée.

Puis je me raccrochai péniblement d'une main au brassard de la portière et me rassis à ma place.

Un moment encore nous filâmes ensemble, pris dans l'immense courant des boulevards.

Enfin je tapai à la vitre, je fis arrêter, j'embrassai la main d'Aimée sans regarder son visage et je descendis.

Je restai un moment sur un refuge ; il était six heures ; les taxis à toute vitesse me frôlaient ; les autobus entraient sur la pente du boulevard au chant plaintif de leurs freins. Toute une vie forcenée se précipitait au long de moi, emmenant mon âme inutile, l'arrachant à sa peine, lui procurant encore quelques minutes de grâce.

Et pourtant mon esprit travaillait déjà, tout seul, – mon funeste esprit jamais las, qu'aucune ruine n'arrivait à distraire de sa manie d'attention et qui se jetait sur mes pires mésaventures comme sur une proie.

VIII

« Car qu'est-ce qu'aimer,
si ce n'est avoir en tout et partout la même volonté,
jusqu'à l'entière extirpation du moindre désir contraire,
et un total assujettissement de son cœur ? »
Bossuet

Qui nous avait trahis ? Qui nous avait sauvés ? Quel ange ? Quel démon ?

La prudence ? la peur ? la raison ?

Non, d'abord – certainement j'étais dans le vrai en le pensant, en le voyant, – la perfection d'Aimée, son terrible défaut de besoins.

Ainsi je ne portais pas la faute principale.

Oui, c'était bien ce que Georges avait d'abord aperçu en elle, et redouté, qui s'était à nouveau fait sentir : « Elle peut tellement bien se passer de moi ! »

Notre crise de rire avait pu me faire croire un moment à l'évanouissement de toute barrière entre nous. Mais sitôt que je m'étais rapproché d'elle physiquement, sa prédominance avait reparu, aussi inexplicable qu'invincible. Oh ! comme je m'étais senti frêle tout à coup et léger contre elle ! Même l'entrain, même la décision qui m'avaient manqué, n'eussent pas suffi, j'en étais certain, à compenser cette différence de densité entre nous.

J'avais effleuré son sein d'une main surprise, égarée, tremblante, mais tout de suite il n'avait plus été qu'un lieu où m'abîmer, que le champ de ma défaite ; et c'était la joue contre lui, seulement, quand je m'étais vu bien indiscutablement frustré, que j'avais osé endurer un instant son indulgente chaleur.

J'étais venu sur Aimée comme une vague trop caressante. Et elle, même pendant le temps où elle m'avait désiré peut-être, ou attendu, elle ne s'était démunie de rien en ma faveur, elle ne s'était même pas atténuée d'un soupir ! Au terme de mon élan, je l'avais retrouvée plénière, inattaquée.

Oui, c'était bien la rage toute seule qui eût pu, à la limite, la transporter aux bras d'un amant ; mais elle y fût arrivée encore intacte, fermée, à déshabiller entièrement. Même entre les mains d'un plus audacieux que moi, elle n'eût été qu'un cadeau brusque et insaisissable comme l'esprit.

Ces yeux clos, ce visage détourné que j'avais eus sous moi un instant, il m'avait été aussi impossible d'y lire la moindre abdication que ce jour, si ancien déjà, où elle s'en était servie à la fois pour signifier sa souffrance et pour décourager ma consolation.

Je n'avais fait naître, ni chanter, aucune plainte sur ses lèvres ; moi qui savais si bien déclencher son esprit, je n'avais pas su trouver le secret de cette musique qui se fût élevée de son corps touché et défaillant.

C'était bien à plus fort que moi que j'avais eu affaire, à plus seul en tout cas, à plus hautement situé. Aimée, mon sang, ma vie, ma joie, mon désespoir, ma haine, Aimée n'était rien au niveau de quoi je pusse me hausser jamais durablement. À chaque fois que je m'approchais d'elle, en quelque intention que ce fût, elle se retournait instinctivement vers sa solitude et lui demandait secours ; toujours elle remontait vers cet être plus grand, plus comblé que son âme actuelle, vers cet ange affreux en elle sur qui mes mains glissaient et dérapait mon étreinte.

Et pourtant étais-je bien sûr, dans mon échec, d'être, moi, sans responsabilité ? Cette force d'Aimée, qui m'avait repoussé, était-elle bien en soi insurmontable ? Pouvais-je la séparer de ma faiblesse ? Les effets de l'une étaient-ils vraiment à démêler des effets de l'autre ?

Non, – j'étais bien obligé de le voir, – elles s'étaient combinés toutes deux pour nous vaincre tous deux. De cet arrêt cruel qui frappait d'inachèvement mon amour, je devais bien comprendre que je n'étais pas l'auteur moins qu'Aimée.

Une lucidité désolante commença à pénétrer mon esprit. Je reconnaissais une à une toutes les fautes que j'avais commises, je remontais jusqu'aux malformations de mon caractère qui m'y avaient fait tomber.

Il y avait d'abord cette sincérité absurde à laquelle j'avais cédé constamment comme à un vin trop persuasif. Et sans doute c'était bien à elle que je devais notre intimité et ce qui s'était éveillé dans le cœur d'Aimée d'affection pour moi ; mais c'était elle aussi qui du même coup avait posé, à l'une comme à l'autre, ces limites auxquelles je me heurtais et me meurtrissais maintenant.

Je m'étais toujours approché d'Aimée avec toute mon âme, et pour la lui livrer. Comment me fussé-je méfié ? C'était si bon ! Mon seul souci, en l'abordant, était l'exactitude. Quelque sentiment qui me possédât, je ne trouvais d'entrain et de facilité qu'à le lui décrire ; en allant chercher les siens, pour les lui éclairer, je lui apportais tous les miens par surcroît, et définis, spécifiés, quantifiés avec le plus religieux scrupule. La nuance les minait. Tant pis ! Je m'appliquais à rendre surtout leur nuance, leur degré.

Je me souvenais maintenant de scènes entre nous vraiment sublimes, vraiment ridicules ! Souvent, m'étant laissé entraîné à lui peindre mon amour plus vif, m'apercevais-je, que je ne l'éprouvais dans l'instant : « Arrêtons-nous, Aimée ! lui criais-je avec transport. Je mens. Ce n'est pas tout à fait ça que je ressens. » Et je reprenais ma description en serrant de plus près le véritable état de mon cœur.

Elle riait, s'enthousiasmait ; rien ne lui paraissait plus adorable que ces corrections. Elle me remerciait :

— Quand on me dit la vérité, s'écriait-elle, ou quand on me la fait voir en moi, c'est comme une nourriture qu'on me donne.

Oui, mais qui ne profitait qu'à son esprit, qui dégarnissait d'autant le mien. Peu à peu je m'étais émietté en elle ; je n'avais gardé aucun secret autour duquel sa pensée eût à tourner, à s'inquiéter ; rien en moi ne subsistait qu'elle pût mal entendre et sur quoi pussent se greffer ces tendres et spécieuses images qui font errer le sentiment.

Je me représentais fort bien maintenant l'aspect que je devais avoir pour elle ; c'était celui d'une ville démantelée. Aucune tour, aucun rempart du haut desquels elle eût loisir de se sentir menacée. Elle pouvait entrer de plain-pied partout ; partout mes aveux l'accueillaient et lui rendaient la promenade exquise, oui, mais encore plus, indifférente.

Oh ! comme j'étais trahi ! Ce mouvement si doux qui me faisait courir vers elle, sitôt que j'avais découvert du nouveau dans mon cœur, pour le lui offrir, il m'avait perdu. Tout ce qu'elle avait reçu de moi sans y répondre lui servait maintenant à ne subir pas mes prestiges. L'ivresse même que nous avions goûtée si souvent dans nos entretiens, avait pour jamais tari la possibilité de cette autre ivresse que nous nous fussions procurée l'un à l'autre sans paroles et par le seul mystère de nos corps emmêlés. L'ignorance ne nous envelopperait plus jamais de sa faveur ; et cette ombre ne reviendrait plus sur nos âmes qui eût permis la méprise de nos lèvres et nous eût laissés nous gorger bouche à bouche, à l'abri de toute idée, du long miel endormi dans nos membres.

L'évidence m'aveuglait : je ne serais jamais son amant ; je ne serais même jamais un amant ; l'amour en moi prenait parti contre l'amour ; toutes les forces qu'il donne aux autres, il me les enlevait ; j'avais une nature trop aimante pour qu'elle sût devenir amoureuse.

Je ne savais pas prendre ni plier contre moi l'objet qu'avait choisi mon désir ; j'errais autour de lui, je l'effleurais de mille caresses mentales, mais je m'adaptais en même temps à tous ses contours et recevais sa forme au lieu de lui donner la mienne.

Partout où j'avais rencontré la volonté d'Aimée, ou sa répugnance, ou son hésitation seulement, je m'étais replié aussitôt. Je n'avais pas su durer un seul instant contre elle ; il m'était impossible de distraire ma pensée un temps assez long de son agrément pour que le mien pût naître et s'imposer.

Je ne songeais jamais que son cœur pouvait être incertain de ses vœux et attendre de moi leur détermination. Je ne prenais jamais l'initiative de l'enchanter. Je ne savais pas devenir la source de son plaisir, si son fauteur d'oubli. Je manquais irrémédiablement de ce tranquille égoïsme qui seul change l'homme en maître, pour la femme, d'extase et de ravissement.

Il eût fallu, laissant aller les pensées d'Aimée, prendre posément son visage entre mes mains et le couvrir de baisers : ils eussent bien créé tous seuls ce courant dans son cœur qui me l'eût apportée toute : ah ! j'aurais dû me confier à ce sortilège.

Hélas ! Hélas ! je voyais maintenant l'abîme, en moi, de trop pure tendresse, qui me rendait à jamais incapable de choisir et surtout d'exécuter une si simple machination.

Une scène me revenait à l'esprit, qui me faisait rire amèrement. Elle datait seulement de quelques semaines. J'étais sorti avec

Aimée ; nous attendions un tramway ; le temps était frais ; je la vis frissonner un peu. Aussitôt la crainte qu'elle ne prît froid m'envahit, submergea toutes mes autres préoccupations ; je cherchai un taxi ; sur la vaste place où nous étions, il en passait beaucoup, mais tous étaient occupés ; je courais pourtant après chacun, faisais signe au chauffeur ; je me sentais lancé en avant comme une balle par quelque chose en moi d'aussi irrésistible qu'inopportun ; une serviabilité quasi-folle m'animait, dont je voyais maintenant qu'Aimée avait dû s'apercevoir. Je me rappelais le regard dont elle m'avait suivi ; j'y lisais rétrospectivement de l'attendrissement, de la reconnaissance, mais surtout une sorte de pitié. Il voulait dire : « Pourquoi ? Pourquoi tant de dévouement ? Ce n'est pas ainsi que vous pouvez me plaire ! Que ne restez-vous près de moi ? Pourquoi ne me dictez-vous pas cet instant au lieu de le subir ? Il faudrait passer outre à mon bien-être ; il faudrait penser à vous davantage ; il faudrait être le plus fort. Songez que je ne puis avoir, à vous aimer, aucune autre excuse. »

Oui, je m'étais moi-même détruit à l'avance dans son cœur et cela était irréparable ; jamais je ne redeviendrais pour elle celui qui commande, qui conduit, qui enivre. Jamais l'idée ne lui viendrait de se suspendre à moi, les yeux fermés, ni de glisser, entre mes bras, assoupie, remise, dans le grand exil du plaisir.

Il me tardait d'arriver à la maison. L'effondrement de mon amour me semblait si complet que j'avais hâte de retrouver Marthe et de m'en consoler près d'elle.

Elle m'attendait justement et avec une inquiétude dont elle n'était pas coutumière. Je ne lui avais pas caché, tant j'avais horreur du clandestin, que je sortais ce jour-là avec Aimée. Elle n'avait pas protesté mais en la revoyant, je compris tout de suite qu'elle en avait eu du chagrin.

Ce fut un nouveau choc pour moi, un nouvel obstacle aussitôt que je ressentis.

Elle m'interrogeait :

— Où êtes-vous allés ? Que vous-êtes-vous raconté tous les deux toute la journée ?

Il y avait à peine de reproche dans sa voix, mais assez de souffrance pour me désemparer. J'écartais faiblement, maladroitement, la pointe de ses questions. Je comprenais que, pour la rassurer, il m'eût fallu faire preuve à nouveau de cette possession de moi-même et de cet esprit de domination dont je venais d'éprouver si cruellement le manque en face d'Aimée.

Je tenais Marthe contre moi, je caressais son front, je lissais ses cheveux, je lui balbutiais des tendresses, je l'aimais infiniment.

— Je ne pourrai jamais lui faire ce mal, pensais-je. Jamais je ne la tromperai. Je ne suis pas un misérable.

Ma voie s'encombrait de plus en plus ; je trouvais des impossibilités de plus en plus prochaines à ce que j'avais rêvé, et celle-là, la dernière, la plus forte maintenant, qui avait pris corps et visage et qu'il me fallait bercer avec amour et désolation sur mes genoux.

— Non, promettais-je à Marthe mentalement, non, tu ne souffriras jamais cela de moi, cette douleur ne t'atteindra jamais de me savoir à une autre, et même pas cette injustice d'être trahie secrètement.

J'avais beau faire : remontant l'avenir avec mon esprit, je ne découvrais pas le moment où je me déciderais à faire entrer le malheur de Marthe comme ingrédient dans mon bonheur. Normalement mon destin m'y obligeait ; mais devant cette nécessité, tout mon cœur faiblissait, comme un autre eût faibli devant celle du renoncement.

Ainsi de tous côtés je reconnaissais l'insurmontable. Pour la première fois je le contemplais bien en face et j'épiais curieusement quels sentiments en moi allaient se former pour y répondre.

La résignation ne se montrait pas encore. C'était de l'accablement plutôt que j'éprouvais. Oh ! je me savais bien trop lâche. Pourtant regardant autour de moi, examinant avec une sorte d'impartialité les différentes issues qui s'offraient encore à moi, je ne pouvais pas empêcher que la mort ne se recommandât comme la plus pratique. Elle n'avait rien en elle-même de plus attirant qu'à l'habitude et, même, elle ne m'effrayait pas moins qu'elle n'avait toujours fait ; mais on ne pouvait pas lui retirer son opportunité ni sa valeur purgative. Elle seule apportait une solution complète et vraiment rafraîchissante à mes embarras. Je ne l'affrontais pas, mais je biaisais doucement vers elle, en pensée, séduit par toute la simplification que j'y devinais.

— Mourir, mourir, me disais-je intérieurement, mais en laissant presque le mot se dessiner sur mes lèvres, dans le vil espoir que Marthe le surprendrait. Mourir, céder la place à cette monstrueuse combinaison de sentiments qui occupe mon cœur et que je ne saurai jamais dénouer. Mourir, n'être plus là, n'être plus responsable de rien !

Je tâtais en moi tout ce qui d'autre que la vie pouvait encore être changé, demeurait accessible à la volonté ; et c'était vrai que je ne trouvais rien. Aucune de mes pensées n'était plus amovible. Aimée s'était refermée sur elles comme un arbre sur la cognée. Il était donc tout naturel d'écarter la seule chose en moi qui pût l'être encore : ce souffle obstiné, acharné, borné qui soulevait ma poitrine et facilitait vainement mon martyre.

Mais en même temps j'avais honte. Je savais, je sentais qu'on ne meurt pas d'amour, ou si rarement ! Sans imaginer comment il s'y prendrait, j'entrevoyais que le premier venu eût trouvé d'emblée une issue simple et normale aux difficultés qui m'opprimaient. J'étais jaloux de lui. « Georges, par exemple, me disais-je, n'admettrait pas un instant cette impossibilité contre laquelle je me débats ; il aurait l'intuition de son bonheur qui lui donnerait aussitôt des lumières et de l'énergie ; il verrait un chemin. » Je ne pouvais pourtant pas aller lui demander conseil ! Mais je tâchais de deviner ce qu'il ferait à ma place.

Prétendre, vouloir, m'affirmer ! voilà ce que j'apercevais de nouveau nécessaire. Reprendre la direction des événements, remettre le cap sur le bonheur.

Je continuais à caresser Marthe, mais en même temps une sourde irritation me gagnait, comme toutes les fois que la vertu en moi a pris l'avantage.

Je commençais à oublier tout ce que je venais de découvrir qui me la rendait obligatoire.

Il y avait une glace en face de moi : je m'y regardais instamment, cherchant sur mon visage la trace d'un peu de volonté, d'un peu d'égoïsme ; je l'analysais, ce visage, comme s'il eût été peint, ou eût appartenu à un autre. Je n'y surprenais rien de fuyant, ni de proprement lâche ; il était plutôt craintif, ou mieux encore susceptible ; il y avait autour de la bouche quelque chose d'avide et de mal décidé. On y lisait clairement la lutte entre la gourmandise et la timidité, entre le désir et la tendresse.

La seule lumière que j'y visse briller, – je le reconnaissais sans modestie, – c'était celle de l'intelligence, mais elle ne pouvait me servir à rien.

Pourtant je lui envoyais à distance des sommations : qu'il eût à reprendre tout de suite de l'autorité. Je n'admettais plus ce reflet qu'il me renvoyait de mon indécision. Je lui donnais deux minutes pour redevenir assuré, exigeant.

Au-dedans mon désespoir peu à peu s'était aigri. Je ne m'adressais plus la parole qu'avec hostilité. Pensant à Aimée, « je ne l'aurai jamais, me disais-je cruellement, mais c'est parce que je suis un poltron. Cette coupe qu'est son visage, et pleine de la seule liqueur dont mes sens puissent jamais s'enivrer, je ne la ferai jamais chavirer entre mes mains tout à coup méchantes, je n'y tremperai jamais profondément mes lèvres ; ces yeux, dont je n'ai qu'à rencontrer la lueur pour que tout mon sang aussitôt charrie poison, chaleur, folie, je ne les ferai jamais s'agrandir sous mes caresses ni douter de leur joie jusqu'au rêve ; mais c'est uniquement parce que je ne sais pas le vouloir, parce que j'ai peur de mon plaisir, parce que tout est pourri dans ce cœur misérable. »

Et en même temps, je fouillais mon cœur haineusement, je le travaillais, je l'excitais. Je tâchais de le fortifier, de l'aguerrir contre les obstacles qu'il avait rencontrés.

Je lui faisais faire des exercices. Supposant telle scène entre Aimée et moi du genre de celle où j'avais été vaincu, je le lançais à nouveau sur la brèche, m'appliquant à bien le distraire de toutes les craintes qui l'y avaient fait chanceler. De mes mains, entre temps, comme par des passés magnétiques, j'insensibilisais Marthe pour qu'elle n'eût à souffrir de rien.

Peu à peu ainsi l'idée d'un nouvel et dernier assaut à livrer entrait dans mon esprit. L'orgueil, qui me tient lieu de vanité, me rendait une sorte d'enthousiasme fiévreux. Je ne pensais plus à mourir. Il fallait essayer mes forces une dernière fois.

Je me levai doucement et déposai Marthe à ma place dans le fauteuil où elle resta engourdie et calmée.

Ce ne fut que le surlendemain pourtant que je me résolus à affronter Aimée.

Je la connaissais suffisamment pour ne pas craindre que notre dernière aventure l'eût convaincue de me fermer sa porte. Le cœur me battait pourtant lorsque j'y frappai.

Mais j'entendis sa voix calme, au travers, qui m'invitait à entrer.

Je la trouvai en plein déménagement. Une malle était au milieu de la chambre, à moitié remplie. Sur tous les fauteuils des robes étaient étalées ; des piles de linge s'entassaient sur le lit.

— Vous partez donc ? lui demandai-je, en proie à une brusque terreur.

— Oui, demain ; j'ai fait une tournée aujourd'hui et j'ai découvert tout près de Paris, au bord des bois de Chaville, une petite auberge bien plus gentille que tout ce que nous avons vu ensemble. Je vais m'y installer. Il faudra venir me voir.

Je ne pus rien dire d'abord ; la proximité de l'endroit qu'elle avait choisi me rassurait pourtant. Elle continua ses rangements.

Pour mieux plier un vêtement, elle s'agenouilla devant la malle, me tournant le dos. Je me mis à contempler ses épaules, je les mesurais du regard : « Voici donc tout l'obstacle, pensais-je, contre lequel ma vie est butée ! Comme il est étroit ! Comment le courant qui traverse mon cœur ne l'a-t-il pas encore emporté ? » Et naïvement, comme devant un miracle physique, je me demandais : « Comment peut-elle supporter ce poids, l'arrêter ? D'où lui vient cette force absurde ? Quelle magie est donc ici à l'œuvre ? Oh ! que toute la montagne de mes sentiments puisse se réduire à n'être plus que quelque chose contre ces épaules de si délicatement, de si timidement appuyé ! »

Puis la colère revint et, en paquet avec elle, le désir. Je me mis à trembler : Je ne vais pourtant pas la laisser s'évader de mes mains ? pensai-je.

Je m'arrachai du fauteuil où je m'étais assis, je m'approchai d'elle traîtreusement par-derrière ; le tapis étouffait mes pas.

Mes bras cependant restaient collés à mon corps. Impossible d'imaginer à quelle caresse ils allaient se décider.

J'avais froid.

Il fallait la prendre pourtant, non pour lui emprunter aucun plaisir, mais pour l'empêcher une bonne fois de me nuire, pour éteindre contre moi sa virulence. Si je réussissais à passer mes bras autour d'elle, c'était fait. Tous les traits qui de toutes parts à chaque instant pouvaient m'atteindre, en un seul faisceau à la fin rassemblés, me laisseraient inoffensivement cueillir leur pointe.

Il fallait la prendre pour l'aveugler ; je serrerais sa tête contre ma poitrine, je ne verrais plus son visage ; captée au piège de mes baisers, elle laisserait peut-être enfin commencer un peu de paix pour moi…

J'étendis les bras tout à coup.

Mais à ce moment, et sans qu'elle se méfiât de rien, je pense, Aimée, s'appuyant des deux mains au rebord de la malle, se releva, se retourna, me fit face.

Je fus surpris par l'air de tristesse qu'il y avait sur son visage. Elle étendit à son tour les bras vers moi et les posant sur mes épaules, elle me repoussa doucement, avec un sourire mélancolique, jusqu'au fauteuil d'où je m'étais levé. Elle me força à m'y rasseoir et resta debout devant moi.

Puis m'abandonnant ses deux mains en signe de confiance et de trêve :

— François, dit-elle enfin, il faut que vous me veniez en aide. Tout ce que je vous ai dit l'autre jour au sujet de Georges, vous savez, c'était vrai ; mais ce n'est pas toujours vrai. Il y a des moments où il est terrible vraiment. Non pas méchant, mais si distrait ! Ce matin, je ne comprends pas bien moi-même ce qui s'est passé : nous nous sommes un peu disputés. Oh ! pas grand-chose ! (Je voyais, je sentais l'effort qu'elle faisait contre son orgueil.) Mais il est parti sans me dire au revoir. C'est la première fois depuis que nous sommes mariés. J'ai du chagrin.

Elle s'étendit longuement sur sa mauvaise chance, précisant bien qu'elle n'accusait personne, qu'elle trouvait seulement le sort trop injuste envers elle :

— Je sais pourtant qu'il m'aime, disait-elle. J'en ai des preuves…

Elle parlait, fière et soumise, avec un besoin visible de trouver en moi appui et réconfort et avec la certitude que je les lui offrirais désintéressés.

Je l'écoutais ; la vague de désir qui m'avait soulevé s'effondrait cruellement au-dedans de moi, emmenant des particules de mon âme.

J'avais ses longues mains fraîches dans les miennes ; je regardais ses bagues. Sa confiance me déchirait :

— Voilà donc tout ce qu'il me faut espérer d'elle, pensais-je.

Elle passait de toutes ses forces à travers moi. Il y avait une chose que, pour la première fois peut-être, je pouvais voir et toucher : c'était la direction de ses pensées. Georges en était le terme évident. Elles allaient vers lui avec une facilité, un élan contre lesquels il eût été fou de vouloir lutter. Ah ! si elle avait pu s'assurer pour toujours sa tendresse, combien vite j'eusse cessé de compter pour elle ! Déjà, en cet instant où elle implorait mon secours et voulait bien dépendre à cet égard de moi, je me découvrais pourtant impitoyablement écarté, rejeté sur la rive de ses sentiments. Et il me fallait, penché sur cet amour qui fuyait vers un autre, non seulement étouffer l'affreuse soif que j'en avais, mais encore trouver des mots pour la convaincre qu'il ne coulerait pas toujours vainement.

Jamais encore pareille exigence n'avait pesé sur moi : le changement d'âme qui m'était brusquement demandé touchait à l'impossible. Dans la minute même où le désir suppliait en moi, il me fallait résigner, en plus, tout mon amour.

Ou lui trouver un autre usage.

Devant cette obligation surhumaine je me sentais sans aucune force. Pourtant au bout d'un moment je remarquai, non sans étonnement, qu'elle ne m'avait pas encore écrasé. Quelque chose en moi, sous mon accablement, la considérait, l'évaluait, ne la jugeait pas d'emblée absolument inexécutable.

J'attendis avec curiosité ce qui allait se passer.

Tout à coup, levant les yeux vers Aimée, qui parlait encore :

— Que son bonheur soit fait, et non le mien ! pensai-je.

Je ne compris pas moi-même tout de suite ce que je voulais dire avec ces mots. Ils étaient sortis de mon esprit comme un ange ignoré et soudain.

Mais en moi, déjà, un calme délicieux se répandait, – si délicieux que je laissai s'évanouir toute pensée et m'abandonnai entièrement à ma sensation. Elle était d'une douceur que je n'avais jamais connue. Tous les plis de mon âme se défaisaient ; je me tranquillisais à perte de vue. Pour la première fois j'échappais à la contraction et à l'angoisse.

« Quel est cet étrange pays, me demandais-je émerveillé ? Quelle est cette bienfaisante admission ? »

Reprenant et pressant certains de mes souvenirs, il me semblait y retrouver un avant-goût de ce que j'éprouvais maintenant. Oui, bien que plus fugitive, une douceur pareille m'avait envahi le jour, par exemple, où ne recevant pas de réponse à ma lettre, je m'étais décidé à quitter le grief que je croyais avoir contre Aimée et à l'adorer seulement telle qu'elle était.

Peu à peu, ainsi, la mémoire m'amenait à l'intelligence de ce qui venait de se produire en moi.

Hélas ! tant de suavité, c'était celle du désespoir : mais d'un désespoir actif, délibéré. Le renoncement venait d'entrer – et pour toujours cette fois – dans mon âme.

Depuis longtemps il était de connivence avec elle ; depuis longtemps il la sollicitait en cachette. Seule ma continuelle vigilance l'avait empêché de s'en rendre maître. Contre lui j'avais construit tous ces pauvres échafaudages d'intentions qui l'écartaient tant bien que mal.

Mais il était trop fort, et cette dernière épreuve qui venait de m'être infligée, l'avait trop bien favorisé. Dans mon âme enfin brisée, enfin retournée jusqu'à l'extinction de ses moindres germes d'amour-propre, il se trouvait tout à coup malgré moi souverain.

— Que son bonheur soit fait et non le mien ! me répétai-je. Que cet amour dont elle a besoin lui soit donné ! Que je sois déçu ! Que je sois trompé ! Qu'elle puisse devenir assez riche pour se passer même du secours qu'elle me permet de lui prêter en cet instant !

Je l'écoutais toujours parler, je ne la quittais plus du regard (aucun autre signe pourtant ne pouvait l'avertir de ce qui se passait en moi). Je voyais remuer ses lèvres et en silence, sagement, sérieusement, avec une bonne foi entière, je faisais abjuration de moi-même. Je détestais bien exactement, et une fois pour toutes, chacun des vœux que j'avais formés pour moi ; j'étouffais avec une fermeté absolue toute idée où se révélait, ne fût-ce qu'à l'état de simple trace, l'influence de mon moi.

Ce n'étaient pas seulement les désirs d'Aimée, ni son bonheur que je faisais ainsi passer avant les miens ; c'était elle-même que je préférais à moi-même, et, en elle, l'être différent de moi, celui que je n'avais pu maîtriser ni même comprendre, celui dont mon esprit d'abord, mon cœur ensuite, enfin mes mains avaient si longtemps tâché de saisir la forme, et qui s'était toujours dérobé. C'était lui maintenant que j'allais chercher, lui, que sans réflexion, sans regret, sans restriction mentale d'aucune sorte, sans effort pour rien sauver de moi, dans l'aveuglement et dans l'arrachement mêmes de la charité, je mettais enfin d'un seul coup à la place de moi-même.

Je n'échappais pas entièrement à la honte et continuais de voir combien risible et déshonorant aux yeux du monde était ce mouvement de mon cœur ; mais l'extase et la quiétude dominaient tout.

Je n'étais pas un homme peut-être, mais je redevenais moi-même et ces prières que je murmurais avaient sur mes lèvres une douceur insurpassable. Tout reprenait autour de moi un visage familier, encourageant. Je m'enfonçais à nouveau dans un paysage connu. Tandis que tout à l'heure encore, je n'arrivais pas à y voir à deux pas devant moi, la route à suivre se déroulait maintenant à mes yeux jusqu'à l'horizon. Tous les soins, tous les services que je pouvais rendre à Aimée m'apparaissaient distinctement ; j'avais l'idée de mille délicatesses qui les compliqueraient et les rendraient plus exquis.

Je pensais :

— Il eût été bien dommage décidément de laisser perdre une telle vocation !

Aimée finit par remarquer mon silence et l'extraordinaire attention avec laquelle je la regardais.

— Qu'avez-vous ? me demanda-t-elle avec un sourire timide et intrigué.

— Mais rien, fis-je, lui retournant sans malice la réponse qu'elle m'avait faite si souvent, je vous écoute…

Elle sentit que quelque chose d'étrange s'était passé en moi et pendant un instant l'envie la tint d'en approfondir le mystère. Elle me regardait en souriant, me questionnant du visage. Mais en même temps les facilités nouvelles à s'épancher que lui procurait mon abdication, se laissaient confusément percevoir par elle et son amour blessé l'entraînait si violemment qu'elle ne songea bientôt plus qu'à en profiter.

Avant même de comprendre ce qui le creusait, elle découvrait ce profond asile devant elle, plein de chaleur et de rayons, que formait mon âme, et oubliant cette fois toutes ses répugnances, par son seul bien-être persuadée, elle s'y installait sans ménagement.

Elle reprit toute l'histoire de ses relations avec Georges. Elle me raconta comment elle avait été conquise par lui, à première vue :

— Jusque-là, dit-elle, j'avais été émue, certes, par plus d'un visage que j'avais rencontré, mais jamais sur aucun je n'avais lu ce que je déchiffrai du premier coup sur le sien… J'ai senti du premier coup que je devais aller vers lui ; j'ai reçu comme une promesse en pleine figure. Légalement ou non – ça m'était bien indifférent – il fallait que je sois sa femme. S'il n'avait pas voulu m'épouser, je serais certainement devenue sa maîtresse.

J'avais beau être préparé : cette déclaration d'Aimée amena une nouvelle onde en moi d'affreuse jalousie ; le poison courut avec agilité le long de mes veines, ranimant toutes mes plaies. Je dus fermer les yeux sous son atteinte, et me mordre les lèvres.

Pourtant je m'appliquai à rester bien tranquille, bien ouvert au mal qu'elle me faisait, de façon qu'il pût me traverser et s'évanouir.

Et en effet, au bout d'un instant, je constatai que je revivais par-dessous ; la joie revenait comme l'eau par les fentes d'une écluse, une joie honteuse, absurde, immense qui me soulevait tout entier et m'enflait d'un dévouement sans bornes.

Tout en riant de moi au dedans, je me mis à rassurer Aimée ; je lui découvris toutes les raisons qui pouvaient l'aider à croire à l'amour de Georges ; je lui fis valoir des indices persistants de cet amour, que j'avais notés pour mon compte, depuis quelque temps, et qui m'avaient navré ; je les lui présentai sous le jour le plus convaincant que je pus trouver.

Elle respirait devant moi, soulagée par chacune de mes paroles.

Pour en atténuer l'importance, je replaçai l'incident du matin, qu'elle m'avait raconté, dans le cadre général de la vie de Georges :

— Il est un peu surmené, ces temps-ci, lui dis-je. C'est ce qui explique sa mauvaise humeur. Cette affaire où il s'est lancé l'occupe beaucoup trop…

Et raffinant, en véritable artiste, ma consolation :

— Après tout, puisqu'il n'a pas besoin de gagner sa vie, il pourrait bien laisser tout cela tranquille. Si vous voulez, j'essaierai de lui parler, je le convaincrai de se désintéresser de cette entreprise. Vous verrez qu'il sera tout de suite beaucoup plus à vous…

Aimée reprenait vie et couleur comme une rose battue par l'orage qu'on relève et qu'on rattache à son tuteur. Pourtant elle eut la pudeur de ne pas accepter directement mon offre :

— Vous êtes mon vrai, mon seul ami, me dit-elle seulement avec toute la profondeur qu'elle put.

Je tenais toujours ses mains ; le jour s'éteignait lentement dans la chambre.

Il n'y avait plus trace en moi ni de désir, ni même d'espoir. J'étais comme un champ moissonné, pillé ; mais sur lequel une brise soufflait désormais infinie, intarissable, alimentée par le paradis.

— Mon Dieu, pensai-je, merci, de m'avoir aidé ! Si pourtant vous tenez registre de nos sacrifices, inscrivez ceci, s'il vous plaît, à mon crédit.

Et au bout d'un instant :

— Mon Dieu, ajoutai-je, faites que je vous aime un jour comme j'aime cette femme.

À peine dehors, les conséquences pratiques de ce que je venais de sentir m'apparurent dans un jour éblouissant ; je vis devant moi un certain nombre de dispositions à prendre immédiatement et je les arrêtai sans hésitation.

Bien qu'enfin muni des titres qui me donnaient le droit d'enseigner, j'avais tardé à demander un poste de professeur, sachant qu'il ne me serait accordé qu'en province. Dès que je fus rentré chez moi je rédigeai ma demande et l'expédiai.

Marthe m'approuva vivement. Elle était si lasse de l'atmosphère d'inquiétude où elle commençait à se sentir entraînée, qu'elle me pria même de la laisser partir tout de suite en vacances.

Je restai donc seul à Paris pour régler les détails de notre déménagement et terminer toutes les affaires que nous y avions en suspens.

L'été commençait. Il faisait chaud. Je me promenais le long des avenues bien arrosées ; je respirais le parfum de la terre mouillée ; les longues automobiles aux reins souples fuyaient, comme des animaux de luxe, sous les arbres, dans le parc quasi privé que Paris était devenu pour moi.

Aimée avait dû s'installer à Chaville. Je n'étais plus pressé de la revoir. J'allais tout doucement en compagnie de son image, l'exécrant de toute ma tendresse.

— Vis sans moi, vis contre moi, sois heureuse ! pensais-je. Que me soit seulement ôtée pour toujours, par la force même de l'amour que je nourris pour toi, cette épine affreuse qui de temps à autre encore me déchire.

Je la voyais plus belle, cent fois, que je ne l'avais jamais vue ; des messages délicieux s'échappaient vers elle de ma pensée, comme d'une antenne saturée, pour aller mourir là-bas à ses pieds.

— Il faudra que je lui parle de sa beauté, me disais-je. Je ne peux pas m'en aller sans lui avoir expliqué combien elle est plus belle que tout ce que Dieu jamais le plus amoureusement forma de ses mains.

Enfin, au bout de huit jours, je me décidai à aller à Chaville. Un billet d'Aimée, depuis la veille, m'en priait instamment.

Je la trouvai dans une petite chaumière-restaurant, à la lisière des bois. Il y avait un bout de pré, quelques pommiers, un piquet et un âne qui tournait autour, au bout d'une corde, en léchant l'herbe tout en rond. Le dimanche, ce devait être une vraie guinguette, et de tous les coins d'alentour on devait entendre monter la musique furieuse des pianos mécaniques, mais en semaine on goûtait là une solitude imprévue, dont le charme me fut tout de suite sensible.

Aimée était étendue sur une chaise longue, à l'ombre d'un arbre. Elle lisait. Dès que j'eus contourné le coin de la maison, pourtant, son regard vint vers moi comme s'il m'attendait ; j'en reconnus la longue lumière brune ; comme le jour de ma déclaration, je reçus sa caresse profonde, tempérée de reconnaissance.

Elle me remercia d'être venu.

— J'ai été bien méchante, l'autre jour, me dit-elle presque timidement.

— Mais non, pourquoi ?

— Si, si, je vous ai fait souffrir. Je vous en demande pardon.

— Non, vous ne pouvez pas, ou, du moins, vous ne pouvez plus me faire souffrir. Il faut vous résigner à cela. Je vous échappe, mon amie…

Je la vis inquiète tout à coup. Je m'attendais si peu à cette réaction que mon cœur sauta dans ma poitrine :

— Rassurez-vous, repris-je cependant ; je veux dire que je vous aime d'une façon toute nouvelle et qui fait que ni vos humeurs, ni vos confiances ne peuvent plus m'apporter aucun trouble. Je vous aime contre moi-même. Je n'existe plus en face de vous ; je suis détruit, je suis dissous à votre profit.

— Mais c'est horrible, s'écria-t-elle. Je ne veux pas du tout. J'ai trop de tendresse pour vous pour accepter un tel sacrifice.

— Laissez, laissez, repris-je. Il n'est pas sans douceur. C'est peut-être par égoïsme que je m'y suis rangé.

Visiblement l'état de mon cœur lui demeurait incompréhensible, mais justement – Dieu sait pourtant si j'avais été loin, cette fois, de tout calcul ! – c'était ce qui pouvait le mieux réveiller en elle un intérêt pour moi.

La curiosité la reprit sous mes yeux ; je fus de nouveau l'objet de sa préoccupation. (C'était toujours l'esprit en elle qui montrait le chemin au sentiment.)

— Enfin, tout de même, on ne peut pas être heureux sans exister, sans être soi, fit-elle. Le bonheur implique d'abord qu'on s'appartient.

Je me sentis méchant pour une minute et décidai de me passer le mouvement qui s'ensuivit.

— Non, fis-je, c'est votre grande erreur et ce qui vous rend fermée à d'immenses joies. Le bonheur c'est de ne plus s'appartenir ; le bonheur c'est de recevoir congé de soi.

— Croyez-vous ? demanda-t-elle en réfléchissant tout à coup sur elle-même avec l'attention profonde et la docilité dont elle avait coutume.

— J'en suis persuadé ; mais peu importe ! Ce qu'il faut bien plutôt que vous sachiez, c'est que vous êtes parfaite ainsi, c'est que vous représentez une des réussites les plus merveilleuses de la nature… ou de Dieu.

Elle sourit, touchée, mais non distraite encore de ces joies intérieures que j'avais fait luire en passant à ses yeux. Sans le vouloir j'avais réussi à la rendre jalouse. Et de quoi ? Du sentiment même que j'éprouvais pour elle.

— J'aurais voulu ne rien ignorer de ce dont l'âme humaine est capable, dit-elle.

Et se tournant vers moi :

— Montrez-vous !

Elle mit la main sur ma tête, la fit tourner doucement de façon à pouvoir plonger dans mes yeux :

— Oui, en effet, il y a dans votre regard l'expression de quelque chose que je ne connais pas.

Elle laissa retomber son bras avec nostalgie ; puis au bout d'un instant :

— Je vous aime bien, François, dit-elle à voix basse. Je suis surtout heureuse que vous ne souffriez plus. Je vous plaignais beaucoup, vous savez. Pardonnez-moi.

Un aéroplane bourdonnait très haut dans le ciel, au-dessus de nous. Paris au loin faisait tout bas son bruit de travail et de plaisir. Ainsi mon sacrifice commençait à prospérer et à opérer tout seul ; il s'était comme dégagé de moi et, à ma place, il accomplissait quelque chose du miracle qu'en y mettant toute ma volonté je n'avais pas su produire. Aimée revenait à moi, vaguement captivée par cette âme nouvelle que je lui laissais entrevoir. J'accueillais avec un délire sans illusion l'onde qui me la rapportait.

Nous étions là enfin tous les deux accordés dans un ton insoupçonnable pour quiconque n'était pas au fait de nos instincts fanatiques et bizarres. En dehors de toute ressemblance, en dehors de toute possession, nous étions unis par une religion enfin parfaitement sincère ! Pour la première fois, sans bien comprendre comment, nous trouvions ensemble le repos.

Le temps passait au-dessus de nous, liquide et bleu, et peignait doucement comme des algues nos âmes flottantes et pacifiées.

Je ramassai la main qu'Aimée laissait prendre ; je la pris dans les miennes, je la pressai : elle me répondit légèrement. Ainsi scellâmes-nous nos fiançailles, celles auxquelles nous avions droit, auxquelles personne ne pouvait trouver à redire et que l'éternité même n'effacerait pas.

Le moment approchait pourtant de faire face à la réalité et de briser cette extase.

— Et maintenant qu'allez-vous faire ? me demanda justement Aimée.

— Je vous ai bien dit que je partais après-demain en vacances ?

— Mais non, voyons ! Vous ne m'avez rien dit. Pourquoi ?... Comme c'est tôt ! Alors c'est la dernière fois que je vous vois aujourd'hui ?

— Oui, la dernière fois, répondis-je tranquillement.

Une brusque tentation me vint d'ajouter : La dernière fois sur cette terre ! Mais d'abord je trouvai cela romantique. Puis j'eus peur de ne pas voir paraître sur le visage d'Aimée autant de chagrin qu'il m'en fallait. Enfin : « Ce sera bien plus doux, à force d'être plus cruel, si je m'en vais pour toujours sans la prévenir. » Et ma rancune reparaissant : « Oui, il faut que je lui fasse cette surprise. Il faut que je la trompe de cette façon au moins, puisque je n'ai su le faire d'aucune autre. Ce sera ma vengeance. Ce sera toute la vengeance que je prendrai de toi, ô mon atroce amour », fis-je muettement en me tournant vers elle et en la regardant dans une telle fureur d'adoration que mon visage en fut empourpré.

De nouveau elle rêvait ; mais je sentais que c'était à moi ; il se faisait tout un travail autour de moi dans sa pensée ; elle m'estimait mieux ; elle comprenait mieux le prix dont j'étais pour elle et mon utilité pour son bonheur.

Elle cherchait des mots ; plusieurs durent se présenter à son esprit : je vis qu'elle choisissait le plus tendre :

— Heureusement que je vous ai ! dit-elle enfin en me pressant la main avec force.

Ceci était imprévu et terrible. Je chancelai :

— Ai-je vraiment tant d'importance pour vous ? lui demandai-je.

— Vous m'êtes indispensable, répondit-elle tranquillement.

Une dernière lutte, subite et sauvage, s'engagea dans mon cœur. Ainsi elle tenait à moi ! Je ne me demandai pas comment c'était possible, ni même si c'était vrai. Il y avait eu ces mots, en tout cas, qu'elle venait de dire, et qui parlaient tous seuls, pleins d'enivrante mélodie.

Ainsi je n'avais eu qu'à me retirer d'elle un peu, qu'à la quitter de volonté seulement, pour que son attachement pour moi apparût. Qui pouvait savoir ce qu'elle me révélerait si je lui annonçais cette éternelle absence à laquelle j'étais résolu dans mon cœur ? Oh ! pourquoi, au lieu de la vouloir, ne pas la projeter plutôt sur notre horizon, et m'en servir ? Au lieu d'un fait, pourquoi ne serait-elle pas entre mes mains un instrument ?

De nouveau j'eus une curiosité folle du paysage que je pouvais faire surgir devant moi tout à coup peut-être par le seul mot perfide et magicien d'« Adieu ! »

Je sentais maintenant que la réaction d'Aimée serait assez forte pour ne pas me décevoir…

J'allais faiblir, parler, quand le souvenir et la raison universellement firent retour en moi.

Je revis d'abord, non, je ressentis plutôt cette lourdeur de plomb que laissaient à chaque fois dans mes veines nos entretiens sans baisers. Je me retrouvai traînant dans la rue mon désir mécontent, jetant les yeux sur chaque femme qui passait comme sur une bouée, mais que par sortilège Aimée m'eût rendue à l'avance inaccessible ; je fus de nouveau, en mémoire, tel qu'elle me rejetait quand elle avait assez de moi : assombri, retranché, stérile, plein de passion punie. « Cela ne sera plus », décidai-je.

Et en même temps, mon esprit, avec une véritable intrépidité critique, réduisait à leur valeur exacte les mots qu'elle venait de dire. Il voyait, et me montrait, de quelle sorte d'affection ils étaient sortis : « Elle ne se changera jamais en amour, tu le sais bien. Le feu qui brûle en elle, ses flambées ne feront jamais une ardeur vers toi ni même un rayonnement qui dure. Elle t'apprécie jusqu'à la tendresse ; oui, elle sait ce qu'elle te doit ; elle t'est reconnaissante comme elle le doit. Elle ne t'aime pas et ne t'aimera jamais. »

En quelques minutes le calme fut rétabli en moi, et sans que je me fusse compromis d'un mot. Je pris ce qui m'était donné, je refusai de rien attendre de plus et je regardai de nouveau bien sagement vers l'abîme où j'allais m'enfoncer.

Nous dînâmes dehors, à la lampe. Nous ne parlions plus que de petites choses indifférentes ; nous n'effleurions nos sentiments que par d'imperceptibles allusions, comme un clavier dont nous n'eussions joué qu'en rêve.

Comme elle avait une petite piqûre à la joue et qu'elle l'avait égratignée :

— Oh ! je vais me défigurer, fit Aimée.

— Tant mieux ! répondis-je, cela m'aidera à ne plus vous aimer.

Tout à coup avec une sorte de haine :

— C'est cette espèce de visage que vous avez !

Puis avec accablement :

— Qui sait, après tout, ce n'est peut-être que ça qui m'a fait tant de mal !

— Voyons, François ! fit-elle simplement.

Nous montâmes dans sa chambre. Elle s'assit sur son lit, faisant remonter un peu sa robe étroite d'où ses longues jambes fines sortirent comme d'un fourreau, plus dures à mon cœur que des épées. Elle les balança doucement un moment sous elle.

La fenêtre était ouverte. Le temps était extraordinairement calme. Pas un souffle de vent. Sur la lueur pâle de la nuit on voyait toutes les feuilles des arbres à leur place. Il semblait que l'été eût fait halte.

Nous restâmes longtemps silencieux.

Le courage m'était revenu. J'éprouvais même une sorte de satisfaction morale, comme quand on a bien employé sa journée. Pour une fois mes remords, cette sensation épuisante de n'avoir pas fait ce qu'il y avait à faire, me laissaient tranquille.

D'ailleurs, dans cette atmosphère si parfaite, où le passé eût-il bien pu trouver un souffle pour le porter jusqu'à moi ?

— Ça va bien, dis-je plusieurs fois à Aimée.

J'avais bien envie de lui prendre la main, comme le condamné celle du prêtre, pour m'aider à mieux passer dans l'autre monde, mais j'eus peur de me trahir.

Je me levai une première fois.

— Vous avez bien le temps ! me dit-elle.

Je cédai et me rassis.

À la fin une idée me vint, absolument irrésistible. Je lui pris les mains, la fis descendre du lit et d'un geste dont je lui laissai voir à l'avance qu'il était sans agression, je la serrai contre moi :

— Rien que pour voir la place que vous auriez tenue contre mon cœur ! lui dis-je.

Elle appuya sa tête sur mon épaule.

Une dernière fois, avec solennité, de sa taille qu'ils entouraient, le désir passa dans mes bras, circula lentement, comme un souvenir déjà, dans tout mon corps, me peignit les délices auxquelles je renonçais, s'apaisa enfin sous une injonction féroce de ma volonté.

Je repoussai Aimée brusquement.

— Séparons-nous maintenant, lui dis-je.

Nous descendîmes le petit escalier de bois, en nous tenant par la main.

Sur la route :

— Combien de temps allez-vous être absent, me demanda-t-elle ?

— Deux mois, je pense.

— Ce sera bien long, dit-elle, empruntant ainsi sans y penser les paroles mêmes de l'amour.

Je ne l'embrassai pas. Je descendis rapidement la côte abrupte. Paris reparaissait avec ses lumières entre les feuillages luisants. La chaussée mal pavée avait des trous. Je me tordis les pieds et faillis tomber. En me retournant je ne vis plus la clarté que la porte ouverte de l'auberge laissait glisser jusque sur la route. Aimée était déjà rentrée.

Je fus seul un moment dans la nuit ; chaque pas que je faisais était comme une marche que j'eusse descendue dans ma propre mort.

Et en effet, de nouveau, je pensais très studieusement à me tuer quand, du fond de l'ombre, je sentis quelque chose s'élever tout doucement à ma rencontre ; je ne le voyais pas encore, mais je le devinais déjà ; par une sorte de pudeur, je m'en taisais encore le nom ; et ce ne fut que quand elle eut pris toute son évidence, que je me décidai à reconnaître, – timide, blessée, mais non découragée, et toute radieuse même de tendresse et de pardon, – l'image de Marthe.

*Ces « Fragments inédits » d'*Aimée *ont été publiés pour la première fois en 1981 dans l'hommage à Isabelle Rivière*[1]*. C'est le texte que nous reproduisons. Il est composé de fragments manuscrits écrits en captivité, au « Camp de Koenigsbrück », comme le rappelle un ajout manuscrit sur la dactylographie de cet ensemble. Ils ont en effet été ensuite réunis et dactylographiés avant d'être écartés de la version publiée. Les dates qui figurent permettent d'en suivre la rédaction initiale dont l'ordre ne coïncide pas avec celui du récit retenu pour la dactylographie et l'édition dans le* Bulletin[2]*. L'objectif de ces pages, synthétisées dans la note finale, était de donner plus de place à Marthe-Isabelle, on y voit aussi apparaître le personnage de Lise, qui incarnait un autre amour et a pratiquement disparu de la version publiée. La citation de* La Princesse de Clèves *placée en tête du chapitre témoigne de ce qu'était alors l'orientation du projet : un roman psychologique dans la tradition française, dimension certainement renforcée par le contexte de la guerre ;* Aimée *sera finalement placé sous le signe de Stendhal*[3]*.*

Fragments inédits d'*Aimée*

« Dans un temps où son idée est dans mon cœur comme la plus parfaite chose qui ait jamais été. »
Madame de La Fayette, *La Princesse de Clèves*

Camp de Kœnigsbruck, 2 et 3 décembre 1915

Le chapitre que j'ai maintenant à écrire, je ne chercherai par aucun artifice à l'amener, à le fondre avec le reste de mon histoire. Qu'il reste au milieu d'elle déplacé, comme déplacés sont les sentiments que j'y veux exprimer.

Je n'ai presque pas parlé de Marthe pendant tout le cours de ce récit. On a pu croire qu'elle était restée en marge des événements qui m'occupaient si gravement ; sans doute s'est-on figuré que

1. *BAJRAF*, n° 59, 1991, p. 1-64.

2. Ainsi les trois premiers fragments datent des 2, 3, 4 et 6 décembre 1915, alors que les suivants ont été rédigés entre octobre et novembre 1915, et le dernier du 19 avril 1916. Dans la version du *Bulletin*, ces dates donnent l'impression que le roman prend ici l'allure d'un journal, ce qui n'est pas le cas, nous avons fait le choix de les reporter en note tout en conservant l'ordre de cette publication.

3. *Supra*, p. 956.

j'avais suivi la coutume des maris, qui se tranquillisent sur leurs égarements par le mystère qu'ils leur conservent, et que j'avais tout mis en œuvre pour éviter que ma femme ne surprît mes sentiments ; oui, je le sens, on a pu imaginer Marthe vaguement et tendrement soupçonneuse, mais en définitive exclue du pesant secret qui encombrait mon cœur.

Qu'une telle dissimulation nous eût peu, à l'un comme à l'autre, ressemblé ! Même si je l'avais voulu, je n'aurais su comment m'y prendre pour faire à Marthe une telle offense. Car il y avait entre nous une religion un peu plus profonde qu'entre le commun des époux. Non, ce n'est pas une vaine réparation après coup que j'entreprends ici. Le besoin de tout dire, de donner la vérité entière de mon histoire me pousse seul en ce moment. Je veux montrer de quelle façon étroite et presque incroyable Marthe s'y trouve impliquée, comment elle a non seulement précédé mais accompagné, assisté, mon amour pour Aimée, et comment maintenant elle remonte et reparaît à travers lui, plus précieuse, plus chérie, plus utile mille fois à mon cœur qu'auparavant.

C'est toute une nouvelle confession. Et, bien que je la veuille plus brève, pour bien faire comprendre quelle sorte d'union il y avait entre Marthe et moi, il faut que je remonte jusqu'aux sources mêmes de notre amour.

Lorsque je connus Marthe, j'avais à peine vingt et un ans. Mon âme n'avait pas encore achevé de grandir ; ma jeunesse ne s'était pas encore épanouie et tranquillisée. Il y avait quelque chose d'amer et de décidé dans toute ma personne ; déjà tout était entendu pour moi. Instruit par un père ambitieux à attendre de l'avenir plus de gloire que de joie, je voyais ma vie devant moi comme une carrière qu'il n'y avait plus qu'à fournir ; toutes les mesures étaient prises. Je savais par quelles écoles j'aurais à passer, quels examens il me faudrait l'un après l'autre enlever, par quelles fonctions, par quels grades successifs, je m'élèverais à cette hauteur où je devais atteindre. C'était commencé déjà ; je n'avais plus qu'à continuer mon chemin bien exactement, sans distraction, sans écart, jusqu'au bout. Conscient d'une certaine promptitude en moi du sentiment, je m'étais mis en garde, une fois pour toutes, contre les maladresses qu'elle risquait de me faire commettre, et principalement contre la tentation (danger) d'un mariage prématuré qui eût entravé, ou tout au moins ralenti, le cours de ma gloire. Je me rappelle avec quelle crainte puérile je prévoyais déjà obscurément le tour qu'allait me jouer l'indocilité de mon cœur et les efforts que je faisais à l'avance, comme à vide, pour y résister.

Je vis Marthe. C'était par une merveilleuse journée de septembre, à la campagne, en plein centre de la France, dans la maison où elle était née, entre ses parents, que je ne sais plus quel hasard me faisait visiter.

Qu'il faisait beau ! J'entends encore ce souffle de vent dans les peupliers du village, je sens encore l'odeur herbeuse de la rivière. Qu'il faisait calme et déroutant. J'étais comme un navire bien bardé, bien sanglé, parti pour un long voyage, et qui perd son chemin entre des îles. Presque plus rien n'avait l'importance que je lui avais cru ; j'oubliais tout à coup les raisons de mon entreprise ; je n'entendais plus d'autres voix que celles du déconseil et de l'abandonnement. En même temps des choses imperceptibles commençaient de devenir souveraines ; je trouvais de la force à de simples impressions ; j'étais touché par des objets que je ne pouvais même pas voir.

Marthe était petite. D'une opération qu'elle avait dû subir dans son enfance, elle avait gardé une démarche légèrement irrégulière. Mais son visage avait une douceur presque saisissante ; on ne pouvait la regarder que longuement ; sa voix était grave et touchante ; bien au-dessous de toutes mes idées, elle remuait en moi je ne sais quelle sagesse obscure ; elle me rappelait tout ce que j'avais connu de pur et de juste. J'aimai Marthe presque tout de suite, sans éclat, sans révolution d'aucune sorte ; avec une espèce de désespoir muet, comme on s'enfonce, au soir, entre les haies d'un chemin de ferme. Ce fut un entraînement sans paroles ; on me prenait les mains, on me fermait la bouche ; on me recommandait le silence et le consentement.

Marthe m'attendrissait. Oui, il y avait de la pitié dans mon émotion. Et pourquoi n'en conviendrais-je pas ? Car il est faux que la pitié soit contraire à l'amour ; elle le guide au contraire ; il y a certains trésors qu'elle seule peut lui indiquer, certaines merveilles intérieures devant lesquelles seule elle sait s'agenouiller, certains visages qu'il faut qu'elle sacre la première pour le désir… Et loin de diminuer ce qu'elle touche, n'est-elle pas l'hommage le plus approprié, le plus pénétrant, qu'un être humain puisse offrir à son semblable ici-bas. Un trait fera bien comprendre la nuance du sentiment qui me portait vers Marthe. Je ne tardai pas à m'apercevoir qu'elle m'aimait aussi. Et bien que je ne sois pas vaniteux, tant déjà je sentais nos affinités étroites, cela me parut tout naturel. Je la regardais me regarder ; et l'idée de la joie que je pouvais faire naître dans ses yeux en lui avouant mon amour, commença de me séduire. Elle tirait sur mes scrupules, sur les dernières résistances de mon orgueil et de ma volonté ; elle devint peu à peu irrésistible. Je ne me résignais pas encore à renoncer à rien ; toutes les pièces de mon ambition restaient en place. Mais il y avait quelque chose de plus proche que tout, qui me faisait signe ; il y avait ce sourire, cette petite lumière à cueillir sur le tendre visage tourné vers moi ; tant pis si je me perdais ! J'aurai bien le temps de voir ensuite. J'étais comme un magicien sur le bord de son prodige. Qui m'eût pu retenir ? Et n'eût-il pas été indigne d'écouter aucune prudence quand un tel bonheur attendait de moi sa délivrance ?

Je cédai à la tentation. Je parlai. Quelle minute vraiment débordante ! Elle m'entraîna avec tous mes biens, auxquels je n'osai plus penser. Marthe n'en revenait pas de joie et de reconnaissance, et de voir si tôt son espoir consommé.

— C'est donc vrai ! C'est donc vrai ! répétait-elle.

J'étais heureux aussi, d'un bonheur qui faisait taire toutes mes questions en les dépassant.

Notre mariage suivit d'un an ces fiançailles. Et d'abord il fit monter en moi tout un essaim de sentiments timides et ravis. La simple idée que Marthe était ma femme était pour moi d'une invraisemblance délicieuse ; je ne me lassais pas de m'en étonner ; je la retournais dans tous les sens, je n'avais jamais fini de lui découvrir de la nouveauté. Je saisissais les moindres occasions de me la rendre bien sensible une fois de plus ; je les cherchais même ; j'allais dans les endroits où j'espérais entendre appeler Marthe : ma femme. Ce n'était pas de l'opinion des autres sur elle que j'étais curieux ; et ne suffisais-je pas tout seul à tout le bien qu'il fallait penser d'elle ? Mais la reconnaissance par d'autres du miracle qui m'était arrivé, la mention, si fugitive qu'elle fût, de ma nouvelle dignité, voilà ce qu'avec des ruses d'une ingéniosité puérile je tâchais partout d'obtenir. Réussissais-je, j'étais comme un enfant ; je ne me tenais plus ; je courais vers Marthe, comme si j'eusse eu une grande nouvelle à lui annoncer : « Tu sais, tu es ma femme, ils l'ont dit ! ».

Un jour, dans un compartiment de chemin de fer, tandis que j'installais nos valises – elle ne m'avait pas encore rejoint – contre quelqu'un qui voulait l'usurper, je dus défendre sa place : « C'est la place de ma femme », dis-je. Et tout aussitôt une rougeur me monta au visage : de joie, de pudeur, de tendresse, mais par-dessus tout d'admiration : « Qu'ai-je dit ? pensai-je en moi-même. Est-ce vrai ? Est-ce seulement possible ? Personne ne bouge, personne ne prétend que j'ai menti. Ils acceptent ce prodige, puisqu'ils ne disent rien ». Marthe parut à ce moment en face de la portière ouverte ; je l'aidai à monter, je l'installai dans son coin. On la regarda, je souriais à part moi, comme si je leur eusse joué un bon tour : elle était si petite ! « Qu'ils s'en étonnent, pensai-je. C'est pourtant là tout mon trésor. Rien de plus en vérité, Messieurs. Mais qu'elle soit à moi, voilà qui suffit à ma jubilation. Et qui de vous pourrait en dire autant ? ».

Certains jours où je rentrais tard, elle était déjà endormie. Je m'approchais avec la lampe sur la pointe des pieds ; je revenais la voir tandis qu'elle ne le savait pas. Les mêmes traits que tout à l'heure, mais détendus par le sommeil, délivrés, confiés ; ils comptaient sur moi ; peut-être ne pensait-elle pas à moi en ce moment ; pourtant elle m'était remise de tout son visage. Oh ! Cette âme avec la mienne ! Où donc avais-je été la prendre ? Quelle idée d'avoir ajouté cet immense petit embarras à toute la difficulté de vivre. Dieu, tout ce que j'avais emmené avec moi sans m'en douter ! Toutes ces pensées qu'elle avait eues sans que je le sache ! Mais ça n'avait plus d'importance. Car elle me les avait données avec tout le reste, et maintenant je n'avais plus besoin de les apprendre.

4 décembre 1915

Pourtant il n'y avait pas en moi que cet émerveillement, sans doute le mariage me ravissait, mais il me tenait aussi ; et parfois je n'en sentais pas le joug sans impatience. Quelque chose de mon âme y était tombé comme prisonnier, qui chercha à se débattre ; c'était l'esprit de jeunesse et d'importunité, je ne sais quelle folie triste et acharnée. Je ne pouvais pas accepter tout à fait ma nouvelle situation. Il y avait des moments où la présence de Marthe comblait tous mes désirs, mais d'autres aussi où je me rappelais tout ce que je croyais avoir laissé pour elle. Mon imagination encore trop neuve et mal réglée, me représentait alors mon bonheur même comme un échec ; elle avait encore trop de ressort, de va-et-vient pour laisser les choses à leur place. Je voyais trop loin pour être tranquille. Par un étrange mirage, le monde me semblait plein de plaisirs dont moi seul étais privé ; je voyais dans le sort de chacun de mes amis une liberté, une aventure, qui manquaient complètement au mien ; et pour donner un corps à l'injustice dont je voulais être victime, je m'inventais un tas de malheurs dont je venais me plaindre à Marthe elle-même :

— C'en est trop pour mes forces, lui disais-je. Jamais je ne surmonterai cela.

J'avais le cœur tout gonflé de reproches, dont je sentais moi-même l'injustice, et parfois la stupidité ; mais sans y renoncer, car ils m'étaient inspirés par quelque chose de plus fort que moi. Je ne tenais pas à leur contenu ; si Marthe se justifiait de l'un, aussitôt j'en avais vingt autres à lui opposer. Car ils n'étaient rien que les formes indifférentes et intarissables du malaise qui m'oppressait ; ils voulaient dire seulement que j'étais encore trop jeune pour savoir me reposer en quelqu'un, fût-ce dans l'être qui m'était le plus cher au monde.

Je n'étais pas brutal, mais plein au contraire d'une circonspection et d'une prévenance perfides. Je présentais mes griefs doucement, avec toutes sortes de réserves et d'excuses, comme pour ôter d'avance toute liberté de s'en défaire :

— Je ne voudrais pas te faire de peine. C'est peut-être moi qui ai tort, commençais-je toujours.

J'avais beau me mépriser, je faisais la victime. Et pour comble de cruauté, j'accablais Marthe de ma résignation ; je lui déclarais qu'il n'était rien que je ne fusse capable d'accepter pour elle, qu'elle ne devait pas s'inquiéter de mes souffrances, que je m'arrangerais bien pour en venir à bout tout seul. Ou bien j'écartais d'avance sa responsabilité, lui faisant sentir par là même tout ce que je prétendais distinguer d'irréparable dans nos malentendus :

— Il ne faut pas te faire du chagrin, ma chérie ; ce n'est pas ta faute. Il y a un malheur sur nous.

Oh ! Ces fausses manières de la rassurer que j'avais, comme je les déteste maintenant !

Heureusement pour nous deux, Marthe avait de quoi mettre ordre à toutes ces manigances de l'esprit qui me tourmentaient. Elle était patiente, vaillante et sage. Oui, j'avais raison de m'étonner de la prise que j'avais faite. Certes, je ne m'étais pas douté des trésors que j'avais d'un seul coup confisqués en la prenant pour ma femme. J'avais fait mon choix dans une nuit presque parfaite, avec de petites idées du moment qui ne m'éclairaient que comme une lampe faible et basse. Qui donc de plus savant que moi, de mieux instruit de mes besoins et de ma destinée, avait pour mon bonheur, deviné dans cette âme toutes les merveilles que je n'arrive à y découvrir que maintenant ?

Des longues immobilités auxquelles elle avait été condamnée dans son enfance, Marthe avait gardé la faculté de remarquer sans rien dire, d'enregistrer soigneusement les choses dans sa mémoire et de ne réagir sur elles qu'avec réflexion. Elle avait cette application muette, ce goût de regarder et de comprendre, cet art de mettre en réserve pour plus tard, qui est le génie des enfants. Que j'aimais à la considérer dans son silence. Elle avait l'air si pénétrante et si prudente. Je me moquais d'elle tendrement ; je la comparais à un petit oiseau en train de piquer sagement de son bec des graines dans un pot de fleurs, et qui s'arrête à chaque coup pour les sentir passer le long de son gosier.

Mais cette attention n'était que la forme extérieure et la plus sensible d'une incomparable intelligence morale. Je ne sais comment décrire celle-ci, tant elle était simple et active. Aucun sentiment que Marthe ne fût capable d'atteindre du premier coup ; les distances intérieures n'existaient pas pour elle ; on ne pouvait pas être trop loin d'elle ; en un éclair elle vous avait rattrapé. Sans effort, et sans laisser de traces. C'était bien autre chose que de la curiosité ; une faculté de se rendre pareil, d'éprouver en même temps, une sympathie sans aucun intervalle. Comme elle était née au milieu de la France, c'est ainsi qu'elle avait le cœur bien situé ; tout était également à sa portée. Cette âme si pure, cette enfant sans expérience ne se laissait étonner ni rebuter par aucune perversion intérieure ; elle ne jugeait pas d'abord ; elle percevait seulement. Elle voyait chaque sentiment à sa place, dans sa lumière, avec toutes ses raisons, comme justifié par son intégrité même. Elle avait la hardiesse presque inconsidérée de l'innocence, et cet accès qu'elle donne aux mystères du cœur les plus interdits.

6 décembre 1915

Ce fut ce qui nous sauva. Car au lieu de s'en désespérer, elle comprit mon mal. Sans avoir l'air de le rabaisser, elle sut ne pas s'en exagérer l'importance. Elle aperçut, avant moi, qu'il devait guérir. Elle m'écouta avec la nuance précise d'attention qu'il fallait, et ainsi d'une part elle m'empêcha de me buter à l'idée que j'étais méconnu, elle me prêta cette audience dont avaient besoin, pour ne pas s'aigrir, les folles et malencontreuses inventions de mon cœur ; mais d'autre part elle leur laissa toujours une issue et, par je ne sais quelle imperceptible réserve qu'elle faisait au dedans d'elle sur leur sérieux, le loisir de s'évaporer. Quelle œuvre vraiment délicate, quand j'y pense, Marthe sut là réussir ! De quelle naïve et profonde intuition elle fit preuve dans l'écartement de ces dangers si déroutants de ma sensibilité. Car ce fut par sa grâce que s'accomplît en moi ce miracle du mariage dont j'ai parlé au début de ce récit. Sous la surveillance impondérable dont elle se sentait l'objet, mon âme put se déplier peu à peu ; sa croissance s'acheva ; les contradictions et les malheurs de l'adolescence se défirent lentement. Et à leur place, se forma et s'établit peu à peu, entre Marthe et moi, la plus parfaite, la plus invraisemblable entente qui ait jamais paru entre deux âmes. Ce n'est pas assez de dire que nous nous comprenions ; nous commençâmes de sentir, de penser en même temps ; devant certaines rencontres de nos esprits, nous eûmes d'abord quelque surprise ; mais ensuite c'eût été de ne pas les trouver ensemble, que nous nous fussions étonnés. Tout ce qui s'élevait dans le sien, j'en apercevais aussitôt dans le mien l'équivalent ; tout ce qu'elle me disait, je le reconnaissais de l'intérieur ; nous étions sensibles aux mêmes influences ; les événements nous modifiaient dans le même sens ; nous étions comme mûris par une même saison ; sans qu'il fût besoin de rien nous dire, nous arrivions toujours au même point. Marthe devint peu à peu comme ma seconde âme. Et ainsi je ne peux plus la trahir ; je ne peux plus rien faire désormais qui soit contre elle, car elle est une même chose avec moi.

Mais ce ne fut pas seulement par sa profonde intelligence qu'elle débrouilla mes indispositions et mit la paix dans mes sentiments. Elle me prêta aussi sa force. Quand son regard, dans les premiers temps, me suppliait d'un air si tendre, quand elle se suspendait de toute sa faiblesse à mon bras, pouvais-je soupçonner quels trésors de fermeté étaient cachés dans cet être fragile ? On eût dit qu'elle avait peine à se tenir seule debout. Et voici qu'à la longue un inexorable courage rayonnait d'elle et se faisait sentir alentour, à ceux-là mêmes qui pensaient être venus pour lui donner leur appui. La France encore une fois. Marthe en est pour moi comme l'image sensible, et c'est toutes les deux que je baise à la fois en pensée, du fond de mon exil, plein de larmes et de désir, sur le même visage.

Une certaine maladresse pratique, de l'indifférence et presque du dédain pour le confort, Marthe ne savait pas très bien tirer parti des choses ; elle n'avait pas, comme Aimée, cet art merveilleux de l'arrangement ; elle était légèrement distraite de ces questions ; elle ne pouvait pas penser à tout ça. On eût dit qu'elle refusait de s'établir trop solidement en ce monde, de s'y enfoncer. D'une extraordinaire sobriété, elle avait l'air de n'en vouloir prendre que tout juste ce qu'il fallait pour s'y maintenir ; elle ne se laissait retarder par aucune caresse des choses…

C'est qu'il fallait qu'elle fût toujours prompte et légère, toujours prête à se porter aux extrémités de l'âme. Pas très bien installée, mais pour pouvoir sortir au premier appel ; elle accourait, elle volait à votre secours ; dans les grands moments du sentiment, on était sûr de la trouver auprès de soi. Une cordialité héroïque ! (Elle ne vous laissait pas qu'elle ne vous eût rendu courage). Point de dangers qui la surprissent endormie, point de détresse qu'elle n'eût de quoi sur le champ consoler.

Quel cœur inépuisable ! Qu'il faisait bon d'être avec elle ! L'avenir en devenait meilleur, le présent plus sûr. De la grande perfidie de la femme, tout auprès d'elle s'oubliait : et à la place je ne sais quel repos énergique vous gagnait le cœur. Elle n'avait pas besoin de se déchirer, de se partager ; elle respirait tout entière le dévouement et la vertu ; elle portait partout avec elle, comme une même flamme, la foi, la charité et l'espérance : l'espérance surtout qu'elle représentait de tout son visage, et qui est la faculté de ne jamais croire que tout soit fini et de regarder toujours du côté où il fait encore clair, où il y a encore du bonheur à attendre, de la force à sentir, de la grâce à recevoir.

Je n'ai pas entrepris de tracer de Marthe un portrait achevé ; je n'ai voulu qu'indiquer les traits qui rendaient impossible de lui rien dissimuler. On comprendra maintenant que je n'avais pu songer un seul instant à lui cacher mon amour pour Aimée. Une telle conduite eût été plus que coupable ; elle n'aurait eu aucun sens. Pouvais-je refuser les trésors d'intelligence qui m'étaient offerts ? Pouvais-je délibérément me priver du réconfort que je n'avais qu'à tendre la main pour recevoir[1] ?

18 octobre 1915

Dès avant que ma passion ne devînt claire en moi, au temps où mon cœur se débattait encore obscurément entre Aimée et Lise – et cet amour aussi je le lui avais depuis longtemps confié – un jour je posai à Marthe, comme je l'eusse posée à ma conscience même, la question : laquelle de ces deux femmes m'était la plus chère. Et sans hésitation, sans prendre le temps de s'étonner de l'étrange éclaircissement que je lui demandais, Marthe me répondit :

— Je comprendrai que tu aies de l'amour pour Aimée. Mais il ne faut plus que tu aimes Lise. Ce serait mal.

Ainsi pénétrait-elle, avec un désintéressement sublime et une clairvoyance de génie, dans la justice même de mon âme ; ainsi portait-elle d'un seul coup la lumière dans les dessous, encore pour moi-même ténébreux, de ma plus secrète sincérité.

Lorsque vinrent les angoisses physiques, les battements de cœur, l'oppression, l'insomnie, comment lui eussé-je caché tant de signes, et leur sens véritable ? Comment me fussé-je privé, de gaîté de cœur, du réconfort dont j'avais tant besoin, et que je

1. Ici s'achève la mise au net du manuscrit du chapitre X qu'on trouve dans le fonds Rivière à la cote JR a.1 AI (4)/b49/m35. La suite figure dans la version écrite en captivité.

n'avais qu'à étendre la main pour trouver ? Je me rappelle les longues nuits près d'elle, avec ce mal dans mon cœur ; lorsque la mer devenait trop forte en moi, lorsque déjà j'avais renoncé à dormir, lorsque je n'en pouvais plus, je posais simplement, sans rien dire, ma tête sur sa poitrine.

— Tu souffres, mon petit enfant, me disait-elle.

Alors, avec une patience et une invention admirables, elle me consolait :

— Il faut avoir du courage. Je ne te quitte pas. Je suis avec toi dans tout ce que tu souffres. Je peux te comprendre, va, et te suivre ; je vois ton mal comme s'il était mien. Mais écoute : Dieu ne nous abandonnera pas ; il ne voudra pas que nous soyons séparés ; il ne voudra pas qu'un tel malheur soit possible…

Elle continuait ainsi longtemps, avec la même douceur inépuisable et forte, et la paix peu à peu rentrait dans mon cœur.

19 octobre 1915

Pas une fois je ne songeai à l'éloigner de ce qui se passait en moi. Plus tard, lorsque poussé par la curiosité impitoyable du psychologue, j'essayais de démêler dans mon cœur tout brûlant les caractères premiers de l'amour, je l'appelais à moi tout naturellement ; elle se penchait avec moi sur ces mystères ; elle partageait mes découvertes. Même ce fut elle qui me fit la première apercevoir ce profond besoin de se faire connaître de l'être aimé, auquel j'allais bientôt devoir tant de tourments. Nous ne sentions aucun malaise à nous entretenir de ces choses, car nous savions bien que si nous pouvions en souffrir, du moins nous ne nous y blesserions jamais.

Rien de plus étrange que la façon dont je parlais d'Aimée à Marthe. Je ne pouvais m'empêcher de lui laisser paraître la sorte d'effroi que m'inspirait mon amie, et combien d'une certaine façon elle me scandalisait ; il y avait, dans tout ce que je lui disais d'elle, une espèce d'accusation que je ne pouvais contenir tout à fait :

— Tu ne peux pas savoir combien elle est effrayante, lui assurais-je parfois.

Et un jour que je semblais plus particulièrement accablé, comme Marthe me tourmentait tendrement de questions :

— Je me suis donné à un être terrible, répondis-je.

Mais sitôt que j'avais laissé échapper ces reproches, si enveloppés qu'ils fussent, la crainte me venait que Marthe ne les prît trop exactement ; je tremblais qu'elle n'allât mal penser de mon amie ; une peur infinie me prenait qui faisait taire tout le reste, qu'il fallait écarter tout de suite, à tout prix, avant tout ; je ne pensais qu'à effacer l'impression que je venais de faire :

— À cause de ce que je t'ai dit, tu sais, reprenais-je, je ne voudrais pas que tu la juges mal.

Il fallait que Marthe me rassurât, et je ne l'étais jamais assez. Elle avait beau m'affirmer vingt fois qu'aucune ombre n'avait terni son opinion sur Aimée, il me semblait toujours voir dans son esprit, comme des échardes qu'on ne peut enlever d'une blessure, des restes de l'idée que j'y avais imprudemment plantée, et longtemps après, je lui demandais encore :

— Dis-moi, bien vrai, si tu n'as aucune arrière-pensée contre elle.

20 octobre 1915

Je ne sentais pas ce que cette insistance avait de déplacé et de cruel ; je n'écoutais que mon cœur, les grandes fièvres qu'il subissait m'avaient fait perdre tout sentiment des convenances. En vérité j'étais un étrange mari. À mesure que l'amour grandissait en moi, j'aurais voulu rapprocher Marthe et Aimée davantage ; j'avais besoin de les voir réunies dans la réalité, comme elles l'étaient en moi ; sans m'inquiéter de savoir si je servais leurs désirs, je leur ménageais des occasions de se rencontrer, d'être seules ensemble.

21 octobre 1915

Or il y avait entre elles une amitié véritable ; elles avaient assez l'intelligence l'une de l'autre pour s'aimer. Mais je me demande maintenant avec remords si leur réunion pouvait « donner quelque chose », était susceptible de prospérité. Ce qu'il y avait chez Marthe de tendre, de fidèle et de suivi, cette longueur de tous ses sentiments, comment eût-elle servi d'amorce à la brièveté d'Aimée ? Aimée avait besoin d'un certain climat pour s'épanouir. Elle était pareille à ces fleurs du désert qui ne s'ouvrent que dans l'orage, et avec explosion. Pour obtenir tout ce qu'elle contenait, il fallait entretenir autour d'elle une atmosphère comme électrique. Aussi longtemps que j'étais dans leur compagnie, je réussissais à force d'amour, à assurer le contact entre ces deux âmes si éloignées ; j'allais de l'une à l'autre dans un état de zèle prodigieux ; je volais entre elles comme une abeille ivre et savante ; je prévoyais les moindres différences avant même qu'elles n'aient eu le temps de se prononcer ; en les annonçant je les rendais inoffensives ; si cachées qu'elles fussent en elles, je voyais leurs plus petites affinités, j'allais les chercher, je les déroulais comme un fil dont je les embobelinais toutes les deux, en riant, faisant taire leurs protestations sous ma joie, étouffant amoureusement les mots dont elles tentaient parfois de se faire une défense. Mais sitôt que je n'étais plus là, la grâce que j'inspirais à leur entretien devait leur faire sentir cruellement son défaut ; elles la poursuivaient en vain ; elles ne savaient plus ranimer tous ces commencements auxquels ma présence seule avait prêté quelque longueur ; et je crains qu'elles n'aient senti souvent avec dépit les difficultés auxquelles je les laissais en proie.

23 octobre 1915

Il y avait donc de la cruauté de ma part à prétendre les rapprocher de force. Marthe le savait ; et c'est ce qui lui donna les quelques mouvements d'humeur que j'ai déjà notés. Car elle était sage, mais non pas faible, et lorsque les entreprises de mon amour excédaient par trop la mesure, elle leur opposait une douce et fière révolte.

Mais moi je ne voyais rien, je n'entendais rien, je ne comprenais rien. La situation où nous étions parvenus était d'une essence si rare qu'elle me faisait perdre la tête. Puisque nous avions su nous y élever, plus rien ne me semblait impossible. Je vivais dans une espèce d'enthousiasme absurde ; j'imaginais une communion universelle des âmes, dont nous eussions d'abord tous les trois bénéficié. La générosité grise comme le vin ; et il s'en faisait autour de moi une telle dépense que je rêvais d'en voir répandre davantage encore ; je finissais par trouver tout naturel de jouer à la grande âme ; et je ne songeais plus assez à ce qu'il pouvait en coûter aux autres d'efforts et de larmes. J'étais jeune encore ; je ne comprenais pas que la vie est moins libérale que notre cœur, qu'elle connaît d'autres obstacles que lui et ne sait ni ne doit le suivre dans toutes ses extravagances.

25 octobre 1915

D'ailleurs malgré ce souci de resserrer leurs liens toujours davantage, je continuais d'en appeler auprès de Marthe contre Aimée. Sitôt qu'une nouvelle souffrance m'atteignait, mon premier mouvement était de me réfugier près de ma femme, de me blottir contre elle. Une dernière pudeur m'avait empêché de lui avouer qu'Aimée connaissait mon amour. Mais je faisais presque comme si je le lui avais dit.

26 octobre 1915

Je me plaignais à elle passionnément de mon amie, presque comme d'une maîtresse ; je recourais à elle comme si elle eût dû me faire justice ; je lui soumettais mes griefs. Ce fut surtout lorsque mon intimité avec Aimée commença de se gâter. Je ne cachai rien à Marthe du malaise affreux qui me gagnait de plus en plus. Et même, le soir de cette douloureuse journée à la campagne qui s'était terminée par cette crise de joie si étrange, si indécente, je ne pus m'empêcher de lui dire, presque sans sourire :

— Ma chérie, il y a des moments où j'ai peur que ce soit le diable.

Parole d'enfant, mais qui laisse bien sentir quelle différence mon cœur faisait entre ces deux femmes et comment il pouvait les aimer à la fois.

28 octobre 1915

Je sens bien qu'ici l'on ne va plus me comprendre. Ce double amour, on n'y voudra voir qu'une invention d'écrivain, un arrangement tout idéal de sentiments, une complexité factice, destinée à pallier mon infidélité véritable. Et pourtant, qu'ai-je eu à cœur dans tout ce récit, que de le montrer réel ? Bien mieux, je n'ai pas eu d'autre raison d'entreprendre une confession, parfois si douloureuse. L'idée que peut-être on irait croire que j'aimais Marthe moins profondément depuis que j'étais épris d'Aimée, m'est insupportable ; c'est elle qui m'a armé, c'est elle qui m'a soutenu jusqu'ici ; ou plutôt c'est pour me débarrasser de cette idée, pour vous retirer toute possibilité, tout droit de m'imaginer infidèle, que j'écris ces pages. Que ferai-je si je n'arrive pas à vous convaincre ? Comment oserai-je me représenter devant moi-même ?

Il faut donc que j'insiste encore et que vous m'écoutiez jusqu'au bout. J'ai décrit mon amour pour Aimée, et peut-être avec des traits assez forts pour qu'on ne puisse plus douter de sa réalité. Pour prouver qu'il n'est pas le seul en moi, que puis-je faire de mieux que de décrire maintenant, à côté de lui, mon amour pour Marthe ? Un sentiment, cela ne se fabrique pas avec l'esprit ; si celui-ci n'existe pas en moi, si je n'ai fait que le construire artificiellement pour les besoins de ma cause, je ne saurai pas trouver les couleurs pour le peindre ; je n'en tracerai qu'une image pâle et vide ; vous verrez tout de suite que j'invente ; dès les premières lignes, je me trahirai. Mais si je réussis à l'animer, à le rendre vivant et sensible sous vos yeux, comme j'ai fait l'autre, alors c'est à vous d'être vaincus : vous ne pourrez plus refuser de me croire, vous serez obligé d'accepter comme une chose naturelle et vraie, ce qui vous paraît peut-être encore une monstruosité sentimentale. Il vous faut accepter l'expérience, car c'est la seule qui puisse être décisive. Pour moi je m'y lance avec joie ; avec tremblement aussi, car je sens que je mets en jeu d'un seul coup mes intérêts les plus chers, les plus sacrés ; mais avec confiance enfin, car la tendresse qui me gonfle et me transporte déjà, comment n'arriverait-elle pas à paraître ? Elle pousse déjà en moi, comme une marée encore confuse, mais irrésistible, tous les mots dont elle a besoin pour jaillir.

29 octobre 1915

Et pourtant cet amour pour Marthe qui me soulève, il n'est pas facile à représenter. Je ne sais comment m'en emparer. Il n'a pas tous ces caprices, toutes ces choses à moitié pensées, cette perversité dans les méditations, ces insincérités pathétiques, ces voies étranges et détournées, cette irrégularité profonde qui, dans l'autre amour, donnent prise, et aident à le fixer. Il ne sort presque pas, il n'a pas d'aventures, au cours desquelles on puisse le surprendre et le capturer. C'est un corps de lumière, c'est un oiseau qu'il faut saisir aux ailes pour le voir. Il ne se distingue pas de mon âme quand elle jubile, quand elle est pleine et parfaite. Aimée, c'est à chaque fois une étape à couvrir ; il faut que je m'approche d'elle à nouveau, que je recommence la route jusqu'à elle : un tas de détails à franchir, à dépasser, à oublier, avant d'être avec elle de nouveau. Mais Marthe m'est comme intérieure ; et mon amour pour elle commence par le recueillement ; je la retrouve, je la reprends en moi, je la regagne comme une région plus sûre et plus secrète. Comment faire apparaître un mouvement si caché, cette retraite de tout mon cœur ? Comment faire un tableau d'une si imperceptible passion ? Et l'on va croire peut-être qu'elle est sans force parce que je l'aurai montrée sans étendue, sans saillies, sans écarts, sans voyages. On ne sentira par l'immensité de cette adoration sur place !

17 novembre 1915

Le temps a passé ; mais non pas l'étonnement de ce qui m'est arrivé. Je vois Marthe des mêmes yeux qui ne s'habituent pas. Et l'amour conjugal, qu'est-il autre chose que la faculté qu'ont les époux de se reconnaître toujours avec nouveauté ? Nous pouvons vieillir ; son visage peut se faner ; j'y lirai la trace du mal que je lui ai fait ; je saurai ce que raconte chaque ride : tout ce que je n'ai pas su m'empêcher de dire, toutes ces choses que je n'aurais pas dû faire, je les retrouverai bien exactement inscrites ; les traits ont une mémoire cruelle ; ces pleurs que je pensais avoir essuyés, ils ne se sont pas effacés sans retour. Mais qu'importe.

Avec le même émerveillement qu'au premier jour, je me pencherai sur ce visage tout marqué par le grand amour que j'en aurai eu ; avec le même sourire timide et ravi, une fois de plus, je le reconnaîtrai dans un murmure : « C'est le visage de ma femme ».

Une piété infinie ! Nous avons été bénis ensemble. Notre amour n'est pas seulement de nous ; ce n'est pas seulement ce choix emporté et violent de l'homme tout seul, du ravisseur plein de conquête et d'inconsidération. Mais nous l'avons porté devant Dieu pour qu'il le consacre et le féconde ; et maintenant le sacrement est sur nous. Cela ne peut être secoué ; aucune impatience n'en débarrasse ; mais je sens bien cette petite force innombrable tout occupée après nous ; si je la dérange, elle revient. Oh ! tout ce qu'elle découvre, tout ce qu'elle protège en moi. Des sentiments qui avaient besoin, pour fleurir, d'être aperçus par quelqu'un de plus malin que moi ; ils étaient si humbles, si près de la terre. Mais maintenant, comme dans un jardin bien arrosé aucune plante, si fragile soit-elle, ne reste en arrière, c'est ainsi que tout mon cœur est soutenu et développé. Je tiens à elle de partout ; je la rencontre par tous mes mouvements ; je la choisis à chaque instant, dans mes plus petites pensées.

De grands dons ont été versés sur nous, et enfin cette grâce suprême de savoir nous pardonner l'un à l'autre. Les amants aussi passent leur temps à se pardonner ; mais c'est un pardon de théâtre, tout pathétique, tout agité, avec le mouchoir en tampon sur les yeux, et des rires qui percent sous l'averse, comme une moquerie déjà de la gravité où ils se sont laissés prendre un moment. Ce n'est pas cette parfaite absolution entre époux, cet échange muet de leurs âmes, que scelle un baiser à chaque fois irrémédiablement un peu plus triste que le dernier qu'ils s'étaient donnés. Qui pourrait dire ce repos, cette mélancolie sans égale entre nous, lorsque nous nous retrouvions après quelque faute ? L'oubli se faisait en nous aussi plein, aussi exprès qu'avait été le ressentiment : c'était une véritable rémission mutuelle ; et peut-être est-ce là l'œuvre la plus profonde et le signe le plus décisif de l'amour.

Oui, le sacrement est sur nous ; nous l'avons reçu sans bien savoir encore, mais avec l'âme qu'il fallait ; c'est pourquoi il « a pris » en nous ; et il nous récompense maintenant de cette vague petite confiance que nous avons eue en lui ; il nous rend notre amour multiplié. Mais son opération a été si secrète, tellement sur place, que peut-être je ne l'aurais pas remarquée sans l'aide des événements qui ont bouleversé ma vie.

Sans doute j'avais eu déjà plusieurs fois cette sensation presque physique du lien qui m'attachait à Marthe. Souvent, en plein Paris, tandis que j'allais à mes affaires, parmi le fracas des rues, une question me venait : tout de suite j'étais orienté, je me tournais mentalement vers elle : « Je lui demanderai », pensais-je. Une référence secrète.

Lorsque je m'éloignais d'elle, il me semblait qu'un fil, infiniment ténu, se tendait doucement en moi. Tandis que le train m'emportait, et que déjà se rapprochait la ville où j'allais descendre, inconnu – la campagne brouillée et fumeuse aux alentours de la nuit, les petites gares désertes sous la pluie du soir – une douce contrainte m'avertissait en silence de ce que j'avais quitté : « C'est l'heure où elle allume la lampe dans la salle à manger ». Je ne souffrais pas ; mais qu'avais-je donc au cœur de si triste et de si bon ?

Ce n'était rien pourtant. Pour me faire sentir la force de mon lien, il a fallu d'autres épreuves. Une première fois nous avons failli être séparés ; j'ai vu Marthe entrer toute vivante dans les ombres de la mort ; je l'ai vue livrée aux médecins, emportée dans des draps comme une victime ; je revois son sourire tout brillant de courage. Qu'elle était belle et forte à cet instant ! et que j'étais misérable !

Puis j'entends sa voix de blessée, une voix nouvelle et violente, comme révoltée de souffrance et ses appels fiévreux et les cris de sa chair déchirée. Pourtant elle se dominait encore ! Un soir assise sur son lit – j'étais auprès d'elle, je lui tenais la main – comme elle avait du mal à ne rien me dire ! Ses tempes battantes, ses yeux brûlants, ses narines pincées, toute la machine de son corps soulevée, surmenée, la vie qui s'essoufflait en elle ! Avec quelle angoisse elle regardait au fond de cette nuit qui se creusait devant elle, comme si un monstre y eût été tapi qu'elle aurait à vaincre toute seule ! En silence elle prenait courage à ma main tranquille, posée sur la sienne ; elle en goûtait tout bas la fraîcheur ; elle m'empruntait tout ce qu'elle pouvait sans rien dire ; c'est qu'il ne fallait pas m'effrayer ! « J'en viendrai bien à bout sans avoir besoin de lui faire de la peine », pensait-elle. O mon petit soldat sans reproche, je n'ai pas su te deviner ni te suivre ; je t'ai quittée comme les autres soirs ; je t'ai laissée t'avancer toute seule au milieu de ces affreux fantômes qui voulaient te prendre à moi ; et je n'ai compris où il t'avait fallu passer que lorsque tu m'es revenue sauvée, que lorsque je t'ai reçue une seconde fois des mains de Dieu, marquée de son sceau à nouveau, partagée comme un fruit, opérée.

Mais il a fallu que je sois seul à mon tour et sans toi ! Il a fallu que nous connaissions, chacun, une nouvelle fois, sous leur autre aspect, les mêmes affres ! Toute la journée le canon avait sonné comme une cloche ; il faisait clair et triste ; un temps d'éclipse ; on est venu nous chercher tout à coup, vers le soir ; le village en désordre, les gamelles renversées ; nous sommes partis ; je marchais entre mes camarades, je n'en pouvais plus de fatigue, de sommeil et de soif ; mais je pensais : « Je vous remercie, mon Dieu, parce que je sais qu'elle ne manque de rien, que de moi ». Puis l'ombre est descendue ; nous avons commencé de croiser les charrettes des fugitifs, avec les meubles entassés ; des femmes, sur le bord de la route, poussaient des voitures d'enfants, à pas rapides dans le noir ; les incendies faisaient leur tache tranquille sur la nuit ; seul un projecteur de l'ennemi, à l'horizon, s'inquiétait, s'affairait sans cesse, avec son éclair pâle et jamais fixé ; je respirais avec colère et je pensais : « Je suis content parce que je vais me battre tout à l'heure ; mais faites, mon Dieu, que je puisse la revoir ». Après, c'est le bois, tout à coup, où nous étions cernés ;

tous après nous ; et le caquet horrible des mitrailleuses qui ne s'arrêtait plus ; j'entendais tomber autour de moi les branches, cassées net par les balles ; un village brûlait tout près ; je le voyais à travers les arbres de la lisière, j'entendais le bruit de friture que ça faisait, et je pensais : « Dans un instant tout sera fini. Mais par exemple je me demande un peu comment vous allez vous y prendre, mon Dieu, pour nous séparer ».

Ah ! Jusque-là, que j'avais l'intelligence courte ! Pour l'étendre, moi aussi, il a fallu que je fusse opéré, il a fallu que ma vie fût travaillée de tout près ; alors j'ai compris ; le lien est apparu ; j'ai vu la place où il est scellé ; j'ai senti sa force indestructible, et que la mort sur elle est à jamais risiblement impuissante.

Et maintenant comment dire ce que c'est ? Ce besoin si humble, si constamment ressenti, cette fatigue d'être sans elle. « Je vous en prie, mon Dieu, faites que je puisse la revoir bientôt ». J'économise mon souffle pour arriver jusqu'à elle ; presque tous les autres soucis se sont tus jusqu'à nouvel ordre ; ils sont rangés, subordonnés à celui-là tout seul : la revoir. Parfois, quand le cœur va me manquer, je me tiens debout, je m'appuie contre le pilier de ciment de ma cellule : « Viens à mon secours un moment ; prête-moi ta force pour ce petit moment, ma chérie ». Et toute communication n'est pas coupée entre nous ; elle doit m'entendre, car l'heure passe et le courage revient. Comment dire toutes ces voix réglées et suppliantes de la fidélité en moi ? Le temps est bien loin où mon bonheur me pesait, où j'avais besoin d'autre chose ; j'ai tout réappris du commencement, et non seulement la faim et la soif, mais le désir d'être avec elle et d'entendre sa voix répondre à la mienne.

19 avril 1916

Je crois avoir enfin reconnu pourquoi il est impossible de tasser dans un chapitre unique comme j'ai voulu le faire jusqu'ici tout ce que j'ai à dire sur Marthe. Je crois comprendre pourquoi depuis 8 mois je ne puis arriver à bout de ce chapitre et pourquoi il a fallu que la première version que j'en avais faite et dont j'osais être content, me fût enlevée de force. Je crois voir les raisons de cet épuisant effort et de cette stérilité qui m'ont tellement fatigué et découragé l'automne dernier. Elles ne sont pas d'ordre littéraire. Ce n'est pas non plus uniquement la lassitude de mon esprit et le manque de globules rouges qui m'ont arrêté. Le vrai est que j'avais affaire à un sentiment encore incomplet, dont la révolution n'était pas finie. Il me faisait défaut comme objet, il ne se présentait pas à mes yeux ; je ne le voyais pas comme il était. Je n'en aperçois que maintenant toute l'étendue et toute la force. Cette balance que j'essayais d'établir, ces pathétiques : Comment choisir entre les deux ? N'ai-je pas l'âme assez grande ? etc. en réalité ce n'était que des solutions provisoires. L'autre continuait à grandir par-dessous, insensiblement, irrésistiblement. Il ne faisait pas attention à moi, il m'empêchait simplement de finir, il me causait cette sournoise et insupportable entrave littéraire dont je souffrais tant, pour que je fusse encore disponible lorsque viendrait son temps. Et son temps est venu. La lettre de Marthe du début de mars. Je commence de l'entrevoir maintenant, tel qu'il veut être dit. Je vois que Marthe n'est plus, n'a jamais été une chose à part, qu'elle a été mélangée depuis le début de la façon la plus étroite aux égarements de mon cœur, qu'elle ne me semblait inopérante que parce que son efficace était à longue échéance. Et maintenant elle veut entrer dans le drame, elle y réclame sa part. Il ne lui suffit pas que je déclare dans l'abstrait qu'elle y a été présente ; elle veut que je la montre à chaque instant, telle qu'elle se posait par rapport à Aimée. Plus de chapitre X, plus d'épigraphe : « Dans un temps où son idée… ».

Aussi longtemps qu'elle n'était pas victorieuse, mon amour ne trouvait rien de mieux que la pudeur de la laisser à part, de lui faire son royaume bien fermé et bien pur, de la mettre d'autorité et de parti pris à une place exceptionnelle. Et en effet c'est tout ce que je pouvais faire de plus amoureux pour elle. Mais peu à peu cette réserve est devenue injurieuse. Toutes mes protestations du début de X n'y pouvaient plus rien : cet isolement lui faisait tort. Maintenant qu'elle tient le dernier mot, elle ne veut plus être ainsi respectée ; elle veut que je la montre méconnue, répudiée, dédaignée, puisqu'elle a cessé de l'être, puisque c'est elle maintenant la vraie, puisque je serai obligé, rien que pour être vrai, de montrer aussi son retour et son triomphe.

21 avril 1916

Combien mon œuvre doit gagner en complexité par la réforme que j'entrevois. Il faut arriver à peindre d'une façon liée et constamment proportionnelle le progrès de mes sentiments pour ces trois femmes. Il faut que le thème de Marthe apparaisse le premier et disparaisse le dernier et qu'en cédant la place aux autres, il ne donne pas l'impression de s'éteindre. À chaque instant il faudra marquer mon rapport à Marthe, tel qu'il était en réalité. C'est pourquoi des scènes que j'avais tues par pudeur, lorsque je sentais n'en pouvoir produire de compensatrices, comme celle de la remontée à reculons sur la plage de Bénerville, doivent à tout prix reparaître. Songer combien il sera plus pathétique de raconter mes confidences à Marthe et mes plaintes au moment même où j'avais besoin de les lui faire et en même temps que les souffrances qui m'y poussaient. Par exemple l'exclamation : « J'ai peur par moments que ce soit le diable ».

Il faudrait faire de même jusqu'au bout pour mes rapports avec Lise, au lieu d'interrompre brusquement après IV, et bien qu'il ne doive pas y avoir la même reprise vers la fin que pour Marthe.

Et tout de même, si je n'ai pas exécuté la chose sur ce plan du premier coup – l'idée m'en était sans cesse vaguement présente – c'est aussi que je manquais d'une certaine souplesse de style et de composition que je crois avoir acquise depuis, et justement en écrivant mon œuvre.

Acquise au moins en puissance. Car décidément je ne me sens pas la force nécessaire maintenant pour exécuter ma nouvelle idée. Le sang n'est pas assez frais, la tête pas assez légère. Mais je suis content de sentir que ma pensée continue de marcher par-derrière le voile, et bien qu'elle ne puisse pas provisoirement s'incarner, qu'elle ne perd pas autant de temps que moi.

Et puis, pour retoucher sans gâchis à ce qu'il y a de fait, et qui est si délicat, si périssable, il me faudrait avoir devant moi la mesure de toutes choses, il me faudrait Marthe. Je la ferai poser, comme un peintre qui fait un portrait. Elle sera là, je la regarderai en écrivant, et tout sous mes doigts deviendra juste et merveilleux.

Étrange que tandis qu'il fallait que je ne visse plus Aimée pour la peindre, pour Marthe au contraire il faudra qu'elle revienne et que je ne la quitte plus des yeux.

Et en même temps n'est-il pas merveilleux qu'à cette distance et à travers tant d'obstacles elle ait su regagner tant de chemin, faire sentir sa force, me toucher de sa constance, me forcer jusqu'au fond de cette capricieuse et redoutable erreur où j'étais entêté ? Quelle vertu dans cette âme, et quel pouvoir dans le sacrement !

Ce portrait inédit de Gaston Gallimard appartient au fonds Rivière déposé à la bibliothèque de Bourges[1]*. Il pourrait faire partie du dossier* Aimée, *puisque Gaston Gallimard dont il est ici question est le modèle de Georges Bourguignon, le mari d'Aimée. Dans le roman, on trouve résumée l'idée qui est développée ici, Georges étant présenté à sa première apparition comme un « jeune homme riche et désœuvré, chez qui les sens font leur chemin sans trouver le frein d'une morale bien déterminée*[2] *». Rivière parvient donc dans* Aimée *à condenser en une formule ce qu'il explore ici sur quatre feuillets. On pourra comparer les deux portraits et remarquer que lorsqu'il s'étend sur le caractère de Georges l'écrivain le fait d'une manière plus précise et sans se référer à des règles de vie. De même, alors que Rivière se montre ici soucieux de respecter la morale et plus encore la religion, ce qui fait de lui le contraire de Gallimard, le narrateur d'*Aimée *est assez lucide pour supposer que ses propres « vertus* [...] *n'étaient peut-être que le mirage au dehors de* [son] *impuissance intérieure à* [se] *débaucher*[3] *». Cependant, la parenthèse : « C'est pourquoi il était le dernier homme fait pour aimer A G » (initiales qui désignent clairement André Gide) pourrait indiquer que ces pages sont antérieures à la passion pour Yvonne Gallimard et datent plutôt des années 1910-1912 lorsque Rivière fait la connaissance du groupe de* La NRF *et s'y agrège. Dans les deux cas, on a ici un témoignage de l'importance de la personnalité de Gaston Gallimard pour Rivière et de la manière dont procède son analyse psychologique où le particulier débouche toujours sur des considérations générales.*

1. « Œuvres ébauchées et notes diverses », JR a.3 OE[1]/b70-71/m52, n° 531-534.
2. *Supra*, p. 966.
3. *Ibid.*, p. 967.

Portrait de G[aston]. G[allimard].

Caractère fondamental : impossibilité de la restriction sentimentale. De tout sentiment il ne voit d'abord que l'extrémité et il s'y porte naturellement du premier coup. Cela se divise en trois caractères

1° Excès de toute appréciation chez lui ; elle est toujours toute pure et entière ; elle ne connaît pas de tempérament. Injustice. Énormités qu'il peut dire sur les siens, sur les gens qu'il aime, et sans s'en apercevoir. Ce ne sont d'ailleurs des énormités que pour nous qui l'écoutons, parce qu'en lui c'est compensé par des sentiments différents, opposés, tout aussi violents que celui qu'il exprime, mais auxquels il pense trop peu au moment où il parle. Jamais l'expression de sa pensée n'est retenue par ce sentiment de l'autre chose, de ce qu'il y a aussi à dire, jamais elle n'est coupée par des idées transversales. (C'est pourquoi il était le dernier homme fait pour aimer A G.)

2° Il ne reconnaît son plaisir que là où il est tout pur. Il ne sait pas voir le plaisir qu'il y a dans les actions contrariées et difficiles, dans les renoncements, les privations, les sacrifices. Comme il est habitué à n'avoir que des sentiments non mélangés, il croit qu'on ne peut choisir qu'entre le plaisir et la douleur. Tout ce qui n'est pas évidemment plaisir, il le prend pour douleur ; et alors il a raison de le refuser. Car cela n'a pas de sens d'embrasser volontairement la douleur toute pure.

Il ne voit pas le sens de ce qu'on obtient de soi contre ce qu'on aurait aimé à faire. C'est en quoi il est si peu chrétien. Ou peut-être c'est parce qu'il est si peu chrétien qu'il ne trouve pas de sens à ses actes négatifs. Mais retirer toute valeur à ce que nous faisons de négatif, c'est retirer presque tout son sens à la vie, car elle se passe à ne pas faire ce que nous aimons à faire, à faire autre chose que ce qui nous plaît.

D'ailleurs pratiquement (et c'est à son éloge) il se résigne souvent à faire autre chose que ce qui lui plaît. Mais, dans son éthique, c'est presque une faute, en tout cas ça ne veut rien dire.

Je voudrais qu'il arrive à voir que « la jouissance n'est qu'une pourriture » et qu'on n'est quelqu'un de fort que si on sait se maltraiter un peu et passer outre son plaisir. Ce n'est pas la morale qui recommande cela, c'est la religion par quoi seulement la vie prend un sens. Relire les conversations de Stéphane avec Barnabooth.

Rien n'est plus beau qu'un homme qui sait se taper sur les doigts.

3° comme il ne se décide jamais que d'après ce qu'il sent, il n'est, méconnaît le sens et l'importance des conventions sociales des principes moraux, des règles établies. Il croit qu'elles sont des produits du hasard ou de l'imbécilité humaine. Mais rien de ce qui existe n'est le produit du hasard.

Nous avons toujours tort contre les règles morales, parce qu'en somme elle voit plus loin que nous. Sur le moment elles semblent absurdes parce qu'elles contrarient tout ce qu'il est naturel de penser ou de faire. Mais si nous cédons à ce naturel, ensuite tout cesse d'être naturel autour de nos cas de conscience, tout devient compliqué et unique, tout devient cas de conscience ; nous ne pouvons plus avancer ; il n'y a plus de pente ; nous nous desséchons sur place. Les règles morales et même les conventions sociales, c'est de l'expérience anticipée ce sont les moyens de passer quand même et d'aller jusqu'au bout de la vie *avec le moins d'abdication possible*

Le refus d'affronter.

Si on l'attend un peu plus loin, il se trouve que jamais il n'y passe ; il a tourné un peu plus tôt

Rapport de l'ingénuité, sincérité, générosité. Là est la racine de tout le caractère : d'un côté qualités : sincérité, générosité, de l'autre défaut veut venant tous de la pureté des sentiments. Générosité. Tout admettre, tout recevoir, tout permettre. C'est toujours la même chose que le défaut qui consiste à ne pas intervenir en soi et contre soi, et contre quelque chose. Capacité si grande touche à dissolution. Justement il n'est pas assez dur.

POSTFACE

Jacques Rivière mon grand-père

d'Agathe Rivière

Aujourd'hui, mon père serait immensément heureux : enfin ! les écrits nombreux de son père, Jacques Rivière, rassemblés, permettant de saisir en détail son importance pour la littérature française, de suivre le cheminement de sa pensée ainsi que de découvrir son talent de critique, de directeur de revue, d'éditeur et de découvreur d'écrivains ! Il a fallu attendre le centenaire de sa disparition pour publier cet ouvrage, comme une reconnaissance de sa place d'« homme de barre », tel que le désignèrent ses collaborateurs dans le numéro de *La NRF* lui rendant hommage après sa disparition.

Jacques Rivière, mon grand-père, est mort en 1925, mon père avait cinq ans. Ce dernier m'avait dit n'avoir qu'un souvenir diffus de lui, se rappelant surtout le typhus que lui-même avait attrapé en premier puis son isolement chez les Lhote de l'autre côté de la cour de l'immeuble pendant l'agonie de son père. J'ai découvert récemment un corbillard noir dans ses dessins d'enfant.

Jacques Rivière n'était finalement pour lui comme pour moi qu'une image, des photographies dans des cadres anciens dans la maison familiale. Enfant, j'observais ce regard clair et sérieux me transpercer : c'était celui d'un homme dont on disait qu'il était mon grand-père. La contemplation de ces photographies créait un creux douloureux en moi : mon père lui ressemblait beaucoup, je le reconnaissais en lui. Une peur de l'abandon m'étreignait irrémédiablement. Je n'ai compris que très tard que mon père lui-même m'avait transmis cette douleur parce qu'il l'avait ressentie tout au long de sa propre vie. Il est étrange de penser qu'une personne existe en vous par son absence ! C'était le cas pour mon père qui passa son existence en quête du sien trop tôt disparu.

Après 1925, la mémoire de Jacques Rivière s'estompa lentement dans le monde littéraire français : victime de la querelle qui opposait ceux – entraînés par Isabelle son épouse – qui pensaient qu'il était mort en chrétien, à ceux – plutôt de *La NRF* – qui affirmaient qu'il ne l'était absolument pas, peu de lecteurs savaient ce qu'un Proust, un Artaud ou un Mauriac lui devaient, que sans lui, *La NRF* n'aurait pas eu si rapidement le prestige qui fut le sien dès le début des années 1920. Jean Paulhan a su si parfaitement prendre la suite et a développé si bien la revue que le souvenir de Jacques Rivière se dissipa peu à peu.

Ce n'est qu'à partir de 1971, à la disparition de sa mère, que mon père consacra sa vie à la mise en lumière de l'œuvre de Jacques Rivière. Il m'avait dit avoir ressenti un vertige face à l'ampleur de la tâche : la vision de la grande armoire remplie de papiers soigneusement rangés dans des chemises de papier kraft réclamait qu'il agisse. Il en méconnaissait le contenu mais ressentait une responsabilité. Je dirais, après en avoir discuté avec lui : un manque, une nécessité de découvrir plus clairement cet homme connu seulement à travers le regard de sa mère et de sa sœur, un besoin de savoir ce qu'il lui devait.

En 1975, pour le cinquantenaire de sa disparition, mon père fonda l'Association des Amis de Jacques Rivière et d'Alain-Fournier, le plaçant en premier dans l'intitulé. Son but : réunir ceux qui l'admiraient en tant que directeur de *La NRF*, publier tout inédit. Internet n'existait pas mais, malgré tout, en quelques années, l'association compta près de trois cents abonnés à travers le monde entier ; des universités grâce à certains professeurs, japonais, américains, allemands, suisses, anglais… reçurent le bulletin de l'AJRAF dans lequel étaient publiés de nombreux textes inédits. Il réussit petit à petit à éditer les correspondances majeures chez Gallimard, les autres chez des éditeurs plus modestes, il rassembla de nombreux écrits, lettres… éparpillés dans des fonds divers. Il se prit alors à rêver de la Pléiade, projet pour lequel il reçut une fin de non-recevoir.

Ne pouvant aller plus loin, mon père décida alors de confier ces manuscrits, qu'il avait mis à disposition des chercheurs pendant tant d'années sur la table de la salle à manger familiale, à la bibliothèque municipale de Bourges, avec ceux d'Alain-Fournier. Pour que tout un chacun puisse avoir accès librement à cette richesse.

Aujourd'hui, par cette publication, le dernier rempart est franchi : la lecture d'une large partie de ses écrits allant de la critique littéraire et artistique à la fiction en passant par la politique, en dehors de ses correspondances, permet de suivre la pensée de cet homme réfléchi, passionné, amoureux, libre, vivant, moderne, sensible, sincère, une pensée toujours en mouvement, difficilement saisissable tellement elle se fait caméléon parfois pour mieux saisir celle de l'autre. Jacques Rivière reprend vie devant nos yeux. Le « roman d'aventure » qu'a été sa vie se découvre silencieusement et discrètement. Je souhaite que cette édition permette à chacun de mesurer ce que le monde littéraire du XXe siècle lui doit.

ORIENTATION BIBLIOGRAPHIQUE

d'Ariane Charton et Robert Kopp

Rivière est mort le 14 février 1925, à trente-huit ans, emporté brutalement par une fièvre typhoïde, laissant quelques rares volumes et une quantité considérable d'articles, parus pour la plupart dans *La NRF*, mais qu'il n'a pas eu le temps de réunir. Sans parler de ses très nombreuses et volumineuses correspondances. Nous donnons ici seulement les titres les plus importants. On trouvera la liste des articles publiés dans *La NRF* dans le précieux répertoire de Claude Martin, *La Nouvelle Revue Française. Table et index de 1908 à 1943*, Gallimard « Les Cahiers de La NRF », 2009, publié pour le centenaire de la revue. En donnant les références dans l'ordre chronologique, nous essayons de suivre la progression des études sur Rivière et sur son milieu. Beaucoup de choses ont été faites, mais qui n'assurent pas encore à Jacques Rivière la stature qui devrait être la sienne, car il manque toujours une édition de ses œuvres complètes. Gageons que notre volume suscitera des vocations.

Œuvres anthumes

Études, Éditions de la Nouvelle Revue française, 1911. Textes sur Baudelaire, Claudel, Gide, Rameau, Franck, Wagner, Moussorgski, Debussy, Ingres, Cézanne, Gauguin, plusieurs fois réimprimés avant d'être repris dans le volume *Études*, de 1999, ainsi que dans le présent ouvrage, dans les sections consacrées respectivement à la critique littéraire, à la critique d'art et à la critique musicale.

L'Allemand. Souvenirs et réflexions d'un prisonnier de guerre, Éditions de la Nouvelle Revue française, 1918, préface pour la réimpression de 1924. Nous donnons quelques extraits de cet ouvrage qui a suscité de vives réactions dont on trouvera l'écho dans le livre de Yaël Dagan mentionné ci-après.

Aimée, Éditions de la Nouvelle Revue française, 1922, nouvelle édition Gallimard, coll. « L'Imaginaire », préface d'Alain Rivière, 1993. Reproduit dans notre volume, accompagné de documents inédits qui éclairent la genèse de l'unique roman achevé de Rivière.

Œuvres posthumes

De la sincérité envers soi-même, Les Cahiers de Paris, 1925, republié par Gallimard, avec une introduction d'Isabelle Rivière, 1943.

À la trace de Dieu, avec une préface de Paul Claudel, Éditions de La Nouvelle Revue française, 1925.

Le Français, compositions originales gravées sur bois par Constant Le Breton, Éditions Claude Aveline, 1928.

Moralisme et littérature, dialogue avec Ramón Fernández, Corrêa, 1932.

Florence, roman, préface d'Isabelle Rivière, Éditions R.A. Corrêa, 1935.

Rimbaud, Éditions Kra, 1930.

Rimbaud. Dossier 1905-1925, présenté, établi et annoté par Roger Lefèvre, Gallimard, 1977. Reprend et complète le volume précédent.

Nouvelles Études, Gallimard, 1947. Seront réunies aux *Études* de 1911 dans le volume *Études* de 1999.

Carnets, 1914-1917, préface de Pierre Emmanuel, Fayard, 1974. Réédité en 2001. Publication partielle dans *À la trace de Dieu*.

Quelques progrès dans l'étude du cœur humain, textes établis et présentés par Thierry Laget, *Cahiers Marcel Proust 13*, Gallimard, 1985.

Une conscience européenne, 1916-1924, textes présentés et annotés par Yves Rey-Herme, avec la collaboration d'Alain Rivière et Bernard Melet, Gallimard, « Les Cahiers de la NRF », 1992.

Russie, préface de Raphaël Aubert, Éditions de l'Aire, 1995.

Études (1909-1924). L'Œuvre critique de Jacques Rivière à La Nouvelle Revue française. Édition renouvelée, textes réunis et annotés par Alain Rivière, préface par Alix Tubman-Mary, Gallimard, « Les Cahiers de La NRF », 1999. Repris pour une large partie dans notre volume.

Correspondances

— avec *Antonin Artaud*, *La NRF*, septembre 1924, repris dans Artaud, *L'Ombilic des limbes, Le Pèse-nerfs et autre textes*, Gallimard, « Poésie », 1968.

— avec *Alain Fournier*, Gallimard, 1926, 4 vol., nouvelle édition revue et complétée par Alain Rivière et Pierre de Gaulmyn (2 vol.), Gallimard, 1991. – Extraits choisis et annotés par Alain Rivière, *Une amitié d'autrefois*, Gallimard, « Folio », 2003.

— avec *Marcel Proust*, édition établie par Philippe Kolb, préface de Jean Mouton, Gallimard, 1976.

— avec *Jean Schlumberger*, édition établie, présentée et annotée par Jean-Pierre Cap, Lyon, Centre d'études gidiennes, 1980.

— avec *Paul Claudel*, édition établie, présentée et annotée par Pierre de Gaulmyn et Auguste Anglès, *Cahiers Paul Claudel 12*, Gallimard, 1984.

— avec André Lhote et Alain Fournier : *La Peinture, le Cœur et l'Esprit. Correspondance inédite*, texte établi par Alain Rivière, Jean-Georges Morgenthaler et Françoise Garcia, Bordeaux, William Blake and Co/ Musée des Beaux-Arts de Bordeaux, 1986.

— avec *Henri Ghéon*, édition établie par Jean-Pierre Cap, Lyon, Centre d'études gidiennes, 1988.

— avec *Charles Du Bos*, édition établie par Jean-Pierre Cap, Lyon, Centre d'études gidiennes, 1990.

— avec *Gaston Gallimard*, édition établie, présentée et annotée par Pierre-Edmond Robert avec la collaboration d'Alain Rivière, Gallimard, 1994.

— avec *André Gide*, édition établie, présentée et annoté par Pierre de Gaulmyn et Alain Rivière, avec la collaboration de Kevin O'Neill et Stuart Barr, Gallimard, 1998.

— avec *Gabriel Frizeau*, édition établie par Victor Martin-Schmets, Biarritz, Atlantica, 1998.

— avec *Valery Larbaud*, édition établie, annotée et introduite par Françoise Lioure, Éditions Claire Paulhan, 2006.

— avec *Aline Mayrisch*, édition établie par Pierre Masson et Cornel Meder, Lyon, Centre d'études gidiennes, 2007.

Depuis 1975, le *Bulletin des Amis de Jacques Rivière et d'Alain Fournier* – qui est en ligne sur Gallica – a publié d'autres correspondances dans leur intégralité ou partiellement – avec Ramón Fernández (nº 14, 1979), Marcel Jouhandeau (nº 17, 1979), Jacques Copeau (nº 26, 27 et 29, 1982-1983), avec François Mauriac (nº 47-48, 1988), avec Isabelle Rivière (nº 51 et 52/53, 1989), avec Paul Valéry (nº 81, 1996), ainsi que des textes inédits et des études.

Signalons enfin le site de l'Association Jacques Rivière-Alain Fournier : https://www.association-jacques-riviere-alain-fournier.com

Témoignages sur Jacques Rivière

Alain Rivière, *Isabelle Rivière ou la passion d'aimer*, Paris, Fayard, 1989.

Isabelle Rivière, *Le Bouquet de roses rouges*, Paris, Corrêa, 1935.

Isabelle et Jacques Rivière, *La Guérison*, Paris, Corrêa, 1936.

Isabelle Rivière, *Jacques Rivière*, Bruxelles, Éditions Foyer Notre-Dame, coll. « Convertis du XXᵉ siècle », 1952.

Études sur Jacques Rivière

Frédéric Lefèvre, *Une heure avec*..., t. 2 : « Entretien avec Jacques Rivière », Gallimard, 1924.

Hommage à Jacques Rivière, La NRF, avril 1925.

Alice Chauvet, *Essai sur Jacques Rivière et Alain-Fournier*, Mont-de-Marsant, Charas, 1929.

Jules Chaix-Ruy, *De Renan à Jacques Rivière. Dilettantisme et amoralisme*, Paris, Bloud et Gay, 1930.

Pierre Charlot, *Jacques Rivière. Une vie ardente et sincère*, Paris, Bloud et Gay, [1934].

Paul Beaulieu, *Jacques Rivière*, Paris, La Colombe, 1956.

Bradford Cook, *Jacques Rivière. A Life of The Spirit*, Oxford, Basil Blackwell, 1958.

Michel Suffran, *Jacques Rivière ou La Conversion à la Clarté*, Paris, Wesmael-Charlier, 1967.

Marcel Raymond, *Études sur Jacques Rivière*, Librairie José Corti, 1972.

Auguste Anglès (dir.), *Cinq rencontres de Jacques Rivière avec Paul Claudel, André Gide, Arthur Rimbaud, Marcel Proust, Dada, Cahiers du vingtième siècle*, n° 3, Paris, Klincksieck, 1975.

Jean Lacouture, *Une adolescence du siècle. Jacques Rivière et La NRF*, Le Seuil, 1994, repris dans « Folio », Gallimard, 1997.

François Trémolières, *Fénelon 1908. Jacques Rivière philosophe*, Paris, Le Félin, 2015.

Juliette Carré, *Correspondances d'Alain-Fournier, Jacques Rivière et André Lhote. Une école des Lettres à la Belle Époque*, Honoré Champion, 2018.

Études sur Jacques Rivière et *La NRF*

Auguste Anglès, *André Gide et le premier groupe de La Nouvelle Revue française*, Gallimard, « Bibliothèque des idées », t. 1, « La formation du groupe et les années d'apprentissage (1890-1910) », 1978, t. 2, « L'âge critique, (1909-1910) », 1986, t. 3, « Une inquiète maturité (1913-1914) », 1986.

Pierre Hebey, *L'Esprit NRF (1908-1940)*, Gallimard, 1990.

José Cabanis, *Dieu et La NRF (1909-1949)*, Gallimard, 1994.

Laurence Brisset, *La NRF de Paulhan*, Gallimard, 2003.

Alban Cerisier, *Une histoire de La NRF*, Gallimard, 2009.

Yaël Dagan, *La NRF entre guerre et paix (1914-1925)*, Tallandier, 2008.

Jean-Pierre Prévost, *1914-1918. Trois écrivains dans la guerre. Alain Fournier, André Gide, Jacques Rivière : Trois amis de Saint-John Perse*, Orizons, 2015.

Germaine Goetzinger, *Aline Mayrisch-de Saint-Hubert (1874-1947). Ein Frauenleben im Spannungsfeld von Feminismus, sozialem Engagement und Literatur,* Luxembourg, Éditions Guy Binsfeld, 2023, version française par Florent Toniello, 2024.

Volumes collectifs

Revue d'histoire littéraire de la France, année 1987, nº 5, septembre-octobre, consacré à Jacques Rivière.

La Place de La NRF dans la vie littéraire du XXe siècle, textes réunis par Robert Kopp, Gallimard, « Les Cahiers de *La NRF* /Les Entretiens des Treilles », 2009.

Gallimard 1911-2011. Lectures d'un catalogue, actes des entretiens dirigés par Alban Cerisier, Pascal Fouché et Robert Kopp. Textes réunis par Pascal Fouché, Gallimard, « Les Cahiers de La NRF / Les Entretiens des Treilles », 2012.

La Nouvelle Revue Française. Les colloques du centenaire (Paris, Bourges, Caen), Gallimard, « Les Cahiers de La NRF », 2013.

Le Siècle de La NRF. Une longue aventure, nº 588 de *La NRF*, préparé par Alban Cerisier, février 2009.

Jacques Rivière-Jean Prévost, revue *Europe*, juin-juillet-août 2019.

TABLE DES MATIÈRES

LITTÉRATURE

PEINTURE

MUSIQUE

POLITIQUE

ŒUVRES D'IMAGINATION

Composition et mise en pages
Nord Compo à Villeneuve-d'Ascq

Pour plus d'information :

www.lisez.com

Imprimé sur du papier issu de forêts gérées durablement.

Cet ouvrage a été achevé d'imprimer en janvier 2025
dans les ateliers de Normandie Roto Impression s.a.s.
61250 Lonrai (Orne)
N° d'impression : 2406028

Imprimé en France